茅盾文学奖
获奖作品全集

应物兄

上

李洱

——

著

人民文学出版社

图书在版编目（CIP）数据

应物兄/李洱著.—北京：人民文学出版社,2020（2025.5重印）
（茅盾文学奖获奖作品全集）
ISBN 978-7-02-016091-4

I.①应… II.①李… III.①长篇小说—中国—当代 IV.①I247.5

中国版本图书馆 CIP 数据核字（2020）第 027183 号

选题策划　刘　稚
责任编辑　黄彦博
装帧设计　刘　远
责任印制　王重艺

出版发行　人民文学出版社
社　　址　北京市朝内大街 166 号
邮政编码　100705

印　　刷　三河市宏盛印务有限公司
经　　销　全国新华书店等

字　　数　857 千字
开　　本　890 毫米×1290 毫米　1/32
印　　张　33.125　插页 4
印　　数　34001—37000
版　　次　2018 年 12 月北京第 1 版
印　　次　2025 年 5 月第 11 次印刷

书　　号　978-7-02-016091-4
定　　价　89.00 元（全二册）

如有印装质量问题，请与本社图书销售中心调换。电话：010-65233595

出 版 说 明

　　一九八一年三月十四日,病中的中国作家协会主席茅盾致信作协书记处:"亲爱的同志们,为了繁荣长篇小说的创作,我将我的稿费二十五万元捐献给作协,作为设立一个长篇小说文艺奖金的基金,以奖励每年最优秀的长篇小说。我自知病将不起,我衷心地祝愿我国社会主义文学事业繁荣昌盛!"

　　茅盾文学奖遂成为中国当代文学的最高奖项,自一九八二年起,基本为四年一届。获奖作品反映了一九七七年以后长篇小说创作发展的轨迹和取得的成就,是卷帙浩繁的当代长篇小说文库中的翘楚之作,在读者中产生了广泛的、持续的影响。

　　人民文学出版社曾于一九九八年起出版"茅盾文学奖获奖书系",先后收入本社出版的获奖作品。二〇〇四年,在读者、作者、作者亲属和有关出版社的建议、推动与大力支持下,我们编辑出版了"茅盾文学奖获奖作品全集",并一直努力保持全集的完整性,使其成为读者心目中"茅奖"获奖作品的权威版本。现在,我们又推出不同装帧的"茅盾文学奖获奖作品全集",以满足广大读者和图书爱好者阅读、收藏的需求。

　　获茅盾文学奖殊荣的长篇小说层出不穷,"茅盾文学奖获奖作品全集"的规模也将不断扩大。感谢获奖作者、作者亲属和有关出版社,让我们共同努力,为当代长篇小说创作和出版做出自己的贡献,为广大读者提供更多的优秀作品。

人民文学出版社编辑部

目 录

上 卷

1．应物兄／1

2．许多年来／5

3．木瓜／8

4．动物医院／12

5．赔偿协议／17

6．等着瞧／24

7．滑稽／43

8．那两个月／49

9．姚鼐先生／57

10．扁桃体／69

11．卡尔文／72

12．早在1743年／83

13．套五宝／91

14．钢化玻璃／98

15．巴别／104

16．双林院士／120

17．奇怪得很／128

18．人才引进／136

19．赴美／144

20．程先生／153

21．雪桃／161

22．之所以／165

23．第二天／176

24．喷嘴／184

25．孔子传／195

26．春天／201

27．但是／213

28．瞧，谁来了／217

29．照片／225

30．象愚／229

31．济哥／242

32．哦／247

33. 虽然 / 256

34. 三人行 / 279

35. 栾庭玉 / 297

36. 勺园 / 310

37. 谁是小颜 / 318

38. 程先生 / 323

39. 七十二 / 327

40. 博雅 / 335

41. 仁德路 / 347

42. 双林 / 353

43. 儒驴 / 358

44. 子贡 / 375

45. 麦老 / 383

46. 黄兴 / 397

47. 接下来 / 405

48. 她 / 412

49. 白马 / 420

50. 艾伦 / 424

51. Reading Room / 438

52. 谁能想到 / 454

53. 不 / 463

54. 千里始足下 / 468

55. 学勤兄 / 477

56. 第一次会见 / 484

57. 温而厉 / 494

58. 蝈蝈 / 501

59. 敬头香 / 504

60. 长庆洞 / 520

61. 其鸣自诙 / 525

62. 本来 / 533

下　卷

63. 硅谷 / 541

64. 他 / 553

65. 小工 / 562

66. 双沟村 / 571

67. 招尘 / 581

68. 铜舌 / 593

69. 仁德路 / 600

70. 墙 / 615

71. 你 / 632

72. 董松龄 / 647

73. 但是 / 661

74. 杂碎汤 / 670

75. 寒鸦 / 688

76. 回家 / 698

77．第二天／711

78．窑洞／730

79．Illeism／744

80．子贡／755

81．蟊斯／764

82．套五宝／779

83．太和春煖／789

84．声与意／808

85．九曲／824

86．芸娘／846

87．1983年／860

88．它／881

89．The thirdxelf／885

90．返回／898

91．譬如／916

92．默哀／942

93．敦伦／959

94．共济山／971

95．晶体／982

96．鱼咬羊／985

97．它们／997

98．兰大师／1007

99．灯儿／1025

100．子房先生／1036

101．仁德丸子／1042

后记／1048

1. 应物兄

应物兄问:"想好了吗?来还是不来?"

没有人回答他,传入他耳朵的只是一阵淅淅沥沥的水声。他现在赤条条地站在逸夫楼顶层的浴室,旁边别说没有人了,连个活物都没有。窗外原来倒是有只野鸡,但它现在已经成了博古架上的标本,看上去还在引吭高歌,其实已经死透了。也就是说,无论从哪方面看,应物兄的话都是说给他自己听的。还有一句话,在他的舌面上蹦跶了半天,他犹豫着要不要放它出来。他觉得这句话有点太狠了,有可能伤及费鸣。正这么想着,他已经听见自己说道:"费鸣啊,你得感谢我才是。我要不收留你,你就真成了丧家之犬了。"

此处原是葛道宏校长的一个办公室,如今暂时作为儒学研究院筹备处。室内装修其实相当简单,几乎看不出装修过的样子。浴室和卧室倒装修得非常考究:浴室和洗手间是分开的,墙壁用的都是原木。具体是什么木头他认不出来,但他能闻到木头的清香,清香中略带苦味,像某种中药味道。挨墙放着一个三角形的木质浴缸,浴缸里可以冲浪,三人进去都绰绰有余。葛道宏把钥匙交给他的时候,指着浴缸说:"那玩意我也没用过,都不知道怎么用。"这话当然不能当真。他第一次使用就发现下水口堵得死死的。他掏啊掏的,从里面掏出来一绺绺毛发,黏糊糊的,散发着腐烂的味道。

涓涓细流挟带着泡沫向下流淌,汇集到他脚下的一堆衣服上面。他这里搓搓,那里挠挠,同时在思考问题,同时还兼顾着脚下的衣服,不让它们从脚下溜走。没错,他总是边冲澡边洗衣服。他认为,这样不仅省时,省水,也省洗衣粉。他双脚交替着抬起、落下,就像棒槌捣衣。因为这跟赤脚行走没什么两样,所以他认为这也应该纳入体育锻炼的范畴。现在,我们的应物兄就这样边冲澡,边洗衣,边锻炼,边思考,忙得不亦乐乎。

劝说费鸣加入儒学研究院,其实是葛道宏的旨意。前天下午,葛道宏来到逸夫楼,和他商量赴京谒见儒学大师程济世先生一事。葛道宏平时总是穿西装,但这一次,为了与谈话内容相适应,他竟然穿上了唐装。程济世先生,哈佛大学东亚系教授,应物兄在哈佛大学访学时的导师,应清华大学的邀请,几天之后将回国讲学。程济世先生是济州人,在济州度过了童年和少年时代,曾多次表示过要叶落归根。葛道宏求贤若渴,很想借这个机会与程济世先生签订一个协议,把程先生回济大任教一事敲定下来。“应物兄,你是知道的。对程先生,葛某是敬佩之至,有如七十子之服孔子也。”改穿唐装的葛道宏,说起话来文言不像文言,白话不像白话,但放在这里,倒也恰如其分。他们的谈话持续了一个钟头,主要是葛道宏打着手势在讲,应物兄竖着耳朵在听。谈到最后,葛道宏用心疼人的口气说道:“应物兄,儒学研究院的工作千头万绪,就你一个光杆司令可不行,万万不行的。累坏了身子,道宏该当何罪?给你举荐个人吧,让他替你跑跑腿。”接下来,葛道宏就说道,“费鸣怎么样?用人之道,用熟不用生也。”

应物兄心里顿时咯噔了一下。

那个臭小子,我简直太熟悉了。正因为熟悉,我才知道再没有比费鸣更糟糕的人选了。但这话他是不能直接说的。他听见自己说道:“他有幸得到您的言传身教,进步太明显了。我都替他高兴。只是到这来,他会不会觉得大材小用?”葛道宏站起来,用眼镜腿拨拉了一下野鸡的尾巴,说道:“什么大材小用?这是重用。就这么定了。你先找他谈谈。我相信,他会来的。”

葛道宏既然这么说了,那就必须谈谈。

　　应物兄关掉水龙头,湿淋淋地从浴缸里爬出来。给衣服拧水的时候,他感到牛仔裤又冷又硬,浸透水的毛衣也格外沉重。上面还冒着泡沫呢,显然还没有漂洗干净。于是,他把它们又丢进了浴缸,并再次打开了水龙头。在稀里哗啦的流水声中,他继续思考着如何与费鸣谈话。不是我要你来的,是葛校长要你来的。他是担心我累着,让你过来帮忙。其实,筹办个研究院,又能累到哪去呢?

　　"就这么说,行吗?"他问自己。

　　"怎么不行? 你就这么说。"他听见自己说道。

　　他和费鸣约定的时间是下午三点。快到两点半了。眼下是仲春,虽然街角背阴处的积雪尚未融化,但暖气已经停了。披着浴巾,他感到了阵阵寒意。他的一颗假牙泡在水杯里,因为水的折射,它被放大了。当他对着镜子把它安上去的时候,他发现镜子里的那个人却是热气腾腾的。随后他接了一个电话。他本来不愿意接的,因为担心有人找他,影响他与费鸣的谈话。但它一直在响,令人心神不宁。他把它拿了起来,将它调成了振动。几乎同时,他的另一部手机响了。那部手机放在客厅,放在他的风衣口袋里。

　　他有三部手机,分别是华为、三星和苹果,应对着不同的人。调成振动的这部手机是华为,主要联系的是他在济大的同事以及全国各地的同行。那部正在风衣口袋里响个不停的三星,联系的则主要是家人,也包括几位来往密切的朋友。还有一部手机,也就是装在电脑包里的苹果,联系人则分布于世界各地。有一次,三部手机同时响了起来,铃声大作,他一时不知道先接哪个。他的朋友华学明教授拿他开涮,说他把家里搞得就像前敌指挥部。

　　他趿拉着鞋子来到客厅。手机从口袋里掏出来的时候,电话已经断了。来电显示是"先生",也就是乔木先生。乔木先生既是他的导师,又是他的岳父。和乔木先生的独生女儿乔姗姗结婚之后,按理说他应该改叫爸爸的,但他却一直没有改口。搞到后来,乔姗姗也跟着他改叫先生了。乔木先生的电话当然是不能不接的。他赶紧把电话回拨了过去。

"怎么样？两个电话都不接！睡觉呢？"乔木先生说。

"在沙发上眯了一会。先生有事吗？"

乔木先生突然提到了费鸣。费鸣是乔木先生的关门弟子，乔木先生向来叫他鸣儿。乔木先生说："你是不是要找鸣儿谈话？"

莫非费鸣此时就在先生身边侍坐？他就说："是啊。要和他谈点事。他在吗？"

"木瓜病了。"乔木先生说，"鸣儿抱着木瓜看医生去了。"

"前几天还好好的，怎么——"

木瓜是乔木先生养的京巴，四岁多了，是乔木先生的心肝宝贝。"鸣儿刚才来了，发现木瓜屙出了几条小虫子。怪不得木瓜整天没精打采的，原来肚子里有虫了。"乔木先生说。

怎么就这么巧？碰巧我找他谈话的时候，他从狗屎当中发现了虫子？虫子不会是他带过去的吧？他是不是早就发现了虫子，却一直隐瞒不报，特意选择今天才说出来？他这是故意要躲着我吧？他可真会找借口，都找到狗屎上去了。

"鸣儿刚才打电话来，问家里有没有狗证。狗证在你那吧？"

他迟疑了片刻，还是给予了一个肯定的回答："对，在我这呢，别担心。"

"那就给他送去。"

"他们在哪家诊所？"

"就是那一家嘛，你去过的嘛。"

打电话的同时，我们的应物兄就已经在整理行头了。他两只脚交替跳着，提上了裤子，然后他把手机夹在肩膀和耳朵之间，腾出手来系皮带，穿袜子。他的标准行头是西装上衣加牛仔裤。有事，弟子服其劳①。木瓜的事就是先生的事，他当然也得服其劳。电话挂断之后，他对自己说："没有狗证，就不给看病？这怎么可能

---

① 见《论语·为政》。

呢？木瓜本是流浪狗，哪来的狗证？"

　　虽然旁边没有人，但他还是没有把这句话说出来。也就是说，他的自言自语只有他自己能听到。你就是把耳朵贴到他的嘴巴上，也别想听见一个字。谁都别想听到，包括他肚子里的蛔虫，有时甚至包括他自己。

2．许多年来

　　许多年来，每当回首往事，应物兄觉得对他影响最大的就是乔木先生。这种影响表现在各个方面，其中最重要的方面就是让他改掉了多嘴多舌的毛病。当初，他因为发表了几场不合时宜的演讲，还替别人修改润色了几篇更加不合时宜的演讲稿，差点被学校开除。是乔木先生保护了他，后来又招他做了博士。博士毕业的时候，他本来想到中国社科院工作的，那边也看上了他，觉得他是个不可多得的人才。他自己知道，人家之所以对他感兴趣，全是因为他的一篇文章起了作用。社科院有一位即将退休的老先生，曾是研究《诗经》的专家，三十年前出版过一本小册子。应物兄在论述《诗经》研究史的时候，给那本小册子以很高的评价。他没有想到，老先生竟然看到了那篇论文，托编辑部给他转来了一封信："前日偶遇大文，高见新义迭出，想必师出名门。知足下已是博士，真乃可喜可贺。不喜足下之得博士，而喜博士中乃有足下也。若蒙足下不弃，不妨来我院工作。"接到这封信的第二天，他就赴京拜访了那位老先生。事情好像就这么定了。有一天，乔木先生找他谈话。乔木先生称那个老先生为"老伙计"，说："老伙计来电话了，夸我呢，夸我带出了一个好学生。还说，这么好的学生，既然你舍得放走，我就笑纳了。"

　　"先生，他对您很尊重的。"

"知道社科院是干什么的吗？"

"知道一点。那里集中了很多青年才俊。他们编的很多书，我都买了。"

"接话不要太快。"乔木先生说的是嘴，烟斗却指向了脑袋，"社科院是智库，是给领导出主意的，你觉得你脑子够使吗？脑子够使，就不会犯错误了。"

"先生，我知道我是个笨人，干了不少笨事。"

"接话太快了！笨人哪能办笨事？笨事都是精明人干的。"

"我承认，我的性格也有点冲动。"

"一个人的性格决定了他的命运，你的性格去北京不合适。"

有句话他差点说出口："先生，您说得对。一个人的性格决定了他的命运，我的命运是由别人的性格决定的。"这句话咽下去比较困难，咽下去之后，它在肚子里滚了两圈，他听见自己的肚子咕噜咕噜的。

乔木先生叼着烟斗，继续说道："别胡思乱想，东跑西颠了。就留在我身边吧。你这张嘴，用到别处，亏了，当老师倒是一块好料。传道授业桃李芬芳，悬壶济世杏林春满，都是积德的事。就这么定了，你走吧。"

起身告别的时候，乔木先生又对他说了一番话："记住，除了上课，要少说话。能讲不算什么本事。善讲也不算什么功夫。孔夫子最讨厌哪些人？讨厌的就是那些话多的人。孔子最喜欢哪些人？半天放不出一个屁来的闷葫芦。颜回就是个闷葫芦。那个年代要是有胶卷，对着颜回连拍一千张，他的表情也不会有什么变化。君子讷于言而敏于行。要管住自己的嘴巴。日发千言，不损自伤。"学过俄语的乔木先生又以俄语举例，说，"俄语的'语言'和'舌头'是同一个词。管住了舌头，就管住了语言。舌头都管不住，割了喂狗算了。"

"我记住了。"

"就你现在的水平，又能说出什么至理名言？你要说的话，十有八九别人都已说过。人云亦云吧，表情还很丰富。"

"我记住了。"

"表情不要太丰富。你这个人，够机灵，却不够精明。"

后来，他就留校任教了。不管在谁看来，乔木先生都待他不薄。最重要的一个证据是，乔木先生把独生女儿乔姗姗嫁给了他。把女儿嫁给弟子，这是孔子开创的传统。孔子就把女儿和侄女许配给了自己的弟子，由此把师生关系变成了父子关系。或许是这个传统太悠久了，太伟大了，他置身其中，有时候难免有些晕晕乎乎的。以至每当想起此事，他会不由自主地用第三人称发问："是他吗？这是真的吗？"然后是第二人称："你何德何能，竟得先生如此器重？"然后才是第一人称："这说明我还是很优秀的嘛。"

谨遵乔木先生之教诲，留校任教的应物兄，在公开场合就尽量少说话，甚至不说话。但是随后，一件奇怪的事在他身上发生了：不说话的时候，他脑子好像就停止转动了；少说一半，脑子好像也就少转了半圈。"再这样下去，我就要变成傻子了。"那段时间，他真的变成一个傻子了。他自己也怀疑，是不是提前患上了老年痴呆症，甚至有了查一查家族病史的念头。他又烦恼，又焦虑，却想不出一个辙来。但是有一天，在镜湖边散步的时候，他感到脑子又突然好使了。他发现，自己虽然并没有开口说话，脑子却在飞快地转动。那是初春，镜湖里的冰块正在融化，一小块一小块的，浮光跃金，就像一面面镜子。他看着那些正在融化的冰块，问自己："这到底是怎么回事？"他清晰地听见自己在发问。他慢慢弄明白了，自己好像无师自通地找到了一个妥协的办法：我可以把一句话说出来，但又不让别人听到；舌头痛快了，脑子也飞快地转起来了；说话思考两不误。有话就说，边想边说，不亦乐乎？

伴随着只有他自己才能够听见的滔滔不绝，在以后的几天时间里，他又对这个现象进行了长驱直入的思考：只有说出来，只有感受到语言在舌面上跳动,在唇齿间出入,他才能够知道它的意思,他才能够在这句话和那句话之间建立起语义和逻辑上的关系。他还进一步发现,周围的人,那些原来把他当成刺头的人,慢慢地认为他不仅慎言,而且慎思。但只有他自己知道,他一句也没有少说。睡觉的时候,如果他在梦中思考了什么问题,那么到了第二天早上,他肯定是口干舌燥,嗓子眼冒火。为此,他的床头柜上时刻放着两只水杯。而且,不管走到哪里,他随身携带的包里总会塞着一只水杯,一瓶矿泉水。现在,他手里就抓着一瓶农夫山泉。

乔木先生曾引用陆游的诗,对木瓜说道:"勿为无年忧寇窃,猖猖小犬护篱门。① 你不会看家,还经常找不到家,我为什么要喜欢你?"木瓜听了,甩着尾巴叫个不停。那个时候,它在想什么呢?它的吠叫是和乔木先生抬杠吗?

他又给木瓜拿了一瓶矿泉水。

3. 木瓜

木瓜上次去医院,确实是他抱着去的。那是四年前的事了,当时他和费鸣还没有搞僵。费鸣开着车,他抱着狗,坐在副驾驶的位置上。那次去诊所,为的是把木瓜给阉了。这狗东西,不阉不行了。进入了青春期,受力比多的支配,它常常把客人的鞋子当成攻击的对象,尤其是女人的高跟鞋。不是撕咬,而是弓腰缩背,屈膝夹腿,对着鞋子发力。换句话说,它是把鞋子当成母狗的屁股了。仔细看去,它其实还不是朝着鞋子发力。由于它把尾巴竖在身体和鞋子之间,所以它把功夫都下到自己的尾巴上去了。这虽然没有什么意义,对鞋子更是构不成实际伤害,但毕竟有碍观瞻。

对于木瓜,应物兄总觉得负有不可推卸的责任。它是他的女

① 见〔宋〕陆游《旅舍》。

儿应波领回来的。那时候它还是一条刚满月的狗崽子。它的母亲是小区里的一条流浪狗，腿有点瘸，屁股上有一大片地方没有毛了，应该是被别的狗撕掉了一块皮。它整天在小区的垃圾堆里翻来翻去的，好像从来没有吃饱过。看到有人过来，它就连退几步，勾着头，不敢看人。它好像从来没有大声叫过，只会哼哼唧唧地叫。就是这样的一条狗，爱情生活却很丰富，你总是能看到它那爱情的结晶：它身后总是跟着一群嗷嗷待哺的野种。每次看见那条狗，他都能听见自己的歌声，那是八十年代的一首老歌：《野百合也有春天》。

那条狗崽子跟着应波上了电梯，又跟着应波来到了家门口。应波以为它是饿坏了，就喂它吃了一根火腿肠，给它喝了一袋牛奶。吃饱喝足之后，它舔着嘴唇，哼唧了一阵，就枕着自己的大腿睡着了，而且醒来之后，再也不愿离开了。它脏得要命，身上沾着枯枝败叶，浑身的毛都支棱着，活像地沟里爬出来的刺猬。应波指挥着钟点工给它洗了澡，再用吹风机吹干，又洒上点香水。转眼之间，它变得憨态可掬，惹人怜爱。那时候，他与乔姗姗已经分居，而应波刚考上初中，不可能有时间带它。他对应波说："送人吧，你没时间养，我也没时间遛。"

"扔了都行。"

"怎么能扔呢？好歹得给它找个人家。"

它似乎听懂了他们的对话，跑到门后，叼住他的鞋子藏到了一个纸盒子里面。它的小脑袋一定在想，这样一来他就没办法出门了。它蹲在纸盒子上面，睁着水汪汪的大眼睛看着他们。他心软了。依据《山海经》上所说的各种动物自呼其名的原则，他给它起了个名字：汪汪。

不久之后，他应邀去香港讲学，要在香港待四个月。因为没有人照看它，他只好把它抱到了乔木先生那里。他没敢向乔木先生透露它是流浪狗的后代。乔木先生接纳了它，但没有接纳它的名字,另外给它起名叫木瓜。这名字是从《诗经》里来的:"投我以木瓜,报之以琼琚。"应物兄也觉得这个名字起得很好:瞧它圆滚滚的样子,确实很像一只木瓜。乔木先生很喜欢木瓜,经常给它掏耳朵,梳毛,挠痒痒。乔木先生本来不想阉它的。虽然它对着鞋子发力的姿势很不雅观,但你不看就是了,人家又不是表演给你看的。再说了,你怎么能跟狗一般见识呢?直到有一天,它竟然夹着乔木先生的烟斗开始发力,乔木先生才觉得这狗东西不阉不行了。阉它的那天,乔木先生特意给它买了创可贴,还买了一件犀牛牌的皮背心。皮背心可以兜住伤口,不让它乱抓乱咬。更重要的是,可以让它看不见伤口,使它不至于因为身上少了点东西而感到自卑。

乔木先生说:"谁家的孩子谁心疼。"

他们驱车前往动物医院的时候,木瓜还没意识到,它从此就要断子绝孙了。它还以为是要带它出去玩呢,兴奋得不得了,又是在他的胳膊上蹭,又是往他的脸上舔。当然,事后想起来,他觉得木瓜或许也有预感:它不时地勾着头,去舔自己的鸡鸡,好像是要和它吻别。它搞错了,要拿掉的其实不是它的鸡鸡,而是它的睾丸。在医院里,医生给它打了一针麻药之后,它眼睛一翻,好像是说,哼,不理你们了,我要睡了。然后就抱着一只哑铃式的玩具躺下了。医生用一个比耳勺还小的刀子,在它的阴囊上�了一下,又剜了一下,手指轻轻一捻,两只睾丸就像玻璃弹球一样跳了出来。那时候它还没有睡着呢,一下子坐了起来,抬着沉重的眼皮,盯着他和费鸣。

手术后的木瓜性情大变,变得温情脉脉,行为优雅。别说鞋子了,当它陪着乔木先生在镜湖边散步的时候,就是遇到母狗也从不失态。它目不斜视,步履端庄,顶多把后爪伸到耳边,挠一下项圈,弄出点声响来,算是和对方打过招呼了。乔木先生说:"什么叫君子之交淡如水?这就是了。"除了性情有变,木瓜的皮毛也发生了一些变化。本来还有几撮黑毛散布于它的耳轮、肚腹、尾巴梢,可这些后来竟然都消失了。应物兄曾为此请教过老朋友、生物学教授华学明。华学明的解释是，所有生物都有自己的基因序列，这是它的生物学基础，是它的"质的规定性"。但在特殊情况下，个别基因又会发生突变，就像公鸡下蛋、牝鸡司晨。

"公鸡束口是有的，下蛋好像不可能吧？"

"可能性是客观论证，而非主观验证。你说不可能就不可能了？"

按照华学明的解释，随着刀光一闪，睾丸进出，那个神秘的基因序列很可能发生了某些位移，进而影响到了狗皮的毛囊。不管你信不信，反正木瓜从此变得洁白无瑕，没有一根杂毛。它就像个白化动物，更加惹人怜爱。乔木先生的夫人巫桃，几乎要把木瓜当儿子养了。只让它吃狗粮，而且必须是进口的狗粮。考虑到它的狗性，巫桃有时候也会给它一根棒骨啃啃，但一定是有机黑山猪的棒骨，而且必定经过高温消毒的。

饮食如此考究，肚子里怎么会有虫呢？

乘电梯下楼的时候，应物兄考虑的就是这个问题。他越想越觉得不可思议。他不能不怀疑，这是费鸣为了躲避与他谈话，而故意玩弄的一个花招。他想，等见了面，我就清楚费鸣是不是在搞鬼了。但就在这时候，他突然意识到，自己能够想起来那家医院的内部结构、内部摆设，却想不起具体地址了。上次去，是费鸣开的车。而坐车的人，是不需要操心行车路线的。

他没有给费鸣打电话，而是打给了华学明。那家动物医院是华学明的学生开的，当初也是华学明介绍的。他先把木瓜生病的事简单说了一下，华学明问："只是有虫吗？拉不拉稀？"

"这我倒没有注意。"

"现在就看看，有没有虫子在肛门周围爬来爬去。想起来了，它最初是一条流浪狗是吧？"

"它妈是，它不是。它养尊处优。"

"它妈是,那就对了。很可能是经由胎盘或者乳汁传染的,虫子一直潜伏在它体内,只是你们没有发现而已。"

"你就告诉我那医院在哪吧。我正往那里赶呢。"

"我可以找到,但说不上来。你上网查一下。名字很好记:它爱你。怎么样?我给起的。'它'既指宠物,又指医院。想起来了吧?不在纬二路和经三路交叉口,就在经二路和纬三路交叉口。那条街后来改了名字,叫什么春,是个步行街。旁边有个成人用品商店,门口挂的充气娃娃很像苍井空。"

想起来了,那条街名叫春熙街。那是一条老街,本来破旧不堪,污水横流。它之所以能够逃脱拆除的命运,是因为街北的那道土岗。几年前,那里发生了一起强奸碎尸案。公安人员在土堆中挑拣尸骨的时候,意外地发现了几块龟甲,从中拼出了一个"济"字。经过考证,那道土岗很可能是古代济城的城墙,或者济水古老的堤坝。后来,这条街就保留了下来,改名叫春熙街,成了一条步行街。街名是当时的省委书记起的,取自《道德经》:众人熙熙,如春登台。

他当然也想起来,街角那株高大的梧桐树上悬挂的充气娃娃。不是一个,而是一群,它们掩映在树杈之间,惟妙惟肖,如同女吊。清风徐来,女吊们勾肩搭背,交头接耳,仿佛在密谋是否结伴重游人间。

4. 动物医院

动物医院里,费鸣被两个壮汉夹在当中,端坐在一张长条凳子上。两个壮汉看上去就像双胞胎,相同的制服,相同的胡子——他们都只留了上唇的胡须,并且修剪成了鞋刷的形状。他们的制服有点像摄影师的行头,上面有众多的口袋和复杂的褶皱。两个壮汉的长相其实还是有所不同：一个略显清秀，一个稍显鲁莽。奇怪的是，鲁莽的那位脸上反倒是光滑的，而清秀的那位却长了一脸痘痘。

看他进来，费鸣试图站起来，但两个壮汉迅速地按住了费鸣的膝盖。费鸣叫了一声"应物兄先生"。他第一次听费鸣这么叫，很不习惯。费鸣以前都叫他"应老师"。费鸣话音没落，清秀的壮汉就冲到了他面前，抓住了他的手腕。他感到手腕就像被门缝挤了一下。他还没有反应过来，手机已经从他的手里脱落了，落到了那个人的手心。那人说："鄙人代管了。"

应物兄知道，自己误会费鸣了。

他对壮汉说："怎么回事？有话跟我说。"

壮汉说："老子为什么要听你的？"

手术室的门帘掀动了，出来了一个姑娘。姑娘嘴里含着一个发卡，两只手同时去撩自己的头发。他注意到，姑娘没有怎么化妆，只是嘴唇涂了点口红而已。姑娘侧着脸，把他打量了一番，同时用发卡别住了自己的头发。姑娘问费鸣说："这就是你说的应物兄吗？你没骗我吧？"

费鸣梗着脖子喊道："怎么，不像吗？"

姑娘说："反正走在街上，我是认不出来。"

然后姑娘问他："这是你的狗？"

他对姑娘说："怎么回事？你们先把他放了。我会配合你们的。"

费鸣又喊道："当然是他的狗。还能有假不成？他就是应物兄，你看仔细喽。"

姑娘说："名人的狗就一定没有狂犬病？哪个名人说的，哪本书上写的？"

难道木瓜咬了这位姑娘？但这是不可能的啊。木瓜性情温顺，别说咬人了，遇到一只猫都要躲着走呢。他就关切地问姑娘：

14

"是不是木瓜吓到你了？它那是喜欢你。"凡是来动物医院的人，当然都是养宠物的，所以他接下来说道，"它很聪明，看到养宠物的人就想亲近一下。它没咬你吧？"

姑娘说："咬的是我，那倒好了。"

如前所述，这里的医生是华学明教授的学生，也毕业于济州大学。医生年龄不大，可以肯定不到四十岁，几年不见，已经头发花白。当然也可能是故意染成这样的，以示自己从医多年，医道高深。应物兄上次来阉狗的时候，华学明特意交代，不用交钱，捎本书就行了。现在这间房子里，靠墙的一排书架上就放着他的书：《儒学在东亚》。旁边是一本社会学著作，研究的是费孝通的《江村经济》，书名叫《江村的前世今生》。还有一本书是关于音乐剧的，叫《百老汇与伦敦西区》。这两本书的作者，他都是认识的。毫无疑问，他们都曾抱着宠物来这里就诊。此时，医生从另一个房间走出来，摘下手套，对着水龙头洗了手，用纸杯给他接了一杯水，然后示意他出去说话。出门的时候，医生回头对那姑娘说："放心，他跑不了的。"

因为雾霾，天很快就暗了下来。街灯还没有开。街上的行人显得影影绰绰。没有汽车，偶尔能听到自行车铃声。对面梧桐树上那些充气娃娃，不知道什么时候已被摘了下来。早该摘了，确实少儿不宜，他听见自己说。医生简单地向他讲了事情的来龙去脉。原来，费鸣抱着木瓜进来的时候，也不知道怎么搞的，本来挺安静的木瓜突然狂吠不止，从费鸣的怀里挣脱了，跳到了地上。幸亏护士挡住了它的去路，不然它肯定要蹿到旁边的大街上去，不被汽车轧死，也会跑得无影无踪。"所以，应物兄老师，您首先应该感到庆幸，因为木瓜还在。"医生说。

"木瓜呢？我们的木瓜在哪呢？"

"那姑娘派人抱着它去验血了。"

"你这里不能验血吗？"

"但她更相信大医院。当然，她怀疑我为你们说话。其实我已经告诉她，这是应物兄先生的狗，但她不相信。这倒可以理解，因为木瓜其实是个串儿。"

"串儿？什么意思？"

"它大致上算是京巴，但身上有一点比熊犬血统。比熊犬原产于地中海，法国人入侵意大利的时候，把比熊犬带回了法国。它浑身洁白，但嘴唇是黑的。性格很好，彬彬有礼，但又比较敏感，喜欢生闷气。如果我没有猜错，它还应该有一点泰迪血统，但不算太多，大约八分之一。"

"既然不同种族的人都可以结婚——"他没有把话说下去。他知道，养狗的人对狗的血统确实比较在意。如果有人抱来两只狗让他选择，一只是纯种京巴，一只是串儿，那么他肯定会选择那条纯种的。

"我的意思是，他们不相信，您作为一个名人，会养这样的一条串儿。坦率地说，这确实比较少见。我看过您的书，您对孔子的'有教无类'思想非常赞同。我想，您之所以养了这么一条串儿，应该算'有养无类'吧？我没说错吧？但是，问题就在这，那姑娘担心它是一条流浪狗，担心费鸣是故意抱来一条流浪狗来报复他们的。"

"报复她？这又从何说起呢？"

随着医生的讲述，应物兄大致捋清了事情的经过。那个姑娘和她的上司带了两只狗来看病：一只蒙古细犬，一只金毛。蒙古细犬拒绝下车，姑娘劝了半天也没有做通思想工作，姑娘的上司就把车开走了，留下姑娘陪着金毛继续看病。金毛的一只爪子受伤了，趾甲开裂。金毛已经来过几次了，每次来都很享受，对这里有着美好的记忆。修趾甲嘛。一边接受护士按摩，一边嚼着磨牙棒，一边修趾甲，心里美着呢。可谁也没想到，从街上抓回来的木瓜，也不知道是怎么想的，对着金毛的肚子就来了一口。金毛当时并没有发火，只是嘴一撇，哼了一声，意思是，小兄弟，我不跟你一般见识。姑娘当时并没有发现金毛受伤了，还夸金毛家教好，知道大让小。"其实这跟家教无关，大狗从来都是让着小狗的。"医生说。木瓜咬过金毛之后，就钻到了柜子下面，怎么也不出来了。费鸣用扫帚捅它的时候，姑娘突然叫了起来，她发现金毛在舔自己的肚子，而那个地方正在渗血。

"她是怀疑木瓜有狂犬病？这不可能——"

"别急，您听我说。然后呢，就是那两个人，他们应该是金毛主子的保镖，刚好开车回来了，他们希望把我接过去，给蒙古细犬看病。蒙古细犬是生活在草原上的狗，敢跟狼打架的，最早是契丹人养的。你是没见，它长得就像一头小毛驴。它有点不开心，不愿奔跑了，每天只是低头散步。主人疑心它是不是抑郁了。好，先不说这个了。那两个保镖回来看到金毛受伤了，一定要把木瓜摔死。木瓜不是还钻在柜子底下吗？他们就去挪柜子。可是，他们挪一下，木瓜也跟着挪一下。一个保镖一发狠，就把柜子举了起来。真是有力气，应该去演鲁智深。费鸣护狗心切，一下子扑到了狗身上。说到这，您就得感谢我了。我告诉他们，看在我的面子上，饶木瓜一命。再后来，金毛的主子就又派人来到这里，把木瓜抱去医院了。我求他们，看在我的面子上，千万不要伤害木瓜。我相信他们会这么做的。为保险起见，我让助手也跟着去了。"

"下一步怎么办？"

"只能等验血结果出来。验血结果一出来，他们就相信，木瓜没事，金毛也不会有事。最多赔几个钱。不过，嘘——我刚才发现，木瓜拉在柜子下面的粪便，好像有点不对头。健康的狗屎，不干不湿，成条状，有光泽。木瓜的屎有点松散，光泽也不够，上面有白点。我怀疑它肚子里有虫。"

"这个也会传染吗？"

"声音低一点。如果只是有虫，问题不大。它几岁了？"

"快五岁了吧。它平时不这样的。今天是怎么了,哪根筋搭错了?"

"不是我恭维您,这只能说明,它是条好狗。瞧它的记忆力多好。它就是在这里被阉的嘛。它可能以为又要阉它了。别的狗,都是好了伤疤忘了疼。你不叫它吃屎,它非要吃,挨了一顿打,只能保证几天不吃。再见到小孩子拉屎,还是要流哈喇子。不长记性嘛。但人家木瓜不是这样。这说明木瓜脑袋瓜子特别好使。干我们这一行的,什么狗没见过?虽然它只是条串儿,但从文化意义上讲,它不是一般的狗。"

他现在关心的是金毛主人的身份。那应该不是一个好惹的家伙。幸亏是在济州,这种事情我应该可以摆平的。我可以赔对方一笔医疗费,但如果对方蛮横无理,趁机敲诈,那可不行。他就问:"金毛的主人是做什么的? 叫什么名字?"

"请理解,我不能透露,这是我们的职业道德。我也不敢透露。我只能提醒您一点,女老板也是女人啊,心肠硬起来,有时候比男人都硬。"

5. 赔偿协议

赔偿协议早就准备好了,在他到来之前,在木瓜发飙之前,就已经准备好了。应物兄现在捏着那张 A4 纸,感觉到了上面的钢印,感觉到了它的凹凸感。没错,他怀疑对方就是专吃这一路的。他甚至由此怀疑,金毛很可能喷上了某种神秘致幻剂,别的狗一旦闻到就神经错乱,张牙舞爪,乱咬一气。然后呢,然后他们就可以趁机敲上一笔。他还想到,对方之所以盖的是钢印,就是让你无法拍照。这样的事情一旦上网,狗主人会名誉扫地,变成人人喊打的过街老鼠。

与一般的公章不同,这个钢印上面没有五角星。这说明对方是个中外合资企业。他勉强认出了其中一个字:桃。对方是从事水果生意的?他连猜带蒙,认出后面那个字:都。桃都?接下来的那个字,很容易就辨认出来了:山。桃都山?桃都山位于济州西北部,属于太行山脉,桃都山区是济州有名的贫困地区,那里有中外合资企业吗?好像没有。对了,名字中带有"桃都山"三字的企业、公司、商店,在济州多如牛毛,甚至二环上的一座立交桥就叫桃都山桥。也就是说,冠桃都山之名,并不表明它就在桃都山。

因为他已经知道金毛的主人是个女老板,所以他自然地想到了桃都山连锁酒店的老板铁梳子。后来他也是这么对铁梳子说的。但在当时,这个念头刚一出现,就被他打消了:这是不可能的,作为济州名流,铁梳子怎么可能如此下作呢?

在赔偿协议上,金毛就像个外宾似的,用的是英文名字:James Harden,简称 Harden。狗主人的名字并没有出现,出现的是经办人的名字,也就是眼前这个姑娘,她名叫金彧。

他对金彧说:"彧者,聪明也。这个名字好。"

金彧说:"我是照章办事。你很忙,我也很忙,先把这个协议签了吧。"

他说:"你也姓金?"他的意思是,狗是金毛,你也姓金。

金彧听出了他的嘲讽之意,顺着他的话说:"如果你说我是它的姐姐,我也没意见。我们老板就是这么说的:金彧,你就把它当成你的妹妹吧。"金毛原来是条母狗。好多天之后,应物兄还记得其中关键的三条:

1)若金毛 James Harden(詹姆斯·哈登,狗证:0037157311811)因为木瓜(品种不明;英文名,缺;狗证,缺)而传染上了 Hydrophobia(狂犬病),木瓜的主人须赔偿金毛 James Harden 主人人民币¥110000(大写:拾壹万圆整),并负责支付所有医疗费用。若金毛 James Harden 不幸离世,其丧葬费(不含购买墓地费），由木瓜主人按实际花费支付。

2）若 James Harden 传染给蒙古细犬 Qidan（契丹），则木瓜主人需赔偿 James Harden 主人人民币￥880000（大写：捌拾捌万圆整），或在指定地点按同样标准给 Qidan 另盖犬舍三间。

3）鉴于 Hydrophobia（狂犬病）有较长潜伏期，在确认金毛 Harden 及同伴 Qidan 未染上 Hydrophobia（狂犬病）之前，木瓜主人应先期将人民币￥990000（大写：玖拾玖万圆整）打入金毛 James Harden 主人为此专门设置的账号，账号密码可由木瓜主人掌握。

他对金彧说："哈登的名字需要改一下，比如可以改叫哈登娜。一个男性的名字，有可能使它产生性错乱。"说过这话，他就后悔了。哈登是条母狗，如果把哈登不能再生儿育女的损失计算进去，那可就更糟了。还好，金彧听了这话，似乎并没有想到这一点。

协议还涉及哈登以及契丹的疫苗费、治疗费、营养费、特别护理费、精神损失费等一系列费用。按金彧的说法，本来还应该加上主人的精神损失费的，但主人的助理来电话了，决定网开一面，不再另行列入。

金彧说："看清楚了吧？"

应物兄说："看得出来，你的老板对金毛感情很深。我对此充分理解。狗是人类忠实的朋友。朋友受了伤，我们当然会很着急。"

墙角的一张桌子上，放着一只白色的搪瓷盘子，里面放着一些血丝忽拉的东西，它们大致呈椭圆形，应该是睾丸，有大有小，大的应该是从大狗身上摘下来的，小的有如眼珠，可能属于狗也可能属于猫。还有一对睾丸，非常之大，黑乎乎的，就像手雷。莫非是从牪口身上摘下来的？哦，大珠小珠落玉盘，只是它们不是珠子，而是睾丸。它们放在一起，隐隐散发着腥臊之气。他后来知道，那是给餐馆留着的。

金彧说:"你先把木瓜的英文名、狗证号填上。"

木瓜的英文名字,他倒是想起来了:Moon,意思是明月。据乔木先生的夫人巫桃说,有一次先生正在阳台上赏月,它跑了过来,跳上了先生的膝盖,肚皮朝上,希望先生给它挠痒痒。先生看它洁白无瑕,圆滚滚的,有如一轮明月,就顺口给它起了个名字:明月。英文名字嘛,自然就叫"Moon"。这个名字好,刚好跟"木瓜"的发音相近。巫桃曾对他说:"不信你叫它一声 Moon,它肯定知道你在叫它。"他叫了它一声 Moon。它果然仰起了脸,眨巴着一对眼睛,将尾巴甩出一个一个圆圈。

他对金彧说:"英文名字倒是有,狗证号码我忘了。"

金彧说:"别逗了。宠物的身份证号码,你怎么可能忘呢?"

他说:"实话告诉你,我没给它办过狗证。"

金彧说:"没有狗证,它就是野狗,要给抓起来。"

他说:"怎么会是野狗呢,有给野狗看病的吗? 它虽然是个串儿,但我没让它受过委屈。它的英文名字叫 Moon,不过狗证确实没办。它是小型狗,似乎不需要办。放心,我跑不了的。你把我的身份证号码填上去就行了。我可以肯定,木瓜不会有病的,更不可能有传染病。它吃得比我都讲究。"

"没有病,带它来医院干什么?"

"例行检查嘛。"

"我知道您就是应物兄先生,虽然你看上去不像他。我也愿意相信它不是野狗,虽然它没有身份证。你先把协议签了,签了之后,我们再谈别的。"

"赔偿是应该的。但九十九万元实在是太离谱了,创历史纪录了。世上没有这样的事。传出去,对你的老板不好。"

"您怎么知道没有这样的事? 言有易,言无难。"

就是这句"言有易,言无难",让应物兄不由得对金彧刮目相看。这是他推崇的一句治学名言。他甚至认为,这句话应该是所有学者的座右铭。这句话出自语言学家、音乐家赵元任先生。赵元任先生在清华研究院任教时,有一个学生在论文里写到,有一种文法在西文中从未有过。赵元任先生用铅笔写了个眉批:"未熟通某文,断不可定其无某文法。言有易,言无难!"这个学生就是后来的语言学大家王力先生。应物兄曾多次给学生们讲过这个典故,提醒他们治学要严谨。现在,这句话竟从一个抱狗丫头嘴里吐了出来!

"金彧,你原来学的是什么专业?"

"中医,"金彧说,"怎么了?"

"自古医儒不分家。我们本是一家人。你在老板手下具体做什么? 不可能只是养狗吧?"

"负责她的日常保健,还有,就是伺候哈登。"

"你的老板是位女士吧? 你这么尽心尽力为她做事,工资一定很高吧?"

"老板嘛,都是一样的。有钱做公益,没钱发工资。不过,我们老板对员工还是不错的。我的工资虽然不多,但够用了。"

"你们老板都做什么公益啊?"

"扶贫啊,给山区的孩子送去桌椅板凳啊。所以,我们的老板不会在乎你这点小钱的。你不要担心我们会讹诈你。只要木瓜没有狂犬病,我们不会收你的钱的。我们老板任何时候都强调要照章办事。"

"这协议别签了,免得老板批评你不会办事。我认识你们老板。"

"如果您是应物兄先生,那你们肯定认识。实不相瞒,我看过您的电视讲座,也买过您的书。但您跟电视上不一样。谁能想到在这碰上您呢? 谁能想到您养的是一条串儿呢? 换个场合,我可能会让您签名呢。请您理解,如果哈登是我的,什么都好说。但它是我们老板的。我是奉旨行事。相信我,如果她知道那是您的狗,她会放弃追责的。她以前也不是没有这么做过。她经常说,就当给山区孩子捐款了。"

"你不要打个电话问一下体检结果?"

"他们会及时通知我的。"

"你看过我的书?欢迎批评。"

"批评倒谈不上。要是我来写,我会把孔子写成养生大师,吃喝玩乐的高手。驾车、游泳、射箭、打猎、登山、钓鱼、弹琴,样样都玩得很溜。"

"你说得对。与其说那是养生,不如说是养性。孔子养生之道的精髓就是养性。他强调修身、克己、仁者寿,又说大德必得其寿。告诉你们老板,得饶人处且饶人,孔子说——"

"您是不是要讲什么忠恕之道,以德报怨?是不是请求我们老板宽恕您?"

怎么是宽恕我呢?又不是我咬了哈登。但这话他没有说出口。不知不觉中,他已经把金彧带入了自己的专业范畴。这是他的强项。他正好借此机会给金彧上一课。万一金彧被打动了呢?他说:"孔子所说的'恕',并非'宽恕',而是'将心比心',是'己所不欲,勿施于人'。我们不妨做个换位思考。如果是金毛咬了木瓜,你会不会赔我们九十九万元?"

金彧咬着嘴唇不吭声了。他趁热打铁:"你们就是愿意赔,我也不会要的。为什么?因为不合情理。你刚才说,木瓜如果咬的是你,那倒好了。话可不能这么说。如果木瓜咬了你,别说九十九万了,就是一百九十九万,该赔也得赔。为什么?因为合乎情理。"

他拿着那张 A4 纸,说:"如果我在上面签了字,那就是陷你于不义。这事要是张扬出去,老板会把责任推得一干二净的。她会说她不知道,都是你干的。这种事我见得太多了。所以,我不能害你。"

金彧终于松口了:"那我们就等一会,等体检结果出来再说。"

"你把老板的电话给我,我先表示一下慰问。"

"她不接陌生人的电话。"

"那就用你的手机打过去。"

"我不能让老板为难。"

按说,他应该感到失望的,但他却没有。他反而有点高兴。因为他看到了忠诚,看到了她对老板的忠诚,而忠诚是一种美德。他甚至觉得金彧顿时好看了许多:小巧的鼻子,小巧的嘴唇,都有一种难得的美。美,而且不张扬。好多天之后,当栾庭玉副省长问到他对金彧的看法的时候,他脑子里出现的就是这副形象。他用了一个词来形容她:古典。他跟栾庭玉说:"金彧不仅忠诚,而且身上有一种古典美人的气质。"

骑着电动车、戴着小红帽的人给医院送来了快餐。医生过来问他要不要也来一份,他谢了医生,然后对金彧说:"你不是懂养生吗?附近有个餐馆,是我的朋友开的,就叫养生餐厅。我请你们去吃饭。我们可以边吃边等。"

"我在电视上看过它的广告。一群影视明星常去那里。我们老板也去过。不过,我认为那是虚假广告。广告上说,那里的茶可以治疗高血压,所以一杯茶要五十块钱。不就是玉米穗上的须煮出来的水吗?"

那个餐厅是他的朋友、著名出版人季宗慈开的,因为季宗慈的女友艾伦是电视台的主持人,所以常有明星在那里聚会。

"用玉米须煎汤代茶,倒是可以利尿。对前列腺肿大的人,有点好处。"

真是处处留心皆学问。今天他学到了一个英文单词"Hydrophobia",还知道了玉米须煎汤代茶可以利尿。他本人有前列腺肿大的毛病。每次使用智能小便池,上面的冲水感应器都会对他构成嘲弄:往往已经冲了两次水了,他还没有尿出来,或者尿了一半,另一半怎么也尿不出来。他注意到,姑娘说这话的时候,面色沉静,目光专注,就像在望诊。莫非她看出我有这个毛病?这样的人才,不去服务社会,却去当了抱狗的丫头,真是暴殄天物。

这么想着,他突然有些尿急了。尿急只是一种感觉,从感到尿急到尿出来还要经过一段漫长的道路。几分钟之后,就在他断断续续撒尿的时候,他掏出他的另一部手机,给巫桃发了一条短信,让她转告乔木先生,事情已经办完了,他正带着木瓜遛弯呢。随后,他又给栾庭玉秘书邓林打了个电话,他要求邓林过来一趟,马上就来。他的声音压得很低,但还是被壮汉听见了。那个清秀的壮汉踹开了门,扑了进来,抢走了他的手机,顺手往他的嘴里塞了一团卫生纸。它带着劣质香水的味道,也带着生石灰的味道。

咔嗒一声,洗手间的门从外面锁上了。

隔着门,应物兄听见金彧在责问壮汉。壮汉没有说话。他听见他的手机在响。如果不出意料,那应该是邓林打来的。姑娘让壮汉把他放出来,马上放,不然就告诉老板,说他损害了公司的形象。壮汉则吼道:"告我?我要告你,告你背叛了铁总。"

哦,果然是铁梳子?真的是铁梳子。那我就不出去了。我得等铁梳子亲自把我搀出去。他突然听到了一记响亮的耳光,伴随着那耳光的是金彧的尖叫。接着,他就听见费鸣在训斥壮汉:"打女人,算什么本事?"费鸣要壮汉向金彧道歉。接下来是哐当一声。费鸣从板凳上栽下来的时候,将那个放着睾丸的搪瓷盘子碰倒了,哗啦哗啦一阵乱响。

费鸣的声音从当中浮现了出来:"你!等着瞧!"

6. 等着瞧

"等着瞧!"事实上,葛道宏向应物兄推荐费鸣的时候,应物兄脑子里也曾出现这几个字。费鸣当初就是这么威胁他的。说起来,费鸣倒是言行一致,说到做到。当然,也正因为如此,应物兄至今想起,胸口还隐隐作痛。

他从美国访学回来之后,整理出版了一部关于《论语》的书,原名叫《〈论语〉与当代人的精神处境》,但在他拿到样书的时候,书名却变成了《孔子是条"丧家狗"》。他的名字也改了,从"应物"改成了"应物兄"。为此,他和出版人季宗慈大吵了一架。但是木已成舟,他也只能认命。这本书是根据他在高年级开设的选修课《〈论语〉精读》的讲稿整理的,增加了一些不宜在课堂上讲述的内容。为了阐发孔子和弟子们的语录,他讲了很多发生在历史和现实生活中的事例。它们或者是他听来的,或者是从媒体上看到的,有些则来自于朋友间的闲聊。惹得费鸣大为恼火的那段话,出现在八十九页到九十二页。

子曰:《关雎》,乐而不淫,哀而不伤。

他解释说,《关雎》是《诗经·国风》之首篇,写的是一个男子爱上了在河边采荇菜的女子。荇菜又名水荷叶,为多年生水生植物,在地球上分布极为广泛,从欧洲到亚洲都有它的踪迹,其茎可供食用,也可入药,其药效主要是利尿——与金彧提到的玉米须的功效相同。河面上相和而鸣的水鸟,随波荡漾的荇菜,都使男子想起了姑娘美妙的身材。什么叫"淫"呢?"淫"就是流于放荡。什么叫"伤"呢? 伤就是过于悲伤。

"淫"和"伤"都失去了分寸,都缺乏必要的节制。在孔子看来,这都是要不得的。孔子对这首诗的评价,实际上表明了儒家的艺术哲学:又热烈又恬静,又微妙又率直,又深刻又朴素,既贯通喜怒哀乐,又提升七情六欲,最后达到"思无邪"的境界。但是,当代很多人已经把"乐而不淫,哀而不伤"忘到脑后了,走向它的反面,也就是"淫乐"。

比如,很多人对硬度的追求,对做爱次数的追求,已经类似于体育比赛了。有些男人走到哪里,都要带上几粒伟哥。以前他们带的还只是六味地黄丸,现在咸与维新,鸟枪换炮了。就是出国,也不忘带上几粒伟哥,以备不时之需,所谓"工欲善其事,必先利其器"。配偶不在身边,带那么多伟哥做什么?

他写到,那与其说是纵欲,不如说是禁欲。这种纵欲主义其实是另一种禁欲主义。与古代的禁欲主义相比,现代的禁欲主义具有极大的欺骗性。处于禁欲状态的人,其实并不知道自己是在禁欲,而且是被迫禁欲。相反,他好像一直有欲望,并且好像一直在获得满足。但是实际上,他已经在不知不觉中被阉割了。

应物兄接下来分析说,你之所以带着伟哥,是因为你的朋友带着伟哥。你之所以去嫖娼,是因为你的朋友要去嫖娼。你本人并没有一种属己的、内在的、强烈的欲望和冲动。你不仅没有欲望满足后的解放和轻松,反而还常常陷入这样的境地:你不得不认可由他人和市场强加给你的欲望和消费方式。即使你在消费中明显感到不适,你也要努力让他人,也使你自己相信,你正获得一种高级的享受。

与古代儒学家不同,从二十世纪八十年代走出来的应物兄,对西方哲学家的著作也多有涉猎。这段话的主要观点,就来自他阅读德国著名现象学家舍勒①的著作时随手写下的笔记。九十年代初,他非常着迷于现象学,囫囵吞枣地读了很多现象学著作。如果什么地方读不懂,他就去问芸娘。芸娘是考古学家姚鼐先生的弟子,后来从考古学走向知识考古学又走向了现象学研究。芸娘的讲解总是深入浅出。每次从芸娘家里出来,他都有拨云见日般的感受。不过,关于舍勒的这段话,他并没有请教过芸娘。他说不出口啊。

按照书的体例,接下来他还要举出一些具体例子。他想到了他听过的一个故事。那是一对夫妇,丈夫是一个先锋派剧作家,成名之后沉迷酒色;妻子是一个翻译家,曾翻译过生态学著作,她本

① 马克斯·舍勒(Max Scheler,1874—1928),德国著名现象学哲学家。

人也钟情于绿色食品,亲自在自己家的花园里种菜,西红柿、辣椒、茄子、丝瓜、四季豆。肥料都是从农科所里拉来的经过发酵的鸡粪,看上去就像黑豆。古老的农业文明与现代科技在那个小小的花园喜结连理,硕果累累。但很有讽刺意味的是,她本人的乳房、鼻子已经不属于绿色产品了,因为它们都是动过手术的,里面填充了硅胶。接下来他写道:

> 我这对朋友一直想要个孩子,但就是生不出来。遗传学上相近的物种,譬如生活在非洲的黑猩猩和倭黑猩猩,尽管它们在一百万年前开始分别进化,但仍然可以通过交配产生后代。DNA 研究也表明,狼和狗早在十三万年前就分道扬镳了,但狼和狗也仍然可以产生后代。但我的这对朋友,这对时代的精英,却生不出来一个孩子。医学检查证明,他们在生理上并没有问题,只是缺少精子和卵子罢了。人是精英,睾丸里却没有精子,卵巢里却没有卵子,徒唤奈何! 后来,这个女士就精心计算排卵日期,并想出来一个办法。遇到排卵期,他们就抓紧时间颠鸾倒凤,然后她还要来个竖蜻蜓。她倒立在床上,头朝下,脚朝上,身体弯成一张弓,两只经过改装的乳房,就像伊甸园之门上的一对门钉。她这样做,是为了让精液最大限度地进入她的子宫。问题是,精液里又没有精子,进去那么多又有什么用呢? 到时候还不是要乖乖地全都尿出来。

费鸣竟然主动对号入座,认为这段话写的就是他,而那个女翻译家就是他当时的女友。费鸣以前确曾写过话剧,并由学校话剧团搬上舞台,那些话剧非常抽象,有一部话剧从头到尾所有的句子都有毛病,比如:我后天吃过饭了,前天将看电影;脸贴向大地,脚踩向天空,等等。当然还有英语,有一句英语是这样的:Who pa who①? 谁如果说看不懂,费鸣就说,这是先锋派戏剧。其实,应物

---

① 谁怕谁。

兄写到的"先锋派剧作家"另有其人,那个人远在广州。至于那个"女翻译家",他以性命担保,原型并不是费鸣的女友,而是一个研究湿地生态的人。

从出版人季宗慈那里,他听到了费鸣的反应。费鸣曾勒令季宗慈把书收回,化为纸浆。不收回也可以,但必须马上再版,将那段话中的"先锋剧作家"换成"儒学家",将"女翻译家"换成"新闻系副教授"。"新闻系副教授"当然就是指乔姗姗了。费鸣是不是昏了头了?忘了乔姗姗首先是乔木先生的女儿?

"为了表达我的歉意,我向费鸣表示,可以将他的几部剧作结集出版,如果字数不够,就多放一些剧照。"季宗慈说,"但费鸣说,书可以出版,放入剧照也是个好主意,图文并茂嘛。但那本书,必须收回。"

他对季宗慈说:"你不该妥协。我写的本来就不是他。"

季宗慈说:"费鸣说了,他的女友也喜欢在院子里种菜,也做过美容手术,做爱之后也喜欢竖蜻蜓。她的网名就叫蜻蜓。费鸣还说,是蜻蜓首先看到那段话的。她认为是费鸣把那些闺房秘事讲给您的,痛斥他有露阴癖。蜻蜓还把他的电脑从窗户扔了出来,西红柿秧子都砸断了。他们已经分手了。"

世上还有这样的女人?不仅往自己头上扣屎盆子,还要往男友头上扣屎盆子!这样的女人,不要也罢。我们的应物兄甚至觉得,自己无意中做了一件好事,将费鸣从一个疑神疑鬼、有暴力倾向的女人那里解放了出来。费鸣,你不仅不应该恨我,还应该感谢我呢。

"小心一点,我看费鸣不会善罢甘休的,因为他还丢下了一句话,'等着瞧!'"

"年轻人容易冲动,过一阵就好了。"

季宗慈显然认为事情没这么简单,表示可以安排一个饭局,请他们一起吃个饭,消除一下误解。没这个必要吧。本来没什么事,这么一搞,好像真的有什么事。他谢绝了季宗慈的好意。事实上,他并没有太把季宗慈的提醒放在心上。他想起了孔子的教导:"人不知而不愠,不亦君子乎?"

一周后,他和费鸣在乔木先生家里见面了。在乔木先生面前,他们照样有说有笑。乔木先生家里有一间房子,是给他和乔姗姗保留的,他本想把费鸣拉进那个房间解释一番呢,但又觉得纯属多此一举。瞧,费鸣还主动给我沏茶了呢,好像已经想开了。应物兄记得很清楚,他走的时候,费鸣还把他送到门口,把外套从玄关里拿出来给他披上。"外面起风了。"费鸣还关切地来了这么一句。

他认为,事情已经过去了。

不久之后,季宗慈拉他参加了一个直播节目,是交通电台的《午夜访谈》。他对此毫无兴趣,但季宗慈板着脸提醒他,出版合同上白纸黑字写着呢,他有义务参加必要的促销活动。为了提起他的兴致,季宗慈介绍说,主持人是他的粉丝。当着他的面,季宗慈拨通了主持人的电话。她的声音非常甜美,同时又带着一点孩子的稚气。她自我介绍说,她叫清风在侧。"你可以叫我清风。"她说。依他的经验,女人的声音总是和她们的容貌保持着奇怪的一致性。就像女人的腿肚子,总是和她们的脸型保持着一致性:大多数情况下,一个小腿匀称的女人,其身材和脸型也总是令人赏心悦目,少有的例外只不过是为了证明常例的存在。他想,"音容"这个词,似乎就是为了说明声音和容貌的合一。清风说:"我买过你的书,还做了很多笔记。我还把你的书推荐给同事们看。她们也都想见到你。"

这么一说,他就无法拒绝了。

放下电话,季宗慈说:"清风是个美女。"

他纠正道:"应该说是美人。"

他想到了程济世先生的一个说法。程先生是在谈到子夏与孔子的一段对话的时候,提到美女和美人的区别的。子夏问:"巧笑

倩兮,美目盼兮,素以为绚兮,何谓也?"孔子说:"绘事后素。"子夏
又问:"礼后乎?"孔子回答说:"起予者商也! 始可与言诗已矣。"程
先生提醒他,这段话里面提到了"美目"一词,也提到了《诗经》。随
后,程先生吟诵了一句诗:"匪女之为美,美人之贻。"①然后,程先生
就对"美女"和"美人"做了区分。首先是声调上的区分。程先生
说:"美女的声调是仄仄,多难听啊。美人呢,仄平,多么稳当。'残
月出门时,美人和泪辞'②,意境、声调多么优美。换成美女,则是境
界全无,俗不可耐。厩有肥马,宫有美女。美女者,以色事人者也。
以色事人者,能有几日好?"

季宗慈说:"好吧,那我们就给这个美人一个面子?"

但他后来见到的却不是清风在侧,而是另一个主持人朗月当
空,简称朗月。清风在侧临时出差了,被台长带到外地参加一个读
书推广活动去了。季宗慈事先知道了这个消息,神秘地介绍说,朗
月比清风还漂亮。

见到朗月的那一刻,他略感失望。如果乔姗姗的容貌可以打
九十分,那么她最多打八十五分。朗月脸上最值得欣赏的是她的
眼睛。她的眼睛非常活泼,充满着热情,倒用得上《论语》中所说的
"美目"一词。但她的颧骨却有点高。在老外眼里,她或许算得上
美人。她有点像默多克的中国妻子。他很快就想到,一个拥有如
此甜美声音的人,要是长得也很漂亮,那么肯定会被电视台挖走,
而不可能在广播电台屈就。"音""容"分离,真是可惜。这样也好,
如果真是个大美人,我可能还会有点胆怯,有点心猿意马,影响到
节目的质量。既不漂亮,又不难看,从工作角度上说,正好! 他倒
是很喜欢她的马尾辫。连大学生都不留马尾辫了,她却大大方方
地留着,多少给人一种古典的印象。

他把那本书送给了她。"应物兄,得给我签上名啊。"她说。她

---

① 见《诗经·邶风·静女》。
② 见〔唐〕韦庄《菩萨蛮》。

的声音之甜美再次超出了他的预料，而且这声音还是当面听到的，不是从电视和电台里听到的。当"应物兄"三个字从她的嘴里吐出来的时候，他第一次感到了这个名字的妙处：它使得我们之间的距离一下子拉近了，有如兄妹。

她的开场白以诗句开头，那是经过她本人篡改的诗句："朗月当空照，天涯共此时。朗月当空很高兴又与听众朋友们见面了。"尽管他从美国回来已经有一段时间了，但朗月还是在节目中介绍说，著名儒学家应物兄刚从美国访问归来——她用的是"访问"，而不是"访学"。她让他先谈谈美国的主要城市是否也像北京一样拥堵。和众多知识分子一样，他也有一个习惯，那就是一到国外，就会变成一只狗，狗不嫌家贫，儿不嫌母丑，中国什么都是好的，容不得外人批评半句；但一回到国内，他就变成了一只刺猬，看到不顺眼的事情，就免不了说话带刺。但这一天，面对着无数陌生的看不见的听众，他发现自己又从刺猬变成了狗。他上来就拿纽约开刀，说纽约的交通状况比北京还糟。还有一句话，他都不敢相信是自己说出来的："不管从哪方面看，纽约都像上个世纪九十年代的北京和上海。地球毁灭之前，纽约再也赶不上北京和上海了。"

怎么扯到地球毁灭上去了？最近因为要宣传这本书，他和媒体的接触明显增加了，不由自主地染上了媒体所需要的夸张主义倾向。这当然与他的学者身份不符，他也为此提醒过自己。他只是没有想到，一出口，它就又来了。看得出来，她对他的回答暗自兴奋。她需要他的夸张。但她随即问道："那雾霾呢？纽约总不会有北京和上海那么多的雾霾吧？济州的雾霾也快赶上北京了。"

还真是个问题。

此时，他就感到嗓子发疼，鼻腔发痒。来到演播室之前，他还在洗手间里对着镜子从鼻孔里挖出了一串鼻牛，牛头是硬痂，牛身是半干半湿的泥，牛尾是正在变成泥的鼻涕。那些由鼻腔黏液、灰尘和PM2.5组成的混合物，使他觉得鼻腔的功能被改变了，不再是出气管道、发音器官,而是一个垃圾通道。

但他却听见自己说:"霾这个字,在甲骨文里就有了。造这个字的人,已经告诉我们,遇到雾霾应该怎么办。你看,上面是个雨字,下面是个狸猫。它说明一个事实,当时的人已经开始躲避雾霾了,就像狸猫避雨一样。《诗经》里有一句话,叫'终风且霾',说的就是又刮风又有雾霾。所以,雾霾古已有之,不可大惊小怪。"

听众不会骂我吧?

于是他又打手势又眨眼睛,提醒她赶紧换个话题。她心领神会,抿嘴一笑,说道:"好在今天晚上空气不错。天气预报今晚有雪,还是大雪。以前,刮风下雨下雪,都是坏天气,现在都成了好天气。不过,这里还是要提醒听众朋友,尤其是司机朋友,雪天路滑,一定要注意安全。"然后,她调整了一下耳机,说有听众朋友要向应物兄提问,这个朋友声称读过应物兄的所有著作,是应物兄的忠实粉丝了。电话接进来之后,那个听众来不及寒暄,立即说,他填了一首关于雾霾的词,叫《沁园春·霾》,请应物兄斧正。没等主持人回应,这个听众就声情并茂地朗诵起来。

本来这个人说话他们是听得清的,一朗诵都蒙了,声调完全盖住了字词,只有一个不雅的字他们听清楚了。

他看着朗月,朗月迅速调整过来了,不慌不忙地说,看来听众朋友一谈起雾霾,气就不打一处出啊。随后她就说到在日常生活中,人们习惯于用性器官来表达否定,这是不是说明,在中国人的头脑里,"性"本身是脏的。她抚着话筒,侧过脸来,问道:"应物兄是儒学家,儒学家也认为性是脏的吗?"

想起来了,这是午夜节目,它的真正意义是给司机朋友提神,是陪夜猫子们聊天。那些听众喜欢听到一些与身体有关的话题。他当然不认同她转述的观点。于是,他又提到了《诗经》中的《关雎》,提到了《孟子》中的"食色,性也",提到了道教与房中术的关系。房中术作为一种文化,虽然主要是受道教的影响,但它的发展过程，也与儒学有着千丝万缕的联系。许多著名文化人都深谙房中术，比如李白。据考证，李白除了诗写得好，还有两项功夫，一个是剑术，一个就是房中术。她插了一句，说："这些诗啊、文章啊，都是男人写的，女人好像不谈这些话题。就是想谈，她们也说不出口啊。"

"谬也！你知道班昭吗？就是班彪之女，班固、班超之妹，她曾著有《女诫》一书，其中专门说道：'夫妇之道，参配阴阳，通达神明，信天地之弘义，人伦之大节也……夫不贤则无以御妇，妇不贤则无以事夫。'而所谓的'参配阴阳，通达神明'，其实就是房中术。"

朗月做了一个篮球裁判的暂停手势，说要插播一条新闻。

原来，就在他们谈性论道的时候，在二环路的彩虹桥下发生一起交通事故：一辆拉炭的毛驴车与一辆林肯牌轿车在桥下相撞了，司机没事，但车夫当场昏迷过去了，已经送到了附近医院。她说："但愿车夫朋友平安无事，但这里还是要提醒农民朋友，不要将毛驴赶到城内。如果已经进城了，最好尽快把车赶到城外。"说到这里，她模仿一声赶车人的口令：嘚唭，驾！然后她又说道："好了，让我们来看看事发时的具体情况。"

如果是刚打开收音机，你会认为她正在转播一场赛事。她非常详细地讲到当时林肯的车速是一百迈，毛驴车的车速是二十五迈。她甚至还饶有兴趣地把林肯、宝马、奥迪、凯迪拉克的安全系数做了一番对比。一连串的数据报完之后，她又提到了毛驴。应物兄还以为她会说到毛驴奔跑的速度呢。照她这种真真假假、胡连八扯的主持风格，她就是提到非洲野驴也不会让人吃惊的。还好，她没有提到野驴，说的还是那头闯祸的毛驴。"毛驴哭了。"她说。这确实是她的原话。好像她的听众都变成了儿童，需要她做出这种拟人化的表述。随后，她又突然变成了一个抒情诗人："毛驴的悲鸣像咏叹调一般响彻夜空，却又轰然倒地，四脚朝天，和这个世界拜拜了。"她夸张地叹息了几声，似乎在和毛驴告别。随后，她又给观众出了一道选择题：

　　　毛驴的蹄子分为几瓣？两瓣，三瓣，四瓣，还是不分瓣？
　　　请打电话或发短信，把你选中的答案告诉我们。
　　　您将有机会领取应物兄先生签名的《孔子是条"丧家狗"》。

　　这就是所谓的软广告了。对于那些无所不在、无孔不入的广告，我们的应物兄向来很反感，几乎是本能地拒斥。他没有想到，自己现在也变成了广告，而且是和驴蹄子捆绑在一起。毫无疑问，这是季宗慈的主意。哦不，应该是季宗慈与交通电台合谋的结果。很快就有电话打了进来。第一个电话说分两瓣，第二个电话说分五瓣。他们言之凿凿，都声称亲自观察过的。第三个电话终于答对了。打电话的人自称是开出租的。那个人很有礼貌，先感谢了一番主持人和导播，然后说："毛驴是奇蹄目动物，单蹄，不分瓣。"

　　"恭喜您，答对了。工作人员随后会将应物兄先生签名的《孔子是条'丧家狗'》寄给您。"

　　"不需要寄了，我已经有了。主持人，我能和应物兄先生说句话吗？"

　　"这位朋友，你不要替我们省钱啊。作为幸运听众，你可以有两分钟时间和我们的嘉宾交流。"

　　"我就想问一下，应物兄为什么给这个书起名叫《孔子是条'丧家狗'》？"

　　哦，这算是戳到他的痛处了。关于这个话题，应物兄虽然在不同场合已经解释过多次，但他还是愿意利用这个机会再说一遍。他说，这是出版人给改的书名，自己也很不习惯，为此还和出版人有过争论。因为季宗慈就在玻璃隔板后面坐着，他不便说得太多，只是强调，出版人已经向他道歉了。他说："虽然出版人告诉我，孔子都自称是丧家狗，我不应该太介意，但我还是要求他把书名改过来。"当他这么说的时候，他扭头看了看玻璃隔板后面的季宗慈。

季宗慈朝他做了个双手合十的动作。

"孔子什么时候自称'丧家狗'了？孔子说的是'丧家犬'。"

那一瞬间，他觉得他和季宗慈的争吵又回来了。当初，他就是这么对季宗慈说的。季宗慈的回答是："犬不就是狗吗？"他记得很清楚，当时他忍不住给季宗慈上了一课：虽然"狗"和"犬"在生物学意义上是一样的，指的都是由狼变来的、长着具有散热功能的长舌头的动物，但在哲学、文学和心理学的意义上，它们却是不一样的。犬子是自谦，狗崽子却是骂人。狗特务也不能叫犬特务。犬儒学派，不能称为狗儒学派。"丧家犬"是对一种状态的描述，但"丧家狗"在伦理意义上却是骂人的。用这个做书名，真是莫名其妙！他还对季宗慈说，严格说来，即便在生物学意义上，"犬"和"狗"也是不一样的。《说文解字》说得很清楚，"犬，狗之有悬蹄者也。"犬有五趾，与人一样，而狗只有四趾。犬的第五趾平时悬着，不着地。只有在奔跑或者搏击的时候，第五趾才会派上用场。他对季宗慈说，如果你真的喜欢这个书名，就把"丧家狗"改成"丧家犬"。

这会，他听到这名听众说："犬非狗。狗屁，总不能说犬屁吧？"

因为对方号称是开出租车的，所以朗月说道："这位司机朋友，犬非狗，那么犬是什么呢？"

对方说："狗是犬的一种。假如政府有令，杀天下之狗，那并不是要把天下的犬都杀光。军犬就不能杀。"

应物兄说："你说得对。犬，狗之有悬蹄者也——"

但对方很快就说："这是许慎的话。许慎认为，先为'狗'字，后有'犬'字，所以犬只是狗的一种，所谓'狗之有悬蹄者也'。但他弄错了。甲骨文中只有'犬'字，没有'狗'字。退一步讲，即便犬是狗，它指的也是大狗。《尔雅》里说，'未成毫，狗'。还没有长毛的小崽子才叫狗，就像'驹'说的是小毛驴、小马驹。应物兄先生，你认为，孔子是一条还在吃奶的小狗吗？"

可以肯定，这个人不是出租车司机。他问了一句："这位朋友，

您是做什么的？您说得太好了。我们下来可以交流一下。我看您不像是开出租的。"他试图从对方的声音中听出对方的年龄。这个人似乎感冒了，鼻子发齉。如果对方是个年轻人，他倒想招进来做自己的学生。

"你说对了，我不是开出租的，我是给别人抬轿子的。"对方说。

朗月提醒了一句："对不起，这位朋友，两分钟时间已经超了。"

应物兄是爱才的，他对朗月说："请再给他两分钟时间。"

那人说他现在就在毛驴车和林肯车相撞现场，正在等着交警疏通道路。"我想问一句，"那个人说道，"孟子什么时候说过'食色，性也'？这话怎么会是孟子说的呢？分明是与孟子同时代的告子说的。犯下如此低级错误的人，也算著名儒学家？"

应物兄这才感到对方不怀好意。他赶紧解释说："刚才确实说得不够严谨，孟子二字应该带上书名号。因为做的是对话节目，为了简洁起见，才这么说的。不过，我还是要感谢您的提醒。听得出来，您是个专家。"

那个人根本不领他的情，继续说道："你的书里也提到这句话，也没带书名号。这又如何解释？"

他只好认错了，说："这是我的错。我应该再看一遍校样。谢谢您的指正。"

那个人接着又说："还有，你的书里多次提到伟哥。孔子跟伟哥有关系吗？你到底是谈孔子，还是谈伟哥？洒狗血嘛。你是不是担心，不洒狗血人们就闻不到味？闻不到味，就不会围过来看你卖的是什么膏药？当然了，洒不洒狗血，那是你的自由。但你把狗血喷到别人脸上，又算怎么一回事呢？曾子说，吾日三省吾身。应物兄先生，你是不是也该——"

没等那人把话说完，朗月就把电话掐了，然后她把责任推给了对方："电话怎么断了？这位幸运听众的信号好像出了点问题。好了，刚好有别的听众打进来电话——"此时，我们的应物兄已经被那个人问得满头大汗。她斜过身来,递给他一包湿纸巾,同时拍了拍他的手背以示安慰。当她恢复坐姿的时候,她的马尾辫就像钟摆一样晃了过来,扫到了他的脸上,有一绺头发扫到了他的嘴角。那个时候,他正在舔嘴唇呢,所以他刚好舔到了她的头发。

其实她并没有像她所说的那样立即去接听电话,而是先放了一段音乐。在演播厅里,反倒是听不见音乐的,除非你戴上耳机。那是后台的工作人员通过另外的渠道插播进来的。她一直戴着耳机,为的是与工作人员保持联系。她凑到他的耳边,低声说道:"什么样的听众都有。上次的嘉宾,被听众训得心脏病都要犯了。从此我们都不得不准备速效救心丸。但我相信您能够挺住。"

"人家说得也有道理。"

"一会,我请你出去撮一顿,为你压惊。"

"撮一顿"是本草地区方言,意思是聚餐。莫非她也是本草人?如果不是,那就说明她已经提前做了功课,知道他的老家在本草。他想,她大概确实如季宗慈所说,已经看完了他的书。他对她顿时产生了信赖感。正是由于这个信赖感,接下来他不由自主地就被她牵着鼻子走了。她突然说,她看到了一则报道,报道中说他在书中逐条反驳了《解读〈论语〉》。又说,她已经听说了,作者心得女士通过他们共同的朋友捎话,要跟他面谈一次,好当面向他请教。哦,他还不知道,那个报道的始作俑者此时就坐在玻璃隔板后面。没错,这就是季宗慈干的。

"啊?这本书我从未看过,又怎么反驳呢?"

"是吗?"她吃惊地问,"那你知道作者心得吗?"

"听说过。我也上网嘛,也看报嘛。出于对同行的尊重,我不便评论。"

"那你总看过心得的节目吧?"

他承认,他曾经在电视上看到过心得,也看到过别人对心得的批评,说她的知识性错误过于扎眼。不过,此人并不是专门研究

《论语》的专家，你不能用专家的标准去要求她。她把《论语》当成了心灵鸡汤，这也没什么不好。她对孔子思想的普及还是有贡献的。他说："我只是不喜欢心得夸夸其谈的风格。"

她食指托腮，用眼神鼓励他说下去。

他回想着电视上心得的形象就有话说了。他的脑子里有个开关，有个频道，一旦打开，各种想法就会纷至沓来，嘴巴也就滔滔不绝。他本来不该这样的，因为乔木先生早就提醒过他，要管住自己的舌头，但在这个演播室里，他暂时把这个提醒忘到脑后了。他听见自己说："众所周知，所有的拳击手都把对方看成敌人，都是在用拳头教育对方，比的是谁的胳膊粗，谁的拳头硬。而所有的辩手，都是通过抽签来确定自己的文化立场的。如果一场辩论赛的直播时间是四十分钟，那么，辩手保持那个立场的时间就是四十分钟。你认为同性恋者可以结婚吗？正方是可以，反方是不可以，请抽签。如果你抽中的是正方，即便你在生活中一看见同性恋者就起鸡皮疙瘩，你也必须引经据典，认为他们或者她们应该结婚，《圣经》和《论语》中并没有反对同性恋婚姻嘛。古今中外很多伟大的诗人、伟大的艺术家当中，都不乏同性恋者。我们之所以能够享受那些伟大的艺术成果，就是因为他们和她们是同性恋者。他们和她们用语言和身体表达了人性的丰富性。"

"如果抽的是反方呢？"她问。

"那就是另外一回事喽。即便你本人就是同性恋者，即便你走进辩论赛直播厅的时候，刚给同性恋人打过电话，试图通过那些绵绵情话来缓解自己的紧张，此时你也必须一口咬定那是一种变态行为。《圣经》或者《论语》从来都没有说过同性恋是可以容忍的。古今中外的艺术家当中，确实不乏同性恋者，但他们创造出来的艺术总是带着病态。什么人类情感的丰富性？完全是一派胡言。当杀人犯举起刀子的时候，刀锋上同样闪烁着人性的丰富性，但只要我们在场，我们就有必要扑上前去，夺走刀子。"

他说得激动起来，右手不由自主地舞动着，既像挥刀，又像夺刀。

"应物兄太谦虚了。那么，你怎么看待中天扬呢？"

"中先生？我们曾在武汉见过面。他口才很好，给人的感觉就像是正站在历史和现实、正剧和喜剧、传说和新闻、宗教与世俗的交会点上发言。他好像同时踏入了几条河流。"他也补充了一句，"这当然也是本事，可惜我学不来。"

她又让导播接进了一个电话。不过，那个人只说了一句感谢的话，她就朝着身后打了一个响指。那其实是一个暗号，意思是提醒导播再换一个听众。她耳朵很尖，因为她立即听出对方就是刚才那个把他搞得满头大汗的听众。她做得很巧妙，对着话筒说："怎么回事？这位朋友怎么不说话了？看来是信号问题。应物兄的时间很宝贵，还有很多听众希望和应物兄讨论问题。我们这就接通下一位观众。"说完这话，她又凑到他耳边，说："这个听众，入戏太深了。"

谁能想到呢？反正应物兄无论如何也想不到，那名听众就是费鸣。

做完节目已经是凌晨一点半了。他真的有点饿了，肚子在咕咕叫。她说："说好了，我要请你吃饭的。今天我学了很多知识。你大概不知道，心得也曾是我的嘉宾，就坐在你刚才的位置。她还劝我把头发剪短呢。"

季宗慈说："朗月，再把心得请来一次，让她谈谈这本书。"

"你以为心得是好请的吗？我们的预算很紧张的。"

季宗慈说："经费问题，你别考虑。我可以赞助一下。"

"那也得看看人家有没有档期。"

他知道季宗慈是想挑起他和心得的战争。他当然不想这么做。于是他换了个话题，"朗月，你的马尾辫千万别剪。又简洁又典雅，打理起来也方便。"

"方便？这是韩式的。做一次，麻烦得很。"

马尾辫还分韩式与中式？以前，满大街都是马尾辫。不会是韩国抢先把它当成专利注册了吧？不过，再看的时候，他果然觉得那是升级版的马尾辫：头发显然是烫过的，很蓬松，头发遮住了耳朵，只露出了白净的耳垂。她的耳垂上戴着钻石耳环。他突然想起，自己也曾给乔姗姗买过一对钻石耳环。

他们一起下楼。在电梯里，季宗慈问朗月："你真的曾拜心得为师吗？"

"是啊，不过，我也可以拜应先生为师啊。"

"朗月说笑了。"

"应先生，这里没有外人，您可以说真话了。您真的没看过心得老师的书？"

"在书店翻过，只看了半页。因为第一句话她就错得离谱。她说，宋代开国宰相赵普曾经标榜过，自己是以半部《论语》治天下。宋代开国宰相是谁？范质、王溥和魏仁浦。赵普是开国四年后才当上宰相的。"

"你们这些学者是站在研究角度看问题，她是站在普及角度看问题。"

"世界上有哪个问题，从研究角度看是错的，从普及角度看是对的？"

"看来，我真得拜您为师了。"

他当然不会把这话放在心上。这时候他们已经来到了门外。果然下雪了，而且下得正紧。院子里的车辆已被大雪弄得圆鼓轮墩。他们一共六个人，包括导播和一个现场工作人员。她让他上了她的车，说还有些问题需要请教。季宗慈开车带着她的同事跟在后面。

"方向盘太冷了，手都要冻上去了。"她说。

她把右手伸向他。按他的理解，她那是撒娇。如果他不抓住她的手，那就显得太不解风情了。他握住了她的手。她的手并不冷，反而热乎乎的。她并没有把手抽回去，他也没有把手拿开。她单手开车，车开得很快。她还叼上了一支烟，等着他给她点上。"你也可以抽。"

后来他们坐到了一个粥店里。她说喝粥养胃。他们点了海鲜粥、百合粥、红薯粥、红豆粥、薏米粥、杏仁粥等等。后来，当事情弄得不可收拾的时候，他会经常想起那一桌粥。他的生活之所以乱成一锅粥，好像就是从那个粥店开始的。喝粥的时候，他的脚脖子突然变得冰凉，就像被烫了一下。原来，是她靴筒上的雪融化了，滴到了他的脚脖子上。那冰凉的感觉正从脚脖子向脚面、向脚弓漫延。她是故意的吗？好像不是。他把脚挪开了。但他随即感到，她的靴子又贴了过来。他顿时心慌意乱，只顾埋头喝粥。

她却开起了玩笑："慢点喝，别把嘴烫坏了，我们可都是靠嘴吃饭的。"

"不好意思，确实有点饿了。"

她说："老师饿了，学生管饱。"

他感到她把靴子挪开了。我可能误解了她。对自己的胡思乱想，他有点不好意思。又一碗粥端上来了，是鲍鱼粥，她从侍者手里接过来，放到了他的面前。

"喝不完了。"他说。

"那我替你分一点。"她拿起勺子，用左手从那只碗里舀粥，同时有意地把切成豌豆大小的鲍鱼留下了。她翘起的无名指上戴着钻石婚戒。他想起一个古老的说法：左手无名指上有一根血管是跟心脏联系在一起的，离心最近，婚戒戴在那里，意味着心心相连。他一时管不住自己的嘴了，问："朗月，你先生是做什么的？"问过之后，他就后悔了，觉得不该打听别人的私生活。

"他？开飞机的。今天去了日本。"

"开飞机的？好啊，小伙子一定很帅。"他说。

"不是去土耳其了吗？我还要他给我捎一只海泡石烟斗呢。"同事诧异。

"不是去了日本就是去了土耳其。"她说。

这个姓窦的同事是个好赌之人，吃饭的时候也通过手机与朋友在赌球。现在他要求有人和他赌一下，朗月的丈夫到底是去了日本，还是去了土耳其。朗月没有参与。另外几个人，包括季宗慈都说去了土耳其。那家伙不高兴了，说："不行，必须有人赌去了日本。不然，我们怎么赌啊？"

应物兄说："好吧，我赌他去了日本。"

"好，就赌那个海泡石烟斗。你赢了，我送给你。你输了，再给我买一个。"

"别跟他赌！"朗月说，"他们是朋友。我先生去了哪里，他比我还清楚。"

"我觉得他应该去了日本。"

"为什么？"

"因为这样才能凑成一个对子：本日飞机飞日本，朗月当空当月朗。要是去土耳其，就凑不成对子了。"他之所以这么说，其实是表示对她的婉转拒绝。

姓窦的当场给朗月的丈夫打了个电话。果然是在土耳其。朗月接过手机，说："我们刚录完节目。小窦想提醒你，别忘了他的海泡石烟斗。"

这时候，另一个工作人员在和季宗慈谈论合同的事。季宗慈已经和电台签约，将要整理出版这档节目的对话稿，书名暂定为《午夜情谭》。她也就顺便告诉应物兄，速记员已经把本期的访谈整理成了文字，包括观众的提问。她说："我用微信发给你，你补充整理完之后发给我。"他们互相加了微信。

她的微信名叫"朗月当空照"。他说："这个名字有意思。"

"我的同伴清风，微信名叫'清风在侧畔'，都是陈台起的。"他

们的台长叫陈习武,曾发来聘书,让他和乔姗姗共同出任一个名叫
"家和万事兴"的夫妻朗诵比赛的评委,但被他们不约而同地拒绝
了。

"你们台长很有情调啊。"他说。

"谁说不是呢。"她说。

"合同上写明了,凡是和嘉宾说过话的幸运听众,也都有稿
费。"姓窦的同事对季宗慈说,"咱们赌一下,今天哪个听众,会买十
本以上的书。"

她把对话稿发过来了。每个幸运听众,都是以来电显示的电
话号码注明的。他觉得其中一个号码非常熟悉,就是朗月说的那
个"入戏太深"的听众的电话——那个人的话整理出来足有两千
字。他把那个号码输入了手机。最后两个数字还没有输进去,他
已经觉得,那好像是费鸣的号码。

手机屏幕上果然跳出了两个字:鸣儿。

7. 滑稽

滑稽!太滑稽了!看到稿子里关于驴蹄子分几瓣的对话,应
物兄觉得这种貌似有趣的知识,出现在自己的访谈录中,实在是太
滑稽了。而费鸣的那段话,则让他感受到了屈辱:我当时出于对他
的欣赏,让他多说了几分钟,他却言非若是,说是若非,指桑骂槐。
一想到书出版之后,将会有更多的人看到这一幕,他就后悔听季宗
慈的话参加了那个节目,肠子都悔青了。

季宗慈碰巧打来了电话。我正生气呢,生气自己听了你的话,
他听见自己说。他很想发火,但拿起了电话,他却说道:"正替你校
对稿子呢,季总。"

"我要说的就是这个事。我还担心您生气呢。"

"生什么气？我只是感到，这稿子质量不高，不应该出版。"

"普及性文字嘛。您不是说过，看问题有学理的角度，有普及的角度——"

"但是，无论从学理的角度看，还是从普及的角度看，它都很差。这期的对话，我建议你不要收进去。"

"就因为费鸣那个电话？"季宗慈说，"或许是别人拿着费鸣的手机打的。"

"费鸣？他也听这个节目？不可能吧？"

这么说的时候，他感受到了自己的虚伪。但这是必要的，这是为了维护我的自尊。他想，知识分子的虚伪并不都是为了获得什么利益。

"这样吧，这本书就由您来担任主编。这样您就有权力对稿子进行删改了。"

"你应该找个名气更大的人来当主编。"

"我觉得您就挺合适。"季宗慈说，"这也是朗月的意思。她认为这期节目是最好的。清风人在外地，但也收听了。不瞒您说，清风都后悔自己出差了，漏掉了这期节目。"

"让她们两个当主编不就得了？"

"她们？您又不是不知道，谁排名在前，谁排名在后，她们都会计较的。本来，台长陈习武可以与您联名当主编，但陈习武说了，如果他当了这套书的主编，别的几套书的主编他也得当，不然手下人就会说他厚此薄彼。至于真实的原因嘛，书中万一哪句话犯忌了，他担心受到连累。"

"季总，你就不怕我受到连累？"

"您是大学教授，又是儒学家，谁又能拿您怎么样。"

"大学教授也没有法外之权啊，儒学家更不能犯忌。"

"我请心得当主编，您没有意见吧？"

"你务必把我的名字去掉。"

"合同！一定要按合同办事。进演播室之前，您签了合同的，合同说得很清楚，允许电台使用您的录音，使用您——"

"好吧，我同意当主编，然后把那段文字拿掉。"

当中隔了两天，朗月打来电话，说已经把他那本书看完了，受益匪浅。又说，工作人员已经跟那个"入戏太深"的家伙联系上了，奇怪的是，那家伙否认自己打过电话，后来终于承认了，态度却极不友好。"他不同意删改，删掉一个字，他说他就写文章揭露我们断章取义。他倒愿意增补，说他还没说过瘾呢。我们得商量一下怎么办。"朗月说。

"不能把他去掉吗？"

"去掉？他说，要买三千本书。"

"那就由他去。"

"真是有点对不起。为了表示歉意，我要送你一个礼物，一只海泡石烟斗。我送给你，还是你来取？"

"海泡石是什么东西？"

"只有土耳其才有。海泡石是从地壳深处挖出来的，遇水则变软，风干则硬。海泡石烟斗，是烟斗中的极品。你要不用，可以送给你的岳父乔木先生啊。"

她的先生肯定已经回国了。哦，她还知道乔木先生是我的岳父。对于她在粥店的举动，我是不是想得太多了？

大约一个小时以后，他来到了她的小区门口。他坐在车里等着她，推开车门，请她上车。"我也是刚好从机场送人回来，"她说，"我本来要请你吃饭的，可忘记跟阿姨说了。她提前把饭做好了。要不上去随便吃一口？"

那是一幢灰色的公寓楼，她住在九楼。上到三楼的时候，电梯里进来了一对年轻男女，还有一个老人。老人是被女孩搀进来的。他从她们脸上看出了某种遗传特征，但他不知道她们是母女还是祖孙。小伙子看着手机，突然说："出事了，一哥们出事了。"姑娘问："出什么事了？"小伙子说："他住在酒店，被客人投诉了，因为羞羞声音太大。"老人问："羞羞？"姑娘抿嘴笑了，小伙子说："羞羞是一种体育术语，说的是台球一杆进洞、足球射门、篮球双手投篮。"老人说："酒店房间那么大？可以打球？"小伙子说："可不是嘛。"老人说："住店就好好住店，打什么球？"那三个人在八楼下去了。朗月说："那女孩，就是陈习武的妹妹，叫陈习文，刚上大三，这是她第三个男朋友了。"

"老人是陈台的母亲？"

"可能是吧，听说陈台前后有三个母亲。"

进了房间，他看到一张小餐桌上摆了四个冷盘，红酒已经醒上。冷盘是两荤两素：一盘耳丝，一盘香肠；一盘西芹，一盘百合。酒是波尔多干红。吃猪耳朵，喝法国干红？再来一盘红烧大肠就更好了。哦，锅里还真的卤着一份猪大肠。

"先生呢？"

"这次真的是去日本了。我去机场就是送他的。"

她喝起法国干红，就像喝啤酒。碰过杯之后，她拿出了她修改补充后的稿子，说请主编看看有没有什么知识性错误。他又看到了费鸣那段话。

"这段话，作者本人修改过了吗？"

"没有。他的话还真的不需要改动。这个人，有意思。"

他想看海泡石烟斗，但是她不说，他不好意思主动提起。

"你在想什么呢？"她问。

他认为她说的是费鸣，所以他就说："你在想什么，我就在想什么。"

奇怪得很，她突然一本正经地说："罚站！站起来。"

他糊里糊涂地就站了起来。

她也站了起来，放下杯子，捅了他一拳："你怎么这么流氓？"

捶向他的拳头并没有收回来，它展开了，搂住了他的腰。隔着毛衣,她小小的乳房贴在他的胸口。如果说他没有想过拒绝,那显然不符合事实,但事实是他又确实没有把她推开。她的手从背后伸进了他的毛衣,似乎只是想暖暖手。接下来,他的动作如同镜子的反射,当她把他的毛衣掀起的时候,他也把她的毛衣掀了起来。她转过身去,解开了乳罩。当她再次转过身来,她还悄悄地用手托了一下,似乎并不那么自信。她的乳头很大,如饱满的桑葚。乳晕很深。

他想起看过的一些色情画:画家总是将女人的乳晕涂成红色,就像张大的嘴巴,而乳头就像伸出的舌尖。她呻吟了一声,说:"咬它。"

她熟练地用牙齿撕开套子的包装,给他戴上了。套子的包装纸就放在那沓稿子上,稿纸的上面,就是费鸣的电话号码。他耳边又响起了费鸣打电话的声音。一种幻觉油然而至:费鸣好像就在这个房间里。

他很快就软了下来:"对不起,我还从来没有这样过。"

"这么说,朗月遇到好人了?"

"我肯定不是坏人。"

"那你妻子有福了。"

我或许应该告诉她,我和妻子分居了。但话到嘴边,他却没有说出来。在她唇舌的刺激下,他终于恢复了生机。他已经很久没有碰过女人了。这一次他没有戴套。她说,她正处于安全期。那滚烫的肉鞘,让他陷入了迷狂。

后来,当他悄悄地把发麻的手臂从她身下抽出来的时候,他好像看到外面的雪光映入了窗帘。这当然是不可能的,因为这是九楼。他顺便进行了一番自我分析:为什么会有这种幻觉?这就像我书中写到的,做爱之后,我不但没有获得满足,反而有一种置身于冰天雪地的感觉。她上了趟洗手间。在绝对的安静中,他听见了她嘶嘶撒尿的声音。哦不,置身于冰天雪地,你会感到清冽、洁净,而我现在感受到的只是龌龊。

他尽量离洗手间远一点,离那种声音远一点,离那种龌龊远一点。客厅里摆着两只书架,书架上摆着一些影视明星的传记和画册。两个书架之间,挂着一幅字。他想等她出来,找个借口尽早离开。在等待中,他看着那幅字:

> 春日在天涯,天涯日又斜。
>
> 莺啼如有泪,为湿最高花。

落款很有意思:佳二枚。多么奇怪的名字。这个人写得相当随意,又遒劲,又稚嫩。这个人不是书法家。书法家有自己的套路,无论是字体还是布局。它甚至不是写在宣纸上,而是写在一张方格纸的背面。佳二枚?这个名字有讲究。《说文》中说:雙,佳二枚也。也就是两只鸟的意思。

这是李商隐的《天涯》。在李商隐的诗中,最朴素易懂,又最悲伤。这首诗挂在这里,似乎不大妥当。她终于从洗手间走了出来,已经补上了口红和眼影,并且穿上了外套,好像正要出门。她双手插兜,歪着头问道:"喜欢这幅字?喜欢可以拿走。"

"我怎么能夺人所爱呢?"

"不是什么名人写的。听说是个科学家。清风去采访他,他正在写字。她说了声喜欢,他就随手甩给她了。她其实并不喜欢,不然她也不会送给我。她不知道,我也不喜欢。那个'泪'字有点扎眼。正好请教一下,什么叫'最高花'?"

"树顶上的花,最高处的花。"

他该告辞了。她也没有挽留他。海泡石烟斗的事,他们都已经忘了。他发誓再也不见她了。当他出来的时候,他感到情绪糟透了,真的糟透了。脏乎乎的雪水又进入了他的鞋子。糟透了,感觉真的糟透了。这事是怎么发生的?她要不提起费鸣,不说是要商量费鸣的事,我会跑来吗?

8．那两个月

那两个月，在季宗慈的安排下，应物兄接受了无数次采访。除了乌鲁木齐和拉萨，他跑遍了所有省会城市。北京和上海，他更是去了多次。香港也去了两次，一次是参加繁体字版的签约活动，一次是参加香港书展。季宗慈说，自己这样不惜血本，是因为珍惜友情，也是出于对他的感激。

"感激我什么呢？"

"感谢您对我和艾伦的关照。"

"别您啊您的。"

"好啊，我听您的。"

艾伦也用"您"来称呼他了。艾伦曾是济大一位哲学教授的情人，而那个哲学教授刚好是季宗慈攻读在职博士时的导师。季宗慈明知艾伦是导师的情人，但还是横刀夺爱了。亚里士多德说，吾爱吾师，吾更爱真理。这句名言到了季宗慈这里，有了新的发展：我爱导师，也爱真理，更爱导师的情人。作为季宗慈和那位教授共同的朋友，应物兄曾参与了调解工作。此事难度系数之大，何亚于饲养员说服猴王放弃一只母猴？饲养员手里有的是苹果、花生、瓜子、香蕉、桃子，必要时还可以从别的猴群里临时抓只母猴充数。应物兄呢，他只有一张嘴。

和哲学教授谈话的时候，应物兄有意把艾伦与季宗慈相识的时间提前了。他想通过这种方式，唤起那个哲学教授的负罪感。"是你把艾伦从季宗慈手上抢过来的，还是物归原主吧。"他对哲学教授说，"他们准备结婚了。你或许应该感谢季宗慈既往不咎。"

"不对呀，我爱上艾伦的时候，艾伦正在空窗期。"

"他们只是在赌气，看谁最先沉不住气。你知道的，师生恋，学校不允许的。"

哲学教授引经据典,强调没有师生恋哲学史和文学史都得改写。"我死了,他们想怎么搞都行。我可以把所有版权都留给他们。"哲学教授说。

"不知道吧?夫人已经有所察觉了。"

"吓唬我的吧?"

"不信,你现在就打电话问她。"

"我手头有个重大课题,课题完成之后,再跟她断掉,行吗?"

"还是关于斯宾诺莎那个课题?研究斯宾诺莎,你就应该向斯宾诺莎学习。斯宾诺莎经常囤积几筐土豆,三个月不出门。上次出门,姑娘们还穿着靴子呢,下次出门她们就露大腿了。你呢,一个月就带着艾伦出去了三次。"

"我再带着她上一次武当山,回来就断掉,行吗?"

"季宗慈说,他和艾伦可以陪着你和夫人一起去武当山。"

"我早就发现季宗慈不够朋友。他们毕业的时候,我照例要发表一个演讲。我刚说了一句'亲爱的朋友们',他就打断了我。他说,亚里士多德演讲的时候是这么说的,'亲爱的朋友们,朋友是没有的'。亚里士多德说过那么多话,他就只记得这一句。算了算了,不说他了。"

事成之后,他曾多次劝季宗慈与艾伦赶紧结婚。好像只有他们结婚了,他才对得起哲学教授。但季宗慈和艾伦却不给他面子。对于他们没有结婚的原因,双方出示的版本有明显差异。季宗慈的版本是,他压根就不愿结婚,想结婚的是艾伦,女人嘛,天生就是家庭动物;艾伦提供的版本则是,既然婚姻是爱情的坟墓,那她为什么还要找死呢?季宗慈想早点结婚,不过是想用婚姻把她给套牢。根据他对季宗慈的了解,根据他对离过婚的男人的了解,他倾向于认为,季宗慈版本的真实性更大。为什么?因为季宗慈的版本是个哲学版本。季宗慈曾经引用康德的话说:"婚姻的意义就在于合法占有和利用对方的性官能。"这句话的具体出处，应物兄没有考证过，但他相信这应该是康德的原话，因为康德本人应该就是在这个理论指导下终身未娶的。就像发展了亚里士多德的理论那样，对于康德的理论季宗慈也有发展。季宗慈说："但是，当你在合法利用对方性官能的时候，你所获得的只能是体制性阳痿。"

季宗慈不想阳痿，所以不愿结婚。

在出版界浸淫多年的季宗慈，与港、澳、台众多文化名人有着深入的交往。在季宗慈的安排下，应物兄和许多名人进行了对话。名人的出场费，当然都是季宗慈支付的。"几个碎银子罢了。"季宗慈劝他不要有心理负担。

如前所述，繁体字版出版之后，季宗慈带着应物兄参加过香港书展。那次他们在香港待了半个月。香港太潮了，应物兄全身都发霉了，大腿根都起了湿疹。那真是奇痒难耐，好像养了一窝跳蚤。搔破之后，问题更复杂了，好像除了养跳蚤，还顺带养了一窝蝎子。一天，在香港中环的陆羽茶室，季宗慈的书商朋友请他们喝茶。在座的有诗人北岛。肥硕的季宗慈和清癯的北岛待在一起很有喜剧效果。北岛翻着他的书，说自己就是"丧家犬"，有很多年都是对着镜子说中文，比孔子还惨。那里的茶叶都是存放十年以上的上等货，其中的普洱皇一斤需要六万港币。"喝的就是它。"季宗慈说。应物兄没喝出它有什么好，反而觉得它有一股子灰尘的味道。孔子当年厄于陈蔡，灰尘落到碗里，无法用来祭祀了，颜回就把它吃了。喝普洱皇，大概就是"拾尘"的现代版吧？应物兄喝了两杯，当天开始拉肚子。好人经不住三天拉，到了第三天，他已经没有力气爬上飞机舷梯了。好不容易上了飞机，他盖着两条毯子，浑身发抖，问季宗慈："季胖子，你说我这是何苦来哉？"

"你很快就知道，我们没有白跑。"

果然，一大圈跑下来，再回到济州的时候，应物兄已经成了名人了，差不多成了一个公众人物，上街已经离不开墨镜了。一天，他去附近的华联商场另配变色墨镜,刚走出电梯,突然听到有个熟悉的声音在说话,却想不起来那人是谁。更奇怪的是,那个人好像同时在不同的地方说话,有的配着音乐,有的配着掌声。这是怎么回事?他循声向前,来到了旁边的电器商场。接下来,他看到不同品牌的电视机同时开着,一个人正在里面讲话。

那个人竟是他自己!

他同时出现在不同的频道里。

在生活频道,他谈的是如何待人接物。孔子说,己所不欲,勿施于人;孔子的门徒有子说,恭近于礼,远耻辱也。说这些话的时候,他穿着高领毛衣,地点是在电视台的演播厅。而在新闻频道里,他谈的则是凤凰岭上的慈恩寺申请世界非物质文化遗产的意义,那时他穿着唐装;而在购物频道里,他谈的则是建设精品购物一条街的必要性,那时候他穿着雨披,身边簇拥着舞狮队,一群相声演员和小品演员将他围在中心。他虽然不是考古学家,但他还是出现在一个考古现场,谈的是文物的发掘和保护在文化传承方面的意义。因为那次出土的是一艘宋代木船,里面的骨殖不像中国人,像是西亚人,所以他建议给那艘船起名叫"诺亚方舟"。他站在木船旁边,神情肃穆,活像个牧师。

那是他第一次看见电视里的自己。电视上的他显得年轻了许多。他身高一米七三——这是中国成年男人的平均身高,体重一百三十斤左右,显得瘦削。他额前总是横着几道深深的皱纹,可是聚光灯一打,皱纹好像就被抹平了,还胖了一圈,看上去富态多了,举手投足也显得更有风度。他想起了自己曾经在电台讽刺过心得和中天扬,说他们好像无所不知,就像是站在历史和现实、正剧和喜剧、传说和新闻、宗教与世俗的交会点上发言,就像同时踏入了几条河流。会不会也有人这么讽刺我呢?

他下意识地看了看周围。

回到家,他上网搜索了别人对自己的评价。不搜不知道,一搜吓一跳。他二十多年前的文章都被人贴到了网上，那是关于李泽厚先生的著作《美的历程》的"读后感"，题目叫《人的觉醒》。那个时候，他刚读乔木先生的硕士，对儒家文化一点不感兴趣。他感兴趣的是楚文化中原始的氏族图腾和神话，认为那是华夏艺术想象力的源泉。他感兴趣的还有魏晋风度，它看起来很颓废，其实那是对生命的感喟，蕴藏着对生命的留恋。把文章贴到网上的这个人认为，他如今从事儒学研究，高度赞美儒家文化，岂不是对上个世纪八十年代的背叛，对自我的背叛？背叛？哪有的事。我并没有背叛自己。再说了，在八十年代又有谁拥有一个真正的自我呢？那并不是真正的自我，那只是一种不管不顾的情绪，就像裸奔。

他的论文和著作中偶尔出现的病句、标点符号错误、注释不严谨，当然也逃脱不了人们的眼睛。他还看到了一张照片，是他开会时挖鼻孔掏耳屎的照片。还有一张照片上他牛仔裤的裤门没有拉上，露出了衬衣的衣角。

莫非这就是做名人的代价？他打电话向老朋友华学明诉苦。他们原来是筒子楼里的邻居，也是牌友和酒友。华学明的儿子还是他的干儿子。虽然华学明的妻子与乔姗姗闹翻了，有如天敌，甚至不能听到对方的名字，但这并没有影响他和华学明的友谊。他们每次见面，都习惯骂自己的老婆，好像在替对方老婆出气，这使得他们的关系更加稳固。华学明当时在电话里安慰他："没有被媒体伤害过的人，是不能算作名人的，你应该感到高兴。哥们也替你高兴。"

"学明兄，你不知道——"后半句话，他没有说出来：高处不胜寒啊。

微信朋友圈里看到一篇文章，题目叫《看，应物兄那张脸！》。文章后面显示了这篇文章的阅读次数。他已经是第九千零九个读者了。那是他第一次在别人笔下看到自己的形象。很快，他就猜出作者是谁了。是费鸣，只能是费鸣。费鸣首先也拿他的皱纹开玩笑。说他脸上最突出的特征,就是他前额的皱纹。皱纹很深,苍蝇落上去根本不需要撑,只需一抬眉,皱纹就可以把苍蝇挤成肉泥。

他曲肱而枕,摸了摸前额的皱纹。有那么深吗?没有嘛。他的祖父,他的父亲,前额都有这么深的皱纹。这是他们家族的徽记。在他的小学毕业照上,全班同学只有他的前额已有了抬头纹。后来,那浅浅的抬头纹就变成了真正的皱纹。费鸣,当你拿我的皱纹开玩笑的时候,你也在拿我的祖父和父亲开玩笑。

费鸣还说,他的脸大致可以分为两部分:眼睛往上,也就是大脑外面的那层皮,好像是七十来岁;眼睛往下,主要是指腮帮子和嘴巴,却是三十来岁。平均下来,刚好是五十来岁。

费鸣还说,即便在他演讲突然停顿下来的一刹那,你也能够从那张脸上看到一些过于复杂的情绪,那是由焦虑、疲惫、疯狂和渴望相互交织、相互渗透的情绪,那些情绪有如千足之虫的节足,密密地伸向了四面八方。

另起一行:"凡此种种,都加剧了我们应物兄面部表情的丰富性。"

面部表情的丰富性?什么意思?是说我有好几副面孔吗?还是暗示我见人说人话,见鬼说鬼话?费鸣,你这是骂人不带脏字啊。

接下来费鸣又写道,千万不要误认为这是拿应物兄的容貌开玩笑。实际上,他认为应先生的容貌要是再奇特一点的话,效果可能就更好了。综观人类思想史上那些大师,你会发现,他们没有几个是好看的。能够达到人类相貌平均值的,就已经是屈指可数了。而称得上漂亮的,更是凤毛麟角。美男子潘安不可能成为学者,最多只能成为二流的抒情诗人。孔子长得简直是奇形怪状。《史记》中说,孔子"生而首上圩顶"。头顶是中间低而四周高,像个盆地,像地震后形成的堰塞湖。至于老子,生下来就两耳垂肩。你又不是兔子，又不是毛驴，长那么长的耳朵干什么？法国的萨特，则天生斜眼。长相低于平均值，使得孔子、老子、萨特这些人，在青春期不至于太过招摇，性格当中容易发展出孤僻的一面，孤僻则会使他们趋于内向、内敛、内省，而内向、内敛、内省正是一个学者必不可少的品质。试想一下，如果孔子貌比潘安，那后果简直不堪设想：历史上或许就不会有儒家了，没有了儒家，中国还叫中国吗？跟那些大师相比，应物兄的容貌已经称得上英俊了。如果应物兄最后没能成为大师，那怨不得别人，只能怨他的父母没把他生成大师的样子。

一句话，都怨他妈没把他生得更丑。

应物兄想起，关于美男子潘安不可能成为一流学者的话，其实是他对费鸣说的，为的是嘲讽哲学系一个副教授，那个副教授长得有点像演员陈道明，说话阴阳怪气的。除了夏天，任何时候都穿着风衣，被称为"风衣男"。此人评职称时拿出来的著作竟然是自己的写真集，只是在每张照片旁边都写上一段话而已。那些话大都摘自经典作家的著作，但他却声称那就是他的"哲思"。此人自称一流学者。每当他要对什么社会现象发言的时候，通常都会这么说："作为一流学者，我们有必要对这个问题发表真知灼见。"他当时对费鸣说，此人自认为是个美男子，但美男子潘安是不可能成为一流学者的。

我扔出去的砖头，现在被费鸣搬了起来，砸向了我的脚。

他顿感脚趾生疼，好像真的挨了一砖头，不由得向后跳了起来。

费鸣到底要说什么呢？他是不是想说，我的书是不能当真的，因为我的书中没有自我反省？他是不是想说，我在攻击别人之前，首先应该撒泡尿照照自己？哦，我不生气，我一点也不生气。你拿我的容貌跟孔子相比，跟老子相比，是我的无上荣耀。有一点，我以后会慢慢和你谈的，那就是孔子并不孤僻。喜欢和学生打成一片的人,怎么能叫孤僻呢?

对于费鸣的攻击,季宗慈反而认为是好事。"有赞的,有骂的,才能形成交锋。只有赞的,没有骂的,反而不好。让暴风雨来得更猛烈一些吧。"季宗慈满脸红光,就像打了鸡血,鼻头更是红得有如朝天椒。季宗慈甚至鼓动他到法院去告费鸣。他从来没有这种想法,但关于他要告费鸣的说法却传了出去。

有一天,他的老朋友郑树森,一个研究鲁迅的专家,过来找他,劝他不要告。郑树森说:"他的文章我都看了,有点不像话。他说,一个人有没有才学,不是由他的著作说了算,而是由他的知名度说了算。而一个人的知名度,至少有一多半来自他的丑闻。这话有点过了。打人不打脸,揭人不揭短嘛。"

费鸣,你倒是给我说清楚,我到底有什么丑闻?

郑树森说:"别生气。当年鲁迅骂梁实秋是丧家的资本家的乏走狗,够难听了吧? 梁实秋告鲁迅了吗? 没有。梁实秋后来也没有变成狗,后来过得比鲁迅还好。所以,你要消消气。"对于季宗慈所说的写文章反击,郑树森呷着茶,说:"倒也不妨试试。另取个笔名?"

这次谈话不久,他从巫桃那里得知,费鸣的母亲去世了。

他去参加了费鸣母亲的葬礼。费鸣的兄长费边是他老同学,如今是北京一个门户网站的副总,他理应前去表示慰问。在葬礼上,他流着泪和费边拥抱,也和费边身旁的费鸣拥抱。他本想拍拍费鸣的脸,但费鸣躲开了。

他对费鸣说:"保重,鸣儿。"

费鸣回答说:"谢了,应物兄。"

这天,乔木先生和姚鼐先生也去了。他要送两位先生回家的时候,两位先生都不让他送,要他留在这里,帮助费鸣把后事办好。

9. 姚鼐先生

姚鼐先生毕业于西南联大，是闻一多先生的弟子，幼时曾住在二里头的姥姥家，那里是著名的二里头古文化遗址，夏代中晚期的都城所在地。中国出土最早的青铜爵，就出自二里头。你要研究华夏文明的源头吗？那你离不开二里头。你要研究国家的兴起、城市的起源吗？你还是离不开二里头。提到二里头，姚鼐先生有句话是这么说的："My God！千流万派归于一源，枝繁叶茂不离根本。'一源'何指？'根本'何谓？OK，还不都是我的二里头！"

姚鼐先生多次重返二里头，在夏商周断代工程启动之前就去过多次，后来又带着学生一次又一次往那里跑。为了更好地还原和体验夏代人民的生活，姚鼐先生还在那里盖了一个土坯房，房顶铺着干草，姚鼐先生给它起名叫"何妨一下楼"。众所周知，闻一多先生当年的书房，就叫"何妨一下楼"。因为"楼"顶铺的是草，大风一吹，就掀掉了大半，所以外面下大雨的时候，"何妨一下楼"常常下中雨。外面已是骤雨初歇，"何妨一下楼"里仍是潇潇似银烛，平地成沧海，搞得姚鼐先生不得不到外面避雨。

作为闻一多先生的弟子，姚鼐先生虽然不写诗，但一开口就诗意盎然。姚鼐先生说，在暴雨中，在骄阳下，他的心绪就会飞得很远，仿佛可以看到成群的鳄鱼、孤独的大象。大象，那古老的巨兽，在沿着河床闲逛，用鼻子饮水，用象牙刨食，遇到母象也不急于交欢，显得很羞怯，静静地等待着对方的反应。哎呀呀，都什么时候了，还羞怯呢？完全不知道饥肠辘辘的夏民们手持棍棒正在逼近。在大象们的羞怯和潮汐般涌动的情欲之间，笼罩着末世的阴影，但人类的文明却正在拉开新的序幕。姚鼐先生说，每当这个时候，他的脑子就会转得很快，考古学上的种种线索，如同四散的线头，一时间难以收拢,他只能猜测,也许——大概——然而——曾经——可不嘛——后来却——管他娘的——对对对——哦不——突然地,你就会觉得豁然开朗。姚鼐先生甚至为此吟了个对子:

兴许似乎大概是

然而未必不见得

乔木先生说:"七宝楼台,炫人眼目,碎拆下来不成片段。但还是让姚先生如此这般地连缀起来了。"

姚鼐先生说:"完全连缀起来,还得几代人努力。"

姚鼐先生有睡午觉的习惯,但在二里头,却常常睡不踏实,断断续续地做梦。在梦中,他又会否定刚才的决定。午后多么寂静,好像能听到夏人的喃喃自语。这时候他甚至会有点害怕,总觉得外面有人,还有鬼。一个人搂着一个人,一个鬼搂着一个鬼。他就不敢再睡了,起来给院子里的花浇水。他在院子里种了指甲花,给死去的老伴种的。早上起来,指甲花好像被人采过了。看着地上的脚印,嘿,你别说,还真像老伴留下的。

很难想象,姚鼐先生还曾亲自在那里养野鸡,养土蜂。当地的养蜂人养的都是意大利蜂,只有姚鼐先生养的是土蜂。姚鼐先生认为,那些野鸡和土蜂是从夏朝传下来的。夏历最原始的典籍《夏小正》记载:"玄雉入于淮,为蜃"。雉就是野鸡,"蜃者,蒲卢也"。郑玄为《尚书大传》作注:"蒲卢,蜾蠃,谓土蜂也。"按此化生说,这句话的意思是,夏历十月,野鸡在水边的草地上啄食土蜂。

听上去,姚鼐先生的谈话,好像是信马由缰,漫无目的,其实还是有个大致的主题的。这是一个上学期就该结项的项目,一个庞大的学术工程,全称是"从春秋到晚清:中国艺术生产史"。它不光要写到歌与诗、唱与曲,写各种杂耍,还要写到宗教、法律、道德和科学。应物兄是这个项目、这个工程、这项事业的秘书长。项目的申请报告是他起草的,各种烦不胜烦的申请表格也是他填写的。参与这个项目的,主要是乔木先生和姚鼐先生的弟子,或者私淑弟子,或者弟子的弟子。项目的总负责人,则是乔木先生和姚鼐先生。

姚鼐先生认为,艺术生产史就是人类知识的生产史,就像蜜蜂酿蜜。蜜蜂酿蜜并且把它们贮存在蜂巢里,然后自己消费。它们消费自己采的蜜,也消费别的蜜蜂采的蜜,而且供应不采蜜的雄蜂消费。姚鼐先生说,艺术家就是工蜂,它负责生产,读者和观众则是雄蜂。当然了,雄蜂还有一个任务,就是与蜂王交配,好生育出更多的工蜂。听着姚鼐先生的话,应物兄会想,这是不是借蜜蜂来讲述生活、创作与市场的关系? 蜂王代表着生活,代表着创作,还是代表着市场?

"交配也是消费。"乔木先生说。

"乔先生也养过蜜蜂?"

"很多人没有养过猪,却吃过猪肉。我呢,没养过蜜蜂,却聆听过蜂吟蝶唱。"

根据姚鼐先生建议,这套书的序言中不仅应该提到二里头文化,还应该放上土蜂的照片,以示我们的文化源远流长。姚鼐先生随后提到,小时候他跟着大人到地里干活的时候,牛啊驴啊在前面犁地,他经常在犁沟里发现各种青铜器的碎片,是绿色的,长着苔藓。有一次犁出了一个陶罐,本来是双耳的,被牛蹄子踩掉了一只耳朵。那只陶罐现在看来价值连城,当时却是他和姥爷的夜壶。

"一泡尿,就跟夏文化沟通了。"姚鼐先生说。

"这句话要写到序言里去。"乔木先生开了个玩笑。

"这句话写不写我不管,但马克思的话要写进去。马克思说,宗教、法律、道德、科学等等,艺术也一样,都不过是生产的一种特殊方式,并且受生产的普遍规律的支配。什么意思呢? 生产和消费就像鸟之双翼,既然是写艺术的生产史,当然还要写到消费形式的变化。"

"姚先生是说,与艺术活动有关的吃喝拉撒,全都一锅端了。"

乔木先生说。

"工程好坏,匹夫有责。我也使把力。"姚鼐先生捣了一下手杖。

话是这么说,姚鼐先生却只参加过两次碰头会。第三次代表姚鼐先生出席活动的,是他的大弟子芸娘。后来芸娘因为身体欠安,也很少来了。

这天,因为这个研究项目的事,乔木先生把相关人员都约到了家里,代表芸娘来听会的,是她的弟子文德斯。文德斯现在是老太太何为教授的博士,原是芸娘的硕士。文德斯是由费鸣陪着来的。原来这一天,费鸣刚好代表葛道宏去看望姚鼐先生,在那里遇到了芸娘和文德斯。这个项目费鸣也参加了,承担的是其中的一个子项目:春秋战国时代的民间作坊。费鸣喜欢战国时代。他说乱世出英豪,带劲!

费鸣和文德斯比他还早到了一会。

乔木先生的公寓在学校的镜湖岸边,在公寓楼的顶层,复式的,八楼和九楼都归乔木先生。他到了之后,乔木先生的夫人巫桃抱着木瓜从楼下上来了。他想跟木瓜握手,木瓜却把前爪收了回去。

"怎么了,木瓜?不理人了。"他问。

"它喜欢你叫它英文名字。"巫桃说。

"Moon——"

它果然伸出了爪子。巫桃把它递给了保姆阿兰,阿兰不知道那是木瓜的外语名字,揪着木瓜的耳朵,说:"哞——这是牛叫唤,也是叫牛的。你是不是想告诉我,你很牛?"

巫桃也参加了这个项目。不过巫桃只是署名,并不承担具体任务。当然,如果换个角度看,她的任务其实是最重的,因为每次在乔木先生家里聚会,她都要负责烧水沏茶。

乔木先生抽着烟斗,说:"任务早就分下去了。谁要是完不成,那是要打屁股的。我老了，打不动了，应物，替我打。"

我们的应物兄就挨个询问了他们的完成情况。问到费鸣的时候，费鸣有些不耐烦了，说："别问了，我不会拖大家后腿的。"

他手中有一张表格，上面每个人的选题、字数、进度、预计完成的时间都填得清清楚楚。他继续问费鸣："你的任务是五万字。上次你说已经完成了三万字。过了这么久，应该快完成了吧？"

费鸣看着乔木先生说："您看，他就是不相信我。"

当着乔木先生的面，他对费鸣说："要保质保量。拖了，我可是要打屁股的。别人的屁股我不敢打，你的屁股我还是敢打的。"

费鸣说："放心，把'食色，性也'安到孟子头上的错误，我是不可能犯的。"

参加完费鸣母亲的追悼会后，他本来对费鸣已经没有怨气，更谈不上火气了。但现在，那火气却扑腾腾地往上升，往上升。但他忍住了。这时候，他听见费鸣对巫桃说："木瓜呢？我给它带了个玩具，怕走的时候忘了。"费鸣掏出来的那个玩具，是一个陀螺，里面有个神秘的装置，一段轻脆的铃声过后，还会发出几声狗叫：汪汪汪。平时，他或许会觉得它非常有趣，但眼下，他却觉得那声音格外刺耳。

每个人汇报完之后，应物兄提到了芸娘对大家的感谢，说芸娘说了，项目结项之后，她会请大家吃饭。文德斯加了一句："芸娘告诉我，她会亲自掌勺。"

"她亲口跟你说的？"乔木先生追问道。

"是的。先生。"文德斯满脸通红，好像自己说了谎，"芸娘说，上次没请您吃好，这次补上。"

"上次她请我和姚先生吃饭，用德国全自动厨具，做了个糖醋排骨，难吃得从此不愿再提'排骨'二字。"乔木先生说。

通常情况下，开完碰头会之后，他都会留下来陪乔木先生吃饭。以前，费鸣也经常留下来一起吃。这天，看着费鸣，他说："你留下来吧,我们一起吃饭。"费鸣说:"今天不行了,我得赶回去写一篇讲话。"这时候,木瓜又跑了过来。费鸣蹲下来,伸出手指让狗舔,狗的舌头如同一片树叶,三角形,红色的。费鸣拉着狗的前爪,说:"Moon,跟叔叔再见。"

乔木先生有句名言,学问都是茶泡出来的,都是烟熏出来的,所谓"水深火热"是也。等到头发白了,牙齿黑了,学问自然也就有了,所谓"颠倒黑白"是也。很多年了,只要应物兄一来,这对师徒,这对翁婿,就会坐到阳台上,边抽烟喝茶,边谈诗论道。乔木先生只抽烟斗,不抽纸烟。在济州大学人文学院,只有两个人抽烟斗:一个是乔木先生,另一个就是姚鼐先生。有人议论说,抽烟斗是两位先生的专利。虽说都是抽烟斗,但他们对烟丝的要求却不一样。姚先生的烟丝是光明牌的。那是老牌子了,三十年代就有了。姚先生说,他的恩师闻一多先生,当年在西南联大就只抽这个牌子。而乔木先生抽的则是桃花峪牌烟丝,这是个新牌子,上个世纪九十年代中期才投放市场。桃花峪是黄河中下游的分界点,相当于黄河的肚脐,黄河自此汤汤东去,渐成地上悬河。它的南边就是嵩岳,据说是地球上最早从海水中露出的陆地,后来成了儒道释三教荟萃之处,香客麇集之所。而桃花峪上,野桃含笑,溪柳自摇,烟田相接。所以乔木先生说了,那里的烟丝凝天地之灵,聚浩然之气。烟斗之内,方寸之间,乾坤俱在呢。乔先生的烟斗上镌刻着王维的两句诗:桃红复含宿雨,柳绿更带朝烟。其中的那个"烟"字,既是朝雾之称,也是烟丝之喻。这首诗同时还是爱情的象征:因为乔先生的现任夫人巫桃,不仅芳名为桃,而且娘家就在桃花峪。

他当然还会陪先生喝上几杯。乔木先生的酒都是他送的,而他的酒则大多来自栾庭玉副省长。那当然都是货真价实的茅台。因为巫桃又用药材泡了,所以那酒的颜色已经黄中带乌。在厨房的冰箱旁边,放着一只酒坛子,里面昂首挺立着一只巨蜥,模样就像传说中的龙。它的爪子一直举到瓶口,胖乎乎的,就像胎儿的手。师徒酬酢，生旦净末丑，神仙老虎狗，什么都谈。此种情形有如诗中的某个韵脚，仿佛可以永远地周而复始，以至无穷。

这天他们谈论的话题，他大都想不起来了。吃完饭，他正要告辞，乔木先生让他再坐一会。乔木先生剔着牙，将牙缝里的肉丝吐出去，方向明确，是桌子底下，但方位不明确，因为每次吐的力度不同，肉丝的大小也不同。乔木先生突然问道："听说济世先生要回来了？"

当时程济世先生还只是表示，退休之后愿意回到济大，事情还没有说定呢。他就对乔木先生说："葛校长对此事很热心。但事情还没有最后确定。意向书都还没签呢。"

"济世先生是富家子弟啊。"乔木先生突然感慨道，"富家子弟做出的学问，好啊，好就好在有富贵气。钱钟书先生的学问，就有富贵气。至于与老百姓有多大关系，那就是另外一回事了。"

他大气不敢出，双膝夹着双手，双手握着钢笔，恭敬地往下听。

先生却突然沉默了，良久，摆了一下手说："算了。我只是想提醒你，给富贵人做事，够累的。"

"先生，我记住了。"

"其实我对他没有恶感。我只是想，江山易改，本性难移。我是担心你受累。对了，还记得我写的那个对子吗？"

"记得，记得。"他回答道，脑子里回荡着"江山易改，本性难移"这组成语。

他从美国访学归来时，程济世先生题写了两句诗，让他转送给乔木先生。程济世先生当时写的是：

花落花开无间断
春来春去不相关

是宋人吟诵月季花的诗句。有人说是苏东坡写的，也有人说是一个叫徐积的人写的。月季花从春天开到秋天，花开花落，从不间断。程济世先生认为，这两句诗送给乔木先生是最合适不过的了。乔木先生虽然自称懒散成性,述而不作,实际上还是写了几篇文章的,而且不同的时代,乔木先生都有名篇。乔木先生算是横跨了几个时代。又因为乔木先生无意于功名,有隐者之风,所以可以说是"春来春去不相关"。乔木先生当时衔着烟斗,说:"我也凑个对子,送给他吧。"乔木先生说出的那副对子是:

花开花落春秋事
雁去雁来南北朝

这对子用到程济世先生身上还真是贴切。花开为春,花落为秋,花开花落自然属于春秋之事,而"春秋事"又指程济世先生的儒学研究;雁去朝南,雁来朝北,雁去雁来确为南北之向,又指程济世先生生于大陆,长于台湾。当时在场的几个弟子,无不拍手叫好。巫桃说:"应该把这个对子写下来。"乔木先生说:"写下来?写下来给谁?"

"给那位姓程的先生啊。"

"他用一张狗皮,就想换我一张貂皮?"

即便现在回忆起来,他仍然觉得这话没有说错。乔木先生不仅是古典文学研究泰斗,还是著名书法家。就书法而言,程济世先生显然不能跟乔木先生相提并论。现在,乔木先生重提此事,不知有什么深意。

此时,乔木先生叫来正在收拾茶杯的巫桃:"将那个裱轴拿来。"巫桃就到乔木先生的书房取出了一个裱轴,打开一看,写的就是那个对子。乔木先生可以写多种字体,这幅是楷书,与文徵明有几分相近,颇有晋唐书法的风致。乔木先生解释说,裱轴有个好处,想挂就拿出来挂上,不想挂就卷起来,不占地方。

"来而不往非礼也。你可以给他寄去,表示我欢迎他回来。"乔木先生说,"我早就知道,他想回来了。雁来雁去,说的就是这个意思。不仅我知道他想回来,姚鼐先生也知道他要回来。"

"姚先生也知道?"

"姚先生是谁?! 姚先生是姚先生。"乔木先生说,"姚先生说,他是两耳不闻窗外事,一心只管夏商周。可窗外有什么事,没有他不知道的。有个叫倪德卫的人你知道吗? 不知道吧? 美国佬,本来是研究甲骨文和金文的,后来也迷上了夏商周的断代,算是姚先生的同行。"

不就是 David S. Nivison 吗? 我还真知道。不仅知道,还读过他的书呢,还批评过他呢。此人是斯坦福大学教授,除了甲骨文和金文,也研究孔孟。他现在想,看来我的那本书乔木先生并没有看过,至少没有认真看。在那本书中,他在解释孔子所说的"德之不修,学之不讲,闻义不能徙,不善不能改,是吾忧也"这句话时,引用过倪德卫的观点。倪德卫在《中国古代哲学的意志无力》一文中提到,自己看到过公元前一千二百年前后的一块甲骨文,上面有一句话:

甲午卜,王贞:我有德于大乙酒翌乙未

因为倪德卫,他记住了这句甲骨文。倪德卫将它译为:"在甲午这天占卜,王占曰:'我们已蒙皇先祖太乙的德。让我们在下一个乙未那天举行一次酒祭。'"其中的一个关键词是"德"字。倪德卫认为,"'德'在这里指的是'感谢'或'感恩'。在中国社会规则中,当一个人给另一个人东西,对另一个人显示特别的优待或者给另一个人某些服务的时候,后者身上就会有一种以同样方式回报于前者的心理压力。这就是感恩。"对这个说法,他是半肯定半否定。肯定的是倪德卫将"德"看成是一种活跃的心理活动,否定的是所谓的"心理压力"的说法。他认为,"心理压力"是一种精神负担,带着强烈的负面意义:

照他这么说,"以德报德"就是"以压力报压力"? 就是"以眼还眼,以牙还牙,以脚还脚"? 这是《圣经》中的名句。倪德卫先生不愧是读着《圣经》长大的。

这些话他也在课堂上讲过。第一次讲到这段话的时候,他还感到奇怪:作为一个甲骨文和金文专家,倪德卫先生应该知道"德"字的原始语义指的是"行动端正,目不斜视"。他去美国访学的时候,曾在程先生的书架上看到了程先生与倪德卫教授的合影。美国的汉学家,圈子本来就很小,比越南的汉学家圈子还要小,所以他们总是低头不见抬头见。照片是倪德卫教授过八十大寿时汉学家们的合影。至少从照片上看,倪德卫先生好像有点斜视。当时,他脑子里立即冒出了一句话:只有斜视的人才会觉得目不斜视就是斜视,才会将"以德报德"看成是"以压力报压力"。当然,这话他没对程先生讲。关于那张合影,程先生只说过一句话:"这个老倪,这个 David,自称比中国人还中国人,竟然不知道中国人做寿做的是虚岁,而且做九不做十。"

现在听乔木先生一会姚鼐先生,一会倪德卫先生,一会又提到程济世先生,他实在猜不透乔木先生到底要说什么。如果加上眼前的乔木先生,那么他就相当于同时在面对四位先生,四位大师。对于还健在的这些大师,他是不能随便发言的,只能静静地等待乔木先生说话。乔木先生拿着银色的通条通起了烟斗。通了一会之后,终于又开口了。他不能不对乔木先生的记忆力表示钦佩,因为乔木先生随口就提到了一大串数字。他有点吃惊,乔木先生记不住老伴的忌日,却对那些数字记得一清二楚,而且那还是别人文章里的数字。

乔木先生说:"那个夏商周工程,国内一半人喝彩,一半人沉默。国外则是一片喝倒彩。嗓门最尖的就是这个倪德卫。倪德卫在《纽约时报》上写了篇文章,说他想把工程报告撕成碎片。哎哟喂,多大年纪了,火气还这么大? 这不好。但他提到的数字,你却不能不服。倪德卫举例说,夏商周工程提到,周厉王在位三十七年,这个数字不对。《齐世家》记载,周厉王是在齐武公九年被流放的,而早于齐武公的献公是在公元前八六〇年杀掉胡公而即位的。

根据'胡公徙都蒲姑,而当周夷王之时'的记载,可以断定公元前八六〇年的时候,周夷王还在位呢。这样推算下来,周厉王在位时间最多不会超过十八年。懿王元年是前八九九年,在位二十五年,然后经历了孝王、夷王,才轮到厉王坐庄。无论如何,厉王不可能坐庄三十七年。"

"先生记得这么清楚?"

"我又不是搞这个的,记这些有什么用? 我是担心姓倪的错怪了我们姚先生,才把他的文章看了又看。看了之后,倒觉得他说得也有道理。不过,他还有一段话,我是无论如何不能同意的。这些美国人竟然认为,夏商周工程是一个庞大的学术委员会弄出来的,所以不可信,因为委员会弄出来的东西,都是互相谈判的结果,往往包含着很多的矛盾,没有学术信誉。这就是胡扯了。你们总是批评别人不讲民主,别人讲民主了,你又说当中有矛盾。倪德卫啊倪德卫,让我说你什么好呢? 你这个讲话就是在华盛顿的一个,叫什么什么,亚洲学会上发布的嘛。你就敢拍着胸脯保证,你说的都对? 我对姚先生说了,不要生气,跟这些人生气犯不上。姚先生说,我才不牛这个闲气呢,天又塌不下来。就是塌下来,也有高个子顶着。姚先生还告诉我,不用他出面反驳,美国人自己就看不下去了,已经有人跳出来了。姚先生问我,有个程济世您知道吗? 我说知道啊,搞儒学的。姚先生就让人给我送来了一个复印件。"

"您是说——那个复印件在哪?"

"跳出来的就是这个程济世。文章也发在《纽约时报》上。复印件嘛,我看过就垫到狗窝里了。文章的内容我记不清了,题目叫《错简》。有这个词吗? 看了注释我才知道,它的原文是'Slip'。在英文中,'竹简'和'失误'是同一个词,都是 Slip。我又专门叫巫桃给我查了查这个 Slip,原来还可以译为'滑翻在地''三角裤衩',也指'后裔'。济世兄嘴皮子厉害,一语双关、三关、四关,骂人不带脏字。程济世在文章中说,倪德卫手头有一本书,叫《竹书纪年》,里面有所谓的完整的西周纪年,被他当成宝贝一样供着,但这本书其实是伪书,原书早在汉代就已散佚,如今我们看到的《竹书纪年》伪造于明代。济世兄说,倪德卫宁信伪书《竹书纪年》,而不信《史记》,怪事也。"

说到这里,乔木先生眉毛一挑,突然加上一句:"我们那套书的明代部分是谁写的?再加一章!就谈明代的伪书,就围绕着这个《竹书纪年》来谈。"

他说:"好的,我记下了。"

乔木先生又说:"这篇文章是怎么跑到姚先生手上的,你知道吗?参加夏商周工程的人多了,姚先生又只是参与者之一,还不是主要负责人,他为什么不寄给别人,而要寄给姚先生呢?姚先生当然知道程济世就是济州人。出于礼貌,就回了一封信。没过多久,程济世的回信就又来了,说回国时一定前来拜访姚先生和我。他跟我套近乎,也跟姚先生套近乎,说明了什么?"

哦,乔木先生就是这样猜到程先生要回国的?

乔木先生说:"我倒不怕见他。不过,姚先生好像有点怕见他。为什么?嗨,不知道吧,那个真不真、假不假的《竹书纪年》,其实也是姚先生他们的参考书。要是谈起此事,姚先生岂不尴尬?"

说到这里,乔木先生叫了一声木瓜,一声明月,一声 Moon,乍听上去好像养了三只狗。叫木瓜过来,就是为了让木瓜与客人告别。所以,可以把这看成是乔木先生送客的标志。木瓜果然跑来了,嗅着乔木先生的裤腿。乔木先生摸了摸狗头,说:"懂点礼貌,等一下。"奇怪得很,这次当他站起来的时候,乔木先生却用烟斗指着沙发,让他再次坐下。

乔木先生突然跟他提起了费鸣。乔木先生说:"我听到一些议论,说你们有些唇舌之争。要不得。打虎亲兄弟,上阵父子兵。得饶人处且饶人吧。不要让别人看笑话。再说,他现在是个没爹没娘的孩子。"

"我知道,我会照顾他的。您放心。"

"你忙,他也忙。我看他每天忙得脚不沾地。你告诉他,不要太忙。又没有什么立功立德立言之事等着他,有什么可忙的？什么叫忙,心亡为忙。你也要记住。你们啊,最好找个清闲的地方待着。"乔木先生刚才还在挖苦富贵子弟,这会却说,"政治家薛宝钗说得好,天下难得的是富贵,最难得的是闲散。"

"我记住了。"

"你啊,别人指个兔子,你就去撵,还不把你累死。找个人替你撵。"

乔木先生的话常常自相矛盾,歧义丛生,这就看你怎么理解了。他现在揣摩,虽然程济世先生出任儒学研究院院长的事情,还只有少数几个人知道,但乔木先生应该已经知道了。足不出户,却知天下事者,先生也。乔木先生肯定也知道,儒学研究院已经交给他来筹办了。也就是说,乔木先生虽然没有明说,但已经是在向他暗示,应该把费鸣调入儒学研究院做他的助手。这既是对他的关心,也是对费鸣的关心。同样是关心,相比起来,乔木先生对我的关心好像更多一点。到底是岳父,他不想让我太累。

他是不是想说,何不让费鸣替我去撵兔子？

这天分手的时候,乔木先生还说了另外一句话。他认为乔木先生那是在表达对自己最大程度的支持:"需要我的时候,跟我说一声。"不过,乔木先生接下来的一句话,他就得费心琢磨了。乔木先生是这么说的:"只要用得着,你就是把我当成点心匣子送出去,也没有什么不行的。"

10. 扁桃体

扁桃体都要飞出来了。

费鸣那一声吼,可真是声嘶力竭:"卡、卡、卡尔文,我操你妈!"

不用说,卡尔文是铁梳子派来的。卡尔文的思维果然与中国人不同,听了这话不但不生气,反而很高兴。应物兄听见了卡尔文的笑声,笑得爽朗极了,而且伴以他自己的掌声。卡尔文说:"来啊老费!上啊老费!赶明送你一张几飘①。你要是嫌远,我就替你跑一趟,将母亲大人接来。"卡尔文的嗓音与中国人不同。应物兄曾听一个声乐老师说过,黑人的声带与我们不同,又粗又长,声道空间很大,泛音较广,天生就像铜管乐器。

对方如此大方,反倒让费鸣有点受不住了:"别,别他妈胡说。"

卡尔文操着他那铜管乐器,把费鸣批评了一通:"老费,你得说话算数。子曰,君子一言,驷马难追。"听上去,不把他妈送到费鸣床上,他是不会善罢甘休的。然后卡尔文才问:"老费,应夫子呢?"

"死了。"费鸣说,这话听上去实在别扭,"让那两个杂种弄死了。"

卡尔文显然听出这是气话,不然他不会和费鸣开玩笑:"老师死了,你怎么还净想着操啊操的?要披麻戴孝,赶紧的。"

一个保镖说:"没死,没死,真的没死,我这就把他放出来。"

随后他听到了卡尔文在怒斥保镖:"我操你媳妇。你们活腻了!滚——"你看,这是什么思维?他一开口就是操人家媳妇。卡尔文或许觉得,没经过人家媳妇同意就操来操去的,有点不好,还改了口。卡尔文是这么说的:"别急着走!日狗的,我告诉你们,赶快让你们媳妇来操我。你们瞎了眼了,不识大山!跪下!"

卡尔文其实说的是"狗日的""有眼不识泰山"。卡尔文常常会改变汉语的一些习惯用法,将"狗日的"说成"日狗的"就是一例。如果你好心地纠正他,他还不领情:"一回事嘛,'日狗的'不就是'狗日的'?"

当卡尔文打开门的时候,他首先看到的就是跪在面前的两个

---

① 机票。

壮汉。那个清秀一点的壮汉，好像比较爱面子，只跪下了一条腿。卡尔文立即补上了一脚，那个人就也双膝着地了。

"丈脸①！"卡尔文喊。

"互相丈脸！"卡尔文又喊。

"滚——滚——"卡尔文朝着那两个人的屁股，连踢了两脚。不过，那两个人并没有滚。他们只是后退几步，跪到了墙角。卡尔文的胡子与他们相同，只有上唇有胡须，像鞋刷。看来这是桃都山集团的统一制式。

然后，卡尔文才对他说："应夫子，我也给你磕个头？"

他点上一支烟，想，我要不要也让卡尔文滚开？当他这么想的时候，"滚"这个字眼其实已经连滚带爬到达了他的舌面，但又被他咽了回去。他听见自己说："谁让你来的？"

"报告应夫子！上帝让我来的。"

"哦？铁梳子已经是你的上帝了？"

"应夫子，我说的上帝就是你啊。你是我和铁梳子的上帝。"

费鸣过来扯住了卡尔文的领带，"金毛是你的？等着瞧，老子非宰了它不可。"

卡尔文回头对两个保镖说："现在就回去，让哈登安乐死。"

金彧刚才不在旁边，这会又出现了。金彧对两个保镖说："蠢货，听见了吗？还不快滚。"

那两个人后退着出去，但还是没有走掉。

卡尔文呢，此时又是鞠躬，又是作揖，又是做出单腿下跪状，又是在胸前画十字。卡尔文声称："只要你们能消气，把我宰了也行啊。"说完这个，卡尔文又嬉皮笑脸地对他和费鸣说："有朋自远方来，不亦乐乎？看到我，你们应该高兴啊。"站在一边的金彧被卡尔文逗乐了。卡尔文又对金彧说："小姑奶奶，快把两个日狗的领走。"

金彧顿时羞红了脸，耳朵尖都红了。

_____

① 掌脸。

他看到,金彧手中还拿着那份待签的协议。它已经被撕成两半。金彧继续撕着,撕成了碎片。在这个过程中,金彧还关切地问费鸣,刚才摔得要不要紧。

费鸣说:"这不关你的事。我跟铁梳子没完,跟这个鸟人没完。"

他说的鸟人,自然指的是卡尔文。卡尔文竟然纠正了费鸣的说法:"别以为我不知道。不是 niǎo 人,是 diǎo 人。"这次,他发音准确。

11. 卡尔文

卡尔文,曾是济大的留学生,来自坦桑尼亚,是坦桑尼亚国民议会议员的儿子。说起来卡尔文还是费鸣介绍给他的。在校长办公室工作的费鸣,有时候需要与这些留学生打交道。

"说他是非洲人,其实是美国人。"费鸣说。

卡尔文的青春期是在美国度过的。他身高一米八〇左右,细碎的卷发很像井栏边的苔藓,长得很像高尔夫球手伍兹,就是那个闻名世界的性瘾症患者。他的肤色比伍兹还要再浅一点,与奥巴马总统的肤色接近。这是因为卡尔文和奥巴马总统一样,都是混血。不过,要是细说起来,卡尔文其实比奥巴马总统还要"混",混得更早,也混得更广。卡尔文的祖父就是个混血,是英国人和黑人的混血,曾参与修建著名的坦赞铁路,并跟着中国铁路工人学会了汉语。当时远赴非洲的中国铁路工人,除了修路,就是手举语录本,在工地上开展"批林批孔运动"。从祖父那里,他最早知道的三个中国人分别是毛泽东、林彪和孔子。

如前所述,应物兄在济大开设了一门选修课叫《〈论语〉精读》。就是费鸣带卡尔文来听课的。看在费鸣的面子上,他没有拒绝。

他首次开设《〈论语〉精读》选修课的时候，整个人文学院只有十二个人选修。倒数第三次上课，课堂上就只剩下五名学生了。他问这五名学生对考试都有哪些要求。下面的人面面相觑，谁也不说话。后来他才知道，那五名学生当中，有两名是来这里谈恋爱的，有一名是来这里做作业的，还有一名学生是来这里补觉的——这名学生有严重的失眠症，只有在课堂上才能睡着，老师讲课的声音对他来说就是最好的催眠曲。只有一名学生是来听课的，是这门课的课代表。他站在讲台上，一时间被一种失败感所笼罩。当然，考试的时候那十二个人悉数到齐了。他没有为难他们，让他们都及格了。后来，随着"儒学热"的兴起，以及他在儒学研究界知名度的提高，选修和旁听他的课的人也越来越多，其中就有不少留学生。他们中有黑人，有白人，也有连他们自己也说不清楚人种的人。站在台上往下看，他就像是在主持联合国安理会会议，只不过讨论的不是安全问题，而是两千五百年前孔子的语录。因为听课的人太多，事先没有报名的学生他已经不允许他们进场了，但因为卡尔文是费鸣领来的，他也就破例了。

卡尔文送给他一个小礼物：一个头顶瓦罐的黑人少女，黑檀木雕成的。卡尔文很内行地说，它就相当于弟子送给孔子的腊肉。他回赠了一个紫砂茶壶。

在课堂上，他经常列出一些词语，先讲解一番，再让学生们讨论。这些词语在日常生活中是一个意思，在《论语》中又是一种意思，但是它们之间又有联系。比如"学习""君子""成人""闻达""爱人"等等。通常情况下，他要引用很多注疏，类似于"汉儒释经"。一个词甚至可以讲解几个课时，整理出来就是一本书。他这样做，有时候是为了显示自己的水平。大部分学生都有智力主义的倾向，必须让他们感到那玩意很复杂、很难，他们才会服你，你才能把他们镇住。因为有留学生听课，所以他在备课的时候，又必须把所有的关键词都用英文翻译过来。英语本来就是卡尔文的母语之一,再加上卡尔文曾在美国留学,所以卡尔文的英语水平那是没说的。卡尔文曾经纠正过他的一些误译。不过,卡尔文从不当场纠正,而是在课后以小纸条的形式提出来。对卡尔文的做法,他心中是有感激的。只送一个紫砂壶好像说不过去,再配一套茶杯?后来,他不仅送了茶杯,还送了一斤上好的大红袍。

他们很快就超越了一般的师生关系,成了朋友。卡尔文喜欢吃火锅,口味很重,越辣越好。熟悉之后,他曾请卡尔文吃过一次火锅,因为他不喜欢吃辣,所以他点的是鸳鸯火锅。卡尔文说:"我们就是一对鸳鸯。"

"这话不对。鸳鸯说的是男女——"

"你蒙不了我。中国古代好像是把鸳鸯比作兄弟的。是不是?"

"这你也知道啊?南朝萧统主编的《文选》里面,就有'昔为鸳和鸯,今为参与辰'之句。晋人郑丰有一首诗叫《鸳鸯》,写的是陆机、陆云兄弟。"

卡尔文还问过他一个问题:"《论语》怎么没有'此'字呢?该用'此'字的地方,用的都是'斯'。要说那时候还没这个字吧,可《诗经》里却是有的,'知我者谓我心忧,不知我者,谓我何求。悠悠苍天,此何人哉'?"

卡尔文的问题总是非常刁钻,还有一次他问道:"《论语》开篇就说,'有朋自远方来,不亦乐乎',可是随后孔子又提到,'父母在,不远游'。'自远方来'的那个'朋'是不是已经父母双亡了?不然,他是不能到远方去的,去了就是不孝。一个如此不孝之人,孔子怎么能把他当成志同道合的朋友呢?"他只好对他说,孔子的意思其实是说,父母还在世的话,出远门之前一定要跟父母说一声,告诉父母自己要去哪里,什么时候回来,免得父母操心。所以,"自远方来"的那个"朋",事先也一定告诉父母自己要去见孔子了。当然了,现在通讯这么发达,事先来不及说,出发之后也可以打电话、发微信或者发电子邮件。能做到这一点，就是"仁"，就是"孝"，这样的人都可以当朋友。

卡尔文当场就给一个女孩打电话。他对那个女孩说，他的父母很喜欢中国文化的，见到她肯定非常喜欢，很可能还会用中国话跟她打招呼，"有朋自远方来，不亦乐乎。"他还对女孩说："别用'父母在，不远游'拒绝我。到了非洲，再打电话告诉父母，也是仁，也是孝。"他最后一句话是这么说的："操，就这么办，给他们来个先斩后奏。"

"你又勾引了一个女孩子？"

卡尔文倒不否认。他说，有一天他请那个女孩看电影，两个人过得很愉快，他看了一下手表，对那个女孩说，时针走得太快了，真想把这表给扔了。女孩说，我送你一块表吧。女孩说着，就抬起他的手腕，用她的牙在他的胳膊上咬了一块"手表"。他觉得这个细节太迷人了。他对那个女孩说，我也送你一块表吧。女孩就把细嫩的胳膊伸了过来。他说，我要送你一只怀表。然后呢，事就成了。

卡尔文向他描述了那个女孩之美，说她的皮肤就像奶冻。卡尔文尤其对她的私处赞不绝口。他用了一个词：要害。他说："她的要害，紧啊！需要助跑才能插进去。"他不得不提醒卡尔文，"要害"用到这里并不合适，因为它带有"致命"的意思，人们通常说，击中要害。卡尔文笑了，露出一口白牙，说："是啊，她的要害，就是对我的致命诱惑。"

"当心人家的父母过来揍你。"

还真让他给说着了。没过多久，女孩的父亲就找上了门。女孩的班主任告诉那个做父亲的，这是自由恋爱，别人不能干涉。那个女孩的父亲问："你有女儿吗？"班主任说没有，只有一个儿子。又问："你有妹妹吗？"班主任猜到对方来者不善，就说了谎，说自己是独生子女，哪来的妹妹？女孩的父亲说："那你愿意你的孙女被黑鬼干吗?"班主任感觉到这个人已经疯了,正想着要不要叫保安,一只暖水瓶已经扑面而来。

这事过去之后,卡尔文有一天对他说:"我算是知道什么叫棒打鸳鸯了。我本来可以诉诸法律的,因为他叫我黑鬼。歧视!种族歧视!国际法不允许的!说我黑,倒没什么事。用你们中国话讲,这是实事求是。"卡尔文对着紫砂壶嘴吸了一口茶,然后替中国人操心起来,"你们的法律什么时候才能健全?你们做皇帝的不急,我们做太监的不能不急啊。"他懒得纠正他的用词错误,但还是又请他吃了一次火锅,算是对他"失恋"的安慰。

不过,卡尔文还是做了些好事的,并为此上了校报。他曾把全校各处指示牌、广告牌上的英译错误登记造册,交给费鸣,最后弄到葛道宏校长批示,将那些错误全都改过来了。这使得葛道宏可以自豪地宣称,济大校内广告牌上的英译错误,在全国高校中是最少的。卡尔文也做过一些让他本人非常感动的事,虽然它带有让人啼笑皆非的性质。一次他开车送朋友去机场,在高速路上发生了碰撞,差点死掉。当他醒过来的时候,他看到了卡尔文在博客里写的那段文字。当时是暑假,卡尔文事先告诉过他,自己要出去游玩几天,因为济州太热了。卡尔文的汉语虽然说得很溜,甚至都有点过于溜了,但写出来的文字却让人不敢恭维:

闻知应夫子车祸,患了半死不死之病,我心有戚戚焉!

他叫我卡夫子,我叫他应夫子。孔子是孔夫子。他是应夫子。

首次上课,他在黑班上写了几个词,让朋友说意思。别的我忘到后脑勺了,我记得有个词:爱人。我举手,应夫子言道:你说。我说,与男人有性关系之女人,即是爱人也。应夫子说,同意者谁举手。我举手,别人不举手。跟我有性关系之女孩亦不举手也。应夫子言道:"爱人"不是 sweet heart,不是 lover,是 love others! 仁者爱人;爱人者,仁者也。

　　我进日返济州，看望应夫子。

　　上帝啊，老天爷啊，娘啊！应夫子醒来吧，别半死不死了。阿门。

　　我叫过他卡夫子吗？没有啊。他叫过我应夫子吗？也没有啊。再次见面的时候，他向卡尔文指出了这一点："卡夫子，我这样叫过你吗？"卡尔文回答说："你刚才不是叫了吗？应夫子。"

　　"你这是去哪里旅游了？"

　　"其实，我们没去外地，就在济州。济州也有很凉快的地方啊。"

　　不用问，卡尔文肯定是和一个女人在某个地方逍遥了几天。和那个女孩分手之后，卡尔文很快又挂上了一个女的，他们是在歌厅认识的。用卡尔文的话说，她一看到他，就扭过来了，约他一起喝酒，喝的还是地道的法国干红。他第一次听说此事的时候，既有点吃惊，又不由得有点担心：不会是个歌厅小姐吧？泡歌厅小姐，你就不怕染上花柳病？"花柳病"这个古老的词，是卡尔文非常喜欢的词。卡尔文曾说，在所有关于性病的词语当中，他最喜欢的就是这个词，太文雅了。卡尔文不仅喜欢花柳病，还喜欢治疗花柳病的食方：梅花粥，蒲公英粥。"雅，真他妈雅！"卡尔文说。

　　"什么？真是个小姐啊？你也太——"

　　"当然是小姐。我又不是 Gay！"

　　"此小姐非彼小姐。我说的是婊子。赶紧断掉。"

　　"那怎么行呢？我们是鸳鸯啊。鸳鸯不独宿，晚上我们还要见呢。"

　　"你就告诉她，你没钱了，借笔钱花花。你这么一说，她就跑了。"

　　"哈——"卡尔文又露出一口白牙，"是她给我钱。给了两次钱了。一次比一次多，有 Dollar，有 Euro，不过我更喜欢 RMB。"卡尔文捻动着手指，"她带我去开会。她给我一段话，我译成英语，在会上念一念。念完就给钱。"

原来对方并不是女孩,而是个中年妇女,还真不是婊子。她是桃都山连锁酒店的老板,一个富婆。应物兄与这个富婆还接触过几次。他虽然搞不清她的年龄,但可以肯定,富婆应该在四十五岁以上,当然他后来知道她早已年过五旬。卡尔文说,他现在喜欢的就是 Mature Women,就是 Milf,也就是所谓的熟妇。他们首次见面的地方,就在那个女人开设的酒店,在酒店顶层的歌厅。那个酒店经常承接各种会议。她就是陪同一个会议的组织者来这里唱歌的,那些人正在筹办一个关于"生物多样性"的研讨会。会议马上就要召开了,答应参加会议的一个英国专家和一个加拿大专家却突然来不了了。这可不是个小事,因为这意味着会议的规格降低了,不能再称作国际会议了。就在这个时候,她和会议的筹办者突然看到了卡尔文。

他们需要卡尔文,需要他那张脸,需要他那副腔调,需要他的某种功能。卡尔文就以英国专家的身份参加了那个会议。会议期间,她给与会专家安排了一个舞会。那时候,卡尔文已经发完言了,他的功能已经完成了,所以他感觉到她已经开始冷淡他了。他多少有些失落。专家们跳舞的时候,他没有跳,只是斜靠着吧台看着别人跳。她被某个会议的组织者搂在怀里,就在这时候,他发现她的目光瞥向他。他们的视线越过别人的肩膀相遇了。后来,她就来到了他面前。他壮着胆子邀请她到外面走走。她接下来的一句话,让他觉得自己碰到了高手。她看着他的裤门,说:"等一会,等它下去。"他没有听懂。于是她稍微蹲了一下,像是弯腰捡东西似的,用高脚杯在他的裤门上碰了一下。她观察得真细啊,他的裤门确实有点鼓胀。她说:"难看死了!等它下去。"

在她的安排下,卡尔文又以外国专家的身份参加了一个关于食品安全的国际会议。她本来还想安排他参加一个关于水稻优选优种的会议的,但他拒绝了。他说,他必须等自己的络腮胡子长起来,不然很容易被识破。"有个词叫什么来着? 对,露馅!"卡尔文说。

不久,卡尔文就结束了他在中国的留学。他没有回坦桑尼亚,而是去了美国。我们的应物兄参加了那个送别晚会。在众多留学生当中,卡尔文仍然是个活跃分子。那个女人也来了。卡尔文介绍说,这是他参加社会实践认识的人。那个女人敬了他一杯酒。卡尔文丢下他们,上台高歌了一曲《临行喝妈一碗酒》。唱完,卡尔文跑到那女人面前躬了一躬:"这歌是献给你的。对不起,把你唱老了。其实,我是把你当姐姐看的。"

她叫他卡卡:"卡卡,姐姐也是把你当弟弟看的。"

卡尔文又跑上去了,这次他唱的是电视剧《还珠格格》的主题歌。他很喜欢《还珠格格》,他说,他关于中国最后一个王朝的很多知识,都是从《还珠格格》里学到的。当然,他最喜欢的是小燕子。这会,他就在台上说:"小燕子的眼睛真大呀,像牛蛋,我喜欢。"卡尔文一边唱,一边向台下抛着飞吻:

> 你是风儿我是沙,缠缠绵绵绕天涯
>
> 珍重再见,今宵有酒今宵醉
>
> 对酒当歌,长忆蝴蝶款款飞

台下的铁梳子竟然满眼含泪,说:"这歌这么好听,以前都没有听出来。"

当卡尔文去了美国之后,曾来过一个电话,说他进了一家公司做矿石生意,公司总部在美国,采矿地点却在坦桑尼亚。半年前,卡尔文曾跟他联系过一次,说非常想念他,很想把他的书译成斯瓦西里语,但苦于工作太忙,抽不出时间。卡尔文说,孔子说了,四海之内皆兄弟也,但他认为真正的兄弟都在中国,在济州。"指不定某年某月某日,我就回去了,扑到你的怀里。"卡尔文写道。落款是卡夫子。

我们的应物兄没有想到,这么快就见面了,而且是这种情形下。

"铁梳子呢?"他问卡尔文。

"她让我来接你,晚上一起吃饭。"

"算了吧。我得把木瓜送回去。木瓜虽然是个串儿,但它总比铁梳子重要。"

"串?串儿?把它和它的儿子串起来?"

串儿就是杂种,和你一样,它也是个杂种。但出于礼貌,话一出口,就变了,变成了:"那是说它的血统比较复杂,来源甚广。"他绝对没有想到,卡尔文自己却引火烧身,说:"这么说,我跟它一样,也是个串,串儿?"说着,卡尔文竟然扭动着屁股唱了起来。同样是屁股,卡尔文扭起来,有一种天然的韵律。卡尔文还顺便改了歌词:

> 你是金毛我是串儿
> 缠缠绵绵绕天边儿

他和费鸣都被他搞笑了。遇到这样的鸟人,你能怎么办?铁梳子把这个人派来瞎搅和一通,还真搞得我们没脾气。

把卡尔文送来的那辆车,就停在春熙街,一辆大切诺基。金或上了车,抱着木瓜走了下来。当金或把木瓜还给费鸣的时候,木瓜似乎还有点舍不得离开金或的怀抱:头贴向金或的胸脯,同时眼巴巴地望着金或。为了你,我都被关禁闭了,你却看都不看我一眼?不像话啊。据说,现在连狗都不忠诚了,看来是真的。

金或同时交给费鸣一个身份证:木瓜的身份证,也就是协议中说的狗证。

费鸣接过狗证,同时把木瓜夹到了腋下。

木瓜却突然从费鸣腋下挣脱了。它迅速地钻进了医院。它并没有意识到,它刚在那里闯了祸,闯了大祸。此时,所有人的目光都搜寻着它。只见它找到那个曾经藏身的木柜子,闻了一圈,然后撩起后腿,滋了一泡尿。医生一直没有说话,这时候突然公布了他的重大发现。

"我们的木瓜先生，是个左撇子啊。"

经他解释，他们才知道，公狗撒尿通常撩起右后腿，木瓜却撩起了左后腿。医生说："左撇子的公狗，我是第二次看到。上次那条狗，是副省长栾庭玉家的。"这本来没什么，但接下来的那句话，就有些不靠谱了，"对国家有责任感的人，喜欢故意用左手写字来锻炼脑子，以便更好地为国家服务。宠物耳濡目染，可能受到了影响。"医生随后表示，要好好地研究一下这个现象。

"你不用研究了，我们家没人用左手写字。"

但是他突然想到，乔木先生有时候确实是用左手写字，并且在落款处写上"乔木左笔"。当然，这话他没说。

他们离开的时候，医生还在和护士研究这个问题。一个护士对医生说，阉过的公狗，抬左腿与抬右腿的概率各占百分之五十。这位护士是心理学硕士，她的说法或许是能够成立的：狗会事先观察人类的视域；当它抬起右腿的时候，如果它认为你的目光能够接触到它的睾丸位置，也就是看到那个空缺，那么它就会及时地把右腿放下，临时改抬左腿，从而使你不可望更不可即。

"它要是对着镜子撒尿呢？"一个也来给狗看病的人说。

"那它就要蹲着撒了，就像母狗。"医生的男助手说。

护士不高兴了，抬高声音说："你这是侮辱女人，是把女人看成被阉割的人。"

费鸣显然也听到了他们的对话，一时都有些愣神了。费鸣接下来的一个动作，让我们的应物兄颇为感动，费鸣吻了一下木瓜的脑袋，说："对不起了木瓜，上次都怨我。"他知道费鸣说的是他们抱着木瓜来做阉割手术的事。就在那一刻，应物兄觉得，费鸣其实心地柔软，性情良善，虽然不一定能做到"吾日三省吾身"，但总的来说还是有自省精神的。总之，有可能是一个很好的工作伙伴。

但是，费鸣接下来的话却具有挑衅意味。当他提出和他一起吃饭,吃完再回去的时候,费鸣立即说:"你不是说,要赶紧把木瓜送回家吗?怎么,说话不算话?"费鸣的最后一句话是对卡尔文说的,挑衅意味更浓:"我跟你没完。"一辆出租车停在春熙街和经二路的交叉口。费鸣打开车门,先把木瓜扔了进去。嗖的一声,就像扔进去一个沙袋。木瓜没有叫唤。它一定是被这急剧变化的形势给弄傻了。关车门的时候,费鸣又指了指卡尔文,说:"你他妈的真不是东西。"

卡尔文耸耸肩,嘴一撇:"我本来就不是东西。我是中国人民的老朋友。"

随后,他接到了一个电话。他以为是费鸣打来的,原来是铁梳子。他还没开口,铁梳子就来了一大篇:"太好玩了,是不是?快来快来,让我给我们的大教授压压惊。知道吗,我正满世界找您呢。您可真难找啊。我就差张贴寻人启事了。你来不来?你要不来,我和小卡今天就住在你家里,让你什么事也干不成。"

"改天吧。"他说。

"敢,你敢!把费鸣也给我揪来。"哦,一个"敢"字,一个"揪"字,境界全出矣,蛮横,嚣张,飞扬跋扈。他感到自己的手在空中抓了一把。他抓的是空气,是雾霾,是春熙街的夜色,但意念中却是费鸣的衣领。他听见铁梳子又说:"他早就说过,要来吃套五宝的。"

套五宝?他确实曾听费鸣和乔木先生谈起过套五宝,谈得津津有味。但他不知道那是什么东西,也没有问过。听铁梳子的口气,费鸣跟她好像很熟悉。他说:"铁总,你听我说,他已经走了,我们改日吧。"

"亏你还是个大教授呢。跟女性说话,只能说改天,不能说改日,懂吗?"铁梳子大笑起来,"走了更好。他是葛道宏的人,有他在,有些事反而不好说。"

放下电话,他对卡尔文说:"你跟铁梳子说一下,我今天真的有事。再说了，我已经气饱了。"

卡尔文开始装傻了："What's mean？你又不是乌龟，怎么能只吃空气呢？"

他终于恼了："卡尔文，我忙得很，没工夫跟你瞎扯。"

但最终，他还是决定前去赴宴了。这是因为铁梳子提到了一个人：铁梳子并没有直接跟他提那个人，而是把她和黄兴的合影发到了卡尔文的手机上，然后提醒卡尔文给他看一下。那个人名叫黄兴，与程济世先生情同父子。铁梳子随后又打来了一个电话。她说："到哪了？我一会下去接您。"

12．早在1743年

早在1743年，《纽约周报》就在头版位置刊登了一篇关于孔子的文章，题为《孔子的道德》。那时候美国还是英国的殖民地呢。美国后来的独立与孔子有什么关系呢？美国的《独立宣言》中说："我们认为这些真理是不言而喻的：人人生而平等，造物者赋予他们若干不可剥夺的权利，其中包括生命权、自由权和追求幸福的权利。"

按照程济世先生的观点，这段话就是受到了孔子的影响。孔子说："不患寡而患不均，不患贫而患不安。"

有些读者可能不知道，在美国联邦最高法院的外墙上，镌刻着人类历史上最伟大的三个立法者的头像：颁布《十诫》的摩西、雅典的立法者梭伦，以及穿长袍留长须的孔子。一个最新的事例是，2009年10月，美国国会众议院以三百六十一票赞成四十七票反对，通过一项决议案，纪念孔子诞辰2560周年，以颂赞儒家思想对人类社会的杰出贡献。

著名儒学家程济世先生为促成此项议案的通过付出了不

少心血。程济世先生提到此事说:"国内不少友人议论,我为
这项议案的通过付出了努力云云。不,与其说是我的功劳,不
如说这是孔夫子的影响太大了。如今,任何政党、任何国家,
只要它是文明世界的一分子,它都须聆听孔夫子的告诫。"

这段话,是应物兄在解释"不患寡而患不均,不患贫而患不安"
时写下的,印在《孔子是条"丧家狗"》一书的第五百二十三页。现
在,这段话被复印了下来,放在他面前的茶几上。这是铁梳子的办
公室,办公室里盛开着杜鹃花。他想起来,栾庭玉的夫人是专做花
木生意的,卖得最好的就是杜鹃花。它不合时令,却开得热闹至
极。铁梳子进门之后,吩咐工作人员给他们倒上茶,然后就去接电
话了。临走的时候,铁梳子把这段话递给他,说:"今天上午,我给
积极分子们开会的时候,还引用了你这段话。你讲得太好了。你
的书,桃都山集团所有员工人手一册。养猪的、杀猪的,都有份。
卡卡,先陪应物兄聊着。上烟啊。别人不能抽,应物兄想抽就抽。"

卡尔文说:"我不抽烟。"

铁梳子说:"应物兄,卡卡是不是很逗?都听不懂人话了。"

不是我要抽的,是铁梳子要我抽的,我是客随主便。于是,他
掏出了烟,同时关心地问到了卡尔文在美国的生活。卡尔文说,他
已经从那个做矿石生意的公司辞职了(卡尔文的原话是"我炒了美
国人的鱿鱼"),原来想集中时间写一本书的,关于美国与坦桑尼亚
的贸易史,其中贩卖黑奴是贸易史的主干。当初,黑奴都是先被集
中到桑给巴尔(卡尔文补充说,桑给巴尔就是他的故乡,相当于英
国的伦敦、美国的纽约和阿联酋的迪拜),然后再运往美国当牛做
马的。"但我发现,我的兴趣还是做些跟孔子有关的事。"卡尔文
说。

"跟孔子有关的事?"他本来想问,你不是要搞翻译吗,不搞了?

"还不是因为受到了您的影响? 您说吧,我能干什么?"卡尔文
说。

"你还是老老实实听铁总的吧。"

如前所述，铁梳子是桃都山连锁酒店的老总，在酒店管理行业享有大名。如今酒店里流行的开放式卫生间就来自她的创意。躺在床上，通过钢化玻璃或软隔断看到沐浴的异性，你怎能不心跳加速，腹股沟发烫。它还很有意境呢。想想看，玻璃或者软隔断所造成影影绰绰的效果，难道没有雾失楼台般的诗意吗？那就别废话了，赶紧行动吧，将爱的战场转移到花洒之下，转移到洗手台前，转移到浴缸之中，转移到马桶盖之上，来一场逸出常规的新体验吧。

但她本人看上去却是优雅的。如果你感觉不到她的优雅，别担心，她有的是办法提醒你。比如，当她和你说话的时候，她的手部语言会变得极为丰富：托腮，把桌面当成键盘轻轻地弹击，手指交叉，双手叠放，右手扬起的同时左手却缓缓地落了下去。有时她又会用食指轻杵下巴颏，做沉思状。她还喜欢当指挥家，手指在空中舞来舞去。想起来了，我们的应物兄想起来了，他和铁梳子第一次见面的时候，她曾拿起他的手，说："手指这么长，韧带这么开，不弹琴，可惜了。"

有趣的是，当你已经充分领略到她的优雅的时候，你还必须注意到她还有另外一面，那就是朴素。其实，铁梳子原来在肉联厂工作，是个屠夫。

她本人也不姓铁。人们之所以都叫她铁梳子，是因为她至今保留着一个习惯，这个习惯慢慢地成了她的标签、她的符号、她的象征。什么习惯呢？用铁梳子烫头发。现代女性，尤其是腰缠万贯，哦不，应该说腰缠亿贯的女性，还有用铁梳子烫头发的吗？放眼全球，也找不出第二个了。她还喜欢用红纸涂指甲，用废火柴描眉毛。这些朴素的品格很容易让你联想到村姑。她为什么这么朴素呢？为了省钱？视朴素为美德？可能吧。不过，仅仅是用铁梳子烫头发，她就专门请了两个人，一个负责给铁梳子加热，一个负责烫头。用废火柴给她描眉毛的那个人，也是她专门请来的。

关于她的这些习惯,他是听谁讲的?

芸娘,他又敬又爱的芸娘。他现在还能想起,芸娘提到这些事时,嘴角不经意间浮现出来的嘲讽。芸娘可不是一个喜欢说闲话的人,她的每句话都会给人以启迪。也就是说,"说闲话"三个字,跟芸娘压根都挨不上边。她只是对这种现象很感兴趣。不过,芸娘并没有接着讲下去,似乎仅仅谈论一下就会让她感到不舒服。但芸娘又是宽容的。芸娘说:"她也不容易,不说也罢。"

铁梳子曾给姚鼐先生捐过一百万元。

桃都山酒店本是铁梳子从别人手里买来的烂尾楼。建成装修的时候,铁梳子又想借机挖几个地下室。一锹下去,扑通一声,露出一个洞,下面空空如也。竟是个古墓。这事本来可以悄悄处理的,不巧的是一个民工掉了下去,摔伤了,涉及赔偿和护理问题,家属就把这事捅到了网上。后来经姚鼐先生和弟子们鉴定,那是北宋时期的墓葬:墓门两道,墓道一条,墓室两间,分别存放着棺木;出土的文物有开元通宝、青釉瓷钵、铜镜、灯盏。其中最有价值的是一对陶罐,叫谷仓罐,用来盛放谷物的,但谷物已经炭化。孔子说:"事死如事生,事亡如事存,孝之至也。"[①]根据这种观念,人们生前拥有的物品,死后要继续享用,所以墓葬能够反映出墓主生前的经济状况和社会地位。姚鼐先生和弟子们对这个古墓做鉴定的时候,铁梳子急了,担心这幢楼保不住了。她要让姚鼐先生出具报告,证明它没有什么太大的文物价值。后来,她就提出捐给姚鼐先生一百万元,作为科研经费。姚鼐先生拒绝了,说他的科研基金还花不完呢,要这个钱做什么,擦屁股啊?

铁梳子说:"可以给你出书用啊。"

姚鼐先生抽着烟斗,不说话。

后来铁梳子又提出:"可以给你的学生们出书啊。"

姚鼐先生说:"那就出一套书吧,给博士生们各出一本书。"

---

① 见《中庸》第十九章。

北宋时期,济州就是商贾云集之地,发掘出的类似古墓已有几十座,所以这座古墓并没有特殊价值。只须经过一番抢救性发掘,将文物移居到济州博物馆的地下仓库,事情也就过去了。事后姚鼐先生问铁梳子,那一百万还算数吗?铁梳子表示,当然算数。姚鼐先生是个懒得管事的人,这事照例扔给了芸娘。芸娘说,姚鼐先生的博士本来就很少,而且大都出过书了,要不就把这钱捐给人文学院?但问题又来了,人文学院的博士生太多,这一百万元又不够用。他和芸娘商量,是否只出版优秀博士论文?人文学院每年的优秀博士论文的名额是五个,每本书按十万块计算,也花不完啊。因为芸娘身体欠安,他就把此事接了过来。这期间,他当然也跟铁梳子有过联系,并对赞助合同进行了调整。他曾开玩笑地问过铁梳子:"你要后悔还来得及。"铁梳子说:"世上哪有后悔药?不就是一百万元吗,不够另算。"

"一百万用不完。"他对铁梳子说,"要不,你每年捐五十万,连捐几年?"

"你一个书生,很会做生意啊。每年五十万,我就先捐两年。"

"两年之后呢?"

"到时候再续呗。看你急的。"

"说不定,这套书会给你带来好运呢。"

"好啊好啊。要是那些博士当中真冒出来个人才,我也算是有功之人。要是一个人才都冒不出来,那就当喂狗了。说得不好听,别在意啊。"

跟往常一样,这套书的主编依然是乔木先生和姚鼐先生。按照惯例,应物兄和芸娘应该做副主编,但他们都没有做。那么是谁做的副主编?是人文学院的院长张光斗。最后的协议也是张光斗代表人文学院签的。不过,说是副主编,但最后印出来的书上,写的却是执行主编。张光斗说,铁梳子有个小小的要求,就是通过一种方式,哪怕只是一句话,能够让人感觉到桃都山与学术界的联

系。他就随口说了一句话,这句话后来印在每本书的扉页上:

　　桃都春风一杯茶,学界夜雨十年灯

　　一些未能入选的博士生,还有他们的导师,硬是鸡蛋里面挑骨头,说这两句诗是对黄庭坚的"桃李春风一杯酒,江湖夜雨十年灯"的抄袭。当然,他们更多的还是指责有些论文缺乏原创性,只是资料的堆积。张光斗是新闻系出身,听到这些议论,就充当一个新闻记者,跑到他这里来进行新闻调查了。我们的应物兄承认这两句话确实是对黄庭坚诗句的化用。他告诉张光斗:"但是黄庭坚的诗句也化用了别人的诗。杜甫的《春日忆李白》你知道吧?你肯定知道的。里面有'何时一樽酒,重与细论文'一语。杜甫还有一首《梦李白》,里面有'江湖多风波,舟楫恐失坠'一语。你看,黄庭坚不用则已,一用就用了杜甫两首诗。"

　　"厉害了,我的黄庭坚。"张光斗说。

　　哦,张光斗教授这是要说什么?他不明白。但他顺着张光斗的话头,说:"厉害的是,他还化用了李商隐的《夜雨寄北》。你肯定知道的,里面有'君问归期未有期,巴山夜雨涨秋池'。"

　　"明白了,我就知道他们是瞎胡闹。"

　　"我将黄庭坚诗中的'桃李'换成'桃都',是为了——"

　　"明白,明白。你是要暗示这套书与桃都山连锁酒店的关系。这个我是支持的。顺便替桃都山酒店做个软广告嘛,也算还了那娘们一个人情。以后不是还想从她那里再搞点钱吗?老鼠拉木锨,大头在后边。"

　　那套书只出了两辑就停了。原因嘛,还是因为有人闹,越闹越凶。郑树森就闹得挺欢。作为鲁迅研究专家,郑树森把第二辑中一部关于《野草》的论著,批驳得体无完肤。那个博士生在戴上博士帽的当天就跳楼了。幸亏落在了楼下的自行车棚上。张光斗说:"这次好不容易捂住了,下次还能捂住吗?那人文学院可就要出大名了,要上头条的。"

"你应该找郑树森他们谈谈。"

"谈什么？还没开口，人家就说，但我坦然，欣然。还说，我将大笑，我将歌唱。"

事实上，这也是他看到金或打印的那份协议，猜到金毛的主人可能就是铁梳子的时候，既发愣又浮想联翩的原因：她是不是想通过这种方式，把那一百万赚回去？

现在看来，好像不是这么回事。

两支烟抽完，铁梳子回来了。铁梳子手里拿着刚打印出来的照片，一共两张：一张是她和黄兴在加州硅谷的合影；一张照片竟然是她在骑驴，牵驴的是谁？还是黄兴。两张照片都被她放大了。奇怪得很，这两张照片上的她都比他在卡尔文的微信里看到的要年轻，当然更比她现在的样子年轻。刚才，她其实是去修图了。她要把修过的照片送给他作为纪念。

"不饿吧？那咱们聊会儿再吃？"铁梳子说。

她先解释了下午发生的事。她的解释从骂人开始。先骂的是那个死丫头，也就是金或。死丫头，把她的意思完全、彻底弄反了。木瓜确实咬了哈登一口。这不值得大惊小怪，因为咬来咬去本来是狗的天性。咬是正常的。狗嘛，再名贵的狗也是狗。不咬反而是不正常的。真要追究责任，那么错在哈登。这个哈登！护士给你修趾甲、按摩的时候，你只管闭目养神就行了，可是一看到别的狗进来，你就开始哼哼叽叽的。这是什么？这是炫富啊。你是想在木瓜面前炫耀你有多舒服。别说木瓜是条狗了，就是人，心里也会有情绪的。后来都被木瓜咬了一口，还像个没事人一样，也不报告。它还以为自己是工伤呢。其实，你有什么好牛的？你已经是条老狗了，每天不是这里疼，就是那里痒，总之离死不远了。人家木瓜呢，正在盛年，好日子还长着呢。人家虽然是个串儿，但血统越杂，身体越好。人家很可能成为开宗之狗呢，成为某种狗的始祖。哦，对了，木瓜已经阉了，阉过之后活得更长，清心寡欲，延年益寿嘛。还有,你很少能够跟同伴在一起玩,你的同伴是蒙古细犬,跟你不是一家人。木瓜在路上走,却会常常碰到自己家人。总之,你有什么好牛的?

接下来,她又说,她之所以带哈登和木瓜去检查身体,是因为她的担心是双向的。既担心木瓜传染了哈登,又担心哈登传染了木瓜。哈登已经几年没有打防疫针了。不管什么狗,年龄大了,都容易疯掉。就跟枣树一样,树龄一大,就容易得枣疯病。好在两条爱犬都很健康,她心中的一块石头才落地。

她讲的时候,卡尔文频频点头。

必不可少的,铁梳子还是提到了那份协议。当然还得从那个死丫头骂起。完全是死丫头生搬硬套。说到这里,铁梳子简单提了一下,说济州有个动物救助协会,主要是对那些流浪狗、流浪猫采取一些必要的行动,把它们圈起来,管起来,免得它们传播瘟疫。城区不能养大狗,但有些市民就是不听话,非要养大狗。有本事你住到郊区别墅啊,那里可以养。对于这种情况怎么办?有必要制定一个条例,对违规者进行高额罚款。因为争议太大,这个条例到目前为止还没有出笼。怎么办呢,有必要通过高额罚款的方式,让他们主动放弃。以前,曾经出现过大狗咬伤金毛的事,唉,这个詹姆斯啊,这个哈登啊,这个詹姆斯·哈登啊,吃一堑,长一智,你说你怎么就不长记性呢?上次就是因为炫富被咬的。就是不处死它,它早晚也会从詹姆斯·哈登变成本·拉登。好,先不说它了。总之,当时就是罚款了十二万。那是条昆明犬,狼青。主人当然舍不得。舍得的话,你就不是人了,自己养的狗怎么能放弃呢?但是你要舍不得,你就得交十二万。最后,那个人被迫放弃了。我看他一个大男人,哭哭啼啼的,也有些于心不忍,允许他去看了两次。知道了吧,那个死丫头竟把这个事情套到了木瓜身上。条例是指导性的,要灵活应用。我已经严肃批评了她。她自己认错态度比较好,说这相当于医生拿错了药方,又忘掉了辨证施治。能认识到这一步，需要表扬。但是严格说来，这还是形而上学的问题。她终于想通了，说了一句话："形而上学害死人，我该死。"

他终于插了一句："她其实是个好员工，很负责。"

铁梳子说："谢谢你。但是，闭门思过还是少不了的。我准备把她下放到基层锻炼几天。"

卡尔文说："不怪她，主要怪那两个日狗的。"

"嘴巴干净点！"铁梳子说，"怎么，我们卡卡也要替金彧说情？"

卡尔文急了，说："No！No！No！"

铁梳子淡然一笑，说："应物兄先生，怎么跟你说呢，金彧其实是个好姑娘，只是心神不定，一会想读书，一会想创业。说话很直，品位还是有些问题。有些话我没办法跟她说。找个大领导，找个小日本也行，或者找个爱国华侨，几年混下来，品位就上去了，腔调就完全不一样了，相当于硕博连读了。你有没有合适的人选，结没结婚都无所谓，给我们金彧介绍一个？"

他尽量显得诚恳："她跟着你就行了。"

她说："她也是这么对我说的。"她优雅地弹着裤子上的褶皱，就像弹着灰尘，"至于那两个蠢蛋嘛，已经滚了，滚蛋了。"

13. 套五宝

"套五宝来不及做了。再说了，我在减肥，怕油腻。"铁梳子说。

他们现在已经来到了餐厅的包间。包间里的摆设初看上去没有特色，但是当铁梳子告诉他，桌椅都是野生黄花梨做的，他还是暗暗吃了一惊。包子有没有肉不在褶子上啊。他不由得把套五宝和黄花梨联系了起来：套五宝在菜肴中的地位，或许就相当于木头中的黄花梨？

卡尔文对他说："看着就不一样。"

但功能是一样的。是个椅子,它就是给人坐的。不会因为它是黄花梨,它就变成另外一种东西。它上面放的还是屁股,呼吸到的还是臭屁。他意识到自己这个想法带着恶作剧的性质,但无法遏制。

不过,靠墙案几上的一只觚,他倒有兴趣。菜品上来之前,他弯着腰,背着手,看着那只觚。他不是这方面的专家,觉得它很像青铜觚。喇叭形口,细腰,圈足很高。是商周时期的觚吗?我们的应物兄顿时想起,程先生曾说过,他家里曾有一只青铜觚。"我能拍照吗?"他问铁梳子。

"跟我客气什么?觉得好,改天我送你一个。"

"是从哪里挖出来的?"

"桃都山。一锹下去,就刨出来了。"

"不过,这好像是清代仿制的。上面的兽面纹有点奇怪,像蝙蝠,也像蝴蝶。尽管是仿制,也是很有意义的。清代之所以有康乾盛世,就是因为他们祖孙三代都尊崇儒学。孔子对青铜觚有很深的研究。"看来铁梳子并没有看过我那本书。那本书里,我用很长的篇幅谈到了觚,为的是解释孔子那句话:"觚不觚!觚哉!觚哉!"在我看来,那是孔子最沉重的喟叹。他对铁梳子说:"任何一个器物,你要把它弄明白,都必须回到先秦,回到春秋。"

"为了一个只能看不能用的东西,你居然往回找了那么远。"

你把它摆在这里,不就是一种"用"吗?不过,这话他没说。遇到什么事,我确实喜欢往回找,不然我为什么要研究儒学呢?这当然他也没说。他只是说:"这是个好东西。"

"好啊,那我们设立的那个奖,奖杯就可以照这个来做喽。"

"奖?什么奖?"

"敬爱的葛道宏校长没跟你说吗?也怨我,没有再提醒他。"

这天吃的是什么,应物兄事后差不多都忘了——他记得吃了一种菌,很像乌鸡的爪,铁梳子说是从日本广岛弄来的,是原子弹爆炸之后唯一幸存而且不受核污染的植物。他后来所能记得的，就是铁梳子所说她和黄兴先生的深切友谊，以及设立儒学研究奖的事。

对了，在谈那个儒学研究奖之前，还发生了一件事：一个戴着袖套的人走了进来，那个人应该不到三十岁，但穿着打扮却很老派，荷叶领、对襟襻扣，料子是丝绸的，上面绣着太极图案，好像随时都可以表演太极拳。对了，那人也留着鞋刷式的胡子。那人向铁梳子请示，要不要赦免哈登，给它一条活路。他的原话是："送它养老去？"

"怎么了？它人呢？"

那人卷了卷自己的袖子，说："把它按到水里，本来一下子就可以呛死的，它却没死。它命大，可能不该死。"

卡尔文一下子站了起来。铁梳子摆着手，让他坐好。然后铁梳子问："是你失手了吧？"

那人说："瘸子的屁股，邪（斜）门了。"

卡尔文问："瘸子的屁股，怎么就邪、邪门了？"

铁梳子显然知道，她的卡卡热衷于学习中国的歇后语。对他的这种好学精神，铁梳子是满意的。铁梳子笑了，说："别打岔，回头告诉你。"

那人接着说道："按说，狗头往水里一按，咕嘟一声，它就得见阎王的。"

铁梳子说："总结经验了吗？"

那人说："年轻的狗，一下子就呛死了。可能它上了岁数了，肺活量小了，也就呛得不够。"

铁梳子说："我还以为，哈登已经变成拉登了。好啊，既然它命大，那就把它带来，让它给应物兄认个错。"

那人说："没死是没死。但你跟它说什么，它连眼都不眨一下。"

铁梳子说:"怎么了,闹情绪了? 它还有理了? 还真以为自己是工伤呢。跟它说明白,有再一再二,没有再三再四。以后要是不听话,别怪我们无情。"铁梳子夹了一片鸡爪菌,嚼着,对应物兄说,"呛死,有个好处,就是留下一张完好的狗皮褥子。"

卡尔文终于霍的一下站了起来。他双手抓着他那苔藓似的头发,喊道:"No! No! No——!"

铁梳子用筷子敲着卡尔文面前的碟子,说:"有点出息!"

但卡尔文还在喊:"Why? Why? Why?"

铁梳子厉声说道:"坐下! 一个大男人,吓成这样,也不怕别人耻笑。"

那人说:"那我退下了。"说着,就屁股朝后退了出去。

铁梳子说:"我当年下乡的时候,也亲自干过这事。偷鸡摸狗!听听,在乡下,偷狗不叫偷,叫摸。偷鸡比偷狗要严重得多,相当于抢银行了。鸡屁股就是农民的银行呀。"

什么? 她还下过乡? 可她看上去也就五十来岁。哎哟喂,这套整形美容手术做下来,锯骨头,去眼袋,垫下巴,花的可不止一百万。她的脸皮很紧,发亮,发明。但仔细看去,脖子上的肉却是松的,手背的皮也有些松。那是美容技术的死角,它说明美容技术还有很大的发展空间。他后来与费鸣谈起此事的时候,费鸣说曾开玩笑地问过卡尔文:"没想到你喜欢老女人。"卡尔文耸耸肩,嘴一撇,说,他在美国的汉语老师之一 Howard Goldblatt① 先生说过,自己最喜欢的女演员是刘晓庆,其次是陈冲,虽然刘晓庆已经六十多岁了。卡尔文接下来还说了一句半通不通的话:"老女人比小女人更裸体。"费鸣的疑问是,难道老女人的裸体具有历史意义? 属于历史叙事?

这会,他们终于谈到了她和黄兴先生见面的事。

按铁梳子的说法,作为女性企业家代表,她是赴美访问与美国

① 葛浩文。

企业家交流时,在一个冷餐会上认识黄兴的。他们都有一张中国脸,都有一颗中国心,都有一副中国胃,也就能凑到了一起,说到了一起,吃到了一起,也就多接触了几次。她还去了黄兴的公司,在加州的硅谷。在黄兴公司总部,通往黄兴私人办公室的门口,有一面穿衣镜,镜子上竟有孔子像。黄兴说,那面镜子是他的恩师程济世先生送给他的。说到这里,铁梳子站了起来,面对墙壁,好像在思考墙边是否也摆上这么一面镜子。这包间的墙壁当然也是红木包着的,但故意弄得凹凸不平,就像她的命运。然后她又说:"黄总说了,他的生意做得好,就是信了孔子那一套。他一直资助儒学研究。资助的过程,就是学习的过程。黄总说得特别好。卡卡,你说呢?"看来,卡尔文曾在美国陪同过铁梳子。

卡尔文说:"Of course! 说的比唱的都好听。"

铁梳子笑了,似乎想纠正卡尔文用词不当,但一时又不知道从何说起。只见铁梳子用手腕支着下巴,想了一会,说:"倒也说得过去。"

那面镜子,其实是西汉海昏侯刘贺墓中发掘的穿衣镜的复制品。刘贺是汉武帝的孙子,西汉第九个皇帝,也是西汉在位时间最短的皇帝,只有二十七天。就在这二十七天之内,他抓紧时间把一个皇帝能够做的荒唐事,基本上都做完了。刘贺被废之后,洗心革面,时常阅读儒家典籍,瞻仰穿衣镜中的孔子像,告诫自己在逆境中要保持内心的平静。墓中的木牍上,即是他本人抄写的《论语》。而镜子上的孔子像,则是迄今所发现的最早的孔子像。

他去黄兴那里时,也曾看到那面镜子。黄兴说,那是程先生送给他的。

哦,想起来了,这个刘贺似乎有天眼,常能看到异象。比如,曾多次见到一只白犬,三尺高,没有头,自项以下有点像人,没有尾巴,却戴着一顶帽子;还曾经在宫中看到过熊,看到过大鸟;也曾梦见苍蝇堆积在宫阶之上,约五六石,用大瓦覆盖。派人看了,果然看到那里有大瓦,瓦片下面果然蝇屎累累。

"黄总就是我的榜样,而榜样的力量是无穷的,所以我也想资助儒学研究。你不是研究孔子的吗？这笔钱花到你身上,可不就是花到了正地方？"

"谢铁总了。但我本人不需要啊。"

"怎么,还有人跟钱过不去？我说的是设立一个儒学研究论文奖。不是捐给你的,是给儒学研究院的。葛道宏都跟我说了,你们要成立研究院,专门研究孔子。当年我也参加过'批林批孔',就算我向孔老二道歉吧。不知道吧？我每年都要赞助这个,赞助那个。济州动物保护协会就是我赞助的。他们要一千万。不能惯着他们。别以为我不知道,那钱大都花到他们自己身上了。我给了他们五十万。够用了。我让他们先把流浪狗、流浪猫保护起来,比如可以先把它们结扎了。现在,我把钱花到你身上,花到孔子身上,岂不更有意义？我跟葛道宏校长说了,他说了三个字:好,好,好！但你是知道的,那些大领导,每天忙得四脚不沾地,说过就忘了,需要你跟在屁股后面落实。"

现在谈论这样的问题未免太早了。葛道宏也可能是随口那么一说。三杯酒下肚,随口答应一些事情,但过后又不认账,这是常见的事。

他说:"这是大事,我得想一下。我也得再向葛校长请示一下。"

铁梳子说:"我等着你的答复。"

他赶紧转换了话题:"你经常给狗结扎？"

铁梳子说:"它们苦了一辈子了,不能再让它们的子孙后代跟着受苦了。那就干脆别生了,结扎了算了。这也是对它们好。当年下乡的时候,我吃过它们。算是对它们的一个补偿吧。有人说,铁总够大方的。说对了,事业做到一定份上,花自己的钱就要像花别人的钱一样大方。我就是这样的人。"

他端起酒杯，向铁梳子敬酒。

卡尔文说："唱唱①这个红酒好不好？"

铁梳子说："卡卡带来的智利红酒。礼轻情义重，咱们就给他一个面子？"

不就是有点酸嘛。对于红酒，他历来喝不出好坏，只会觉得它酸、比较酸或者很酸。果然是酸的。是比较酸还是很酸，他没有品出来。他说："好酒。"

他顺便问了一句："卡尔文这次回来，到底有何贵干？"他还顺便开了个玩笑，"是回来玩呢，还是回来工作？不会又要充当某国的专家吧？"

铁梳子倒不避讳这个话题："那个啊，嗨，那是救场。救场如救火。我夸他是个活雷锋呢。这次不让他救场。这次他是来谈合作的。卡卡，把你的使命给应物兄先生汇报一下？"

"报告应夫子，我这次回来，除了看望您，向您请教问题，还要与铁总合作，全方位合作。"卡尔文说。

全方位合作？当然也包括肉体喽。一个场景闪现在他的脑子里：卡尔文和她躺在一起，黑白分明，就像扣在一起的两把勺子，只是一个已经锈迹斑斑，另一个又黑又亮。他还想起了卡尔文的一个绰号。据说卡尔文一低头就可以咬住自己的生殖器。真是没事干了。你咬那个干什么啊？这个说法最早是在部分女生中传开的，她们由此给他起了个绰号：卡咬咬。

"我们要在国外做一个酒店项目。利用卡卡的人脉，在乞力马扎罗山下开设连锁酒店。您是知道的，有钱人把中国的名山都爬遍了，现在热衷于爬国外的名山。我瞄准的就是这些人。应该让那些有钱人在国外也能享受到中国特色的酒店服务：吃火锅，喝绿茶，打麻将，用中药泡脚，所谓宾至如归。"

"熊猫！还要修建熊猫馆。"卡尔文说。

———————

① 尝尝。

"养熊猫？把熊猫运到非洲？"

"用大猩猩来换你们的熊猫，"卡尔文模仿着大猩猩的捶胸动作，"不行吗？"

这时候，那个穿着太极服的人又进来了，问道："师傅说，套五宝火候还不到，但已经可以吃了，还上吗？"

铁梳子说："火候不到，怎么能端上来呢？那不是砸自己的牌子吗？"

14. 钢化玻璃

钢化玻璃下面，有一个水池，鱼翔浅底。虽然有水泵送氧，但应物兄还是替那些鱼儿觉得憋闷。他是来这里存钱的。只有银行的 VIP 客户才能进到这个里间。上次来，验钞机在一沓子钱里验出了两张伪币。这虽然与他无关，但他还是感到无地自容，好像他就是那个伪币制造者。此时，听到验钞机那哗啦啦的声音，他又有些不安。

那是季宗慈给他的稿酬。

多年来，他虽然已是著作等腰，却很少领到稿酬。不仅如此，书号费和印刷费，用的还是他的课题研究经费，加在一起通常要在七万块钱左右。如果有哪个出版社愿意免费替你出版一本学术著作，那已经是给你天大的面子了。他没有想到，这本书不仅领到了稿酬，而且它还源源不断地到来。季宗慈本来可以直接把钱打入他的账户，但季宗慈显然有意选择了付现钞。这个季胖子，当他把钱甩给我的时候，一定有着施舍般的愉快。

"人民币和美元的汇率是多少？"他问柜台里的小伙子。

"每时每刻都不一样。我看一下。兑换多少？"

"先不兑换，我只是问一下。"

"要不要换成欧元？今天比昨天划算。"小伙子非常热情。

一个小女孩跑了进来，一只鞋子掉了，袜子也掉了，光脚踩在钢化玻璃上。紧跟着进来的是保安。保安揪住了小女孩的衣领，同时脸朝着大堂的方向喊："谁的娃？"小女孩惊惧的眼神让我们的应物兄心头一颤。

手机响了一下，是费鸣的短信回过来了。几分钟前他给费鸣发了条短信，说有事相商。费鸣现在回复说："应老师，开会呢，稍等。"哈登事件之后，他感到费鸣对他的态度有了点变化，不再叫他应物兄先生了，改叫应老师了。当他从银行出来的时候，费鸣的电话就打过来了。费鸣问："应老师，有何吩咐？"

"什么时候方便？我要找你谈件事情。"

"又是稿子的事？我说了不会拖后腿的。"

"是别的事。我必须和你谈谈。"

"不会是哈登吧？听说哈登已经殉职，变成了一张狗皮？"

"这个，好像，好像还活着，我也说不准，谁知道呢？"

能听见费鸣旁边有人说话，谈的是汽车后备厢被撬的事。有个人说，车放在停车场，可是早上起来，后备厢里的小冰箱却不见了。费鸣对那人说："开豪车，不偷你偷谁？"听上去，他们已经开完会了。那人说，倒不是心疼那个冰箱，而是心疼小冰箱里的那两瓶红酒，正宗的拉菲啊。费鸣说："活该。"那人急了："你吃了火药了吧？"费鸣没有再回答那个人，而是对他说："应老师，有什么事就在电话里讲嘛。"

他说："三言两语讲不清楚。"

费鸣竟然说："那就请您想好了再讲。"

他说："我是说，必须当面讲。"

费鸣想了一会，终于说道："好吧。"

这次，他约费鸣在家里见面。万一吵将起来，也不至于让外人看见。费鸣说，晚上熬夜了，午后得眯一会。于是他就把时间又改到了下午两点半。

谁说当代生活已经与《论语》没有关系？不仅有关系，而且无处不在。他现在住的北辰小区，名字就取自《论语》："为政以德，譬如北辰，居其所而众星共之。"上个世纪九十年代末，省政府给知名人士盖了这个小区，乔木先生和姚鼐先生都在这里分到了三室一厅。乔木先生分到了原来的样板间，省去了装修的麻烦，这是因为"北辰"二字由乔木先生所题，润笔费抵了装修费。房子划在乔姗姗名下，但乔姗姗却不喜欢住在这里，理由是出来进去常遇到熟人，不说话不好，一说话就得啰嗦半天。乔姗姗现在住的是他们买的商品房，离这里有几站路。那里的绿化更好，容积率更低，房型更合理。

应物兄站在窗台前抽烟，越过庭院的目光，落在对面的墙上。一个女人牵着一条狗在庭院的河边散步。河里没水，有稀疏的干草。天气很冷，但那个女人却穿着裙子，露出光洁的小腿。这给了他一种视觉的愉悦。后来，那个女人被一道树篱挡住了，他就只能看见那条狗了。小狗在对着一棵树撒尿。它撒的时间太长了，姿势一动不动，似乎成了雕像。它抬的是左腿还是右腿？正这样想着，它已经放下了。

费鸣迟到了一会，见到他就说："不怨我。堵车了。"

"好像胖了一点。"

"没胖啊，还瘦了几斤呢。"

"瘦了？看不出来。脸胖了？"

费鸣摸着自己的脸，还闭眼想了一下，似乎要在想象中把现在的脸与过去的脸做个比较。不过，他好像想不起自己过去的脸了，所以再睁开眼的时候，就微微地摇了摇头。

"真的有点胖了。"他说。

费鸣皱起了眉头："哦？你是不是说，我脸皮厚了？"

"这话说的！你自己照照镜子。请进！"

这是多天之后他们第一次单独待在一起。那种令人不快的尴尬并没有持续太久。需要感谢窗台上那只鹦鹉，是它帮他们缓解了尴尬。它的主人是栾庭玉的母亲栾温氏。它病了，胃口不好，还拉稀，但精神头却很足，时常和笼子里的栖木搏斗。华学明将它的病治好了，托他转给栾庭玉。华学明说，其实这鹦鹉并不值钱，要是不欢实了，可以换个新的。华学明向他透露了一个数字：我们每年都要进口一吨鹦鹉。一吨鹦鹉，一吨废话，他突然想到。栾庭玉的秘书邓林上周就该将它取走的。晚取几天，它竟然派上大用场了：要不是它，说完了脸的胖瘦问题，一时间还真的找不到话。

大病初愈的鹦鹉突然说："Come in！"

费鸣问："是栾庭玉副省长那只鹦鹉吗？它竟然会英语？"

鹦鹉又说："No problem！"

他说："行了。这是老二，老大的英语更好。"

"是叫二虎吧？"

"对。大的叫大虎。"

大虎和二虎是鹦鹉中的英语专家。它们除了会说"Come in""Bye-bye"之外，还会说一些比较复杂的短句，比如"Good question"，以及"No problem"。[1] 这几个单词，当然也是栾庭玉平时经常使用的。栾庭玉平时说得最多的英语短句，一个是"Good question"，一个就是"No problem"。前者，表明栾庭玉对谈话对象的尊重，后者表明栾庭玉答应替对方解决问题。如果不出意外，大虎应该是世界上唯一能把"背水一战"翻译成英文的鸟。这两只鹦鹉还会使用连词呢。这当然是跟栾庭玉学的，叫"并且来说"，那是他的口头禅。这两只鹦鹉对"并且来说"的运用和栾庭玉相近，都没什么实际意义，也就是说，都不具有词语的功能，只是一个发音。

鹦鹉笼子旁边放着塑料盒，里面装的是通体发红的小虫子。华学明送来的，既是鹦鹉的口粮又是药品。它们密密麻麻纠结在

---

[1]　这几句英语分别为：进来。再见。问题提得好。没问题。

一起,或者上下翻滚,或者摇晃着针头式的小脑袋。一看到它们,应物兄就感到头皮发麻,恶心,想吐。他有一种轻微的密集恐惧症,有时候看到蜂巢、莲蓬,也会感到不适。每次给鹦鹉喂食,对他都是一种痛苦的体验。他需要闭上眼睛,把一张硬纸板伸到小盒子里,等小虫子爬上了纸板再塞进笼子。这期间,他会感到头皮发麻,好像在放静电。

"它一直这么叫吗?"费鸣问。

"有外人,它就来神。有点人来疯。"

费鸣一点不怕那些虫子,直接下手去捏。应物兄这次没有闭眼,看着费鸣把那些虫子放进笼子里的铜缸。费鸣还微笑地捻着手指,似乎很享受和虫子的肉体接触。看来,请费鸣当助手是对的。一些事我不能干,不愿干,费鸣却可以干得很好。他给费鸣递上烟,费鸣用刚捏过虫子的手接过烟,用嘴叼上了。

"叫我来,不是让我替你喂鸟的吧?"费鸣说。

"瞧你说的。我是要问你,想不想换个地方?"

"原来是这个啊? 我现在挺好的,懒得动了。"

"人挪活,树挪死——"

"我知道你的意思。葛校长知道了吧?"

"他要不同意,谁敢在太岁头上动土啊?"

"同不同意是他的事。我懒得动了。"

"以前我可没少听你抱怨,总是说在校长办公室太忙了。"

"其实还是忙了好。常言道,忙里偷闲,苦中作乐,无事生非。"

费鸣的反应并不出乎他的意料。费鸣,你只是想摆摆臭架子,在我这里挣回一点面子呢,还是真的不愿意来? 如果你只是摆摆臭架子,那么我可以理解。不仅可以理解,还很赞赏,因为这说明你是个有尊严的人。那就摆吧,我一定给你机会让你摆个够。但如果你不愿意来,实在不愿意来——应物兄的脑子飞快地转着——如果这小子实在不愿意来,那也没什么。我这就告诉葛道宏，说人家不愿意来，人家舍不得离开你。

"是这样的，"费鸣说，"我在校长办公室已经习惯了，轻车熟路了，懒得动弹了。除非葛校长把我撵走。他会把我撵走吗？他好像也不便随便撵人吧？"

什么意思？威胁吗？威胁葛道宏吗？

这倒是有先例的。几年前，校长办公室的一个秘书，拿着一些家电票据找学校的一个董事报销，说校长让他来报的。此事败露之后，前任校长就将他开除了。那人很快就将校长的一些黑材料弄到了网上：在学校的镜湖宾馆大吃大喝，与女服务员勾肩搭背，报销的办公物品中竟然有乳罩、尿不湿和烟斗。材料图文并茂，搞得前任校长百口莫辩。当前任校长派人去与他沟通的时候，他又录了音，随后又将录音和文字寄给了校长本人。那人后来被安排到了济州大学附属医院，负责处理医用垃圾。在外人看来，这就是穿小鞋了，实际上那却是个美差。基本不用上班，工资奖金却很高，逢年过节还有人送上红包。那人的口头禅是：一切都是垃圾，但垃圾是个好东西。

"可以再想想。"他对费鸣说，"这个机会，不是随时都能碰上的。"

"还有别的事吗？我先走了。该给鹦鹉洗澡了，有味。"

费鸣一口茶没喝，茶杯都没动。那是上好的洞庭碧螺春，叶片身披白毫，茶汤碧绿诱人。新茶还没有下来，去年的茶只剩下这一罐了，他是为招待费鸣才拆封的。当他把那杯茶倒掉的时候，手一颤，茶杯滑了出去，摔了个粉碎。一地的玻璃碴，晶莹，透亮，锋利。

鹦鹉又在笼子里扑腾起来，鸟嘴也没闲着："Come in！"

原来费鸣又回来了，回来取他的打火机，那是个 Zippo 打火机。费鸣笑了一下，解释说，那是葛道宏校长送给他的。此时，血正从他的食指和中指之间冒出来，哦不，中指和无名指之间也有个血珠子。

15．巴别

巴别就是巴别塔，但巴别塔却不是塔，而是一个学术报告厅。

礼拜二下午，应物兄正在给研究生上课，接到了葛道宏的电话，要他到巴别见面。巴别位于济州大学图书馆逸夫楼的顶层，与他现在办公的儒学研究院筹备处在同一层，只是一个在东头，一个在西头。如今国内排得上号的大学，差不多都有个逸夫楼，都是香港娱乐大亨邵逸夫先生捐资修建的，它差不多已经成为图书馆的代名词了。济大逸夫楼位于波光粼粼的镜湖的左岸，当它的身姿和蓝天白云一起倒映于湖水，你会发现它简直就像个天上宫阙。报告厅并不大，只有三百个座位。为什么是三百而不是四百、五百？这是有讲究的。"诗三百"是三百，"唐诗三百首"也是三百。三百听上去是少，其实是多，多多益善；听上去是多，其实是精，去芜存菁。

几年前，尼赫鲁大学的校长曾经在此做过一次报告。当时，学校还特意把几个印度人请到了现场，虽然他们只是在饭店里制作抛饼的，跟学术不沾边。那时候葛道宏还是副校长，负责教学科研。事先葛道宏亲自打电话向姚鼐先生求教：唐玄奘赴西天取经之前，中印还有哪些文化交流？无奈姚鼐先生耳聋，一时找不到助听器，怎么也听不清。于是葛道宏又把电话打给了乔木先生："远一点的，再远一点，越远越好。"

"再远一点？那就远到神话了。"乔木先生说。

"神话里都有了？好啊。"

乔木先生就说，屈原《天问》里有"顾菟在腹"[1]，印度神话里也

---

[1] 屈原《楚辞·天问》："夜光何德，死则又育？厥利维何，而顾菟在腹？"菟者，兔也。朱熹在《楚辞集解》中说："此问月有何利而顾望之兔常居其腹乎？"但闻一多先生在《天问释天》中说，"顾菟"是"蟾蜍"的古音，"顾菟在腹"，就是月亮上有蟾蜍。姚鼐先生无疑支持闻一多先生的观点。

提到月亮里面有兔子。在汉译佛典里，这个故事也多次出现，这说明中印文化交流至少有两千三四百年的历史了。

乔木先生补充了一句："要是问过姚先生了，那就以姚先生的话为准。"

葛道宏的演讲辞大都由费鸣撰写，这篇当然也不例外。演讲辞中引用的就是乔木先生的观点。乔木先生当时也出席了这场活动，并应邀在台上就座。当葛道宏提到那只兔子的时候，尼赫鲁大学的校长很快就听到了同声翻译，是夹杂了梵语、印地语的印式英语。因为印式英语大量使用现在进行时，所以葛道宏的话给人造成了这样一个印象：那个故事并不是神话，它就发生在二十一世纪的今天。葛道宏致辞的同时，作为友谊的使者，那只兔子正以光的速度，从南亚次大陆起飞，飞临华夏大地，又飞上了月亮，两只前爪麻利地抓起杵子捣药不止。

尼赫鲁大学校长听得很入迷，说这是他听到的最好的故事。尼赫鲁大学校长还说，虽然他的足迹遍及全球，但却很少能在国外听到如此纯正的印度英语，这种美妙的乡音。校长抚摩着络腮胡子，环视着穹顶灯光闪耀的报告厅，说："巴别，伟大的巴别。"葛道宏低声问乔木先生："巴别？跟兔子有关系吗？"

"巴别就是巴别塔。他是说，此乃文明汇集之地。"

"想起来了，经书里提到过。"

"巴别塔又叫通天塔。《圣经》里说，'塔顶通天，为要传扬我们的名'。"

"好啊，巴别！This 名字很 Good。"

晚宴上，葛道宏还专门为此敬了尼赫鲁大学校长一杯酒。葛道宏后来经常提起一个细节：尼赫鲁大学校长的夫人，虽然是在英国长大的，但上了餐桌却要先侍奉丈夫吃饭；丈夫每吃一个菜，都要在盘子里留下点食物给夫人，以示相濡以沫；夫人呢，不但不感到难为情，还吃得挺香。葛道宏为此感慨：按说印度比我们还要西化,但是人家的优良传统却一点没丢。

随着前来演讲的人越来越多,演讲者的名头越来越大,巴别的名声也就越来越响。慢慢地,在巴别演讲就成了一种身份的标志。在济州大学,第一个登上巴别讲台的是前任校长,第二个是葛道宏,第三个是姚鼐先生,第四个是外语学院院长陶仁哲先生。陶先生是陪着美国亚洲事务中心前主任来演讲的。前主任讲了一半,急性肠胃炎发作了,陶先生才捞到了上台的机会。不过,陶先生只承认那是"半个"机会,因为他只讲了半场。

演讲者大都年高德劭,难免会出点意外。最近就出了点事,好在那是自己人,而且还无子无女,不然还真是比较麻烦。她是哲学系的何为教授,哲学界的人都尊称她"老太太"。她是国内柏拉图研究的权威。两周前,她在巴别做了一个关于亚特兰蒂斯文明的演讲。根据柏拉图的描述,在直布罗陀海峡的对面,曾有过一个高度发达的史前文明,亚特兰蒂斯文明,但它后来却葬身于大海。由于这个描述仅存于柏拉图的著作,实属孤证,考古学家和历史学家大都并不认可。但老太太对此却深信不疑,最近三十年来,就致力于研究亚特兰蒂斯文明到底是如何消失的。这一天,老太太在巴别提到,亚特兰蒂斯人曾用水晶作为能源供应城市的需求,用水晶配合着美妙的音乐来治疗耳疾,用水晶配合着植物的芳香来治疗鼻炎。说着,老太太从口袋里掏出两只玻璃弹球代表水晶,演示水晶的作用。那两只玻璃弹球似乎很有自知之明,知道自己无法承担如此重要的使命,竟从她的手中逃跑了,落到了讲台上。她弯腰去捡,却踩住了其中一只弹球,不幸地滑倒了,摔倒在讲台上。直到现在,她还在医院躺着。

这个礼拜二,应物兄早早结束了课,赶到了逸夫楼。逸夫楼一层大厅的圆柱上贴着海报,告知今天的演讲者是著名科学家双林院士。他每天都经过这个地方,但因为来去匆匆,从来都没有留意。有人在海报前合影或者歪着头玩自拍。双林院士来了?那么，乔木先生肯定也在，他想。

乔木先生与双林院士是几十年的老朋友了。他们是"五七"干校的"同学"，"文革"期间曾一起下放在桃花峪劳动。前不久，应物兄还在《口述历史之知识分子卷》一书中，看到了乔木先生口述、费鸣整理的一篇文章。那篇文章中，乔木先生给双林先生起了个外号：导弹。应物兄当时边吃着方便面，边翻着书。看到有趣之处，他不由得笑了起来，笑得方便面都喷了出来，弯弯曲曲的，好半天都没有清理完。可以想象，乔木先生和费鸣谈话时，心态放松，表情俏皮，就像个孩子。这一点他可以理解。费鸣与乔木先生在一起，令人想起一个词：隔辈亲。

有人老是把下放说成蹲牛棚。我的老朋友"导弹"就常常这么说。我没这么说过。想得美，哪有那么多牛棚供你蹲啊。牛是劳动人民的命根子，交给你人家放心啊？我们住的可是猪圈。当然不是和猪睡一块。猪在下面，我们在上面。我们拉的屎，可以喂猪。你不要吃惊。用粪便养猪，早就有了。春秋战国时候就有了。所以古书上说，"豕牢，厕也。①"

在桃花峪，不是劳动，就是学习。劳动，就是种烟叶，养猪。近墨者黑，我就是那时候学会抽烟的。为了挨过那些时日，我把种烟叶看成是一种艺术活动。这倒不是我的发明。因为中国古代的"艺"字就包含有种植的意思。《书·酒诰》里讲："嗣尔股肱，纯其艺黍稷。"《北史·铁勒传》里讲："近西边者，颇为艺植，多牛羊而少马。"学习，主要是学《敦促杜聿明等投降书》《将革命进行到底》。这是中央的意思，意在敦促我们这些人接受"敦促"，要"投降"，不要反抗。

落到了这步田地，人的脑子里还常常会有三六九等之分。有一个京剧艺术家，我就叫他兰大师吧，就认为他比我与"导

---

① 见《国语·晋语》："昔者大任娠文王不变，少溲于豕牢，而得文王不加疾焉。"韦昭注："少，小也。豕牢，厕也。溲，便也。"

弹"的级别要高,他要是三等,我与"导弹"就是六等,可能还是九等呢。有一次他就对我说,老乔,你和"导弹"是小庙里的神,没见过大香火。我的嘴也是不饶人的,说他是秃子跑进菩萨庙,充数来了。此人向来积极。有一次我随口吟诗,"陶令不知何处去,桃花源里可耕田",兰大师赶紧去向队长报告,说我想逃避劳动。"导弹"拦也拦不住。好在队长也是文化人,知道这是毛主席的诗,把他数落了一通。我后来就笑他,说他是拿着猪尾巴敬神,猪不高兴,神也不高兴,还惹得一身臊。

有一次"导弹"对队长说,他一直在研究一个问题:草也吃了,屎也吃了,猪儿为何不长膘?他说,通过苦苦思索,他终于找到了症结:猪儿不长膘,一是吃得少,二是屙得多。在"吃得少"的问题没有办法解决的情况下,只能从"屙得多"方面入手解决问题。有些时日了,他常常盯着猪儿看,一看就是好半天。我还跟他开玩笑,说九方皋相马,看的是马的神气,而不是马的形体。你是看什么呢?他不屑跟我说。如今我知道了,他看的是猪儿的屁眼。他说,他想好了办法,希望得到队长的支持。他的办法就是让猪儿尽量少屙,吃进去的东西尽量在肚子里多停一会,多消化一会。这样一来,物质不灭理论,还有能量守恒理论,就会在猪儿的肚子里完成从理论到实践的过程。为此他专门在猪圈里隔出一个个小间,地方很小,猪进去之后不能掉头。又在地上铺了一个木板,木板连接着一个杠杆。把猪儿赶进去了,他就利用杠杆原理将木板翘起来,形成一个斜坡,坡度大概在六十度左右。如此一来,便是猪头朝下,猪腚朝上。他对外声称,是为了方便计算猪儿的体重变化。我跟他开玩笑,古有曹冲称象,今有"导弹"称猪。

起初,这套办法还真是管用。猪肚子眼看就鼓起来了,都是身怀六甲的样子,又像是随唐僧在西天取到了真经,一个个红光满面。当它不得不屙的时候,屁眼就变成了喷泉。但喷得再多，还是比原来屙得少。"五七"干校的革委会主任对"导弹"的养猪增肥术很感兴趣，迅速将此推广起来。这个事迹也被迅速报告给了上级领导。接下来，"导弹"又是被领导召见，又是到处推广经验。他偷偷告诉我，这就算立功了，要不了多久，上头就会叫他回去的。

可只过了一两个礼拜，猪儿就出事了，先是拒绝进食，而后个个七窍出血，呜呼哀哉。第一头猪死去的那天，他正躲在猪圈上头用一个算盘演算导弹的运行数据。那个算盘是他用野桃木做成的。他被吓坏了。兰大师则是又唱又跳，因为他可以吃到猪肉了，尽管是死猪肉。

我后来跟"导弹"开玩笑，如今的养鸡技术就与他当年发明的猪儿增肥术有某种关系。鸡场的鸡笼和猪场的猪圈，都只是比鸡大上一圈罢了，比猪大上一圈罢了。为了让它们增肥，它们不能转身，不能撒欢。它们连人犯都不如。犯人还可以放风呢。它就是一个可以呼吸的肉块。如今遍布世界各地的肯德基和麦当劳，用的就是这种鸡。我对"导弹"说，你对世界的最大贡献，除了参与导弹技术的研发，就是对肯德基和麦当劳的贡献。他当然免不了要和我斗嘴。他说我，老同学，你这是鸡冠猪戴嘛。

文中隐去名字的那个京剧艺术家，名叫兰梅菊。应物兄想起来，乔木先生对这个人历来抱有成见。几年前，兰梅菊在济州演出时，曾亲自送票给乔木先生。乔木先生说，耳聋了，就不去了。第二天，兰梅菊送来了助听器，但乔木先生还是没去。乔木先生后来的解释是，他请的都是达官贵人，我就不掺和了。这会，应物兄想，昨天，我还与乔木先生通过电话，商讨书中的一个细节，也聊了一会闲话，乔木先生怎么没有提到双林院士要来？

当他向巴别走去的时候，一些人正从巴别出来。他想，这些人实在无知，真是有眼无珠。他们难道不知道双林院士和他曾经代表的那个杰出的团队,对于中国意味着什么?这么好的学习机会,却让它悄悄溜走,岂不可惜?

"我为你们感到羞愧。"他听见自己说。

他从侧门悄悄进去。屏幕上正放着一部资料片:漠漠黄沙中,一些人在深一脚浅一脚地行进。他们或年轻,或年老,都穿着中山装,戴着各式各样的帽子。清一色的男人。终于出现了一些鹅卵石,出现了绿草,出现了一片水。这个时候,他才发现是影像本身旧了,有点发黄,而不是黄沙把它染黄的。随后,风又吹起黄沙,他们捂着鼻子继续前行。银幕上没有声音,这使得它好像一部默片。

当他适应了巴别的黑暗,他发现巴别的座位已经空了大半。

突然声音起来了:"在这里,你是看不到双先生的身影的,但你看到的那些身影,又都是双先生。双先生此时在哪呢?他已经奔向了新的征程,致力于实验中国原子弹小型化的研究。"

屏幕上出现了一份报纸,又一份报纸盖住了前面的那份,第三份又摞了上来。都是外文,都是发黄的报纸。播音员说:"因为当时苏联正在孤立中国,而且正值前苏联领导人赫鲁晓夫陷入下台风波,所以《真理报》以很小的篇幅报道了中国研制出原子弹,却用一个大版面来报道澳大利亚反对中国研制原子弹。《纽约时报》倒是发表了关于此事的文章,声称中国依然是贫弱国家,不足为惧,美国还是会保护亚洲国家云云。不过,不久之后,美国就选择了与中国建交。当时只有法国给出一定的好评。"随后,播音员朗诵了《费加罗报》的评价,它用中法两种字幕的形式出现了:

> 中国第一颗原子弹爆炸,一夜间改变了中国在世界上的地位。

屏幕渐渐发亮。借此机会,他用目光搜寻着葛道宏的身影。葛道宏既然不在台上,那就应该坐在前排。葛道宏的后脑勺没有头发,比较醒目,容易辨认。前排是空的。第二排有人,但葛道宏显然不在。台子两边也没有人。

他走了出来，一时间茫然四顾。

和逸夫楼的东头一样，西头也有一个大露台，它是下面一个阅览室的屋顶。有几个人腋下夹着本子在那里抽烟。他们正在议论双林先生。只要有人群的地方，哦不，猴群、狼群、鸭群都是如此，马上就会形成一个微型的权力结构。有人发号施令，有人则只能听着。如果只有一个人呢？那么在他的众多意识当中，必定也有一个意识占据上风，他想。他一眼就看到，坐在一只石凳上，屁股下面垫着黑色笔记本的那位，就是临时头领。那个人围巾很长，腿也很长，一条长腿跷在另一条长腿上，弓着腰。此人话语中包含着讥讽："知道吗知道吗？物理学界现在通常把他看成是搞哲学的，哲学界的人又认为他是搞物理学的。由于他经常对经济问题发表看法，所以他现在又被认为是一个经济学家。经济学界的人却不认账，倾向于把他看成一个诗人，因为他曾经写过诗。你们怎么什么都不知道？"听众当中，一个人用手赶着另一个人吐出的烟雾，补充说道："双林有一首诗被谱成歌曲在中学生当中推广了，所以诗歌界又认为他是个词人，专门为流行歌手写歌词的。"

另一个人说了："我看到了乔秘书给葛道宏写的开场白：如果中国设立人文科学院士，那么他就不仅仅是自然科学的院士了，他还会是人文科学院士。既是格致翰林①，又是人文翰林。简称双林。他对人家评价这么高，人家却不给他面子，根本不上台。"

"你们在说双林院士？"他问。

人们都看向了他。那个跷着长腿的人犹豫了一下也站了起来，说："应物兄，您说说，他已经老糊涂了，现在请他来，还有什么用？早干吗去了？"

"话不能这么说。"

长着一双长腿的人说："我们并没有诋毁他，只是想说，他现在

---

① 中国第一位驻外大使郭嵩焘于光绪四年（1878）在巴黎会见法国科学院院长斐索等人，无以名之，遂在日记中称之为"格致翰林"。

有多种身份,但没有一个身份对我们有用。"那人问同伴:"是不是这样?"随后,他们异口同声:"可不是嘛。"这异口同声,造成的效果并不是庄重,而是轻佻,而是盲目,而是不假思考的随声附和。我们的应物兄此时分析着这种现象。当一个人置身于森林中,你就会迷路,就会变成其中的一株树,变成树下腐烂的枝叶。你会觉得,所有的一切,都是森林的一部分,包括天上的浮云。在黑暗中,必须有月亮的指引,你才能走出那个森林。因为月亮是变化的,所以你还需要知道月亮运行的规律,以计算出自己的路线,这样才不会再次迷路。

而双林院士,就是那个月亮。正因为他对双林院士有着一定的了解,他才没有加入他们。我觉得,你们都是在胡扯。

长腿接过别人递过来的一根烟,说:"他应该送去克隆。"

给长腿递烟的人说:"他的问题是,他不思考。他说的都是大白话。我说得对吗?"

长腿说:"所以,他就是上台讲了,也讲不出什么东西来。"

芸娘的弟子文德斯有一段话,说的就是这种现象。当时他们在讨论,古代科学家当中虽然也有从事艺术活动的,但他们却从未形成自己的思想。当中一些最杰出的人士,比如沈括,中国科学史上最杰出的人物,一个百科全书式的科学家,比西方文艺复兴时的任何一个人物都要伟大,但他仍然没有提出属于他自己的思想。这时候,很少发言的文德斯说话了。文德斯的话首先是对他们的委婉嘲讽:"在我们这个激发思的年代,最激发思的,是我们尚不会思。"

众人就静了下来,看着这个柔弱的孩子,看着他到底要说什么。应物兄知道,他们这其实是看在芸娘的分上,才对这个孩子保持了必要的尊重——他毕竟是代表芸娘出席的。众人的目光似乎使文德斯有点害羞,但他克服了害羞,说道:"确实有一种观点,认为'科学并不思'。科学不像人文那样'思',是因为科学的活动方式规定了它不能像人文那样'思'。这不是它的短处，而是它的长处。只有这样，才能保证科学以研究的方式进入对象的内部并深居简出。科学的'思'是因对象的召唤而舍身投入，而人文的'思'则是因物外的召唤而抽身离去。"

"你的意思是，这两者缺一不可？"这是谁问的？是我吗？反正我听到这么一声问。

文德斯的回答是："它们相反相成。"

应物兄记得，文德斯当时还提到了一个神秘的笔记本，上面抄录了黑格尔的一段话，大意是说，在我们这个富于思考和论辩的时代，假如一个人不能对于任何事物，即使是最坏的最无理的事物说出一些好理由，那他还不是一个高明的人。文德斯这是要说什么？是说我们这些领取了高额经费来编撰《艺术生产史》的人并不高明吗？反正此话一出，众人就不说话了，抽烟的抽烟，喝茶的喝茶，逗狗的逗狗。

此时，在巴别外面的露台上，头顶正飘着一朵云，乍看像个人形，似乎压得越来越低。它镶着金边，好像装上了金质画框。天空因此低垂下来。他想起来，陪着乔木先生在桃花峪摘桃子时，只要轻轻地把树枝一拉，举手就可以采摘。他觉得，他好像一伸手，就可以接住那个画框。

另一个人说："您什么时候上去讲讲啊？我们保证捧场。"

我不需要你们捧场。但这句话他没有说。他说的是："我？我还配不上。"

刚才声称没有诋毁的人说："一定要相信自己的能力啊。谦虚使人落后，骄傲使人进步。这是商业社会的原则。"

两千多年来，从来没有人敢说出这样的话。你们真是什么都敢说。

这时候，校长办公室的乔引娣过来了。她穿着套裙，类似于制服。制服就是制度的外衣，但相同的制服包裹着的则是不同的肉体曲线,不同的肉体曲线又包裹着不同的自我。有一点,他一直没向费鸣挑明:你原来的角色正被乔引娣一步步顶替,所以你需要给乔引娣挪出位置。也就是说,与费鸣的自我产生了冲突的,就是她的自我。他对乔引娣的身世了解不多,不过,给女儿起名叫引娣的,大都有重男轻女的倾向,父母通常都想再要个男孩。他曾在芸娘家里见过她,闲聊中曾问过她有没有弟弟,她笑了,说导师也曾问过她。她说:"我的弟弟多了去了。校长办公室的那些人,比我小的,都是我弟弟。"

乔引娣说:"您怎么在这儿,都等着您呢。"又对那几个人说,"小点声。不说话,能死啊?"

他们竟然都很听乔引娣的。他跟着乔引娣走了几步,问:"这些人是谁?"

乔引娣说:"他们是历史系的老师。他们都等着双林院士签名呢,但双林院士却不愿上台演讲。在巴别的历史上,这是第一次。应先生,这里走。"

她对他说:"应先生,请跟我来。"

他跟着她走了几步,说:"不敢叫先生。"

"瞧您吓的。我知道你们的规矩。人文学院,只有乔先生和姚先生能叫先生,别的只能叫老师。不过,这会不是没有别人嘛。每个来这里演讲的人,嗓门都很大。不瞒您说,我还准备了一个小耳塞。不然,耳朵里就像钻了个蜜蜂,嗡嗡嗡的。可没想到,双林来了个绝的,压根儿不讲。刚才有人捣蛋,对双林院士说,你应该克隆一下。双林院士倒是说了一句话,欢迎被克隆。"

小乔领着他,下了半个楼梯,绕过了一个屏风。屏风前面摆着吊兰。吊兰也垂挂在她的双肩:她的发型也有如吊兰,简洁清爽。应该是金边吊兰,因为她的几绺头发染成了银白色,在耳轮旁边飘拂着。她将他带到一个办公室门口。想起来了,葛校长到巴别主持演讲的时候,有时会在这里稍事休息,也在这里接待来宾。他突然意识到，葛道宏就是把顶层的办公室搬到这里来了。它比顶层的那间要小，视野也没有原来的好，有个露台，但是很小，只能坐下两三个人。

他以为可以见到葛道宏呢，"葛校长呢？"

她打开冰箱，给他取了一瓶冰红茶，说："你先坐，我收拾一下。"她麻利地整理着房间，烧上水，洗着杯子，打开咖啡机的开关好让它先预热。

他又问："老先生呢？老人家呢？我说的是双林院士。"

她说："葛校长陪着他呢，他们就在七楼的阅览室。"

"到底怎么回事？"

"有一周了，双林院士每天都来阅览室。终于有人认出了他，报告给了葛校长。葛校长就过来看，果然是他。葛校长说可以把这间房提供给他。他谢绝了，说他喜欢在阅览室看书。这事是有点怪。他不是在北京吗？怎么出现在了济州？问他，他也不说。葛校长知道他在科学界是个人物，就想请他在巴别做个演讲。按葛校长的说法，双林院士虽然没有明确地说，好，就这么办，但他无疑是首肯了。起码是点头了吧。他就住在镜湖宾馆。葛校长就派费鸣去把他的房费给缴了，又预付了几天，还把他的饭钱给掏了。他吃得挺感动。他不喜欢有人陪他，所以都是他一个人吃。费鸣知道乔木先生是他的老朋友，就告诉了乔木先生。乔木先生请他到家里去，他也不去。总之有点怪。到了今天，请他上来演讲的时候，他却无论如何不愿上台。现在，他还在阅览室待着呢。这事闹的。真是个怪人。难道科学巨匠都是这么怪？"

"叫我来，是要——"

"本来是让费鸣去请乔木先生，好让乔木先生劝劝他。但乔木先生和巫桃出门了。费鸣应该是接他们去了。叫你来，是想让你替葛校长陪着他。只有你可以替乔木先生嘛。你是他的大弟子，又是他的女婿。怎么，费鸣没跟你联系吗？还有，双林院士对儒学似乎很有兴趣。万一他说起来，别人也不好接话。"小乔说，"不过，你也别担心，他不大说话，像一块石头。"

他的手机上确有两个未接电话，都是费鸣打来的。当时他在上课，没有接。他对小乔说："老人家要是谈起科学什么的，我也不好接话啊。"

"瞧你说的。你是儒学家，你把话题往那里一引，不就把它给罩住了？"

"千万不能这么说！"

"应先生，你可真够小心谨慎的。尝尝这咖啡。猫屎咖啡，我托人弄来的。"

"你带我去见见他？"

"好啊。你先喝口咖啡。我只是想提醒你一下，如果他提到张子房先生，你不妨说，子房先生已经死了。"

子房先生？双林院士也认识子房先生？这个名字已经几乎被人遗忘了。张子房先生是个经济学家，但早在上个世纪九十年代初就疯掉了。他当然还活着，但很少有人能够见到他。乔木先生举办书法展的时候，子房先生悄悄地来了，但没有人认出他。乔木先生觉得像他，连忙赶过来，他却走了。乔木先生没有去追，只是感慨道："此所谓'州亦难添，诗亦难改，然闲云孤鹤，何天而不可飞'①？"好像是赞颂子房先生如闲云野鹤般自由，但乔木先生说话时却面色愀然。

"这个，他会提起这个吗？他是不是问过葛校长了？你的意思是，我要跟葛校长保持口径一致？"

"聪明人一点就透。不过，我可不敢教您怎么说。借我个胆，我也不敢啊。您等着，我看能不能叫他们上来。"

"好啊，快去吧。"

"对了，我怎么听说您想把费鸣挖到您那里去？"小乔问。

---

① 见〔宋〕尤袤《全唐诗话》卷六。

"就像你说的,借我一个胆,我也不敢啊。谁敢在太岁头上动土呢!"

小乔吐了一下舌头,说:"算我没问。"

当小乔出去了,他才第一次认真观察这个房间。靠墙的一排书架上,摆着一些时政类图书。葛道宏本人的著作以及他主编的图书,当然也摆放在那里,足足摆了一层书架。他一眼就看到了葛道宏那本最重要的著作《走出"历史终结论"的阴影》,它有多种版本,其中还有英译本和法译本。这本书的主要观点是反驳美籍日裔学者福山在上个世纪八十年代提出的"历史终结论"。福山认为,人类社会的发展史,就是一部以自由民主制度为唯一发展方向的历史,自由民主制度是人类意识形态发展的终点,是人类最后的一种统治形式:从此以后,人类历史的马拉松长跑,就算跑到头了,撞着红线了。

真的撞线了吗? 葛道宏反问。西方国家频繁出现的失业问题、环境污染问题、毒品问题、乱伦问题、恐怖主义问题,怎么办呢? 就这么拉倒了? 九十年代中期以后,你们的经济停滞不前,而中国的经济却是风景这边独好,这又该如何解释呢? 因为分权与制衡,你们的低效率连地震和飓风都无法应对,而中国在特大自然灾害面前却展现出了人类历史上从未有过的高效,这又该如何解释?

福山曾积极利用自己的学识和影响力干预美国的国际政策,并促成了美国对伊拉克的入侵。葛道宏在书中问道:但是,一个萨达姆倒下去,却有更多的萨达姆站起来,而且是升级版的萨达姆,升级版的变形金刚,怎么也打不死。福山君,对你当时的所作所为,你后悔了吗?

墙上还挂着一些照片,装在木框里,是葛校长在这里接见客人的照片。名流云集。其中一张照片上,葛道宏与客人在吃烧烤。他看出来,地点就是他现在的办公室外面的露台。照片上还有乔木先生。看着照片上的烤架,他立即口舌生津。他最喜欢吃羊腰子。那臊烘烘的味道,总是把他的味觉神经撩拨得蠢蠢欲动。

他还看到了葛道宏的自传《我走来》,灰色硬皮,精装,很薄,薄得好像只剩下皮了。费鸣曾问他看过没有,并向他透露了一个秘密:葛校长不姓葛,而姓贺。"他是为了纪念外公,才改姓葛的。他的外公可是赫赫有名。"费鸣说,"瞿秋白的密友,与鲁迅有过交往,也写过诗。据说最有名的诗叫《谁曾经是我》,您听说过吗?"

葛任先生的外孙?我不仅知道葛任先生那首诗,而且知道那首诗的原题叫《蚕豆花》。蚕豆是葛任养女的乳名。难道葛道宏是蚕豆的儿子?

这会,他把书抽了出来,想翻到相关的章节。

奇怪得很,这竟然是一本空白的书:纸上一个字没有。

小乔刚好上来了:"哦,那本书啊,还只是先做了个样子,没出版呢。"

"可是费鸣早就告诉我,他已经看过了。"

"他看的是打印稿。我这个兄长啊,什么都好,就是嘴巴不严。不过,他对您,那是没说的。你们不是师徒吗?"

"他们人呢?"

"我看两个人聊得挺好,没好意思上前。好啊,终于聊开了。此前,双林可是不愿说话。"

小乔把书塞回了书架。她像只蝴蝶一样,在房间里飘着。她心情愉快,因为她不由自主地哼着小曲。有那么一会,小乔擦拭着玻璃杯,歪头看着他,闪动着眼睫毛。作为一个有充足教学经验的人,他知道她是想问个问题。但她终究没有问。她想问什么呢?是不是想问,你什么时候把费鸣搞走啊?她把杯子举在窗边,对着外面的阳光,观察是否擦净了。如果没有擦净,她就往杯子里哈气,然后再擦,然后再次把它举到窗边。都说小乔很有心机,可这个动作表明,她还是有几分可爱和天真的。这似乎不符合卫生规定,但谁又会和一个女孩计较呢?谁又会告诉葛道宏呢?或许葛道宏还喜欢这一套呢。

我们的应物兄第一次见到她，是在去年的元宵节。按惯例，学校为退休教师组织了一个茶话会，并请一些骨干教师参加。葛道宏本人是戏迷，所以特意吩咐工会从济州京剧团请来部分演员助兴。楚王好细腰，宫中多饿死。校长爱京剧，教授好弹唱。很多教授纷纷上台献艺。历史系汪居常教授是著名票友，这种热闹场合怎么少得了他？他是由一位女博士研究生搀扶进来的。这个女博士就是乔引娣。汪居常那天没唱，说，准备是准备了，可是偶感风寒，体力不支，憔悴病容不忍看，呕哑嘲哳难为听。汪教授推荐乔引娣代他献唱一段《空城计》。

乔引娣显然有备而来。大冷的天，手中却拿着一把扇子，而且是鹅毛扇。演唱之前，乔引娣拱手说道，最近重读葛校长的名著《走出"历史终结论"的阴影》，深为感佩。她说，她把诸葛亮的唱词给改了几处，求教于葛校长：

> 我坐在城楼观山景，耳听得城外乱纷纷。旌旗招展空翻影，却原来是福山闹出的声儿。我也曾差人去打听，打听得福山说过历史不再往前行。我谅你身在山中看不清，看不见泰山顶上一棵松。你只见西方落日圆，哪见到一轮旭日东方升。我在济州城内等，等福山君到此好谈、谈、谈谈心。这里是窗明又几净，等候你福山来争鸣。道宏我并没有别的敬，早预备下文房四宝要记下我们的交锋。你若愿意把城进，我们就说说，东方与西方、儒教与耶教，到底是何情。纸一张论天下秀才人情，你不要胡思乱想心不定。你就来、来、来，来济州与我争锋。

刚开始的时候，那些职业演员们还有些不以为然，但第一句没有唱完，只是唱到"观山景"的那个"山"字，他们就鼓起掌来了。京剧团唱青衣的樊冰冰，甚至站了起来，像个票友一样，拍着腿，喊了一声"好"。那个"山"字的拖腔，高低错落，起伏连绵，苍劲中又带着无尽的柔情。樊冰冰后来说,虽然一听就是刚学的,但嗓子的本钱很好。"戏不够,装来凑。要是再戴个假胡子,围上诸葛巾,就更好了。"樊冰冰说,"贼像贼像的。"

葛道宏听得很入迷,瓜子皮都忘记吐了。

应物兄与樊冰冰曾经共同参加过一个电视节目,算是熟人了。樊冰冰问:"贵校最大的角儿就是她了吧? 叫什么名字啊?"他问了别人,才知道她叫乔引娣。

新学期开学以后,她就到校长办公室实习了。

她把杯子弄完,说她再去看一下。"别走啊,晚上葛校长请客。当然,如果费鸣把乔木先生接来了,你想走就可以走。女婿和丈人待在一起,常有些别扭,是不? 也可能你们是例外。"

他突然想抽烟,于是来到了露台上。打开窗户,一股凉风呼啸而至,把吐出去的烟雾又灌进了他的鼻子,甚至眼睛。他侧身抽了几口,赶紧掐了。因为抽得太急,他有些头晕。因为空间不大,房间里还是有些烟味。于是他又把门打开了一些。小乔还没有走。小乔说:"这次咱们一起去。"又说,"这里不比楼上那间。那间很适合你,想抽烟了就到外面抽一支。你知道吗,那间办公室还是我劝葛校长腾给您的。够酷的吧? 那么大的露台。"

"谢谢了。我很不安。君子不夺人所好啊。"

"君子也成人之美。"小乔说。

16. 双林院士

双林院士,仅是他的模样就很有说头,大秃瓢,像个葫芦。因为还零星地支棱着几根头发,所以又像越冬后的土豆发了芽。脸上的皱纹都纤毫毕现,乍看就像八爪鱼的触须在四处蔓延。脑袋上汗津津的,又像是一头刚浮出水面的海豹。

他和小乔正要下去,乔木先生和双林院士拉着手出现了。

他们没坐电梯,竟然是走消防通道,一步一步从阅览室走过来的。他们动作缓慢,每踏一步,两个人的脚都同时落在梯级上。

乔木先生和巫桃,这天下午去医院探望了何为先生。在回来的路上,他们又拐到了铁槛胡同的皂荚庙。现在,在医院负责照料何为先生的,是何为先生的侄女。她去皂荚庙烧香的时候,将一个包袱丢到了那里。她急得很,因为钥匙就装在包里。费鸣开车从那里绕了一下,在胡同里堵车了,所以来晚了。哦,对了,后来,费鸣又送乔木先生回了趟家,换了身衣服。巫桃本来应该来的,这会却没来。

此时,在逸夫楼,两位先生喘着气,就开始斗嘴。乔木先生指着双林院士对葛道宏说:"我,他,我们是,见一面,少一面。"

"错了! 分明是,见一面,多一面。"

"导弹! 你是乐、乐观主义者,我是悲、悲观主义者。"

"乔老爷,又错了!"

乔木先生指着自己的嘴:"它又说错了?"

双林院士说:"我不乐观,也不悲观。我不悲不喜。"

应物兄觉得,就在这一刻,双林院士的身影似乎与程济世先生重叠到了一起。应物兄想起了他与程济世先生的一次谈话。在美国访学时,有一次他们提到了晚清士林对清代"开国儒师"顾炎武的研究。程先生说,晚清士林,既有曾国藩、章太炎这样的大儒,孜孜为经国大业,又有汲汲为功名利禄的腐儒。话题很快就涉及晚清以后中国人所承受的无穷苦难。程先生突然说:"我真想大哭一场。"等程先生情绪稳定了,他就问程先生:"您是悲观的人,还是一个乐观的人?"程先生说:"我不乐观。凡是在二十世纪生活过的人,如果他还是一个乐观的人,那么他肯定是个白痴。但我也不悲观。一个研究儒学的人,尤其是在二十一世纪研究儒学的人,如果他是一个悲观的人,那么他肯定是个傻瓜。"

"我既悲观，又乐观。"程济世先生说。

程济世先生接下来又讲道："如何将先贤的经义贯通于此时的经世，通而变之，变而化之，既是晚清的命题，也是二十世纪的命题，更是二十一世纪的命题。"

与程济世先生的"既悲观又乐观"相比，双林院士的"不悲不喜"，似乎更为超然。当然，这可能与他们彼此的身份有关。冷静，客观，事情落到我们头上该是什么样子就是什么样子，别急！这确实是一名物理学家应有的品格。

眼下，斗嘴归斗嘴，双林院士的语调却是平实的，平实中有睿智。他们还在继续斗嘴。他们虽然手杖挨着手杖，膝盖碰着膝盖，显得亲密无间，但斗嘴还是少不了的。相比较而言，双林似乎反应更快。他觉得双林院士着实令人羡慕。考虑到双林院士的丰功伟绩，他觉得双林院士更像是一个范例，一个寓言，一个传说，就像经书中的一个章节。

双林院士说："上次给你挑刺，说你的诗集里少了一首诗，补上了吗？"

看到乔木先生站了起来，双林院士立即说："想作个七步诗？"

乔木先生有点耍赖了："七步诗是曹植给自己写的悼亡诗，可他比曹丕还多活了六年呢。我可不想比你多活六年。那多没劲啊。"

应物兄当然知道他们在说什么。他知道，这也是巫桃没有陪同乔木先生过来的原因。巫桃这是闹情绪了。就在春节之前，双林院士也曾从北京来到济州。那一天，乔木先生送给了双林院士一本书：《闲情偶拾》。那是济州大学出版社为乔木先生出版的诗词集，它收录了乔木先生多年来的古体诗、近体诗和格律诗。最近的一首写于去年春天，如果没有意外，那应该是献给巫桃的。因为其中有这么两句："淡梳妆，解罗裳，绰约冰姿暗生香。"第二天，双林院士又和乔木先生见面时，对乔木先生说："就差一首诗。"

集子是巫桃编的。乔木先生指着双林院士,问巫桃:"赠他的诗,没收进去?"

巫桃以为自己漏掉了,赶紧去翻。乔姗姗当天也在,坐在父亲身后,正在翻看一份晚报,这时候抬起眼皮,幽幽说了一句话:"那首诗挺好的。"那是一首小令《浪淘沙·送友人》:

聚散竟匆匆,人去圈空。徒留断梦与残盅。从此江海余生寄,再无双影?

无处觅萍踪,恨透西风。桃花谢时雨却冷。抵足卧谈到蓬莱,梦中有梦。

这首词乔木先生修改过两次,两次改的都是同一个地方:先是将"人去圈空"改成"人去楼空",然后"楼"字又改回了"圈"。圈者,猪圈也。这当然是指他们在桃花峪喂猪的事。对乔木先生来说,那段日子越是不堪回首,越是要频频回首,就像牙疼的人总是要忍不住去舔那颗坏掉的牙。当然,回忆那段往事,乔木先生也会感到温暖:他与双林先生,一个来自济州,一个来自北京,却在桃花峪结下了深厚的友谊,有如桃园结义。但就像词中所写,双林先生在桃花凋谢之时提前离开了,去了哪里?去了茫茫西北荒漠,继续研究他的导弹去了。

巫桃终于翻到了那首《浪淘沙》,说:"有嘛,我记得有嘛。"念了一遍,又对双林院士说,"'再无双影'说的不就是您吗?"

但双林院士还是说:"差了一首。"

乔木先生说:"你的记性真好。我是写过一首给兰梅菊的诗,写得有些油滑了,就没收进去。"不过,兰梅菊当时并不是喂猪,而是管理韭菜。那是个轻省活。每个月,只累一天,就是将粪便泼向韭园。乔木先生的诗写的就是泼粪的情景。

双林院士摇了摇头,说:"不是那个。我说的是差了一首悼亡诗。"

烟斗在嘶嘶作响。乔木先生抽着烟,有一会没有说话。谁都明白,双林院士是说,乔木先生应该给去世的老伴写一首诗。过了一会,乔木先生终于开口了,说:"想过要写的,又觉得没必要写。苏轼的《江城子》,陆游的《沈园》,把那些悼亡诗都已经写绝了。你再怎么写,也写不出新意了。"

乔姗姗的脸挡在报纸后面,声音却传了过来:"哪怕你随便写两句呢。哪怕做做样子,像苏轼那样,就写个'小轩窗,正梳妆'呢。"

乔木先生把木瓜抱了起来,说:"小轩窗,正梳妆? 我从来就没见过她梳妆,怎么写? 我每天醒来,她都开始干活了,熬粥,煎药,扫地,洗尿布,这些东西能入诗吗?"

乔姗姗说:"猪圈可以入诗,熬粥、煎药不能入诗?"

乔木先生说:"艺术源于生活。见过的,可以写,没见过的,没法写嘛。"

双林院士说:"过日子,你是浪漫主义者。写诗,你却说自己是现实主义者。"

巫桃过来替乔木先生解围了,说:"双先生啊,他还是写了,步的就是苏轼的韵:不梳妆,轻罗裳,缠绵病榻一身疮。我告诉你,她临走的时候,还是我侍候的。"这倒是事实。乔姗姗的母亲,在最后的几天里,因为天气炎热,后背和臀部都生了褥疮。巫桃抱着木瓜对双林院士说:"不说这个了。木瓜喜欢你,想跟您老合个影。"

双林院士眼镜摘下又戴上,手杖指向木瓜:"这小肉团是什么? 狗? 不像啊。"

巫桃有点不高兴了。巫桃说:"老哥,您上次来,还抱着拍照了的。上次是狗,这次就不是了? 老哥还不到糊涂的时候啊。"巫桃称双林院士为老哥,或许是为了强调,她虽然年轻,但因为她站在乔木先生的高枝上,与双林院士的辈分是一样的。然后,巫桃随手拿起一个空杯子,说是要续茶,但再也没有出来。

当时,双林院士对乔木先生说:"我死了,你可以再写一首诗,补上。"

乔木先生说："老同学啊，导弹啊，这个任务太重了，我一定要死在你前头。"

应物兄没有想到，双林院士现在竟然又旧话重提。他想，双林院士是不是忘了春节前那次见面？对，有些事情，双林院士是不可能知道的：就因为他那番话，整个春节，巫桃都有些不愉快。

此时，乔木先生显然不愿意再在这个问题上斗嘴了，就把话题扯开，说："老同学，我去看望何为姑娘了。她有点感冒，怕传染你，说这次就不见你了。"

双林院士用自己的手杖敲了敲乔木先生的手杖，说："你大概不知道，我这次来，也是想看看她。我已经去过了。她睡得真香。就这样睡过去也挺好。"对了，这里得补充一句，当年何为教授也是下放在桃花峪。

双林院士突然问："亚当呢？亚当怎么没有露面？"

乔木先生说："知道你来，他更不敢露面了。"

谁都没有料到，双林院士手一抖，手杖掉了下来，在地面上咣当一声。一直没有说话的费鸣，连忙弯腰去捡那根手杖。双林院士挪动双腿，想站起来，但脚却踩住了手杖。接下来，只见双林院士佝偻着身子，脸却是仰了起来，发出一声长叹："子房——"

一会亚当，一会子房，小乔与费鸣似乎都被搞糊涂了。应物兄当然知道，亚当和子房是同一个人：张子房先生。

双林院士缓缓坐下了。

直到他们从这里离开，双林先生再也没说一句话，又变成了小乔所说的石头，沉默的石头。直到这个时候，除了乔木先生，没有人知道双林为什么会来到济州，而且在济州期间总是待在逸夫楼的阅览室。

第二天，双林就悄悄离开了济州大学。至于他是不是还在济州，乔木先生就不知道了。乔木先生怀疑，双林院士很可能去了桃都山。巫桃出去了,乔木先生趁机向他透露了一件事:如果不出意外,双林院士的儿子就在桃都山,但他们已经几十年没有见面了。

"他儿子是做什么的?"

"据说是做植物学研究的。他倒也喜欢读诗,最喜欢的人是许浑。"

"晚唐的许浑?"

"跟他这个人倒也对脾气。许浑就擅作田园诗。'劳歌一曲解行舟,红叶青山水急流'。"①

"那他到阅览室做什么?"

"做父亲的,心总是很细。他找到了儿子的著作,儿子曾在书中提到,每周都要到济大逸夫楼查阅资料。植物学方面的书籍和杂志在逸夫楼的六楼。导弹的借阅证,是我给他的。"

至于做儿子的为何不愿与父亲见面,乔木先生不愿多谈一个字。应物兄无论如何也想不到,有一天自己会与双林院士的儿子相遇。

这天,乔木先生之所以把他叫来,是要告诉他,双林院士编了一本《适合中国儿童的古诗词》。双林院士虽然喜欢古诗词,但毕竟不是做这个研究的,所以特意把目录给了乔木先生。"他让我给他把把关。"乔木先生说。

"他怎么想起来做这个了。这样的书太多了。"

"你就别管了。我看了一下,有些句子以讹传讹,已经传了上千年了。你给他改过来。别的不要动。动了,他会不高兴的。"

乔木先生随口举了一个例子。双林院士最喜欢李商隐的《天涯》:"春日在天涯,天涯日又斜。莺啼如有泪,为湿最高花"。原来目录里就有这首。在李商隐的诗中,这是少有的明白晓畅又意蕴丰富的诗,美极了,但双林院士却去掉了,因为他觉得不适合孩子

---

① 见〔唐〕许浑《谢亭送别》:"劳歌一曲解行舟,红叶青山水急流。日暮酒醒人已远,满天风雨下西楼。"

们读。双林院士说，给孩子看的，应是那些有益于他们成长的诗。"不能说没有道理，"乔木先生说，"义山诗中，语艳而意悲者，首选《天涯》。好吧，那我就告诉你，他儿子小时候就会背这首诗。他或许觉得，儿子之所以远在天涯，就跟小时候看过这首诗有关。"

"哦。原来是这样。"

"太较真了。不就一首诗嘛，又不是导弹。他立即跟我抬杠，说，诗教诗教，岂能不当回事？"

应物兄却走神了。他想到了朗月客厅里挂的那幅字。"隹二枚"，就是"双"啊。原来是双林院士所题？他随后又想起来，那幅字是清风送给朗月的，清风觉得其意不祥。这个时候，应物兄其实已经预感到，双林院士的故事中，或许隐含着个人的悲剧。与他这个预感同时冒出来的，是他想到了那首著名的诗《孔雀东南飞》，其中有"中有双飞鸟，自名为鸳鸯。仰头相向鸣，夜夜达五更。行人驻足听，寡妇起彷徨"之句，描述的是一对恋人的墓地。双林院士也选了这首诗。

哦，莺啼如有泪，为湿最高花。这句诗涌出喉咙，跳上舌面。他感觉到它弹了起来，贴住了上腭。它还要上升，于是它暂时落了下去，把舌面作为一个跳板，纵身一跃，穿过上腭，穿过脑子里那些复杂而且混沌的物质，落到了他的最高处，也就是他的头顶。它还要上升，于是它浮了起来，在他的头顶盘旋。

"你怎么会有这种感觉？"他问自己。

"他一定是被'为湿最高花'这个意象感动了。"他用第三人称方式说。

很快，他就又回到了现实中。先是回到了朗月的书架前，然后回到了岳父面前。在岳父面前想着另一个女人？他羞愧得抬不起头。当时他是蹲在乔木先生面前。但为了表示自己正聆听教诲，他还必须抬着头。

17. 奇怪得很

奇怪得很,双林院士竟然知道,他们在运作程先生回济大任教一事。对于双林院士,葛道宏显然没有好感,称之为闷葫芦。葛道宏是这么说的:"也真是怪了,一个闷葫芦,竟然知道这事?他从哪知道的?"原来,葛道宏在与双林院士谈话的时候,顺便夸赞了一下济大的师资力量,说济大最近两年致力于引进人才。说了半天,双林院士回了一句话:"我知道,济世先生要来。"葛道宏吃了一惊,问他是从哪里听说的,双林院士却不吭声了。

"济世是谁啊?悬壶济世,是个医生?"小乔问。

如果是费鸣问出这样的话,葛道宏肯定会勃然大怒。费鸣说过,葛道宏对秘书的要求是,他知道的,你必须知道;他装作知道的,你也必须知道;他不知道的,问到你了,你也得知道一二。但眼下,葛道宏却表现出了少有的宽容。事实上,葛道宏好像还很愉快:不知道?OK,OK,我正好给你讲讲。于是,葛道宏说:"有句话是怎么说的,天地啊,生民啊,绝学啊,某种意义上,他就是管这个的。"然后,葛道宏问,"应物兄,情况就是这么个情况吧?"

"确实如此。作为儒学大师,程济世先生就像张载所说的,为天地立心,为生民立命,为往圣继绝学,为万世开太平。"

"牛人啊,"小乔说,"他也要来济大效力了?"

"为国效力!"葛道宏说,"小乔,费鸣就要去为他工作了。你是不是很羡慕?我是个念旧的人,所有在我身边工作过的人,我都会安排一个好去处的。你也好好干。"随后,葛道宏问他:"你是不是已经跟费鸣说过了?"

"他好像舍不得离开您。"

"你就告诉他,我这么做,完全是为他好。真是个小傻瓜。"

　　他想，葛道宏之所以没把小乔支走，就是要向他发出强烈的暗示：小乔正等着费鸣离开呢，你必须把费鸣给我搞走。他又听见葛道宏说："你还可以告诉他，如果他真的喜欢这份工作，那么我可以成全他。我的一些讲话稿，还可以继续由他来写。我喜欢他的文笔。"

　　话题再次回到了双林院士。葛道宏问："双林院士是不是从程济世先生那里听说的？他们认识吗？"

　　他们肯定互相知道，但是否认识，那就无法证实了。程济世先生与很多华裔科学家都是熟悉的，如果他们在一起讨论叶落归根的问题，那也不是不可能。而那些科学家与双林院士也应该是熟悉的。也就是说，双林院士知道这样的消息，并不令人吃惊。应物兄把这种可能告诉了葛道宏。当然，还有一种可能性，他没有说：乔木先生要是跟双林院士提起此事，那也没有什么好意外的。

　　葛道宏说："所以，我们必须尽快与程先生见面。他到底什么时候回国讲学？如果他一时回不来，你应该去一趟美国。先办签证，随时可以走。"

　　"好的，我尽快办。"

　　"晚上一起吃饭？"

　　"不巧，前儿天我与一个朋友约好了。"

　　"你呀！和丈人同桌共饮，是不是不自在？放不开？"

　　他没想到，葛道宏请的是乔木先生。他说："我经常陪乔木先生吃饭的。"

　　"好吧，我就放你一马。其实呢，吃饭之事，最是费时劳神，尤其是陪贵宾吃饭。说是吃饭，其实是敬礼。"葛道宏说，"但又不能不去。今天做东的人是庭玉省长。庭玉省长要请的是双林院士。听说双林院士在济州，庭玉省长想代表省政府表达一下敬意。我同意把双林院士带过去。同时呢，栾庭玉又请乔木先生作陪。可谁能料到，双林院士竟然不辞而别了。情况汇报给庭玉省长，庭玉省长说,请双林院士本来就是个由头,本来就是想约母校的老师见个面,不要改期了。庭玉省长最近好像也在读儒学方面的书。你看,儒学热真是不得了。他问了我一个问题,有人称程济世先生为帝师,这是怎么回事?"

这就怪了。这个问题,栾庭玉已经问过我了,我也解释了,现在怎么又问到葛道宏头上了?是我没有解释清楚吗?

哦?葛道宏是不是想借栾庭玉之口,从我这儿听到答案?看来,我送给葛道宏的书,他并没有看。那本书现在就放在葛道宏的书架上。那是程济世先生所著的《儒学新传统与中国现代性》。它本是用英文写成的,由应物兄译成了中文。感谢卡尔文,有些词句的翻译,他征求了卡尔文的意见。现在,他从书架上抽出那本书,直接翻到了《后记》,然后掏出手机拍照:

> 有人曾将先生誉为当代人类文明的先知,也有人把先生看成是帝师。对这两种称呼,先生都表示难以认同。先生开玩笑说,说他是先知,等于把他说成了鸭子,春江水暖鸭先知嘛。至于称他是帝师,则等于对中国社会已经发生的深刻变革视而不见。程先生说了,连孔子本人都没有当过帝师,只是一个"素王",他又如何敢做帝师?

葛道宏的目光从书上移开,问道:"为什么有人称他为帝师呢?"

他解释说,这是因为程先生从儒家的观点,分析了明清两朝皇帝的得与失,着重分析了皇帝的师傅在给皇帝上课的时候,什么地方讲对了,什么地方讲错了。比如,万历皇帝的师傅张居正,从教学方法到教学思想,全搞错了。张居正曾拟定过一个"明君养成计划",五点起床,先上两个小时的自习再吃饭,吃一个小时,八点钟接着学,一直学到中午十二点。下午两点接着学,一直学到掌灯时分。一年到头,只有三天假期:自己生日、父亲生日和大年初一。程先生说了,孔子要是看到张居正这套做法,肯定会气死的。看到这些文章，有人就说，程先生要是帝师就好了。也有人说，程先生不承认自己是帝师也是对的，因为他分明是帝师的帝师嘛。

"有道理。"葛道宏示意小乔也用手机把那段话拍了下来。

他接着说道，程先生多年之前就撰文说明，二十一世纪中国最重要的目标就是建立和谐社会。这个说法在西方影响甚大。不过，程先生所说的"和谐"，里面包含着张力，可控的张力。

"讲得好。"葛道宏说，又吩咐小乔把照片传给他，"我查了报纸，程先生每次回国，都有重要人物接见。"

"程先生说了，按孔子的说法，受接见的时候，应该表现得拘谨一点。他都忘了怎么才能表现得拘谨，为此而对自己有些不满。"

"程先生太可爱了，这说的可是心里话啊。"

葛道宏接下来的一句话，乍听上去有些不对劲，因为葛道宏提到了他连续批判了很多年的福山："我敬佩他，他跟福山是一个级别的。只是，一个是替我们说话的，一个是替他们自己说话的。"

"他跟福山还不一样，因为他有两千多年的传统作为靠山。"

"这种感觉我也有。英雄所见略同。"葛道宏说。

"我已告诉程先生，儒学研究院开始筹备了，就等他来挂牌了。"

葛道宏整整衣领，摆摆领带，好像程先生已经到了门口，需要出去迎接。葛道宏说："我很想早日当面向程先生请教。只是不要半路杀出个程咬金！让北京和上海的高校给截和了。北京和上海高校的一些人，经常批判什么殖民主义、后殖民主义，可他们最喜欢搞的就是殖民主义和后殖民主义。从内地挖走了多少人，又截走了多少人？越是喜欢批判殖民主义的人，越喜欢搞殖民主义。打自己的脸，打得啪啪啪的，我们看着都疼，他们就不知道疼？"

小乔突然问道："他肯定会回来的吧？可不能让别人给我们抢走了。"

葛道宏说："所以，动手要快，免得被动。"

他连忙安慰他们："我回国的时候,程先生送了我一幅字。您看了就知道,如果他回来,他的首选就是济州大学。"他拿出手机,调出那幅字的照片:

哀郢怀沙 骚人之心

"是孔夫子说的吗?"葛道宏问。

小乔立即委婉地说道："这话跟孔夫子有点关系。"就是这句话,使他觉得小乔肚子里还是有墨水的。他就顺着小乔的话说:"这里的'郢'指的是郢都,是楚国的首都。小乔说得对,这话跟孔夫子有关系,因为孔夫子到过这个地方。庄子也到过,墨子也到过,屈原在这里做过左徒,相当于现在的外交部长。《哀郢》和《怀沙》都是屈原的作品。这幅字的意思是说,屈原虽然多年流寓异地,但仍然不忘郢都。去国怀乡,程先生这是自比屈原。所以,只要他回国任教,他的首选肯定是济大。别人想抢也抢不走。"

小乔在跟栾庭玉的秘书邓林联系,看时间地点是否有变化。

葛道宏说："等他回来了,我可以给国家教委打报告。只要政策允许,我愿意让贤。当然了,人家可能看不上这个位子。俗务嘛。"

他说："我知道他,他只对做学问有兴趣。"

葛道宏说："学术委员会主任的职务,我可以交出来。你是知道的,全国各高校学术委员会主任的职务都是校长兼任的,但是我愿意开这个先河!"

他说："程先生说了,一个儒学研究院的院长,就够他当了。"

葛道宏说："真正的大师啊。但我们也不能亏了人家。人家有任何要求,我们都要满足。只有人家没想到的,没有我们做不到的。"

邓林回过来电话,领导还在开会,吃饭地点没变,时间推迟半个钟头。

葛道宏对此显然也多有领教,说："知道了。"

　　以应物兄对栾庭玉的了解，此时倒不一定在开会。栾庭玉有个好习惯，即便是朋友聚餐，事先也要做半个小时的功课，提前了解朋友们的动向：近来做了什么？发表过什么样的文章？到过哪些国家？老婆孩子都还好吧？这些材料都由邓林提供，并且打印成文，其作用类似于小抄。

　　但这突然多余出来的半个小时，却使我们的应物兄有点紧张。该说的话都说完了，接下来该说什么呢？我要不要告辞？

　　他没有想到，对葛道宏来说，这半个小时很快就塞满了。因为葛道宏提到了一个重大的主题："咱们简单聊一下传统。"是程先生的书名撩起了葛道宏的谈兴，还是这个话题很适合用来打发时间？应物兄有点疑虑：半个钟头，谈传统？传统中的任何一个问题，任何一个细节，任何一个脚注，任何一个词，都不是一时半刻能说清楚的。就在他这么想的时候，葛道宏已经开讲了。葛道宏说："这些年来，经过反复思索，我得出一个结论，那就是我们的传统是由三部分组成的：儒家传统，西方启蒙传统，还有我们的看家本领，也就是马列传统。一个良性的现代社会就取决于这三家传统的相互作用。如果取三家精华进行勾兑，想想看，那该是一个多么美好的社会形态。"

　　葛道宏以前就说过，而且不止一次。通常情况下，葛道宏接下来还会把这种社会形态比喻为美酒："美酒都是勾兑出来的。真正的美酒，都是水的形状，火的内容，力量的源泉，团结的象征。"

　　要是勾兑不好呢？要是碰巧把不好的东西勾兑到一起呢？他想起师弟伯庸曾经这么说过。伯庸说这话时挤弄着他的小眼睛。那双眼睛本来就小，再那么一挤，"挤眉弄眼"这个词就不能成立了，因为只剩下了眉毛，没有了眼睛。

　　运气就那么坏？碰巧把不好的东西勾兑到了一起？

　　这是他的疑问，但这话他没说。他不愿意跟伯庸抬杠。

　　伯庸继续发表他的谬论："退一步讲，精华和糟粕勾兑到一起也有问题。近朱者赤,近墨者黑。但朱和赤要是勾兑到一起,那就只能是全黑了。"

他承认伯庸脑袋瓜子好使。但是世上的事就是被这些聪明人搞坏的。人啊,要么太聪明,不够笨;要么小聪明,大笨蛋。他觉得,伯庸就是这样的人。这样的人在高校里触目可见,在历史上比比皆是。那是在乔木先生家里进行的讨论。问题是费鸣捎过来的。乔木先生愿意听他们讲,却不愿意掺和进来。伯庸说过之后,刚才逗狗的乔木先生才插了一段话:"汉代刘向说过,凶年饥岁,士糟粕不厌,而君之犬马有余谷粟。糟就糟吧。糟粕也有用处,可送给读书人充饥。"这当然是自嘲了。但接着,乔木先生脸一板,将伯庸训了一通,"听你的意思,马列主义也有糟粕?你好大的胆。"伯庸咕哝道:"我就是那么一说罢了。"乔木先生说:"该长大了,成熟了。长大的标志是憋得住尿,成熟的标志是憋得住话。"

乔木先生说话的时候,他有点走神了。一瞬间,他仿佛进入了人类历史的浩渺长夜。哦,天不生夫子,万古如长夜。夜呼旦,所以产生了孔夫子。这是历史的必然性所在。有了孔夫子,那就应该倍加珍惜。

这会,他听见葛道宏说:"搞马列主义的,搞启蒙思想的,我这里有的是人才,甚至有点人才过剩。我缺的是什么?缺的就是程先生这样的儒学大师。我盼程先生,如久旱盼甘霖。三足鼎立,缺一足,大鼎倾矣。"

"我非常激动。"小乔双手摸着胸口。

对于小乔的激动,葛道宏显然认为那是情理之中的事:"不激动才怪呢!你听听也好,可以了解一下我的思想。"

这种"思想"当然不是葛道宏原创,只是因为葛道宏多次提起,很多人也就常把它与葛道宏的名字联系起来。有人称之为"宏论",道宏之论;也有人称之为"道统",道宏之传统。而他,应物兄,当然不会这样恭维葛道宏。他说不出口。他觉得,它是不是属于葛道宏的原创,并不是问题的关键。

关键是它有没有道理。

当然有。

但儒家思想是很复杂的,千流万派。启蒙思想也不能一概而论。

小乔说:"我理解了,您的思想正是对葛任思想的继承和发展。"

葛道宏感慨道:"小乔,你能看出这一点,我很欣慰。当然了,年代不同了,与葛任相比,我肯定得有变化。葛氏一脉,前赴后继。"

小乔说:"我以前只知道葛校长出身名门。葛任先生的著作,能找到的我都读了。在中国现代史上,他是真正有原创思想的人。我以前只是朦胧地感觉到,您与葛任先生有联系,没想到您竟是他的后人。"

他再次发现,小乔非常聪明。你不是觉得那所谓的"宏论"并非葛道宏原创吗?瞧啊,小乔只是顺手搭了个桥,就把葛道宏的说法与葛任联系到了一起,使"宏论"具有了家族的背景,仿佛祖传秘方。

话题随后又落到费鸣身上。葛道宏是这么说的:"费鸣先去你那里干两年。两年后,如果他还想回来,那就跟小乔换个班。小乔,你愿意吗?"

小乔的回答很得体:"我愿意去,就怕费鸣不愿意回来。到时候,你们要替我做做工作啊。"

葛道宏说:"就这么定了。有句戏文唱得好,纵然你浑身是铁,又能捻几根钉?应物兄,我是怕你累着。如果你需要人手,到时候我把小乔也派去。"

小乔笑了,说:"司机已经接到乔先生了。我们这就送您下去?"

小乔替葛道宏围上围巾,然后他们三个人一起下楼。在电梯里,葛道宏告诉他一个消息:最近,学校将召开一个关于人才引进的会议,会上将宣布成立儒学研究院。别的研究院都挂在各个院系名下,但这个研究院,就不要挂在人文学院名下了,干脆与人文学院平级。这个问题,应物兄还从来没有想过。葛道宏说:"这样好,遇到难办的事,我可直接过问。"

"现在就宣布,是不是有点早?程先生毕竟还没有跟我们签约。"

"那我就从善如流了,晚几天再宣布。"

"会开完了,我再找费鸣谈谈。"

"你这个学生,还挺念旧的,好。"

18. 人才引进

"人才引进会议",全称是"人才引进及留学工作会议"。应物兄并没有参加,参加者是各院、系、所的负责人。中午在食堂吃饭,人文学院院长张光斗教授端着可乐,来到了他面前,告诉了明天开会的消息。张光斗用可乐漱口,可乐的泡沫使他的腮帮子都鼓起来了。随着咕噜一声响,腮帮子收了回去。张光斗说,本来是放在下学期召开的,现在提前召开,是因为有好事之徒在网上公布了中国高校排行榜。张光斗向他透露了一个数字:济大的排名由七十三掉到了八十四,堪称断崖式下降!

"怎么会下降呢?下降得还这么快?"

"主要是排行榜加入了新的参数:毕业生当中的留学人数,教师出国进修的人数,从国外引进的专家人数。重新调整政策,鼓励学生出国留学,重金引进国外的优秀师资,也就迫在眉睫了。"

张光斗教授当然知道他在筹备儒学研究院。起初,他曾与张光斗商量,能否在人文学院挤出一间办公室,作为儒学研究院的筹备处? 张光斗答应得很爽快,说正好闲置了一间,还是个套间。一直是姚鼐先生用的,其实姚鼐先生已经多年没来了,只是堆放了一些资料和器皿。姚鼐先生说了,百年之后都要捐出去的。宝贝倒都是宝贝。那些资料大都涉及我们的历史分期。没有它们,华夏早期文明就是一笔糊涂账。器皿嘛,什么都有。有几把洛阳铲是从盗墓者手里买的,放在书架上,上面挂着葫芦。那葫芦是从墓里挖出来的,上面标有济河的各个渡口。现在,房间钥匙和防盗门钥匙都还在姚先生手上。里面的恒温机坏了,打开之后,院里可以联系厂家来修一下。只是不知道厂家还在不在了。张光斗说:"要不,你跟姚先生说一下? 别的事,我来办。"这就是谢绝了。张光斗又问他:"你知道姚先生在何处云游吗?""不知道啊,多天没见了。""芸娘也不知道。芸娘还说,姚先生本人可能也不知道。这怎么可能呢? 但你听听芸娘是怎么说的:姚先生总是被一群学者簇拥着,从这个会到那个会。究竟是什么会议,姚先生都搞不清楚,也懒得搞清楚。"

这一天,张光斗喝着可乐,低声说道:"要我看,会议提前召开还有一个原因,就是为你的研究院鸣锣开道。"

"张院长,你听谁说的?"

"虽然我的专业不是儒学研究,可我还是感到与有荣焉。"

"我们本是一家人嘛。"

"听说你们可能另立门户?"

"怎么可能呢? 儒学难道不属于人文范畴?"

"听说葛校长有可能亲自兼任研究院院长?"

"我真的不知道。我只是被葛校长临时抓了壮丁。"

当天晚上,他就知道了会议的相关情况。虽然葛道宏并没有在会上宣布研究院成立的消息,只是说准备成立一个儒学研究院,但很多人就打来电话,向他表示祝贺。接到第一个电话时,他想,你们的消息够灵通的,虽然这个工作非我莫属,但这不是还没有最后定下来吗?还有,你们只知其一,不知其二,不知道更大的新闻还在后头呢,那个院长不是我,而是程济世先生!你们就等着惊呼吧。

稍晚一些时候,小乔也打来了电话。小乔给他提供了一个细节,说:"华学明教授在会上特意提到了你。他说,如果出国留学的人,出国访学的人,都能像应物兄那样,学成归国,报效济大,济州大学的排名就会噌噌噌地往上蹿。"

"他也是从国外回来的嘛。"他对小乔说。

"虽然他也是趁机表扬一下自己,但他说的确实是事实。"

"学明当时完全可以留在斯坦福大学,人家确实也想留下他,但他回来了。"

"我们也没有亏待他嘛。"小乔说。

"会上一定还有不少反对意见吧?"他问。

小乔没有直接回答这个问题,而是说:"葛校长涵养太好了,听了那么多怪话,一点不生气。"最后的三个字"不生气",小乔的语调已经接近京剧道白了,"你怎么知道的?"小乔或许认为,只有她才会向我通报情况。

"有人在微信里说了。"他说了谎。他不想让小乔失望。

"确实有人怪话连篇。不过,这不值得生气。会后,葛校长说了一句话,我认为这句话是对伏尔泰思想的发展。伏尔泰说,我不同意你的话,但我誓死捍卫你说话的权利。葛校长又加了一句,当然,你说你的,我做我的。"

"是啊,认定的事情,就要做好。"他说。

"是考古系的一位'先生'挑的头。"小乔说。

小乔当然知道,只有乔木先生和姚鼐先生这样级别的人才能成为"先生",所以小乔这么说就带有嘲讽意味了。小乔说,那位"先生"说了,这个会议他就不该来,因为跟考古系无关。要考古系的学生去美国留学吗？美国有"古"吗？二百年历史放在中国，不过屁大一会儿。奶奶穿过的鞋子就是文物，爷爷用过的烟嘴就是文物。跟他们能学什么呢？所以这位"先生"说，万般皆下品，唯有留学高，这句话放到别的系合适，放到考古系却不合适。科研处处长沉不住气，说你们如果不想到别人那留学，那就应该让别人到我们这留学，所以你们可以充分吸引外国留学生。这位"先生"怪话又来了，声称这得跟中文系商量，因为那些留学生得先到中文系学习文言文，学习甲骨文，学习金文、小篆、隶书，然后才能到考古系学习。

他对小乔说："这位'先生'说的也有道理。但却忽略了最重要的一点。"

小乔说："哪一点？哪一点？快告诉我。"

他说："忽略了方法论。美国考古学理论经过了一次又一次创新，对各国的考古学理论有很大冲击。美国的考古学设在人类学之下。他大概不知道，马克思主义之所以会在美国发展开来，就是因为马克思主义考古学在美国考古学界有根本性的影响。他可能也没有听说过性别考古学、土著考古学、认知考古学。"

小乔说："这么说来，他很无知嘛。"

他说："他的强项是田野考察。年轻的时候，他长年钻在墓穴里。"

小乔笑了，说："我认为，他现在就应该钻到墓穴里去。"

她虽然是笑着说的，但他却听得心头一颤。她是葛道宏身边的人，要是她向葛道宏这么进言，那位"先生"可就要倒大霉了。

应物兄当然认得那位"先生"。跟你说话的时候，他总是凑得很近，盯着你看，脸上带着讥诮。眼睫毛总是不干净，好像沾上了墓穴里的灰尘和蜘蛛网。不管你说什么，他都要抬杠，即便嘴巴不抬杠，也要用鼻孔发出奇怪的声音，好像在说，得了吧，谁信呢，别装蒜了，谁不知道你也是猴变的？他的脸上总是雾蒙蒙的，那是怀疑主义的迷雾,可是当你承认自己是猴变的时候,他的怪话又来了,你怎么知道你是猴变的?有证据表明,人的进化与猴子没有关系,而是分别进化的,所谓裤裆放屁,兵分两路。这话说的,怎么能说没有关系呢?马克思早就说过,一切事物都是相互联系的。

但这位"先生"其实是个好人。比如,他虽然不同意姚鼐先生的观点,但有一次姚鼐先生发病了,他硬是把姚鼐先生从三楼背了下来。而他本人又矮又瘦,姚鼐先生的体重都快是他的两倍了。足足有两个星期,他只能弯腰走路。虽然他本人反对人是猴子变的,但他弯腰行走的方式,却对他的观点构成了讽刺:他不仅是猴子变的,而且又退化成了猴子。

他对小乔说:"这位'先生'曾有过重要的考古发现。济河曾经是丝绸之路的重要河道,济州曾经是丝绸之路的重要集散地,就是他首先提出来的。"

"您真是一个好人。"小乔说,"费鸣跟着您,有福了。"

当天,更晚一些时候,季宗慈也给他打了一个电话。作为校外人士,季宗慈竟然也知道会议的内幕。季宗慈提到,哲学系一位老师在会上也是怪话连篇,而且采用的是自问自答的方式。这位教授问道:出国留学相当于什么?相当于一个人的成年礼?这也太夸张了吧。照这种说法,出国就相当于女孩子首次来例假,男孩子第一次遗精。那么回国呢?留学回国又该叫什么呢?受了孕回来生孩子了?又说,国外高校是把好学生留下,把不好的学生送走。我们倒好,把好学生送走,把人家不要的高价买进,这是不是贱卖了儿子,再高价买只猴子?季宗慈说,你听听,真是奇谈怪论。哲学系搞不好,以前我认为是他们互相告状,现在看来问题不是那么简单,因为他们拒绝和西方哲学界进行实质性接触。

聊着聊着,季宗慈突然提出:能不能把程济世先生的著作交给他来出版?

"程先生的事,我怎么做得了主呢?"

"应物兄，你就别给我装糊涂了。你瞒不了我的。我知道程先生快回来了，你是程先生最信任的人。程先生的事情，你不管谁管？"

"反正这事还早着呢。"

"书的出版周期很长的，所以必须未雨绸缪。我只要简体字版权，繁体字版和外语版的版权，你可以给别人。有饭大家吃嘛。我这个人，你是知道的，不吃独食。"

作为消息灵通人士，葛道宏在会上是怎么讲的，季宗慈全都知道得一清二楚。季宗慈说，他完全赞同葛道宏的说法。葛道宏在会上说了，鼓励学生出国留学的事情，可以先放一放，因为留学费用是很高的。为了鼓励学生出国，学校可以资助一下，但毕竟还得家长掏腰包。但是，有一点是不能再拖了，那就是不惜血本引进人才，尤其是引进国外的名师，尤其是享誉世界的大师。建一个与国外相媲美的自然科学的实验室，往往要花费巨资，所以，人文领域的研究院可以先建一两个。总而言之，有名师方为名校，名师为名校之本，堂堂济大岂可无本？无本则如无辔之骑，无舵之舟也。

复述完葛道宏的讲话，季宗慈说："这篇讲话，是不是费鸣起草的？"

葛道宏以前的讲话，当然大都是费鸣起草的，但这篇讲话是不是，他就不敢打包票了。有点像，也不太像。费鸣起草的讲话稿，通常都带有口语色彩，而且里面通常会塞一两个笑话。这篇讲话稿，似乎有点太严肃了。多天之后，得知它还是出自费鸣之手，他又觉得，费鸣把握得很好。本来就是个严肃的事，怎么能随便开玩笑呢？

这一晚上，他没有睡好。

第二天中午，葛道宏突然让他马上过去一趟。

还没等他坐下，葛道宏就说，从清华大学校方获悉，程先生清华之行推迟了。

"是吗？为什么？"

"据说是程先生方面提出推迟的。程先生希望春暖花开的时候再来北京。清华方面猜测，可能是因为北京最近爆发的大规模流感引起了程先生的不安。西方媒体对此事报道甚多，大肆渲染，甚至攻击中国的公共卫生制度。真是乱弹琴！流感跟公共卫生制度有多大关系？主要是风干物燥嘛。那个朋友说，他其实理解程先生，因为他儿子本来要带着洋媳妇回国探亲的，看到报道都不敢回来了。"葛道宏说，"我虽然安慰了对方，但心里却想，不来更好！我还担心清华将程先生扣下不放呢。别怪我多心。防人之心不可无啊。"

"西方媒体总是这样，抓住一点，不及其余。程先生对此向来是反感的。程先生跟CNN总裁是朋友，曾当面指出过。不过，因为说的是流行性疾病，在搞清楚事实之前，程先生谨慎一点，是必要的。"

"我当然知道。他的身体又不是他自己的。"葛道宏说，"我的想法是，你能不能尽快去一趟美国？"

"我正在办理签证。"

"费鸣的外语不错，他可以陪你去。"

他明白，葛道宏现在就想让费鸣滚蛋。校长办公室编制已满，费鸣不走，小乔就进不来，而小乔马上就要毕业了。一个萝卜一个坑嘛。

"正好，你们去美国的时候，可以好好聊聊。"

"他来得及办签证吗？好像来不及了吧。"

"来不及了？"

"您知道，美国自称是个特殊的国家。它以为全世界的人，甚至包括外星人，要么想做它的臣民，要么想对它进行恐怖活动。这个国家没有安全感。对于签证材料的审查，已经到了变态的地步。留着络腮胡子都可能被拒签。"

"他们真该撒泡尿照照自己。"

这么说着，葛道宏就向洗手间走去了，到了门口，又回头说道："每次在美国过安检，感觉能脱的都脱得差不多了，都光脚拎着裤子了，还是不行。"然后，葛道宏推门进去了。或许是因为在自己办公室，葛道宏竟然没有关门。不关门就罢了，还边撒尿边说话，"这倒无所谓，男人嘛。就是那些美国妇女，简直败人兴致，一身肥嘟嘟的肉！她们自己不在乎，倒让我们这些在好莱坞电影中看惯了美女的人，有些受不了。"

他也去了趟洗手间。葛道宏忘记冲水了。替葛道宏冲水的时候，他通过洗手间的镜子，看到有一束微妙的光射向了自己的脸。镜子中的他，颧骨略高，鼻梁笔直，而且意外地显得年轻。他听见自己说："我不需要人陪。我自己去。"

这天送他出门的时候，葛道宏突然问了一个问题："听说你也认识铁梳子？她请你去过桃都山别墅吗？"

他说："认识倒认识，但没有交往。"

葛道宏说："我想起来了，铁梳子好像说过，她那个别墅就是程济世的父亲当年住过的别墅，曾毁于战火。倒也没有完全毁掉，只是被刘邓大军的炮火轰掉了半个屋顶，后墙被炸开了一个口子，院内炸出了一个大坑。铁梳子说，它后来就变成了羊圈。铁梳子将桃都山承包以后，将那个别墅按原样建好了。程济世先生小时候肯定在那里住过。"

他想起铁梳子曾说愿意捐助儒学研究奖的事，就顺口说了："要不，你跟她说一句，让她把别墅捐给我们？"

葛道宏立即表扬了他："我要提出来，她当然不会拒绝。她跟我们学校有合作嘛。但这话我不适合说。"他以为葛道宏是在暗示，应该由他来说，但葛道宏随即又补充道："她要是乖，就自己提出来。"

19. 赴美

赴美之前,费鸣倒是来找过他一次,给他送来一些材料,那是校方送给程济世先生的礼物。其中的一本精美图册,本是济州大学百年校庆时印的,因为又新加进去两幅图片,所以又突击印制了几本。那两幅图片都与程先生的父亲程会贤将军有关。

1948年以前,程会贤将军兼任过济大校长。不过,当时他更重要的身份是济州市市长。现在可以查明,程会贤将军离开济州的准确时间是1948年10月22日。此前,驻守济州的国军第十六兵团奉命调往徐州,而驻守新乡的国军第四十军部分主力则被派驻济州。第四十军立足未稳,解放军已经大兵压境,具体时间是10月20日。程会贤将军此前已转移到济州城外的凤凰岭。21日拂晓,他悄悄奔赴本草镇程楼村烧香祭祖。翌日早上,他最后一次来到了济州大学,将部分藏书寄存到济州大学图书馆,并在镜湖旁边留影。随后,他经漯河、驻马店南逃。1948年10月23日晨6时,解放军攻入济州,近万名守军在突围中被歼。济州城破之时,程会贤将军及少量随从正好进入信阳城门。他没有在那里久留,旋即再次南逃,一直逃到了台湾。然后,哦,然后就没有然后了,他病逝于台湾了。

图册中新增的两幅图片,一幅就是那些藏书的照片。它们被整整齐齐地摆放在逸夫楼图书馆的孤本珍藏室。书架上的一个铜牌特意标明:程会贤先生惠赠。另一幅图片则是程会贤将军在镜湖边的留影,左侧有一行字:程会贤将军于济大。照片上的他,神态自若,正手搭凉棚,眺望湖面。兵燹好像并不存在。他对自己的命运并无感知,不知道他将一去不返,客死异乡。哦,对了,与原来的图册相比,其实还有一点不同,那就是影印了程会贤先生一幅书法作品:鲍有苦叶,印须我友。字是欧体。乔木先生后来看到这幅字,说它比一般的欧体字要柔和一些,少了些险峻,多了些圆润;少了些紧凑,多了些疏朗。乔木先生认为,可能是作者晚年所题。其实,程会贤先生当时正值盛年。

程会贤老先生地下有知,能预感到他的儿子将要荣归故里吗?

费鸣解释说:"还有些别的材料,如果你感兴趣,我可以陪你去拍些照片。"

他问:"什么材料啊,那么宝贵,不能复印,只能拍照?"

费鸣说:"桃都山别墅,程老爷子当年在那里住过。没有毁于战火,是因为它由石头所砌,像个碉堡。只是屋顶被炮弹给轰了,后来放羊的人在上面篷些树枝遮风挡雨,把它变成了一个羊圈。现在当然又修好了,是铁梳子修的。程济世先生或许会感兴趣。"

他说:"感谢你关心程济世先生的事。你去过那个别墅?"

费鸣说:"小乔去过。我顺便查了一下,发现农业学大寨的时候,修梯田的人就住在那里。变成羊圈是改革开放之后的事。当然现在不允许放羊了。那里也闹出过一起强奸案,报纸上报道过的。当然现在安全了,铁梳子在那里养了一条大狗,就是上次他们说的蒙古细犬。"

他说:"拍照好像来不及了。"

确实来不及了,因为第二天他就得启程。

虽然是春天,但应物兄抵达波士顿洛根(Logan)机场的时候,却是大雪纷飞。铁梳子提到的那个黄兴先生,作为长期赞助程先生学术活动的人,专门赶到机场迎接。来了三辆车,一模一样,全是奥迪A8防弹轿车。他本来该上中间那辆车的,但黄兴却带着他上了第一辆车。他意识到,这是出于安全考虑,所谓出其不意。"其"者何人?当然是歹人。黄兴身穿灰色大袍,就像个布道者,和他坐在后座。他当然先打听程先生近况。黄兴说,先生早上还出门滑雪了,一边滑雪,一边大发感慨,说中国的松树都是压不弯的,所谓岁寒然后知松柏之后凋。可是波士顿的这些松树,个个都被积雪压得抬不起头来,都不配入诗。

"陆空谷本来要来接你的。她在爱荷华,因为大雪,没有赶回来。"黄兴说。

"她还好吗?"

"她挺关心你,一直问你什么时候到,什么时候走。"

"自从上次见过,我与陆女士再无联系。"

陆空谷也来听过程先生的课,他碰到过三次。前两次,她都是与一个叫珍妮的女孩一起来的。珍妮原来是研究冷战史的,后来成了程先生的学生。所以他认为陆空谷也是程先生的学生。从见到她的第一面起,他就觉得她似曾相识。她落落大方地对他说:"先生叫我小陆,有时也叫我六六。你也叫我六六好了。"还没等他叫,她就又说:"不准叫我三十六,也不准叫我六六六。别以为我不知道,六六六是毒药。"

对他来说,她就像个谜。他觉得,她几乎熟知他的一切,因为她竟然知道他每个月都要见一次芸娘。不过,你有所不知。我已经多天没见芸娘了。这次出国之前,我本来要去看芸娘的,但芸娘说,别来了,有什么话让文德斯告诉我就行了,你那么忙。芸娘这次在电话里还说了一句话:"你没事往美国跑什么呀?"当然,这些话他没有跟陆空谷说。

她曾说,她是从台湾来的。他信了。他有点奇怪,她为何没有一点港台腔。在美国期间,他曾入乡随俗地过了一次感恩节,地点是在黄兴的家里,是陪着程先生一起过的。他还记得,那天也下了大雪。室外大雪纷飞,室内温暖如春。厨师提前把火鸡从冰箱中拿出来了,已经去掉了脑袋、脖子和内脏,然后当着众人的面往上面涂橄榄油。

"Let me try①。"她说。

——————

① 我来试试。

她的手非常温柔，涂油的时候，好像那不是火鸡，而是婴儿。厨师不让她干了。厨师的话，他至今还记得。厨师说："So, you'll wake it up。①"

涂好了油，厨师又用注射器往火鸡身上注射调料，调料里拌着蒜汁。用的盐是地中海的海盐，柠檬和海鲜酱则购自牙买加。随后，一根葱塞进了火鸡的肚子。有人点起了南瓜灯，就是在挖空的南瓜肚子里燃起蜡烛。他后来知道，那个南瓜灯就是她做的。在南瓜灯照耀下，那根葱从火鸡脖子的切口处伸了出来，乍一看好像火鸡又长出了一只脑袋，吓人一跳。她悄悄地背过了脸。

火鸡在烤架上吱吱冒油的时候，程先生用中文对一个美国朋友说，你们美国人脸皮太厚了，你们过感恩节，是要怀念自己的殖民史，怀念当初如何把印第安人杀得鸡飞狗跳墙。你们的感恩节包含着洗不掉的血腥。杀了谁，就向谁感恩，这就是美国的感恩方式："谢谢你让我杀了你！"

那人说："你不是也过吗？"

程先生说："我是想看看你们脸皮有多厚。"

那人是程先生的朋友。程先生介绍说，那人是研究东方学的。程先生对"东方学"这个概念有点不满，不时地拿他打趣。说东方学的概念，就像女权学一样，硬是把世界分开。东方学就是另一种意义上的女权学。你研究东方学，就相当于研究女权学，而女权学大都是女性来研究的。程先生开玩笑说："所以，你是女性，或者说，你大部分属于女性。"程先生开玩笑的时候，东方学教授不时瞥向陆空谷。他的目光，纯真，羞怯，同时又大胆，因为有时候他的目光会在陆空谷身上停留很久，旁若无人。

除了那个东方学教授，那天还来了一个老朋友，是个犹太人，名叫莫里斯·沃伦②，毕业于美国麻省理工学院，1992 年至 1994 年

---

① 这样下去，你会唤醒它。

② Maurice Warren，美国汉学家。

148

曾在台湾大学访学,1997 年 9 月至 1998 年 6 月又在北京大学访学。
七年前,他们在北京的达园宾馆认识了。"你就叫我老莫。"他还记
得莫里斯·沃伦说的第一句话。当时,老莫已将他一篇题为《论
"仁者爱人"》的论文译成了英文。老莫首先向他致歉,说因为未能
联系上他,所以在翻译之前没有得到他的授权。他当然表示,只要
有利于传播孔子的思想,怎么都行。随后,老莫就滔滔不绝地讲起
自己为什么会翻译那篇文章。"孔夫子的'仁者爱人'思想,是儒家
文化的中心范畴。它也应该成为当代社会最基本的行为准则。我
完全同意你的看法:'仁'字是一个字,但说的却是一个世界,两个
人组成的一个世界。'仁'的原初意义,说的就是主体必然嵌于世
界之中,与世界和他者亲密地联系在一起。"老莫说。老莫原来是
研究萨特的,但他觉得,萨特已经过时了,现在他对东方哲学很感
兴趣。他曾多次拜访季羡林先生,曾与季羡林先生合影,与季羡林
先生的猫合影,也与季羡林先生养的荷花合影。

从老莫那里,他得知那个东方学教授暗恋着陆空谷。

程先生还会拿东方学教授的胡须打趣。那人的胡子杂乱浓密,
间或有点灰白。他自我解嘲说,有人说他的胡须像当兵的或者船长
的胡须。他倒很想把它剃了,可是,因为他的头顶差不多全秃了,他
就不得不在嘴唇旁边留点什么,以保持体毛总量不出现太大波动。
他本人也喜欢胡子带来的那点神秘感,因为它多多少少可以掩盖一
点容易外露的表情。说这话时,他又把目光瞥向了陆空谷。

程先生笑了。他随即开始拿程先生开玩笑。他指着自己的嘴
唇说,程先生既然是帝师,那么就应该留下 Imperial①。

程先生说:"我又不是拿破仑。"②

火鸡端上来了。火鸡看上去很焦嫩,但味道却不怎么样。陆
空谷不喜欢吃火鸡,珍妮也不喜欢吃。于是,我们的应物兄就陪着

① 帝髯。指下唇上留的一小绺胡子。
② 帝髯据说来自拿破仑。

她们到外面散步。后来珍妮接到一个电话，返了回去，他和陆空谷就穿着雨靴肩并肩走着。靴子在雪中陷得很深，并且不时地打滑。陆空谷突然问起了乔姗姗："夫人怎么不来陪读呢？"他只能说，她有自己的事业，走不开。他问她："你呢，你的男友呢？"她说："都说弱水三千，只取一瓢饮。可我还没有见到弱水呢。"

他委婉地问到那个东方学教授。

她停下脚步，然后又往前走，说："他？他喜欢女人，也喜欢男人。"

他突然理解程先生为什么打趣，说他是女性，或者大部分属于女性。

他和陆空谷肩并肩走在雪地里，就像孤单地走在这世界上。他想起了他的婚姻：弱水三千，我只取一瓢饮，但它的滋味有如苦胆。

那是他最后一次见到陆空谷。他还记得，他们散步的时候，不远处是一片松林，松林在斜坡上，它并不是静静地在那里待着，而是在那里闪耀。斜坡的边缘有个木屋，木屋的另一边有个湖，岸边已经结冰，但湖心依然碧波荡漾。一些水鸟栖落在湖边。他想陪她到那边走走。她说，那边的雪更厚，都要深过自己的靴子了。"等雪融化了，我们可以在林子里走走。"她说。她走在前面，她的影子在雪地里移动。从影子里也能看出她腰身的曲线，看出腰带的飘动。他突然觉得，她就像一只鹤。她像鹤一般移动着轻盈的身体，如将飞而未翔。松林还在远处闪耀，他感觉他和她一起走进了那松林。他现在还能回想起当时的感觉：我突然获得一种宁静感，树叶的响动增加了树林里的静谧，一种深沉的宁静感注入了我的心。但随后，他心旌摇曳起来。他想象着他们进了那个木屋。天地如此狭小，他们膝盖碰着膝盖。他们拥抱着，他竟然忍不住哭泣了起来。他们哭泣着，接吻，做爱。一种沉甸甸的幸福，沉甸甸的果实般的幸福。他们心满意足地贴着对方汗湿的身体。而木屋之外，松涛阵阵，不绝如缕。

那时候，她是不是也走神了？她一下子滑倒了。手上沾满了雪粒。他去拉她的时候，雪在她的指尖融化了。那冰凉的雪水啊，带着她的温暖，从她的指尖流向了他的指尖，一滴，两滴，三滴。

"据说芸娘烧的饭很好吃？"她怎么冷不丁地问了这么一句。

"这你可说错了。她不会烧饭。"他说，"你见过她？"

"见过，她可能不记得了。"她说。

"又要下雪了，我们往回走吧。"她又说。

记忆中，这是陆空谷说的最后一句话。

"陆女士也在你那工作吗？"他问黄兴。

"她就在鄙人的集团里。用你们的话说，她负责的是文化开发项目。"

他不想与黄兴再谈这个话题了。他把话题转到了程先生身上。黄兴说："回济州任教一事，先生真的动心了。"

"你也帮我敲敲边鼓？"

"边鼓？边鼓是什么鼓？"

"我是说，你在旁边帮我说说话，帮我鼓吹一下。"

"先生把我从加州召到波士顿，便是商议此事。"

在程先生所有弟子中，黄兴的脑袋瓜子最灵，考虑问题最为周全，生意做得最大。不过直到这个时候，我们的应物兄还没有想到，程先生会提出让黄兴捐资建儒学研究院。

"子贡，先生最听您的。"他对黄兴说。

子贡是他给黄兴起的绰号。黄兴对这个绰号很满意。他曾对黄兴说，人们以后会说，历史上有两个子贡：一个是孔夫子的门徒，姓端木，名赐，字子贡；另一个是儒学大师程先生的门徒，姓黄，名兴，绰号子贡。这个绰号传开以后，有人认为，他这样说其实是"一石二鸟"，既恭维了黄兴，又恭维了程先生，而且主要是恭维程先生：世上能带出子贡这样的徒弟的，只有孔夫子和程先生。其实我还没有这么想过。我只是认为，黄兴跟当年的子贡一样，都是大富豪，也都是慈善家。如此而已。当然，如果你非要说我恭维了程先生，我也不会反对。不过，我认为这不是恭维，因为程先生配得上。

黄兴祖籍南阳。他的父亲黄公博当年是程会贤将军的部下，败退到台湾，十年之后，在那里生下了他。他属猪。黄老先生粗通英文，给他起的乳名就叫皮格，是英文 Pig 的音译。黄兴后来喜欢豢养各种奇怪的宠物，是否跟这个动物式的名字有某种联系他就不得而知了。黄兴讲过一件事，走在街上，只要有人喊一声 Pig，他就知道对方是来借钱的，而且那些人借了钱从来不还。

君子取财有道，两个相距两千五百年的子贡，在如何发家致富的问题上，各有各的门路。孔子的门徒子贡，是靠发战争财拿到第一桶金的。当年吴越争霸，吴王夫差北伐之际，曾在民间强征丝绵以御寒，一时间丝绵紧缺，价格走高。子贡抓住这个商机，大肆收购丝绵贩卖到吴国。这个短平快的跨国贸易，让他一跃而成为富豪，为后来资助孔夫子，也为后来成为慈善家，奠定了强大的物质基础。与前面那个子贡相比，后面的这个子贡却是靠联姻弄到第一桶金的。黄兴的首任妻子是香港一个海运大王的千金。黄兴为自己的集团取名为黄金海岸①就与此有关。

在美国访学期间，他与黄兴成了朋友。他曾听黄兴说过，其前岳父是天底下头号吝啬鬼。老家伙恨不得每个船员都变成鱼鹰，脖子上勒着绳子，自己捞小鱼吃，大鱼则乖乖地吐到船舱里。从婚姻的角度看，黄兴的命好像不够好，因为他的夫人，也就是海运大王的千金，很快就死掉了。不久，海运大王也死了——他对女儿的葬礼很满意，坐在床上，抠着脚上的鸡眼一直在笑，笑得都昏倒了，其实是死了。但从商业角度看，黄兴的命却足够好，因为他继承了一笔遗产。后来黄兴的财产就像雪球越滚越大，生意遍及北美、北欧以及东南亚，然后就变成了当代子贡。

------

① 英文名为 Gold Coast，简称 GC。

　　从波士顿洛根机场到哈佛，平时只需要三十分钟，这天他们却走了一个半小时。这当然是因为下雪。昔我往矣，杨柳依依；今我来思，雨雪霏霏。乐景写哀，哀景写乐，倍增其哀乐。他现在就格外快乐。因为拥堵，他见程先生的时间被迫推迟了，但他觉得，这种想见又见不着的感受，也有一种特殊的美。快乐归快乐，美归美，他还是不由得批评起美国的效率。如果是在中国，路上撒上盐，大雪就融化了。但他转念又想，考虑到环境问题，不撒盐是对的。

　　后来他才发现，车速缓慢虽然跟下雪有关，但关系不大。他们缓缓驶过了一个事故现场。死者从车里抬了出来，墨镜歪掉了，戴到了颧骨上面。交警在打电话，脸上还挂着微笑。一只警犬在舔一个黑人警察的手心。一个女警在弯腰察看死者的同时，把制服的下摆往下拽了又拽。一切都很正常，如果你没看到那个死者，你不会想到这里发生过一起死亡事件。透过后视镜，他看到又一个死者被抬了出来。是一对夫妻，还是一对父子？哦，又抬出来一个。女警弯下腰，再次去察看死者，再次拽着制服的下摆。这算不算特大交通事故？在中国、印度和俄罗斯，这可能不算，但这是在美国。美国虽然强调生而平等，同时却认为自己的命比别人值钱。尽管如此，一切都还是正常的。雪花的飘落，车辆的堵塞都是正常的。没有人鸣笛，没有人号叫。一切都是静悄悄的。下雪的声音更显出了它的安静，就像蜜蜂的鸣叫增加了树林的静谧。以前的人死在亲人的怀里，现在的人死于高速公路。一种非正常的死，无法预料的死。但因为死得多了，也就成了正常的死。一种正常的非正常，一种可以预料的无法预料。如果那个死者被救活了——这是个病句，但我确实就是这么想的——他会有什么感觉呢？如果我把我的这种感觉告诉他，他会有什么感觉呢？

　　他想不出来。

　　他突然想起一句话。那是芸娘的话。芸娘说："我没有你感觉到的那种感觉。"芸娘是对一个求爱者这么说的。那已经是很多年前的事了。在想象中，他认为，如果他对那个复活的人说出他的感觉，那个人可能也会这么说。我怎么想到了这个？这有点不对劲。于是他摇了摇头，抱着双肘，看着夜色中的雪景。他要把这种不对劲的感觉，从他的身体和头脑中赶走。

20. 程先生

　　程先生看到他，上来就说："应物，知道吧，子贡昨日还说，我应许你们做个兼职院长就行了，哈佛这边不要放下。什么兼不兼的？鱼与熊掌，不可得兼。济大我是要去的。济大就是熊掌。"

　　谈话的地点就在程先生的寓所，程济世先生称之为"桴楼"①。程先生说："这把老骨头，若对济州还有用，我就辞了桴楼，回去。"

　　黄兴说："弟子陪先生回去。弟子用专机送您回去。"

　　程先生感慨道："真是我的子贡啊。你也回济州投资嘛。既能赚钱，又能助家乡父老发财，两全其美，何乐而不为？"

　　黄兴右手抚胸，弯腰，说："弟子唯先生之命是从。"

　　程先生说："子贡，上次回台湾，你的几位朋友去看我了。代我谢谢他们。"

　　黄兴说："有缘拜见先生，是他们的造化。他们须重金谢我才是。"

　　程先生提到，有个朋友在台湾也建了个儒学院，盼望他能回去，以促动台湾的儒学研究。听程先生这么一说，我们的应物兄心里咯噔了一下。但他不便插话，只能竖着耳朵听讲。他把表情调整到略带忧惧的样子。

　　程先生说："漂泊已久，叶落归根的想法是有的。剔骨还父，剔

---

①　典出《论语·公冶长》："子曰：'道不行，乘桴浮于海。从我者其由与？'子路闻之喜。子曰：'由也好勇过我。无所取材。'"

肉还母,本是人伦之常。回台湾是归根,回大陆也是归根。父亲的墓在台湾,母亲的墓在济州。回台湾好是好,可以信口开河,无所顾忌。只要不杀人。可就是太闹了,太能闹了呀。闹哄哄的,Too noisy! 一刻不消停。一会儿蓝,一会儿绿,眼花缭乱。一些老朋友也搅进去了,横连纵合,党同伐异,比春秋战国还能闹。本来是四海之内皆兄弟,如今倒好,新友旧朋竟也反目成仇。攻乎异端,斯害也已。到了台湾,入世不好,不入世也不好。入世?入哪个世?只要入世,就难免要搅进去,难免要跟着闹腾,Make a noise! 一闹腾,骨头都要散架了。他们是让我出任儒学研究院院长。院长我也不愿干。我跟某些老朋友不一样。给了他们,他们定然跑得比兔子都欢。"先生所说的"那些老朋友"是谁呢?他不能问,只能听。"他们呢,顾盼自雄,还能折腾。我是不愿折腾了。不想闹着玩了。我还是愿意老调重弹,和谐为上,别瞎折腾。夫子是对的,只当素王。我是安于当一个学者,当一个思想家,当一个小老头。既无高官之厚禄,又无学者之华衮,赤条条一身素矣。闲来无事,找几个人聊聊天。清霜封殿瓦,空堂论往事;新春来旧雨,小坐话中兴。岂不快哉?"

讲到这里,程先生要去趟洗手间,说:"稍等,我得去嘘嘘了。"

在本草话和济州话中,"嘘嘘"指的都是儿童撒尿,也指大人给儿童把尿。他觉得,程先生俏皮地选择这个词,正好说明程先生对济州的感情太深了,有如赤子对母亲的眷恋。程先生的前列腺一定也有毛病,因为一去就是好长时间。在前列腺方面,我似乎有些青出于蓝,或许应该给先生介绍个方子,就是用玉米须煎汤代茶。但又似乎不可信也。他想起金彧说过,它的作用主要是利尿。

趁着程先生不在,黄兴凑近他,说:"应物兄,我会鼓动先生尽早回大陆的。我也回去瞧瞧。你说得对,那里商机无限。"

随后,黄兴提到了他们共同的朋友郑象愚,但用的是郑象愚另一个名字:敬修己。这是程先生给他起的名字。黄兴说:"修己兄不太支持先生回国。"

　　与黄兴一样，敬修己也是程先生的私淑弟子。程先生对他很看重，曾聘他做自己的学术助手，但因为他志不在学术，做事又容易冲动，程先生就将他安排在了黄兴的公司。黄兴公司门下，有一个"儒学与商业"网站。敬修己负责的就是那个网站的编辑，活不重，钱蛮多。

　　应物兄忍不住说道："修己者，象愚也。说是象愚，我看是真愚，愚不可及。他跟随先生多年，算是白跟了。毋意、毋必、毋固、毋我，他一条也做不到。"

　　黄兴说："他昨日还打电话，提醒先生不可急着决定，可以先答应回去看看。他也想跟着回去看看吧。他出来得太久了。"

　　他立即对黄兴说："你告诉修己兄，此事办成后，他若想回去，我可以助他一臂之力。要是办不成，哈，元曲里有句唱词，我要送给他：忙赶上头里的丧车不远，眼见得客死他乡有谁祭奠。"这段时间，因为与葛道宏接触多了，他也习惯于引用一些戏文。此前不久，他和敬修己共同的一个朋友客死加州，他在敬修己发给他的邮件中看到了葬礼的图片。修己伫立于墓前的身影，最让他唏嘘不已。修己明显老了，一脸悲戚。修己兄，你修来修去，修得不像自己了。

　　"修己兄近况可好？"

　　"一日深夜，我路过海湾大桥，见他一个人在桥上走，心中一惊。修己是不是患上了梦游症？"

　　"千万别掉到河里。"他赶紧说道。

　　"应物兄有所不知。梦游人就是在屋顶上行走，都有精确的位置感，不会掉下来。他们可以在屋脊上奔跑。"

　　程先生从洗手间出来了。

　　这天，他照例录下了程先生的话。程先生接下来的话，真是既诚恳又深情，文华质朴相半是也，文质彬彬是也。程先生说："嘘嘘一下，轻松多了。人老了，话多，尿多。这里有一本书，里面夹了一朵桃花。桃之夭夭。西人爱玫瑰，国人爱桃花。这里还有一本书，里面也有一朵桃花。你们看看这两朵桃花。能看出 difference① 吗？这一朵是在北京的中南海采的，这一朵是在台北介寿馆采的。看不出是不是？那是时间长了，发白了，发黄了，干了。同是桃树，也是南北有别啊。单说这花，在台湾，叶先花后，花朵疏落；北方呢，则是花先叶后。花先叶后，故有灼灼其华，故有人面桃花相映红。应物，你回去可以跟葛先生讲，我喜爱北方的桃花，济州的桃花。济州的桃花，以凤凰岭上慈恩寺的桃花为最好。我想慈恩寺的桃花了。"

啊，慈恩寺与有荣焉。

我真想马上把这个消息告诉慈恩寺的住持释延长。

程先生突然说道："清华有朋友讲，济大校长曾向他探听我在北京的行程。这朋友很敏感，问我是不是要回济州。我没跟他讲实话：想远了，礼节而已，乡党嘛。"

"葛校长说，他盼您如久旱盼甘霖。"

"北京啊，上海啊，也都有学校欲请我回去。既然要回，还不叶落归根，还不一竿子插到底？要回，就回济州。兹事体大。回？怎么回？何时回？容我再考虑几日。这边的事情，也需交代清楚。怎么样，届时子贡陪老夫回去一趟？"

"回十趟也是应该的。"黄兴说。

"子贡啊，你可在济州建都。你的帝国在东亚，都城在济州。届时我们师生终日相处，岂不快哉？"

"弟子愿与应物兄一起，终生服侍先生。"

"此事，须说与犬子知道。若他愿意，我也想带他回去看看。带他去过韩国，回过台湾，到过新加坡，还没带他回过大陆。有次跟他谈济州，他以为我讲的是韩国的济州。数典忘祖啊。子不教，父之过也。再说了，我也很久没吃到仁德丸子了。济州的仁德丸

---

① 差异。

子,天下第一。北京的四喜丸子,别人都说好,我却吃不出个好来。名字我就不喜欢。何谓四喜？不过是沾沾自喜。儒家、儒学家,何时何地,都不得沾沾自喜。何为沾沾自喜？见贤不思齐,见不贤则讥之,是谓沾沾自喜。五十步笑百步,是谓沾沾自喜。还是仁德丸子好。名字好,味道也好。仁德丸子要放在荷叶上,清香可口。仁德丸子,天下第一。食不厌精,脍不厌细,精细莫过仁德丸子。应物,回去就跟葛先生讲,奔着仁德丸子,老夫也要回济州。"

这段话非常重要,道器并重！他后来将它整理成文,呈给了葛道宏。再后来,因为要寻找程济世先生的旧宅,他觉得这是个线索,就又把这段录音翻来覆去听了无数遍。他在程先生的语气中,悉心体会着程先生的真情实感。他甚至能听出来,程先生提到仁德丸子时,望梅生津,嘴滑了一下。只是那仁德丸子是什么丸子,虽然我也很想尝尝,无奈余生也晚,未曾耳闻啊。

因为高兴,程先生还拉了一段二胡,拉一会,讲一会。程先生的二胡拉得很好,拉的是《梅花三弄》,前后足足拉了半个钟头。程先生多次深情地看着那二胡的弦子,有时甚至忘记了手上的动作。程先生喜欢中国乐器,不喜欢西洋乐器。程先生曾说过,我们的弦子是用蚕吐的丝弄的,他们呢,他们的提琴、钢琴用的是钢丝、钢筋。我们的笛子是用竹子做的,他们吹的是铜管。我们是天人合一,他们是跟机器较劲。这会,程先生拉完之后,说:"赫拉克利特的那个比喻是对的:对立造成和谐,如弓与六弦琴。但还有比六弦琴更恰当的比喻,那就是二胡。"

程先生提到赫拉克利特的时候,他突然想到了赫拉克利特的一句名言:一个人的性格就是他的命运。他在内心里感慨了一声:我的性格很好,但命不好。因为觉得这有些怨天尤人的意思,所以他又悄悄地把这句话改了一下:我的性格不好,但命很好,因为我遇到了程先生。然后他问自己:性格好命不好,和性格不好命好,哪个好？他一时找不到答案。

这会儿,他想,莫非程先生要以音乐为例,阐述自己的和谐观念?

他猜对了。程先生调整着琴轴,说:"《广雅》中说,和,谐也。《尔雅》中说:谐,和也。"程先生抚摩着弓子上的毛,似乎要用手指来检验它是否整齐。那动作极尽温柔,但面部表情却没有变化,"常听人言,人人有口饭吃叫'和',人人可以讲话叫'谐'。谬也!左右左右,先左后右,左上右下,男左女右,中国人向来以左为尊,左御史高于右御史,左丞相高于右丞相。只有元代是右高于左。即便是望文生义,从字的构成上看,此二字也应解释为:地里先有庄稼,锅里先有饭,人人才有一口饭吃,是谓'和';先划定个话语空间,尔后再开口讲话,是谓'谐'。所谓先确定伦理纲常,人人都来遵守,就叫'和谐'。和谐是最要紧的。中国最怕乱。宁做太平犬,不做乱世人。一乱,就完蛋了。"

程先生提到一个名叫灯儿的人:"我喜欢二胡,是因为灯儿。灯儿的二胡拉得好,拉得最好的一支曲子叫《汉宫秋月》。小时候,逢正月十五,听《汉宫秋月》,品十五元宵,乃一大快事。"说着,程先生竟然吟唱起来:

听《汉宫秋月》,品十五元宵,快哉,快哉!哎呀呀,该浇水喽——

浇水?浇什么水?有何深意存焉?哦,原来看山是山,看水是水,浇水就是浇水。程先生在吟唱之时,因为微微转动了一下身体,变换了视角,突然看到书桌后面的兰花开了,觉得该浇水了。程先生把那盆兰花移到了书桌上。那个书桌其实不能叫书桌,得叫书案了,因为它比一般的书桌大了许多,上面铺着牙白色的毛毡,几乎像个小舞台。

黄兴将浇花水壶递给程先生。程先生浇着花,说:"有个美国议员来了,看到这盆兰花,就讲好啊好啊。好什么好?小庙里的菩萨没见过大香火。济州的兰花才叫好呢,凤凰岭上的兰花才叫兰花。这兰花算什么?野草而已。"

慈恩寺住持释延长的师弟释延安,喜欢画画,也画兰草。我回去一定跟他说,你们这里的兰草是天底下最好的。

"我记得,画舫里,也放着一盆兰花。"程先生说。

程先生所说的画舫,漂浮在历史深处,漂浮于波光潋滟的济河之上。程先生说:"灯儿便常在画舫里拉二胡。灯儿的二胡拉得如泣如诉。灯儿人很漂亮,用现在的说法就是 sex appeal①。灯儿是个忙人,素面常显粉污,洗妆不褪唇红,拉琴也是忙里偷闲。我梦见过她。"

这灯儿是谁?莫非是名歌伎?

程先生接下来的讲述,似乎印证了他的猜想。程先生说,他还清晰地记得灯儿的样子。岁月之尘无法掩饰她的美,反而使她更加熠熠生辉。他还记得她的后背挺得笔直,发髻高高绾起,下巴微微翘着,胸部的曲线映上了画舫的窗纸。哦,程先生的记忆力真是惊人,比如他竟然还记得有一只猫竖起尾巴从窗台上跑过,把灯儿映在窗纸上的曲线给搞乱了。程先生说,当她手指揉动琴弦的时候,她的小腹起伏有致,有如春风吹过水面,荡起阵阵涟漪。

"扯远了。"程先生说。

"灯儿一定是二胡大师吧?"黄兴问。

程先生眯上了眼睛,再睁开时,目光突然变虚了,好像焦距变了。程先生说,最后一次听灯儿演奏,是在他离开济州之前。家里来了不少人,吹拉弹唱,饮酒作乐。再后来,琴音变成了悲音,欢唱变成了抽泣。说着,程先生吟诵道:

> 对青山强整乌纱。归雁横秋,倦客思家。翠袖殷勤,金杯错落,玉手琵琶。人老去西风白发,蝶愁来明日黄花。回首天涯,一抹斜阳,数点寒鸦。②

---

① 性感。
② 〔元〕张可久《折桂令·九日》。

这些话,应物兄有的是第一次听到,有的已听过多次。上面这首小令,写的是游子在重阳节的一腔柔肠,他已不止一次听过。每次听,都不胜唏嘘。他记得,程先生上次吟诵完这首小令,又吟诵了辛弃疾的词:

晚日寒鸦一片愁,柳塘新绿却温柔。若教眼底无离恨,不信人间有白头。

肠已断,泪难收。相思重上小红楼。情知已被山遮断,频倚阑干不自由。①

可这一次,程先生只吟了首句,就站了起来,又去了趟洗手间。黄兴悄悄对他说:"先生有些伤感了。先生伤感的时候,就会说寒鸦。寒鸦到底是什么鸟?"他说:"就是乌鸦。"黄兴说:"不是吧?我问过先生,寒鸦是不是乌鸦,先生说,寒鸦又叫慈乌。"这时候程先生出来了。黄兴转换了话题,问他:"何时去看孩子呢?我让人送你去?"

这话让程先生听到了。程先生说:"夫人前段时间带着应波小姐来过,将你留在这里的书籍取走了。"

乔姗姗来美国探亲了?而且还带着应波来过先生家里?我怎么一点都不知道啊。乔姗姗不告诉我,是可以理解的,但应波怎么也不跟我说一声?他倒是想起来,他回国的时候,曾将一些书籍留在了这里,那是他留给应波的。应波是两年前来上美国米尔顿中学的。当时她去加拿大旅游了。修己曾答应他把那些书送给应波的。看来,修己失言了,竟惹程先生为此事劳神。

"尊夫人秀外慧中啊。"程先生说。

"慧是慧,秀就谈不上了。"

---

① 〔宋〕辛弃疾《鹧鸪天·代人赋》。

"夫人大家闺秀嘛。乔先生家教很严吧？食不语寝不言,席不正不坐？"

"见到先生,她可能有些拘谨。"

"所以是秀外慧中嘛。"

他们谈话的时候外面还在下雪。透过"桴楼"的窗户,可以看到一辆辆铲雪车正隆隆驶过,路边是卷起的雪堆,车后是漆黑的柏油路。程先生果然又提到了《论语》中关于松树的名句,"岁寒,然后知松柏之后凋",提到了"松表岁寒,霜雪莫能凋其采"。程先生又突然问道:"济州冬天有雪吗？雪大吗？幼时,大雪一下就是一冬天,大地白茫茫一片真干净。"

他回答道:"济州现在很少下雪。"

说这话的时候,他有点底气不足,好像老天爷不下雪是他的错。程先生倒非常想得开。凡是涉及中国,再不好的事情程先生都能原谅,都想得开。程先生说:"这没什么。孔子就不关心下雪不下雪。风花雪月,孔子谈风,谈花,谈月亮,就是不谈雪。子不语怪力乱神,子亦不语雪。一部《论语》,皇皇巨著,从头到尾竟然没有一个'雪'字。"

随后,程先生突然讲了一个"雪桃"的故事。

21. 雪桃

"雪桃"之雪,并非"风花雪月"之"雪",它指的是"擦拭"。冷不丁地,怎么突然讲起了这个？跟前面的话题有关吗？好像没有。不过应物兄并不吃惊。因为孔子当年开课授徒,话题也是很随意的。当然,想归这么想,应物兄还是时时揣摩,程先生讲这个故事,用意何在？

程先生说："雪桃的故事，应物定是知道的。子贡可能就不知道了。讲的是孔子陪鲁哀公[①]说话。鲁哀公赐给孔子桃子与黍子。孔子先吃黍子，后吃桃子。旁人都笑歪了嘴。鲁哀公就讲，黍者所以雪桃，非为食之也。那黍子不是叫你吃的，是拿它来擦拭桃子的，擦去桃毛的。哀公即位时，孔子年近七十，早过了不惑之年，知天命之年，耳顺之年，已是随心所欲不逾矩了。可哀公却以为，孔子这是不懂规矩啊。孔子是如何回答呢？孔子就讲，丘知之矣。这黍子，是五谷中排在最前，祭祀之时它就是最好的供品。桃子呢，在六种瓜果菜蔬中排在最后，祭祀之时，别说做供品了，庙都进不去的。可以用下等的东西擦拭上等的东西，却不能用上等的东西擦拭下等的东西。我要用黍子去擦桃子上的毛，就是以上'雪'下，就是妨于教，害于义。孔子那天一定吃了不少桃子。哀公不讲话，他就一直吃下去，一直吃到引起哀公的注意，一直吃到肚儿圆。他是在等待时机，好规劝哀公，凡事都要讲究尊卑秩序，讲礼！"[②]

只要有个线头，程先生就能扯出一个线球。一个"雪"字，程先生就引出了这么多话，应物兄怎能不服？当然，他还是忍不住要想，谈笑之中，有何大义存焉？他正暗暗揣摩，程先生笑了，说："我是讲啊，葛校长的用意我是懂的。他是要拿我做黍子去擦拭那桃子，拿我做鸡毛去装饰他的顶戴。这不好。可只要对儒学传播有用，对儒家文明有利，我就愿意去做。"

---

① 鲁哀公，春秋末期战国初期鲁国国君，姬姓，名将，谥号哀。下文中，程济世说鲁哀公名蒋，是个草头王，有误。不过鲁哀公也确实是个草头王，在位期间，鲁公室衰微，季孙、叔孙、孟孙三家势力超过公室。鲁哀公想借外力消灭三家，却被三家赶跑了。所以程济世先生在下文又提到，他倒是愿意像孔子侍坐鲁哀公那样侍坐葛校长，但是他担心葛校长像鲁哀公那样被别人赶跑喽。

② 典出《韩非子》："孔子侍坐于鲁哀公，哀公赐之桃与黍。哀公曰：'请用。'仲尼先饭黍而后啖桃，左右皆掩口而笑。哀公曰：'黍者，非饭之也，以雪桃也。'仲尼对曰：'丘知之也。夫黍者，五谷之长也，祭先王为上盛。果蓏有六，而桃为下，祭先王不得入庙。丘之闻也，君子以贱雪贵，不闻以贵雪贱。今以五谷之长雪果蓏之下，是从上雪下也。丘以为妨义，故不敢以先于宗庙之盛也。'"

　　程先生又说：“葛道宏的心意我领了。近日我将去大陆讲学，葛校长届时若有闲暇，我愿与葛校长一晤，共商大计。”程先生接着还开了个玩笑，“孔夫子昔日可以侍坐鲁哀公，程某人又为何不能侍坐葛道宏？就当他是哀公吧。只是他别像那哀公，位子坐不稳，叫人赶跑了。鲁哀公名蒋①，是个草头王，葛校长姓葛，也是个草头啊。”

　　说完，程先生又是大笑，并指着他说：“这段话，要从录音中删掉。我是不愿背后议论人的。论人是非者，定为是非人。我只是替你担忧。”

　　他总算听明白了，程先生是担心葛道宏在校长位子上坐不稳，说好的事情，日后别因人事变动而不了了之。于是他立即向程先生表示，葛校长在全国高校校长当中，是有分量的人物，位子坐得很稳。在济州大学，当然更是一言九鼎。更重要的是，葛校长本人非常关心儒学。他想起来，费鸣曾把葛道宏称为“三分之一儒学家”。这是因为，葛道宏对他起草的讲话稿有个要求：引用的名言当中，儒家名言应占三分之一。

　　程先生又把话题扯到了松树上面：“松柏之下，其草难殖。② 强人当权，下边人日子好过吗？”

　　他说：“他对学者是很尊重的。过年过节，都要约请几位教授到家中吃酒。”

　　程先生问：“也请乔木先生吃酒吗？”

　　他说：“那是自然的。他对乔木先生尊敬有加。”

　　程先生说：“好！我就随乔木先生吃酒去。我愿意跟乔木先生一起，去擦拭葛道宏那枚桃子。”程先生眼睛一亮，“对了，传闻乔木先生的新夫人姓巫名桃？乔姗姗是不是不喜欢这个庶母？这个庶

---

①　实为将。
②　典出《左传·襄公二十九年》：“松柏之下，其草不殖。”意思是，在松柏的下面，杂草难以生长。

母今年芳龄几何?"

这些事,程先生又是如何知道的?难道是乔姗姗自己说出来的?

对"庶母"这个说法,他多少有点别扭。

程先生说:"乔木先生今年八十二岁了吧?"

他说:"乔木先生八十三岁了。"

程先生说:"又长了一岁?返老还童了。"

一直没有说话的黄兴插了一句:"见到那个乔木先生,我可以劝他再装个肾。"

程先生立即说道:"子贡!不得放肆!见到乔木,须执弟子之礼。"

黄兴说:"弟子知错了。"

程先生说:"听说夫人研究的是女权主义。她是不是个女权主义者?她是西方女权主义者,还是儒家女权主义者?"

他第一次听到这个说法。

程先生说:"若是西方女权主义者,她就应该生巫桃女士的气,觉得她不应该嫁给一个糟老头子。若是儒家女权主义者,她就应该生父亲的气,觉得他娶这么个年轻的女人,让她这个做女儿的,脸上挂不住。"

说着,程先生第一次朗声笑了起来。

那天下午,他们还冒雪在校园里散步,并且在约翰·哈佛的塑像前合影留念。程先生说,他最不愿意在那个塑像前留影,因为它被称为"三谎塑像"①,而儒家最反对说谎。但是,算下来,他在那个塑像前拍的照片又是最多的。这不能怪他,因为学生毕业时,总是

---

① 约翰·哈佛(John Harvard)先生的塑像,被认为是哈佛大学的重要标志。在塑像的底座上,镌刻着一行字:"约翰·哈佛,创校人,1638年。"被称为三谎塑像:一、它并非取像于哈佛本人,它的模特是雕刻家的儿子;二、哈佛先生并非哈佛大学的创校人,哈佛先生只是哈佛大学早期最著名的捐助人,捐助了400册图书和一半的积蓄;三、哈佛大学成立于1636年,底座标示的1638年是哈佛先生去世的时间。

拉着他在那里合影。据说,谁摸了约翰·哈佛先生左脚上的鞋子,谁的后人就可以考上哈佛大学。那些学生,上学的时候总是闹学潮,这也不好,那也不好,但又希望自己的孩子以后考上哈佛,所以总是要摸着鞋子照相。摸来摸去,鞋子就变得油光可鉴了。

程先生说:"你也摸一下?"

他遵旨摸了一下。它冷得烫手。摸过之后,继续散步。程先生突然又提到了灯儿:"下雪天拉二胡,听二胡,是一大乐事。灯儿要是还活着,该有多好。"

这么说来,灯儿已经死了? 他壮着胆子问了一句:"灯儿是谁?"

"是侍候母亲的丫鬟,比我年长几岁。"

"她后来去哪了?"

"程家离开济州的时候,灯儿留下了。我派人打听过,都说她早死了。死了好。不死定受牵连,必会受辱。死了好,死了就清静了。"

22. 之所以

之所以爽快地答应来美国,除了尽早与程先生商谈儒学研究院的事,应物兄还有一个私心,就是想见见女儿应波。他已经有一年多没有见到应波了。她在米尔顿中学读书。打车过去虽然只需二十来分钟,他却觉得很漫长。

来美之前,他给乔姗姗打过电话,说他要去美国出差,问她有什么话要捎给应波。乔姗姗说:"我跟某些人不一样。我每周都和我的孩子联系的。"

任何时候,只要一想到乔姗姗,他眼前首先出现的就是她的嘴巴。那是她的炮台,从那里射出来的火炮能将他炸得血肉横飞。

乔姗姗的嘴形其实很好看，有着微妙的柔和的唇线。当她启唇微笑的时候，她的牙齿就像转基因玉米一样整洁有序。可惜啊，他现在很少能看到她的这个样子了。出现在他眼前的乔姗姗，经常是准备吵架、正在吵架或者刚吵完架的乔姗姗：唇线僵硬，同时嘴角朝两边拉开，向闪闪发亮的耳坠靠拢，与此同时那唇角的皱纹也就风起云涌。她说得最多的就是"我"字。提到应波，她也总是说"我的孩子"。

他忍不住纠正了她："是我们的孩子。"

乔姗姗说："是啊。我跟你生过一个孩子，不是吗？"

他感叹道："这话听着怎么有点别扭。"

她立即戗了一句："我说错了吗？我不认为我错了。我只是在陈述事实。"

是啊，她怎么能错呢？她是谁啊，她是乔姗姗，而乔姗姗永远是正确的，尤其是在她犯错的时候。而在她的眼里，他却永远是错误的。在漫长的婚姻生活中，她只有一次承认自己犯了错："我真是瞎了眼了，嫁给了你。"但同时，她又认为，他只做过一件正确的事，那就是娶了她。乔姗姗曾对他说："别惹我不高兴。你不高兴了，是你一个人不高兴。我要是不高兴了，全家人都得跟着不高兴。"他认为她做到了。虽然常常搞不清楚，她为什么突然就不高兴了。

波儿已经出落成一个大姑娘了。看到她那一瞬间，他甚至有些不适应。波涛汹涌！他首先想到这个词。她的胸部比她母亲还要大。都是西餐给喂的。她的头发也过于蓬松了。他得好好观察一番，才能分辨出那到底是黑色还是紫色。哦，是黑红色。女儿一天天长大，他就是想抱也不能抱了。谁说的？女孩过了十五岁，就成了妖精。这话虽然难听，但却接近事实。她的情绪总是变幻莫测。很难想象，襁褓中的那个粉红色肉团，竟很快长成了一个情绪复杂的女人。

　　他陪女儿吃了顿饭。女儿不时地玩着手机。他记得上次来看她的时候，天空中有大雁飞过，它们排成"人"字形，叫声粗嘎。大雁飞过之后，又有军用直升机飞过。而此时，天空澄静，连一只鸟都没有。她在收看最新的电影，同时不耽误发微信、发视频。她发了一个和他搂肩举杯的照片，然后让他看同学们的评论：新男友？中国人？日本人？韩国人？印第安人？蒙古人？

　　她调皮地回复："是鲁国人。"

　　朋友问："鲁国在哪？"

　　她又回复："与日本、韩国隔海相望。"

　　朋友点赞："原来在俄罗斯？你找了个俄罗斯情人？当心家暴，当心守寡。"

　　她的回复是："守寡有什么不好？可以再多一次合法恋爱机会。"

　　她接着又安慰对方："不是俄罗斯人，是出生在俄罗斯的犹太人。"

　　他对应波说："我怎么成了犹太人？"

　　女儿说："说着玩呗。不过，你还真有点像犹太人。"

　　我是个犹太人？一个没割包皮的犹太人？在《孔子是条"丧家狗"》一书中，他倒是写到过犹太人。他是在解释"己所不欲，勿施于人"的时候提到犹太人的。犹太教法典《塔木德》说，"有害于己的，勿施同胞"。中国人和犹太人都讲究适度，善于妥协和让步，都是中庸哲学的天然继承人。犹太教的伦理体系与儒家相近，不是康德式的孤独个人在宇宙中按照理性原则进行自我选择，而是先由立法者确立道德原则，确立"礼"，然后众人来遵守。但这个"礼"，并不是冷冰冰的，它带着人性的温度，人情的温馨，渗透于美食和歌舞之中，内化于个体的身心之中。他曾半开玩笑地说，在中国人之外，如果让我选择另一个身份，那么我愿意选择犹太人。但他从来没有想到，女儿会半真半假地把他称为犹太人。她是看了他的书才这么说的吗？不可能。她对他的书，向来没有兴趣。

"我怎么会是犹太人呢？犹太人重男轻女。犹太人认为，生男孩是有福的，生女孩则是悲哀的。犹太人没有女士优先的观念。我呢，因为有你，我成了世上最快乐的人。爱是快乐嘛。"

"没想过把我按在尿盆里溺死？"她嘴里发出"咕嘟咕嘟"的声音。

"为什么要溺死你？"

"那你见过溺死的孩子吗？"

"什么乱七八糟的。"他想把手放在她的额头上，看她是否发烧了。

她告诉他，她已报名参加一个艺术作品展。最好是行为艺术，因为它直接。"艺艺姐也鼓励我。"她说的艺艺指的是易艺艺，眼下在读他的硕士。几年前，易艺艺与他们同住在北辰小区，她是易艺艺的跟屁虫。"我把构思跟艺艺姐说了，她说挺好的。"她的构思就是将一个女孩丢在尿盆里溺死。可是去哪里找个可以溺死的女孩呢？也没有那么大的尿盆。找个布娃娃代替吗？但这里的布娃娃，要么是白人的脸，要么是黑人的脸，找不到中国人的脸。还有，美国人连什么叫尿盆都不知道。

"娘啊，急死人哩。不活了。"她说。

看来是真急，急不择言，所以冒出了济州口音。好啊，这表明了她与他、与他背后的那个城市和那片土地的隐秘联系。他觉得，她说话有些不着调。如果她平时就是这么不着调，他是会伤心的。可此时，他却乐意看到她的不着调，因为这给了他"惩罚"她的机会：他去按她的头，在她的头上揉搓着；好像是要让她认错，其实只是为了摸摸她的头发。因为临时产生的静电，应波的发丝随着他的手在起伏，并且还恋恋不舍地贴向他的手指。这虽然属于物理学现象，他却宁愿在伦理学的意义上理解它：女儿对我还是很依恋的。

"你假期回国玩吧。"

"为什么？"

"因为我和你妈妈，你姥爷，都盼你回去。"

"那好吧，我也盼你和姥爷过来玩。"她说，"姥爷好吗？中国话是怎么说的来着？愿姥爷老来更壮，雄心万丈。"

"老当益壮！再不回去，你连中国话都讲不成了。"他再次把手按到了应波头上。应波皱起的鼻翼表明，她并不喜欢这样。他想，下不为例吧，这次你就依了爸爸吧。

虽然他打定主意不在应波面前与乔姗姗争吵，但有些争吵还是没有能够躲开她。当话语的刀子戳向你的心脏，如果你来不及躲，你总得挡一下吧？他送应波回学校的时候，应波停了下来，眼望着别处，说："你与妈妈，不吵了吧？"

"不吵。她脾气好多了。"他本来想说，谁愿意跟她吵呢？

"爱，很痛吗？爱很痛，和不爱很痛，哪个更痛？"

"这小脑瓜子，都胡思乱想些什么呀？"

"回答我。"

他拉着她的手，拍了拍："总是盼你长大，可没想到你长得这么快。"

她说着把脸扭向了别处，扭向了雪地："我是说你和我老妈。"

看来无法回避，他就说："我们是和平共处，没有痛。有点痛也没什么。很多时候，痛就是爱的代名词。"

她说："可刚才你是怎么说的？你说爱是快乐。"

他又想拉她的手，但她把手放到嘴边哈气去了。他说："是快乐，也是痛苦。"

他很吃惊，因为他和女儿无意中重复了一部电影的经典对话。那部电影名叫《骗婚记》。他在美国访学期间，为了学英语，曾放过这张碟子。它本来是法国电影，翻译成英文的。他觉得，英译片中的英语，比美国人的英语更正规，更典雅，更适合他这种外国人学习。应该是贝尔蒙多和德诺芙演的。贝尔蒙多额头的皱纹和我一样多,或许比我还多,但人家帅气。如果乔姗姗平静下来,她的气质倒是与德诺芙有几分相近。他想起,当初女儿曾陪他一起看过。

现在,他的心就很痛。我来看女儿,本该给女儿带来快乐的,但没有。

他必须在上课铃声响起之前送女儿回到学校。女儿终于问到了她的担心:"你会离开老妈吗?"

他说:"怎么可能呢? 放心,我和她就像一对连体婴儿。"

她很真诚地问:"你能告诉我,你为什么没有离开老妈吗? 别把我当成三岁孩子,老爸。她经常气你,故意气你。我知道的。但你仍然没有离开她。"

他咬紧牙关,咽了口唾沫。耳膜响了一下。好像耳膜上有开关,关上又打开。他必须忍住,才能不让泪水流出。不是不让它流出,而是压根就杜绝它的分泌。他得让泪腺休克。他认为,他接下来的话是真实的:"你想听真话吗? 如果你妈妈离开我,嫁给了别人,那另一个男人就会受苦。与其这样,还不如我受苦。这个道理,还真不好讲。如果那个男人受了苦,不一定能忍得住。那么,什么事情都可能发生。"他脑子里刀光一闪。他停顿了一下,接着说道,"问这个干吗? 你别瞎操心。所有的担心都是多余的。你看,雪已经融化了。是雪都会化掉的。连冰块都会化成一摊水。"

他尽量说得既轻松又郑重而且不那么矫情。

说出这番话,你感到委屈吗? 他在心里问自己。事实上,说出这番话让他觉得很自豪,有一种英雄般的感受;让他觉得很庆幸,因为他还活着,还没有被气死;让他感受到一种父爱的满足,瞧,女儿看我的眼神都变了,充满着爱意。他还相信了自己瞬间生发的一种希望:既然冰雪都会融化,那么我和乔姗姗或许也会重归于好。

女儿抱住了他。他结结实实地感受到了女儿的身心。他可以自在地抚摩女儿的头发，抚摩女儿的后背，并感受到女儿的乳房。她不是妖精，她还是他的天使。即便是妖精，也是可爱的妖精。她是谁？她是我的一切。哦不，她不是我的一切，因为我还有自己的事业。可是，我的事业不也是为了她吗？为了她，就是为了她将来的生活，她将来的丈夫，她的孩子，她的孩子的孩子，而他们最终构成了我的"一切"。他闻到了女儿脖后的领口散发出来的气息。他的鼻子先把香水味道从那种味道中剔除出去，然后再尽情地享受女儿的味道。他有些眩晕，觉得自己的身体很轻。

应波说："你知道吗，老妈在与韦尔斯利学院联系，想来访学。"

他不知道。但他说："老爸怎么能不知道呢？我支持她。她是想离你近一点。她是想多陪陪你。"

他恍惚记得，有一次通话的时候，乔姗姗提到过韦尔斯利学院。她说："我想让我的孩子考韦尔斯利学院。"他问为什么？她说："为什么？这还用问吗？那是最适合女人读书的地方。美国的两个女国务卿，奥尔布赖特和希拉里，都毕业于韦尔斯利学院。中国的宋庆龄和宋美龄，也都毕业于韦尔斯利学院。"她可没说，她自己要来韦尔斯利学院。

"我不想让她来！"应波说。

"为什么？她很爱你，想陪你。"

"她来了，就不会回去了。你怎么办？"

"孩子，"他拍着女儿的后背说，"你妈妈说了，韦尔斯利学院的那个湖，让她想起了济大的镜湖。来了美国，她会怀念镜湖的，会怀念生活在镜湖旁边的你的外公的。你看，她的心多细。所以我想，她肯定会回去的。"

"老爸！"女儿说。

"明天，我再来看你。"

"明天？恐怕不行。我和朋友约好，要去加拿大玩，去加拿大看雪。波士顿虽然也下雪，但那边的雪更大，大雪封门，住在旅馆里可以静心看书。我们今天晚上就要出发。"

丫头啊丫头,别以为我不知道。即便这边的雪更大,你也会到那边去的。你会说,你不喜欢大雪封门,而是喜欢在雪地里打滚。

他只能提醒她注意安全。

但让他感动的是,应波这天放学之后,又给他打来电话,说自己把活动推迟了,明天再去加拿大,晚上可以陪他吃饭。

女儿带来了她的几个朋友。有两个男孩。其中一个中国男孩,来自辽宁抚顺,穿金戴银,胳膊上文着一条青龙。如果文的是别的,他可能会更为反感。他偷偷地、反复而仔细地打量和分析着她和那两个男孩的关系,心中带着父亲的隐痛。他发现,她和他们的关系,与她和那些女孩的关系,几乎是一样的。他这才把心放平。在他面前,男孩女孩倒很乖,至少装作很乖,都不喝酒。他为他们的"装"而感到高兴,并为此多喝了两杯。

回到宾馆,他照例冲了个澡,并习惯性地把外套丢进了浴缸。就在他用脚去踩它们的时候,他又把它拎了出来。他反应很快,如果晚上半拍,水就来了,就会把它们全都打湿。这次来美国,因为没打算长住,所以他只带了两套衣服。要是洗了,又没有及时晾干,那就不能轮换着穿了。不过,虽然没洗衣服,但原地踏步走还是少不了的,因为这已经是他雷打不动的习惯了。他的脚高高抬起,又重重落下,那嗵嗵嗵嗵的声音,有如战鼓。随后他突然意识到,这会影响到别的房间的客人,于是轻轻地躺了下来,用脚拨弄着水。

有个念头冒了出来:要不要跟珍妮联系一下呢?

他当然不是想见珍妮,而是想从她那里知道陆空谷的更多消息。

水漫上他的腹部,然后又退去。他往肩膀上撩着水,思考着如何委婉地向珍妮打听陆空谷。就在这个时候,门铃响了。是不是刚才的"鼓声"惊动了别人?他蹑手蹑脚地从浴缸里爬出来,想通过门上的猫眼往外看。但这门上没有猫眼。怎么能没有猫眼呢？

"是我，应物兄。"门外那人说的是汉语。

随后，那人又用济州口音重复了一遍。原来是郏象愚，也就是敬修己。

他身上还裹着浴巾呢。他打开门，闪到门后："修己兄，快进来！"

"不了，见一面就走。车还在下面等着呢。"

"没别的人，我是在洗澡。"修己一定想多了。

敬修己是从加州赶来的，还要连夜赶回加州。跟葬礼照片上的那个郏象愚相比，眼前的这个敬修己又变得年轻了许多，黑发浓密，腰板直挺，双肩平端。但是髭到外面的鼻毛，泄露了他的秘密。那鼻毛是白的。

"程先生说你来了。我过来看看。看看就走。"

"他没说你要来。"

"那你就是不欢迎我喽。"

"哪里的话。进来呀，"他说，"不过，黄兴说了，说你想回去看看。真的想回去吗？真的想回去的话，我就安排一下。"

"你说话顶用吗？"

"找个合适的时机，我安排你回去。"

"这么说，你当官了？"

"你看我像个当官的人吗？"

"我来，还想问你一件事。老太太怎么样了？"

不用说，他问的就是在巴别演讲时摔倒的何为教授。他是何为教授的开山弟子，也是何门弟子中唯一没有拿到学位的人。老太太的近况，我们的应物兄并不太清楚。老太太刚住院的时候，他曾经想去医院探望的，但事情一忙就忘到脑后了。上本科的时候，他上过她的课。他决定回去之后，一定去看看。

"放心，听说恢复得很好。"

174

"哦,看来你并不知情。"

"本想去看看的,但你知道的,出国前总是要办很多手续——"

"我昨天跟她通过一个电话。她问我,如果你到一个孤岛上,只允许你带一本书,你带哪本书?当年研究生面试的时候,她就问过这个问题。我说,带柏拉图的《理想国》。我答对了。没想到,她又问到了这个。我不能骗她,但也不能全说实话。我就说,我带上《理想国》和《论语》的合订本。她似乎是生气了。第二天再打电话,她就不接了。"

"她怎么会生你的气呢?"

"要么就是病重了,无法接电话了。"

"可能是医生不让她接的。"

"听说她是讲授亚特兰蒂斯文明的时候犯病的。如果你见到她,你就告诉她,我也在研究亚特兰蒂斯文明的消失,是用儒家的观点去研究的。"

"你是不是想说,如果亚特兰蒂斯人接受了儒家文明,它就不会消失了?"

"好吧,既然你猜出来了,那么这就算是我给你出的一个题目。"

"它足以做一篇博士论文。"

"我看了很多博士论文,毫无意义。国内那些博士,都是被你们这些教授给教傻的吗?好了,我还有急事,先走了。"敬修己说着,就退出了门。

"急成这样?你这个急脾气啊。"

敬修己停下来,说:"前些日子,我看到一本闲书,说的是人的脾气。上等人有本事没脾气,中等人有本事有脾气,下等人没本事有脾气。我不幸是第三种人。江山易改,本性难移。改不了喽。"郑象愚转身就走。

他跟着走了出来。敬修己突然喊了起来:"别动!往前走半步，我就跟你急。"

因为再不说就来不及了，他就抓紧时间说道："程先生回国任教的事，你听说了吧？这是好事。于国于民于济大，于程先生自己，都是好事。"

敬修己先是倒退着走，告诉他"别动"，然后转过身向电梯口走去。他发现敬修己的背已经有点驼了。很多年前，敬修己还是郑象愚的时候，曾给乔木先生送过一个小礼物：叼着水烟筒的木偶。乔木先生拿起来，看了看，说："驼背侏儒嘛。"就把它放入了纸篓。此时，看着敬修己的身影在走廊里越变越小，应物兄不由得想起了此事。电梯开了，从电梯里射出来的光，瞬间将敬修己照亮了，然后那里又恢复了昏暗。后来，他站在窗口，看见敬修己走出了宾馆的门。在雪地里，宾馆门口的两株银杏树被灯光照得透亮，但两株树之间的空地却是一片黑暗。敬修己先是走进那片黑暗，然后又从黑暗走出，在雪地里踽踽独行。一时间，他心中不忍，几乎有一种冲动，那就是裹着浴巾冲出去，把敬修己给拉回来。

有人从一辆车里走出，向前迎了敬修己几步，给他披上了一件外套，并替他拍打着裤腿上的雪。然后，他们勾肩搭背向卧在雪地里的车走去。来接敬修己的人，当然是个男的，这是他从身高和走路的姿态上判断的，但他看不清那是华人还是白人、黑人。那辆车开走之后，应物兄又在窗口站了一会。一些往事袭上心头。记忆中最深刻的一个画面，是他到济州汽车站为乔姗姗和郑象愚送行：车站人来人往，乱成了一锅粥，但乔姗姗和郑象愚却安静地互相凝望着，好像四周全没有人，四周的人全是空气。车开动的那一刻，郑象愚的下巴抵着乔姗姗的头，两个人隔着玻璃向他挥手致意。他也向他们挥手，但他们已经把手收回了。他们抱在了一起。他们情真意切的样子，当初曾让他深深感动。

那个时候，谁能知道郑象愚喜欢的其实是男人呢？

23．第二天

第二天,他向程先生提到了郏象愚的夜访。程先生说:"下雪了,他不放心,一定要来看我。雪在外面下,我在屋里坐,有什么不放心的? 是我告诉他,你来了。你们没有出去喝一杯?"

"他急着走。还是急脾气。"

"像子路啊。子路就是个急脾气,率性而为。"

"他染了发吧,头发好像白了。我看着心疼。"

"这没什么。颜回二十九岁就须发皆白了。他是个真诚的人。"

傻子和疯子都是真诚的。他听见自己说。他同时听见程先生说道:"是黄兴收留了修己。修己身上有着让人敬佩的品质,不对体制妥协。不管那是什么体制。美国的学院体制也被他骂得狗血喷头。多年过去了,他仍然愤世嫉俗。对报纸发火,对天气发火,对汽车耗油量发火,虽然他从不开车。对汽车发火还可以理解,对洋车①发火就不应该了。他对洋车发火,也对散步发火,乃至对发火本身发火。活像个炮捻子,一点就着。不点,太阳一晒,也着。"

"本性如此啊。"

"给他改了名,也是白改了。"程先生笑着说。

说到改名字,程先生问:"何时改叫应物兄了?"

他只好解释了一遍:他把书稿寄给出版商的时候,出版商对编辑交代,这是应物的稿子,要认真校对。因为原稿没有署名,编辑也就随手填上了"应物兄"三个字,书出版之后他就从"应物"变成了"应物兄"。当然,后来发生的事,他没向程先生解释,那就是他当时朝季宗慈发了火。季宗慈说,虽是阴差阳错,但是这个名字

---

①　自行车。

更好，以物为兄，说的是敬畏万物；康德说过，愈思考愈觉神奇，内心愈充满敬畏。这当然都是借口。他虽然不满，但也只能将错就错了。

他没有想到，程先生也认为这个名字不错。而且，程先生的看法，竟然与季宗慈非常接近。程先生说："物，万物也。牛为大物，天地之数起于牵牛，故从牛。以物为兄，敬畏万物，好！孔子说，君子有三畏，畏天命，畏大人，畏圣人之言。心存敬畏，感知万物，方有内心之庄严。"

这么说，程先生对这个名字并不反感？

程先生又说："应物这个名字呢，也挺好。令尊起的？"

哦不，那倒不是。家父是个农民，不可能给我起这么个名字。他的思绪立即飞到了一个破败的乡村校园，一个佝偻而行的老人在井边汲水。那是他的初中班主任。就是那个老师将他的名字"应小五"改成了"应物"——在家族的同辈人中，他排行老五。班主任姓朱，原名朱山，曾是个"右派"，早年在高校教书，据说在"反右"运动中肋骨被打断过三根，所以同事们都叫他朱三根。朱老师的表情总是又喜又悲。虽然他知道朱老师学问很深，这名字一定有着美好的寓意，但他却不喜欢。一定要换，为什么不换成"应翔"呢？那个时候，他最大的愿望就是飞出本草镇。于是，他悄悄地把"应物"改成了"应翔"。

一天，朱三根老师把他带到了单身宿舍。旁边是臭气熏天的旱厕，宿舍后面是玉米地，隔着窗户就能够听到玉米拔节的声音——他觉得那声音难听得要命，像鼠叫。朱三根不说话，把开裂的近视镜换成开裂的花镜，戴上洗得发白的蓝色袖套，然后写了一段话，递给了他：

> 圣人茂于人者，神明也。同于人者，五情也。神明茂，故能体冲和以通无；五情同，故不能无哀乐以应物。然则圣人之情，应物而无累于物者也。今以其无累，便谓不复应物，失之

多矣。①

幼小的他又如何看得懂？何况字迹潦草，难以辨认。朱老师脸上的表情依然是又悲又喜，说："这段话，你以后会懂的。"他隐隐觉得，老师对他寄予了无限希望，因为都提到"圣人"二字了。现在想来，这个名字显然给他带来了好运。多年之后，在研究生面试现场，乔木先生只问了他一个问题："你这个名字，有什么典故吗？"他立即想到了那佝偻而行的朱三根。当他一字不差将这段话背诵出来的时候，乔木先生把手中的扇子一收，说："你可以走了。"他后来知道，那个收扇子的动作是个暗语，要告诉别的老师："这个孩子，我收了。"

拿到通知书的第二天，他就返回了本草。他没有回家，他要直接去朱老师的坟前祭奠。山脚下，所有的坟都是个土馒头，一模一样。山脚下的杨树也都是一样的。因为干旱少雨，杨树的枝条缩成一团，叶子也变得细小了，泛着白光。

这会儿，他告诉程先生："是我的中学老师起的。"

程先生说："代我问他好。"

他正要再解释两句，程先生又把话题拉到了敬修己身上："我曾劝他拿个学位，以他的能力，拿个学位还不是手到擒来？他却懒得伸手。也不写文章，认为是在践行孔子的'述而不作'。就是'述而不作'，也得'述'啊！连个弟子都没有，孤家寡人一个，'述'给谁听？谁听你的？"

"他可以述给自己听。"

"不要笑话他。黄兴就做得很好，让他去做了网站，讲讲儒学与生意经的关系。修己独身一人，却开销很大，也只有黄兴能够帮他。"

"他还是花钱如流水？"

———————

① 见〔晋〕何劭《王弼传》。

　　"我送了他一句话:挣钱有如针挑土,花钱却如浪淘沙。"

　　程先生拿着一把剪子,咔嚓咔嚓玩着,说:"他曾经想过结婚,但我是反对的。儒家自古对同性恋是宽容的,从未迫害过同性恋者。不像西方,有过疯狂地迫害同性恋者的历史。但我却反对同性婚姻合法化。美国最高法院派人来找过我,咨询儒家对同性婚姻的看法。他们准备就同性婚姻合法化问题投票裁决。准备了两套裁定书,投票通过的,没有通过的。两套裁定书,都引用了孔子的话。'Confucius taught that marriage lies at the foundation of government'①。我告诉他们,孔子没说过这话。孔子所说的'政'是政治,而不是政体。这话来自十九世纪汉学家理雅各的英译本《礼记》,原话是'This ceremony lies at the foundation of government'②。我让他们必须改过来。我告诉他们,孔子所说的婚姻,只能是异性婚姻,婚姻的神圣功能就是'继万世之嗣'。他们讲,总统认为,同性婚姻是迈向平等的一大步,问他们能不能通过。他们讲,若不出意外,将以五比四通过。总统高兴了,把脚跷到办公桌上,讲这将是美国的胜利。真是乱弹琴! 就是五比四通过,支持的也只是百分之五十五点五五,如果这就是美国的胜利,那么对另外百分之四十四点四四的人来说,岂不是美国的失败? 何况,以前已有二十多个国家通过了,人家的胜利算不算胜利? 怎么能说是美国的胜利呢? 只要是胜利,都是你美国的。只要是失败,都是别人的?"

　　他说:"美国向来如此,认为自己是特殊的国家,特殊的人。"

　　程先生说:"修己以前跟我说过,说他婚后可领养一个孩子,以延续家族亲情。倒是个法子,与儒家精神有契合。但还是说服不了我。孔子默认同性恋,这是没有问题的。先秦时同性恋就有很多:卫灵公与弥子瑕,楚王与安陵君。秦汉以后男风盛行,帝王与宠臣,菊花处处开:汉高祖与籍孺,文帝与邓通,武帝与李延年,哀

———————

①　孔子教导我们说,婚姻是政体的根基。
②　这种礼是政体的根基。

帝与董贤。明代则有所谓的'翰林风'。当然最有名的是西门大官人,男女通吃。我跟修己讲,儒家不像基督教那样,两千年来都在痛骂同性恋,也不像你欣赏的古希腊文化,对同性恋持鼓励态度。儒家是宽容的,是以道德人品而不是以性取向来评判人的。《左传》中有个著名的同性恋故事,你知道吗?"

"您说的是鲁昭公的公子?"

"对,就是他。《左传》讲得很清楚,哀公十一年,鲁国抵抗齐国入侵。鲁昭公的儿子公为与他的嬖童,也就是他的同性情人汪锜,奋不顾身参加战斗,为国捐躯。孔子认为,汪锜能够在国家危难时挺身而出,就应该向他致敬。《礼记》中也记载了此事,只是隐去了汪锜的同性恋身份罢了。我对修己说,你们可以私下同居,但不要披婚纱走进教堂。当然,异性恋者应该理解同性恋者,要相互尊重,互不侵越,和谐相处,以体现'和同精神'。"

他小心地问道:"先生回国任职,修己也会跟着回去吗?"

程先生说:"他自己做主,我想他不会在济州长住的。任何地方,住久了,他都会横挑鼻子竖挑眼。你让他住到月亮上,他也会对嫦娥心生不满的,对吴刚也会不满的。"

这就好。他听见自己说,这样的人回去,对谁都是个麻烦。

程先生突然说:"说到了月亮,我要给你看一首诗。"

原来,程先生已经写好了一首诗,让他带给葛道宏校长。程先生幽默地说道:"我在诗中爬上了高楼,也就是你带来的图册中的巴别。楼真高啊,我到现在还有点头晕。听说你的那个筹备处就设在巴别的楼顶?好啊。弄斧要上班门,望远还须登高。"他本想给程先生说明,那幢楼不叫巴别,而叫逸夫楼,但他没说。程先生又说:"好在巴别没有白爬,因为看到了月亮。"

> 梦里依稀还旧城,雪中咿呀辞梓楼。
>
> 镜湖春雨晚来急,巴别秋月一纤钩。

程先生说:"无甚胜意,凑韵罢了。"

程先生另外还拿出了一份礼物，用盒子装着。那手礼要送给谁呢？他没有想到，竟是让他转交给费鸣的。

"昨天，我给你们的葛道宏打了个电话。"程先生说，"礼节嘛。你捎来的那封信里，有他的电话。他说，任何时候给他打电话都行。他告诉我，为了支持儒学研究院，他把最得力的助手，一个名叫费鸣的人，派到了儒学研究院，给你做帮手。他说，费鸣把我的书全都读了，还写了很多笔记。我教过的学生，何止百千，还没有几个人敢说把我的书全都读了。这个费鸣不简单。葛校长还说，你捎来的那些干梅花，就是费鸣准备的。费鸣怎么知道我喜欢梅花茶？还不是看了我的一篇小文章。那篇小文，多年前登在台湾的《联合早报》上，讲到当年老宅有一株梅树。宅子很大，家父晚年讲它像个大观园。没那么大，充其量也就怡红院那么大吧。芭蕉和西府海棠倒是栽过的。芭蕉总也长不好，铲掉了。有一年走水，西府海棠被烧死了。那株梅树倒是活了下来，很高，高到屋檐。梅树下面，养着济哥。"

济哥就是济州蝈蝈。程先生幼年养过蝈蝈，只要谈起往事，就常常讲到济哥。他有点愧疚，因为他答应过，下次见面时，一定给先生带两只济哥过来。唉，我把这事全忘到脑后了。这会，他又听程先生说："梅花泡茶，止咳、止泻、生津。世上大概也只有我用梅花泡茶。来而不往非礼也。他以梅花相赠，我以剪子相送。梅花，要用剪子剪的，所谓'一剪梅'。"

"这剪子——"

"对，这剪子，既可以剪梅，也可以剪发。"程先生说。

程先生说话的时候，手里一直拿着那把剪子。

应物兄家里也有一把这样的剪子，也是程先生送给他的，是他结束访学时获赠的纪念品。程先生的所有弟子，手中都有这么一把剪子，而且都知道剪子背后的故事，都会从不同角度理解那把剪子和剪子背后的故事。

在美国的华裔人士当中,程先生与李政道先生认识最早。上世纪六十年代初,他们相识于普林斯顿大学。程先生年轻的时候喜欢演戏,参加过普林斯顿的学生歌舞团,那是个爵士歌舞团——程先生至今腰肢柔软,可能就跟当时的训练有关。李政道先生喜欢艺术,曾看过他的歌舞,两个人就此相识。很多年后,他们在欢迎中国领导人访美的午宴上再次相逢了。就是这一次,程先生知道了李政道先生的一个习惯,就是喜欢自己理发。原来,李政道先生几十年不变的发型,都是自己理出来的? 李政道先生说:"这很简单,只要有两只手,一把剪子,就可以完成了。比较困难的是脑后的部分,需要用食指和中指夹住头发,再用另一只手握住剪子,缓缓推过去。"

午宴之后,他们难得轻闲地到波托马克河边散步。潮平岸阔,春风拂面,樱花正在盛开。跟所有上了年纪的人一样,他们谈话的主题是时间。李政道先生提到了一个概念:"Timeon"。

"Timeon?"

"用中文来说,就是'时间子'。'子'是孔子的'子',老子的'子'。'时间子'是一种特殊的、与时间的存在有密切关系的粒子。每个人都知道时间是不可逆的,是不会倒退的。可是为什么不能倒退呢?'时间子'的理论就是探讨这个问题的。"

"是啊,如果可以倒退,孔子也就不会感慨了:逝者如斯夫!"

"我的理论就是要证明孔夫子的这句话。"

"在自己头上动剪子,要考虑到对称和不对称。鬓角要对称,但不能完全对称。只有基本对称而又不完全对称,才构成了美。你的宇称不守恒定律,跟你常年自己理发有关系呢。"

"我也没想那么多。起初是因为穷,理不起,后来是因为养成了习惯。"

后来他们谈到了人文科学与自然科学的关系问题。他们都认为,它们可以互相影响,类乎艺术与科学的关系。用李政道的话说,越往前走,艺术越要科学化,同时科学也要艺术化;两者从山麓分手,回头又在山顶会合。

在后来的教学生涯中,程先生经常会向学生提到李政道给自己理发的故事。那可不是几根头发的问题。程先生认为,李政道先生给自己理发,体现的是君子固穷的美德,体现的是孔子的躬行践履精神,孔子终生都在实现其"有恒"的价值理念,哪怕是在"知其不可为而为之"的极端困境中。程先生幽默地说,脑后的头发,对于给自己理发的人来说就是极端困境的写照。程先生也提到,他后来也买了一把剪子,但是,别说脑后的部分了,额前的部分就处理不好:明明是冲着头发去的,刀尖却滑向了头皮,又滑向了耳尖,差点把耳尖剪出豁口。

"知易行难啊。"程先生说,"但如果从年轻时候做起呢?"

现在,看着那把剪子,应物兄想,将剪子送给从未见过的人,这对程先生来说,应该是第一次吧?

程先生说:"这个人,你用着合适吗?"

他回答说:"他是葛道宏的人。"

程先生说:"到了儒学研究院,他就是研究院的人了。"

他想岔开话题,就对程先生说:"先生对不起,这次来得急,没把济哥给您带来。"

程先生说:"天太冷,带过来也死了。螽斯也。螽斯羽,诜诜兮。宜尔子孙,振振兮。① 凤凰岭的济哥,天下第一。多年没听济哥叫了。好听得不得了,闻之如饮清泉,胸中有清韵流出。"

"先生,等您回国,我一定让您听见济哥叫。"

黄兴又把他送到了机场。分手的时候,黄兴送给他几盒录音带,那是程先生与黄兴交谈的一些录音。黄兴希望他能帮他把录音带整理出来。

---

① 见《诗经·国风·周南·螽斯》。螽斯是蝈蝈的古称,学名叫短翅鸣螽(Gampsocleis gratiosa)。

"为何不让修己整理呢?"

"修己说,程先生与我说的话,没有一点思想含量。吃我的饭,却敢这么小瞧我。你说,我没让他滚开,他是不是得感谢上帝?"

24. 喷嘴

喷嘴发出的声音有如哨子,尖啸,凌厉。水烧开了,但他没有立即把水壶从炉子上取下来。房间里的饮水机坏了,他只好临时买了水壶和电炉。此时,他在泡茶,同时等待着费鸣。地上就放着程先生送给费鸣的那个盒子。他想,费鸣一定猜不出来,里面装的竟然是一把剪子。

费鸣这几天没在校长办公室上班,而是去了学校纪委。纪委书记是军人出身,参加过对越自卫反击战,一条胳膊受过伤,可以摆动,但不能抬起来,此前在教育厅任副厅长。按巫桃的说法,葛道宏为了方便纪委书记尽快熟悉学校情况,就把费鸣派过去了。费鸣的主要工作,是帮助修订反腐、防腐的规章制度。纪委书记对费鸣说:"有腐败,就有反腐败。有了反腐败,就有了反反腐败,有必要用沙盘推演的方式,让人们知道这场战争的艰巨性。"于是纪委书记亲自上阵,由费鸣扮演腐败分子,二人进行实战演习:费鸣负隅顽抗,书记则负责攻克。这里面的分寸感很难把握:抵挡两下就缴械投降,书记会批评你只是应付差事;如果真的死扛到底,书记又会气得拍桌子打板凳。有一天,书记气坏了,骂他作为党员,良心都给狗吃了。费鸣嘀咕了一声,说自己还不是党员。书记随口就说:"这么说,你的良心狗都不吃?"费鸣喝了几杯茶,才把火气压住。过了一会,书记又问:"听说夫人不光在单位,在家里也是作威作福?知道人们怎么在背后议论的吗?母老虎!人们都叫她母老虎。"费鸣说,我现在是单身。书记说,是因为怕查离掉的吧?变相转移财产？费鸣有嘴说不出，都被训傻了，很担心自己绷不住，顺嘴一秃噜，说出不该说的话。毕竟，他在校长办公室知道很多事情。

巫桃正绘声绘色讲述，乔木先生开口了："我看新来的书记挺好。站如松，坐如钟，行如风。鸣儿平时站无站相，坐无坐相。说过多次，就是不改。这不，几天下来，他就像换了个人。"

巫桃说："要我看，他们彼此都入戏太深。"

乔木先生说："都是跟我学的，连戏都不会演。"

巫桃说："鸣儿肯定想早点回办公室。"

乔木先生说："我路过纪委办公室，看他们也不像他说的那样。他们还放唱片呢，《武松打虎》，好像是盖叫天唱的。"

巫桃说："书记是个戏迷，让费鸣配合着唱，演老虎。"

乔木先生说："他一句戏文不会唱，不演老虎演什么？"

他觉得，这是葛道宏故意安排的，为的是让费鸣来找他求职。而费鸣之所以把这些事情讲给乔木先生和巫桃，或许就是为了让他们转告他，他在纪委一天都待不下去了，想到研究院来。巫桃显然没有理解费鸣的意思。而对那位未曾谋面的纪委书记，我们的应物兄突然有了好感。好样的，要不是怕你栽跟头，我真想请你喝茅台。

这次，费鸣提前半个钟头到了。

敲门声很轻，很有礼貌。这就对了。你再等一会吧。那时候应物兄正在听程先生的一段录音，是关于人的头发的。他试图从那段话里找出程先生送费鸣剪子的意义。程先生说，中国古人极端重视人的毛发，对人的毛发进行了极为详尽的分类。《说文解字》收录了九千三百多个汉字，有五百四十个部首，关于人的毛发的部首就有五个。春秋时期，人们每日梳头，三天一洗头，但成人后不再剪发。头发的多少，被视为衡量一个人贤良的标准。孔子就是重发，长发飘逸，像 Bob Dylan①。但这段话与剪子有什么关系？

① 鲍勃·迪伦。

好像没什么关系。

这次没有鹦鹉替他们缓解尴尬。他们是从茶叶谈起的。他照例问费鸣，是喝茶呢还是喝咖啡？

"您这里总是有最好的茶。"

"当然，要喝就喝最好的茶。"

他确实喜欢喝茶。子曰："中庸之为德也，其至矣乎！民鲜久矣。"按照孔子的意思，中庸作为最高的仁德，人们已经很少有了。不过，这不要紧。只要你养成了喝茶的习惯，你就有可能具备这种仁德。儒道释三家，都喜欢茶，都与茶相通：茶与儒通在中庸，茶与道通在自然，茶与佛通在神合。

"应老师，我知道你的意思。你想让我到研究院来。我也知道，程先生和葛校长也愿意让我过来。"

"程先生也想让你过来？听谁说的？"

"葛校长说的。葛校长与程先生通了电话。"

好心请你过来，你就是不过来。葛校长一说，你就过来了？但接下来，他听到了费鸣的牢骚："我早就知道葛校长要用乔引娣，只是没有料到这么快就让我腾位子。靴子终于掉到了地板上。我对此没有怨言。我当然巴不得赶紧滚蛋。而且我打心眼里认为，小乔比我更合适。我观察过她的屁股，饱满，裤子绷得很紧，随时都可能绽开。葛校长喜欢从背后打量人。这样的屁股确实更容易让他感到愉快。当秘书的一个基本任务，不就是让领导保持身心愉快吗？"

"干吗捂着嘴巴？"

"有点牙疼。"

牙疼？那都是你刻峭寡合留下的毛病。此时费鸣还站着呢。他请费鸣坐下。费鸣把手夹在双膝之间，垂着头，茶杯也没动。他请费鸣喝茶，费鸣把茶杯端起来了，却仍然没有喝，而是问道："还记得邓林那通话吗？邓林说得对。"

　　怎么能不记得呢？就因为那段话,他后来狠狠地批评过一次邓林。邓林读研时虽然不在他的门下,但曾选修过他的课,而且邓林后来能到栾庭玉身边工作,也多亏了他,所以他批评邓林,邓林是从来不敢回嘴的。

　　费鸣刚到校长办公室的时候,费鸣的哥哥费边曾请几个朋友到家里喝酒,以示庆祝。那天邓林刚好有事找他,他就把邓林带过去了。邓林那时候已经是栾庭玉副省长的秘书了。席间多喝了几口,邓林就借着酒劲用顺口溜的形式,用自嘲的方式,表达了秘书工作的要义:领导讲话,带头鼓掌;领导唱歌,调好音响;领导洗澡,搓背挠痒;领导泡妞,放哨站岗。多着呢,还有什么吹拉弹唱,打球照相,迎来送往,布置会场,等等。邓林说,这里面的任何一项都不能掉以轻心。

　　"我看你挺自由挺快乐的嘛。"他提醒邓林。

　　"快乐？当秘书,哀乐由人。欢喜是别人的,连悲哀都轮不到自己。费鸣,你应该感到高兴。因为你是男的。幸而为男,不然,床笫之辱也跑不掉的。"

　　"你说的那是些贪官。葛校长可是个学者。"费鸣说。

　　只见邓林摇晃着手指,又讲了一个故事,主角是哲学家萨特。萨特一只眼残疾,是个斜眼龙。萨特一生照相无数,绝大多数摄影师都愿意把他的两只眼睛尽收于镜头,他们觉得一只眼正视一只眼斜视,恰好能够体现萨特思想的精髓:有一种奇妙的洞见。但是有一次,一个摄影师在拍照的时候,巧妙地利用了萨特烟斗里飘出来的烟雾,让它挡住那只斜眼。萨特对这张照片很满意,向摄影师提出一个请求,能否多洗一张给他,他想寄给母亲。其实萨特并没有寄给母亲,因为他舍不得寄。那张照片一直挂在他的书桌正上方。

　　"看到了吧,连最有反省意识的哲学家都未能免俗,更不要说一个校长了。"邓林说这话的时候,人坐在沙发上,两只脚却跷在前面的椅背上。

应物兄把那只椅子抽走了。于是，邓林一下子从沙发上出溜了下来，摔了一跤。这一摔，邓林的酒就醒了大半，看着他，突然意识到了什么，使劲地点着头，还借着揉脸给了自己一个嘴巴。

这会，听费鸣提到那场谈话，他对费鸣说："葛校长对你够好了。"

费鸣夹着双手，身子前倾，说："应老师，我来告诉你，上次为什么会拒绝你。不是因为大著的事情。更何况你嘲讽的也不是我一个人。别人都没有跳出来，我为什么要跳出来？最不应该跳出来的是我。我之所以拒绝你，是因为我对儒学研究没兴趣。我感觉不到快乐。我不想把自己拴到这上面。其实，你的大著我早就看到了，比你看到的还早。你可能不相信，样书刚出来，我就在季宗慈那里看到了。后来我之所以跳出来，是要故意惹你生气。我知道你在筹备儒学院，也想到你会找我的。但我不想参加进来。至于我和那个女翻译家的关系，在此之前，我已经决定和她分手了。我是故意把那本书拿给她看的，然后正好借坡下驴。"

"这么说，你并没有真的生我的气？"

"没有，一点没有。你知道，我是个直肠子。"

"你是在安慰我吧？我虽不是故意的，但还是很不安。她是个好姑娘。"

"好个屁！瞧，她受不得一点委屈。受点委屈，就打击报复，不惜把自己给毁了，嫁给一个糟老头子。你那段文章，正好成了试金石。我得感谢你。"

"你们后来有联系吗？"

"其实她不愿结婚。她更认同季宗慈和艾伦的关系。"

"可她还是结了婚。"

"因为那个老头子已经快死了。她很快就会恢复自由身了。她后来与我联系过，想继续保持那种关系，但我拒绝了。因为我对她那个丈夫是尊重的。"

我对那个老人也是尊重的。我还陪着芸娘去拜访过他呢，因为他曾将芸娘的诗译成英文。当时他刚过完七十岁生日，拿着蛋糕请他们品尝，还把樱桃蘸了奶油分给他们。它像是去年剩下的，上面的奶油都变成酸奶了。在他的桌子上，有一本用镇纸压着的书稿。他正在修改自己早年翻译的莎士比亚的十四行诗，并将修改过的诗稿发在自己的博客上。也没有提醒他一句，本来是传诵已久的经典译本，却被他越改越差。后来，我又登录过他的博客。他的博客上发过几张照片：他坐在轮椅上，迎着朝阳，那个女人站在他的旁边，身后的阴影拖得很长。

"你说，研究儒学不快乐。我可不能同意。《论语》首章首篇谈的都是快乐。学习的快乐，朋友来访的快乐，不被人理解也不气恼，照样快乐。"

费鸣不吭声了。

他对费鸣说："我相信，你会感到快乐的。只有做有意义的事，我们才会感到快乐。现在我们要做的就是一件有意义的事。我们的目标是，在不远的将来能够成立一个儒学系，一个正式纳入学科招生计划的儒学系。这将开创中国人文学科的历史。没有一个正儿八经的学科，我们的儒学研究便很难称为学术，非史学，非文学，亦非哲学，不伦不类。没有学科建制，我们就是孤魂野鬼，当然不快乐。如果成立一个儒学系，有自己的学科建制、自己的招生计划，那就会感到知行合一，事业有成，身心快乐。"

"您说，我听着呢。"

"第一步，就是成立一个儒学研究院。我们将制定出自己的学术规划，与海外相关机构建立合作机制。这里将成为儒学家的乐园，一个真正的学术中心。我们还将很快着手编写《〈论语〉通案》，对古今中外各家各派的《论语》研究，进行爬梳整理，纂要钩玄。它既面向过去，是一个百科全书式的总结；也面向未来，以期对儒学在全球化背景下的意义进行展望。对儒学史上那些里程碑式的人物，我们当然也不会放过，将调兵遣将，组织人马，为他们写传。儒学联合论坛也好，儒教中国也好，中国儒教也好，当代儒学也好，国际儒学联合会也好，国际耶儒对话组织也好，我们都可以联系，与他们进行深度合作。当然了，要成立这样一个儒学研究院，需要大把大把地投入。现在看来，钱不是问题。葛校长已经许诺，将投以重金。我们可能需要充分发挥想象力，才能把钱花出去。你不是写过剧本吗，我们可以组织人马重写《孔子传》，不比你写剧本赚得少。"

多天来，应物兄上不着天，下不着地，孤守在逸夫楼的顶楼，在纸上写啊、画啊，弄的就是这个。他这会想，这些计划，有的我同程先生和葛道宏谈过，但大多数的计划，还从未向任何人提起。费鸣，听到这些宏伟蓝图，你难道不激动吗？怎么样？入伙吧！你的行政工作经验，正好可以助我一臂之力。

"以后，我是不就该叫你应院长了。"

"这担子很重，我担不起来。"

"难道是乔木先生？"

"不不不。先生虽然精通儒学，但他却不喜欢被人称作儒学家。"

"莫非是姚鼐先生？"

"姚鼐先生？七十岁之后，他的任务就是玩。"

"难道是程济世先生？这么说，程先生真的要回国任职？他年事已高——"

"他的身体好着呢。而且烈士暮年，壮心不已。"

"除了我，还有谁？"

"怎么，你有合适的人选要推荐？"

"前几天，我到金融学院送一份文件——"

没等费鸣说出那个家伙的名字，应物兄就把脑袋摇得跟拨浪鼓似的。那个家伙如今在济州金融学院教公共课。他也是应物兄的弟子，天资聪颖。据说头大的人聪明，他的头就很大，外号就叫大头。他矮小的身材跟那颗硕大无朋的脑袋相比都有些不成比例了。幸亏脖子比较粗，不然还真顶不起来。他刚刚分期付款买了个小公寓，又弄了两尊佛像，还是从盗墓贼手里买的，经常盘腿坐在二手地毯上一动不动。干吗呢？参禅呢。一个参禅的人，怎么能指望得上呢？关键是懒。割一个痔疮，他就敢休养半年。

"还有一个人，你的老朋友——"

"你说的是伯庸吧？"

应物兄可以原谅费鸣，却无法原谅伯庸。伯庸也是乔木先生的弟子，如今最著名的身份是屈原研究专家，微信头像就是粽子。伯庸是其笔名，取自《离骚》的第一句话："帝高阳之苗裔兮，朕皇考曰伯庸。"伯庸有一个观点，就是研究一个人，一定要像儿子揣摩父亲或者像父亲关怀儿子那样充满爱心，也就是所谓的"理解之同情"。伯庸承认，细说起来，这个笔名确实有些占屈原便宜的嫌疑，但这不能怨他，只能怨学术界。他本想拿屈原儿子的名字做笔名呢，问题是屈原公子叫什么名字，学术界硬是给不出一个准确的说法。费鸣对应物兄进行攻击的时候，最大的盟友就是伯庸。伯庸也犯神经了，主动对号入座，认为应物兄在书中骂了他。应物兄曾在书中写道，有一个朋友，因为头发枯黄，所以总喜欢染发。多年的染发生涯使他的头发越来越细，越来越稀，接近汗毛了。后来这位朋友就开始脱发了，头发把浴缸下水口都堵死了。他曾对这位朋友开玩笑，说他的脑袋被卷入了沙漠化进程，而且不可逆转，接下来就是童山濯濯了。但奇怪的是，这位朋友后来竟然长出了新发。朋友告诉他，自己用了一个偏方，就是用生姜来刺激毛囊，以促使头发生长。具体的办法是，买来一堆生姜，切成姜片，用榨汁机榨出姜汁，倒入脸盆，再倒入温开水搅和，然后把脑袋伸到水里浸泡，一直泡到头皮发热为止。有好长一段时间，这位朋友不管走到哪里，口袋里都装着一块生姜，一看四周没人，赶紧掏出生姜在头皮上蹭蹭。

后来我才知道，这位朋友说了谎，新长出的头发不是生姜蹭出来的，而是种上去的。原来植发已经成了世界潮流。意大利总理贝卢斯科尼的头发就是植上去的，很多政治家和演艺界明星都曾植发。贝克汉姆曾把辣妹维多利亚的头发移植到自己的头上以示恩爱。在贝克汉姆的带动下，男女互相植发渐成时髦。有些人甚至将自己的耻毛移植到脑袋上去。稍加观察就会发现，这位朋友新长出的头发出现了奇异的变化：原是直发，今是卷毛；原来灰白，现在乌黑；原本随风飘动，现在则呈匍匐之态。莫非他自给自足，也移植了自己的耻毛？人类学的研究表明，耻毛的作用，一是为了防尘，防止脏东西接近生殖器官，二是为了保暖，保护精子和卵子正常的生存温度。耻毛之所以叫耻毛，是因为耻毛和耻毛所覆盖的区域是羞于示人的。将羞于示人的东西，拿出来炫耀于人并当成一种美，这样的人心中还有"羞耻"二字吗？孟子说，"耻之于人大矣"，"人不可以无耻，无耻之耻，无耻矣"。《管子》将"礼、义、廉、耻"看成"国之四维"，"四维不张，国乃灭亡"……

对，就是这段文字，伯庸认为写的就是他。掉头发的人多了去了，你主动对号入座，又算怎么回事？

对于书中个别注释不严谨的地方，伯庸一律称之为抄袭。伯庸说，学者抄袭比偷儿偷东西还要可恶。偷儿偷了东西，还生怕别人知道，学者呢，却要公开发表。什么叫不知羞耻？这就是喽。费鸣当初用来攻击他的炮弹，有很多都是伯庸提供的。他尤其不能容忍伯庸把他和娱乐人物相提并论。因为他的书卖得很好，有一段时间甚至爬上了销售排行榜，这引得伯庸大为恼火。有一天，他在学校碰见伯庸，伯庸斜坐在自行车上，脚踩着垃圾桶，保持着身子的平衡，然后勾着食指，示意他走过来。他不想让伯庸难堪，就走了过去。伯庸说："我看了排行榜，有意思。排在你前头的是一个笑星的自传，排在你后头的是一个专演二奶的影视明星的写真集，说是卖书，其实是卖肉，卖的是秀乳、玉腿和翘臀。"伯庸声称自己发现了一个秘密，那就是娱乐人物的知名度主要来自绯闻，而某些学者的知名度则主要来自丑闻。伯庸还称他应大师。

"他妈的，你才是大师呢。"

伯庸挤弄着他的小眼睛，说："别急啊。那你说说该怎么称呼你呢？笑星？"

他正要发作，伯庸蹬了一脚垃圾桶，一溜烟地跑了。

费鸣怎么会向我推荐伯庸呢？这不是成心惹我生气吗？他压住那团火，对费鸣说："你们虽然来往密切，但有些事情他也不可能告诉你。伯庸兄正办理调动手续呢，要调到济州师院去。他马上就要五子登科了。那边许诺给他一套房子，一个文化研究所所长的位子，当然还有票子，而且他又要结婚了，妻子是个寡妇，寡妇马上就要给他生儿子了。我们只能祝他好运。"

他认为，费鸣之所以提到伯庸，是在测试他是否记仇。如果我们要共事，这页必须翻过去。虽然我们当时都当了真，都动了情，都挂了彩。但接下来，他又听费鸣说道："还有一个人，我觉得很合适。"

"只要你觉得合适，都可以说出来，我不怕浪费时间。"

费鸣竟然真的又提出一个人，是个女生，应物兄的第一个博士，现在已经分配到上海同济大学教书。此人对应物兄倒是崇拜至极，言听计从。如果他说公鸡会下蛋，她可能会说不仅会下蛋，运气好了还可以下个双黄蛋。如果他说砂锅能捣蒜，她肯定会说不仅捣得烂，而且还可以腌糖蒜。在她眼里，他是一个完美无缺的人。但她的夸奖总是夸不到地方。由于抽烟过多，他的喉咙里总是有痰，嗓子眼里常常咕噜咕噜的，这本来是个毛病，她却不这样看。她觉得他的声音不仅好听，还象征着深沉。她曾对他说过：

"知道您的声音为什么那么好听吗？您前世应该向寺庙里捐过一口钟。"他琢磨了一会，才知道她是夸他声如洪钟。这话说得他都不好意思了。由于长期伏案，他有些微微驼背，这本来是脊椎变形，在她眼里竟然也是美的。她认为那是一种道德之美，象征着谦恭，所谓谦谦君子，蔼蔼吉人。

这是研究院，这是儒学研究院，这是程济世先生挂帅的儒学研究院，我弄个吹鼓手放在身边，算是怎么回事？绝对不能。

"你就不要替别人考虑了。"他对费鸣说。

"应老师，您真的觉得，我比他们都合适？"

要我说实话吗？要不是葛道宏非要你来，要不是程先生也提到了你，要不是乔木先生也推荐了你，我怎么会用你呢？当然，这话他没有说。他心里是那么想的，嘴上却是这么讲的："我是用人不疑，疑人不用。非知人不能善其任，非善任不能谓知人。得人之道，在于识人。识人之道，在于观人。观人重在言与行，识人重在德与能。在很多方面，你都没有问题。有问题也是小问题。"

"请应老师批评指正。"

他扔给费鸣一支烟，又接着说："如果说有问题，那也只是因为你是个直脾气。跟直脾气的人打交道不累。直脾气的人不玩那么多心眼。就是玩了心眼，我也能看出来。所以我首先选中的就是你。我知道你在校长办公室的主要任务是起草文件，偶尔还给葛校长开开车。革命工作当然不分贵贱，可是让一个博士去当一名司机，未免有点太屈才了。你要开的是宇宙飞船，我就不拉你入伙了。"

他注意到了费鸣表情的变化：刚才，因为尴尬和矜持，费鸣的眸子显得很深，现在突然变浅了，好像有点激动。事实上，他也被自己讲激动了。给自己点烟的时候，火苗分明已经从打火机里蹿了出来，可他还要连续击打多次，啪啪啪。烟点上之后，他竟然忘记松手了，火苗仍然燃烧着。在火苗的照耀下，他看到自己的虎口在跳动。

　　还有句话，他没有说出来：鸣儿，我已经准备好了，将自己的后半生献给儒学，献给研究院。这不是豪言壮语，这是我的真实想法。我没有说出来，是怕吓着你。我是担心你会觉得配不上我应物兄啊。

　　"我只是个文人，做到洁身自好，就不错了。"

　　"这是什么话？做人只做到洁身，做文只做到自品，有什么意思？到头来，斗室七步星移，也枉为了一介文人。"

25． 孔子传

　　"《孔子传》？您刚才说，要组织人马重写——"费鸣终于开始发问了。

　　"很好，有什么不明白，都可以说出来。"

　　"您不是已经开始写了吗？"

　　"你是听季宗慈说的吧？那我就告诉你，他想跟我们合作，但我还没有答应。我虽然口头答应了，但还没有签协议。心急吃不了热豆腐，这事得往后放。我想，这本书不应该由我本人来写，应该集中所有儒学家的智慧来写。你可能会说，关于孔子的传记已经很多了，多一本少一本没有关系。没错，如果把世界上关于孔子的文章全都收集起来，整个逸夫楼都可能放不下。但我觉得，还是有必要再写一本。每隔三十年，就应该有一部新的《孔子传》。因为不同时代的人，对孔子会有不同的理解。你真应该好好研究一下孔子。为写演讲稿寻章摘句，和真正的研究是两回事。人类那些伟大的思想导师的著作，我差不多都看完了，最后我得出了一个结论：只有孔子把修行和道德完善的过程，看成是一个没有终点的旅程，也只有孔子把道德完善首先看成是对自我的要求，而不是对他人的要求。子不语怪力乱神。他不相信奇迹,不依赖神灵,他把人的尊严、人的价值,放到日常化的世界去考察。跟他的学说相比,世界上绝大多数宗教都带有强烈的虚构色彩、寓言色彩。耶稣死后复活,可能吗? 达摩一苇渡江,可能吗? 孔子还把知识和行动看成是一体的,所以《论语》开宗明义,上来就说,学而时习之,不亦乐乎? 习者,鸟数飞也,也就是做,也就是实践。而在苏格拉底那里,知识的功能只是促成个人道德和智慧的成长。柏拉图作为苏格拉底的学生,也认为知识的目的只是为了让人知道要说什么,以及怎么说。这些玩意反而是孔子最讨厌的,孔子最反对的就是花言巧语。柏拉图应该像你一样去写剧本。柏拉图早年最大的梦想就是写戏,只是他这个念头被苏格拉底给掐掉了。哈,看来苏格拉底也不像孔子那样善于因材施教。所以,不管跟谁比,苏格拉底啊,柏拉图啊,耶稣啊,佛陀啊,老子啊,不管跟他们哪个人相比,孔子的价值都是最具有现实意义的。你说,根据最新的研究成果,写一本新的《孔子传》,是不是非常必要?"

在应物兄的印象中,与费鸣两个人在一起的时候,他还从来没这么激动地说过话。说着说着,他自己都有点被感动了。他同时也感觉到,费鸣的情绪也被调动起来了,连出气声都变粗了。而当费鸣目不转睛地盯着他看的时候,他突然又想到了那篇拿他的容貌取笑的文章,说他有一张焦虑、疲惫和渴望相交织的脸。

那么,你现在看到的又是怎样的一张脸? 不是焦虑和疲惫吧?你说的渴望是对名利的渴望,你觉得我这是为了个人的名利吗?这话,他当然没问。事实上,他承认那篇文章写得不错。他由此想到,如果费鸣参加《孔子传》一书的撰写,应该可以写得相当有趣。但是,有一个问题必须解决:你不能为了有趣而有趣,为了抒情而抒情。先后为两任校长起草演讲稿的经历,很容易使费鸣的文字形成一个风格:那就是语言与存在的分离;真实的东西往往戴上了假象的面具,虚假的东西却常常披上真实的外衣。这不行。需要调整过来。我必须告诉他，他在演讲稿中体现出来的激情，其实是否定性的。当你写下那些文字的时候，与其说你体验着真理的狂喜，不如说你体验着瞬间的空虚。那个时候，你的灵魂其实睡着了。他还想提醒费鸣，应该好好比较一下苏格拉底与学生的对话，跟孔子与学生的对话有什么不同。苏格拉底总是在装疯卖傻，而孔子呢？哦，还是孟子说得好，"大人者，不失其赤子之心者也"①。

这些话，他虽然没有说出来，但他听到了自己在这么说。

他也听到自己的喉咙在嘶嘶作响。

突然，应物兄想起费鸣好像说过，他的支气管曾出过问题，就问道："你的支气管怎么样了？"

费鸣愣了一下，说："谢谢您挂念。您还记得这个？"

他说："我应该是听你哥哥说过，小时候，你有过支气管扩张？"

费鸣说："小时候的事了，多年没有感觉了。"

他递给费鸣一支烟。费鸣把过滤嘴在茶杯里蘸了一下，然后再把水从过滤嘴里吹出来。他自己也常这么干。要是追根溯源，这个源头可以追溯到乔木先生。乔木先生改抽烟斗之前，常常这么做。

他对费鸣说："你或许不知道，我小时候也是支气管扩张，至今尚未痊愈，只是很少发作罢了。因为支气管扩张，所以感冒啊，咳嗽啊，咳痰吐血啊，都是司空见惯。所以我养成了一个习惯，每当我感到不舒服了，就往手心里吐一口唾沫，看看有没有血丝。我至今还有这个习惯。有时候我其实很庆幸自己有这个病。它没有真实的危险，但它却能给你一个真实的死亡的幻觉。就是这个幻觉，容易让你养成内省的习惯。"他又想到了网上费鸣那篇文章，说他的内省与他的容貌有关。知道了吧？内省的习惯是从这里养成的。

他接着说："后来我看海德格尔，看到他提到什么向死而生，我

---

① 见《孟子·离娄下》。

就想,这说的不就是我吗？我早就知道,只是没有说出来罢了。我对此再熟悉不过了,就像熟悉自己的手纹。很多年来,这种死亡的幻觉一直缠绕着我。我很担心自己一事无成就他妈的死翘翘了。我相信,你可能也会有这种感觉。所以你才会说,你对什么都不感兴趣。不过,现在我是不担心了。有事干喽。一开始可能会累一点。累就累吧。求仁得仁,有何怨乎？"

"您要不提,我都不记得我有过什么支气管扩张了。"

"怎么样,我们卷起袖子,大干一场？"

"好吧,反正在哪里都是混饭吃。"

"你说的并没错。在八十年代学术是个梦想,在九十年代学术是个事业,到了二十一世纪学术就是个饭碗。但我们现在要搞的这个儒学研究院,既是梦想,又是事业,又是饭碗,金饭碗。"

说到"卷起袖子,大干一场",我们的应物兄反而把袖子放下了,而且还把袖口上的扣子系了起来,好像正要整装待发。他再次发现虎口在跳动,跳动,跳动,好像里面有虫子,好像那些虫子也受了他的感染而蠢蠢欲动。

他听见费鸣笑了起来。"你笑什么？"他问,同时把虎口挡了一下。虽然他可以保证,费鸣不会注意到他的虎口在跳。

费鸣说:"我没笑啊。"

他说:"你不是说你是个直肠子吗？怎么吞吞吐吐的？"

费鸣说:"您的想法真是宏大啊,我都听晕了。"

他说:"果然是个直肠子。直肠子好啊。直肠子里面,也就是个屎橛子。拉吧,拉出来就好了。不拉出来你难受。拉吧,拉出来,舒一口气,一拽绳也就冲走了。你还有什么疑问,不妨全都说出来。你不要笑,更不要冷笑。我们身上都住着另外一个人,在采取任何行动之前,他就觉得自己的努力没有意义,就像瞎子点灯一样没有意义。那个人就是魔鬼。我们应该把那个人从身上赶走。"

他感到虎口又跳了起来。

有人敲了敲门。进来一个姑娘。她就是易艺艺。易艺艺是来替他整理录音带的。当初,他访学归来的时候,曾带回了几十盒录音带,是程济世先生讲课和谈话的录音带。再加上黄兴给他的录音带,已经有上百盘之多了。他可忙不过来。本来可以让易艺艺带回家整理,但易艺艺心浮气躁,坐不下来。他就让她过来整理,遇到她听不懂的,他也可以随时指导。他提醒过易艺艺,这是很好的学习机会,好多人想整理,还没机会呢。

他示意费鸣到露台上接着说话。

出了房间,首先听到了一声声鸟叫。有喜鹊,有乌鸦,也有布谷鸟。叫得最多的就是布谷鸟,但你却看不见它,只能听见它的叫声,四声一度:布谷布谷,布谷布谷。看到露台上那些枯死的花,他才想起,只顾着说话了,程先生那把剪子还没有转交给费鸣呢。于是他又回到房间,将那个纸盒拿了出来,让费鸣当场打开看。费鸣说:"还真是一把剪子?"

"怎么,程先生说过要送你一把剪子?"

"葛道宏跟程先生通过话,又把我的照片发给了程先生。程先生回了邮件,说费鸣的头发太长了,比孔子的头发都长——"

"这就是他送你剪子的原因?"

"应该是吧。你看,我已经把头发剪了。昨天,程先生的助手,一个名叫敬修己的人又跟我联系,让我把济大的材料寄一份给他。"

"这么说来,你已经开始为研究院工作了。"

"我们还通了电话。"

"跟谁?程先生?"

"还是敬修己。敬修己问,怎么听见有很多鸟在叫。我告诉他,那是布谷鸟。敬修己先生就说,程先生小的时候,他济州的家里,院子里有一株梅树,很高,高过房顶,树上有一个鸟巢,就是布谷鸟的鸟巢。他问我知道不知道布谷鸟还有一个名字叫鸤鸠,我说知道的,《诗经》有一首诗就叫《鸤鸠》,诗中的布谷鸟是君子的象征。敬修已先生很高兴。我告诉他,我是从应老师的书上看的。"

他一时有些感动:那本书是我的博士论文,费鸣竟然也读了。

现在他们是在高处,那些鸟叫是从下面浮上来的,是从悬铃木的顶端浮上来的。空间的距离把布谷鸟的叫声拉长了,并给它赋予了某种颤音。虽然离天黑还早着呢,但天色看上去却已是接近黄昏。由二氧化硫之类可吸入颗粒物组成的雾霾,正在济州的低空游荡。你无法极目远眺,只能看见离自己不远的地方。就在济州大学的院墙之外,他看到了一片灰色的屋顶,看到了隐约突起的屋脊。它们形成了一片灰色的接近于黑色的浪。那是本市还残存的几片胡同区之一。只是那浪还没有延伸开来,就被一排高楼挡住了去路。当他把目光收近,他看到离济州大学院墙最近的地方,屋顶上散布着各种垃圾:汽车轮胎、破鞋、雨衣、笤帚疙瘩。就在那屋顶之上,云霾之下,雾霭之中,生长着一些树,大多是榆树。最高的一棵树,是从汽车轮胎里长出来的。它或许已经长了很多年,但仍然是树苗的形状。

目光收回,他看到露台的栏杆上落着鸟粪。

是很久以前的鸟粪了,白的,形同化石,好像来自远古。

因为大功告成,他有些放松了。他的思绪一下子飘得很远:比起地球上有机生物的历史,人类五万年的历史只是相当于一天二十四小时中的最后两秒钟。按这个比例,人类的文明史只占最后一小时最后一秒的最后五分之一。他很想对费鸣说,如果我们想对人类文明史做点有益的事情,一分钟都耽搁不起,一秒钟都不能耽搁。不过,他没有把这话说出来,因为他觉得这话有点大,他担心费鸣说他矫情。后来,他们又回到了房间。他问费鸣:"这间办公室,你一定很熟悉吧?"

"这不是葛校长的办公室吗?"

"现在归我们了。你尽早搬过来吧。"

"这么急啊?"

"因为程济世先生很快就回国了。"

"哪天来?"

"不知道,应该很快了。"

他的声调又变了,那是因为激动。一激动就要抽烟,可他却突然找不到打火机了。费鸣跑到露台上找打火机的时候,他从口袋里摸出了三个打火机。他有个可笑的毛病,就是喜欢往口袋里装打火机。机场的安检人员曾经从他的行李箱、书包和衣服口袋里摸出来十几只打火机,都怀疑他图谋不轨了。他们用探测器在他身上扫来扫去,连屁股都没有放过,好像怀疑肛门里也塞了一个。对这个略带精神强迫症的习惯,他多次试图克服,但总是难见成效。费鸣回来的时候,看到那三个打火机,不由得笑了。费鸣接下来的一句话,表明费鸣已经彻底归顺了。费鸣说:"即便是在原始社会,您也是氏族领袖,负责管理火种。"他当然知道这是恭维。但这句话,却奇怪地激励了他。当他通过镜子观察自己的时候,他发现自己颧骨发亮,鼻尖上沁出了汗珠,连面颊的阴影里也跳动着激情。

26. 春天

春天是从镜湖开始的。漫天风沙中,镜湖的冰先是变薄,然后变成了浮冰,一小块一小块的,浮光跃金,就像一面面镜子。沿岸的柳树被风吹醒了,吐出雀舌般的嫩芽,与一池春水相映成趣。不过,春天说是来了,但还是有点冷,柳树的嫩芽都被冻得卷了起来。哦,那雀舌想收回鸟嘴,却再也收不回去了。

这天,应物兄和费鸣从楼上下来,在镜湖边等候乔木先生。他们要一起到葛道宏家里去。葛道宏对他说,要在家里宴请他们师徒三人。但乔木先生得到的消息却是,戏迷葛道宏请了个名角,请他们去家里听戏。他想,乔木先生应该是记错了。葛道宏没住校内,住在叫枕流的小区,位于中山公园的隔壁。它原是中山公园的一部分,小区里树木参天,以银杏居多。进到小区之后,又路过两个岗亭。车窗摇下,费鸣一露脸,横杆就抬了起来。

葛道宏家的客厅很大,足有七八十平方米,用沙发、博古架和盆栽植物划分成了不同的区域。盆栽植物中以摇钱树居多。摇钱树一年只开一次花,但葛道宏家的摇钱树显然是花开四季。花苞是红褐色的,花瓣前端是紫色的,后梢却是绿色的。此外,还有两盆杜鹃花。客厅里已经坐了几个人。应物兄首先看到了经管学院的聂许院长。在电视台直播室后面的小休息室,他们曾经一起喝过咖啡,用的是纸杯。聂许穿着绿毛衣,衬衣的领子也是绿色的。这似乎是在提醒人们,他个人的研究方向是绿色经济:生态农业、循环工业和服务产业。聂许正与外语学院拓路院长聊天。拓路嘴里捱着镜腿,眉毛一挑一挑的,似乎凝神谛听,只是那活跃的眼神似乎说明他正眼观六路。

聂许谈的是马尔代夫:"最早到达马尔代夫的中国人是谁?就是郑和。郑和亲自爬树摘椰子。那个椰汁可以直接注入静脉。"

拓路问道:"那边的房价,据说已经连掉了三个月?"

聂许看见应物兄从身边走过,竖了一下大拇指,并使劲地点点头。然后对拓路说:"没办法,它都要沉入大海了,要成为二十一世纪的亚特兰蒂斯了。"

"蚂蚁?校长大人养了这么多蚂蚁?"有人喊道。

原来是历史系的胡玗教授,已经退休了,还兼任着近现代史研究所所长。胡玗教授喜欢种葫芦,画葫芦,自称是个玩葫芦的。他的名言是,逢人不说人间事,便是人间无事人,玩葫芦的就专说葫芦,不说别的。胡玗教授此时站在阳台上,手里把玩着一只核桃般大的葫芦,弯腰看着一只玻璃坛子。

那当然不是蚂蚁,而是蚁狮。那应该是世界上最小的宠物了。葛道宏的办公室,也养了几只蚁狮,也放在玻璃坛子里,坛子里装着沙子。葛道宏和他说话的时候,会停下来,拿着一根细细的竹扦子在坛子里挑逗它们。他想起来曾在河边的沙地上见过它们。虽然他认了出来,但他还有必要装作不认识,以便葛道宏给他讲解一番。"它不是蚂蚁,它是吃蚂蚁的。"葛道宏说,"是最小的肉食动物。我是用来休息眼睛的。看书看累了,就看看这小玩意。蚂蚁只要路过,没有不被它吃掉的。"

"这么厉害?"

"小家伙是天生的阴谋家,天生的杀手。你看它挖的这些小坑,其实是陷阱。蚂蚁掉进去,没有活着出来的。在显微镜下,每当蚂蚁路过,它立即从沙子里钻出来,挥动着头顶的两只钳子,不停地扬沙,扬啊扬,将蚂蚁打晕,然后再咬住,一点点拖进小坑,慢慢享用。坛子里的蚂蚁没有能够逃脱的。用不了几天,沙子里就会有细碎的黑色残片,那是蚂蚁尸体的碎片。小家伙的嘴很刁,只挑好吃的部分吃。"

应物兄还记得,葛道宏这么说的时候,有一只蚁狮就像得到了指令,及时地从土里钻出来做了个示范。它挥舞着两只钳子,就像李逵挥动着两把斧子。葛道宏用竹扦挑了一下它身边的土,它立即蜷曲着,一动不动,好像在装死。随后,只见它扑棱一下翻过身,非常敏捷地蠕动着身子,倒退着,很快就钻进了沙子。

民间有个偏方,把蚁狮研磨成粉,治疗口腔溃疡。葛道宏就有口腔溃疡,口气很重。或许是某个医生送给葛道宏的,以便随吃随杀,随杀随磨?葛道宏对此当然有另外的解释,说他是佩服蚁狮的精神。蚁狮用嘴巴把沙子磨细,在沙地上形成一个漏斗式的小窝。能把沙子磨细,可见它的工作多么细致,可见它多么有力量。人嚼一粒沙,还会把牙硌掉呢。什么叫有志者事竟成,什么叫人小力量大?这就是嘛。

除了胡珩教授,看来别人都知道那是蚁狮。

葛道宏这时候来到了客厅。

人们主动让开,让葛道宏先跟乔木先生握手。葛道宏说:"乔先生,我得向您告状啊。您的关门弟子费鸣,嫌贫爱富,从我这里跳槽走了。"

乔木先生已知此事,却像第一次听到,说:"跳槽?"

葛道宏说:"他投奔您的驸马爷去了。您的驸马爷竟敢挖我的墙脚。要不是看您的面子,我跟他们两个没完。"

乔木先生笑了:"还在济大嘛,没跳出校长大人的掌心嘛。"

没错,葛道宏就是用这种方式,来宣布费鸣加入儒学研究院的。

葛道宏这天拿出了一瓶红酒,说是巴黎高师的女校长送的。女校长对他说了,这酒只准他一个人喝,不准给别人喝。他说:"她又没长千里眼、顺风耳,怎么知道是不是我一个人喝的?"

葛道宏曾有一句名言,谈的是如何一分为二看待官架子:官架子大了,手下人嘴上买账,心里不买账,事情不好办;官架子一点没有,手下人嘴上不买账,心里更不买账。结论是,还是保留一点为好。那一天,家宴刚开始的时候,葛道宏还真是一点架子没有,只是叙旧,谈些近来的趣事。其中有一件事,确实有趣。它是考古系的一大成绩,即便放在世界考古史上也是值得一写的。在桃都山区的老秦村,考古系的实习生发现一个古墓,是战国时代的,在墓中发现一个青铜鼎,鼎内竟盛着透亮的鸡汤,就跟刚熬出来的一样,就差点热气。我们现在采用各种高科技手段,又是灭菌,又是加入防腐剂,又是真空包装,又是冷藏,也不可能如此保鲜啊?唯一可惜的是,鸡汤一接触空气臭掉了。这件事给人以深刻的教训,以后考古的时候,必须配备保鲜设备。

"姚先生知道吗?"乔木先生问。

"姚老说了,以前发掘出过狗肉汤,鸡汤还是第一次发现。姚老认为，就是发臭了，也能通过对有机物的分析得知东周时的烹饪信息。"

谈了趣事，葛道宏端起酒杯，给大家敬酒，一圈敬过，葛道宏校长让保姆拿出一幅字，说："前段时间去国家教委开会，有人送了我一幅字，说是已故的启功先生写的。有人看了说，这是启功先生的绝笔。当然也有人说不是，还说如果是的话，那人断不肯送你。"葛道宏让乔木先生帮助鉴定一下是不是真迹。乔木先生开了句玩笑，说只要比启功先生写得好的，就是假的。启功先生晚年龙体欠安嘛。写字也要靠体力的，主要靠腕力。启功先生自己都说，他是名气越来越大，字越写越差。此话从乔木先生嘴里说出，当然没有问题。乔木先生与启功先生是老朋友，平时就常开玩笑的，虽然启功先生已经作古，但作古的朋友还是朋友。乔木先生又说："我亲眼见过的所谓启功绝笔不下十幅。市面上出现的启功绝笔，应该有万幅之多。可谁都知道，启功先生本人也知道，他只死了一次。"这话把所有人都逗笑了。乔木先生又透露："姚先生也有一幅启功的字，是毛主席的《念奴娇·昆仑》。姚先生曾远上昆仑山考古嘛。姚先生很喜欢那幅字，走哪带哪。这幅字跟姚先生手上那幅差不多。"

葛道宏说："真的也好，假的也罢，我在乎的是那句话的意思。打开它。"然后又问乔木先生，"这字是好呢，还是不好？"

乔木先生说："跟启功先生的字一样好，肉眼还真分不出真假。"

那上面是七个字：

　　学校　王政之本也

乔木先生说："这是欧阳修的话。这个'王政'，不仅是王权政治的意思，还可以理解为国家政治。所以，校长大人看到这几个字，不要感到别扭。"

葛道宏说："本来还不好意思挂出来。听乔老这么一说，明天就送去装裱。"葛道宏示意保姆卷起来,说,"学校,王政之本也。大师,一校之本也。济大之本,便是在座的各位。"

接住葛道宏话头的就是胡珃教授。胡珃教授说:"他们是大师,我不是。我只是个玩葫芦的。"玩葫芦的胡珃教授随即问了葛道宏一个问题,"听说有人到处活动,要让济州成为直辖市?"

葛道宏说:"胡老还关心这个?"

胡珃说:"我就想知道,凭什么?"

葛道宏说:"凭什么?凭文化底蕴,凭增长数字,凭地理位置。当然,这事还轮不到我参与。有人让我联名签字,我也没签。"

聂许说:"我们的经济增速已经接近苏州、天津和深圳了。"

胡珃教授干脆把眼睛闭上了,但嘴巴没停:"数字出官,官出数字。有一位老哥,也喜欢玩葫芦,退休前是国企的老总,他亲口对我说,大师啊大师,数字都是假的啊。"

聂许说:"大师,看问题要全面——"

胡珃教授打断了他:"别!别叫大师,我只是个玩葫芦的。"

聂许说:"好吧,胡先生——"

胡珃说:"别叫先生!"

聂许说:"好吧,尊敬的胡老师,我跟您说啊,国企有虚报的,民企也有瞒报的。很正常。不虚报不瞒报,反而不正常。只有虚报的,没有瞒报的,一定会出问题,而且是大问题。反之亦然。现在,一个虚报,一个瞒报,得出的数字反而刚刚好。"

葛道宏说:"说得好,这就叫真的假不了,假的真不了。先生们,昨天我收到在国家教委工作的一个博士生的贺卡,祝我生日愉快。把我给搞糊涂了。我的生日早过了呀。原来他是祝贺我担任校长三周年。我这才想起来,我是三年前的今天走马上任的。"

众人鼓掌。胡珃教授也鼓掌了。乔木先生虽然没有鼓掌,但搞出来的声音却是最响的:用手杖捣地。应物兄发现,别人鼓掌的时候,费鸣只是用大拇指轻轻地碰了碰酒杯。葛道宏双手下压,示意大家静一静。接着，葛道宏又说道："看到这贺卡，我不由得苦笑。有什么好祝贺的？苦差事嘛。我随时准备让贤，回到安静的书斋。不过呢，在位一天，就得负责一天。做一天和尚撞一天钟嘛。贺卡上有几句话写得真好：船在海上，惊涛骇浪；马在山中，沟纵壑横。无本则如无舵之舟，无辔之骑。"

应物兄预感到，葛道宏要说正事了。

葛道宏接着说道："这几句话，越看越有意思。如果联系到济大的实际情况，那就更有意思了。你们几个学院搞得好，好就好在有你们掌舵。可有的学院真是不像话。有的院系，有的科室，那是武大郎开店啊，生怕有本事的人进来，顶了自己的位置。有的人，还不如武大郎，武大郎还时刻欢迎打虎英雄回来合伙卖炊饼呢。你们是知道的，我在教授委员会上多次讲过，一定要改变机制，一定想方设法引进人才。像姚鼐先生、乔木先生这样的大师，如今当然是可遇不可求。像应物兄这样的中年俊杰，当然也是可遇不可求。但引进一些有想法的人，有科研实力的人，应该还是可以的。济大在人才引进、资金投入方面，都要加大力度。我就是要让有本事的人多拿钱，让他们成为财神，大财神。一句话，济大是养贤人的地方，不是养闲人的地方。"

原来这是那个"人才引进"会议的继续。

葛道宏率先喝完了杯中酒，然后说："上螃蟹！"

保姆两只手端出四只盘子，硕大的盘子，里面盛着蒸得通红的螃蟹。它们不是来自江湖，而是来自大海。葛道宏用了一个充满历史感的名词，说它们的故乡远在鞑靼海峡。它们张牙舞爪，但又排列整齐。应物兄脑子里冷不丁冒出一句话：八佾舞于庭[1]。有一个姑娘也端着盘子出来了。葛道宏伸手去接，一只盘子歪了一下，上面的螃蟹纷纷掉了下来，落到了地板上。乍一看，那蒸熟的螃蟹好像又复活了，以各种姿势躺在地毯上，有如舞蹈队最后的定格动

---

[1]　见《论语·八佾》。

作。那姑娘用手背捂着嘴,似乎哭了。哦,不,她没哭,而是在笑。

竟然是朗月。

应物兄喝掉了杯中的残酒。经过时间的发酵,它终于醒透了,变得更加浓郁:更酸,更饱满。等保姆把那些螃蟹全都捡了起来,朗月拿起一只,对着它说:"看到这些大师,我有点激动,你也跟着激动吗?"这一句话,就化解了尴尬。葛道宏正要介绍她,她把食指竖在唇前,示意他别说话。她挥动着那只螃蟹,朝大家鞠了个躬,说:"大师们好,我是交通电台的朗月当空!"

看得出来,在座的人都知道她。

她停顿了一下,以第三人称的口吻说:"朗月与在座的一些大师有过合作,合作得很好。朗月代表广大听众朋友,感谢你们。"

她第一个提到拓路。拓路一手拿着螃蟹,一手捂在胸口,弯腰施礼。对于他们的合作,她用到的词是"最为难得"。她提到的第二个人是聂许,对于他们的合作,她用到的词叫"最为难忘"。我们的应物兄是第三个被提到的,她用了一个词,叫"最为难搞"。什么叫难搞?她的解释是:"我托了很多人,好不容易才请到应物兄先生。"

小乔给朗月递了一杯酒。她端着那杯酒,说道:"朗月从乔女士那里知道有这么个家宴,就自告奋勇来为先生们服务。以后,朗月还要挨个麻烦先生们。到时候,先生们可不要不给朗月面子哟。葛校长,他们要不来,朗月一定向你告状。"

葛道宏说:"他们可以不给我面子,但一定会给美女面子的。"

应物兄到洗手间里去了一趟。这一次,尿出来的时候有点长了。哎哟,真有它的,它一点不着急,还显得很无辜,满不在乎,吊儿郎当。他只好发出"嘘嘘"的声音,以调动它的积极性。出其不意地,一股尿以菱形状滋了出来。尿口有些疼,火辣辣的。不是被朗月的突然出现给吓的吧?不可能啊,我表现得还是挺镇定的嘛。即便当时吃一惊,但也不至于马上作用于生殖器啊。那么是前列腺炎又发展了？那炎症滚滚向前，继续发展，发展到了尿道口？他由此产生了一丝疑虑。没准只要把它塞进裤门，那种不适感就会消失的。他这么想着，却没有立即把它塞进去。因为他同时又想到，它要再尿出来一点呢？别说，还真是又滴答了几滴。

回到客厅，葛道宏招呼他在身边坐下，说："诸位都知道，再过几年，就是济大一百一十周年诞辰。可是，眼看着老教授们退的退，走的走，新的又顶不上来，我忧心如焚啊。届时，兄弟院校的哥们前来捧场，海内外朋友前来贺寿，我领他们游镜湖，看藏书，登巴别，拉二胡，也都有话可说。站在麦克风前，说些面子上的话，也是不难。可是私下聊天，聊起家底，葛某人未免心中发虚。比如，说起某某人，我说他多么多么好，把他夸成一朵花，可他们突然说，能否一识韩荆州？我该怎么说呢？我能说人在医院？人已作古？人已出国？人已调走？看我吭吭哧哧出丑，我想你们面子上也不好看。当然了，你们几个已经做得很好了，已经给学校增光添彩了。道宏感谢你们。不过，搞得再好，也不能打盹啊。"

胡珂教授说："老虎也有打盹的时候嘛。"

葛道宏笑了笑，说："那你等着，武松来了。"

这应该是玩笑话了，但是转眼间玩笑就变成了事实：真来了个武松。武松是从楼梯翻上来的，好一个筋斗！但当时却把人们吓了一跳，以为来了个蒙面大盗。乔木先生已经把手杖横在了头顶。武松头裹青巾，手中舞棍，布条缠腰，脸上画着油彩。这是个复式楼，现在这复式楼的客厅顿时成了景阳冈。武松喊道："呀，好大风！好大风！"随着这一声喊，武松在吊灯与吊灯之间落下，落地的过程中，手掌连击着脚尖，啪啪啪！看到葛道宏和小乔镇定自若，人们才知道这是专门请来演戏的。当然，胡珂教授则是惊魂未定，从头到尾都咬着他的葫芦。

武松就在桌椅之间，在沙发和绿植之间，在螃蟹和墙上的字画之间闪转腾挪。然后又喊："呀，好大风！果有大虫来也！"武松因地制宜,顺手抓起沙发靠垫扔了起来,代表腾空而起的猛虎,然后以棍击之。手中棍子竟然断了。那人就哑着嗓子唱道:"啊,我觑着这泼毛团体势雄。狼牙棍,先揣进。"沙发靠垫以猛虎的形式向武松连扑几下,武松跳开,蹲着马步,对着那靠垫又打又唱:

> 俺这里趋前退后忙,这孽畜舞爪张牙横。呀!我闪——闪得它回身处扑着空。转眼间乱着踪。这的是虎有伤人意,因此上冤家对面逢。呀!虎啊,要显神通!怎挡俺力有千斤重,途穷。抵多少花无百日红。你这畜生,要来寻死,老天爷劝你也不听。待俺先将你踢瞎,两眼黑窟窿洞。虎呀,身一扑,山来般重。尾一剪,钢刀般硬。一声吼,千人惊恐,数步远吓死众生。可你吓不倒俺武松。吃我一拳,再吃我一拳,再吃我一拳,你疼还是不疼?呀!怎么不动了?装死吗?这孽畜真真聪明,知道俺武二郎,吃软不吃硬。呀!真死了吗?武松的拳头有这般硬?狼牙棍比它也稀松?呀!管它死不死,下冈趱路要紧,见过哥嫂回头再找宋公明。呀!又有两个大虫来了!呀!原来不是虎,只见他穿着虎皮,打着灯笼——

朗月站在客厅一角,在看手机,并不看戏。他疑心朗月是不是在给他发短信或发微信,悄悄拿出手机看了,倒是发现她发来了表示微笑的图片。他没有回复。乔木先生端坐着,手杖不偏不倚地拄着。胡珩教授却好像睡着了,闭着眼睛——他是不是预感到了自己的命运?因为就在第二天,近现代史研究所所长就被小乔的导师给兼任了。事情到此当然还没有结束:大约一周之后,胡珩教授的儿子,在学校基建办工作的胡小石,就被纪委带走了。纪委书记与胡小石的谈话,完整地重复了与费鸣的实战演习。纪委书记问:"胡小石同志,听说夫人不光在单位,在家里也是作威作福?知道人们怎么在背后议论的吗?母老虎!人们都叫她母老虎。"胡小石说:"我现在是单身。"书记说:"是因为怕查离掉的吧?变相转移财产?"平时在家里跪惯了的胡小石,扑通一声就跪下了。而那个时候,胡珂教授正在葫芦上烙画,烙的是儿孙绕膝的天伦之乐。

葛道宏招呼费鸣过来:"来来来,费鸣同志。"

费鸣从饮水机那边走了过来。葛道宏探向费鸣的手,被费鸣双手接住了。应物兄看到,费鸣身子前倾,耳朵贴了葛道宏的嘴巴。这个时候,武松拾起那几截狼牙棍,随手一接就又完整如初,威风凛凛了。武松退下楼梯的样子却有些猥琐,佝偻着背,很有些夹着尾巴逃跑的样子。

随后,葛道宏开始讲话了。葛道宏挠着自己的手背,瞥了一眼消失在楼梯上的"武松",说:"这个《武松打虎》,是给费鸣演的。这些天,费鸣抽调到纪委,时间短,任务重。费鸣配合新书记,以武松打虎的精神,做了很多事情。下面一出,则是献给大家的。"

应物兄一眼认出,上来的就是樊冰冰。小乔端着水杯跟在身后,杯子里泡着胖大海。与刚才的武松一样,樊冰冰人未出场,戏已到场,在楼梯上已唱出"乱云飞,松涛吼,群山奔踊",亮相之后唱道:

　　枪声急,军情紧,肩头压力重千斤,团团烈火烧(哇),烧我心! 杜妈妈遇危难毒刑受尽,雷队长入虎口(他)九死一生。战士们急于救应,人心浮动,难以平静。温其久一反常态,推波助澜,是何居心? (那)毒蛇胆施诡计险恶阴狠,须提防内生隐患,腹背受敌,危及全军,危及全军! 面临着胜败存亡,我的心、心沉重——

柯湘边唱边背身蹀步。手别在腰上,似乎拿着驳壳枪。葛道宏则指挥着大家,充当幕后群众,一起唱道:"心沉重,望长空。望长空,想五井。"柯湘转身,接着唱道:"似看到,万山丛中战旗红。毛委员指航程,光辉照耀天(哪),天地明!"葛道宏再次指挥大家,一齐唱道:"光辉照耀天(哪),天地明!"接着又是柯湘的独唱:

　　想起您,想起您,力量倍增,从容镇定,从容镇定。依靠党,依靠群众,坚无不摧,战无不胜,定能够力挽狂澜挫匪军,壮志凌云!

在应物兄的记忆中,这是他第一次在众人面前唱戏。童年时代,他曾多次在高音喇叭里听过这个唱段。不听也得听。他还记得,高音喇叭上方有个鹊巢,他怀疑里面的喜鹊也会唱。毫无疑问,与应物兄年龄相近的聂许和拓路也应该是那时候学会的。当时负责放录音带的是谁?是小乔。小乔是边放录音带边参与合唱。柯湘唱完之后,葛道宏还意犹未尽。所以接下来是葛道宏的独唱,那是《杜鹃山》中雷刚的唱段:

草木经霜盼春暖,却未料春风已临杜鹃山。待明晨劫法场天回地转——

原剧中的杜妈妈此时及时递给雷刚一把刀,现在这个角色由小乔担任了。小乔伸出手,手中虽然并没有刀,但还是说:"拿去!"葛道宏伸手接了,然后舞动着那把想象中的刀,唱道:"抢一个共产党领路向前!"

众人鼓掌。葛道宏回到座位上,对应物兄说道:"这个'抢'字用得好。"

还没等回话,葛道宏就拉住了他的手,说:"我们也要发扬这种精神。勇挫匪军,壮志凌云,无论如何都要把程先生抢到手。"

没有人注意到,胡玢教授已经提前离开了。

乔木先生也离开了。乔木先生让朗月转告葛道宏,有人来接,先走一步了。

这天晚上,他们最后喝的是海鲜粥。应物兄想起,自己和朗月第一次吃饭,喝的就是海鲜粥。朗月问应物兄:"刚才来接乔木先生的,是你夫人吗?"葛道宏笑了,说:"那是应夫人的母亲。"朗月还想再问,葛道宏说了一句话。就是这句话,使我们的应物兄听出来,朗月其实知道那是巫桃。

葛道宏说："调皮鬼，你太调皮了。"

这个说法饶有意味，令应物兄不得不咂摸了一会。当然，他相信没有人看出他咂摸这句话，人们看到的只是他在咂摸粥里的一只已被嚼裂的蟹螯。

也就在这天晚上，当他们告别的时候，葛道宏向他透露，将在镜湖边的一块空地上起楼，当作儒学研究院的办公之地。应物兄简直不敢相信自己的耳朵。那里原来就有幢楼，三年前刚被扒掉，变成了一片草地，移栽了奇花异木，是全校师生最为留恋之处。葛道宏的最后一句话，是说给他和费鸣听的："等我退休了，我哪也不去，就去研究院给你们打杂。你们要是不要我，我可是要哭鼻子的。"

在楼下，朗月和所有人拥抱告别，当然也包括应物兄。她拥抱他的时间是最短的。欲盖弥彰？那我还是多抱一会吧，以示我们的关系并无特殊之处。于是，在她的身体即将离开的时候，他又搂了一下。就在这个临时增加的瞬间，他听见她说："周末我找你去。"

"哦不，周末我有事。"他听见自己说。

这句话我说出口了吗？她听到了吗？他不能确定。

27．但是

但是，他们还是见了。

她很快就脱得一丝不挂，除了首饰：婚戒，项链，耳环。

应物兄还清楚地记得一个小小的细节，小得简直不能再小了，因为是关于尘埃的：当她脱袜子的时候，细微的尘埃在阳光下闪耀。她很狂热。她命令他半卧着，举着她，好像端着一只碗。他照着做了，就像亲着一只碗。

这是最后一次,绝对是最后一次。他听见自己说。

她竟然比他还先达到高潮。她很有经验,一直享受到那个临界点,才把他推了出去。就在那一刻,他开始憎恨自己。

"有纸吗?"她问。

"包里有。"他答道。

他的包就放在床边的椅子上。他们只得配合着移动,他的左手终于可以够到那只包了,但是用左手去拉那个拉链却非常困难。刚才激烈的交合没有流汗,现在拉个拉链反倒弄得他满头大汗。终于拉开了。他的左手在包里摸啊摸的,没有摸到纸巾。他索性抽出了一本书。那是葛道宏送给他的自传《我走来》,刚出版的。他用下巴和手指配合,翻开了那本书,然后撕下了其中一页,揉了揉。纸张很厚,很硬,吸水性能显然很差。于是他又撕了一页。

他立即起身,去了洗手间。把一卷手纸送出来之后,他把那两张又厚又硬的纸拿了回来。把它们扔进纸篓的时候,他突然产生了一点好奇心:这两页上面写的是什么呢?吸水性能差,刚才是缺点,此刻却变成了优点:冲洗之后,上面的字迹仍然清晰可见,甚至变得更清晰了。这两页分别讲的是葛道宏的大学时代和他就任济大校长前后的事情。葛道宏的大学时代是在北大度过的,这一页的正面和背面各有两张照片,一张是他在未名湖边的留影,背后是著名的博雅塔,一张是他在北大老图书馆读书的照片。另一页的正面是他就任校长时的讲话。他没有再看反面,直接把它扔进了纸篓。

这是北辰小区的家里。是她自己摸上门的。事先,她给他打了几个电话,他都没有接。后来听见敲门声,以为送快递的来了,他就打开了门。她歪头问他:"请问,是应先生家吗?我是清风的朋友。"她是用脚还是用屁股关上门的?反正,她上来就抱住了他。他稍微挣扎了一下,就顺从了。事后,当他回忆起这天的经历时,他还能想起的另一个细节是,当她的牛仔裤褪到脚踝处的时候,他弯腰帮她捡了一下。她顺着他的动作,把脚一绕,从裤圈中走了出来。然后,和上次一样,她让他吻她的乳头。他抬眼看了看她,发现她的头高高仰起,就像一只羔羊。再接下来呢？再接下来就是前面提到的场景了。

"我其实是来谈工作的。"她从床上跳下来,一手捂着自己的私处,一手去拎衣服,然后她背着他开始穿衣服。

"我知道。"

"知道？那你还故意使坏？"

这是哪里的话？她倒把责任推得一干二净。他预感到她有事求他。可我能帮你什么忙呢？请我再做一次节目？虽然我对此毫无兴趣,但我可以再去一次。不过,为了做一次节目,她就把自己献出去,这种献身精神未免太可怕了吧。

"你怎么知道我住在这儿？"

"这还不好打听？我说要寄个快件给你,一个朋友就给了我地址。"

"你知道吗？我爱人随时都可能回来。"

"别逗了,我就是从你爱人那里知道地址的。我说有东西要寄给你,她说,你还是直接寄给他吧。"

"你怎么会认识我爱人呢？"

"当然认识。她上过清风在侧的节目,我陪她们吃过饭。我们彼此留下了美好的印象。她应该有半年多没有回来了吧？北辰小区门口那条路半年前改了名字她都不知道。你们是不是吵架了？"

从何说起呢？见面就吵,不见面就在心里吵,这就是他们的正常状态。他们都认为对方需要去看精神病医生,同时又认为看医生也白看。半年前,她倒是回来过一次,拿走了几本书、几双鞋。他坐在书房里,听见她在翻东西。这次,他们倒是没有吵。他听见她向门口走去,就出去和她打招呼。他晚出来了一秒钟,最多两秒。他刚好听见锁舌弹进锁槽,咔嗒一声。

如果我告诉她，我们夫妻关系很好，那不仅是在说谎，而且是对眼前这个女人的不尊重：我好像在玩弄女性。哦不，这不是事实。是你自己向我张开了双腿。但如果我说我们夫妻关系不好，那么她会不会认为这是暗示，我随时欢迎她的到来？经过短暂的思考，他给出一个模糊的说法："吵架嘛，好像不算个事吧？我们跟大多数夫妇一样，就那么回事。你们不吵吧？那太好了。"

她说："我们？我们是在夜店认识的。在电台工作就有这点好处，没人看见你的脸，所以不用担心别人认出你。有段时间我天天在夜店。家里都知道。爸妈不管我，也管不了我。后来结了婚，也不觉得对我有什么束缚。做这个节目，我听得多了，也见得多了。我跟那些人不一样。我只是想把感情变得纯粹一点，喜欢谁就是谁。你应该能看出来，其实我是一个保守的人。我从来没有同一时间爱两个人。因为喜欢纯粹，我甚至都忘了自己结过婚了。"

他曾经感到过深深的不安，觉得自己无意中伤害了一个男人。现在听她这么一说，他多少有些释然了。同时，他又下定决心，以后不能再跟她见面了。

她说："我来找你，真的是谈工作的。但我突然决定不谈了。"

他觉得，这只是一种说辞而已。他觉得，她一定觉得，主动送货上门，有失尊严，所以必须挽回这个面子。

他说："那就等你方便的时候再谈。"

她说："如果我谈了，那就显得我们的交往并不纯粹，好像要从你这获得什么利益。朗月不是那种人。我差点扭头回去。但就在我这么想的时候，指关节已经放到门上了。它有点不听话。敲了第一下，就会敲第二下。敲第三下之前，我还在想，你最好不在家。在家也最好别开门。"

不消说，他有点怕了，怕她动了真感情，同时他又有些感动。他似乎想起敲门的第二声和第三声之间，确实有一个短暂的停歇。那时候他也正犹豫着要不要开门。她讲述的声音慢慢低了下去，竟然显得有点难为情,有点害羞——这与她在床上的大胆形成了相当的反差。他的心情有点复杂了。应该说,直到这个时候,他才第一次真正看清了她的模样:她的眼睛流露出了几分天真,眼皮下面有几粒若隐若现的雀斑,小虎牙使她的那张脸显得调皮。眼睫毛的颜色像眉毛一样淡。她没有化妆。这对一个靠脸吃饭,哦,她倒不是,她是靠声音吃饭的,但不管怎么说,一个有身份的年轻女人如此素面朝天,应该说是罕见的。一时间,他脑子里的那些开关,那些频道,那些杂货铺,全都打开了。不,这不是胡思乱想的时候,要冷静。于是,他强行地把那些开关,那些频道,那些杂货铺,全都关上了。

　　他需要用点脑筋去想的问题是:她所说的工作之事,到底是什么?

　　这个问题,就是让他想上三天三夜,他也找不到答案。是啊,谁又能想到呢?谁能想到这个姑娘,哦不,这个女人,竟然想通过他见到程先生呢?关于这个事情,应物兄还是从费鸣那里知道的。费鸣说:“朗月找你了吗?”他不由得警觉起来。他觉得,费鸣似乎感觉到了他的警觉,补充说道:“她从葛道宏那里听到程先生要来,就让葛道宏介绍她认识。葛道宏说,你去找应物兄吧。”他让费鸣把话说完,不要吞吞吐吐的。费鸣犹豫了一下,又说:“葛道宏说,我给程先生打招呼,不是不可以。但我要出面一说,就显得过于郑重其事了。还是应物兄去说比较好。”

　　她要见程先生干什么?做节目吗?午夜节目?不可能的。

　　那种下三烂的节目,我都懒得上,遑论程先生?

28．瞧，谁来了

　　“瞧,谁来了。”汪居常教授说。

乍听上去,汪居常好像领着另外一个人进来了。尽管应物兄知道,汪居常说的就是他自己,但他还是向汪居常身后看了一眼。汪居常身后什么也没有。哦不,还是有的,因为汪居常背着一个双肩包。

那个时候,应物兄正在与黄兴联系,以确定程先生到北京的准确时间。跟黄兴联系向来是个复杂的工作,你得先与他的助手联系,那个助手再与他更亲密的助手联系,更亲密的助手再与他的私人医生兼助手联系,然后私人医生再把电话交到黄兴手上。汪居常进来之前,应物兄倒是和私人医生联系上了一次,但很快就断掉了。原因嘛,哦,跟这名私人医生说话,实在太费劲了。私人医生姓李,出生于河南商丘,但却在新加坡长大,应物兄平时叫他李新,他也答应。和中国人打交道的时候,李新还保留着中国人的习惯,刚才就问了一句:"Have you makan already?"应物兄一时没有听懂,正要在英语和汉语之间转换,那边电话断掉了,随后才想起来,李新说的是新加坡英语,其中的"makan"是马来语"吃饭"的意思。我们的应物兄正要从头联系,汪居常教授到了。

如前所述,汪居常是乔引娣的博士导师。汪居常吹拉弹唱,样样在行,却无法把双肩包从背上取下来。应物兄就走了过去,把汪居常的胳膊从背带里掏出来。然后,汪居常先从里面掏出一个鼓鼓囊囊的布袋,把它放到一边,然后又从包里取出了六本书,那是程济世先生的六本书,一式两本。汪居常每掏出一本,都要端详一下,似乎要检查它的品相。品相确实一般,给人以盗版的印象。它们分别是《〈论语〉今释》《朝闻道》和《儒学新传统与中国现代性》。汪居常说:"还有一本《通与变》,托香港朋友去买了。境外图书不好报销。那就不报了,我认了。"汪居常已经荣任近现代史研究所所长,所以那几本书已经盖了研究所的公章。那个公章全世界独一份:它的形状像个葫芦,盖在书上就像卡通画。它是胡珂教授自己刻的。刻章本身并不费事,但要把印石章料弄成葫芦的形状可就得费点工夫了。半个葫芦刻的是阳文,半个葫芦刻的是阴文。盖了阳文章的书可以外借,盖了阴文的则用来收藏。

"听说程先生来了,麻烦你让他给我们签个名。"汪居常说。

"没来啊。你听谁说的?"

"反正我知道。放心,我不会对外说的。居常的嘴巴很紧的。"

"最近在忙什么?"

"你肯定知道的。"

哦,我还真是听说了一些事情。说起来,都与那个用葫芦刻章的胡珂教授有关。儿子胡小石被双规后,胡珂教授失踪了两天,搞得孙子孙媳差点报案。第三天,凤凰岭公墓的管理人员发现了他。那两天,胡珂教授的行踪实在诡异:胡夫人年前刚去世,胡珂教授竟然跑到墓地,把墓穴给挖开了,将陪葬的珠宝首饰全都取走,看样子是要拿来变现以抵赃款;另一种说法则是,墓穴是被消息灵通的人挖开的,胡珂教授闻讯赶到的时候,珠宝首饰已经不见了,墓穴里只剩下几个葫芦,葫芦里装着茅台,胡珂教授将它们一饮而尽,在墓坑中沉睡了两天。胡夫人生前喜欢喝酒?应物兄由此怀疑事件的真实性。经管学院院长聂许提醒他,茅台酒虽然是给胡夫人陪葬的,却是给百年之后的胡珂教授准备的。聂许说,茅台酒涨价太快,提前预备,总是好的。应物兄正是从聂许那里知道,代表学校从公墓人员手中接收胡珂教授的就是汪居常。

"没想到,居常兄也关心儒学。"

"哪里的话。一部儒学史,就是中国文明史嘛。"汪居常教授拿起《儒学新传统与中国现代性》一书,翻到折页,说:"你看我,多认真。你看这段话,越读越觉得好。"那段话下面已画了红杠:

　　两千五百年前,孔子掷出了一只骰子,老子也掷出了一只骰子。每只骰子的六面,都写着两个字:和谐。中国社会的明天,早在两千五百年前就已经开始了。卡尔·马克思说,一切已死的先人的传统,像梦魇一样纠缠着人们的头脑。诚哉斯言。明天来临,昨天仍然不会结束。

然后又翻到《朝闻道》的折页,有一段话下面也画了红杠:

德国古典哲学、英国古典政治学、法国空想社会主义,马克思主义的三个来源都与18世纪启蒙运动有着历史渊源。而启蒙运动则受到了16、17世纪"东学西渐"影响。直到18世纪,中国对欧洲的影响比欧洲对中国的影响要大得多。辩证唯物主义就源于中国,马克思将之进行科学化之后,它又重返故乡。

他对汪居常说:"居常兄看得认真啊。"

汪居常低声问道:"我准备通读三遍。等程先生来时,好向他请教。程先生这次要来济州吗?如果要来,就不麻烦你背去北京了。我跟小乔说了,儒学研究院那边,你要保证随叫随到。"

"小乔是葛校长身边的人,我可不敢随便使唤。"

"她?她是自己人,不要客气,该打打,该骂骂。"

这话汪居常也对葛道宏说过,葛道宏只好纠正他,都是同事,怎么能打骂呢?汪居常下巴一收,说:"自己孩子,客气什么?"

这会,汪居常再次打开双肩包,从里面取出一个军用挎包,两只手提着。那包一定很沉,挎包的带子都绷得很紧。汪居常没有立即解释里面装的是什么,反而用手盖着挎包的拉链,说了一通话:"你知道,我们的研究所一直在老图书馆的地下一楼办公。由于地下水位下降,地基下沉,墙都裂了。我向学校打了报告,葛校长很重视,当天就批了。我拿着批复去了基建处。胡小石不是在基建处吗?胡小石双规之后,那里群龙无首,让我等几天。这怎么能等呢?万一出点事情,责任算谁的?别等了,自己动手,丰衣足食。我就自己联系了一个包工队进行修补。铁皮书架移开,竟然发现墙面上跑出来几截木头。原来是道暗门。一锹下去,那暗门就轰然倒下了,向我们敞开了一个历史叙事空间。当时我不在现场。民工们以为里面有什么宝贝，没经过我的同意，就钻进去了。还好，里面并没有金银细软，只有一张沙发。沙发的扶手、靠背都是牛皮的，但已经不完整了，被老鼠啃了嘛。里面的棕丝、麻绳也未能幸免。沙发很大，无论如何搬不出来。我回来时，看到包工头正叉着腰训人——"

"居常兄——"

"别急，听我说完。包工头不相信搬不出来，喊：'操你妈，难道先有沙发，后盖房子？脑子进水了？'一个小包工头，说来也是民工，却装作跟民工不是一个阶级了。地下室那么暗，他都要戴着墨镜。我对包工头说，墨镜摘了，好好看看，还真是先有沙发，后砌的门。正和包工头说话，民工们已经抄起铁锤子砸将起来。民工素质也真是个问题，挨训也是活该。铁锤子落下去，老鼠屎蹦起来，而且一蹦三尺高。溅到嘴唇上，溅到眼皮上，疼得呀。我觉得蹊跷。为什么要装一个暗门呢。滚开。我就让他们滚开。上去用手机一照。这一照不要紧，我就跟历史撞了个满怀。知道是什么历史吗？"

"古董？沙发里藏有古董？"

"从文化传承意义上，算得上古董。我先是听到丁零零一声响，原来从沙发里跑出来一个铃铛。随后又跑出来一个拨浪鼓——"

"居常兄，我这会真的有点事情，正跟美国一个朋友联系——"

"听我说完，你不会失望的。花开两朵，各表一枝，先说拨浪鼓。不仔细看，你还真看不出那是拨浪鼓，鼓面已被老鼠咬了，我摇了一下，腰身上的小鼓槌打得我手指头生疼。不信你看，指甲盖都打黑了。我虽是研究现代史的，但我也知道，这拨浪鼓产生于战国时期。战国时期，它叫什么名字，你知道吗？"

我当然知道，叫鼗嘛，最早是一种乐器，多用于宫廷雅乐。当然，这话他没说。"你接着讲吧。"他说。

"叫鼗, táo, 以前是乐器, 后来是玩具。咱们再说铃铛, 那铃铛是铜制的, 生了绿锈, 但摇起来还能响。我本来想给我孙子的, 但一想, 这是公家东西, 不能拿回家去。这些还都不是我要说的。要说的是, 我发现沙发横档上的铅笔记号。肯定是当年做沙发的师傅留下的。横档的缝隙里塞着一份杂志, 叫《中原》。可惜啊, 也让老鼠给咬了。幸亏老鼠嘴下留情, 只是将四边咬得豁豁牙牙, 里面的内容大致还能看个明白。研究现代史的都知道, 《中原》主要是研究国际问题的, 也宣讲孙中山的'三民主义', 1945 年停刊。民工毛手毛脚, 取下杂志的时候, 把封皮和前后几页弄坏了。真是该打。我要是包工头, 非扣掉他们工钱不可。当然, 实事求是地说, 也不能全怪他们。杂志和横档、挡板粘到一起了嘛。上面有一篇文章:《纪念'双十节'三十周年:国父论辛亥革命》。可见是 1942 年出版的。这些我就不说了, 图书馆也可以查到的。主要是沙发里还藏有东西。"

"这么说, 还是有古董?"

"没有没有。一些信件, 也碎得差不多了, 但纸片还比较大。老鼠嘴下留情, 没有嚼碎。可是上面的字迹看不清了, 让老鼠尿给洇了。也可能不是尿。老鼠娶亲嘛。洞房花烛夜, 小夫妻指不定怎么闹腾呢。我捏着鼻子看了看, 拿着纸片对了对, 你猜怎么着? 竟然对出了'程会贤将军'几个字, 也对出了'共匪'二字。很遗憾, 里面没有出现'毛'这个字。如果有, 我就敢打赌, 这封信跟毛泽东有关。"

他终于坐了起来:"居常兄, 你的意思是——"

"没白耽误你的时间吧? 听出门道了吧? 这应该是人家老程家的东西啊, 是程先生的东西啊。那个拨浪鼓、铃铛, 肯定是程先生幼时的玩具。"

他不由得来了兴致:"拨浪鼓呢? 铃铛呢?"

汪居常终于打开了那个军用挎包, 从里面取出一个铃铛。铃铛用口罩大小的青花布袋兜着,在解开布兜的同时,它已经响了起来,声音并不清脆,而是有点暗哑。这当然是因为生锈。那是一个黄铜铃铛,形似一口小钟。这是程先生玩过的铃铛啊！应物兄听见自己说。他伸出手,想接过来,但汪居常却没有给他。汪居常拎着那铃铛,它缓缓上升。汪居常此时是坐在沙发上的。那铃铛越过汪居常的脸,继续上升,升过了汪居常那染过的黑得有些不正常的头顶。它还在上升。汪居常仰望着它,并且眯起一只眼,似乎在看里面那个铜舌,那个钟摆。同时汪居常的嘴巴也没闲着:“铃铛虽是玩具,但也是乐器。”

同时汪居常用左手招呼我们的应物兄近前观赏。汪居常做了个示范,让他模仿他歪头的样子,跟他一起仰望那个铜舌,那个钟摆。其实,因为钟罩,他们什么也看不见。你就是把它升到天上,你也看不见它黑乎乎的内部,除非把它颠倒过来。奇怪的是,在那一刻,他们两个都没有想到这一点。应物兄想到的办法,是打开手机上的电筒。他终于看见了里面的铜舌,它微微摇晃着,不着边际,因此并不发声。他眼中的铜舌,黝亮如黑豆。汪居常又让它缓缓降落,小心翼翼地放到了茶几上。

“拨浪鼓呢?”

“送到京剧团了,”汪居常说,“京剧团有人会修这个。”

“你该送到博物馆啊,我们的济州博物馆有专业的文物修复人员。”

“送给他们修? 你就不怕他们给你唱上一出狸猫换太子?”

他以为汪居常就把那个铃铛放下了,不料汪居常又把它收了起来,放进了双肩包。汪居常说:“这个也得送去修,看怎么才能去掉上面的绿锈。我倒可以送你一个复制品,你先拿给程先生看看。”说着,果真又从里面取出一只铃铛,比刚才的那个还小。

我们的应物兄后来知道,那只铃铛其实是从汪居常他们家小狗的脖子上取下来的。当然,每年的圣诞节,汪居常还会扮演圣诞老人,手持那个铃铛,给孙子、孙女发糖。顺便补充一句:有人曾状告汪居常,说他的儿子违反计划生育政策,生了两个孩子。不过,孙子虽然比孙女大两岁,汪居常拿出的医学出生证明却让人无话可说。证明上写着,那是一对双胞胎。为坐实此事,汪居常甚至让孙子当弟弟,孙女当姐姐。

但是就在应物兄要接过那只铃铛的时候,汪居常一翻眼睛,好像想起了一件事,说:"后天再给你吧。后天,我们研究所要主办一个关于葛任先生的小型研讨会。你知道的,那些人一发言,就管不住自己的舌头了。你得提醒他们别超时。怎么提醒?就是摇一摇这个铃铛。"然后,汪居常就又把它收了起来。

汪居常既然有求于他,当然还是留下了一个东西。那是一只葫芦。鉴于胡珃教授喜欢玩葫芦,所以应物兄认为,接下来汪居常可能要谈到胡珃教授了。不料,汪居常却说,那只葫芦也是从沙发里取出来的,它其实是一只蝈蝈笼子。

"你看,这是针刻葫芦,上面竟然刻着一个园子,玳瑁高蒙心。"

"高蒙心?"

"你主编的艺术生产史,没有提到玳瑁高蒙心吗?要不要我替你补上一段?蒙心就是蒙芯,芯片的芯,就是葫芦盖子。这是玳瑁做成的,比一般的蒙心要高,所以叫高蒙心,你看这蒙心,做的是葡萄串的形状。"

"你的意思是,这也是程先生玩过的?"

"肯定是。就这个是完整的,所以我送给你。但你得告诉程先生,说这是我保存下来的。我这么说,倒不是有什么私心。我是想让程先生做我们所的特聘研究员。你觉得,看在这葫芦、拨浪鼓和铃铛的分上,他会给我这个面子吗?"

费鸣走了进来,附到他的耳边,说:"敬修己先生发来邮件,两天后,程先生将到北京大学讲课。"

"不是清华大学吗?"

"两所学校都邀请了,但先生选了北大。"

"为什么?"

"或许是因为杨先生在清华? 我不知道。您知道的,先生与李政道先生是朋友,而李杨向来不和。先生可能有所避讳。"

这天下午五点钟,应物兄与敬修己联系上了。因为时差问题,美国加州应是凌晨一点左右。所以打通电话之后,他先向敬修己道歉,说不该吵醒他。

"明知故犯,罪加一等。"敬修己说。

"罪过罪过!"他说,"我想知道,谁陪着先生回来?"

"皎皎白驹,在彼空谷。①"修己说,"陆空谷本来要去,后来又不去了。"

他心里一阵震颤,但很快又平息了,问:"那谁来呢?"

"珍妮,Jenny Thompson。"敬修己说。

珍妮来了,那么程刚笃可能也会来。陆空谷是不是因为珍妮和程刚笃要来,才取消此行的? 有两个人照顾程先生,陆空谷确实没有必要再来了。不过,珍妮和程刚笃能够照顾好程先生吗? 他有点怀疑。程先生说过,回国任职一事,还需要与程刚笃商量一下。程先生带程刚笃回来,莫非想让程刚笃提前熟悉国情?

29. 照片

照片上的程刚笃,眼皮还没有睁开呢,应该是刚抱出产房。脸皱得就像核桃。而程先生的说法,则是"状如榖树皮"。应物兄还记得,说这句话的时候,程先生用的是济州方言,将"榖树"说成"gu chu"。程先生还顺便解释说,榖树并非树,说的是粗糙干瘪,皱皱巴巴。程先生手中的照片下面有一行字:

---

①　见《诗经·小雅·白驹》:"皎皎白驹,在彼空谷。生刍一束,其人如玉。"

体重 2.31kg,香港玛丽亚医院。

第二张照片上,那张脸就长开了,胳膊和腿都像藕节,比前一张照片更像婴儿,更像人。一句话,脱离了植物的形态。不过,那本影集里,没有程刚笃母亲的照片。这给人一种奇怪的印象,好像那婴儿不是某个具体的女人生出来的,而是某种植物结出来的果实。也就是说,他又回归了植物。

这是应物兄刚认识程济世先生时发生的事。那本影集就放在程先生的案头,程先生有时候会翻一翻。每当这个时候,程先生都皱着眉头。既然程先生没有提到程刚笃的母亲,应物兄当然也就不便多问。

等他见到程刚笃的时候,那个四斤六两重的肉球,已经长成了一百六十斤的庞然大物。有一次,他去看望程先生的时候,刚好看到珍妮和一个肉球在看录像,看的是一部老掉牙的情景喜剧《我爱我家》,中英文字幕。珍妮就是从这部喜剧片中了解中国的。她已看过很多遍了,有时候看着中文给英文字幕挑错,有时候看着英文给中文挑错——没错,按她的话说,因为看得太多了,她已经忘记那是中国情景喜剧。

珍妮脚踝的刺青是个动物图案,她说那是中国龙。怎么会是中国龙呢?它的肚子那么大。中国龙是可以把一根高耸的华表从下缠到顶的。它不是中国龙,而是斯皮尔伯格电影中的恐龙,一种剑刺龙。珍妮说她以前的男友也是中国人,来自台湾。她很想到大陆去。她最想看的是兵马俑,因为它们很性感。兵马俑竟然很性感?珍妮说那些兵马俑的面部表情,一个个都很沉醉,就像做爱时的沉醉。他觉得,那是他听到的最有趣的解释。

关于珍妮与程刚笃,应物兄想起了黄兴曾讲过一个故事。程先生给刚笃买了一辆 Porsche①,刚笃要带着陆空谷和珍妮去兜风,

---

① 保时捷。

但陆空谷没去。刚笃就和一个朋友把车开到珍妮的宿舍门口,停下,然后拦了一辆出租车。刚笃让朋友开 Porsche,他自己带着珍妮坐出租车,跟在 Porsche 后面。刚笃吐着烟圈,问珍妮:"前面那辆车怎么样?"珍妮说:"好车。"刚笃又问出租车司机,出租车司机当然也说那是好车。刚笃对珍妮说:"那是我的车,送给你了。"珍妮很感动。珍妮并没有告诉刚笃,她的母亲是福特汽车公司的股东之一,家里就是做车辆租赁和汽车保险的。后来,刚笃知道了,曾经想撤退。但珍妮说,家族生意跟她没有关系,她的理想是周游世界。

"就像你们的孔夫子。"珍妮说。

珍妮大学毕业后,并没有去福特,而是来到黄兴的 GC 集团。奇怪的是,珍妮竟然主动提出照看黄兴的宠物,一头驴子。她喜欢驴子,认为驴子很聪明,还很有勇气,想踢谁就踢谁,想尥蹶子就尥蹶子。她还说,她可能会因为喜欢驴子而加入驴党①,虽然她本人的政治倾向更接近象党②。对人们把驴子称为蠢驴,她很生气。

应物兄记得,她曾跟他谈起了著名的"布里丹之驴":如果在驴子嘴边挂上两束一模一样的草,驴子就会饿死,因为它不知道该吃哪一束草。珍妮认为,这其实正好说明了驴子的聪明,它善于比较和分析。如果是一头牛,它就不会考虑那么多了。他记得她的一个动作:或者两臂交叉搂着自己的肩膀,或者两臂交叉放在胸前,显得矜持而害羞。但有一天,他陪着程先生一家出去郊游的时候,她和刚笃在一个坡地上就干了起来。她的声音很大:"Oh,yeah!Oh,yeah!"她甚至还模仿起了驴叫,有如花腔女高音。哦,她其实一点也不矜持不害羞。

她当然也经常提到一些让他觉得难以启齿的问题。比如有一天,她问他:"什么叫装×?"

①　民主党。
②　共和党。

"珍妮,中国话很雅的,你怎么专挑这些话?"

"你们的电影、电视里经常这么说啊。"

"你去问刚笃吧。"

这天晚上,应物兄接到了珍妮的电话。说过要陪着程先生来北京的事情之后,珍妮问:"从北京到西安,有飞机吗?"

"想看兵马俑?"

"有飞机我就去看看。去贵州有飞机吗?"

"去贵州看什么?"

"贵州不就是黔吗?我想去看看黔之驴。"

"珍妮,你到底想看兵马俑呢还是想看黔之驴?"

"那我就从兵马俑飞往黔之驴?有飞机吗?"

你到底是来陪程先生呢,还是来看驴子的?当然,这话应物兄没问。他问到了程刚笃:"刚笃也要去看兵马俑、看驴吗?"

"不,这次他不去。他说他下次再去。"

"就你一个人陪程先生来吗?"

"你是不是想让陆空谷去?可她在欧洲,这次去不了。"

"那你告诉她,我们随时欢迎她回来。你能不能说服程先生来一趟济州?你陪他来,我可以派人陪你去看兵马俑和黔之驴。"

"你自己跟他说啊。求他,又不会降了×格。"珍妮说。

"你们是坐黄兴的专机?"

"黄兴的专机可以在世界各地降落,但就是不能飞到你们那里。你们的航空管制太厉害了。"

这句话让他很不舒服。如果她不是珍妮,他肯定要反驳她一通,虽然他并不知道航空管制具体是怎么规定的。但我总得回应一句,免得她继续胡说八道。就在他这么想的时候,他又听见珍妮说:"敬修己先生本来也要陪着先生去北京的,可他着急得很,用你们中国话说,急得狗挠墙,今天已经提前去了。他要先去香港,再去北京。"

郑象愚回来了？他的心顿时乱了。珍妮接下来还问了一句话,他是如何回答的,自己都记不起来了。珍妮问:"老头子问你,这次去能听到济哥叫吗?"他想,如果不出意外,他的回答应该是:"可以,当然可以。"

其实不可以。我从哪里弄到济哥呢?

30. 象愚

象愚如果没有从台子上掉下来,后面的故事会是什么样子呢?

我们的应物兄常常这么想,但每次都没有结果。有一点是可以肯定的:如果没有发生那件事,那么郑象愚就还是郑象愚,不会成为后来的敬修己。历史不容假设,假设的历史只存在于虚构作品当中。人们之所以会去虚构,之所以喜欢阅读虚构作品,是因为人们总有一种冲动,或者说愿望:看到历史的另一种可能。这种冲动或者说愿望,对应物兄来说不仅存在,而且很强烈,因为他也是他自己的历史。那么,它会是一种怎样的可能呢?

1988年深秋,得知著名哲学家李泽厚先生将路过济州,济大研究生会向李泽厚先生发出了邀请,希望他老人家能顺便到济大指点江山。郑象愚当时是研究生会的宣传部长,参与了邀请信的撰写。得到李先生的回复,郑象愚最操心的是礼堂旁边那个旱厕该如何处置。它太臭了,里面的粪便都摞成了宝塔的形状。物理系一个研究生建议,从驻济部队那里借来帆布帐篷,将它整个兜起来。

"问题是,你管得住李先生的视觉,却管不住李先生的嗅觉。"说这话的人也是哲学系研究生,因为崇拜尼采而被人称为小尼采。小尼采与郑象愚是中学同学,两个人经常一起出没于各种场所。

郑象愚问:"你说怎么办?"

小尼采说:"这就不知道了。我不关心这个。"

郏象愚说:"问题就在这,你只研究上帝死了,但上帝死了怎么办,你却要撂挑子了。这是不行的。"

小尼采被刺激得嗷嗷直叫:"妈了个×的,老子现在就把它填了。"

填了它?倒是个办法。大家举手通过,并商量说,学校一旦追究下来,大家就一起承担责任。至于填了之后,方圆几百米没有厕所,人们的内急问题如何解决,他们觉得这过于形而下了,不在他们的考虑范畴。郏象愚当时还好心提醒大家,最好等学生宿舍关灯之后再动手。当时学生宿舍都是十点半统一关灯,只留几个通宵教室供好学生使用。事实上,他们有点多虑了。填了也就填了,学校并没有找他们算账。有件奇怪的事情不妨一说:那个臭烘烘的地方,后来竟长出了一片香椿树。春天一到,就有很多家庭主妇盯着它。香椿炒鸡蛋嘛。

李泽厚先生是八十年代中国思想界的领袖。他的到来让人们激动不已。李先生到来的前一天,应物兄去澡堂洗澡,人们谈起明天如何抢座位,有人竟激动地凭空做出跨栏动作,滑倒在地。来不及喊疼,就又连滚带爬去抢淋浴龙头。冷水浇向年轻的身体,激得人嗷嗷大叫。

应物兄现在还记得,李泽厚先生讲话时有一个习惯性动作,就是不停地将着前额的几绺头发。但是刚将上去,它又会滑下来。李先生这个动作,令他想到高尔基对俄国马克思主义先驱普列汉诺夫的描写:普列汉诺夫演讲的时候,总是不停地抚摩着镶在礼服上的金质扣子,好像不摸那么一下,他就讲不下去。如果他没有记错,李泽厚那天讲到了"积淀",讲到了"实践",讲到了"主体性"。当时他和伯庸并排坐着,坐在他们中间的是伯庸的女友。伯庸的女友突然说,李先生用的洗发水肯定是蜂花牌。有这种想法的人应该不止她一个,因为第二天学校小卖部的蜂花就脱销了。时光飞逝,物换星移,前年李先生又到上海某大学演讲,李先生刚一露面,女生们就高呼上当了。她们误把海报上的名字看成了李嘉诚先生的公子李泽楷。

李先生大概只讲了一刻钟就说累了,提出让陪坐在一侧的姚先生来讲。姚鼐先生愣了一下。李先生说:"你随便讲嘛。"姚鼐先生就转述了李先生私下聊天时的一个观点,这个观点让所有人目瞪口呆:李先生说过,他不会有墓志铭,但他准备将来把脑袋留下来,冷冻,过了三百年或者五百年,再拿出来。有些人这样做是为了复活,但李先生不是。李先生是要证明文化能否影响大脑的生理性特征,几百年之后人们是否能从他的大脑里发现中国文化的遗迹,以证明他的"积淀说"。如果能够证明,他觉得比他所有的书加起来贡献都要大。

姚鼐先生当时讲完冰冻脑袋,短暂的沉寂过后,礼堂里爆发出震耳欲聋的掌声。伯庸在他耳边说:"这是真正的道成肉身。"掌声中,现场突然有点乱了。很多人想拿到李先生的签名,这会他们以为李先生要提前离开了,也就炸窝了。坐在前排的则是一哄而上,朝讲台上爬去。作为研究生会宣传部长的郑象愚当时坐在第一排,他肩负着维持秩序的任务。他常常不由自主地站起来,用严厉的目光扫射会场,好让那些蠢蠢欲动者不要轻举妄动。此刻,看到有人往前冲,他就张着双臂拦截,很像儿童游戏"老鹰捉小鸡"的动作。眼看着小鸡们纷纷突破他的防线,他就一扭头,一扭腰,一撅屁股,也开始往讲台上爬了。他手中拿着一本书,是李先生的名著《美的历程》。他准备把李先生的签名本献给密涅瓦。

郑象愚喜欢德国哲学,通过死记硬背,借助国际音标,他学会了一句黑格尔的名言:Die Eule der Minerva beginnt erst mit der einbrechenden Dämmerung ihren Flug[1]。意思是说,哲学是一种反思活动,它不像鸟儿那样在朝霞中翱翔,而是像猫头鹰一样在黄昏时起

---

[1]　密涅瓦的猫头鹰只在黄昏时起飞。

飞。密涅瓦就是雅典娜,古罗马神话中的智慧女神。他把智慧女神的名字献给了女友,而他自己则号称猫头鹰。

他盼望李先生能把那句德语写到书上。他认为,深谙德国哲学的李先生,德语也一定讲得很溜。他很想在李先生面前炫耀这句德语。要是李先生问起他,你的密涅瓦是谁?那么,他就会当场宣布,她就是乔木先生的独生女儿乔姗姗。此前人们也曾多次问过他这个问题,但他总是笑而不答。他的笑声也就有点模仿猫头鹰,听来有点怪怪的,好像在说,你们也配知道?

更多的人在往前冲。他们有如被磁石吸附的铁钉。他们跳过排排座位,向前,向前,向前冲。被踩坏的椅子不计其数,它们被分解成了形状不一的板子。那些板子很快被人举在了手中。他们不是要打人,而是用它做垫脚板,以方便自己爬上台子。就在此时,李先生在攒动的人头中消失了,消失在幕后,然后从侧门悄然离去了。

郏象愚此时刚爬到台子上。他的腰尚未直起,就被别人挤了下来。他是四脚朝天摔下来的。虽然摔下来的不止他一个,但是按照伯庸的说法,谁都可以摔下来,就郏象愚不可以,因为他是猫头鹰啊。有谁见过猫头鹰从树上摔下来吗?更何况那并不是摇动的树枝,而是礼堂的讲台,它稳如磐石。就那么巧,郏象愚掉下来的时候,刚好落到了一块垫脚板上面。它原是椅子的扶手。在人们的拥挤和踩踏中,在来自不同方向的力的作用下,它突然竖了起来,就像一把木剑,刚好顶住了郏象愚的尾巴骨。郏象愚的叫声是凄惨的,是非人式的,就像猫头鹰被人拧断了翅膀。紧随着那一声惨叫的,则是一个女孩子的尖叫。

没错,她就是乔姗姗。

应物兄和伯庸拨开人群来到郏象愚身边。他们试图将郏象愚扶起来。但是郏象愚就像一块豆腐,一根煮熟的面条,怎么也扶不起来了。正无计可施,研究鲁迅的郑树森挤了进来。郑树森敢于直面淋漓的鲜血，甚至是乐于直面。郑树森过来之后说的第一句话就是："他妈的，流血了吗？"看到郑象愚完好无损，郑树森甚至有点失望。失望归失望，郑树森还是做了点事情的。"走你！"郑树森突然一声喊，就将郑象愚揪了起来，又用膝盖顶着他的胸，快速蹲下去背对着他，再猛地一松手，把他放到了自己背上。郑树森其实也是第一次背负那么重的东西，往礼堂门口走的时候，整个身子都在打晃。应物兄记得，他和伯庸当时一前一后，扶着郑树森以防摔倒，扶着郑象愚以防滑落。他当然也记得，乔姗姗拽着郑象愚的手，问："疼不疼？"

郑象愚说："不——疼——"

乔姗姗流着泪，说："还说不疼？你不疼，我疼。"

他和伯庸，当然也包括郑树森，由此知道乔姗姗就是郑象愚经常挂在嘴上的密涅瓦。伯庸后来对他说，乔姗姗可以是密涅瓦，但郑象愚却不配是猫头鹰。"有一种动物叫鸱龟，你还有印象吗？"伯庸说。

"什么龟？"

"鸱龟，像猫头鹰的龟。《天问》里写到的一种动物，'鸱龟曳衔，鲧何听焉'①。一看到郑象愚那副熊样，我就想到了鸱龟。他自称是猫头鹰，但却像乌龟一样仰面躺在地上，连翻个身都翻不成。"

郑树森虽然没有伯庸那么刻薄，但对于郑象愚的猫头鹰称号，也表示不敢认同。郑树森认为，能配得上猫头鹰这个称号的中国人只有一个，那就是先生。他所说的"先生"当然是指鲁迅先生。郑树森说，有人以画喻先生，画的就是猫头鹰：歪着头，一眼圆睁，一眼紧闭，两眼之间还有一撮尖锐耸立的羽毛，下面则是两只锋利的爪子。郑树森认为，郑象愚就是一只病猫。

他记得很清楚，出了礼堂，郑树森就把郑象愚放下了。郑树森

①　屈原《天问》："鸱龟曳衔，鲧何听焉？"可译为：像猫头鹰一样的龟，嘴里叼着马口铁，鲧为什么就听了它呢？

说:"烟。"郑树森本来是不抽烟的。迷惑之中,他还是给郑树森递了一支烟。"火。"郑树森又说。他赶紧掏出火柴,擦着,给郑树森点上。"水。"郑树森又说。乔姗姗赶紧把自己的水杯递了过去。乔姗姗问大家:"要不要送象愚去医院?"他和伯庸当然都说,还是去检查一下为好。郑树森喝着水,看着郑象愚,说道:"象愚本来不要紧,不想去医院,说的人多了,也就想去医院了。"说完,郑树森就叼着烟扬长而去了。后来他才知道,其实郑树森也暗恋着乔姗姗。

最后把郑象愚背到校医院去的,就是我们的应物兄。郑象愚的头垂在他肩上,尖尖的下巴够着他的肩胛骨。他背着郑象愚走在前面,乔姗姗则提着郑象愚的鞋子跟在后面,边走边哭。伯庸的任务则是安慰乔姗姗。伯庸的安慰常常起到相反的效果,因为伯庸是这么说的:"不会瘫痪的,你放心。真瘫痪了,我们帮你照顾他。"这时候,他感到郑象愚在朝他的耳朵吹气,吹得很响,有如狂风呼啸。郑象愚的第一句话,他其实没有听清,他只听清三个字:"答应我。"

"你说什么?"他问郑象愚。

"不说了。"郑象愚说。

"对不起,我没听清。"他说。他其实是想借唠嗑转移郑象愚的注意力,使郑象愚不那么痛苦。

"我要是不行了,姗姗就托付给你了。"

"胡说什么呀。"他说。

"拜托了。我不行了,姗姗就托付给你了。"

"别胡思乱想,一会就好了。"

"你是好人,"郑象愚说,"姗姗托付给你,我也就放心了。"

这是第一次有人把他与乔姗姗的命运联系到一起。它出自一个对自己的命运、自己的真实处境毫无感知的人之口,但它是真诚的。当然,现在想起来,那简直就是个玩笑。校医院终于到了。急诊室的床上已经躺着一个人。医生简单地问了一下情况,拉过一把椅子，让他把郏象愚放到椅子上。他正要放，医生说："翻过来，翻过来，趴下。"他非常恼火，但不敢发作。乔姗姗更是气得全身发抖。医生戴着手套，调整着每根手指在手套中的位置，说："听见没有？"然后，医生让他把郏象愚的裤子褪到膝盖。就在这时候，郏象愚喊了一声："姗姗出去！"

乔姗姗没有出去，只是背过了身。

郏象愚又喊："密涅瓦，快出去！"

躺在床上那个人都忍不住笑了一下。医生拍了拍郏象愚的屁股，让他安静，然后在他的屁股上这里按一下，那里按一下，重点是肛门周围。正按着，郏象愚突然长吸一口气，有如垂死者的呻吟，有如揇气。

"起来吧。"医生说。

应物兄连忙去扶，但医生说："让他自己起来。"

"没事吧？"他问。

"磕到尾巴骨了。没事，下来走走。"医生说。

"尾巴骨？我身上有吗？"乔姗姗立即问道。

医生笑了，说："应该有。"

"他不会……？"乔姗姗又问。

"死不了。尾巴骨嘛，那是祖宗传下来的最没用的器官。"

"一点用处都没有？"乔姗姗问。

"有是有，那就是为肛门定位。"医生说。

医生这句话比灵丹妙药还管用，郏象愚一下子就恢复了大半，说出了一个长句子："哎哟喂，我的上帝啊，我这一百多斤，差点就交给历史了。"

郏象愚第二天就基本正常了，只是走路姿势有点不对头，要么撅着屁股，要么勾着屁股。吃晚饭的时候，郏象愚端着饭盒来到他面前，递给他一瓶橘子汁。郏象愚还主动把一块咸肉夹到他碗里。郏象愚说："我昨天说的话，现在可以收回了。"

"哪句话？"

"你忘了？就是那一句。"

"你这一百多斤不是还在嘛。"

"看来，那一句话你已经忘了。忘了好。既然忘了，就永远不要再想起。"

他当然知道郑象愚指的是哪一句。那句话，他压根就没有放在心上。他甚至认为，它连玩笑都不算。它没有意义，它只是呻吟的一部分。它虽然由一连串的字词构成，但那些字词只有语音，没有语义。当然，那个时候，谁也没有想到，后来还会发生那么多事情。而随着事情的发生，那些字词被恢复了，语义与语音凝结到一起，凝结得死死的，好像再也无法分开。

他记得很清楚，郑象愚当时还求了他一件事：不要把他和乔姗姗的事情告诉乔木先生。"我有嘴，我自己会说的，"郑象愚说，"我得来个正式的。"所谓的"正式"，并不是指媒婆上门提亲，而是要来个西式的仪式。但拜见岳父的西式仪式到底是什么样子，郑象愚却并不知道。为此，从来看不起文学的郑象愚（他觉得文学作品的思想含量太少了），那段时间可没少看欧美的浪漫派小说。

他问郑象愚："还疼吗？"

郑象愚说："疼？疼怕什么。疼只是一种感觉，还没有上升到理性范畴，没有讨论的价值。"

他说："那就好。"他看着碗里那块咸肉，发现上面有几根黑毛。

郑象愚说："我就不请你吃饭了。我们是一家人，不需要客气。谁让你是乔木先生的弟子呢？"郑象愚已经以乔木先生女婿的身份说话了。

他提醒郑象愚，把他从礼堂背出来的是郑树森，就住在隔壁寝室，应该去表示一下谢意。郑象愚说："我已经请他喝过橘子汁了，他还想怎么着？"

随后一段时间，郑象愚突然变得无精打采，垂头丧气，那是因为他在乔木先生那里碰了钉子。郏象愚给乔木先生送去了一个礼物：叼着水烟筒的木偶。乔木先生拿起来，看了看，说："驼背侏儒嘛。"接下来，乔木先生问到了一个与何为教授有关的问题。作为哲学界德高望重的人，何为教授将自己的一生都献给了哲学。她是"国际中国哲学学会"（International Society for Chinese Philosophy）的创始人之一。关于其终身未嫁的原因众说纷纭，有一个版本是这样的：因为研究古希腊哲学，所以她看到过不少古希腊雕像，雕像上的男人都是不长耻毛的，所以她也认定男人没有耻毛。新婚之夜，当她在花烛之下看到了男人的耻毛，顿时吓坏了，以为碰到了野人。野人怎么懂得哲学呢？就是懂，懂的也只是野人的哲学，而不是古希腊哲学。于是她连夜逃走了，终身再未婚配。乔木先生现在采用的就是这个版本。乔木先生问："据说何先生当年也是结过婚的，只是因为怀疑对方不懂她的哲学，就和对方分手了。这个问题，你是怎么看的？"

郏象愚发现这是一个陷阱。如果他赞成这样做，那么乔木先生就会认为，上梁不正下梁歪，他很可能也是这样的人。这样的人，怎么能够托付终身呢？但如果他说这样做不好，那么乔木先生就会认为他是在攻击导师，是对导师的背叛。一个连导师都敢背叛的人，当然也会背叛家庭。那么，郏象愚又是如何回答的呢？郏象愚说："启蒙嘛。对方不懂，可以教啊，启蒙嘛。"

乔木先生问："要是教不会呢？"

郏象愚支吾了半天，说："一遍教不会，那就教两遍。"

乔木先生就说："譬如我们家姗姗，有些道理我就讲不通。手把手教了二十年了，还没有教会。"

郏象愚以为乔木先生是要告诉他，以后相处要有耐心，就连连点头。不料，乔木先生接下来却说："中国人教不会，那就送到国外，让外国人教她。"然后，乔木先生就下了逐客令，"你走吧。姗姗是要出国读书的。"

238

　　这倒是真的。乔木先生虽然是古典文学研究的大师,但最关心的却是女儿的英语成绩。当然了,也就是从这一天起,乔姗姗就拒绝再学英语了,她甚至当着乔木先生的面将英语磁带点了。那火烧火燎的味道,将她的母亲呛得又流泪又咳嗽。本来就病得不轻的母亲,拍打着床,半天说不出话来。乔木先生很生气。气急了,拿起电话就给何为教授打了过去。别人都称何为教授老太太,乔木先生则直呼其名:"知道何为养猫,不知道何为还养猫头鹰。"

　　老太太已经听说了一些事呢,这会回答说:"猫头鹰好啊,益鸟。"

　　乔木先生说:"益鸟?报丧鸟!何为喜欢,我不喜欢。"

　　那段日子里,郏象愚常说的一句话是:"密涅瓦的猫头鹰飞不起来了。"

　　春节过后,郏象愚决定带着乔姗姗私奔,将生米煮成熟饭。乔姗姗却总是犹豫不决,因为她母亲的身体时好时坏,有时竟然喘不过气来。好不容易喘过来了,说出来的话却让人丧气:"三寸气在千般好,一日无常万事休。好什么好?还是休了好。"母亲的情绪确实很不稳定。除了生她的气之外,不断出现的死亡事件,也部分地影响到了母亲的情绪。也真是怪了,每到春暖花开时节,家属区里总会有几个老人去世,就跟扎堆似的。个别不懂事的年轻人也跟着凑热闹,跳楼、沉湖、卧轨,不一而足。一个远在北京的名叫海子的诗人,他的死甚至闹出了很大动静,济大镜湖诗社的人竟连续在镜湖边举行纪念仪式,点起蜡烛,又哭又闹,又唱又跳。老年人看了,心里很不是滋味。

　　那段时间,郏象愚经常无缘无故地流鼻血;一流鼻血,他就把报纸捻成卷儿塞到鼻孔里,就像长了一对象牙。郏象愚此前总是西装革履,去澡堂洗澡也要打着领带,但那段时间,却总是裹着一件破棉袄,见到人,要么爱理不理,要么和你死抬杠。抬杠的时候眼睛喷着怒火,好像要吃人。有一天,伯庸对他说,你知道吗,愤怒出诗人,因为愤怒，郏象愚现在已经变成一个末流诗人了。不可能吧？郏象愚向来看不起诗人的。这与他的"黑格尔粉丝"身份有关。黑格尔有一句名言：艺术发展到诗歌将被哲学代替而消亡。随后应物兄才知道，郏象愚只是短暂地爱上了诗歌而已，而且只爱一首诗。那首诗其实是他从镜湖诗社的室友那里抄来的，题目叫《三月与末日》。室友认为这首诗过于朦胧，但从来不懂诗的郏象愚却一下子就看懂了，认为那首诗就像是写给他的，又像是他自己写的。郏象愚声称，全世界大概只有他和作者两个人能够认识到，三月即末日。可是，阳历三月过去了，阴历三月也过去了，末日却并未来临。

就在阳历三月和阴历三月之间，有一天，郏象愚披着破棉袄来到了他的宿舍，埋怨他当初不该救他。"我当时要是摔死了，那该有多好。都怨你。"

他对郏象愚说："讲台就那么高，你怎么可能摔死呢？"

郏象愚突然重复了多天以前讲过的话："你背我去医院，我就知道你是个好人。如果我死了，乔姗姗就托付给你了。"

他对郏象愚说："你不是每天嘀咕三月即末日吗？末日来临，谁也别想活下来。你不需要托付给我了。托也没用。"

但郏象愚还是要他答应："你必须答应我。要不，我现在就死给你看？你当初既然救了我，就得对我负责到底。"

那年的五月初，苦闷中的郏象愚去了一趟北京。与他一起赴京的，还有伯庸和伯庸的女友，就是那个因为李泽厚而喜欢上了蜂花洗发水的女生。同去的还有郏象愚的跟班小尼采。小尼采崇拜尼采，但书包里装的却是弗洛伊德的《释梦》。在火车上，只要"蜂花"离开片刻，郏象愚就向伯庸请教如何让女人言听计从。他之所以这么问，是因为乔姗姗本来说好要跟他来的，最后却没有来。伯庸觉得这个问题没有含金量，都懒得回答了。郏象愚说："如果你能教会我，我送你一条领带。"郏象愚的领带是嫂子给他的，那是当时的名牌。但伯庸是个不修边幅的人，对领带没有兴趣。郏象愚就先给伯庸上了一课:"你去打听一下,问一下那些有头有脸的人,拥有一条好领带是多么重要。那天我遇到一个人,我问他:你最满意的事情是什么?他说,最满意的就是拥有两条领带。改革开放了,怎么能没有一条名牌领带呢?"

伯庸被感动了,说了四个字:"让她堕胎。"

郑象愚啃得动黑格尔的大逻辑,却吃不透伯庸的这个小逻辑。伯庸只好把逻辑替他捋了一捋:"宝宝都替你生了,可不就是你的人了吗?"郑象愚问:"宝宝不是已经堕掉了吗?"伯庸急了:"打掉的宝宝就不是宝宝了?亏你还是学哲学的。宗教神学属于哲学的分支吧?宗教神学认为,生命始于受孕的那一刻。只要受孕了,就说明它已经存在过了,而存在决定意识。"为了鞭策郑象愚,伯庸还吹了个牛,"知道'蜂花'为什么那么乖吗?我已经让她打过两个了。"

"太残忍了吧?"

"你看着办,"伯庸说,"我正要让她打第三个。"

郑象愚觉得伯庸又残忍又庸俗。到了北大附近,他们就分手了。伯庸与"蜂花"住到了清华西门水磨西街的地下招待所,郑象愚和小尼采则是住到了北大的学生宿舍,他们的中学同学在北大读书。伯庸对那个值班大爷有着深刻的记忆,一大早,值班大爷就坐在门口,臭豆腐上滴着香油,喝着小酒,自言自语:"缺你们棒子面吃了吗?没有吧?"听他们说睡不着,守门大爷说:"穷忍着,富耐着,睡不着眯着。"伯庸也曾去北大找郑象愚和小尼采。郑象愚依然神不守舍的,因为他写给乔姗姗的信都被退了回来。出于友情和同情,伯庸后来说,他只好陪着郑象愚在校园里散步,或者陪他到圆明园划船。

有一天早上,他们三个人在圆明园游玩的时候,听见票友们正在林子里吊嗓子,在练习京剧《群英会》里蒋干的道白:

周郎不降,与我什么相干?哎,曹营事情,实实难办——

翻来覆去就是这么一句。郑象愚听得发愣,一时不知今夕何夕。突然有人朝他们喊道:"我抽你!"这本来是当年骑马的游牧民族训斥北京人的话,现在却成了北京人的口头禅。说出这句口头禅的人现在骑的是辆三轮车,车上装着宰好的羊。羊皮已经剥了,只有羊头还是完整的,山羊胡子在朝霞中飘拂。郏象愚首先看到的就是羊头。它放在三轮车的最上面,头上盘着两只大角。它很悠闲,似乎正在闭目沉思。突然间,它好像想通了什么问题,竟然激动得从车上跳了下来,滚到了郏象愚的脚下。

其实是郏象愚撞到三轮车上,把车把都给撞歪了。那段时间,郏象愚正拼命补习英语,准备陪着乔姗姗一起出国。所以,郏象愚当时是用英语道歉的:"Sorry! Sorry!"对他的道歉,三轮车夫以京骂回应:"傻×!"郏象愚并没有发火。事实上,他还低声下气地解释了一通,说自己本名象愚,本来就是个傻×。三轮车夫显然误解了郏象愚,以为郏象愚骂人呢,立即大动肝火,腿一骗从车上跳了下来,伸着巴掌,做出抽人的架势。郏象愚突然发作了,弯腰捡起羊头朝车夫砸了过去。羊角划破了车夫的脸,羊头则被车夫的脸反弹了出去。

按说郏象愚这时候跑掉就没事了,但郏象愚却没跑。郏象愚心软了,上前察看车夫的伤势去了。谁也没想到,车夫突然死命地拽住了郏象愚,喊着:"杀人了,杀人了——"这一声喊惊动了很多人。票友们迈着优雅的台步从林子里走了出来,然后又走进了另一片林子。但与此同时,有人从林子里冲了出来。

这个时候,小尼采和伯庸已经跑得不见人影了。

情急之中,郏象愚再次拎起羊头,朝那个车夫砸了过去。砸了多少下,他都忘了。他觉得,那只羊角不粗不细正合手,抡起来非常方便。车夫终于把他松开了。他开始奔跑,没命地奔跑。奔跑,从此成为郏象愚的基本姿态。他就这样跑啊跑,直到现在都没有歇脚。

现在,象愚终于要回来了。

他只是回来看看,还是从此就不走了?

这天,应物兄本来要和华学明见面,谈谈济哥的事情的,因为珍妮这个电话,他有些心绪不定,就把见面取消了。有一点让他感到非常奇怪,华学明竟然知道郏象愚要回北京。华学明是这么说的:"我知道,你马上就要去北京了。你不是要去那里见敬修己吗?你先忙你的。"

"你也认识这个敬先生?"

"不认识,但我知道他。等你回来见吧。"

"我后天才走。咱们明天见个面吧。这事真的比较急。你上次说,济哥绝种了?这不会是真的吧?"

31. 济哥

"济哥"一词,竟然在程先生的谈话中出现过这么多次?这是应物兄事先没有想到的。应物兄的博士生张明亮,在帮他整理程先生的录音过程中,顺便把程先生关于济哥的一些谈话整理出来了。这天,在去见华学明之前,他把这些文字又看了一遍。他感到很惭愧:我自以为对程先生了解得很透了,现在看来,还差得远呢。

下面一段谈话,是程先生与黄兴的一段谈话。黄兴请程先生在加州住了几天,住的就是他们当初吃火鸡、过感恩节的那个院子。如果不出意料,对话应该是敬修己录下的:

> 这房子好是好,结实,也不怕火烛。独缺了情趣噢。院子里一定要有廊。廊是院子的魂。你们想啊,春天好光景,堂屋前若有两株太平花,桃花也开了,看那一庭花木,多好。济哥叫,夏天到。我最喜欢听济哥的叫声。放下廊檐下的苇帘遮阳,躲在廊檐下,听济哥叫,真是好听。我喜欢的一只济哥,是父亲的一个朋友送我的。我是小心侍候着,用蛋黄、肉糜、肝粉喂养。我后来又见到过别的济哥,可都没有那一只好。听

着济哥叫,很快就睡了过去。在廊下昼寝,粗使丫鬟和老妈子要垂手站在庭中,蝇子飞不过来的。秋天有小阳春,在廊下站站,也是好的。最有情趣的还是冬天,隆冬! 鹅毛大雪,廊前的台阶叫雪给盖住了。扫了雪,雪是白的,地砖是黑的。到了夜间,你在屋里看书,能听见落雪。蜡烛有心还惜别,替人垂泪到天明。一年四季,春秋冬夏,风花雪月,有喜悦,有哀愁,想来都是好的。哪像你这院子,一览无余。要有月光花影,要有济哥鸣唱,要有闲笔,要有无用之用。

虽然没有见过济哥,但读到这段文字,应物兄仿佛听到了济哥的叫声。同时,他眼前也飘起了鹅毛大雪,闪过月光花影,顿感静谧祥和。同时他的脑子也在飞快地转动:程先生当时住在哪间屋? 是东边还是西边? 太平花到底是什么花? 他曾在课堂上讲过陆游的诗《太平花》:“扶床踉跄出京华,头白车书未一家。宵旰至今劳圣主,泪痕空对太平花。”不仅讲过,后来还拿它做过考题,让学生们解释“头白车书未一家”是什么意思。很多学生说,车书指的是“装了一车书”。胡扯嘛。“车书”一语来自《礼记·中庸》:“今天下车同轨,书同文。”所以“车书”指的是国家的制度,说的是国家统一的意思。他想,程先生在这里提到太平花,应是一语双关,既指某一种花,同时也饱含着对民族统一的期盼。至于程先生提到的粗使丫鬟和老妈子,现在已经没有这个说法了,只能称之为工作人员了。他突然想到,张明亮的夫人小荷,如果在济州找不到合适的工作,这个工作就让她来干怎么样?

还有一段文字,录的则是他自己和程先生的一段谈话。他现在想起来,那是他刚到哈佛不久,程济世先生说,看到他一篇关于《诗经》的文章,里面提到了很多首诗,但有一首最重要的诗却没有提到。程济世先生说:“《螽斯》①嘛,就没有提到嘛。”

————

① 见《诗经·国风·周南》。

他说:"先生看得很细,我确实没有谈到这首诗。"

程济世先生说:"别的诗当然也很重要,但《螽斯》这首诗,对我们这些人来说是最重要的。"接下来,程先生说:

> 给学生讲课,讲到《诗经》,《螽斯》是必讲的。仅仅一个"螽"字,就可以讲半个学期。"冬"字在甲骨文中,讲的可不是"冬天"的"冬",是什么?是"终",是"慎终追远"的"终"。"冬"字下面是两个"虫"字。在甲骨文中,一切动物皆为"虫":禽为羽虫,兽为毛虫,昆为甲虫,鱼为鳞虫,人为倮虫。何为倮虫?无羽无毛,无甲无鳞,只是一个赤裸裸的大虫。所以"螽"字下面两只"虫",讲的就是作为倮虫的人,如何保持和谐。这首诗是借写螽斯这种虫子来写人的。你看人家螽斯,虽然妻妾成群,彼此之间却不嫉妒,不吃醋,不搞窝里斗,所以子孙也就"诜诜兮"喽,其乐融融。知道孔子为何把这首诗选入《诗经》吧?原因无他,就因为写出了中国人的家庭观和伦理观,写出了儒家对于人类社会的祝愿。如此重要的诗篇怎能漏掉?

我当时真是无地自容啊。让我想想当时是怎么回答的?我好像说了,程先生,我该挨板子。那么程先生又是怎么说的呢?对了,程先生当时笑了,拍了一下手中的书,说,这记板子,先存着。程先生对我,还是很宽容的,仁德啊。

还有一段对话,则是对敬修己讲的。敬修己有一天孝敬了一只蟋蟀,敬修己人未开言,那只蟋蟀就叫了起来。

程先生:何物在叫?

敬修己:您不是喜欢这虫子吗,我抓到了。

程先生:修己,可瞒不了我。我虽已老朽,难免受些蒙蔽,可耳朵还没聋呢。这是蟋蟀叫。四壁蛩①声助人叹息,惟螽斯

---

① 蛩,古指蟋蟀。

之鸣，如孟秋之月，其音商①。

敬修己：我一定为先生抓到真正的蟊斯。

程济世说：这里的蟊斯，他们叫它 Katydid。这里的蟊斯跟济哥倒有几分相似，只是个头大一点，食性偏荤，喜欢吃瓢虫和蚂蚁，故叫声浑浊。济哥食性偏素，故叫声清亮。天底下没有比济哥更好的蟊斯了。世界各地的蟊斯放到一起，我一眼就可看出，哪只是济哥，哪只不是。也不用看，听也听得出来。

这样的济哥，怎么可能绝种呢？程先生要是知道济哥绝种了，不知道要怎么伤心呢。不行，学明兄，你一定得替我想想办法。你是生命科学院的院长，是杰出的生物学家，你的学生遍布大江南北，你一定有办法弄到济哥的，起码要弄到几只与济哥相似的蝈蝈。

华学明的生命科学院实验基地，离凤凰岭不远。就在应物兄打车前往基地的途中，他接到了葛道宏的电话。葛道宏说，邓林来电，栾庭玉副省长召集他们谈话。原来，葛道宏已向栾庭玉透露了程先生要来济州任职之事。作为主管文教体卫的副省长，栾庭玉对此事非常关心。栾庭玉即将去中央党校培训，临行前想听听他们的汇报。

他当然赶紧给华学明打电话解释此事。华学明当然表示理解，并要他问一下栾庭玉，那两只鹦鹉是否需要定期体检一下。几分钟之后，他又收到了华学明的微信文档，那是华学明整理出来的关于济哥的资料。华学明同时也告诉他，找到了几个资深罐家，也就是玩蝈蝈的人，他们手中的蝈蝈与济哥非常相近，足以乱真。"如果你需要，我这就联系一下，让他们给你送过去？"

他想了想，还是谢绝了这份好意。他不想欺骗程先生。他也想起了程先生曾经说过，世界各地的蝈蝈放到一起，他也能听得出来，哪个是济哥。程先生要是发现我在弄虚作假，我在程先生面前

---

① 见《礼记·月令》。商即商音，古代五音之一。

还能抬起头吗？

看了华学明发来的资料，他有点绝望，也有些感动：绝望于济哥的消失，感动于学明兄言而有信，为寻找济哥下了功夫：

> 济哥，即济州蝈蝈，在中国的蝈蝈家谱中占据着极为重要的地位。蝈蝈，古称螽斯，与蛐蛐、油葫芦并称中国三大鸣虫。"蝈"字最早见于《周礼·秋官·蝈氏》，可见在周代人们已经开始饲养蝈蝈了。《诗经》中所说的"喓喓草虫"，指的就是蝈蝈。《尔雅》所说的"蜙蝑"，说的也是蝈蝈。而实际上，济州人养蝈蝈的历史可能更为悠久，因为济州出土的夏朝陶器上面已有蝈蝈的纹饰。
>
> 蝈蝈的生命力和适应能力极强，分布极广：平原、草地、丘陵、荒坡都可以生存。蝈蝈食性很杂，喜食昆虫，处于昆虫食物链的顶端。济哥与北京西山一带出产的燕哥、山东德州一带出产的鲁哥以及长江流域的江哥（又称南哥）齐名，尤以个大、膀好、足壮、色丰、音亮而著称。所以，济哥历来是罐家珍爱的蝈蝈品种。
>
> 有一种观点认为，济哥只是燕哥的变种，理由是济哥与燕哥在体重、体色、音色等方面都很接近，济哥所生活的凤凰岭地区与燕哥所生活的燕山地区同属太行山系。实际上，与其说济哥是燕哥的变种，不如说燕哥是济哥的变种。济哥或北上，或东进，或西游，或南下，慢慢适应了当地的环境，从而逐渐演变成了后来的燕哥、鲁哥、晋哥和江哥。
>
> 通常情况下，蝈蝈的发声频率在 870 赫兹—9000 赫兹之间。根据笔者多年对济哥的研究，济哥的发声频率最多可达到 10000 赫兹，其摩擦前翅的次数，即其鸣叫的次数，可以达到 7000 万次。也就是说，7000 万次的天籁之音，曾经响彻济州大地。
>
> 常见的昆虫当中，对自然环境要求最为严格的三种昆虫分别是蝈蝈、萤火虫和蜣螂（俗称屎壳郎）。生态环境的恶化

首先会作用于上述三种昆虫。它们是生态环境变化的晴雨表和试金石。二十世纪九十年代中期以后，随着经济的快速发展，自然环境的恶化也加剧了。在济州地区，人们再也无缘见到以上三种昆虫。其中，济哥的消失，是最为可惜的事情。

事实上，多年来济州罐家所养的济哥，并非真正的济哥，而是燕哥或鲁哥。现在有案可查的最后一只济哥，由济州蝈蝈协会前秘书长夏明翰先生所养。夏先生称它为"末代皇帝"。1994年5月19日，"末代皇帝"驾崩于夏家祖传的一只葫芦。

虽然济哥的灭绝已是事实，但济州罐家却不愿意承认这个事实，更不愿意正面回应这个问题。一名不愿透露姓名的罐家认为，此事非同小可：如果承认济哥已经灭绝，济州罐家将颜面尽失，在蝈蝈文化中占据重要地位的济哥文化也会遭到重创；而从当政者角度考虑，承认济哥已经灭绝，就意味着承认济州的生态环境已经空前恶化。

邓林接待他和葛道宏，还有费鸣。栾庭玉又临时召集了一个会，一时不能见他们。邓林说，栾庭玉晚上就要赴京，既然他们也要去北京，那么可以在北京见面。在北京，没有杂事干扰，谈得可以深入一点。邓林说完，就返回会议室了。这时候，费鸣告诉他一件事："我哥哥问，在北京期间，他想请您小坐。"

费鸣的哥哥，他的老朋友费边，如今是北京一个门户网站的副总。他上次见到费边，还是在费氏兄弟母亲的葬礼上，他们流着泪拥抱了一下。他对费鸣说："看时间吧。你告诉他，我很想他。"

"他要和你商量一下，如何纪念一下你们共同的朋友文德能。"

32. 哦

哦，文德能！每次看到文德斯，应物兄就会想起他同父异母的哥哥文德能。如果文德能不死,他相信文德能会成为这个时代最杰出的学者。有时候他甚至会想,如果文德能不死,文德能或许会成为另一种意义上的程济世先生:一个是因为信,而成为儒学大师;一个是因为疑,而成为另一种中国式的西学大师。他们一个信中有疑,一个疑中有信。

修己,哦不,他变成敬修己,那是后来的事,现在还应该叫他郏象愚。应物兄记得,他再次见到郏象愚,就是在文德能家中,那已经是那年的六月末了。有一天,他和费边,也就是费鸣的哥哥,到文德能家里去玩。八十年代末、九十年代初,文德能家的客厅是朋友们的聚会场所。文德能的父亲在北京任职,家里只有文德能和文德斯,当然还有一个保姆。文德能性格沉静,这样的人本来是喜欢独处的,但家里却常常是高朋满座。其中最重要的一个原因,是文德能在朋友当中最早拥有书房,最早买了录像机。在文德能的书房里,一排排书架塞得满满的,另有一个藤编的小书架,孤单地放在书桌旁边,上面零散地放了几十本书,大多是外文版的书。文德能英语读写能力很强,但却不怎么会说,因为他是自学的。有一次他指着小书架问文德能:"这都是你要看的书吗?"

文德能说:"是本周要看的。"

说这话时,文德能就抽出了一本书:*Contigency, Irony and Solidarity*①。文德能说,他很想翻译这本书,无奈英语水平不够。应物兄还记得,从书房的窗口望出去,可以看到济水河的粼粼波光。而到了深夜,总有那么几个人骑着嘉陵摩托呼啸而来,呼啸而去。那是最早的飙车族。据说,他们中的大部分人都已经撞死了。很多年后,他站在那个书房里,又看到了新的飙车族。他们已经鸟枪换炮了,开的是改装的高尔夫。

文德斯当时还是个五六岁的孩子,最喜欢看的一部动画片名叫《忍者神龟》:在纽约的地下管道里,住着一只超级大老鼠和他的

---

① 《偶然、反讽与团结》。

四个徒弟忍者神龟,神龟们挥舞着忍者刀、武士棒、双截棍、钢叉,与妖魔鬼怪展开殊死搏斗。文德斯既想看,又害怕,常常跑到客厅里,求着哥哥和哥哥的朋友陪他一起看。这个时候,文德能就会打开另一台电视,另一台录像机,给朋友放些片子,然后他就坐在弟弟身边,再看一遍《忍者神龟》。有一天,文德能给他们放映的是新浪潮电影《一切安好》①。事隔多年,他还记得随着画外音打出的字幕:

> 一个国家。有国家,就有农村。就有城市。有很多房子。很多很多人。有农民。有工人。有资产阶级,小的,大的。很多很多人。农民干农活。工人做工。资产阶级呢? 当资产阶级。

文德能这时候说了一句让他终生难忘的话:“你们要先行到失败中去,你们以后不要去当什么资产阶级。”文德能接下来又说:“这是他们的电影,什么时候我们能拍出我们的电影?”文德能觉得中国第五代导演的电影,那些过于沉默的影像,掩盖了太多的情绪、太多的感情、太多的事实。费边说:“你的意思是,一个人本来是哑巴,评论家却把他当成了沉默的思想者?”文德能说:“我觉得,还不如陪着小家伙看《忍者神龟》呢。”

六月末的一天,他和费边进门就看到了郏象愚。哦,几天不见,郏象愚就像老了十岁。只见郏象愚披着衬衣,盘腿坐在地上,以瓶盖为杯,正啜饮着济水大曲。在他的印象中,郏象愚不但不喝酒,而且看不起那些喝了二两猫尿就撒酒疯的诗人。奇怪的是,郏象愚对他和费边的到来竟然视而不见。

后来他才知道,那个人不是郏象愚,而是郏象愚的哥哥郏象礼。郏象礼当过知青,回城后写过几篇凄凄惨惨的伤痕小说,获得过一点名声,养成了名人的一些习惯。此时,他正一边喝着小酒,

---

① 法国电影 *Tout va bien*。Jean-Pierre Gorin 导演。

一边讲述着自己的知青经历。郏象礼说,当年下乡的时候,一见到白杨树,他就忍不住要抱住它,靠着它,还要把脸贴上去,因为他把它们当成白桦树,俄罗斯大地上的白桦树。白桦树不是树,而是理想和信念的化身,是爱情的象征,它能让人联想到十二月党人、民粹派、西伯利亚大流放。他说,那时候他真的认为,在他的有生之年英特纳雄耐尔一定会实现。在他弥留之际,如果它尚未实现,那么他就遥望着晚霞中的白桦树,说:"因为相信你会在黎明时到来,我就再撑半天。"

怎么听,都有点不着调。

郏象礼身后还支着一张钢丝床,上面躺着一个人。天热得要命,那人却盖着床单,双腿在床单下支着,形成一个隆起的山脉。一只黑猫正向山巅发起冲锋,并且轻而易举地就征服了山巅。但就在这个时候,有人敲门了。那声音虽然很低,但床单下的人还是听见了。那人有如惊弓之鸟,一骨碌爬了起来,钻到了钢丝床下。这个时候,应物兄才看清楚那个人竟是郏象愚。他和费边对视了一眼,他们看到了对方的迷惑。

进来的人是乔姗姗。

一看见乔姗姗捂住胸口喘气的样子,他就知道她走得太快了。她一脸细汗,衣服都贴在身上。乔姗姗那时候真是漂亮,目光既热烈又沉静,既勇敢又羞怯。郏象愚从床底下爬了出来。床下大概有一截支棱的钢丝,将他的眉头划破了。但他却不在意。他在意的是沾在乔姗姗头发上的几丝果絮,那是悬铃木果球炸开后的飞絮。他把它们摘下来,说:"这些毛毛吸进去,嗓子要发炎的。"

郏象礼说:"乔女士,我必须向您敬礼!必须!"

乔姗姗倒是当仁不让:"我也被自己感动了。"

但乔姗姗接着又问:"慈恩寺去了吗?求签了吗?一定是大吉大利吧?"

原来,文德能和郏象礼已经陪着郏象愚到慈恩寺拜佛求签了。

郑象愚把抄出来的一片纸给了乔姗姗。乔姗姗飞快地看了一遍，咬着嘴唇不吭声了。应物兄那时候就站在旁边。乔姗姗把那片纸递给了他，说："你给我讲。"上面那四句话，岂是一般人能看懂的？不过，凭直觉，他知道那并非上签：

> 不成理论不成家，水性痴人似落花。若问君恩须得力，到头方见事如麻。

郑象愚认为它出自《周易》，其实不是。他问郑象愚，既然求了签，何不让老和尚解签呢？郑象愚说，自己是先按老和尚的吩咐，往功德箱里塞了钱，然后才求的签，然后再去求老和尚解签，但老和尚看了看，只说了一句话："此签难解，但有慧根者，自能参透玄机。"

乔姗姗说："和尚总得说点什么吧？"

郑象愚这才说出了真话："和尚只是说，此为下签。"

乔姗姗跺着脚喊道："到底怎么说的？你倒是说啊。"

郑象愚又挤出了一句："和尚说了，此为下下签，不利。"

乔姗姗捂着耳朵，又是跺脚，又是摇头，喊道："和尚就没给我们指条路吗？"

郑象愚流泪了，说："指了，两个字：移徙。"郑象礼及时递过来一条毛巾。郑象愚擦了眼泪之后，神色立即坚定起来，说："也就是浪迹天涯。"

乔姗姗把手从耳朵上拿开，挥舞着，"臭和尚的话，你也信？"

陪着郑象愚去了慈恩寺的文德能，此时过来安慰了一番乔姗姗。他说："我也不信。这怎么能信呢？我已经跟象愚说过了，就在我这里休养算了，哪也别去。"他后来知道，在从慈恩寺回来的路上，文德能一直在安慰郑象愚，没必要东躲西藏的，除非你喜欢流浪。为了劝说郑象愚不要相信和尚，文德能还引用了黑格尔的话："佛教的哲学都是低级的诡辩术。"文德能力劝郑象愚回校向校方说明，自己只是去北大查找资料去了。但是郑象愚却听不进去。

郏象愚相信自己的预感:如果不逃走,肯定会被丢进监狱的。文德能说,伯庸不就没事了吗?小尼采不是也没事了吗?郏象愚说,他的情况与他们不同,因为他打了一个车夫。至于那个车夫是死是活,他都不知道。他只记得自己拎着羊头,在车夫身上乱砸了一气。"羊头上要是没长角就好了。那玩意有如匕首。好好的,你长个角干什么?狗头上没长角,比你还厉害。"

乔姗姗又是一跺脚,说:"既然大和尚说了,我们还是一起飞吧。"

郏象愚说:"我自己飞吧,密涅瓦!"

乔姗姗转过身去,说道:"你可曾想过,没有密涅瓦,猫头鹰又怎么起飞?"

郏象礼突然开始鼓掌了。掌声过后,郏象礼又开讲了,讲的是自己当年在乡下度过的幸福日子,语调平缓而深沉,说当年在乡下,最浪漫的是夏天,最难受的是冬天。不过,即便在冬天,你也能感受到城市里没有的诗意。北风吹,雪花飘。炉子上有一把水壶,水壶的热气把房子里弄得雾气腾腾的,新糊的窗纸仿佛都要湿透了。他对郏象愚和乔姗姗说:"我和你们的嫂子,就在炉子上烤馒头片,烤红薯。红薯比土豆好吃,可她却宁愿说,这是烤土豆,因为凡·高有一幅画,叫《烤土豆的人》。她说,我跟她都是画中人物了。让人迷恋的土屋啊。多么值得怀念的蹉跎岁月!尤其是那红薯尾巴,都是我们亲手从地里刨出来的,又甜,又面,又耐嚼。白菜根放在灶台上都可以长出花来。红薯尾巴发了芽,比兰花都好看。到春天,她就采来野花,插在罐头瓶里。"郏象礼环视着众人,道出了最后的结论:"一生中如果没有这么一段经历,你就不懂得什么叫生活,什么叫爱情。当你回首往事的时事,你只有一个感觉,那就是你虚度了一生。"

他妈的,谁都听得出来,他是鼓动乔姗姗跟着郏象愚一起流浪。

　　乔姗姗激动了："我喜欢麦子，麦田。"

　　郏象礼说："凡·高最喜欢画麦田。"

　　乔姗姗说："我要用麦秸秆喝汽水，喝酸奶。"

　　郏象礼从口袋里拿出一个东西。乔姗姗以为那是个戒指呢，躲避着，说自己不能要，绝不能要。郏象礼说："戒指算什么，这比戒指贵多了。"原来那是顶针，缝纫用的黄铜顶针，上面布满密密的凹坑。郏象礼说："这是母亲留下的。"

　　接过那个顶针，乔姗姗直接戴到了食指上："还等什么？现在就走。"

　　应物兄觉得，必须提醒乔姗姗不要冲动，就堵在乔姗姗面前，说："就是走，也要先跟先生和师母说一下。"

　　乔姗姗说："谁想去说谁去说。我又没拦你。闪开。"

　　郏象愚和乔姗姗当天就走了。应物兄考虑再三，还是去汽车站给他们送行了。在路上，他试图再次劝他们冷静，但他的劝说只能引起乔姗姗的鄙视。他只要一说话，乔姗姗就把耳朵捂了起来，下巴抬起，目光好像是从下巴那里扫射过来的。然后呢？然后就是他后来看到的那一幕了：郏象愚和乔姗姗在车上向他招手；郏象愚的下巴抵着乔姗姗的头；车尚未开动，他们就把他忘了，他们彼此凝望着，仿佛周围的一切全是空气。

　　乔木先生大病了一场，而师母更是不久就去世了。有一段时间，乔木先生走路、上厕所都需要有人搀扶。负责照顾乔木先生的，就是巫桃。当时巫桃刚考上大学。巫桃出身贫苦，是以勤工俭学的方式来到乔木先生家的。起初，乔木先生以为自己挺不过去了，但很快就挺了过来。有一天他去看望乔木先生，他恭维乔木先生恢复得不错，乔木先生说，幸亏药石有灵，不死出院了，只是食肉改成了食粥，饮酒改成了饮奶。除此之外，乔木先生确实看不出什么变化。哦，不，变化还是有的：乔木先生改抽烟斗了，一锅烟一抽就是半天，抽着抽着就灭了，灭了再点，点了又灭。

　　对于乔姗姗和郏象愚的私奔,乔木先生似乎并不太担心,他相信乔姗姗马上就会回来的。乔木先生说,就当她出国玩去了。面对一些不知内情的老朋友,乔木先生则干脆咬定,是他把女儿派到国外去了。对于乔姗姗未回来奔丧,乔木先生解释说是他不让通知乔姗姗回来的。人死不能复生,回来一趟又顶什么用?

　　知女莫若父。暑假尚未结束,乔姗姗就回来了。

　　巫桃讲述了一个细节:乔姗姗是在一个晚上回来的,天虽然很热,但乔姗姗却包着纱巾,原来她脸上都是红疱。乔姗姗进门就钻进了浴室。换上一身干净衣服之后,乔姗姗把脱下来的衣服一把火烧了,熊熊火焰映照着她那张痴呆的脸。原来那段时间,她和郏象愚就待在郏象礼下乡的地方。与当年相比,条件已经好多了,至少通了电,灯绳就扯在床头。但臭虫却多得吓人。到了晚上,臭虫就沿着灯绳爬过来了,灯绳都为之变粗了。突然,灯绳上出现了 V字形缺口,那是臭虫掉下去了几只。红薯一点也不好吃。吃多了,胃酸、腹胀、打嗝,红薯屁一天到晚放个不停。

　　乔木先生问她:"猫头鹰呢?"

　　她的回答是:"他的良心让狗吃了。谁再提他,我就死给谁看。"

　　有一天,应物兄去看望乔木先生的时候,发现她跪在母亲遗像前,戴着耳机听着英语磁带。她正准备托福考试。她的手指上已经没有顶针了,但顶针戴过的痕迹还在。她脸上的红疱已经消退,但还有几个顽固地生长着,就像扎了根。他问她:"姗姗,脸过敏了?"

　　她说:"谁再提我的脸,我跟谁决斗。"

　　他能够理解乔姗姗的愤怒,但同时他也相信,郏象愚的良心并没有被狗吃掉。事实上,在这件事情上他宁愿相信郏象礼的说法:象愚是因为不忍心耽误乔姗姗的前程,才在一个月黑风高之夜丢下乔姗姗,一个人溜之大吉的;逃走之前,郏象愚把乔姗姗衣服上的臭虫和跳蚤全都逮光了，还用药水把乔姗姗的衣服泡了个遍；象愚之所以不辞而别，是因为担心乔姗姗受不了那种离别的场面。

郏象礼请求他和文德能把这些话捎给乔姗姗。

他后来知道，此时的郏象愚正一路南逃。

在南逃的火车上，郏象愚彻夜难眠，和一个同样不睡觉的旅客交上了朋友。那是个偷儿。偷儿面相不俗，衣冠楚楚，博闻强识。最让郏象愚惊讶的是，偷儿竟能背出《全国列车时刻表》，而且轻易就和列车服务员成为勾肩搭背的朋友。有一天，他们在车厢连接处抽烟的时候，偷儿突然对他说："我们此前虽然没有见过，但前世应该有缘。我前世见过你。"

郏象愚后来告诉他，听了这话，自己吓得半死。

偷儿又说："不要害怕，我和你是一样的人。"说着，偷儿张开手，手中躺着那枚顶针。

偷儿说："不好意思。还以为是戒指呢。"

这个偷儿是因为盗窃自行车被清华大学开除的。偷儿举止优雅，既招女人喜欢，也招男人喜欢。但相比较而言，偷儿更喜欢少妇，因为她们穿金戴银，钱包鼓胀。偷儿将郏象愚带到了深圳火车站，然后和他一起藏身于发往香港的货车车厢，那是一辆运送活禽的货车。这当然是偷儿事先侦察的结果。偷儿说，如果运送的是别的食品，那么很可能几天都发不了车，而活禽则必须保证两天之内送到。他们运气很好，那列火车只在深圳停留了一天一夜就发车了。他们当然也没有饿着，想吃鸡蛋就吃鸡蛋，想吃鸭蛋就吃鸭蛋。偷儿用牙膏皮做了个小锅，把打火机点着，炒鸡蛋吃。吃完了，倒点水晃一晃，就是一道汤。

事情如此顺利，实在是出乎郏象愚的预料。但有一点是那个偷儿没有想到的，火车竟然直接开到了屠宰场。当他们一身鸡毛出现在屠宰场的时候，屠宰场的工人还以为他们是偷鸡贼呢。一顿暴揍之后，他们被香港警方接走了。随后，郏象愚就以非法偷渡和偷盗的名义被遣送回了深圳。

有一天，已经到济州公安局任职的栾庭玉走进了深圳罗湖湾看守所。他是奉命来提审济州籍人犯的。栾庭玉后来说，他其实也没有认出那是郏象愚。他们以前当然是认识的，因为他们都是济州大学的活跃分子。此时未能认出，倒不是栾庭玉贵人多忘事，而是郏象愚当时形貌怪异，不易辨认。不知道是因为过于焦虑，还是水土不服，郏象愚刚刚惨遭鬼剃头。鬼剃头在别人那里通常都发生在头顶，郏象愚却连眉毛都剃去了一半。栾庭玉刚让他报上姓名，郏象愚就说："栾大人，你他妈的就别演戏了。"

就在郏象愚被带回济州不久，有一天应物兄在学校里遇见了何为教授。他们本来是迎面走的，老太太却转过身，和他并排走了一段。老太太知道他与郏象愚是朋友，突然问了一句："听说愚儿逃去香港了？应该没事了吧？"

出于仁慈，他没有告诉老太太，郏象愚已被关押在济州桃都山的二道沟。

33．虽然

虽然老太太拒绝别人前去探望，但在赴京的前一天，应物兄还是决定去看望一下。如果敬修己问起老太太的病呢，我要是一问三不知，岂不要受他的奚落？当然了，于情于理，我都得去一次。

老太太住院以来，一直是老太太的侄女在陪护，有时候文德斯来替换她一下。文德斯称她为梅姨。陪护病人不是件容易的事，文德斯说梅姨足足胖了一圈，这是因为梅姨非常焦虑，要靠吃东西来缓解焦虑。应物兄知道老太太和梅姨只愿意看到文德斯，就对梅姨说："是文德斯约我一起去的。"梅姨在电话里说："嗨，怎么不早说？"

他和文德斯约好，在逸夫楼前见面。

文德斯原来在上海读的本科。他的父亲二十多年前就去世了。他的哥哥文德能也因为白血病去世了。后来，他就选择回济州继续读书。如前所述，他是先做了芸娘的硕士，又做了老太太何为教授的博士。文德斯与文德能并不太像，个头比文德能低一点，也比文德能瘦。文德能眉眼之间有一种英气，文德斯却带着那么一点羞怯。相同的是，他们都很沉静。有一次，他在芸娘家遇到文德斯，看到文德斯安静地坐在窗前，捧读着一本书，他突然觉得，文德斯就像一株植物，像植物一样自足。他把这话对芸娘说了，芸娘说："他？ 自足？ 他刚从桃都山回来，每周都去。干什么，你知道吗？ 倒是跟植物有关。他会为植物流泪。"

芸娘笑着讲了一个细节：在桃都山，有一种植物，人们认为已经消失了，但一个科研人员找到了它的种子，还很饱满。文德斯看到它，竟然流泪了。

是吗？ 那是一种什么植物呢？

应物兄以前看过文德斯的文章，有一篇刊登在《戏剧》杂志上，那是对一个喜剧作品《模仿秀》的发言。喜剧的作者是谁呢？ 就是小尼采，现在的笔名带有他个人的历史气息：倪说。不知道小尼采是否知道，历史上确实有过一个名叫倪说的人。此人是战国时期宋国人，以善辩著称，那个"白马非马"的问题，据说就是这个叫倪说的人首先提出来的。

小尼采不仅写了那部戏，而且出演了串场人的角色。它将最近三十年的著名小品组装到一起，放在一个家庭内部展开。芸娘出于对小尼采的关心，本来要去看的，但因为身体不适，让文德斯替她去看了。那篇文章就是他在芸娘的要求下写出的观后感。文德斯认为，如果说艺术是对现实世界的"摹仿"，现实世界是对理式世界的"摹仿"，那么艺术就是对"摹仿"的"摹仿"；《模仿秀》则是对"摹仿"的"摹仿"的"摹仿"。这不是喜剧传统中的喜剧，而是闹剧:夸张、笑闹、东拉西扯、插科打诨、卡通化,乱哄哄你没唱完我登场;也犀利也伶俐,也招安也叛逆,也搞笑也哭泣,也无聊也有趣。

自古希腊以来,人们即重悲剧而轻喜剧。苏格拉底就认为喜剧有害,只适合奴隶与外邦人看个热闹,而悲剧则有"净化"作用。悲剧使人对命运的无常、不可避免的冲突、自我的限制有所感知,将生命表象下的重带入人的内在反思;喜剧却抽离了反思的基础,带有极大的不稳定性。而闹剧,既无关反思,也无关破坏,它取消意义。它是铅笔描在橡皮上的卡通画,橡皮还没有用完,它就已经消失。

亚里士多德在《诗学》中说,喜剧源于可见的丑陋和缺陷,它如同滑稽面具,它不能引起痛苦和伤害。看见丑陋的东西,我们会觉得伤心,但它不会引起同情,因为同情是笑的敌人。我们必须放弃同情,才会觉得开心。倪说先生所追求的剧场效果,就是开心,开心,开心。他提到了剧中一个情节:一个超生游击队队员被小脚侦缉队抓获了。这个队员给出的超生理由是,他的"老二"不听招呼,所以就让老婆怀孕了。小脚侦缉队立即将他的衣服扒光了,要对他的"老二"进行现场教育。文德斯说,当一个男人露出下体,这无疑是丑陋的,但他没有引起同情,倪说先生也没有要引起观众的同情的意思。有趣的是,现场观众此时也并没有表现出开心的意思。他们闭上了眼睛。这是亚里士多德喜剧观的倒置。观众的无视,使得演员只是在演他们的戏。我们身在剧场,其实并没有参与:你闹你的,我聊我的。当一个人或几个人,此时站在台上对观众说话,但观众并不理会的时候,喜剧消失了,闹剧出现了,但它与观众无关,与我们无关。

据说,小尼采给芸娘打了一个电话,说她弟子的文章,让他羞惭不已。

"这么说,你以后要一改戏路了?"芸娘说。

"那倒不一定,还是有人喜欢的。我还得演。我能和文德斯谈谈吗？"

　　"那你们要谈什么呢？你写你的，我演我的？"

　　有一天，应物兄与芸娘聊到了《红楼梦》，芸娘关心的问题是，《红楼梦》为什么写不完。她说，《红楼梦》写不完是曹雪芹不知道贾宝玉长大之后做什么。卡夫卡的《城堡》也没有写完，因为卡夫卡不知道土地测量员 K 进了城堡之后会怎么样。就在这时候，文德斯打来了一个电话，说他今天不来了。芸娘知道，他不来的理由是那天坐在客厅里的人当中，有一个人他不喜欢。放下电话，芸娘就悄声对应物兄说："这个文儿！我们刚才说什么来着，说宝玉这个人有些不近人情。宝玉这个人，置诸千万人中，其聪俊灵秀之气，则在千万人之上；其乖僻邪谬不近人情之态，又在千万人之下。用大白话说，就是确实够聪明，但不近人情。文儿就有点这个劲。"

　　不过，仅就这件事而言，当芸娘把小尼采的话转告给文德斯，并且告诉他，她已经替他婉言谢绝了的时候，文德斯倒来了一句："我倒是可以见见他。"

　　"见他聊什么呢？"

　　"就聊他为什么这么无聊。"

　　这天，应物兄下楼的时候，文德斯已经坐在逸夫楼前的石阶上等着他了。文德斯一手托着下巴，膝上放着一个已经破损的硬皮笔记本。"这本子有年头了。"他对文德斯说。文德斯说，这是哥哥的笔记本。文德斯接下来的一句话，使他有些伤感："我们那幢楼要拆了，我在整理哥哥的遗物，发现了他的很多笔记。我想帮他整理一下，但他的笔记太乱了。不过，我发现他很早就读过理查德·罗蒂的书。他可能是最早阅读罗蒂的中国人。"

　　一道闪电划开了他的记忆，把他带入了深邃的时空。文德能当年从竹编的小书架上抽出的那本书，就是理查德·罗蒂的 *Contigency, Irony and Solidarity*，它后来被翻译为《偶然、反讽与团结》。文德斯说："哥哥走得太早了，没看到罗蒂的另一本书《托洛茨基与野兰花》。看到了,可能会更喜欢的。"

没错,应物兄曾把文德斯比喻为植物,但那是什么植物,他却没有细想过。现在,他突然觉得,文德斯就像那个书名所示,是一株野兰花。他记得,罗蒂曾说过,野兰花是植物演化过程中晚近出现的最复杂的植物,高贵、纯洁、朴素。它性喜洁净,但难以亲近。文德斯本人其实也有难以亲近的一面。不过,文德斯与他还是比较亲近的,这可能是因为他曾是文德能的朋友,也是芸娘的朋友。

文德斯首先劝他不要去医院:"别去了。老太太时而清醒,时而糊涂。她记得所有事情,但却经常认错人。去了,她也不认识你。"

"你是说,她的病情加重了?"

"那倒没有。前天我还去了。她说了很多话,拦都拦不住。还要坐起来写字,写得像蚯蚓,纷纷爬出了格子,而且全都向右上角倾斜。我说,您今天精神很好啊。她说,你是不是担心这是回光返照?我是不会死的,因为理念是不会死的。你看她的脑子多么清楚。可她接下来又问我,见到文儿了吗?梅姨说,这不是文儿吗?她说,文儿不去写文章,来这里干什么?"

"可我还是想看看她。"

"她谁也不愿见。葛道宏派费鸣去,她都没见。她还记得,她以前的一只黑猫被葛道宏给毒死了。我说,那不是葛道宏毒死的。她说,灭鼠运动,难道不是葛道宏掀起的吗?说是灭鼠,为什么连猫一起毒死呢?你可以反对'二元论',但你不能把二元全都消灭吧?你看看。"

"所以,你得带我去,免得她把我轰出来。"

"总得有个理由。"

"就说是乔木先生要我来的。"

"她会说,这是借口,不是理由。而且,乔木先生已经来过了。她可不愿意让乔木先生看见她的病容。"

"我听过她的课，她还是长辈，不该来看她吗？这还不是理由？"

"她说的理由，是指意义、必要性。"

有句话他差点说出来：这当然是必要的，如果我不来，敬修己会小瞧我的，以后或许会给我使绊子。

"照你这么说，我看不成老太太了？"

"想起来了，你就代表应物兄。她可能不认得你了，但她知道应物兄。前段时候，她还和我谈到了应物兄。"

"她肯定是批评我喽。"

"那倒没有。她只是说，应物兄的书卖得这么好，可见价值不高。你知道的，她认为有价值的书，印数不会超过五百册。"

"柏拉图呢？柏拉图的书每年都能卖几万册呢。"

"她说，柏拉图还活着的时候，知道其人其事者，不会超过九十九个人。"

"老太太知道得这么准确？"

"那倒不是。她说，到了柏拉图的晚年，名气大了，很多人认为自己就是那第一百个人。"

"罗蒂的书，不是卖得很好吗？"

"所以她认为罗蒂是通俗哲学家。我也这么看。不过，我喜欢他的书。"

他以为文德斯接下来会说，"我也喜欢你的书"，但文德斯没有这么说。他失望吗？不，他不失望。如果文德斯真的这么说了，他反而会不适应的。

在去医院的路上，他和文德斯谈的话题就是罗蒂。他告诉文德斯，自己见过罗蒂，听过罗蒂的讲座，曾和罗蒂一起吃过自助餐。"他天庭饱满，地阁方圆，就像个螳螂。喜欢吃带刺的嫩黄瓜，穿红衬衫。"他说。

"他是在暗示自己的左派身份。"文德斯说，"其实，他是左派还是右派,我才不关心呢。我只是对他的哲学感兴趣,对他的修辞感兴趣。不过,你一提到天庭饱满、地阁方圆,我就觉得你说的不是罗蒂,而是一个中国老头。他本人不会喜欢你的这个修辞。"

"那可不一定。他喜欢中国文化。他曾认为,五十年以后世界上只剩下一种语言了,那就是英语。但他随后就修正了自己的观点。他认为,还有一种语言可以留下来,那就是汉语。我想,如果他的生命足够漫长,他后来很可能成为孔子的信徒。"

"不,他从不谈论孔子。"

"听我说,德斯。你肯定知道,罗蒂死于胰腺癌。那种病发展迅速。男人患癌的死亡率之所以高于女性,就是因为女性不得胰腺癌,而乳腺癌是最温柔的癌症。患癌之后,有一天罗蒂与儿子、牧师一起喝咖啡。牧师问他,你对死亡是怎么看的?你的思想是否开始转向宗教性的主题?罗蒂说,不。他的儿子问他,哲学呢?罗蒂说,无论是他读过的哲学,还是自己写过的哲学,似乎都与他患病后的情况对不上号。他的感受是什么呢?他的感受与孔子相通:未知生,焉知死。你可以研究一下罗蒂晚年的谈话,看看他晚年的思想与孔子有什么异同。"

"他们过的是两种完全不同的生活。我看不出他们有什么关系。"

"罗蒂喜欢兰花,孔子也喜欢兰花。最早将兰花人格化的就是孔子。有一次,孔子自卫国返回鲁国,在山谷中看见兰花,喟然叹曰:'兰当为王者香。'从此'王者香'就成了兰花的代名词。孔子还用兰花的清香来比喻友情,所谓二人同心,其利断金,同心之言,其臭如兰。'金兰'一词,即出于此。他对兰花的认识,要远远超过罗蒂。"

他又提到了罗蒂的死。他说,当他得知罗蒂死去的消息,罗蒂已经死去两年多了。死前,儿子问他,你读过的那些哲学,难道一点都与自己眼下的境况无关?如果与哲学无关,那么与什么有关呢？罗蒂说了一个字：诗。为此，罗蒂专门写了一首诗。

文德斯说："我知道这首诗。总觉得别人译的不是我想看到的，自己又译了一遍。"然后，文德斯就轻声背诵了那首诗：

> 我们以简洁的祷告，
> 向某一位神祇致谢。
> 他让死者不能复生，
> 他让生命不能重来。
> 他让最孱弱的细流，
> 历经曲折终归大海。

他对文德斯说："我也看过别人译的这首诗，但没有你译的好。"他知道他说的是真诚的，所以他才敢这么说。在文德斯面前，你只能这样。事实上，当他听到最后两句时，他仿佛感受到了细流入海时的那种羞怯和惊喜。

文德斯说："是芸娘帮我改过的。虽然芸娘只改了一个字，将'致敬'改成'致谢'，但给它赋予了韵律。境界也变了。她认为，'致敬'的原始语义，说的是极尽诚敬之心，极其恭敬，似乎包含着期盼，要求某种补偿。而'致谢'说的是过程已经终结，生命不能重来。"

他对文德斯说："罗蒂此时的心声，难道不是'子在川上曰，逝者如斯夫'的回声？我给你出个题目：《孔子、罗蒂与野兰花》。"

"老太太不喜欢孔子，她要知道我去研究孔子，还不活活气死？"

"是老太太让你研究罗蒂的吗？"

"那倒不是。我刚才说到了哥哥。其实我最早对罗蒂感兴趣，是因为芸娘。你知道的，芸娘喜欢看鸟。有一天芸娘说，因为有个叫罗蒂的人也喜欢看鸟，别人就以为她是在模仿罗蒂，认为她的写作也在模仿罗蒂。她说，罗蒂喜欢看的是鹰隼，为此曾跑到大峡谷看鹰隼，而她喜欢看的是乌鸦和喜鹊。她问我有没有看过罗蒂。

她说,她其实只是从罗蒂那里借用了一个词,Final vocabulary,终极语汇。她说这个词很有意思。听她这么一说,我就找来罗蒂的书看了。我没想到,老太太也知道这个人。老太太说,罗蒂十五岁就通读了柏拉图,他的愿望就是成为一个柏拉图主义者。"

"终极语汇?什么意思?"

"罗蒂认为,每个人都带着一套终极语汇。我们每个人都会用一些语词来赞美朋友,谴责敌人,陈述规划,表达最深层的自我怀疑,并说出最高的期望。我们也用这些语词瞻前顾后地讲述人生。罗蒂认为,这些语词就是一个人的 Final vocabulary。比如,按照我的理解,孔子的终极语汇就是仁义礼智信。"

"那么,在你看来,我的终极语汇是什么呢?"

"你嘛,你的名字就是你的终极语汇之一,应物而无累于物。"文德斯突然调皮起来。任何一个男孩子都有调皮的一面。

"我倒想'无累于物'。但是我做不到啊。很多事情,我确实放不下。"

"但你的老朋友就做得很好。"

"哪个老朋友?说出来,我好向他学习。"

他没有想到,文德斯所说的那个人竟然是敬修己。文德斯说:"敬修己先生啊。他对我说,他现在孤身一人,毫无牵挂。看上去什么都操心,其实是外儒内道,什么都放得下。"

他不由得问道:"你遇到敬修己了?你去美国了?"

"没有,没有。我接到过他的电话。这些天,他常打电话来。他说,他只有一件事放不下,就是老太太的病。"

"这倒是很难得。"

"敬修己先生昨天还告诉我,今天要下雨。他问,下雨会不会影响老太太的心情。我问,怎么会想到这个呢?他说,因为柏拉图说过,淋过雨的空气,看着就伤心。他记错了,也忘记后面还有一句。柏拉图说的是,当一阵雨落下时,有些人冷,有些人不冷,因此对于这场雨，我们不能说它本身是冷的或不冷的。不过，今天要下雨，倒是让敬先生给说着了。"车外果然在下雨。你听不到它的声音，但你能看见它，因为它将车窗弄得很脏。那无声的雨丝，正携带着尘埃洒向人间。

敬修己时常收看济州的天气预报？

也正是因为刚下过一场雨，所以每个人的脚底都不干净，住院部电梯门口的大理石地面很快被弄成了大花脸。电梯口的人越聚越多，有医生、护士、患者亲属，还有一位刚锯掉了半条腿的姑娘。那姑娘脸色惨白，如同一张 B5 打印纸。她平躺着，仅存的那只玉足伸在白色被单之外，趾甲上还涂着鲜艳的蔻丹。她好像正从麻醉中醒来，眉头紧蹙，鼻翼翕动。

他和文德斯也挤在人群中。

接下来，他听到了一段对话。这段对话要是放在别处，或许称得上平淡无奇，但在这个场合却显得格外突兀。一个人说："您改变了人们的阅读习惯，功莫大焉。"这个人的声音显然经过了认真修饰，很低沉，低沉中又有一种柔美。一个哑嗓子的人回应道："过誉了，愧不敢当啊。"柔美嗓音又说："阅读习惯的改变，有可能改变我们时代的审美趣味，我们的语言，我们的思想倾向。"哑嗓子说："我有这么厉害？不就是出了几本书嘛。还不是我自己的，是别人的书。"柔美嗓音说："因为你扭转了当代的出版倾向。改变了语言，就是改变了世界。今天我无论如何要敬您两杯，以表敬意。"哑嗓子说："真他妈不巧，中午我有一个饭局，一喝就不知道喝到什么时候了。"柔美嗓音立即接了一句："这样行不行？午后两点钟，我去接您，接您到一个地方醒醒酒。"

这实在不是一个讨论语言、审美趣味和思想倾向的地方。他的目光躲向了别处。隔着一扇玻璃门，他看见一条坡度很陡的水泥路，通向一幢灰色大楼的地下室，那其实是医院的停尸房。他脑子里顿时闪过一个不祥的念头：老太太病势沉重，指不定哪天就被送到那个地方,放进冰柜,眉毛上挂着白霜。他咳嗽了一声,似乎要把这个念头咳出去。但紧接着,另一个念头赶了过来:到了那个时候,郏象愚还在济州吗?如果不在,他会回来奔丧吗?

此时,正有两只野猫弓着腰从水泥路上蹒跚而上,一只是黑猫,一只是白猫。走到雨中的时候,它们掉了个头,又拐了回去,再次向地下室走去。在冰冷的停尸房和蒙蒙春雨之间,它们选择了停尸房。哦不,它们很快又走进了雨中,并且开始了互相追逐。原来它们选择的是情欲。柔美嗓音的人还在谈醒酒问题。只要对济州人的语言切口稍有了解,你就会知道他们所说的醒酒其实跟酒没什么关系。醉翁之意不在酒,而在山水之间也。山水在哪?在洗浴中心。所谓的醒酒,其实是到洗浴中心鬼混:浴盐、精油、蜂蜜,桑拿、按摩、推油。这两个家伙是谁呢?他们就站在他和文德斯前面,当中隔着一位少妇,还有少妇的保姆。应物兄看不到他们的脸,但能看到他们的肩膀和脑袋。那个有着柔美嗓音的人是个瘦子,形销骨立,脖子很长;而那个声音沙哑的人却是个胖子,好像没有脖子,后颈肉浪滚滚。屠夫把那个地方的肉称作槽头肉,不法商贩拿它剁馅做包子。

应物兄当然认出了他们,却不愿立即和他们打招呼。他想等一等,看看他们如何出丑。最先对他们的谈话表示异议的——当然也可能是赞同,就看你怎么理解了——是少妇怀里的那只狗。少妇怀里有两样东西:一样是狗,吉娃娃狗;一样是玫瑰,白玫瑰。小保姆怀里也有一枝玫瑰,那枝玫瑰是别在一个剑鞘上面的。他发现,除了医生、护士,几乎所有人都捧着鲜花,鲜花中自然少不了玫瑰。玫瑰泛滥成灾了,就跟狗尾巴花差不多了。现在,与那些狗尾巴花相映成趣的,就是那只吉娃娃狗了。但它却不像狗,倒像是一只刚拱出蛋壳的小恐龙,一种在斯皮尔伯格电影中出现过的翼龙,只是没长翅膀而已。它是一条公狗,玫瑰花香也未能抵消它的臊气。瞧它的模样,穿着红色的皮背心,皮背心上镶着阿里巴巴的图案。它的项圈是犀牛皮做的。还是那句话,它简直不像一条狗,更像一位正要奔赴盛宴的公子哥。它的叫声,或者说,它的意见是这样的:

叽叽叽　啾啾啾　咻咻咻

像鸡,像鸟,像蛐蛐,像斯皮尔伯格电影中的小恐龙,唯独不像狗。和它相比,木瓜就太像狗了。但它也确实是条狗,也是从狼变来的。文德斯后来告诉他,这一家三口差不多每天都来。少妇的丈夫,是一位离休的将军,如今瘫痪在床,每天都要看到那两样东西:剑和吉娃娃狗。

吉娃娃狗叫了一通之后,好像觉得还没有把意见表达清楚,就伸出两只前爪,朝那两个人的脑袋拍了过去。它还要伸出舌尖舔他们呢。它的舌尖,形如鸟舌,形如初春的嫩芽,又带着丰富的汁液。那两个人赶快把头扭到了一边。当然,对那个胖子来说,扭头是比较困难的,必须同时把身子也扭了过来。

果然是季宗慈,而那个瘦子则是济州大学的美学史教授丁宁。

"你怎么来了?"丁宁把狗爪拨到一边,歪着脑袋问。

"这医院又不是你办的,我怎么就不能来?"他笑着回答。

"我可逮住你了。"季宗慈说。

"我们一会再说。你们先聊?"他对季宗慈说。

"德斯兄,我也正想找你呢。"季宗慈说。

"您是?"

"我? 我是应物兄的出版人啊。我在芸娘家里见过你。"

季宗慈一直约他见面,想和他谈下一本书的合作:约他写一本自传。"最好写成心灵鸡汤式的。"季宗慈说,"我们要趁热打铁。"他不愿写。没有时间只是他的托词,最主要的是他觉得没有资格去写什么自传。

他没想到在这里遇上了季宗慈,更没有想到在这里遇见丁宁。他跟姓丁的闹过一点不愉快。那是在芸娘家里。芸娘的丈夫是做书画生意的,家里的每面墙上都挂着他购买的或者艺术家朋友送他的字画。其中有一幅画,画的是钟馗。画面上的钟馗豹头环眼、铁面虬髯,手中舞着一把剑,正要去捉鬼。丁宁是芸娘丈夫的朋友,说他正在写一本书叫《儒美学》,想用这幅画作为插图。他让芸娘丈夫转告画家,只要他用了那幅画,作者就算进入中国美学史了。那天,他们是为了祝贺芸娘的乔迁之喜而聚到一起的。当时,他们正品尝芸娘丈夫从国外带回来的红酒。芸娘丈夫说,那瓶红酒价值十万元,是1982年生产的。两百年来,酒庄所属的葡萄园永远是二十八亩,每年只生产两千瓶红酒。

因为气氛轻松,所以交谈起来也就没什么顾忌。当时听丁宁这么一说,他就开玩笑说,儒家是不谈鬼的,子不语怪力乱神嘛,而且钟馗与儒学一点关系都没有。他还开玩笑说,孔子地下有灵,听你这么说,说不定就会气得从墓堆里爬出来找你算账。他当然知道丁宁的意思,无非是想让作者送他一幅画。他看不惯这种爱占便宜的家伙。

“怎么没有关系?钟馗的妹夫就是儒生。作为儒学家,连这个都不知道?”

“钟馗是个虚构人物,一个虚构人物,却有真实的妹妹、妹夫?”

“钟馗,姓钟名馗字正南,终南山下周至县人。你怎么能说他是虚构人物?他也是爹妈生的。《全唐诗》里写到过的,他给唐明皇治过病。你是不是想说,唐明皇也是虚构的?”

知识分子的一个臭毛病就是爱逞口舌之快,他对此虽然时时警醒,但还是未能免俗。他指着那幅画说道:“钟馗也真是的,放着身边的鬼不捉,每天忙着去别处捉鬼。”这句话惹恼了丁宁。丁宁把茶杯一放,问:“谁是鬼?你还是我?”

芸娘出声了:“应物!”

他就让了一步,说:“好好好,我是鬼。”

但丁宁还是不依不饶:“你?你连鬼都不是。鬼者,归也。等你归去的时候,你才能变成鬼。"

他不想扰乱芸娘的乔迁之喜,没有接话。但他心中的不屑油然而生。眼下,在医院里,丁宁再次让他不屑。丁宁为什么要恭维季宗慈,并且还要请季宗慈到洗浴中心醒酒呢?不用说,他肯定又在炮制新的美学史。我完全可以想象,他的写字台上同时摊着一本又一本的美学史,中国的、德国的、意大利的、日本的,老版本的、最老版本的,新版本的、最新版本的,还有一本是他自己的。他分别用镇纸压着,然后就开始拼凑、炮制最新的美学史了。他每年都要出本书,每本书都在四百页左右,厚如秦砖,卖废品的时候很压秤的。他还用英语把美学史的梗概登上自己的博客。他那拙劣的软件英语,将美学史讲得丑陋无比。

毫无疑问,丁宁是想让季宗慈替他出书。看得出来他跟季宗慈也是偶然相遇。他来医院干什么?他结婚多年,仍然没有孩子,想孩子都想疯了。正如他在书中写到的,人是精英,睾丸里却没有精子,如之奈何?

此时丁宁说:"我要看的是何为先生,你呢?"

他说:"我也是。"

丁宁说:"我的新著寄给了何为先生。据说,先生很喜欢。"

是吗?他看了看文德斯,文德斯没有说话。他又听见丁宁对季宗慈说:"我在注释中引用了老太太的观点。你只有成为别人的注释,才会不朽。"

文德斯终于开口说话了:"以后,我或许应该为你作个注释。"

丁宁问文德斯:"你是——你也是写文章的?我以为你还是个孩子呢。"

文德斯说:"谁不是孩子呢?我看,你也是孩子。"

他看到文德斯在朝他使眼色,要他先退出来。看到他们退出来,季宗慈也退到了一边。而丁宁却被人群裹进了电梯。后来,他们又来到住院部大楼外。他和季宗慈在指定的地方抽烟。季宗慈问:"听说,你近日要去北京见程先生?我派车送你去怎么样?我带个速记。"

"我都不知道能不能见到程先生。"

"程先生的简体字版权,我想一锅端了。你跟程先生说一下,我不会亏他的。"

"好啊,我们找机会好好谈谈。"他对季宗慈说。

"你的自传呢?要不,我把你、程先生、孔子的传记,一起出了?"

"这个玩笑,千万开不得。"

又过了一会,丁宁从楼里走了出来。"老太太在睡觉。医生不让进去。连花都没送出去。"丁宁说,"季总,你要探望谁?我陪你一起上去?"

季宗慈说:"我要见的人,就是应物兄。"

其实季宗慈要见的,是济大出版社社长的老婆。社长的老婆跳广场舞,竟然把腰给扭折了。看到季宗慈手里捧着玫瑰,他就跟季宗慈说:"你也不怕社长大人吃醋。"季宗慈说:"吃醋?你就是给他一瓶醋精,他也吃不出来酸。待会,我就在这等你,不见不散。"

后来,他们终于见到了老太太。老太太深深地陷在床铺里,看上去好像没有人的样子。开门进门所形成的风,将白色的被单吹到了她的脸上。这给人的感觉相当不妙:好像她已经进入了永恒的世界,被白布蒙了脸。梅姨不在房间。文德斯泪水突然夺眶而出。只见他立即趋步上前,把被单掀开了。被单被她脸上的皱纹稍微阻拦了一下。她的嘴张着,有黏液扯在那里,有如蚕丝。

文德斯轻声喊道:"奶奶。"

她一定听到文德斯的声音了,脸上的皱纹动了一下,那是一些紊乱的线条。文德斯像个孩子似的笑了,去摸她的手。她的手很小,在文德斯的手中显得更小。她还在睡觉,但脸上慢慢绽开了孩子般的微笑。一个古希腊哲学的女儿。老太太脾气不好,哲学系的老师差不多都被她训过。此时,她却像个婴儿,不哭不闹,乖得很。窗台上放着一排用完了的葡萄糖瓶子,每个里面都插着一枝干花,乍看上去,如同一排拆除了引信的微型炸弹。雨停了,此时刚好有阳光临到房间,尘埃在阳光中缓缓飞舞,舞姿静谧。

"文儿。"老太太睁开了眼睛。

她竟然也认出了他。这一点,连文德斯也感到惊讶。她竟然还能开玩笑:"文儿胆大,把孔圣人的徒弟拽来了?"她叫他应物兄,"应物兄,谢谢你来看我。你这个'兄'字,占了我老太太的便宜了。"

"您还是叫我小应。"

老太太示意他靠近一点:"出院了,我们合开个会。不搞耶儒对话。耶稣与孔子又不是同代人,差着辈分呢。要搞就搞孔孟与苏柏①的对话。好不好?"

"我听您的,先生。"他说。

"让他们掰掰手腕子。"老太太说。

文德斯抚摩着老太太的手。老太太说:"我做了个梦,梦见文儿的书出版了。"

泪水再次在文德斯的眼眶里打转。那晶莹的泪水啊。如果他爱,那是真爱。如果他流泪,那是泪水要情不自禁地涌出,就像春风化雨,种子发芽。老太太说:"是我反对你的书出版的。我对编辑说了,我死后,再给文儿出。我不同意出版。"

"奶奶,其实我也不同意。"文德斯说。

"你的'不同意',跟我的'不同意',不是一个'不同意'。"老太太说。

"都是'不同意'嘛。"文德斯像孩子耍赖。

"你不同意,是你觉得没写好。你要是写好了,我更不同意。"

"等您病好了,再让您批改。我全听您的。"文德斯说。

---

① 苏格拉底和柏拉图。

"你说,柏拉图反对恶。错了。柏拉图反对的不是恶,是反对把恶当成善。柏拉图说,人总是追求善,选择善。一个人,如果选择了恶,那是他把恶当成了善。他缺乏善的知识。缺乏善的知识,就会在善的名义下追求恶,选择恶。"

"奶奶,我懂了,我正在修改呢。"文德斯说。

老太太说:"应物兄,我翻了你的书,看你提到了王阳明的善恶观。王阳明是反对程朱理学的。他开坛授徒,讲的什么? 要我看,他讲的就是柏拉图。"

王阳明不会知道柏拉图,就像耶稣不会知道孔子。这是两股道上跑的车。但是,人类的知识,在某一个关键的驿站总会相逢,就像一切诚念终将相遇。他揣摩着老太太的话,想着柏拉图与王阳明思想的相通之处。他的思考未能深入,因为梅姨回来了。梅姨拎着的两桶矿泉水还没有放下,老太太立即让梅姨替她找东西。梅姨从老太太枕头下面取出一张纸,方格稿纸,抬头印着"国际中国哲学学会"的字样。上面有四行字。果然如文德斯所说,每个字、每行字都向右上角倾斜,都爬出了格子,但字迹还勉强看得清:

无善无恶心之体

有善有恶意之动

知善知恶是良知

为善去恶是格物①

老太太让梅姨交给文德斯:"应物兄对王阳明有研究,让应物兄给你讲讲。"

文德斯说:"您多休息。放心,我会向他求教的。"

他说:"先生放心! 我要是讲错了,您可以打我,骂我。"

老太太说:"如果你讲错了,你就是把恶当成了善。"

他赶紧说:"我一定好好想想什么是恶,什么是善。"

___

① 见王阳明《传习录》。

老太太说："你在书里说,什么是伪善,伪善就是恶向善致敬。这不对,伪善就是恶。照你的说法,有伪善,就有伪恶。伪恶,就是善向恶致敬?"老太太浑浊的目光突然变得凌厉起来,有如排空的浊浪瞬间被冻结了,又碎了,变成了刀子。老太太说："同时,还须有历史的眼光。过去的善,可以变成今天的恶。"说着,一口气憋在了胸口,没能喘过来。梅姨赶紧按响了床头的急救铃。

医生来了,比医生先到一步的是护士。不过,护士进来的时候,老太太已经恢复了正常。护士拍了拍半跪在床前的文德斯的肩膀。

文德斯对老太太说："奶奶,我明天再来。"

老太太就像孩子似的,学了一声猫叫,说："给我看好柏拉图。"

她说的并不是哲学家柏拉图,而是她的猫。那是一只黑猫。她喜欢养猫,但只养黑猫。她养过的所有的黑猫都叫柏拉图。

文德斯说："我会的。"

老太太说："下次抱它过来。不要让他们看见。"她说的是医生和护士。

医生和护士都笑了。老太太突然又说道："应物兄,你过来。你说,孔子是最伟大的老师。我不同意。作为老师,苏格拉底更伟大,因为苏格拉底培养出了柏拉图,而柏拉图与苏格拉底一样伟大。孔子的门徒,没有一个可以与孔子相比。只有学生超过了老师,那个老师才是伟大的老师。"

他不能同意她的观点。孟子呢?孔子的传人孟子,不也是伟大的人物吗?当然,这句话他没有说。护士在暗示他们应该离开了。老太太又说："应物兄,回去问乔木先生好。乔木先生总是笑我,一辈子抱着柏拉图的大腿不放。这没什么好笑的。弱水三千,我只取一瓢饮。"接下来,老太太突然说了一句莫名其妙的话,"见到亚当,也替我问个好。他知道,我有事拜托他。"

他当然明白,她说的亚当就是经济学家张子房先生,张先生曾经重译了亚当·斯密的《国富论》,其译后记《再论"看不见的手"》,曾经风靡经济学界。如前所述,老太太与张子房先生、乔木先生以及姚鼐先生,是济大最早的四位博士生导师。他们三男一女,有人私下称他们为"四人帮"。这四个人当中,老太太与张子房先生关系最好。张子房先生没有疯掉之前,一直称老太太为小姐姐。

"好的,奶奶你放心吧。"

别说见不到张子房先生了,就是见到他,我们也不敢让他来看你。他曾看见子房先生在垃圾堆里翻捡东西,很认真,就像寻宝。也曾看见子房先生穿着西装,打着领结在街上散步。时而疯癫,时而正常,这就是子房先生留给人的印象。生病之后的子房先生,容貌也起了变化,那变化主要表现在嘴唇上,原来的薄嘴唇竟然变厚了,说话也不利索了,就像嘴唇上打了麻药。老太太看到张子房先生这个样子,能认出来吗?认不出来还好,要是认出来,那岂不更为痛心?

他突然想起,多年前老太太在课堂上讲过一个真实故事,也是关于善的。那个故事的主人公,其实就是张子房先生的母亲。当年,上面传达一个"反革命"分子叛逃的消息,张母竟然说,他火急火燎地跑了,不知道带干粮了没有。心肠有多好啊,怕人家饿着,成为一个饿死鬼。话音没落,张母就被扭到了台上,又被一脚踢了下去。这个故事的结尾,老太太当时没有讲,因为它有点过于悲惨了:因为断掉的肋骨刺入了肝脏,张母当天就去世了。

现在,听老太太说有事拜托张子房,文德斯也不由得感到奇怪,问:"奶奶,你有什么话要我转告他?"

老太太说:"他知道的。"

文德斯问了一句:"万一他忘了呢?奶奶提醒我一句。"

老太太说:"柏拉图是他送我的。我死了,柏拉图还给他。"

文德斯说:"奶奶,您这话我可不爱听。"

老太太说："还有一件事，他不会忘的。"

谁能想到呢，老太太所说的那件事，竟然是让张子房给她致悼词。后来，当他知道了老太太这个遗言，他觉得老太太的思维确实有点与众不同：让一个疯子给她致悼词？

应物兄记得，从病房出来，他们又陪着医生说了一会话。医生说："你放心。上头发了话的，医生必须是最好的，药也必须是最好的。"医生的话虽然首先是夸自己，但听着让人放心。梅姨这时候从病房出来了。文德斯以为梅姨找的是自己，忙问："奶奶还有什么话要交代？"

梅姨说："不是说给你的，是说给应老师的。姑姑说，告诉愚儿，别回来看我，我死不了。"

他说："我记住了。"

梅姨又说："她还让你替她谢谢程先生，谢谢他收留了愚儿。程先生是谁？"

文德斯显然觉得，老太太的脑子过于清晰了。他一定联想到了"回光返照"这个词，就向梅姨提出今天陪她在这里值班。梅姨笑了："她也不让你来了。她说，看到你再来浪费时间，她要打你屁股。"

下了楼，他们又看见季宗慈。季宗慈捧着一大捧花。原来，季宗慈还要去看刚入院的省新闻出版局局长。见到他们，季宗慈分出一束花，硬塞给了文德斯："老太太怎么样了？暂时不要紧吧？"

文德斯说："什么叫暂时不要紧？老太太好得很！"

季宗慈说："小师弟，你别多想。我也想去看看老太太的，是老太太不让看。老太太到死都是个认真的人。她也太认真了，年轻时就是这样。跟你们说吧，我最佩服的人就是老太太。老太太终身未嫁，宁愿把贞操带进火化炉，也不留给咱们这些臭男人。就凭这一点，我就崇拜她。"

他以为文德斯会发火，但文德斯只是把那束花放到了地上。

他从文德斯的目光中看到的不是愤怒，而是怜悯。他没有想到，文德斯接下来的一句话，带着自言自语的性质："看到老太太，我似乎看到了自己的老年。你说，到了老年，我会像老太太这样认真吗？"

说完这话，文德斯就走了。

他在后面叫他，他也不停。

他赶紧追了过去。那一刻，想到自己之所以浪得虚名，跟季宗慈脱不开关系，应物兄就觉得不好意思。文德斯会不会因此看轻了我？他想。所以在回去的路上，他和文德斯很长时间没有说话。文德斯坐在副驾驶位置上，一直看着后视镜：它确认着他们离医院越来越远，离老太太越来越远。而在应物兄心里，他知道这是自己最后一次见老太太了。伤感和惜别不断从他的心底溢出。后来，他看到文德斯掏出一本书，从后面翻起，在空白处写着什么。他以为文德斯是要记下老太太的话，就问："你是在整理老太太的话吗？"

文德斯说："这就是我刚出版的小册子。"

它确实很薄，书名叫《辩证》。刚才，文德斯原打算把书送给老太太的，但因为老太太说了一句"等我死后再出版"，他就没有把它拿出来，因为他担心提前出版会惹老太太不高兴。"奶奶记错了。我书里提到的并不是什么善恶。我谈的是自由。当然，善恶与自由有关。雅典人对民主制度，有天然的爱好，认为自己拥有自由。但柏拉图认为，他们拥有的自由其实是假的自由。随心所欲并不是真的自由。那些人，高喊自由，但却不断地损害自由，不断地作恶。"

"正如孔子所言，随心所欲而不逾矩。"

"不，这说的不是一回事。"

"怎么不是一回事呢？有限制的自由，才是自由。"

"柏拉图所说的'随心所欲'，说的是什么'心'什么'欲'呢？如果人的本性是向'善'的，那么'心'和'欲'就一定是向'善'的。

一个人如果不能跟随向'善'的'心'，满足向'善'的'欲'，他就不是自由的。所以，真正的有价值的'随心所欲'，就是满足人自然向'善'的欲望。你看，老太太让你给我讲课呢，我反倒瞎说一气。你可别笑我。"他还在想着文德斯的话，文德斯突然说，"对不起了，我得下车，再回去一趟。"

原来，文德斯是想让老太太看看那只名叫柏拉图的黑猫的视频。它现在就养在他的家里。并不是他不愿意把它带来，而是医院不允许带，虽然这里野猫成群。他倒是成功地带进来两次：一次放在书包里，一次裹在风衣里。他觉得这样做，就像做贼一般，感觉相当不好。但老太太每次见到他，总要问到柏拉图。

"我送你回去。"

"那敢情好。我有不好的预感。但愿我的预感是错的。"

"别想多了。我明天要去北京，等我从北京回来，我还想让你再带我过来看看呢。到时候，我替你抱着猫。老太太那么喜欢猫？"

"对老太太来说，猫就是理念。"

"猫就是理念？"

"这其实是柏拉图的话。柏拉图说，我们所说的猫，与个体的猫不同。说一只动物是猫，是因为它有猫性。这种猫性既不随个体的猫而出生，也不随个体的猫而死去。作为一个理念，它是永恒的。老太太说，看到猫，她就像看到了柏拉图本人。我给猫拍的视频，她或许会喜欢的。她这会可能累了，得让她先休息一下，所以到了医院门口，你就可以走了。待会我再拿给她看。她的时间观念模糊了。我再上去，她就会以为已经是第二天了。"文德斯说着，就又调皮起来了，"这样也好，来一次，等于来两次。"

说是等会再去看老太太的，但是下车之后，文德斯立即朝门口跑去了。他走得有点急了，竟把那本《辩证》掉在了车上。

那天回到筹备处，应物兄就开始阅读那本书。别人送的书，他

278

可以不看,但芸娘的书,或者芸娘弟子的书,他是一定要看的。那本书名为《辩证》,开篇谈的却是"启蒙":

> 1784 年 11 月,德国《柏林月刊》发表了康德的一篇短文:《何为启蒙》。康德本人并没有将它看得多么重要,后来也很少提及,但它却标志着对思想史上一个根本性问题的切入。两百多年来,这个问题仍然以各种形式反复出现。从黑格尔开始,经由尼采或马克斯·韦伯,到霍克海默或哈贝马斯,几乎没有哪一种哲学不曾碰到这个问题:所有人,既没有能力解决,也没有办法摆脱。那么,这个被称为启蒙的事件,这个决定了我们今天所是、所思、所行的事件,到底是什么事件?请设想一下,如果《柏林月刊》今天还在,并且问它的读者:什么是现代哲学?或许我也会如此回答:现代哲学是这样一种哲学,它企图回答两百年前康德突然提出的那个问题:何为启蒙?

看上去单纯而柔弱的文德斯,每天都纠缠于这些问题?不过,这并不奇怪。遥想当年,类似的问题也曾在他的脑子里徘徊,幽灵一般。文德斯提到的人,他都曾拜读过。他熟悉他们的容貌,他们的怪癖,他们的性取向。但他承认,当年读他们的书,确有赶时髦的成分,因为人们都在读。求知是那个时代的风尚,就像升官发财是这个时代的风尚。他在整理出版《孔子是条"丧家狗"》的时候,曾经将当年的读书笔记翻出,将当年摘抄的一些句子,融入到了那本书中。当年摘抄的时候,他没有记下页码和版本,事后也没有工夫再去核查、补充。这也是后来有人指责他抄袭的原因。他在一句话下面画了一条杠:既没有能力解决,也没有办法摆脱。这句话引起了他的共鸣。看着那句话,那条杠,他有点出神。

他想,从北京回来,一定与文德斯好好谈谈。

他把书放下了。他不知道,在后面的行文中,文德斯也提到了他。

34．三人行

　　三人行，但下车之后，三个人才在站台上见到。

　　驻京办事处派车把他们接到了勺园宾馆。程先生还没有到呢。如前所述，应物兄和葛道宏、费鸣之所以提前来，是为了先见一下栾庭玉副省长。这里离栾庭玉培训的中央党校很近，见栾庭玉比较方便。当然，主要还是为了方便见到程先生。程先生在京期间，将住在北大的博雅国际酒店。他们本来也想住在博雅的，但博雅的前台说，已经客满了。

　　这天中午，栾庭玉请他们吃饭。那地方靠近颐和园，在青龙桥附近，院子里非常幽静。窗外是松林，室内是竹林。竹笕二三升野水，松窗七五片闲云。[①] 竹林内设置了粗大的竹管，将水抽到高处，再倾泻而下，形成一个小小的瀑布。他们先进了一个茶室。费鸣陪着葛道宏喝茶的时候，应物兄出来抽烟。院子里有个小湖，湖水深幽，但岸边背阴处还有薄冰。有一个女人在院子里走，在湖边走。那是个孕妇。她的手搭在自己微凸的小腹上。她很娴静，像映于湖面的云朵。

　　他看到院子里还有几条狗。有一条高大却精瘦的狗，它在湖边的鹅卵石地上跑来跑去，姿势优雅，有如踩着舞步。有时它会用纤长的后腿直立起来，而把前爪搭在一只藤椅上，扭回头，朝这边张望。它的脑门上全是皱纹。他觉得，它是年轻身体与衰老大脑的混合物。这印象当然是不对的，但很顽固，无法消除。还有几条小狗，胖嘟嘟的，颜色棕黄，就像毛皮手套翻了过来，它们哼唧起来就像鸟叫。有两只小狗站了起来，互相扔着一只毽子，就像在打排球。不过那只毽子很快就被它们扔到了湖里。还有一只体形较大

---

　　① 　见《五灯会元》（卷十八）。

的狗,他认不出那是什么狗。它在近处散步。但它走着走着,就靠着一张木桌开始蹭痒痒,桌子上的笔筒、茶具、咖啡壶顿时摇晃起来。或许是经过了严格训练,它的分寸感掌握得很好:笔筒虽然摇摇欲坠,但终究没有倒下。于是那条狗得意地走开了,一时慢速,一时快速,惊飞了几只蝴蝶。哦,不是蝴蝶,而是蜻蜓,它们的翅膀有如碎银闪烁。

"应物兄先生。"有人叫他。

竟然是金彧?她端着一个盘子,盘子里叠成方块的白毛巾,正冒着热气。

"金彧姑娘,你在这?"

"我不是告诉过你,我还在北京进修嘛。"

没错,你是说过在北京进修。可我说的"这"可不是指北京,而是此时此地。这倒是有趣。上次见到她是因为狗,这次他们身边还是一群狗:高大却精瘦的狗、扔毽子的狗、像人那样蹭痒痒的狗。

"真巧啊。"

"谢谢您。谢谢命运!"她说。

"命运"这个词用到这里,有点重了吧?不就是再次相逢吗?他就说:"我们有缘啊。"当他说这句话的时候,他还意识不到,她的话其实一点也不重。从上次因为木瓜和哈登而相遇,到这次相逢,这期间其实已经发生了很多故事。她说的"谢谢您",其实没有说错:上次闹出那个事件之后,铁梳子表面上责怪了她,实际上却开始重用她了,因为铁梳子看出了她的忠诚以及灵活性。后来,当邓林找到铁梳子,说栾庭玉家的保姆出了事,能不能临时从这里借一个保姆的时候,铁梳子就把她推荐了过去,她由此走进了栾庭玉的生活。这些事情,应物兄当然并不知道,他要在今天的饭局开始之后,才能够看出一些端倪来。

他说:"你是说,我们有缘分吧?确实够巧的,确实是缘分。"

她拿起盘子里的一只金属夹子,夹着毛巾递给他。这么快,它就从热气腾腾变得冷飕飕的。"我们确实有缘。"她笑着说。她的笑依然迷人。"不过，待会吃饭的时候，我们可并不认识。吃饭的时候，我们才有缘见到。"

餐桌上，她坐在栾庭玉身边。栾庭玉介绍她说，是亲戚，在北京大学读书。她纠正了一下："是北京医科大学。"栾庭玉说："医科大并入北大了嘛。"栾庭玉向她介绍了葛道宏，称葛道宏是教育家、历史学家。她还没有吭声，葛道宏就说："就叫我葛叔叔吧。"她就叫了一声叔叔。

他觉得，葛道宏其实也有单纯可爱之处。

接下来要介绍费鸣了。费鸣比他还先认识她。因为那天抱着木瓜去看病的就是费鸣嘛。但费鸣此时却像是第一次见到她。栾庭玉说："这是费鸣博士，以前是葛校长的人，现在是跟着应物兄教授。"栾庭玉的口头禅是"并且来说"，它经常没有实际意义，但这次好像用对了，"当然，并且来说，还是葛校长的人。"

她说："费博士好。"

费鸣站起来，拱着手，说："很高兴认识。"

栾庭玉最后介绍了他，说这就是大名鼎鼎的应物兄教授，国内数得着的儒学家。"知道我为什么没说他是最有名的儒学家吗？因为我们是同学，用不着跟他客气。"栾庭玉对金彧说，"你不是喜欢翻看古籍吗？不懂的，就问应物兄教授。"

他发现，费鸣在盯着他看。我要是装作第一次见到她，费鸣不免会对我有些看法。他就对栾庭玉说："我们已经认识了，刚才还在院子里聊了一会。"

她说："我早就拜读过应先生的书了，书上有照片的。我们是一家人。"

栾庭玉警觉地一挑眉毛。她立即补充了一句："自古医儒一家。"

他问金彧："最近在读什么书？"

金彧说："你知道的,除了专业,我最喜欢的是李白。我在读李白的诗。"我怎么会知道你喜欢李白? 当然这句话他没有说出来。他听见金彧接下来又说道："你知道的,大学里有各种选修课。有一门选修课,就叫唐诗与中医药文化。我是这门课的课代表。李白的诗中就提到很多中药材,女萝啊,牡丹啊。李时珍说,根上生苗,以色丹者为上,故名牡丹。牡丹泡酒,有明目醒脑之效。像您这样用脑子的人,不妨试试。"

"哦,李白还懂养生?"

"那当然。你知道的,李白写过一首诗,叫《嵩山采菖蒲者》。我来采菖蒲,服食可延年。服食菖蒲,可以消食,坚持服用七年,白发可以变黑,可以长出新牙。文人雅士都喜欢菖蒲,改天我送您一盆菖蒲?"

"菖蒲好啊,我都开始养菖蒲了。"栾庭玉说。

这虽然是个私人宅子,但侍者却都穿着统一制服,都是带襻扣的藏青色服装,圆口布鞋。哦,他突然发现,他们的服装上都绣着菖蒲。侍者走到金彧身边,弯腰说了一句话。金彧把那句话说给了栾庭玉。栾庭玉扭头问那个侍者："先生什么时候到?"侍者微笑地摇头。

栾庭玉说："那我们就不等他了。"

迟迟没有上菜,原来是要等一位先生。栾庭玉介绍说,要等的这位先生就是这个宅子的主人。这位先生是济州中医院院长的朋友,今天就是这位先生请客。以前到北京开会,多次答应这位朋友过来吃饭,但总是身不由己,想来也过不来。并且来说,一个人过来吃饭,再好吃的东西,也吃不出个滋味。然后又介绍说,宅主不得了的,生意做得好,学问也做得好,而且还是个隐士。什么生意,栾庭玉没说。栾庭玉倒是提到了他的学问,是研究《周易》的。"会相面,会占卜,会看风水。是真名士自风流。这种人,走到哪都会被人拦着,走不开。待会,他回来了就回来了,不回来就不回来了。

我们吃我们的，不用管他。"

　　这天，一开始只是闲聊，当然主要是听栾庭玉聊。栾庭玉说："宦情秋露，学境春风。在合适的时候，栾某人还是愿意退出官场。一二三四五六七，七六五四三二一，统统都放下，就到高校任教。并且来说，至少图个清净。跟官场相比，高校就是个桃花源啊。"

　　"庭玉省长这是抬举我们了。"葛道宏说。

　　"今天都是自己人，都放开，不提官职。"栾庭玉说。

　　"哎哟，那该怎么称呼呢？"葛道宏说。

　　"就叫庭玉。并且来说，你叫我省长，我也多不了一斤肉。叫我庭玉，我也少不了半两肉。"栾庭玉说，"合适的时候，我愿意调到济大，老老实实跟着道宏兄、应物兄做学问。道宏兄比较忙，可能不敢再收学生了。那么应物兄，看在老同学的面子上，愿不愿意收下我这个学生？"

　　"这玩笑就开大了，"应物兄说，"庭玉兄道千乘、万乘之国，仕途正好。'秋露'一说又从何谈起呢？再说了，高校早已非净土，岂有桃源可避秦？'春风'一说也就谈不上了。"

　　这天，栾庭玉难得地直抒胸臆，说他曾经想过去美国读个博士，至少也要像应物兄那样出去访学一年半载。去哪呢？当然是美国。了解了美国，差不多就等于了解了世界的另一半。他曾对一个美国议员说，你以前没来过中国，怎么能说了解世界呢？同样道理，不了解美国，我们也不能说了解了世界。道理是这么个道理，情况是这么个情况，可是他却不能走。不能走，是因为走不开，走不开是因为全省人民。全省人民对本届政府领导班子，寄予了厚望。现在让他撂挑子，独自跑到美国去读书，打死他也做不出来啊。曾经有人向他建议，说不需要他亲自去，可以派个人替他去。他把这人骂了一通。这不是公然造假吗？虽然不少人就是这么干的，可他不能这么干。这读书就像上厕所，就像做爱，得亲自来。后来那人就提出，可以弄个美国教授过来，这样就可以跟着读了。

想法倒是不错。但是,一个人独享其成,他心里也过意不去。还有,考试怎么办?去美国考,还是就在中国考?如果在中国考,考卷是不是从美国寄过来?监考老师是美国人亲自过来呢,还是美国人指派这边的人代劳?总之,有一系列问题。

"这就涉及国际的校际合作了。虽然麻烦,但也不是不可行。"葛道宏皱了皱眉头,似乎已经开始考虑如何进行合作了。

"但已经被我拒绝了。"栾庭玉说,"我当时也认为,事情如能办成,将为中美两国高校之间的合作开辟一条新的道路。螃蟹总得有人先吃。可想想又觉得不妥。并且来说,你拿到的只是个文凭,你对美国还是没有直观感受。并且来说,由这边人监考,也确实容易出问题。比如说,是应物兄监考。我要说,有道题我不会,得翻翻书。应物兄能不让我翻吗?问题来了,这到底是真考还是假考?"

"庭玉省长,我也接触过不少省部级大员。像您这样严格要求自己的,有没有?有!但不多。"葛道宏说。

"后来又有人献计献策。说台湾有一个教授在大陆招收弟子,问我要不要跟那人联系一下。并且来说,这样处理起来也比较方便。至少卷子不需要翻译嘛。问题是,我,一个政府要员,一个共产党人,去台湾读书,合适吗?朋友说,这个台湾学者眼下就在清华大学做特聘教授。我问,这人是国民党还是民进党?先打听清楚。后来打听清楚了,是国民党。国民党还好一些。不过,让我跟着国民党读书,总归有些不合适吧?对方是欧洲人,哪怕是中国香港人呢,还可以考虑。你们说呢?"

"庭玉省长考虑得周详。"葛道宏说,"你说呢,应物兄?"

"其实在哪读都一样。读书,主要是选导师。"应物兄说,"中山大学跟北大当然是不能比,但因为陈寅恪在中大教书,人们还是希望成为陈寅恪的弟子。"

"银缺?够坦荡的,竟敢在名字里面说,自己缺银子花了。"栾庭玉说。

应物兄委婉地解释了一下："是子丑寅卯的'寅'。陈先生属虎,名字里就带了个'寅'字。"

"应物兄是说,把我介绍给陈虎什么寅?"

"世上已无陈寅恪。"

"死了?"

葛道宏叹了一口气,说:"'文革'中死的。"

栾庭玉拍了一下桌子:"'文革'教训沉重啊。所以说,这些年一听谁说要给'文革'翻案,我就想抽他两耳刮子。"

应物兄突然想到,栾庭玉是不是想考程先生的博士?

话题果然转到了程先生身上。栾庭玉坦率地说,自己是从应物兄的书中知道程先生其人的,看到应物兄对程先生如此推崇,他就知道程先生非凡人也。于是他就让邓林把程先生的书全都买来,床头堆着,马桶边堆着,汽车后座上也堆着,有空就看一看,没空也要翻一翻,很受启发。相对来说,他最喜欢读程先生的散文,读得津津有味。

栾庭玉提到了一篇名叫《体味》的散文,其中有一个细节:程先生刚到美国的时候,街上的狗见到他都会叫起来,就是不叫,下巴颏也是一抖一抖的。这是因为中国人身上没有体味,见到了中国人就像见到了怪物。栾庭玉用筷子敲了敲桌子,"这就叫狗眼看人低。"

葛道宏说:"庭玉省长读得很细啊,细微处见精神。"

栾庭玉把筷子往桌子上一放,说:"美国狗,少见多怪啊。程先生其实是想说,我们已经是人了,你们还是猴子呢,还没褪毛呢,一身腥臊。程先生的民族气节,让人感叹。但是,"栾庭玉又把筷子拿了起来,"程先生又不护短。缺点就是缺点,绝不护短。这就是儒家所说的'三省吾身'吧?比如他提到,刚到美国时,看到外国女人就觉得跟中国女人不一样。中国女人大概是缺乏运动,经常坐着,纺线啊,织布啊,纳鞋底啊,屁股有些下坠,腰很低。"

葛道宏说:"批评与自我批评。好。"

栾庭玉听了,看着葛道宏,嘴角浮出一丝笑意,说:"还有一点是我非常佩服的。君子坦荡荡,不藏着,不掖着,望之弥高。"栾庭玉停顿了一下,手竖在耳边摆了摆,身后的两位侍者就退了出去,"程先生提到,有一次在旧金山,一个中国留学生跟他说,很想找个金发女郎上床。因为那哥们很想知道金色的体毛到底是什么样子的。甚至商量,要不要找只鸡。程先生接下来说了一句话,这句话让我很佩服。程先生说,出于求知欲,他本人其实也很想知道。说出这句话不容易啊,同志们。并且来说,更让我佩服的是下面一句话。程先生说,后来他想通了,嗨,有什么呀,无非就像凤凰岭上的一片红叶贴在了那里。好一片红叶!身在美国旧金山,心在济州凤凰岭。这就叫思接千里啊,同志们。"

这篇文章我们的应物兄当然也看过。那是程先生五十年前的旧文。程先生从来没有把它收到书中。邓林是从哪里看到的?因为栾庭玉的讲话涉及少儿不宜的话题,应物兄偷偷瞥了金彧一眼。金彧好像没有听到似的,脸上波澜不兴,眉头都没有皱一下。她正用小勺子掏螃蟹腿里的肉。那勺子比猫舌头还小,就像个挖耳勺。她的嘴角沾了一粒蟹黄,她伸出舌尖把那粒蟹黄卷了进去。

栾庭玉有个特点:谈论那些鸡头鱼刺狗下巴颏的时候,表情反而是严肃的,不苟言笑,就像扑克牌中的王,当然是大王;而谈到那些严肃话题的时候,表情却常常显得幽默和俏皮,就像相声演员,当然他是逗哏的。或许这就叫庄谐相济?比如,接下来栾庭玉谈到的问题,是关于政统、道统和学统的。好像没有比这更严肃的话题了吧?可栾庭玉却谈得幽默而轻松。

栾庭玉说,自己详细拜读了应物兄的一篇文章,是关于程先生的论文,做了一些笔记。他发现应物兄是从政统、道统、学统三个角度来讨论程先生对儒学的历史性贡献的①。栾庭玉说："应物兄啊，政统、道统、学统，你一会儿分开谈，一会儿合着谈。正谈着政统呢，一眨眼工夫你又溜到道统那里去了，一不留神你又跑到学统那里去了。并且来说，这个统，那个统，统来统去的，把我的头都搞大了。幸亏我是男的，还有一点哲学背景，大就大吧。要是个女的，你这样捅来捅去的，人家受得了啊？受不了的！"说着，栾庭玉脸色一紧，"不过，我倒是完全同意应物兄对程先生的评价：为天地立心，为生民立命，为往圣继绝学，为万世开太平。帝师！这样的人，放在以前，必是帝师。"

应物兄说："有些地方，我引用的也是别人的话。"

栾庭玉说："我就想问一句，我理解得对，还是不对？"

"对对对！"

"对了就好。在你们面前，不说外行话就好。"

"论文里还有一句话，不知道庭玉兄注意到没有。我提到，程先生用最简单的一句话，就把儒家文化与基督教文化做了区分。基督教文化是'己所欲即施于人'。我做，你也得跟着我做。儒家文化是'己所不欲勿施于人'。我不做，我也不要求你做。这两者有很大的差别。"

"好！再接见美国佬的时候，我就这么讲。先吃菜。"

葛道宏端起酒杯，给栾庭玉敬酒。栾庭玉说："今天我只喝这

---

① 栾庭玉提到的应物兄那篇论文，题目叫《程济世先生与儒学"三统"》。最初发表于《济州大学学报》。因篇幅很长，这里只能将论文摘要照录如下："本文主要研究当代著名儒学家程济世先生在进入21世纪之后对儒学的最新思考。文章认为，程济世先生近年的思考可以从政统、道统、学统三个角度进行分析研究。程济世先生认为，在中国日渐进入现代化社会之后，儒学与政治的合作依然有效。随着全球化时代的来临，儒学与政治的合作已经不仅仅限于中国国内，它也会在国际政治层面表现出来，它表明儒学与政治的合作进入了一个新的时期。儒学虽然以传承夏商周三代文化为己任，所谓'郁郁乎文哉，吾从周'，但儒学从来不排斥道教与佛教，在中国历史上回（按：指伊斯兰教）儒的对话和交流也从未中断。进入21世纪之后，作为道统的儒学当然更不会排斥人类精神文明建设的一切成果。而在儒学的学统方面，儒家以天下为己任的情怀，儒家推己及人的思维方式，儒家从《周易》中发展出来的'太和'思想，都有可能为当代哲学的发展提供可资利用的经验。"

一杯。并且来说,咱们是谈正事的,别误了正事。"然后栾庭玉给葛道宏和应物兄敬酒,也给费鸣敬了酒。给费鸣敬酒的时候,栾庭玉说:"听说你跟邓林关系不错?"费鸣说:"邓林是我的老师。"栾庭玉说:"你一晚上没说话。邓林在我面前也很少说话。其实,我们这些人,最想听年轻人的意见。"费鸣笑了笑,说:"谢谢省长。"栾庭玉说:"好好干。有机会接触到程先生,是你的福分,要珍惜。"然后栾庭玉又说,"同志们,我其实只有一句话。在程先生回国任教的问题上,省委省政府将提供尽可能多的帮助。如果问我有什么私心,我承认,有!我的私心就是跟着程先生多读几本书。"

费鸣后来说,当时他也担心,栾庭玉是不是要说,想跟着程先生读博士。不过,应物兄和费鸣的疑问很快就被栾庭玉打消了。栾庭玉说:"我有自知之明,知道程先生是大学问家,大思想家,我只是个做具体事情的。他不会要我这个学生的。所以,我不会麻烦你们,让你们去跟程先生说,让庭玉读你的博士吧。不,不要这么说,不能这么说。说句掏心窝子的话,程先生只要认我这个私淑弟子,我心足矣。"栾庭玉连干了三杯。宅子的主人还没有来。栾庭玉要侍者去问一下,那人到底还回来不回来。费鸣也跟着侍者出去了。费鸣看到那个孕妇在打电话。费鸣后来说,从口气上判断,孕妇应该是宅子主人的人。侍者回话说,暂时还回不来。

金彧说:"你们慢用,我得回学校上自习了。"

栾庭玉说:"好学生啊。好,你可以先走。"

金彧说:"我本来想等他签名呢。不等了。"

栾庭玉说:"签名?是想让他给你算命吧?"

金彧说:"我是请教。算命差不多也是巫术。医巫也是一家。"

栾庭玉要金彧再等一会儿:"这里的羊杂碎,天下一绝。色白,汤鲜,清爽,不腻,还味浓。并且来说,烧饼是自己烙的。我们每个人,来碗杂碎?我记得道宏兄喜欢杂碎。"

葛道宏说:"杂碎好啊。元培校长当年提出过的,兼容并包。"

但金彧却不愿吃,说:"我不吃,我劝你们也别吃。"

栾庭玉说:"好,我不吃杂碎,只喝半碗杂碎汤,行不行?"

接下来的一幕,使我们的应物兄对栾庭玉和金彧的关系有了新的认识。只见金彧啪地拍了一下栾庭玉的肩膀,说:"不瞒你说,那些杂碎,已经被我喂狗了。肺啊,肝啊,能吃吗?肺是负责处理垃圾的,肝更是重金属的聚集地。"金彧歪着头问栾庭玉,"你是愿意吃垃圾呢,还是愿意吞金银呢?"

栾庭玉说:"我就喜欢这一口嘛。"

金彧说:"那我不走了。我就在这看着你。我就是不允许你吃。"

这天,他们都喝了不少酒。后来,杂碎还是端上来了。金彧有意躲出去一会。栾庭玉三下五除二,就干掉了一碗杂碎。不过,当金彧回来的时候,放在栾庭玉面前的那碗杂碎,看上去却并没有动过筷子。那是费鸣把自己那份挪过去了。金彧接下来的动作让我们的应物兄吃了一惊。金彧先是问:"真没有吃?"栾庭玉说:"可不嘛,你看我多乖。"金彧摸了一下栾庭玉的头,突然下了一道命令:"张开嘴!啊——呼气!"随着栾庭玉的那一声"啊",金彧的鼻子凑了过去,要用鼻子检查他到底吃了没有,但因为鼻子和嘴巴是永恒的邻居,所以嘴巴也就跟了过去。两个人就像隔空接吻。又因为一个人张着嘴,另一个人噘着嘴,所以他们还给人造成这样一种印象:一个要吃掉另一个,另一个则甘心被吃。金彧把脸收回来,说:"果然听话。好,就得这么乖。"

几分钟之后,平时只喝红酒和黄酒的葛道宏,好像撑不住了,趴到了桌子上。栾庭玉让驻京办的车把金彧、葛道宏和费鸣一起送走了。应物兄本来要一起走的,但栾庭玉说,宅子的主人打来电话,说他看过应物兄的书,还是想见一面。

他送葛道宏出来的时候,葛道宏靠着他,低声说:"我没喝多。待会那个人来,如果提什么要求,你不要随便答应。"然后葛道宏抬高声音,说,"都别送。谁要送,谁是小狗。应物兄,你要陪庭玉省长多喝两杯杯杯——"

葛道宏前脚刚走,宅主,也就是栾庭玉所说的那位"先生"就回来了。

事后回忆起此人的模样,应物兄还是觉得,此人并没有什么不寻常之处。他觉得,那个人就像某个单位的中层干部。不管是哪个单位,在中层干部中,你总可以遇到无数相似的人,他们虽然长相不同,有肥胖的人,有清秀的人,有干瘪的人,但他们好像都有某种相似性。你感到了那种相似性,但你又说不出来。哦,不,至少就相貌而言,那个人还是有特点的:他的脸就像一柄石斧。石斧,原始人最常用也最高级的工具。他们用它砍伐木材、削劈兽骨,也用它来祭祀。到了商周时期,人们则用它来砍削敌人的脑袋。现在,这柄石斧就放在他们面前。当栾庭玉把应物兄介绍给石斧的时候,石斧眼睛一亮。石斧显然也喝了点酒,说话有酒气。尽管有酒气,但反应还是很快。反应快,不是表现在接话快、语速快,而是表现在字斟句酌,滴水不漏。前面几句照例还是寒暄。"应物兄教授光临寒舍,寒舍为之生辉。"石斧说。

"我不知道,你还看过应物兄的书。"栾庭玉说。

"所有热闹的书,都要翻一翻的。应物兄的书,我看得要仔细一些。那篇关于程先生的文章,我也看了几遍。应物兄的书,不能看得太快。我看了一天半。有些错误属于印刷错误,不怪应物兄,好在也不影响阅读。"

"热闹"这个词,虽然有点刺耳,但好像并没有什么恶意。事实上,应物兄还觉得这个词用得好。因为季宗慈大张旗鼓地宣传,当时搞得确实有点热闹了。事后想起来,他也觉得有点过了。他觉得,石斧应该是有水平的。在那些似乎没有失去个人特征的中层干部群体中,确有一些有水平的人。石斧当然不可能是一个普通的中层干部。一个普通的中层干部,从哪里弄这么大一个园子?

"喝好了吗？听说只喝了两瓶？"石斧问。

"好酒只能慢饮。"栾庭玉说。

"这酒是茅台酒厂专门为我勾兑灌制的。我与袁仁国很熟。袁仁国，名字里就有你们儒家的'仁'字。好。"

石斧按响了呼叫器，侍者拿来了两本书。一本是石斧的《〈易经〉与占筮破解》，还有一本是程先生的《朝闻道》。现在，应物兄知道石斧的名字了。不过，在后来的时间里，他还是常常想不起这个人的名字。它过于普通了：建中、建国、建华？建新、建文？反正是这些名字中的一个。应物兄还是愿意用石斧来指称他。

石斧把自己的书还给了侍者，说："这也是一本热闹的书，过了五十万册了。但应物兄不需要看。去把那本拿来。"侍者又回去拿书时，石斧让他在程先生那本书上签名。"这是程先生的书，我签，不合适吧？"他对石斧说。石斧说："签吧。"他只好签了，他签的是一串字：程济世先生的弟子应物。石斧拿过来看了，说："好。"这时候，侍者又拿来了一本书，叫《易经与饮食文化》。石斧说："说白了，我们都是饮食男女。看看这个，可能还有点用处。"

石斧没有签名，他也没让石斧签。

随后，石斧突然单刀直入，问栾庭玉："你想通了，想让我看一次？我是故意迟到的。如果你走了，那就说明你不相信。"

栾庭玉一开口，他终于明白栾庭玉为什么要苦苦等候石斧了。栾庭玉是这么说的："老母有令，一定要我找先生看一次，做儿子的不敢违背。"然后栾庭玉对他说，"应物兄啊，我们是老朋友了，我也不避你。老母一定要我找先生看看、掐掐。老人嘛，老观念嘛。并且来说，你们儒家也讲，不孝有三，无后为大。"

原来是找石斧算命啊？你们私聊就行了，为什么要把我留下？他想起了葛道宏的临别之言：如果对方提出什么要求，不要贸然答应。莫非石斧找我有事？看上去，不像是有事求我。葛道宏想多了，人家怎么可能求我们呢？在北京西山脚下拥有这样宅子的人，哪个不是神通广大,什么事办不成?还是先看看石斧怎么给栾庭玉掐算吧。

栾庭玉至今膝下无子。他们有一次在一起喝酒,偶然提起此事,栾庭玉说了三个字:"有点烦。"他看得出来,那不是有点烦,而是真烦,烦透了。倒不仅仅是因为老母催促,栾庭玉其实是在人类进化史层面上对自己提出了要求。所以,栾庭玉的"烦透了"是用豪言壮语的形式表现出来的:"人类从猿猴走到今天,爬雪山,过草地,不容易啊!到了我这里,突然不往前走了?不行!人类可持续发展问题,不抓不行。必须把这项事业推向前进!"

石斧这会对栾庭玉说:"我知道你们这些领导干部是不相信算命这一套的。《周易》是中国文化的总纲啊,研究中国文化,不与《周易》挂钩,终究是游谈无根。"

栾庭玉说:"不是我不相信你们。搞你们这一行的,也是鱼龙混杂。有人甚至说,乳房大、屁股大,就能生儿子。一点也不实事求是。我前妻就是大屁股。他们跟你不能比。所以上次来这里,看你给别人算,我就没有参与。你算过的那个朋友,如你所言,已经生儿子了。现在我知道了,先生的学问,深不可测。"

"不是我深不可测,而是我们的传统文化深不可测。命中有无子嗣,其实用现代科技手段也能推算出来。一会儿,我们可以试试两者结果是否相同。这样做的好处是,你没有心理障碍:我的命不是算卦算出来的,是高科技推导出来的。"

石斧递给栾庭玉一张纸条:"写出生辰年月日时,八字,合上。"

栾庭玉很听话,老老实实写了,合上了。

一瞬间,栾庭玉似乎有点迷糊。

石斧说:"给我。"接过来以后,石斧打开看了一眼,也把它合上了。

他忍不住问道:"为何要写下来?还要合上?这里面有什么道道?"

石斧莞尔一笑："对庭玉兄来说，这当然是多此一举。但你们知道的，很多领导干部，一开口，说出来的数字都是假的。你得让他写，写出来的才是真的。待会还要把它撕掉。要养成良好的工作习惯。不能给领导干部带来麻烦不是？"说完，石斧闭上眼睛，嘴唇翕动，算了起来。大概算了一分半钟，石斧把眼睁开。那目光并没有看眼前的人，看的好像是某个很远的地方。随即，眼又闭上了，大概是想再核对一遍。然后，石斧把算出来的答案写到了纸上。只见他龙飞凤舞，写得很长，似乎写的是一首诗。然后又说："咱们用高科技再算一下。"他掏出了苹果手机，并解释说，上面设置了一个软件，就用它来测试一下。这次算得很快，只用了几秒钟，就得到了答案。宅主先让栾庭玉看了手机。手机上显示的是：

夫大妻小无刑克，儿女双全送坟上。

而那张纸上写的还真是一首诗：

昨夜春风浪悠悠，一池春水已吹皱。玉带退还君去也，绿水滩头驾扁舟。抱琴幸遇知音客，儿女双全送白头。子牙昔日把钧钓，钓竿砍尽南山竹。

栾庭玉把两个都看了，又拿起手机看了一遍。石斧似乎看透了栾庭玉的心思，就解释说，"刑克"是风水命理学的概念，简单地说，就是命相八字相克。"夫大妻小无刑克"自然说的是丈夫年长，夫妻八字相合。"儿女双全送坟上"，是说百年之后，自有儿女送终。

关于那首诗，石斧说："应物兄先生自当一目了然。您给庭玉兄讲讲？"

应物兄说："我不懂命理，还是你讲。"

栾庭玉说："先生，还是你讲好一点。"

石斧说："昨夜春风，不一定特指昨天晚上。可能是昨天，也可能是未来的某一天。春风把你的心吹得激情荡漾。大致是这个意思吧，你们懂的。诗是前人传下来的，所以用词古正风雅。后面两句是说,日后你可能仿陶令辞官归田,或仿范公泛舟江湖。为何辞官?因为你遇到了知音。辞官之时,一双儿女自会千里相送。你的知音是谁?可能是姜子牙式的人物。我看,很可能就是应物兄。到时候,你们结伴垂钓,不亦乐乎?”

“先生,我本来还信你的,现在不敢信了。并且来说,儿女双全,这是要违反计划生育政策啊?除非生出双胞胎,而且还必须是龙凤胎。我在省里就是管这个的。岂能知法犯法?哦,你是不是想说,我还得离一次婚?”

石斧说:“我只算子嗣,不算婚配。离不离婚,不关我的事。我只能说,你命好。什么叫好?儿女双全就是个‘好’字。”

栾庭玉问:“我问得再细一点,这段时间我能喝酒吗?”

石斧说:“《周易》有四处提到喝酒,其中三处说的都是喝酒的好处。”

栾庭玉说:“好啊,四分之三,占绝对多数。”

石斧说:“欲饮酒时须饮酒,得高歌处且高歌嘛。”

接下来,石斧问他们吃了杂碎没有?栾庭玉说:“吃了,为了吃到这碗杂碎,真是斗智斗勇。有人说,对身体不好,不让吃嘛。我吃过那么多杂碎,这里的杂碎是最好的。我觉得,主要是羊肠跟别处不同。”

石斧说:“庭玉兄识货。这里的羊肠,可不是一般的羊肠,而是接近肛门的那段羊肠。事先,你必须让那只羊脱肛。至于用了什么办法,让好好的一只羊说脱肛就脱肛,这是祖传秘方,就不详细讲了。我只能说,脱肛之后,那段羊肠就会随着肛门跑到外面,风里来,雨里去的。一句话,它是见过世面的。这样嚼起来,口感就不一样了,后味就足了。你嚼的不是羊肠,而是时代的雨雪风霜。若侧耳细听咀嚼之声,还能感受到羊肠琴弦的韵律。它也是最难做好的。洗不干净不能吃,洗得太净就成了塑料管子。分寸感是很难掌握的。”

那根肠子,那根因为脱肛而跑到体外的肠子,牵动了应物兄的柔肠。

他感到肚子一疼，很尖锐，好像肠子纠缠到了一起。

栾庭玉问："羊肠琴弦？"

石斧说："看来您不是很懂乐器。世界上最贵的小提琴，琴弦都是羊肠做的。脱肛的羊肠，做羊肠琴弦最好，有韧劲。我每次去意大利，都要去阿布鲁齐山的萨勒村，祭拜羊肠提琴守护神伊拉斯谟①。他原是马鞍师傅，无意中听到风吹干羊肠的声音，觉得好听，就开始用羊肠制作琴弦。伊拉斯谟制作的羊肠琴弦小提琴，可抵一套北大的学区房。不好意思，我的第一把羊肠琴弦，是偷别人的。年轻时不懂事嘛。当时，我不知道那是羊肠琴弦。后来听说了，我给人家送回去了。"

栾庭玉说："怪不得，我经常梦见这里的杂碎。"

石斧说："好啊。按《周公解梦》中的说法，梦见杂碎，意味着享父祖之浓荫，承长者之栽培，用人得当，得大成功。别说我们这些人了，就是和尚闻到杂碎，也都走不动的。"

栾庭玉说："先生说笑了。并且来说，和尚也吃杂碎？"

宅主说："怎么不能？《西游记》讲到，悟空保唐僧取经，特意带了个折叠锅煮杂碎吃，将那些肝啊、肠啊、肺啊，一起煮了，细细受用。"

这个石斧以前是做什么的？这些边边角角的知识，杂碎一般的知识，怎么记得这么牢？应物兄不由得有点好奇。这天，真正让他吃了一惊的，是他们从院子里出来时，石斧说的那句话。石斧说："程先生这次回国，我本该请他来吃杂碎的，看来他不一定有时间。"听上去，此人与程先生好像挺熟。不是吹牛吧？

在回去的路上，他问栾庭玉，那位"先生"以前是做什么的？栾庭玉说，曾听济州中医院院长讲，这哥们的祖上在宫里干过，是敬

① 伊拉斯谟，生卒年不详，意大利小提琴制作大师，原是马鞍师傅，因首创以羊肠制作琴弦，被称为羊肠琴弦守护神。在1750年以前，所有的小提琴，用的都是羊肠琴弦。

事房的领导。应物兄不由得一乐："敬事房管的是太监和宫女,管敬事房的也是太监。这哥们儿的祖上莫非是太监?"

栾庭玉说："也可能是皇上嘛。"

应物兄一时没能转过弯来："皇上是太监?"

栾庭玉说："我是说,他的祖母或曾祖母是宫女的。宫女嘛,当然都是侍候皇上的。宫女怀的,十有八九是龙种。怎么,还没有迷瞪过来?当然了,我也觉得他有点神神道道的。你觉得他说得有谱吗?"

他不想扫栾庭玉的兴,就说:"他姑妄言之,你姑妄听之。"

"这种算命的,打卦的,看相的,我是不大相信的。不过,它也算是国学吧?要是它能起到鼓舞人的作用,我看也可以看成一种正能量。"

"我无须借助《周易》,也无须借助什么软件,就知道庭玉兄命中有子。"

"你也会看相?哄我高兴是吧?"

"巧言令色,我不为也。我不骗你,你查一下字典就知道了,'栾'是一种树的名字,它属于无患子科,就是不要担心子嗣问题。"

"照你这么说,历史上姓栾的都有子嗣?"

没有外人在场,他就跟栾庭玉开了个玩笑:"就我所知,只有一个人没有。"他想起石斧讲过《西游记》,就也举了小说中的例子,"《林海雪原》里的栾平就没有后人。不过,如果他不被杨子荣毙掉的话,也应该有后人的。"

"那我就借你们的吉言了。你是儒学大师,他是易学大师。两个大师加持,应该没问题了吧?"

"你以前就认识他?"

"他?说起杂碎,他以前倒是个杂碎,是个偷儿,曾栽在我手上,但我放了他一马。嗨,过去的事就不说了。我只是没想到,眼睛一眨,老母鸡变鸭,他竟然成了易学大师。"

应物兄当时没有追问下去。当然，即便追问下去，栾庭玉也不可能跟他说那么多。原来，这个被他称为石斧的人，就是当年和郏象愚一起偷渡香港的家伙，在那个装满活禽的绿皮火车上，石斧曾向郏象愚演示，如何用牙膏皮煎鸡蛋，吃完了，倒点水，摇一摇，又是一道蛋花汤。

35．栾庭玉

栾庭玉要是突然遇到郏象愚，我该如何向栾庭玉解释呢？应物兄听见自己说。他确实担心，那个场面会非常尴尬。

如前所述，是栾庭玉把郏象愚从深圳领回来的。在深圳罗湖湾公安分局审讯室，栾庭玉刚问他姓甚名谁，对方就说："栾大人，别他妈的演戏了。"接下来，郏象愚仍然一口一个栾大人，而且出言不逊，指桑骂槐。哦不，还不是指桑骂槐，而是指桑骂桑，指槐骂槐，都不拐弯的。栾庭玉后来说，如果把那些话全都记下来，判他一二十年都是轻的。

栾庭玉对深圳方面的人说，看见了吧？这个人死读书，读死书，都读傻了，眼珠子都黄了，都快瞎了，别把他的话当回事。郏象愚立即说，他的眼珠子是被手电给照黄的，手电给了他黄色的眼睛，他还要用它来寻找光明。然后又说，栾大人，看这身制服，你是六品还是七品？

一起出差的同事看不过去了："捆他，割了他的舌头喂狗。"

栾庭玉对郏象愚说："我以前不认识你，这次就算认识了。既然知道我从济州来，那就跟我到济州去。对不起，得先堵住你的臭嘴。"

接下来发生的事，应物兄就是亲眼所见了。秋天的一个雨夜，栾庭玉来到了乔木先生家里。直到此时，他还以为郏象愚与乔姗姗是一对恋人，觉得有必要亲自向乔木先生做个解释。乔木先生虽然没有教过他，但他听过乔木先生的讲座，所以也认乔木先生为师。把老师的女婿逮住了，于情于理都应该有个解释。

进门之后，栾庭玉来不及脱掉雨衣，就垂首说道："先生，我是您的学生栾庭玉，我对不起您。"应物兄帮他脱雨衣的时候，栾庭玉夹着胳膊，不让他脱。显然，栾庭玉想把那个姿势保持得更久一点，以示诚恳。

乔木先生本来可以说，郏象愚与我无关，抓就抓了，但乔木先生没有说。乔木先生后来解释说，虽然那个夜猫子搞得他家破人亡，但人死不能复生，只能自认命中有此一劫。乔木先生当时已经改抽烟斗了。乔木先生拿起一根通条，银色的通条，就像古人绾发用的簪子，用它通着斗柄，又用它清洁了烟嘴，然后将烟丝捻成松软的烟球，用拇指肚按进烟斗。这个过程中，乔木先生一直没说话。抽了第一口烟之后，乔木先生开口了："应物，就让你的老同学一直站着？去，拿件干净衣服换上，别着凉了。"

栾庭玉说："先生身体还好吧？"

乔木先生说："刚出了趟远门，差点死到外头。幸而药石有灵，才连滚带爬回到了济州。"

栾庭玉一下子放松了，问："先生出远门了？以后再去哪里，买车票什么的，我可以给先生跑腿。"

乔木先生很淡然地说："去了趟北京，说是开会，无非是见见老朋友。趁便又去了趟故宫。故宫还是要多看。启功先生是皇族，对故宫很熟吧？那本来就是他们家的院子。这次也陪着老朋友又去了。去故宫，路是天底下最宽的，广场是天底下最大的。但过了金水桥，越往里走，路越窄。去的时候赶上下雨。雨大得很，天都下黑了。后来雨停了，可台阶上，那些螭首还在吐水。噫吁哉，千龙吐水，蔚为壮观也。地上都是水洼，照着人影，人影是虚的。再往里走，路又窄了许多，通往金銮殿的台阶最窄，独木桥嘛，只能过去一个人。不是过去了两个人吗？是过去了两个，一个是主子，一个是太监。可太监能算全乎人吗？所以，过去的那个人，也是很孤的。可从金銮殿出来，路就宽了，越走越宽。出了故宫，过了金水桥，就是芸芸众生，就是人间。"

栾庭玉说："我去过，以后一定再去。"

乔木先生说："你先喝口热茶，暖暖身子。我听说，有人喊你栾大人，让你很不受用？"乔木先生此时才不点名地提到了郏象愚，"喊大人，是有些刺耳。但要看怎么听了。"说着，乔木先生走进书房，过了一会儿，拿出来一个信封。原来是一幅字：

大人者，言不必信，行不必果，惟义所在。①

落款是：录孟夫子语录赠庭玉兄。

栾庭玉双手接过的时候，弯着膝盖，而且弯得很低，几乎要跪下来了。乔木先生后来解释说，他是提醒栾庭玉，只要考虑到了朋友之信义，同学之情义，国家之道义，怎么做都是可以理解的。那幅字后来就挂在栾庭玉家的客厅。栾庭玉说，他后来仕途顺利，虽然首先是组织栽培，但也跟这幅字有关：它提醒自己，为人处世，"义"字当头。

正是从栾庭玉那里，他知道郏象愚关在桃都山区的二道沟。二道沟下面有一条河，政府想在那里修个大坝。劳改人员当时就在那里开山挖土。其实郏象愚进去的时候，那里已经缺水了，洗脸水都得省着用，每次洗脸都得排队，脸盆里的水只能淹住盆底，得把脸盆斜靠在墙上才能掬起水来。到后来，连吃水都得从山外拉来。那个工程自然也就取消了。当然，他们还要照样开山挖土：越是无意义的工作越能起到惩戒的作用。

栾庭玉曾派人给郏象愚送过书，送的是马恩列斯毛。郏象愚喜欢写读书笔记。栾庭玉说："有一本笔记，前面几页只抄了几句

---

① 见《孟子·离娄上》。

诗,'不见前年秋月朗,订了三家条约。还有吃的,土豆烧熟了,再加牛肉。不须放屁,试看天地翻覆'。"

一个笔记本没有用完,郏象愚就被释放了。放他的那天,文德能曾开车带着他和费边赶到二道沟迎接。但他们却扑空了,因为郏象愚提前两天放了。当时把他领走的人,就是此时正在医院里奄奄一息的何为教授。老朋友们找到他,并请他吃饭,已经是一周之后的事了。参加的人不少,除了应物兄、费边、文德能,还有郑树森。应该是文德能掏的钱。地点应该是在黄河路上,他还记得包间里有一盆橘子树。郏象愚进来就说,昨天他去看了场电影《本命年》,是姜文主演的。因为那部电影讲的是姜文扮演的刑满释放人员的生活,所以朋友们还以为,郏象愚是在暗示他们应该好好帮他,别让他混到"姜文"那个地步。谁知道郏象愚要说的不是电影上的事情,而是电影院里的事情。郏象愚说:"老子在电影院挂了个小姐,比电影里的歌星还嫩,一掐就流水。"

郑树森说:"他妈的,别把服务员吓哭了。"

郏象愚立即问郑树森:"还在研究鲁迅?佩服!通常情况下,人在逆境中才会爱上鲁迅。你呢,身处顺境,却仍然爱鲁迅。"

这么一说,郑树森就不吭声了。接下来,郏象愚就旁若无人地继续说到他如何跟小姐做,如何做了五次。

文德能提醒郏象愚:"这是公共场所。"

费边也说:"别把那个挂在嘴上。在座的都是爷们,都有,不稀罕。"

郏象愚叉着腰,眼睛一瞪,问道:"那你们倒是说说,我该如何称呼它呢?手枪?魔杖?根?蛇?手电筒?命根子?第三条腿?火鸡的脖子?还是黑格尔所说的第二个自我?"黑格尔确实说过,爱情就是在爱慕的异性那里发现第二个自我,但那说的是爱情,不是生殖器。

应物兄记得,文德能让他负责点菜。可能是出于某种恶作剧心理,他特意要求加上两份牛鞭,一份上桌,一份直接打包交给郑象愚带走。这本来是拿郑象愚开玩笑的,郑象愚不但听不出来,反而对服务员说:"没有牛鞭,有牛鞭的老婆也行。"服务员吓得咬住了自己的手指。这个动作也被郑象愚捕捉到了,立即来了一句:"女人的嘴有时候比她的'第二个自我'还好用。"

文德能对郑象愚说:"理性一点。"

郑象愚把嘴巴闭上了。但那只不过是风暴来临前的寂静,只见郑象愚很快又站了起来,先做了个扩胸运动,然后右手背到了身后,顺着后背向下探,再往下探,然后他的手突然从大腿之间伸了出来,食指和中指呈剪刀状,一剪一剪的。朋友们不由得面面相觑:这是干什么? 批评你两句,你就要把你的"第二个自我"剪掉了? 有这么吓唬人的吗? 这时候郑象愚开口了:"看好了,拽住老二,往上使劲拽,老二被睾丸一夹,是不是就有一条缝? 你们说像什么? 别光看下面,也看看上面啊,看我的胳膊啊。你们说,像不像断臂的维纳斯?"做这个动作的时候,郑象愚不时地瞥向门口,似乎期待着服务员进来。郑象愚说,这就叫"维纳斯之 pose",做得最好的是一个记者,能连做两个钟头。他说,这个动作看似简单,其实很有难度。两个钟头拽下来,就是松开了手,老二也弹不回去了。但对于观众来说,那却是难得的艺术享受。因为感受到了艺术的美,现场观众的境界都提高了,一个烟屁股也要礼让三先。

郑树森说:"难度是有的,美就谈不上了吧?"

郑象愚随即给朋友们上了一课,说:"黑格尔说了,美是理念的感性显现,艺术的高度取决于理念与形象的融合程度。当你的'第二个自我'隐匿于睾丸之下,当你变成了断臂维纳斯,艺术就诞生了。"说着,他把手伸向了橘子树,揪下了两个橘子。朋友们还以为他想吃水果呢,原来他是要以橘子为睾丸,以筷子为老二,再演示一遍。文德能终于忍不住了,再次提醒郑象愚"理性一点"。文德能说:"筷子收回去。黑格尔最强调理性,你既然把黑格尔挂在嘴上,干吗不能像他那样理性一点呢?"对于年长几岁的文德能,郏象愚向来是尊重的,此时却一反常态,出言不逊:"谈别的,我谈不过你。但是谈黑格尔,我至少跟你打个平手。"为了说明他对黑格尔的熟稔,他干脆称黑格尔为"老黑"。他说:"老黑强调理性,但他本人并不理性,不然也不会和房东老婆私通生下小黑。知道吗?小黑是房东老婆的第三个私生子。"文德能说:"黑格尔既有保守主义的一面,又有自由主义的一面。"郏象愚把橘子摔到地上,喊道:"你信的是老黑的保守主义,我信的是老黑的自由主义。"

这顿饭吃得不欢而散。来接郏象愚回家的郏象礼,也感到气氛不对。郏象礼肯定知道是弟弟的问题,专门向他们道歉。朋友们后来知道,就在那段时间,郏象愚把郏象礼的录像机都给捣鼓坏了。自称继承了黑格尔"自由主义"的郏象愚,从黑市上搞到了一盘 A 片,就那几张屁股几张脸,他竟然看得神魂颠倒。录像中有个男人,不管和谁做的时候都穿着一件小背心。郏象愚看录像的时候也要套上小背心。

郏象礼的妻子受不了这个小叔子了,就把他送到了一个中年女港商的怀里。女港商是当年逃港的红卫兵,名字叫彩虹,是做鞋子生意的。很多朋友都见过彩虹。彩虹非常优雅,但却喜欢以"屁"打比方。她说,她和郏象愚能够相遇,那是"放屁踩着药捻子,赶上点了"。她曾在济州大宴宾客,请郏象愚的朋友们吃饭。彩虹上了岁数,臀部很大,蹲下去很容易,站起来很困难。彩虹对朋友们说:"向上帝保证!我本来对爱情很失望,但自从见到郏先生,我终于又相信世上确有纯洁的爱情了。我要早点认识郏先生,郏先生就不会被遣送回来了。"她曾给香港的警局捐过鞋子的,警察们见到她,都是"矮子放屁,低声下气"。彩虹伸出肥嘟嘟的手指,对郏象愚说:"当然,要一分为二看问题。不经历风雨,也见不到彩虹啊。"

驾着彩虹,郏象愚再次去了香港。

时移势易，上次郑象愚是钻在货车车厢里去的，沾了一身鸡毛，虽然能吃到炒鸡蛋，但因为没有放盐，吃起来难免有一股鸡屎味，后来还被拉到了屠宰场，差点被扔进沸腾的大锅里烫毛。这次不一样了，他坐的是头等舱，穿的是鸭绒服，一个空姐恭敬地为他呈上咖喱鸡块，另一个空姐则端着盘子在旁边屈膝侍候，盘子里放着干红。他问空姐，有没有柏拉图葡萄酒或者黑格尔葡萄酒？空姐说，黑格尔没有，柏拉图是有的，是柏拉图庄园的波尔多干红。他给文德能写信说，柏拉图庄园的干红果然好喝，在舌面有如玉珠般滚动，又如丝绸般顺滑，有甜也有酸，有苦也有咸。咸？咸的是泪水吧？

文德能病重期间，应物兄去医院探望的时候，才知道郑象愚给文德能写过一封信，说和彩虹分了手，过段时间再请朋友去香港。彩虹后来再来大陆的时候，曾对熟人们说起过他们分手的事。彩虹说，幸亏自己吃斋念佛，善待众生，不然也会把那个"郑先生"遣送回来。她原以为郑先生是个文人，"萤火虫的屁股，没多大亮"，后来才发现，不是"亮"不"亮"的问题，而是什么呢？"竹管里放屁，装棍"。她虽然没有学过修辞学，却准确地使用了暗喻，说的是郑象愚中看不中用。多年之后，当他从黄兴那里得知，郑象愚其实喜欢的是男人的时候，他才明白彩虹对郑象愚的不满。问题是，郑象愚当初为什么还会爱上乔姗姗呢？莫非那是因为谈情说爱是八十年代校园里最时髦、最浪漫的事？他后来多次想过这个问题。如果这个猜测可以成立，那么，是不是可以借用郑象愚本人的说法：他的"第一个自我"并不了解他的"第二个自我"？

可以想象，郑象愚其实是被彩虹踢出去的。

关于郑象愚有幸认识程先生的事情，应物兄是听香港城市大学的蒯子朋教授讲的——他们同是《儒学研究季刊》的编委，彼此很熟悉。据蒯子朋教授说，郑象愚是在一个讲座上认识程先生的，地点就在香港城市大学，蒯子朋教授就是讲座的主持人，而主讲人就是程先生,讲座的题目叫《谭嗣同的"仁学"思想与中国当代社会状况》。郏象愚当时已经被彩虹踢了出来,他是在街上游逛的时候,偶然看到讲座的海报的。以前在国内的时候,郏象愚曾听何为教授提到过程先生。何为教授认为,程先生身在海外,有着广阔的话语空间,但程先生却浪费了这个话语空间。何为教授曾要求弟子们写文章批评程先生。何门弟子中有人写了,郏象愚却没写。没写的原因是,他对儒学那套东西看不进去。根据他对何为教授的理解,何为教授向来懒得搭理那些小人物,凡是被何为教授批评的人都是大师。那么,何不去瞻仰一下这位大师的真容呢?

两个小时的讲座听下来,郏象愚对程先生非常佩服。讲座结束以后,他走上前去,问程先生能不能请教一个问题。程先生一听他的口音,再一看他的打扮,就知道他不是这里的学生。他就介绍说,自己原是济大的学生,刚来到香港。

"哦,原来是乡党啊。"程先生很热情。

热情归热情,程先生却不愿意回答问题。两个小时讲下来,程先生已经很累了。而且,程先生习惯于在课堂上回答问题,以便让所有人都听到。郏象愚跟程济世先生说话的时候,蒯子朋教授就在门口等着。同时在门口等着的,还有一个人,那个人就是黄兴。黄兴当时还是香港海运大王的马仔,既负责接送海运大王的女儿看戏、逛商场、打台球、跳舞,也负责接送海运大王的客人。海运大王虽然是吝啬鬼,但却热衷于赞助学术活动。蒯子朋教授主持的系列学术讲座,就是这个海运大王资助的。这一天,海运大王要亲自宴请程先生。

程先生收拾完讲义要走。但郏象愚却站在台下,一直仰脸看着程先生。郏象愚旁边还有一个人,也是要请教问题的。那个人年龄已经很大了,嘴巴张着,舌尖在残缺不全的牙齿上舔来舔去的。蒯子朋教授说,如果程先生回答了郏象愚,那么也就必须回答那个老人。而那个老人还没有开始提问,就已经开始流泪了。蒯子朋教授说，考虑到流泪的人提出的问题，回答起来都很麻烦，所以他在旁边催促程先生赶快离开。

但就在这时候，郏象愚跪下了。

郏象愚当时穿的衣服很宽大，盖住了他的身体，只有两个手掌露在外面。后来，得知郏象愚有个绰号叫猫头鹰，蒯子朋教授就觉得，郏象愚当时的样子，就像跪在自己爪子上的猫头鹰。猫头鹰的爪子上捏着一片纸。程先生说："乡党，站起来。"郏象愚摇晃着站了起来，双手呈上一片纸，上写着四句话：

> 不成理论不成家，水性痴人似落花。若问君恩须得力，到头方见事如麻。

程先生一看，就知道那是卦签上的话，问他从哪里求来的签？郏象愚立即说："先生，您看出来了？我终于找对了人。这是我从济州凤凰岭慈恩寺求来的。"

程先生说："此签题为殷郊遇师。"

郏象愚问："殷郊是谁？"

程先生说："济大研究生不知道殷郊？别人是不懂装懂，你是懂装不懂吧？"

郏象愚承认自己真的不知道此人是谁。程先生不免有点失望，再次要走开了。但那个缺了牙的老人还在旁边等着。程先生先对那个老人说："你的问题也写下来了吗？写下来我可以带走，我回答完了，回头再寄给你。"这时候黄兴从门口走了进去。黄兴往那个老人跟前一站，老人就乖乖地走了。这是因为黄兴当时也兼任海运大王千金的保镖，有一种不怒自威的表情。老人走后，黄兴又瞪着郏象愚看，但郏象愚却不吃他那一套。郏象愚对程先生说："我以前学的是西方哲学。"

程先生问："你的导师是何方神圣啊？"

郏象愚说："她是何为教授，在内地，很有名的。"

程先生就说："原来是何为先生啊。她很有名吗？那我应该感到荣幸,因为她曾经批评过我。能被名人批评,我应该感到荣幸。
她说我在西方研究儒学,是穿露脐泳装拜祠堂。我让学生查了一
下,原来她是研究古希腊哲学的。照她的逻辑,在中国研究古希腊
哲学,是不是三寸金莲进神庙?"

郏象愚说:"所以,我要拜您为师。"

程济世先生说:"何为先生的桃子,程某怎么敢摘呢?"

听了这话,猫头鹰再次颓然跪下了。

按蒯子朋教授的说法,程先生当时住在浅水湾饭店,海运大王
的饭局就设在那里。当黄兴开车带着程先生和蒯子朋教授前往浅
水湾饭店的时候,程先生还提到了郏象愚,程先生对蒯子朋教授
说:"那个年轻人,跟我谈的是殷郊遇师,却要我做他的老师,这不
是胡闹吗?殷郊是商纣王的嫡长子,曾拜广成子为师,也曾在广成
子面前发誓,绝不为父王做事。可他后来念及父子兄弟之情,还是
助纣为虐了。没办法,广成子只好大义灭亲,将他困入山谷,然后
除掉了他。这是个血腥的故事。他愿意当殷郊,我却不愿做广成
子。"程济世先生对郏象愚动辄下跪也很不满。程济世先生说,古
时候,臣子向天子跪拜,天子也要回礼的,因为礼是对等的,可郏象
愚之跪拜,则让人无法回礼,一回礼就等于答应了他。那天,程济
世先生的心情确实受到了影响,饭都没有吃好。

程济世先生喜欢散步,浅水湾依山傍海,海湾有如一弯新月,
正是散步的好去处。第二天早上,程济世先生在海边散步的时候,
再次碰到郏象愚。郏象愚不是一个人,身边还有一个小伙子。对,
那个人就是当初和郏象愚一起偷渡香港的偷儿。他们再次混到了
一起。程济世先生的讲座,是要收票的,而郏象愚的票,就是偷儿
给他弄来的。

程先生当时并不知道,郏象愚和那个偷儿,昨晚就尾随而来
了。

事实上,程先生并没有立即认出郏象愚。郏象愚变样了,戴着

一顶礼帽，挂着一根手杖。礼帽和手杖是不是偷来的，就没有人知道了。虽然挂着手杖，郏象愚却走路飘忽。只见他往前猛蹿几步，突然又停了下来，随后，郏象愚把帽子揪下，扔到地上，把手杖也丢了，然后双手举起，举向天空。双手在颤抖，双膝也跪下了。刚跪下又站了起来，拾起手杖，又接着往前走。偷儿则捡起他的帽子在后面跟着。郏象愚走着走着，又奔跑起来，伸开双臂，越跑越快，似乎是要飞翔，但终究没有飞起来。随后，郏象愚好像是被一股奇怪的力量击中了，不停地前仰后合，肩膀、手臂、腰、屁股、小腿、脚，都在急速抽搐，仿佛遭了雷击。

这一下，程先生终于认出了郏象愚，并起了怜悯之心。

程先生曾见过类似的情景，那是在哈德逊河的一条游船上。那个人是基督徒，先是举手向天喃喃自语，后又如遭雷击抽搐不已，似乎要求得到上帝的眷顾。神的灵，圣灵，虽然住到了他心里，但他并没有得到引导，得到帮助，他也并未走向永生之路。他死了，跳水死了。程先生说，他想此时若不出手相救，郏象愚要么当场跳海而死，要么先去信基督，然后再跳海而死。哦，通过儒家所说的自力，通过内在超越达到自我提升，使眼前这个可怜的年轻人免于一死，方为上策。

程先生把郏象愚带回了浅水湾饭店，并请郏象愚和偷儿吃了早餐，又把他们带回了房间。事先，黄兴对偷儿搜了身，搜出来的东西吓人一跳，身份证、护照，竟然有七八个。钱包就不用说了，全是名牌。据说，那偷儿进趟警局，也能顺出来几副铐子。奇怪的是，偷儿身上竟然还有几只金牙。黄兴问偷儿，金牙从哪里来的。郏象愚替偷儿解释了，说那是接吻的时候，顺便从别人嘴里弄出来的。蒯子朋教授还记得，那个偷儿一点不像个偷儿，倒像个公子哥、嬉皮士，鬓角梳成了小辫，香水用的则是法国的 Tendre Poison①。

那天的谈话，就是从谈偷盗开始的。程先生说："鲁国季康子

① 绿毒。一种女士香水。

患盗,问于孔子。孔子答曰,'苟子之不欲,虽赏之不窃。'这话是什么意思?"让人感到奇怪的是,郏象愚还在思考呢,偷儿就说出来了。偷儿说,他也是这么想的。如果有钱人不贪图财利,将财富搜刮一空,那么即使奖励偷窃,也不会有人偷盗。

偷儿不愧是清华大学出来的。

程先生接下来问郏象愚:"你说你研究西方哲学,那么古希腊哲学里面是怎么谈偷盗的?"郏象愚说,苏格拉底与欧提德谟斯有过一次讨论,谈的是善行,其中谈到了偷盗。苏格拉底问,盗窃、欺骗、买人当奴隶,是善行还是恶德?欧提德谟斯说,是恶德。苏格拉底说,欺骗敌人是恶德吗?把敌人卖作奴隶是恶德吗?欧提德谟斯只好说那是善行。苏格拉底说,照你这么说,盗窃朋友是恶德,但如果你的朋友准备自杀,你把他自杀的用具偷走了,这还是恶德吗?欧提德谟斯只好说,那也是善行。郏象愚正说着呢,那个偷儿插话了,声称他最早偷东西,偷的就是朋友自杀的用具。程先生问是什么用具?郏象愚立即对偷儿说,不要欺骗先生。但偷儿说,他说的是真的,有个朋友喜欢在长城上骑车,声称自己最大的愿望就是从长城上摔下来摔死,他就把那个朋友的车子偷跑了。

按蒯子朋教授的说法,郏象愚接下来训斥了一通偷儿,说偷儿不诚实,上次说偷的是攀岩工具,这会儿却变成自行车。偷儿说,是啊,他的车筐里放着攀岩工具。郏象愚又说,那就说明他不想自杀,就是掉了下去也可以攀爬上来。偷儿还想狡辩,郏象愚说,你再欺骗先生,我就不理你了。蒯子朋教授认为,正是这一幕,让程先生相信,郏象愚确有希腊哲学的功底,而且郏象愚是个诚实的人。

从慈恩寺求来的那个签,自然也属于谈话的内容之一。程先生说,殷郊遇师,说的是受困遇阻,突破不得,是为下签。具体说来,便是家宅不安,求财受困,寻人不遇,田蚕多瘟,公讼吃亏,失物难觅,山坟多不吉,病急乱求神。当然,程先生也告诉郏象愚:"儒家反对怪力乱神。这些话，听听就是，不可迷信。"

郏象愚讲了这几年的遭遇，讲着讲着，哭了起来。

程先生当时对郏象愚说："你是学哲学的。学哲学的人，不应该哭，也不应该笑，应该求得深解。"

郏象愚捶胸顿足，说自己肚子里有气，难受。

程先生说："不要怨天尤人。送你两个字：修己。修己者，修身也。修己以敬，不迁怒于人。修己还是为了安人，让别人，也让老婆孩子，过上好日子。修己也为了安百姓，让百姓都过上好日子。修己以安百姓，讲起来容易，做起来难，知易行难嘛。孔夫子说了，修己以安百姓，尧、舜其犹病诸。连尧舜手握重权的圣人，也不容易做到啊。"

郏象愚立马又跪下了，一定要拜程先生为师，表示自己一定"修己以敬"。

程先生说："我可以收你为徒。先给你改个名字吧，就叫敬修己。"

偷儿有的是办法，很快就给敬修己弄到了香港身份证，上面的名字就是敬修己，家庭住址填的则是彩虹家的地址。偷儿之所以这样填，是因为偷儿正想办法把彩虹偷到手：这次偷的不是彩虹家的东西，而是彩虹这个人。偷儿认为，彩虹位于香港金钟大道88号的一幢公寓楼，不久就可以划到自己名下。他还真的做到了。偷儿虽然是个偷儿，却很讲义气，把自己与郏象愚的情谊看得很重。

应物兄后来想起来，他其实就是在郏象愚认识程先生之后不久，与乔姗姗结的婚。乔姗姗当时参加了托福考试，但没能通过。有一段时间，乔姗姗在家里摔摔打打的。再后来，姚鼐先生就来做媒了。他当然知道那其实是乔木先生的意思，是乔木先生做主，要把女儿嫁给他。其实，当时他暗恋的并不是乔姗姗，而是另一个女人。但他知道，对于那个女人，他永远只能是暗恋，因为那个女人已经结了婚。这是个永久的秘密，他从未告诉任何人，谁也没有看出来。甚至,连敏感的乔姗姗,都没有一丝察觉。

新婚之夜,我们的应物兄吓坏了,因为乔姗姗流了很多血,褥子都洇透了,吓得他差点去叫救护车。他把这个事情透露给了几个朋友。他想让朋友们知道,别看乔姗姗跟着郏象愚跑了一圈,其实她守身如玉,还是个处女呢。

他说的是事实,但他能从朋友们的表情上看出他们的怀疑。好像只有郑树森相信了他的话。但是郑树森的话听上去却最为怪异:"先生说过,英雄也吃饭,也睡觉,也战斗,也性交。由此看来,郏象愚并非英雄。"

栾庭玉的话也好不到哪里去:"同志啊,没生过孩子的女人,都是处女嘛。"

36. 勺园

勺园宾馆有规定,同一个身份证不能开两个房间,而栾庭玉又没带身份证——他没有亲自带证件的习惯,他们两个就只好在一个房间凑合了一晚。栾庭玉说:"你睡床,我打个地铺。"应物兄当然不能这么做。但栾庭玉无论如何都要睡在地上,虎着脸说:"怎么?反对我接地气?"

应物兄只好把床上的被子铺到地上,又从柜子里拿出一套被子也铺到地上。他们分躺于床的两侧。好在地毯很厚,暖气也还开着,跟睡在床上没什么区别。刚躺下,栾庭玉就说:"我在家里也是打地铺。我跟豆花说,这是下乡视察工作养成的习惯。她还真信了。打着打着,就打成了习惯。"

豆花是栾庭玉的妻子,原名伊华。伊华也是济大毕业的,学的是政治经济学,后来到省报工作,再后来下了海,成立了一个物业公司,叫伊人物业。伊人物业是济州最大的物业公司,济州各大事业单位的物业管理，几乎都被伊人给包了。伊人旗下还包括家政公司。栾庭玉家里的保姆用的就是伊人的员工。栾家的保姆可不是谁都能干得了的。得会收拾，得体面，口风还要紧。要会说话，但又不能话多。还要懂得华罗庚的统筹学原理，比如蒸饭的同时把地板拖干净了，放洗澡水的同时给马桶消消毒。喂大虎二虎的时候，要教它们说话，同时也要把鸟粪拾掇干净了。不要长得太好看了，弄个美人放在家里，总归不大好。但也不能太难看，否则影响心情。在连换了七八个保姆之后，伊华深感对不起栾庭玉，就自己上门做了几天保姆。栾庭玉的母亲栾温氏，第一次见她，问她叫什么名字。她说叫伊华，栾温氏听成了银花。栾温氏说，金花银花再好，也不能吃，也不能喝，比不上豆花。豆花最好了，有牙没牙都能吃，还养胃。她就这样成了豆花。与别的保姆相比，伊华当然更会收拾，更体面，华罗庚的统筹学原理运用得更好：在蒸饭的同时，不仅把地板拖干净了，还用淘米水把花给浇了；给栾温氏煎药的同时，把老太太的肩、脚也按舒服了，栾温氏外孙女的作业也辅导好了；栾温氏不是喜欢喝豆花吗，伊华自己在家做豆花，做豆花剩下的豆渣做成饼肥，上到栾温氏在院子里开辟的菜地里，辣椒、豆角、油菜，长得就是比别人家的好。伊华对统筹学原理的运用主要还表现在，当保姆的同时把栾庭玉也搞定了。

栾温氏常对栾庭玉说："都说金花配银花，西葫芦配南瓜。叫我看，金花配豆花最好了。金花配豆花，结什么？结金豆。"

当栾庭玉的外甥们来的时候，栾温氏喜欢忆苦思甜，谈一些陈芝麻烂谷子。孩子们都已经听烦了，要么跑开，要么打瞌睡。豆花有办法降服他们：外婆说话时，谁坐的时间长，谁坐得直，谁的零花钱就多。所以，只要豆花往旁边一站，小家伙们就乖得要命。据栾庭玉前妻说，以前的保姆每次洗完衣服，栾温氏都要反复检查是否洗净了：拿着白背心，走到阳台上，对着阳光看了又看，如果发现洗得不够干净，她就"一不小心"让它落到地上，沾了土，让你不得不再洗一遍。当然这个时候,栾温氏还会埋怨自己真是老了,衣服都拿不稳了。但豆花来了之后,这种事就再也没有发生过。能洗净的,豆花都会洗得干干净净,洗不净的,豆花都会悄悄扔掉,再买一件同式样的衣服,让老太太看不出来。

季宗慈的女友艾伦,是豆花最好的朋友。这是因为豆花的公司也经营花卉绿植,而电视台常年需要花卉装点,她们一来二去就成了朋友。事实上,栾庭玉还是在艾伦的饭局上认识豆花的,艾伦私下里也一直以媒人自居。艾伦与豆花曾经多次讨论过栾庭玉的种种美德:孝顺、仁慈、义气,还有"特别能忍"。她们的谈话相当深入,甚至涉及一些隐秘的话题。比如,艾伦曾经半开玩笑地问过豆花,她跟栾庭玉是不是已经上床了——据季宗慈说,艾伦的用词比"上床"两个字还要直接:"他是不是已经把你给做了?"豆花只承认栾庭玉摸过她的乳房,但她也只是让他摸摸。豆花的理由是:咱不能破坏人家的婚姻啊。

"只是摸摸?他就那么能忍啊?"艾伦说。

"可不嘛。这一点很让人敬佩。"

"哎哟喂,人家那是尊重你。这样的好男人,打着灯笼都难找啊。"

后来,栾庭玉的妻子就主动提出离婚了。那个女人很懂事,一点也没闹。

栾庭玉与豆花结婚之后,有一天豆花来找艾伦聊天,说到侯门生活,豆花委婉地提到了婆婆栾温氏不好相处。她说,领过结婚证,拜了天地,老太太就把她从洞房里叫了出来,给她上了一课,谈的是如何做媳妇。栾温氏是从自己谈起的,说她刚来到栾家的时候,栾庭玉的奶奶就对她说,可以往娘家寄东西,寄吃的,寄喝的,都行,就是不能寄钱。寄了钱,婆家看轻了你还是小事,要紧的是娘家也很没面子。豆花说,老太太这是拐弯抹角敲打她呢。侄子来家玩的时候,她确实给过小家伙钱,让小家伙自己去买冰棍。

栾温氏还经常提起自己当初多么孝顺，是怎么侍候婆婆的：婆婆是小脚，走不远，却喜欢串门，喜欢赶集，她不仅给婆婆当拐棍，还给婆婆当轿子。栾温氏说着，还给她出了个谜语，猜对了，就啥也不说了，猜错了，就罚她把栾庭玉外甥女暑假出国玩耍的机票掏了。那个谜语是：又像柿子又像桃，又像驴蹄又没毛，只能走着看，不能拿起来瞧。打一个东西。

她死活猜不出来。

栾温氏说："他奶奶的，老不死的，就是她那小脚嘛。"

豆花还说，老太太小拇指甲很长，向内弯着，很像鹦鹉的喙。有一次，听老太太讲话的时候，她就想趁机把那指甲剪掉，老太太不让，说是挖耳屎用的。老太太说，有一次与栾庭玉的前妻在一起拉拉扯扯的，一不小心，把人家的肉挖下来一绺，"老太太说，豆花啊，伤在儿身上，疼在娘心里。疼死我了。"豆花模仿着栾温氏的语调，吐了一下舌头，"老太太这么一说，吓得我例假都推迟两天。"

前不久，应物兄见到豆花，看到豆花又瘦了，他正要表扬豆花会保养，豆花说："想减肥？来我家啊。你只要嘴一动，老太太就去掀锅盖，看少了东西没有。"

此时听栾庭玉提到豆花，他一时不知道该如何接话。

栾庭玉在床的那边感慨了一声，说："女人啊，也是怪了。不该怀上的，你稍一碰她，她就怀了。该怀上的时候，却就是没有动静。"

应物兄想起，栾庭玉前段时间戒酒了，有外事活动不得不喝，也会让邓林悄悄地用矿泉水勾兑一下，只是在老外面前走个形式。今天看到栾庭玉又放开喝了，而且谈了不少生男生女的事，他就想，莫非豆花已经怀上了？他本来想问的，但话到嘴边又咽了回去。他只是觉得，栾庭玉今天晚上的谈吐和举止，有点让他琢磨不透。

他就"嗯"了一声，代表自己正听着呢。

　　栾庭玉又说:"女人要是性情急躁,孩子生出来,脾气是不是也会怪怪的?"

　　他终于可以接一句了,也算是委婉地探听一下豆花是不是怀孕了:"应该是吧。夫人伊华的性格那么好,你就不要担心了。"

　　"好?你说她的性格好?"

　　"我听你说过的,说她很乖。"

　　没想到,这句话竟捅了马蜂窝。栾庭玉突然坐了起来,问道:"乖?以前倒是挺乖,乖得都让你有点乏味了。"一语未了,栾庭玉又扑通一声躺下了,"可自从结了婚,她真是脾气大变。床上也是,只顾她自己了。整个变样了。并且来说,不是你干她,而是她干你。她变得力大无比,特别是最后那几下子,你再也控制不住她了。她能把你扯成两半,能把你活活撕吃了。并且来说,不撕你不抓你,她就不能进入高潮。用指甲在你身上乱抠。事先约法三章,说好了不喊的,她却喊得楼上楼下都听得见。不知道的,还以为老子杀人了。"

　　莫非栾庭玉是在向我暗示,他准备与豆花离掉?

　　离掉之后呢?把金彧娶了?他想起了金彧命令栾庭玉张嘴、哈气的动作。这个金彧!会谈判、懂医术,各方面都很能干,倒是符合很多男人对妻子的预想:秘书、管家兼门房,医生、护士带跑堂。

　　他很担心栾庭玉和他讨论此事,就故意打着哈欠,以示自己睡意上来了,不能参与讨论了。他的担心是多余的,栾庭玉没有再提此事,而是冷不丁问了他一个问题:"我见到程先生的时候,该如何表达我对程先生的仰慕之情呢?不要多,只要一句话。"

　　他说:"孔子弟子三千,贤者七十二人,你肯定知道。你就说,我愿成为先生第七十三位弟子。"

　　栾庭玉说:"好,就是它了。"

　　接下来,栾庭玉又问道:"一个叫什么小颜的,你熟悉吗?"

他不知道这个人，就说不知道。

但栾庭玉却说："真的不知道？不可能吧？他应该也是济大的吧？是不是提前来了？"

他向栾庭玉保证，这次来北京的，只有三个人，并没有一个叫小颜的。

栾庭玉说："知道就是知道，不知道就是不知道，你要跟我说实话。"

他当然再次表示，确实不知道这么个人。

接下来，栾庭玉突然问道："明天，如果我见到了敬修己，我该如何表达对他的学问的认可呢？不要多，也只要一句话。"

他更是大吃一惊："你知道他回来了？"

栾庭玉说："他不是变成敬修己了吗？"

他说："这么说，你已经知道了？实不相瞒，我也是刚知道他回来。"

栾庭玉说："没想到啊，他竟然也成了儒学家。你看我这么说行不行，我就说，敬先生，听说你的学问都快赶得上应物兄了？把你的书给我一本，让我学习学习啊？"

听上去，栾庭玉对敬修己的底细好像了解得很清楚。栾庭玉的嘲讽溢于言表：你是做学问的，但市面上怎么看不到你的书呢？

他连忙说道："使不得，使不得。他还是有学问的，他只是述而不作。"

栾庭玉问："他主要研究孔子，还是主要研究孟子？"

"他其实主要研究崔述。"

"这个姓崔的，是孔子的弟子？"

"崔述是清代的史学家，把《左传》《论语》《孟子》《史记》等经典中有关孔子的记载，按年代进行了编排和考证，这是不得了的工作。郑象愚敢于研究崔述，敢啃这个螃蟹，说明他在学术上是下了一番功夫的。"

"他的学问跟你相比呢?"

"你想听真的,还是假的?"应物兄犹豫了一下,说。

"我操!我一天到晚听的都是假话,耳朵都听出茧子了。你是我最好的朋友,在你这要还听不到真话,我活得也太倒霉了。"

"好吧,说实话,他的学问不如我。"

"我要的就是这句话。你是谁?你是应物兄。应物兄是谁?应物兄是我哥们!我的哥们怎么能比别人差呢?"

"谢谢庭玉兄。你是怎么知道他回来的?"

"从何为教授的主治医生那里。前两天,我去看望何为教授,和医院的领导亲切交谈了一会,吩咐他们要用最好的医生,用最好的药,要调换出最好的病房。我也问医生,都有什么人来过?一般的人,不要让他们上来,免得影响病人休息。医生就告诉我,有个美国人经常打电话过来,而且常常是后半夜打电话。我问那人是谁?他们就告诉我,那个人一会说自己叫敬修己,一会说自己叫郏象愚。他还跟何为教授说,他马上就要随程先生回国了,到时候会来看望她。"

原来如此!

他说:"我还没有见到他呢。"

栾庭玉问:"爱国不分先后,他爱国吗?"

就像电视抢答一样,他赶紧说道:"爱爱爱。我只举一例,大年三十,他必看春晚,包饺子。八月十五,必吃月饼。"

栾庭玉说:"我最烦吃月饼。以后有好的月饼,都寄给他。你等一下。"

原来栾庭玉要听个微信留言。夜深人静时分,金彧的声音清晰得能听到气声:"您也早点睡。熬夜不好。熬夜时,机体的阳气不能正常回到体内,内脏容易被寒气损伤。熬夜多了,机体还会产生很多代谢废物,堆积在体内,变成毒素。可以补充体液,稀释并且加快毒素排出。补充体液以温开水为宜。但也不能多喝。记住了？别不当回事。第二天眼泡出现水肿，就说明喝多了，下次就要少喝。多喝还是少喝，要是掌握不好分寸，那就放下工作，动动手。两掌根对准耳朵，向中间挤压，再突然放松。至少做三次。这对大脑、眼睛、耳朵都有好处。彧儿的话，别当耳旁风，不然悔之晚矣。狗奶①。"

栾庭玉说："这孩子倒很会关心人。不过，说我熬夜，她自己不也没睡嘛。"接着又问道，"你觉得这孩子怎么样？就是今天吃饭的那个孩子。"

他想到自己第一次见到金彧的时候，因为她拒绝透露哈登的主人是谁，怎么说都没用，他虽然很着急，但还是觉得她身上有一种难得的忠诚，那是一种稀有的美德。她身上有一种古典的美。此刻，他就告诉栾庭玉："哦，你说那个孩子啊，她看上去有一种古典美人的气质。古典美人嘛，很忠诚的，好像也很会体恤人。她不是你亲戚的孩子吗？你的亲戚真是教子有方啊。"

这天，他们最后讨论的问题是关于特券的。话题是由邓林的电话引起的。快到十二点的时候，邓林给栾庭玉打来一个电话，谈的就是特券。他听见栾庭玉说："找不到就算了，如果找到了，也应该收归国有，起码得送到博物馆。"放下电话，栾庭玉爬上了床，脸悬在他的侧上方，低声问道："顺便向你打听一下，程先生跟你提到过特券吗？"

"特券？什么特券？"

"你真没有听说过？"

"没有，从未听程先生提起过。"

"据说，程先生的父亲当年从济州撤离的时候，有一批特券没有带走。那是一种特殊的货币，抗战期间在某些地区用过一阵，后来又废掉了。前些年，有些人觉得那是无价之宝，到处搜寻。现在听说程先生要回来了，有些人就又提起此事，还有人要拿着特券找

① 晚安。

程先生,说是要请他鉴定真假。真是胡闹。"

37. 谁是小颜

谁是小颜?这个问题似乎很快就有了答案。第二天,栾庭玉
走得很早,那时候天还没有亮透呢。栾庭玉坚决不让他起来送,甚
至不允许他爬起来。他就只好装作再睡。装着装着,他就真的又
睡着了。再次醒来后,他打电话让费鸣过来说话。费鸣进来,看见
大床两侧胡乱地铺着被子,一时有点迷糊。

"你可不要乱想。"他开玩笑地对费鸣说,"庭玉省长刚走。"

"别说,我还真的乱想了。"费鸣说,"因为敬先生和小颜,也是
这么睡的。只不过,他们睡的是一张床。现在,男人睡一张床,好
像成了时髦了?"

"臭小子,胡说什么呢。你见到小颜了?小颜是谁?"

"敬先生的一个朋友。那家伙是个儒学天才。"

费鸣讲了他与敬修己见面的经过。昨天晚上,也就在杂碎端
上来的时候,他就跟敬修己约好了,今天早上在未名湖边见面。是
那个叫小颜的人把敬修己带过来的。未名湖边有个临湖轩,是一
个安静的三合庭院,曾是燕大校长司徒雷登的寓所。程先生来北
大的时候,如果时间允许,将在那里与国内的儒学家见个面。敬修
己来到临湖轩,也算是提前踩点。但临湖轩却关着门,里面正进行
清扫,外人不能进去。门前有两株白皮松,老干新枝,婆娑弄影。
敬先生和小颜就在树下合影留念。后来他们就去了湖心岛。敬修
己和小颜也在湖心岛旁边的石舫合影留念。敬修己最早看到小颜
的照片,就是小颜在石舫上的留影。小颜介绍说,那条石舫是清代
巨贪和珅留下来的,造此石舫是寓意"水能载舟,亦能覆舟"。现在
它只剩下了基座,沉在水里。看不清它是不是已经"覆"了,是底朝

下还是底朝上。

"小颜是做什么的？从美国来的？"

"不清楚。应该有北大背景，因为他对北大的各种鸟都很熟悉。他喜欢观鸟。"

"小颜多大年纪？"

"二十五岁到四十五岁之间。"

"什么眼神！二十五和四十五，能一样吗？"

"他的脸像二十来岁，其沉稳，其视野，其谈吐，却像是四十五岁、五十岁。"

"怎么不说他一百岁了？有这等奇人？"

"但有时候，又像个几岁的孩子。我知道您不信。反正我是被惊住了。这么说吧，孔子的话，你说出任何一句，他都能在一秒钟之内告诉你出处。譬如《论语》，他甚至能告诉你，那句话在书的第几页，第几行。当然事先他得瞄一眼你的版本，观察一下行间距、字体的大小、版面的宽窄。然后，他就可以迅速推算出来，那句话在书的哪一页哪一行。如果他说得不对，那不是他错了，而是书印错了，掉了字。这是我看到的真正的天才。"

"有他的照片吗？"

费鸣喜欢拍照，这是他在校长办公室工作期间养成的习惯。出现在费鸣镜头中最多的自然是葛道宏。葛道宏对他的照相技术很满意。葛道宏已经发福了，但他照出来的葛道宏总是会比本人要瘦一点。费鸣说，这里面当然是有诀窍的：你要把葛校长放在照片的中心，或者离中心不远的位置，因为照片边缘的变形效果会让人显得更胖，更臃肿。你得提醒葛道宏抬头向前，这样可以避免出现双下巴；你可以让他把一只脚放在另一只脚的前侧，身体稍微偏向一侧，这样能使他的双腿变长。葛道宏对他的首肯，增加了他对摄影的兴趣。

"可惜，我去见他的时候，忘记带相机了。我是用他们的手机给他们照的。他们都认为我拍得很好。我跟敬先生合了个影,但没有跟小颜照。我在石舫上给他们拍的那两张照片,他们最满意。树木斜躺在水中,笔直的树干在水中折弯了,更多的树倒映在湖面,树梢朝下,向河底生长。因为我把水里的鱼都拍出来了,鱼在云朵中穿行,有如羊群。他们的身影和鱼在一起。小颜说,他们就像牧羊人。对了,小颜还提到了您。"

"哦?"他有点吃惊。

"照片上还有一只布谷鸟。我没认出那是布谷鸟。敬先生也没有认出。敬先生说,以前在一个名叫二道沟的地方,他倒是听到过布谷鸟叫,但他从来没有近距离看过它们。它们总是飞得很高,高过所有的树梢,而且从不停留。小颜说,这种鸟在《诗经》中叫鸤鸠,诗中说它是君子之鸟。小颜脱口而出:'鸤鸠在桑,其子七兮。淑人君子,其仪一兮。'然后他问我,你的导师乔木先生认为,诗中的'淑人'指的是'淑女',而应物兄却认为,'淑人'指的是'善人',你认为他们谁说得对?"

听费鸣这么一说,他真正地吃惊起来了。我都已经忘了自己曾把"淑人"解释为"善人"。这个人到底是谁?真的是个天才?他问费鸣:"你是怎么回答的?"

"回答?我只剩下吃惊的份了。"

"敬修己怎么会认识这么一个奇人?"

"小颜说,你曾师承一个姓朱的老师,叫朱三根?我说我不知道。他说,'应物'这个名字就是朱三根给起的。"

应物兄一时有些恍惚。他的思绪再次飞到了很多年前那个破败的校园,看到了佝偻而行的朱老师。小颜怎么会知道我与朱老师的关系呢?

"后来,小颜有事先走了,我就问敬先生,小颜也是程先生的弟子吗?敬先生这才告诉我,他们是在网上认识的,前天才见了第一面,就在三角地的师生缘咖啡馆。敬先生说,所谓白头如新,倾盖如故。

他们一见面，就成了忘年之交。那个男孩白白胖胖的，不怎么爱说话，只是微笑。敬先生说，他是如愚而不愚，神秘如颜回，于是就叫他小颜。小颜很快就把 QQ、微信上的名字给改了，改成了小颜。"

"哦，我还以为他们相识已久。你与敬先生谈得怎么样？"

"按照您的吩咐，我问了敬先生，程先生在北京都有哪些活动，什么时候可以接见我们。敬先生说，具体安排都得等程先生到了之后才知道。出于客气，我对敬先生说了，欢迎他到济州看看。我是代表您和葛校长向他发出邀请的。"

"他怎么说？"

"说了八个字：故国残月，映于深潭。"

"你怎么回答的？"

"我说，为何是残月？何不看成新月？凭阑独无言，新月似当年。"

"然后呢？"

"然后，他就说，他累了，要回去休息了。他昨晚一宿没睡好。他说起话来倒不避讳，说小颜睡觉不老实，乱踢被子，害得他差点着凉。"

"他们抵足而眠，或许是要谈什么事情。"

"我把敬先生的照片发到群里。我哥哥费边立即认出了敬先生。他问我在哪里遇到了这个人，我说在北大。哥哥问，你怎么会遇到他？又问他现在是干什么的？我说他是研究儒学的，是个儒学家。哥哥说，他无论如何都不敢相信，这个人会成为一个儒学家。哥哥还说，这么多年过去了，这个人几乎没变，是不是吃了防腐剂了？又说，这个人只是发际线后退了，前额更宽了，就像个小广场。我哥哥说，他的原名叫郏象愚。"

费鸣问："我哥哥问，你有没有时间见面？"

他想起费鸣说过，费边是想和他商量如何纪念他们共同的朋友文德能。他对费鸣说："你就告诉他，纪念文德能的事可以往后放一放。既然是纪念文德能，那么文德斯一定是要参加的。但是，文德斯现在根本抽不出身，你知道的，他的导师何为教授——"

费鸣说："好的。那就等哥哥再回济州的时候，我安排你们见面。"

他对费鸣说："你也告诉他，你在我身边，跟你在他身边，是一样的。"

等费鸣走了，他觉得应该去见一下敬修己。费鸣告诉他，敬修己就在他们楼下，只要一跺脚，敬修己就会听到。这也太巧了。原来，我与敬修己只隔着一层薄薄的天花板？幸亏房间的隔音效果比较好，不然他与栾庭玉关于敬修己的谈话，很可能会被他听见呢。

他第一次去，郏象愚开了个门缝，让他等一会。他听见有人在里面问："谁啊？"过了一会再去，小颜已经走了。房间里乱糟糟的。他和栾庭玉躺着的地毯下面的地板就是敬修己仰脸看到的天花板。咫尺之隔，却如海天之遥，指的就是这个吧？

房间里挂着一套小颜的衣服。笔记本电脑开着，电脑桌面上的照片就是小颜，穿着西装，但里面没穿衬衣，露着胸，露着肚脐。发现他在观察那张照片，敬修己说，世上只有两种人光着膀子穿西装：一种是乞丐，一种是王子。

他很想打开窗户，透透气，但终究没有开。光膀子的小颜虽然只是照片，虽然只是待在电脑的桌面上，但万一敬修己分不清现实和幻觉，说凉风把小颜吹感冒了，我是笑呢，还是不笑？

"这话怎讲？"他问。

"他们亦古亦今，亦正亦邪。既英气逼人，又妩媚妖娆。既阳光灿烂，又忧郁颓废。"敬修己说，"或许这就是你们说的新新人类？"

"我中午请你吃饭吧。你叫上这个新新人类？"

"吃饭吃饭！中国不是已经解决吃饭问题了吗，见了面，怎么还是三句话不离吃饭？孔子虽然说过食色性也，可也没有整天把吃饭挂在嘴上啊。仁义礼智信,哪一条是关于吃饭的?"

38. 程先生

　　程先生讲课那天,应物兄很早就赶到了讲课地点:北京大学校长办公楼三楼。那是美国前总统克林顿来华访问时发表演讲的地方。室内雕梁画栋,古色古香。工作人员正在调试麦克风,麦克风不时发出叽叽的声音,有如鸟叫。室外则是杂花生树,银杏参天;树林中有鸟,最多的是灰喜鹊,奇怪的是它们却不叫。

　　就在那个办公楼外,他意外地遇到了一个熟人:南开大学的吴镇教授。吴镇向他抱怨,大老远赶来,就是为了一睹程先生的风采,哪知道还得持票入场。应物兄曾与吴镇教授一起在波士顿访学。吴镇横跨三个研究领域:两宋文学、《水浒传》以及鲁迅。前不久,吴镇在电话里说,他又新开了一门课,学生们欢迎得不得了,这次他研究的是鬼。子不语怪力乱神,程先生也从来不谈鬼的。一个研究鬼的人,也跑来听程先生的讲座了?应物兄手头没有多余的票,他答应替吴镇想想办法。不料吴镇说,他已经有票了,是从北大中文系一个老师那里搞到的,但这次来了三个人,所以还得再搞两张。

　　"那两个人是谁啊?"

　　"一个是陈董的儿子,一个是陈董的小姨子。所以你必须帮我这个忙。"

　　在波士顿的时候,有一天吴镇喊他和几个留学生一起去吃饭,买单的就是陈董。陈董是天津一家内衣企业的老板,戏称自己是裤衩大王。陈董瘦如竹竿,令人想到马三立,看上去弱不禁风,胸前却长着巴掌宽的护心毛。陈董的内衣在美国卖得很好,尤其是漆皮内衣,又光又亮,防水防潮,打理方便,还不易变形。据吴镇介绍,一百个美国女人,有二十五个穿的是陈董的漆皮。饭后,裤衩大王陈董一定要带他们去见识一下什么叫漆皮。原来是要去看脱衣舞。那些绕着钢管跳舞的美女们的紧身漆皮连衣裤,就是陈董的企业生产的。有人表示对此没有兴趣,陈董撩开衬衫,扇着护心毛,说:"对资本主义没有研究,你又怎么批判资本主义?"那人正在犹豫,陈董就把那人推了进去,同时嘴上说道:"进去,三克油外瑞玛驰!"

他们围绕着舞池坐着,舞池被灯光照成了粉红色。应物兄和吴镇本来坐在同一张沙发上,但吴镇却很少坐。吴镇宁愿蹲在陈董身边。舞女们越脱越少,最后只剩下了巴掌大的裤衩,那裤衩自然就是漆皮。当舞女们扭着大腿来到人群当中,大腿从他们头顶划过的时候,陈董指着漆皮,说:"怎么样?弹力好吧?"说着,右手向下一探,准确地把一沓美钞塞到了舞女的高跟鞋里。陈董每塞完一沓,吴镇立即递过去一沓。那些舞女们,乍看上去,长得一模一样,就像是克隆出来的:红色礼帽,红色高跟鞋,灯光下她们的皮肤也是红色的,只有大腿根的漆皮是黑色的,就像贴了一块黑胶布。陈董发完一遍之后,又让吴镇给他们每个人发了一沓。姑娘们很快就踢踢踏踏过来了,这次是直接骑到他们的腿上,在他们身上夸张地扭来扭去。吴镇还两只手卷成喇叭状,传达着陈董的指示:"别给中国人丢脸,大方一点。"

起初,应物兄像幼儿园小朋友那样规规矩矩地坐着,双手平放在膝上。姑娘呢,就坐在他的手背上。当他把手从姑娘的屁股下面抽出来的时候,趁势搂了一下姑娘的腰。她们的腰肢貌似纤细,实则粗壮。为了增强演出效果,还抹了橄榄油,滑得像肥皂,黏得像泥鳅。后来,朋友们就以"漆皮事件"来指称他们度过的这个荒唐的夜晚。

"漆皮事件"之后,陈董在留学生中的地位迅速提高了。

回国之后,应物兄与吴镇也有过接触。他去天津签名售书时,吴镇不仅请他喝酒，吃狗不理包子，还拉他在南开做了讲座，课后塞给他一个红包：税后一万元的讲课费。吴镇告诉他，这个学术讲座就是陈董赞助的。就在那一次，吴镇告诉他，自己也转向了儒学研究。吴镇曾写过一本《"呼保义"考》。呼保义者，及时雨宋江也。吴镇说自己是在写《"呼保义"考》的过程中对儒学产生兴趣的，"一下子就迷进去了"。吴镇本人和宋江确有几分相似，都是面黑身矮，都喜欢仗义疏财，也都是母亲早亡，下有兄弟。吴镇还喜欢写古体诗，模仿的就是《水浒传》里的"有诗为证"。

此时，应物兄让吴镇原地等着，然后他去找了敬修己。他与葛道宏、栾庭玉、费鸣的票，就是从敬修己那里取的。敬修己正在楼下吃早餐，对他说，倒是还有一张票，本来是留给小颜的，但小颜要去录制节目，一时过不来了。

"那正好。"他说，

"必须给小颜打个电话。万一他半道又来了呢？别惹他生气。"

"好啊，快打吧。"

"我不打，你打。他不会给我面子，但会给你面子的。"

他用敬修己的手机给小颜打了电话。敬修己用的还是美国的手机号，信号需要越过太平洋到美国转一圈，再越过太平洋来到北京，所以电话的声音显得非常遥远。电话接通的那一刻，他听见小颜嗲声嗲气地说："两情若是久长时，又岂在朝朝暮暮。你说呢，敬先生？"

他一时不知如何接话，匆忙中说道："我是应物，向你问好。"

小颜说："是应先生啊。我正要录节目，改日我亲自登门，到府上拜访。"

这张票到手了，但还差一张票。敬修己说，珍妮名下还有一张票，但她用不上，你可以去跟她说说。

昨天他就来找过珍妮，但珍妮到了北京，就跑到天安门广场去了,看故宫,瞻仰毛主席遗容,在大栅栏坐有轨电车。瞻仰毛主席遗容是为了纪念毛主席与福特汽车的缘分:早在延安时期,著名爱国华侨陈嘉庚先生出于对中国共产党人的敬仰,专程将两辆福特牌轿车送到延安,毛主席的第一辆座驾就是福特轿车,这已经写入了福特的历史。

珍妮正拿着水烟枪吸大麻呢。

他迟疑了片刻,还是提醒珍妮,中国不允许吸食 Marijuana①。

珍妮说:"Lighten Cheng 也喜欢来两口。"

她说的是程刚笃的英文名字。这个英文名字是程先生起的,因为"刚笃"译成英文,发音近似于"gander"②,所以程先生给刚笃另起了个英文名字:Lighten Cheng。这个名字很有讲究:"lighten"除了有"照亮"的意思,还有"轻"的意思。刚笃幼年受了一些精神创伤,程先生希望他能甩掉包袱,轻装上阵。其中"ten"的发音,又近似于程刚笃母亲的姓"谭"的发音,这也是为了提醒程刚笃不要忘记母亲。关于程刚笃母亲的事,香港的蒯子朋教授曾给他提起过,但他从来没有听程先生谈过。

"你接着倒时差吧。"他说。

"一会我得去接先生。我是先生家里的,他是 my daddy 嘛。"

他顺便提醒珍妮,"家里的"和"家人"是两个意思。只能说"家人",不能说"家里的"。珍妮似懂非懂,表示自己会烤炉③一下。

拿到票,再找到吴镇的时候,吴镇却说自己不需要两张,一张就够了,因为陈董的儿子不来了。"他让我听完之后,讲给他听。"吴镇说。

那多出来的一张票,他送给了香港城市大学的一个教授。那个教授是蒯子朋的同事,本来已经到了首都机场了,突然听说有这

---

① 大麻。
② 呆头鹅,傻瓜。
③ 考虑。

么一个讲座,就改了机票,临时赶来了。在路上,这位教授给蒴子朋打了电话,蒴子朋让他来找应物兄。

吴镇带着陈董的小姨子过来打招呼。陈董的小姨子说:"我们吴教授天天夸你来着。"说完这话,她就拿着手机准备拍照,突然问道,"咦,海报呢? 怎么能没有海报?"然后吩咐吴镇,"待会,你一定要让我和活着的程先生一起合个影。"

吴镇说:"这话,你得跟应物兄说去。程先生听他的。"

陈董的小姨子就说:"应物哥,那我就看你的了。"

这个女人,给应物兄留下的印象相当滑稽。他认为,她只是一个普通的、附庸风雅的追星族,完全没有把她当回事。多天之后,当吴镇告诉他,就是这个女人告诉陈董,一定要把程先生弄到天津,而陈董对这个女人言听计从的时候,他才知道自己小看她了。

小姨子曾亲自到济州找他谈判。看到他毫不让步,她就说:"吃不上肉,让我喝口汤也行了。"她说的喝汤,指的是让程先生在漆皮公司挂个名。

他说:"这真的不行,程先生不会同意的。"

她立即说:"不让喝汤,喝口刷锅水也行啊。"经吴镇提醒,他才知道她说的刷锅水,指的是让珍妮或程刚笃在漆皮公司挂职。

他还没有想好如何回答她,她已经恼了,说:"不让吃肉,不让喝汤,刷锅水我们也轮不上,是这个意思吧? 惹急了,我敢把锅给你砸了,你信不?"但说过这话,她又把随身带来的礼盒打开了。她说,那是天津桂顺斋的萨其马,用的是狗奶子加蜂蜜,"您先尝尝?"

39. 七十二

七十二张票,一张也没有浪费。

没错,这次讲座,只印了七十二张票。这当然是程先生的要求。进场之前,应物兄已经听到了人们对这个数字的不同解释。一种解释是,程先生给在场的七十二人讲课,是要用这种方式说明,他就是当代孔子。另一种解释与此相反。有人数了一下,加上程先生,才是七十二人,也就是说,七十二人中也包括程先生自己,程先生其实是向孔子执弟子之礼。吴镇认为,程先生这样做,是以身作则,阐明中庸之要义。

葛道宏听到了这些议论,悄悄问道:"应物兄,你怎么看?"

应物兄回答说:"人们常说,微言大义。程先生无须微言,只用一个数字,就让听众置身于儒家文化的仪式当中了。"

葛道宏说:"我也是这么看的。"

栾庭玉说:"这就叫举重若轻。治大国若烹小鲜。"

他们提前十分钟进场,台上有人正调试麦克风。葛道宏和栾庭玉都认为,这个讲堂不怎么样,四处漏风,麦克风的保真效果也不好,还有杂音,嗤嗤啦啦的,丢人啊,总之与巴别不能比,总之对不起程先生。在中国所有高校的学生中,北大学生是最爱母校的,不能听见别人说它不好。栾庭玉虽然只读过北大法学院的在职硕士,但也继承了这个传统。现在听葛道宏这么一说,就笑着回应道:"北大嘛,北大嘛,谁也不尿。"说完,又补充了一句,"不过,可以不尿克林顿,但不能不尿程先生啊。细节问题确实应该抓一下。"又问,"道宏兄,要是把你弄到北大校长的位置上,你觉得——"

葛道宏说:"别的不敢吹,至少要让它一年一变样,三年大变样。"

正说着,程先生在校长陪同下,从前门进来了。校长让程先生在前面走。程先生伸手,示意校长先走。校长看见程先生伸手,立即握住了程先生的手,并且迅速把脸朝向了一丛镜头。在简短的寒暄中,程先生特意提到了林中那些灰喜鹊。不过,程先生把灰喜鹊看成了寒鸦。

程先生说："富家之屋,乌所集也①。寒鸦翔集,让人顿生欢喜之心。"

校长说："生态环境嘛,我们一直在抓的。"

程先生演讲的题目是《儒教与中国的"另一种现代性"》。这虽是他多次讲过的话题,儒学界对此已有很多共识,但人们听起来还是很新鲜。因为它们是从程先生嘴里说出来的,而且是在北大最重要的讲台上说出来的,所以还是引起了很大反响。程先生说,经过海内外儒学家的共同努力,中国在当代国际社会中的身份已经发生了改变。现在,无论是亨廷顿"文明冲突论"中七种文明的划分,还是贝克的"当代文化空间分布的构型假说",都认可儒家学说在国际社会上的影响。随着中国经济的一枝独秀,中国对其自身价值的抒发成为可能,也成为必须。

栾庭玉说："我听得血脉偾张。"

栾庭玉又对他和葛道宏说："我很自豪。我希望你们也是。"

血脉偾张的人,自豪的人,多了去了。他瞥见有几个上了年纪的人,一边听演讲一边往嘴里塞着药丸。应该是预防高血压或者冠心病的药丸。他们显然事先就预料到自己会激动不已,所以才做了防备。

程先生以包饺子为例,讲到中国的现代性与美国的现代性的不同。他说,哈佛的一个神学教授,特别喜欢吃中国饺子。吃过几次之后,就尝试着学习包饺子,面多少,水多少,问得清清楚楚。他就告诉神学教授,其实主要是凭经验,面硬了就加点水,软了就加点面。那个教授不乐意了,说,刚才说要加面,怎么又要加水了?因为经验不足,神学教授的面团越来越大,很生气。

程先生说："别生气,吃不完了可以放进冰柜,下次再吃。"

神学教授说："中国人做事,处理的都是变量,不是定量。没有

---

① 《诗经·小雅·正月》："瞻乌爰止,于谁之屋?"《毛传》："富家之屋,乌所集也。"乌,寒鸦。古人将乌之飞来,视为祥瑞。"爱屋及乌"即由此引申而来。

价值观。"

程先生说："这就对了，我们处理的就是变量嘛。子曰：'齐一变，至于鲁；鲁一变，至于道。'道，就是价值观。大道之行也，天下为公。怎么能说没有价值观呢？"

接下来是关于饺子馅的，神学教授问什么可以做馅。

程先生说："什么都可以。"

神学教授又生气了："什么都可以？Ice cream① 可以吗？"

程先生说："我只好说 No，No，No！但那位朋友说，既然什么都可以，那么 Ice cream 当然也可以，钢镚儿也可以。如果狗肉也可以，那么人肉为什么不可以？"

他听见栾庭玉对葛道宏说："这就叫鸡同鸭讲。"

葛道宏说："先生脾气不错，很耐心。好。"

程先生接下来说，神学教授有一句话说得对，就是中国人处理的是变量，而西方人处理的是定量。他们的价值观念是不会变化的。如果有变化，那就是从原来的价值观上大幅度下滑，变成一个虚无主义者。

程先生又讲到，他的几个学生参加了阿富汗战争。那是在1998 年。对美国人来说，那是伪善的一年，在东欧剧变之后，在恐怖主义来临之前，克林顿总统在白宫办公桌上搞了实习生莱温斯基，办公桌上就放着他宣誓就职时手按的《圣经》。虽然《圣经》中明白无误地讲了，看到一个妇人就想贪恋她的，就已经在心里奸淫了她，但克林顿总统却认为，"Fellatio"② 不算性行为。

程先生说，这一年，他的几个学生到阿富汗作战的时候，身上都带着《圣经》。但是在阿富汗，美军当中却发生了大量无意义的破坏行为，那些行为并非出于战术的必要，而是因为他们失掉了价值的基准。他们变成了野蛮人。在他们身上，上边盘旋着虚无主

---

① 冰淇淋。
② 口交。

义的情绪，下边盘踞着野蛮人的本能。程先生说，他们攻击中国人都是二元论者，好与坏，敌与友，善与恶，连市场经济也分成社会主义和资本主义的。但他们，才是真正的二元论者。这种二元论思想，甚至影响了他们对中国典籍的认识。他的一个朋友，一个著名汉学家，翻译老子的《道德经》。第一句就弄错了，先不说翻译得好坏，断句就断错了。程先生说："'道可道，非常道'，硬是断成了'道可，道非，常道'。"

台下大笑。但程先生没笑。

"'名可名，非常名'，硬是断成了'名可，名非，常名'。"

台下又是一阵大笑，但程先生没笑。

就在这次演讲中，程先生也提到，他力主将儒学研究学科化，制度化。他说，十九世纪以来，思想史研究的重要标志，就是知识的学科化和专业化。只有这样，才能把知识的生产，知识者的培养，纳入一个永久性的制度性的结构之中。所以他建议国内高校从现在开始，就尝试着招收以儒学为研究方向的本科生和研究生。然后，他强调了时间、时机、时代的重要性，从"学而时习之"谈到"节用而爱人，使民以时"①，从"好从事而亟失时，可谓知乎"②谈到"时危思报主，衰谢不能休"③。程先生感慨道："时光飞逝，时不我待！如今，研究西学，在大陆高校中依然吃香得很，对儒学构成了挤压。但是，时穷节乃见，一一垂丹青。大陆的同仁们一定要抓住时机。时来天地皆同力，运去英雄不自由。"

掌声四起。连麦克风都来凑热闹，嘁嘁啦啦响了起来。

葛道宏激动得跺脚，大概又意识到他们并不是在巴别，脸上就呈现了笑意。费鸣递过来一个用餐巾纸包着的东西。他后来知道，那是费鸣临时借来的药丸。葛道宏打开看了，朝费鸣点点头，

---

① 见《论语·学而》。
② 见《论语·阳货》。
③ 见杜甫《江上》。

然后装到了自己兜里。

程先生又说:"时人不识凌云木,直待凌云始道高。如果我们的精英人士,也是如此,只是人云亦云,只看到眼前,那一定会让人笑话的。光大儒学,人人有责。一定要与时俱进。这是时代的使命,是国人的使命,是上天的命令。上天的命令怎么能违背呢?时惟天命,无违!"

这时候,他看到珍妮进来了,嘴里嚼着口香糖。

珍妮站到了讲台边。陪同的校长看见了珍妮,就和程先生说了几句,然后把麦克风的话筒按低了,讲了几句话。大意是说,听了程先生的课,受益匪浅,茅塞顿开,信心倍增。他顺便提到,"与时俱进"这个词,是北大老校长蔡元培先生提出来的,元培先生把古代典籍中的"与时偕行""与时俱化""与时俱新",概括了一下,提炼了一下,提出了"与时俱进"这个概念。不过,提出这个概念不久,元培先生就告老还乡了。元培先生走了,但这个精神留下了,成了北大精神,成了民族的精神。

栾庭玉说:"校长讲得还是不错的。"

葛道宏说:"这位仁兄的普通话有进步,至少这几句说得很标准。重要的是,发型和手势都弄得不错。"

演讲持续了四十五分钟,并预留了十五分钟来回答现场听众的提问。一个学生,也可能是教师,也可能是从外面赶来的研究人员,从后排站了起来。这个人看着很年轻,但声音却有些疲倦。他竟然是自己拿着话筒来的。负责递话筒的工作人员,看着这个人手中的话筒,似乎有点迷惑:是我投递的吗?这个人把毛衣搭在肩上,毛衣的两只袖子在胸前挽了个结,问话的时候,就不停地摸着那个结。他没有介绍自己的身份,但却提出了身份问题。

"我们是谁?"提问者说,"我们与孔子时代的中国人,还是同一个中国人吗?这是一个古老的问题,但这个问题又带有鲜明的当代性,它针对的是具体的情景、选择,乃至危机。因为它涉及 Identity① 与 Identification② 的概念。我知道——"

主持人提醒说:"请尽量简洁一些。"

但程先生说:"他问得很好,请让他说完。"

那个年轻人的声音却有点伤感了:"我常常被这个问题迷惑。有时候,我觉得好像想清楚了,但你早上清醒,并不能保证晚上不糊涂。您刚才提到,中国人处理的是变量,这个变量变到现在,我们的文化,文化中的人,是不是发生了根本性的变化?不要说拿今天的人与两千多年前的人相比较了。有时候,我觉得今天的自己与昨天的自己都是两个人。"

应物兄觉得,先生接下来的话,应该一字一句记下来。程先生对提问者说:"你先坐下。知者动,仁者静。别急,先静下来。我们今天所说的中国人,不是春秋战国时期的中国人,也不是儒家意义上的传统的中国人。孔子此时站在你面前,你也认不出他。传统一直在变化,每个变化都是一次断裂,都是一次暂时的终结。传统的变化、断裂,如同诗歌的换韵。任何一首长诗,都需要不断换韵,两句一换,四句一换,六句一换。换韵就是暂时断裂,然后重新开始。换韵之后,它还会再次转成原韵,回到它的连续性,然后再次换韵,并最终形成历史的韵律。正是因为不停地换韵、换韵、换韵,诗歌才有了错落有致的风韵。每个中国人,都处于这种断裂和连续的历史韵律之中。"

就在这时候,应物兄突然看到了坐在提问者身边的张明亮。张明亮怎么来了?事先,他竟然没有告诉我。他是怎么溜进来的?正这么想着,他听见程先生吟诵了四句诗:

---

① 身份。
② 认同。

人事有代谢，往来成古今。江山留胜迹，我辈复登临。[1]

这时候，那个提问者又问道："先生，我知道您对朱熹——"主持人打断了他，说："每人只能问一个问题，请你把话筒交给工作人员。"提问者确实把手中话筒交了出去。交给谁了呢？哦，竟然是交给了张明亮。张明亮把那个话筒收了起来。原来，那个话筒竟然是张明亮从济州带来的，里面装有录音笔。张明亮就是以送话筒的名义，大摇大摆地从门口进来的。这天下午，他与张明亮联系时，张明亮说，他已经坐上了返回济州的动车。张明亮解释说，他之所以这样做，是因为他觉得必须见到程先生，只有见到程先生本人，面对面听到程先生的声音，亲眼看到程先生的手势和表情的变化，他才能够真正地理解程先生在录音带里的每一句话，每个语气，才能更好地整理那些录音带。

演讲结束后，程先生被一辆红旗轿车接走了。

当他目送红旗轿车离开的时候，吴镇和陈董的小姨子过来，问他能不能安排他们拜见一下程先生，只需要五分钟，三分钟也行。他对他们说，都是程先生派人与他联系，他无法与程先生联系。他们说，既然这样，他们就请他吃个饭，感谢他替陈董的小姨子弄到了票。他对他们说，济大校长也来了，走不开。

吴镇说："懂了，懂了，明天再约。"

随后，他就接到了珍妮的电话："晚上十点，先生接见乡党。"他当然很快把这个意思转达给了葛道宏和栾庭玉。他们嘴上没说什么，脸上还是有一丝不悦。他赶紧把珍妮的下一句话告诉他们："先生要接受高层的宴请。北大校长陪着过去了，清华校长也陪着过去了。先生会尽早退席的。"他还把珍妮的另一番话告诉了他们，先生本来住在钓鱼台国宾馆，就是为了见乡党，特意搬到了博雅国际酒店。栾庭玉和葛道宏都很感动，出气声都变粗了。

---

[1] 孟浩然《与诸子登岘山》："人事有代谢，往来成古今。江山留胜迹，我辈复登临。水落鱼梁浅，天寒梦泽深。羊公碑尚在，读罢泪沾襟。"

40.　博雅

博雅国际酒店的菜价很贵，是镜湖宾馆的两倍都不止。葛道宏不由得发出疑问："北大师生在此用餐，难道不违反规定吗？他们是如何走账，如何报销的？"葛道宏要求费鸣合适的时候，委婉打听一下。这天，他们在博雅吃了饭，然后在一楼的咖啡厅等候程先生。在等待的这段时间里，他们又重温了程先生的演讲，并根据演讲内容修改了他们的计划：响应程先生的建议，在筹备儒学研究院的同时，着手筹备儒学院。院长嘛，自然还是程先生。葛道宏说："程先生这杆大旗，必须用好。"葛道宏对做记录的费鸣说："哪些话该记，哪些话不该记，你知道的。"费鸣让葛道宏看了看记录稿，上面写的是：程先生这面大旗，我们要高高举起。

栾庭玉说："你们提交个方案。省里拨点钱，你们凑点钱，作为启动资金，先动起来。此事不能等。"

葛道宏试探着问道："我们就聘请庭玉省长担任名誉院长，如何？"

栾庭玉说："羞煞我也！再说了，人家还没来呢，就先给人家安排了一个婆婆。成心让人家不痛快，是不是？儒学研究院开会的时候，我倒愿意带头旁听。门票事先准备好就行了，别让我在外面干等。"

这期间，栾庭玉接了一个电话，是邓林打来的，说有一份调查报告已经发到了栾庭玉的邮箱，是关于计划生育问题的调查报告。栾庭玉说了三个字："知道了。"然后栾庭玉介绍说，美国的一位参议员，最近又在攻击中国的计划生育制度，反对堕胎。嗓门高得很啊。举例的时候还提到了济州。别人要是这样乱嚷嚷也就算了，但那是个资深参议员，多次来过中国，对中国很友好的，还收养过一个中国弃婴。"这就不能等闲视之了,得想出个应对的法子。"栾庭玉说,"应物兄,待会我就此征求一下程先生的意见,合适吗?"

他说:"怎么不合适。"

十点钟的时候,珍妮下来了。他把珍妮介绍给栾庭玉和葛道宏,说这是程先生的陪同人员。珍妮微笑着听完,说:"先生已经回来了。学校领导在与先生说话。"葛道宏说:"下午,校长不是见过程先生了吗?"珍妮说:"来者是人民大学的素鸡①。先生送②给他半个肿头③。"

她突然又问:"应先生,有烟吗?"

他问:"这里可以抽吗?"

珍妮没有说话,接过了烟。一个穿制服的人过来了。不过不是来阻止珍妮抽烟的,而是来给珍妮点火的。珍妮抽了两口,说:"到了中国,才知道什么叫管系④。你的咖啡呢?"她拿着他的咖啡杯就喝开了。服务员送来了一杯咖啡,但珍妮摆摆手,说:"来不及了,别狼费⑤了。"

话音没落,程先生就在两个穿制服的人陪同下,出现了。

珍妮往嘴里塞了个口香糖,带着他们迎上前去。

应物兄要介绍栾庭玉和葛道宏,先生摆摆手,不要他介绍。先生说:"乡党嘛。"程先生握了栾庭玉的手,又握了葛道宏的手,说:"怎敢劳乡党大驾?栾省长是治国平天下的人,我只是一个书生罢了。葛校长以天下学子为念,都是大忙人。这次回来,听了两个笑话。一个是北大校长说的,如今的大学校长,除了火葬,什么都要管。一个是人大书记说的,火葬也要管。跟你们比,我是闲人,随心所欲,走走看看罢了。"

————————

① 书记。
② 留。
③ 钟头。
④ 关系。
⑤ 浪费。

"我们都是先生的学生。"葛道宏说，"栾省长，你说是吗？"

"我愿成为先生第七十三位弟子。"栾庭玉说。

"我们是乡党嘛。"程先生说，然后拉住了应物兄的手，"瘦了。"

应物兄抑制住感动，问："先生，听说您昨天搬过来的？住得惯吗？"

程先生说："多年没睡这么好了。倚窗小坐，看见外面新楼有如峻岭奇峰。盏盏灯火，又有如群星闪烁。仙境也。"

栾庭玉说："吵不吵？就怕吵您睡不着。"

程先生说："美国倒是安静。太安静了。夜长梦多，有如苦竹，竹细节密，顷刻便是天明。"

程先生住的是博雅国际酒店的顶楼。坐电梯上去的时候，程先生说："出来走动，我就喜欢住高层。有九楼，首选九楼。孔子说了，君子有九种事情要考虑，所谓'九思'①，涉及生活的各个方面，马虎不得。住九楼就有这点好处，一层一思。上到九楼，刚好'九思'。"到了九楼，程先生指着楼道里的那个"9"字，说："'九'这个数字好啊。《周易》以阳爻为九，《楚辞》中说，九者，阳之数，道之纲纪也。《管子》说，天道以九制。我希望能活到九十九岁。九九归一，多一岁我都不愿活。老而不死是为贼嘛。"

程先生住的是一个四室两厅的套间。客厅不大，每个房间也都不大。可能是因为家具太多，所以显得并不宽敞。坐下之后，葛道宏说："今天我们都听了您的课，受益匪浅。就是那个礼堂，有点对不起您。"

程先生说："本来安排在临湖轩的，改了地方。改地方，是不想欺负别人。那个临湖轩原来是司徒雷登的宅子。毛泽东说了，别了，司徒雷登。说的就是这个司徒雷登。他曾是燕京大学的校长。幼时，济世随家父到北平，去过那地方。还记得此处有一片竹林。

---

① 《论语·季氏》："孔子曰：君子有九思。视思明，听思聪，色思温，貌思恭，言思忠，事思敬，疑思问，忿思难，见得思义。"

338

白露垂青竹,秋风动浮萍;一声寒雁叫,唤起迟醒人。① 还有一条用鹅卵石铺就的甬道,渐渐没入一片浅草。那其实是基督教会的地盘。如今走进临湖轩,似乎仍能闻到基督教会的气息。所以有人在网上说,被称为帝师的程某人,今日在北大临湖轩宣讲儒学,在基督教老地盘上讲解儒教教义,难免有些仗势欺人。还说,胡汉三又回来了。你们听说了吗?"

应物兄说:"那是无福听课的人在抱怨呢。"

程先生说:"胡汉三先生是谁?也是儒学大师?我孤陋寡闻喽。"

这话还真是不好解释。应物兄正想着如何回答,葛道宏开口了,说:"胡汉三的意思,就是还乡的意思。"

对葛道宏的解释,程先生似乎有些不信,但也没有追问。

程先生问栾庭玉:"我们的父母官,你在省里是——"

栾庭玉并拢双腿,身体向前一探,回答说,他负责的是文化、教育、科技、卫生,也包括计划生育。随后,栾庭玉犹豫了片刻,提到了美国的那位参议员,说此人近期不停地指责中国的计划生育制度,反对堕胎。此人多次来过中国,对中国很友好的,还收养过一个中国弃婴,到济州的时候,他还接见过他。他向程济世先生打听,这个参议员在美国属于什么党?是共和党还是民主党?

程先生说:"不要问他是什么党,而要问他们是什么派,是保守派还是自由派。此人我认得的,吃过饭。他是保守派。"

栾庭玉说:"谢谢!我知道了,我就吩咐手下,找篇自由派的文章,反驳他一下,让他们自己打自己的脸。"

程先生说:"自由派也反对堕胎啊。"

栾庭玉有点蒙了,说:"怪事,既然是两派,他们怎么可能……?"

———

① 语出《续灯存稿》,原文为:"玉露垂青草,金风动白蘋;一声寒雁叫,唤起未醒人。"意谓时序已移,催人觉醒。

　　程先生说："保守派是从宗教的角度说话,认为堕胎是不尊重生命。自由派是从妇女个人权利的角度说话,认为是对个人权利的侵犯。他们用一个鼻子出气,但各用一个鼻孔。"

　　栾庭玉说："那怎么办呢?"

　　程先生说："你可以从儒教的角度反驳他们。他们有他们的宗教,我们有我们的宗教。他们有他们的现代性,我们有我们的现代性。"

　　栾庭玉说："可是,我们的儒教就是强调多子多福的,孔子不是说,不孝有三,无后为大嘛。"

　　程先生说："这不是孔子讲的,是孟子讲的。"[①]

　　栾庭玉说："哦,我记错了。"

　　程先生说："我们的儒教文化强调实用理性。孩子嘛,需要了就多生几个,不需要了就少生,甚至不生。韩国、日本、新加坡,也是如此。信佛的人不能杀生的,可江南一带,以前信佛的人也可以溺婴的。他们说的也有道理,婴儿啼哭以前溺死,就不算杀生,因为还没有投胎成功。"

　　栾庭玉说："我懂了。"

　　程先生说："不要和他们多啰嗦。只需说一件事,就让他们闭嘴了。孔夫子身强力壮,可只生了孔鲤,孔鲤也只生了孔伋。孔夫子是三代单传。世界上最早实施计划生育的,就是孔子。我也只生了一个。应物也只生了一个,是吗? 这是我们的传统。"

　　葛道宏说："我也只生了一个。"

　　程先生说："你看看。这就是传统。"

　　葛道宏本来靠在沙发扶手上,这会坐直了,说道："我们真心希望先生能出任我们的院长。今天听了先生的课,很受鼓舞,相信儒学院一定能办好。以前还是只想建个研究院,现在思路打开了,视

---

①　语出《孟子·离娄上》:"不孝有三,无后为大。舜不告而娶,为无后也,君子以为犹告也。"

野也打开了,还是要办成儒学院,并且尽快开始正式招生。教育部那边,我有关系。那关系我从来没用过,这次要用一用,争取他们最大的支持。"

程先生说:"先把研究院办好。一口吃不成个胖子。"

葛道宏愣了一下,说:"好,听先生的。我就是担心,济大的庙太小了,委屈了先生。"

程先生摇了摇头,抬高了声音:"济大庙小? 不能这么讲! 前些日子,我跟芝加哥大学的朋友讲,我要回济州了,要叶落归根了。朋友讲,与哈佛大学、芝大比起来,济大还算个小孩子。我就跟他讲,算法不同罢了。济大说起来,也是太学的继承者。济州原是古都,当年太学的遗址就离济大不远。太学始于汉武帝元朔五年,公元前124年,迄今已有两千一百多年了。"

葛道宏说:"是啊是啊。先生说得太好了。今天幸遇先生,实在信心倍增啊。"

程先生又说:"镜湖与未名湖比起来,哪个大?"

葛道宏又有些不好意思了,说:"未名湖大一些。"

程先生说:"湖,最好还是要像个湖,小一点,巧一点。一眼就能看出湖的形状,最好。"这话又把葛道宏的情绪给撩起来了。葛道宏正要说些什么,程先生拱手说道:"说来,遇到校长大人,也是老夫的命。"

这话把葛道宏吓了一跳,都不敢接话了。

程先生说:"你看这'葛'字。这葛字从艸,曷声。这'曷'有'曰'有'匃'。'匃'者何意? 是举起手来,叫那些跑来跑去的人停下来:别跑了,别跑了。上面'口'字加个舌头,是劝说的意思。济世在海外奔走多年,跑来跑去的,也累了。如今相逢,能一见如故,是不是缘分? 见了面,就是老朋友了。新春来旧雨,小坐话中兴,是不是天命? 天命难违也。研究院名字想好了吗?"

葛道宏说:"请先生赐教!"

程先生说："想了个名字,你们议一下:太和。"

葛道宏说："太——和? 好啊。"

程先生说："《易经》中云:乾道变化,各正性命,保和太和,乃利贞。应物是知道的,我对朱熹多有微词,总觉得这个人是'伪'字当头。虚伪一时者,小人也;虚伪一世者,君子也。就当他是个君子吧。这个君子,对'太和'二字有过一番解释,说,太和者,阴阳会合冲和之气也。① 这话说得好。天地,日月,昼夜,寒暑,男女,上下,都可分为阴与阳。所谓阴阳会合冲和,实乃天地万物融为一体是也。不过,相对而言,我还是更认同张载的意见。张载说,何为太和? 太和就是宇宙万物相互关系的最高境界。② 应物不吱声,另有高见?"

他犹豫了一下,还是把想法说出来了:"先生,我只是担心,有人会说这名字有点大。儒学研究院是个教学和研究机构,却起了个金銮殿的名字。"

程先生笑了笑说:"应物多虑了。儒学本来就是天大的事。一个金銮殿,能跟我们的研究院相提并论吗? 要理直气壮,当仁不让。"

栾庭玉说:"我认为很好,太和就太和!"

葛道宏也说:"那就太和了! 有巴别,有太和,好。"

程先生说"应物上次奉旨来见,我就说了,回去告诉葛大人,我会把这个研究院当成此生最后一件大事来办。我与济州的感情,你们是知道的。我是个重感情的人。一个儒家,一个儒学家,应该主张节欲、寡欲,甚至无欲,但绝不能寡情、绝情,更不能无情。不重感情的人,研究别的学问,或许还能有大成就,但研究儒学,定然一无所成。"

---

① 见朱熹《周易本义》。

② 张载《正蒙·太和》:"太和所谓道,中涵浮沉、升降、动静、相感之性,是生氤氲、相荡、胜负、屈伸之始。"

葛道宏感慨道:"先生!"

栾庭玉说:"先生讲得太好了。这次在国内多留两天?让庭玉好好陪着先生,到济州看看?"

程先生感叹道:"近乡情更怯啊。要做好充分的思想准备才能回去。我已将想法悉数告诉了弟子黄兴。我的日常琐事,多由黄兴操持。黄兴会将我回济州一事安排好的。应物是知道的,我叫他子贡。他办事,我放心。"

应物兄说:"先生与子贡,也就是黄兴,情同父子。"

程先生说:"他也并非事事都听我的。我的话,他有时能听进去,有时听不进去。这次,我叫他陪我来,他就没来。他说他过段时间再来。"

应物兄说:"他还是很听先生的。"

程济世先生说:"我过段时间还要来。届时一定去济州拜访两位乡党。届时子贡会陪我前去的。实在一时去不了,我会让子贡去。子贡去,就是我去。"

栾庭玉说:"我们翘首以盼先生和子贡。"

程先生说:"父母官支持了,事情就好办了。"

栾庭玉立即表示:"济大属于省部共建,省政府对成立研究院极为重视,将为此提供一切便利,将拨款以为启动资金。"

程先生笑了,笑得很开心,但笑了几声之后,说道:"济世去济州,花不着济州的钱。建个研究院,又能花几个子儿?君子求诸己,小人求诸人。老夫是不求人的。老夫两袖清风,家徒四壁,自然掏不出这钱。谁掏钱?子贡掏钱!这点钱,对他来讲,就是几个碎银子。花他的钱,我不心疼。老夫平生所愿,就是能为国家,为儒学,做点实事。个人的事再大,都是小事,不足挂齿也;儒学的事再小,都是大事,当全力以赴。"

闻听此言,在场的人无不动容。程先生说,不需要济大花钱,应物兄虽然觉得有点意外,但考虑这话是从程先生口中说出,他很快就觉得这是自然而然的。最感动的是葛道宏。葛道宏都差点流泪了。葛道宏激动地说："都说天下熙熙,皆为利来！天下攘攘,皆为利往！如今听了程先生的话,方知此言大谬！"

栾庭玉说："我服先生啊。孔子再世,也不过如此啊。"

程先生摇摇手,说："父母官,言重了。"

正在做记录的费鸣,此时都忘了写字,咬着笔杆,出神了。程先生当然也注意到了费鸣。程先生说："这位年轻人,你们一直没向我介绍。这是费鸣吧？"听了这话,费鸣激动难抑。只见费鸣长长地吸气,又缓缓吐出,正要说话,程先生问道："给你的小礼物,收到了吧？"

费鸣站起来,说："先生,收到了。"

程先生说："知道为何送你一把剪子吗？"

费鸣说："先生,是不是'一剪梅'的意思？"

程先生说："济世年幼时,家中确有一株梅树。梅花是剪的,不是摘的。所谓一剪梅花万样娇。以后的太和研究院,要植一株梅花,这梅花就由你来剪。"

费鸣说："谢先生信任。"

程先生问："听说你也是本草人？你这个'费'不读 fèi。知道吗？"

费鸣说："先生,我知道一点。孔夫子的高徒闵子骞,曾被派去做费邑的长官。济州的费姓就出自费邑。朱熹为'季氏使闵子骞为费宰'一语作注:'费,音秘。'"

程先生示意费鸣坐下,然后说："当然了,现在都读成了 fèi,你也就只好姓 fèi 了。不过,知道自己的来历,是应该的。很多年轻人都不知道自己的来历,真是数典忘祖。费鸣年纪轻轻,能讲得这么清楚,不容易。葛校长,你带出了一个好学生。"

葛道宏很高兴,说："费鸣自己很努力。费鸣其实是应物兄的弟子。"

应物兄连忙说:"我只是教过他几节课而已。"

程先生说:"一日之师,一字之师! 教过一节课,也是老师。"

应物兄又补充了一句:"费鸣是乔木先生的博士。"

程先生说:"天下桃李,尽出于乔门。回去代问乔先生好。"

他以为程先生要接着谈别的了,不料程先生还要和费鸣说话。他想,这大概是因为费鸣是年轻人,一些具有训导意义的话,程先生不便于跟他们讲,只好通过与费鸣谈话,婉转地说给他们听。程先生问费鸣:"去过美国吗?"

费鸣看了一眼葛道宏,说:"去过,葛校长带我去的。"

程先生说:"都去了哪些地方? 说说看。"

费鸣说:"济州大学波士顿校友会,派车把我们从波士顿拉到了纽约。"

"什么季节去的? 落花时节?"

"是的,先生,是秋天去的。"

"看到红叶了吗?"

"看到了,先生。"

"好看吗? 放开讲。"

"好看,先生。正是秋高气爽,红叶遍地,连绵不绝,煞是好看。"

"与北京香山的红叶相比呢?"

"先生,确实比香山的红叶更有阵势。"

程先生的嘴巴发出了一阵轻微的呼噜声,轻微的摩擦声。那是因为程先生刚换了一副牙套,还没有戴习惯。程先生的舌尖一会伸到牙套的外面,一会又缩到牙套的里面。他要将它挪个位置,再将它重新归位。费鸣不明所以,不由得有些紧张。葛道宏也有点紧张起来。

应物兄用眼神示意费鸣保持镇定。

程先生接下来的一些话,显然不仅是说给费鸣的,也是说给他们听的。程先生说:"那些红叶,虽说更有阵势,却没用。好看归好看,却撩不起你的情思,因为它们与'停车坐爱枫林晚,霜叶红于二月花'没有关系,与'小枫一夜偷天酒,却倩孤松掩醉容'①没有关系。你们讲,是不是? 没有经过唐诗宋词的处理,它就没有味道,是不是? 哪里都有红叶。加拿大的枫树还是国树呢。莫恨秋风花落尽,霜天红叶最相思。鸟栖红叶树,月照青苔地。费鸣,你说说,我最想见的,是哪一片红叶?"

因为担心费鸣答错,应物兄喉咙发紧,望着费鸣。

费鸣答对了,只是语气不太肯定:"先生,是济州凤凰岭的红叶?"

程先生立即向费鸣伸出手来:"知我者,费鸣也。"

程先生可不仅是与费鸣握手,还与他们每个人都握了手。葛道宏对费鸣的表现,非常欣慰,很关切地拍了拍费鸣,意思好像是说:"费鸣,你立功了。"

接下来,程先生提到,国内国外有几个地方,如今都在与他联系,想让他牵头,召开世界儒学大会。这是进入二十一世纪以来,也是中国成为世界第二大经济体以来,在中国召开的第一个全球性的儒学会议,意义很重大的。自晚清以降,儒家文明备受压抑,儒学也只是被看成一门学问。现在,谁还敢说儒学只是一门学问? 总之,这个会议具有划时代的意义。但是,他看了他们提交的报告,总是有些不满意。会还没开呢,会议公告就写好了,用词一个比一个大,大得吓人。

程先生问费鸣:"这公告若由你来写,你怎么写?"

葛道宏对费鸣说:"好好说,说实话。说错了,程先生也不会怪罪你的。"

费鸣吸了一口气,吐出,然后缓缓说道:"先生,依弟子之见,公

---

① 杨万里《秋山》:"乌日平生老染工,错将铁皂做猩红。小枫一夜偷天酒,却倩孤松掩醉容。"

346

告就是公告,不是广告。虽然这个会议在儒学发展史上具有划时代意义,但以弟子之愚见,过头话还是最好别说。中庸一点好。表扬自己过多,有违谦逊之美德。自我反省是必要的,但反省得过于深刻,又会被小人利用。所以,还是中庸一点好。”

费鸣刚说完,程先生就握住了葛道宏的手:“道宏兄,你的手下不简单啊。你教子有方啊。费鸣说得对,要防备被小人利用。我有一个德国朋友,是研究神学的,虽然是个君子,却最喜欢 Schaden-freude①。”

程先生也握了栾庭玉的手:“济州人才辈出,你这父母官,也有功劳。”

随后,程先生也和应物兄握了手:“你有了这个好助手,我就放心了。”

葛道宏表示,那个国际儒学会议,可以放到济州来开。栾庭玉说:“程先生放心,省里会全力支持的。我们有筹办国际会议的经验,与会者对我们的服务都是满意的。省里的四大班子,都会支持的。”

程先生说:“此事不急。等研究院成立之后,再开不迟。”

应物兄觉得,程先生接下来的几句话,最让人感动。“应物,是我最好的弟子,我最信任他,也最心疼他。应物有葛校长撑腰,有费鸣相助,我放心了许多。栾省长的支持,更是重要。”然后程先生又对费鸣说,“你跟应物老师在一起,好啊。近水楼台先得月,向阳花木易为春。你还会进步的。”

应物兄当然知道,程先生表扬的是费鸣,也是他。他有些受宠若惊,因为程先生从来没有这么表扬过他。一股热流首先在他的胸中奔腾。他知道,程先生这么说,自然为了在葛道宏和栾庭玉面前树立他的威信。

葛道宏说:“先生,我会把济大最好的地皮划给太和。就在镜

① 幸灾乐祸。

湖岸边,风景最好。"

程先生竟然没有同意。程先生说:"好地皮,给别人留着。"

葛道宏说:"先生,这个您就不要客气了。"

程先生说:"道宏兄美意,济世心领了。太和,还是放在仁德路较好。我小时候就住在那。这也算叶落归根吧。"

41. 仁德路

仁德路?这个路名,不仅应物兄第一次听到,连主政济州多年的栾庭玉都是第一次听到。所以栾庭玉小心地问了一下:"先生说的是——仁德路?"

程先生说:"程家原来就在仁德路。是一个院子。家父晚年常说,那是个大观园。说笑了,没那么大。大观园是元妃省亲时住的,程家又没出过娘娘,怎么能叫大观园?没那么排场。充其量也就怡红院那么大。不过,虽说不大,但建一个研究院还是够的,建一个儒学院,也是够的。从正门出去叫仁德路,东门出去叫帽儿胡同。帽儿胡同有一家做丸子的,老字号了,叫仁德丸子。我走遍天下,什么丸子没吃过?但最好吃的还是仁德丸子。什么四喜丸子,什么狮子头,都比不上仁德丸子。食不厌精,脍不厌细,精细莫过仁德丸子。就奔着仁德丸子,我也要回济州看看。昨天我还吃了仁德丸子。梦里吃的。醒过来,满嘴留香。"

葛道宏说:"年代久了,就怕那个宅子有人住了。先生,我们干脆再盖一个。"

程先生像赶蚊子似的挥了挥手,说:"不要紧,钱该花就花。不要济大花钱。子贡会掏钱的。又花不了几个银子。总不能把人赶到街上去吧?为富不仁,这种事,我们断不能做。"

栾庭玉说:"先生对那个地方,一定很有感情。先生还记得那条路、那个院子的样子吗?"

有那么一会儿,程先生没有说话,目光变得幽深,似乎深入了历史的迷雾。房间里静了下来,仿佛空气都在微微颤抖。坐在房间里一直没有吭声的珍妮,此时第一次开口了。珍妮说:"真逗!小时候住的地方,能忘吗?"珍妮又问先生,"Daddy,烤炉好了吗?"

他听程先生幽幽说道:"忘得了吗? 忘不了的。什么都记得,院子里的歪脖子树、梅树、猫、屋里的摆设。济哥在叫。有一只猫,名字还记得,将军挂印! 懒得很,喜欢坐在窗台上,耸着肩,模样很像丘吉尔。打个哈欠,都有老虎下山的派头,不是将军又是什么? 记得有一只青铜美人觚。觚里插一枝梅花。济哥常爬到梅花上头。我曾疑心那只觚是母亲的陪嫁。对那只觚,她最是操心。虽有用人,她却要亲手为之拂尘。院子里有一片水塘,水里长着菡萏。"

程先生的声音低了下去。

他很少听到程先生如此深情地谈论旧事。程先生的声音越来越低,后来近乎呢喃,再后来是无声。随着程先生的讲述,觚里斜插的梅花,打哈欠的猫,手执拂尘的妇人,歪脖子树映上窗格,这些情景在应物兄眼前缓缓飘过。

"济哥是谁,先生的亲人?"葛道宏问。

"哈,不,不。济哥就是济州的蝈蝈。济哥在蝈蝈家族中是最好的。"

珍妮在看表,似乎在提醒他们该离去了。

栾庭玉关心的是那只青铜觚:"放到今天,一定很值钱,国宝级文物。"

程先生说:"国宝? 那倒谈不上。传家宝吧。也值不了几文钱。前些年在香港,苏富比拍卖过一只青铜觚,战国时期的青铜觚。也不过三四万美金而已。[1] 只是那是母亲的心爱之物,父亲也

① 2007年,香港苏富比拍卖行曾经拍卖过一只青铜觚,以三万六千美金落槌。

惦念了一辈子，不是宝物也成了宝物。它是母亲留存于世的唯一物件。母亲是在离开济州前几天去世的，就葬在凤凰岭。母亲的坟可能找不到了。找不到母亲的坟，能找到那只觚也行。见到那只觚，也就如同见到了母亲。觚是母，母是觚，觚哉！母哉！"

应物兄曾在书中将"觚不觚，觚哉！觚哉！"看成是孔子最沉痛的喟叹。现在，他从程先生这里又听到了这喟叹。

栾庭玉站了起来，说他代表省委省政府表个态，不惜一切代价，为先生找到那只觚。栾庭玉都有些语无伦次了。他说，如果它还在济州，很可能就收藏在济州博物馆。东西只要在，事情就好办。物归原主就是了嘛。济州博物馆的藏品是极为丰富的。当然，比不上故宫。故宫是老大，西安是老二，上海号称是第三，其实可能是第五。济州可排在第四。放在博物馆，也没有多少人看。束之高阁了嘛。没什么意思。要为民所用。回去他就给博物馆打招呼，让他们把青铜觚奉还给先生。有个青铜器陈列馆，里面有青铜鼎、青铜爵，怎么能没有青铜觚？

程先生说："父母官此言极是。商周时，人们饮酒是要加温的。温酒则用觚，饮酒则用爵。青铜爵与青铜觚也常常是配对出土的。倘若有幸找到那只青铜觚，我愿重金赎回。"

栾庭玉说："只要博物馆里有，事情就好办。就算是替先生保管了这么多年。我就跟馆长讲，什么东西都是好借好还。借了人家几十年了，也该还给人家了。把人家的东西当宝贝展览，赚了多少门票？人家不向你要钱，已经够意思了。怎么样，先生？您就放他一马，别向他要钱了。"

程先生说："你这是善诱。但该给多少钱，还是要一文不少给人家。若是国家不允许，断不可强取。放在博物馆也是好的，想看了，就去看看。我只是想看到它。此时就想一意'觚'行，飞到济州去，看看它，摸摸它。"

程先生的声音又低了下去。

这时候是珍妮站了起来。珍妮凑到程先生耳边，说了一句什么。

程先生说："不急，权当我在倒时差嘛。"

珍妮对他们说："Daddy 还要去日本，还要去台湾。"

应物兄问："先生的日程安排得这么紧？还要去日本、台湾？"

程先生说："怎么，修己没跟你说吗？"

他犹豫了一下，把责任替敬修己揽下了："可能我没有听清楚。"

程先生真是明察秋毫："别替他揽过。他一定忘记说了。自从回国，他就神魂颠倒。下了飞机，他就不对了。说怎么比纽约的肯尼迪机场还阔气？凭什么？看到北京的地铁，也要大呼小叫，说比曼哈顿的地铁还要好，凭什么？曼哈顿算什么？老鼠在地铁里跑来跑去的，冬天也躺着流浪汉。有一天，他在街上走，后面跟着一个黑人，他还想着人家可能是抢他东西。再回头，那黑人又不见了。原来是掉到窨井里了。看到这边的电梯很大，很快，也觉得不可思议。你以为是纽约大学啊？纽约大学教学楼的电梯，比棺材都窄，一次要等十分钟。我就批评了他：洞中七日，世上百年，你Out 了。"

栾庭玉说："先生，济州机场比首都机场还要好。"

程先生说："老夫梦见过。"

不知道从什么地方，隐隐飘来一阵琴声。珍妮大概担心会影响到程先生，就去关窗户，但程先生摇了摇手，示意她别关。程先生说，今天在钓鱼台国宾馆吃饭，主人或许知道他喜欢二胡，饭前饭后安排了一个姑娘演奏二胡。姑娘是中央音乐学院的，常给国宾演奏。拉得好，也唱得好。技术与二胡大师灯儿庶几相近，美中不足的是音色不好。这不怪演员，只能怪琴筒上的蟒皮不好。最好的蟒皮在印度。大陆台湾都叫蟒，但不是蟒，是蚺，叫蚺蛇。蟒是卵生，蚺是胎生。他有个弟子在印度，蚺皮做得好。程先生说：

"那个女孩，嗓音也像是蟒皮弹出来的。看上去是个女孩，唱出来却像个男孩。我对她说了，送她一张蟒皮。"

程先生又说："人家知道我是济州人，所以安排的那个女孩也是济州人。这心意我领了。尽善矣，尽美也。济州出人才啊。女孩说她姓杨，叫杨播。我说姓杨好啊，中国历史上最有名的歌者就姓杨，原名叫杨播，艺名叫杨琼。她说，那她以后就叫杨琼了。"

应物兄揣摩着程先生到底是在夸奖那个女孩，还是在讽刺那个女孩。白居易曾写过这个杨琼①，她其实是江陵的歌妓。他揣摩了一会儿，觉得程先生好像主要是夸奖。接下来程先生又对珍妮说："告诉修己，让修己联系那个印度人，就讲是我要的，寄一千张过来。要好的。何谓好皮？十五年的皮是最好的，靠近肛门的皮是最好的。"

珍妮说："OK，寄到哪里呢？"

程先生说："寄到哪？自然是寄到太和。"

一千张蟒皮都放在太和？不是的。程先生说，拿出一部分，免费送给中央音乐学院、中国音乐学院，送给国内数得着的二胡演奏家。他们常给贵宾演奏，须有最好的皮。有了最好的皮，方能奏出好的乐音。什么是好的乐音？铁马秋风塞北，杏花春雨江南。闭眼一想就能想得出，那声音有多好。儒家称为尽善尽美，道家称为天籁，佛家喻为音声海。只要是好的，世界各地的贵宾也是能领会的，对他们来说，那叫自由之境。

葛道宏说："先生是音乐家啊。"

程先生说道："孔子就是个音乐家，顶级音乐发烧友。太和成立之时，要有个仪式。请个二胡演奏家。那个姑娘就不错。我已点了《汉宫秋月》，叫她好生练习。届时，我亲手再送她两张蟒皮。要是灯儿在，我与她共奏一曲。"

――――――――

① 白居易《问杨琼》："古人唱歌兼唱情，今人唱歌惟唱声。欲说向君君不会，试将此语问杨琼。"

葛道宏被程先生深深感动了,说:"先生,弟子今日深受教益。"

栾庭玉说:"灯儿大师年事已高,不好请?"

程先生说:"死了,早死了,不提她了。"

这是应物兄第二次听程先生提到灯儿。与上次不同,程先生这次好像并不伤感。他觉得,这场谈话真是意想不到的顺利。看得出来,葛道宏和栾庭玉都格外满意。葛道宏拿出了事先准备好的礼物,那是一根楷木拐杖。史料记载,这楷树原是南海之树,是子贡在经商时从南海带回来栽种的,就栽在孔子的墓前。后人把它与周公旦墓前的模树放在一起来说,称之为楷模。这根拐杖虽然不是来自那棵树,但也是校史馆礼品部的人费了工夫才搞到的。他突然想到了汪居常教授弄到的拨浪鼓。要是把拨浪鼓送给程先生该有多好!下次吧,等程先生去济州时,一定要将那个拨浪鼓还给程先生。

程先生拿着那拐杖,看了看,说:"楷木浑身是宝啊。昔日孔尚任曾对康熙帝说,楷木可为杖,亦可为棋,其叶可为茶,其瘿可为瓢,其子榨油可为膏烛。我记得,家中后院有一株树,枝疏而不屈。虽然不是楷树,但其树皮如鳞,树叶遇霜则红,晨如朝霞,暮如晚霞。我就当它是楷树。我常梦见那株树。这拐杖,我就当是从那棵树上取下来的。"

说者动情,听者亦动情。但是程先生又把拐杖还给了葛道宏:"道宏兄先收好了。我回济州时,正好用得着。"葛道宏手心朝上,双手接杖。在程先生手里转了一圈,它好像就变了,好像有了千钧之重,把葛道宏的腰都压弯了。

他站在旁边,忍不住去扶了扶葛道宏。

回勺园的路上,葛道宏说,与程先生谈过话之后,总算放心了。应物兄又何尝不是如此呢?多天来,他心里其实并不踏实。回到房间,一个人待的时候,他的心情更是好极了。门口的棉拖鞋是新换的,里面的绒毛很舒服。虽然他的脚是不会呼吸的,但他却觉得,它隔着袜子都可以闻到阳光的气息。

他很快收到了邓林的短信:"恩师,你能确定程先生所说的 ren de lu 是哪三个字吗? 我受命查询,却没有找到与这三个字发音相同、相近的路。"

他并没有太把邓林的这条短信放在心上。他认为,只要稍微花点工夫,就能搞清楚这条路的情况的。有可能换了别的名字,他想。

42. 双林

双林院士竟然也听了程先生的讲座,这是应物兄没有料到的。他在现场也没有看到双林院士。他是第二天听敬修己讲了,才知道此事的。第二天,应物兄没有再见到程先生。敬修己说,双林院士等人在清华大学等着程先生,他们要在那里进行一场小范围的对话。"你知道,先生喜欢与自然科学家交朋友。"敬修己说,"他们的对话,有时竟至夤夜。"

"夤夜清寒,你们提醒先生注意身体。"他说。

"这次不可能持续很久。说是对话,其实就是在一起喝杯茶。先生认为,儒学的发生、发展也是一种物理现象。它与别的学科的联系,是一种化学联系。"

"这句话我得记下来。"

"他还认为,儒学在当代的发展,既来自儒学家的赋予,也来自它的自然生成。最终,它以物理的规则奏出时代的强音。我们以后或许可以看到他们对话的整理稿。我是想问你一件事。听说你去看了老太太? 谢谢你。我下次回来,再去看她。"

珍妮说:"Daddy 让你们回济州,别在这里等了。下次在济州见面。"

按珍妮的说法,她也不陪着程先生去台湾了。她要去一趟贵州。从贵州回来后,将直接去日本和程先生会合。而敬修已将陪着程先生去台湾,然后从台湾直接回美国。

"你去贵州干什么?"他问珍妮。

"你忘了我最喜欢的中国人是谁了吗?"

"还能是谁? 不就是刚笃吗? 不就是 Lighten Cheng 嘛。"

"Lighten Cheng 现在可不是中国人。"珍妮说,"我最早是研究冷战史的。Daddy 曾建议我看一篇文章,叫《敌戒》。我从此就喜欢上了这个作者。"

"柳宗元!《黔之驴》就是他的作品。"

"Daddy 也很喜欢啊。"

程先生认为,作为唐宋八大家之一的柳宗元,是个不得了的人物:参与永贞革新,兴利除弊,政治上颇多建树;推崇"古文运动",深得骚学,文学上开一代文风;自幼好佛,求于道,但以儒家经典为取道之源,哲学上令人耳目一新。但在柳宗元的著作中,《敌戒》是一篇并不起眼的文章。

"不仅我喜欢柳宗元,颜先生也喜欢柳宗元。给我一支烟。"

"哪个颜先生?"

"就是小颜。昨天,珍妮说她喜欢柳宗元的《敌戒》。小颜就说,《敌戒》一文只有一百四十四个字,就指出了中美博弈的实质。"

从中美博弈的角度去理解那篇文章,好像有点道理。《敌戒》一文,说的是人人都知道敌人有危害自己的一面,却不一定知道敌人对自己还有益处。秦国有六国为敌,故能兢兢业业,使国家强盛。六国灭亡,秦朝骄傲自得,不久就灭亡了。有敌人在,自己因为时时警醒,所以能免除祸患。敌人没了,思想懈怠,反而会招致灾祸。一个人,如果能够懂得这个道理,就能够预防疾病。自恃强壮之人,反而容易暴卒。只有懂得了这些道理,你的德行才会光大。

珍妮说:"我最近在研究《黔之驴》。"

黄兴说过,珍妮喜欢养驴,几乎是天生的,因为她的名字 Jenny,除了指雌性鸟兽,还指母驴。他想起,她曾跟他说过,驴子是最洁净的动物,从来不在污泥和水中打滚,喝水只喝最洁净的水;驴子吃东西很有节制,从不暴食暴饮;驴子的耳朵最好看了,但它喝水的时候,却不会把整个鼻子放进水中,因为这样一来,它就会从水中看到自己的耳朵,这说明它一点不自恋;驴子的嘴唇很性感的,厚厚的,现在的好莱坞就流行这种厚嘴唇,男女都是。驴子谦恭,耐心,安静。她还正儿八经地用一句话来形容她对驴子的认识:驴子简直就是动物中的儒家。

"从贵州回来,我准备写一篇文章给你看。"

"写什么呢? 你也写一篇《黔之驴》?"

"我要写一篇论文,儒学论文。"

"通过实地考察黔之驴,写一篇跟驴有关的儒学论文? 那就没有必要了。你可能有所不知,古时候的黔,不仅仅是现在的贵州。它包括现在的四川东南部、湖北西南部,还有湖南西部。如果你赴黔考察,起码得跑四个省。所经之地多是山区,很累人的,你一个姑娘家怎么吃得消呢? 还有,那头驴子是别人运进去的,但是从哪里运进去的,柳宗元没有交代,反正不是黔地之驴。还有,如果真要考察,光考察驴子是不行的,还得考察老虎,因为《黔之驴》中的那头驴子是被老虎吃掉的。"

珍妮刚学了一个新词,叫"拔凉"。她说:"听你这么一说,我心里拔凉拔凉的。"那么,这是否意味着她要改弦更张了? 不,她接下来又说,"但我已经安排好了。"

"程先生知道吗?"

"你开什么玩笑? Daddy 要不知道,我能去吗? Daddy 很支持的,说正好借此了解中国。他还希望 Lighten Cheng 能和我一起去呢。下次吧,下次我带他一起去。"

他悄悄地问珍妮："与葛道宏和栾庭玉的谈话,先生还满意吧?"

"先生只是对你不满。"珍妮说。

他吃了一惊,问:"能否透露一点,我下次注意。"

敬修己说:"你自己说过的话,扭脸就忘了?"

珍妮说:"你是不是跟先生说过,见到先生,就让先生听到济哥叫?先生在飞机上还提到此事,还说让我也听到济哥叫呢。"

哦,这事他目前真的办不了。好在,他有的是借口。他让珍妮务必转告先生,这个季节的济哥还在冬眠呢,等先生到了济州,一定让先生听到济哥叫。"我派人陪你去贵州。"他对珍妮说。

事后,他向葛道宏汇报了与珍妮的谈话——他没有提到敬修己。其中,他也谈到了济哥。葛道宏说:"程先生是一个有童趣的人啊。想听蝈蝈叫,那还不容易?这事交给华学明,让华学明去抓几只蝈蝈过来。程先生对济州蝈蝈的感情,就是对济州的感情啊。程先生喜欢蝈蝈,是不是有什么特别的讲究?"

"蝈蝈,又叫螽斯。"他对葛道宏说,"程先生认为,'螽'字上头的那个'冬'字是'慎终追远'的本义。下面两个'虫'字在一起,则指的是人与人之间的关系,应像乾坤两卦维系日月之温暖,又指人与人,人与动物,应和谐相处。"

葛道宏说:"知道了。程先生来时,我们要让他听个够。"

葛道宏已经知道程先生与双林院士等人见面的事,问:"双林与程先生,以前认识吗?"

他说:"不知道。他们可能有些共同的朋友。"

这天,想起珍妮要去贵州的事,他突然觉得,应该派张明亮陪同前往。张明亮本人是贵州人,毕业于上海华东师范大学。读博士之前,张明亮是遵义师院的老师。在他的所有弟子当中,张明亮办事是比较可靠的。毕竟教过几年书了。从美国带回来的那些录音带,他曾交给女弟子易艺艺整理,但易艺艺整理得一塌糊涂,他不得不把这个工作转给张明亮。他想，张明亮很会照顾人，把珍妮交给他，他就可以放心了。

他没有料到，张明亮竟说自己走不开："谢谢您的信任。我也想顺便回家看看。但是我走不开。"

"那些录音稿，可以先放一放。"

"我报了个班，正在学习速记。易艺艺的错误太多了。还不如我从头整理呢。如果我学会了速记，速度可以提高几倍。还有一件事，那就是小荷已经买好了车票，后天就到。后天是我们的结婚纪念日，我们每年都在一起过。您要实在找不到别人，那我就跑一趟。我得先给小荷打个电话，让她别来了。只是，小荷会以为，是我不想让她来济州的。女人嘛，心眼小。为何不让易艺艺去呢？都是女的，在一起也方便。"

"她？她愿意去吗？"

"当然愿意。只要不在房间里待着，她哪里都愿意去。"

他就给易艺艺打了电话，易艺艺回答得非常爽快："明天坐早班飞机，来得及吗？我先去接她，然后再陪珍妮去云贵高原。我的机票，我自己负责。只要是老师吩咐的，我一定百分之一百二十完成。"

易艺艺第二天早上果然飞来了，穿着登山靴，拎着一个大拉杆箱。易艺艺上来就向他要珍妮的护照号码，说她可以给珍妮买商务舱机票。理由是，她刚好可以跟着珍妮学外语，就算是付学费了。

但珍妮却改主意了，又不去贵州了，要直接去西安看兵马俑。他想，很可能是他的一番劝说起了作用。相比去贵州，易艺艺更喜欢去西安。她说，她都想好了，看完兵马俑，她就带着珍妮去华清池泡个大澡。许多天之后他才会意识到，让易艺艺去陪珍妮的决定，是一个巨大的错误。不过，当时无论是易艺艺还是珍妮，对她们的结伴而行都是满意的。珍妮甚至冒出了这么一句话："两人行即有我师,何待三人?"

43. 儒驴

《儒驴》是珍妮给自己的论文起的题目。

珍妮虽然没去贵州,但却完成了一篇与贵州、柳宗元、《黔之驴》有关的儒学论文。论文是珍妮自己翻译成中文的,但显然经过了易艺艺的修改,因为易艺艺以前文章中出现的笔误、用词错误,在这篇文章中再次出现了:世上大概只有易艺艺会把"善诱"写成"善友"。让他生气的是,易艺艺竟然还提醒他,她对那篇论文也有贡献。

论文是珍妮从日本回到美国之后寄来的。在电子邮件中,珍妮还简单提到了她和程先生的日本之行。她说,程先生带她去见了一个人:"她对我很满意。我们相谈甚欢。她还祝我早生鬼子。"

"她"?谁是"她"?还祝愿她"早生鬼子"?应物兄回了邮件,问她怎么回事。对前一个问题,珍妮避而不谈。对后一个问题,珍妮承认是自己写错了,应是"早生贵子"。不过,她还狡辩了一句:"中国人不是把老外称为鬼子吗?也不能算错。"

他应该能想到的,但却没有想到:珍妮所说的那个"她",就是程刚笃的母亲。他后来想起此事,觉得珍妮对这个问题避而不谈,很可能是因为她认为他已经知道了。是的,我当然知道"她"。但我对前辈的事情,总是不愿追究得太深。我虽然知道"她"的存在,知道"她"就在日本,但我从来没有打听过。

珍妮还在邮件中问他,论文写得怎么样?有没有可能在中国的刊物上发表:"在中国刊物上发篇文章,总没有美国那么难吧?"珍妮说。珍妮还表示,她希望看到同行们,尤其是年轻同行们的评价。

　　每个学期,应物兄总会选择一天,将自己的硕士生和博士生们带到郊外,既是上课,也是郊游。按惯例,他要选择某个弟子的论文进行研讨。事先,他会把那篇论文打印出来发下去,让他们提前阅读。这个周六的上午,他准备让弟子讨论的就是珍妮的《儒驴》。与往常不同,他没有透露作者是谁。

　　周五的下午,太和筹备处来了一个人。此人自称罗总:"你就叫我罗总吧,叫老罗也行。"罗总穿白色西装,打红领带。后来知道罗总就是易艺艺的父亲,就是那个养鸡大王,他觉得那领带的颜色可以称为鸡冠红,稍带一点紫色。罗总的司机扛上来一摞书。那摞书太高了,必须用下巴抵着,不然就会轰然倒塌。那是他的《孔子是条"丧家狗"》。罗总说,想请应物兄教授签名,然后发给优秀职工代表。

　　"罗总做哪一行的?"

　　"禽类养殖和深加工。"

　　"哪种禽类?"

　　"鸡嘛。"对于应物兄的刨根问底,罗总有点不高兴,"应教授呢,我要见他一下。你是他的手下吧。一看就像。"

　　应物兄知道了,此人就是易艺艺的父亲,易艺艺随的是母姓。他刚带易艺艺的时候,易艺艺的父亲一定要请他吃饭,请了两次他都拒绝了。后来易艺艺的父亲又摸到家里,但那天他刚好外出,又没遇到。罗总在门上留下了一张纸条:

　　　　三顾茅庐,都碰不到也。君要回电,我就四顾。

　　他当然没有回电。这实在有些失礼。此时见到罗总,他难免有些不好意思。但看到罗总将他认成了别人,他就想,干脆不要说破,免得还要解释半天。他就说:"是啊,我是他的助手。"

　　"那你是姓费,还是姓张?"

　　看来罗总对太和还是有一定了解的,竟然知道费鸣和张明亮。他对罗总说:"有什么事,尽管说,我可以转告应教授。"

"我是易艺艺的父亲。她随她母亲的姓。我这个人,是追求男女平等的。但你不要跟艺艺说我来过。免得她说我有几个臭钱,就摇得叮当响。"

在他所有的弟子当中,家里最有钱的就是易艺艺,名气最大的也是易艺艺。从易艺艺这个名字就可以看出,她从小就热爱艺术。她学过舞蹈,学过钢琴,学过唱歌,也学过绘画。她很在意自己的画家身份。他看过易艺艺的几幅画,"主人公"都是鸡。他听别人说过,易艺艺的父亲是养鸡场的老板。大概是因为"养鸡场老板"不大好听,易艺艺从来不提父亲。春节前,她去香港参加画展的时候,记者问起她的艺术道路,她这才提到了父亲,说自己深受父亲的影响。她说:"Daddy 是一家合资企业的 CEO,也是艺术收藏家。"当记者又问她,她的 Daddy 都收藏了哪些艺术作品的时候,她却虚晃一枪,说:"Daddy 收藏的作品多了,但他收藏的最好的作品就是我。"

此时,罗总从口袋里掏出烟盒,从里面摸出一支雪茄,递给他,说这是正宗的古巴雪茄,是古巴少女在大腿上一根根卷出来的。"那就尝尝罗总雪茄的味道。"他接过了雪茄。罗总立即纠正说:"错了,尝的是古巴少女的味道。"

罗总首先声称是替易艺艺来向应教授道歉的:易艺艺没有请假,就去了香港,旷了十几堂课,错过了考试。罗总说:"我也是读书人,知道学校的规矩。子不教,父之过,因此都是我的错。"然后又问,"听艺艺说,有个儒学大师要来了,这个人到底是哪路神仙?难道比应物兄还牛×?"

他忍住笑,说:"应物兄不能跟人家比。"

罗总像鸡那样来回侧着脸,问:"真的很牛×?那我愿意捐一笔钱,以他的名义设立一项奖学金。听说,铁梳子给你们的研究院捐了一百万,是吗?"

他说:"不是捐给研究院的,是捐给人文学院的。"

罗总说："看来是真的喽。你跟应教授说一声，我也捐一百万，而且是税后一百万。"

"铁梳子好像也是税后。"

"我也税后。我捐一百零一万。"

"感谢罗总对太和的关心。我代表应教授感谢你。只是这么一笔巨款，应教授可能不知道怎么花。"

"不知道怎么花？那就瞎花呗。我再问你一下，如果那个儒学大师真的很牛×，我还可以加上一点，加到一百零八万，图个吉利。"转眼间又涨了七万。鸡得下多少只蛋才能挣出来啊。他正想着，罗总又问，"那老头姓程，对吧？"

"程先生是当代最有名的儒学家，德高望重。"

"德高望重？多高多重？身体怎么样？这方面我有教训的。"罗总说，"以前我捐过一次，用一个中学老师的名义设过一个奖，叫'中华少年作文奖'。可是只弄了一年，他就死翘翘了。校长私下对我说，'中华少年'这个名头太大了，把老师给压住了，活活压死了。另一个语文老师说得更直了，说这就叫一个跳蚤顶不起个床单。什么议论都有。很没意思。企业界的朋友都说，罗总啊罗总，你他妈的可真够晦气的。弄得很没意思。老头很注重养生吧？吃不吃鸡蛋？"

"可能吃吧，也可能不吃。"

"要吃，一定要吃。他肯定吃了。"罗总挥舞着手说，"报纸和电视整天瞎扯，说什么要少吃鸡蛋，不吃蛋黄，胆固醇高！扯鸡巴淡！我搞的就是这个研究，绝对有发言权。蛋黄里有卵磷脂。卵磷脂可是好东西，血管清道夫！我敢打赌，这老头百分之百吃鸡蛋。我替他总结一下吧：本人之养生经验，就是顿顿吃鸡蛋。"

关于程先生的养生经验，他突然想起一个不能为外人道的细节。过感恩节的那天，程先生多饮了两杯酒，就和那个东方学教授讨论起了养生问题。他们两个谈得相当坦率。东方学教授阳物很大,程先生甚至拿这个开了个玩笑,说:"他们都说,你把手背到身后,就可以打高尔夫球?"东方学教授没有正面回应,只是说:"我喜欢快节奏。"程先生说,五十五岁以后,他虽然又结过一次婚,但从来没有射过精,在这方面他已经达到了孟子所说的"引而不发,跃如也"①的境界。

这些话,他当然不能说给罗总听。

罗总说:"你跟应物兄教授说一下,让他给程老头捎个话,以后程老头吃的鸡蛋,我全包了。以程老头的名义设奖,奖金我也全包了。你也跟应物兄教授捎句话,有时间我请他吃饭。到时候你也要去。飞禽走兽,想吃什么,咱就做什么。要不,我给他上一份套五宝?我有个厨师,做的套五宝,那真是一绝。"

乔木先生有一次说,终于吃到了地道的套五宝,味道好极了。但究竟是什么菜,味道怎么好,乔木先生却没有明说。济州人把羊腰子叫羊宝,他想套五宝大概就是五种动物的腰子放到一起煮。他对烤羊宝感兴趣,对别的腰子却不感兴趣。他抑制着自己的不耐烦,对罗总说:"不知道罗总还有什么要吩咐的?"

罗总说:"没事,真的没什么事。就是艺艺跟我说,老师以前常批评她,好像不待见她,这段时间老师对她不错,还派她去西安参加了学术会议。我怎么也得请应物兄教授吃个饭啊。本来,艺艺从西安回来的时候,我就要请的。可我的厨师被人挖走了。到饭店吃饭没意思。要吃,就到家里吃。我原来的厨师,几代人都是御厨,名门正派。他专门给我做吃的。可这段时间,他被人挖走了。我刚把他的叔叔挖过来,这几天正等着他的体检结果。应该没什么事,但还是小心一点好。等他上岗了,我就请应物兄教授吃饭。到时候,你也去。"

"老师对学生都是一视同仁的。该表扬就表扬,该批评就批评。"

———

① 《孟子·尽心上》:"君子引而不发,跃如也。中道而立,能者从之。"

"今天，我把话撂到这儿了。我的话，落地都要砸个坑的。这个太和研究院，是叫太和吧？需要什么，我都会帮忙的。这话也请你转告应教授。不过，不要告诉艺艺。她看不起我，总说我从鸡屁眼扒拉出来几个钢镚，就摇得叮当响。"

临走的时候，罗总把那半盒雪茄留下了。罗总刚走，他的女儿易艺艺就打电话过来，对他汇报说，她已经把文章都发给了师兄，因为担心有些师兄明天忘记带电脑，她还特意打印了几份。她还告诉他，她准备了烤炉和肉串。肉串分两种，一种是羊肉串，一种是鸡肉串。此外，她还准备了啤酒、干红、烧饼和汉堡。

"要不要准备雨披？万一明天下雨呢？"易艺艺问。

"天气预报，明天没雨。"他说。

第二天，难得的好天气，甚至没有雾霾。

不远处，就是济河汇入黄河之处。那里有一片沙地。有两个孩子光着脚丫在沙地奔跑，大约十来岁。大一点的是女孩，她的手被小一点的那个男孩抓着。看上去，她想甩掉他，但是甩不掉。当那个男孩要朝水面跑去的时候，她一边拽着他，一边回头向大人告状。有两个大人，一男一女，在沙堆旁边坐着。孩子告状的时候，他们就会朝孩子喊两嗓子，让孩子离水面远一点。孩子的笑声、叫声，稚嫩、清脆而又柔滑，就像雏鸟的鸣叫。他们在沙丘上爬，但爬不了几下就会掉下来。倒是小一点的男孩爬得高些，因为他爬得慢，双脚在沙窝中踩得更深。远处的河面，波光荡漾。应物兄想起，他和乔姗姗也曾带着应波到这里玩过。

近处是一片草地。它原是湿地，因为干旱而变成了草地。

张明亮说："今天的情形，令人想起《子路、曾皙、冉有、公西华侍坐》。"

他说："好啊，孔子当年对子路他们说，不要因为我年纪比你们大一点，就不敢讲了。今天，我们也是随便讲。'莫春者，春服既成。冠者五六人，童子六七人，浴乎沂，风乎舞雩，咏而归。'这是孔子最向往的场景。现在还有点冷,下河洗澡是不可能的。但我们都可以随便一点。按课程表上的安排,这一周的课是讨论课,因为最近实在太忙,所以把课安排到今天了,算是补课,占用了大家的休息时间,请大家谅解。要讨论的内容,艺艺已经发到大家的邮箱了,大家看了吗?奇文共欣赏,疑义相与析啊。谁先谈?"

二年级博士生范郁夫,立即说自己的电脑坏了,无法上网,所以还没有看。这小子显然不想发表看法。范郁夫对所有公共活动都没有兴趣。他的兴趣是收集各种版本的古书,以及中国古典小说的最早译本。据张明亮说,范郁夫手中的《金瓶梅》版本就有三十个,不同的译本有十个。任何一本书,到了范郁夫手里,他都要拿着放大镜反复地看来看去。此时,范郁夫显然想逃过去。这是不可能的。易艺艺立即把打印好的文章发给了他。

眼看没有人愿意先讲,他就让易艺艺先说。他仍然没提作者的名字,只是说,那人是易艺艺的朋友,本来今天也要来的,但临时有事来不了。"艺艺,你把文章介绍一下,大家也可借此重温一下。"

易艺艺第一句话,差点透露珍妮的身份。她说,这篇论文,翻译过来,一共一万五千字,分三章,然后就有点结巴了。范郁夫立即问:"是卡尔文的文章吗?"易艺艺笑而不答。这时,易艺艺突然大呼小叫起来,原来她带来的烧烤师傅已经给烤炉生火了。她说:"靠!别烤!靠!别烤!"那个烧烤师傅被她弄得一脸懵懂。然后,她竟然放下稿子走了过去。应物兄摇摇头,就让张明亮替易艺艺介绍一下。易艺艺听到了这话,回头说道:"好,还是让亮子师兄讲比较好。那驴子本来就是亮子老家的嘛。"

张明亮就介绍说,第一章谈的是柳宗元其人:柳宗元的身世,柳宗元的文化身份,柳宗元的政治际遇,柳宗元与另一位文学家韩愈的关系,等等。第二章,主要谈的就是《黔之驴》了,兼及柳宗元另外两篇文章《临江之麋》和《永某氏之鼠》。第三章,谈了一些中国古代与驴子有关的文化事件。其中，第一件事，就是老子喜欢骑驴。虽然多种典籍记载老子是骑青牛出关，从此杳如黄鹤的，但老子在出关以前却是经常骑驴的，也就是说，老子的道家哲学与驴子是有关系的，而孔子曾问礼于老子，可见孔子的思想也受到了老子的影响，从而也就与驴子有了某种关联。除此之外，作者还写到魏文帝曹丕给建安七子之一王粲吊孝的时候曾当场模仿驴鸣，王安石晚年喜欢骑驴出游，等等。

"这样讲行吗？"张明亮问。

虽然这篇论文有些胡扯，但珍妮能够知道这些杂七杂八的知识，应物兄还是吃了一惊。他对张明亮说："第一章和第三章就不要讲了，着重讲一下第二章。"

张明亮说，第二章主要是文本分析。柳宗元用"庞然大物""以为神""驴一鸣，虎大骇远遁"来形容"黔之驴"，虽然写的是老虎眼中的驴子，但作者认为，从中可以看出驴子身形之伟岸，声音之洪亮，则是确定无疑的。作者说，值得关心的问题是，老虎这么怕驴子，但驴子却并没有去欺负老虎。相反，老虎却多次戏弄驴子。驴子被戏弄的时候，也只是用叫声吓唬吓唬老虎而已，直到被惹急了，驴子才去踢它，所谓"不胜怒，蹄之"。作者认为，驴子在此奉行的是"恕"道，所谓"夫子之道，忠恕而已"，所谓"其恕乎！己所不欲，勿施于人"！而"恕"正是通向"仁"的重要途径。驴子只是在忍无可忍之时，才做出反应，而且是有节制的反应，这就是"仁"啊。关于驴子之"仁"，作者提醒我们，柳宗元其实开篇就写到了，说那驴子是被人"放之山下"，而不是"放之水边"，道理很简单，驴子喜欢山！这正是孔子所说的"智者乐水，仁者乐山"。至于老虎最终"断其喉，尽其肉"，这并非因为驴子无能，而是因为驴子天性良善，无防人之心，而老虎则是处心积虑，残忍无道！

说到这里，张明亮补充说道："不过，师弟师妹们如果现在赴黔，老虎已经看不到了，但驴子还是随处可见。为什么呢？哈，孔夫子早就说过了嘛,攻乎异端,斯害也已。"

张明亮又问:"这样讲,行吗?"

他说:"好,就先讲到这,一会再讲。你先坐下来。"

张明亮并没有立即坐下来。他给每个人递了一瓶矿泉水。

本着女士优先的原则,范郁夫一定要让女生先讲。易艺艺说,她还得再想想。于是另一个女生站起来说,她有一些不成熟的意见,提供给大家讨论。应物兄也让她坐下来讲。她说,论文中说,驴子被"放之山下",是因为驴子喜欢山,这说明了驴子之"仁"。但是,有山就有水,山下一定是有水的,所以也可以说那驴子是被"放之水边"。为什么要放之水边呢?按照论文的逻辑,那是因为驴子喜欢水。智者乐水,仁者乐山,那么,我们是不是可以说,那驴子首先是个"智者"?还有,谁都知道,人家骑马我骑驴,比上不足比下有余,有些中庸之道的意思,但仔细一推敲,这是说骑驴的人,而不是驴子。如果驴子是儒驴,那么孔子当时是坐着马车周游列国的,那么马也可以称为儒马喽?

应物兄问了一句:"你怎么知道孔子当年是骑马?"

那个女生一句话就把所有人的嘴巴堵上了:"不是我说的,是乔木先生说的。有一天我去看乔木先生,乔木先生突然考我,孔子当年周游列国,是骑马还是骑牛,还是骑驴?把我给问住了。乔木先生就说,春秋战国时代,车马一体。'御'是孔子所说的'六艺'之一。什么叫'御'?《说文》中说,御,使马也。乔木先生说,这个'御'字可以拆成人、午、正、卩。午,就是马,地支的第七位,属马。正,是个象形,说的是人赶车的样子。卩,说的是马走路时一步一叩头。所以这个'御'字,要么说的是人骑马,要么说的是赶马车。"

他说:"知道了,往下讲。"

她就接着说道:"如果说驴子是中国特有的物种,或者说,原来没有驴子,是孔子之后中国才有了驴子,那么我们或许可以说驴子是儒驴,但实际上驴子遍及世界各地,从好望角到斯堪的纳维亚半岛,从阿拉伯半岛到我们济州,哪里有人,哪里就有驴子。甚至没有人的地方,也有驴子,野驴嘛。如果说驴子是儒驴,别的国家可能会提出抗议呢,凭什么说它是儒? 驴子是不是也可以被称为佛驴呢? 别的驴子能不能被称为'佛驴'或可讨论,柳宗元笔下的那头驴被称为佛驴,却是能够说得过去的。它被老虎吃了嘛。'舍身饲虎,割肉喂鹰'正是我佛之大智、大忍、大善之行也。"

同样的一头驴子,一会儿是儒驴,一会儿是回驴,一会儿又成了佛驴。再讨论下去,它很可能还会变成一头耶驴呢。耶稣当年进入耶路撒冷,骑的就是一头驴驹子,旁边还跟着一头母驴。那驴驹子以前还从来没有被人骑过,母驴似乎有点不放心,一路上还要传道授业。

这时候,突然有人学起了驴叫。

学驴叫的是谁呢? 就是费鸣。

费鸣这天也跟着来玩,此时正和烧烤师傅在那边忙活。费鸣显然也听到了这边的讨论。他跟费鸣开了个玩笑:"费鸣什么时候成了驴鸣?"所有人都被他逗笑了。笑得最厉害的是张明亮,嘎嘎嘎的,就像一只鸭子。这时候,一直不说话的范郁夫终于开口了。范郁夫虽然没看过论文,但这并不影响他发言。他说,论文应该装订成一个小册子,应该有封面,有签名页,有目录,有插图,有参考书目,还应该有骑马订,总之应该给人以书的感觉。现在,这样随便打印出来,是对读者的不尊重,一看就是草稿嘛。不过,论文的写作格式,倒是比较标准的论文格式。格式虽然对了,但内容却是一派胡言,刚才粗略翻了一下,发现知识性错误随处可见。这些错误,就像绊脚石,绊得人跌跌撞撞的,膝盖都磕肿了。然后,范郁夫指出了其中的一个错误。

"夫子之道,忠恕而已矣",这句话不是孔子说出来的,所以不一定是孔子的思想。这只是曾参的话。孔子说,曾参啊,我的思想是一以贯之的。孔子说这句话,本来是要等着曾参来问,您说的那个一以贯之的"道"到底是什么？可是曾参却没有问。曾参说，是的。意思是说，他知道了。"其实他知道个屁啊。"范郁夫说，"在孔子的弟子当中，曾参其实是个笨蛋。即便不是笨蛋，悟性也很差。他的名言不是'吾日三省吾身'吗？为什么要'三省'呢？笨呗。他不如他爹，他爹曾点非常聪明，所以孔子说，'我与点也'，我跟曾点是一样的啊！也真是怪了，曾点那么聪明的一个人，生出来的儿子却那么笨。或许是曾点'浴乎沂，风乎舞雩，咏而归'的时候喝了酒，回到家就开始造人，生出了曾参。反正这会曾参是不懂装懂，孔子本来给你一个机会，要把'一以贯之'的'道'告诉你的，你却错过了这个机会。孔子最看不得不懂装懂。《论语》中讲到这里的时候，用了一个词：子出。话还没说完呢，为什么'出'，为什么走了？一句话，孔子就是被曾参的不懂装懂给气走的。气走之后，别人问曾参，哥们，哥们，老师所说的'道'到底是什么东西啊。曾参自作聪明地说，'夫子之道，忠恕而已矣。'充其量，我们只能说，曾参从孔子那里继承的，就是忠恕思想。我们想一想，这样的一个人总结出来的话，能信吗？反正我是不信。"

"那驴子呢？让你谈驴子，你却谈起了曾参。"他对范郁夫说。

"驴子比曾参还蠢。"范郁夫懒得多说。

"范师兄，孔子对子贡说过的，一个人可以终生奉行的信条，就是'恕'啊。"易艺艺说，"你不能抓住一点，不及其余。这不公正。"

易艺艺这话说得还比较靠谱。他就说："原来艺艺也是读书的啊。"

易艺艺小腰一扭，跺着脚，说："应老师，应老师！人家每天都看书的！"

应物兄说："那就好。书还是要读的。打狗也得有一根打狗棍啊。"

易艺艺说："那我就用打狗棍跟范师兄玩一玩。我认为，'夫子之道，忠恕而已'用到驴子身上，用得太对了。"易艺艺跺着脚对范郁夫说，"我就是要气气你。气死你，气死你！"

他对范郁夫说："艺艺说得对，《论语》中提到'恕'字的地方有两处，另一处在《论语·卫灵公》第二十四章。子贡问孔子，有一句话可以用一生来遵循的吗？孔子的回答说，大概就是'恕'吧，自己不想要的，就不要强加给别人了。这里可是明白无误地写到，这是孔子的话。你怎么解释呢？"

易艺艺说："范师兄，说你呢？怎么不说了？哑巴了？"

范郁夫说："这就涉及《论语》的版本问题了。根据我的研究，这句话是曾参的弟子加进去的。"

他说："说出个道理来嘛。你怎么知道是曾参的弟子加进去的？"

范郁夫说："凭直觉。看版本，首先凭直觉。"

他决定敲打一下范郁夫："考试的时候，如果你动不动就说直觉，你是通不过的。我来告诉你，为什么说曾参的弟子参与了《论语》的编辑。因为书中提到曾参的时候，多次用到'曾子'，把曾参的地位抬得很高，而且把曾参的父亲曾点的地位也抬得很高，多有颂扬，把曾点的境界写得近于颜回，显得又神秘又高尚。所以曾子的弟子参与了《论语》的编辑和整理，应该是确定无疑的。但曾参的弟子又怎么可能把曾子写成笨蛋呢？不可能的嘛。曾子可不是笨蛋。曾子总结出来的孔子的话，可能真的符合孔子的原意，所以，'忠恕而已'还真的就是夫子之道啊。"

易艺艺说："听见了吧，姓范的？"

范郁夫脸红了，说："老师，你说得对，我错了。"

这时候费鸣走了过来。费鸣并不知道这是珍妮的论文。他说，他会给作者提建议的：应该补上一笔，写写驴子与马的关系。驴子与马通婚，生下了骡子，骡子身上，体现了种族的融合。

他当然听出了费鸣的讥讽。

他对费鸣说："'儒驴'只是一种修辞手法罢了，本来说的就不是驴,而是人。孔子自称是丧家犬,难道孔子就是犬了? 我是想听听大家怎么看待《黔之驴》,《黔之驴》这篇文章与儒家文化有什么关系,你们怎么看待这种关系,没想到费鸣兄都扯到生物工程上去了,扯到种族大融合上去了。剧作家的想象力,确实比较丰富。"

费鸣说:"您批评得对。民以食为天,我得去烤肉了。"

他们谈话的时候,他的另一个弟子孟昭华躺在一块油毡布上,看着手机。孟昭华年前刚离婚。孟昭华原来微微驼背,离婚后,有一段时间竟然不驼了。这段时间又开始驼了,而且驼得更厉害,双肩也开始下垂,就像鸟儿收拢了翅膀。他们谈话的时候,孟昭华就侧躺着,佝偻着背,玩着手机,不时地发笑。这会,他就对孟昭华说:"昭华,事不关己,高高挂起? 你也说说。"

昭华翻身坐起,垂着肩,说:"研究生会下周要举行拔河比赛,还要组队参加全国高校研究生的比赛,冠军奖一辆汽车。研究生会发来一个视频,要求每个人对照着看看,熟悉一下规则,看是否报名。"昭华拿着手机,让别人看那个视频。

哦,那个拔河比赛,实在有些别出心裁,是用牙齿拔河。视频是去年的冠亚军决赛,拖着一辆宝马。昭华说:"虽然我能用牙齿咬碎核桃,开啤酒瓶从来不用起子,但我拒绝报名。我认为,赛事组织者没有认识到,赞助商这样做,是对知识分子的讽刺:知识分子用牙齿吃饭,填饱肚子,现在又用牙齿拔河。"

他对孟昭华说:"手机关了。文章你是不是没看啊?"

孟昭华说:"看了,真的看了,看了通宵呢。"

孟昭华认为,《黔之驴》写的是文人的悲剧。文人嘛,自恃掌控着整个价值系统,未免有些驴脾气,也就是所谓的驴性。用柳宗元的话说,就是"出技以怒强",喜欢逞能,喜欢翘尾巴,喜欢用牙齿拔河。文章中提到的王粲的例子,说魏文帝曹丕曾亲率部属和旧友去给王粲吊丧,并学驴鸣以追念王粲,这个故事倒有点意思。这段话出自《世说新语·伤逝》。这位王粲,年轻时在荆州刘表手下混饭吃,因为有些驴脾气,所以难以得到刘表的重用,不得已投靠了曹操。到了曹营,他乖得很,察言观色很有一套,很能讨主子的欢心。曹操封魏公时,你就看他表演吧,领表劝进,大搞签名活动。曹丕后来去吊丧,学两声驴叫,其实是给别人听的:小蹄子们,你们都看到了吧,王粲以前多有驴脾气啊,可后来还不是变得乖乖的?只有乖乖的,才能善终。不然,你们就等着瞧吧,看我怎么收拾你们。所以,曹丕此刻发出的虽然是驴鸣,但却有如虎啸。昭华说,昨晚看完这篇论文,又重读了《黔之驴》,重读了《论语》,也重读了《世说新语·伤逝》,夜不能寐,披衣下床,写了一首打油诗,现在请应老师和同学们批评指正:

> 朕学两声驴鸣,须当虎啸来听。避祸于世何难? 只要收敛驴性。王粲喜欢炮蹄,该与嵇康同命。年寿有时而尽①,全赖乖乖听令。莫等断喉尽肉,伤了君臣感情。众卿若不相信,请听黔之驴鸣。

孟昭华吟完,众人都说好。应物兄也礼节性地说了一声好。弟子们当中,张明亮是喜欢写古体诗的,他对张明亮说:"唱和唱和,他唱完,该你和了。"张明亮说,自己写诗,需要字斟句酌,改天再拿出来,向老师和师兄弟们请教。

应物兄说:"不是说拔河比赛吗? 昭华一个人,怎么拔呢? 要摔个屁股蹲的。我就先凑上一首,和昭华的韵。请各位指正。"随即吟道:

> 昭华夜不能寐,披衣下床读经。驴鸣读成虎啸,实乃一大发明。儒驴放过不谈,却来妄议苛政②。最后得出结论,更是

---

① 语出曹丕《典论·论文》:"年寿有时而尽,荣乐止乎其身,二者必至之常期,未若文章之无穷。"这里指的是"善终"的意思。
② 柳宗元《捕蛇者说》中的名句:"苛政猛于虎。"

让人一愣。做人最好乡愿①？遇事一声不吭？祖宗要是听见，定不准你姓孟。

随后他又做了些解释，说："昭华，你模仿的是魏文帝曹丕的语气，可是曹丕死时，嵇康只有三岁，还穿着开裆裤呢，他又怎么能以嵇康之死为例，训示群臣？嵇康是被司马昭弄死的。至于《黔之驴》的故事，则是出于唐朝，曹丕当然更不知道了。只有在一种情况下，你这首诗才能成立：他们眼下是在黄泉开会，先死的人，后死的人，都聚在一起，回忆人世间的悠悠万事。黄泉会议，没有时空概念，这么写了，似乎也说得过去。穿越嘛，穿越小说很时髦的，你是不是看多了。应波以前也看穿越小说，我翻了翻，全是垃圾，思想上陈旧得不得了，不像是年轻人写的。你最后得出的结论，跟那些穿越小说有一比，竟然是做人最好乡愿！这个话，亏你说得出口。'乡愿，德之贼也。'孔子很少用如此严厉的口气说话的。你的老祖宗孟子，对乡愿也是深恶痛绝啊，'非之无举也，刺之无刺也。同乎流俗，合乎污世，不可与入尧舜之道'。昭华，小心孟夫子听见你的歪理邪说，日后不准你入孟氏祖坟。"

孟昭华被吓住了，说："老师，你赢了。"

应物兄说："不过，你说《黔之驴》是写文人的悲剧，倒是能说得过去的。"

张明亮说："昭华，能不能把你大作抄给我？"

昭华说："听了应老师的话，我当即就把它从脑子里删了。"

范郁夫说："别删啊，这是最早的版本，有价值的。"

这时候，易艺艺和费鸣招呼大家过去吃烤串。如前所述，应物兄最喜欢吃腰子。一闻到那微微的臊味，他就能听到自己的肚子在叫。不过，这会儿他却把费鸣递过来的腰子给了孟昭华。孟昭华能够听取不同意见，可谓大肚能容，奖励个腰子。

---

① 《论语·阳货》："子曰：乡原，德之贼也。"〔汉〕徐幹《中论·考伪》："乡愿亦无杀人之罪，而仲尼恶之，何也？以其乱德也。"

易艺艺非常关心下次在哪里郊游。她说，下次，最好能去桃都山郊游，那里有温泉嘛。去的时候，她可以从农民手上买几只土鸡，到了桃都山，再当场宰了。桃都山温泉的水温很高的，用水一泼，毛一拔，鸡头一拧，屁股一剜，边上课边等，下了课，野蒜一放，地道的泉水鸡。

孟昭华说："今天，受益最多的是我。明天，我请大家吃饭。校园东门往左，向北走三百米，新开了个驴肉火烧店。天上龙肉，地上驴肉。吃了驴肉，保管你三月不知肉味矣。"

这天下午，他们收拾东西准备回城的时候，应物兄把易艺艺拉到一边，问今天吃的喝的，都花了多少钱？按照惯例，这些钱都是他来掏。教学相长，他也常常能从学生们那里学到东西，所以就算是他的学费。这个时候，张明亮把那些铺在地上的报纸收了起来，点着了。灰烬飘到空中，有如黑蝴蝶。

易艺艺说："我挣了一笔钱，是我请大家的。"

"你从哪挣的钱？"他想，你的钱还不都是罗总从鸡屁股那里挣的。

"稿费。以后吃饭，我都包了。"易艺艺说。

"稿费？花的要是你的稿费，我倒高兴了。"

"我已经自食其力了。"易艺艺说，"我就问一句，这些录音要不要给珍妮发去？珍妮可是等着呢。"

"七嘴八舌的，珍妮会生气的。"

"怕什么。一千个读者，就有一千个哈利·波特嘛。"

说到哈利·波特，易艺艺还引用了珍妮的一句话，说的是珍妮为何会选择程刚笃为男友。她说："我问过她怎么看上程刚笃的，她说，忘了谁是哈利·波特的第一个女友，谁是他第一个亲吻的人了？是秋·张①，霍格沃茨的中国留学生。"他想起来，应波也曾吵

---

① 秋·张（Cho Chang），英国作家 J. K. 罗琳魔幻小说《哈利·波特》中的人物，生于 1979 年，是一个女巫，于 1990 年至 1997 年在霍格沃茨魔法学校读书。

着闹着要去霍格沃茨读书,后来他才知道那是一个虚构的学校,而且是魔法学校。

他知道易艺艺跟珍妮一直有联系,就问起珍妮的近况。易艺艺说,珍妮近期又去了一趟日本。

"她怎么一直往日本跑啊?"

"您怎么能不知道呢?她的婆婆,Lighten Cheng 他妈,就在日本。"

他当然知道。看到珍妮在邮件中说,那个女人对她很满意,相谈甚欢,还祝她"早生鬼子",他就猜到她说的就是程刚笃的母亲。他提醒易艺艺:"此事不宜外传。跟珍妮在一起,说话要谨慎。"

"嗨,我们是闺蜜。她还问我,什么叫闺蜜?我逗她,说能尿到一个壶里的人就是闺蜜。总之,我们无话不谈。我们还要刺上对方的名字呢。她的脚踝上刺了一条龙,胳膊上刺着 Lighten,她经常跟我提起 Lighten。我告诉她,这个名字听上去怪怪的,就像'邋遢',就像'愣头'。她才告诉我,那是她的男朋友。"

张明亮走过来,说,他会把今天的讨论整理出来,然后发给每个人修改,再交给易艺艺,让易艺艺发给作者。张明亮还说:"别看他们刚才怪话连篇,等他们修改补充好了,就是一篇好的记录稿了。"

易艺艺说:"好啊,整理完了交给我。明天就交。"

张明亮说:"我没问题,就怕他们来不及。"

易艺艺笑着说:"你替他们写不就得了。要不,你一边口述,一边速记,过后你再整理一下?"

张明亮说:"别人我不担心,我就担心你耽误时间。"

应物兄走开了,但他还能听得见他们斗嘴。张明亮似乎让了一步,还转换了话题,夸易艺艺越来越漂亮了。哦不,张明亮并没有让步,因为张明亮似乎话中带刺,说易艺艺漂亮得都有点像张柏芝了。

易艺艺说："师妹我长得确实不如柏芝,但师兄你长得更不如冠希。"

张明亮说："我是说,你的身材越来越好了。"

易艺艺说："亮子这句话,我倒是认的。我告诉你,每次洗完澡,看见自己的好身材,我都想把自己给上了。"

过后他才知道,易艺艺和张明亮,此时已经陷入明争暗斗。他们比他还先知道,太和研究院的编制马上就要下来了,他们都想留到太和。还有一点,也是应物兄没有想到的,易艺艺所说的"我都想把自己给上了",还真的不是说说而已。后来,她还真的"把自己给上了",以艺术的名义。

44．子贡

子贡,也就是黄兴要来的消息,他是看望麦荞先生的路上知道的。陆空谷给他发了条短信,提醒他收看邮件。他还从来没有用手机进入过邮箱,现在他决定试试看。他以前总觉得自己的手掌不够厚重,有点小巧了。此时,在输入邮箱代码的时候,他才觉得自己的手指有点粗了,不够灵巧。仅仅是输入代码,就搞得他满头大汗。果然有两封邮件在等着他,是前天发来的。显然,她是因为一直没有等到回复,才发来短信提醒他的:

> 子贡近日要去济州,与贵校商谈修建太和一事。本人作为随行人员将一同前往。也可能不得不提前去安排相关事宜。详情另告。

另一封邮件,并不是要告知详情的,而是问他:

> 到了济州,望能见到芸娘。但听说她身体不好,不愿待客,是吗?

前一封邮件,完全是公事公办的口气。其中有一个符号,它出现在"子贡"的名字后面,:-P。他大致能猜到,它的意思应该是说"子贡"这个名字有点"好玩"。这天,是邓林亲自来接他的。他就问邓林,这个符号是什么意思。邓林先吐了一下舌头,然后说,它代表着"吐舌头"。这个唯一带有私人色彩的符号,使他心中荡起一片涟漪。后一封邮件,则让他有些迷糊。他以前就听陆空谷提起过芸娘,她们认识吗?在哪认识的?如果她来,他当然可以陪她去见芸娘。

他先回了条短信,解释说自己这些天太忙,没有进邮箱。然后说,他在开会,随后回复。当然,他也问到了那个最关键的问题:"黄兴先生什么时候到?"

她的回复很快来了:"约一周后。"

他又回了条短信:"愿早日见到六六。"

她的回复是:"也愿早点见到应物兄。"

邓林将车开上了学院桥的桥顶。此时并非交通高峰时段,但学院桥上已经堵得水泄不通。邓林说:"别着急,天上的雪比您还着急呢。"邓林随后解释说,天气预报下午有雪,而且是大雪,所以小学生们很早就放学了,很多人也都提前下班,匆匆往家赶,但是这雪到现在还没有下。下还是不下,大一点还是小一点,这是个问题。下小了,气象局不满意,好像失信于民了,因为预报的是暴雪。下大了,公安部门不满意,因为交警人手不够。不下吧,教育局不满意,我们都放假了,你却不下了。邓林说:"看到了?雪徘徊在济州上空,为难死了。"天色提前黑了,桥两边的路灯顿时亮了。等下了桥,天空又突然变亮了,可以看到路边花圃里的迎春花和连翘,个别枝条上似有黄花绽放。

他问邓林:"今天去的人都有谁?"

邓林说:"就您和我们老板。"私下里,邓林对栾庭玉的称呼就是老板。他曾提醒,这个称呼不好听,但邓林说,省委省政府的人都是这么称呼自己的上司的,甚至栾庭玉也称省长和常务副省长为老板。"那怎么称呼省委书记呢?"他问。邓林的回答是:"老一。"

"有出版方面的人吗?"

"没有吧。好像没有。反正没让我另外叫人。"

栾庭玉事先给他打了招呼,说是想和麦老谈谈出文集的事。"麦老很信任你,想听听你的意见。"栾庭玉说。

他想,麦老大概是想问问他,能不能请乔木先生和姚鼐先生担任编委会主任。

邓林突然问:"最近,老板跟你提到过我吗?"

"你们老板对你很满意的,前段时间还夸你呢。"

"那还不是看着恩师的面子。"邓林说。

"别这么说,是你自己争气。你干得不错。"他说。

"同样的工作,谁干上五六年,再笨也会干好的。"

"你已经干了五六年了?"

"可不是吗?我都快四十了。哪天,方便的时候,恩师提醒一下我们老板?"

"提醒他什么呢?"

"也没什么。他可能忘记我都快四十了。我就是想,有机会下去锻炼锻炼,接接地气。不接地气,人就会浮躁。我担心给您丢人啊。您说呢,恩师?"

邓林其实并不是他的学生,而是邬学勤教授的弟子。邬学勤不仅是邓林的本科班主任,还是邓林的研究生导师。邬学勤与伯庸是同行,都是屈原专家,而且他在屈原研究界的资历比伯庸还深,大学时代就喜欢上了屈原,发表了相关论文。邬学勤与外界没有交往,所以他的学生毕业后的去向都不是太好。邓林甚至连重点中学都没能进去,而是被分配到了新华书店。

六年前的一个雪天,应物兄在书店购书的时候碰见了邓林。

碰巧,他那天接到了栾庭玉的电话。栾庭玉当时正失意呢。外面早就传说,栾庭玉要当上副省长了,但最后上去的却是农业厅的厅长。庭玉那天请他来一趟,说是大雪纷飞,正好围炉夜话。是邓林开车把他送过去的,那是一辆运货的中巴。在他们谈话的时候,栾庭玉当时的妻子从外面回来了。她是陪着栾温氏从外面回来的,身上都是雪。她随后向应物兄解释说,婆婆至今还保留着一个习惯,必须蹲着解手。她提议把家里的坐式马桶改成蹲式马桶,婆婆就是不同意,说那总是个物件,就这么扔了,罪过啊。这会,她就对婆婆说:"放心,不扔的,还可以卖掉的。"

"只顾一时,啥都想换钱用,起的都是下流的念头。"栾温氏生气了,直拍自己的屁股。

邓林就是在这个时候显示出了他的诚实、善良和博学。他先对栾庭玉说,"奶奶"倒不一定是怕花钱。"奶奶"肯定是觉得在屋里解手不干净。他说,他母亲就是这么想的,他接母亲来济州住的时候,母亲每次都要跑到公共厕所里解手。然后他说,他可以帮助"奶奶"完成从野外解手到室内解手的过渡,虽然不能够保证一定成功,但为了"奶奶"的身体健康,他愿意一试身手。

"哦,小邓,说说你的改革方案?"栾庭玉说。

"我就试试?"

"好,小邓同志,你就大胆地摸着石头过河吧。我支持你。但你的方案能不能先说一下?"

邓林就说,抽水马桶使用之前,当时的达官贵人们为了解决室内解手产生出来的不良气息,曾经使用过一个办法,那就是在便桶里铺上焦枣。大便落下的时候,枣儿滚动,大便也就迅速落到了枣儿的底部。枣儿在滚动和摩擦的过程中,还会发出一种香味,一种甜味,一种来自田野的清新之气。一句话,只闻枣儿香,不闻屎尿臭。他讲完之后,栾庭玉说:"这不行。老母一辈子勤俭持家。"

邓林说:"我知道你不会同意的,奶奶也不会同意的。不过,还有一种办法。如果说，前面的办法来自宫廷，那么后面这种办法就来自民间。"

邓林说，这个办法是元代画家倪云林发明的：收集大量的蛾翅，将之铺陈于便桶底座。由于蛾翅本身格外轻盈，所以落下的粪便就会立即隐没于其中。还没等栾庭玉说话，邓林就说，当然，这个方案也有缺陷。第一个缺陷是，蛾翅容易乱飞。如果奶奶是个艺术家就好了，奶奶可以由此欣赏蛾翅翻飞的美景。如果是个哲学家也行，由于飞蛾形似蝴蝶，所以她可以由此去思考庄子曾经提出的那个哲学问题，是我梦见了蝴蝶，还是蝴蝶梦见了我？但奶奶一看就是纯朴的劳动人民，不会去想这些不着边的问题。第二个缺陷是，去哪找那么多蛾翅呢？

应物兄想阻止邓林，但邓林已经管不住自己的嘴了。栾庭玉脸色平静，但他知道，栾庭玉已经有点不耐烦了。栾庭玉拿着一支圆珠笔，从笔头摸到笔尾，然后掉转个方向，又从笔尾摸到笔头，动作缓慢而机械。

邓林说："所以这个方案好像也行不通。那就只剩下第三种方案了。"

栾庭玉说："小邓同志，改革方案很多嘛。"

邓林说："第三种方案，就是把马桶砌起来，地面抬高，这样奶奶可以踩在地上，也就是让它变成蹲式的。这样当然也有缺陷，就是卫生间里平白无故多了个台子，占据了空间。为了解决占空间的问题，可以变通一下，就是在地板上挖个洞，把马桶放进去。当然，这得跟楼下住户打个招呼。你要不方便去说，我去说。他们家有老人吗？只要有老人就好办。因为这个方案，对他们家也有用。"

栾庭玉把圆珠笔往桌子上一放，说："这个方案，不妨试试。"

楼下的住户刚好是栾庭玉的下属。邓林后来告诉他，刚一开口，对方就说："是给奶奶用的吧？当然可以。我的卫生间正要重新装修。太高了,准备吊个顶。"

事情就这样办成了。栾温氏第一天就多拉了几泡,脾气也好多了。邓林从此就成了栾庭玉母亲最欢迎的人。栾温氏夸邓林本事大,给邓林起了个绰号:哪吒。栾温氏说:"娘胎里待够三年六个月,才能出来一个哪吒啊。"

邓林后来经常给栾庭玉寄书。每次寄书,都会同时寄出一份读书报告,说明此书在不同的读者群那里有怎样的反响,作者的观点是什么,书中有哪些警句。不仅如此,邓林还会巧妙地把那些警句与政治、经济联系起来,甚至和济州发生的某件事情联系起来。邓林的功课做得很足,比如,在他寄给栾庭玉的书中,有一本就是栾庭玉的博士导师的书,是关于城镇化与现代化关系的研究。他同时送去了两本书,另一本书是栾庭玉导师的论敌写的,那个人任教于同济大学。邓林的报告只有短短几句话:

> 奇文共欣赏!这本垃圾书,竟然出自同济大学教授之手,而且还被媒体推荐为年度必读书,不能不说是人民的耻辱。但是,为了剥掉其画皮,对这些奇谈怪论,我们也不妨了解一下。只是可惜了那些纸张。好在现在的图书都是激光照排,擦屁股不用担心铅中毒。

有一天,他在栾庭玉那里看到这些读书报告。栾庭玉对他说:"你那个弟子真是神了,什么都能说出个门道。任何事情,都是历史上有什么例子,官方怎么说,民间怎么说,美国人怎么说,都能说出来。神了。"他开了个玩笑,说:"夸父追日,弃其杖,化为邓林。邓林本来就是神话中的植物。"

不久,邓林就被借调到了栾庭玉身边,再后来,就成了栾庭玉的正式秘书,栾庭玉对他什么都满意,但就是有一点不满意,邓林话多。"太能讲了,也太善讲了。有时候我都插不上嘴。"栾庭玉说。

他约邓林见了一次面。他本来想把乔木先生对他"话不要太多"的教诲讲给邓林的,但最后还是没讲。实际上,他只对邓林强调了四个字:木讷近仁。他说:"这样吧,你要真是木讷,栾庭玉也看不上你。你牢记两点:一、在栾庭玉面前,你一定要比栾庭玉话少;二、有外人在场,你要尽量不说话。"

再次见到栾庭玉的时候,栾庭玉就说:"小邓进步很大。"没过多久,邓林就告诉他,自己已经是副处了。两年之后,邓林就成了正处。

华学明曾跟他开玩笑,说他看邓林的目光非常有意思,很像是老子看待有出息的儿子的目光,有点羞怯,又有点自豪,还有点担忧。

此时,他听见邓林话里有话,就问邓林是不是发生了什么事,受了什么委屈? 他没想到,邓林竟然一下子抽泣起来。

"怎么回事?"他问邓林,"男儿有泪不轻弹嘛。"

邓林一边开车,一边抽出纸巾擤了鼻涕,说:"算了,不给恩师添堵了。不说了。我受得了。"

邓林越是不说,他越觉得问题严重。他问:"你刚才不是说,老板对你挺好吗? 我也觉得他对你不错。前些日子在北京,他还在我面前夸你呢。"

"老板对我确实不错,就是老板娘不好侍候。"

"你是说,豆花对你不好?"

"真的不想给老师添堵。这种事情,也无法跟老板说。我比豆花还大几岁呢,但豆花训起人来,就跟训龟儿子似的。对老板,她不敢发火。对老太太,她也不敢发火。她就对我发火。她还阴阳怪气地叫我潘驴邓小闲①,后来干脆叫我潘驴。连大虎和二虎那两只鹦鹉也来欺负我,也叫我潘驴。幸亏老板不熟悉《金瓶梅》,不然

---

① 《金瓶梅》第三回《定挨光虔婆受贿　设圈套浪子挑私》:"王婆道:大官人,你听我说。但凡'挨光'的两个字最难。怎的是'挨光'? 似如今俗呼'偷情'就是了。要五件事俱全,方才行的。第一要潘安的貌;第二要驴大行货;第三要邓通般有钱;第四要青春小少,就要绵里针一般软款忍耐;第五要闲工夫。此五件唤作'潘驴邓小闲'。"

还以为我怎么着了。"

他问:"豆花喜欢《金瓶梅》?"

邓林说:"她给一个老领导配送花卉的时候,老领导给她开了单子,上面的花卉都是《金瓶梅》里提到的,什么辛夷啊、雪柳啊,让她按照那个单子配送。她从此就喜欢上了《金瓶梅》,喜欢用里面的人物给人起外号。她就用这种方式骂人,谁都骂。我跟恩师说句话,恩师听了可别生气。她连恩师都骂。"

他问:"我跟她井水不犯河水,她骂我干吗?"

邓林说:"我要说了,您可别生气。您也犯不着跟她生气。她说,什么应物兄,分明是应伯爵嘛。"

他就笑了,说:"你不要在意。她这是胡扯。我姓应,就成了应伯爵①,你姓邓就成了邓小闲。她婆婆姓温,那该叫什么?温必古,温秀才?"

邓林说:"她还真是叫她温秀才。华学明,就叫花子虚。葛道宏就是葛员外。我跟她说,别叫我邓小闲,哪怕叫我玳安呢。"

他劝邓林:"别跟豆花一般见识,能躲就躲。"

邓林说:"我也是快四十岁的人了,人到中年了。老板一直叫我小邓。我估计他把我的年龄都给忘了。我这个年龄,老在机关坐着,舒服是舒服,可真的没什么意思。我就想到下面走走。不瞒您说,我的痔疮都犯了几次了。到下面走走,过几年,老板升了,我再回来为他跑腿嘛。"

他有点同情栾庭玉了,也理解栾庭玉见到善解人意的金彧,为什么会有些失态了。栾庭玉与金彧的事情,邓林肯定是知道的。但邓林不说,他也不方便问。他只是劝邓林,尽量不要介入栾庭玉的家庭生活。

邓林说:"要不,您跟老板说一声。子贡来了,需要接待,您先

---

① 应伯爵及下面提到的温必古(温秀才)、花子虚、玳安、葛员外,皆是《金瓶梅》中的人物。玳安是西门庆的亲随小厮。

把我调过去帮帮忙？我能躲一阵是一阵。"

听上去，邓林一天也不愿待了。

他没有答应。他说："你千万沉住气。"

邓林说："今天在麦老那里，千万别提此事。有些事，我回头向您报告。"

45．麦老

麦老即麦荞先生，是省报的前主编。众人皆知，栾庭玉对麦老一直执弟子礼，他们的关系在济州被广为传颂。就在这天晚上，应物兄突然想起来，栾庭玉当初之所以能够和麦老建立起直接联系，还真的与郏象愚有关呢。

郏象愚的处女作，就是麦荞先生发表的。那是一篇谈论文明冲突的文章。文章带有那个年代的浮夸风气，是由何为教授推荐给麦荞先生的。麦荞先生给何为教授写了一封信，信中说道："我看得激情满怀，我读得热泪盈眶。"他也当然想起来，乔姗姗当时能把这篇文章背下来。

文章发表的当天，后半夜的时候，麦荞先生把电话打到了报社。他倒不是专门为此事打的电话。麦荞先生有个习惯，就是后半夜不睡觉，看稿或者写稿。看完稿子，他一定会往报社打个电话，就某个标题、某句话、某个用词、某个标点，提出修改意见。以前，电话响上半天才会有人来接。最近几天，他发现，电话一响，立即就接通了。接电话的人还很清醒，一点也没有睡意蒙眬的意思。这天，因为发了一篇好稿子，麦荞先生很兴奋，问接电话而不蒙眬的人收到了多少读者来信。接电话的人说，读者来信要过两天才到，电话倒是来过上百个，都是夸那篇文章写得好的。

"你认为呢？"

"我都会背了。"

接电话的这个人,就是刚分到报社的栾庭玉。后来,麦荞先生就专门找他谈了一次话。"年轻人睡劲大,你晚上不睡觉,还那么清醒,真是不简单。"栾庭玉回答说,妹妹小时候常生病,他晚上要陪她,就养成了这个习惯。也不是不睡,只是睡得很浅,风吹草动就可以醒来。麦荞先生听了,夸他是"孝悌之人"。麦荞先生顺便也透露说,自己也是夜不安眠。之所以有这个习惯,是因为他原来的领导就是这个习惯,他必须保证随叫随到,冬天睡觉穿着袜子,夏天睡觉穿着凉鞋。

麦荞先生与栾庭玉谈话不久,就荣任省委宣传部副部长了,同时兼任省报总编和社长,麦荞先生就破格提拔栾庭玉做了秘书。没多久,报纸有报道失误。省里的主要领导找麦荞谈话,暗示他应该休病假。大约有半年时间,麦荞先生不得不赋闲在家。很多人以为麦荞先生从此靠边站了,对麦荞先生态度大变。而那些尊重并对麦荞先生表示同情的人,也改了口,称他为麦老。

赋闲期间,麦老回了老家项城,修修院子,钓钓鱼。栾庭玉坐长途汽车去项城看望麦老的时候,发现麦老村边的那条河早已干涸,别说活鱼了,连鱼的尸首都找不到了。他以为麦老眼花了,就说:"您老读书太多,写字太多,眼睛受累了,我们陪您去医院看看眼科吧?"麦老说,你是说这里没水吧?正因为没水,没鱼,钓着才有意思。栾庭玉就拿着鱼竿,陪着麦老坐在那里垂钓,一坐就是半天。麦老感动得不得了,说了八个字:钓尽江波,金鳞始遇。这是唐代一位高僧的话。那和尚晚年摆渡垂钓,随缘度世,人称船子和尚。一日,船子和尚与夹山禅师相遇,相谈投机,船子和尚说:"钓尽江波,金鳞始遇。"遂向夹山禅师传授佛理心得。夹山禅师辞别后,船子和尚覆舟入水,自溺而亡。麦老显然将栾庭玉当成了自己的得意门生。

应物兄听栾庭玉讲述这个故事,已经是多年之后的事了。有句话,他没有对栾庭玉说:麦荞先生也是个行为艺术家啊。《诗经》上说:"其钓维何?维鲂及鱮。"可见最早的垂钓,无非是为了改善生活。"钓"发展成一种行为艺术,始自姜太公。姜太公"立钩钓渭水之鱼,不用香饵之食,离水面三尺",而且声称"负命者上钩来"。姜太公其志不在钓鱼,而在钓取功名,要钓的是周文王。据栾庭玉说,麦老当时对他说:"我只钓一条,多的不要。多了,就放臭了。鱼馁而肉败,不能吃也。"

不久,麦老就再度出山了,又从麦老变成了麦荞先生。麦荞先生这次担任的是省里的"社会主义精神文明建设指导委员会"主任,主要的工作是"扫黄",由省委宣传部、省教委、省新闻出版局以及公检法部门联合组成。此时,在报社受冷落的栾庭玉,重新回到了麦荞先生身边,担任了办公室的副主任,享受副处级待遇。"扫黄"工作告一段落之后,麦老主动要求退休,退休之前把栾庭玉安排到了市公安局,虽然还是个副处,但处长不久就死了,相当于独当一面。再后来,栾庭玉就步步高升了。而栾庭玉显然是个知恩图报的人,许多年过去了,始终对麦老保持着尊重。

麦荞先生年近九旬了,想出一套文集。栾庭玉早就跟他谈过此事,说是要成立一个编委会,把他列入编委会里面。他还以为栾庭玉只是说说而已,没想到栾庭玉还真的把此事放在心上了。

麦老住的还是报社的家属院。报社大院和家属院连在一起,院子里最多的是桐树,是所谓的"焦桐",当年为纪念焦裕禄而栽下的,树龄都已经有几十年了。每年清明前后,桐花盛开,空气中弥漫着一股子淡淡的甜味。桐树都是空心的,容易被风折断。因为出现过树断砸死人的现象,有人曾提出将它们伐掉,换成别的树种。关键时刻,麦老站出来了。麦老只说了两句话,别人就不吭声了。一句是,焦裕禄精神,还要不要继承?另一句是,桐花形似喇叭,媒体的根本属性是什么?喇叭!这个属性,你们是不是也要改掉?那些桐树由此得以保留。麦老晚年研究佛学,曾经写过一篇文章,专门谈桐树与佛教的关系问题。麦老说,桐树的"空心",最能说明佛教"空"的概念:那个"空",既不是有,也不是无,但它统摄实体和虚无,包容有与无;那个"空",不生不灭,不常不断,不一不异,不来不去,简称"八个不"。

邓林从后备厢取出一盆兰花,让他捧着。幸亏邓林考虑得周到。他本来以为,是直接到饭店吃饭的,没想到会来到家里,所以是空着手来的。进了门,保姆接过那盆兰花,高声地说:"爷爷,看,谁来了,还给你送花来了。"麦老说:"知道我喜欢兰花的人,不多啊。"

这房子,应物兄以前来过,现在总觉得哪里不对劲。哦,是客厅变大了。原来从玄关那里看不到客厅的,有一道墙挡着,现在墙没了。麦老说,这房子又简单装修了一下。为什么呢?多年来门前冷落鞍马稀,可最近怪了,客人又多了,客厅就得改一下。还有,原来只有阿姨,没有助手,现在增加了一个助手,就得将原来的大卧室改成两间。

"尊老的风气又回来了,社会变了。"邓林说。

"小邓同志这句话,说到了点子上。"麦老说。

房间里那两副对联还在。外面那副对联,是书法家协会主席写的。上联出自张炎的《高阳台》和辛稼轩的《摸鱼儿》,下联则出自刘过的《水龙吟》和姜白石的《八归》:

> 春已堪怜,更能消几番风雨。
>
> 树犹如此,最可惜一片江山。

有一天,麦老邀请乔木先生和胡珂教授来家里做客。乔木先生看着这副对联,对麦荞先生说:"牢骚归牢骚,悲天悯人之处还是有的。"胡珂教授说:"发牢骚?为什么发牢骚?退休多好啊。我早就想退了,却退不下来。发牢骚的应该是我。"乔木先生对胡珂教授说:"所长任期又延续了两年,你就好好干吧。别人想延续,还延续不了呢。"胡珂教授说:"这你就不懂了,人最痛苦的不是挤不上车,而是到站了,却挤不下来,坐过了站。"麦老说:"坐过了站怕什么？再坐回来就是了。我们在车站等你。"麦老边说边研墨。他对乔木先生说："你说那是发牢骚，那你就留一副不发牢骚的。"乔木先生说："你要挂在哪里？"麦老说："我知道你瞧不上主席的字。就不跟他挂在一起了，就挂在床头，可以慢慢欣赏。"乔木先生就写了一副对子，取自《古诗十九首》：

> 立身苦不早；为乐当及时。

乔木先生说："你现在不是研究佛学吗？外面那个是大乘，里面这个是小乘。外面是修菩萨行，里面是求罗汉果。这个和那个，也算是对上了。"

此时，麦老领他们在房间里转了一圈。卧室里那副对联，那枚罗汉果，还挂在床头，只是新加了个镜框。

栾庭玉提醒麦老，该去饭店了。

麦老说："这顿饭，得我请大家吃饭。你们同意了，我再上车。"

栾庭玉说："我敢不同意吗？只是，今天是出版社请你吃饭。我们都是跟着你蹭饭的。"

原来是季宗慈请客。出了门，他看到了季宗慈的司机，车边站的是艾伦。艾伦把麦老搀上车，然后自己坐到了麦老身边。他和栾庭玉还有麦荞先生的助理坐上了邓林开的车。他和栾庭玉坐在后排，麦荞先生的助手坐在副驾驶位置。助手姓陈，回过身，说："应老师，我是您的——"话到嘴边，陈老师把"粉丝"二字改了，"我是您的读者。"这一改，他对陈老师的好感就增加了几分。他后来又见过这个陈老师。陈老师什么都好，就是有些不修边幅，邋遢。你从他穿的夹克上就能看出他上顿饭吃了什么。这会，应物兄连忙说道："陈老师，不敢，不敢。"陈老师又说："我原来是中学语文教师，退休了，过来帮忙。编书，也是学习。麦老的知识量真是吓人。我都觉得自己是半个文盲了。进度很慢，我都担心两三年之内完不成。"

栾庭玉说："半年之内，必须完成。"

陈老师说："我一个人，笨手笨脚的，肯定不行。"

栾庭玉说:"人手不够,你可再找两个人。工资由季宗慈支付就是。"

陈老师说:"省长,古人编文集,也要反复雠定的。"

栾庭玉说:"那是雕版印刷,能简则简。现在是激光照排,能全则全。只要能找到的,尽量往里面塞就是了。"

陈老师说:"说句实话。麦老的文章,玉石并出,真赝杂糅,真得好好挑拣。"

栾庭玉说:"不是不让你挑拣。买个萝卜还要挑拣呢。你尽管挑拣,以备将来出个精选集。只是这次,我们要出的是全集。"

陈老师说:"知道了。我会努力的。只是,比如——"

栾庭玉说:"有话尽管说。从小处说,我们是为了让麦老高兴;从大处说,是为了给中国文化保存下来一点东西。"

陈老师说:"比如,我看到里面有麦老'文革'时写的《新三字经》。当然,就是这看上去不合时宜的《新三字经》,也能看出麦老年轻时才气纵横。"

栾庭玉说:"知道汪老吗?对,就是写样板戏的那个。麦老和汪老是朋友。'文革'时,他们同时得到指令,写一本《新三字经》,配合'批林批孔'。其中有几句话,他们竟然写得一字不差,是说孔子的。'孔复礼,林复辟;两千年,一出戏'。他们都认为,对方是自己肚子里的蛔虫。"

说完这个,栾庭玉突然问道:"程先生那边,怎么不见动静了?"

他立即汇报道:"子贡,就是程先生说的那个人,那个可以捐资修建太和研究院的人,马上就要来了。"

栾庭玉似乎有点不高兴:"我不问你,你还不愿说,是吧?"

他赶紧解释了一句:"我也是刚刚知道,在来的路上才知道。"

说话间,饭店到了。它就在省政府大院南门的附近,饭店名叫节节高,似乎是为了名副其实,这里的菜价也是节节高。一道简单的蚂蚁上树就标价一百八十八元。尽管菜价高得离谱,但如果不提前预订你还订不到座位。今天的座位是艾伦订的。艾伦这天在这里安排了两桌，她和电视台的同事们坐在另一桌。

这天的谈话，内容极为丰富。关于文集编辑的事，麦老似乎并不太当回事，陈老师几次挑起话头，麦老都没有接。麦老似乎对拿乔木先生开涮更感兴趣。麦老说，前几天，小陈老师拿着他早年填的一首词让他看。他看了，觉得还行啊，收到书里也不丢人。但是，自己毕竟不是搞这一行的，他就想让乔木先生看看。那首词步的是毛泽东《蝶恋花·游仙》的韵。他把那首词抄下来，去找了乔木先生。同时，他也把自己写的几幅字拿给乔木先生看看。乔木先生说话，你得仔细听。乔木先生先夸了书法，说他这书法大有长进，不临帖不临碑，不摹柳不摹颜，随心所欲，龙飞凤舞，自成一体，已经可以名之为"麦体"了。这话听上去是夸奖，再一想就不是了。"我都九十了，你说我有长进。这不就是说，我的书法半生不熟嘛。"麦老笑着说。

麦老以为，乔木先生谈完了书法，就该谈诗词了。不料，乔木先生不谈他的诗词，直接谈起了毛泽东的诗词。乔木先生说，毛泽东是有名篇传世的，写得最好的是《沁园春·长沙》。但是毛主席的那首《游仙》，最好不要步它的韵。"问讯吴刚何所有，吴刚捧出桂花酒。寂寞嫦娥舒广袖，万里长空，且为忠魂舞。忽报人间曾伏虎，泪飞顿作倾盆雨"，先不说别的，只说这里的"舞""虎""雨"，怎么能跟"有"字韵相押呢？湖南韵也无如此通韵法啊？这就是出韵了。毛主席写这首诗，是因为他是个大诗人，敢于出韵，敢于出律。毛泽东诗词中出韵出律之处，都是因为意不可更改，写的都是历史的节点，或者他个人历史的节点。他敢于出韵，是因为他知道为韵改史，乃诗家大忌。但是，别人要再步他的韵写诗，不仅要闹笑话，而且你就是想步也步不成啊。

"说完这个，乔木说，所以呢，你步这个韵填的那首词，就不需要拿出来了。"麦老大笑起来，"他连看都不看。"

"乔木先生,那是跟你开玩笑的。"栾庭玉说。

"不,不,不。"麦老说,"我就喜欢他这一点。见性情。"

"乔木先生确实是性情之人。"应物兄对麦老说。

"我和你的老岳父,是几十年的老朋友了。我还不知道他?"

麦老突然问道:"听说,程先生要回来了?"

他对麦老说:"麦老,消息很灵通啊。"

麦老说:"我欢迎他回来。他回来之后,我准备负荆请罪。"

闻听此言,所有人吓了一跳。不过,他看见麦老说这话的时候,表情并不沉重,相反还有点轻松。他想,麦老很可能在"文革"时批判过程会贤将军。这很正常。麦荞先生对词语的选择还是很讲究的。什么叫负荆请罪? 负荆请罪其实就是无罪啊。无罪可请,还要负荆,也是一种行为艺术。

栾庭玉说:"麦老,您言重了吧?"

麦老说:"这你就不知道了。乔木先生当年那篇批判文章,就是我约的。乔木先生当然不会认错。他一辈子不认错。但是,我是有错就认。"

他还真不知道,乔木先生与程先生有过一场笔墨官司。

麦老指着陈老师说:"这也得感谢小陈老师。本来,我把这事都给忘了。我相信,乔木先生也忘了。是小陈把这篇文章翻出来的。那个'编者按'是我写的。乔木先生在文章中说,孔子是个伪君子。说实话,从乔木先生罗列的事实来看,倒也不算乱扣帽子。乔木先生引用的也是孔子自己的话。孔子说了,君子之道有四条,可他自己呢? 连一条也没有做到:做儿子要孝顺,他要求儿子孝顺,自己却不孝顺;做臣子要忠心,他要求别人忠心,自己却不忠心;做弟弟的要侍候兄长,他要求弟弟侍候他,他却不侍候兄长;做朋友要讲诚信,他要求别人诚信,自己却不诚信。[①] 乔木先生说,说

---

① 典出《礼记·中庸》:"子曰:'君子之道四,丘未能一焉:所求乎子以事父,未能也;所求乎臣以事君,未能也;所求乎弟以事兄,未能也;所求乎朋友先施之,未能也。'"

轻了,这叫知行不一,是伪君子。说重了,这是知法犯法,罪加一等。"

原来是这个啊？我还以为,乔木先生批判过程先生本人呢。

应物兄放松了。趁这个机会,他赶紧看了看短信。刚才手机已经提醒几次了。幸亏麦老耳背,没有听见,不然还真是不够礼貌。一条是费鸣发来的,说收到了敬修已先生的邮件,敬先生通知他,黄兴先生近期将来济州。另一条则是葛道宏发来的,说的也是这个事：

> 那个叫什么子贡的要来了。要把接待工作做好。吃住行的安排,都要考虑到。有必要成立一个接待小组。我考虑,给他弄个荣誉博士证书。

他正要回复,葛道宏又发来了一条：

> 我已跟学明说过,弄些济哥。让子贡先听听。

葛道宏一定是想到了,这个季节蝈蝈还没有出来呢,于是就又来了一条：

> 你再跟学明说一下,不惜代价,弄到蝈蝈。江南的蝈蝈应该拱出来了吧？

他回复说,他也是刚看到邮件,正想着汇报此事呢。收发短信的时候,他把手机放在桌下,同时随着麦老的讲述,轻轻地点头或者微笑,以示自己一直在听。他也确实在听,一句话都没有落下。他听见麦老说："我的'编者按',其实连乔木先生一起批了。怎么批的,我就不详细说了。大致是说,乔木先生对孔子的批判,是避重就轻,隔靴搔痒。"

他对麦老说："麦老,这些事,你千万不要往心里去。"

栾庭玉也说："并且来说,我相信他们会团结一致向前看。"

麦老笑了笑,说："但是,后来,又发生了一件事。那已经是八十年代了。有一次,我与乔木先生应邀去北京,做人民大学的毕业论文评审委员。他评中文的,我评新闻的,但吃住都在一起。有一篇博士论文,引用了程先生的一个观点:孔子的'乘桴浮于海',说明孔子思想当中有道家思想。我的主张行不通了,就坐着木排到海上漂流去。小舟从此逝,江海寄余生。这个观点有什么新奇之处吗?没有。新奇的只是程济世这个名字。当时,这个名字还很陌生,没有几个人知道。一个委员认为,博士生引用的这个观点不能成为论据,因为它不是出于著名学者之口。而那个学生呢,虽然引用程先生的观点,但对程先生的情况,也是一问三不知。你们吃菜,别剩下了。这时候,乔木先生说了一句话。说,这个程济世呢,还真是个著名学者。任教于哈佛,是所谓的新儒家,在西方比较吃得开。"

麦老这么说着,给陈老师夹了一只虾,然后又说:"后来吃饭的时候,那个学生的导师就过来向乔木先生敬酒,说,要不是乔木先生站出来,说了那么一句,学生就通不过答辩了。别的委员就向乔木先生打听程先生其人其事。乔木先生谦虚地说,他知道程先生,没有别的原因,只是因为这个程济世呢,刚好是济州人,而且程济世的父亲曾经兼任过济大的校长。其中有一个人就问,这个姓程的,学问到底做得怎么样?乔木先生就说,在西方呢,确实很有影响,因为他在哈佛嘛,站在高枝上嘛。有一点,你们是知道的,应物兄的体会可能会更深一些,那就是乔木先生这个人啊,总是教育弟子要少说话,他自己呢?一句都不能少。少说一句话,就觉得吃亏了呀。而且呢,他说话俏皮,那些损人不利己的话,你就是想忘都忘不了。乔木先生当时打了个比方,说狗是不会飞的,可是航天飞机上的狗,不仅会飞,而且还能飞到太空,变成天狗,能把月亮给吞了。有人就说,不就是个假洋鬼子嘛。乔木先生俏皮话又来了,说,西方人不认可假洋鬼子的西学,但认可假洋鬼子的儒学。假洋鬼子在西方学术界是很吃得开的。有人又问,姓程的如果就在济大,能不能吃得开?乔木先生说,吃得开?不饿死就不错了。"

应物兄觉得，他必须解释一下，但一时又不知道该如何解释。反倒是栾庭玉替他解释了，说："乔木先生，他是平时开玩笑开惯了。"

"谁说不是呢？酒桌上的话，本来就不能当真。可是后来，随着程先生的名声越来越大，国学领域甚至言必称程，有好事者就把这酒桌上的话写出来了。前些年，我要写一篇回忆文章，回忆到自己担任博士评审委员期间发生的一些事，包括一些趣事，我就引用了这篇文章。没想到，这话很快就传到了程先生耳朵里。程先生当然也不是吃素的。'刚毅木讷，近仁'，排在前面的可是'刚毅'。有一次，一个香港记者问程先生，如何看待国内的儒学研究。程先生趁这个机会，对乔木先生的话做了回应。那个回应，就比较难听了，我就不说了。"麦老讲到这里，招呼大家吃菜。刚才说到"程先生不是吃素的"，但这顿饭却主要是吃素的，因为麦老研究佛学，很少吃荤菜。

需要说明一点，麦荞先生避而不谈的那段话，应物兄后来还是找到了。这段话，他以前也看到过，就收录在《朝闻道》一书中。他只是不知道这段话竟跟乔木先生有关系。有一点，麦老记错了。程先生那段话，当时不是对香港记者说的，回答的是新加坡记者：

　　　　闲翻书，翻到过一些文章。治文学史的，写的儒学文章，文采总归是有的。要用孔子的话来讲，即是"文胜质"。这也是专业属性使然。"文胜质则史"嘛。但是，要细细追究起来，又不仅仅是专业属性使然。原因何在呢？四个字："诚或不足。"有些人，"文革"时还在猛批孔子呢。先要补上"诚"。要让他们做到"文质彬彬"，尚须假以时日。不过，我相信，他们还有他们的弟子，有人迟早会成为"文质彬彬"的君子。我对此抱有极大的希望。①

---

① 见《朝闻道》，曾发表于《儒学研究季刊》1994年第3期。其中提到的"文胜质""文质彬彬"，皆典出《论语·雍也》："质胜文则野，文胜质则史。文质彬彬，然后君子。"程先生提到的"诚或不足"，典出朱熹对孔子这句话的注释："野，野人，言鄙略也。史，掌文书，多闻习事，而诚或不足也。彬彬，犹班班，物相杂而适均之貌。言学者当损有余，补不足。"

394

季宗慈这天几乎不说话,这时候说话了:"不瞒你们说,我们的编辑已经找到了这些文章,已经装订好了。幸亏今天见到了你们。不然,我就要准备付印了。"

栾庭玉和应物兄几乎同时说道:"不,别出版。"

季宗慈说:"不出版就不出版。你们放心,对太和研究院有益的事,我要多做。对太和研究院无益的事,我一件都不会做。但我还是想知道,乔木先生听到程先生的回应之后,又有什么反应。"

麦老说:"当然也传到了乔木先生耳朵里。在外人看来,这两个人就算是顶上牛了,有好戏看了。我为什么说,乔木先生了不起呢?因为乔木先生硬是把这口气给咽了,什么也没说。对乔木先生来说,这可是大姑娘坐轿,头一遭。那些好事者,都不免有点失望。不瞒你们说,我也有点失望。我还问过他:乔木啊乔木,别人都说你们顶上牛了,我看也没怎么顶嘛。乔木先生说:顶牛?为什么要和他顶牛?原来,乔木先生有乔木先生的自尊。他认为,程先生不够格。乔木先生退休前已是二级教授,国务院学部委员会委员。"

季宗慈说:"乔木先生,也确实有这个底气。"

麦老说:"底气足得很。乔木先生说,程先生如果不是待在哈佛,而是待在济大,能够混上二级教授吗?能跟老虎打架的,起码得是一头狮子吧?乔木认为程先生不算狮子,最多算一条狗,丧家之狗;也不是马,最多算一只羊,告朔之饩羊①。"

栾庭玉问:"并且来说,您认为他们两个现在见了面,还会不会顶牛?"

麦老说:"这就是我要说的。程先生这次来,我得安排个饭局,请他们两个一起坐坐。他们都是文质彬彬的君子。君子和而不

————

① 《论语·八佾》:"子贡欲去告朔之饩羊。子曰:'赐也,尔爱其羊,我爱其礼。'"所谓"告朔之饩羊",是指周代诸侯在每月的初一,要杀一只活羊来告祭祖庙,那只活羊就是告朔之饩羊。饩,生牲也,暂时还没有宰掉的用来告祭的牲畜。

同,小人同而不和。我相信,他们会相逢一笑的。这里有一道菜,我相信程先生会喜欢的。也是我以前最喜欢的。乔木先生的嘴巴,虽说让小巫给惯坏了,越来越刁,可我知道,他也会喜欢的。只是我不吃肉,今天没有点。他们来了,我请他们吃饭的时候,我要开个戒,陪他们两个好好吃一次。”

应物兄没有想到,麦老说的那道菜,其实就是程先生念念不忘的仁德丸子。

陈老师又提起了文集的事:“他们来了,请他们吃饭的时候,您得把书送给他们啊。时间很紧了,究竟怎么编,您得给个指示了。”

麦老好像这时候才想起这么一回事。他对陈老师说:“小陈,我那篇文章也要从书中去掉。记住,凡是不利于实际工作的,不利于眼前工作的,不利于团结的,都要统统拿掉,一个字不留。”

陈老师说:“我的工作量倒是减了,只是这套书的意义——”

麦老给自己倒了一杯酒,说:“我原想,这个文集,要突出一个‘忧’字。和所有知识分子一样,我这辈子忧国忧民。回看神州百年,历史数度转轨,天地一变再变。欧风美雨挟雷霆以俱来,内忧外患如水火之深炽,能不忧乎?我的前半生,确实就是一个‘忧’字。忧者,愁也。‘愁’字渡江,秋心分两半,秋心如水复如潮啊。但我的后半生,尤其是最近三十年,这个‘忧’字就变成了‘喜’字,喜出望外啊。如今,老夫行年九十,百岁在迩,花枝春满,天心月圆,昆仑头白,沧海潮生,高兴还高兴不过来呢,还谈什么‘忧’啊?”

陈老师说:“我还是觉得,应该全都收进去。我不怕费工夫。”

麦老说:“小陈老师,我知道你是想给历史留下点资料。你不要为难。一本书,写得好,写得不好,跟写书的人有关,跟编书的人关系不大。除非你是孔子,能把那些乡野情话编成《诗经》。小陈老师,你把资料都收集齐了,就立了第一功了。我百年之后,如果你们觉得有用,到时候再出版不迟。现在,你们都听好了,我不要出什么文集,要出的是选集,一个喜气洋洋的选集,一个面向未来

396

的选集。应物,你是大教授,编书的时候,小陈老师如果问到你,你要帮他。"

应物兄当然拱手说道:"您放心,我会与陈老师保持联系的。"

麦老颤巍巍地站了起来,端着酒,一仰脖子干了,还把杯底亮了一下。然后,麦老扶着桌子走了过来,应物兄以为麦老还有什么话要交代,连忙凑过去。但麦老说,他是要去另一桌,给年轻人敬个酒。他们当然都过去了。那一桌坐了六七个人。艾伦介绍说,除了邓林,就是她的同事了,都是栾首长的兵。不用她介绍,应物兄也能看出来,那些人都是电视台的。不说他们的穿着打扮比较另类,仅仅是他们的眉眼,就与别人不一样:他们虽然不是戏子,却有戏子般灵活的眼神。艾伦说:"早就想过去敬酒了,但怕打扰你们谈正事,谁也不敢过去。这不,我们正抓阄呢。谁抓着了,就代表大家过去敬酒。"

栾庭玉夸艾伦越来越漂亮了。艾伦说:"再漂亮也没有豆花姐漂亮啊。"

栾庭玉说:"好,我回去就告诉你豆花姐。"

就在这时候,应物兄的手机又响了,是陆空谷的电话。陆空谷提醒他,子贡一行可能有七八个人。然后又说:"你知道的,他去哪里,都要带着他那个宝贝。"

依他对黄兴的了解,他知道黄兴要带的是驴子。他问陆空谷:"是驴子吗?"

他听到的是一阵忙音,遥远的忙音。陆空谷这是在美国还是欧洲?如果在美国,天应该还没有亮呢。应物兄正想着,一个人从门外进来了,头发上有雪花。他带进来一股凛冽之气。应物兄差点没有认出这个人,因为这个人的目光似乎也躲着他。艾伦问道:"导演大人送走了?"

这个人有点答非所问:"外面下雪了。"说着用酒杯挡住了脸,而且一直挡着,好像那杯酒永远喝不完。人的声音是不会变的,最多显得苍老一点。

这个人就是小尼采。

46. 黄兴

"'黄兴先生接待工作小组'今天就算成立了。这个人，是企业家，是慈善家，也是儒学家。以前赞助过我们的那些企业家，都是国内的企业家。这个企业家则来自国外，而且是美国。这是个好事。它说明一个问题：济大的国际影响力慢慢上来了，上来了。

"我们相信，黄兴先生的到来，必将带动更多的朋友关注我们学校，捐助我们学校，也必将带动更多的校友捐款。我们都知道，校友捐赠是目前国内外主流大学排行榜、国家双一流建设高校和地方高水平大学建设的主要评价指标，是彰显学校综合实力、办学水平、校园文化、社会影响和国际影响力的标志。黄兴先生虽然不是我们的校友，但黄兴先生的老师程济世先生是我们的校友，这次黄兴实际上是代表他的老师给我们捐助的，所以也可以看成校友捐款。

"'鱼，我所欲也；熊掌，亦我所欲也。二者不可得兼，舍鱼而取熊掌者也'。套用这句话，我可以说，'钱，我所欲也；人才，亦我所欲也。二者不可得兼，舍钱而取人才者也'。什么意思？黄兴这次捐助，是为了帮助我们引进人才。只要能把人才吸引过来，哪怕不要钱呢，我也没有太大意见。而实际情况是，我们现在可以说，我们是鱼与熊掌，二者得兼。怎么，此处没有掌声？

"谢谢！谢谢大家的掌声。

"应物兄教授这次做了很多工作。有些情况，大家都已经知道了。但有些情况，不要说你们，连我也不是很清楚。下面，我们用热烈的掌声，欢迎应物兄教授上台，给大家介绍一下这个人的情况。大家鼓掌欢迎。”

说是欢迎应物兄上台讲话，其实这里并没有讲台。这是行政楼的小会议室，接待小组的人都围着一张长方形的桌子坐着。应物兄抱着电脑，坐到了葛道宏的旁边，就算是上台了。费鸣帮他把PPT调试好了，投影仪上出现了黄兴的脸。但他还没有开口，葛道宏就说：“对，就是这个人。”

立即有人议论：“这是中国人嘛。”

听上去，好像有点失望。

葛道宏说：“准确地说，是中国血统。大家可能看出来了，黄兴先生的鼻子比一般汉人的鼻子要高一点，鼻孔好像也要大上一圈，这可能是因为在国外生活久了，西餐吃多了。我提醒大家看他的眼睛：隆鼻深目是西方人的特征，但黄兴先生的眼睛却没有陷进去。这可能是因为他是个肿眼泡，想陷进去并不容易。对一般人来说，肿眼泡可能是个缺点，但长到了黄兴先生脸上，就成了优点。正像我刚才介绍的，在黄兴先生的多种身份中，有一个身份是慈善家。肿眼泡长到脸上，黄兴先生就更加慈眉善目，与慈善家的身份更加相符。大家要记住黄兴先生的样子，而且必须记牢了。这是必要的：黄兴先生如果在校园里散步，向你打听点事情，你爱理不理的，那可不行。”

然后，葛道宏说：“应物兄，先说一下，他为什么叫子贡？”

应物兄就侧着身子，看着黄兴那张脸，说：“这是程济世先生给他起的绰号。黄兴先生跟孔子当年的徒弟子贡一样，都研习儒学，都是大富豪，都是慈善家。这一点，葛校长刚才已经讲到了。黄兴先生是世界著名的黄金海岸集团的董事长，在美国也是巨富。‘黄金海岸’的英文是 Gold Coast，所以黄金海岸集团就简称‘GC 集团’。GC 集团历来关注人文研究，著名儒学家程先生就担任着 GC 集团的人文委员会主席。关于黄兴先生与程济世先生的关系，与儒学的关系，我们先看一段录像片段，是他在香港中文大学获得荣誉教授仪式上的讲话。"

因为是在香港讲的，所以黄兴先生有时候用的是粤语：

> 先生多次教导我，企业的经营理念就是企业的基因。没有明确的经营理念，就要荡失路①。我是做企业的，自然是要赚钱的。但是先生送了我四个字：见利思义。（掌声四起）这四个字好犀利②的。点解③？天下攘攘，皆为利往，但没有"义"，"利"又有何用？利者，益也，对商人而言就是钱啊。有人知道，我的老师程济世先生戏称我为子贡。先生用孔夫子教育子贡的话对我说："见小利，则大事不成。④"义者，宜也，指的就是合宜的道德、行为或道理。君子喻于义，小人喻于利。先生是要让我成为君子。我跟先生说：利，我所欲也；义，亦我所欲也。二者不可得兼，舍利而取义者也。多年前，先生曾以韩国三星集团为例，教导弟子要以儒家思想经营现代企业集团。现如今，GC集团的产值已远远超过了三星。（掌声）我当继续努力。There's nothing to boast about. 这没什么可夸耀的。小意思了。毛毛雨了。我将与贵校，no, no, no! 是我校，全面合作，为香港中文大学成为二十一世纪世界名校略尽绵薄之力。不是车大炮⑤，不是自夸。这教授我是不能白当的。有钱出钱，有力出力，有智出智。系咪？⑥ 多谢！Thank you！

应物兄随后解释说："黄兴先生之所以提到了韩国三星集团，是因为三星集团长期资助韩国著名的成均馆大学⑦。成均馆大学最早的办学目的，就是为了促进儒家思想的研究。韩国政界、军

---

① 迷路。
② 厉害。
③ 为什么？
④ 黄兴此处引用有误。这话是孔子对子夏说的，不是对子贡说的。原文是："子夏为莒父宰，问政。子曰：'无欲速，无见小利。欲速，则不达。见小利，则大事不成。'"
⑤ 吹牛。
⑥ 是不是？
⑦ Sungkyunkwan University.

界、商界、学界的领袖,有很多人都出自成均馆大学。"

有人问:"黄兴到底做什么生意?"

应物兄说:"主要是两种生意:电脑生意和安全套生意。电脑生意,包括软件开发,在全球排前四位。还有一个就是安全套生意,在全球排前五位。"

有些话他不便展开来谈。根据他了解到的情况,鉴于电脑生意的利润越来越薄,软件开发的成本也越来越高,近年黄兴先生的精力其实越来越向安全套方面倾斜,科研、生产、广告、销售一条龙。在全球金融危机爆发之前,GC 集团的安全套就已经在国际市场上占据了重要位置。有意思的是,当席卷全球的金融危机给各国的金融系统、跨国公司带来灭顶之灾的时候,GC 集团的安全套生产反而进入了黄金时代,利润不降反升,而且是直线上升。这是因为危机当前,很多人只好卷铺盖回家。他们无事可做,只好做爱。但因为对未来没有把握,不愿意生儿育女,又因为对艾滋病和各种性病的恐惧,不愿意与对方同病相怜,所以一个个只好乖乖地戴上安全套。黄兴曾跟他和程先生说过,自从美国出现次贷危机,世界经济出现下滑以来,安全套在全球销量是以百分之三十的速度在增长。但是与此同时,世界最著名的安全套品牌杜蕾丝的销量却是不升反降,比较权威的数字是下降了百分之二十一。为什么呢?因为人们越来越习惯于精打细算,更多地选用了低价安全套,这其中很大一部分都是由 GC 集团生产的。这些安全套,在不同的地区有不同的名字,这些名字都取自中国词牌名,比如念奴娇、后庭花、摸鱼儿、点绛唇、醉花阴、鹊桥仙、蝶恋花、虞美人、一斛珠等等。不管怎么说吧,黄兴先生由此成了世界上最重要的安全套大鳄。

你不能不佩服基建处处长的脑子,此时,这位处长竟说出了他脑子里刚想到的那番话:"我不妨以小人之心,度一下黄兴先生之腹。他可能是少有的希望金融危机来得更猛烈一些的人士之一。

因为金融危机来得越是猛烈，他的生意也就越好。"接下来，这位处长又说道，"但是金融危机总会过去的。我的问题是，如果他的生意不好了，他对我们的赞助还会持续吗？他的钱，能不能一步到位？别拖拖拉拉的，今天来一点，明天来一点，后天突然没了。"

这位处长姓沈，是胡珩教授的儿子倒台之后新上来的。沈处长的绰号叫小马哥。拥有这个绰号，是因为他长得有些像马云。虽然世界上最痛苦的事情，就是你长得像马云却不是马云，但沈处长却对这个绰号泰然受之。小马哥说过，如果不是因为自己是个有身份的人，他早就去参加模仿秀节目了。当然是模仿马云。他相信，就是马云的母亲来了，也不一定能分出真假。当他的儿子，小小马哥对他的说法表示怀疑的时候，他说，这很正常，菩萨也有分不出真假美猴王的时候嘛。据费鸣说，小马哥的电脑上下载了马云大量的谈话或演讲视频，他不仅自己看，还逼迫着上小学的小小马哥看，并且推荐给同事看。马云的那些车轱辘话，在他听来句句都是醒世恒言。小马哥最喜欢引用马云的一句话："如果早起的那只鸟没有吃到虫子，那就会被别的鸟吃掉。"这话也能算醒世恒言？他觉得，这只能说明，马云身在二十一世纪，心在原始丛林。但小马哥却认为，看了这些视频，你就可以找到成功的捷径。小马哥大概不知道，马云的那些废话，之所以成为名言，是因为马云成了大佬。如果马云还是原来那个屌丝，即便真的有什么警句，人们也会觉得那是无病呻吟。这会，应物兄觉得，沈处长问话的神态还真的有点像马云。小马哥问过之后，还扭头跟身后的保卫处处长说了句什么。他的头扭了过去，但胸部以下却纹丝不动，乍一看就像高位截瘫了。

他对小马哥的回应是："我还真跟黄兴先生聊过这个话题。黄兴先生说，不不不，过犹不及，还是适可而止吧。如果经济彻底崩溃了，没饭吃了，人们连做爱的力气都将没有了。到时候，安全套就只好当气球吹了。吹也吹不起来。至于他的捐助款项是否一步到位,这次他来的时候,葛校长会与他谈。我相信没问题。"

应物兄觉得,气氛有点不严肃了。

不过,葛道宏似乎并不在意。

小马哥又问:"那他怎么又是个慈善家呢?"

其实,这才是我们的应物兄准备着重讲一讲的话题。他介绍说,GC集团专门设立了一个机构,叫"生命之源慈善援助部","生命之源"的英文是"source of life",所以这个机构就简称"SL"。"SL"主要援助什么呢?主要是援助尿毒症患者。哪个尿毒症患者需要换肾,"SL"都可以提供援助。不过援助对象主要是大学生。此项计划刚刚实行一年零三个月,已经在全球资助了一千名大学生换肾。他介绍说,起初,黄兴先生也是来者不拒,只要你手头有医院的诊断书,证明你需要换肾,并且证明自己确实无力支付高额的手术费用,那么你就极有可能得到捐助。但是,后来黄兴先生发现,需要捐助的人实在太多了。仅是大陆,每年需要换肾的人就有几百万。先不说资金问题,仅仅是调查和鉴定这些材料的真伪,就需要投入巨大的人力。于是,他们就划定了一个捐助范围,确定了一个标准:只对那些在校大学生提供捐助。理由是,他们没有固定收入,而且他们还代表着一家人的希望,所谓救人一命,就等于救了全家。他也介绍说,他曾跟黄兴开玩笑,这个范围的划定、标准的确定,倒是非常符合你的企业家身份啊。古今中外,企业家在任何时候都要追求利益的最大化。捐助一个大学生和捐助一个乞丐,显然是不一样的。在锦上添花和雪中送炭之间,你选择的是锦上添花。黄兴当时说:"你等着,哪天我把微软兼并了,我就双管齐下,既锦上添花,又雪中送炭。"

"给大家讲一讲,黄兴为什么只捐助换肾。"葛道宏说。

此事没有别人知道。他只告诉了葛道宏。这属于个人隐私啊,不能公开讲的。他看着葛道宏,摇了摇头。但葛道宏又说:"给大家讲一讲,让大家知道老黄这个人,不是一般人。一个敢拿自己开刀的人,能是一般人吗?"

应物兄就选了一个角度对大家说,黄兴先生之所以捐助别人换肾,是因为他本人曾经换过肾,深知换肾的痛苦。这叫什么?这就叫"推己及人",这就是实践"仁道"。本该到此为止的,但是接下来,一不小心,有一句话从他的嘴里秃噜了出来。他说,黄兴先生现在有七颗肾。说着,他在自己的腰上比画了一圈。他说,私下里,他就称黄兴先生为七星上将。

"什么?七颗肾?七星上将?"科研处处长说。

他完全理解他们的诧异。刚听到这个消息时,他也吃惊不小,一些画面迅速闪入他的脑际:那并不是黄兴的肾,而是街上烤羊肉串摊子上吱吱冒油的羊腰子。那些腰子,大如婴儿的拳头,撒上盐巴、孜然和辣椒面之后非常可口,只是稍微有一点臊。另一个画面,则是腰上别着一捆手榴弹的士兵,正冒着硝烟冲锋陷阵,必要时还会引爆其中的一颗,杀身成仁。

"装得下吗?"葛道宏也问了一句。

问的并不是他,而是附属医院的院长。院长也说不出个所以然,因为他原本是儿科医生。应物兄只好解释道,之所以有七颗肾,是因为换肾的时候,原来的肾是不需要取出来的。它们会逐渐萎缩,从鹅蛋变成鸭蛋,从鸭蛋变成鸡蛋,从鸡蛋变成鸽子蛋,从鸽子蛋变成鹌鹑蛋,然后变成蚕豆,变成豌豆,变成绿豆。

说完之后,他问坐在桌子另一头的华学明:"是这样吗?"

华学明说:"理论上是这样的。"

至于黄兴频频换肾的原因,应物兄当然是不能讲的。有一段时间,黄兴发现自己硬不起来了。黄兴当时与一个中英混血女孩交往,那个女孩漂亮极了,身材也好极了,全身三百六十度无死角,但黄兴依然硬不起来。后来的医生就建议,干脆换个硬件,也就是换肾。从此,黄兴就迷上了换肾。

就在众人啧啧称奇的时候,科研处处长说:"历史系一位患了尿毒症的博士研究生,已经通过了审核,接受了黄兴先生的资助。"

这是黄兴先生与济大达成的第一个协议。代表 GC 集团出面谈这个协议的,是黄兴的私人医生。没错,仅仅是通过邮件,他们就达成了协议。此时,他迎着人们的目光,说:"这个学生是第一千零一名受助者。"

葛道宏说:"我也不怕你们说闲话,那个学生是我的博士,家里穷得叮当响。是我向应物兄推荐了此人。我也不知道周围还有谁患了尿毒症嘛。就算是先拿他做个试验吧。"

应物兄接下来说,平时遇到这种事情,黄兴先生一般是不愿出头露面的。他只愿意低调行善。不就是花钱吗?把钱直接划拨过去就是了。不就是开刀吗?拉上一刀就是了。不就是换肾吗?把别人的肾摘下来,安进去就是了。但这次情况有些特殊,因为这个学生刚好是黄兴先生捐助的第一千零一名换肾者。这是一个神话般的数字,很有纪念意义的。所以,黄兴先生接受了下属的建议,届时将亲临医院探望那个学生。

附属医院的院长走上前来倒茶,端起茶杯的时候,发现茶杯还是满的,就先把凉茶倒入了旁边的花盆,然后再续上热水。谁都知道,除了葛道宏,这个院长谁也不放在眼里,此时做出如此举动,不由得引起一阵窃窃私语。他们并不知道,黄兴先生此次前来济州,也将与医学部和附属医院签订一个合作协议,这个协议就跟前面提到的安全套生意有着密切关系:黄兴先生将在济州建立一个全球最顶尖的实验室。具体来说,这个实验室的主要任务,是测量济州市进入青春期之后男子阴茎的变化数据。有些话,应物兄无法在这个场合多讲。比如,GC 集团以前向内地出售的安全套,其数据主要采自港台和珠江三角洲。现在他们之所以决定在济州进行数据采集,并将之作为最重要的参考标准,是因为在历史上济州人的身高和胖瘦,差不多就是中国人的平均值。这些年来,因为牛奶和肉食已经进入更多中国人的食谱,同时也由于食品添加剂的广泛使用,那些"80后""90后"男生的生殖器尺寸一直在变化。安全套的生产也必须与时俱进,以适应这个变化。GC集团将委托济大医学部和附属医院来进行定期检测。当然,首先是建立一个顶尖的体检室和数据库,并配置相关设施。这个项目,其实花费不菲。仅仅是那个体检室,就对温度、湿度有相当严格的要求。比如,它的温度必须保持在25℃左右,只有这样才能排除热胀冷缩因素,获得的数据才是准确可靠的。作为受惠方的附属医院的院长,此时上来倒杯热茶,当然是可以理解的。

院长大人有所不知,我是故意不喝水的,我尿频。

虽然我早已口干舌燥。

他喝了半口,对院长说:"谢谢。"

47. 接下来

接下来,葛道宏谈了接待工作中需要注意的具体事项。

这方面的内容,主要由葛道宏来谈。葛道宏说,要做好接待工作,就必须弄清楚对象的脾气、爱好、知识背景等等。还得了解他有什么怪癖。通常说来,那些富人总是会有些怪癖的。他举例说,比如,他有一个朋友,给济大捐过款的,此人是做房地产的,却总是愿意扮成登山运动员。有一次他去那人家里的时候,人家正准备出发,这次要去西藏,目的地是珠穆朗玛峰。不久,人们就在电视上看到了他,背着氧气瓶,戴着头盔,一手挂着雪杖,一手抓着冰镐深一脚浅一脚地在雪山上爬行。如果哪一天,人家摇身一变,成了航海家,我们也不要感到意外。那人的书桌前,就挂着乔木先生题写的一幅字:登山则情满于山,观海则意溢于海。葛道宏说,如果说登山还能让人联想到勇气、理想、健康的话,那么另外一个富人的举止就难以理解了。

"但是，不理解，你也得理解。"葛道宏强调道。

葛道宏所说的这个人，是国内一家著名的上市公司的董事长，济大校庆的时候曾捐助了五百万。虽然捐了五百万，但葛道宏每次提起他，仍然没有好话。这是因为，事先说好捐一千万的，后来到账的却只有五百万，而且还是税前。

葛道宏此时就又拿这个人开涮了，说这个朋友喜欢养猪，还不是在那种干干净净的、装有空调和抽风机的养猪场里养猪，而是直接在臭烘烘的猪圈里养猪。有一张照片显示，他穿着高筒胶鞋，正在猪圈里垫土，光膀子上落满了苍蝇。是那种绿头苍蝇，翅膀很亮，带着强烈的反光。通常情况下，见到这种苍蝇，我们要么赶紧躲开，要么就是拿着蝇拍子抡过去。可这个朋友呢，却在苍蝇的包围中神态自若，还微笑着与戴着口罩的摄影记者聊天。

"他的名字，我就不说了，大家都看过他的视频。"葛道宏说。

葛道宏提醒各位留意一个细节，就是那个人挠痒痒的方式跟别人不一样：在猪圈里，如果他上半身痒，比如肩膀痒了，他就用肩膀去猪圈上蹭。下半身痒，比如腿肚子痒了，他就会把一只脚绕到另一条腿后面，用脚指头去挠。葛道宏还自问自答道："他是因为喜欢吃猪肉而养猪的吗？不，人家是不吃猪肉的，是素食主义者。他对记者说得很明白，上次吃猪肉还是在十年前，啃的是猪蹄。"

讲完这个故事，葛道宏说："就是这样一个人，如果你不小心在他面前说一声'蠢猪'什么的，那事情可就糟了。当他挠痒痒的时候，如果你笑了出来，他可能就要把填好的支票给撕了。大家说是不是？"

待众人笑过，葛校长又说，还有一点比较奇怪，这些富豪们每次去歌厅唱歌，都不约而同要唱同一首歌，就是1986年的《一无所有》。"我曾经跟校艺术团谈过，要把这首歌排练出来，好好排一下，必要的时候可以陪他们吼上几嗓子。这话我说过几次了，至今好像都没有落实。"葛道宏说，"这些人，也是需要心疼的。他们不

容易。心疼他们的方式，就是理解他们，然后做好接待工作。"葛道
宏说得很动情，尤其是说到"心疼"这个词的时候，嗓音都有点发
颤。其实，"心疼"这个词是葛道宏的口头禅，葛道宏不仅把它用到
别人身上，也用到自己身上。前几天，他还听见葛道宏以第三人称
的口吻说道："作为历史学家的葛道宏，非常心疼作为教育家的葛
道宏。他太累了。"

　　此时，葛道宏又问："黄兴是不是也有某种特殊爱好？也喜欢
唱歌吗？"

　　"爱好倒是有的，他喜欢养驴。"

　　"养驴？"大家都吃了一惊。

　　"他的宠物是一头驴子。这次大概也要来。估计得专门派人
照料。"

　　这事，应物兄其实已经对葛道宏讲过了。葛道宏之所以把华
学明也拉入接待小组，有两个原因：一是让华学明负责驴子，二是
让华学明负责蝈蝈。此时，除了葛道宏和华学明，所有人都面面相
觑。有养狗的，有养猫的，有养仓鼠的，有养猴子的，但拿驴子当宠
物的，他们还都是第一次听说。这也难怪，在人们的印象中，宠物
都应该是比较娇小的，如果太大了，关系就有些颠倒了，好像你是
它的宠物。关于照顾驴子的事，在葛道宏告诉华学明之前，应物兄
已经跟华学明沟通过了。华学明说，驴子可以牵到生命科学院的
实验基地，由他派人照料。

　　"驴子能上飞机吗？"附属医院院长问。

　　"他去台湾就带着驴子。用船运去的，还是用飞机运去的，我
没有问过他。"

　　"草驴还是叫驴？"华学明问。

　　"叫驴。"他说。

　　据黄兴私人医生说，养驴最早是一个中医的建议，说驴肉可以
补血、补气、补虚，而且滋阴壮阳。一个朋友就送来了几头驴子，随

时可以杀了吃肉。可养着养着,黄兴就养出了感情,就刀下留驴了,剩下的那头驴子就成了他的宠物。这件事说明,黄兴是个很容易动感情的人。当然了,黄兴也在无意中重复了早期人类对野生动物的驯化过程:吃不完的野生动物,比如牛啊、猪啊、羊啊、狼啊,就先圈养着,但是时间一长,它们就融入了人类社会。

黄兴曾多次带着驴子到北加州硅谷的 GC 集团总部上班。现在,我们的应物兄脑子里出现的就是那道奇景:在 Google、英特尔、苹果、朗讯、雅虎、赛斯科这些知名企业的门口,有一头驴子悠然走过,长长的驴耳朵上闪烁着各种电子广告牌的光芒,驴蹄子在石板路上嘚嘚嘚的直响,而且它还不时地引吭高歌。

关于黄兴的驴子,应物兄此前倒与费鸣有过交流。他坦率地对费鸣说,按照他的分析,黄兴先生这么做,就是为了标新立异。当别的富豪乘私人飞机或者豪华轿车上班的时候,他骑驴上班就显得卓尔不群。如果别人也骑驴子上班,那么他可能要改骑骆驼了,别人越是觉得他的举动莫名其妙,他就越是觉得奇妙。他正是要通过这种方式,显得自己与众不同,独树一帜。

费鸣问:"也是一种广告吧?"

他说,当然可以这么理解。这种独树一帜的消费风格,在这个日益规范化的社会里,其实象征着特权,从金钱到文化的特权。别看那只是一头驴子,可谁能养得起呢?就是养得起,也没有地方养啊。就是有地方养,也没有人能够带着它在全球旅行啊。

当然,这话,他没有在这个会议上讲。他提到的是黄兴与程先生的一次对话。程先生也对黄兴喜欢养驴感到有些不可思议。黄兴解释说:"中国不是有句俗话吗?人家骑马我骑驴,比上不足,比下有余。这就是中国的 doctrine of the mean[①]。在全球性的金融海啸中,GC 集团之所以能像岛屿般巍然屹立,就是这套中庸哲学帮了大忙啊。"程先生当时的回答是:"真有你的。"

[①] 中庸之道。

　　科研处处长说："那驴子叫什么名字？"

　　这他就不知道了。

　　应物兄同时感谢华学明教授承担了养驴的重任："谢谢学明兄！届时，GC 集团可能会派养驴的姑娘一起过来，你们可以配合着工作。养驴的姑娘毕业于哈佛大学东亚系，以前是研究冷战史的。她和驴子相处多日，对它的脾性非常了解。"

　　"这个信息很重要，"葛道宏说，"在黄兴先生面前，'犟驴'这个词，显然是不能乱提。我们要做的，就是帮助人家照顾好驴子，让人家没有后顾之忧。华学明教授，有信心把驴子照顾好吗？"

　　"校长放心，我一定全力以赴，喂好驴子。"

　　"哦，真没想到学明兄还会喂驴。"科研处处长说。

　　"实事求是，不会喂！驴子的进化史、驴子的种类，家驴与野驴的关系，我可以讲上一整天。但你要让我亲自喂驴，我可能就抓瞎了。刚才我想了一下，准备把老家的两个饲养员带过来。在人民公社时期，他们就是专门给生产队喂牲口的。他们还会钉马掌呢。黄兴先生的驴子应该没有钉掌吧？届时给它钉个掌？日后回到加州硅谷，那才叫驴子未到，蹄声先到。还有一个人是我的朋友，一个动物学家，主要是研究大牲口的。此人还是个兼职兽医，平时也常给流浪狗、流浪猫做绝育手术。他爹当年就是饲养员，他本人就是在牲口棚里出生的。所以，他算是门里出身，自会三分。他的强项是生骡子。当然不是他亲自生，是他既当红娘，又当接生婆，让马和驴子生出骡子。"

　　"你们看，华学明教授多用心。好！"葛道宏说。

　　"其实，我在应物兄家里看到过黄兴先生和驴子在一起的照片，也看到过养驴人的照片。那张照片，你应该在 PPT 上放一下的。"华学明说，"那个养驴人的行头就非常专业，黑皮裙、蓝护袖、白帽子、高筒靴。照片上有什么，我就准备什么，让驴子感到宾至如归。只是有一点，我没看明白，养驴人的白帽子上还有一个红绣球,那个红绣球有什么讲究吗?"

那个人不是珍妮,那是珍妮的父亲,福特公司的高管。对于女儿养驴,他不但不反对,还觉得有趣。他要主动体验一下养驴的乐趣。他只养了半天。

应物兄说:"那天是过圣诞节,养驴人同时还要假扮圣诞老人。"

PPT投影仪上又出现了两张照片。第一张是半身照。从照片上看,慈善家黄兴与革命家黄兴,在相貌上还真的有几分相似:都是胖子,都留着短髭,都戴着眼镜,而且镜架上都垂挂着黄灿灿的金属链子,雄伟中都带着几分儒雅。不过,黄兴的另一照片就与"儒雅"二字不沾边了:胡子已经多天未刮了,是像鬃毛那样的络腮胡子,而且披头散发的,看上去就像戴着毛皮面具。

他提醒大家,黄兴先生在做出重大决策之前,常闭门谢客,脸不刮,澡不洗,顿顿都由别人送餐。他说,届时我们见到的黄兴先生,也有可能是这般模样。

后来的事实证明,他这句提醒绝非多余。

在这个会议上,葛道宏还宣布了一个决定,由他本人亲自担任接待小组组长,应物兄担任副组长。然后,葛道宏站了起来,说:"该开的玩笑,今天都开完了。黄兴先生来了,这些玩笑就不要开了。有些玩笑,关着门讲可以,到外面就不要讲了。这是纪律,勿谓言之不预。"葛道宏极为严肃,表情冰冷,就像扑克牌中的王。

散场之后,葛道宏对应物兄说:"关于那头驴子,费鸣把你的分析告诉我了。你今天当场没有那么讲是对的。我要说的是,既然他喜欢特权,我们就要让他享受到特权。人人都是顺毛驴,我想黄兴也不会例外。不过,我还是有点疑问,他真的会把驴子带来吗?"

应物兄说:"但愿他不带。"

葛道宏开了个玩笑,说:"幸亏黄兴先生只是有钱人之一。如果全世界的钱都跑到了他一个人手上,说不定他就敢颁布法令,在中国的十二生肖和西方的十二星座当中加入驴子属相和驴子星座。"说着，葛道宏自己就大笑起来。

然后葛道宏又问道："看来他在驴子身上花的钱，不是个小数目。够我们建一个研究院了。你觉得，他会捐给我们多少钱呢？"

他问："建一个研究院花不了多少钱吧？一千万应该差不多了吧。"

葛道宏笑了，说："一千万？一个养猪的还捐了一千万呢。一个亿吧，还得是美元。就当他多养几头驴子。还有，我刚才想了一下，全世界每天做爱的，大约有两亿人次，其中有一亿人次是戴套的。按照你的说法，这当中至少有两千万人次用的是他的产品。每个套子赚五块钱，那就是一个亿了。权当他们都为太和研究院云雨了一番。反正我们的太和，不仅属于自己，也属于他们，属于全世界。我的想法，你先不要向他透露。我会当面跟他说。我只是让你有个心理准备，免得到时候我一开口，你一惊一乍的。表情不要那么丰富。"

葛道宏接下来还要到经管学院给老院长庆生。接过小乔递过来的领带，葛道宏一边打着扣一边说："提醒你一点，文化人之间谈事，是人和人谈；商人之间谈事，是钱和钱谈。我们现在既是文化人，又是商人。黄兴也是。我们和他谈文化的时候，是人和人谈。一旦进入谈判程序，人还是那些人，就变成了钱和钱谈。这不是我说的，是经管学院聂许院长说的。有道理。总之，跟富人打交道，要以豪夺之意，行巧取之功。"

华学明在旁边站着，等着他做一个选择题：想听好消息，还是坏消息？

好消息是，从河北易县和湖北荆门弄来的两批蝈蝈，明天即可到达济州。

坏消息确实不能再坏了：济哥确已灭绝。

华学明随后还说出了第三条消息，那其实是一个美好的希望：

鉴于济哥向北变成了燕哥,向南变成了江哥,那么用燕哥与江哥杂交,从理论上讲就可以孵化出最接近济哥的蝈蝈。虽然时间是不可逆的,不可能出现与以前完全相同的济哥,但生产出无限接近原来的济哥,应该是可以的。有个数据可以支持他这个理论:燕哥的发声频率最高可以达到 8000 赫兹左右,江哥最高可以达到 12000 赫兹左右,平均下来就是 10000 赫兹左右,这刚好是济哥的发声频率。华学明说,他已经开始了此项研究。黄兴这次来,可能赶不上了,但程先生来时,应该可以听到。

有一点是他无论如何也没有料到的,过不了多久,华学明不仅孵化出了燕哥和江哥的杂种,而且孵化出了真正的济哥。在生物学意义上,尤其是在蝈蝈的生物进化史上,这当然值得大书特书。但是,哦,上帝啊,谁又能想到,华学明会突然疯掉了呢?

48. 她

她穿着黑色套裙,戴黑色礼帽,长筒靴也是黑色的。一条暗红色的腰带,使她显得腰身纤细,同时又使她显得丰满。当应物兄和费鸣走进她房间的时候,有一束光线刚好照临到地板上,那地板就像贴了金箔。

桌子上放着一部旧版《论语》,还有几只杧果。

她住的是国际饭店副楼 B 座的顶层。坐电梯上去的时候,他想过要不要暗示费鸣就在下面待着。费鸣显然也有此意,问他:"我也上去吗?"如果费鸣不说这句话,他还可能让他在下面待着。说了,他反而觉得不方便让他待在下面了。他说:"怎么,你不想上去? 可是她让你来的。"

她住的是一个套间。开门的时候,她的目光更多地停留在费鸣身上,问道:"应物兄,这就是程先生提到的费鸣博士吧?"她的笔记本电脑开着。进来之后，她顺手拿着小刀，割开一只杧果。她的手指甲涂成了栗色。是赭色，还是栗色？应该是栗色。她曾把头发染成栗色，他夸过她那头栗色的秀发。此刻，黑色的套裙、黑色的礼帽，以及涂成栗色的指甲，给他一种拒人千里的感受。她整装待发的样子，似乎又说明不相信他们会来，不相信他会来。她周游各地的时候，就是这个装扮吗？这也是必要的：冷艳，拒绝诱惑。

诱惑？当这个词闪入他的脑际，空气似乎都带了电。

她把削好的杧果递给了费鸣。费鸣让了一下，她才递给他。他接住了。然后，他听见她说："稍等，让我把这段视频看完。你们和我一起看？"

奇怪得很，她看的竟然是张艺谋。视频中的张艺谋，正深情地讲述奥运会开幕式排练时的点点滴滴。现场有些乱，有些嘈杂。虽然张艺谋嗓音低沉，但还是压过了众人的声音。张艺谋说，遗憾有没有？有！但更多的还是感激、喜悦、自豪。张艺谋说这话的时候，差不多要笑出来了，可最终还是没有笑。当然，如果仔细分辨，其实还是笑了，只是那种笑似乎不牵动脸颊，而且刚浮现就退了回去。

她还有闲心看这个？

主持人杨澜问到了技术问题，但张艺谋却没有谈。张艺谋谈的是那些志愿者付出的艰辛劳动。张艺谋侧着脸，拇指和食指卡着下巴，突然不说话了。随着镜头推近，张艺谋的眼睛骤然被放大了，隐藏在摄像机后面的那个人，或许在等待着张艺谋的泪水，但张艺谋让他失望了。只是有一层浓雾似的东西，尘埃似的东西，掠过了张艺谋的瞳仁。

因为她是代表 GC 集团来安排黄兴济州之行事宜的，所以他突然有点担心：她是不是在暗示我们，应该请张艺谋来导演这个欢迎仪式？

她终于关掉了视频。

随后她才解释说："GC在欧洲有个项目要开张了，要举行一个仪式，有人建议请张艺谋过去导演这个仪式。他们发来了几个视频让我看一下。不管它了，我们说我们的。"

她先对费鸣说："程先生叫我小陆，也叫我六六。黄兴也叫我六六。应物兄有时叫陆小姐，有时叫空谷，个别时候也叫六六。你就叫我六六好了。"

"六六老师好！"费鸣说。

"不准叫老师，也不准叫三十六。"她开了个玩笑。

费鸣本来拘谨，听她这么一说，有点放松了，都有点像愣头小伙子刚见到大姑娘的样子了。他对陆空谷介绍说，费鸣博士，是太和研究院的第一个正式员工。

"还有，"她突然想起来什么事似的，说，"也不准叫我六六六。别以为我不知道，六六六是农药。也算毒药吧？我可不是毒药。"

她是乘早班飞机从深圳飞过来的。她的行李箱太大了，令人想到集装箱。有一件鼠灰色的貂皮大衣被她取了出来，平铺在床上。她是不是觉得济州还是冰天雪地？她从随身携带的小包里，取出了两本书，一本是改版后的《孔子是条"丧家狗"》，另一本是程先生的对话录《朝闻道》。她恭请他签上大名。她的话听起来非常实在：《"丧家狗"》还没有顾得上拜读，先看的是《朝闻道》。为什么先看《朝闻道》呢？因为她随手一翻，刚好看到先生在批评子贡，她想知道子贡是怎么惹先生不高兴的，就这样看进去了。

"先生可是经常表扬子贡的。"他说。

"表扬他？不会吧。先生说他是瑚琏①。"

"瑚琏是贵重的器皿嘛。饰以玉，器之贵重而华美者也。"

"再贵重，再华美，也只是器皿。君子不器。不是也有一种说

---

① 见《论语·公冶长》："子贡问曰：'赐也何如？'子曰：'女器也。'曰：'何器？'曰：'瑚琏也。'"瑚和琏都是祭祀用的玉饰的盛器，因为贵重，常用来比喻一个人有才能，堪当大任。

法吗，说瑚琏就是胡辇①，就是大车。你别给他戴高帽了。他就是给你们干活的。"

"那我就是给子贡这个胡辇拉套的。"

"拉套的是我们。应物兄是挥鞭的。你说呢，费鸣博士？"

费鸣愣了一下，说："陆女士的普通话比我们还标准。听说陆女士以前在台湾读书。陆女士是哪位大师的高足？"

她笑了："大师？高足？现在哪有大师？大师不是大师，都是扮演大师。高足也不是高足，只是充当高足罢了。"她连自己都一块挖苦了。只见她环抱着双肘走到了窗边，眺望起了窗外的景色。窗外没有树，只有流动的风，更远的地方有几片乌云，它们在风中被分解成一小块一小块的，然后又迅速融入了灰色的天幕。要是她昨天到就好了，应物兄想。昨天，虽然天气好不到哪里去，但天空中却悬浮着雄奇的云朵，阳光也不时刺破灰色，给云朵镶上金边。

她说："香港朋友问我，应物兄先生回国了？我说是啊。朋友问，怎么回去了，不是听说程先生要把他留在哈佛吗？在国外待着，说不定哪一天就成了海外新一代帝师。我说，我也不知道，见到了应物兄先生，替你们问一下。"

"六六，你也拿我开玩笑。你叫我先生，怎么这么别扭。"

"对了，听说在济大，'先生'是个专用名词？不过，叫不叫是我的事，答不答应是你的事。"

"我回国工作是应该的。我的工作关系一直放在济大。"

"我告诉朋友，应夫人在国内。在新一代海外帝师和家庭之间，应先生选择家庭。这是儒家的选择。没有女人，哪有家？没有家，哪有国？没有国，哪有帝师？我也不知道，这样回答，行不行？"

"六六，我回国的时候，本来要和你告别的，但你出差了。"

---

① 见清人段玉裁《说文解字注·六卷·木部》："夏后氏谓辇曰余车，殷曰胡奴车，周曰辎辇。疑胡辇皆取车为名。"

"程先生对你回国是充分理解的。这本书说得很明白。"她拿起《朝闻道》，翻了一下，又合上了，说道，"正像程先生所言，在历史上的任何一个时代，儒学研究从来都跟日常化的中国密切联系在一起，跟中国发生的变革密切联系在一起。儒学从来不是象牙塔里的学问。儒学研究有如庄子所说的'卮言'，就像杯子里的水，从来都是随物赋形。程先生认为，现在回国，正是研究儒学的大好时机，正好大干一场。"

"程先生说得对。"

"应先生原来不是做诗学研究的吗？《诗经》啊，屈原啊，玄学啊，东西方诗学的比较啊，怎么突然转向了儒学研究？这个转向到底是如何发生的？香港的朋友也这么问我。"

他没有想到，她会正儿八经地问到这种问题。或许是因为费鸣在旁边。或许她真的关心这个问题。他的舌头把腮帮子挑了起来，吸着气。他的这个动作不代表牙疼，而代表沉思。就在他沉思的当儿，陆空谷突然说，她认识一个人，那个人在上个世纪八十年代是个活跃人物，提起传统文化就只有两个字，糟粕！可是后来，他竟然来了个一百八十度大转弯，而且也开始从事儒学研究了。怎么回事呢？原来，那个人有一年在德国，刚好遇到夏时制和冬时制交接的那一天。那一天突然多出来了一个小时。这时间怎么打发呢？就在这一个小时内，他第一次开始思考如何度过余生。他一边在广场上拿面包喂鸽子，一边思考着这个严肃问题。路过一个书店的时候，进去转了转，偶然看到一本书，就是中英文对照的《论语》。他当即决定，将余生献给孔子，献给儒学。

他不知道她说的是谁。

陆空谷接下来问道："莫非这就是禅宗所说的顿悟？应先生也是这样吗？"

既然陆空谷这么严肃地提问，那么应物兄也就觉得自己也必须严肃地回答。他说："每一个对时代做出思考的人，都会与孔子相遇。孔子不同于那些识时务的小人，但他理解那些小人，并试图影响他们。所以孔子是一个温和的人。我也是个温和的人。孔子把自我身心的修行，看成是一个不会终结的过程。它敞开着。孔子反对怪力乱神，他不相信奇迹，不依赖神灵。这说明他是一个有尊严的人，同时他又很谦卑。他的道德理想是在一个日常的、变动的社会中徐徐展开的，所以孔子是一个做实事的人，办学，教书。他谁都教，有教无类。他不是一个凌虚蹈空的人。所以，我首先是对孔子感兴趣。我没有办法不感兴趣。你对他不也挺感兴趣的吗？"

陆空谷说："但是孔子却无家可归。应先生也有这种感觉吗？"

听起来就像嘲讽。但她的眼神、她的身体语言都告诉她，那好像又不是嘲讽。这当然是他的理解。他说："六六，每一个对时代做出严肃思考的人，都不得不与那种无家可归之感抗衡。"

一只鸽子突然飞到了窗口，落到了窗台上。鸽子怎么飞得这么高呢？那是一只杂毛鸽子，眼珠子是红的，有如枸杞子。它的喙也是红的。它旁若无人，挺着胸脯在窗台上散步，像少妇一样骄傲。看到那只鸽子，陆空谷把食指竖在唇前，示意谁也别说话，然后她悄悄站起，小心翼翼地走了过去。但它突然飞走了。

"济州鸽子多吗？"

"你喜欢鸽子？"

"谁不喜欢鸽子呢？很难想象一个看不到鸽子展翅的城市是什么样。但我得提醒你们，子贡来的时候，千万不要放飞鸽子。"陆空谷看着费鸣说，"黄兴先生有一次去东莞考察投资环境，东莞方面为了表示欢迎，竟然放飞了上万羽鸽子，惹得随行医生很不高兴。我建议你们别放鸽子。"

"我们会考虑到的。"应物兄说。

"如果一定要放，那么每只鸽子都要检查。听上去很麻烦是不是？其实很简单，就是检查鸽子的肛门。只要有一只鸽子肛门周围的羽毛沾着粪便,这群鸽子就必须全部宰杀。很麻烦、很血腥是不是?所以建议你们不要放飞鸽子。"

看来,陆空谷是真诚地建议他们不要这么做。

"也别搞阅兵式。在埃及,他们竟然给黄兴搞了个分列式阅兵,乱哄哄的。据说,济大每年也搞阅兵?"

"每年新生军训结束,我们都要搞个阅兵式的。如果你们需要我们搞,我们可以搞一次。我们很有经验。每一步都是七十五厘米,脚离地面都是二十五厘米,军姿绝对标准,步幅绝对准确,步速绝对均匀,走向绝对笔直。上千人走起来,就跟一个人一样,绝对不会闹哄哄的。"

"上千人走,跟一个人走,一个样?"

"绝对可以做到。"

"既然完全一样,那就拉出来一个人,让他走几步算了。"

这个陆空谷!她其实是反对我们搞阅兵式。他就对费鸣说:"就听陆女士的。你回去跟葛校长说,我们不搞这些。"

"也不要接机。为安全起见,GC高层从来不坐同一航班。航班信息,更是不能向任何人透露。这是GC制度。"

接下来的谈话,似乎才是陆空谷真正要谈的。黄兴先生这次来,除了与济大商谈捐建太和事宜,还有两件事:一是到慈恩寺上香,二是到医院看望那个换肾的学生。出乎他们的意料,陆空谷竟然已经到过济大附属医院,看望过那个学生了。她对医院的准备工作有些不满。她说:"我跟医院说了,只准备两个供体是不够的,必须准备三个供体。"

"供体是指——"费鸣问。

"供体就是肾源。起码准备三个,以防万一。"

"临时再准备,我担心来不及。"费鸣说。

"找找卖肾的?"

"陆女士,还有什么吩咐?"应物兄问道。

"住宿不需要济大安排,我已安排好了。"

应物兄赶紧告诉陆空谷,济州大学镜湖宾馆已将最好的房间预留出来了,就等着黄兴一行入住。为了向她证明镜湖宾馆有条件接待子贡一行,他还举例说,耶鲁大学校长曾在此下榻,校长认为这是自己住过的最舒适的房间。国际上的著名学者,包括两位获得诺贝尔奖的经济学家,一位获得菲尔兹奖的数学家,也都曾下榻于此,而且都把最美好的评价和祝福留给了镜湖宾馆。一位来自法国巴黎高师的世界顶尖考古学家,因为喜欢镜湖宾馆,甚至声称要在这里住到死。他倒没有说谎,那位考古学家确实是这么说的。当然,他没有告诉陆空谷,那个考古学家如此喜欢镜湖宾馆,主要是喜欢上了宾馆的一位女服务员。此事后来闹得满城风雨,捂都捂不住。不是通奸不通奸的问题,而是因为那个女服务员长得实在太丑了。塌鼻梁、厚嘴唇、大板牙,打麻将的时候如果缺一张白板,门牙一撬就可以充数。有一段时间,人们甚至掀起了一场讨论:西方男人为什么总是把中国人眼中的丑女人看成绝世美女。

他说:"你听我说,镜湖宾馆的服务,也是最好的。"

陆空谷说:"还有驴子呢。镜湖宾馆不就在校园里吗?正上课呢,外面响起了驴鸣,那怎么行?"她突然顽皮起来。当她顽皮的时候,她会皱起鼻翼。

"好吧。黄兴在哪里下榻呢?国际饭店?"

"你很快就会知道的。"

难道是希尔顿?黄兴每次来波士顿,都会住在波士顿洛根机场附近的希尔顿酒店。黄兴说,这是因为他与希尔顿家族是朋友,有钱要给朋友赚。他曾经告诉黄兴,内地有一个词说的就是这个:肥水不流外人田。

"还有什么吩咐?"

"差点忘了。二胡用的蚺皮已从印度发货。程先生说了,货到后要拆包晾起,放到恒温、恒湿处备用,以免受潮发霉,影响音色。"

随后她就站起身来,说自己要告辞了。她说她不能久留。她指了指床上那件貂皮大衣,说她还得飞往北京,随后还得飞往乌兰巴托。有车子在楼下等她呢,那是七座的商务车。她的箱子太大了,一般的出租车放不下。司机与宾馆门卫一起往车上装箱子的时候,陆空谷突然又问:"我是不是说过了,到济州第二天,晨起沐浴之后,黄兴不吃早餐,直接赶到慈恩寺敬香?"

"黄兴信佛了?"

"不,他是替先生敬的。"

"那我当然得陪着去。你也会去吧?"

"我不信佛。"她说,"既然敬,就敬头香。敬头香,方能表达先生对佛祖的虔诚之心、感恩之心。听说那里有一口大钟,堪称镇寺之宝,非常灵验?到了慈恩寺,除了敬头香,还要去看看那口大钟。"

"那口大钟确实有年头了,是明代万历年间所铸。据说那口大钟堪称'治乱之兆',遇到大乱之年,钟身就会遍生绿锈,撞之则声音暗哑,都不像钟了,像朽木了。而遇到大治之年,则绿锈尽褪,遍身黝黑,撞之则声音洪亮,又成了一口洪钟。"

"就是这口钟。先生说过,那钟声常年在他耳边回响。时而暗哑,让他免不了为天下忧;时而洪亮,让他禁不住为天下乐。"

49．白马

白马?不,他完全没有看出来,那是一匹马,一匹白马。

他看到的是一团雾气,打着旋,形成了奔腾的气流。当那股气流接近于液体或者固体的时候,我们的应物兄仍然没有看出那是一匹马。镜头似乎深入了它的内部,将它内部的颗粒放大了,星辰一般,疾驰于浩渺的天际。然后镜头拉开了,茫茫雪原之上,云蒸霞蔚。然后又是那股气流,它虽然扑面而来,但距离却好像更远了。他这才看到它不是气流,不是液体,而是一个动物。哦,是一匹马,一匹白马,雪域中的一匹白马。镜头一转,他看到了陆空谷。陆空谷全副武装:头盔、马裤、马靴、手套、马鞭。那匹马没有停下来,而是从她面前飞奔而过。接下来,是一群马。

她急急忙忙跑到乌兰巴托,原来是骑马去了?

哦,她跟白马倒是有缘,缘自《诗经》:皎皎白驹,在彼空谷。

他悄悄地问费鸣:"她为什么发来这么一段视频?"

费鸣说:"不知道啊。也可能是发错了。"

他们刚从校长办公室出来。刚才,他们是讨论仁德路的问题。葛道宏说,他想组织一个班子,由不同背景的专家组成,来寻找仁德路。葛道宏想听听他的看法。他说:"葛校长肯定考虑得很周全了。"见他没有意见,葛道宏就说:"好吧,这种事情,繁琐得很,就不麻烦你了。"

现在,他们要到慈恩寺,落实陆空谷所说的敬香、撞钟一事。费鸣开着车,他坐在后排,拿着手机,等着她发来新的视频。这期间,费鸣的手机也响了一下。他不知道,费鸣也收到了相同的视频。

千年古刹慈恩寺,位于济州市区以北三十五公里处的凤凰岭。凤凰岭属于桃都山,桃都山属于茫山,茫山属于太行山。慈恩寺香火之盛,在太行山一带所有寺庙当中都是有名的。在慈恩寺,善男信女们的活动大致相同:烧高香、拜菩萨、听钟声、泡温泉。当然不是在寺里泡温泉。慈恩寺东北方向二里地,有一个火凤凰洗浴城。你只要拿着慈恩寺门票的副券,就可以在那里免费泡大池。然后呢,然后就像易艺艺所说,你可以找个地方野餐,吃到地道的温泉鸡。

他想起来,程先生确实提到过与慈恩寺的缘分:在解放军炮火声中,程先生逃离济州城之后,最先去的就是慈恩寺。慈恩寺当时的住持是素净大和尚。素净大和尚亲自为他诵经祈福，保佑他日后逢凶化吉，福慧增长，事事如意，遇难成祥。随后，程先生就被剃光了脑袋，在几个和尚护送下，逃离了济州，过了黄河之后，与父亲程会贤将军会合，然后一路南逃，越长江，渡海峡，去了台湾。程先生曾感慨，当初若不是素净大和尚，他很可能早就变成了一堆白骨。所以，程先生要派黄兴到慈恩寺敬香礼佛，也就可以理解了。

他与慈恩寺大住持释延长的师弟释延安比较熟。事先，他给释延安打了电话，但没说具体要商量什么事。释延安是慈恩寺的知客僧，负责接待宾客，敬香权就是归释延安负责的。他们到的时候，释延安已经在等着他们了。每次见到释延安，应物兄就想笑。释延安是个大胡子，有点像电视剧《水浒传》中的鲁智深。究竟是有意识地通过留胡子、通过穿衣打扮，也通过吃肉喝酒，向电视剧中的鲁智深靠拢，还是他本来长得就像那个演员，没有人能说得清楚。释延安喜欢书画，想在宗教界成立一个书画协会，邀请乔木先生担任顾问，为此多次来到乔木先生家中，应物兄就是这样与他熟悉的。乔木先生一直没有松口。乔木先生说，自己是俗世中人，恐怕不能服众，不过当不当顾问，都不影响切磋交流。此刻，应物兄很担心释延安重提此事，好在人家没提。

事情虽然紧急，但见了面，寒暄还是少不了的。应物兄问释延安，最近在忙什么。释延安说："传戒。每年正月一过，就开始传戒了，从二月初二开始，为期三十天，忙得焚香沐浴的时间都没有了。"

释延安要他们进寺说话，应物兄说："就几句话，说完就走。"

他没有料到，释延安上来就说："敬头香？排满了呀。"

"不能挤出来吗？"

"别的事情都可以挤。有个施主告诉我，有些女施主没有胸，但挤一挤，也就挤出来了。这话真不该在我面前说。但道理是这个道理。你可以挤出胸，但你挤不出敬香权。头香嘛，挤出来的就不是头香了。"

"这事不是你管吗？"

"没听明白是不是？敬头香须有敬香权。敬香权是香客们通过公开竞拍才弄到手的，与慈恩寺签订了合同，有法律保护的，不是谁想拿就能拿到的。"

"延安啊，出家人不打诳语。你可给我吹过，只要用得着你，尽管开口。"

"母亲也信佛，但直到最后，她也没能敬到头香。"

"阿弥陀佛，愿她老人家安息。"

"她已经去了极乐世界了。"

"那就好。那么撞钟呢？这个没有问题吧？"

"大钟已是国家重点文物，只可近观，不可触碰，更不可撞击。如今人们听到的钟声，或是录音，或是新铸的大钟撞出来的。"

"延安，你是不是不当家啊？我要托人找你师兄呢？"

"他？那你找去啊。他顶多给你个面子，让你撞几下大钟。敬香权的事，他也不会松口的，因为他说了也不灵啊。"

"谁说了灵？"

"菩萨说了也不灵。"

"好啊你，延安，这话你也敢说。小心菩萨责罚！"

"我说的是实话，菩萨会高兴的。敬香权在谁手上，你就找谁去。"

"在谁手上？"

"每天都不一样，你说的是哪一天？"

费鸣也问了一句："是啊，哪一天？能确定下来了吗？"

应物兄被他问住了。虽然禅房里只有他们三个人，释延安还是小心翼翼地东张西望了一番，并且撩起袈裟，形成一个小的帘子，示意他躲到那帘子后面去听。费鸣当然很识相地躲到了一边。接下来，应物兄听见释延安说："拿到敬香权的施主，差不多都会找电视台录像的,懂了吧?"然后又问他,"你说的那个施主是谁啊?是你的哥们?"

"说实话,我也不知道。"

"好吧,我懂了,你是不便透露。佛家有云,不可说,非法,非非法。"

"我只知道,他从美国来的。"

"是你在美国访学时的哥们吧?那你就告诉他,他起程那天,我会为他诵经祈福,祝他长命百岁。怎么样,够意思了吧?"

就在他与释延安谈话期间,费鸣看了陆空谷发来的视频。哦,他不能不佩服费鸣!上车之后,费鸣竟然告诉他,那段视频中有黄兴和卡尔文的声音。这种极强的声音分辨能力,显然是在校长办公室锻炼出来的。能够听出卡尔文,或许还可以理解,在一阵阵大呼小叫声中,竟然能听出黄兴,应物兄就不能不啧啧称奇了,因为费鸣并没有见过黄兴,只看过黄兴的影像片段。

"你是说,黄兴也在乌兰巴托?"

"他是不是在乌兰巴托我不知道,我只是听出来他在视频里。"

"卡尔文也在里面?"

"对,除非那也是个黑人,而且也在济大待过。"

应物兄又看了一遍视频。当白马迎面跑来的时候,确实有人发出了尖叫。但他还是没有听出黄兴和卡尔文在里面。他看得很仔细,连马蹄激起的雪粒都看到了。那些雪粒先是被马蹄带起,然后被风吹散,在阳光下有如冰晶。

50. 艾伦

艾伦说:"敬头香?录像?我告诉您,那就是我们的实习生负责录的。"

应物兄说："太好了，我心中一块石头终于落地了。"

艾伦说："我告诉您，我正有事找您呢。"

对于艾伦亲自驾车来接，我们的应物兄一时有些受宠若惊。艾伦早已不是当初那个艾伦了。你一听她的口头禅"我告诉您"就知道了，随着知名度的上升，随着她主持的节目越来越热闹，她认为自己真的装了一肚子的信息，一肚子的知识，需要向你宣讲，虽然她说出来的话大都可以忽略不计。

凡是到过济州的人，一定都看见过喷刷在济州市公交车上的艾伦照片。那是她为洗发用品做的广告。一张照片上，艾伦穿着露背的晚礼服，背对着行人，屁股撅得很高，但脸却扭了过来，整个身体扭成了S形。而在另一张照片上，艾伦则是用傲慢的乳房朝人们的视觉发起冲击。她模仿的是新古典主义大师安格尔的名画《泉》，区别只在于安格尔画中的少女赤身裸体，手托水罐，而艾伦身上却裹了一层轻纱，手中玩弄着秀发。她的双膝紧紧夹在一起，以示羞怯。她的嘴巴很大。那个跟艾伦相处过一段时间的哲学教授，直到今天还认为，艾伦身上最耐看的地方就是她的嘴巴。哲学教授的夫人后来与丈夫提到此事时，也持基本相同的观点，只是每次都要补充一句：如果你认为鲶鱼或青蛙的嘴巴是美的，那你就不得不承认她的嘴巴也是美的。

对于艾伦目前取得的成就，应物兄打心眼里感到高兴。

艾伦起初在一所民办高校读书，读的是新闻专业，后来又考上了济州大学哲学专业的硕士。至于她为什么要读哲学，她的解释是，反正哲学没有人能够说得清楚，能够说清楚的是一种存在，说不清楚的就更是一种存在了。嘴是圆的，舌头是扁的，就看你怎么说了。她没有想到的是，她最后竟然得了最高分。据她说，其中一道试题是这样的：

　　色诺芬在《回忆苏格拉底》中，引用了苏格拉底的一句话："一个好人在一个时候是好的，而在另外一个时候却是坏的。"

请你用最简单的一句话，说出你对这句话的理解。

因为哥哥是个球迷，艾伦知道苏格拉底，是巴西国家队里一个球员，长得像金丝猴。她没想到硕士试题当中竟然会出现一个足球明星的名字。让她感到陌生的是色诺芬。女的吧？如果不出意外，她应该是球星苏格拉底的情人，每次都会到现场看球，记者们的长枪短炮总是耐心地捕捉着她的每一个表情。对足球略有了解的艾伦，本来想以苏格拉底踢球的例子来解释这句话的，比如说苏拉格底在踢前锋的时候是好的，进球有如探囊取物，但踢后卫的时候却是坏的，偶尔还会弄进一粒乌龙球，但她不知道苏格拉底擅长的位置到底是不是前锋。为了稳妥起见，她没有这么说。她只是把那道题又重复了一下，将个别词语的顺序做了调整。哦，这确实是最简洁的解释，苏格拉底和色诺芬若是主考官，也会毫不犹豫给她打高分的：

> 一个坏人在一个时候是坏的，而在另外一个时候却是好的。

此时，当艾伦拉上他奔赴季宗慈的别墅的时候，他又想到了这句话。他把它放在舌尖上呷摸着，并且让它在舌尖和舌根之间来回走动。当然，与此同时他也想到了季宗慈的那句话："婚姻的意义就在于合法占有和利用对方的性官能。但是当你合法利用对方性官能的时候，你获得的只能是体制性阳痿。"

这会儿，当他试图与艾伦谈论敬香权的时候，她说："我告诉您，别把这当回事。"

"对你来说，可能是小事。但对我来说——"

"你还真把它当回事啊？我告诉您，放松。"

"好吧，"他说，"那就拜托了。"

"瞧您说的！我能不放在心上吗？这辈子，我最感谢的人就是您了。"

"快别这么说。电视台能够挖到你,也是他们的幸运。"

"我是说,如果没有你的建议,就不会有这个栏目,也就不会有我。因为,是你鼓励我,一定要成为中国的奥普拉的。"

没错,艾伦最早就是从他这里知道奥普拉的。他第一次去美国开会的时候,偶然看到了 Oprah Winfrey 的脱口秀节目。它嬉笑怒骂,荤素不忌,机锋闪烁,实在是练习口语的活教材,他就购买了《奥普拉秀》DVD。有一次,季宗慈带着艾伦到他家里玩,看到了这个光盘,然后艾伦就被这个节目深深地吸引住了。

奥普拉膀大腰圆,因为头发太厚、鼻子太宽、下巴太大,整容师望而却步。奥普拉每次邀请的嘉宾并不是专家和学者,而是普通大众,讨论的主题大都有关个人生活。为了诱使嘉宾们尽量说实话,奥普拉甚至不惜透露一些个人隐私作为药引子,比如她曾透露九岁的时候就被表哥强奸了,后来又多次受到性侵犯,那帮人当中甚至不乏母亲的一些男友,而且他们更为粗暴。她还透露青春期有过一段性放纵的经历:"不停地干,没完没了。有次在马槽里干。那家伙说他就生在马槽里,所以是耶稣转世。他说他信教,其实他信的是拜物教,拜的是自己的阳物。"

艾伦现在主持的节目叫《你我他》,其制作方式明显借鉴了《奥普拉秀》:主持人全面掌控整个制作流程,从采编、录制到广告投放,都由主持人说了算。在艾伦的节目中,每次都会出现一男一女两个嘉宾,以及一个评审员。两个嘉宾都戴着面具,好像担心家人、同事和朋友认出他们。他们在那里拌嘴、吵架甚至扭打成一团。女人眼中的男人,有才华的长得丑,长得帅的挣钱少,挣钱多的不顾家,顾家的没出息,有出息的不浪漫,浪漫的靠不住,靠得住的又很窝囊,等等,反正没有一个称心的。而男人眼中的女人,漂亮的不下厨房,下厨房的不温柔,温柔的没主见,有主见的没有女人味,有女人味的乱花钱,不花钱的又不时尚,时尚的不让人放心,让人放心的又不能看,等等。这个节目已经做了两年了,一直保持

428

着很高的收视率。

"我最近的节目您看了吗？观众反映说，我的主持风格有变，变得越来越犀利了。这正是我追求的新的风格。"

那不是犀利，只是伶俐。当然，他没有这么说。他说的是："有风格，总是好的。风格是自我的标志。"

"您觉得，我们的评审员表现得怎么样？有没有拉节目的后腿？"

他认识那个评审员，那是个老油子，某传媒大学的教授。有一天，他睡觉之前，刚好看了一期节目，讨论的是孩子上贵族学校的事。孩子上的是中班，每年学费八十八万元。校长是女方的朋友，所以学校给他们打了八折。但女方并没有把打折的事告诉男方。三年来，男方每年都交给女方四十四万，三年下来等于多交了二十六万四千，这多交的钱自然都落到了女方的腰包。男方后来知道了此事，郑重提出，未来高中三年的学费事先必须算清楚。男方进而提出，要给孩子转学。听到要把孩子转到普通中学，女方立即说道："老娘丢不起那个人。"男方说，如果不转学，他就不交钱了。女方随即举起话筒，要朝男嘉宾砸去。镜头迅速推向那个举起来的话筒，同时打出字幕："哇！手榴弹！"特邀评审员就是这时候出面的。只见那个教授摇晃着一支铅笔，说道："你们这样吵下去，对儿子有好处吗？"女方说："让他在风雨中成长嘛。"特邀评审员又问："你们认为，上了贵族学校，就一定能培养出贵族吗？"女方的回答有些牛头不对马嘴，说："一分价钱一分货。"特约评审员问："你们的孩子一定很聪明吧？"男女嘉宾终于有了一个共同答案，争先恐后回答说："非常聪明。"女方还补充说，他们想方设法不让孩子知道自己比别的孩子聪明得太多，以免他自高自大，目中无人。评审员接下来就表扬他们说："你们这样做是对的。不过，如果你们真愿意把他培养成贵族，那就应该送到国外，最好是英国。那里的贵族学校，除了学习文化课，还要学习骑马、射箭、辩论。而且，离父母远一点,也有利于孩子成长。最重要的是,那里的学费是不打折的,那才是一分价钱一分货;人家才不跟你讲什么交情呢,不讲交情有不讲交情的好处。你们的感情,不就是因为打折打坏的吗?"

评审员没有说到点子上。我敢肯定,这个把笔杆子摇来摇去的家伙,事先根本没有备课。说不定是从另一个演播室出来,坐飞机到了济州,就直奔这个演播室了。这个老油子,他的镜头感倒是不错。应物兄这么想着,就把电视关了。入睡之前,他还设身处地想了一会,如果自己是那个评审员,应该怎么说。鉴于"贵族"这个词歧义丛生,我会直接向校长建议,把"贵族"二字改成"精英"。精英强调的是责任和义务,贵族则暗示着权力和享受。精英是精神世界的贵族,贵族是物质世界的财主。贵族成不了精英,但精英却随时可以成为贵族,因为精英并不排斥权力和财富。想到这里的时候,他已经脱衣上床了。但他还是忍不住坐起来,如临其境地问道:"嘉宾朋友,你们到底想让儿子成为精神世界的贵族呢,还是物质世界的财主?"

此时,面对艾伦的提问,他说:"人家说得挺好的。有知识,镜头感也好。"

艾伦说:"您真的这么看?我想过换人。他是传媒大学的老师,从中央到地方,学生很多,难免有些傲慢。跟我们台长说话,也带着口头禅,动不动就是:得了吧您哪!丫你懂什么?台长说,一定要换了他。换谁呢?有人认为,您最合适。除了您,他们认为中天扬和刘心武也很合适。可是,中天扬这个人不好侍候。央视一个姐们告诉我,上次中天扬在央视做节目,一直埋怨五星级宾馆不够档次,说枕头太高了。枕头高不高,跟央视有什么关系。"

"我觉得,中天扬来了,也不一定比现在这个好。"

"您真的这么认为?"艾伦又问。

我当然不是这么认为的。但我又能怎么说呢?我总不能说,人家做得不好。如果我这么说了,你肯定会说,你来替他怎么样?

我可不愿被你套住。

艾伦接下来说,电视台将开设一档新节目,就叫《半部〈论语〉看中国》,想郑重地邀请他来担任嘉宾。"我们好好合作一把,怎么样?"

"你知道的,我最近忙得不可开交。再说了,我一上台,就会显得过于郑重。我倒是努力想改,以符合你们的娱乐化倾向,只是江山易改,本性难移啊。"

"关键得有人带你玩。"她说,"我给你准备了一个搭档,是从北京请来的相声演员,在后海附近的胡同里长大的。北京人把这种人叫胡同串子。特别能侃,特别能搞笑。你们两个往那里一坐,一庄一谐,说精英说大众,说庙堂说市井,说高校说胡同,说宗教说私情,一定非常好看,收视率一定可观。"

"艾伦,你知道的,我在筹备太和研究院。到慈恩寺敬香,就跟这事有关。"

"敬香跟儒学研究有什么关系?"

"这就说来话长了。你知道敬香权在谁手上吗?"

"待会我让人查一下。应物兄,我说的不是最近几天。筹备一个栏目,也是需要很长时间的。我巴不得你的研究院赶快成立,然后我们就可以和你的研究院合作了。"

"你可以请费鸣做啊。他做节目,肯定比我好。"

"费鸣?我看过他的戏。去年还是前年的事。一个废弃的厂房,除了粗糙的水泥地面、墙面、屋顶,什么都没有。窗户上的玻璃都碎了,外面的声音不断传进来,吵架的、打麻将的。没有舞台,就是随便扔了十几块塑胶垫子。你咳嗽一声,蜘蛛就会跑到网中央。你一跺脚,就会腾起一片灰尘。倒是有音箱,有灯光。电线在地上铺着,接头处缠着黑胶布。也不怕把人电死。几十张椅子围着那片垫子,最前面是贵宾席。贵宾席前面放着一排箱子,箱子上铺着绿布,用大头针别着。一群演员在垫子上翻滚、快走、跺脚,虽然张着嘴，但却不说话。他们身上缠着绳子，草绳还是尼龙绳我忘了。一个人走了出来，小平头，穿着长衫，抽着烟。有人说那是鲁迅，有人说那是李大钊，还有人说那是葛任，也有人说那是山本五十六、龟田少佐什么的。不瞒你说，还有人认为那是乔木先生或姚鼐先生。都不说话。只有观众在说话。听说孔子是大个子，跟姚明一样。那个穿长衫的人，要是再高一点的话，你认为他是孔子，也是可以的。"

"剧名叫什么？"

"《无题》还是《无语》，我忘了。"

"你是说，从头到尾，都只是翻滚？没人说话？"

"翻滚，打摆子，有个女演员赤脚在垫子上跳了一段舞。一个女孩子家，一点不讲究，脚底黑得呀，像熊掌。一个穿草鞋的人端着一个盘子走向观众。哦，原来是你们的郑树森，盘子里放着生肉，五花肉，他用下巴示意观众，尝一口，尝一口。这大概就是鲁迅说的人肉筵席了。塑胶垫子上的人，突然开口了，声嘶力竭、捶胸顿足。我旁边坐的一个人说，这就叫非人的诅咒。"

"后来呢？"

"这时候，垫子上的人开始搬砖砌墙。垫子就是砖。垫子很轻，但他们搬起来却显得很重。他们把自己砌到里面了。那些垫子围成了棺材的形状。更多的人拥了进来，把观众席围了起来，他们手里也拿着垫子。原来是要把所有人都围进去。我才不进去呢，就走了出来。费鸣在外面抽烟。我跟他打招呼，他竟然听不见。我模仿着乔木先生的语调，叫了他一声鸣儿，他才迷瞪过来。他气呼呼的，原来他和编剧之一的郑树森闹别扭了。他的想法是，棺材围起来的时候，棺材上面应该有个装置，把人从棺材里救出来。郑树森呢，则认为应该全都憋死到里面去，只是在棺材顶上露出一个小孔，好苟延残喘。"

他想起来了，郑树森找他，让他起个笔名攻击费鸣，应该就是这台戏上演之后的事。接下来他听见艾伦说道:"您说,不开口是不开口,一开口就是死啊活啊的,这样的人怎么能上电视呢?"

"他搞的那叫先锋派戏剧。真上了电视,他就不会这样了。"

"您看这样行不?您先做两期,然后再让他顶上来。"

因为有事相求,他不好意思断然拒绝,就说:"容我想想?"

艾伦和季宗慈的别墅,位于济州市西开发区。三年前那里还是一片沙地,主要种的是土豆、红薯和花生。还有一条河,它大概是黄河最小的支流,一只狗可以从这边跳到那边,最窄的地方一丛蒲公英就可以从此岸蔓延到彼岸。河水永远是臭的,因为它的上游和城市的排污口连在一起。河边有些野芦苇,东一撮,西一撮,就像一个邋遢鬼没把胡子剃干净。只有最能胡扯的人,才能把它和"蒹葭苍苍,白露为霜"这样的诗句联系起来。这个时代最能胡扯的,岂能少了房地产商人?在房地产商人发布的广告中,一个香港武打明星站在蒹葭深处,手搭凉棚,正向"在水一方"的"伊人"深情眺望。从画面上看,时间是深秋,露水正浓,但"伊人"的身体却是光的,至少后背是光的。应物兄还记得,这个广告曾引起众人吐槽:不过是一条臭水沟而已,不过是蚊虫的乐园而已,只有傻瓜才会在河边买房置地。

但季宗慈却率先在那里买了别墅,而且一买就是五套。

季宗慈说,潜意识告诉他,不仅要买,而且要多买。"潜意识"是哲学博士季宗慈经常挂在嘴上的一个词。他认为,我们人类之所以能够生存下来,靠的就是潜意识。季宗慈有个说法,说有两个山顶洞人,一个善于理性分析,一个则靠潜意识做事。善于理性分析的山顶洞人,一听见虎啸就要分析,老虎离我们还有多远?老虎是不是还饿着肚子?老虎今天想吃一个人呢还是想吃两个人?还没算清楚呢,他已经进了老虎肚子了,只能在老虎肚子里继续分析了。而另一个山顶洞人呢,一听见虎啸,潜意识就告诉他,上树,上树,赶紧上树。上了树,找个树杈坐稳了,顺手摘个果子啃着,然后冷静地观察老虎的饮食习惯。它是要大快朵颐吃屁股呢，还是要箪食瓢饮吃脑子？季宗慈说，到了这个时候，你才可以从潜意识走向理性。季宗慈认为，我们这些人，其实都是爬上树的那个山顶洞人的后裔。

这个说法是否能够成立，或许还需要进一步论证，但是你得承认，潜意识确实帮了季宗慈的大忙。仅仅过了两年，那里的房价就噌噌地往上翻了一番，季宗慈将其他四幢卖掉，在市中心买了一幢六层的写字楼，然后又将写字楼租了出去，按月收取高额租金。总之，仅仅两年时间，季宗慈就赚了个盆满钵满。季宗慈也是在这个过程中成了个胖子。胖人汗多，所以季宗慈最喜欢泡澡、搓澡。别人搓澡只需搓正反两面，他却需要搓四面。

艾伦说过："我告诉您，季胖子的体重比国内 GDP 的增速还要快。"

把他接到别墅之后，艾伦说："您等着，我到单位帮您查一下。您先和季胖子聊着。我说的事情，您也要考虑一下啊。"

助手把他领到了二楼会客厅的时候，季宗慈正打电话安排晚上的饭局。沙发上卧着一只黑猫，一个女孩子坐在猫的旁边，用一支野芦苇逗弄着那只黑猫，但黑猫却只顾睡觉，对她爱理不理的。放下电话，季宗慈先骂了一通。"什么东西！蹬鼻子上脸了！狗杂种！"原来与他通电话的人是个退休的局级干部，特别喜欢举报。举报本来是个好事，那么多人违法乱纪，你尽管举报去啊，可人家不，人家是个爱书的人，只关心图书，只举报图书。季宗慈说，这个人啊，眼光毒得很，鸡蛋里面都能挑出骨头。就在这个时候，他的电话又响了，是那个人又把电话打过来了。季宗慈赶紧站了起来，问对方还有什么吩咐，然后说："一定，一定！当然，当然！五点钟一定到府上接您。"放下电话，季宗慈好像还心有余悸，又盯着电话看了一会，好像那是一颗定时炸弹，随时都可能引爆。从电话上收回目光之后，季宗慈对那个女孩说："你可以先下去了。把猫给我照顾好。它想吃什么，就给它买什么。"

女孩不是抱着猫，而是捧着猫下去了。

应物兄觉得，那只猫真是太乖了。他当然没有想到，那只猫，其实就是何为教授的柏拉图。

季宗慈扔给他一支烟，然后递过来一份复印件：

> 记者从资深出版人季宗慈先生处获悉，何为教授的"精选集"正在紧张有序地整理当中，不日将和读者见面。
>
> 何为教授是当代杰出的哲学家。这套"精选集"将收录何为教授的主要学术著作、讲稿、读书笔记、学术访谈录以及何为教授的部分日记。
>
> 何为教授的著述提醒我们思考一系列古老的问题：人是什么？什么是善？什么是人类的主观普遍性？如何认识我们这个时代？什么是这个时代的本质特征？有什么经验可以支撑起我们的信念？
>
> 毫无疑问，何为教授的著述是理解中国当代知识分子、中国当代精神状况的重要文献。

何为教授首先是古希腊哲学研究专家，这里面却没有提到嘛。前几天应物兄曾接到季宗慈的电话，季宗慈神秘地说，自己在忙一个"大活"。莫非这就是他说的"大活"？同时，应物兄心中一惊：这些天，我没去看何为教授，何为教授是不是已经……？季宗慈显然知道了他的意思，迎着他的目光，说："还那样，还活着呢。"

一瞬间，应物兄甚至有点感动。

通常情况下，对年龄大一点的学者，季宗慈是不感兴趣的。麦荞先生只是个例外，因为麦荞先生是栾庭玉的老师。季宗慈认为，对学者而言，如果他安安稳稳地活到了晚年，那么他的死就不可能引起人们的兴趣。这是因为，一个人逐渐衰老的过程，不仅会让他自己，而且也会让别人做好充分准备，从而失去了新闻效应，对相关图书的销售起不到促进作用。除非那个人是个大师。但是，仅仅一个景德镇，就有上百位大师呢。必须挑拣挑拣。谁来挑拣？同代人挑的不算，得由后人来挑。季宗慈说："那就跟我没关系了，是我儿子、我孙子的事了。"

但那些英年早逝者就另当别论了。季宗慈认为，人们对死者的怜悯之情，构成了热销的平台。人们对他们的死有多少惊讶就会有多少怜悯。死者为大，在人们的追忆和怀念当中，死者的成就被放大，死者生前的每一个细节都显得楚楚动人。季宗慈经常举例来说明这个问题：海子不死的话，恐怕连海子的父母也不知道儿子是个诗人，诗集能不能出版都是个问题；王小波要是不死的话，哎哟喂，天下谁人能识君？季宗慈还喜欢举徐志摩的例子：那架飞机要是没有撞上山头，现在又有多少人知道徐志摩呢？"轻轻的我走了，正如我轻轻的来"，这也算诗？季宗慈认为这样的诗句他用左脚的脚指头都能写出来，如果徐志摩不是英年早逝，那么徐志摩在文学史上的地位起码要打四点五折。至于这个折扣为什么有零有整，那是因为季宗慈的书都是以四点五折批发给京东、当当和亚马逊的。

"你这就算是行善了。"

"可不是嘛。于公于私，我都得这么做。我跟老太太还是有感情的，虽然她以前没少批评我。"

"估计会赔点钱的。"

"这个问题，不在我考虑范围之内。再说了，想赞助的人多着呢。而且，老太太本人的科研经费也花不完。你可能不知道，你的老朋友敬修己，也表示愿意掏钱，好尽快出版这本书。"

"你认识敬修己？"

"麦荞先生的书里，有几处提到了郏象愚，陈老师要求全都改成敬修己，并注明他是哈佛大学教授。"

"他不是教授，他只是程济世先生的助手。"

"你较这个真干什么？麦老说他是教授，他就是教授，或者说达到了教授的水平。我们的编辑，很快就与他取得了联系，因为其中收录了他的文章，需要得到他的授权。我这才知道，他还是何为教授的开山弟子。说起来，他也是我的师兄啊。他也看到了这条新闻。对何为教授出书一事，他说可以全款赞助。可是我没有想到，文德斯却反对出书。"

"那你还是要多听文德斯的意见。"

"他的理由是，老太太不同意。这不是胡扯嘛。老太太早就糊涂了，怎么可能发表反对意见？是他本人不高兴了吧。这个人脑子有问题。"

"怎么能这么说呢？"

季宗慈接着就提到，有一次，他去看老太太，文德斯刚好不在。他看到，在医生用的一张处方单上，文德斯写了一段话。他一看，就觉得文德斯有毛病。季宗慈说，他用手机拍了照，回来再读，还是没有明白文德斯要说什么。然后，季宗慈调出手机里的照片，念道：

> 笔筒里插满了笔，一共九支。颜色不一，型号不一，功能不一。它们是怎么来到我身边的，它们在我这里待了多久了？它们看着我，我看着它们。上一次我用它们是在何时？那时候月亮升起还是沉坠？我用的是哪一支笔，用的是它的哪个功能？我为何使用它的那个功能？我写出的是哪几个字？现在，我将它们一一抽出，将它们整齐地摆放在一张纸上。纸看到这个阵势，好像有点怕了。我再将它们随意摆开。我发现，笔有点手足无措，纸也有点手足无措。当笔回到笔筒，笔顿时轻松起来，纸也自在起来，微微地打起了卷。而我，却紧张起来了。

"应物兄，说说看，写的这都是什么呀？一张纸无缘无故卷了起来，那是纸张质量问题嘛。他紧张个什么？"

哦，我倒是被这段话吸引了，被它感动了。在很多个夜晚，我似乎也有这样的感受，但我的感觉远远没有这么精微。文德斯借用纸和笔，说的是词与物的关系，哦不，说的是词、物、人三者之间的关系。所有对文字有责任感的人，都会纠缠于这个关系，一生一世，永不停息。

我倒很想和文德斯讨论一下这个问题。

后来，他与文德斯见面的时候，曾经想把这问题拿出来讨论一番，但终究没有。他觉得，这个问题，应该拿到芸娘的客厅里讨论。他倒是问过文德斯，为何要反对季宗慈出版何为教授的书。文德斯说，他之所以反对，是因为对于季宗慈编辑出版的书，从版式到纸张，他都觉得俗不可耐。

"也包括我的书吗？"

"你的书如果不是他出版的，该多好。"

还好，听上去他并不是反对我的书，而是反对我的书交给季宗慈出版。应物兄心里踏实了许多。应物兄又问了一句，是不是因为柏拉图对商业存有巨大的成见，而老太太刚好是研究柏拉图的，所以文德斯也就更加反感作为书商的季宗慈？文德斯犹豫了一下，说："你对柏拉图好像不是太了解。"接下来，文德斯委婉地给他上了一课：东西方先哲大都瞧不起商业贸易，柏拉图尤其如此，但柏拉图也充分肯定过商业贸易的合理性，认为城邦里离不开那些店老板、小商人和大商人。文德斯说，柏拉图只是对一个国家过于看重钱财，把商人的地位抬得很高而忧虑重重。当你过于尊重钱财，善德与善人便相应地不受重视了。一个社会，如果只是歌颂富人，鄙视穷人，那么这个社会的道德基础也就危如累卵。道德堕落必然导致寡头政治，这是因为那些富人会通过立法，来确立并保持自己的寡头地位。寡头政治所认为的善也就成了恶，最大的善就是最大的恶。

"不过，我反对把老太太的书交给季宗慈，并不是因为他是书商，也不是因为他对老太太的不尊重碰巧被我撞见了，而是因为我知道,季宗慈只不过是要用这样一本书,来证明自己的善。"

这会,他以为季宗慈会让他去说服文德斯,正想着如何推托,季宗慈说:"那个小兔崽子,他说不让出我就不出了?他不是刚出了一本什么《辩证》吗?把我惹急了,我组织一帮人挑错,再组织一帮人告他,说他反对辩证唯物主义。你看我不灭了他。"

也真是巧了,这边正谈着文德斯,文德斯把电话打来了。打的是季宗慈的座机。季宗慈说:"哎哟,是何为先生的高足啊。何为先生病情稳定吧?我时刻挂念着呢。"过了一会,他又听见季宗慈说道,"这你无须担心了。不是有句话吗,猫有九条命。我会派专人照顾的,我专门为它配备了医护人员。"

这时候,艾伦来电了,说敬香权的事已经查清楚了。

她说一会就回来,见面详谈。

51. Reading Room

"Reading Room 去过吗?一定要去。"季宗慈说,"如果你没去过,我可以陪你去。必须的。"

真是荒唐。Reading Room 不就是图书馆阅览室吗?我怎么可能没去过呢?但是接下来,应物兄听明白了,季宗慈所说的 Reading Room 是有具体所指的,它几乎已经是个专用名词了,指的是大英博物馆的阅览室,准确地说,指的是马克思写作《资本论》时待过的那个阅览室。

季宗慈刚从英国回来。他的姐姐,另一个胖子,嫁给了一个英国胖子。他去伦敦就是参加两个胖子在伦敦海德公园举行的婚礼。这位第二任姐夫是纯种盎格鲁-撒克逊人,隆鼻蓝目,色浅唇薄,但最喜欢喝的却是中国的红星二锅头。婚礼之后,他由新郎官陪同,怀着朝圣般的心情去参观了大不列颠图书馆。这是因为有人告诉他,如果他出版的书能被译成英文并被大不列颠图书馆珍藏,那么他作为一个出版家才算是成功的。

参观马克思写作《资本论》时用过的那个 Reading Room,是季宗慈此行的重点。阅览室的牌子上写着:这里为众多的政治流亡者和学生,提供了避难所和精神的源泉。就是它了,马克思当初就是个流亡者。他最感兴趣的当然是马克思在地板上磨出来的脚印。但是,当他问到此事,图书馆管理员笑了。图书管理员起初还以为他是日本人呢,现在知道他是中国人了,因为只有中国人、俄国人才会问到那个脚印。管理员说,戈尔巴乔夫下台之前也曾跑来瞻仰那个脚印,但却什么也没有看到。

应物兄这时候发现,他们现在坐的书房的门上,挂着一个牌子,上面写的就是"Reading Room"。

反正是闲聊,我们的应物兄就耐心地听季宗慈讲了下去。不时能够听到几声狗叫。因为季宗慈接下来又讲到了狗,所以应物兄后来每当回忆起这天的谈话,就会有一种错觉,觉得那些狗好像已经成精了,它们似乎在提醒季宗慈:胖主子,我们已经排了半天队了,你什么时候讲到我们啊?

季宗慈说,他当时觉得图书馆管理员很不负责任。众多公开出版的书上都写到过此事,而且都提到马克思是坐在7号位置上写作的,怎么会有假呢?他就请求管理人员帮他找一找7号座位。现在,那个座位上坐的是一个年轻人,留着莫希干发型,胳膊上有一块刺青,图案是一朵祥云。他"一不小心"把衣服掉到了地上,趁机弯下腰看了看,还真是没有看到脚印。莫非后来装修过?他的疑问很快被管理员打消了。管理员说,它一直保持着原样,因为这里的一桌一椅,都是知识和历史的见证,不能随便更换的。后来,他想通了,地板上怎么会磨出脚印呢?那又不是中国的豆腐渣工程。再说了,马克思为什么一定要磨脚呢?

"但是,这个脚印的故事编得好啊!"季宗慈说。

"是啊,精彩的小说细节。"他说。

"我对费鸣说过,你作为一个写过剧本的人,一个大学校长的捉刀人,看到这样的细节,是不是有点惭愧?这样的细节,是不是伟大的细节?费鸣承认,他自愧弗如,甘拜下风。后来,我又去看了他们新进的图书。我现在要告诉你的是,我在那里看到了老兄的《孔子是条'丧家狗'》。但遗憾的是,那只是中文版,还不是英文版。不管怎么说,这已经是我的一大成就了。当然,这首先是你的成就。在另一个书架上,我看到了程济世先生的著作,一共有三本,都是英文著作。我本想拍下来的,遗憾的是,管理员不准拍照,塞钱也不行。"

"图书馆总是要进书的嘛。"

"我现在要说的是,那个新郎官告诉我,能够进到大不列颠图书馆的作者,几乎每个人都有传记出版。这句话提醒了我。"

应物兄有点明白了,季宗慈是想出版程先生的传记。

"你的意思是——"

"其实参观 Reading Room 的时候,看到里面有很多传记,我的潜意识已经告诉我,这件事得做,得马上做。"

"但是程先生说过,在他死之前,他不愿看到关于自己的传记。他认为,传记就是盖棺论定。"

季宗慈换了个坐姿,把一条腿压到了另一条腿上:"不,我没打他的主意。"

"你说的是《孔子传》?这个必须等到太和研究院成立之后再做。"

季宗慈说:"好,那就不急着做了。应物兄,不知道你还记得那条狗吗?"

"狗?木瓜?当然记得,前些时间,嗨,不提了。"

外面的狗叫声突然热烈起来了。季宗慈喜欢养狗,养了一条藏獒,一条黑背。如前所述,他们谈话的时候,狗叫声就不时传来。

那是藏獒叫的还是黑背叫的,应物兄分辨不出,他只是觉得那声音很浑厚,像牛犊,但比牛犊的叫声傲慢。季宗慈喜欢和它们做游戏,一种藏猫猫的游戏:他先躲到一个地方去,然后让它们楼上楼下地找。教学相长,季宗慈时不时流露出来的那股傲慢劲儿,除了资本力量在作怪,或许还受到了黑背和藏獒的影响。季宗慈还养过一条爱斯基摩犬,狗脸很像狐狸,毛色浅灰,但眼圈是黑的,耳朵像个等边三角形。它整天卧着,肚皮贴着地,把脖子尽量伸长,下巴也贴着地,甚至连它的舌头也要拖到地上,以尽量增加与大地的接触面积。是因为它热爱这片土地吗?才不是呢。它是要散热。它后来还是热死了。

"看来,你真的忘了。我说的是那条草狗,那个土八路。"

"你说的是——"

"你怎么忘了? 它虽然是个土八路,却拥有最文雅的名字,草偃。"

草偃? 想起来了。它还活着? 他忍不住站了起来,往窗边走去,想看到它。季宗慈看出了他的急切,告诉他说,它单独养在后院,相当于独门独院。

于是,他走出这个房间,穿过走廊,进到另一个房间,隔着窗户看到了后院。第一时间,他并没有看到那只狗。他首先看到的是后院那株柿子树。他对那株柿子树,倒是有着深刻的记忆。他第一次来这里的时候,正遇到艾伦对着保姆发火。原来保姆把树上的红柿子都给摘了。艾伦说:"没有柿子,我还要往上面绑柿子呢。你倒好,一个不落,全都摘了。"保姆说:"不摘就掉下来了,摔烂了。"艾伦说:"肇嘴!"立即有另一个矮个子保姆跑了过来。矮个子保姆蹦了起来,要去撕那个保姆的嘴,被艾伦拦住了。他还记得,矮个子保姆问:"前几天那几个柿子,是不是你摘的? 偷吃了吗? 你连青柿子都偷吃啊? 看我不撕烂你的嘴。"高个子保姆藏在梯子后面,说:"我拿它泡醋了,就泡在厨房里。"

他对艾伦说:"柿子醋最好了。"

艾伦这才放过了那个保姆。保姆把梯子放到门廊下的时候,两眼噙泪。

哦,他现在看见了,那只狗就卧在后院门廊下。

与前院的黑背比起来,它显得那么瘦小,那么卑微,令人怀疑它们曾拥有共同的祖先。对不起,我几乎把你给忘了。不是几乎,而是忘得一干二净。真的对不起了。应物兄听见自己说。

那条狗是他从棍棒下面救出来的。哦不,不是棍棒,是屠刀。那是木瓜诞生之前的事了。算下来,它应该比木瓜大半岁。当时他还没去美国访学呢。他所住的北辰小区的东边,原来有个农贸市场,出售水果、蔬菜、冒牌服装、全自动麻将桌,当然还有各种肉类。肉食区又分为四类:牛羊肉区、猪肉区、水产区和禽类区。他很少光顾牛羊肉区,想吃牛羊肉他就去吃火锅,或者到某个街角去吃烤串。他经常光顾的是禽类区,有人专门在那里宰杀活禽:鸡、鸭、鸽子和鹌鹑。他喜欢吃鸭子,麻鸭。这个习惯还是因为乔姗姗。据说麻鸭有助于下奶,乔姗姗生下应波,奶水不足,他就天天给她炖麻鸭。她吃鸭子,他喝汤。丢进去几块酸萝卜,那汤荤不荤,素不素的,而且酸不酸,咸不咸,甜不甜,淡不淡,正合中庸之道,喝起来别有滋味在心头。

那天他来买鸭子,看到卖鸭子的摊位前卧着一条狗。是条草狗,它已经做了母亲。一只小狗在身边来回兜着圈子:它很快乐,傻呵呵地快乐,因为它还不知道众生并不平等。它用前爪掏耳朵的动作看上去还很笨拙,好像掏的是别人的耳朵。卖肉者此时正在宰杀鹌鹑,一只只鹌鹑从麻袋里掏出来,脑袋和身体朝相反的方向一拧,再猛地一拽,鹌鹑就身首分离了。有几只脑袋被扔到了大狗的旁边,大狗伸出舌尖轻轻一卷,鹌鹑的脑袋就不见了。它一边细嚼慢咽,一边将鹌鹑毛徐徐吐出。那个动作让应物兄想起了小尼采。小尼采吃瓜子的时候,嘴巴就像一台微型的脱粒机,通过舌头和牙齿的巧妙配合，瓜子仁粒粒进肚，瓜子皮却片片飞出。他没有想到，小尼采可以做到的事，一只狗也可以做到，而且做得更好，所以忍不住多看了两眼。

这时候来了一个慈眉善目的老头，胸前挂着友谊宾馆的牌子，是负责食堂采购的。老头上来就问："东西呢？"

"下雪了，吃的人多了，卖光了。"

"一只没留？"

"明儿给你留两只。"

"有条腿也行啊。没有后腿，有个狗头也行啊。"

"狗头也抢光了。"

"蒙谁呢？这不有现成的吗？"那老头看着那条大狗。

"儿子养的。"

"宰了。"

"儿子要闹人的。"

"宰了。"

"小家伙真的要闹人的。"

"宰了。"老头说，"钱嘛，可以涨点。"

"您老就看着多给一点吧，小家伙不好哄的，得给他个玩具。"

"就按前腿的价格算。"

"后腿吧。"

"前腿！"

"前腿就前腿。"

卖肉者眯缝着眼，看着那条大狗，还用手摸了摸狗头，揪了揪狗耳朵。狗伸出舌头，愉快地舔着主人的手。狗这时候是跪在卖肉者面前的，一边舔着主人，一边眺望着棚外纷飞的大雪。它不知道恐惧，不知道主人马上就会要了它的狗命。卖肉者当时好像还犹豫了片刻，但在接过老头递过来的一支烟之后，立即从砧板下面抽出一把刀，蹲到了狗的面前。卖肉者继续抚摸着狗头，狗伸出舌头再去舔主人的时候,那把刀突然变短了,然后又变长了,刀刃上已经开始滴血。那只狗挨了一刀,嘴巴咧了一下,好像在笑。笑完之后,迅速躲到装鹌鹑的麻袋后面,但它的脑袋已经抬不起来了,只能歪着头朝这边看。它甚至都没有叫唤一声,只是呼呼地喘气。狗主人朝它招了招手,吹了声口哨,那只狗就又艰难地爬了过来,靠着主人的高筒胶鞋,好像是要休息。卖肉者的刀再次刺入了它的脖子。这一次,狗脖子就像折断的树枝,狗头一下子耷拉到了地上。直到这个时候,它才明白主人要的就是它的狗命。它似乎有些委屈,想躲一会儿,尽量躲得远一点。但奇怪的是,主人只是又吹了声口哨,它就慢慢地掉转身体,又爬了回来。它的脑袋已经不听指挥了。它的身体向前移动,脑袋却拖在后面,拖到了它的腰部。

那只小狗非常兴奋,围着母亲又蹦又跳,欢呼雀跃,尾巴也高高地卷着。慢慢地,它感到了迷惑:母亲怎么转眼间就变成了一堆肉?变成一张可以折叠起来的狗皮?它终于狂叫起来了,娇嫩的嗓子又尖又细。它一跳一跳地,想抓住那张已经吊到了肉钩上的狗皮。卖肉者这时候正跟老头讨价还价呢。老头看见那只小狗,才知道杀的是母狗。当然,老头也可能是装作刚知道,为的是砍价。

老头说:"母狗?母狗的肉太老了。对不起了,你得降价。"

卖肉者说:"加上西红柿酱,做成酸汤狗肉,也吃不出来公母啊。"

但老头就是不松口。刀在颤抖,刀还在滴血。卖肉者的表情变得狰狞起来。应物兄突然有点紧张。但接着,那张狰狞的脸上却挤出了笑:"再搭上这只小狗怎么样?它可是一条公狗。"

说来这就是缘分了。当卖肉者去抓那只小狗的时候,小狗一下子躲到了应物兄的两脚之间,不停地在他的腿上蹭来蹭去。

就在那一瞬间,他决定买下那只小狗。

　　他想，再过两个月就是春节了，到时候他就把它带回本草老家，让它陪伴母亲。乔姗姗说："让它替你尽孝？"这话当然很难听，但意思大致不差。小狗长得很快，一个多月之后，它已长大了一倍。它一直没有名字。后来，他就给它起了名字叫草偃，小名叫偃儿。为什么叫这么个名字呢？因为那天他在备课的时候，正好看到孔子与季康子的一段对话。孔子对季康子说：

　　　　君子之德风，小人之德草。草上之风，必偃。①

　　既然它是一条草狗，那就叫草偃算了。于是它就有了这么一个带着儒学背景的名字。可是春节还没到，打狗季节先到了，凡是体重超过十公斤、身高超过四十厘米的中大型犬只，都要一网打尽。物业人员陪同城管在小区检查时，发现了草偃，勒令他必须处理掉，虽然那时候它的身高还不够四十厘米。也真是巧了，当中隔了一天还是两天，季宗慈到他家里做客，他就请求季宗慈把它带走，因为季宗慈的别墅区是可以养大狗的。季宗慈说："养狗人很讲究血统的。弄这么一条草狗，我丢不起那个人啊。"

　　"你就代养几天，给它一口吃的就行，过几天我就去接它。"

　　那年春节，乔木先生要去海南过年，并要求他和乔姗姗同去，好过一个团圆年。他也就没能回到本草。后来，他倒是问过季宗慈，那条草狗呢？季宗慈说，它就在院子里跑来跑去的，有时候在这一家，有时候在那一家。季宗慈还让他放心，说饿不着的，因为它可以自食其力。莫非它已经变成一条流浪狗了。但季宗慈说，它每天晚上都回来，就安心待在后院。

　　他现在想起来，他虽然来过这里几次，却再没有见过它。

　　他确实把它给忘了。

　　"你还记得吗？上次在医院，我跟你说，我差点把命给丢了，是

───────────

　　① 《论语·颜渊》。季康子问政于孔子曰："如杀无道，以就有道，何如？"孔子对曰："子为政，焉用杀？子欲善，而民善矣。君子之德风，小人之德草。草上之风，必偃。"

你救了我一条命。你肯定认为,我是夸张。还真不是夸张。我说的事,就跟草偃有关。"

"什么事啊,竟然差点要了你的命?"

"你这朋友是怎么当的?我差点命丧黄泉,你却一点都不关心。"

按季宗慈的说法,不久前这个别墅区发生了几起盗窃案。其中有一户最为倒霉,不光被盗了,而且一家三口连厨娘带保姆全都给宰了。顺便说一句,应物兄后来知道,季宗慈所言有误:厨娘和保姆其实是同一个人,也不是一家三口,而是一个男人和他的姘头。说到那个"宰"字,季宗慈的声音变成了重音,眼睛瞪圆了。出事的那几家都是开煤矿的,有一家还开了金矿。但还有一家开煤矿的,却躲过了一劫,平安无事。"知道为什么吗?"季宗慈问。

"盗贼是不是知道他的煤矿倒闭了,没钱可偷了?"

"提醒你一下,那些人家也都养了黑背、藏獒。但只有免遭毒手的那一家养了一条草狗。"

"他们是不是觉得那家没钱?你不是说过,有钱人谁养草狗啊。"

"还有最后一次机会。"

"知道了,知道了,那家人其实就是凶手。"

季宗慈哈哈大笑,说他的智商跟那几个警察差不多,因为警察也是这么认为的。警察第二天就把那家人全都抓起来了。按季宗慈的说法,好一阵威逼利诱,好一阵严刑拷打,就差上老虎凳、灌辣椒水了。屁股都打肿了,肿得都没有缝了。那家人最后只好招了。但就在这个时候,济州市东开发区的一个别墅区,又发生了一起类似案件。种种迹象表明,那是同一伙人干的。警察这才知道抓错人了。

"这么大的新闻,怎么没见诸报端?"

"当然不能!会影响济州市招商引资的,影响济州市的 GDP

的。套用康德的话，GDP 就是我们这个时代的道德律令。"

"可这事跟狗有什么关系呢？"

季宗慈终于说出了事情的真相。他说，主犯以前是搞投资的，由于投资失败，血本无归，就开始仇恨社会。主犯后来供认，他们作案的时候，最担心的其实不是人，而是狗。狗会叫嘛。不过他们最担心的不是黑背，也不是藏獒。黑背和藏獒虽然忠诚，但它们的忠诚却存在着变数。它们本来忠诚于张三，可如果李四掏钱买了它们，那它们就会忠诚于李四。如果王麻子又从李四手里把它们买了过来，那么它们同样会忠诚于王麻子。它们太聪明了。它们已经有了自己的哲学，有了一种深刻的自我意识，知道自己一生下来，就已经不是传统意义上的狗了，而是一种名叫狗的商品，注定要被人买来卖去的。主犯说，你只要想办法让它们知道，你已经买下了它们，成了它们的新主子，接下来它不但不会咬你，还会帮你。他们的办法是用竹竿去敲拴狗的链子。第一次敲它们会叫，第二次还会叫，第三次就不叫了，因为它们意识到，主人已经把它们卖了，敲链子的这个人就是它的新主子。当你破门而入的时候，它们不仅一声不吭，还会马上分工合作，一个负责站岗放哨，另一个则把前爪搭在窗台上，下巴抵着窗台，津津有味地看戏，相当于为你暗中助兴。当它们闻到那股子血腥味，它们还会兴奋得直打喷嚏。

但是草狗就不同了。

草狗，也就是我们说的中华田园犬，秉承祖宗的传统美德，忠犬护主，只要你没有捅死它，只要它还有一口气，它就要一直叫下去，汪汪汪。那家养了草狗的人就是这样躲过一劫的。听到草狗的叫声，他们就知道外人进来，立即打开了探照灯，并拿出了私藏的枪支。季宗慈说："看上去盗贼是被枪吓跑的，其实不然。逻辑起点很清楚，那就是狗叫。"

"哦——"

"那天晚上，我也听到了狗叫，是草偃在叫，叫声瘆人，好像有人要宰它似的,嗓子都叫哑了。我也把院子里的探照灯打开了。不瞒你说,我也拿出一杆步枪。不过,那是空枪,子弹并未上膛。要是上了膛,依我的脾气,我肯定会持枪跃出,撂翻他几个。"

"是吗?"

"第二天早上,这里到处都是警察、警犬。我才知道出大事了。现在每当想起此事,我就浑身哆嗦。要不是草偃发出了警报,他们很可能就进来了,因为警察在我的院墙外面也提取到了那些人的脚印。"

"宗慈兄受惊了。我确实一点都不知道。"

"祝贺我吧,祝贺我捡了一条命。"季宗慈脸上的每个麻坑都闪烁着奇异的光彩。那些麻坑,不是来自天花,而是青春痘的遗产。"从某种意义上说,我这条命是草偃救下来的,但归根结蒂是应物兄救下来的。"季宗慈拍着自己的胸脯。因为太胖,好像长着一对乳房,胸脯在他的拍打下起伏不定。但是看得出来,他是诚恳的。"为感谢草偃,我给它买了一堆玩具。考虑到它的健康,我买的可不是塑料玩具,是用牛皮压缩而成的,真正的绿色玩具。"

季宗慈的话归结到一件事情上:"应物兄,您想啊,对草偃我都感恩戴德,对于送我草偃的那个人,我能不感激涕零吗?所以,我就在想,自己还能为应物兄做点什么呢?应物兄不是致力于儒学的复兴吗?那何不策划一套书,为应物兄的儒学复兴大业略尽绵薄之力?"

"宗慈兄,你听我说,草偃能活到今天——"

"别打断我的思路,先听我说完。"这话有点生硬了,所以季宗慈抱歉地笑了笑,又说,"听了我的汇报,您再发表高见。我计划策划一套当代儒学家的评传,第一辑先出五部,每部写两个人:一个是导师,一个是弟子,以示传承关系。你知道的,做导师的大都已经走了,但弟子还健在。也有师父还健在,但徒弟却走了的。这种情况说起来比较特殊,但现在也比较常见了。这种情况下,弟子往往比导师的名气还大。这样也好，师徒当中，总得有个名人吧。"

"说的谁啊？谁的师父还活着，他却死了？"

季宗慈咕哝出了一个名字，那个人名气确实很大，前段时间还在网上掀起了一场骂战。不过，那人好像没死啊。应物兄说："他也能算名人？他没死吧？"

"得了脑血栓了，成了植物人了，将死未死。"

"他也能算儒学家？他只是在风景区盖了个房子，号称阳明精舍，弄一批人开了几次会，吵了几次嘴而已。他的名气大，只是因为他每次开会，都要进行网络直播，引起围观。他是名人不假，但只是个网红。"

"我听您的，这就拿掉他。"

"别人算不算我不管，我不算。我有自知之明。我只是凭兴趣，也凭责任，做了一点力所能及的事。"当然，这么说的时候，他的舌面上其实还跳跃着一句话：如果那个人都算是儒学家，那么我当然就更是了，因为我比他强一百倍。

"坦率地说，我连作者都找好了。你的表情告诉我，你已经猜出他是谁了。我确实找费鸣谈过一次话。费鸣说，你不会同意的。我对费鸣说，他不同意是他的事，出不出是我的事。"

"宗慈兄，此事断不可行。程先生弟子众多，你写了我，却没写别人，这不是让我挨骂吗？还有，你知道的，我本是乔木先生的弟子。你这样做，乔木先生该怎么看？"

"乔木先生毕竟不是以儒学研究著名的嘛。你要有意见，我就分开出？你一本，程先生一本？"

"宗慈兄，万万使不得。这书出了，也没人看的。"

"有没有人看，那是读者的事。如果费鸣不写，我会另找他人来写的。这总比写剧本容易吧？写剧本还得生编乱造。这个呢，一切都是现成的。"

"恰恰相反，我认为难度很大。"他说，"比写小说、写剧本难度更大。"

"怎么会呢？"

"宗慈兄，你还真得听我一句劝。没有比给画家、作家、学者写传更困难的事了。这些人，他们的意义和价值，就在于他画了一幅画，写了一部书，或者研究了一个问题。他们不是凭借具体的行动来展示自己的意义和价值的。"这说法也有问题，写东西的时候，几个小时下来，我虽然坐着没动，却常常搞得腿肚子抽筋、脸颊生疼，胡子楂也拱出来了，头发也像被风吹乱。那一头乱发有如离离原上草，好像经过了几番枯荣。这不是行动又是什么？他是这么想的，但他却做出了另外的描述："总的来说，他们的意义不在于他们在世界上扮演了什么角色。如果剧院老板想把他们的生平事迹搬上舞台，事先必须做好从剧院楼顶跳下来的准备。因为他不仅赚不了钱，还可能赔个倾家荡产。相比较而言，画家和作家的传记还好写一点，因为你可以写出他和作品中人物的关系。最困难的就是给学者立传了。想想看，该如何描述一个人研究'有朋自远方来'的情形？"

"这些问题，不是您考虑的事情，而是作者考虑的事情。我前面不是说了，马克思的脚印，就是个活生生的教材。您得找到这样的细节。"

"如果你一定要做，不如把那些已经出版的传记，比如历史上的那些儒学大师的传记进行重新校对，重新注释，然后再版。他们大多生于乱世，他们的知与行之间有各种复杂的关系。"

"您说到我心坎上了。这个我也考虑过了。我不是说了嘛，潜意识告诉我，儒学家的传记，将会是图书出版界一个新的热点。最重要的是，在和您接触的过程中，我，一个研究西方哲学的人，也对儒学充满了热爱。我确实很想为儒学做点实事啊。"

"你怎么知道它会成为一个新的热点？"

季宗慈站起身来，圆柱子般的身体向一排植物移去。这个房间里摆着的植物有一个共同特征,就是叶片巨大:龟背竹,橡皮树,发财树,等等。一株龟背竹后面是个博古架,上面摆放着季宗慈与众多名人的合影。与他的合影也摆在那里,在一只陶罐和一只木碗之间。木碗是艾伦从日本带回来的,由一块完整的木头挖成,上面雕着一个穿和服的女人:和服被风吹开了,她摆放双腿的姿势刚好有利于她暴露出自己的下体,而且简直要把阴户撑开了。对,文雅的说法叫春光乍泄。那个阴户不是人工挖出来的,本来就是树上的疤痕,它可能来自风刀霜剑,也可能先被虫子所蛀,而后又被啄木鸟的尖喙所掏空。哦,说起来,这其实也是天人合一。

圆柱子在房间里移来移去的。季宗慈把那个木碗拿起来,碗口、碗底、穿和服的女人依次看,同时说道:"应物兄,有一个矛盾是我非常感兴趣的,当然它也是市场上的卖点。从孔子开始,历代思想家几乎都在从事同一个工作,那就是试图挽救中国人的道德颓势。但是奇怪了,越是要挽救,我们在下坡路上就出溜得越快。出溜得越快我们就越是想挽救。怎么挽救?还不是一次次地回到孔子?你说,放着这样的书不出,放着这样的钱不赚,放着这样有意义的事业不干,我不是傻×吗?"

除了最后一句,应物兄觉得,季宗慈的话其实还是非常有道理的。这些问题其实也是我思考的问题。咦?这些话怎么这么耳熟啊?哦,想起来了,这些话的版权属于蒯子朋。在香港书展上,作为新闻发布会的主持人,蒯子朋教授当着众多媒体的面就是这么说的。季宗慈的记忆力太好了。

季宗慈说:"不是吹的,我对出版问题的思考,已经是一览众山小。"

哦,季胖子,我看你是一懒众衫小。

"你要知道,我手中掌握的媒体资源,在出版人当中虽然不是最多的,但也能排上前几名。到时候,我也会发动书评人多写些书评。我跟各大网站已经签订或正要签订战略合作协议,从新浪、搜狐到豆瓣,都联系过了。"

"豆瓣也会听你的?"

"不听我的,听谁的? 惹我不高兴了,我糊它一脸豆瓣酱。"

"宗慈兄啊,你出谁的书我不管。你要还把我当朋友,就别出我的。那是把我放在火上烤啊。"

"您要真不愿意,那就只好先出别人的了。"季宗慈腮帮子上的肉全都耷拉下来了。

"如果你一定要出,也要等我死了。我衷心祝愿你死在我之后。"

这时候,艾伦回来了。他听见艾伦在楼下问保姆:"应物兄走了吗?"保姆的回答他没有听清楚,但他听见艾伦的惊呼:"怎么有一只猫? 哪来的野猫?"

当艾伦上楼之后,季宗慈说:"那可不是野猫。"

艾伦问:"你又不是不知道,我最烦猫了。"

季宗慈这才告诉他和艾伦,那只猫就是老太太的柏拉图。早上,他去见了老太太的侄女。从老太太的侄女那里得知,柏拉图生病了,不吃不喝的。他就把柏拉图抱了回来,喂它吃了金枪鱼罐头,它竟然都吐了。派人送到医院做了体检,还真是病了,红血球500,正常值应该是1000的。明天得接着打吊针。

艾伦还是通情达理的。打狗要看主人面,搋猫要看主妇面嘛。艾伦说:"是老太太的猫啊,你怎么不早说?"

季宗慈说:"应物兄,你大概不知道,艾伦平时最怕猫了。看出我和艾伦对老太太的感情了吧?"

艾伦说:"我告诉您! 养两天,病好了,赶紧送回去,别让老太太挂念。"

应物兄后来知道,柏拉图其实已经病了几天了。它好像知道主人要离去了,不吃不喝,大有同归于尽的意思。或许是入戏太深,它差点比主人还先走。这天,文德斯为它新买了猫粮,更换了猫砂,还给它买了两个新玩具,看能不能让它出离戏剧情境,却听梅姨说一个胖子把它接走了。应物兄后来看到了那两个玩具:一个磨爪子的鱼形抓板,一个系着彩色鸡毛和小铃铛的棍。那个鱼形抓板是柏拉图最喜欢的玩具,已经玩丢了好几个了。最初,它并不喜欢那个抓板,它更喜欢在沙发靠背上磨它的爪子。为了让猫喜欢它,文德斯曾在老太太的花盆里种上了猫薄荷,也就是小荆芥,它的花是淡紫色的。柏拉图经常迈着柔软的步子绕着花盆散步,也常常用胡子轻轻地撩着花瓣,以焕发它的芳香。按文德斯的说法,猫喜欢猫薄荷,就像屈原喜欢香草,理查德·罗蒂喜欢野兰花。文德斯曾避着柏拉图,将猫薄荷的叶子揉碎,涂到鱼形抓板上。这一招还真管用,柏拉图从此对那个抓板产生了深深的迷恋,睡觉都要抱着它。之所以弄丢了几个,是因为柏拉图一旦把它带到楼道,别的猫就会闻香而来,合伙把它抢走。

他问艾伦:"查清楚了吗?敬香权在谁手上?"

艾伦说:"我告诉您,每天都不一样。我不知道您哪天要。今天的敬香权,归一个煤老板。这就不说了。明天的敬香权归市京剧团,后天的归一个金矿老板,大后天则归桃都山的一个花卉公司老板。除了京剧团是自己录像,别的都归我们录。我们签了三方协议:慈恩寺、用户和电视台。问题是,您哪天用?"

他当然表示,但有消息,马上告知。

季宗慈还在关心他的传记丛书。他听见季宗慈说:"这样吧,我先出一套儒商的传记。这个,您可得帮忙。"

他对季宗慈说:"我知道你说的是谁。不过黄兴已经有两本传记了。"

季宗慈说:"听说这个外号叫子贡的人马上要来了?您得给我引荐一下。听说他的宠物是一头驴子?您要信得过我,就交给我养两天。您都看到了,养猫逗狗,都是我的强项。养一头驴子,更是不在话下。能够和传主一起共事,对我来说也是一种荣耀。"

"华学明教授已经承担了养驴子的重任。"

"我找他去。虽说他是搞这个专业的,但说到养驴,他不一定比我强。"

52. 谁能想到

谁能想到,子贡会带一匹白马过来呢?

虽然陆空谷发来的视频中有白马,但我们的应物兄怎么也不可能想到,白马会从视频中走到济州。

子贡的车队是直接从蒙古高原开过来的。应物兄是早上六点零五分从陆空谷处得到消息的。幸亏事先他们有所准备,不然真的要打他们一个措手不及。应物兄、邓林和葛道宏,于七点半就赶到京港澳高速公路济州出口处迎接子贡大驾。陆空谷提醒得对,子贡没有在出口处停留。车队开过来之后,两辆警车一前一后,护送车队前往希尔顿饭店。应物兄乘坐邓林驾驶的白色别克,弯道超车率先赶回饭店。而葛道宏乘坐的那辆灰色别克,则是跟随车队缓缓前行。

车队中最引人注目的是一辆巨型大巴:比一般的长途大巴还要长,还要高,有三个车门,两侧各一个门,还有一个门是在屁股后面。车身上的"GC"标志,似乎说明它是从美国总部开过来的。费鸣认为,驴子就应该待在大巴上面,而黄兴则应该坐在第二辆奥迪车内。那是一辆新款的奥迪 A8LW12 quattro 防弹轿车,最新资料显示,其防弹性能甚至优于坦克。

车队在希尔顿饭店门口停下以后,应物兄立即向那辆奥迪 A8靠拢。车门开了,但出来的人却不是子贡,而是子贡的私人医生李新。他向李医生伸出了手,李医生却没有和他握手,而是去系西装扣子了。李医生的第一句话,又是典型的新加坡英语,将宾语用

作了主语,还使用了被动语态:"That person there cannot be trus-
ted。①"因为李医生在系扣子,两只手都停留在肚子上,这不能不让
我们的应物兄产生一个错觉:李医生说的好像是他自己。当然了,
随着李医生把目光投向车队,应物兄知道他说的是车队中的某一
个人。那个人及时出现了,但只是露了一下头,看到还没有人下
车,就又缩了回去,悄悄关上了车门。就在那一瞬间,应物兄认出
他是济州畜牧局局长侯为贵,他们以前在华学明的生命科学院基
地吃过烤全羊,那不是一般的羊,是山绵羊,山羊与绵羊的杂种。
奇怪! 侯为贵是怎么混到车队里的?

　　应物兄的手还在两人之间悬着呢。尴尬是难免的,不过,他反
应很快,并没有把手收回去,而是继续往前伸,绕过李医生的腰部,
把车门关上了。这时候,陆空谷从车的另一侧下来了,朝他微笑了
一下,算是打了招呼,然后她和李医生并排站到了一起。她好像刚
刚骑马归来,穿着中筒马靴。

　　咣当一声,随着大巴侧门开启,一个踏板伸了出来,就像吐出
了一条巨舌。随后应物兄就看到那匹白马。他最先看到的是一个
马头。仲春时节,在刺目的阳光下,那个马头给人的感觉几乎是抽
象的,梦幻一般,甚至显得灵异。有一个人从里面走了出来,是子
贡的保镖。保镖剃光头,戴着耳麦,穿黑色西装,戴白色手套,穿黑
色尖头皮鞋。然后又走出来一个保镖,就像前者的双胞胎兄弟。
出来之后,他们背着手,面对着踏板站着,脸上同样毫无表情。因
为都剃着光头,穿尖头皮鞋,乍看之下,应物兄觉得他们就像扑克
牌中的黑桃 Q。他这个感觉是被一个响亮的声音打断的:那匹马突
然打了一个响鼻,喷出来的星子有如碎玉迸溅。李医生看着天空,
手指在空中捻了一下,说:"打响鼻是为了除尘,济州空气够脏的。"
李医生,该说新加坡英语的时候,你却不说了。

　　直到这个时候,应物兄才醒悟过来,陆空谷给他发那个视频,

---

①　那边那个人不能被信过。

其实就是要告诉他,子贡鸟枪换炮了,带到济州的不是驴子,而是白马。

子贡终于露面了。不过,应物兄并没有立即认出那是子贡,还以为是随从,比如专职马夫。子贡虽然牵着白马,却落后白马一个脖子,好像不是他牵马,而是马牵着他。现在,子贡一手牵马,一手拿着帽子。他脑门贼亮,长着浓密的络腮胡子,确实就像戴着毛皮面具。紧随子贡出来的一个人也是保镖。跟前两个保镖一样,剃着光头,黑色西装,白色手套,戴着耳麦。

费鸣嘀咕了一句:"眼睛一眨,驴子变马。"好像有奚落意味,但更多的是惊奇,因为接下来费鸣长喘了一口气,像是给自己压惊。

黄兴丢开缰绳,往前走了两步,张开双臂和他拥抱。葛道宏已经下了车,正往这边走。应物兄迎着葛道宏走了几步,然后跟他并排走回来。走的时候,他的身体是侧着的,同时一只手伸在前面,是给葛道宏引路的意思。平时他从不这样的,但这是小乔的提醒。小乔说,在外宾面前需要这样,不然他们认为咱们不懂礼貌。到了子贡跟前,还没等他介绍,子贡就说:"栾长官,幸会幸会。"

应物兄赶紧说:"这是葛道宏校长。"

子贡就改口说:"校长大人好啊。程先生让我问候校长大人。"

葛道宏说:"黄先生一路辛苦了。栾省长中午要接见法国贵宾,是事先安排好的,下午栾省长将接见黄先生。"

子贡说:"黄某在哈佛的时候,就拜读过校长大人的文章。校长大人是一代鸿儒啊。"

葛道宏说:"不敢当,不敢当。"

子贡又说:"校长大人一脸佛相,贵人啊。"

葛道宏笑了:"佛相?不敢当。不过,虽然说我们共产党人是不信佛的,但听到您这么说,我还是很高兴,谢谢!"

子贡说:"贵人信佛,佛在。贵人不信佛,佛自在。有何当不得?有贵人相助,黄某当不虚此行。"然后,黄兴拥抱了葛道宏,两个互相拍着后背。

子贡也看到了侯为贵，正要跟侯为贵拥抱，侯为贵向后一躲，指着邓林说："这是栾庭玉省长的秘书邓林同志。"

子贡说："好啊，邓大人。"

邓林倒也面色平静："栾省长要我第一时间向您问安。"

然后子贡指着侯为贵说："山高路远，苦了这位仁兄了。"

侯为贵说："栾省长的客人，我做什么都是应该的。"

邓林说："是栾省长让我通知侯先生，悉听黄先生吩咐。"

怎么回事？这事我没听邓林说过啊？应物兄觉得有点奇怪，但并没有多想。侯为贵是畜牧局局长，可能正好到蒙古谈什么项目，遇上了黄兴先生，然后就有了后来的一路相伴。

子贡问："卡尔文呢？"

侯为贵说："他？他到了济州，人就不见了。"

原来，侯为贵是与卡尔文同车返回的。此时，应物兄的感慨，首先是针对费鸣的。费鸣的听辨力实在惊人。起初，当费鸣告诉他，陆空谷发来的视频中有卡尔文的时候，他还有点不相信呢。他后来知道，是在京港澳高速路的济州出口处，铁梳子派来的车直接将卡尔文接走了，接到了桃都山别墅。用卡尔文后来的说法，铁梳子当天亲自为他沐浴洗尘，浴缸里泡着野桃花。

子贡说："他腿长，跑得快。"

奇怪得很，济州师范学院的宗仁府教授也来了。宗仁府教授是研究《圣经》的。应物兄早年写过一篇对《诗经》的雅歌与《圣经》中的雅歌进行比较分析的文章，为此请教过宗仁府。那已经是十几年前的事了。宗仁府是踫巧路过还是专程赶来欢迎子贡的？宗仁府跟子贡也认识吗？好像不大可能。哦，上次见到宗仁府，还是在乔木先生家里。宗仁府将自己的论著送给乔木先生指正。很奇怪，木瓜看到宗仁府就吓得往沙发底下钻。宗仁府指着木瓜说："这狗叫什么名字？"

458

乔木先生说:"木瓜。"

宗仁府问:"中文名字我不管,英文名字呢?"

巫桃说:"叫 Moon,月亮的意思。"

宗仁府说:"好是好,但文化意义不大。狗是谁?狗是诺亚方舟的成员,是人化自然的代表。世上多亏有了狗,不然一个男人一个女人是建立不了一个世界的。你们可以叫它舟舟,Boat,听上去就是'抱它'。"

乔木先生皱起了眉头,说,已经定了的事,就不要改了。

几年不见,宗仁府已经老了许多。头顶是光的,但为了掩饰那种光,就把左边的头发梳到右边,将右边的头发梳到左边,就像过桥米线。

宗仁府做了个自我介绍,说:"我是研究基督的,欢迎使者来到济州。"

白马此时在离他们十几步远的地方来回转着圈。是不是因为晕车了,才原地转圈的?好一匹骏马!除了眼窝和蹄子是黑的,全身都是白的,没有一根杂毛。连屁眼周围的毛都洁白如雪,就像长寿老人的眉毛。但吊在肚子下面的生殖器,则是红色的,就像一根削了皮的胡萝卜。

关于这匹白马的身世背景,应物兄是后来知道的。这匹来自蒙古草原的白马,出身极为贵重。当年成吉思汗横扫欧亚大陆的时候,曾经从百万马匹中挑选白色骏马作为自己的坐骑,并宣称它是天神的化身,人们也就称它为成吉思汗白马。在此后漫长的岁月里,白马以代代世袭的方式被人们供奉。成吉思汗当年曾经下诏,任何人不许骑乘、役使、鞭打。此诏已传承七百多年,至今有效。而眼前这匹白马,就是成吉思汗白马的转世①。

① 华学明教授考证后认为,黄兴先生带来的这匹白马,严格说来并不能称为转世白马,它只是某任转世白马的后裔,或者说是现任转世白马的堂兄弟或表兄弟。不过,出于对黄兴的尊重,人们还是称之为成吉思汗转世白马。

接待小组的人早就到齐了，葛道宏把他们挨个介绍给了子贡。

介绍到华学明的时候，华学明说："我是应物兄的朋友。"

子贡说："知道，知道，华先生是养驴子的。"

华学明说："黄先生的驴子还好吧？"

子贡说："驴子？放到蒙古了。"

华学明说："黄先生放心，马比驴子还好养，我有信心把它养好。"

这句话多余了。子贡听了，也是一愣，但没有说什么。

介绍到费鸣的时候，葛道宏说："这位是费鸣博士。"

子贡说："知道，知道。"

费鸣说："我也是应物兄教授的弟子，很高兴为黄先生服务。"

子贡说："贤侄啊！程先生送你那把剪子，好用吗？"

费鸣说："我舍不得用，一直珍藏着。"

子贡说："庙堂之器，要用。器之为用，存乎一心。"

哦，错了，子贡！你是想说，那把剪子因为是程先生送的，所以贵重得很，但"庙堂之器"却是比喻一个人有治国才能。当然，也可能没用错，是在提醒葛道宏，费鸣有大才，应该重用。费鸣大概就是这么理解的，拱手谦虚地说道："谢黄先生夸奖！我当努力，不负黄先生之望。"

当葛道宏将科研处处长、基建处处长等人都介绍完了之后，应物兄想，子贡大概会向葛道宏介绍自己的随行人员，葛道宏显然也是这么认为的，已经转过身子，要引领子贡朝那边去。但子贡却没有这样的意思。子贡跟葛道宏又拥抱了一下，然后跟应物兄又拥抱了一下。对应物兄的拥抱，子贡这次还要贴面，那毛茸茸的胡子具有狗皮褥子的质感。哦不，应该说像儿童牙刷。子贡身上有一股子香味，很浓郁，很奇异，好像不是来自人类。它确实不是来自人类，因为它来自那匹转世白马。当然严格说起来，它还是来自人类，因为马身上的香水毕竟是人类酿造的。后来有一天，应物兄从李医生那里得知,给那匹马使用的香水,得有专人调制,配料非常复杂:有法国的黑醋栗,有突尼斯的橙花油,有美国的含羞草,还有拉丁美洲的番石榴,此外还有威士忌和杏仁。是中国杏仁还是美国杏仁? 他后来看到了那个香水瓶子。上面的字,用的都是拉丁文。只要一用拉丁文,学问就大了。应物兄只能感慨学无止境。到了这个年纪,即便书山有路,学海有舟,也没用了。这不是颓唐,而是知天命。

这会他问子贡:"先生身体好吗?"

子贡说:"好得很。前些天,黄某刚陪先生登山游泳。"

那天,在门口迎接子贡的,还有应物兄几个弟子。其中就包括易艺艺。她脖子上挂着相机。子贡把她当成了记者。发现她把镜头对准自己的时候,子贡就问她:"小姐从何处来? 蒙古、北京,还是香港、台湾?"还没等易艺艺回答,一个保镖就闪到了易艺艺的身后。也没见那个保镖做什么动作,相机的某个按钮就打开了,里面的数码储存卡就弹了出来,刚好落到保镖另一个手心。那个动作如此之快,连易艺艺都没有感觉到。

易艺艺说:"我也是应物兄教授的弟子。我是 Jenny 的朋友。"

子贡说:"Jenny? Jenny Thompson? 她很快就来了。"

这个时候白马飘然而去了。有两个人,一左一右,照顾着白马。他们是养马人吗? 不像。他们一个是白人,头发金黄;一个是黑人,比卡尔文还要黑。这两个人的年龄都在四十岁左右,穿戴整齐,脸刮得十分干净,各自背着行囊。在后来的一段日子里,这两个人并没有露面,甚至都没有和他们一起吃过饭。

多天之后,他才知道,这两个人是负责市场调研和开发的。

唯一能够透露他们身份的,是他们的运动鞋的鞋舌上,都绣着狗项圈图案。但谁会注意到他们的鞋舌呢?

现在,华学明陪着他们向一片林子走去。林子旁边那片绿地上,事先已摆好了一筐筐的豌豆苗。那本是给驴子准备的。按照原来的计划,驴子到了之后,稍事休息,华学明将把它接到生命科学院基地。应物兄接下来吃惊地看到,抱着豌豆苗等着白马的,是他的弟子张明亮。张明亮是自告奋勇前来帮忙的。

其余诸人则陪着子贡向酒店大堂走去。是陆空谷带着他们往前走。到了大堂门口,应物兄感到有人拉了他一下。回头一看,是邓林。邓林低声说道:"恩师,我有事先走一步,待会再向您汇报。"他正想再问,邓林又说,"别担心,小事一桩,您等我消息。"

子贡对葛道宏说:"劳您大驾了。"

葛道宏环视着大堂,说:"希尔顿果然比我们的镜湖宾馆好啊。好!黄先生住在这里,我就放心了。"

子贡顺便解释了一下:"黄某很想住在贵校。只是黄某与希尔顿家族交情非浅,住到别处,他们会不高兴的。在蒙古,黄某也住希尔顿。"

在电梯口,陆空谷给脑袋最亮的那个保镖——应物兄现在看出来了,此人不是剃光了才亮,而是原来就亮——使了个眼色,那个保镖只是轻轻地"嗯"了一声,另外两个保镖就立即行动起来,把黄兴、应物兄和葛道宏与别的人隔开了。他们没有动手,没有说话,只是不动声色地移步、转身,反剪双手,眼睛平视前方,就准确地传达出了陆空谷的旨意:散了,给我散了,全都给我散了。

他没有看到费鸣。

他不知道,费鸣此时正和邓林急赴慈恩寺。

随后,他们来到了子贡住的八楼套间。套间很大,好像不是套间,而是室内四合院。院子里有座假山,用巨大的太湖石堆成,重峦叠嶂,草木葳蕤。山脚下有丛竹子,还有株松树,有一只蝴蝶正在山巅振翅欲飞。子贡香港的住处与此相似,所以子贡大概产生了错觉,与葛道宏说话时,突然冒出了一句粤语:"葛先生是个摔锅啊。"

"摔锅?还摔碗呢。"他笑着对葛道宏说,"黄先生说您是个帅哥。"

"二十年前还勉强算是帅哥。"葛道宏说。

"应物兄总是取笑我,你要批评他。"子贡说。

"他的名气比我大多了。我可不敢批评他。"葛道宏说。

"以前,你可是天天取笑我,取笑我的英语发音。"应物兄说。

"应物兄英语很好,可就是分不清'word'和'world'①。狡辩道,'word'即'world',一回事。能是一回事吗?"子贡说。

其实子贡的英语也好不到哪里去,虽然他在美国生活多年,但很多单词都不会写。子贡的英语程度大约相当于纽约街头流浪汉的水平。这一点跟应物兄相反。应物兄是会写不会说。黄兴会把"word"写成"world",应物兄则会把"world"说成"word"。子贡打电话用的是英语,写信写条子却用汉语。他曾看过子贡写给珍妮的一张条子:"驴子打滚,只打了六滚,为何不打八滚?"对于自己用汉语写条子,子贡的说法是:"母语之美,岂能忘也。"

此时,站在门口的陆空谷问了一句:"要不要先休息一会?"

子贡看着李医生,李医生轻轻点了点头。

从门缝望去,床单非常平整,过于平整了,好像不是人类的手能够铺出来的,几乎像是镜面。这里的窗帘,每条皱褶之间的距离,也完全是相等的,好像用卡尺量过。

这时候,一件小事发生了。子贡的目光突然变虚了,好像看得很远。其实他是在看山巅那只蝴蝶。有一片荫翳从子贡眼中飘过。李医生感觉到了子贡目光的变化,似乎不经意地侧了侧脸,看向了蝴蝶,然后手指一捻,蝴蝶就不动了。原来,一枚大头针已经飞了过去,刺入了蝴蝶的颈部。它的翅膀还在微微颤动,翅膀上的图案变得越来越清晰。它依然很美,甚至更美了。它的颈部别着大头针,显得很酷。它向死而生,寓动于静,有一种刚柔并济的美感。

———————

① word,词语。world,世界。

53．不

"不,艾伦,你听我说,我不能参加这个节目。"

"我告诉您,您上次可是答应过我的。"

"艾伦,你听我说,我是答应了你——"

"就是嘛！我告诉您,答应了,就不能反悔。言而有信,言而有信,这四个字我可听您说过多次。"

"我是答应了你,我答应的是,我会好好想想。我现在想好了,我不能参加这个节目。"

"应物兄先生,应物兄,物兄！我告诉您,您是不是身份变了,不愿再搭理我们这种小人物了。跟我们这种人打交道,掉价?"

"知道吗？每次上电视,在后台化妆的时候,我都不敢看自己。我不敢看那个化过妆的我。化妆师问我满意不满意,我从来都说好,很好。其实我并没有照镜子。我不敢看一个化过妆的我。你们送给我的光盘,我只看过一次。那个人好像不是我。笑容不是我的,谈吐不是我的,观点不是我的,腔调都不是我的,连皱纹都不是我的。每句话,我都要嚼上三遍才吐出来。连药渣都不剩。"

"我告诉您,台工、总编,对您的节目都很满意。我的朋友们,都很满意。他们都说,您应该改行。还有人说,幸亏您没改行,不然我们都得下岗。真不是我恭维您。可惜的是电视上不能抽烟。他们说,要是把您的头发弄得卷一点,穿上中式大褂,再弄个烟斗在手上,穿上黑色圆口布鞋,您就更牛了。滚滚红尘中,哪里能挑出这么个人呢？您先喝口水,我听见您嗓子好像有点不舒服。我告诉您,您必须答应我。"

"艾伦,你听我解释——"

"我才不听您解释呢。我告诉您,我已经把您的名字报上去

464

了。这次，我为您请的对谈嘉宾，您肯定满意。"

"你听我说一句——"

"您是想知道谁跟您搭档吧？一个美国人，黑人，汉语溜得不得了。猜不到吧，他的汉语名卡尔文。此时他在国外，正在往济州赶。"

"不——"

这是应物兄与艾伦最近的一次谈话。算下来，打电话的时候，卡尔文确实不在济州，而在从蒙古返回济州的路上。看来，和铁梳子一样，他们需要卡尔文的，也是他那张脸、那副腔调，他的某种功能。那么我呢？他们需要我什么呢？这张脸，这个身份？

艾伦并没有听见他喊出的那个"不"字。喊出那个字的时候，艾伦已经把电话挂了。无奈之下，他只好再给她发短信，发微信，把刚说过的话再重复一遍，把吐到垃圾筒的甘蔗捡起来再嚼一遍。

她回复了几个字："那就不敢勉强大师了。"

回忆起这个谈话，我们的应物兄就认为，事情已经很明白了，是艾伦从中作梗，把敬香权给搅黄了的。自从在季宗慈的别墅里与艾伦谈过话之后，应物兄就把此事交给了费鸣。因为不知道黄兴到来的准确时间，所以费鸣干脆把未来三天的敬香权都谈好了，以保证子贡随时敬香。按费鸣的说法，只有一个人不大好说话，但邓林打了一个电话之后，事情也就摆平了。总之，一切顺利，单等子贡代表程先生前往慈恩寺敬香拜佛。可是，就在子贡到来之后，第二天的敬香权出问题了。事实上，一开始他并没有想到是艾伦从中作梗。但是，费鸣的那句话，显然是话中有话，使他听出来，这事跟艾伦有关。

这天，当他把电话打给费鸣的时候，费鸣说："我们刚从慈恩寺回来，现在来到了交通厅。邓秘书正和交通厅执法大队交涉。"

他问："跟交通厅执法大队有什么关系呢？"

费鸣说："对方是一家运输公司。"

他能够想象出来，邓林肯定是软中带硬，在向执法大队施加压力，让他们去给那家运输公司打招呼。

他正要合上手机，费鸣说："既然是三方协议，您是不是再跟艾伦说一下？"

他说："艾伦不是知道此事吗？"

费鸣说："您还是说一下为好。"

他说："你忘了吧，我早就跟她说过了。"

费鸣说："还是再说一下吧。邓秘书给她打过电话，她说了一声好好好，就没有下文了。"

他说："邓林的话，她也不听吗？"

费鸣的回答是："这我就不知道了。您知道的，她跟庭玉省长很熟。"费鸣的声音压低了，而且改用气声说话了，"您肯定知道的，邓林还指望她在庭玉省长面前替他美言几句呢，所以说话不能太硬。"

艾伦，当初不是我说服了哲学教授夫人，现在你还在她手心攥着呢。别的不说，她保留的那些床上照片，只要抽出一张，你就会身败名裂。你大概还不知道，是我说服教授夫人把那些照片销毁掉的。

过了一会，邓林自己把电话打了过来。

他没有接，因为他正在向葛道宏解释，子贡为什么把驴子换成了白马。不仅葛道宏有这个疑问，接待小组的所有人都想知道这是怎么回事。他只能从最美好的意义上解释此事。孔子在《论语》中说："赤之适齐也，乘肥马，衣轻裘。吾闻之也，君子周急不继富。"说的是当初公西赤出使齐国的时候，便是肥马轻裘。孔子那段话主要是说明一个问题：君子只是补不足而不续有余。也就是说，要雪中送炭，不要锦上添花。他对葛道宏说，子贡之所以肥马轻裘来到济州，大概就是要强调自己是雪中送炭。

"我觉得他这是锦上添花。当然，出于谦虚，我们可以说他是雪中送炭。"

"您说得对，我也是这么想的。"

"还有别的解释吗？"

"有倒是有。在中西文化传统中，马都代表着积极向上。尤其是在中国,更有一马当先、马到成功等寓意。"

"思路还是应该更开阔一些,"葛道宏说,"小乔提醒我说,马是古丝绸之路上最重要的交通工具,和骆驼的重要性相近。不管怎么说吧,总比带一头秃驴过来为好。"

"您说得对。"

葛道宏此时不在身边。为便于休息,小乔在这里给葛道宏开了个房间。

说完这个,他才去接邓林的电话。邓林重复了费鸣跟他说过的一些话:慈恩寺事先答应得好好的,声称已经协调好了,但是今天,在去接黄兴先生的路上,他接到了慈恩寺的电话,说对方态度有变,问能否改到后天来。"我气坏了,让他们的大住持释延长来给我解释。但他们说,释延长在北京开会。我去见了释延安一面,晓之以利,动之以情,让他给运输公司打电话。眼看还说不通,我就来到了交通厅,由他们出面交涉。事情总算摆平了。不过,艾伦那边也得更改协议,艾伦说,录像的人明天在济,后天就出差了。这可能是个借口。傻瓜都能录像,找个人代替又怎么了?我倒是可以找人代替,但艾伦立即嘲笑我没有协议精神、盟约意识。"

我要给艾伦打电话吗?她要是不接呢?让季宗慈找她?哦不,这好像有些挑拨人家"夫妻"关系的嫌疑。让栾庭玉跟她打招呼?这当然万无一失。只是,这种小事去麻烦栾庭玉,犯得着吗?

一个恶毒的念头油然而生:给她寄去一张照片。

这当然是不可能的。因为那些照片全都销毁了,是当着他的面销毁的。地点是在哲学教授家厨房的水池里。夫人很爱干净,烧几张照片也要系上厨房用的围裙。教授夫人晃动着照片,说:"瞧,这么一晃,静态就变成了动态。"他闭着眼睛,抑制着自己的偷窥之心。教授夫人往照片上浇了汽油,浇得有点多了,差点引起火灾。

虽然无照片可寄,但这个念头毕竟产生了。它一旦产生,好像就成了事实,一个证明自己恶念未除的事实。他为此感到了羞愧。他听见自己说："对不起,艾伦。但你也太过分了。"

不过,他很快就原谅了艾伦。

这是因为他接到了艾伦主动打来的电话。就是这个电话,使他第一次知道敬香权还真不是个小事。艾伦仍以"我告诉您"开头,给他透露一个事实:那个运输公司的老总,是花了三十七万元拍到敬香权的;明天就是他们公司成立的日子,每年这个时候,老总都要带着全家老小和中层以上干部,到慈恩寺烧香磕头,求佛祖保佑自己生意兴隆,岁岁平安;明天的敬香权,费用是本季度最贵的;电视台与慈恩寺和用户签订的协议,规定电视台是以百分之二十五取酬。这笔钱是用来给这个频道的合同工发工资的。少了这笔钱,有几个临时工就惨了,拿不到工资,得喝西北风了。

他几乎是脱口而出:"我把他们的工资拿出来。"

"那三十七万元呢? 这可不是个小数。"

"仅仅是烧个香、磕个头,就得掏三十七万元? 那香是金子做的?"

"市场经济呀。周瑜打黄盖呀。"

看来,栾庭玉不出面,还真是不行。

这时候,他另一部手机响了。因为黄兴的到来,"联合国维和部队前线指挥部"现在是二十四小时值班。哦,是陆空谷打来的。他正要问陆空谷接下来的安排,陆空谷说:"你等我电话就是。"

"吃饭呢?"

"你大概不知道,厨师昨天就到了。这一点,你无须担心。"

陆空谷打电话,是要询问一件事:"有人在院子里放飞虫子。那是什么虫子? 是萤火虫吗? 芸娘写过萤火虫,说它们的光是'灯的语言',它们通过灯语交流。奇怪了,他们在箱子旁边燃起了灯盏。萤火虫不是自己发亮吗,还需要借助灯?"

那不是萤火虫,那是从《诗经》中走出来的蝈蝈,那是让程先生忧思难忘的济哥。哦不,它们虽然不是济哥,但我不是有意要骗你们。它们姑妄唱之,你们就先姑妄听之吧。而他们之所以要放些电动灯盏,是为了给它们取暖。

他没有告诉她这些,因为他想给她一个惊喜。

他问她现在何处？她说,她已经离开了希尔顿,住到了国际饭店的 B 楼。他眼前立即出现了那个房间的窗户,窗台上的鸽子、照临到地板上的金箔般的光,旧版的《论语》、几只杧果。他当然也想起来了,她以前曾说过,为了各大股东的利益,GC 高管从来不坐同一辆车,不乘同一个航班,不住同一个宾馆。

陆空谷接下来突然问道："小颜的衣食住行,是你们负责解决的吗？"

说的是北大勺园宾馆的事吧？这事她也知道？

应物兄并不知道,小颜此时已入住希尔顿。小颜是一个人从北京来的。因为没有提前预订,小颜无法办理入住手续,敬修己就给陆空谷打了电话。办完入住手续,小颜走出了大堂。此时,生命科学院的工作人员正在侍弄那些蝈蝈。蝈蝈装在玉米秸秆编织的笼子里,笼子放在镂空的木箱里,箱子放在高大的院墙边,院墙边放着取暖用的灯盏。

54. 千里始足下

千里始足下,高山起微尘。吾道亦如此,行之贵日新。

白居易的这几句诗,现在以草书的形式挂在墙上。书写者把诗的题目写错了。这不是《座右铭》,而是《续座右铭》,续的是崔子玉的《座右铭》。白居易在《续座右铭》的序言中讲得很明白："崔子玉《座右铭》,余窃慕之。虽未能尽行,常书屋壁。然其间似有未尽者,因续为《座右铭》云。"崔子玉是东汉人,这篇座右铭是人类历史上的第一篇,被萧统作为铭文典范中的两篇之一,收入《文选》。出现这样的知识性错误,实在不应该啊。

应物兄是根据 GPS 导航找到这里的。这里是 107 国道的路口，是长途货车返回济州的必经之地。旁边有一个茶馆和几个小饭店，来来往往的司机常在这里停留。应物兄觉得，不来一次，有点不放心啊。现在，他和邓林、费鸣一起坐在茶馆里等候。按邓林的说法，艾伦已经给他打过电话了，说只要运输公司愿意配合，电视台方面没有意见。现在，他们就在这里等候运输公司的车队。邓林同时把交通厅运输管理局下属的执法大队也带过来了。

就在茶馆的包间里，应物兄看到前面提到的草书。对应物兄来说，知识的正确是第一位的。正因为发现了其中的知识性错误，他的目光就拒绝下移，拒绝下移半公分，去看那个落款。当费鸣提醒他，那是释延安的书法作品的时候，他才有兴趣再看一遍。

去年有一次，释延安向乔木先生展示了自己的草书，乔木先生看了，问道："学的是杨凝式①吧？"奇怪的是，释延安却不知道杨凝式是谁。这让乔木先生一时不知道该从哪说起。后来，乔木先生就说："那你就是无师自通了。你的字，还真有点像杨凝式。"说完这个，乔木先生就去逗狗了。

释延安问："此人在北京，还是上海？"

乔木先生抬腕看看手表，半皱眉半微笑，说："这表，不靠谱，得送去修了。"

释延安听懂了乔木先生的弦外之音。场面一时有些尴尬。乔木先生与别人谈话的时候，应物兄有时会充当润滑油，有时会充当消防栓，有时候会充当垃圾筒或者痰盂，还有的时候会充当发电机。现在，眼看他就充当了润滑油。他对释延安说："他住在东汉时候的北京，唐代时候的上海，也就是洛阳。"因为担心释延安再说出不靠谱的话来，惹乔木先生不高兴，他紧接着又说道："杨凝式是

---

① 杨凝式（873—954），唐末及五代时期著名书法家，在书法史上被视为承唐启宋的代表人物。代表作品有《韭花帖》《神仙起居法》。《五代史》称"凝式虽历仕五代，以心疾闲居，故时人目以风子"。

唐末及五代时期的书法家,书法史上承唐启宋。此人与佛寺有缘,居洛阳期间,二百多个寺院的墙壁都让他题写遍了。各寺的僧人,都以得到他的题壁墨书为荣。写字的时候,他是信笔挥洒,且吟且书,不把一面墙写满,绝不肯罢休。他还做过太子太保,既爱热闹又喜闲居,绰号叫作风子。"

释延安说:"这个人我喜欢。我要活在那个时候,一定跟这样的疯子拜个把子。"

乔木先生此时倒被这个和尚逗乐了,有耐心说话了。乔木先生说:"他是装疯。杨风子最好的作品叫《神仙起居法》,你可借来看看。我原来有他的帖子,不知道塞到哪去了。喜欢的东西,你是丢不了的,不喜欢的东西转眼就丢了。风子的书法,我无所谓喜欢,也无所谓不喜欢,也就不知道丢了还是没丢。"

延安说:"神仙起居?他最后成仙了吗?"

乔木先生说:"《神仙起居法》,写的是古代的按摩术。行住坐卧处,手摩胁与肚。心腹通快时,两手肠下踞。踞之彻膀腰,背拳摩肾部。才觉力倦来,即使家人助。行之不厌频,昼夜无穷数。岁久积功成,渐入神仙路。"

延安说:"好诗。"

乔木先生说:"算是打油诗之一种吧。"

不久之后,他在华学明的生命科学院基地,又见到了释延安。基地的东北角曾有一片坟地,工人们说,那里经常闹鬼,后半夜常常听到鬼的啼哭。作为一个生物学家,华学明当然是不信鬼的,但为了稳定工人的情绪,他还是请慈恩寺的和尚到基地做了法事,超度那些莫须有的亡灵。那些和尚就是释延安带来的。那天,释延安还带来了慈恩寺的僧厨。僧厨就地取材,以这院子里的野菜做了半桌菜。华学明喜欢吃豆腐,释延安立即掏出手机,让人送来了慈恩寺的泉水豆腐。释延安用的是三星手机,因为他很喜欢碧昂丝①,而碧昂丝就是

① Beyoncé Giselle Knowles,美国黑人歌星。

三星手机的广告代言人。碧昂丝绰号"巧克力美人"，释延安私下又给她起了绰号：木鱼美人。就在那一天，释延安告诉他，自己正在临摹杨凝式的《神仙起居法》，而且言谈之中偶尔自称神仙。

邓林说："释延安已经知道，敬香的是黄兴先生，骑的是白马。"

"一个和尚，不好好念经——"

"有人拍了照。发了朋友圈。他对那匹白马很感兴趣。白马驮经嘛。汉朝时佛教第一次传入中国，就是白马驮来的。慈恩寺原来的大和尚素净，当年还是个小沙弥的时候，是从洛阳白马寺投奔到慈恩寺的。所以，他想给白马画像。"

考虑到明天敬香的时候，免不了要麻烦释延安，他就给释延安打了个电话。他是这么说的："我是应物。神仙在哪里起居呢？"

释延安说："神仙正为大师忙着呢。"

他问："哪个大师？"

释延安说："应大师。释神仙正为应大师忙着呢。"

他笑了，对释延安说道："那就有劳释神仙了。"

释延安说："我已经知道，敬香的是省里的贵宾。我还知道，栾副省长也会陪着贵宾前来敬香。邓秘书已经来小寺两次了。我要办不好，他敢把我生吃了。"接下来，释延安不用第一人称了，改用第三人称了："白马明天来吗？白马就交给性空，他保证把白马侍奉好。"

没错，性空指的就是释延安自己。那是释延安写字画画时用的笔名。墙上那幅草书，署名就是性空。《华严经》中说，"性空即是佛，不可得思量"。传说他的有些山水画是把画笔绑在"那话儿"上画出来的，既是书法艺术，也是行为艺术。他的经纪人曾把他作画的过程拍成视频，发布到了网上。打开视频，首先推出八个字：开方便门，示真实相。然后是石砌的山门，巍峨的庙宇，淙淙的溪流，长满树瘤的古树。接下来就可以看到，释延安袒着右肩，背对着镜头作画，每画一笔就要挪动一下位置，但右肩却一动不动。也有近景和特写，不过镜头只是对准了毛笔。虽然视频中没有直接露出"那话儿"来，但看过视频的人都一口咬定，毛笔确实是绑在"那话儿"上的。这个工作难度可不小。你得保证在一定时段内不会断"气"。"气"可不能断，断了气，"气韵"就没了。还得保证运"笔"自如。这里面的学问太大了。难怪释延安的润格那么高。

眼前这幅字，这篇座右铭，这首励志诗，是茶馆老板亲自出题让释延安写的吗？掏了多少润格？看来老板其志不在小，仅仅开个茶馆是不够的。这幅字也是把毛笔绑在"那话儿"上写的吗？有点像。"千"字的一竖，足足占用了三个字的空间，但那个"里"字却缩成了一个拳头，而且洇成了一团。是不是"那话儿"没有拿捏得当？

外面有人在看电视，声音有点大。邓林按了一下呼叫器。

服务员后面老板也进来了。老板把服务员拨到一边，说："邓大人，有何吩咐？"看来，邓林在江湖的绰号就是邓大人了。老板脚上缠着绷带，挂着单拐。缠绷带的那只脚悬空着，偶尔在地面上轻点一下。虽然绷带上有血洇出，但他却不像是刚瘸的，因为他走过来的时候，动作非常协调，已经别具一格了。尤其是那只悬空的脚非常出彩，当它点向地面又迅速弹起的时候，给人的感觉又轻巧又优雅，令人想到蜻蜓点水。老板看见他们都在看那幅字，就问："邓大人看出了这字的妙处了吧？"

邓林说了八个字："疏可跑马，密不透风。"

这话太笼统了，差不多也等于是废话，但却引来了老板的激赏。老板单拐捣地，说："邓大人太高了，实在是高，我会转告性空的。"

邓林眼帘一垂，轻声说道："退下。"

什么叫不怒自威？这就是一个现成的例子。老板听了这话，脸上的笑就凝固了，悬空的那只脚点了一下地，转动身子，挂着单拐走了。但随即又拐了回来。应物兄觉得，他在盯着自己看，好像认出了自己。我的朋友中有挂单拐的吗？好像没有。后来，他才知道此人是主持人清风的前任男友。

邓林不愿跟那人废话，是因为此时外面刚好有了动静。透过半卷的珠帘，他们看见一辆运煤车被拦到了路边，紧随其后的另一辆运煤车想倒回去，想扭头跑掉，但终究还是乖乖地开到了路边。

邓林笑了笑，把目光收了回来，打了一个哈欠。

这时候，一辆林肯牌轿车直接开到了执法大队的白色巡洋舰旁边。林肯开得很猛，好像要朝巡洋舰撞去，很有些同归于尽的架势。站在巡洋舰旁边的人吓得连连后退。不过，只过了半分钟，从林肯走出来的两个人，却立即变得点头哈腰。还真的是运输公司的人赶到了。应物兄想出去看看，但邓林说："恩师只管喝茶。"随后，他就看到执法人员背着手，一边踱步一边训话。

茶泡二遍正在妙处的时候，两个执法人员走了过来，一个年轻，一个年纪大些。年轻的反倒像个管事的。只见他双腿一碰，抬手向邓林敬了个礼。

"拣要紧的说。"邓林说。

那个小伙子站得笔直，眼睛望着正前方，说，来人是老总的助理，他已经通知那个暴发户的助理，明天的敬香权需要让出来，因为要敬香的是省里的贵宾，希望他们能够顾全大局。

"然后呢？"

"他们说别的都可以让，就是这个不能让。"

"然后呢？"

"然后我们就现场办公，出示了他们的违章记录，其中有三辆车已经超分了，驾照必须吊销，司机必须去车管所背交规，办新驾照。我们也向他们出示了运输安全检查条例。告知他们，现已查明他们公司名下有二十五辆运煤车都改装过了，装载量是原来的两倍到五倍不等，不仅是重大的交通隐患，而且对路面造成了破坏性影响。总之，必须马上停业，马上整顿，马上！职责所系，我们必须根据对道路的毁坏情况进行补偿,进行高额罚款,以示警诫。"

"你们平时就是这么执法的?"邓林问。

"报告!我们历来严格执法。"

"城门洞里扛竹竿,直来直去。你们平时就是这么干的?"

"跟他们还费什么话。"

邓林盯着他们看着,半天没有说话。他们显然被邓林看得心里发毛,脚都站不稳了。邓林喝了口茶,徐徐吐出了四个字:干群关系。邓林说:"干群关系,要注意哩。说话要委婉。重要的是,凡事要主动替群众着想。你现在就去告诉他们,赶明儿,他们可以派个人跟我们一起去敬香。这香还算他们敬的,佛祖保佑的还是他们。领导同志、外宾陪同他们前去敬香敬佛,还是为了他们。虽然说,领导同志心中装的是百姓,是芸芸众生,不可能只装他们几个人,但他们也属于芸芸众生嘛。有领导陪着,有外宾陪着,敬了香,得到了佛祖保佑,他们应该高兴,应该领情。"

"那三十七万怎么办?"小伙子问。

邓林这才急了,急得拍了桌子:"没听明白?领导和外宾陪他们敬了香,他们本该给我们酬金的。他们等于省了一大笔钱,对此应该心里有数。你再告诉他们,知道烧香拜佛,说明他们有敬畏之心。有敬畏之心是好事,但要落到实处。如果不注意安全,你就是在家里建个庙,佛祖也保护不了你。安全条例要贴在墙上,更要贴在心里。不然,那就是欺骗佛祖,不得好报。"

应物兄用茶杯挡住了脸。我既感动,又羞愧。主要是羞愧,为邓林羞愧。但是羞愧与感动又是紧密联系在一起的。

那两个人出去了。只过了几分钟,那个小伙子回来了,说事情办好了。

接下来应物兄就只剩下感动了。为什么?因为他听见邓林说:"恩师,刚才说那番话,我很羞愧。"

他为邓林的羞愧而感动。

更多的感动，应物兄是在返回希尔顿的路上，从胸中涌出的。

回去的路上，他与邓林坐同一辆车。邓林告诉他，后天的敬香权也拿到手了。邓林是这么说的："大人物做事，都是随心所欲。万一子贡先生明天不来敬香，改到了后天，临时安排又如何来得及？"

邓林考虑得如此周全，他又怎么能不感动呢。

"邓林，辛苦你了。"

"快别这么说。我跟释延安也说了，后天的敬香权也得留着。"

"延安很听你的。"

"你来之前，我就跟延安打过电话。说的就是那幅字。关于那幅字，我其实不懂，是费鸣给我讲了一下延安写字的事情。费鸣是听您讲的吧，说他的字模仿的是杨凝式？我就跟他说，看见他的字了，有点唐人书法的意思，也有点宋人书法的意思，再一看原来是性空大师的字，但确实有点杨凝式的味道。他就在那边大叫起来，说，秘书郎啊，你是慧眼识英雄啊。他说，他最喜欢的就是杨凝式的《神仙起居法》，也写了一幅，想送给我。我跟他说，别送我，要送就送给国际友人吧。他就说，阿弥陀佛，秘书郎诚乃自己人也。我就说，后面敬香权的事，要办好。他说，如果办不好，就把他打入十八层地狱。这话是他自己说的，我可什么也没说。"

"不会出什么差池吧？"

"怎么会呢？您大概以为，今天执法大队很卖力，其实他们是将功补过。从前天开始，已经遍发帖子、短信、微信和微博，举报未来几天享有敬香权的人，平时如何违法乱纪。今天这家运输公司，就是举报对象之一。有人举报这家公司私自改装车辆，并批评运输管理局下属的执法大队视而不见，有法不依。我跟他们说了，民意不可违啊，要及时改正，下不为例，及时给群众一个说法。这个运输公司也是的，电话不接，短信不回，传真不收，真是吃了豹子胆了。我跑一次，是应该的，麻烦您也跑来一次。不过，不管怎么说，都是我的工作没有做好,给恩师添麻烦了。"

"邓林,你考虑得比我还周到。"

"这不是应该的嘛。后天的敬香权,也是在一个公司老总手里。那个人是贵族学校的校长,他说,他是为教职员工烧香的。去年,有个语文老师被孩子打了一个耳光,那个老师竟然翻过走廊的栏杆跳了下来。幸亏是从二层摔下来的,没有摔死,只摔断了一条腿。他来烧香,一是祝愿那个老师早日恢复健康,二是求佛祖保佑,老师们再也不要挨打了,就是挨了打,也要忍着,不要跳楼。就是跳了楼,最好不要摔死。我对他说,你是做善事的,我也是做善事的,都是做善事的。你为的是员工,我为的是济州百姓。大善小善要分清楚。"

"善事不分大小,"他对邓林说,"你可以对他说,积小善而成大德。"

"谢谢恩师提醒。毕竟是做教育的,这个人还是很善良的。当然,人家也提出,希望我们老板有机会能去视察一下。我答应替他安排。"

"据说敬香权,每天的钱还不一样。后天是多少钱?"

"人家很慷慨。人家说了,不谈钱了,就当多收了一个插班生。"

邓林又打了一个哈欠,泪水都流了下来。看来邓林严重缺觉。此时是邓林开车,应物兄要求换过来,让邓林休息一会,但邓林说,怎么能让恩师为自己开车呢?邓林说:"我先送您回希尔顿,我还得到邬老师那里去一趟,免得他再干傻事。"

"邬老师他怎么了?"

"唉,太能折腾了。恩师,我昨晚一夜没睡,就是为了他。邬师母说他,学勤啊学勤,勤学早练是对的,可是屈原身上那么多优点你不学习,偏要学他寻短见。"

"寻短见?你是说邬老师他——"

"您的学勤兄，昨天晚上，嗨，劲儿上来了，跳河了。"

55． 学勤兄

学勤兄跳河了？

如前所述，邓林其实并不是应物兄的学生，而是邬学勤教授的弟子。邬学勤不仅是邓林的本科班主任，还是邓林的研究生导师。对于邬学勤，邓林向来尊重有加，邬学勤当然也把邓林看成自己最得意的弟子。

邓林父亲早逝，生活困苦也就在所难免，读书时学费都是借来的。邬学勤教授看邓林聪明伶俐，认定他是人才，对他多有照顾。有传言说，邬学勤当年甚至不惜改动考卷分数，好让邓林拿到奖学金。这件事可能是别人编的，但另外一件事，应物兄因为参与了事件的处理，得以知道邬学勤对邓林有多么好。

邓林读本科时，因为经常参加勤工俭学，误了不少课，其中误得最多的，就是小乔的导师汪居常教授在人文学院开设的公共课《国际共运史》。他倒不是故意逃课的，实在是因为那天下午刚好要给一个富人家的孩子补课。恰逢期末考试前，汪居常教授照例要划重点，邓林没来。邓林自认为国际共运史是自己的强项，怎么考都能过关的，所以也并不在意。可是真上了考场，他发现每道题都成了拦路虎。比如，前面两道填空题是这样的：

1）巴士底狱占地面积大约＿＿＿平方米，它的八座塔楼由高 24 米宽 3 米的城墙连接，城墙上配备有＿＿＿门重炮。

2）卡尔·李卜克内西深受父亲影响，他的父亲是德国社会民主党的创始人，名叫＿＿＿，曾被诬告犯了＿＿＿罪，被判处两年徒刑。

邓林以上洗手间的名义走出了考场，出来之后又神色自如地去了隔壁考场,手背在身后,踱着步子,以监考的名义看了看别人的答卷。监考老师以为是学校组织巡考的,还向他点头致意。因为入戏太深,邓林还特意向监考老师强调,要注意考场纪律。有一个考生认出了他,笑了起来,事情就露馅了。

应物兄当时是人文学院中文系的副主任,参与此事的处理。就是那一次,他对邬学勤老师的护犊子精神留下了深刻印象。邬学勤的解释是,邓林并不是不会,并不是要去抄袭,而是因为他作为年级学生干部,担心别的班级的学生考不好,所以才忍不住去看了看。邬学勤的解释甚至使邓林都睁大了眼睛。想起来,那次给他留下最深印象的,还不是邬学勤护犊子,而是邓林知识面之广。当汪居常教授宽宏大量地表示,只要邓林能够说清楚与巴士底狱有关的任何一件事,他就可以放邓林一马的时候,邓林提到了一个词:巴士底病毒。

在场的没有人知道巴士底病毒。

邓林说:"老师们肯定知道葛任先生。葛任先生的女儿,准确地说是养女,名叫蚕豆。葛任先生写过一首诗《蚕豆花》,就是献给女儿的。葛任先生的岳父名叫胡安,他在法国的时候,曾在巴士底狱门口捡了一条狗,后来把它带回了中国。这条狗就叫巴士底。它的后代也叫巴士底。巴士底身上带有一种病毒,就叫巴士底病毒,染上这种病毒,人会发烧,脸颊绯红。蚕豆就传染过这种病毒,差点死掉。传染了蚕豆的那条巴士底,后来被人煮了吃了,它的腿骨成了蚕豆的玩具,腿骨细小,光溜,就像一杆烟枪。如果蚕豆当时死了,葛任可能就不会写《蚕豆花》了。正因为写了《蚕豆花》,他后来在逃亡途中才暴露了自己的身份,被日本人杀害了。而葛任之死,实在是国际共运史上的一个重要事件。"

"你是说,巴士底病毒是从巴士底狱传出来的?"

"世界卫生组织倾向于这么认为。他们认为,这种病毒应该是从犯人身上传给狗的。它的英文名字叫 Bastille Virus,比较奇怪的是,这种病毒直到上个世纪七十年代末才在巴黎出现。但据《世界卫生年度报告》显示,近年在非洲、俄罗斯以及海湾的部分阿拉伯国家,Bastille Virus 存在蔓延趋势。"

邬学勤教授立即指着邓林,对他们说道:"瞧瞧,他什么都会。"

这件事的处理结果是,邓林给以口头警告处分。本来要记大过的,但邬学勤教授说,只要给邓林记大过,他就携邓林前往汨罗江。

邓林读研究生时,因为热衷于社会活动,硕士毕业论文一拖再拖,而且质量堪忧。因为担心邓林通不过答辩,学勤教授还向他面授机宜:你要么第一个上场,要么最后一个上场。前者的好处是,评审委员们人到了心还没到呢,你说什么,他们都听不清楚,糊里糊涂就让你过了;后者呢,几个小时下来,他们急着出恭,急着吃饭,你说什么他们都不会在意。后来,邓林的硕士论文得的是"优"。有人议论,要不是邬学勤自己的女儿不听话,刚过十八岁就被人弄大了肚子,邬学勤肯定会把女儿许配给邓林。

前面也说到过,学勤教授与伯庸是同行中的同行,因为他们都研究屈原。但奇怪的是,他们都没有从屈原那里汲取教训,都勇于"参政",都曾参与竞选人文学院院长,并将对方视为最大的对手。当然了,他们谁也没能当上。竞选失败以后,学勤教授就像变了一个人。最明显的变化,就是他竟然莫名其妙地戴上了假发套,而他分明是有头发的,而且还是重发,以前留得很长的,在脑后都形成了波浪。这么说吧,如果不是因为他很瘦,几乎没有屁股,别人就会把他当女人了。他自己解释说,戴着假发套,暖和!冬天还说得过去,夏天呢?夏天也照戴不误又是怎么回事?屈原说,世人皆醉我独醒,他呢,莫非是世人皆热我独冷?一个研究俄罗斯文学的人,借用契诃夫小说的名字称之为"套中人"。但严格说来,"套中人"的说法是不够准确的,因为学勤教授不戴手套,不戴护耳,春秋两季甚至光脚穿鞋。总之是个谜。他的假发套质量不是很好,起码与他的脑袋不大配套,有点松。他不爱洗澡,总是痒,痒了就要挠。当他隔着发套去挠头皮的时候,整个发套就会产生位移,鬓角会突然跑到鼻子上方,后脑勺的头发又会盖住耳朵。伯庸对此的评价是,这就相当于北半球和南半球突然错开了,都称得上惊天动地了。前段时间,学校评职称的时候,他和伯庸都申报了三级教授的职称。这次伯庸评上了,他却没评上。他受不了啊。他的说法是,阿狗阿猫谁评上都行,就是某某人不行——他都不屑于提伯庸的名字了。他平时就喜欢与伯庸抬杠。但抬杠的时候,他的眼睛却不看伯庸,而是看着别处。就拿程先生曾经提到过的那句诗来打比方吧:假如伯庸说"竹外桃花三两枝,春江水暖鸭先知"是一句好诗,那么他肯定会说,鹅也先知,怎么只说鸭子?听上去好像在为鹅打抱不平。这次他没能评上三级教授,他认为又是伯庸在背后捣鬼了。他将伯庸比作曹丕,将自己比作怀才不遇的曹植。他说,如果曹丕是个蠢蛋还好,偏偏曹丕不是蠢蛋。而正因为曹丕略有才学,才会有那么多歪点子,在背后使坏。他的结论是,无才的庸人或可容忍有才者,而略有才学的人,反倒要嫉恨有大才的人。

此时,听邓林提到学勤教授要寻短见,应物兄就问:"还真跳河了?这会他在哪里?"

邓林说:"没死,没淹死。可这事闹的!"

邓林从口袋里摸出一张纸,是学勤教授绝命诗的复印件:

> 草木之零落兮美人迟暮,五十又三年兮义无再辱。狗屁英格丽兮惟恍惟惚,值此之事变兮死了去屎。

哦,死到临头,学勤兄还来了一段屈原骚体!因为化用了王国维的绝命诗,在原创性方面要打一点折扣,但他将 English 中的"sh"翻译成"兮",使之与骚体格式相符,倒也称得上独出机杼。老子说,"道之为物,惟恍惟惚"。而从诗中看,让学勤兄"惟恍惟惚"的那个"道",却是英语,这是外人很难想到的。莫非他是因为职称外语考试没有过关,才没能晋升三级的吗?果真如此,这就跟人家伯庸无关了,只能怪罪葛道宏! 因为是葛道宏修改了规定,要求教授职称升级也必须考外语。想起来了,葛道宏也曾将"英语"称为"道":不仅是教学之道,不仅是学问之道,而且是国际化之道。"道不同不相为谋,亦各从其志也。"①莫非学勤兄志在跳河,志在"死了去屎"?

"这次还真不是职称的事。"邓林说。

"那又是为了什么?"

"当然,跟英语还是有那么一点关系。前天,他在路上遇到了葛校长,给葛校长提了个意见。据说葛校长规定,教师的授课大纲都必须翻译成英文,提交给学术委员会,由学术委员会聘请国际上的著名学者进行学术评估,看是否融进了学术研究的最新成果。这还只是一个过渡,以后的教案都必须用英文书写,再过几年,就必须用英文授课了。学勤教授对此有意见了,说他讲的是屈赋,屈赋中的那些形形色色的草木花卉,有些连植物学家都搞不清楚,又怎么能翻译成英文呢? 他还举了个例子。说屈原最喜欢以兰若自居,可直到今天也没人能说得清楚,兰若到底指的是兰花呢,还是兰花和杜若的合称? 兰花和杜若又怎么能翻译成英文呢? 一种带有香气的草?"

"葛校长怎么说的?"

"葛校长说,难道兰若只生在中国? 有地理学和植物学的依据吗?"

"后来呢?"

"葛校长说完就要走,但他拦住不让走。最后葛校长告诉他,别说屈原了,就是《论语》,以后也得用英语讲。不用英语也可以,联合国另外四个常任理事国的语言,请任选一种。日语、德语、西班牙语也可以备选。做不到,就别上讲台了。他就问,难道应物兄的太和研究院,以后也用英语教学吗? 葛道宏说,当然! 必须的。

① 　出自《史记·伯夷列传》。从《论语·卫灵公》中"子曰:道不同不相为谋"引申而来。

太和研究院要成为国际一流的学术中心,必须如此。"

"葛校长只是在描述愿景。他就因为这个跳河了?"

"他对葛校长说,全世界范围内,他的屈原研究都是第一的。不让他上课,那对全世界的屈原研究都是个打击,全世界人民不答应!葛校长就问,你是第一,谁是第二?他答不上来了。葛校长就说,第二是谁你都不知道,你怎么知道你是第一?夜郎自大,是要让人笑掉大牙的。就是这句话,把邬老师给惹恼了。他说,他会把这情况反映上去。葛道宏说,你的后台是谁我知道,我的后台是谁你不知道,你去反映吧,我等着。"

"邬老师还有后台?"

"哪有什么后台啊!有后台,还会活得这么窝囊吗?要说后台,我就是他的后台。可我这个后台,在葛道宏眼里,算个屁啊。"

"你别听他牢骚,什么窝囊不窝囊的,他在学校还是挺受尊重的。"

"尊重?连学生都欺负他。他的屈原研究,虽然不可能像他本人所说的,在全世界排第一,但总是能挂个号的吧。可他的选修课,就是没人选。好说歹说,最后只有几个人来选,勉强可以开课。为了讨好学生,学生让他干什么他就干什么。有一次学生给他打电话,让他帮助查资料,他气得半死啊,哪有学生把老师当老妈子使唤的?但是为了保住这门课,他还是不能得罪那个学生。他慌慌张张去了图书馆,才想起家里有这本书。他给那个学生打电话,让学生来取。学生是怎么说的?学生说,快递寄来即可。又把他气得半死。我劝他,这门课就别开了。他说,时穷节乃见,越是这样越是不能忘掉屈子,不能丢下屈子不管。"

按邓林的说法,学勤教授吃软不吃硬,可以受学生的气,但不能受校长的气。那天,学勤教授回到家里,越想越生气,新伤旧恨一起跑到脑子里来了,于是决定仿屈子跳江。到了河边,他给家人打了个电话,说他这就权把黄河当汨罗,要跳江了,中午饭就不吃了,米饭不要蒸多了。家人又好气又好笑,没太当回事,只是让他赶紧回来吃饭。后来就看到了书桌上的绝命诗。他曾跟家里人说过,有事可以找邓林,家里人就赶忙给邓林打电话。邓林当时正在为栾庭玉准备与子贡会谈的资料呢,实在走不开,只好派人去找。后来终于在黄河岸边找到了。

邓林说:"那个地方,我陪他去过。春天的时候,河边确实是好景致。那天他过生日,我雇了一条船,陪他在河上吃鱼。他说,鱼太新鲜了,显得嘴巴不干净。没想到这次他又去了那个地方,这次不是吃鱼,而是寻死。找到他的时候,他正在晒鞋子、晒他的发套呢。到底跳了没有,没人知道,应该是下过水。他一边晒鞋子一边睡觉。找他的人看到他那副样子,又气又恼,问他到底跳了没有?他说了一句话:水太凉了。他还问,是不是小邓同志派你们来的?小邓同志怎么没来?人命关天,知恩图报,小邓同志难道不懂吗?说着,他就抓起发套又向河边走去,边走还边吟诗呢:沧浪之水清兮,可以濯吾缨;沧浪之水浊兮,可以濯吾足。他们赶快把他抱住了。见他挣扎着还要跑,只好将他摁倒了,弄了个狗啃泥。对不起!我可能不该这么说,但确实是狗啃泥嘛。我呢,晚上十点多,才把资料准备好。饭都顾不上吃,连忙赶去看望他。他倒好,一句感谢的话都没有,只是盯着你冷笑。"

"神经受刺激了。"

"知道他说什么吗?他说,我没跳成,你是不是有点失望?"

"他上了年纪了,你别跟他计较。"

"上年纪了?他只有五十三岁。这日子以后还长着呢。"

"你现在要去看他吗?"

"他当时说,等天暖和一点,水温高一点,再去跳江。刚才师母打电话,说他拿着温度计,问师母,这温度计坏没坏,准不准。吓得家人不敢离开寸步。"

"哪天我见了他,开导开导他。"

"您能不能跟葛校长说一下,让葛校长给他打个电话,表示一下慰问?"

"好的,这事我来办。"

"那我就不去了。"

就这么巧,这边话音没落,葛道宏那边就打来了电话,说接到附属医院的报告了,那个学生的换肾手术已经做完了,很成功,没有出现排异现象。电话是小乔打来的,小乔说,葛校长正在慰问医生。

随后,附属医院的院长打来了电话,说的也是这事,但语气有点冲。院长讲了一件事:供体,也就是肾源,不是来自那个学生的父亲,而是来自那个学生的哥哥。之所以是哥哥,而不是父亲,是因为父亲不便领取奖励,哥哥却领得理直气壮,因为他们已经分家了,虽有血缘关系,但严格说来不是一家人了。院长说,其实这是父子二人商量的结果。院长随后还提到了一个细节:哥哥在全身麻醉之前,又提出了一个要求,看在他献爱心的分上,能否免费将他的包皮割了?

院长说:"给你打这个电话,是想给你提个醒。子贡先生来医院慰问的时候,就不要见家长了,只见病人和医生即可,免得他们又提出什么额外的要求。"

应物兄突然想起来了,这位院长的专长是割痔疮。

"谢谢您的提醒。后来给他割了吗?"

"我不得不说了他几句。我提醒他,要有点专业知识。理发店只管理发,美容请到美容店。"

56. 第一次会见

第一次会见,这里说的是栾庭玉与子贡的会见,发生在当天下午。地点就在希尔顿。陆空谷也在会谈现场，就坐在子贡的旁边。栾庭玉特意穿上了唐装。好像还不能完全适应那套衣服，觉得它有点勒脖子，栾庭玉把领口解开了。他们首先谈的是白马。栾庭玉对白马的解释，是邓林提供的。在应物兄的印象中，邓林从看到白马到现在，一直在忙，没见他准备材料啊。或许只需要几分钟时间，邓林就把材料准备好了。应物兄不能不感慨邓林工作效率之高。

栾庭玉提到，人们经常说的"龙马"，并不是"龙"和"马"，而是"仁马"，它代表了华夏人民的主体精神和最高道德规范，刚健、热烈、高昂、明亮。《易经》中说"乾为马"，这个马就代表着君王、父亲、大人、君子、祖考、威严。所以，龙马精神就是中华民族自古以来崇尚的奋斗精神。

栾庭玉突然问道："黄先生听过《东方红》吗？"

子贡说："《东方红》？好熟悉呀。哦，听过听过。"

栾庭玉说："中国人，人人会唱。知道《东方红》从哪来的吗？从陕北民歌改编来的。哪天，您要方便，我请人给你唱上一曲。那首民歌就叫《骑白马》。"说着，栾庭玉竟然唱了起来：

骑白马，挎洋枪。三哥哥吃的是八路军的粮。有心回家看妹妹，呼儿嘿哟，打日本就顾不上。

子贡说："栾长官还是歌唱家啊。"

栾庭玉说："歌唱家倒谈不上。"说完这个，栾庭玉回头对邓林说，"啊，给那个谁啊，就那个谁，你联系一下，准备几首歌。"然后栾庭玉说，"黄先生，你骑着白马来到济州，意义很大啊。我祝你马到成功。我也祝我们太和研究院，发扬龙马精神，把儒学研究事业推向前进。"

子贡说："白马听了栾长官的话，也会高兴的。"

栾庭玉对子贡资助大学生换肾的行为表示赞赏。栾庭玉就是从子贡这个名字说起的。这方面的材料，显然是邓林准备的："孔子的徒弟子贡,跟黄先生一样,也是个慈善家。子贡到外地做生意,看到在异国他乡沦为奴仆的鲁国人,就自己掏腰包把他赎了回来。善哉,善哉,这是什么精神?这就是慈善精神。'慈善'二字就出自《论语》,'孝慈则忠,举善而教……'"

"得栾省长夸赞,黄某不胜荣幸。"

接下来,栾庭玉却话锋一转:"奇怪得很,孔子知道此事后,并不觉得他做得好。有一种说法是,孔子当时很生气,要将子贡逐出师门。当然了,主要是吓唬吓唬子贡。打是疼,骂是爱,不打不骂就见外了。"

宾主大笑,其乐融融,只有端茶递水的服务小姐不笑。服务小姐一律穿的是旗袍。栾庭玉接着又讲:"孔子为什么不赞成呢?因为当时的鲁国有一项政策,凡是做了慈善的人,都可以领取国家的奖励,但子贡却没有领。孔子就是为了这个批评子贡的。孔子认为,你的做法看似'仁',其实是'不仁',因为你把仁政给领进了死胡同。都像你这样,做了善事不留名,做了慈善不领奖,那么以后做慈善的人也就不好意思再留名了,不好意思再去领奖了。也就是说,如果做了慈善领不到奖励,得不到称赞,那么做慈善的人就会越来越少。人嘛,人性嘛。物质奖励还是需要的。马克思说得好,物质基础决定上层建筑。所以孔子认为,子贡的做法,实际上是把别人做慈善的路给堵死了。悠悠万事,'义利'二字,所谓精神文明和物质文明两手都要硬,上层建筑和经济基础相互作用,供给侧和需求侧双向互动。没有'利',只讲'义',那个'义'迟早行不通。"

"长官此言极是。"

"美国在这方面就做得很好,做了慈善的,可以少交税。这就是义利并举。我们老祖宗的仁政,让美国人偷了去。"

"美国人从孔子那里偷的东西,多着呢。"

"您的老师,我说的是程济世先生,对孔夫子在美国的传播是起了作用的。"栾庭玉又开始转变话题了。

"黄某深受先生之教诲。"

"请您转告程济世先生，我想他了。我盼他早日回济州看看。我先在这里表个态，到时候，我们四大班子的人，一定都去机场迎接他老人家。"

"黄某会陪同他前来。"

"我有很多问题，要向程济世先生请教。我自认为是他的私淑弟子。"

"先生听了这话，定然很高兴。"

"我们现在重新认识到了孔子的意义。比如孔子的看法对于慈善制度的建立就极有现实意义。中国现在还没有建立起一套真正切实有效的慈善捐赠制度。2005年的时候，我们的民政部倒是启动了《慈善法》的起草工作。第二年，我们出台了《慈善事业促进法》草案，说是要提交全国人大审议。但总的来说，动静不大。我的想法是，地方政府可以先行动起来，先摸着石头过河。黄先生可能有所不知，说是要摸着石头过河，可是很多人啊，我就不具体说是哪些人了，他们是只摸石头不过河。摸的目的是为了过河嘛。只摸不过，不行！不是不让你摸，让你摸嘛。可是不能摸上瘾了，别的都忘了。摸要摸，过要过。"

说到这里，栾庭玉探出身来，看了看坐在他这一侧的应物兄，说："我读应物兄的书，看到一个词，叫'知行本体'。这个词好。应物兄，你的原话是怎么说的？"

"我用的是王阳明的观点。大意是说，'知'的心，与'行'的心，是同一个心。不能'知'是一个心，'行'是一个心。这就是二心了，就是私欲作祟了。"应物兄说。

栾庭玉点了点头，说："具体到做慈善这件事，怎么过河呢？怎么行动呢？需要尽快研究，并且来说，还要尽快拿出个方案。现在看来，像当初的鲁国那样，对于做了慈善的人给以很大的物质奖励,暂时好像还行不通。因为有些人会说,他们做慈善是因为他腰包很鼓,钱多得没地方花,为什么再给他们送钱?竟然还有一些半吊子的经济学家也持这个看法。当然了,他们用词很讲究,说这是原罪感的问题。说这些慈善家大都有原罪感,捐钱捐物是在抵消自己的罪。不能这样看,不能这样说。并且来说,真的不能这样说。"栾庭玉略略欠身,"黄先生,我本人完全不能同意这种说法。我是听到一次,反对一次。我倒是相信应物兄那个说法。应物兄有一句名言:真正有罪的人是没有原罪感的,有原罪感的人反倒是没有罪的。讲得好。"

"应物兄,此乃至理名言啊。"子贡说。

"我有个想法,《慈善法》正式公布实施之前,有两点可以先做起来。一是加大宣传力度,让慈善家美名远扬;二是在经贸合作方面,政策可以适当倾斜。并且来说,黄先生,这次你又是做慈善,又是捐助太和,功德无量啊。如果黄先生在济州投资,我们也得给你让利啊。"

"香港的朋友说,在大陆做生意,一靠警察,二靠妓女。栾长官就是警察和妓女啊。"子贡突然改成了粤语。

栾庭玉先是一愣,继之咳嗽了两声。领导的咳嗽从来不仅仅是生理现象。电视台做录像的一个女记者也把脸偏离镜头,朝这边看了过来。而一个文字记者则干脆站了起来,似乎要发火。当然没有发火,只是提了提腰带又坐了下去。

只有两个人在笑:一个是子贡,另一个就是应物兄。

应物兄赶紧解释:"黄先生说的是,一靠政策,二靠机遇。"

子贡也用普通话又说了一遍:"一靠政策,二靠机遇嘛。我还是懂国情的。"

栾庭玉模仿着子贡的话,说:"'警察'和'妓女'都让黄先生赶上了。"

电视台那个做记录的小伙子,带头鼓起了掌,随后当然是掌声一片。这是一个小花絮。这个花絮，当然是子贡有意为之。一个俗气的花絮。子贡后来问应物兄："这个玩笑开得好吧？气氛太严肃了，需要调节一下。"

子贡又问邓林："邓大人，开这样的玩笑，栾长官没有反感吧？"

邓林回答说："毛主席和外国元首会谈的时候，也是非常幽默的。"

应物兄想起来，他刚认识子贡的时候，也觉得子贡有点俗气。但程先生说，俗气，就是烟火气。做生意的俗气，做研究的文气。俗气似乎落后于文气，但也没有落后太多。一个人啊，有时候俗气一点，也就舒服一点。舒服一点，对活着就更有信心一点。程先生当时还举了个例子。在中国听音乐，看上去就很俗气。拿个二胡，在街上一坐，舞台就有了。拿根粉笔在地上画个线，剧院就有了。嗑瓜子，喝茶，下棋，样样都不耽误。好像没听，可什么都听到了。想鼓掌就鼓掌，想拍腿叫好你尽管拍。腿拍肿了，说明你听懂了，说明你入乎其内出乎其外了。还可以吃涮锅呢，白菜豆腐尽管上。狗头煮熟，饮酒烂醉，都随你。有人流泪有人笑，大人叹息小孩闹，都随你。这就是人间。看着很俗气，却很有趣。可在西方呢，你得规规矩矩坐好。只能竖着耳朵听，别的什么都不行。别说放屁了，连咳嗽一声都是犯罪。身体已经被钉住了，而座位就是十字架。一场音乐会听下来，腰酸屁股疼，两眼冒金星。哪里是享受啊，受刑嘛。

关于那个站起来又坐下去的记者，邓林后来告诉应物兄，那个人正四处活动，想调到省政府，在栾庭玉手下谋个一官半职。邓林对此人极为不屑。邓林说："他逢人就拍马屁。为稻粱谋而折腰，是可以理解的，问题是他拍马屁的技术让人不敢恭维。他污辱的不仅是他自己，还有拍马屁这个职业。你都看到了，他把皮带都抽出来了，要抢人家了。有这个必要吗？"应物兄想了想，当时好像只看到那家伙往上提裤腰，并没看见往外抽皮带。

邓林提醒他回忆一个细节:那个人正做记录呢,中间竟然把本子丢到了地上,还闹出了一点声响。

"这又怎么了?"他问邓林。

邓林说:"难道你没有注意吗?老板本来坐得好好的,突然跷起了二郎腿,身子还微微地斜到了一边,嘴角也咧了一下。老板那是在放屁。他把本子丢到地上,是要替老板遮掩一下,也暂时转移别人的注意力。"

有一点是应物兄没有想到的,栾庭玉在随后的谈话中,突然提到了投资问题。这个好像不属于原定的话题范畴。栾庭玉说:"黄兴先生若在济州投资,或在省里任何一个城市投资,政府一定在税收方面,在土地征用方面,在银行服务方面,给予大力支持,还可以授予黄兴先生'荣誉市民'的称号。省里有规定的,凡是获得这个称号的海外投资人,政府还可以在原来优惠的基础上再给予较大程度的优惠。"

子贡说:"能为济州乡亲效犬马之劳,黄某三生有幸。"

应物兄看了一眼陆空谷。但陆空谷的表情没什么变化。直到这个时候,应物兄才突然想起来,陆空谷曾经告诉他,栾庭玉曾让邓林与GC联系,商讨GC集团在济州投资的可能性。也只有到这个时候,他才明白,子贡为何要以慈善家的形象出现,为什么急着安排一个换肾手术。

关于他们背后的联系,邓林竟然从未向我透露半个字!不过,我不生气。我不但不生气,还有点高兴:该守纪律的时候,邓林还是很守纪律的。

子贡站了起来,向着栾庭玉鞠了一躬,身体都快弯成n形了。栾庭玉也站了起来,向子贡伸出了手。两个人不光握手,还来了个熊抱。众人鼓掌。

应物兄以为,接下来要谈到太和了,不料,他们谈的却是济州硅谷的问题。在八个副省长当中,栾庭玉排名第五,负责教育、卫

生、科技、环保、城市管理和交通。拟议中的济州硅谷,也就是济州
的高科技园区,就由栾庭玉负责,他手下有一个济州硅谷筹建委员
会,负责协调政府各部门之间的关系,并与海外重要的 IT 公司建立
联系。因为 GC 公司总部就设在美国加州硅谷,所以栾庭玉此时表
示,很想听听黄兴先生对建设济州硅谷的高见。

子贡脸上一直是笑吟吟的,此刻却突然皱起了眉头。

"栾省长,硅谷建成什么样子,任何人说了都不作数的。"

"黄先生不要谦虚,您尽管说,我洗耳恭听。"

"大陆的科学家们怎么说?"

"科学家们的话,也不能全信。五八年的时候,有个科学家叫
高士其,这个人很有名的,是我小时候学习的榜样。并且来说,他
在《学习》杂志上发表过一篇文章,说的是麻雀,说一只麻雀每天要
吃二钱半谷子,一年至少八斤。全家的麻雀加起来,吃得比人都
多。那就打吧。结果怎么样?生态系统都破坏了。教训啊。所以,
科学家的话要听,企业家的话也要听。"

"栾省长,硅谷是自己形成的,就像河道,就像山谷。"

邓林也皱起了眉头。显然,子贡的回答超出了邓林的预想。
邓林显然没有给栾庭玉提供这方面的材料。

栾庭玉先是点头,然后是摇头,然后又点头。

这个动作让子贡有点迷惑。鉴于这是栾庭玉的习惯动作,应
物兄日后曾向子贡解释,说这是栾省长的习惯,没有多少实际意
义,不要在意。邓林觉得,还是应该解释清楚,免得产生误会。邓
林的观察和分析确实胜人一筹,已经上升到学术研究的层次了。
邓林说,稍加留意,就可能发现,除了摇头、点头,老板的眼睛也是
一会儿睁着,一会儿闭着。他听你讲话时,如果他的表情非常专
注,紧盯着你,眼珠子半天才动那么一下,那其实表明他并没有听
进去,其实是走神了,只有听的形式,没有听的内容。这种情况很
常见,因为他平时处理的事情太多了,难免分神。如果他既摇头,

又点头,那反倒说明他听进去了。但是先后次序很重要。先摇头后点头,说明他不喜欢你的观点,但喜欢你提出的问题,他会认真考虑你的问题。如果他先点头后摇头,说明他认同你的观点,但对你在这个场合提出这个问题,他有些意外。邓林说:"每个人都有自己的身体语言学,这就是栾省长的身体语言学。"

子贡问邓林:"那他先点头,后摇头,又点头,有何深意?"

邓林说:"黄先生,那说明他认同你的观点,却对你在这个场合提出这个问题感到意外。但由于你是外宾,是客人,出于礼貌他还是要对你的直言表示感谢。"

子贡看着邓林,又摇头,又点头。

关于硅谷、济州硅谷,这次谈话只略有涉及。栾庭玉接下来只是简略地提到了一个优惠问题,那就是最先进入济州硅谷的高科技产业公司,政府将免收四十年的土地使用费,并返还百分之四十的税金。栾庭玉说:"这么一来,你就是想赔钱,也赔不了啊。"

子贡说:"我明白了,程先生为何一直鼓励我回大陆投资。商机多多啊。"

这天谈话的一个热点问题,是关于安全套生产的,其中甚至包含着堪称"骇人听闻"的信息,几乎超出了人类的想象力。子贡首先指着葛道宏,向栾庭玉报告了一个事实:"GC 将向济大捐助一个实验室,用于安全套方面的研究,主要是数据采集。"葛道宏对此的回应是:"黄先生请放心,我们将办成世界一流的实验室。"然后,葛道宏又对栾庭玉说:"省长肯定会支持我们的,是不是?"

栾庭玉说:"于国于民于教有利,谁敢不支持?"

葛道宏对栾庭玉说:"我会另向您汇报。"

栾庭玉问子贡:"并且来说,听说黄先生的安全套,叫念奴娇?"

子贡说:"有些女士不喜欢,说它歧视女性!我们从善如流,正准备改个名字。长官有何建议?"

栾庭玉说:"这应该问应物兄。应物兄是起名高手。"

　　应物兄说："给事物命名,得慎之又慎,得动用你的全部经验,容我想想。"

　　栾庭玉说："你这个念奴娇啊,也可放在济州生产。应物兄,如果不放在济州生产,咱就不给它起名字。"

　　应物兄的润滑油属性发作了,模仿着子贡的口音,说："我听栾长官的。"

　　子贡说："董事会已经决定,名字一旦采用,将付一百万 dollar。我是想把这一百万 dollar 留在济州的。"

　　栾庭玉说："我建议,这个名字最好有儒学背景,是从《论语》中长出来的。"

　　子贡说："长官为我们指明了方向。"

　　栾庭玉拍了拍双膝,然后又按着双膝,似乎要站起来。

　　应物兄知道,栾庭玉是在暗示,这天的谈话该结束了。你不能不佩服子贡,因为他竟然看懂了栾庭玉这个身体语言,比栾庭玉还先站起来。子贡先向栾庭玉屈身行礼,然后又向葛道宏屈身行礼。黄兴的动作并不潇洒,甚至有点拘谨,令人想到《论语》中那句话："入公门,鞠躬如也,如不容。"①

　　栾庭玉站起来和子贡握手,说："具体问题,还可以再进一步磋商。总之,可以考虑进行一揽子的合作。"说这话的时候,栾庭玉的手在空中画了一个圈,然后指向了镜头的方向。摄影师把那个手势定格了。在后来的电视新闻中,栾庭玉的那只手就停在了空中,有一种挥斥方遒之感。

　　站起来之后,栾庭玉并没有立即离开,而是和子贡又聊了一会。栾庭玉说,省委书记出国了,本来也要亲自接见黄先生的;中午专门打电话来,向黄先生表示感谢;常务副省长梁招尘同志,正在重新安排日程,调整时间,看能否与黄兴先生见上一面。

　　人们都出来送行。

————————

　　①　见《论语·乡党》。

　　子贡突然凑到应物兄耳边:"有人说,梁氏出事了。看来没出事喽?"

　　他有特殊的消息渠道?应物兄确实没有听说过,所以只能说:"谣诼罢了。"

　　走出房间,连那些平时没有表情的侍者,也在向栾庭玉微微颔首并且微笑。在希尔顿,你总能看到无数的廊柱,无数的似乎没有尽头的过道,无数的挂在墙上的雕饰——它们既精致又冷漠,而墙边似乎永远垂手站立着没有表情的侍者。地毯很厚,如果光脚踩上去,似乎可以淹没脚面。所有这些,都给人以销声匿迹般的感受。这是一个自足的世界。人们在走廊里的任何谈话都像是窃窃私语,都像是禁闭情景中的耳语,都像是不为外人所知的游戏规则。走廊的拐角处,放着细腰花盆。应物兄的眼睛接触到那个细腰花盆的一瞬间,突然想起了陆空谷。

　　陆空谷已经不见了。

　　那精致的花盆里,不合时宜地盛开着一种山野之花,杜鹃花。

57.　温而厉

　　"温而厉。"当邓林说出这三个字的时候,我们的应物兄几乎惊掉了下巴。

　　送走栾庭玉之后,应物兄和邓林又回到了子贡的"四合院"。这是李新医生吩咐过的。葛道宏暂时回到他自己的房间了。费鸣则去了慈恩寺,落实第二天的敬香事宜。李医生打开"四合院"的一个门。那里有一个阳台。李医生也是抽烟的,那里摆放了几把椅子,一个烟缸。李医生只抽了一口,就把烟掐了,又回到了院子里,和子贡商量着什么事。应物兄和邓林就在小阳台上抽烟。这也应该是李医生的意思:你们就在那里候着,随叫随到。

应物兄发现，邓林脸色有点不大好，发青。他对邓林说："今天你要好好补个觉。"邓林笑了，笑容有点苦，就像牙疼病人搂着手机在看喜剧视频。然后就说："美人啊，我的美人啊，又跳了。"

应物兄连忙问："美人？哪个美人？跳楼？"

邓林说："资深美人。屈原不是以美人自居嘛，所以他有时候也以美人自比。年龄大了，只好称他资深美人了。这次跳的是镜湖。学生们看到他在湖边不停地撩水，试着水温，然后慢悠悠地下去了。两只手拨拉着水，就像做扩胸运动。恩师，别担心，已经捞上来了，换了身干净衣服，骂骂咧咧，走着回家了。"

哦，又是邬学勤教授！

邓林说："有本事，你一个猛子扎下去啊。"

他拍了拍邓林的手背："救上来了，就没事了。"

邓林说："怎么没事了？有人发了微信，说他一路上骂骂咧咧的，骂得很难听。您的老朋友郑树森，竟然还夸他，说他骂得好，还把他比喻成《红楼梦》中的英雄人物。"

我们的应物兄不由得感到奇怪：邬学勤还是个英雄？《红楼梦》中的英雄？《红楼梦》里谁是英雄？

邓林说："焦大嘛，被塞了一嘴马粪的焦大嘛。郑树森说，鲁迅先生说了，贾府言论不自由，唯有焦大是英雄，焦大是贾府里的屈原。"

树森，你这是唯恐天下不乱啊。

小阳台下面，隔着一条小径，有一片林子。他看见了两个熟悉的身影。他认出那是华学明科学院基地的工人。他们围着一张石凳下棋呢。突然，他看到了华学明。华学明背着手，在小路上来回溜达。他知道了，华学明是来视察蝈蝈的。看来学明兄对此事很用心。他想起来，华学明曾说过，为了防止它们感冒，他给它们喂了阿司匹林。按华学明的说法，蝈蝈也会生病的。因为和人类接触，蝈蝈也会患上人类常见的疾病，比如流感、肺结核、肉毒杆菌感染和沙门氏菌感染。

邓林也看见了华学明，说，酒店其实不允许他们进来，是他给酒店打了电话。他们跟华学明招手，但华学明没有看到他们。

再进到院子里的时候，服务员已经把咖啡磨好了。子贡说，那是世界上最好的猫屎咖啡，自己很想喝，但李医生只允许他喝半杯。

李医生说："半杯已经超量了。"

子贡笑了笑，对邓林说："投资硅谷一事，很复杂的，须由董事会决定。邓大人能否转告栾长官？"

邓林说："此事，还是你直接和他说为好。他会理解的。"

子贡说："安全套的事，也得再与蒙古方面商量。GC 已在蒙古考察了生产基地，已签了协议，就在中蒙边境。黄某愿意在济州生产，但也需要董事会研究。"子贡开了个玩笑，"你们若能给安全套起个好名字，生产基地就放在这里。"

话音没落，邓林就说，关于那个安全套，他倒想起来了一个名字。

子贡对邓林说："说说看。"

邓林说："温而厉。"

此话一出，应物兄差点惊掉了下巴。

邓林说："说起来，也不是我想出来的，是看应老师的书得到的灵感。"

温而厉？邓林啊，亏你想得出来。没错，在新版的《孔子是条"丧家狗"》中，季宗慈自作主张，将他在一个研讨会上的发言加了进去。那段话确实提到了"温而厉"这个词，并且顺势做了一点发挥：

> 我看到对孔夫子一个大不敬的说法，来自一则广告，是推销性用品的广告，以强调某类性用品的功效——这里我就不提它的名字了，免得有替他们做广告之嫌。广告竟然用孔子的"温而厉，威而不猛，恭而安"来描述性爱过程。这句话本来是要说明孔子的"中庸"精神的，本来是要说明实践理性（Practical Reason）之不易的，现在却被用到了脐下三寸。这个广告的策划者，

是上海某位哲学教授，据说拿了一大笔钱。我曾与这位教授交谈过一次。我认为"温而厉"之说所表现出来的实践理性，是在强调一种伦理行为，而将它拿来做性用品的广告，则是对伦理的违背，一点也不严肃，是对孔子的不敬。他却不以为然。他认为这恰恰是在宣传孔子的思想，是对儒学思想的活学活用，而且是用到了正地方！呜呼！斯文扫地如此，夫复何言？

他所说的那个产品，是一种女性自慰工具，像个微型狼牙棒。

"邓林，这种玩笑开不得。"他说。

"恩师，我真的觉得挺合适的。"邓林说。

关键是子贡来了兴致。子贡说："Great name!① 温而厉！"

邓林解释说："这三个字原来说的是温和而严肃，但用到安全套上面，就可以做出另外的解释了，就是既温柔又厉害。然后是威而不猛，所谓有威势但却不凶猛，不是那种蛮干。然后是恭而安，也就是男女双方互相恭敬，心满意足，安然入睡。"

子贡说："应物兄，邓大人真是你的高足啊。温而厉？ What a good idea!② 若能在董事会上通过，我付给邓大人一百万。"

邓林接下来的一句话，使应物兄、子贡、李医生不由得面面相觑。邓林说："这一百万，我一分钱都不能要。得给应物兄和栾省长。因为那本书，我是在栾省长办公室看的。栾省长把那一页折了起来，在孔子那句话下面画了红杠，这才引起了我的注意。也就是说，没有恩师送给栾省长那本书，我不可能想到这么合适的名字。"

子贡说："我再说一遍。只要董事会通过，这一百万立即打给你们。你们怎么分，是你们的事。我先投一票。"

后来，就在研究确定哪条路才是真正的仁德路的时候，应物兄从费鸣那里得知，市场上真的出现了一个新的安全套品牌，只是它的名字不叫"温而厉"，而叫"威而厉"。经过一番调查，费鸣还真的

---

① 好名字！
② 好主意！

查了出来,它就是子贡在蒙古的生产基地生产出来的。究竟是子贡当时听错了,还是 GC 决策层对此做了些修改,那就没有人知道了。

它的英文名字叫"Impressive manner",直译过来就是"威仪",其简写形式为"IM"。这个简写形式,又可以给人无尽的性联想,因为它可以看成"向……内"、"在……上",又可译为"使处于……境界"。

根据费鸣提供的资料,"威而厉"在大陆上市之前,网上曾就这个名字展开讨论。它显然是由 GC 集团在大陆的代理人发起的。由于"威而厉"首先无偿提供给了在校大学生,所以整个讨论具备很高的文化含量。有人认为,这是最合适的名字:因为"威"字由"戌"和"女"字构成,是拿着兵器保护女人的意思。而"厉"字的本义是磨刀石,《广雅》中说,"厉,磨也"。《礼记·儒行》中说"砥厉廉隅"①。《荀子·性恶》中说"钝金必将待砻厉然后利",而"做爱时来回抽送的动作,不就是在磨刀吗"?同时它还有"励"字之意,指的是振奋。《韩非子·五蠹》中说"坚甲厉兵以备难"。

当然也有人认为,这个名字很坏:拿着枪对着女人("威"),差不多就等于是强暴了;而"厉"字呢,有"虐害""损害"之意,《孟子·滕文公上》说"今也滕有仓廪府库,则是厉民而以自养也"。这是典型的损人不利己,说是采阴补阳,可是因为隔着套子,采也是白采,补也是白补。而且"厉"字还有"瘟疫"和"传染病"之意,《诗经·大雅·瞻卬》中所说的"降此大厉",即为瘟疫、传染病。现在最要命的传染病是什么?当然是艾滋病。

因为它涉及很多深奥的国学知识,所以这场讨论又被网民们称为"屎(史)上最牛×的性文化讨论"。

此时,正当邓林的奇思妙想引发了子贡极大兴趣的时候,李医生突然提醒子贡,该出去遛马了。

———————

① 磨炼节操之意。

子贡不愿出去。李医生指了指自己的肛门。李医生是提醒子贡，必须走动走动，使得肛门周围的肌肉得到某种程度的拉扯，免得痔疮再犯。

子贡指着医生说："普天之下，我最讨厌的人就是他。没有自由，完全没有自由。几点几分做什么，几点几分不能做什么，都给你规定死了。"

李医生脸上毫无表情，好像是个聋子，压根没有听见。

有些事，应物兄是后来知道的。原来，李医生认为，邓林其实是在向子贡暗示，应该给栾庭玉送个纪念品。李医生要借遛马向子贡建议，此事宜早不宜晚。据当时离他们最近的一个保镖说，李医生的原话是："这个纪念品，要既好看又好吃。"栾庭玉出事之后，纪检部门在栾庭玉家中搜到一部金版《毛泽东诗词手迹》，里面收入了毛泽东《沁园春·雪》等十七首诗词，以纯度百分之九十九点九的黄金纸印制而成，封面镶嵌着一枚纯度同样为百分之九十九点九的毛泽东像章。中国自有文字记载以来，文字载体经历了甲骨、钟鼎、石头绢帛、竹简木牍到纸张的演变，而用当代高科技成果制作的金书，是发明了印刷术的中国对世界的新贡献。根据书的编号，纪检部门顺藤摸瓜，找到它最早的购买者：深圳罗湖湾一位姓苏的退休警察，苏警察竟然还保留着购书的发票，价格为一万八千六百元。[1]

---

[1] 见《南方日报》（2003年9月27日），全文如下："本报讯　为纪念毛泽东同志诞辰110周年，由中国毛泽东诗词研究会、中华炎黄文化研究会策划，中央文献出版社出版的国内第一部纯金版的《毛泽东诗词手迹》，今日起在广州、深圳新华书店同时发行。毛泽东同志在领导中国革命和建设的过程中，创作了许多脍炙人口的旧体诗词，堪称革命现实主义和革命浪漫主义相结合的艺术精品。毛泽东同志的书法苍劲挺拔、独具风格，在中国书法艺术（史）上占有重要的地位。毛泽东诗词手迹，诗书合璧，堪称艺术瑰宝。纯金版《毛泽东诗词手迹》为古籍16开本，36页金纸，收录了《沁园春·雪》等17幅（首）诗词手迹和4幅珍贵照片。该书制作和印刷采用了当代最新科研成果和纳米技术，以纯金度高达99.9%的黄金纸为材质，精心印制而成。该书以其精美的制作，深厚的文化艺术内涵和典藏价值，被外交部选定为国礼，并已被联合国教科文组织、国家图书馆永久珍藏。"

如何计算这部书现在的价格,是件让人挠头的事。

这部书是那位退休警察送给李医生的父亲的。李医生的父亲曾任深圳某区的区长,经常向人们提起毛泽东时代的种种好处,如为官清廉,社会风气很好。所以,在位、在世期间很多人送给他的礼品都与此有关。仅《毛泽东诗词手迹》家里就有五本。李医生当然不可能向栾庭玉说明,这部书价值百万。但李医生确实从GC集团那里领取的美元数额,大约相当于百万人民币。

顺便说一下,从栾庭玉家里,还搜出了一把羊肠琴弦的小提琴。

此时,李医生以"温而厉"的态度,要求子贡下去走走。

哦,错了,其实不是下去,而是上去。因为白马并不在楼下,而在楼顶。希尔顿的顶层连成了一片,高低起伏,并且种上了草,蓄上了水,形成了一个小型的高尔夫练习场,白马现在就在那练习场上。

那个地方其实相当不错。上面有个用原木搭成的房子。曾有一个非洲国家的领导人,走到哪都喜欢带着一只黑猩猩,来济州访问的时候,就带着它。那只黑猩猩虽然还喜欢睡婴儿床,用奶瓶喝奶,穿尿不湿,像孩子一样喜欢过生日,其实它已经进入了发情期,总是到处抓搔。省政府就临时从济州动物园弄来一只母黑猩猩作陪——《济州晚报》称之为"浪漫的中非之恋"。那个原木房子就曾是那两只黑猩猩的洞房,现在刚好用它来做白马的马棚。

有一部电梯,轿厢很大,可以开进去两辆汽车,直达楼顶。

这虽然与邓林的精心安排分不开,但邓林还是悄悄地问了一个问题:"这里绿地很多,为何要让马住到上面呢?"

应物兄想了一会,终于想出了个理由:"相对而言,楼顶的空气要好一些,可以减少呼吸道感染的几率。楼顶的草场可以让白马产生置身草原的幻觉,慰其绵绵乡愁。"

邓林说:"恩师,马也会思乡?"

应物兄说:"当然。马思乡的时候,鬃毛就会抖动。古人云:马思边草拳毛动。① 也算是一种仁道吧!"

就在这天晚上,应物兄已经睡下了,陆空谷打来了一个电话,问他明天去慈恩寺的活动安排好了吗? 都有谁去? 她顺便告诉他,在回到国际饭店之前,她到楼顶看了看。她说本来以为可以看到月亮的,却没有看到。

"你还有心思看月亮?"他说。

"我哪有心思一个人看月亮,我去看看白马。白马看惯了月亮。这会它看不到月亮,我担心它会急。它果然急了。有个老头在那里陪它。"

他告诉她,那个老头是济大生命科学院派来的,专门喂马的。"明天你也去慈恩寺吗?"他问。

"不,我只做礼拜,不烧香。"她说。

"你信教?"他从来没听说过她信教。

"我也不信教。我只是习惯到教堂里坐一坐。我有一点宗教感,但不是信徒。我打电话是想告诉你一件事。李医生反对子贡去医院。这是流行病暴发的季节。医院感冒病人太多了,走廊上都坐满了输液的人。子贡本人倒不怕这个。只是他以前就不去医院,都是医生到家里来。英语中的'看医生',到子贡这里改了,改成了'医生看'。"陆空谷说,"明天我去医院。"

58.　蝈蝈

蝈蝈全都死了。

费鸣告诉应物兄这个消息的时候,应物兄正在冲澡。昨晚,费鸣就和他住在希尔顿,这是葛道宏特批的。和往常一样,他边冲

---

① 〔唐〕刘禹锡《始闻秋风》:"马思边草拳毛动,雕眄青云睡眼开。"

澡,边洗衣服。当浴液的泡沫从头顶流下的时候,他虽然闭着眼睛,也能够熟练完成洗衣服的过程。那些冲到一边的衣服,都被他用脚钩了过来,踩到了脚下。然后,他又用两只脚配合,把埋在下边的衣服翻上来。事实上,他不仅洗了自己的衣服,还顺便把费鸣的袜子、裤子和夹克一起洗了。在水声中,他并没有感觉到费鸣出去了,也没有觉察到费鸣又回来了。他赤身裸体在浴池里原地跑步的样子,把费鸣吓了一跳。费鸣退了出去,关上门,在门外喊道:"蝈蝈死了,全都死了。"

睡觉之前,他们好像还曾隐约听到蝈蝈的鸣叫。那些蝈蝈,有上百只之多,主要放在黄兴先生的楼下。费鸣有早起的习惯。这天早上,费鸣下楼散步的时候,就去看那些蝈蝈。幸亏他去看了,不然,那遍地尸体要是让黄兴看见,实在有伤大雅。费鸣说:"黑压压一地。全都抱在一起,同归于尽了。"

"为什么?"

"我已打电话给华学明了。"

"他怎么说?"

"我让他赶来,他一开始说马上就到,但转眼间又说不来了,理由是来不来都一样。来了,那些蝈蝈也不可能活过来。过了一会,他又打电话来,说已经从罐家那里搞清楚了蝈蝈的死因。首先排除一点,并不是冻死的。因为放蝈蝈的地方,地下刚好是热水管道,而且还在箱子旁边点上了灯盏。在一个很小的范围内,地面温度接近于夏天。它们应该是互相咬死的。那些蝈蝈,来自不同的山区,口音不同,言语不通,习性有别,放到一起,难免会互相撕咬,直到气绝身亡。"

"他事先就不知道吗?"

"他说,他以为会来个多声部的大合唱呢。"

"它们不是装在蝈蝈笼子里吗,怎么会跑出来,抱到一起?"

"华学明也感到奇怪。他怀疑有人捣乱。"

华学明还是很快赶来了。原来，接待小组的人，昨天晚上就住在离希尔顿不远的一个四星级饭店。这当然也是葛道宏的要求，以便随时听候差遣。华学明来的时候，还带来了一个资深罐家。那个老头一看，就笑了，说："活该！这笼子太差了，你们怎么不用我的笼子呢？"

那些蝈蝈一夜之间全都变黑了。怎么会变黑了呢？蝈蝈也会流血吗？是它们的唾沫，它们的咒骂，把对方染黑的吗？有两个咬在一起的，还有三四个咬在一起的。地上到处是折断的腿、翅膀、须子。有的剩下了半个头，有的则干脆没有了头。应物兄捡起了一只半蝈蝈：一只和半只搂在一起的蝈蝈。它们的眼睛依然像晶体那样闪亮，似乎还在对视。它们谁先死去？还是同时死去？

当他踮着脚走过，那种咔嚓咔嚓的声音仍然从脚尖处传来。他心惊肉跳。他觉得，自己好像随时会被那些发出声音的尸体绊倒。他看到费鸣已经拿来了扫帚，要把它们全都扫到林子里。林子里其实有更多的尸体。但是，草丛淹没了它们。疼痛从应物兄心中涌起。他觉得，是自己害了它们。

"别急，我这里有的是。你还要吗？"华学明说。

"我得再想想。"

"告诉你一个消息，真正的济哥马上就要诞生了。"

"你是说——"

"所以，这些蝈蝈已经完成了自己的历史使命，该退出历史舞台了。真正的济哥马上就要诞生了。"

"你不是说，它们灭绝了吗？它们不会是你说的杂种蝈蝈吧？"

"不，它们是真正的济哥。你就等着恭维我吧。"

那个罐家一把揪掉了自己带护耳的帽子，捂在胸口，弯着腰凑近华学明，又绕着华学明转了一圈，说："我的爷哎，慢慢说，低声说，别让人听见。真的？真真的？真真真真真的？爹娘都是咱的济哥？一点不掺假？它还真的从石头缝里蹦出来了。我的爷哎，我的心脏受不了了。快快快,谁让我搭把手。"

华学明说:"如果有假,你们把我脑袋砍了。"

华学明让他看了一张照片。不过,不是济哥的照片,而是一个人拿着高倍放大镜观察济哥的照片,准确地说,是观察济哥孵化过程的照片。华学明说,这是他的大学同学,是一个科学网站的主持人,已经闻讯赶来了。

应物兄当然想不到,那个人就是小颜。华学明现在就要上楼去找小颜,然后陪小颜去吃早餐。他问华学明:"你的哥们也住在这?"华学明说,他也感到奇怪呢,那哥们怎么住到这儿了。华学明接下来的一句话,一下子把我们的应物兄送回了北京西山脚下,送回了石斧先生的院子。华学明说:"他说,他要带我去吃杂碎。"

"他带你去吃杂碎?"

"这哥们人在北京,却知道济州什么地方的杂碎好吃。他说,那是天底下最好吃的杂碎。"

59. 敬头香

敬头香的这天早上,他们先在希尔顿门口集合。费鸣和易艺艺已经先走一步。栾庭玉还没有到,因为他要会见德国客商。邓林强调说,这是两个月前就定好的,不能更改。

"你可以不去。"子贡对李医生说。

"他是基督徒。"子贡对应物兄解释说。

李医生摇着头,微笑着,意思是自己一定要去。李医生脸上没有一道皱纹,几近透明,就像是肥皂或者蜂蜡刻出来的。笑意浮现在这样的一张脸上,奇怪地有些不容置疑的权威感。同去的还有两名保镖。不是来了三名保镖吗?这三名保镖是轮替值班,现在的这两名保镖也有等级之分:从来不笑的那位,得听从偶尔会笑的那位。监控录像显示,这两个保镖曾在走廊上练习飞镖:"从来不笑"如果抓住了突然射来的飞镖,"偶尔会笑"就会扇他一个耳光;但如果没有抓住,那就不是一个耳光,而是两个耳光,正手反手各一个。监控室的人对此感到迷惑不解。上前询问之后,才知道其中的奥秘:他们其实是在练习防弹技术。飞镖运行的速度比子弹要慢,如果你抓住了飞镖,那就说明你的动作比子弹慢;如果你没有抓住,那就更加说明了你反应的迟钝。正确的方式是,你得提前出手,静候飞镖刺入你的指缝。但看得出来,他们宁愿彼此扇耳光,也不愿意提前出手。

子贡坐的是奥迪 A8,葛道宏坐的是自己的专车。同去的当然还有成吉思汗白马,它坐那辆改装的大巴。一开始,白马无论如何不愿上车。正常情况下,屁股上来一鞭,它就乖乖地上去了。但它是成吉思汗白马,是不能打的。所有人只好临时退回大堂,等待成吉思汗白马回心转意。

最后说服白马上车的是谁? 就是张明亮。

张明亮捧着一束紫花苜蓿,在那个巨舌似的踏板上徐徐后退。乍看上去,就像在给白马献花。后来,张明亮就和白马待在车厢里。张明亮后来告诉应物兄,车厢实在太大了,就像个客厅,里面有电冰箱、酒柜、沙发,还有一张与车身焊接到一起的双人床,床头焊接着一个花瓶。张明亮顺手插了一枝花。

一路都很顺利,但是过了彩虹桥,在济州最著名的济水桥的桥顶,一个意外出现了。堵车了,竟然堵车了,堵得还很不是时候,上不着天,下不着地的。而且就那么巧,子贡的那辆奥迪 A8,刚好堵在了立交桥的弧顶,其正下方就是中国古老的被称为"清济"——有君子之风的那条河:济水。若非邓林悄悄提醒,应物兄根本不可能知道,这其实是栾庭玉的有意安排,为的是让子贡领略济州城的现代风貌。邓林也顺便说道,央视天气预报节目中济州市的镜头,就是在这里拍摄的。

在中国辽阔的公鸡形状的版图上，济州大致处于鸡心位置。也就是说，济水其实就是公鸡的心血管。此时，"心血管"两侧是绿化带，足有三百米宽，什么树都有，雪松，棕榈，桃树，银杏，等等。最多的是柳树，和镜湖岸边的柳树一样，它们也是从桃都山深处移植过来的，大都已经是百岁高龄了，上面带着巨大的树瘤，那是岁月留给它们的沧桑印记。绿化带外面，是济州最宽广的马路，足可以当飞机跑道了。路边的那排高楼，也是济州最漂亮的建筑，要么从上到下贴着石片，像是从上海外滩搬来的，属于殖民地时代的石头建筑；要么是蓝色的玻璃幕墙，阳光跳跃其上有如火焰。而当太阳隐藏到了云朵背后，那巨大的玻璃幕墙又变成了镜子，映照着道路、树木、河流，还有那些飞舞的柳絮，那些在古诗中被反复书写的杨花。

一阵警笛声由远而近。警笛声惊动了子贡的宝驹，它突然嘶鸣起来。

是栾庭玉赶来了。

但是栾庭玉到了之后，并没有下车。栾庭玉一直在打电话。

事实上，除了要让子贡领略济州城的现代风貌——它是投资环境的重要组成部分，栾庭玉还要借此向子贡展示一下自己的特权：在济州，我是最能玩得转的。瞧，我一个电话就可以把警车叫来，让警车护送着你和马儿到达凤凰岭。

而子贡确实被眼前的景象吸引住了。在应物兄和葛道宏的陪同下，子贡站在立交桥护栏旁边指指点点。在立交桥的另一边，在西南方向，有一个巨大的摩天轮正在艳阳下旋转，孩子们兴奋的尖叫声隔着很远都可以传来。

"献丑了，"葛道宏说，"济州的交通就是这样。避开吧，绕路；不避开吧，堵车。两难啊。当然了，前进中遇到的问题还是要在前进中解决。济州正准备申办城市运动会，上次申办，不幸以两票落选。据说，考察报告说，济州市区的道路拉了后腿。现在，道路重修了,立交桥新建了上百座,但还是拥堵。这就是前进中的问题了。"

"城市运动会？城市之间你斗我,我斗你？"

"黄先生,这边早就不搞运动了。体育运动会,运动员都是十八岁以下。"

"十八岁以下的青年,都到济州来?"

"那还要看他水平够不够。我们济大的学生,也要参加选拔的。"

"太和的学生也要参加。"子贡说,"济州发展太快了。先生回来肯定认不出了。济州现有多少人口?"

"我记的还是两年前的数字,七百多万人吧。"

"八百一十五万。"偶尔会笑的那个保镖说道。

"你怎么知道?"子贡的口气相当严厉。保镖不说话了。但他的不说话又引起了子贡的不满,"说！你怎么知道的?"

保镖回答说是从济州市的政府网站上看到的。还说,这个数字很好记,倒过来念刚好是"五一八",是"我要发"的意思。

邓林说:"那是一个月前的数字,现在是八百一十六万。不需要倒着念,就是一个很好的数字。发一路嘛。"

葛道宏说:"黄先生,您跟济州有缘啊。您一来,就'发一路'了。"

邓林说:"这个数字是刚刚公布的,那时葛校长还在欧洲考察。"

葛道宏就顺势对子贡说:"对,我刚从欧洲回来。考察还没有结束,就提前赶回了。晚几天,就跟您错过了。"

子贡跟葛道宏拥抱了一下以示感谢,说:"济州已经相当于欧洲一个中等国家了。这么大的城市,发展得这么快,真是不可思议。"

葛道宏说:"栾省长功劳最大。前些年,他任济州市常务副市

508

长的时候,主抓城建。不过,我也跟他开玩笑,什么都快了,人们换老婆的速度也快了,可就是车速快不起来了。"葛道宏本人是换过老婆的,栾庭玉也是换过老婆的。葛道宏说完,自己笑了起来。他的笑很复杂,有自豪,有自嘲,好像也有那么一点歉疚。葛道宏有这个本事,能够在一句话、一声笑当中,同时容纳几种意义。

葛道宏接了个电话,然后对子贡说:"知道是谁打来的吗?是那个换肾的学生。他已经可以打电话了。他说您是他的救命恩人。"

子贡说:"我好开心啊。我的腊肠①就是,学生开心,我就开心。"

道宏说:"栾省长,我本人,以及全校一万五千多名师生员工,都对您的善举钦佩之至。"葛道宏特意把语速放慢了,嗓音发颤,很像是京戏中的念白。

子贡双手抱肘,向后一仰,说:"程先生曾对我讲,你呀,不为无益之事,何以遣有涯之生。时异景迁,结习不改。"②这话是程先生针对子贡本人频繁换肾说的,包含着委婉的批评。好在子贡顺嘴秃噜得很快,别人听不清楚,不然还真会引起误解。

邓林走过来,对子贡和葛道宏报告说,栾省长还在打电话,通过电话与德国客人谈判。然后他又对子贡解释说,本来可以用警车开道的。但栾省长不愿扰民。可是堵成这样,现在只好动用警车了。

栾庭玉的电话中,确实出现过"德国"二字。豆花正在德国旅行,打电话问栾庭玉,想给婆婆买一个电子血压仪,给栾庭玉买一个博朗七系的刮胡刀。豆花一定对栾庭玉的耐心感到吃惊,对栾庭玉电话中的温存感到吃惊。但后来,栾庭玉还是不耐烦了。具体原因,应物兄是听邓林说的:这天,豆花打电话的最重要的事情,

① 立场。
② 语出项廷纪《忆云词甲乙丙丁稿·丙稿序》。

是要告诉栾庭玉，她的弟弟，在德国特里尔大学留学的弟弟，一个小名叫猴头的家伙，不想在学校待了，本想在德国做点生意，但德国的生意很难做，所以想回国做生意。这时候子贡和葛道宏都围到了栾庭玉的车前，他们都听见栾庭玉的最后一句话："中国跟德国虽然国情有别，但办事的规矩是一样的，我们就不要再谈下去了。"

栾庭玉合上电话，迷惑不解地看着邓林，问："为何停下了？走啊！并且来说，一件事不能影响另一件事嘛。走啊！"

因为有警车开道，所以他们道路畅通，很快就进入了茫山。接近凤凰岭的时候，警车掉头回去了。又是一阵警笛长鸣，那是在向他们告别。随后，窗外出现了一片桃花。人间四月芳菲尽，山寺桃花始盛开。这说的是阴历，现在只是刚进阳历四月，山寺的桃花就盛开了？它们似乎一夜之间就开放了。此时，天上乱云飞渡，有一片乌云把阳光给遮住了，使得车队刚好处在阴影之中。不过，桃花盛开之处，光线却非常充足，使那片桃花显得更加耀眼。车辆都停了下来。子贡也下了车。子贡下车就问："茫山这么好的地方，地图上为何找不到呢？"

葛道宏解释说："桃都山属于茫山，茫山属于太行山。太行山北起燕京，莽莽苍苍，一路南下，自古被称为中国的脊梁。"

子贡说："修己兄跟我谈过茫山。黄某还以为茫山是他胡编的地名。有段日子，修己兄确实好迷茫，差点抹脖子。是胃肠出血和十二指肠溃疡救了他。他得忍受那种痛苦，没有精力来迷茫了。没想到还真有茫山。"

越往里走，桃树越多，或单株植于篱后，或成片灿烂于山野。在篱后的一株桃树下面，六七个和尚手持木棍，在桃花上面指指点点。他们油亮的脑袋上落着花瓣，花瓣盖住了戒疤。他们是桃花的爱情使者，在给桃花人工授粉。因为农药的广泛使用，本来应该交由蜜蜂和蝴蝶干的工作，现在只好交给和尚们干了。不知道是不是受到了花粉的刺激,子贡打了一个喷嚏之后,突然捂住了肚子。

子贡突然要解手了。

那辆运送白马的大巴车上就有洗手间,但有感于桃花盛开的美景,子贡现在拒绝了李医生让他登上大巴的建议,愿意到桃园里解手。走进桃园的还有医生和保镖。过了几分钟,子贡笑着走了回来。桃园里有个厕所,但子贡没有进去。李医生不允许他去。李医生说,厕所氨气浓度很高,凉凉的刺激眼睛,虽然少量吸入不会有事,但引起神经紊乱的可能性却不能完全排除。那厕所原来就在路边,是为香客们提供方便的,也为了积肥。后来因为路改了,就被围到了桃园当中。

子贡回来的时候,一直在笑,笑得都合不拢嘴了。一定是看到厕所那副对联发笑的。那对联原来就有,写在木牌子上,但后来被人偷了。现在的对联是释延安重新抄写,挂到厕所门口的:

但愿你来我往
最恨屎少屁多

横批是两个字:随缘。

子贡捂着肚子说:"人家肯定恨我。我也只放了几个屁。"

或许应该提醒释延安,将这副对子改一下。"最恨"二字,似与出家人身份不符啊,不妨改成"唯恐"。"唯恐"似乎也不适用。"恐"是七情之一,因无知而恐惧未知的东西是痴愚,因欲望而恐惧失去身外之物是贪执。应物兄到底也没有想出来该怎么改。即便知道怎么改,也是不能改的。因为这副对子是素净大和尚当年留下的。素净还是个小沙弥的时候,从洛阳白马寺过来投奔慈恩寺。因为知道慈恩寺有几亩薄田,需要肥料,所以来的路上就忍着不解手,要把肥水留到这里。哪知道到了地里,却只是放了几个屁,没有拉出屎来。素净哭了,拍着屁股说:"早知道你是个屁,就不憋这几里地了。"这句话被当时的大住持知道了,觉得这素净慧根不浅,就着力加以培养,后来果然成了一代高僧,并成了慈恩寺的住持。他突然想到,素净大和尚这副对子,有着"道在屎溺"①的寓意在里面,别人是不能随意改的。

应物兄现在就把这个故事告诉了子贡。子贡说:"素净果然是一代高僧啊。"

他们一边说笑,一边往里面走。走了几步,看到前面站了一排人。是大住持释延长走出山门前来迎接了。释延长身披明黄色袈裟,戴着拖到肚脐位置的念珠,亲率众和尚缓慢地行走在道路中央。释延长是省政协副主席,体态微胖,下巴是双层的,也可能是三层的。与经常出现在电视上的释延长相比,眼前的大和尚要年轻很多。他似乎永远不会老,有人说这是因为他清心寡欲,吃斋念佛;也有人说他曾多次飞往瑞士,注射羊胎素。对于后一种说法,慈恩寺网站曾用打坐练功的照片郑重辟谣。现在,离得愈近,释延长的步态也就愈迟缓,并因为迟缓而显得愈发庄重。

在众和尚前面款款而行的是一个女人,她就是易艺艺。她穿着旗袍,旗袍外面裹着厚厚的披肩。她会紧走几步,突然扭身,蹲下来,对着和尚猛拍一通。

释延长认识栾庭玉的车,径直向那辆车走了过去。

栾庭玉刚才一直没有下车。邓林将那车门拉开的时候,释延长对着车门说:"阿弥陀佛!"栾庭玉出来,双手合十回了礼,说:"大住持好!今天前来敬香、撞钟和用膳的,是省里的贵宾,一位慈善家。慈善家是从美国绕道香港过来的。"

释延长的目光在栾庭玉的专车上停留了片刻,不经意地笑了一下。

应物兄想,大和尚或许在脑子里把自己的专车与栾庭玉的专车比较了一番。释延长的专车在省政协委员当中是最高级的。最新款的德国大众途锐。释延安有一次来看乔木先生,把那辆车开

---

① 语出《庄子·知北游》。

过来了,应物兄坐过一次。哦,其内饰之豪华,之讲究,让人叹为观止。真皮,桃木,方向盘可加热也可降温。四区域空调,分区空调可以同时在车内营造出四季气候。导航系统,指南针,海拔仪,电视接收器。因为车内供奉着佛像,所以你可以把它看成是流动的寺庙。

释延长对子贡说:"回了香港,代问 Chief Executive① 好。"

子贡正要开口,释延长把脸扭向了邓林:"下次,一定提前几天打电话。"

他觉得,释延长一定是对临时调整敬香权的事有些不满。不过,你从他脸上是看不出这种不满的。释延长的表情永远是波澜不兴的。甚至在看到那匹白马的时候,其表情也没有变化,只说了四个字:"牵到别院。"然后又对子贡说:"听邓秘书说施主是程先生的弟子?多年前我曾在 Boston② 与他晤面。"

"黄某代他老人家向你问好。"子贡说。

"程先生说,慈恩寺对他有救命之恩。当年他在慈恩寺避祸,藏身于寺后的长庆洞。程先生说了,日后要来还愿的。"释延长说。

这时候李医生递给子贡一个用黄绸包裹的东西。子贡说:"黄某来的时候,先生送了我一个宝物,说到了慈恩寺再打开。"

"是何宝物?"释延长问。

子贡笑而不答,默默地把黄绸揭了,露出一只盒子。盒子打开,露出一只葫芦,形状类似于鸡心,但比鸡心大,比鸭心也大,都有点像鹅心了。葫芦的盖子是用象牙做成的,颜色已经发黄,葫芦上烙着山水图案,那山自然是茫山,水自然是济水,山水之间的古寺自然就是慈恩寺。被人把玩已久的葫芦,会由黄变红,由红转紫,光亮润泽。但这只葫芦还是黄色的,在向红色转变,看来程先生并没有怎么把玩过。

---

① 特别行政区行政长官。简称特首。
② 波士顿。

释延长双手合十，念念有词，接过了那只葫芦，放在手心看了看，说："此乃小寺旧物。素净大师喜欢养蝈蝈。这便是他的蝈蝈笼子。"

子贡说："大住持慧眼识珠。程先生当年避祸慈恩寺，素净大师给了他这只葫芦，里面装着蝈蝈。"

释延长看着上面图案，说："上面应该有个对子的。眼花了，看不清楚。"

释延安凑到跟前，歪着头看了看，说："果然有。庙小乾坤大，山高日月长。"

释延长又把葫芦还给了子贡，说："还是先生拿着好。程先生来，再还不迟。届时还要举行个仪式。栾省长可要出席哟。"

栾庭玉说："这是文化盛事，当然要来的。"

子贡说："素净大师的墓也在凤凰岭吧？我想替程先生祭拜素净大师。"

释延长说："素净大师肉身葬于寺后的佛塔。那佛塔年代久了，东歪西斜，正在修葺。程先生来时，延长当亲率众僧，与程先生一起前去祭拜。"又对释延安说，"延安可与客人一起，去长庆洞看看。"

释延安说："大住持，放心就是。"

释延长侧身做了个"请"的手势，示意众人随他走向山门。

应物兄发现，本来释延长站在栾庭玉和子贡当中，但释延长借着向释延安交代事情的机会故意停了一下，然后就很自然地站到了栾庭玉的另一边，使栾庭玉站到了正中间。进了山门，释延长对栾庭玉说："该去诵经了，为黄先生诵经。延安知客会陪着你们。"

释延长说完就走了。

这当然有些失礼。不是对子贡失礼，而是对栾庭玉失礼。不管怎么说，省宗教管理局还是归栾庭玉管的。慈恩寺虽然不属于宗教管理局，但宗教管理局对慈恩寺是有管辖权的。说起来，释延长对栾庭玉如此失礼,还跟他们刚经过的那片桃园有关,跟铁梳子有关,跟一条狗有关。

去年,桃子成熟时,桃园里闹出过一起命案。死者是帮铁梳子照看别墅的一个园丁。那园丁晚上闲着没事,就来到了桃园。当时看桃园的是释延长的侄子和一条三岁的狼狗。看到有人溜进来,狼狗就扑了过去。根据法医的鉴定,狼狗其实也没怎么咬,只是从背后扑了上去,把两只前爪搭到了肩上,顺嘴咬了两口罢了,法医认为,主要是吓死的。虽说耳朵被咬出了一个豁口,但不至于丧命。众所周知,耳朵距离心脏还是比较远的,跟呼吸系统也没直接关系。但死者家属却认定是咬死的。接下来就是闹事,上访,聚众堵塞香客进出山门。此事后来惊动了栾庭玉。宗教这一块本来就归栾庭玉管嘛。栾庭玉就劝释延长,赔点钱吧,花钱消灾嘛。释延长表示,一定从普度众生的角度,认真地思考一下这个问题。后来却拖着没有处理。栾庭玉是什么人?事情只能说一遍,说两遍就丢面子了。邓林前来催问结果时,释延长一句话就把邓林打发了。释延长说,他还真的过问了一下,发现死者生前曾伤害过一条狗,骑三轮车把一条小狗的腿给轧断了。而且,下车后不是赶紧救狗,而是埋怨小狗为什么把腿伸到车轮下边。

"现世报啊。"释延长说。

"可总得有个说法啊。"邓林说。

"众生平等。狗和人都是生灵。他也踢了狗几脚嘛,还是朝后猛踹,踹的还是狗的要害。狗肚子疼了几天呢。阿弥陀佛。"

"人命关天啊,而且是活活咬死的。"

"窃盗者,贫穷苦楚报。"

"几个桃子而已。"

"当年蒋介石从峨嵋山跑下来摘桃子,僧俗两界可都是要反抗的。"

邓林那么聪明的人,都被释延长搞得哑口无言。邓林说,你跟他讲法律,他跟你讲政治;你跟他讲政治,他跟你讲佛学;你跟他讲佛学,他跟你耍无赖;你跟他耍无赖,他跟你讲法律。从讲法律开始,到讲法律结束,一个轮回下来,什么问题也没有解决。当然也不能说什么都没有解决,有一天,那条狼狗突然死掉了,怎么死的,没人知道。但从此之后,铁梳子和释延长就结下了梁子,栾庭玉和释延长两个人,也就话不投机半句多了。

这也就可以理解,看着释延长的背影,栾庭玉怎么会嘀咕出那么一句话:"小和尚念经,有口无心。大和尚念经呢?有心无口。"

栾庭玉其实是怀疑,释延长所谓的诵经,只是放录音带罢了。

然后,他们就随着知客僧释延安,穿过山门,朝大雄宝殿走去。

佛经有云:五十三参,参参见佛。通往大雄宝殿的台阶,即是五十三级。善男信女们每登一级,即是一拜,即是一参。当释延安带着他们走向那台阶的时候,台阶两边已经站满了香客。他们被和尚们组成的人墙隔离到了两边。按照寺规,他们必须等头香敬完之后才能敬香。茫山的青石是最好的,但这里的台阶却没用青石,用的都是花岗岩。如此舍近求远,是不是因为远方的和尚会念经,远方的石头也更适合念经人踩踏?花岗岩踩上去并没有什么不同,但给人带来一种异乡情调倒是有的。

拾级而上,应物兄自觉地落到后面。因为电视台的摄像组正对着他们拍照。他不想抛头露面。这个拍摄费用,该由谁交,因为有费鸣和邓林在管,他也就不再操心。人群走得很慢,在每一级台阶上都要停顿一下,亮一下脚板。易艺艺也在旁边拍照和录像。应物兄后来看到这些镜头,他觉得有些像电影中的慢镜头。而随着他们缓缓上升,他们离地面越来越远,离人间越来越远。到了第二十七级台阶,台阶加宽了,放着一只香炉。站在这里,越过香炉里袅袅的青烟,刚好可以看到大雄宝殿里的佛像。

一个戴着耳机的小贩不知道从哪里钻了出来,让他们买香。一个保镖正要掏钱,被邓林拦住了,邓林低声说道,已经买过香了。

小贩嘴一撇："穷得连炷香都买不起。"

邓林压低声音，对小贩说："退下！"

小贩摘下一只耳机，摸着另一只耳机，脖子一梗说："凭什么？老子给寺里交过份钱的。"

应物兄走过来，说："不是买香，是请香。我们请过香了。"

大雄宝殿前面，放着一个更大的香炉。炉中的香火，又分禅香和禅烛，眼看它烧成灰，也眼看它销成泪。那香火熏得人脸皮发烫，眼皮上更有热浪滚过。香炉左边坐着一个和尚，头皮黑红有如陶罐，眼珠子却是黄色的，手背上筋筋络络的，像丝瓜的瓤。看到他们过来，那和尚就要他们请香。说的也不是请香，而是直接问道："粗的？细的？黄的？红的？那就来炷黄的？"

黄香最粗，最长，当然也最贵。放在以前，别人想请也没有资格，那是专门预备着给皇亲国戚们请的。每炷十万元人民币。为了充分照顾到国外友人，黄香上面还标明了美元价格，标的是一万美金。偶尔会笑的保镖首先发现了这一点，说如果用美元来买，能省不少钱呢。这个保镖是个有心人，说按照希尔顿餐厅公布的汇率来算，用美元来买，相当于赚了三万多人民币。此人应该是数学天才，不仅说到了个位数，还说了小数点之后两位数。

有这样的好脑子，却来当保镖？

应物兄又听那保镖说："慈恩寺搞的是价格双轨制啊。"

卖香的和尚立即说道："不可妄言。"

"一天能卖几炷黄香啊？"栾庭玉问那个和尚。

"多则百炷，少则三炷。三炷为自己祈福，六炷为两辈人祈福，九炷为三代人祈福。最好来上十三炷。十三炷就是功德圆满了。"和尚说。

"这生意不错。"子贡说。

"施主，三炷不够吧？怎么也得来上九炷啊。"

和尚说着就要从架子上取香，嘴上又说道："凡请了黄香的，大住持都会亲自为他诵经，为他消灾祈福。"等那和尚说完了，释延安才对那和尚说："大住持的客人，敬头香的。"释延安径直取了一炷黄香交给了栾庭玉，"敬头香者，可以免费领取一炷黄香。"然后，又取了一炷黄香，交给子贡，说："这是延长师兄为贵客请的。"说完，又取了一炷，交给了应物兄："这是小僧为应大师请的。"

栾庭玉说："延长、延安的心意，我领了。"

释延安低声说道："别听他胡扯。素净大师定的规矩，慈恩寺敬香须是单数，一炷或三炷。一炷表示一心向佛，三炷表示礼敬佛、法、僧，或表示过去、现在、未来三世恭敬礼佛，也表示断一切恶、行一切善、度一切众生。而且诸佛一炉，敬一次就够了，没必要见炉就烧。"

栾庭玉把那三炷香都交给了子贡。

子贡说："黄某从来不烧香的，今天破个例。这炷香，是替我家先生敬的。阿弥陀佛，求佛祖保佑先生。这香怎么点啊？"释延安接过了香，对着香炉中的禅烛将之点燃了，插入了香炉。然后释延安带头跪了下去，跪在蒲团后面，同时用手一指，提醒子贡跪到炉前，跪到那个黄色的蒲团上去。

子贡跪下了。李医生犹豫了一下，后退两步，蹲到了子贡身后。那两个保镖，则是迅速蹲到子贡的左右两边，一个脸朝前，一个脸朝后。但就在这个时候，奇怪的一幕发生了：屁股对着香炉的那位保镖，也就是偶尔会笑的那位，突然鼻孔出血，而且流淌不止。

"罪过！罪过！"卖香的和尚说。

应物兄只当是流鼻血，没往别处去想，李医生却想到了中毒。

李医生没有立即去察看保镖的鼻子，而是先问子贡有何不适。子贡本来还有些笑吟吟的，闻听此言，脸色骤变，手在肚子上摸来摸去，似乎在揣摩肚子里有什么动静。就在众人不知道如何应对之际，释延安从香炉里抓了一把香灰，糊到了那个保镖脸上。香灰当然有点烫，把保镖烫得跳了起来，但就是这么一跳，鼻血止住了。

香灰把他的鼻血吸成了黑黑的一团,但是当它自动脱落下来的时候,保镖鼻子下面已经干干净净了。

子贡把手从肚子上拿开了。

这时候,诵经声悠然响起。

按释延安的说法,那是大住持释延长在诵经。紧随而来的是众和尚的诵经声。他们就在诵经声中,绕过香炉走向大雄宝殿。但释延安好像想起了什么事,又拦住了众人,让他们走向台阶右边的一条小道,那小道通向一个亭子,亭子外面围了一圈铁栅栏,栅栏上有门,门上有锁链,那锁链已经打开,所以从那条小道可以走到亭子里去,走近那口明代大钟,它被吊在亭子的木梁上,木梁上箍着铁皮。一截黝黑的铁棍,呈水平状吊在那里,只要轻轻一晃,它就荡悠悠地撞向了大钟。哦,那让程先生魂绕梦萦的钟声,就响起来了。

那么,应该怎么形容那钟声呢?应物兄问自己。他没有听出喑哑,也没有听出洪亮。倒是同时从喇叭里传来的钟声,更为响亮,简直是响彻云霄。在诵经声的烘托下,它似乎可以穿透云层,直达天庭。而在钟声响起之时,香客们黑压压的从台阶上跑了上来。

在钟声中,应物兄听到李医生问:"应先生,内地常用香灰止血?"

他回答说:"我也是第一次见到。"

钟声慢慢散去之后,诵经声又持续了一会。李医生又问了释延安同样的问题。释延安解释说,他也流过鼻血,每次都是打来井水,脑袋伸到里面,冷水一激,刹那工夫就止住了;用香灰止血,他是在佛画上看的,这是他第一次照葫芦画瓢。对于为什么会流鼻血的问题,释延安顺便向李医生解释了一下,说那是因为保镖磕头时屁股对着大殿,这是大不敬,所以受了惩戒。当然,那个卖香的和尚对此另有看法。那个和尚认为,流鼻血与屁股朝哪无关,与议论黄香有关。那人接过一位香客递来的甘蔗,用袈裟拭着上面的白霜,郑重说道:"议论黄香,必受报应,自古皆然。"

一行人再向大雄宝殿走去时,应物兄被费鸣拽了一下。

费鸣把手机递给了他。接下来,他听到了敬修己的声音:"听到了,听到了,钟声可真够洪亮的。我很高兴。"

他捂着电话,问费鸣:"修己先生此时在哪?"

费鸣说:"在美国加州。"

敬修己此时打电话,还为了向他说明一件事情,就是小颜此次到济州观鸟,代他看望了何为教授。此时,小颜正在黄河边观鸟,接下来要去慈恩寺。敬修己发来了小颜刚刚拍摄的照片。照片上显示了拍摄的时间。从时间上判断,就在他和费鸣为蝈蝈的死亡而哀叹的时候,小颜已经到了黄河边。应物兄当然也由此判断,这天早上华学明并没有在希尔顿看到小颜,他们并没有一起吃到杂碎。那些照片拍得很漂亮。费鸣自认为,比他拍得好多了。有近景,也有远景,有特写,也有全景:豆雁、鸿雁、灰雁、斑头雁、红胸黑雁、白额雁、雪雁和白颊黑雁。应物兄喜欢的是全景。在迷蒙的湿地里,它们远看有如音符。

都是雁,都是候鸟。

他问敬修己:"你是说,小颜正往慈恩寺赶?"

敬修己说:"小颜说了,春天的鸟叫最好听。尤其是春雨中的鸟叫,尤其是第二场春雨后的鸟叫。他说,下雨的时候,他才会去慈恩寺。"

他觉得奇怪,问道:"为什么是第二场春雨后的鸟叫?"

敬修己说:"第一场春雨中的鸟,叫起来还是怯怯的。你分辨不出它们谁是谁,因为羞怯总是相似的。第二场春雨过后呢,它们的啼叫,自为、自觉、自由,不逾规矩,随心所欲。谁是谁,上去就听出来了。小颜说,那就是一只鸟的主体性。他爱鸟,什么东西他都要用鸟儿打比方。他说,我回大陆,就是归化鸟类。"

应物兄这是第一次听到这个词：归化鸟类。他不懂他的准确含义，但大致能知道它的意思。因为接这个电话，他甚至有些失礼地没有陪着子贡进入大雄宝殿。敬修己还在那边说着。可真是替小颜操心啊，真是操不尽的心啊。敬修己甚至怀疑小颜对鸟的喜爱，已经走火入魔了。

栾庭玉从大雄宝殿出来了，所有人都出来了。

释延安带着他们溜着墙根走。一个保镖的眼睛望着天上。大雄宝殿的檐头，有鸟在鸣叫。保镖似乎担心鸟突然落下来。现在，释延安要带他们去长庆洞。

60．长庆洞

长庆洞被人所知，实际上是近些年的事。它原来的洞口很小，下面是一个乱石堆，乱石堆上长着荆棘和紫藤，紫藤直达那个洞口，将它很好地掩盖了起来。2003 年夏天，一场大雨过后，山洪冲散了那个乱石堆。山洪就像一条奔腾的巨龙，顺便用它的爪子将那些紫藤扯了下来，然后那个洞口就突然显现了。到了晚上，从洞里飞出成群的蝙蝠，似乎总也飞不完，而到黎明时分，和尚们看到，飞出来的还有那么多水鸟。怪了，难道那些水鸟是蝙蝠变的？

有一个和尚，有些拳脚功夫，也会攀缘，大着胆子爬了上去，钻进了洞中。奇怪的是，他进洞之后，就不出来了，无论众和尚怎么喊他，都没用。到了午后时分，他终于露面了。他已经疯了，站在洞口高喊，说自己见到真佛了。随着一声喊，那和尚从洞口掉了下来。这个和尚与延长和延安同辈，叫释延庆。摔下来的时候，释延庆还会说话。他的最后一句话是对大住持释延长说的："师兄，那洞就叫延庆洞吧。"

释延长把他的眼睛合上了。

延长、延安、延庆的大师兄是释延源。释延源当时是堂主僧，寺里第五把手，负责管理藏经阁。因为寺里的首座僧年迈多病，所以释延源也代他为全寺僧徒和外来学者讲经说法。据释延源考证，当年观音菩萨携善财童子云游茫山，到了桃都山，到了凤凰岭，看到这里群山环抱，有山泉潺流，有凤凰展翅，又有桃花盛开，实为人间仙境，便降下云头观赏。此事传开之后，唐人便在此修建了慈恩寺。释延源还考证出，慈恩寺虽在唐初修建，但扩建却是在唐穆宗年间，而唐穆宗的年号是长庆。洞内的壁画与释延源的说法倒也是相符的。经考古专家考证，洞内的壁画始作于元和（唐宪宗）年间，完成于长庆（唐穆宗）年间。释延安建议，这个洞就叫长庆洞。

释延长说："'长庆'二字，说的是'源长安庆'。"

这个事实也说明，程先生当年藏身于长庆洞的时候，它还没有名字。当然也有另一种可能，那就是它原来是有名字的，但被后来的和尚们给忘了。

现在，沿着用钢筋焊接而成的梯子，他们盘旋而上，进入了长庆洞。洞内最大的壁画是释迦牟尼像，身高三米以上，使人顿觉自己矮小到了尘埃里。大佛两侧侍立着两位眉清目秀的菩萨，头戴花髻冠，身披羊肠裙，手持莲花，赤足恭立于莲花台上。莲座上画有三排小兽，最上面一排是六只狮子，中间一排是八只鹿，下面一排是九只象。当然，这都是考证出来的。当人们发现这些壁画的时候，壁画大都已经起皱脱落，或盖着厚厚的鸟粪，已经很难分辨出来了。新世纪的前五年，省市每年都拨巨款修补，使它渐渐能看出些眉目。但要完全恢复原样，在现有技术条件下，可能需要一百年甚至更长时间。最近两年，只有拿到敬香权的人才有资格进入洞内，而且每次只能进去五个人。

有三位专家正在工作，还有两位民工。专家们称释延安为艺术顾问。据释延安介绍，这三位专家都曾在敦煌莫高窟工作过，慈恩寺为了请到他们,可是费了大工夫了。正在脚手架上工作的是一男一女两个专家。男的剃着光头,女的盘着发髻。他们的衣着都像摄影师,衣服上有很多口袋。他们都戴着橡皮手套,正修复大佛右边的菩萨像。光头男将一个大号针管扎入了菩萨的臀部。针管是国内生产的,但里面的黄色药液则是从美国进口的。

释延安说:"一针下去,一万美金。"

李医生问:"这是什么药剂?起什么作用?"

释延安说:"不止一种药剂,都购自美国盖蒂文物保护研究所。这壁画得了病,名叫酥碱,这是壁画的癌症。现在要做的,相当于做放化疗。"

子贡说:"盖蒂?Getty Center?我去过,在洛杉矶。"

释延安说:"那是小寺的合作单位。对他们,我是有些不满的。他们唯利是图。大住持对我们说过,合作是合作,但我们有必要用马克思主义的佛教观,对他们进行批评。"

栾庭玉说:"哦,马克思对佛教也是有论述的。一般人可能不知道。"

释延安说:"多了去了,大住持多次提起的,让我们好好领悟。"

栾庭玉问邓林:"这方面的内容,你需要整理一下。"

邓林说:"我已经整理好了。马克思、恩格斯对宗教的论述很多,但主要是谈天主教和基督教,涉及佛教的,只有两处。一处是恩格斯在《自然辩证法》里提到的,表扬和尚们有辩证思维,说他们是相对高级发展阶段上的人。① 还有一处是马克思的一部书评。②"

栾庭玉说:"你说的这个书评,我好像看过。"

邓林说:"您肯定看过。"

---

① 恩格斯《自然辩证法》:"辩证的思维——正因为它是以概念自身性质的研究为前提——只有对于人才是可能的,并且只对于相对高级发展阶段上的人(佛教徒和希腊人)才是可能的。"

② 《马克思恩格斯全集》:"在柏林还访问了弗里德里希·科本,发现他丝毫没有改变,只是发胖了,而且有点'难看'了。我跟他单独在一起喝了两次酒,对我来说真是一大乐事。他赠送给我两卷他所著的《佛陀》——一部很重要的著作。"

易艺艺要照相,但被女专家制止了,一个民工干脆上前捂住了镜头。

释延安对专家说:"大师,行个方便?"

专家说:"须有大住持的手谕。"

释延安笑了,说:"看到了吧?我只是个顾问,顾问有好几个呢。我说话不管用的。顾问就是参谋。参谋不带长,放屁都不响。不过,我其实很欣赏他们这一点。这就是科学精神。"

释延安又继续介绍说:"香客们的善款,大都用到了此处。为了吸湿,我们曾从盖蒂进了一些吸湿的工具,后来才知道那其实就是尿不湿。去年我们终于搞清楚了,这针剂说是美国的,其实是日本公司生产的,日本公司用的是英国配方,而英国人是从以色列人手中买来的,随后又将这个专利卖给了美国人,所以知识产权属于美国。绕了这么一个大弯子,当然价格不菲。菩萨一只手就需要修复半年,需要打上十针。幸亏不是千手观音。不过,钱花到哪里,哪里好。你看,修复过的佛像,就跟原来的一样。我跟你们讲,上次专家们要给佛像的耳朵打针,需要把耳根先清扫一番。清扫的时候,佛像突然笑了起来,声音洪亮,有如钟声。他们还以为出现了幻觉,就停了下来。手一停,笑声就没了。再一动,笑声又来了。延长师兄说,佛也是怕痒的。"

李医生问:"真的吗?"

延安说:"出家人不打诳语。"

李医生说:"我能看看针剂吗?"

子贡说:"医生看了,十天半月就能研制出来。"

释延安立即说道:"阿弥陀佛。使不得,万万使不得。因为美国人要来检测的。如果检测出来用的不是他们的药剂,美国人就要停止合作。他们都是狗脸,说翻脸就翻脸。他们说,这叫契约精神。"

葛道宏对壁画上的三尊罗汉像很感兴趣。释延安介绍说,那是降龙罗汉、伏虎罗汉和长眉罗汉。长龙在云端飘着,老虎在闭目养神。葛道宏说,他知道这三尊罗汉,因为昆曲《思凡》中有一段"数罗汉",说的就是这三尊罗汉。延安竟然也知道"数罗汉",立即吟道:"降龙的,恼着我。伏虎的,恨着我。那长眉大仙愁着我,说我老来时有什么结果!"然后问葛道宏,"葛校长是戏曲专家,是不是这一段?"葛道宏说:"延安真是无所不知啊。"

女专家拿着一个棉球,在菩萨的臀部轻轻按着,一遍遍地按,另一只手也拿着一个棉球在旁边吸附。延安说,那棉球是我们自己生产的,知识产权属于慈恩寺。"知道是什么棉球吗?"延安说,"其实就是卫生棉。"

从他们进洞开始,就看到男专家在那里打针,直到现在那一针还没有打完。延安说:"一针要打上一周。慈恩寺,就是被这个长庆洞给搞穷的。但这也是没办法的事。我们正在申请世界非物质文化遗产。如果能够申请下来,也算是慈恩寺为济州的文化建设做了贡献。"

栾庭玉说:"改天,我陪书记来看看。"

释延安说:"延长师兄给书记打过报告的。报告递上去,有如泥牛入海。延长师兄本来要在慈恩寺网站上发动募捐的,网页都设计好了,却没有发上去。因为他担心,这会让省市领导没有面子。"

直到这个时候,应物兄才明白,释延长为什么要让释延安带他们来看长庆洞。哦,与其说是让子贡瞻仰的,不如说是给栾庭玉看的。释延安接下来一句话,说明他还没有修行到家。释延安说:"太好了,如果你带着你们老板过来,届时我就在这里摆上香炉。最好把书记的母亲也带上。书记不信佛,但书记的母亲肯定是信佛的。不烧香磕头,儿子能当上书记?我让老太太在洞内烧第一炷香。"

此言一出,栾庭玉就有些不高兴了。

栾庭玉对延安说："知客僧，知客僧！对客人要尊重，不要胡言乱语。"

释延安这才意识到自己话多了，说："罪过，罪过，栾省长恕罪。"

子贡问："你们说程先生当年避祸于此？我怎么没听说过？"

释延安说："此事千真万确，历朝历代，在此躲避战乱者甚多。反正有佛祖保佑，所以有些事我说了你们也不会害怕。释延庆发现这个洞时，之所以吓得神经失常，是因为这里面死尸甚多，是不同年代的死尸。素净大和尚说过，此处是避祸之所，极乐之地。"

子贡说："既如此，此洞也可叫济世洞。"

谁都没有料到，释延安会说："善哉，善哉！济世者，救世也。"

子贡说："若叫济世洞，你们用的那个药水，GC 替你们买了。"

释延安说："他们好像只卖给合作单位。"

子贡说："盖蒂嘛，我给他们捐过钱的。"

应物兄想，这事程先生不一定会同意。他就提醒子贡："程先生自己来还愿时，再议此事，岂不更好。"

但子贡说："当着先生面说起此事，先生会难为情的。"子贡又对释延安说，"你告诉大和尚，我明日就把钱打来，一百万 Dollar，你们先用。"

需要说明的是，这笔钱确实很快打给了慈恩寺。慈恩寺没收。慈恩寺的大住持释延长说，虽然只是几炷香的钱，但钱不在多少，所以首先还是要感谢 GC 集团。释延长更在意的是，程先生前来还愿时，在慈恩寺住上几日，给众和尚讲讲素净大师的恩惠。

61. 其鸣自诮

其鸣自诮，是说鸟叫的声音就像在呼唤自己的名字，所谓自呼其名。这是《山海经》上对精卫鸟的描述。应物兄最早给木瓜起名叫汪汪，就是基于这个原则。奇怪的是，小颜博客就叫"其鸣自诙"。在题记中，小颜对此倒是有个解释，说他能从鸟叫声中听到自己的名字。小颜是这么说的："我听到自己的名字被鸟提起，被鸟叫出。我突然不愿做一个人，而愿做一只鸟。"

敬修己担心小颜走火入魔，大概就是这个道理。

如前所述，这天，小颜一大早就去了黄河湿地，就是应物兄与弟子们讨论《儒驴》的那个地方。应物兄是后来在小颜的博客上看到他们讨论的实录的。小颜是敬修己给他起的名字。现在小颜又给自己起了个新名字：朱颜。多么暧昧的名字！《楚辞》里有"容则秀雅，稚朱颜只"，指的是女孩子的朝气蓬勃；李煜的"雕栏玉砌应犹在，只是朱颜改"，指的是美色的凋零；司马光的"闲来高韵浑如鹤，醉里朱颜却变童"，指的是对酒当歌，醉眼蒙眬；顾炎武的"与子穷年长作客，子非朱颜我头白"，指的却是风华正茂。

小颜从鸟叫声中听到的朱颜，是哪个朱颜？

小颜的博客在回答观鸟爱好者的提问时，出乎应物兄的意料，小颜首先提到了《孔子是条"丧家狗"》中的一段话。在那本书的第170页，提到"子钓而不纲，弋不射宿"[1]时，应物兄写道：

> 孔子喜欢钓鱼，但他是用鱼钩来钓，而不是用网来捕鱼；孔子也喜欢射鸟，他是用系有长绳的箭射鸟，这样可以把鸟找到，但他不去射杀鸟巢里的鸟。因为用网来捕鱼，可以将鱼儿一网打尽，不利于鱼儿生息繁衍；射杀鸟巢里的鸟，就可能伤及雏鸟，不利于鸟儿传宗接代。由此可见，动物保护意识在孔子生活的那个时代已经产生了。在中国的古代，什么时候打猎，打什么样的猎物，老的还是小的，公的还是母的，都是很有讲究的。那些认为动物以及生态保护意识是来自西方的观点

[1] 见《论语·述而》。

是错误的，是对我们的历史和文化缺乏认识的结果。

这个小颜说："应物兄教授试图证明，人类的生态意识起源于东方。"接着小颜又提道："但应物兄没有说明，为什么它会起源于东方，而不是西方。"

在应物兄看来，小颜的分析，确实不无道理：生态保护意识的发生，西方之所以落后于东方，是因为他们认为，人是模仿上帝的形体造的，是上帝派来管辖万物的，所以很高贵。基督教学说中的人类中心主义思想，不是为了保护动物，而是给人类杀戮动物提供了意识形态上的支持。在"二战"之前，西方对环境资源的疯狂掠夺，对异族和异教徒的疯狂侵略，就源于这种意识形态。人类及时地发现了这种错误，并开始对基督教义中的人类中心思想产生怀疑。1967 年，历史学家怀特发表了一篇题为《我们的生态危机的历史根源》的文章，掀起了一场关于基督教与生态伦理是否冲突的讨论。怀特认为，基督教学说中把人和自然割裂开来的二元论传统，是现代西方生态危机的根源。

小颜这么说，是在向儒学致敬吗？

小颜还提到了孔子另一段话。"子曰：小子，何莫学夫《诗》？《诗》，可以兴，可以观，可以群，可以怨。迩之事父，远之事君。多识于鸟兽草木之名。"[1]他认为，孔子将"多识于鸟兽草木之名"与"兴观群怨""事父事君"并列，看成学习《诗经》三大好处，深刻影响到了后世儒家的生态哲学，比如孟子就说："斧斤以时入山林。"[2]

关于小颜与网友的互动，应物兄也忍不住多看了几眼。也真是巧了，有个叫"他乡遇新交"的网友首先问到了：什么叫归化鸟类？

小颜说，某些鸟类，人类有意无意地把它引入到某一区域，它

---

① 见《论语·阳货》。
② 见《孟子·梁惠王上》。意为：砍伐林木有定时，那木材便用不尽。

们在那里建立起了自给自足的族群,这种鸟类就叫 naturalised①。它们与归化植物的意义相同。比如,牧草和饲料中的苜蓿就属于归化植物。归化植物和归化鸟类的出现原因很多。比如,紫翅椋鸟,原来主要生活在欧洲,但是美国人认为,凡是莎士比亚作品中出现过的鸟,美国都要有,以显示自己特别尊重文化。他们就把椋鸟带到了美国。现在从阿拉斯加到加利福尼亚,到处都能看到紫翅椋鸟。

小颜的知识实在太广博了。考虑到这是现场问答,你就更有理由认为他是个天才了。小颜说,紫翅椋鸟这个名字大概很多人不知道,但只要一提它的另外一个名字,你就知道它是谁了。它就是西方世界的八哥,不仅会学别的鸟叫,还会学人话,而且还能用它的鸟嘴奏出钢琴曲。1784 年 5 月,音乐大师莫扎特在咖啡馆里哼着《G 大调第 17 钢琴协奏曲》中的一段旋律,突然听到紫翅椋鸟完整地将它重现了。莫扎特就把它买了下来。三年后,这只鸟死了,莫扎特为它举行了隆重的葬礼。关于紫翅椋鸟,其实只在莎士比亚作品中出现一次,那是在《亨利四世》中,一个人想激怒国王,就说他要养一只椋鸟,教会它说出国王的敌人的名字,再送给国王,恶心恶心他。没想到,当美国人把它带到北美的时候,当初的六十只椋鸟,其子子孙孙竟达到了目前的两亿只。它们所到之处,毁庄稼、毁果园、撞飞机,大显身手。

看来敬修己说错了。当小颜称敬修己为归化鸟类的时候,指的并不是他自美返回,而是说他身在异国他乡传播儒学。从这个意义上说,程先生也是归化鸟类。

问这个问题的人,那个"他乡遇新交",莫非就是敬修己?

一个名叫"君欲乘风归去"的网友问道:"成群飞行时,鸟儿会相撞吗?"

---

① 归化鸟类。

小颜说:"鸟群在飞行的时候,会遵循一个原则,那就是每只鸟都会有自己的个人空间,除非它们在空中交配,但事实上它们从不在飞行中交配,为的就是在飞行中保持自己的个人空间,自己的独立性。它们都知道,在高速飞行中,必须与别的鸟,哪怕是自己的孩子,保持必要的距离。所以,尽管它们是作为一个整体在活动,但实际上它们仍是单一的个体。如果哪只鸟偏离了航线,它会赶上来,像林中的响箭,在鸟群中穿行,但绝不会因为加速而与别的鸟相撞。对鸟来说,无数单一的负责任的个体,组成了鸟群这样一个命运共同体。人类与它们相比,应该感到惭愧。"

大概是因为小颜提到了莎士比亚,一位名叫"莎士比殿"(真是个奇怪的名字)的人上来问道:"朱颜大师,我那位老哥,也就是叫莎士比亚的,他的作品中出现了多少鸟类?"

乖乖!这个问题竟然也没有难住小颜:"有人统计是五十二种。但最近,我发现其实是五十三种。我们都知道,哈姆雷特有一句著名的台词,I know a hawk from a handsaw,意思是说,我不会把一只老鹰当成一只苍蝇。实际上,这是莎士比亚的笔误,他误把hernshaw(小鹭)写成了handsaw(手锯)。中国人为了押韵,翻译成苍蝇,因为老鹰和苍蝇的韵脚相同。"

一个叫"方舟子"的网友问:"《圣经》中提到的第一只鸟是什么鸟?"

小颜说:"渡鸦。《创世记》第8章写到,洪水退去,放出去一只渡鸦,那渡鸦飞来飞去,直到地上的水都干了。渡鸦是西方文明史上最重要的鸟。这不仅是说,它在《圣经》中第一次出现,而且,最后叨开耶稣裹尸布的鸟,就是渡鸦。西方人认为,渡鸦代表着自由。如果渡鸦失去了伴侣,它会模仿伴侣的声音来呼唤对方,因为每只鸟最熟悉的声音,总是自己的声音。渡鸦通过这种方式,来唤醒对方对自我的记忆。这个现象非常值得研究。"

一个叫"吃完饭到处窜"的网友问:"朱大师,你又窜到哪去了?

快说说,你现在主要研究大雁呢,还是研究渡鸦?"

小颜颇得"有教无类"的要诀,面对这么一个荒唐的网友,竟然也回答得非常认真,其中也不乏幽默,因为他称对方为"窜兄"。他是这么说的:"窜兄,我是渡鸦也研究,寒鸦也研究。作为鸦科鸟类,它们是东西方文化史上最有意思的鸟。你要知道,乌鸦是最聪明的鸟,它们甚至会驾驶汽车。这不是说它们亲自开车,而是说它们会巧妙地使用汽车。乌鸦们喜欢吃核桃,它们穿着黑礼服,耐心地站在路边,等着汽车轮子将核桃轧碎。要是核桃没被轧到,它们会勇敢地走向迎面驶来的汽车,把核桃准确地滚到车轮底下。窜兄,你窜的地方多了,难道没有注意到吗?"

有趣的是,华学明也来凑热闹了:"哥们,我等着吃杂碎呢。你告诉我,你为什么迷上了观鸟?"

小颜说:"学明兄,当你仰望那些飞鸟,你会觉得它们来自另一个世界。它在我们之上,在我们这些凡夫俗子之上,高过所有的树梢。如果它们停留,那也只是为了给我们以启示。"

那个被小颜称为"窜兄"的网友又来问了:"听说你还研究杜鹃?"

小颜说:"我和同伴们一直在研究东亚地区的杜鹃在哪里过冬。去年,在北京戴上定位器的三只杜鹃,飞到了非洲的莫桑比克,穿越了二十个国家的领空,飞行了一万两千五百公里,包括《纽约时报》也进行了报道。"

那个疑似敬修己的"他乡遇新交"又来问了:"你们给鸟戴的定位器,不会影响鸟儿的飞行吧?"

小颜说:"放心,定位器越来越轻,不会超过鸟儿体重的百分之一,相当于人类拿了个烟斗,垫了个鞋垫,装了一把钥匙。它们将在五月回到北京。"

现在,随着"他乡遇新交"的再次发言,应物兄可以肯定,那就是敬修己了。敬修己问道:"你研究杜鹃,与你最近对儒学的研究有关系吗？"

对小颜的回答，应物兄不能不感到吃惊，他觉得那就像一篇科普和儒学交融的论文："谢谢'新交'先生。杜鹃最被人诟病的，是它生育方面的一些习性。鸟类繁殖的季节，杜鹃却一不筑巢，二不孵化，三不育雏。它忙着给子女们寻找义亲，用中国人传统的说法是干妈或奶妈，你们西方传统的说法是教母。它要趁义亲不在时，将卵产到义亲的巢穴里，让义亲帮它孵化。这是狸猫换太子的杜鹃版。也有人把杜鹃说成是鸟类中的黑手党。义亲对此浑然不觉，每天起早贪黑捉虫，养育小杜鹃。杜鹃最喜欢的义亲是芦苇莺。小杜鹃孵化出来之后，体重很快达到芦苇莺的十倍，要很多虫子才能喂饱它。这有点像动物园里用母猪喂养失怙的小象。小象是母猪的几倍大，但母猪仍然将小象视如己出。

"杜鹃的这种寄生习性，最早是被谁观察并被记录下来的？是亚里士多德。因为亚里士多德，杜鹃一直在道德层面被指责。但这其实不属于科学研究范畴。生物学家们关心的是另一个问题，就是杜鹃和芦苇莺是如何协调进化的。

"监控录像显示，雌杜鹃先是监视芦苇莺筑巢，以确定巢的位置。这个过程中，它耐心地栖身于附近，继续捉虫，以保证肚子里的鸟蛋有足够的营养，它会从早上等到下午，直到芦苇莺产完了卵，飞出去觅食的时候，它才会立即飞到那个巢里，迅速产下自己的卵，然后衔着一枚芦苇莺的蛋飞走。杜鹃从产卵到飞走，时间不会超过十秒钟。

"那么，杜鹃是否因为适应芦苇莺而改变了自己的习性？我个人认为，这是个重点。前面提到的产卵速度，显然就是一种适应性的选择。不到十秒钟，这是什么概念？母鸡天天下蛋，下一只蛋也不会这么快。杜鹃鸟的蛋与它的体重的关系，也是饶有趣味。它的蛋实在太小了。正常情况下，它的蛋应该是现在的三倍大。这是它为了鱼目混珠而做出的适应性选择。

"至于你说到跟儒学研究的关系,那就是另一个问题了。很多儒学家都写过杜鹃。我的老祖宗朱熹就写过杜鹃。他的诗中,将杜鹃称为'不如归'。儒学家会将一种自然现象看成某种社会文化现象,在道德层面进行审视。在中国的文学作品中出现的'禽言诗',就属于此种情况。禽言诗之所以在宋代为最盛,这是因为宋代儒学进入了一个兴盛时期。儒学家象声取义,寓意抒情,虽有游戏笔墨,但却有鲜明的批判性。几乎所有的禽言诗,都是从鸟名起兴的。说是其鸣自诐,但这种以鸟鸣声为鸟取名的方法,用的还是人类自己的语言。鸟名由此不再是一个简单的声音符号,而成为一个音义结合体。'音'是鸟所固有的,'义'则是人类赋予的。鸟语,也就是禽言,由此被当成了人类的语言。在不同的人、不同地域的人那里,相同的鸟语被当成了不同的禽言。

"比如,同是杜鹃,有的叫'布谷',有的叫'割谷',有的叫'脱却破裤',有的叫'不如归去',有的叫'一百八个',有的叫'催王做活',有的叫'行不得也哥哥'。"

哦,小颜最后一个说错了。"行不得也哥哥"说的不是杜鹃,不是布谷鸟,而是鹧鸪。杜鹃的叫声与鹧鸪的叫声还是有区别的:"不如归去"说的是回家,"行不得也哥哥"说的是离别。

似乎也意识到了自己的错误,对这个话题,小颜没有再讲下去。

需要说明的是,最后一个问题竟然是费鸣问的:"你在观鸟中,有何不可思议的发现?"

小颜的问答是:"我曾在鸟儿问答中,听到它们叫出我的名字。"

小颜显然知道费鸣此时就在慈恩寺,所以特意请费鸣观察一下,长庆洞中都有哪些鸟儿遗骸。

62．本来

本来，释延长说过要来陪他们吃饭的，最后却没有来。释延安解释说，延长师兄明天要去法国，为黄兴先生诵经之后已经启程赴京了。还说，为了更好地弘扬佛法，延长师兄每去一个国家，事先都要学上几句那个国家的语言。释延安知道葛道宏是济州大学的校长，所以还特意向葛校长表示了感谢，因为延长师兄聘请的就是济大的法语老师。这当然是谎话。需要提前说明一点的是，后来当栾庭玉被双规之后，这天拒绝陪栾庭玉吃饭，就被当成了释延长的先见之明。

葛道宏说："我们一直鼓励中外文化交流的。"

栾庭玉的脸色却有些不好看，说道："天下不可一日无主。延长走了，寺里谁负责？有副住持吗？"

"报告省长，没有副住持。"

"那大住持要出什么意外，不就乱套了？"

释延安没有听出栾庭玉的不满，说道："魔教里倒是有副教主，通常都是儿子或女婿做的。令狐冲就是任我行的女婿。"这话听起来怎么那么怪异？释延安大概也觉得这话有些不靠谱了，所以讲着讲着就犹豫了起来，但他还是坚持讲完了，而且那最后几句话，似乎是对自己的安慰。延安说："其实做副教主，也没什么意思。名义上你什么都会有，实际上你什么都没有。就跟参谋一样。还是那句话，参谋不带长，放屁都不响。名头再大，旁人不听你号令，顶什么用？所以做不做，都无所谓的。"

栾庭玉说："延安想得开，好。"

吃饭的地方就在寺内。他们走上一座小桥，桥下是放生池，放生池是方形的，合的是天圆地方的说法。池子的四周铺着沙子，为的是方便龟鳖产卵。池中有莲花台,莲花台上装有电子喷水系统,既可美化环境,又可给池中注氧,防止池子发臭。释迦世尊说过,一切众生,皆有佛性。他们的本性都是一样的,因为存心不同,行为有异,障蔽了原有的光明智慧,故有众生,有人、天、鱼、鸟、畜生的分别。但各类众生,最后又都可以成佛。有些龟体大如钵,显然已经在此修行多年了。有几只龟爬上了莲花台,并且摞了起来,悠然地晒着盖子。它们身边落满了硬币,这是因为那个莲花台同时又是个许愿台,善男信女们通过向许愿台抛掷硬币,祈求观音菩萨保佑。

子贡说:"先生以前也养过乌龟。太和院子里也可养只乌龟。黄某不喜欢猫,可先生喜欢。"

葛道宏说:"我们给先生多养几只。乌龟和猫,一个不落,统统养上。"

过了桥,又走了几步,就到了吃饭的地方。凉菜已经摆上来了,先上来的都是些野菜:灰灰菜、荠荠菜、花椒芽、枸杞芽、香椿芽。释延安介绍说,平时慈恩寺是不办素席的,只在佛欢喜日才办。今天慈善家黄兴先生来了,政治家栾省长来了,教育家葛校长也来了,儒学家应先生来了,对慈恩寺来说,不是欢喜日胜似欢喜日,特意准备了这套素席。又说,僧厨曾到北京法源寺、杭州灵隐寺、上海玉佛寺、重庆宝光寺取经,博采众长,将佛家的膳食理论与凤凰岭的具体食材相结合,形成了一套具有济州特色的慈恩寺素席。厨师又端上了一盘莲菜,释延安说:"对了,不能没有莲菜。有了莲菜,就可以说,此乃菩提喜宴,莲海真味。"厨师又端上来一盘萝卜丝,释延安说:"这萝卜是寺里用豆浆喂出来的。这萝卜啊,头辣腚臊,要吃就吃萝卜腰。这萝卜丝用的便是萝卜腰。"

正说着,热菜也上来了,首先端上来的是一只公鸡。

释延安又补充道:"吃萝卜喝茶,气得郎中到处爬。哦,对了,吃鸡!"

那只率先出场的公鸡，鸡嘴微张，鸡冠高耸，好像正在引吭高歌，完全不知道自己已经被煮熟了。鸡脸两侧的鸡眼依然炯炯有神，显得顾盼自雄。

子贡问："说好吃素的，怎么来了一只鸡？"接下来又上了鱼和鸭子。那鸭子还长着一身的毛，挑开那层毛，还可以看到鸭绒。它卧在盘中，神态安详，好像正在孵蛋。

栾庭玉说："黄先生尝尝便知。"

首先动筷子的并不是子贡，而是李医生。李医生的筷子伸向鸡翅，轻轻一夹，鸡翅便掉了下来。医生并没有把鸡翅塞进自己的嘴巴，而是递给了黄兴身后那个从来不笑的保镖。那保镖伸出舌头一卷，嚼了几下，咽了。保镖脸上没有一点表情，好像没有嗅觉，也没有味觉，完全吃不出好坏。李医生又从鸡脯的位置上夹了一块，递给了偶尔会笑的保镖。这一位，舌头更长，舌尖更尖，鸡脯放上去之后，并没有立即卷进去，而是故意停顿了一会，好像在等待它在空气中氧化。然后，子贡终于夹了一筷子，夹的是鸡脯。

栾庭玉问："这鸡做得如何？"

子贡嚼着鸡块，点点头。

栾庭玉指着一桌菜说："鸡非鸡，鸭非鸭，鱼非鱼。它们是素鸡、素鸭、素鱼，还有这一盘，这是素火腿。"子贡眉头皱了起来，嘴张着，看看众人，又看看桌上的鸡、鸭、鱼。他的目光最后落在那盘鱼上面。那是一条做成鲤鱼模样的鱼，上面的鱼鳞都纤毫毕现，而且吃起来跟红烧鲤鱼没有什么两样，偶尔还会吃到一根鱼刺，用狗尾巴草的草茎做的鱼刺。事实上，如果把一条真鱼和这样的一条素鱼摆在一起，估计它们自己也分不出谁真谁假。

子贡终于表态了，说："Tasty！Very tasty！"

应物兄替子贡翻译了，说："子贡说了，好吃，非常好吃。"

栾庭玉说："跟真的一样吧？"

子贡说："一样，完全一样。"

536

栾庭玉说:"吃的就是这个。虽说是假的,但吃起来却是真的。"

有一句话,已经从应物兄的喉咙冒了出来,被他用一块鸭肉堵了回去:吃素的人,说是吃素,其实满脑子还都是荤腥。就在他这句话被咽回去的过程中,释延安开口了:"佛教反对素菜荤名,认为犯了意杀戒。这条素鱼不叫素鱼,叫如意。这个素香肠不叫素香肠,叫玛瑙卷。"

无酒不成席,所以酒水也是少不了的。不过,既然是慈恩寺开的饭店,所以酒水也与别的地方不同。这里的酒,都是自己酿造的,原料各不相同,有山楂,有桃子,也有野葡萄。慈恩寺酿酒的历史,可以追溯到素净大和尚。寺内酿酒的好处是,可以提醒寺内众僧,须用自身的劳动换取赖以生存的食物,既保证了僧人们清苦修行的决心,也向香客们展示了慈恩寺的好客。据说,最早也是慈恩寺的知客僧偷偷酿造的,后来被素净和尚知道了。素净和尚一开始也是不允许的,但后来默认了。这是因为当时两军交战,战死的、投井的、投河的,死的人太多了,闹了瘟疫,水都不能喝了。慈恩寺的果酒却是无毒而且富含营养,救活了很多人。从此,素净对于寺内酿酒就睁只眼闭只眼了,遇到佛欢喜日,自己还会喝上一钵。

子贡表示,这是他第一次吃到这么可口的素餐。

子贡用筷子挑起一片莲菜,正要吃,又放下了,说:"我家先生曾给过我一包莲子。多年前,先生离开济州时,素净大师送了他两包莲子,一包莲子已串成念珠,一包莲子还是莲子。素净大师说,那是慈恩寺首任住持采摘的莲子,已有几百年了。到台湾后,先生试着将莲子种入院中的小湖,竟然开了一湖的莲花。程会贤将军称之为慈莲。这次来,先生将几颗莲子给我,嘱我送与大和尚。从希尔顿出来,只记得拿葫芦,忘记拿莲子了。"

释延安说:"慈恩寺的莲花,就是素净大和尚种下的。济州的莲藕都是七孔,开红花,唯有慈恩寺的莲藕是六孔,开白花。"

子贡说:"我家先生也说了,六孔即六艺。"

释延安说:"素净大和尚有言,六孔即六道,六道轮回。"

葛道宏接了一句:"何不将那六孔莲子种于镜湖?"

子贡说:"好,明日就将莲子送与校长大人。"

那包莲子一共九粒,取的也是"九思"的意思,后来真的种到镜湖中去了。它哪天能够发芽开花呢?没有人知道。反正至今没有开花。这不怨莲子。要怨只能怨葛道宏过于心急。因为那莲子早已干透,硬得像子弹,需要先用水泡开,然后撬出一条小缝,才能发芽。当然,如果哪天鱼儿不经意间将它咬开了,长出莲花,也是可能的。只是不知道,那泥中的莲藕是七孔,还是六孔?

葛道宏此时说道:"我代表全校师生敬子贡先生一杯酒,感谢子贡先生赠送莲子。程先生来时,就可以看到一湖莲花了。以我之愚见,这莲花可叫程荷。"

子贡说:"那就为程荷干一杯?"

释延安试探着问:"要不要来杯白酒?"随后又解释说,寺里藏了一点白酒,只有重要客人来了,才能品尝。北京奥运会之前,一个摔跤选手的家长请延长师兄为孩子祈福,孩子果然在奥运会上拿到奖牌。这个家长是做白酒生意的。奥运会之后,家长送来了一卡车"水立方"。说是"水立方",其实里面灌的是茅台。延长师兄说,茅台好是好,就是密封不好,容易蒸发。就把它们全都打开,倒入酒坛子,用野蜂的蜂蜡封了口,平时就放在长庆洞。

葛道宏说:"还是延安说了实话。上次我说是茅台,延长非说不是。"

释延安说:"延长师兄说得也对。上次茅台酒厂的人来,尝了,说,酒体有变。"

这天,易艺艺也在这一桌上。她除了拍照,偶尔还充当服务员。此刻,她为每个人都倒上了白酒,并对着那黄汤式的白酒拍了几张。李医生不喝,子贡劝他喝一杯也无妨,李医生就喝了一杯。那两个保镖,则是滴酒不沾。不是每道菜都要替子贡试毒吗?但是轮到酒,这个程序也省了。栾庭玉以为,这是因为主人不发话,他们不敢喝。但子贡说,这跟他无关,GC有规定的,他们不归他管。

子贡指了指李医生:"他们只听他的。"

医生说:"喝酒伤肝伤肾。"

栾庭玉不由得大笑,"伤肝伤肾?他们壮得跟牛犊似的。不瞒您说,政府开会,有人要敢这么公然说谎,那是要挨批的,要停职检查的。"说着,栾庭玉脸一紧,对李医生说,"你带个头,先端起来。别太正经了,要有点魏晋风度。"

看到李医生坚持不喝,子贡就出来替李医生解围了。不过,子贡说的不是李医生,而是他自己:"医生说,我的肾就是被这魏晋风度给搞坏的。"

栾庭玉问:"黄先生龙体欠安?看不出来嘛。挺好的嘛。"

子贡说:"刚做过手术。"

栾庭玉说:"想起来了,听应物兄说,黄先生不久前也换过肾?大手术啊。"

子贡摇了摇头,说:"小手术,如同水蛭放血。你要想换,也很容易。他就是做这个的。"子贡又指了指医生。

栾庭玉说:"想换就换?今天想换就能换吗?"

子贡接下来的话,让我们的应物兄,也让在场的人,都吃了一惊:"想换就换了,供体就在嘛。"

谁能想到呢?原来那两个保镖,竟然就是时刻为子贡预备的供体。李医生把酒杯挪开了,解释说,他们的肾不属于他们自己,是GC的资产,所以他们有义务时刻保护好这个资产,所以他们不能喝酒,不能抽烟。说到这里,李医生罕见地开起了玩笑:"性交当然是允许的。它有助于保持肾功能的活力,但性交次数却是有规定的。"

释延安突然问道："一周可以做几次？"

这个问题谁都可以问，只有释延安不能问。他是和尚嘛。所有人都被释延安逗乐了，连易艺艺都笑出声来了。李医生看了易艺艺一眼，说："这个，不便透露。"这么一说，易艺艺就站了起来，顺手又拍了一张照片，然后走了出去。李医生把酒杯挪了挪，说："可以透露一二。"子贡瞥了李医生一眼，说："那就讲讲嘛，我也想知道。"这个李医生，不愧是做临床的，一出口就是一串数字："若是放任他们，他们一天可做十次，一次半小时，一个月下来就相当于在女人体内走了上万里。"

应物兄觉得，李医生这么说，只是为了凑成一个数字。接着，又听李医生说道："如何了得？所以不能由着他们的性子来。"

栾庭玉把鸭掌都喷了出来。那鸭掌是用笋片做的，中间有蹼。那鸭蹼是面筋做的。栾庭玉之所以喜欢吃鸭掌，就是因为那鸭蹼。意识到鸭蹼被喷了出来，再也吃不到嘴里了，栾庭玉脸上的笑突然消失了。

茅盾文学奖
获奖作品全集

应物兄

下

李洱

——著

人民文学出版社

63. 硅谷

硅谷的问题,再次被提了出来。

释延安捕捉到了栾庭玉面对鸭蹼的表情变化,悄悄交代僧厨又专门上了一盘鸭掌。上面的鸭蹼超出了正常比例,又厚又宽,好像长着茧子,都像鹅蹼了。但栾庭玉却不感兴趣了。栾庭玉礼貌地夹了一只鸭掌,嘬了一下,放下了,然后突然提到了硅谷问题。栾庭玉说,他还是想听一下黄兴先生对硅谷的意见。他曾率团去加州硅谷考察过,初看上去也不过尔尔嘛,连幢像样的大楼都没有,并且来说都是些两三层的小楼,更不要说摩天大楼了。如果不是眼前不时出现 Cisco、Oracle、Intel 这些熟悉的品牌,你还会以为待在济州的某个乡镇呢。"我们有信心把加州的硅谷搬过来,搬到黄河岸边,然后让它辐射到中国的整个中部地区。"栾庭玉的嗓门陡然提高了,与此同时手从胸前缓缓推出,先是掠过盘子里的鸭掌,然后掠过桌子上的素鸭,素鱼,素鸡,指向了窗外。

"世界各地的硅谷,最初都是自己形成的。"子贡的回应与上次一样。

"这边是我们自己说了算。我们让它在哪里形成,它就在哪里形成。并且来说,只要加强引导,我相信,济州硅谷肯定会比他们搞得好。"

"谁投资?投资收得回来?"

"看问题要往大处看,要看到树木,更要看到森林。只要这个硅谷建起来,周围的地价就会涨上去,光是卖地一项,收入就很可观。农民的钱包鼓了,政府的 GDP 上去了,何乐而不为?加州硅谷是不是只有一百公里?"

"最多也就一百公里。"

"有人对我说,我们一定要超过它,最少一百零一公里。这样不好,跟抬杠似的。还是要因地制宜。它不是一百公里吗,我们可以只要九十公里。并且来说,不是谦虚。跟美国人有什么好谦虚的?我的意思是,可以在宽度上做文章。他们的宽度只有三十公里,我呢,我可以沿着黄河,以五十公里的宽度开辟一条高科技走廊。也有人说了,宽五十公里恐怕不行,很多人都得搬迁,这涉及移民安置等一系列问题,搞不好会影响到社会稳定。好,我可以让一步,五十公里不行,四十公里总是可以的吧?如果四十公里还不行,那我就不得不在长度上做文章了。并且来说,那就不是一百公里、一百零一公里的问题了。一百零八公里行不行?我看行。"栾庭玉顺便还谈起了哲学,"我也看了些资料。有人说硅谷是存在主义的产物,是行为决定本质。我们呢,可以让它调个过,换成本质决定行动。"

"栾长官雄才大略,黄某敬佩不已。"

"黄先生大概不知道,济州正要申办城运会。一个申办城运会的城市,应该有这种气魄。届时来自全国各地的长跑选手,绕着硅谷跑上一圈,并且来说,差不多就是一个马拉松。怎么样,我们来个中美合作,携手共进?"

"蒙栾长官信任,本人深感荣幸。我将尽快与董事会研究出一个合作方案。"

"其实呢,嗨,道宏兄和应物兄是知道的,我这个人从不勉强朋友。并且来说,生意是生意,朋友是朋友。生意不成,友情还在。不要有压力。"

此时已是午后三点多钟。斜阳照了进来,将墙壁上的青砖涂成了金黄色,墙壁上有一幅山水画,画的就是慈恩寺,有一只蛾子停在上面,蓦然飞了起来,落到了栾庭玉面前的碟子旁边。邓林轻轻一挥手,将它赶跑了,然后转身去放下帘子。李医生拦了一下邓林,说:"晒太阳是好的,可以促进钙的吸收。"

　　应物兄觉得这顿饭吃得有些不舒服。当然不是对饭菜有意见，而是对栾庭玉有意见。他觉得，因为栾庭玉从中插了一杠子，又扯到了什么硅谷问题，关于太和研究院的事情就不方便再谈了。他觉得，葛道宏也应该有点不满，因为葛道宏对话题的参与度明显降低了，还把椅子往后挪了挪，开始看手机了。后来，又干脆站起来，出去了，向门口一个和尚打听洗手间在哪。应物兄赶紧跟着出去了，一边与葛道宏往洗手间走，一边与葛道宏简单交流了一下。他没有直接表示对栾庭玉的不满，而是说："子贡对硅谷好像不感兴趣。"

　　"庭玉省长那么聪明的人，怎么看不出来？"

　　"要不要提醒他一下？"

　　"由他去。下面还有什么节目？"

　　"按原来的安排，还要去香泉茶社喝茶。"

　　他给邓林发了一条短信，让邓林出来一下。当他回到吃饭地点时，邓林已经在外面等着他了。他问邓林："黄先生昨天说，硅谷的事情，他自己做不了主，这话你对老板说了吗？"邓林说："恩师，昨天晚上我没有见到老板。我只是给他准备了一点材料，用邮箱发给了他。"邓林显然听懂了他的意思，立即向他表示，如果栾庭玉再提硅谷，就想办法把话题岔开。但邓林接着又说："我相信，他不会再提了。"

　　"为什么？"

　　"因为他已经提过了。他只需要让领导知道，也让别的专家知道，他已经征求过海外专家的意见了。"

　　"这里又没有别的领导，别的专家——"

　　"您和葛校长就是啊。"

　　"我们知不知道，有什么用呢？"

　　"有用，当然有用。比如，我就可以在报告里写，征求意见的时候，省文化发展顾问葛道宏和应物兄两位同志也在场。你们也确实在场嘛。"

"那好吧。"他问邓林,"下面除了喝茶,还有什么节目?"

"延安告诉我,可以边喝茶边听曲子。恩师有什么意见?"

"听什么曲子?"

"费鸣说,他听陆空谷女士讲,最好是二胡独奏《汉宫秋月》。我也是这么对延安说的。但延安刚才告诉我,二胡拉得最好的演员昨天出了点事,赶不过来了,临时换了个弹琵琶的,拿过全国奖的。"

果真没有再提硅谷。后来,他们就在释延安的带领下,前往香泉茶社。茶社设在凤凰岭的半腰。旁边有一条路,可以通往铁梳子的别墅。有一株巨大的树,看不出是什么树,不知道哪年哪月从山上滚落下来,头朝下躺在路边的斜坡上,但树根却挂在路沿,根须朝上,是红色的,就像凝固的火焰。应物兄觉得,它随时都会掉下去,甚至一只鸟落上去,它就会轰然滑落。但它却一直在那,好像会永远在那。下面的斜坡上还有几株树,树干似乎被乱石砸断了,或者被风刮断了,但还立在那里,有如举着残臂祈求上苍。

就在那个树根旁边,有个青石做的路标:桃都山。

那株头朝下的巨树,那个有如火焰凝固的树根,当然还有那个路标,引起了子贡的兴趣。子贡盯着树,问李医生:"是这株树吗?"

李医生认真地回答说:"是的,就是它。"

原来,私人医生和保镖,已经提前来过这里,查看了安全问题。直到这个时候,我们的应物兄才第一次注意到,那其实是一株旱柳。它并没有死。死去的只是一些枝丫。还有一些枝丫插入乱石,生根发芽了。应物兄给黄兴解释说,这是凤凰岭一带常见的旱柳。子贡指着李医生说:"他吓唬我山上掉石头呢,说整株树都掉下来了。"又说,"桃都山?铁梳子的桃都山?"

葛道宏问:"你也知道我们的铁梳子?"

子贡笑了,说:"她喜欢养狗嘛。"

李医生说："我们与铁总在美国见过。她的助理不是卡尔文吗？"

葛道宏说："她是我和应物兄的朋友，跟济大有渊源的。我见过她那条白狗。"

子贡说："昨天她给我打电话了，说我到蒙古看中了白马，她到蒙古看中了白狗，说这就是缘分。白狗的名字多天没有想好，现在终于起好了，叫康熙。清代画师郎世宁，给康熙画了多幅狩猎图，里面的马就是成吉思汗白马，里面的狗就是蒙古白狗。她说，这是第二个缘分。白狗跑起来比马快，白马跑起来比白狗快。快，是第三个缘分。"

邓林说："她也问我，你们能否抽出时间见面。"

子贡没说见，也没说不见，而是说："她是想尽地主之谊啊。"

李医生说："她是想请你到仁德路喝茶。"

仁德路？应物兄现在最怕提到的就是这三个字。因为直到今天，还没能确定仁德路到底在哪。铁梳子怎么会知道仁德路在哪呢？她只是随便说说吧？

幸亏栾庭玉和葛道宏都知道这个问题尚未解决，没有接话，不然还真不知道该如何向子贡解释。一行人继续朝着香泉茶社走。栾庭玉本来和葛道宏在前面走，这时候停了下来。应物兄觉得栾庭玉好像有话要对他说，就紧走了两步。葛道宏此时也心照不宣地停了下来，跟应物兄做了个交叉换位，好陪着子贡。应物兄和栾庭玉并排走了几步之后，听见栾庭玉说："问你个事情。"

他以为栾庭玉要问仁德路呢，却听见栾庭玉说："你常来这里喝茶吗？"

"来过一次。"

"哦，听说豆花常来。"

他不知道这是什么意思，只能回应道："夫人好有闲情逸致啊。"

"前段时间,她常来慈恩寺烧香。烧完香,就到这里喝茶,吊嗓子,练剑。这里有个老和尚,早年是京剧演员,男扮女装,演过《穆桂英挂帅》。她就拜他为师。没听说过?"

他知道,栾庭玉的母亲栾温氏是个戏迷,最喜欢的就是《穆桂英挂帅》。豆花这样做,显然是为了讨好栾温氏。他就对栾庭玉说:"夫人孝顺啊。"

"学穆桂英,少不了耍剑。可她耍着耍着就上瘾了,动真格了,弄了一把真剑。她前天去德国,走之前,我听见她在房间里喊,看剑!我觉得奇怪,推门一看,嗬,剑梢差点戳到老子的喉结。幸亏躲得及时,不然过两天就是我的头七了。她倒好,笑个不停,还一条腿举在肩头,玩金鸡独立呢。"

他能说什么呢?他只能说:"那真得小心点。"

"她是闲得狗数毛。我想送她出去留学。她原来是搞家政的,出去读个家政专业挺好的。据说,英国的诺兰德学院和美国的麻省理工学院,它们的家政专业都是世界顶尖的。我已经让邓林帮着打听,如何办理相关手续。她不想去英国,想去德国,而且说走就走。你认识麻省理工学院的人吗?"

"认识倒是认识。"他想起了莫里斯·沃伦,揣摩着要不要介绍给栾庭玉,"夫人不是准备生孩子吗?"

"她性情急躁,生出来的孩子,脾气也会怪怪的。这涉及了可持续发展问题,必须通盘考虑啊。"

勺园那次夜谈,隔着时空轰响于我们应物兄的耳畔。栾庭玉当时突然扯到她做爱的习惯。他不敢随便接话了。

"把麻省的那个人引荐给我。"

"那人的脾气才真叫个怪。是个犹太人,不是很好打交道。"

"犹太人?好啊。干什么的?"

"研究语言的,跟家政什么的好像不沾边。"

"犹太人嘛,普天之下的犹太人都是生意人。只要是生意人就好。引荐给我。"

突然传来了一阵笑声，是子贡的笑声。此时，邓林和葛道宏陪着子贡在前面走，是邓林把子贡逗得哈哈大笑的。应物兄对此是满意的：只要能把子贡哄高兴就行。他可没有想到，邓林此时讲的是释延安用老二作画的故事。邓林还开玩笑地对子贡说，释延安要想永葆艺术青春，很有必要换个肾。

子贡的回答很正式："和尚换肾还是头一遭，可以考虑。"

一群人边走边谈，路过一个池塘，又上了坡，就到了香泉茶社。

其实，远远地，他们就听见有人在弹琵琶。等他们进了茶社，琵琶女就把弹过的曲子又弹了一遍，不同的是，这次人家同时开口唱了：

> 兴亡千古繁华梦，诗眼倦天涯。孔林乔木，吴宫蔓草，楚庙寒鸦。数间茅舍，藏书万卷，投老村家。山中何事？松花酿酒，春水煎茶。①

琵琶女留着披肩长发，但穿衣打扮，包括鞋子，却像尼姑。按说，琵琶女色艺俱佳，应物兄应该感到满意才对，但他却有点生气。主要是对词意不满。"孔林乔木，吴宫蔓草，楚庙寒鸦"？有点不符合眼前的情景啊。孔子虽然贵为圣人，不也亡了吗？墓地都被树林覆盖了；吴王夫差为西施建的宫殿，更是荒草遍地；而项羽则是落了个霸王别姬，引颈自刎，庙内只有寒鸦栖息。

不过，因为这首诗中提到了寒鸦，应物兄脑子里倒也曾闪过一个念头，程先生或许会喜欢这段元曲呢。

一曲唱完，释延安说："要不再来一曲？"

子贡问："会弹《汉宫秋月》吗？"

这话也是应物兄想问的。但看到琵琶女面有难色，应物兄就改口说道："子贡，您在程先生那里听的是二胡，不是琵琶。想听

---

① 〔元〕张可久〔黄钟〕《人月圆·山中书事》。

《汉宫秋月》,太和成立庆典时,我把最好的琴师给您找来。"我终于把太和的事提了出来。哎哟,要找到这样合适的插话机会,还真是不容易。应物兄这么想着,同时问葛道宏,"葛校长,你说呢?"

这个传切配合打得不错,葛道宏立即把话头接了过来:"到时候,我也粉墨登场,喊上几嗓子。黄先生对太和有何要求,请直言。庆典该怎么做,也请吩咐。"

坐在藤椅上的子贡,此时把腿跷到了藤椅的扶手上,用扶手蹭着膝窝。这本来是很正常的动作,李医生却如临大敌,立即把子贡的腿抬了起来,在膝窝摸了一下,还闭目沉思了片刻,问:"疼?酸?痒?"子贡说:"本来好好的,你一按,又酸又痛。"李医生说:"这里是委中穴,术后酸痛,是正常的。"

子贡这才对葛道宏说:"太和之事,不要问我,问陆空谷。"

应物兄对子贡说:"要不要签个协议?"

子贡说:"我跟陆空谷说了,先给一个整数,把太和先建起来。"

子贡没有明说一个整数是多少,似乎不需要说。和葛道宏一样,他也认为那是一个亿。至于那是人民币还是美元,他们都没有多问。

子贡又说:"太和怎么建,黄某都没有意见,只要先生满意就行。"

葛道宏说:"我们保证让他老人家满意。"

子贡说:"先生很好侍候的。无非是三个字:吃、住、行。吃,你们不用操心。他最喜欢吃丸子。吃丸子的人,还不好打发?住呢?他喜欢住在自己家里。没有比他更好侍候的人了。他是一个节俭的人。他曾提到,小时候,母亲睡觉前将一瓶牛奶放在两乳之间,慢慢焐热,可节省半块煤球。家教如此啊。行呢,我那辆车就给他留下了,不开走啦。"

葛道宏问:"黄先生还有什么要吩咐的?"

子贡说:"先生说了,太和就放在仁德路。黄某听陆空谷说,她问了几个人，没人知道仁德路在哪。好生奇怪。活生生的一个大观园，插翅飞了？"

葛道宏说："仁德路的事情，我会专门向您汇报。"

子贡说："程先生的父亲就把那个宅子叫大观园。但程先生说，哪有那么大，比怡红院大一点倒是有的。人到老年，会把过去的事情说得很大。应该是比较大，但也没有大到那个样子。也是怪了，一个大院子，怎么能飞呢？还在济州嘛。内地的事情，我还是知道一点的。可能会涉及拆迁问题，要耽误点时间，也会花不少钱。我说了，钱的问题不要考虑啦。你们只考虑一个问题就行啦，就是让我家先生满意。我跟先生说了，仁德路上若是可以修机场，专机就直接降落在仁德路。当然了，黄某就是愿意修个机场，程先生也不会同意的。"

是啊，这点钱对子贡来说，当然不算什么。他突然想起程先生一句话：如果让一个人来数子贡的钱，一秒钟数一美元，那就得从现在数到春秋战国；如果地上有一千块钱，子贡也是懒得去捡的，因为就在他弯腰去捡的那工夫，他赚的钱已经超过一千块了。

子贡说："黄某必须恭维葛校长。太和建于仁德路，葛校长的地盘就扩大了。自古开疆辟土者，何人不曾留青史？"

葛道宏谦虚了一下："不敢说开疆，只敢说扩疆。"

子贡随手扔过来一顶帽子，说："凡扩疆辟土者，必为中兴之主。"

葛道宏又谦虚地说道："一代人有一代人的责任。我明白黄先生的意思。大至国家，小至部落，扩疆辟土之事，任何时代确实都是中兴的标志。但这个功劳，不能记在道宏头上。要记，也必须记到栾省长身上。太和建在仁德路，免不了要麻烦栾省长。"

栾庭玉说："并且来说，只要它没有飞走，事情就好办。"

子贡开了句玩笑，说："黄某相信，就是飞走了，栾长官也能让它飞回来。"又对葛校长说，"白白送你一个大观园，你赚了。"

葛道宏说:"赚了,济大赚了,儒学赚了,国家赚了。黄先生还有什么要求?"

子贡说:"先生说了,他那个宅子,原先是什么样,就还是什么样,不可大兴土木,劳民伤财。他非要替弟子省钱,弟子也只能遵命。对那个宅子,他只有两个要求,一是能看到月亮,二是能看到梅花。先生说了,中国人的心,就是八月十五的月亮,大年初一的梅花。"

应物兄开了个玩笑:"太和院子里,修个马棚好呢,还是建个驴圈好?"

子贡听了,沉思了片刻,说:"想起来了,先生说过,仁德路上原来有个军马场,军马场里也有山有水,那里面的蝈蝈也是最好的,叫济哥。太和院子里,以后也要养几只济哥。养几只济哥,不需要大兴土木吧?"

这话是什么意思?为了一匹马,建一个马场?

子贡这么说着,突然问李医生:"马呢?白马呢?"

那匹马,那匹白马,那匹被和尚牵到别院的白马,此时被和尚从别院牵了出来,正在山下的一片麦田里狂奔。近处是池塘,池塘边的桃树却没有开花,能看出枝条是黑的。释延安带他们走出香泉茶社,站在山腰,越过池塘,眺望那匹白马的时候,应物兄发现山下其实还有几个人。远远地,他们看不清那是谁。张明亮肯定在里面。还有华学明,还有一个和尚,此外还有一个人,那个人就是卡尔文。当他知道华学明也在这里的时候,应物兄一时有点感动,觉得华学明真够朋友,真把他交代的事情当回事了。华学明后来解释说,自己不是特意过来照顾白马的,而是来山上考察济哥的生长环境,看到了那匹白马,就留了下来。

至于卡尔文怎么会出现在这里,应物兄就不知道了。

越冬后的小麦早已返青,那麦田有如青青草原。它当然不是草原,因为田垄上栽有桃树,麦田里不时冒出几座坟墓,坟前栽着松柏。乍看上去,白马就在那桃花和松柏间狂奔。当它跑到最近处的那丛桃花,绕了一个很大的弧度要重新跑远的时候,他们发现马背上趴着一个人。刚才,那人是被扬起的马头挡住了。

子贡突然叫了起来:"谁在骑马?"

释延安说:"好啊,难道是张天师? 可不是嘛! 阿弥陀佛。"

偶尔会笑的保镖有如离弦之箭,立即冲了出去。

释延安连忙对子贡说:"请听我言,此乃吉兆,求都求不到的。"随后又向子贡解释,慈恩寺向北五十公里的妙峰山上,有张天师的道观,明代就有了,历代主事的也都称张天师。每当释延长师兄出访的时候,张天师都会来送行。这位张天师善于骑马,但一般的马,张天师是不骑的。能看到张天师骑马,善哉善哉,这是难得的因缘。

应物兄也突然想起来,道士骑马塑像确实常在道观里出现。于是他就对子贡说:"延安此言不虚。"

那个保镖此时已冲入麦田。他显然通过耳麦得到了李医生的指示,在飞奔途中突然暂停了,但依然保持着奔跑的姿势。

释延安语速放慢了,说:"慈恩寺原有一位和尚,是解梦大师。他说过的,梦见道士骑马是好梦中的好梦。求子之人梦见道士骑马,预示生男。买彩票者当日买了彩票,中奖者多矣。全球至少十万华人,每日梦见道士骑马。"

李医生说:"延安师父,这不是梦见骑马,是看见骑马。"

释延安说:"见骑马,名利双收。"

李医生说:"这是白马。"

释延安说:"此乃吉兆中的吉兆。《周公解梦》里说,骑白马,主疾病去。这是我们看见了,若不是看见了,而梦见了骑白马,反倒不好了。《敦煌本梦书》云,梦见乘白马,有丧事。总而言之,看见道士骑白马,阿弥陀佛! 乃因缘成熟,是菩萨的因缘教化。"

这边正说着,那个跑出去的保镖已经回来了。那保镖神态安详,喘都不喘,似乎并没有经过这么一番来回冲刺。但就在这个时候,那保镖突然又流鼻血了。奇怪的是,他本人并没有感觉到。当那鼻血从他的下巴颏流下来的时候,他终于感觉到了,背过了身去。

释延安回身指着茶馆方向,让他用清泉洗一下。

有一点,是我们的应物兄无论如何也想不到的,那个人的保镖生涯其实就是从这一刻突然中断的,其命运也是在这一刻被永远改写的。

接下来的一幕是,一个眉清目秀像个姑娘似的和尚从茶馆出来了,手里捧着一个匣子。和尚很年轻,十八九岁的样子。他和流鼻血的保镖迎面走过的时候,似乎被吓住了,匣子竟然掉到了地上。当他弯腰捡起,走到释延安跟前的时候,还有些惊魂未定。释延安接过那匣子,对邓林说了一句什么,邓林又凑到栾庭玉耳边说。栾庭玉说了三个字:"知道了。"然后栾庭玉对子贡说,"这是大住持释延长送给黄先生的。"子贡正要接,释延安突然做出惊恐状,说道:"阿弥陀佛,它掉入尘土,自当归于尘土,不可再赠与先生。"

子贡刚才也看见了它掉到地上的情景,这时听释延安这么一说,顿时显得有点感动,眼皮也颤动起来,说:"延安大师实言相告,黄某感动莫名。"

释延安说:"小寺当另择宝物,赠与先生。"

年轻和尚垂目站在一边。子贡大概以为释延安接下来会体罚那和尚,对释延安说:"延安大师就看在我的薄面上,不要对他再有责罚了。"

释延安对子贡说:"他是我的弟子,就是责罚,也是该的。"

那和尚只是眼睫毛在动,脸上没有表情。

应物兄猜到了,那匣子里放的本来就是释延安临摹的《神仙起居法》。如果我没有猜错,释延安是想另作一幅道士骑白马的画,送与子贡,应物兄对自己说。

此时,白马还在麦田里狂奔。不知道什么时候,白马的身边又多了一个东西,一个白色的动物,乍一看就像小马驹,白色的小马驹。哦,那不是小马驹,而是一条狗。应物兄当然猜出来了,它就是卡尔文从铁梳子那里带过来的蒙古细犬。白马与白狗,它们这才叫他乡遇新知。应物兄当然知道,这是铁梳子在提醒子贡,老朋友何时见个面。现在,白马绕过最远处的一座坟,最远处的一树桃花,折了回来。哦不,不是一条,而是两条,两条一模一样的狗,它们一左一右,分列于白马的两侧,好像一条是另一条的幻影。

白马的速度放慢了,款款而行,有如凌波微步。那两条蒙古细犬,则是在起伏的麦田里时隐时现,有如明月出没于清波。

64. 他

他,我们的应物兄,没能听见手机的振动,一次也没有听见。

因为睡得晚,睡着之后还要做梦,梦境的转换又会让他情绪不定,所以我们的应物兄整晚都没有睡好。黎明时分,疲惫不堪的他终于睡踏实了。他的手机就是在这期间振动起来的。后来,他倒是感觉有人在叫他,但他却睁不开眼睛,眼皮似乎灌了铅。随后,他又感到鼻子被夹住了,鼻孔无法出气。怎么回事?他想用手摸摸鼻子,把问题搞搞清楚,但因为他是侧躺着的,两只手还握在一起,夹在两腿之间,从那里到鼻子还要经过漫长的旅程,他就觉得有点来不及了。怎么办呢?好,很好!一个器官出了问题,另外的具有相同功能的器官就会跑来帮忙,相当于邻里互助,以体现“仁”的精神。他感受到了这种“仁”的精神:嘴巴张开了,以代替鼻孔出气。

问题好像是解决了,但他的思考却在继续:谁夹住了我的鼻子?

甚至,当那只手,那只夹子离开他的鼻子之后,他的思考也没有停止。

奇怪的是,他首先想到的竟然是不知道在何处云游的姚鼐先生。哦,对了,我之所以会想到姚鼐先生,是因为睡觉之前,费鸣向我提到了一件事。费鸣说,他曾陪着葛道宏去过姚鼐先生家里,葛道宏照例夸赞了姚鼐先生的巨大成就,但姚鼐先生却频频摆手,说,考古嘛,就是别人往墓坑里填进多少土,你就挖出多少土,把前人的工作再做一遍,顺序颠倒过来就行了。姚鼐先生还说,所谓的考古发现,就是让墓坑里的那个人开口说话,说出你想听到的话。

"姚鼐先生似乎是想说,考古学并没有什么意义。"费鸣说。

"他是谦虚罢了,怎么能当真呢?"

他告诉费鸣,很多历史信息都不是靠史料与传说记载下来的,它就存在于墓穴深处。考古其实就是探求历史的途径,通过对过去的探索与重塑,来建立我们民族的自信。他也告诉费鸣,姚鼐先生看似洒脱,很多事情都不放在心上,但其实忧国忧民,面对苍茫历史,不时要发出千古浩叹的。

当他这么说的时候,他想起多年前陪乔木先生去看望姚鼐先生的情景。姚鼐先生在潼关考古的时候,墓穴里的一块砖头掉了下来,把姚鼐先生的腰砸伤了。他们进门的时候,发现张子房教授和何为教授已经到了。在他的印象中,这四个人聚到一起的情景,他只见过这么一次。那天,应姚鼐先生的请求,乔木先生当场写下了元人张养浩的《山坡羊·潼关怀古》:

> 峰峦如聚,波涛如怒,山河表里潼关路。望西都,意踌躇。伤心秦汉经行处,宫阙万间都做了土。兴,百姓苦。亡,百姓苦。

写完,乔木先生开了句玩笑:"没想到,百姓不苦了,姚先生却受了苦。"

从来不开玩笑的何为教授立即感慨道:"兴也苦,亡也苦,为什么？这是因为我们的历史就是一部恶性循环史。"何为教授说这话时动了真情，嗓音发颤，面容忧郁。张子房教授对这首元曲也很感兴趣，点上一支烟，说，这其中反映的问题，是大值得研究的。在中国历史上，百姓的利益与国家利益常常是不一致的，当然，在世界范围内这也是一种比较常见的现象。不论是从事哪种专业，只要是知识分子，他要做的工作就是尽量减少两者之前的张力，防止社会的断裂，杜绝社会秩序的坍塌。他现在还记得，姚鼐先生当时扶着腰站了起来，说："我们都只是发牢骚的，只有子房做的是经国济世之大业啊。"这时候，一个奇怪的事情发生了。张子房教授当时坐的是一把塑料椅子，椅子的一条腿突然断了，张子房教授身体一歪，躺到了地上，脑袋撞到客厅的铁炉子上，竟然晕了过去，同时开始流鼻血。

　　有野外生活经验的姚鼐先生，立即上去掐住了张子房教授的人中。何为教授也迅速地搓出一个纸捻子，塞到了张子房先生的鼻孔。张子房先生很快就醒了过来。醒过来的第一件事，就是从地上摸烟，将那半支烟塞到了嘴里。一个纸捻子掉了下来，烟雾就从那一个鼻孔里喷了出来。

　　令人感慨的是，张子房先生随后说出一句话："看上去，四分之一的鼻血化成了烟。其实鼻血还是那么多。"

　　作为一个文科生，应物兄琢磨了半天，才弄清了那道算术题：张子房先生其实是说，两只鼻孔的鼻血加起来等于一，那么一只鼻孔里的鼻血就是二分之一，现在那二分之一的鼻血是和烟雾一起冒出来，看上去一半是鼻血，一半是烟雾，那么也就是四分之一的鼻血化成了烟雾。

　　现在，迷迷糊糊之中，这些情景清晰地闪现在他的脑海里。

　　他由此产生的疑问是：姚鼐先生捏的是张子房先生的鼻孔，怎么搞得我的鼻孔无法出气呢？哦，难道我的鼻孔流血了吗？如果流血，弄脏了希尔顿的床单，该如何是好？于是，他奋力地将手从两腿之间抽出,去摸自己的鼻子,手指捻动着,判断着手指之间是否有血。没有嘛。

不知道什么时候,他已经重新改用鼻孔呼吸了。

突然地,出其不意地,他又想到了自己的母亲。

他想起来了,在他的鼻子被夹住之前,他做的最后一个梦就跟母亲有关。或者说,那个梦他只做了一半,因为鼻子被夹住而被迫中断了。当他这么想的时候,母亲再次光临了。梦中的母亲还穿着生前的对襟青衫,是飘着来到他的床前的,好像不需要用脚行走。母亲问他最近在忙什么,这么长时间没有回家。他自豪地告诉母亲,儿子正忙着一件大事呢,忙完了这件事就回去看望您老人家。他看到母亲笑了。他当然也陪着母亲笑。而实际上,当他这么笑的时候,他心中已经起了歉疚。但是紧接着,悲哀罩住了他,这是因为他再次突然意识到母亲已经死了,自己其实是在做梦。泪水从他的眼角流了下来,蜿蜒着流向了耳轮。他边流泪边想,如果母亲知道我做的事情有多么重要,那该有多好。这个想法把他带向了母亲的坟墓。他跪在外头,母亲躺在里头。他的悲哀如此之深,使他喘不过气来。后来他就被憋死了。就像当初母亲生下了他一样,现在死去的母亲竟然还能救他,又是捏他的鼻子,又是掐他的人中,一定要把他弄醒。

没错,他再次感到鼻子被夹住了。完全喘不出来了,甚至嘴巴也无法张开。哦,接下来,他那仿佛灌了铅的眼皮,终于被他睁开了。或者说,是被母亲给撬开了。那一刻,他以为能够看到母亲,又悲哀,又喜悦。他终于醒了过来。

身边站着的那个人,竟然是栾庭玉。栾庭玉的手正在缓缓收回。

"你?是你?怎么是你?"他问。

"我的朋友,你怎么哭了?我知道这事不怨你。"栾庭玉说。

说的是哪件事?什么怨我不怨我?如果是我做得不对,那当然是怨我。他问栾庭玉说："你说的是——"

"先喝口水。等你情绪稳定下来再说。"

"我梦见母亲了。"

"哦，是这样？是又梦见老母亲去世了吧？那我把你搞醒是对的。"

"你昨晚住在这？起得这么早？现在几点了？我没耽误什么事吧？"

"是这样，正如我们前两天说的那样，梁招尘一直在调整时间，好接见黄兴。"

"是啊是啊，你说过的。你说的是今天吗？但你是知道的，昨天晚上，陆空谷和黄兴的医生都说了，黄兴今天谁也不见，要休息。"

"你听我说，凌晨六点钟的时候，我接到了梁招尘秘书的电话，说今天上午九点钟，他要接见黄兴。他解释说，本来已经把时间调出来了，就是明天。但他突然接到电话，今天下午必须赶到北京，开一个扶贫工作联席会议。我们的扶贫工作，还是被上面揪住了辫子。他担心明天赶不回来，就想今天把这事办了。"

"现在才说，来不及了吧？"

"放下电话，我就给你打电话，你就是不接嘛。我已经在这儿坐了半个小时了，就为了让你多睡一会。费鸣和邓林已经去安排会场了。"

"我该怎么向黄兴开口呢？"

"他不是说，他很懂中国国情吗？他应该理解这一点。难道他比尼克松还牛×？当年尼克松访问中国，鞍马未歇，听说毛主席要召见他，脸都没洗，牙都没刷，就一路小跑，去了中南海。"

"庭玉兄，这肯定不合适。"

"不合适，也得这么办。"

"要不，你把梁招尘的电话给我，让我给他解释？"

"要解释，也只能通过他的秘书解释。但他的秘书，是不可能听你的解释的。因为他的秘书必须完成他交代的事情。这事没得商量。"然后，栾庭玉诉起苦来了，"快起来吧，你毕竟还睡着了。睡得还挺沉，捏鼻子都捏不醒。我昨晚差不多一宿没睡，只睡了两个钟头。你说说，我这是图个什么呀？草驴换叫驴，我图个屁啊。快起来吧。"

昨天晚上，他离开子贡房间的时候，子贡在打电话。加州在下雨，暴雨如注，黄兴的一个庄园的草坪被水淹了。那草坪是从英国引进的，与白金汉宫的草坪是一样的。黄兴既喜欢光脚在那片草坪上散步，也喜欢牵着毛驴在那里散步。水已经排得差不多了，但草坪还是很湿，不利于草的生长。黄兴对管理庄园的人说："直升机，吹干它。"那边回答说，要说的就是这个，一架直升机，刚刚升空，就掉了下来。驾驶员正在抢救，会及时把抢救结果汇报过来的。子贡说："我又不是医生。"

即便家里死了人，子贡都懒得听取汇报的。

他对栾庭玉说的是："我可以试试，但不能保证能够说服他。"

"不，应物兄，你一定得说服他。你知道的，小工，哦，就是老梁啊，这个鸟人，是个笑面虎。他交代的事情，如果没有办成，他嘴上可能不会说什么，但过后，可以肯定会给你穿小鞋的。你们以后还用得着他。摊上了这种鸟人，你又有什么办法？"

"梁省长接见黄兴，是要谈什么具体事吗？要是跟太和研究院无关，那现在八字还没一撇呢，又能说些什么呢？"

"主要是礼节问题。黄兴来了，主要领导必须出面接见一下。本来应该是老一接见的，但老一自从出国访问回来，身体就不舒服，一直留在北京休养。老一人在北京，心在济州。我们这些人，每天的工作是怎么安排的，他都要知道的。他当然知道黄兴来了。是他打电话让小工替他接见一下的。小工今天要去北京，除了代表省委省政府看望老一，也向老一汇报工作，还为了代表老一参加扶贫工作会议。说起来,今天上午,小工本来是要带队去桃都山检查扶贫工作的。老一的电话,把小工的计划打乱了。小工的电话,把我的计划打乱了。我的电话呢,打给你,你就是不接。”

“真是对不起。”

“接见地点本来安排在省委贵宾楼,为了表示对黄兴的尊重,我建议小工将地点改在了希尔顿。邓林和费鸣已经去安排会场了。大队人马一会就到。小工还给黄兴送了礼物呢。”栾庭玉看了看表。

“什么礼物?我转交给他。”

“一串朝珠。清代大臣上朝时戴的朝珠,上书房行走时戴的朝珠。每串上面有一百零八颗珠子呢。快去吧。”

“庭玉兄,这真的不合适。”

说这话的时候,他使劲地在枕头上拍了一下。那暄腾的枕头突然跳了起来,滚到了地上。坐在床边沙发上的栾庭玉,用脚把枕头钩了过去,又一脚踢开了,说:“不扯闲话了,去,去叫他起来。让他准备一下。见完了,他可以搂着姑娘,再睡个回笼觉。”

“哪来的姑娘啊?”

“不就是那个陆小姐嘛。他不就是为了她换肾的?”

“不!不是那么回事。”

“应物兄,我就尊重你这一点。知道为朋友藏着掖着,好。”

我们的应物兄还是跑了一趟。他住的是12A层,也就是13层,最便宜的楼层,而子贡住的是8层。当他向黄兴的房间走去的时候,他再次感到自己是在一个幽闭的空间里飘着。墙上那些雕饰,那些既精致又冷漠的雕饰,雕饰上的人与动物都像幽灵。地毯很厚,吸走了所有声音,但与此同时,却放大了他的耳鸣。没错,他感到耳朵里有叽叽叽的声音。在楼道的拐弯处,杜鹃花在悄然开放。当他的身影飘过那山野之花的时候,他觉得后背有些发紧,肩胛骨不由自主地耸了起来。

这样飘着,飘着,他就来到了黄兴的门前。

一个保镖站在门口。这个保镖没有去慈恩寺。与那两个保镖相比,他的年龄要大一些,与李医生的年龄差不多。他没有和保镖说话。你借给保镖十个胆,保镖也不敢向里边传话。最方便的途径其实是给陆空谷打电话,让她跟李医生和子贡说去。但陆空谷此时应该还在睡觉。一瞬间,他眼前出现了美人侧卧的情景,确实只是一瞬,他没有再往深处去想。几乎与此同时,一股怒火油然而生,那是对栾庭玉的怒火。栾庭玉竟说,黄兴在搂着陆空谷睡觉。妈的,这个栾庭玉!

我们的应物兄没有在那个门口停留,继续往前走。

当他走到电梯口的时候,他犹豫了一下,还是进去了。

此时,他肚子里还憋着一泡尿呢。电梯在上升,膀胱在下坠,但膀胱的那种胀痛感却在上升。上到了12A,他并没有出去。这时候电梯开始下沉了,直线下沉,给人以强烈的失重感。在一楼,电梯门开了,他走了出去。这时候,有一个年轻人背着一个行囊匆匆走了过来,赶在电梯门合上之前,走了进去。在擦肩而过的同时,他无意中看了对方一眼。他奇怪地觉得,这个年轻人好像在哪里见过。

他当然没有想到,那就是小颜。

他后来知道,这天,小颜准备出去的时候,发现笔记本电脑忘记带了。

在大堂的洗手间,我们的应物兄痛快地撒了一泡,足足有两分钟。后来,洗手池上面的镜子,照见了他那张困窘的脸:我该怎么向栾庭玉回话呢?说子贡不愿起来,还是说我没见到子贡?当然不能说子贡不愿起来。不能把这个责任推到子贡身上。人家本来就不该负这个责任。这么想着,他突然看到自己的人中有点发红,好像破了皮,正等待着结痂。他提前感受到了脱痂时的那种痒。一定是栾庭玉的指甲划出来的。

等他回到房间，栾庭玉就问："没见到黄兴吧？"

然后，他就听见自己说："保镖在门口拦着呢。"

栾庭玉说："这么说，小工同志今天是见不到黄先生喽？弄个保镖站在门口，像什么话？他怎么不弄个加强连来保护自己呢？"

他听见自己说："其实呢，这次来中国，子贡的保卫人员是最少的。这当然是因为他相信我们。在沙特，他住的那个院子，是由混凝土高墙和铁丝网围成的，有三道门，"他觉得自己有点饶舌了，但还是顺嘴秃噜了下去，而且提供了一些细节，"门口有持枪武警把守，配备着带警灯的车辆。进出的车辆都要用反光镜检查底盘，院内二十四小时都有警卫巡逻。"

"别扯那些没用的，"栾庭玉用棉球掏着耳朵，�’着嘴，噗——吹了一下，说，"没人站岗也出不了事。把我们这里看成什么了。我们是太平盛世！喂，你们不是朋友吗？朋友相处，比如我们两个，任何时候都是平等相待。可这个黄兴，怎么把周围弄得跟朝廷似的。朝廷里有朋友吗？你是不是不敢在他面前多说半句话？瞧把你给吓的。"

"不是这么回事。人家在睡觉嘛。他入睡比较困难的。"

"好了，那你就赶紧想出个办法，把小工对付过去吧。"

"我？我想办法？我能想出什么办法？"

"这是你自己的事，当然得你自己想办法。"

"还请栾省长教我。"

"黄兴是不是喜欢带着驴子散步？"

"是有这么回事。"

"好！驴子不在身边，他就可能带着白马散步，是这个道理吧？"

"有这种可能吧。"

"那你就可以说，因为时差关系，他早早地就起了床，牵着白马出去了。反正这会找不到人了。也不知道死到哪里去了。小工来了,你就这么说。你跟他不是很熟吗？慢慢说,别着急。"

65．小工

"小工"这个莫名其妙的绰号,其实是某任省委书记叫出来的。

多年前,梁招尘还是农业厅的处长,曾赴美国考察农田施肥情况。回国之后,梁招尘开始大力提倡蚯蚓养殖,走到哪里都要谈蚯蚓。那段时间他的绰号就叫蚯蚓,他的口头禅是这样:"蚯蚓粪不是粪,蚯蚓粪是黄金。"

确实是黄金。

梁招尘就是因为蚯蚓粪而走上金光大道的。

梁处长喜欢写毛笔字,别人信箱上的名字都是统一打印出来的,只有他的名字是自己写的。有一天,上任不久的省委书记到农业厅视察工作,误把贴在信箱上的"招尘"二字看成了"招小工"。书记生气了:小广告都贴到了政府大院了? 今天的小广告是招小工,明天的小广告就可能是治疗狐臭和性病,成何体统。书记新官上任三把火,第一把火就是要整治小广告。看到书记发怒,陪同的人也都不敢吱声。不久,书记就知道自己闹笑话了。书记毕竟是书记,很有胸怀的,亲自登门道歉来了。据说,书记进门的时候,梁招尘正用鞋底拍打着自己的腿肚子,从腿肚子拽出了一只吸饱了血的蚂蟥。当着书记的面,梁招尘用剪子把那只蚂蟥分尸了,丢进了窗台上的鱼缸。那鱼缸里养的不是鱼,而是他以身作则养的蚯蚓,它们一个个膘肥体壮,就像染了色的蛔虫。

梁招尘向书记汇报说,他去检查稻田的施肥情况了,赤脚在稻田里走了走,感受一下施过蚯蚓粪的泥土从脚趾缝里挤出来的快乐,不小心让蚂蟥给叮了。梁招尘当然抓紧时间讲到了蚯蚓粪的好处,说那是最好的肥料,是真正的有机粪。还说,达尔文说过的,蚯蚓粪之外没有沃土。美国农业搞得好，高科技只是一个原因，另一个最重要的原因就是大量使用蚯蚓粪，蚯蚓粪已经占到了所有肥料的百分之几点几。养蚯蚓好啊，生态上除污，农业上增收。重要的是有机，有机得不能再有机了。中国农业要打翻身仗，要让老百姓吃上有机菜、有机粮，绝对离不开蚯蚓。民心所向，我们搞农业的，要时刻牢记啊。

这番话，说得多好。有理论，有方向，有实践，有数据，有高度。

梁招尘的命运就此得以改变，很快就从处长变成了副厅，两年之后又成了正厅。人们渐渐忘记了他原来的绰号，却都记住了"小工"这个绰号。对自己这个绰号，梁招尘是喜欢的。他说，作为公仆，自己本来就是为人民打工的嘛。

他当然还想在更高的位置上给人民打工，但从正厅到副部这个台阶，梁招尘却足足迈了五年。

迈到第四年的时候，梁招尘有点累了，决定重拾爱好，将余生献给书法艺术。梁招尘要拜的书法老师是谁呢？就是乔木先生。他送给乔木先生的束脩是三套特制的湖笔。据说那是在著名的"王一品斋笔庄"定制的，是朱德、董必武、郭沫若当年所用湖笔的限量版复制品。

那天，我们的应物兄刚好在场。他记得很清楚，乔木先生让梁招尘当场写几个字。梁招尘拉开架势，蹲了个马步，挥笔写了两个字：同意。

"上来就玩草书啊？写成楷书让我看看。"乔木先生说。

"好嘞，您等着。"梁招尘就把"同意"两个字又写了一遍。

"惜墨如金啊？别替我省墨。多写几个字嘛。"

梁招尘这次确实多写了几个字："同志们，都听清楚了吧？"

乔木先生笑了，没说毛笔字，却说起了钢笔字。乔木先生说："看得出来，你的钢笔字一定写得不错。"梁招尘说："我学过硬笔书法的，但总觉得硬笔书法不算书法，所以还是想学毛笔书法。"然后又问,"学毛笔书法有没有捷径?"

"为什么要找捷径呢?"

"瞧您说的,找到了捷径,就是成功了一半嘛。现在,从上到下,都在讲四个字:弯道超车。捷径,某种意义上说,就是弯道。"

"遵通衢之大道兮,求捷径欲从谁?① 要找捷径,你还真的找对人了。我告诉你,你可以用左手写字。写过吗? 先写几个让我看看。"

梁招尘就用左手写了几个字,但那几个字谁也认不出来。乔木先生拿出一个本子,又递给梁招尘一支钢笔,让梁招尘再写一遍。这一下,终于可以认出来了:您的建议,我会考虑的。但字是歪的,行也是歪的。乔木先生接下来就教了梁招尘一招:身体应该偏右,本子由上而下向右倾斜,以利于左手书写。梁招尘脑子很快,立即就掌握了这个诀窍,写出来的字有了明显的进步。梁招尘自己也很满意,写出了满满一行字:

这个建议很好,拟同意,呈请省长同志定夺为盼。

乔木先生让梁招尘自己评价一下。梁招尘说,虽然有进步,但怎么看,都不像是大人写的。乔木先生说,这就对了,这是童体字。乔木先生建议梁招尘以后就写童体字。梁招尘的疑问也有道理:别人会不会觉得,太小儿科了? 不算艺术?

"童体字好啊,"乔木先生说,"寄成熟于无邪,化规矩于童趣,寓严谨于活泼。这当然是一种艺术。你大概不知道,有些人分明会写别的字体,却故意要写童体字。为什么? 为的就是显示自己没有功名利禄之心,而有返璞归真之志。"

梁招尘听进去了,说:"恩师啊,就这么定了。"

乔木先生说:"就这样练,坐好了慢慢练。先用钢笔,一周之后再用毛笔。第三周,你拿给我看看。"

---

① 见班昭《东征赋》。

梁招尘问："就这几条？还有没有别的要交代的？"

乔木先生想了一下，说："尽量写繁体字。"

梁招尘有点想不通，问："这与汉字简化的大方向不符啊？"

乔木先生说："学习书法必须临帖，入古，才能得其精髓。只有写了繁体字，别人才知道你可能是临过帖的。"

三周之后，梁招尘派人送来了作业。乔木先生对那份作业有个口头评价，也有个书面评价。口头评价是对应物兄和巫桃讲的：那个梁招尘啊，原来写的像一年级小朋友，现在已经像小学高年级同学了。书面评价与口头评价的意思是一样的，只是用词不一样：招尘同志，进步太大了，相当于连跳了三级。

又过了两周，梁招尘又派人把作业送来了。这次乔木先生的评价就相当高了，对来人说："告诉梁厅长，只要掌握着横细竖粗、撇细捺粗的原则，就有了颜体字的风格了，就可以称为'左笔童颜'了。"没想到，第二天梁招尘就又送来了一幅字，上面写的是："提高积极性，把农业的事情办好。"乔木先生看了，对来人说："你回去告诉他，我只有三个字的评价：好，好，好。"

来人问："您的意思是——"

乔木先生说："告诉梁厅长，他已经出师啦。"

出师后的梁招尘，对乔木先生依然很尊重。这当然是应该的。一日为师，终生为父，更何况乔木先生并非为师一日，起码有六周之多。有一天，梁招尘还专门请乔木先生吃了一顿饭。眼看着不能不去，乔木先生就说，一定要简单一点。那天还真的简单，都有些过于简单了。在一个胡同深处的小饭馆里，梁招尘请他们吃了一道菜，叫五禽戏，就是五种飞禽在一起乱炖。味道倒是挺好。事后，乔木先生说了半句话："在中国，吃饭从来都不是吃饭。"听上去，有些不满。

一年之后，在正常退休年龄到来之前，梁招尘突然被任命为副省长了。有一年，那时候应物兄还没去美国访学呢，那年的仲秋，乔木先生与巫桃要去桃花峪赏月,应物兄开车将他们送过去的时候,突然接到梁招尘秘书的电话,说梁招尘刚好到桃花峪视察工作,从下榻的宾馆处得知,乔木先生下午也要入住在这里,晚上想请乔木先生在一个岛上吃蟹赏月。那个岛,是引黄河水过来,绕着一个低矮的山岗转了一圈,形成的一个岛。

进了饭店才知道,宴请的还有京剧大师兰梅菊。

如前所述,兰梅菊也曾在桃花峪下放劳动,与双林院士、姚鼐先生是五七干校的"校友"。兰大师这次带了几个徒弟过来,对他们进行人生观教育,当然主要是为了拍摄一部关于自己的艺术人生的纪录片。应物兄还记得,他们吃饭的那个包间,叫百花亭。

梁招尘是个戏迷,对兰梅菊崇拜之至,这种崇拜就表现在宴席座次的安排上:兰梅菊坐主宾位置,坐在梁招尘的右边,乔木先生则是第二主宾,坐在梁招尘的左边。应物兄当时就觉得有点不对劲。酒过三巡,梁招尘就问兰大师,是否方便来一段清唱。对兰大师来说,这样的问话是很不礼貌的,但奇怪得很,兰大师竟然非常爽快地答应了。当然与此同时,一个摄像师开始拍摄兰大师平易近人的日常生活情景。

兰大师说:"招尘同志,想听什么?"

梁招尘说:"大师的《贵妃醉酒》名震海内外,我等不知能否有幸听到?"

兰大师说:"《贵妃醉酒》中有一曲《太真赏月》,正合今日情景,各位觉得如何?"

梁招尘说:"我认为恰如其分。"又侧过脸问乔木先生,"先生,您说呢?"

乔木先生只顾跟巫桃说话,好像没有听见。那么,乔木先生在说什么呢?是在给巫桃解释太真是谁:太真就是杨贵妃,杨贵妃,名玉环,字太真,以做女道士为名被招入宫内,所以又称太真妃。乔木先生对巫桃说:"后来的故事你就知道了,赏完了月,这个太真

妃就被吊死在了马嵬驿。意思确实有点不好。你要是不想听，就
先回去？"

这话，梁招尘和兰梅菊当然都听见了。梁招尘似乎有点后悔
点了这首曲子，看着别人，好像等着别人来反对。这时候，兰梅菊
已经敲着碟子，开始唱了：

> 海岛冰轮初转腾，见玉兔，玉兔又早东升。那冰轮离海
> 岛，乾坤分外明，皓月当空。恰便似嫦娥离月宫，奴似嫦娥离
> 月宫。好一似嫦娥下九重，清清冷落在广寒宫。

毕竟上了年纪，也可能是因为劳累，兰大师的嗓音有点干涩，
唱到"广寒宫"三字的时候，怎么都不像太真妃了，听上去倒像是太
真妃的干儿子安禄山跑到了广寒宫。乔木先生与兰梅菊大师在桃
花峪时，就有过一些误会。刚才兰大师唱到"玉兔又早东升"的时
候，乔木先生还故意给巫桃夹了一块肉，并给巫桃解释说，那是他
主动点的兔肉。当巫桃非常配合地问道，那是家兔还是野兔，乔木
先生说："太真妃不是说了，是玉兔。"此时，听到兰大师唱得艰难，
乔木先生倒没有幸灾乐祸，而是起了怜悯，略带伤感地看着兰大
师。反倒是梁招尘，脸上的表情复杂多变，眉头皱着，嘴角撇着，使
人弄不明白那是吃惊还是鄙夷。

好在兰大师还是有些自知之明的，唱到这里就不唱了，而是朝
着坐在末座的一个弟子指了一下。那个弟子就站起来，后退了一
步，左手捏着右手放在胸前，唱道：

> 长空雁，雁儿飞，哎呀雁儿呀，雁儿并飞腾。闻奴的声音
> 落花荫，这景色撩人欲醉，不觉来到百花亭。

应物兄以前也曾在电视上看过著名京剧演员李胜素演唱的
《太真赏月》，他觉得这位弟子的演唱，颇有几分李胜素的神韵。如
果考虑到这位弟子还是个男的，你更会觉得，这个孩子前途无量。

兰大师说的第一句话是："我进来时，看见这饭厅名叫百花亭。

这说明,我们师徒与桃花峪真是有缘分。"

兰大师的第二句话是:"我的这位弟子,就是你们济州人。只跟我上了几次课,就换了个人。他唱的,就像我唱的一样。"

那小伙子刚才唱的时候,落落大方,神态自如,此时听兰大师这么一讲,却满脸通红,本来就水汪汪的眼睛似有泪水涌出。应物兄当时没有记住这个年轻人的名字,但记住了他的神态。多天之后,他才知道,这个小伙子就是樊冰冰的师兄。只是他们的老师并不是兰大师,而是济州京剧团的一个老艺人。

接下来的话,才是兰梅菊大师真正要表达的意思。兰梅菊问梁招尘:"我这个徒弟,唱得如何?"

梁招尘说:"大师说得对,他就像年轻时的您。"

兰大师说:"梅菊曾请求济州京剧团放人,让我把他带走。但是你们京剧团就是不愿放人。不愿放人,好啊,爱惜人才嘛。可既然是爱惜人才,又为何只让他做剧团的合同工?招尘同志,我的省长大人,您要真是觉得好,能否跟京剧团打个招呼,把他的编制解决了?"

乔木先生终于说话了:"招尘,你以为请兰大师吃个饭,是那么容易的?"

梁招尘开始苦笑了,看着兰梅菊,不知道如何表态了。兰梅菊先是端着酒站着,这会把酒杯放下了,将梁招尘面前的酒杯端了起来。梁招尘接过,一仰脖喝了,说:"我回去就跟负责文化的栾庭玉省长打个招呼。"

兰大师让小伙子马上给梁招尘敬礼。那个学生竟然扑通一声,跪到了梁招尘面前。梁招尘一连声地说:"这,这,这——"

兰大师说:"磕,磕三个响头。"

这事过去之后,兰大师对梁招尘说:"我唱完了,该乔木先生了。那边坐的,不是乔木先生的女婿吗?听说也是乔木先生的弟子,要不,请他们师徒也出个节目?"

乔木先生竟然没有推辞，说："贵妃懿旨，不能不听啊。我出两个节目，给贵妃助兴。一个呢，是请我的书法弟子招尘同志，用"左手童颜"的书法，给纪录片题写个片名。第二个呢，是请我的博士应物教授，来一段京韵大鼓《大西厢》。"

应物兄暗暗吃惊：乔木先生还记得我唱过京韵大鼓《大西厢》？

那是多少年前的事了？当年博士毕业的时候，我们的应物兄倒是学过一段《大西厢》。给他写信要调他去北京的那个老先生，喜欢京韵大鼓，尤其喜欢《大西厢》。那位老先生曾在文章中写到《诗经》对元稹、白居易的深刻影响，元白二人对《诗经》也有精深的研究。《诗经》对元稹的影响，不仅表现在元稹的乐府诗中，也体现在元稹的传奇小说《莺莺传》当中，而《莺莺传》正是《西厢记》之滥觞。说到这里，老先生说，他甚至能从"俗到家"的京韵大鼓《大西厢》中，感受到《诗经》的遗韵，也常将喜欢《大西厢》的人引为知己。

应物兄就从文德能那里找到了《大西厢》的录像带，好在那段唱词并不长，他很快就熟悉了，并熟记了其中几段。有一天，他正苦练《大西厢》的时候被乔木先生发现了。他还记得，那一刻，他就像被戳破了心思的大姑娘，不知道该如何说话。他当然还记得乔木先生当时说的话："张飞想当绣郎学了刺绣，应物学《西厢》想当张郎？老太太抹了雪花膏，羊粪蛋半面落了层白霜。挺好的。"他感到奇怪，因为他觉得乔木先生随口说出来的几句，竟带着京韵大鼓的味道。

此刻，当乔木先生呷着酒，问他还能不能唱上几句的时候，他就说："先生，我就试试？"越过记忆的幽暗隧道，他终于想起了其中的一段，说的是红娘踏入张生书房的情景。他之所以能够想起那一段，是因为乔木先生曾告诉他，给他写信的老先生的书房，也是同样的摆设：

　　红娘再次往里走，一抬头瞧见了张君瑞那个大书房。廊檐下鹦鹉、八哥儿那么点的小东西学人话，黄雀儿、画眉唱得更强。书房门口那又是一副对儿，上联写"春年春月春光好"，下联写"人德人心人寿长"。横批倒有四个字，"金玉满堂"。红娘迈步进书房，嚄，这屋里头比外头拾掇得还强。金漆的八仙桌迎着门儿放，太师椅一边儿放了一张。装茶的锡壶擦得锃亮，迎宾待客洋瓷缸。洋瓷盘盛的是木瓜与佛手，名人字画它挂满了墙。两边倒有屏八扇，俱是那水墨丹青你细端详。头一联杜子美他游春望景，第二联周茂叔①他伏日来乘凉，第三联陶渊明九月闻那菊花香，第四联孟浩然踏雪寻梅在山岗，第五联尧王下山舜帝访，第六联俞伯牙抚琴访友在船舱，第七联周文王夜梦飞熊西岐上，第八联孔夫子率领三千门徒在两旁，有子贡、颜回、子路、冉有、子夏和子张，还有善通鸟语的公冶长，他们大家伙念文章，都在那大书房。只见大红的幔帐半撩半放，张君瑞坐在牙床上，晃里晃当，哐里哐当，摇头晃脑，好像一碗汤，得啵得啵得啵得啵念文章。小红娘没气假带三分气，拧着眉、瞪着眼、发着狠、咬着牙，鼓着一个小腮帮。这不，赶上前去，啪，拍他一巴掌：好你个张生啊，反穿着皮袄你跟我装羊？②

应物兄从来没有当众表演过。对他来说，这是一次奇怪的表演经历，听众更是高端得不能再高端，副省长、京剧大师、学界泰斗。应物兄也惊异于自己的记忆力。哦，早年的事情，包括那些看上去毫无意义的事情，他竟然还记得那么清楚，就如百花亭窗外的月亮，它还是那个月亮，千古未变。

应物兄当然也记得，他唱完之后，梁招尘对兰梅菊说："你说的那个事呀，其实不用我去说，应物教授说了就行了，他跟管文化的栾庭玉很熟悉的。"

这就是梁招尘的推托了。

---

① 周敦颐，字茂叔。宋朝儒家理学的开山鼻祖。
② 应物兄学唱的版本应是骆玉笙版的《大西厢》。但他在唱的时候，略作了改动。

接下来，应物兄听见兰梅菊重复了他刚在《大西厢》里的唱词："晃里晃当，哐里哐当，摇头晃脑，好像一碗汤，得啵得啵得啵得啵念文章。唱念做打'四功'也。梅菊不知道，他念的什么文章，玩的什么把戏，耍的什么花枪。"

66．双沟村

"双沟村，你知道吗？"栾庭玉问。

"前几天不是还上了报纸，头条。哦，您安排的吧？"

"当然是我安排的。但它一次次上报纸，一次次上电视，倒不全都是因为我。"

在等待梁招尘的时候，栾庭玉突然向他提起了桃都山区有名的双沟村。双沟这个村子，可不简单，是真的不简单。村东南方向五百米的土坡上，曾经出土过古人类化石。双沟因地形得名，一条山沟到了村头分成了两条沟，像个"人"字。那两条沟，平时是干沟，下雨是洪沟。国民党军曾在双沟跟日本人干过，解放军也曾在那里跟国民党军打仗。所以在现代史上，它就很有名。双沟真正出名，是因为"农业学大寨"。那些年，双沟人与天斗，与地斗，声名远扬，一举成为济州最有名的村子——栾庭玉现在讲的，就是这个事。应物兄不知道栾庭玉为什么会突然提到这个，只能洗耳恭听。

"当时他们的支书叫贺玉田。别说，那个老贺跟陈永贵还真有点像，都是头戴白毛巾，身穿白汗衫，脚蹬圆口鞋，手拿烟袋锅。陈永贵的老婆会纳鞋底，老贺的老婆不会纳鞋底。老贺反手给了她一耳光，她就学会了。这个人不简单。她看一眼你的脚，就可以给你做一双鞋。你就试吧，保证比你妈做的还合脚。当时省革委会、市革委会（班子成员），穿的都是贺家布鞋。"栾庭玉说。

"我好像在哪本书上看到过贺支书和他老婆的照片。"

"山上的梯田,就是老贺领着修的。因为时代局限,蠢事也没少干。桃树、枣树、核桃树,柿树、杏树、李子树,全他妈砍了。砍了干什么?种水稻!并且来说,人畜饮水都困难,种什么水稻?真是羊拉套,瞎胡闹!但是老贺说了,虎头山能种,桃都山为什么不能种?还真让他给种成了。麦荞先生为此写过一个通讯,叫《桃都山上稻花香,双沟盛开大寨花》。种水稻,水从哪里来?牛拉驴驮,肩挑手提,从山下弄来的。第一年当然很辛苦,第二年就不那么辛苦了。双沟属于尚庄公社,一个公社那么多人,每人上去撒泡尿,稻子都喝不完。"

说到这里,栾庭玉皱着眉头看了看手表。

"当然,种了几年就不种了。劳民伤财嘛。你记不记得,八一年的时候双沟闹过一次泥石流?那一年有的地方闹猪瘟了嘛。猪肉不能出口了,死了很多猪。不过年不过节的,老百姓都吃上了猪肉。虽然是死猪肉,但还是很香。有机猪嘛。死了,也是有机死猪。虽然是死猪,但也不能随便吃,也得按计划分配。有一天,双沟人正在街上分肉呢,泥石流来了,差点把双沟村给一窝端了。最后死了几十口人。老贺家里就死了两口,他老婆和一个女儿。这个事,麦荞先生当时也写了文章的,说老贺是为了救别人,没顾上救老婆和女儿。再后来,双沟就没有消息了。当它再次出现在报纸上的时候,它已经成了贫困村的代表,需要扶贫了。"

"三十年河东,三十年河西啊。"

"并且来说,年轻人都出去打工了,到建筑工地当小工去了。此小工非彼小工。此小工,是真正的小工,就是到工地筛沙子啊,做泥瓦匠啊。连老贺都出去了。此老贺也非彼老贺,是那个老贺的儿子,也就是小老贺。这个小老贺呢,在工地上被吊车砸了一家伙。命是捡回来了,但一条胳膊被砸酥了。打工是打不成了,只好回到双沟。男人都出去了,小老贺也就成了村子里唯一能够拎得出来的男人了,他也就责无旁贷地成了村支书。小工后来对他开

玩笑：老贺同志啊，命中注定你就是一把手，你一定要带领双沟人
民重振雄风啊。"

"庭玉兄，梁省长来了之后，我们——"

"别急，先听我说完。你这条领带不错，乔姗姗买的？夫人的
眼光还是不错的。哪天我再送你几条。男人可以不换西装，但要
经常换领带。换了领带，就相当于换了西装。画龙点睛嘛。好吧，
我们还说扶贫。这个扶贫工作呢，你知道，现在是小工负责的。小
工强调，脱贫致富，也要集中优势兵力，打歼灭战。他首先要解决
的问题，就是如何把双沟这个脱贫致富的典型树立起来。历史上，
它就是个典型嘛，现在也顺理成章地要成为新的典型。原来的省
长亲自挂帅，担任双沟扶贫工作组组长，小工是常务副组长，另外
几个副组长是省扶贫办主任、省水利厅厅长、省教委主任、省农行
行长、省文广局局长。组员是市扶贫办主任、市水利局局长、市教
委主任、市农行行长。省长调走之后，小工就成了组长。秘书长是
谁呢？就是老贺。老贺既是村长、村支书，又是扶贫工作组的秘书
长。"

"我们要不要讨论一下怎么应付小工？"

"你听我说完，好不好？我要说的是，只要领导重视，世上没有
办不成的事。只用了半年时间，双沟就通上了沼气、用上了自来
水、建了小学、种上了果树。当年砍掉了什么树，现在就种上什么
树。省长和小工亲自前往双沟，挥锹铲土，填入树苗，培实新土。
这些电视上都放过的。小工接任组长之后，副组长增加了一名，就
是省电视台台长，相应的也增加了一名组员，就是市电视台台长。
这一招很厉害，极大地促进了所有人的积极性和主观能动性。不
管怎么说吧，经过这两年的努力，双沟现在已经完全脱贫了。火车
跑得快，全靠车头带，确实是这么个情况。但是小工认为，脱贫致
富，只是万里长征走完了第一步。下一步要把双沟做大做强。双
沟不是像个'人'字嘛，小工说了，要把它变成'大'字。小工任组长

之后,在'人'上头架了桥,把双沟与两边的山头连接了起来。将两边的山头上的村子合并到了双沟村。小工的意思,是把双沟弄成明星村。最近一年,小工主要考虑两件事。这两件事,都是从文化软实力上着手的。一是把双沟打造成旅游文化村。比如重修大寨田,重新种水稻。比如重新复原古人类的生活场景。不是简单的复原。不是挖个窑洞,弄几个泥人那么简单。这些东西当然也要弄,但不是重点。重点在于情景再现。你只要走几步,就可以看到古人类正在砸核桃,正手持长矛追捕野兽。老虎我们养不起,山羊、兔子、野猪我们还是养得起的。每天放上几只。反正是要弄得跟真的一样。那些古人类可以由村人扮演,也可以由游客扮演。游客正好可以过一把野人瘾。你可以身穿虎皮裙,坐在茅屋里喝啤酒,吃烧烤。茅屋里当然也要有卫生间,有无线局域网,配备消防设施。第二件事,就是组织一个脱贫致富宣传队。双沟人是见过世面的,从来不怯场。男女老幼,个个能说会道。你见到小老贺就知道了。当初,省长接见小老贺的时候,小老贺几句话就把省长逗得合不拢嘴。省长问,小老贺,你属什么的?小老贺说我属驴。省长说,怎么可能属驴呢?小老贺说,我知道您属马,我不敢跟您一个属相,那就属驴吧。省长说,小老贺同志,你可真会说话。小老贺说,在双沟村,我是最不会说话的,只会埋头干活,带领村民奔小康。起初,我还以为小老贺是说着玩的,后来他们的团支部书记来了,二十来岁的丫头,竟然比小老贺还会说。小工叫她柴火妞。这个柴火妞不仅会说,还会唱。并且来说,所有流行歌曲张口就来,美国乡村音乐也唱得有模有样。我们上大学的时候,不是流行卡彭特吗?《昨日重现》,柴火妞唱得跟卡彭特差不多。柴火妞就是脱贫致富宣传队的队长。现在,她也兼任着扶贫工作组的副秘书长。待会,柴火妞也会来见你。"

"见我?"

"她说她读过你的书,是你的粉丝。她虽然识字不多,但喜欢读书。”

“庭玉兄，我都被你搞迷糊了。”

“待会，还有一个人要来，就是侯为贵。”

“畜牧局局长侯为贵？”

“他现在不仅是畜牧局局长，还是水利厅厅长。原来的副组长当中，水利厅厅长被抓起来了。这个事情你肯定知道吧？对头！贪污腐败嘛。这哥们也是胆大包天，扶贫工程也敢做手脚。有人一告，上头一查，问题不就出来了嘛。并且来说，你他妈的，一个搞水利的，敢下五洋捉鳖可以理解，敢上九天揽月那就不可理解了。这哥们胆就那么大，竟把省气象局负责观测卫星云图的一个女局长弄到床上了。你看他的胆有多大？告他的人，据说就是女局长的丈夫。咱们私下说，那个做丈夫的也是个蠢货。悄悄地，人不知鬼不觉地，把绿帽子扔了，不就得了？却搞得人人皆知。也不知道这些蠢货是怎么混到厅局级的。这个蠢货，我说的是水利厅厅长，被抓了之后呢，市水利局局长就顶上来了，成了副组长。但没过多久，这个局长也他妈出事了。毛主席说，水利是农业的命脉。水利部门连着出事，谁能想到呢？你说呢？反正我是没有想到。经过通盘考虑，老一决定让畜牧局局长侯为贵兼任水利厅厅长。当时我是投了他一票的。为什么投他一票？因为他跟我说，他跟你是朋友，跟华学明是朋友。能跟读书人成为朋友，应该是可以信赖的。就是坏，也坏不到哪去。对了，你可能会觉得奇怪，侯为贵怎么会跟黄兴一起回来呢？”

“是啊，我确实觉得，有点想不到。”

“这件事，你对我或许有误解，认为我背着你与黄兴方面联系，派侯为贵与他们接洽。坦率地说，我确实让邓林与他们联系过，但联系的不是黄兴，而是程先生。在北大博雅酒店的时候，程先生不是说了，欢迎常联系。如果不联系，好像有点说不过去。是程先生让邓林与黄兴联系的。黄兴向邓林表示过，愿与济州合作。我后来就知道黄兴在蒙古有投资,知道他去了蒙古。我告诉黄兴,省水利厅厅长和畜牧局局长就在蒙古。侯为贵是和铁梳子的助手,就是那个卡尔文,一起去蒙古谈一个合作项目。后来,他们就一起回来了。侯为贵待会来了之后,他可能会向你说明一些情况。"

"误解?怎么会有误解呢?我知道你一直在帮我们。"

"我确实想让黄兴投资硅谷,但我看出来了,他不感兴趣。强扭的瓜不甜。我对此没有意见。我现在完全是看在你的面子上,看在程先生的面子上,以尽地主之谊的。你们这些书生,有些事情弄不明白,所以我是在帮你。"

"谢谢庭玉兄了。"

"有些事暂时还不能跟你讲。现在我们要做的,就是把小工给应付过去。"

"好好好,我一直在为此事着急呢。"

"我要提醒你的是,这个侯为贵,你可以跟他交往,但不要走得太近。他现在很像多年前的小工。他现在,要么面临着退休,要么再升一级。他当然认为自己可能要再升一级。事情哪有那么容易啊。急着升官的人,嘴里是不可能有实话的。所以,他要说什么,你只管听着,不要随便接腔。"

"我听你的。我跟他其实没什么交往,只在一起吃过一次饭。他是华学明的朋友,不是我的朋友。"

"他跟华学明,也只是互相利用罢了。哪像我们两个,不是兄弟,胜似兄弟。"

"庭玉兄对我的关照,我是知道的。"

"侯为贵这会去接那个柴火妞了。他们会把朝珠带来。那是双沟出产的高级纪念品。"

"什么?什么?朝珠是双沟出品的?"

"别大惊小怪。表情不要太丰富。没错,那朝珠就是 Made in 双沟。野桃核做的。姚鼐先生有句话,历史有时候是有季节性的,孔子的克己复礼,其实就是对这种季节性特征的承认。姚鼐先生还说,正是因为这种季节性特征,知识分子常常感到凛冬将至。是这么说的吧？说得多好。所以,有时候我看到一些知识分子,动不动就大呼小叫,好像天要塌了,不由得有点好笑。天塌了吗？没有嘛。双沟的树不是被砍了吗？砍了之后种水稻。后来,水稻不种了,改种树。再后来树砍了,改种果树。最近几年,人们又开始种野桃树,返璞归真了。桃都山嘛,本来就是野桃树的大本营。小工说了,要多种,韩信点兵,多多益善；小工种桃,越多越好。野桃树不是长得很慢吗？那就从外地移一些过来。为了保证百分之百成活,移过来的时候,每棵树上都挂着吊瓶。我告诉你,很多野桃树都是从你丈母娘家桃花峪移过来的。别不好意思。巫桃再年轻,也是你的丈母娘。因为宣传工作做得好,野桃子在别的地方卖不出去,到了双沟就卖得出去了。种野桃,除了赏花,就是要它的核,用桃核做手串,做朝珠。脱贫致富宣传队排练的节目当中,就有关于朝珠的。小工相信,当然我也相信,只要宣传工作做得好,这些朝珠不久就可以走出国门,走向世界。那时候,双沟村的朝珠可能就不够卖了,需要扩大再生产了。所以,我们必须大面积地种植野桃树,所谓韩信点兵,多多益善；小工种桃,越多越好。"

这期间,栾庭玉偶尔会看一下手机,也会在手机上写几个字。原来,栾庭玉一直在与邓林保持联系,而邓林则与梁副省长的秘书小李保持着联系。

应物兄不由得有点怀疑：梁招尘要见黄兴,不会是让黄兴投资扶贫项目吧？难道要黄兴投资朝珠？当他这么想的时候,他已经把这句话问出来了。

栾庭玉把脸从手机上抬了起来,说："不不不。黄兴是来给你捐钱的,我们不能搅了你的好戏。照我的理解,小工就是想把朝珠送给黄兴,拍上几个镜头,然后在电视上播一下。他只是想让所有人都知道,连美国的大富豪都喜欢双沟朝珠。说白了,就是让黄兴替双沟朝珠做个广告,软广告。所以,待会,会有媒体朋友过来。"

"黄兴不在,媒体不是白来了吗?"

"我会对小工说,你和我会代表他,将朝珠转给黄兴先生的。"

"太和研究院建成了,黄兴会常来的,到时候再给他不迟。"

"那时候,小工在哪,还会不会主抓扶贫工作,估计连他本人都不知道。"

说这句话的时候,栾庭玉忍不住笑了一下,那笑容有点诡秘。多天之后,当应物兄知道,梁招尘突然被记大过处分,而且突然被免职的时候,他回想起栾庭玉这天的笑,才顿感栾庭玉的笑别有意味。他相信,栾庭玉和他说话的时候,其实已经听到了一些风声。

"梁招尘估计什么时候到?"

"正常情况下,他这会应该还在遛狗,狗绳拴在轮椅上,轮椅上坐着他老婆,他推着轮椅。他老婆身体不好,发动机和起落架都坏了。这话不是我说的,是他自己说的。发动机说的是肾,起落架说的是腿。小工私下里是很喜欢开玩笑的,尤其喜欢拿夫人的病开玩笑,好像生怕别人不知道夫人有病。但是,也有人说,曾看见他们在国外旅游的时候,手拉手在公园里散步。小工喜欢遛狗,黄兴喜欢遛马。遛狗可以在小区,遛马就得上山了。哦,想起来了,待会我们可以对小工说,黄兴上山了,去了桃都山了,提前去了双沟了。我靠,这么好的主意,刚才我怎么没有想到呢?"

"您是说,黄兴一大早就去了桃都山?"

"对头,听明白了吧?你可以这么对小工说,我们,我说的是你和我,这些天没少在黄兴面前提到桃都山和双沟村,黄兴被双沟人民脱贫致富的精神深深感动了,深深吸引了。所以,今天他一大早,就去了桃都山。你别难为情,好像我们在说谎似的。你回忆一下,在香泉茶社的时候,我们是不是跟他谈到凤凰岭、桃都山和茫山?黄兴是不是很感兴趣?所以嘛,黄兴一大早就去了桃都山。去那里干吗?一是遛马,二是想躲开众人,悄悄地考察一下桃都山的投资环境。这些老外，就是不相信我们中国人，总觉得眼见为实，所以要亲自上山考察。那里离市区太远了，一时半刻赶不回来。"

"你是说，你准备告诉梁招尘，黄兴去了桃都山？"

"不是我说黄兴去了桃都山，而是你向我、向小工汇报，说黄兴去了桃都山。而他之所以去桃都山，是因为我们昨天向他讲过双沟。一个穷山沟，穷得叮当响，就差当裤子了，可是仅用两年时间就变成了远近闻名的富裕村，这说明了什么？说明了济州发展速度很快，不仅城市里很快，农村也很快。而桃都山的脱贫致富工作是谁负责的？就是梁省长。对，我们就是这么跟黄兴说的。黄兴听了，对梁省长非常敬佩，对桃都山人民、对双沟人民非常敬佩。有感于此，他一大早就去了桃都山。你就这么说。小工会很高兴的。"

"庭玉兄，原来你是让我来骗梁省长。"

"这个'骗'字有点太难听了。你的那本《丧家狗》，不是解释过孔子一段话吗？孔子说，对上级要做到'勿欺'。我之所以让你来说，就是因为这些话我不便说。他毕竟是我的上级。对他，我得做到'勿欺'。"

"庭玉兄，孔子说的是'勿欺也，而犯之'①。不要欺骗上级，而要犯颜直谏。你何不直接告诉他，这样临时安排是不合适的。他不是还在遛狗吗？时间还来得及，你现在就给他打电话，告诉他，等他从北京回来，再见不迟。如果黄兴急着要走，那么就下次再见。"

栾庭玉站了起来，转身拉开了窗帘。窗帘一共三层。唰——唰——转眼间，就只剩下了一层薄薄的轻纱了。在阳光照耀下，栾庭玉的那双耳朵被阳光染红了，似乎突然独立了出来，成为一种独立的存在。现在，那双耳朵在抖动。这当然是因为栾庭玉在颤抖。

---

① 见《论语·宪问》。

我们的应物兄预感到栾庭玉即将发火,但他还是抽空想出了一个奇怪的比喻:那双耳朵,真的就像卤过了一样。通常情况下,如果突然有个奇妙的比喻涌上心头,应物兄都怀着愉快的心情欣赏一番的。但这次,他来不及为这个比喻喝彩,就听见栾庭玉说:"靠,我说了这么多,难道是放屁?"

"庭玉兄,你听我说——"

"难道说,你是想告诉我,你这个朋友,我是白交了?"

"庭玉兄,这,这,这从何说起呢?"

"我告诉你,小工代表着全省近亿人接见他,那是他的荣誉。并且来说,那也是你的荣誉,因为黄兴是你的客人嘛。这个道理,你难道不懂?"

"别生气,别生气——"

"如果你还认我这个朋友,你就好好给小工解释。"

"好好好,我解释还不成吗?"

"并且来说,我还必须告诉你,是你的工作出现了重大失误,是你没有及时通知黄兴,所以才出了这么大的差错。我一直在替你想办法,你倒好,不但不领情,还他妈的倒打一耙,埋怨我没有犯颜直谏?"

看来不说谎是不行了。

乔木先生说过,说真话本来是一个人的基本道德,在我们这却是做人的最高境界。要尽可能地追求最高境界,尽可能地说真话。如果不能说真话,那么你可以不说话、不表态。如果不说话、不表态就过不了关,那就说呗。但你要在心里认识到,你说的是假话,能少说一句就少说一句,不要抢着说,不要先声夺人,慷慨激昂,理直气壮。主动说假话和被迫说假话,虽然都是说假话,但被迫说假话是可以原谅的。乔木先生还说,说假话是出于公心,是为了大家好,不是为了自己好,那其实还是一种美德。但前提是,你的假话不要伤害到别人。

他就对栾庭玉说："好吧，既然是为了大家好。"

栾庭玉说："跟你说话，真他妈费劲。"

"对不起。我想问一下，梁省长会相信吗？"

"这一点你尽管放心，就是有所怀疑，他也不会说出来的。招尘同志总的说来，是个好人，老好人。他不会让人为难的。但是为了让他相信，我必须当着他的面把你批评一通。怎么搞的，客人都出去了，你们事先竟然不知道？我们是朋友，所以我先给你打个招呼，免得你到时候犟嘴。并且来说，你还得派人给我盯着黄兴，别让他露脸。还得给我盯住那匹马，别让它叫唤。"

"万一叫唤起来呢？"

应物兄没有想到，这顺口一问，竟然引出了"指鹿为马"的现代版，而且自己还不得不在这个版本中扮演主角。他听见栾庭玉说："你就说是鹿在叫唤。希尔顿养了几头鹿，高大的马鹿，预备着给人喝血的。你喝过鹿血吗？应该尝尝。喝鹿血不是为自己，而是为了更好地为人民服务。等你喝了鹿血，乔姗姗一高兴，就会给你买一条好一点的领带。你这条领带太难看了。灰不灰，蓝不蓝的，跟裹脚布似的。忙过这阵子，哥们请你喝鹿血。"

67．招尘

招尘同志的秘书把葛道宏也叫来了。

葛道宏是从操场上直接过来的，脚上还穿着白色运动鞋，有几粒煤屑像芝麻一样沾在鞋面上。济大的塑胶跑道符合国际标准，材料的安全性甚至达到了食品包装袋的程度，但葛道宏还是愿意在乌黑的煤屑跑道上晨跑，理由是接地气。葛道宏认为，能不能为祖国健康工作四十年，就取决于你是否坚持出操。为此，葛道宏规定本科生必须按时出操。因为有些女生以例假为由逃避规定，葛道宏就要求各班辅导员造册登记女生的例假时间。为避免落下侵犯隐私的口实,葛道宏后来又对这项规定进行了修改,并引进了激励机制:女生每月可以缺操三天,但如果你一天不缺,则可以领取三瓶酸奶。因为葛道宏,很多行政人员也喜欢上了煤屑跑道。为了对付跑道尘土飞扬的问题,学校专门买了洒水车。此时,葛道宏用纸巾擦拭着球鞋上的煤屑,问道:"听说要接见子贡,但子贡却去了桃都山?"

"是邓林告诉您的?"

"是啊。他说客人可能去了桃都山,这会正往酒店里赶呢。你说,他这么早去桃都山干什么?"

"其实黄兴这会还在睡觉。私人医生不让叫醒他。私人医生说了,今天的日程上没有这个安排。"

"这个梁招尘! 今天上午,我们本来要集中讨论一下仁德路,好向黄兴汇报的。这倒好,一个电话,就把我们的计划打乱了。有什么办法呢? 你们想好该怎么向梁省长解释了吗? 说子贡先生一时联系不上,还是说虽然联系上了,但一时赶不回来? 您可要想好了。对了,听说梁省长的书法不错,得到了乔木先生的真传?"

"他喜欢写字,我是知道的。"

"听说他的润格比乔木先生还高? 你看,我该给他多少润笔合适呢?"

"您喜欢他的'左笔童颜'书法? 不可能吧? 是替别人要的吧?"

"他的秘书小李说了,他要送我一幅字,但我不能白要啊。据说他的字,每平方尺达到了三万块钱?"

费鸣讲过的,葛道宏有个习惯,在商场里看到喜欢的东西,如果价格在三位数以上的,都要先换算一下,把它换算成美元或者欧元,然后告诉自己,便宜,太便宜了。说完这个,才会掏钱买下来。他躲避着葛道宏的目光,说,如果你觉得贵,你也可以换算一下啊。

当然,这话只有他自己能够听到。就在这时候,葛道宏突然想出了一个办法:"有一个书法家,上次到我家里做客,二两酒下肚,就自己研墨,写了几幅字。据说这个家伙的书法,每平方尺可以卖到四万块钱呢。我给梁省长换一幅字,怎么样?"

小乔随后也赶到了。

她是来给葛道宏送西装和皮鞋的。葛道宏正要去换装,省电视台台长到了。应物兄不由紧张起来。这不是在梁招尘一个人面前说谎,而是在众人面前编瞎话。在电视台做节目的时候,台长曾邀请他到办公室喝过茶。他对台长办公室最深刻的记忆,是关于一只仓鼠。仓鼠竟然能长那么大,就像一只兔子。因为那只仓鼠,台长把"鼠辈"这个词又进行了细分,分成了仓鼠辈和老鼠辈:前者地位虽低但却靠本事吃饭,兢兢业业,劳苦功高,苍天可鉴;后者因为地位低下难免下贱,混吃混喝,獐头鼠目,老而不死。能够让台长产生如此丰富感受的那只仓鼠,已经是电视明星了,曾出现在省电视台投资的多部具有奇幻色彩的儿童剧中,当然它也是有出场费的,而且还不低,只比男二号、女二号略低一点。他们说话的时候,那只明星仓鼠就在笼子里的滑梯上爬来爬去,偶尔还会做个引体向上的动作。台长曾委婉地向他打听,栾庭玉与艾伦到底有什么关系,因为艾伦在台里提起栾庭玉,不仅直呼其名,还要省掉姓氏,显得特别亲密。如果他们真有关系,她反而不会如此。但这话他没有说。他没有说,是因为他担心会影响到艾伦在台长心目中的重要性。那么,那是怎么说的呢?他说的是,艾伦与栾庭玉的妻子豆花是闺蜜。现在,台长并没有跟他打招呼,而是直接走向了同时赶来的新闻摄制组,向他们交代着什么。随后,他看到梁招尘在众人的簇拥下,笑盈盈地往这边走了过来。就在这时候,站在他旁边的葛道宏突然说了一句话:"应物兄,你懂的,别怪我。"然后,葛道宏就咆哮起来了:"不要解释了,我不听你的解释!"葛道宏挥动着皮鞋,"给梁省长解释去吧。我要告诉你,即便梁省长原谅你了,

584

你也必须写出检查。胡闹嘛,你这是胡闹嘛。你呀你,让我说什么好呢?"葛道宏越说越气,竟把西装砸到了地上。

他垂首听着,不发一言。

首先走过来的是栾庭玉。栾庭玉笑着说:"你们讨论得很热烈啊。"

然后栾庭玉对梁招尘说:"招尘同志,看到了吧?这些知识分子,讨论起问题来,有多么认真。"

栾庭玉弯腰去捡那件西装。当然了,最后捡起西装的并不是栾庭玉,而是梁招尘的秘书小李。小李把衣服搭到了自己的胳膊上。站在小李身后的省扶贫办主任,又把它从小李胳膊上取了下来,顺便把它叠好了,交给了小乔。栾庭玉又说:"好了,别争了,学术问题嘛,一时也争论不出个结果。你们以后关起门来再争吧。"栾庭玉抬腕看了看手表,"还有几分钟。咱们是不是先到门口等待一下 GC 集团的黄兴先生?应物兄,我们尊贵的客人会从哪部电梯出来?"

葛道宏指着自己的嘴,对应物兄说:"说啊,你跟领导说啊!"

轮到自己背台词了,应物兄对自己说。他说:"梁省长,栾省长,我正要向你们报告。我们的工作出了点差错。刚才葛校长就是为此事发火。黄兴先生出去了,不在酒店里。这会,我跟他联系不上。"

栾庭玉后退了一步,侧着脸,皱着眉,打量着他,问道:"应物兄,外交无小事,你没开玩笑吧?"

"实在对不起。六点钟的时候,我去找他,没想到他已经出去了。从六点钟到现在,我们一直在跟他联系。刚才我跟葛校长一说,葛校长就急了。"

葛道宏从梁招尘和栾庭玉身后绕了过来,说:"我在操场上带着学生做操呢,接到电话就来了。一来我就问,要不要我们先陪着黄兴先生吃个早餐?到了这个时候,我们的应教授才告诉我,他正派人跟黄兴先生联系,但一直没有联系上。这怎么可能呢?问了前台服务员,又看了监控视频,才知道黄兴先生已经出去了,一帮人都出去了,包括那匹白马。几分钟之前,我才知道,他们去了桃都山。"

梁招尘看着栾庭玉,又看看众人,说:"什么?贵宾去了桃都山?自己去的?"

应物兄只好硬着头皮对梁招尘说:"是这样的。昨天,栾省长和他谈到了桃都山,谈到双沟村是如何脱贫致富的。黄兴先生认为这很了不起,有机会要亲自去看看。谁也想不到,今天一大早他就去了桃都山。"

出乎所有人的意料,梁招尘说:"不瞒你们说,我早就知道他去了桃都山。"

栾庭玉立即问道:"招尘同志,你是不是也去了桃都山?"

梁招尘说:"是侯为贵同志告诉我的。他去山上接柴火妞,看到山上有白马。我打电话要他们下山的时候,注意安全,他们就告诉我,山上有白马。我当时就想,莫非是黄先生那匹白马?现在看来,果然是。"

葛道宏问:"这么说,他们很早就上山了?"

梁招尘说:"应该是吧。按侯为贵的说法,这就叫白马照夜明,青山无古今。倒是一句好诗。我已经写下来了。等黄兴先生回来,你们送给他。"

应物兄能够从栾庭玉和葛道宏脸上看出他们的惊惧,他相信这样的表情也会出现在自己的脸上。他现在怀疑,梁招尘已经看穿了他们的把戏。梁招尘之所以这么说,应该只是为了不让自己丢人,只是为了掩饰自己的尴尬,当然也是为了给他们面子。栾庭玉不是说了吗,小工不是一个喜欢为难别人的人。

梁招尘说:"这样也好,我可以早一点上车了。书记还在北京等我呢。但临走之前,我们还得开一个小会。我有几句心里话,要对同志们讲。不过,电视台就不要录像了。我们这是内部会议,不需要录像。"

葛道宏说:"我是不是就没有资格参加了? 这样吧,你们进去开会,我在外面等着,一会儿给梁省长送行。"

梁招尘说:"要不,校长也列席旁听一下?"

葛道宏说:"谢谢了,我就在大堂里等。"

应物兄也赶紧说道:"我陪着葛校长在这里等吧。"

不料,梁招尘却说:"应物教授不妨参加一下,因为有些工作可能还会涉及你。你现在是名人了,不能只顾自己出名,忘了桃都山的百姓。最近还常去桃花峪吗? 去桃花峪是探亲,去桃都山也是探亲嘛,乡亲嘛。"

在场的还有一个翻译,是准备给梁招尘与黄兴做翻译的。应物兄一眼就认出,她是那个翻译莎士比亚的老人的弟子,他曾在老人家里见过她。这个翻译对梁招尘的秘书小李说:"谢谢了,那我就先走了。"这话也被梁招尘听到了。梁招尘说:"别,你也可以进来听听。你可以把我的话整理成英文,事后发给小李同志。"

应物兄后来觉得,这是他参加的最有讽刺意义的会议。它虽然很短,但留给他的记忆却是长远的。在费鸣和邓林提前准备好的会议室里,他们尚未坐定,梁招尘就开讲了。出乎所有人的意料,梁招尘竟然先做了一下自我批评。这个自我批评并非泛泛而谈,因为它是有实质内容的。梁招尘说:"都找个座位坐下,这里没有外人,就不要论资排辈考虑座位问题了。我必须先做一下严厉的自我批评。我省的扶贫工作,虽然取得了不少成绩,但问题还是比较突出的。正因为这些问题的存在,所以我省的扶贫工作,这次被评为良好。什么叫良好? 良好就是及格,及格就是不及格。"

正在寻找位置的人,找到位置坐下去的人,坐错了正想调换位置的人,现在全都重新站好了,包括坐在梁招尘身边的栾庭玉。整个会场只有两个人没站:一个是梁招尘,一个是按习惯坐在领导身后的女翻译。说这话的时候，梁招尘向后靠去，眼睛闭了一下，似乎在静默中反省。这个时间，本来很短，但却显得出奇的长。然后，梁招尘的眼睛睁开了，对大家说："都坐下。"当大家坐下以后，梁招尘却站了起来。这个时候的梁招尘，脸上慢慢有了点笑意。所以，那目光就显得既居高临下，又平易近人。他好像宽恕了所有的人，包括他自己。

栾庭玉先坐下，侧着身子问："这怎么可能呢？"

梁招尘说："有人提前向我透了风。所以我现在必须马上赶到北京，赶在结果出来之前，做些必要的工作，看是否还有转圜余地。"

省电视台台长说："上面不会偏听偏信吧？我知道有人在乱告状。这些人，老鼠扛枪窝里横就算了，现在竟然扛枪扛到外面去了？与其让别人喊打，不如我们自己动手。这是真正的鼠辈，属老鼠的。"

梁招尘说："我交代一句，对告状的人，不要进行打击报复。要晓之以理，动之以情。要教育他们不要片面看问题，要全面看问题。"

栾庭玉说："招尘同志说得对。"

扶贫办主任说："有些人，连九年制义务教育都完不成，跟他们讲这些，不是白费唾沫吗？"

梁招尘说："看来，你们还是有些情绪的。这里，我要先表个态，对这些年的工作，我们要充分肯定。大家想想，这些年我们干了多少事啊？在桃都山，我们首先做了一个拨乱反正的工作。我曾经跟大家说过，桃都山最重要的标志，就是桃树。桃都山为什么叫桃都山？就是因为桃树嘛。这一点，很多人都忘记了。这不怪他们，要怪只能怪'文革'。桃都山上原来遍生野桃树。可是到了'文革'，人们头脑一热，喊里咔嚓，全都砍掉了。教训很沉重啊。这不，现在我们用野桃核做朝珠，人们就意识到，当初砍错了。"

说到这里,梁招尘回头问翻译:"朝珠的英文怎么说?"

翻译说:"国外没这个东西,可以勉强翻译为 Court bead,宫廷珠。"

梁招尘说:"靠他×的? 倒是好记。"

翻译捂住了嘴。

梁招尘又说:"最近几年,山上又冒出来了一些野桃树。春风吹又生嘛。慢慢地,又形成了阵势。搞改革开放,最重要的是要有那么一股子气势。带领老百姓脱贫致富,更是少不了那股子气势。我是提倡在桃都山区种桃树的。桃树、野桃树,一起来。这有个好处,就是可以互相授粉。同一品种的桃树,授粉的效果不好。野桃树和桃树放到一块,坐果率大为提高。最近一年时间,据初步估计,野桃树就增加了三万多棵。野桃树好啊。野桃树浑身都是宝。桃子可以吃,可以做果汁,可以做果酱。不要怕酸! 医学已经证明,越酸对人越好。Monkey 最喜欢吃野桃。什么时候听说 Monkey 得过心脏病,得过脑溢血? Monkey 老了,还可以爬树的。野桃树的树皮、树根也都是药。庭玉同志,上次你跟我说,桃胶可以美容,我查了一下,还真是。有些同志可能不知道,做红烧肉的时候加入桃胶,味道特别好。我老伴身体不好,长期以来都是吃不下饭,得哄着她吃。现在,不用哄,红烧肉一次能吃小半碗。你得哄着她,转移她的注意力,再偷偷地把碗给她取走。撑坏了肚子,不还是我的事? 还有,很多老百姓都认为,桃木可以驱鬼。作为唯物主义者,我当然不信鬼。但老百姓的这个说法,我们应该充分尊重。野桃核做的手串和朝珠,老百姓就很喜欢,因为它们不仅可以驱鬼,还可以修身养性。因为比别的珠子便宜,所以也便于普及。"

台长撸起袖子,露出腕上的珠子,"看,我已经戴上了。"

梁招尘朝台长竖了一下大拇指,"说了桃树,再说杜鹃花。我是提倡在桃都山多种杜鹃花的。以前啊,有个专家告诉我,说桃都山上不适合养杜鹃。说什么,杜鹃只有在酸性土壤里才长得好。

我就不信这个邪。酸性不够,想办法增加点酸性就是了嘛。桃都
山产柿子。还有比柿子醋更酸更有机更绿色的醋吗?好像没有了
吧?每株杜鹃浇上半勺醋,什么都解决了。两年下来,杜鹃花已经
成了桃都山一个新的经济增长点。我已经听到一个说法,我们的
台长大人有必要宣传一下这个说法:洛阳看牡丹,济州看杜鹃;最
美的杜鹃在哪里?就在桃都山。庭玉同志,你听到这个说法了
吗?"

栾庭玉一愣,说:"听到了,不止一个人这么跟我说。"

梁招尘问:"给杜鹃浇醋,他们没有什么议论吧?"

栾庭玉说:"说到给杜鹃浇醋,那我就多说一句。招尘同志多
次告诉我们,解决问题的关键是抓住牛鼻子。给杜鹃浇醋,抓的就
是牛鼻子。这牛鼻子抓得好。"

梁招尘突然又站了起来,这次是为了跟栾庭玉握手。栾庭玉
也想站起来,但梁招尘没让他站。梁招尘说:"庭玉同志能这么说,
我很高兴。"梁招尘又坐了下来,对众人说道,"就我所知,有人告
状,告的就是杜鹃。我为党工作几十年了,有个观点从来没变过,
那就是要允许别人发表不同意见。但是,你认为正确的事,实践也
证明正确的事,就一定要坚持。既然杜鹃是桃都山地区新的经济
增长点,那就要爱护它,让它发展壮大。在这个事情上,我给你们
吃个定心丸,不要怕告。出了问题,我会向组织解释清楚的。"

"告状的,大都是文盲嘛。他们写到电视台的告状信,错字连
篇,臊乎乎的。他们还动不动就写'泣告'。看上去倒像是湿过水。
叫我看,那是老鼠尿。"

梁招尘说:"你以为告状的都是文盲?只怕里面还有某些高级
知识分子呢。我总是说,一定要学会和高级知识分子做朋友,但某
些人就是听不进去。关于我自己,也是有些谣诼的。越是信而见
疑,越要不为所动。当然了,有些话,也不妨听听。既然你意犹未
尽,我就洗耳恭听。但是有一点需要强调,谣诼就是谣诼。有人

说,谣言就是遥遥领先的预言,这就是胡扯了。"

会议室里突然安静得可怕。

梁招尘说:"我现在宣布一件事,今天庭玉同志可以带队先去桃都山看看。庭玉同志是擅长跟知识分子打交道的。这些年,桃都山区,双沟村,吸引了不少专家来考察,庭玉同志可以和他们多接触。同志们,我已经向省委建议,由庭玉同志兼任扶贫工作组副组长。这个事情,我事先没有征求庭玉同志的意见,这里先向庭玉同志道个歉。书记说了,他本人对这个建议是认可的。我跟书记汇报说,今天我本来要去桃都山的,书记说,那就让庭玉同志先替你去,以考察桃都山区百姓文化生活的名义先去一趟。书记考虑问题,就是周到啊。庭玉同志,你有什么意见,我可以反映上去。"

栾庭玉一时显得很激动,嘴唇嗫嚅,半天没有说出话来。

梁招尘说:"也早该给你压担子了。"

栾庭玉站起来,双手合十,弯腰,先朝梁招尘鞠了一躬,然后又向众人鞠躬,最后说了一句话:"我服从指挥。我会全面落实招尘同志的指示精神。"然后,问梁招尘,"招尘同志,还有什么具体指示?"

梁招尘站了起来,说:"指示谈不上,建议是有的,那就是从今天起,你们要团结起来。以后,不管我还做不做这个组长,你们都要努力工作。要像在庄稼地里锄草那样,前腿弓,后腿蹬,心不要慌来手不要松。"这么说着,梁招尘先与栾庭玉拥抱,然后又与每个人拥抱,在每个人的后背上拍了三下,显得极为郑重。梁招尘甚至和翻译拥抱了一下,说:"这些年,也辛苦你了。我的语速有点快,给你添了不少麻烦。回去问你的老师好。他的莎士比亚全集,我已经买了,回头我请他签个名。我祝他婚姻幸福。"

梁招尘最后的拥抱,是献给我们的应物兄的。

但在拥抱之前,梁招尘说了一通话。这通话既是说给应物兄的,也是说给乔木先生的,同时也是说给在座所有人的。

梁招尘是这么说的:"应物兄先生,咱们好久不见了。上次见你，你还是应物，这次见你，你就成了应物兄。乔老爷还好吧？"随后，梁招尘又当众强调了一个"事实"，"同志们，你们有的人可能知道，有的可能还不知道，乔木先生是我的恩师啊，手把手教我写过字的。"接下来那句话才是最有意思的，连傻瓜都能听得出来，梁招尘是要借这个机会，跟所有人告别，"应物兄，你告诉乔老爷，有机会我会去看望他的。你也告诉他，不管走到哪里，我都还是原来的那个小工，都是为人民打工的。"

不知道什么时候，葛道宏已经来到了门口。

葛道宏手里拿着叠成方块状的宣纸，是葛道宏让司机送来的。那是一幅书法作品。应物兄原以为，那就是葛道宏早上所说的那个书法家的字，后来才知道不是。葛道宏不是曾给大家看过一幅字，说是启功先生的绝笔吗？其实当时葛道宏收到了两幅字，都是绝笔，另一幅上写的是：

　　船在海上 马在山中

葛道宏现在就把这幅字送给了梁招尘。刚才站在门口的葛道宏也听出来了，梁招尘这是要升官了，要与济州告别了。

柴火妞和侯为贵晚到了一步。

当他们赶到希尔顿的时候，梁招尘已经去了机场。柴火妞哭了，哭了一会说："好你个干爸，说要带我去故宫，看看真正的朝珠的，竟然不算数。"前来安慰柴火妞的，是梁招尘的秘书小李。小李说："别埋怨了，原来通知上说，要我和他一起去的，我这不是也没去吗？"

小李没去的原因，很快就清楚了，要求他在济州协助做好工作移交。

柴火妞问小李："干爸什么时候回来？"

小李说："不出意外，后天就回来了。"

梁招尘前脚刚走，人们立即星散。当然，这个时候，还没有人知道，梁招尘再也不会回来了。梁招尘再次被人看到，已经是这年冬天的事了。这年冬天，有一辆出租车冒雪行驶在通往慈恩寺的路上。

本来要把客人送到双沟的,但司机走到这里,却再也不愿往前走了,理由是山路湿滑,又有山石坠落,实在不敢上山。司机愿意把车费如数退还给乘客。后来,司机自己下了车,跺着脚,抽着烟,看着雪景中的桃园,车上的人怎么叫他,他就是不上车。一个老太太从车上走了下来,好言相劝,司机就是不理。后来,从车上又下来一个老人。司机好像被说动了,终于上了车。那司机也实在不像话,把车倒过来之后,两个老人正要去开车门,那车竟然跑掉了。

在山门前扫雪的一老一小两个僧人,把他们揽向了山门。

老太太愿意进寺烧香,老头却不愿意进去。

老头搓着手,哈着气,问:"听说这寺里有白马?"

回答他的是刚刚走过来的释延源。释延源原是堂主僧,如今已是监院,相当于慈恩寺的二把手。释延源说:"寺外有白马墓。"

寺内雇用的民工挑着莲藕从池塘边过来,老头问:"听说慈恩寺的莲藕与别处的莲藕不同?"

释延源说:"慈恩寺莲藕为六孔,别处有七孔、九孔、十一孔。"

老头问:"它们有什么不同吗?"

释延源说:"六孔莲藕,味苦涩,开白花。"

老头突然说道:"藕有六孔,一万孔,也不能把自己洗白。"

释延源奉上热茶,看到老头的鞋子已被雪濡湿,就命人取来一双罗汉鞋给他换上,将老头的棉鞋放到炉子上烤干。老头问起慈恩寺传戒何时开始,说他有一个老朋友,想来慈恩寺受戒,托他打听一下。释延源就叫人取来一份《慈恩寺传戒须知》①。老头双手

① 《慈恩寺传戒须知》:"农历二月初二始,戒期三十日。男众 350 人,女众 200 人。三衣钵具由戒场免费提供。戒费 1888 元。凡受戒者,须爱国爱教、遵纪守法、信仰纯正、勤修三学、品行端正。年龄在 20 岁至 59 岁之间,六根具足,无传染病、精神病。剃度一年以上。独身,无婚史或已解除婚约,具有一定文化与佛教知识,能背诵早晚功课。受戒者需填写《全国汉传佛教寺院出家二众受戒申请表》,可中佛协网站下载,一式两份。需提交剃度师戒牒复印件,本人身份证复印件正反面(贴于戒表),近期一寸彩色免冠僧装照片 4 张(白色背景,其中两张贴于戒表),县级以上人民医院体检表复印件、近期独身证明,曾有婚史者,附离婚证复印件或丧偶证明复印件,所在寺院同意受戒证明。符合条件者,于正月十六日前来慈恩寺报到。条件不符者,恕不接待。"

接过来，看后，把它装了起来，对释延源说，他们要到双沟去，双沟有个姑娘，叫柴火妞，他们要把一个东西还给姑娘。

老头拿出了那个盒子。

那盒子里装的是一串朝珠，一串真正的朝珠，是双沟村修路时从墓地里刨出来的。释延源双手合十，说："这山里的姑娘，山外的人多叫她们柴火妞，不知施主说的是哪个柴火妞？"这时候，老太太烧过香回来了，雪也停了。两个老人执意要走。释延源叫一个和尚拿两把伞送给他们。又有两个挑莲藕的民工走了过来。一个民工换肩的时候，脚底一滑，扁担的一头翘了起来，筐里的莲藕翻倒出来，活蹦乱跳地滚了一地，有一根长长的莲藕断了几节，一节竟然跑到了老头脚下。那民工一边骂着自己没出息，一边走过来弯腰去捡，再抬起脸时，那人突然问道："咦，你好面熟啊。你是不是小工？"大概觉得自己问得不够文明，那民工又补充了一句，"就是那个梁，啊，那个招尘同志？"

老头说："他不是我，我不是他。你认错人了。"

68. 铜舌

铜舌在铃铛里摇晃，像钟摆一样摇晃。

葛道宏屈膝，弯腰，仰脸，观看那钟摆，足足看了半分钟，然后在桌子的一头坐下了。随后，所有人都自觉地排成一队，重复了葛道宏的动作。每个人观看的时间越来越短，但弯腰的幅度却是越来越大。这是因为铃铛是举在汪居常教授的手里，它虽然很轻，但随着时间的推移，它的重量被放大了，重得都让汪居常无法承受了，尽管用的是两只手，但那手还是越来越低。与此同时，铃铛的响声越来越密，越来越紊乱。应物兄是最后一个看的。大概考虑到他已是最后一个，汪居常将剩下的力气一起用上，将那铃铛高高举起了。那个时候,应物兄已经把腰弯了下去,弯得很低。于是,为了看见那铜舌,他的身体不得不随之上升。乍看上去,他好像在追逐那铃铛,并为此扭动身体:脚,屁股,腰,脖子,脸。

他同时想起,上次看它的时候,因为它已发锈,所以铜舌摇晃的时候并没有发出声音,它因此显得不着边际。现在,它已修好了,绿锈已经去除。看上去,既是旧的,又是新的。

汪居常捧着它,把它放到了博古架上。它又响了几下,声音很沉闷。

坐在桌子顶头的葛道宏说:"同志们,专家们,这就是历史的回声。"

现在,他们所待的地方,是汪居常教授担任所长的近现代史研究所。他们要在这里举行一个关于仁德路的报告会。汪居常的近现代史研究所原在老图书馆的地下一层,因为那里地基下陷,它就被搬到了校长办公楼的地下一层。虽然同是地下一层,但条件好多了,甚至能见到阳光:它的窗口紧挨着天花板,而天花板是高出地面的。因为这天花板很高,所以它还给人一种错觉,好像它不是在地下一层,而是在顶层,掀开天花板就可以直飞苍穹。

博古架上,还摆着拨浪鼓呢。上次他并没有看到拨浪鼓。汪居常说,拨浪鼓送到了京剧团,让管理道具的师傅维修去了。

现在,那拨浪鼓和铃铛就放在博古架上。还有一只蝈蝈笼子,玳瑁高蒙心蝈蝈笼子。这四个玩意,各在博古架上占了一格。

另外的空格放着程济世先生的中英文著作。程先生那本《通与变》,汪居常已经从香港买到了。墙上的镜框里是一张报纸,那是1942年(民国三十一年)10月15日的《中原日报》,第一版上的新闻分别是:《蒋委员长告诉威尔基,东北、台湾,战后必须收回;旅顺军港可由中美共同使用》;《国庆日,英美两国同时宣布放弃在华特权》;《美国总统罗斯福签署命令,表彰中华民国陆军第200师师长戴安澜将军》。第二版则是整版文章:《纪念"双十节"三十周年:

国父论辛亥革命》，作者程会贤。报纸上有些黑点，那是时间的遗迹，不应该是汪居常当初所说的老鼠娶亲闹洞房留下的斑点。

寻找仁德路，就是这个近现代历史研究所的最新课题。

参加今天这个座谈会的，除了课题组的成员，还有寻找仁德路工作小组的成员。葛道宏是组长，副组长是常务副校长董松龄，组员有基建处处长，有考古系的刘向东教授。刘向东教授，是我们的应物兄很佩服的一个人，所以他先和刘向东教授打了个招呼。刘向东不仅考古做得好，考据也做得好。谁都知道司马光砸缸①的故事，却没有人知道砸缸救出的那个孩子是谁。这个千古谜底就是被刘向东揭开的。刘向东用三年时间，考证出这个事件发生在公元 1025 年，救出的那个孩子叫上官尚光。他接下来要攻克的难题是，"尚光"是不是他的原名，如果不是，那就是为了感谢司马光救命之恩而取的。尚者，尊崇也。按理说，应该是这样的，但有一分证据说一分话，拿不到切实的证据，他是不会下笔的。

在栾庭玉和邓林的协调下，葛道宏从校外聘请的两位专家也加入了这个工作小组。他们是《济州地方志》主编部扶同志，济州城建局局长张波同志。葛道宏向大家介绍了一个名叫章学栋的人，说章学栋教授是刚从清华大学建筑系引进的人才，研究方向是民国建筑的修复和维护。

应物兄就坐在章学栋教授身边。

章学栋教授歪着身子，用手挡着嘴，说："应物兄教授，很高兴为您效劳。"

据说，当然是据清华大学的一个朋友说，章学栋教授发表的论文，每年在建筑系都是名列前茅的，所以年纪轻轻就成了长江学者。每次开学术讨论会，章学栋只说两句话。一句是，你给我一个苹果，我给你一个苹果，我们还是只有一个苹果；但是，你给我一个

① 《宋史》："群儿戏于庭，一儿登瓮，足跌没水中，众皆弃去，光持石击瓮破之，水迸，儿得活。"刘向东据此建议将"司马光砸缸"改成"司马光砸瓮"。

思想,我给你一个思想,我们每个人就有了两个思想,所以这个讨论会非常重要。另一句是,我这次刚从美国(德国、法国、日本等)回来,那里有个朋友告诉我,建筑就是思维,这个我早就知道,我就是没说,但今天我愿意说出来。奇怪的是,每次说完这两句话,他就把话筒递给了别人。应物兄一直以为这是玩笑,没想到,这会儿章学栋就对他说:"应物兄,我看了您的书,很受启发,觉得自己多了一个思想。"应物兄同时闻到了两种味道:一种是香的,那是章学栋身上的香水味道,简直扑鼻;一种是臭的,那是口臭。鉴于章学栋说话时捂着嘴,我们的应物兄立即觉得,章学栋其实是个有内省精神的人。

他对章学栋说:"都是为济大工作啊。欢迎您来济大。"

他本来想说,都是为了儒学大业。

章学栋说:"以前我有一种放逐感,现在有一种归属感。"

莫非章学栋本科就毕业于济大? 他说:"好啊,那就同时有了两种感觉。"

不料,章学栋却提出了异议:"那倒不是。归属感已经完全取代了放逐感。"

铃铛突然响了起来。原来葛道宏手里也有个铃铛,和汪居常刚才举起的那个铃铛一模一样,应该是根据那个铃铛复制的。葛道宏摇着它,要求大家安静。葛道宏说:"请我们的汪主任,我们的汪组长,我们的汪秘书长,介绍一下关于仁德路的相关情况。居常兄这段时间,可是废寝忘食啊。"

话音没落,小乔领着一个人进来了。

这个人虽然迟到了,但却显得不急不忙的,所有动作都保持着固有的节奏,包括拉椅子的动作,包括屁股落下去的动作,包括向人们颔首示意的动作。像个大人物,像个老派人物。这个人面孔如此熟悉,但我们的应物兄却一时想不起来在哪里见过。看上去,这个人与在座的其他人都很熟悉,好像他们已经在一起工作了很长时间。这个人的脸型有点特殊，上窄下宽，像个梯形，下巴最宽，像一柄石斧。哦，想起来了，这个人就是石斧。一些人物、动物、一些表情、感慨，从脑海中呼啸而过。没错，这位就是他和栾庭玉在西山脚下见过的那个算命先生，那个《易经》大师，那个将郏象愚带到香港的偷儿，那个通过接吻就可以从女人嘴里取下金牙的偷儿。

葛道宏说："应物兄，还认得唐建新先生吗？建新先生说你们见过的？"

唐风说："应先生知道唐风先生，不知道唐建新同志。"

对不起，我好像连唐风也忘了。唐风这天穿的是西装，焦糖色的西装，这部分透露了他身上的杂耍性质。应物兄回应了葛道宏："是的，是的，我们在北京见过。"他想起来，那天唐风回来的时候，葛道宏已经离开了，所以他们三个人还没有同场碰过面。

此时，唐风缓缓站起，手从桌面上伸过来："应物兄，久违了。"

葛道宏说："唐先生是庭玉省长向我们推荐的，来自北京一个重要的智库。这次，唐先生帮了我们很大忙。"

唐风说："济世先生是我的榜样，我这么做，也是分内的事。"

葛道宏提醒大家，每个人椅子后面都放有资料袋，这些资料待会看完之后，都不要带走。原因嘛，一是因为这属于课题组和工作小组的最新成果，在正式结项之前是不能外泄的；二是因为有些资料尚未公开，以后也不便公开，传出去影响不好。交代完这个，葛道宏又说："好，人都到齐了。应物兄是第一次参加这个活动，有些情况可能还不是很了解。章学栋教授是第二次参加了，虽然没有从头开始，但进入角色非常快。还有些同志，可能只了解自己负责的那部分，对别的同志的工作可能不是太了解。现在，所有材料都已汇总到居常同志手里，居常同志已经向我做了汇报，我也把其中的重点向庭玉省长做了汇报。接下来，我还将把这些情况通报给黄兴先生。然后呢，我准备派人去一趟美国，向程济世先生当面做个汇报。我相信，程先生会感动的。接下来，那就是撸起袖子，大干快上了,争取在春节之前,把太和建起来。春节开始装修,暑假前一切到位。教育部那边,我还在跑关系,争取明年开始招生。要先抄家伙,十八般家伙要先舞起来。现在,我们就请汪主任给大家介绍一下情况。我们只鼓这一次掌,会议结束的时候再一并鼓掌?你们说呢?好,我们鼓掌欢迎汪主任代表课题组,也代表仁德路寻找工作小组讲话。"

汪居常正要说话,葛道宏手掌一竖,意思是等一等,还得再说两句。

葛道宏说:"庭玉省长今天本来也要来听会的,但他临时有事走不开。他要我转达对大家的问候。庭玉省长说,编筐编篓,重在开头;织衣织裤,难在收口。他要我们把这个口收好。我也请他放心,说我们肯定会收好的。"

汪居常郑重地点点头,似乎是在代表同仁们暗下决心。

葛道宏问董松龄:"松龄,你说呢?"

在应物兄的记忆中,董松龄的笑总是给人尴尬的感觉。常年尴尬的笑,无疑影响了血液在脸部的正常流通,使他过早地出现了老年斑。董松龄这会儿就尴尬地笑着,说了两个字:"当然。"然后敛起笑,对汪居常说,"你可以讲了。"

汪居常说:"我已年过六旬,本已心灰意懒,居常以待终。蒙葛校长不弃,负责此重大课题,怎能不殚精竭虑?"说到这里,汪居常喉咙发颤了,停顿了一下,又说,"回想几个月来走过的日日夜夜——"

说不下去了,哽咽了。

足足哽咽了半分钟。哽咽不仅是喉咙的事,牵扯的地方很多。两只眼都闭上了,左眼闭得很紧,右眼闭得相对松一些,但右边的眉毛却挑得很高,都挑到额头去了。嘴巴微张着,左边的嘴角向下走,右边的嘴角向上走。下巴也歪了。皱纹就不说了,它们本来就是闻风而动,随时可以扭曲的。也就是说,那整张脸啊,哗啦啦全都扭曲了。哦不，鼻子没有扭曲，这可能是因为它还得正常工作，也就是配合着哽咽，流出清鼻涕。

小乔走过去，递上了餐巾纸。

葛道宏违反了自己刚才定下的规矩，率先鼓起了掌。

当汪居常终于可以平静地讲述的时候，大家都松了一口气。应物兄从背后捞过资料，想边听边看。那是个布袋子。他发现上面印有"太和"二字，印着太极图。那两个字出自汪居常之手，很像乔木先生所说的童体字。童体字看上去都是很天真的。但当它出自历史学家汪居常的时候，它却给人一种无知的感觉。应物兄随即听见了自己的感慨，这个感慨既跟眼前的情景、手中的布袋子有关，又超越了具体情境，具有一种普遍的意义：孩子的天真是因为无知，那是无知的但包含着求知的天真，而成人的无知就是愚蠢，可怕的是它还是戴着知识面具的无知，是戴着知识面具的愚蠢。

这样的感慨显然与眼下情景不符，所以他立即感到对不起汪居常。作为对汪居常的补偿，他的掌声是最热烈的，持续时间也最长。在掌声中，他看到布袋子上不仅有拉链，而且有锁。小乔开始给大家发钥匙，同时附在每个人的耳边，悄悄提醒大家，钥匙待会儿要收回来的。

汪居常终于平静下来了。

奇怪的是，接下来应物兄却从汪居常嘴里听到了自己的话："应物兄教授在《孔子是条'丧家狗'》中说过，对孔子、孟子、朱熹、顾炎武以及程济世先生的阅读，是在寻求一种连续性，一种不断被中断的连续性，一种关于'道'的连续性，一种关于'道'的变形中的连续性。我们课题组和工作小组，在葛道宏校长的直接指导下，在栾庭玉省长的亲切关怀下，就是本着这样的精神，开始我们的研究和寻找的。我们，全体同仁，在研究中寻找，在寻找中研究。"

哦，看来汪居常还真是读了我的书。

居常者，遵常例，守常道也。

他听见自己轻呼了一声:"居常兄。"

随后,会议进入了葛道宏式的节奏。凡是葛道宏主持的会议,只要没有主席台,只要没有摄像机,只要没有麦克风,只要没有记者,基本上都是这个节奏:就像聊天,就像拉家常,就像盘腿坐在炕头说媒拉纤一般。总之,一派民主和谐的气氛。

69. 仁德路

仁德路的命名,与一首诗有关,虽然诗中并没有出现"仁德路"三字:

> 句子治水整三年,一心为民解忧难。三过家门而不入,废寝忘食沥肝胆。滔滔洪水化甘露,万亩田畴皆承欢。河道疏通水患灭,大禹转世在民间。

这是汪居常出示的第一份材料,它是由季宗慈的图书公司的总编段人先生提供的。段先生是《国学辞典》的主要撰稿人,是个残疾人,据说他的腿是在三十年前被轧断的。应物兄怀疑,段人这个名字并不是他的真名。不管从哪方面看,段人都是个奇才:琴棋书画无所不能,手表、电唱机、手机,也是手到病除。闲来无事,段人在办公桌面上挖了个槽,装进去一堆零碎玩意,竟是一台收录机。他们第一次见面,就是在春熙街旁边那个养生餐厅。季宗慈为了配合《国学辞典》的宣传,搞了一个国学知识竞赛,获得一等奖,拿到五万块钱奖金的,是季宗慈的一个朋友,那天的饭局就是获奖者宴请朋友的。他们正喝着玉米须泡的茶,谈论着玉米须泡茶对治疗高血压的作用,段人来了。段人坐着电动轮骑,由一个风韵犹存的中年妇女在后面推着,膝盖上搭着藏青色的毯子。段人把新修订的《国学辞典》送给了他。封面上印的是汉代画像石,它本身也如画像石一般又厚又重,他必须双手接住。

那个中年妇女提醒段人："给应先生签上名字啊。"

他就把书又还给了段人。段人没签。段人用大拇指扣着书，哗啦啦地让书页自己翻着，说："所有跟国学有关的知识都收录进去了，最关键的一个词却没有收进去，那个词就是'国学'。"

好像带着深深的遗憾，又好像在做自我批评。

菜单递到了段人手上，段人说："我只点一条黄河鲤鱼。三人行，必有我师。三鱼游，必有我食。"随后段人继续说道，"有一个词条，叫房中术，我足足写了几页。应物兄，我有一事不明：'房中术'若算国学，那么印度的'房中术'该算什么学呢？"

"段先生，你问我——"

"还有个词条叫'月宫'，我也顺手写了三千字，只为说明一个问题：中国的月亮就是比外国的圆。"

哦，原来不是表达遗憾，也不是自我批评，而是刻骨的自嘲与反讽。

现在，听汪居常提到段人，我们的应物兄想起来，段人确曾参加过《中国古今地名大词典》的编撰。全国的古城市、古县名，段人不仅能说出它们的历史沿革，而且能报出它们的主要风物。对于眼下以企业和楼盘名称冠名道路、街道和社区的做法，老段自然是深恶痛绝，认为这割断了历史。但是，段人紧接着又会说道："他们要不这么胡闹，老段怎么能赚到这笔钱呢？"

汪居常说，根据段人先生提供的资料，仁德路最早只是一条小巷，在元朝时被扩宽了，有了第一个名字：二马胡同，是说它可以并排走过两匹高头大马。一直到明代嘉靖年间，它还叫二马胡同。嘉靖三年，黄河泛滥，死人无数，黄河倒灌济河，济州城内也是房倒屋塌。朝廷当时派来治水的人，名叫句号，后人尊称其为句子。句子当时就住在二马胡同。句子在济州待了三年，夜以继日清淤疏导、修堤筑坝，终于治住了水患。前面那首诗，其实就是当年流传于济州的民谣。老百姓将句子比作治水的大禹。

和很多有功之臣一样，句子后来也遭人陷害。当然，这方面句子本人也失之于察。他曾收购了不少胡椒，为的是给下河查看水情者发汗御寒。人们送给他的胡椒，有的装在金罐子里，有的装在银罐子里。胡椒不值钱，但罐子值钱啊。他被告发之后，百口难辩。就有人故意问他，是否后悔？句子说："求仁得仁，有何怨乎？"句子后来被发配到了宁夏，并死在那里。在以后的几十年里，黄河再无泛滥，人们记起了句子的好，给他树碑立传，并将他当年住过的二马胡同改名为得仁巷。但是老百姓叫着叫着，就叫成了仁德巷，这个名字当然更好，说的是句子是个仁德之人。它当然就是后来的仁德路。

现在的问题是，仁德路到底在哪里？

汪居常说："从上次开会到现在，我没有睡过一个囫囵觉。因为仁德路遍寻不着，我和在座各位一样，也曾怀疑程先生是不是记错了？但我又提醒自己，可能性不大。别人可能记错，程先生怎么可能记错呢。一来，他本人记忆力惊人，二来谁会忘了小时候的事？你们看，济世先生记得多清楚，大院有两道门，正门开在仁德路，后门开在帽儿胡同。仁德路上有个军马场，军马场里堆着草料，也堆着喂马的豆饼。军马场里面有一片烟田，种出来的烟叶，好闻极了。他也记得，穷孩子们经常去偷豆饼。军马场离他家有多远呢？坐在他们家的院子里，不仅可以听见马叫，连马儿打喷嚏的声音都能听到。这些细节，没有亲身经历过，怎么可能记得这么清楚？"

看来课题组已经把程先生关于仁德路的谈话，全都查到了。

葛道宏插话道："这部分材料我也看了。不知道你们注意到没有，程先生任何时候都不忘替中国人说话。比如说到马儿打喷嚏，他说，西方人总是嘲笑我们，擤鼻涕的时候只捏一个鼻孔，猛一使劲，把鼻涕从另一个鼻孔喷出来，喷得到处都是。程先生说，他们倒好，双管齐下，跟大牲口打喷嚏似的。这话讲得多好。所以我说，开会的过程，也是学习的过程，温故而知新。汪主任，你接着讲。"

居常兄说："程先生说，骑马从军马场到济河岸边，只需要一袋烟的工夫，从军马场到他家，还不到一袋烟的工夫。一袋烟工夫是多大工夫？这是个问题。这里我得感谢应物兄。应物兄提到，程先生认为，儒家文化中的时间观念，是与月亮的阴晴圆缺和农事的周而复始有关，看上去比较模糊。鸡鸣报晓，日上三竿，掌灯时分，一炷香工夫，一袋烟工夫，一泡尿工夫，这说的都是天地人和谐共处。孟子说，不违农时。要适时而作。'适时'二字提醒我们，中国人的时间观念，既有主观性，又有客观性。这就提醒我们，所谓的一袋烟工夫，可能不止一袋烟工夫。我们还必须考虑到，程先生当时还年幼，是不抽烟的。我已经查出来，程先生到了六十年代，才开始抽烟，抽的是纸烟，不是烟袋。所以他所说的一袋烟工夫，很可能是他后来的感受，而且是抽纸烟的感受。这里我们就必须考虑下列几个因素：纸烟的燃烧时间和一袋烟的燃烧时间，有多大差异；童年的时间观念和空间概念与成人之后的时间观念和空间概念，有多大差异。我说这些，只是举个例子，意在说明我们必须让现实语境和历史语境展开对话，在对话中发现问题，解决问题。所以，葛校长要求我们沿济河一线，将寻找范围扩大、再扩大，是极有前瞻性的。"

董松龄说："所以，我反复强调，要拉网排查。"

汪居常看着葛道宏，说："依我对葛校长指示精神的理解，这个拉网排查，可以分为两部分：既指实地搜查，也指资料搜索。这不，一查就查出了线索。这里我得感谢《地方志》郜扶先生。在郜扶先生帮助下，我们在济州地名委员会资料库找到了一条重要线索。军马场所在的道路，不叫仁德路，而叫育德路。说到这里，我们得感谢唐风先生。唐先生上次提醒我们，'育德'二字，出自《易经》：'君子以果行育德。'①唐先生说，育德育德，所育何德？不就是仁德吗？这个解释太重要了。也就是说，程先生所说的仁德路，很可能

①《易经·蒙卦》："山下出泉，蒙。君子以果行育德。"

就是育德路。唐先生,您要补充一下吗?"

唐风随口吟道:"得其所当行,决而不疑,谓之果行。信其所自有,养而不丧,谓之育德。"①

出于对知识的敬仰,他对唐风立即刮目相看。对不起,唐风,我以前总觉得你是装神弄鬼。当然,与此同时,一个念头生起:莫非程先生真的记错了?把育德路记成了仁德路?

汪居常说:"但是,《地方志》上的说法,还只是个孤证。众所周知,历史学研究有一个重要原则:孤证不立。在逻辑学角度看,如果只有孤证,那么这个结论是不可接受的,它在逻辑学上被称为弱命题。说到这里,我们就不得不郑重感谢葛校长了。葛校长曾主编了一套书,是历史学家们的回忆录。因为是葛校长写的序,所以我把这套书买了下来,其中有山东大学教授徐凤良的一部回忆录。徐凤良本人已经作古,书是由他口授,由学生执笔,但又经过他的审校的。他在书里提到,小时候曾在育德路上拾过马粪。为什么要跑到育德路上拾粪呢?因为育德路上的马粪最臭,肥效最足。为什么那里的马粪最臭呢?因为路过那里的马都是军马,除了吃青草、干草、麦秸等粗饲料,还吃豆饼、谷子和玉米。他说,育德路上的马粪,历来是人们争抢的对象。运气好,你还能从马粪中拣出没有消化完的豆饼、谷子和玉米。徐凤良教授在书中还写到一个细节,有一次为了抢到一抔马粪,几个小伙伴竟然扭打了起来。这时候从旁边一个大院里出来一个人,骑着马,挥鞭将他们赶散了。鞭梢抽到他妹妹的脸上,把他妹妹的耳朵都打聋了。徐凤良特意提到,这个挥鞭的人,就是程会贤。"

葛道宏说:"凤良此言,传出去不良,传出去就成了风凉。汪主任跟他的家属联系一下,再版的时候,最后一句话要去掉。"

---

① 宋·叶适《送戴许蔡仍王汶序》:"得其所当行,决而不疑,故谓之'果行'。人必知其所有,不知,而师告之。师不告吾,则反求于心。心其能告,非其心了。信其所自有,养而不丧,故谓之'育德'。"

　　汪居常说："我回去就打电话。好，这是第二个证据。当第三个证据出来，我们就可以得出结论了：所谓的仁德路就是育德路。这个证据就是程先生老家程楼村人在'文革'时期以大字报形式张贴在墙上的《三字经》。这份材料也是郜扶先生提供的。郜扶先生与程楼村的一个民办教师是高中同学，这份《三字经》就出自这个民办教师之手。"

　　郜扶先生说："不是他一个人写的，是民办教师的集体创作。"

　　汪居常说："大家打开资料袋看一下。现在，资料袋里装了两份《三字经》，一份就是原来贴在墙上的那份，另一份是郜扶先生改写过的《三字经》。出于可以理解的原因，最早的那份我们看完之后就要销毁了。"

　　它的标题非常刺眼，名为《程贼会贤批判书》，是程楼村"批林批孔"运动的"重要成果"。郜扶已在一些句子下面画了红杠，并且写下了较为详尽的批注。郜扶的毛笔字不错，学的是舒体：

　　人之初，性本善。说这话，真操蛋。

　　阶级分，胎衣辨。民族恨，父子传。

　　本草程，晋人后。明万历，大槐树。（本草程氏皆明万历年间山西洪洞县的移民。民间称为大槐树移民。）

　　拴着手，拉着走。骑着驴，牵着狗。

　　到本草，兄弟俩。程楼村，老大家。（落户程楼村的是程氏兄弟中的老大。）

　　代代传，贫与下。迨作辈，整十仨。（"贫与下"指贫下中农。"作"字辈是程楼村程氏的第十三代。"十仨"，本草方言。程会贤的父亲是"作"字辈，名程作庸。）

　　程作庸，好人缘。会看病，善诊断。（程作庸是济州有名的中医。）

　　攒俩钱，置家产。育德街，盖大院。（此育德街，当为育德路。）

　　戊戌年，娶了亲。资本家，老丈人。（程作庸于1898年成亲，夫人即济州灯泡厂某股东的女儿。）

从此后，忘了本。恩义绝，本草根。

冬月里，生狗娃。貌虽憨，还属狼。（程会贤将军生于光绪二十四年冬月三十日，即 1899 年，属狗，乳名就叫小狗。）

七岁上，就打架。不读书，净挨骂。

及弱冠，当了兵。又怕死，又贪生。

谁的话，都不听。只听谁？蒋中正。

走起路，小碎步。见了官，就磕头。

升了官，楼上楼。坐的是，四轱辘。

无廉耻，枉姓程。名会贤，实奸雄。

气死了，程作庸。捎个枣，算送终。（程作庸死后，程会贤将军没有回家奔丧。只寄回了一些丧葬费。本草方言中，"仁核桃俩枣"形容寄回来的丧葬费数量不多。）

真孝顺，真日能！睡窑姐，下野种。（"真孝顺，真日能"皆为反话。"日能"系本草方言，意为"有出息"。"睡窑姐"自然是对程会贤将军夫人的污蔑。"野种"则是对程济世先生的污蔑。）

回济州，当大官。百姓们，尽遭难。

该死的，程会贤。枉为人，不要脸。

育德街，养犬马。济河上，弹琵琶。

小日本，打来了。国难财，可劲花。

楼外楼，松外松。镶金牙，吃长生。

大白天，点着灯。炕上睡，狐狸精。

……

这个"三字经"一直写到程会贤将军败走台湾为止。他草草地又看了几行，越看越觉得荒唐可笑，荒诞不经！他理解了葛道宏的说法，这些资料只能在这里看，不能带出去。他看了一眼资料袋上的拉链，那把锁。拉链是黄色的，锁是黑色的。他刚才还觉得很难看。而此刻，他对它们满怀感激之情。金圣叹的一句话跳了出来："作书，圣人之事也；非圣人而作书，其人可诛，其书可烧也。"这么想着，他已经掏出了打火机，手指一抖，火苗一下子蹿了起来，差点烧着他的眉毛。他草草地向后翻着，突然又看到了一段文字。原来，那是郐扶根据上面的"三字经"撰写的程会贤将军小传：

　　程会贤，1899 年 1 月 11 日生于济州本草程楼村。1923 年毕业于南京金陵大学。1926 年应蒋介石之邀赴广州，任国民革命军总司令部机要秘书。1929 年回南京，任国民政府建设委员会技正（相当于工程师）。1932 年任国民政府军事委员会济州行营办公厅机要室副主任。1940 年任济州市长。1941 年 10 月 1 日，日军进攻济州，时任市长的程会贤进驻国民党第三集团军司令部，商量抵抗事宜。1942 年任济州市军政长官。1944 年 4 月 17 日，日军调集六万余人再次入侵济州，因寡不敌众，程会贤不得不率部转移。1945 年日军投降后，程会贤回到济州，兼任济州大学校长，为期一年零三个月。1947 年首次赴台湾，随台湾省军政长官陈仪从日本人手里接收政权。1947 年底回济。1948 年解放军接管济州，程会贤率部弃城南下，后栖身于广西桂林明月寺。1949 年去台湾，曾出任台湾"中央文化书院"市政系主任。1962 年应美国国务院邀请赴美考察。1970 年后，历任华荣股份有限公司董事长、"中央文化书院"市政研究所副所长、国民党中央党务顾问。1992 年病逝于台湾，终年 93 岁。

这段文字后面，就是郐扶修改过的版本：

　　人之初，性本善。性相近，习相远。
　　一方人，水土连。同根生，不相煎。
　　本草程，晋人后。明万历，大槐树。
　　拴着手，拉着走。骑着驴，牵着狗。
　　到本草，兄弟俩。程楼村，长兄家。
　　代代传，皆友善。迄作辈，整十三。
　　程作庸，好人缘。会问切，善诊断。

娶娇妻,戊戌年。人贤惠,美名传。
育德街,风尚好。邻里间,皆礼貌。
你让梨,我让桃。父子亲,妯娌孝。
冬月里,会贤生。垂肩耳,印堂明。
过三岁,礼仪行。读四书,读五经。
夫子话,记心中。人道是,小孔融。
二一年,赴金陵。苦攻读,忧国命。
不图官,不图财。图的啥?学艺精。
走到哪,学到哪。师何在?三人行。
交朋友,义气重。同习武,身板硬。
苦口药,利于病。逆耳言,方为忠。
二九年,学业就。展宏图,赴广州。
革命军,马前卒。受重用,司令部。
与兵士,同甘苦。不坐轿,不住楼。
走起路,一阵风。讲起话,声如钟。
故乡人,腰杆硬。教子孙,学贤兄。
忽一日,先父崩。闻噩耗,泪水涌。
忠与孝,难两全。家国事,国为先。
忽一日,派人来。道是谁?侍从也。
送米面,送大洋。谢族人,谢乡党。
转眼间,风云变。归乡路,且漫漫。
重抖擞,领将命。赴国难,至金陵。
一路上,风雨浓。听民意,恤军情。
打起仗,真英雄。天地人,皆动情。

应物兄不由得叫道:"好文章!情真意切,珠玉满盘。怎么不往下写了?"

郎扶拱手说道:"草草写了几行,不成敬意。还有待应物兄先生斧正。"

他说："只字不改，已是好文。"

郗扶说："不敢。只字不可更改者，经文也。还请应先生教我。"

见众人都将目光投来，应物兄也就不再推辞，说："最后一词，不妨稍作调整，可将'动情'改为'动容'。"

郗扶说："'动情'与'军情'确有重复。尊敬的应先生，这么理解对吗？"

虽然听出郗扶略有嘲讽之意，但箭在弦上，不能不发，他就说："郗先生从谏如流，海纳百川，可敬可佩。还有一层意思，请郗先生斟酌。'动情'常指爱慕，多用来形容男女之情。'动容'就庄重多了，也高雅多了。"接下来的话，他就不便直接对郗扶讲了，只能对费鸣说，"鸣儿，'动容'出自哪里，我一时想不起来了。"费鸣显然知道他的用意，很诚恳地说："请应老师教我。"他就挠着头，做出恍然大悟的样子，"出自《孟子·尽心下》。'动容周旋中礼者，盛德之至也'①。意思是说，道德的最高境界，就是举止、仪容都符合礼的要求。"

葛道宏说："真是三句话不离本行啊。好！"

汪居常接下来说："资料弄齐了，接下来就是纲举目张了。这个军马场呢，作为一个地名，是在 1950 年消失的。原来里面就有一片烟田，现在它整个变成了烟田。同时消失的还有育德路。我们初步认定，育德路是和军马场一起，被翻挖成了烟田。这片烟田沿用了育德路名字中的'育'字，叫育红烟田。育红烟田面积不大，名气很大。马尿浇出来的，地壮，烟叶也就长得好，人称马尿烟叶。好啊，咖啡有猫屎咖啡，烟叶有马尿烟叶。这里我们还得感谢刘向东教授。育红烟叶的资料，就是刘向东教授提供的。济州卷烟厂

---

① 《孟子·尽心下》："孟子曰：'尧舜，性者也；汤武，反之也。动容周旋中礼者，盛德之至也；哭死而哀，非为生者也；经德不回，非以干禄也；言语必信，非以正行也。君子行法，以俟命而已矣。'"

最早生产的特制烟卷,使用的就是育红烟田的烟叶。^① 不过,育红烟田在 1959 年就消失了,原来的烟田上面建起了几座炼钢炉。当时的报纸有点夸张,用的是'万座钢炉'的说法。哪有那么多?没有。但它由此拥有了一个新的名字:钢花村。为了方便运输,通往钢花村的几个胡同也被打通了,打通了的胡同拥有了统一的名字,跃进路。也就是说,济世先生提到的帽儿胡同,应该就是在这个时候消失的。"

钢花村?这个名字很熟啊!

乔木先生经常拿麦荞先生开玩笑,说麦荞先生也是个大诗人呢。麦荞先生最有名的诗歌名叫《炉火写春秋,钢花舞风流》,曾收入著名的歌谣集《红旗飘扬》。果然,现在的资料中就有麦荞先生这首诗:

> 呜隆隆,呜隆隆,一阵震耳鼓风声。远听就像机器响,近看是人来带动。牛欢马叫人欢笑,钢花村里钢花红。世界和平有保障,英美气得心口疼。^②

应物兄在心里顺便将"心口疼"改成了"心口痛",使它更合韵辙。随即又觉得还是别改了,因为这首诗的韵本来就是乱的。

汪居常说:"大跃进运动偃旗息鼓之后,钢花村摇身一变,变成了一个牲畜良种站,也就是俗话所说的配种站。济州土话中,牲口配种就叫'赶苗子',所以老百姓又称它为苗子铺。郜扶先生编辑的《济州地方志》,采用的就是苗子铺的说法。'文革'期间,跃进路改成了反修路,但苗子铺还叫苗子铺。苗子铺的消失是在 1979 年 10 月,此前苗子铺里最后一匹种马,最后一头种牛,被人赶到肉铺宰杀了。然后呢,在苗子铺的原址上建起了妇幼保健医院,门口的那条路也改称为健康路,同时更名的还有反修路,它改称富民路。

---

① 《济州卷烟厂厂史》:"育红烟叶,品质优良,呈浅橘黄色,人称马尿烟叶。香气浓馥,细柔润泽,余味悠长,易与其他原料相配,实乃烟叶中的极品。"
② 见《麦荞文集》(第三卷)。

各位专家同仁，在几十年的时间里，地名的每一次更改，都伴随着拆迁和重建，这使得我们的寻找变得异常艰难。"

说着，又哽咽了。

趁他哽咽的时候，城建局局长张波要说话了。人家先咳嗽了一下。好像还不能算咳嗽，只是清清嗓子而已。但效果相当明显：所有人的目光都投向了张局。葛道宏说："张局，指导一下？"张局抬着眼皮，说："说我？"好像自己并不想说话。董松龄说："张局做点指示嘛。"汪居常迅速停止了哽咽。出乎意料，张局竟然开篇吟诵了两句诗，是顾城的诗，当然经过了改装："黑暗给了我们黑色的眼睛，我们要通过地图，找到光明。"

张局从自己的黑色公文包里取出一个牛皮纸大信封，又从牛皮纸大信封里取出三张地图：两张是影印的，一张是新的。地图摊到了桌上，因为有点翘，葛道宏把铃铛拿过来，当成镇纸压到上面。邬扶先介绍说，一张地图是1953年的地图，是建国之后济州的第一张地图；一张是1997年印制的地图，因为香港回归了，全国各地都印制新的地图。

张局说："说是寻找光明，可是一看地图，眼就花了。你们可以看一下，别说仁德路难找了，就是省委大院，你一时也找不到。所有的方位都变了，所有的路名都改过了。而且，周围的地形都不一样。1953年，省委大院位于市区西北部，现在刚好调了个角，跑到了东南部。地图上的河道都不见了，现在只剩下了一条济河。省委大院原来是依山而建，所谓易守难攻，最早是程会贤的官邸。现在，那座山早就无影无踪了。那座山当初虽然处于市区西北，名字却叫南山。南山所在地，现在虽然处于东南部，却有一个名字叫北海，这是因为省委大院的北边有个湖。它其实是人工湖。因为这个湖，这一片就成了北海区。"

张局感慨道："什么叫天翻地覆慨而慷？这就是了。"
邬扶也感慨道："沧海桑田。"

张局说:"顺便透露一个数字。据不完全统计,明清以来,济州城内消失的街道、地名,就有六千七百多个。其中三千多个是最近三十年消失的。"

郜扶说:"张局说得对。昨天统计出来的最新数字,明清以来,消失了七千一百多个地名、街道、小巷,其实不能说消失,因为很多只是改了名字。"

汪居常说:"好在有些地方没有改动。苍天有眼,最重要的东西,坐标系的东西,总是能躲过历史的暴风骤雨,比如济河,比如皂荚庙。程先生也是多次提到皂荚庙的。"

是啊,程先生说过,皂荚庙那几乎是程家的家庙。

等一等,怎么提到了皂荚庙?难道程家大院,就在皂荚庙?这是不可能的。程先生曾说过,从他们家到皂荚庙,中午要吃一顿饭的。

他正这样想着,汪居常已经开讲了。

汪居常说:"我们都知道,皂荚庙就是智能寺。通过济州师院的宗仁府教授,查到了智能寺与济州基督教会的交往材料。宗仁府的一个学生,就是研究济州佛耶交往史的。根据他提供的资料,我们可以得知,皂荚庙离程家大院并不远,用程先生的话说,就是一袋烟的工夫。皂荚庙自古与慈恩寺面和心不和。佛门也要争宠的,争谁的宠?官家的宠。后来就不争了,因为皂荚庙成了程家的家庙。关于这方面的情况,本来要请宗仁府教授来讲的,但他外出讲学了。这方面的资料,我随后会发给大家。现在要说的是,根据皂荚庙的位置,现在我们基本可以断定,皂荚庙附近的大杂院里,必有一个院子,就是昔日的程家大院。我的几个弟子、刘向东教授的几个弟子,已在那里进行了拉网式调查。我的意见是,明天上午,我们这些人在这里集中,然后一起驱车到皂荚庙,在那里来个现场办公。我们也到那些胡同里走一走,看一看。礼失求诸野[①],学问也可以求诸野嘛。那里有个茶楼,茶饺做得相当不错,我请大

---

① 见班固《汉书·艺文志·诸子略序》:"仲尼有言:礼失而求诸野。"

家在那里吃茶饺。有些人可能不知道，我们在那里还可以吃到正宗的套五宝。如果你们觉得可以，我现在就派人去说，将套五宝提前准备了。"

他还是忍不住问道："居常啊，你是说，仁德路与皂荚庙相邻？"

汪居常说："所以需要实地考察嘛。"

他又问："是铁槛胡同附近的那个皂荚庙，那个智能寺？"

汪居常笑了，把头朝他这边伸过来，说："济州应该只有这一个皂荚庙吧？"

他还是把程先生抬了出来："程先生说过，从他们家到皂荚庙，要走很远的路，途中要吃一顿饭的。"

葛道宏摇了摇铃铛，说："那要看吃饭的是谁，什么时候吃的饭，吃的是什么饭。如果是婴儿，那吃的就不是一顿饭了。吃奶嘛，几分钟就要吃一次的。还要看是怎么走过去的，骑马？坐轿？坐车？还是步行？总之，要回到具体的历史语境。我历来主张，要历史地看问题。什么叫历史地看问题？简单地说，就是不能盲人摸象，要有一个整体主义观念；不能刻舟求剑，要有一个发展主义观念；不能削足适履，要有一个现实主义观念。'三观'统一了，事就好办了。"

听上去很有道理。

但是，他依然觉得，有什么地方不对头。不过，就在那一刻，他没有能够再对这个问题进行深入细致的思考。这是因为另一种感觉突然袭击了他。那感觉，来得太不是时候了。它是如此迅猛，简直要横扫一切。它来自个人历史的幽暗空间，来自潜意识的最深处。他要阻止它，但已经来不及了。哦，应物兄！几乎与此同时，在我们应物兄的眼前，已经洋洋洒洒地下起了一场大雪。雪的洁白没能把他个人历史的幽暗空间照亮，反而使它更加混沌。那个混沌！不明不白。丑，令人难堪，脏，令人恶心。他妈的，它还有声音呢。在沙沙沙的雪声中，乔姗姗的娇喘呻吟，刺激着他的耳膜。

他闭上了眼睛。

他两只手同时启动，将耳垂叠向耳孔，并且死死地按住。

随后，他听见葛道宏说："明天上午，我要与省教委的人见面。下午吧，下午我和大家一起去铁槛胡同。汪主任，你接着讲。"

汪主任没能接着讲，因为突然有人在门外喊了起来。是邬学勤教授。邬学勤教授的话令人费解，因为他说的是："手表没了，怎么上课？"接下来，竟然冒出来两句英语，语速极慢，看过英语动画片的幼儿园小朋友都应该能听懂的："I'm angry! Angry!"语速极慢，随后是中英文的结合了："Teacher Wu 非常 angry!"哦，原来上次跳湖的时候，他把手表掉到湖里了。怕他再闹出乱子，后勤处答应帮他捞出来，他竟然当真了。对了，有一点忘记说了，后勤处有专门负责镜湖的科室，它就在这个近现代历史研究所的隔壁。

在场的人都对邬学勤表示反感，议论纷纷。有人说，这个老邬，百无一用。有人笑着说，直接把这个老邬送到精神病院算了。城建局局长张波的话最有爆发力："嗨，对付这样的人，有时候就需要从顾城先生那里借把斧子。"

只有应物兄对邬学勤的出现心存感激。因为耳孔还被他的耳垂堵着，所以他的自言自语放大了，简直是震耳欲聋：老邬百无一用？不，他刚好把我救了出来。他说得没错，他的思维确实就此从那个混沌中跳出来了。这不，他的眼睛已经睁开了。他的双手搭成一个拱桥，支着半边脸，倾听着门外的动静。

他听见葛道宏说："送精神病院？不，不，不。"

只见葛道宏侧身，从博古架上取下那个铃铛，举起来，看看上面的铜舌，又放回去了。然后又取下那个拨浪鼓。几十年过去了，声音竟然还很响，很清亮：拨郎噔，拨郎噔，拨郎噔。有一点，是我们的应物兄不知道的，那上面蒙的其实是程先生说过的蚰皮，而且用的是最好的皮，即接近肛门的皮。

葛道宏说："这么好的反面教材，你哪里找去？"

70. 墙

墙,还是那些墙。

有砖墙,有石墙,也有土墙。有时候,墙根是石头,石头上面是砖,砖上面是土坯。砖墙的墙根泛着碱花,将青砖弄成了花脸,红砖弄成了白砖。

两边的树有槐树、榆树,也有疯狂的夹竹桃。两只猫在夹竹桃后面的墙头散步,前面的那只伸着懒腰,似乎在等着后面的那只跟上来,但后面的那只却蹲着不走了,在那里搔着头,仿佛在沉思。所有的胡同,似乎都具有某种奇怪的弹性,说宽不宽,说窄不窄。脚蹬三轮车掉个头都不方便,两辆对驶的轿车却能够擦肩而过。看来,这个胡同最早冠以"二马",既指两匹高头大马可以并排驶过,也可以指两辆马车能够相向而行。

多少年过去了,我们的应物兄再没来过这个铁槛胡同。

这个午后,他发现自己开车又来到了这里,从车里看出去,一切好像都没有什么变化。哦不,变化还是有的:地面的青石路变成了柏油路。当年,雨后天晴,青石路上的水洼总是闪闪发亮,有如龙鳞。

一个摄影师模样的人,一个胖子,戴着墨镜,脖子上挂着相机,在他前面走着。胖子既拍墙头的猫,也拍墙头的草。胖子似乎还很有预见性:镜头伸出去的同时,刚好有个女人把水淋淋的衣服从窗户伸了出来,挂上了窗外的衣架。随后,胖子又把镜头对准了墙后高大的皂荚树。这片胡同,几乎每个院子里都有皂荚树。在那个人镜头所示的方向,皂荚树上落了几只鸟,有灰尾巴喜鹊,也有乌鸦。有一只乌鸦,正要从树枝上起飞。它先是翅膀一收,向后一缩,以便获得足够的冲力,然后像个飞镖,突然射了出去。

那皂荚树应该有上百年的历史了。或许，已有上千年了，谁知道呢？或许，这条胡同还没有出现的时候，它就在那了。它一直在那，看着一代代人出生，又看着一代代人死去。随后他就听见自己说："人啊人，即便生不逢时，也要争相投胎。即便福如东海，也是该死就死。"

很快他就问自己："你这是这么了？很消极嘛。谁惹你了？"

他知道自己这是明知故问。

与乔姗姗结婚后第二年，他们从乔木先生家里搬出来，在铁槛胡同住过一段时间。他们所住的那个院子里，就有一株皂荚树。它高过所有的屋顶。清风徐来，皂荚互相撞击，发出哗哗的响声，就像在为他们美满的婚姻鼓掌祝福。那个院子原来应是某大户人家的住宅，后来被充公了，再后来就挤进了各式各样的住户。第一次走进那个院子，他觉得就像走进了一个迷宫。他和乔姗姗住的那间算是整个院子最好的，有玻璃窗能够透进阳光。唯一不便的是房间不隔音，能听见别人家钟表的嘀嗒声，半夜时分能听见别人往尿桶里撒尿的声音。每次与乔姗姗做爱，乔姗姗嘴里都得咬上一块毛巾。当时租住在这里的，还有别的青年教师。有些人知道郏象愚，但不知道郏象愚就是乔姗姗的前男友，所以他们还曾向他和乔姗姗打听过郏象愚的行踪。他们在天井里吃毛豆喝散装啤酒。每天早上，他都得端着尿桶到胡同的旱厕倒尿。在夏天，胡同里睡满了人。他端着尿盆，小心地躲避着睡到了凉席外面的孩子。那是他和乔姗姗相处得最好的一段时间，情感交融，连他们的尿也都交融在一起。虽然乔姗姗偶尔也会发火，但他并不生气。

一天早上，不知道哪句话说得不对，或者仅仅是口气不对，乔姗姗突然恼了，拿着英语辞典砸了过来，差点把窗玻璃给砸碎了。那块玻璃上有个气泡。他看着那块玻璃，想，她的性格有点瑕疵，就像玻璃上有个气泡，不过并不影响阳光透进来。这么想着，他就端着尿壶出去了。在排队倒尿和撒尿的当儿，他总是感到膀胱里似乎游荡着一只水雷，随时都会爆炸。

我的前列腺之所以出问题，很可能就跟当时憋尿有关。

那个院子里，还住了济州师院一位英语教师。那家伙的妻子出国了。乔姗姗当时还梦想着出国，所以总是向那个家伙打听出国的情况，并且向他请教英语。那家伙很有耐心，纠正她的口型，校正她的发音，顺便还教她如何让口型、发音和耸肩、撇嘴的动作保持一致。

"不，他们表示自己很冷的时候，他们不说'I'm very cold'，而是，瞧，是这样的。"那家伙说着，耸起了肩膀，额头向左歪，嘴巴向右缩，同时嘴唇哆嗦，舌尖在牙齿后面配合着，发出类似于马达震动的声音。

"哦，我懂了，就像中国人说的牙齿打架。"

"你太聪明了。你是我见过的最聪明的姑娘。刚才说的是英国人。美国人是这样的，"那家伙又用嘴巴演示了一阵，"德国人又不一样了，法国人跟德国人又不一样了，他们分别是这样的——"

那家伙嘴特别巧，下巴颏总是刮得光溜溜的，就像婴儿的脚后跟。

为了感谢那家伙对乔姗姗的辅导，他请那家伙吃过几次烧烤。虽然老婆不在身边，但那个家伙却喜欢吃羊腰和羊鞭。那家伙还说，吃羊腰的爱好是向《尤利西斯》的主人公布卢姆学来的。乔伊斯的《尤利西斯》提到布卢姆的胃口总是被羊腰的臊味给撩拨起来了。布卢姆是犹太人，所以那家伙还冷不丁地冒出了一个警句："中国知识分子，最他妈的像犹太人。"胡同里有一个旧书店，他们常常走着走着，一抬腿就进去了。他曾在那里看到过徐梵澄翻译的《快乐的知识》《朝霞》和《苏鲁支语录》[①]，都是解放前的旧版本。他把它们从书架上抽出来，吹吹岁月的灰尘，看上两段再放回去。下次来，他把这样的动作再重复一遍。

---

①　现在通译为《查拉图斯特拉如是说》。

那年冬天,他分到了筒子楼的房子。那房子太破了,墙皮脱落,几十年前铺设的木地板上有老鼠咬出的洞。他和华学明是邻居,他负责粉刷房子,华学明则负责修补地板。在一个雪天,他提前回到了铁槛胡同。当他从那些煤球、灶台之间穿过的时候,突然听到一阵奇怪的声音,是男人和女人激烈的喘气声。哦,有一对男女趁着别人上班在肆无忌惮地做爱。窗外的大雪或许给他们增添了某种乐趣,使他们更加贪恋对方温暖的肉体。出于对他们私生活的尊重,他退出了院子。他虽然蹑手蹑脚,但还是不小心撞到了煤球,几块煤球掉了下来,滚了很远。他掩上院门,站在胡同里抽烟。雪下得让人睁不开眼睛。半个小时之后,他想那边应该结束战斗了,就拐了回去,没想到那边激战正酣。大雪中,对面一个屋顶被压塌了。雪还在下,沙沙沙,沙沙沙。当他第二次拐回去的时候,他试图分辨出那娇喘的声音是从哪间屋子里传出来的。是从半塌的屋顶下面传出来的吗?好像是,也好像不是。

后来,他听出来了,那声音是从那个家伙的房间里发出来的。

他想,看来那家伙的妻子回来探亲了。

无论如何,他也不可能想到,那个女人其实就是乔姗姗。

他当时还对自己说:"哎哟喂,真他妈能干啊。吃药了?"

事实上,当天晚上他还向乔姗姗提起了此事。乔姗姗盯着他,忽闪着眼睛,说了四个字:"低级趣味。"就在他们将要搬走的时候,他和那个家伙又喝了一次酒,他对那家伙说,你的女朋友匆匆地来,匆匆地走,也不让我们见一下。那家伙一时有点迷糊,随后说:"下次一定在一起吃饭。"他当然记得,那人的脸突然变得通红,下巴颏最红。婴儿的脚后跟被冻伤了。

如果故事就此结束,也挺好。

但这个故事却向后延伸了十年,一百年,一千年。

有一天,他偶然发现了那家伙发给乔姗姗的一条短信。乔姗姗在洗澡,放在外面的手机突然响了一下,一条短信蹦上了桌面。

一首英文诗！哦，姗姗，你的英语已经好到这种程度了，已经可以收看英语短信了。我为你自豪啊。

他怀着愉快的心情读了下去：

> Waiting for you desperately, wanna fucking you ceaselessly.
> The later Shanshan comes, the more it aches.

第三句中的"Shanshan comes"有点陌生。哦，他很快迷瞪过来了，原来那是中英文结合，指的是"姗姗来迟"。原来这是一首用英语写成的打油诗：

> 等你等得要命，直想干个不停。切莫姗姗来迟，它已硬得发疼。

中西合璧，雅俗共赏，粗俗不堪，令人难忘。还他妈的朗朗上口呢！一些回忆，一些细节，一些声音，逆流而上。很多年前的煤球，在记忆深处纷纷掉落，滚得到处都是，并且到处乱窜，就像黑夜中的老鼠。那老鼠啮噬着他的心。

他装作什么也没有发生，把手机放回了原处。

他到客卫洗了把脸。

因为没有擦脸，所以镜子中的他满脸水珠，一头青筋。

过了一会，乔姗姗从主卫出来了。她的头发还没有干透，就急匆匆出去了。他站在窗边，远远地看见她在雪地里把车倒出了车位，开远了。那天晚上，她回来以后，气氛就有点不对了。她洗澡用了很长时间。上床之后，她说："有点凉啊。"他理应把她抱在胸前，可他做不出来。她把睡衣的衣领一直拉到鼻尖，仰卧着，一动不动。一种怪异的气氛在卧室里徘徊，无孔不入。

不久，他竟然又在一个饭局上遇到了那家伙。那家伙向朋友们介绍说他们早年在一个大杂院里住过，还说院子里有一株皂荚树，皂荚可是个好东西，纯天然的洗涤用品。他立即听到了皂荚互相撞击的声音，觉得那是对自己的最大嘲讽。那家伙还装模作样地向他打听,"乔老师"后来是否出国了,在哪里高就?虽然饭桌上都是熟人,但那家伙还是给所有人递上了名片,上面显示他已经是个长江学者了。当别人恭维他的时候,他却又显得不以为然,说:"不就是每年多了几十万元吗?在有钱人眼里,这算狗屁!It's bullshit!"他忍不住调侃了一句:"虽然英语里的 bullshit 可以翻译成'狗屁',但在你这里,它应该回到它的原初语义,也就是牛屎。你真够牛的。"

我生气了吗?没有。我不生气。他妈的,我确实不生气。其实那家伙做乔姗姗的情人也不错。据说女人长期不做爱,对子宫不好,对卵巢不好,对乳腺不好。我是不是应该感谢他?感谢他在百忙中对乔姗姗行使了妇科大夫的职能?唉,其实我还有些遗憾。如果他确实爱乔姗姗,我倒愿意玉成此事。但从那个打油诗上看,他们只是胡闹罢了。他问自己:如果对方发来"求之不得,寤寐思服"一类的诗句,我会主动把乔姗姗送上门吗?

几天之后,他和乔姗姗与芸娘夫妇一起吃饭。吃饭的时候,乔姗姗接了一个电话。放下电话,乔姗姗坐到了他的身边,故作惊讶地问他:"你知道吧,我们有一个老朋友当上长江学者了。哦,原来你知道啊。是你把我的电话给他的吧?"说得就跟真的一样。对乔姗姗的谎言,他只能报之以微笑。他还在姗姗的腿上拍了拍,好像是向她表示道歉。芸娘看到了这一幕,很替他们高兴,对自己的丈夫说:"看到了吧,应物和姗姗吵归吵,闹归闹,但还是很相爱的。"芸娘的丈夫说:"是啊,有一阵,你们可把我们吓坏了,真担心你们离婚。"哦,芸娘,让你们担心了。你们不必担心。我不愿离婚。娶了乔姗姗,我已经够倒霉了。如果我离了婚,乔姗姗嫁给谁,谁就会跟着倒霉,那不是害人吗?打碎了牙往肚里咽,是我的看家本领,是我的拿手好戏。但他还是再次回忆起了那个下雪的午后。他想起自己当初曾惊叹于他们的能干。

在回忆中,惊叹变成了叹息,而叹息呼出的热雾蒙上了镜片。

有一天，当他从别人那里知道，那位长江学者患上了糖尿病，腰上别着胰岛素泵，每天不打上几针就无法工作，我们的应物兄竟然为他的身体担忧起来。

应物兄觉得，自己已经没有一丝怨恨了。没错，他毁了我的婚姻、我的生活，但如果换个角度思考，这其实没什么。哦，被骗总比自己去骗别人要好一些。被骗不需要承担道德重负。如果我骗了别人，那道德重负会把我压垮的。

没错，他就是这么说服自己的。

从那之后，他再也没有想过此事。

直到那一天在近现代历史研究所，听到汪居常提到铁槛胡同，听到汪居常认定程家大院就在皂荚庙附近，就在铁槛胡同附近。一想到自己以后每天都要经过铁槛胡同，他就不得不考虑，那些记忆是否还会不时地沉渣泛起，自己是否有能力抵御住它一次又一次的侵蚀。

所以，他独自来到铁槛胡同，与其说是想提前调查一下程家大院到底在哪，不如说他是想测试一下，自己是否有能力战胜那些不堪的记忆。还好，当他走入铁槛胡同，重新站到那株皂荚树下的时候，他虽然觉得心里一阵发慌，但总的来说，他并没有感到太多的不适。他发现，自己甚至还有心情去想象落在皂荚树下的那些豆荚，想象里面的豆子像瞳仁一样乌黑发亮，就像涂了油，涂了漆。

他只是对自己说，只要不是自己住过的那个院子就好。

如果真的是那个院子，那也没什么。

这只能说明，我和程先生真的有缘。

现在，胡同里的行人骤然增多了。他们也都在往胡同深处走着，有的慢，很慢，就像在原地踏步。有的快，很快，就像在与他的车赛跑。他们的嘴型和表情说明，他们边走边讨论着什么问题。厚厚的车窗隔绝了他们的声音，所以那些嘴巴都是在无声地嚅动，闭合。他们是在无声地走，就像在他的梦中奔走。突然，有一辆消防车在他后面叫着,而在他的前面,则有一个消防员指着他的车怒吼。他赶紧挨墙靠边把车停了下来。那辆消防车从他旁边疾驶而过,又迅速停了下来。戴着头盔的消防员从车上跳下,消防水管被拖了下来。它们就像蟒蛇蜕掉的皮,那蛇皮转眼间就鼓胀起来,似乎恢复了它的肉身。接缝处向外喷着水柱,水柱一会儿直着,一会儿斜着,一会儿歪倒在地。

一股刺鼻的焦煳味,通过自动换风系统进入了车内。

原来有个院子出现了火情。

突然,一声沉闷的巨响,那些蟒蛇也被震得来回翻身。

他现在知道了,那些与车赛跑的人,其实是来看热闹的。不过,此时他们倒不急了,只见他们一个个勾着头,捂着耳朵,并且蹦跳着躲避那些突然胡乱喷射的水柱。躲避本身似乎给他们带来了乐趣,所以他们每个人脸上都带着笑。从胡同的另一头,又开过来几辆消防车。

他又看到了那个摄影师。

摄影师的样子相当狼狈,是被一个小伙子揪着衣领从人群中拽出来的。小伙子二十啷当岁,看起来眉清目秀的,像个大学生。小伙子摘掉摄影师的墨镜,用眼镜腿敲着摄影师的额头,说着什么。他突然发现,那个摄影师格外面熟?难道是当年住在同一个院子里的人?他摇下玻璃窗,想看个究竟。

他差点惊呼起来。竟然是吴镇。

吴镇留起了胡子,是那种小山羊胡,一下子还真不好认。

吴镇兄怎么会出现在这里?

小伙子已经开始训话了,训话的时候依然笑着,依然用那个墨镜腿一次次地撩拨着吴镇。或许只是嬉闹。他对自己说。他看到警察其实就站在旁边,聊着天,嗑着瓜子。警察很文明的,瓜子皮没有乱吐,都吐到了自己的掌心。

但随后画风突变。小伙子竟然去夺吴镇的相机。吴镇呢,则是抱着相机，突然蹲了下去。这就不是嬉闹了。小伙子朝着吴镇的屁股来了一脚。吴镇被踢的是屁股，双手抱着的却是自己的头。就在他推开车门准备下去的时候，一个女人跑了过来。哦，是陈董的小姨子。

由于有陈董小姨子的帮忙，吴镇得以在挨踢的间隙站起身来。他发现，吴镇的脸色很不均匀，前额是黄的，像涂了枇杷。小伙子扯住吴镇的西装，向后一绕，然后猛地一拽，竟然把吴镇的西装扯了下来，搭到了自己肩上。再一扯，吴镇就只能光着半个膀子，站在围观的众人面前了，吴镇的肩膀那么厚，那么白，像挂在肉钩上的带皮肥肉。

这时候，又有一个人赶到了。

那个人显然是来保护吴镇的。怪了，此人竟是铁梳子的司机。吴镇和铁梳子的司机怎么会认识呢？据他所知，铁梳子的司机当过兵，会拳脚功夫的，用铁梳子的话说，是"练家子"。但他来了之后，并没有动手，更没有动脚，只是挡在了小伙子和吴镇之间，脸上始终挂着笑，一副息事宁人的架势。

小伙子似乎还是给人面子的，这不，向后退了几步，扭头走了。

哦不，那小子只是为了从墙头扒下砖头！两个半截砖头在手，小伙子就气壮如牛地拐了回来，并且把两截砖头扔了出去。好在他并没有直接扔向吴镇，只是扔向了空中。原来是要玩手抛球游戏，扔出去，再接住，再扔出去。事实上，那比手抛球难度更大，因为那半截砖头不够规则，运行轨迹不易掌握，而且对腕力有较高的要求。那一刻，连吴镇都被小伙子搞糊涂了，目光随着砖头的升降而移动。而随着砖头一次次升空，小伙子也一步步向吴镇逼近。其中一次，砖头摇晃着飘到了吴镇脑袋的上空，吴镇、陈董的小姨子以及铁梳子的司机，纷纷躲开。

应物兄想到一个词：游于艺。

但是他很快就觉得，这个联想有点不伦不类。

此时，围观者正纷纷鼓掌。邓林曾把掌声形容为浪花，时间长河中的浪花。此时的浪花，无疑是污泥浊水中的浪花，是黑色的浪花，充满恶意。也有人喊道："行了！差不多就行了。"这声音如此微弱，又因为微弱而弥足珍贵。就在他感受到这善意的同时，那两截砖头在飘向吴镇的途中相遇了。它们互相撞击，撞出了颗粒、碎屑、粉尘，然后它们落到了吴镇脚下，翻个身，不动了。他觉得，小伙子好像也担心砸到吴镇，这会也松了一口气！哦，这当然是应物兄自己的感受。也就是说，即便是在这个小伙子身上，我们的应物兄也能够感受到一丝善意。

当他看到小伙子把搭在肩膀上的西装取下的时候，他以为小伙子是要把它还给吴镇。吴镇显然也是这么想的，伸手去接。小伙子说："一个大老板，当着大姑娘、小媳妇，随便脱衣服，这可不好。"

吴镇觍颜而笑，说："朋友，我不是大老板。"

小伙子说："你就是大老板，你们全家都是大老板。"

围观者又是一阵大笑。吴镇抖了抖衣服，开始穿了，但穿得很慢，好像穿得快了反倒有些丢面子。还摸了几次胡子，好像穿衣服跟胡子也有关系。人群慢慢散开了。从车内看出去，他发现有一个老人，似乎有点面熟，想必是自己多年前的邻居。哦，对，他就是那个开旧书店的人。当年，还很年轻，现在已是满头白发，怀里却抱着一个孩子。是孙子吧？

咚——

那声音就像源自梦境的最深处，并迅疾来到梦境与现实的交界地带，使他的整个身体都剧烈地摇晃起来。转眼间，他又像漂浮于冰块之上，而冰块正在开裂，嘎吱嘎吱。正在碎裂，哗啦哗啦。那声音竟然带来了风，使他的后背、后脑勺发凉。一阵迷糊之后，他本能地向后看去。"哦。"他听见自己短促的惊呼。原来车的后玻璃正在分解，分解得越来越快，分解成刀子、匕首、牙签，然后又分解成龙鳞、鱼鳞的形状。显然是有人趁乱砸了一砖头。砖头怎么会流血呢？

鱼鳞被染红了。

砸向玻璃的，其实不是砖头，而是一只猫，一只黑猫。

当他下车的时候，那只黑猫的一条腿还卡在雨刷器和碎掉的玻璃之间。它没有死透，尾巴还在抖动。浑圆的脑袋，现在塌掉了一角，血就是从那个塌掉的地方涌出来的。血腥气很浓，似乎有点酸奶的味道。一根白色的骨头，反向地从后脑勺伸出来，从黑乎乎的皮毛中伸出来，骨头顶端是弯的，像鱼钩，钩着一块肉。肉色浅淡，像野桃花。

看客们已经散开了，胡同里顿时空空荡荡。吴镇们也不见了。这千年的胡同顿时安静下来，就像什么也没有发生过。墙头依然有猫在散步，它一弓腰，上房了。微风过处，皂荚树哗哗作响。有如蟒蛇般的水管，现在又变成了蛇皮的形状。但它在动，出溜出溜的，似乎虽死犹生。它想重新回到消防车上去。在那里，有几个消防队员一边盘着蛇皮，一边和警察聊天。

"应院长，你没挂彩吧？"

说这话的竟是济大附属医院的前院长窦思齐。

窦院长是葛道宏校长的老朋友，两个人都是戏迷。窦院长年龄并不大，反正还不到退休年龄，去年主动辞职了，对外的说法是，医学是一门经验学科，自己想早点退下来，集中时间和精力，将平生所学写成一本书，传于后人。但费鸣说过，窦院长其实是栽了，栽到垃圾堆里了：医疗废物处理利润惊人，脑外科、内科、儿科三个科室的利润加起来，也没有"垃圾"挣得多，窦思齐竟敢让儿媳来承包此事。纪检部门找窦思齐谈话时，窦思齐竟然说，别的医院也都是这么干的嘛。这就不是见贤思齐了，是见不贤而思齐了。后来竟然又查出窦思齐与几名女医生和护士有染。据说，他其实就是被她们中的某个人给告的。为了让他免受处分，葛校长嘴皮子都磨薄了,劝他"封金挂印",出去躲躲风头。

他以为窦思齐还在国外呢。

在应物兄的记忆中,他与窦思齐相识还与乔姗姗有关。乔姗姗跟着郏象愚跑掉之后,师母病了,不久就死去了,然后乔木先生也病了。乔木先生当时的主治医生就是窦思齐。起初,窦思齐对乔木先生的态度,也就是人们常说的职业态度:你问他三句话,他能回答一句就不错了;你笑脸相迎,他还你的是一个冷屁股;你急得要命,他却是慢条斯理。有一天,乔木先生就问窦思齐:"窦大夫,你知道窦大夫吗?你跟窦大夫相比,可是大不相同啊。"这句话把窦思齐给搞傻了。当然,窦思齐不认为是自己傻,而认为乔木先生脑子出毛病了,需要转到脑外科了,当场就写了转科证明。他只好把窦思齐拉到一边,耐心地解释了一番。乔木先生那是夸你呢。春秋末期有个晋国大夫,名叫窦鸣犊,孔子都很敬仰的。这个人后来被冤杀了,孔子都替他打抱不平,亲自作曲纪念他。[①] 他问窦思齐,你喜欢听戏,那你肯定知道唐太宗李世民的母亲太穆皇后?有一出戏叫《望儿楼》,说的就是窦太真如何思念带兵出征的李世民的。这个窦皇后,就是窦大夫的第三十二世孙。有一天,他来到病房的时候,被眼前的一幕惊住了:窦思齐正陪着乔木先生,听京剧唱片《望儿楼》呢:

> 听谯楼打罢了初更时分,深宫院来了我窦氏太真。宫娥女掌银灯望儿楼来上,我这里推纱窗盼儿还乡……听谯楼打罢了二更鼓响,也不知我的儿何处交兵……谯楼上三更响娘把儿盼望,忍不住泪珠儿湿透衣巾。耳边厢又听得朝靴底响,想必是我皇儿转回朝堂……

---

① 《史记·孔子世家》:"孔子既不得用于卫,将西见赵简子。至于河而闻窦鸣犊、舜华之死也,临河而叹曰:'美哉水,洋洋乎!丘之不济此,命也夫!'子贡趋而进曰:'敢问何谓也?'孔子曰:'窦鸣犊、舜华,晋国之贤大夫也。赵简子未得志之时,须此两人而后从政。及其已得志,杀之乃从政……夫鸟兽之于不义也,尚知辟之,而况乎丘哉!'乃还息乎陬乡,作为《陬操》以哀之。"

　　乔木面色愀然,那当然是在挂念独生女儿乔姗姗。有意思的是窦思齐,这哥们站在窗边,已经入戏了,流着泪,迎着风,也迎着朝阳。可以想象,乔木先生对窦思齐的感觉一下子就变了,甚至原谅了窦思齐以前的怠慢:急惊风偏遇慢郎中嘛,自古亦然。多年之后,窦思齐已经贵为院长了,还喜欢别人叫他窦大夫。逢年过节,还要打电话向乔木先生问安。乔木先生家里那个泡着巨蜥的酒坛子,就是窦思齐派人送来的。当然,窦思齐不仅给乔木先生送了,也给麦荞先生送了。

　　现在,猛回头看到窦思齐,应物兄不由得吃了一惊。有句话他差点吐出:"从国外回来了?"之所以又咽了回去,是因为他突然想到,这有点哪壶不开提哪壶的嫌疑。所以他最后是这么说的:"窦大夫还亲自出诊?"

　　"出个屁诊。"窦思齐说,"辞了,退了,现在只是窦大夫。"

　　"对了,听葛校长说,您退休后要写一本书。"

　　"慢慢写吧。车砸了?砸就砸了。应院长早该换辆新车了。"

　　"窦大夫,我不是院长。"

　　"您怎么不是院长呢,太和研究院院长嘛。"

　　"您说的是这个啊。我只是副院长。嗨,这还是第一次听人叫应院长。"

　　"谁敢说副院长不是院长?应院长正好换个车了。您总得跟吴院长的车一样吧。吴院长已经开上了宝马,您也必须是宝马啊。从这个角度说,砸这么一下,其实是好事。不然,您也不好意思换车啊。现在这么一砸,换车也就名正言顺了。"

　　"窦大夫给我换?"

　　"你换我也换。谁让咱们是一伙的?"

　　他确实没有听懂窦大夫的话。他奇怪地想到了医生的处方:他们的笔迹,药房的人居然能看明白。有时候真担心拿错药。我跟你怎么是一伙的呢?虽然古时候医儒不分家,但时代不同了,现在没有人会把医生看成儒学家。难道窦思齐是要告诉我——这么想着，他的话已经出口了："窦大夫现在也研究起了儒学？好啊，我们是同行了。"

"今人的事，我还忙不过来呢，哪有功夫忙古人的事。"

"窦大夫，那您是说——"

"我本想坐下来著书立说，但铁总找上了门，非要我给她做个健康顾问。盛情难却啊。道宏也劝我答应下来。人嘛，都讲究个面子。子贡有私人医生，铁总当然也得有一个。咱们这边，叫私人医生有点太高调了，那就叫健康顾问吧。"

"子贡？你是说黄兴先生？"

"不是他又是谁？他不是你的老朋友嘛。刚才我还跟他说来着，我与应物兄也是几十年的老朋友了。我说，我代表应物兄敬你一杯茶。子贡与铁总，刚才就在皂荚庙喝茶。你的另一个老朋友也在，陈董嘛。你看好了，下次陈董来，也会带上一个健康顾问的。其实我已经暗示他，没必要带。我在这嘛。再说了，像我这么合适的，还真不好找。"

这么说，吴镇就是陪陈董来的。铁梳子认识黄兴，我是知道的。陈董怎么也认识黄兴呢？

"他们在皂荚庙喝茶？"

"喝茶从来不是喝茶。朋友喝茶，那是要谈事。做生意的喝茶，那是要谈合作。如果纪委请你喝茶，那麻烦就大了。他们当然谈的是合作。你肯定知道的，这片胡同区的改造工程，已被桃都山（集团）拿下了。道宏说，你们太和研究院就要建在这里。太和研究院不是你负责的吗？所以，桃都山集团与太和研究院，现在是一个战壕里的。你说，咱们是不是一伙的？"

"你是说，陈董也与此事有关？"

"陈董嘛，裤衩大王嘛。他的广告上说，最原始的裤衩就是夏娃捡起的那片树叶，最先进的裤衩就是他的漆皮。他每次来济州，总要请铁总吃饭的。你肯定知道的,他的前妻就是我们济州人,他的大儿子就在桃都山上班,以前是负责养猪的。他们这次见面,谈起胡同区的改造工程,一拍即合,决定强强联合,共同投资开发这片胡同。按省政府和市政府的要求,半年之内必须完成基建工作。几年前,济州申办过一次城运会,当时排名第三。这次,济州是势在必得。现在,除了北京,这种有规模的胡同不多了,是济州的一个亮点。所以,过不了半年,此处就将旧貌换新颜。嗨,说是新颜,其实是旧貌,因为要恢复成原来的样子,所谓整旧如旧,一律是老式的四合院。路名也要重新改过来,铁槛胡同还叫铁槛胡同,但皂荚庙旁边的健康路,将重新改叫仁德路。"

"你是说,现在已经认定,健康路就是原来的仁德路?"

"不是我说的,是一批专家学者研究出来的。要改造的地方,当然不只是铁槛胡同和仁德路。仁德路西边三百米,就是原来的济河古道。老人们还记得,'大跃进'时期还有水,河里养着鸭子。后来填掉了。古道上的拆迁工作已经结束了,河道已经挖好,土方堆成了一座小山。名字嘛,就叫共济山。"

共济山?程先生从来没有提到过这个名字。

"原来那里就有座小山?"

"原来就是个土堆,乱石堆,防洪用的,没有名字。子贡说了,这个名字好。你的朋友吴镇也说了,太好了。同舟共济,直挂云帆济沧海,济世先生、济河,全都在里面了。不瞒你说,我也觉得好。医生嘛,讲的就是悬壶济世。释延长也说了,这个名字好。他说,出家学佛,就是为了修福德智慧,济度众生。宗仁府教授你肯定认识的,研究《圣经》的权威,他也喜欢这个名字。他说,美国历届总统就职典礼上手按的《圣经》,就是圣约翰共济会珍藏的《圣经》。重要的是,道宏也觉得这个名字好。前天晚上,在桃都山吃饭,道宏几杯酒下肚,一时兴起,还唱了一段《白蛇传》。他唱许仙,我唱白素贞。"说着,窦思齐竟有板有眼地哼了起来,而且一人哼了许仙和白素贞两角：

> （许唱）同舟共济理该应，何足挂齿记在心。（白唱）古道
> 有缘千里会，能得相见三生幸。（许唱）若不嫌弃请畅饮，如此
> 厚待我愧领。

哼完，窦思齐说："最重要的是，栾庭玉也喜欢这个名字。他
说，什么都别说了，和衷共济，振兴儒学，就叫共济山了，就这么定
了。"

"这么多事，这么大的工程，我怎么不知道？"

"还不是因为大家都很心疼你，不愿打扰你，好让你腾出时间，
多做学问。"

"照您这么说，太和研究院很快就建成了？"

"宜早不宜迟。越拖越被动，越拖成本越大。你都看到了，当
地居民们反应很强烈，三天两头闹事。桃都山集团在此驻扎了个
办事处，戒备森严的，安了监控系统的，猫进去都会响起警报的，可
是不知道谁把它毁掉了。怎么毁的，不知道。那些人又隔窗丢进
了一个雷管，还刚好丢到铁桶里。你也看到了，他们认出了吴院
长，差点把他给扒光了。反了反了。当然，辩证地看，他们也闹得
有理。老板们拔根毫毛都比我们腰粗，指头缝漏一点就够我们花
一辈子了，不跟他们闹，跟谁闹？也确实是这么个道理。"

吴院长？窦思齐说的应该是吴镇。

看来吴镇升官了。

他就问："吴院长挨打是怎么回事？"

窦思齐笑了："他？初来乍到，不知道济州人的脾气。看热闹
就好好地看热闹，不要瞎掺和。他呢，一时管不住自己的嘴，冒出
一句：有本事跟官府闹去啊，地是官府征的，开发商已经把钱上缴
官府了。话音没落，头上就挨了生鸡蛋。他的运气还是比较好的，
现场还发现几个煮熟的咸鸭蛋。那玩意儿跟手雷似的。"

吴镇脸上的那些黄色东西，原来是蛋黄啊。

"居民们以为，老板肯定赚大发了。其实赚不到几个。至少铁总是不可能赚的。原来或许还能稍挣一点，现在不行了。她得把最好的地皮献给济大，献给太和研究院。她还得往里面贴钱呢。"

"反正她有的是钱。"

"有钱是有钱，但也不能全用到这啊。所以，铁总必须与陈董合作。铁总和陈董，决定共同组建一个投资公司，负责这个项目。公司的名字也叫太和。"

"太和？投资？公司？"

"其实是三家。还有子贡嘛。子贡是专款专用，全投到太和研究院。吴镇说，这叫三家归晋。你的弟子卡尔文，如今是铁总的副手，他有一句话，把大家都逗笑了。他说，中国有一句话，说的是友谊，也是亲情，最具有儒家精神，用到这里是最合适了：四海之内皆兄弟，全都尿到一个壶里。"

"窦大夫，麻烦你陪我去一趟皂荚庙？"

"想当面感谢他们？算了，我们都是一伙的，别客气。"

"不不不，我还是去一趟为好。"

"改天吧。雷管一响，他们就撤了。"

"那您怎么没撤？"

这话不该问的。他能够感觉到这话带有挑衅意味。每吐出一个字，那挑衅意味就增加一分。这与我的本性不符，但我却抑制不住。只是为了缓和那种意味，他勉强地挤出了笑容。由于担心那笑容被窦思齐理解为嘲笑，所以他又及时地敛去了笑意。他听见窦思齐说："天职嘛，救死扶伤嘛。我还不是担心应物兄、吴镇兄有什么三长两短？对于太和来说，你们两个缺一不可啊。"

这话他又听不懂了。

他追问了一句："你是说，吴镇，吴院长，要来太和？"

窦思齐神秘地笑了一下。虽然周围没有人，窦思齐的声音还是压得很低："你跟吴院长没矛盾吧？你看着吴院长挨打，却没有下车,我就想,这两个人是不是有什么矛盾?我们是老朋友,你听我一句劝。有矛盾,就趁早化解。吴镇本人姿态是比较高的,多次向葛道宏表示,他跟你是很好的朋友,而且说,他之所以认识程先生,还是你牵的线。你听我一句劝,不妨主动一点。"

他吃了一惊:"你是说,吴镇要来太和当院长?"

窦思齐说:"应院长,你是真不知道,还是装作不知道?我们是老朋友了,你用不着在我面前装啊。"

虽然车屁股后面有血,但他还是靠了上去。他点上一支烟,说:"我们没有矛盾。他认识程先生,确实是我介绍的。不过,从来没有人告诉过我,他要调到济大来,要来太和研究院。"

"别担心。"窦思齐说,"别愁眉苦脸的。我给你吃个定心丸。道宏说了,你是常务副院长,他只是个副院长。说白了,他是替你跑腿的。打个比方,我虽然不是中医,但只要是我开的方子,历来跟中药方子一样,都讲究个君臣佐使①。你是君,他是臣。你看,你又不好意思了。你是不是想说,程先生才是君?好吧,如果程先生是君,你是臣,那么吴院长就是佐使。主动权在你手里。我原来的那个副院长,就是因为没有摆正位置,被我给一脚踢开了。"

71. 你

你是不是后悔把吴镇引荐给程先生?

在去见董松龄的路上,这个问题就像一只鸟,栖落在我们应物兄的肩头。哦不,应该说是栖落在他的脑门上,使他脑袋发沉。那只鸟还不时地啄一下他的脑门,使他感到一阵又一阵尖锐的疼痛。

脱衣舞事件之后,又过了三个月,应物兄陪同程先生前往德国

---

① 君臣佐使,方剂学术语,见《神农本草经》:"上药一百二十种为君,主养命;中药一百二十种为臣,主养性;下药一百二十种为佐使,主治病。用药须合君臣佐使。"

杜塞尔多夫，参加国际耶儒对话会议。在波士顿机场，他看到了办理登机手续的吴镇。他还以为吴镇要回国探亲呢，没想到吴镇要去的也是杜塞尔多夫，而且参加的也是这个会议。他后来知道，吴镇是从网上知道这个消息的，然后主动与会议主办方联系，拿到了参会名额。他们坐的不是同一个航班。柏林大学要授予程先生荣誉博士，所以他得先陪着程先生飞往柏林。吴镇则是要先飞到法兰克福，然后转机去杜塞尔多夫。当应物兄和程先生从柏林再赶到杜塞尔多夫的时候，先行到达的各国学者正在举行冷餐会。吴镇已经到了。用茶点的时候，吴镇会主动帮助上了年纪的人端盘子。一个日本学者把眼镜弄碎了，吴镇竟然变戏法似的从身上掏出来一副眼镜，而且正是对方需要的老花镜。

开会的地点位于杜塞尔多夫郊外，那里原是基督教会所，"二战"后成为一个学术团体管理的会议中心，就像个小小的度假村，安静得能听见自己的耳鸣。院外有一条河，河面上漂满松针，松针上栖落着鸟儿。有一种鸟，它的叫声就像有人往空瓶子里吹气。你甚至能听见换气的声音。早上他陪程先生在河边散步，看到地上有鸟的骸骨。有一排骸骨陈列在倒伏的树杈上，就像梳子，那应该是一只鸟的翅骨。它们从层层的羽毛上袒露出来，从肉身中袒露出来，精致，光滑，干净，轻盈，赛过所有女人的纤纤玉指。

程先生认为，那是寒鸦的骸骨。

寒鸦的骨头怎么会是白色的呢？他虽然没见过寒鸦的骨头，但他见过乌鸦和乌鸡的骨头，呈炭灰色。当然，他并没有提出异议。程先生说自己翻了会议上的一些论文，觉得不太满意。究竟怎么不满意，程先生没说。"有一个研究东正教的，论文中有一句话，倒是有点意思。当然也是大白话。他写道，过去与现在是由前呼后应的事件联缀到一起的，如铁链子一般，敲敲这头，那头就会响。耶稣和孔孟都知道我们在敲链子。两千多年过去了，他们也一直在敲链子。"

"敲吧，"程先生说，"他敲我听。我敲他听。"

有个志愿者跑过来对程先生说，会议主席之一，巴黎高师的一位神学教授在门口等着呢。程先生说："让他等着吧。"志愿者操着生硬的汉语，说："他要等，等到下雪。"哪有雪啊？正是初夏季节。应物兄随后明白过来了，神学教授是为了表示谦卑，说自己这是"程门立雪"。

程先生的不高兴是有理由的。

会议本来是耶儒对话，到了会上，才发现其中的一个议题是关于"混沌"的。也就是关于东西"混沌说"比较。而儒家是不谈"混沌"的，道家才谈"混沌"。当程先生向那个神学教授指出这一点的时候，神学教授竟然说，你们儒学讲的"天人合一"不就是"混沌"吗？这句话惹得程先生不高兴了。"天人合一"，前提是有"天"，有"人"。而"混沌"呢，所谓"混沌如鸡子"，"天"和"地"还没有分开呢，"人"还没影呢，哪里来的"天人合一"？

"也不是不能讲。宋明理学就受到'混沌说'的影响。但我不能惯他们这个毛病。"程先生说。

他就是在这个时候看见吴镇的。吴镇脖子上挂着相机，正在为别人照相。当吴镇指挥人家摆好姿势，转过身往回走的时候，看见了他和程先生。吴镇显然想过来的，但没敢过来，像是怕打扰他和程先生。这时候，那个神学教授自己来了，默默地站在那里，看着程先生。

程先生心软了，跟那个人一起回去了。

后来，他就和吴镇沿着河岸散步。树木斜躺在水中，笔直的树干在水中折弯了。而更多的树倒映在河面，树梢朝下，向河底生长。一群群鱼在云朵中穿行。

那天，他们首先谈的是郑树森。

"郑树森到日本开会去了，照片贴在他的博客上。"吴镇说。

"鲁迅在日本影响很大，听说每年都有关于鲁迅的会。"

"但他开的不是鲁迅的会，而是周作人的会。他以前是很讨厌周作人的，说周作人失了大节。对那些失了大节的人，躲得越远越好。这是他的原话。但为了开会，这次他专门写了一篇文章赞美周作人。他还在会上展示了一张照片，是抗战胜利后，周作人被押赴法庭的照片。他说，周作人完全是一副置之度外的样子，穿着干干净净的长衫，镇定自若，完全是不买账，无所谓，又清苦，又慈悲，总之非常酷。又说鲁迅属蛇，会钻洞子，遇到风吹草动就跑到租界里。而周作人属鸡，公鸡打鸣，很负责任。属鸡的人多了，墨子、孟子都属鸡，千古名妓李师师也属鸡，本·拉登也属鸡。我们陈董也属鸡。陈董崇拜的胡雪岩也是属鸡的。世界上十二分之一的人都属鸡。这能说明什么问题呢？当然了，我不能说他的话有错。问题是周作人本来就属鸡，你以前怎么不说？再说了，你可以研究周作人，我为什么不能研究李贽？当年我去研究李贽的时候，他是怎么说的？他挖苦我背叛了鲁迅。他说，李贽是大魔头。我就喜欢这个李魔头，怎么了？"

哦，如果吴镇来到了济大，那么他的对手不是我，首先是郑树森。

他记得，吴镇当时越说越生气。他懒得打听他们之间发生了什么。反正在这次谈话中，他知道了吴镇的儒学研究了。还真是有迹可寻哩。吴镇以前除了研究鲁迅，还研究《水浒传》而宋史而鬼，前者是他的专业，后者是他的爱好。现在说是研究儒学，其实吴镇主要研究的是明代思想家李贽与儒学的关系。吴镇说，这是在研究鲁迅的过程中"顺藤摸瓜"摸出来的。有一个现象让吴镇感到很纳闷：《鲁迅全集》中提到的中外名著有一万多部，涉及的有名有姓的历史人物就有五千多个，对于其中的一百多位中国古代名人，鲁迅或赞美或批判或讽刺或痛骂，但对于李贽，鲁迅却未置一词。对鲁迅来说，李贽好像就是一个屁。

"李魔头不是屁。"吴镇说。

按吴镇的分析,李贽和鲁迅都是反孔的,本该是一个战壕里的人,鲁迅本该将李贽引为知己的。于是他就开始研究鲁迅与李贽的关系:"我倒要看看,为啥鲁迅要将李贽当成一个屁?换个角度考虑,倘若鲁迅出生在前,李贽出生在后,李贽会不会将鲁迅也当成一只屁?"这个问题花费了他很长时间,最后也没有弄出一个答案。再后来,他就把鲁迅放下了,专心于研究李贽与儒学的关系。因为李贽是崇尚侠客的,吴镇就由此延伸开去,开始研究儒与侠的关系问题。

"搞儒学,我是新手。你一定要帮我。"

"我也是新手。在这个时代,任何一个从事儒学研究的人,只要他处理的是儒学与现实的关系,他都是新手。"

"程先生就是老手,"吴镇说,"我看他任何问题都谈得头头是道。"

"但他本人或许会认为,自己也是新手。"

"我正在拜读程先生的著作,还做了很多笔记。"

应物兄到吴镇的房间里坐了一会。吴镇喜欢喝茶,把喝功夫茶的一套家伙全带来了:除了茶壶、茶杯,黑不溜秋的日本铁壶,还有一杆秤。泡多少茶都听那杆秤的。吴镇声称,茶与水的比例应该保持在一比四十左右,从第二泡开始要么水量递减,要么泡茶时间递增。如此讲究的一个人,却喜欢啃指甲,好像那指甲就是茶点。他们喝的是陈年的普洱,茶饼看上去像墩布,喝起来有一股子霉味和灰尘的味道。但吴镇说,喝的就是那个霉味,这会给你带来一种幻觉,好像你喝的并不是茶,而是历史。

吴镇打开拉杆箱,从里面取出一套书,是程先生的书,都包上了塑料书皮。吴镇希望能得到程先生的签名。有英文版的,有中文繁体字版和简体字版的,还有一本是德文版的,那是主办方为了这次会议临时赶印出来的。

"兄弟看得够仔细的吧?"吴镇说。

确实够仔细的，很多地方都有折页，有的还写了眉批和旁批。比如，程先生提到，世人对李贽有误解，认为李贽只是一味地离经叛道，目中无人，谬矣！对王阳明，李贽就是真心地敬仰，全盘接受了王阳明的"良知说"：圣人之所以为圣人，就在于其真心和天性，亦即"良知"。吴镇不仅在这段话下面画了红线，还加了旁批：

英雄所见，不谋而合，岂止略同？

别的眉批，他现在一条也想不起来了。

看了这些批语，程先生会不会不高兴？这话他当然没说。这么说吧，应物兄主要担心的还不是这个。他是担心程先生会因此小看了国内的学者。他紧张地思考着如何找个借口把这事推掉。他倒是想出了几个借口。就在他比较着哪个借口合适的时候，他看到吴镇边啃指甲边深情地望着他。

他心软了。

他还记得程先生看到那些批语的反应。程先生说："这个人，读得挺细，不过好像没读懂。读不懂也不要紧。朽木不可雕，这话其实是一句气话。还是可雕的。雕不成祭祀的器皿，可以雕成文房四宝。实在朽得不成样子，雕不成文房四宝，还可以当柴烧。"

程先生问："这个人是你的朋友吗？"

他又能怎么说呢？他只能说："是啊，他读书还是挺多的。"

程先生又问："他以前是做什么的？"

他想了想，还是如实相告了："听说他以前是研究鲁迅的。"

程先生说："从研究鲁迅，到研究儒学，拐得有点陡了。你觉得，我应不应该见见他？"

他没想到程先生会对吴镇感兴趣。总不能说不见为好吧？那样好像显得自己很不够朋友。于是他就对程先生说："见见也好，给他打打气。"

程先生说："他的批语中说，他和我是英雄所见略同。好！胆大！有雄心！壮志凌云啊。我喜欢这样的人。"

后来，他把吴镇领到程先生面前就出来了。吴镇见过程先生后立即跑到他的房间，给他作了个揖："程先生说了，他从我的只言片语中看出了英雄的豪气。程先生的目光太准了。感谢你的引荐。程先生还说，让我向你学习呢。你可得帮我，不要让程先生失望。"

程先生第二天就离开杜塞尔多夫，去了波恩。柏林大学不是给程先生颁发了一个荣誉博士吗？波恩大学也要给一个。程先生说："两德统一了，早该和谐了，他们怎么还争啊。"对于那顶即将戴到头上的博士帽，程先生还有点发愁："带回去，放哪呢？"这倒合乎实情。程先生的荣誉博士帽已经泛滥成灾了，衣帽柜的雕花木门一旦打开，它们就像瀑布似的飞流直下。程先生之所以决定亲自走一趟，主要还是考虑到那帽子不只是给他本人的，还是颁给整个儒学界的。程先生走的时候对他说："不要跟别人讲我已离开，以免军心不稳。"程先生担心自己这一走，耶儒双方的力量对比就会失去平衡，自己人会吃亏。傍晚时候，程先生悄悄地离开了那个院子。但在离开那院子的时候，程先生又回过头来交代他："告诉那个小胖子，先读原典，再看我的书。"

他当然把这句话也告诉了吴镇。

为了不伤吴镇情面，他还临时充当了修正主义分子："程先生说了，你可以把原典与程先生的书结合起来看。"

会议结束的当天，吴镇无论如何要请他吃饭。他不愿去，因为他已经和老朋友蒯子朋约好一起吃饭的，蒯子朋还叫上了从内地来的两位学者。他们一个是北京人，在复旦大学任教；一个是上海人，来自清华大学。

吴镇说："多两双筷子嘛。全叫上。"

望海楼是杜塞尔多夫最有名的中餐馆，但做的菜却不敢恭维：看起来像中国菜，闻起来却像泰国菜，吃起来又变成了越南菜。蒯子朋来这里吃过饭，说这里老板和厨师其实都是菲律宾人。配送的小虾倒是不错,刚好可以下酒。那天他们喝的是蒯子朋从香港带过来的金门高粱,那原本是要献给程先生的。清华教授因为没能单独见到程先生而有些闷闷不乐。那位仁兄其实是个好人,原来是研究朱自清的,后来转向了儒学研究。越是好人越容易生闷气。那位仁兄无论如何不愿喝,声称自己酒精过敏。这让自告奋勇出任酒司令的吴镇很没有面子。吴镇说:"实话告诉你,我本来已经戒酒了,后来听了应物兄一席话,就又破了戒。所以,你也得破戒!"

那其实不是我说的,那是乔木先生的话。

有一段时间,他检查出了脂肪肝,谨遵医嘱不再喝酒,陪乔木先生喝酒的时候也只是浅尝辄止。乔木先生不高兴了,说,研究儒学的人怎么能不喝酒呢?孔子本人就很能喝嘛。文王饮酒千钟,孔子百觚。[①] 陶渊明说得好,悠悠迷所留,酒中有深味。不喝酒怎么能体会到那种深味呢?一天到晚满嘴酒气,打个哈欠就能熏死一片蚊子,当然不好。但是,要是从来没有喝醉过,从来都没有喝晕过,甚至连酒的味道都不知道,那就没啥意思了。

我确实向别人讲过这段话,是劝别人喝酒的,当时吴镇也在场。

不能不佩服吴镇的记性,他竟把这段话背了下来。

背完之后,吴镇给清华仁兄倒了酒,杯子往桌子上一放,"喝!"

清华仁兄说:"不好意思,我信佛。"

"信佛就可以不喝了?"吴镇一声断喝,"李贽都削发为僧了,还照喝不误呢!你比李魔头还牛吗?"这哪是酒司令啊,简直是侵华日军总司令。清华仁兄还要坚持,复旦仁兄劝解说:"册那,到什么山上唱什么歌吧。端起来吧。"

清华仁兄妥协了半步,说:"如果必须喝,那我只喝啤酒。"

吴镇说:"好! 但酒钱自付。"

————————

① 见《论衡·语增》。

那天,几杯酒下肚,吴镇就开始显摆他与程先生的关系。吴镇说,程先生问他在研究什么,他说他研究的是儒与侠的差异。程先生立即表示,这是个值得考虑的重大问题,并且提醒他,儒与侠其实是相通的。相通在哪?相通在"仁"。很多时候,儒与侠只是分工不同罢了。同朝为臣,文的叫儒,武的叫侠。同为武将,下马为儒,上马为侠。八十万禁军教头是儒,刀劈白衣秀士为侠。同为女人,大老婆为儒,姨太太为侠。大老婆死了,则姨太太为儒,通房大丫头为侠。程先生说了,三人行,必有一儒一侠。吴镇高声说道:"诚哉斯言!拨云见日啊。"

喝啤酒的清华仁兄问了一句:"你认为,程先生是儒还是侠?"

吴镇说:"先生是侠儒。处蛮夷之地,筚路蓝缕,传播中国儒学,非有侠之精神者,不可为也。"

那位仁兄又问:"程先生也认为自己是侠儒吗?"

吴镇说:"那你得问应物兄。"

他没有直接回答这个问题,只是透露了他和程先生的一次交谈。那次他们谈的是《史记》中的《游侠列传》。他告诉程先生,对于历史上那些儒家,他是尊重;而对于那些侠客,他则是崇敬。他认为《史记》中写得最好的就是《游侠列传》。风萧萧兮易水寒,生死聚散兮弹指间。士为知己者死,女为悦己者容。心是尧舜的心,血是聂政的血。吟到恩仇心事涌,江湖侠骨何处觅。他对程先生说,对于那些侠客,自己虽身不能至,但心向往之。

"程先生是怎么说的?"吴镇问。

"程先生说,大儒必有侠之精神,大侠必有儒之情怀。"

"都听见了吧?"吴镇说,"程先生肯定是侠儒嘛。我认为,程先生最亲密的朋友,应物兄也是侠儒。"

"我是程先生的弟子,子朋兄才是程先生的朋友,他们有几十年的交情了。"

这是必要的。任何时候,应物兄都不愿意看到朋友受到冷落。

他的补充起到了效果。蒯子朋的眼神中立即有了一种满足。

哦，如果来太和任职的是蒯子朋，那就太好了。

我宁愿给蒯子朋当副手，也不愿意做吴镇的上司。

清华仁兄起身买单去了。吴镇喊道："回来，给我回来。别跟我争。"随后又把侍应生叫过来，问，"最贵的菜是什么？德国的蹄髈不是最贵的吗？一人来一个。"侍应生说："这里不卖蹄髈，这是中餐馆。"吴镇抖着钱，说："到别的餐馆给我买几个，越快越好。"侍应生用笔把那钱挡回去了。吴镇于是对朋友们说："那好吧，待会我请朋友们乐呵乐呵。"侍应生后来给他们送了几个面包，模样类似于小船。侍应生用刀切割着小船，里面夹着芦苇叶、香肠，核心部分是土豆泥，土豆泥里又掺杂着紫米。侍应生说，今天是中国一个伟大诗人死亡的日子，餐馆特意为中国客人准备了这份礼品。哦，那份夹着芦苇叶和香肠的面包，原来既是龙舟，又是粽子。按照阳历，去年的端午节，就是这一天。但今年的端午节，换算成阳历，还差半个月呢。

吴镇的牙齿被狠狠地硌了一下。

原来那里面藏着钢镚。一定是去年在此用餐的中国人，把粽子里藏钢镚的风俗告诉他们的。吴镇把钢镚掏了出来，上面沾着血丝。蒯子朋也被硌了一下。

我没有被硌，是因为我用舌尖探雷，用门牙排雷。

钢镚上有鹰的浮雕。应物兄记得，他曾开玩笑地称之为座山雕。蒯子朋不知道什么叫座山雕。他正要解释，吴镇替他说了。吴镇的解释实在不伦不类："孔子门下有七十二贤人，座山雕门下有八大金刚。某种意义上，座山雕相当于九分之一的孔子。"

葛校长，你说，这样的人怎么做太和的副院长呢？

蒯子朋当时提到，他本来要向程先生汇报一件事，就是要在香港设立一个儒学研究奖，没想到程先生提前走了。吴镇立即问："奖金有着落了吗？这笔钱我来出怎么样？你报个数。"

蒯子朋说:"想掏钱的人很多。很多校董都可以掏钱的。"

吴镇立即向蒯子朋介绍了陈董,说:"谁也不可能比陈董掏得多。陈董准备把大部分钱都捐献出来的。"

蒯子朋问:"不给孩子留点?"

吴镇说:"昨天他还给我打电话,说儿子开车带着一个女孩子去北京,在保福寺桥下出了车祸,幸亏没有大碍。都是钱闹的。他说了,他对儿子的要求很简单:结婚,生子,结扎。这不孝之子不结扎是不行了,指不定还要闯什么祸呢,搞不好命都没了。"

蒯子朋又问:"我不信,他就这么一个儿子?"

吴镇说:"实不相瞒,确实不止一个。但他都安排好了。这方面,他跟别的老板不一样。陈董是个仁义的人。一般的老板,对女人那是什么态度啊?痛快完就走人!陈董不是这样。陈董把每个女人都照顾得很好。与女人见面,都是定时定量,雨露均沾。有时候还会三个人同榻共眠,两个女人还会互相化妆,其乐融融。这么说吧,如果对方是有夫之妇,陈董还会把对方的丈夫也照顾得很好。最近五年,有四个女人为陈董怀了孩子。打掉了三个,都赔了钱的。虽然打掉了,但月子还是要坐的。五年时间侍候四个月子,不容易。不是我小看你们,你们都做不到。"

蒯子朋说:"他到底能给多少钱?"

吴镇说:"陈董这个人很有意思。他可能会心疼几块钱,几十块钱,但几百万上千万的钱,他花起来却一点不心疼。因为那只是符号,是一串数字而已。他曾经也是个穷人嘛。几十块钱,和他曾经有过的真实体验有关,但几百万上千万,对他而言就是纸上谈兵了,多一点少一点都没关系。更何况,他也喜欢儒学。"

复旦仁兄说:"裤衩大王也喜欢儒学?"

吴镇说:"还不是我影响他的!他曾问过我,儒学研究有什么用?我对他说,这就好比你问月亮有什么用一样。没有月亮,地球照样转。但你不能说月亮没用。陈董年轻时候喜欢写诗,马雅可夫斯基的楼梯诗。我跟他说，儒学研究就像写诗。诗歌就像月亮。好多人都想去月亮上看看，但没有那么高的楼梯。只有诗歌才能创造出那么高的楼梯，把人送到月亮上去。我这么一说，他就说，就是嘛就是嘛。蒯教授，你说的那些校董啊，如果他们出港币，我就出人民币。港币有人民币值钱吗？没有嘛。我会陪着陈董亲自参加颁奖典礼的。"

清华仁兄立即用上海话对复旦仁兄说："侬晓得哦？淘糨糊！有人就喜欢淘。我认得一个人，伊做研究，兜来转去，勿得门径，就是喜欢弄奖。喔唷，为了一只屁奖，为几只铜钿，伊是功夫做足。迭把年纪了，拿只面孔涂得雪白，搞得来，两根眉毛画到耳朵边，根本是只鬼嘛。还要穿长袍马褂出来混 Party。喔唷，伊也勿想想，吓死人也是要偿命的。册那。"

他们还以为吴镇听不懂呢。

吴镇当然听懂了，因为吴镇的夫人就是上海人。

那个时候，他可没有想到，清华仁兄将会为自己这番话付出沉重的代价。那代价当然是吴镇赋予的。不过，当时吴镇的表现倒是没有什么异常。

那一天，当他们从望海楼出来，我们的应物兄才知道旁边就是中国人所说的红灯区。附近有一个戒毒所，门口躺着几个人，有黑人，有白人，还有分不出到底是什么人种的人。有男人也有女人，还有看不清是男是女的人。他们路过的时候，一个男人突然拉下裤子，亮出内里乾坤。那些人身后的铁门上有油漆喷出的切·格瓦拉那张著名照片：贝雷帽是歪戴着的，嘴里咬着一根粗大的雪茄。跟原来的照片不同，现在那支雪茄被画成了一杆枪，烟头上画着准星，缕缕青烟正从准星升起。有一个光头把脸埋在女人的胸口，你搞不清他是吃奶呢，还是在表达爱情，还是在乳房的掩护下吸毒。天开始下雨了。雨不大，很凉爽。吴镇心情很好，瞥着那些男人女人，哼起了小曲。在这个时候，那些婊子，那些大洋马，在无

声的雨丝中迈着猫步朝他们围了过来。她们称他们为"领导":

　　　领导好,来一炮。打八折,开发票。

　　她们的汉语讲得不错,至少这个"三字经"讲得很好。吴镇曾在天津接待过德国汉学家沃尔夫冈·顾彬先生,他认为她们的汉语发音与顾彬先生不相上下,重要的是她们好像比顾彬先生更懂中国国情。吴镇这时候冒出了一句名言:"人一到外地,道德水平就会降低。"吴镇鼓动他们每人带走一个。

　　吴镇是这么说的:"我买单,不干白不干。"

　　见他们直往后躲,吴镇竟然不合时宜地提到了程先生:"程先生有一篇文章,你们看过吗? 他说他很想知道白种女人的身体到底是什么样的。我也很想知道。难道你们不想知道吗?"

　　复旦仁兄说:"我与太太感情甚笃,不能对不起她。"

　　吴镇说:"别扯那些没用的。我与太太关系也很好。井水不犯河水嘛。"

　　复旦仁兄都结巴起来了:"我不行了。我有前前前列腺炎。我我我,阳痿。"

　　吴镇竟然争起来了:"前列腺炎? 阳痿? 就你有,我就没有吗?"

　　清华仁兄看不下去了,说:"吴镇兄就没有一点心理障碍?"

　　吴镇竟然把这事跟历史、跟爱国主义扯到了一起:"想想吧,八国联军进北京,烧杀奸淫的。"似乎觉得扯得太远了,吴镇终于拐了回来,"嗨,再说了,我都这把年纪了,又膝下无子,还是可以消受一点虚无主义的。"

　　清华仁兄说:"那你留下吧。"

　　就在他们说话的时候,墙边已经有人拉着妓女干开了,动静很大,很吓人,声音激越,那是从喉咙深处传出来的声音,有如猿啸。吴镇突然把清华仁兄推到了一个婊子身上,那个婊子也就嬉闹般地搂住了清华仁兄。清华仁兄急着挣脱,冒出来两句上海话:"手上事体太多，有时间一定陪小囡白相白相。"然后，吴镇又把复旦仁兄推向了另一个婊子。婊子也是有尊严的，突然骂了起来。吴镇有办法让她们听话，那就是拿出一沓欧元，塞给了她们。最后还把那枚染过血的钢镚丢到了一个妓女的掌心。

然后，吴镇笑着，打开了手机，拍了一段视频。

半年之后，那时候他已经回国了，有一天清华仁兄突然来到了济州，求他一起去天津拜见吴镇。清华仁兄说话的时候，额头冒冷汗，牙齿直打战。听了半天，他总算听明白了。吴镇竟以那段视频相威胁，要求清华仁兄聘他为清华大学国学院客座教授。

"是吗？还有这事？"

"我要有半句假话，就不得好死。我跟他说了，兄弟不是不办，而是我说了不算啊。他就是不相信。没想到，他随后就发来了那段视频，限我三天内回复。"

"不做亏心事，不怕鬼敲门嘛。你怕什么？"

"我也是这么对自己说的，可我还是害怕。我就耽误你一天时间，求你陪我去一趟天津。你现在外出的讲课费是多少？我按最高的讲课费给你结账。我是一堂五千块钱，我给你一万块钱怎么样？两万？两万三？两万五总够了吧？"

"您放心，有我在，他不敢拿您怎么样的。"

"应物兄真是侠儒啊。"

"别怕，我会给他打电话的。那两万五，你自己留着吧。"

"怎么能不怕？我太太问我，这个吴先生是你的朋友吗？只问了这么一句，我的血压就升高了。他要是再把视频发出来，我必死无疑。"

"你就这么胆小？"

"您说得对。我这个人什么都好，就是胆小。太太说我，放个屁都害怕砸住脚后跟。告诉您吧，就是为了改掉这个毛病，我才去研究孔子，想从孔子身上学到勇猛刚毅的品格。大慈大悲的应物兄,您就救救我吧。"

"我这就给他打电话。"

"千万别打电话！不然他以为是我告诉您的。他不会放过我的。"

"可不就是您告诉我的嘛。"

"别打,别打！您要不要先坐下来,先起草个稿子？您能不能这么跟他说,清华大学国学院,明年要召开一个东亚儒学研讨会,您推荐他做个重点发言？您放心,这个事情我可以安排。说完这个,您再过渡一下,过渡到我身上,说我这个人怎么够义气。然后,您再说——"

"您怎么这么囧啊。"

"谁说不是呢！"清华仁兄突然扇了自己一耳光,脆生生的。

他永远记得清华仁兄那个样子:发现他在看他,清华仁兄脸上呈现出半皱眉半微笑的奇怪神情,他从中看到了讥诮、忍受和自卑,读出了害羞、尴尬和麻木,也看到了愉快。这就是清华大学的资深教授、长江学者、国务院特殊津贴专家、教育部学科评估小组成员？

他的目光躲开了,跑到了博古架上。那只已经做成标本的野鸡,似乎正在引吭高歌,为清华仁兄的讲述伴奏。

他现在还记得,电话接通之后,他还没有说话,吴镇先告诉他一个喜讯,就是复旦大学国学院,刚聘请他为客座教授,明年复旦将召开一个中日韩三国儒学研讨会,自己将在会上做一个重点发言。"你也来吧,我会向会议推荐你的。"

吴镇还提到了程先生:"我给程先生写了信,程先生说,他可以考虑。"

那个会,程先生没来。应物兄当然也没去。

那位清华仁兄倒是去了。作为评议人,清华仁兄对吴镇的论文给予了很高评价,那个评价甚至上了会议的简报:"清华大学×

××教授认为,吴镇先生的《'儒与侠'关系在近现代的演变》一文,首次将'儒与侠的关系'置于十九世纪末到二十世纪中叶这一历史时段进行考察,视野开阔,立论高远,示例丰赡……"

如果不出意料,董松龄应当是受葛道宏之命,向我通报要调吴镇来济大一事的。如果我把这些事情告诉董松龄,告诉葛道宏,他们不会怀疑我是嫉贤妒能吧?葛道宏经常讽刺有的院系主任是武大郎开店,他总不会认为我……

还真他妈的是个问题。

72. 董松龄

董松龄是从日本留学回来的,专业是国际政治,主要研究中日关系。董松龄从天津一所高校调过来,先干教务长,后做副校长。应物兄在美国访学时,得知董松龄已经升为常务副校长。据说,董松龄私下对朋友讲过,常务副校长要处理的问题,堪比中日关系,复杂得很。与其处理不好,还不如交给别人处理,所以他经常出国讲学、开会,当然主要是去日本。中央电视台国际频道在谈到中日关系的时候,多次和他现场连线,请他发表高论。电视上显示,那个时候他要么在东京,要么在京都,要么在神户。其中有一次,电视上的他竟然裹着浴巾,原来那时候他正在泡温泉。有趣的是,那次他竟是以日本人的身份出现的:留着仁丹胡,戴着金丝眼镜,操着流利的日语,说一句哈一下腰,弄得比日本人还日本人。

这是人家自己在课堂上透露出来的,意在说明自己的日语已臻化境。

早几年,董松龄还时常参加国内的一些思想论争。他参加论争的时候,用的是"龟年"这个颇具日本风情的笔名。很多人都注意到,在"新左派"和"新自由主义"那场论争中,龟年和一个网名叫

"冬瓜"的人经常交锋,各有胜负。"冬瓜"对别人时常口出恶言,但对龟年却保留着某种尊敬。这当然更增加了人们对龟年的好感。只有极个别的朋友知道,龟年和"冬瓜"其实是一个人。也就是说,董松龄笔名龟年,网名冬瓜。长达三年的论争之后,龟年和冬瓜终于在网上达成了共识:一个说,咱们既非"新左派",亦非"新右派"(新自由主义);另一个问,难道咱们就没派了吗? 然后两个人不约而同地说,不,有的! 咱们都属于"实事求是派"。

董松龄每次从日本回来,都要买几个马桶盖送给国内的亲朋好友。千里送鹅毛,礼轻情意重。鉴于马桶盖比鹅毛重多了,所以也就更显得情深意长。应物兄记得,董松龄也曾问过他要不要换个马桶盖。董松龄认为,最好的马桶盖是松下牌的,哟西哟西,方便之后温水洗净,暖风吹干,既能杀菌,又能预防痔疮。

"我已经换过了。"其实他并没换。已经有痔疮了,亡羊补牢的事就算了。

"是松下牌的?"

"董校长说得对。舒服极了。"

这天,应物兄敲门的时候,董松龄半天没有开门。董松龄在干什么呢? 就是在享受松下牌马桶盖的服务。那玩意容易上瘾。董松龄还曾开玩笑地说过,女性其实更喜欢松下牌马桶盖,有了它,嫁不嫁人都无所谓了。在济大,只有四个人的办公室有洗手间:校长、书记、常务副校长、常务副书记。由于葛道宏同时兼任了书记,那么剩下的那间就给了纪检书记。应物兄的办公室当然也是有洗手间的,而且还是最高级的,内设冲浪浴缸。但严格说来,应物兄只是暂时借用。

他们这天的谈话就是从松下马桶盖开始的。

董松龄说:"先说个事,太和一定要用松下马桶盖。多不了几个钱嘛。"

话题很快就转到了吴镇身上:"你要没意见,我就让吴镇来落实。世上没有不透风的墙，你肯定已经听说了，你的老朋友吴镇要来了。其实，半个小时之前，此事才最后敲定。本来还想征求一下你的意见，但我们都已经知道，你与吴镇是很好的朋友，说不说都一样，对不对？吴镇也说了，你们在美国见过，在德国见过。上次程济世先生来北大讲课的时候，你们又见过。你们的友谊跨越了太平洋，也跨越了大西洋，对不对？"

董松龄的口头禅就是"对不对"，不过它并不表示疑问，不涉及说话方式与语言及事物的关系。即便勉强算作疑问，那疑问也不是留给他自己的。也就是说，董松龄的"对不对"，其实就是"对"。

应物兄觉得，自己的回答貌似中性，其实带有贬意："吴镇嘛，他的底细，我还是知道的。"

董松龄突然说道："瞧我这记性。差点忘了，还要代表庭玉省长跟你说句话。我这记性，越来越差了。你是否遇到过这种状况？正想着做某件事，中间突然冒出来另一件事。等你再回头，原来的那件事怎么也想不起来了。就在刚才，你进门之前，我只是回了条微信，就忘了之前在干吗。只记得，刚才我的注意力高度集中，全身心投入。你能想起那个心理状态，却想不起来是什么事了。你看，这会我就想不起来要跟你说什么了。"

"你说，你要代表庭玉省长——"

"对，就是这件事。"董松龄的口气突然变了，就像朗诵一般，"我代表栾庭玉省长、葛道宏校长，并以我个人的名义，向您表示慰问。"随后，又变成了日常口语，"应物兄，怎么搞的，砸车的那个家伙是谁啊？庭玉省长已经说了，一定要查个水落石出。你没事吧？你要有个三长两短，那可就是大新闻了。"

"你都看到了，我这不是好好的嘛。"

"我怎么听说，还弄得血糊拉洒的？"

"有人拿猫撒气，把一只猫摔到了车上。"他心中一紧，因为他又想起了骨头上那块肉。那块肉本来颜色浅淡，可现在想来，却突然变成了血红色。

"说来说去,还是素质问题!这一点,我们与日本人的差距就显示出来了,必须见贤思齐。对了,这是窦思齐告诉我的。我们的葛道宏校长,一直觉得窦大夫比较冤。因为一堆垃圾,就不得不辞职了,确实有点冤,对不对?其实当这么多年院长,并没有挣到什么钱,养老都成问题。道宏校长就向铁梳子推荐了他,让他做了铁总的健康顾问。道宏校长的意思,让他在那边先过渡一下。等程先生来了,就把他弄到太和研究院去,让他给程先生当健康顾问。你可以对程先生说,窦大夫以前当过省委书记的健康顾问,好让程先生感到,对于他的医疗服务,已是最高标准。"

哦,转眼之间,太和研究院就进来了两个人。

"应物兄,我私下问一句,你是不是不相信汪居常的报告,才亲自上前察看一番?发现什么问题了吗?"

"我是路过铁槛胡同,顺便拐进去看了看。"

"是吗?坦率地说,最初我也不大相信。后来研读了相关材料,我才不得不告诉自己,还是应该相信我们的研究报告。我也相信,如果程先生看到了,他也会相信的。黄兴已经认可那份报告。他的那个美女助手陆空谷,倒是问了一句:应物兄看过吗?道宏校长替你回答了,说看过了。你也确实看过了嘛。陆空谷说,只要应物兄认可了,她也就没有别的话可说了。"

"你们和黄兴已经开过会了?"

"刚刚开完,此时他们就在节节高吃饭,是庭玉省长在请大家吃饭。我简单扒拉两口就出来了。先送吴镇到机场,然后就按照庭玉省长和道宏校长的吩咐找你谈话。当然了,首先是要向你表示慰问。"董松龄让他看了手机录下的视频。在节节高饭店的一个包间,服务员正迈着优雅的步子呈上菜式。先上来的是泰汁浸虾球和紫菜包鱼,那是两道开胃菜,包裹在干冰之中,青花碟子上正升起道道浓雾。董松龄说:"我只吃了个虾球,就出来了。"

“你打个电话就行了。耽误你吃饭，真不好意思。是不是要通知我，吴镇将出任太和研究院副院长？”

“他连夜赶回天津，就是为了尽快地办理调动手续。我已经看了他的材料，越看越觉得，他是太和研究院副院长的不二人选。一、他对程先生的著作很熟悉，已有专篇研究论文发表，而且都发表在核心期刊上，这些都是可以在 CSSCI 数据库中查到的，想作假也作不了；二、他的英语很好，毕竟在美国待过的；三、最重要的是，他与你可以相处得很好。坦率地说，还有一点虽然不是最重要的，但也确实非常重要，那就是他鼓动陈董投资了胡同区的改造和重建工程。”

“这个工程项目，不是被铁梳子拿到了吗？”

“铁梳子嘛，心比天高，但实力有限。庭玉省长晚上还跟她开玩笑，说她是狗揽八泡屎，泡泡舔不净。她自己说，有了陈董，她就可以舔净了。据我所知，她拿到项目之后，本来准备在两年之内完成的，但因为济州要申办城运会，所以上边要求必须在半年之内完成，这么一来，她的资金就出问题了。仁德路的改造和重建，刚好就在她的项目之内。程家大院的重建，当然不需要她花钱，但程家大院的地皮，却是一大笔钱，对不对？她本人表示可以无偿地把这块地献出来。这么一来，资金缺口就更大了，或许以后还要赔钱，对不对？所以，她的积极性已经没那么大了。庭玉省长特别担心工程虎头蛇尾。幸亏有陈董共同投资。陈董要是不注入资金，程家大院的拆迁和改造，就不知道拖到猴年马月了。周围的配套设施，几年之内也不可能完成。”

他突然走神了，想起了姚鼐先生在谈到《艺术生产史》的编撰工作时，曾出过一个上联，“虎头蛇尾羊蝎子”，意在警告他们要抓紧时间，切勿拖延，拖到最后只能出个小册子，草草收兵。这句话中，有三个属相，当中还隔着一个属相，说的是不要从今年拖到后年。那么多饱学之士，都没人对出来。现在，一个下联突然冒了出来：

> 虎头蛇尾羊蝎子
> 猴年马月狗日的

　　真是愤怒出诗人！他很想立即中断谈话，把这个下联告诉姚鼐先生。姚鼐先生一辈子只说过一句粗话，那是骂"四人帮""狗日的"，骂完还漱了半天口。在姚先生面前说"狗日的"，我说不出口啊。我总不能说，姚先生，后面那三个字就是你骂"四人帮"的那三个字吧？我要这么说，那不是等着挨骂吗？臭小子，我说了那么多话，你都没记住，就记住那三个字了？还是算了吧。

　　"董校长，你是说，陈董要是不注入资金，你们就不会调吴镇过来了？"

　　"叫龟年！这个事情嘛，怎么说呢，我觉得不能这么说，这么说好像对吴院长不够尊重，对不对？所以，我现在只有一个想法，就是赶在退休之前，把程家大院建好，把太和研究院弄起来。悠悠万事，唯此为大。别的事情，都属于细枝末节，都不要再纠缠了。"

　　"吴镇的事，我不愿多嘴。我只是觉得，仁德路好像不在那一片，我们的结论是不是下得有点早了？"

　　"哎哟喂，你又来了。我们再这样磨蹭下去，全得嗝屁，嗝屁着凉。"

　　"嗝屁？着凉？"

　　"这是我们天津话。嗝屁嘛，着凉嘛。大限之时，腹中浊气上行发为嗝，下行泄为屁，两响定乾坤，然后身子就变凉了，对不对？我都是快退休的人了，我是想把这项工程当成此生最重要的工程来抓的。"

　　"董校长看上去正是年富力强……"

　　"叫龟年。你才是年富力强呢。赶快把太和建起来，把程先生弄回来，尽快开始招生，这才是我们目前要考虑的问题。时间拖不起啊。这一点你得向我学习。我五十岁的时候，有人说，龟年兄啊，天命之年了，别那么拼了。龟年不为所动，一如既往。五十五岁的时候，有人说，龟年啊，艾服之年了，能少干点就少干点吧。龟年不为所动，一如既往。再过几天，龟年就五十九岁了。从春节团拜会开始，以前的老部下、老同事、老同学就又开始劝我，都快六十岁的人了，要学会休息啊。我知道，这是爱我，关心我，对不对？我终于想通了，对他们说，谢谢了！老伙计们！我恨不得明天就退休。这都是心里话。可自从葛校长找到龟年，让龟年负责重建程家大院，我的想法就变了。我是这么想的：龟年啊，还是多干点吧，退休了，你就是想干也干不成了。我跟你说，你的老岳父，龟年最为尊敬的乔木先生，刚给我写了个条幅：廉洁如水，来不得半点污染；奉公如蚕，吐不完一身正气。你难道没有发现，我的微信名字已经改了，不叫龟年了，改叫如蚕了。所以，什么也别说了，赶快加油干吧。"

"好吧，我一定好好配合您的工作。"

"好！知道双林院士吧？龟年在天津工作的时候，请他去讲课。他不愿去，说了一番话。他说，我已八旬有余，为国家工作，就算不睡觉，也没有多长时间了，你们还是饶了我吧。讲得多好。虽然他拒绝了我，但我不生气。我想通了，对我们来说，能为太和工作，就是最有意义的事，对不对？但有一点，我得跟你交换一下意见。你还年轻，体力好，要尽量往前冲。我的任务呢，就是做好你的后勤部长，也给你提些建议。我听说，吴镇称你为侠儒？按我的理解，这是说你敢作敢当敢为。好，侠儒应物兄，尽管往前冲，龟年在身后，为你鼓与呼。"

"您与吴镇很熟？"

"天津卫嘛，一个坑里就那几个蛤蟆，能不熟悉吗？"

"陈董呢？"

"裤衩大王嘛，做漆皮内衣起家的。陈习武，字学文，比我大五岁。他早年倒卖外烟的时候，我就认识他了。我年轻的时候抽烟，而且只抽外烟。那时候他就号称董事长,所以老朋友们都叫他陈董。他这个人呢,说起话来,可能显得浅显、肤浅、浅薄,其实他是不愿意故作高深。他好歹也是读过大学的。我曾专门送过他一幅字,他的书房里就挂着那幅字:非名山不留仙住,是真佛只说家常。天津蓟县的八仙山上有他的几座别墅,抽空我们可以去住几天。铁梳子就去过。麦荞先生也去过。麦荞先生的外孙女在天津的工作,就是陈董安排的。陈董在天津,是很吃得开的。栾庭玉其实也去过。我们交通台的台长,还有那个清风小姐,都去过。所以,陈董对济州还是比较熟悉的,人脉也是不错的。他的前妻就在济州,大儿子也在济州。我给你交个底。他这个人,什么都好,就是比较好色。所以,以后不能让他跟儒学院的学生们多接触。如果我们引进了一些女研究人员,也要尽量不让他接触到。他长得像个麻秆,我是看不出来他什么地方吸引人,但就是吸引女人。那个清风小姐,多么高傲啊,一般人是弄不到手的,但他三下五除二,就把她弄到床上了。"

这顺口秃噜出来的一句话,似乎让董松龄本人也吃了一惊。

董松龄停顿了一下,好像在考虑要不要接着讲。

还是讲了。

当然,这跟我们应物兄的支持也分不开:"您放心,这话我不会对别人说的。"

"讲到哪了? 对,清风小姐。要我说,清风小姐,长得也一般嘛。声音好听,长相一般。我对她基本上没什么印象,只记得她的裙子。我第一次见到她,天很冷,她却穿着一条裙子。一条领带的布料都比她的裙子用得多。吴镇也提醒过他,堂堂的电台主持人,脸盘也一般嘛。陈董把吴镇批评了一通,做人不能太肤浅,哪有上来只看脸盘的? 里面就不看了吗? 又说,美不美,看大腿。这个咱就不懂了。他喜欢年龄大的女人。新茶喝多了,就想泡个陈年普洱。他最近的几个女人,加起来有二百岁了。有一个女人,胳膊上都是毛，嘴唇上也有毛，眉心的痣上也有毛，他却喜欢。说她的舌尖厉害，一下子就够到了他的扁桃体，像笛子似的。这个，咱就真的弄不懂了。有些女人，为了他，什么委屈都能受，甚至可以和别的女人一起侍候他。当然，他也有这个本事让她们和睦共处。两个女人一起上桌，三人同榻共眠，也是常有的事。他躺在当中，胸口露着巴掌宽的护心毛，两个女人躺在两边，胳膊肘支着他的胸，互相描眉、涂唇、画眼影，情意绵绵，其乐融融。要用程先生的话来说，见到他，那些女人就像母蝈蝈，都有了后妃之德。但总的说来，陈董是个好人，唯一需要批评的，就是这个。女人确实有点多了。不过，跟他相处久了，你就知道了，见到美女，他并不像别的男人那样死盯着看。他的表现还是很好的，看上一眼，就闭上了眼睛，脸上浮现着笑意。因为他的女人有点多，朋友就送他一个外号：齐宣王。"

"这是恭维他啊。寡人有疾，寡人好色。把他当皇上了。"

"在内衣生产领域，人家确实就是皇上嘛。不过，要说起来，他搞女人的习惯，还是受到了西方文化的影响。他也是八十年代的大学生嘛。我记得很清楚，他对我说，有一天他和女人做了四次。那是在八五年。我问他，你不是说，你最多只做两次吗，这是吃胡僧药了？他说，这是为了庆祝华盛顿和林肯的生日。原来，那一天，华盛顿和林肯的生日是同一天过的。[①] 人家在那边过生日，他在这边放礼炮。你说，这叫什么事啊。"

"他这么乱搞，夫人没有意见吗？"

"有什么意见呢？陈董把她也照顾得很好啊。她自认为是女王。其实就是后宫之王吧。陈董还真的投其所好，送了她一个王冠。她就整天弄她的头发，弄她的王冠。她有九个发型师。发型师在整理她的头发时，必须分外小心，必须保证发胶或定型产品不

---

① 2月22日为美国首任总统华盛顿生日，2月12日为美国第16任总统林肯生日。美国将2月第三个星期一定为"总统节"，同时庆祝两位总统的生日。

接触王冠上的宝石。自从有了那个王冠,她的发型已经多年没变过了。为了永远保持不变,发型师们每隔几周就要将每根头发剪短零点五厘米。她一直是短发,短发其实比长发还难侍候,对不对?她认为,短发象征着威严。铁梳子去天津的时候,陈董夫人还把那些发型师借给铁梳子用。你一定认为,这个女人有病。其实,这个女人是很让人尊重的。我跟她聊过,她告诉我,她不仅知道丈夫好色,而且知道丈夫为此而痛苦。我听了,感动得不得了。"

"我知道了,她是认为自己的丈夫上瘾了,是性瘾症患者。"

"应物兄,错了!概念弄错了。'上瘾'与'好色'是两个概念。上瘾讲的是,既和不同的人睡,又和同一个人反复地睡。总之,一天要睡好多次。推己及人,设身处地替她们想一下,如果只和一个女人睡的话,那个女人是受不了的。好色呢,说的是喜欢和不同的人睡。有了,那肯定要睡一下;没有,天也塌不下来。我可以负责任地讲,陈董没有上瘾。他是既好色,又为好色而痛苦。"

"他真的感到痛苦吗?"

"现在我要告诉你,他为什么会对仁德路改造工程感兴趣?他并不是要从中赚钱。他不需要钱。他现在看着钱都恶心了。他是认为,这个工程跟太和研究院有关,跟儒学有关。他现在也开始研究儒学了,他认为研究儒学可能有助于禁欲。"

不不不!儒家讲的是克己,而不是禁欲。饮食男女,人之大欲存焉。对于欲望,儒家强调的是适当的满足。禁欲主义是不讲饮食男女的。少饮少食,没有性事,才是禁欲。克己与禁欲,只是在实践层面上有很小的交集。陈董所说的禁欲,指的应该就是克己。是啊,如果他想禁欲,他不应该投资仁德路,应该投资慈恩寺。嗨,怎么那么麻烦,你干脆到慈恩寺当和尚不就得了?

当了和尚,欲望就可以消弭了吗?

在《艺术生产史》一书中,中唐部分最难写。中唐承平已久,欲壑难填,难就难在如何书写这欲望。上周六,他与乔木先生关于中唐,还有过一次谈话。他一进乔木先生的客厅,就感到气氛有些不对。小保姆端来了一盘火龙果,巫桃抱着木瓜也过来了。她们好像都预感到乔木先生要发火,想转移乔木先生的注意力。乔木先生在藤椅上挪动了一下身躯,将一条腿跷到椅子扶手上。乔木先生最讨厌站无站相,坐无坐相。但这不是在自己家里吗?他想怎么坐就怎么坐。

"怎么样?"乔木先生说。

"差不多了。"他说。

"什么叫差不多了?我说的是书稿。"

"昨天晚上,我还审读了一段文字。"

"哪一段啊?谁写的?"

"是伯庸的弟子写的,写的是元白①。"

"元白?我记得元和六年,元稹死了小妾,患了疟疾;白居易死了老母,患了眼疾。可元白二人呢,还是或狎妓,或唱和,优哉游哉。这些东西,都写到了吗?我好像没看到。中唐不好写,因为可写的东西太多。东西太多,是因人们的欲望太多。我不喜欢中唐,杂乱无章。还是初唐好啊。盛唐也好。生气勃勃,群星璀璨,豪放而明秀,沉雄而飘逸。中唐呢?看上去活力十足,其实暮气沉沉。好端端的一个社会,转眼间就走了下坡路。还不够气人的。所以,当初分章节的时候,我把它分给了姚先生的徒子徒孙了。倒不是要故意难为姚门弟子。姚先生本人就喜欢中唐嘛。可是呢,姚先生的弟子没接,伯庸倒接下了。"

乔木先生虽然面带微笑,但眼珠子却是冷的,有如义眼。

"这一段写得还不错,至少写出了新乐府之新。"他说。

"我怎么觉得,那新乐府和旧乐府,不过是换汤不换药。况且,那锅汤到底换了没有,换了多少,还在两可之间。你的意见呢?"乔

---

① 中唐诗人元稹和白居易并称元白。元白文学风格相近,文学主张相同,是新乐府诗歌运动的倡导者。

木先生说。

"我看新乐府,尤其是元白的诗,变雅颂为国风,变颂扬为警诫,变缘饰为讽喻,还是很有意思的。为此,我又重读了一遍白居易的《与元九书》。"

"好,那是新乐府的纲领性文献。但白居易的意思里面有投机主义成分。投机主义,逢场作戏。中国人的老毛病了,不好改。或许这就是你们儒家强调的实用理性?元白也是如此。应景文章他们可没少写。说来说去,还是为了自己的那点欲望。你每天研究孔夫子,孔夫子的话,大都是废话,但有一句话,我觉得他讲得好:视其所以,观其所由,察其所安。① 这十二个字倒是很重要。我告诉你,稿子我也看了,简单翻了翻。一翻就翻出了问题。提到《与元九书》的时候,竟然扯到了什么伽达默尔②。是叫伽达默尔吧?伽达默尔跟白居易有什么关系呢?他们在一起喝过酒,听过琵琶?裤裆放屁,两个体系嘛。其实,真要说到诠释学的宗旨,还是孔夫子那十二个字说得最透彻。你既然是研究儒学的,我的意思,这套书出版的时候,要把孔子的'十二字方针'放在篇首,作为题记。"

他还记得一个细节:乔木先生说完这话,把另一条腿也跷到了扶手上,在那里摇晃着。几缕斜阳从窗外树枝的缝隙漏了过来,照着他的前额,也照着那双脚。乔木先生的眼睛慢慢恢复了温度,不再是义眼了。即便已经上了年纪,乔木先生的眼睛仍然称得上慧黠,只是以前眸子显得很深,现在变浅了。乔木先生就用那慧黠的目光扫着他。有那么一会,他似乎从乔木先生身上看到了乔姗姗的影子。乔姗姗也有这样的目光,而且变本加厉,发展出一种专门用来讽刺挖苦的目光。他甚至觉得乔木先生那双脚都与乔姗姗有点相似,脚弓很深,可以滚过一只乒乓球。

---

① 见《论语·为政》。
② 汉斯-格奥尔格·伽达默尔(1900—2002),德国哲学家。最主要的作品为《真理与方法》。他对诠释学做出了巨大贡献。

突然，乔木先生提到了锁骨菩萨的故事。

乔木先生说，跟伯庸说一下，让他跟他那些不争气的弟子说一下，这个故事要写进去。这个故事出现在中唐不是偶然的。后来，它成为一条线索，从中唐到宋到明清，这个故事不断地出现在各种文本里，有意思，耐人寻味啊。

锁骨菩萨的故事，最早记载在中唐李复言的《续玄怪录》里，原名《延州妇人》①。这是中国创作的佛经故事，意在说明，佛是以欲来度化俗人的。最简单的理解就是，纵欲就是禁欲。

《孔子是条"丧家狗"》再版的时候，应该把这个故事加进去。

他现在想到，陈董不需要投资太和，你尽管接着乱搞好了，纵欲多了，自然也就无欲了，不要为太和破费了。

当然，这话他没说。

他与董松龄的谈话，被一个电话打断了。

电话是陈董的长子打来的。

就是他原来要去北大和吴镇以及自己的小姨一起听程先生演讲，结果却没来。董松龄没接那个电话，把手机调成静音，随手捏起几粒松子，说："这个孩子跟我的感情很深，相当于是我带出来的。这松子就是他送的。也算是一份孝心吧。是我安排他上的大学，安排他读研，又安排他出国的。他在美国学的是动物养殖。眼下他就在铁梳子的公司上班，专业也算对口，养猪嘛。猪也算动物，对不对？"董松龄嚼着松子，又说，"陈董的老二，倒是他自己带出来的，带成了混子，就喜欢香车美人。有一次，在北京的保福寺桥下，出了车祸，差点见了阎王。陈董对我说，想把这个老二安排

---

① 〔唐〕李复言《续玄怪录·延州妇人》："昔，延州有妇人，白皙，颇有姿貌，年可二十四五。孤行城市，年少之子悉与之游，狎昵荐枕，一无所却。数年而殁，州人莫不悲惜，共醵丧具，为之葬焉。以其无家，瘗于道左。大历中，忽有胡僧自西来，见墓遂跃坐，具敬礼焚香，围绕赞叹数日。人皆谓曰：'此一淫纵女子，人尽夫也，以其无属，故瘗于此。和尚何敬邪？'僧曰：'非檀越所知，斯乃大圣，慈悲喜舍。世俗之欲，无不徇焉。此即锁骨菩萨，顺缘已尽。圣者云耳。不信，即启以验之。'众人即开墓。视遍身之骨，钩结如锁状，果如僧言。州人异之，为设大斋，起塔焉。"

到太和。你别急！你听我是怎么回绝他的。我说了两个字:没门。我的意思是说,以后进人,必须严格把关,绝对不能感情用事。我跟陈董说得很明白,如果必须从两个孩子中选一个,那么我选老大。我已经跟老大说了,说今天晚上我将和应院长谈话。如果他想来,我就向应院长求个情,如果不想来,也趁早给我一个答复。在你来之前,他已经打过电话了,说他不想来。有志气! 对不对?"

应物兄松了一口气,但随后他又听见董松龄说:"但他这会打电话,是不是又改了主意,我就不知道了。我想了想,程先生不是喜欢养蝈蝈吗? 黄兴先生不是要把那匹马留下来吗? 他若能来,我认为最合适不过了,对不对?"

"一个海归,你让人家来养蝈蝈,是不是有些大材小用了?"

"不能这么说。不是所有人都有资格给黄兴养马,给程先生养蝈蝈的。"

张明亮怎么办? 张明亮可是跟我说过,他想留在太和给子贡养马。

哦,转眼之间,太和研究院又进来了一个人。

他正这么想着,董松龄的另一部手机响了。董松龄说:"还是那小子。"

我们的应物兄紧张地看着董松龄把手机拿起来,紧张地观察着董松龄面部表情的变化,紧张地感受着董松龄语气的变化。他又听到了那三个字:"有志气!"接下来,他又听到董松龄说:"过了这个村,可就没这个店了。"他的心一下子提到了嗓子眼。但随后,董松龄又说:"我会向应物兄解释的。"

放下电话之后,董松龄说:"这小子说了,他不来。"

他立即重复了董松龄说过的那三个字:"有志气!"

董松龄说:"他说,你告诉应物兄,对不起了,我对儒学没有兴趣。他让我委婉地说明一下。年轻人嘛,有什么话就直说,好!"

多少年了,每当他听到有人说,自己对儒学不感兴趣,他都有些不高兴，都要忍不住跟对方辩论一番。只有这一次，他打心眼里感到高兴。今天，糟糕的消息太多了，只有这个消息令人愉快！一场糟糕的谈话，却有一个愉快的结尾。我应该带着这个愉快的消息，回去睡觉！于是他问道："董校长，我是不是该撤了？您也早点休息？"

73． 但是

但是，董松龄却不放他走。

董松龄竟然主动给他泡茶了。从进到这间办公室到现在，董松龄又是喝茶，又是吃松子，我们的应物兄呢，却是滴水未进。他总不能主动去泡茶吧？所以他只能忍受着口干舌燥。现在，见他要走，董松龄突然拿出了一只纸杯。那茶叶已经做成了茶粉，泡出来很浓，有点像菠菜粥。这是日本人的泡法。董松龄把纸杯递给他，说："我看得出来，你被今天的事情搞烦了。不瞒你说，我也有点烦。从早上到现在，我说过的话，如果整理下来，大约可以出一本书了。"

口力劳动者！他想起了这个词。

费鸣说过，只要葛道宏不在场，董松龄就是一个滔滔不绝的人。今天，我算是领教了。董松龄略带天津口音，嗓音并不高，语速并不快，有时候近似喃喃自语，仿佛介于宣讲和独白之间。一个低烧者的语言。或者说，语言在董松龄这里患了低烧。

董松龄又说："为什么要说这么多话？因为要处理的关系太多了，太杂了。不瞒你说，我都想过打退堂鼓了。我跟道宏校长说，我怕自己做不好，还是让贤吧。道宏校长就讲了一番话，他说，那不是他的话，是程先生的话。程先生讲得好啊。程先生说，我们这些读书人，最大的毛病就是喜欢让。该让的让，不该让的也让。让来让去，天下没了，自己也没了。"

"对，程先生确实这么说过。"

董松龄指向了墙上一幅照片。那照片是他在日本照的，上面没有人，雪气氤氲中耸立着几株杉树。"杉木都是拔地而起，威严，刚健，有阳刚之气，对不对？杉树都是枝繁叶茂，成三角形往上长，但你看这里的杉木，下面被剪掉了，只在顶端剩下一个小的三角形。这是什么？这是让。我把下面的空间让给低矮的灌木，让给花花草草。但同时，我要集中精力往上长，该给我的阳光，我一点也不让。对不对？有人说，这么一剪，这杉树就有一种清旷之美，孤寂之美。说得也没错。但他没有站在杉树的角度考虑问题。从杉树的角度看，我是既让又不让。你再看这株杉树，"董松龄指着近处的那一株，"别的杉树，枝干都是直溜溜的，可这一株却像大姑娘挑水，扭来扭去的。但总的来说，它又是直着往上蹿的。这叫什么？还是那句话，又让又不让。扭来扭去，是让，是我根据别人的意志做些适当调整；不让，是我不愿跟你说那么多废话，我腾出精力好往上长。对不对？"

"这是在哪里照的？"

"日本京都的吉田。天皇亲戚的一个山庄。每次去，我都要在那里住几天。也只有到了这里，你才能真正理解，日本人的理性只是一个外壳，而内心深处保持了相当大的情感因素，或者叫它感性。这是李泽厚先生的说法。李泽厚先生去日本，也住在吉田山庄。日本朋友告诉我，李泽厚先生是他们见过的唯一穿着拖鞋在榻榻米上走动的人。李泽厚先生还在那里发表了一个观点，中国人是'重生安死'，日本人是'轻生尊死'。日本朋友当然并不这么看。他们说，他们是'重生尊死'。下次你去日本，我可以安排你住到吉田。去过吉田吗？"

"很遗憾，我还没有去过。"

"要去，一定要去。我听说你去过高田？去过高田的月印精舍？其实，这次去日本，我答应道宏校长要去月印精舍看看的，却没能去成。我打听了一下，月印精舍已经没了。我最近也在研究葛任在日本的活动。葛任就去过月印精舍①，对不对？你去高田，就是奔着月印精舍去的吧？你是不是没敢告诉葛校长，月印精舍已经找不到了？这是应该的，没必要让他为此伤感。好吧，现在我要告诉你一件事。当然你也可能知道了，程先生去日本讲学的时候，也住在吉田。"

"你在日本见到程先生了？"

"缘分吧。程先生在北大讲完课，就去了日本，去的就是京都，住的就是吉田山庄。据说，程先生每次来日本，都住在吉田山庄。每一次，山庄都把程先生的到来很当回事。"

他想起来，珍妮曾经说过，程济世先生曾把程刚笃的母亲接到过吉田山庄。

"这次我作为吉田山庄的客人，受邀陪程先生吃了一顿饭。程先生觉得，这里很像中国的南宋。他的一个随从，叫敬修己的，劝他在这里买房。他说，他不喜欢买房子，还是喜欢住在宾馆里。他说古人说了，人啊，活在世上，都是匆匆过客，没有必要四处置办房产。这话正合我意。我就不喜欢四处买房。儿孙自有儿孙福。把自己这辈子过好，就得了。"

"我告诉程先生，我是济大人。我也告诉他，我知道他在北大讲课了。其实我不知道。临时上网搜的。吉田山庄只有一点不

---

① 月印精舍，位于东京郊外高田村，是一栋简陋的木房。1916 年春天，李大钊在月印精舍完成了他著名的《青春》一文。葛道宏的外公葛任曾去过月印精舍，并在那里遇到李大钊和陈独秀。李洱在《花腔》中曾写道："村里（高田村）的民房非常简陋，村边有一小山，小山后边有一座颓败的古刹，但从古刹朽坏的飞檐上，仍不时传来鸣禽的啼啾。那些鸟是从池塘边的柳树和刺槐上飞过来的，池塘就在古刹坍塌的院墙后面。柳树已经泛绿，而刺槐的枝丫还是黑的。他（葛任）在位于小山旁一间低矮的破败的木屋的门楣上，看到几个中国字：月印精舍。随后，他就看到了一个留着仁丹胡的男人。此人就是李大钊，而在房间里与李大钊高谈阔论的人，就是后来对中国历史产生重要影响的陈独秀。葛任，这个寻找父亲旧踪的人，同ేక见到了后来新文化运动中的主将：'南陈北李'。"

好，Wi-Fi信号不好。搜了半天才搜出来。程先生突然问我：'有人说，我是胡汉三。胡汉三是做什么的？'把我难住了。我可以轻易对付日本右翼的问题，却无法对付这个关于还乡团的问题。我想了一会，说，那是电影中的人物，说的是一个人老了，叶落归根的经历。我这么解释，也可以说得通，对不对？可旁边的那个敬修己，却非要纠正我，说，胡汉三被乡党赶跑了，现在又回来了。幸亏我把话头抢了过来，对敬修己说，你说得没错，也欢迎你像胡汉三同志那样叶落归根。你说说，这个敬修己，什么人嘛，八格牙路！我听吴镇说，他也是你的朋友？这样的朋友，多一个不如少一个，对不对？我听说，这个鸟人也想来太和研究院工作？"

"他？反正他没有跟我说过。"

"程先生的意思呢？"

"程先生倒是说过，希望他回济州。他本来就是济大出去的。"

"好吧，那就以程先生的态度为准。你得告诉这个鸟人，不该他说话的时候，他得把嘴巴给我闭上。"

"跟以前相比，他已经改了很多了。放心，我还会再提醒他的。"

董松龄站了起来。哦，我们的应物兄觉得，谈话到此终于可以结束了。错了，低烧可不是那么容易消退的。他没有想到，接下来还有一场谈论呢。这么说吧，在当时，应物兄觉得，董松龄的谈话有些杂乱无章。但事后想起来，董松龄的脑子还是比较清晰的。总的说来，董松龄抛出的话题基本上还是围绕着太和研究院。比如这会，应物兄看到董松龄站起来，自己也连忙站起来的时候，董松龄突然谈起了鸡。他原以为董松龄又跑题了，听下去才知道这只鸡其实也跟太和有关。

董松龄首先从书柜里拿出一只青铜做成的公鸡，它的模样像是野公鸡和家公鸡的综合。董松龄说："听说你的办公室也放了一只鸡？"

"野鸡。我搬进去的时候，它就在那儿了。"

"这只鸡，据说模仿的是桃都山上的天鸡。这是一个养鸡的朋友送过来的，先在我这儿放几天，以后将挪到学生食堂。这是他们鸡场的标志。这个人想跟我们学校签订战略合作协议。嗨，什么战略不战略的，就是向学生食堂提供鸡蛋罢了。他的养鸡场就在桃都山。这个人你肯定认识的。他女儿正跟你读书，对不对？"

养鸡场老板的女儿？那就是易艺艺了。

他想起了穿白西装、打红领带的那个人。那领带的颜色可以称为鸡冠红，稍带一点紫色。那人先是声称做"禽类养殖和深加工"的，后来承认自己就是养鸡的，还说要请他吃套五宝。直到现在，套五宝是什么东西，我还不知道呢。对，这个罗总也说过，想设一个奖。他就问："那个老板是不是姓罗？"

"看来你是认识他的，对不对？易艺艺是随母亲的姓。她母亲是天津人，我认识的。我在日本遇到一个在济大留过学的学生，他告诉我，易艺艺的绘画水平相当高。我还听说她在香港也很有影响。她虽然是你的学生，但我听了，也觉得脸上有光啊。听说，你想把她留在太和？"

"董校长，您是说——"

"叫龟年，叫如蚕，就是别叫校长。那个老易，我是说易艺艺的母亲，我在天津的时候，她给我们捐过一笔钱的。她母亲最早是我的同事，当然不是一个专业，她是研究天体的。后来，不知道中了什么邪，非要去研究外星人。一个连邻居都不认识的人，却要去研究外星人。当然，从另一个角度看，可能正是有这种异想天开的基因，她才生下了极具艺术想象力的易艺艺。她呢，后来眼看研究不出个眉目，原来的专业也荒废了，就下海了。说起来都已经是上个世纪九十年代的事了，当时我还是政教系副主任呢。你大概不知道，我能够在学术界崭露头角，就是因为我操办了一个会议：冷战结束与中美关系变化。这个会的经费，就是她捐的。当时那是一笔巨款啊,两万块钱。两万块钱放到现在算个屁,当时却可以影响到中美关系。影响了中美关系,当然也就是影响到了中日关系。对不对?其实那都是她的辛苦钱。她是卖海鲜的。国内最早的澳洲海鲜,就是她卖的。这个小易呢,当时就在我们的幼儿园、附小上学。后来这个老易就死了,出车祸死的。我还去医院看过她。她交代我替她照看孩子。我答应了她。是我帮她合上了眼睛。然后呢,小易就被罗总接到了济州。等我调到济州,她已经长成大姑娘了。这孩子,从小好动,跟男孩一样。她是不是适合做学问,我不知道。但做些具体的工作,肯定是可以的。她的照相技术就很不错,也画得好,对不对?所以,我必须郑重指出一点,你是慧眼识珠,知人善用。当初,她的导师死了,你敢半路把她接过来,我就佩服你。现在,我就更佩服了。你对学生负责到底的精神,是很多人都应该学习的。"

董校长要是不提,他本人都差点忘了:易艺艺原来并不是自己的研究生。她尚未入学,导师就去世了。张光斗找到他,希望他把她接过来。他看了她的卷子,觉得基础不好。但他是个念旧的人,他其实是替女儿应波念旧:他们曾住过一个小区,应波很喜欢到她家里玩,并且很崇拜她的艺艺姐。

那就教教试试吧。

情况就是这么个情况。

与有没有慧眼、是否知人善用,没有一点关系。他对自己说。同时,他听到自己问:"你跟罗总也很熟吧?"

"太熟了。他原来是做工程的。这个人很大方。多年前,他承包了一个化工厂的工程。本来要盖烟囱的,却挖成了井。工人把图纸拿倒了。化工厂的领导同志很生气。他说,你别生气了,这井就算我白送的,再给你建个烟囱不就行了?你猜怎么着?后来化工厂失火,多亏了那口井。他就这样赚得了名誉,承包了很多工程,发了家。最近几年,他开始养鸡了。据他说,他的鸡身上就有桃都山天鸡的基因。这当然是个说法而已。其实就是野鸡。是野鸡和家鸡交配之后孵出来的鸡。他掌握了一项高科技，双黄蛋的概率大幅度提升，差不多占了一半。反正他也赚了不少钱。他还算是有良心的，虽然后来又生了孩子，但对前妻生的孩子，还是用心的，愿意在孩子身上花钱。"

"她家里的情况，她从来没有说过。"

"一点不像富二代是吧？这说明她有修养。当然这跟你的培养是分不开的。有什么样的老师，就有什么样的学生。你是研究孔子的，有一点你肯定比我知道得更详细。孔子当年强调'六艺'，这个小易就占了两个'艺'。"说着，董松龄得意地笑了起来，但突然间又变得严肃了，"聪明的学生，都是不好带的。我知道她肯定没少惹你生气。孔夫子不是也强调'有教无类'吗？到了你这里，才算真正得到了贯彻。龟年为应物兄点赞！"

我是不是应该告诉他，易艺艺有多么不负责任？她竟然能将卡尔·马克思听成考尔·麦克司。当我指出这个错误的时候，她竟然会说："卡尔·马克思就是领导们做报告时经常提到的那个马克思吗？不可能啊。程先生说这个考尔·麦克司是个儒家。马克思怎么会是儒家呢？"怎么不可能？虽然马克思主义的立足点是阶级关系和阶级斗争，但在程先生看来，只要有兼济天下之情怀的人，都可以看成儒家，马克思当然也可以看成儒家。这话我讲过多次，难道你一次也没有听进去吗？后来，他就不允许易艺艺再碰那些录音带了。

他对董松龄说："她的性格，到太和工作，不一定合适啊。"

董松龄说："我听说，她还陪着程先生的儿子儿媳去了西安，对不对？"

他说："是啊，这个工作她倒完成得很好。不过，程先生的儿子没去，去的是儿子的女朋友。他们还没结婚。"

董松龄说："有照片，有视频，还能有假？他们三个人去了西安。"

他吃了一惊:"你是说,程先生的公子也回到了内地?还去了西安?"

董松龄说:"这有什么好吃惊的!他们不仅去了西安,还去了香港。那小两口对她都挺满意。应该说,她出的是公差。但是呢,就我所知,她花的都是自己的钱。为公家贴钱的事,你干过,我干过,在济大的教职员工中,要找到第三个,恐怕比较难。在学生当中,如果你能找到一个,那我就可以大声宣告,我们济大的教育是成功的。现在,倒是突然被我们发现了一个,这个人就是你的弟子易艺艺。所以我认为,济大教育的成功,首先是你的成功。可你竟然还这么谦虚,认为她不够优秀。难道你的学生当中,比她优秀的还大有人在?刚才我还表扬你谦虚,转眼间你就骄傲起来了?"

董松龄突然变脸了。

应物兄双手伸向脑袋,插入头发。他得捋捋头绪。

头绪太多了。他觉得脑子都不好使了。

他听到的最后一句话是:"慢走,不送了。"

不过,他刚回到希尔顿,董松龄的电话就又来了:"到了吗?到了也不说一声,让我替你担心。有一件事,忘记说了,你的车该换了。你和吴镇,一人一辆宝马,先开着。车是罗总赞助太和的。司机就不另外配了。"

还有一件事,必须提一下。睡觉之前,我们的应物兄接到了吴镇的微信。吴镇是这么说的:"应院长,很高兴能为您效力。初来乍到,很多情况还不了解,还望应院长指教。今天,太和研究院医生窦思齐向我报告说:吴副院长,黄兴先生身上装了七颗肾,人称七星上将。此人言过其实,不堪重用。思虑再三,还是觉得向您汇报为妥。您的小吴。"

他回复了三个字:"知道了。"

吴镇却把电话打了过来。"应院长,我还以为您睡了。"吴镇说，"还有一件事，要向应院长汇报一下，铁总和陈董都表示，太和研究院动工那天，想搞个开幕式。黄兴先生对此也没有意见，只是表示自己可能参加不了，因为他接下来要去中东。陈董的意见，是将交通电台的主持人朗月请来主持开幕式。"

他眼前一黑。

"交通台有两个美女主持人，一个叫清风，一个叫朗月。她们既是搭档，又是闺蜜，好得穿一条裤子。她们的艺名都来自台长的一副对联：晚风轻拂，朗月当空照；晨雾弥漫，清风在侧畔。本来想把她们两个都请来的，但最近陈董和清风闹得有些不愉快。"

"陈董不是很会哄女人的吗？"

"这个清风，有点不听话嘛。她怀上了陈董的孩子。陈董计算了一下，那天自己喝了很多酒，担心生出来一个傻子，就让她打掉，但她就是不听。"

"一个人主持就够了。"

"那就听应院长的。你告诉朗月，这就相当于她一个人领了两份钱。"

"你自己跟她说吧。"

"好的，我听应院长的。"

吴镇的最后一句话，是关于乔木先生的。吴镇说，时间太紧了，他把要送给乔木先生的礼物，放到麦荞先生那里了。麦荞先生说，乔木先生牙不好，别吃了，吃了牙疼。他自己呢，反正没牙了，不怕疼，可以吃。吴镇现在要问的是这样一个问题："乔木先生真的经常牙疼吗？牙龈出血吗？"

"他也没牙了，一口牙都是镶的。"

"那他可以吃。但也别问麦老了。我马上就去了，再带一份就是了。"

"千万别破费。"

"不是什么值钱的东西，就是我们天津桂顺斋的萨其马。我就是想表达一份孝心。这萨其马,是御膳房的做法,用的是真狗奶子加蜂蜜。"

"狗奶子?"

"真狗奶子。"

"狗奶子还分真假?"

无论是真狗奶子,还是假狗奶子,他都觉得恐怖。把母狗的奶头取下来,搅入蜂蜜,再做成糯米糕——哦,他的心顿时揪紧了。他的眼前不仅浮现出了狗奶子,还再次浮现出了清华仁兄那张脸。

"应院长也有所不知啊。狗奶子并不是狗奶子,真狗奶子也不是真狗奶子。真狗奶子,就是枸杞,滋肾润肺,补肝明目。"

他想起来,自己曾吃过真狗奶子加蜂蜜的萨其马。那些通红的真狗奶子,嚼烂之后就像狗血。这时候,你最好别说话,不然就会狗血喷人。

74. 杂碎汤

"杂碎汤"三个字,是启功体,是从右往左写的。落款两个字"庭玉"却是从左往右写的。应物兄这是第一次看到栾庭玉为别人题写匾额。费边卡着下巴,看着木匾上的字,说:"庭玉兄的字,不比启功差。"

那匾额不是挂在门楣上,也不是挂在墙上,而是放在地上。

唐风说:"看仔细喽。启功多用方折笔,粗的粗,细的细,写出来的字,对比强烈。但缺点和优点都在里面了。有时候只能看清粗笔,看不清细笔。好处是,好看,也热闹。庭玉兄的字,粗的比启功细,细的比启功粗,但还是瘦金体。"

费边说:"大师就是大师,开口就是不一样。"

这天是唐风请客,唐风给他打电话,说要请他吃饭的时候,他的第一反应是拒绝的。唐风说："应院长，你等一下。"随后他就听见了费边的声音："当了院长，就请不动了?"电话随后传到了敬修己手上："应院长，别人替你尽地主之谊，你也不露个面。"随后电话又回到了唐风手上。唐风说："你现在下楼，有人接你。"

接他的人竟然是章学栋教授。

章学栋教授边开车边告诉他，自己刚出了一本书，样书还没有寄到，叫《钩心斗角》，今天忘带了，哪天专门送去，请斧正。他听了一愣：钩心斗角?章学栋说："其实都是一些旧文，是关于古建筑的。杜牧形容阿房宫：廊腰缦回，檐牙高啄；各抱地势，钩心斗角。"他已经知道章学栋接下来要说什么了。果然，章学栋把它与孔庙联系起来，说孔庙的建筑，最能体现"钩心斗角"的风格。钩是钩挂，屋顶各构件之间榫榫相咬，携手向心，是为钩心。殿堂飞檐如公鸡互啄，又如执戈相斗，故名斗角。和谐美观，实为中国建筑美学之精髓。

他表示一定认真拜读。

章学栋说："听说与您的大作放在一个书系。章某与有荣焉。"

哦，与我的哪本书放在一个书系?他想问，但没问。

车再次开到了铁槛胡同，由北向南，到了胡同口，向右一拐，就看到了一堵墙，墙很高。它比世界上所有的墙都要高，也比世界上所有的墙都要薄，因为它是用塑料布做的。但是，第一眼，你绝对看不出它是塑料布，因为塑料布上印着虎皮墙的图案。一些保安在墙外巡逻。"虎皮墙"上有门，门当然也是塑料布做的，但上面印的是高大的木门的图案。听到车响，门开了，站在门口的竟然是邓林。

邓林上了车。

眼前出现一片拆迁工地。

与应物兄想象的不同，工地上只能看到寥寥几个人，他们是负责洒水的，以防扬尘。倒是有十几辆大型推土机。一切都是静悄悄的。偶尔能听到哨音。戴着安全帽的人挥着一面三角形的小红旗在指挥那些推土机。推土机正把那些瓦砾朝着东南方向推去。那里已经堆起了一座小山。毫无疑问,那小山就是共济山。如果瓦砾全堆过去,共济山还真的可能变成一座有模有样的大山呢。

瓦砾上还矗着电线杆,电线也还扯着。

还有几株大树。那是柿子树还是皂荚树?

一些鸟儿从瓦砾上起飞,落到了电线上。那是燕子吗?他想起来,他住在胡同里的时候,到了春天,黑色的雨燕就飞临了千家万户。它们在朽坏的檐头啼叫,在黑色的屋脊高歌,在高大的树枝间盘桓吟唱。当它们从天上飞过,那剪刀似的尾巴仿佛在裁剪天空。据说雨燕识旧主。小燕子今年在檐头出生,明年还会再来,叼草衔泥,筑巢捉虫,生儿育女,生生不息。

这里拆成了这个样子,明年它们还会再来吗?

应物兄顿时把自己变成了一只雨燕。在雨燕看来,那些瓦砾,那些七倒八歪的房梁,那些在春天里蒸腾的尘埃,一定格外恐怖。有如开膛破肚,有如墙倾楫摧。哦,雨燕,别被吓着!等你们明年再来,一切都会好的。

车溜着塑料布院墙,向工地的西北方向开去。

那里有一座小庙。那自然就是皂荚庙。

门外长着一株高大的皂荚树,树下停着几辆车。门里也长着一株高大的皂荚树。应物兄顿时想起,老家的村子里其实也有这样的皂荚树,在所有树木中那是最有阅历的一株树。村里的老人们说,五百年前,应家始祖从山西大槐树下[1]迁移过来的时候,随手丢下了一颗皂荚豆,它就长出来了。五百年前是什么时候?那还是大明王朝呢。"大跃进"的时候,村子里所有的树都砍光了,只剩下那株树。夏天,它为村民提供一片阴凉。遇到荒年,村民们也曾

---

[1] 从明初洪武六年(1373)至明永乐十五年(1417)共进行了十多次大规模移民,洪洞大槐树下是当时最大的移民"点行地"。

摘取皂荚树的嫩芽充饥。当然，它之所以有幸躲过历史风云的摧折，主要还是因为它的皂荚。那些深浸的血汗，只有简朴有力的皂荚才能洗净。

眼前的这两株皂荚树，也是因此得以留下来的吗？

应波小时候，曾经摇头晃脑地背诵《从百草园到三味书屋》。鲁迅说，他家的后面有一个很大的园子，相传叫作百草园。"不必说碧绿的菜畦，光滑的石井栏，高大的皂荚树，紫红的桑椹；也不必说鸣蝉在树叶里长吟，肥胖的黄蜂伏在菜花上，轻捷的叫天子忽然从草间直蹿向云霄里去了……"应波感慨，除了鸣蝉和黄蜂，别的她都没见过，所以总是写不好作文。有一天，她就由外公带着来到了皂荚庙。那时候已经是秋天了，皂荚树已经开始落叶。应波在作文里文绉绉地写道，皂荚日渐苍老，时光在指缝中改变了容颜。最初的坠落，只是一片两片的黄叶，接着，就渲染出好大的一片金黄。

看到这篇作文，他内心无限喜悦。

哦，还有一个小小的细节。那一天郑树森刚好来到了家里。树森真是扫兴，上来就说，鲁迅弄错了，百草园里的那株树，不是皂荚树，而是无患子树①。应波问，鲁迅怎么可能弄错呢？郑树森说，鲁迅的那篇散文写于 1926 年，那时候鲁迅四十五岁，已经离开家乡好多年了，所以记错了，错把无患子树当成了皂荚树。不过，说完这话，郑树森又说，考试的时候，你可不敢按郑叔叔说的答题，你得把错的当成对的。郑树森有句话，给他留下了深刻印象：鲁迅反对说假话，但是如果你指出他的知识性错误，他会怎么样？如果他问你，《百草园》写得怎么样，你大概也只能够说："啊呀！这文章啊！您瞧，多么……啊唷！哈哈！"②

---

① 拉丁名 Sapindus 是 Soap indicus 的缩写，意即"印度的肥皂"。其厚肉质状的果皮含有皂素，是古代主要的清洁剂之一。
② 仿自鲁迅《野草·立论》。

但是有一点是可以肯定的,眼前的这两株树,就是皂荚树。佛门讲究用皂荚洗手,尤其是大小便后,用皂荚一直洗到胳膊肘。①不知道的人,还以为他们用胳膊擦屁股了。

这天他们就是在皂荚树下喝的杂碎汤。在庙里喝杂碎汤,当然是不对的。但现在属于特殊情况:平时用来做杂碎的那个院子,已经拆了。那块木匾就是从拆掉的院子拿过来的。最主要的是,胡同区改造工程现场指挥部,就驻扎在皂荚庙的后院,这前院临时被唐风包了下来。别说在这里做杂碎汤了,就是在这里杀羊宰牛,别人也无话可说。

费边这天刚从北京回来。

他意外地见到了费边的前女友蒋蓝。很多年前,他们在文德能家里见过,后来她出国了。那段时间费边要死要活的。他还记得文德能家的保姆曾经劝慰费边:"多大的事啊。一个茶壶总有一个盖子。那个盖子不适合你。"现在,这个盖子怎么又回来了? 蒋蓝抽着摩尔烟,对他说:"怎么,不认识了?"如果费边不介绍,他还真的不敢认。她的容貌出现了奇妙的变化,眼睛更大了,鼻梁变高了,胸脯更鼓了。那几乎透明的皮肤,说明她在那张脸上没少花钱。那张脸有如橡皮,似乎脱离了岁月,成为一种非时间性的存在。

怎么能连个褶子都没有呢?

有个念头冒出来,怎么像蒙上了世上最大号的安全套?

她说:"应院长好! 当初那帮朋友当中,好像就出了你这么一个名人。"说着笑了起来。她的声音与别人不一样。她是学过美声唱法的,好像每个字都要在嗓子里、在胸腔、在鼻窦里找找位置。她就是发笑,也跟别人不一样。或许可以称为美声笑法?

"什么时候回来的? 一个人回来的?"

---

① 《禅苑清规》(第七卷):"用筹(即擦屁股的竹片)不得过一茎。洗手先灰次土。至后架用皂荚澡豆并洗至肘前。盥漱讫,还至本处。"

"I'm single①。这次回来就不走了。Take it easy②！我不向你要工作。这次回来见了几个老朋友，朋友们变化太大了。OK，费边的变化就让我吃惊不小，讲话文明了，不抠鼻孔了，衬衣领子洁白了，打麻将也不偷牌了，睡觉都不打呼噜了。"

她是不是在暗示，她和费边刚在一起睡过？

费边赶紧把话题扯开了，说他今天来找唐风，是要请唐风在他就职的网站上，开一个专谈《易经》的视频栏目。唐风若在北京，那就在北京录制；若在济州，那就由蒋蓝负责在济州录制。原来蒋蓝回国之后，被唐风聘请到网站的济州分部工作了。"她手下的人，私下都称她为蒋委员长。"唐风开了个玩笑。

唐风说："费先生，我跟你说过了，此事仲秋之后再议。"

费边小心问道："选这个日期，是不是《易经》上有什么说法？"

唐风说："说法多得很，但不是因为这个。很简单，就是四个字，分身乏术。仲秋之前，已安排满了。"

费边说："那就先签个意向性协议？"

唐风说："六指挠痒，多那一道干吗？你是应物兄的朋友，我也是应物兄的朋友，我还欺你不成？"

蒋蓝说："我可以等。"

唐风说："费先生，你看，蒋委员长已经同意了。其实，我跟蒋委员长早就认识了。我去美国，蒋委员长给我做过地陪。我跟蒋委员长也早就是朋友了。蒋委员长，你说是不是？"

蒋蓝一定觉得，这句话似乎揭了自己的老底，让别人知道她在美国混得并不如意，只是接待国内旅游团的向导，所以她很快就说："就这么巧，我去朋友的旅游公司帮忙，刚好就遇到了唐大师。"

他们的谈话，被敬修已打断了。敬修已从厢房里走出来，急赤白脸地喊道："建新，丸子呢？我要先吃丸子。"

---

① 我是单身贵族。
② 别紧张。

唐风说:"你这个人,狗改不了吃屎。急!急什么?有什么立功立德立言之事等着你吗?一个丸子,你看你急的。正做着呢。"

敬修己说:"小颜现在就要吃。"

一个小伙子走了出来。应物兄立即认出,曾在希尔顿的电梯里遇到他。没错,这个人就是小颜。在网上跟别人讨论问题的时候,他用的名字是朱颜。他的脸色与朱颜这个名字,形成了巨大的反差:他脸色白皙,甚至有点发青,走近了看,你还会发现他脸上有着一种难以掩饰的风霜。但总的说来,他看上去要比所有人年轻。华学明曾说,他们是同学。初看上去,他和华学明是两代人,但细加分辨,还是能够感觉到,他们的年龄差距并不大。小颜笑了,对唐风说:"你别听他瞎说。我可没说要吃,我只是说,那个传说中的丸子在哪呢?"

然后小颜朝他伸出了手:"应物兄,见到你真的很高兴。"

敬修己说:"小颜早上刚赶过来。"

小颜说:"那天在电梯口看到了,以为还会遇到,第二天就回了北京。"

这话说得很自然。不知道为什么,我们的应物兄几乎立即就意识到,在他和小颜之间,似乎有一种神秘的联系。这联系通过他们紧握的手,第一次直接地传递给了对方。小颜穿着炭灰色的夹克,牛仔裤,发型有点乱,似乎是洗完澡之后被风给吹干的。脚上穿的是马靴。或许他刚从黄河湿地观鸟回来?我们的应物兄甚至觉得,那些泥点在马靴上也显得很干净。他眼睛很亮,就像紫葡萄。与所有人比起来,他一点也不矫揉造作,有一种君子坦荡荡的劲头。

章学栋和小颜竟然认识。

章学栋说:"我们济州欢迎你。"

你只有仔细听,才能听出小颜暗含的讥讽:"一来就有惊喜。国航终于换新飞机了,空姐也更年轻了。原定晚上十点起飞的飞机，延误到了凌晨三点。听说是济州机场出点小事。到这里是五点半。真好，因为有幸看到济州的朝霞。"

小颜自己拉过一把椅子坐下了。

敬修己也坐下了。因为看到别人还没坐，敬修己又站了起来，没有站直，而是弯着腰，手还按着椅子，总的说来介于坐与站之间。小颜则是一副无所谓的样子，已经开始打电话了。

旁边的人都在寒暄。应物兄当然也和他们寒暄。但他的耳朵却在悉心捕捉小颜的每句话。奇怪得很，小颜谈的问题，好像跟婴儿的出生有关。他后来知道，那电话是回给华学明的学生的。华学明一个学生正在观察一只怀孕的母羊——那是一只母山羊，即将生下一只山羊和绵羊的杂种。那学生通过彩超发现，羊羔好像正在喝母羊肚子里的羊水。

小颜是这么说的："你不需要再问华学明了。你要知道，胎儿在子宫里面，四周都被羊水包围。胎儿的尿确实会排到羊水里，但那不能算是真正意义上的尿液。胎儿吃到嘴里，也仅仅是觉得味道不好，不会对它的身体构成不好的影响。你要知道，怀孕中的母亲，新陈代谢也很快，会尽快地将身体里不好的废弃物排走，不会让它们污染胎儿的生存环境。我要告诉你，你看到的黏稠物质，其实是胎儿拉出来的屁屁。这也不要紧，不要大惊小怪。胎儿的消化系统还没有完全发育完善，所以它拉出来的屁屁不是我们所理解的固体物质。我还要告诉你，它在出生的时候，如果遇到缺氧的情况，那么母体可能会提前排出胎便。无论是人，还是牛，还是羊羔，都是如此。所以它出生以后，你通过观察那些排出的羊水，就可以知道它是否有缺氧的症状。"

敬修己支着下巴看着小颜。

在那一刻，他理解了敬修己：他觉得小颜确实值得敬修己去爱。

同时他又隐隐觉得，敬修己和小颜并不般配。

小颜最后是这么说的:"别想那么多了。不管它在母体中是怎么样的,哪怕它已经病了,已经残疾了,只要它能够历经艰难,平安出生,我们都应该感到高兴,为它们母子感到高兴。"

小颜合上手机,说:"这个电话打过,我就可以安心享受唐风大师的杂碎汤了。听说你这里的杂碎,用的都是拖到羊体之外的那截肠子?我吃过最嫩的羊肠,还没有吃过这最老的羊肠呢。"

这句话,与他刚才表现出的对羊羔的怜惜,似乎形成了极大的反差。

如果是别人说出这话,我们的应物兄或许会感到不适。但现在,他却想到了与自己名字有关的四个字:应物随心。他甚至想到了司马迁的父亲司马谈的一段话:"与时迁移,应物变化,立俗施事,无所不宜。"[①]

他很想与小颜谈谈。他再次隐约感到小颜与朱三根老师的联系。只是小颜不提,他也不问。

他当然还不知道,小颜之所以来到这里,有一个重要原因,就是想和他见面。

关于杂碎,关于那风味独特的杂碎汤,应物兄并没有太大兴趣。他更感兴趣的是唐风和唐风的徒弟四指的话。四指是个三十来岁的年轻人,头发上打着发胶,穿着紫色绸衣,绸衣上有龙的图案,龙是黑色的,龙须、龙爪却是金色的。唐风叫他四指,因为其左手缺了一根中指。关于四指的情况,应物兄是后来听费鸣讲的。原来,四指本是汉拿山烤肉店的前台经理,因为老婆和女友几乎同时死掉了,四指就重金邀请唐风来看家中的风水。唐风略加指点,家中从此便平安无事,而且新夫人和新女友还相处和谐。后来四

[①] 司马谈"论六家之要指":"法家严而少恩。然其正君臣上下之分,不可改矣。名家使人俭而善失真。然其正名实,不可不察也。道家使人精神专一,动合无形,赡足万物。其为术也,因阴阳之大顺,采儒墨之善,撮名法之要,与时迁移,应物变化,立俗施事,无所不宜,指约而易操,事少而功多。儒者则不然。以为人主天下之仪表也,主倡而臣和,主先而臣随。如此则主劳而臣逸。"——《史记·太史公自序》

指就辞了工作，一定要拜唐风为师。唐风稍有迟疑，四指立即手起刀落，剁掉了一根中指，以表明自己献身堪舆学的决心。四指左手总是把玩着一只铜葫芦，铜葫芦上面有八卦图案。那只左手，因为缺少一根中指，显得有些稀稀拉拉的。

哦，对了，那天最先讲话的，其实是四指。

邓林显然跟四指比较熟，问四指，不是出国了吗，什么时候回来的？

四指看着师父说，师父带着去了趟印度，与印度的堪舆学家做个对话。唐风接口说："四指出了一次国，感触很深呢。"

四指就说："这次去印度，相当于接受了一次爱国主义教育。"

邓林说："你可真能扯。去印度接受爱国主义教育？"

四指不急，转动着铜葫芦，说："这次去印度，按师父要求，跟贫民窟里的人接触了几次。他们虽然穷得叮当响，但一个个都很快乐，一点也不崇洋媚外。你问他们，下辈子你想做印度人还是美国人？他们都会异口同声，当然还做印度人。可是你看看诸如墨西哥的穷人，如果可以选择，起码有一半人想托生到美国。师父说，这就是文化自信，这就叫物理存在与文化存在的统一。从根本上讲，这与堪舆学的原理是一致的。堪舆学关心的问题，就是物理存在与文化存在的和谐。"

费边说："四指，你大概不知道，应院长和蒋老师都是从美国回来的。"

四指说："怎么不知道？这正是我佩服应院长的地方。蒋老师的情况我不清楚，应院长的情况略知一二。按我的理解，应院长本身就是文化存在，他走到哪里，物理存在和文化存在都是统一的。尽管如此，他还是回来了，因为他想生活在一个更大的文化存在的内部。"

唐风说："去擦擦你的嘴。瞧你那张小油嘴。"

四指不吭声了。

唐风说:"就是管不住那张嘴。不过,他说的倒是实情。我们这些人,包括敬修己先生,包括蒋蓝女士,都是从外面回来的。这说明我们对我们的文化有信心,要做点事。现在,程济世先生也要回来了。"说着,唐风对四指说,"你是小和尚没见过大菩萨。程先生走到哪里,那才叫文化就到了哪里。你把好听的话都对应院长说完了,见到程先生,看你还有什么话说?"

蒋蓝突然说:"这杂碎,我尝了几口,也太香了。再吃一碗,不会对身体不好吧?"

唐风说:"黄兴先生要吃,医生不让吃,说是对身体不好。医生把黄兴先生送回家,自己偷偷跑来了,吃了两碗。医生不比你更爱惜身体?"

唐风对四指说:"把师傅请出来。"

四指搀出来一个老人。那老人显然是为要出来见人,又刚洗了把脸,没有胡子,但眉毛很长,白眉毛飘着,像蒲公英,头顶全秃,发光发亮。老人不让四指搀扶,自己站着,给人一种严谨安详之感。在老人中,他的个子算是高的,所以又给人一种浑朴和凝重之感。如果不是他嘴唇皱瘪,别人或许会认为他只不过七十来岁。唐风高声问道:"老人家,他们都夸你杂碎做得好。他们问你高寿几何?"

老人把手竖在耳边,说:"甜了,自个加盐。"

唐风说:"问你高寿?"

老人说:"芫荽,自个放。"

唐风笑了,朝老人拱拱手。四指把老人搀回去了。唐风说:"老人姓秦,今年九十高寿。你问他长寿秘诀,他就说,他天天喝一碗杂碎汤。"

然后唐风就说:"你们知道秦先生住在哪吗?"

唐风自己朝拆迁工地的方向指了一下:"秦先生住的地方已经拆了。他就住在帽儿胡同。程先生只说帽儿胡同的仁德丸子做得好,没说帽儿胡同的杂碎汤做得好。为什么呢？因为大户人家以前是不吃杂碎的。他没吃过,当然不记得了。"

应物兄急着插了一句:"这么说,你们找到程家大院的时候,它已经拆了?"

唐风说:"此种情形,每天都在发生。"

他问:"黄兴知道吗?"

唐风说:"当然知道。你问敬先生。"

现在是春末,离秋天还早着呢,但敬修己吟诵的诗句却是关于秋天的,那是秋瑾引用清人的诗句:"秋风秋雨愁煞人,寒宵独坐心如捣。我实在不知道,该如何向程先生解释。只能静待时日,看它整旧如旧,然后瞒天过海,告诉程先生,这就是你儿时待过的院子。"

接下来才是今天谈话的重点。唐风说:"敬先生大可不必如此伤怀。你大概不知道,程家大院原来的风水一点也不好,这次正可借改建之机,重整旧山河。"

蒋蓝说:"我在美国就知道程济世先生。听说他挺洋派的。他不会相信什么风水不风水的。我就不信。"

四指把铜葫芦举起来又放下了。

他其实是想拿铜葫芦去堵蒋蓝的嘴。

唐风的碗里,一片杂碎都没有,只是一碗汤,汤中漂着几叶香菜。唐风把香菜拨到一边,喝了一口,说:"美国人怎么不讲风水?中国人研究风水,常用孔夫子的墓地来举例。美国人呢,他们的历史太短,比兔子尾巴都短,他们只能以肯尼迪家族的墓地来举例。肯尼迪家族墓地,已是美国堪舆学家的活教材。肯尼迪的祖父死于1929年,葬于马萨诸塞,四面没有高峰守峙,左右也没有天龙围护,且右前方有他人的墓地,上面有一座耶稣石像,而耶稣像前后最忌动土。这个墓说好也好,说不好也不好。好与不好,说的都是对子孙仕途的影响。既能让子孙飞黄腾达,又可让子孙命丧黄泉。吉气来者缓矣,凶气来者速也。吉气难逢而易逝,凶气易召而难防。所以,肯尼迪既可袭祖墓之荫庇,以高票当选美利坚合众国之总统,又会横遭不测,惨遭狙击。死了一个肯尼迪还不够,还要再死一个肯尼迪。所以肯尼迪总统的弟弟,随后也吃了枪子。"

蒋蓝自知理亏,缓缓地嚼着肠子,不说话了。

唐风又说:"这说的是阴宅。程会贤将军的墓在台湾,我们就管不着了。据我所知,程家祖坟在'文革'时已经刨掉了,我们也不说了,只说阳宅。阳宅与阴宅,要分别来看。有一点,不管你们都是什么学术背景,你们都会认可的。堪舆学,也就是我们所说的风水学,研究对象其实是人,研究的是人如何顺乎天应乎地。顺乎天应乎地的人,就是有仁德的人。"

说到这里,唐风突然想起一件事来:"想起来,唐风最早是从一个韩国人那里听到应物兄先生大名的。"

哦?原来唐风早就知道我啊?

他就说:"我认识几个韩国人,您说的是……?"

唐风说:"是前些年的事了。唐风去韩国讲学,遇到成均馆大学的一位先生。那位先生倒是气度不凡,唐风记得他姓卢。他在唐风面前提到过应物兄先生。不过,唐风与他发生了一点争吵。事关重大,唐风没给他面子。他后来没在你面前提过此事吧?"

他一时想不起来,那个姓卢的朋友是谁,就说:"韩国朋友是很讲礼貌的,不愉快的事不会提起的。"

唐风说:"唐风参加的就是国际堪舆文化学术研讨会。卢先生不是会议代表,但跑来旁听了。这位卢先生对韩国的'风水申遗'也很热心。唐风虽是美国籍,但是,洋装穿在身,心是中国心。对卢先生的言谈,自然不敢苟同。我说,韩国的风水学说来自中国,申遗也只能由中国来申。卢先生说,风水学说传至韩国那天起,韩国的政治文化就与风水学说密切相关,但在中国,风水学说却被认为是封建迷信,与中国的政治文化已经没有关系了。他还说,风水学说源自《周易》的八卦理论,大韩民国的国旗上就有四卦。我对他说，风水文化是明朝时传到韩国的，区区几百年而已，根不深，叶不茂。风水文化在中国，才叫树大根深，枝繁叶茂。卢先生你也是研究儒学的，应该知道，孔子就是风水大师。孔子的墓地就是他本人选定的。孔子七十三岁那年，自感行将告别人世，便叹道，泰山其颓乎，梁木其坏乎，哲人其萎乎！[①] 遂领着众弟子勘选墓地。孔子信奉周公，而周公是很重风水的。孔子最后将自己的墓地定在泗水之滨[②]，少昊陵旁，那里风水绝佳。唐风对卢先生说，你不是曾到孔林祭拜孔子吗？你祭拜的是孔子，也是中国风水学。"

小颜咔嚓一声，咬了口黄瓜，问："那人也被你弄晕了吧？"

唐风说："朱先生有所不知，韩国人都是一根筋，岂能轻易丢子认输？没办法，我只好给他来个釜底抽薪。这位卢先生，与他们的前总统卢泰愚是同族，祖籍都是山东，先祖就是发明直钩钓鱼法的姜子牙。姜子牙的第十三代孙，因功封于山东卢县，后人遂以邑为姓。韩国卢姓始祖是在唐朝末年东渡到韩国的，名为卢穗。此人不是凡人。龙生九子，此人也生了九个儿子。如今韩国姓卢者，皆卢穗后人也。我告诉他，孔子欲复之礼何也？周公之礼也。姜子牙即为周公所聘之国师。姜子牙是中国最早的风水大师。谈风水，必谈姜子牙。没有姜子牙，风水学说就是无源之水。说风水学出自韩国，唐风答不答应倒在其次，只怕你的先祖姜子牙不会答应吧？我这么一说，卢先生终于偃旗息鼓了。唐风对他说，如此轻薄之辞，以后不可再讲。事后想想，话有点重了。人家其实也没错。说到底，都是各为其主罢了。此事也给唐风一个提醒：韩国那边已将风水提高到国家文化战略的高度了，我们这边若不迎头赶上，要吃大亏的。"

他还是没有想起来，那位卢先生是谁。

---

① 见《礼记·檀弓上》。
② 〔宋〕朱熹《春日》有句："胜日寻芳泗水滨，无边光景一时新。"作者一生未到过泗水之地，此诗是作者心仪孔圣之作。

684

对不起,卢先生,请恕我愚笨。任何人,任何事,只要形成文字,我大都能够记得。没有以文字形式记载到书里的人和事,我确实很难记得住。不过,既然卢先生是研究儒学的,那么肯定经常来到中国。唐风不是说了吗,他曾到孔林拜谒孔子墓。等他再来中国的时候,太和研究院已经巍然屹立于济州,届时我一定请卢先生到太和做客。或许还应该叫上唐风。把酒言欢忆当年,抚琴谈笑论堪舆,岂不快哉?不过,为了不打断唐风的谈兴,这话他没有讲。

他对唐风说:"程家的院子,你又没有见过,怎么知道原来的风水不好呢?"

唐风说:"应院长问得好。庭玉兄也这么问过。可我要告诉你,清末民初,大户人家修的宅子,或多或少都模仿了一个园子。就是大观园嘛。学栋兄,你同意我的观点吧?我再问一句,程先生是不是曾把自己的园子称为大观园?他的话当然不是顺口说的。我现在要说的是,大观园的风水,就不够好。当然不好!不然不会落个风流云散,落个白茫茫大地真干净。看过《红楼梦》的都知道,从大观园南门进去,近水低洼处有凹晶溪馆,山脊之上有凸碧山庄,阴阳相对,倒是不错。东北有山,水源自山坳引到稻香村,这也没错。从东北角沁芳闸出来,只见青山斜阻,再转过山坡,路过蘅芜苑、藕香榭、紫菱洲、秋爽斋,就到了潇湘馆。有没有错?有,却也不是什么大错。让我怎么说才好呢?怪就怪那时候没有直升机,没有热气球。倘若从高处往下看,就可以看到问题了。从整体上讲,东北山坳水之分流处,与西南柳叶渚之盘道通幽处,两者之间,曲里拐弯,扭成了一个 S 形曲线,有如美人侧卧。一个基本常识,被曹雪芹给忽略了,太极图是乙形曲线,而非 S 形曲线。风水讲究的是乙形,而非 S 形。乙关阴阳,S 关什么?用于时间,它的意思是秒。用于性别,它的意思是女性。贾宝玉就是毁在一堆娘们手里。你们不要误解。对于女人,唐风历来是尊重的。不怕你们笑话,我比贾宝玉还爱女人。我认为,女人和男人平等的说法是荒唐的,女人永远在男人之上。你随便给女人一点东西，女人就会让它升级，让它变得更好。你给她一颗精子，她给你一个孩子。你给她一间房子，她给你一个家。但是，要是有一群女人围着你，那就坏事了。从堪舆学角度讲，怡红院就存在这个问题。当然了，曹雪芹是故意这么写的，还是因为不懂风水才这么乱写的，唐风不便多嘴。唐风只知道，从堪舆学角度讲，大观园的风水问题，严重得很！谁要学着大观园造院子，那就要吃不完兜着走了。"

蒋蓝插嘴道："太棒了。大师就讲这个，保管迷倒众生。"

唐风没接蒋蓝的话茬，问："应物兄先生，你说是不是这个理？"

他对唐风说："程先生说过，程家大院不是大观园，充其量只是怡红院。"

话音刚落，唐风就笑了。唐风往椅背上一靠，说道："大观园中，就数怡红院风水最差。怡红院后院，满架蔷薇，还有个水池。不成样子。别的唐风就不说了，单说那蔷薇。蔷薇是扶架而生，柔弱无骨，风流成性，乃败家之兆也。院内不宜栽蔷薇，宜种牡丹。"

章学栋以速记形式，把唐风的话都记下来了。

唐风说："你们不要紧张。程家原来的风水，值得夸赞的地方也不少，不然也不会孕育出程济世先生这样的大贤之人。只是大宅深院，有形无形之煞，多多少少总是有的。有煞，不要紧。或化或挡或制，届时唐风自有办法。"

费边说："大师，我弟弟费鸣是太和的人，所以我要对您表示感谢。我没想到您对太和如此用心。"

唐风淡然地笑了，说："儒学太重要了。没有儒学，堪舆学就是无源之水。没有儒学支撑，堪舆学就是有肉无骨。所以，唐风愿意略尽绵薄之力。还有，这些年为别人看风水，都是亡羊补牢。工程建好了，院子修好了，发现遇到麻烦了，才请你去看。你呢，只能因地制宜，修修补补。这一次，庭玉兄、道宏兄让我提前介入，也是为了省去日后的麻烦。"

不知道什么时候,小颜竟然歪在椅子上睡着了。

敬修己出神地看着小颜。似乎担心小颜睡着之后会感到冷,敬修己把外套脱下,拎在手里,想搭到小颜身上,又害怕把小颜弄醒,所以神色犹豫。

费边对蒋蓝说:"你不是想让应院长签名吗,还不拿出来。"

蒋蓝向包中找,翻来翻去,却没能找出来,说:"出来得急,忘记带了。"接着又埋怨费边,"都是你,催、催、催!催命鬼似的。"然后又对应物兄说,"哪天我专门请你吃饭,请你给我签喽。我买了两本,一本自己看,一本给女儿看。女儿在美国待久了,都不知道我们还有国学,连孔孟是谁,都搞不明白,还以为孔子姓孔名孟。这次,得让她好好补补课。暑假,她回国的时候,我带她去见您?您可是孩子的舅舅,您可得尽一下舅舅之责。"

他只能说:"我请孩子吃饭。"

这时候,小颜醒了过来。是敬修己的电话,把小颜吵醒的。

说来也怪,在他们谈话的时候,经常有手机响的,小颜却浑然不觉,这会敬修己的手机一响,他就醒过来了。这可能是因为敬修己的手机铃声与别人不一样。敬修己是研究儒学的,用的却是几十年前电视剧《济公》的主题曲:

> 鞋儿破,帽儿破,身上的袈裟破。你笑我,他笑我,一把扇儿破。南无阿弥陀佛,南无阿弥陀佛。

电话竟是小尼采打来的。敬修己对小颜说:"倪说先生问我们,是今天看还是明天看?"原来,是小尼采邀请他们去看戏。

小颜说:"我要先看本子。"

敬修己说:"他不是说了,没有本子。"

小颜说:"你带个速记去看,做个文字稿。我看了本子再去。"

敬修己只好又给小尼采打电话,让小尼采根据现场演出记下文字稿,然后对小颜说:"我也明天看。"

应物兄很自然地想到,小颜是对小尼采的戏不感兴趣。但他接下来却听小颜说道："我不要他送票。我自己买票。他要送票，我就不去了。"

"买不到贵宾票的。"

"我就不喜欢狗屁贵宾票。"小颜说，"应物兄，你看过倪说的戏吗？"

"说实话，只在电视上看过他演的小品。"

"我约文德斯去看，文德斯说，他没空。他可能真没空。我约空谷去看，空谷说让我先看。好看，她才去。你看，人家这架子。"

听上去，小颜不仅认识小尼采，还认识文德斯和陆空谷。认识小尼采可以理解，因为敬修己是小尼采的朋友，他们可能已经见过面了。与文德斯和陆空谷认识，他就有些吃惊了。

"你认识文德斯？"

"我还替他在医院值过班呢。何老太太糊涂了，把我认成了文德斯，见到我就叫文儿。我说我不是文儿。她立即说，那你是愚儿[①]？我说，您说对了，是文儿让我来看您的。她撇着嘴，差点哭出来。她让我照看好她的柏拉图。后来我看到了那只黑猫。那只黑猫跟我有缘分啊，见了我，一点不认生。"

他还是把最想问的那句话说了出来："你跟陆空谷女士也熟悉？"

令他吃惊的是，小颜竟称陆空谷为妹妹，而且是"六六妹妹"："六六妹妹，我怎么不认识呢？六六对你最好了，我说了我看过你的书，她就对我说，对应物兄不要横挑鼻子竖挑眼的。我说没有啊，我喜欢看应物兄的书，看了颇受教益。她认为我在说风凉话。可我说的都是真的。"

敬修己插嘴道："陆空谷很感谢小颜的。"

他不由得问了一句："她感谢小颜什么呢？"

敬修己说："小颜从动物学、生物学的角度，证明程家大院就在

---

① 郑象愚。

此处。"

有一阵子没说话的唐风也说了一句:"找到程家大院,朱颜先生也是立了大功的。陆空谷能不感谢朱颜先生吗?"

作为寻访仁德路小组成员,章学栋也知道这件事。此时,唐风用奚落的口吻对章学栋说:"章先生,我们讨论那些材料时,你一言不吭,是不是有意见啊?"

章学栋立即说:"我不说话,是因为我在默默地表示敬意。"

唐风说:"如果不是朱颜,事情还真难定下来。朱颜,你立了大功啊。"

小颜的话带着强烈的嘲讽意味:"唐大师,你那一筛锣,我这就上竿?把我当猴子了。我只是说出了一种可能性而已。事情是你们定的,功劳也是你们的,我可不能邀功。如果这也算功劳,这功劳不应该记在我头上,应该记在那些寒鸦头上。这些好听话,你们跟寒鸦说去吧。"

75. 寒鸦

寒鸦竟是找到程家大院的重要线索?这是应物兄没有想到的。哦,停在电线上的那些黑色的鸟,其实有雨燕,也有寒鸦。空间的距离,使他无法看清它们,以为它们都是雨燕。

按小颜的说法,寒鸦是寒鸦,乌鸦是乌鸦。寒鸦胸前,有铜钱大一片羽毛是灰白色的。它的眼睛也更亮,像熟透的野葡萄。

因为程先生多次提到过程家大院的寒鸦,所以在应物兄的脑子里,也曾无数次地有寒鸦飞过,并且带着古典诗词特有的苍凉背景。但是,严格说来,那飞过去的,其实不是一只鸟,而是一个词,一阕词,一个古老的音符。他看不到它的翅膀,它的羽毛,它的爪子,它的喙。他看到的是程先生正在说出这个词,正在吟诵一首词,而且伴着二胡的悲音。

程先生说过,在离开济州之前,他最后一次听灯儿演奏二胡。那天家里来了不少人,吹拉弹唱,饮酒作乐,不亦乐乎。但是后来,琴声变成了悲音,欢唱变成了哭泣。他记得很清楚,说完这话,程先生吟诵了张可久的《折桂令·九日》

> 人老去,西风白发,蝶愁来明日黄花。回首天涯,一抹斜阳,数点寒鸦。

程先生还吟诵了辛弃疾的《鹧鸪天》:

> 晚日寒鸦一片愁,柳塘新绿却温柔。若教眼底无离恨,不信人间有白头。

他当然也记得,程先生与北大校长见面的时候,在简短的寒暄中,程先生也提到了寒鸦。程先生搞错了,当时在林子里飞来飞去的并不是寒鸦,而是灰喜鹊。程先生说:“富家之屋,鸟所集也。寒鸦翔集,让人顿生欢喜之心。”校长当时回答说,生态环境嘛,我们一直在抓的。

在杜塞尔多夫,在那个由基督教会改成的学术会议中心的院墙外面,他陪着程先生散步的时候,鸟叫声此起彼伏。有一种鸟,叫声就像有人朝空瓶子里吹气,你甚至能听见换气的声音。不时能见到鸟的骸骨。有一架骸骨陈列在倒伏的树杈上,就像梳子。时间剥离了它的肉身,它显得那么精致,光滑,干净,轻盈。它在时间中变成了非时间性的存在。他认为那应该是燕子的骸骨。程先生弯腰去看那些骸骨,说,这是寒鸦。哦,就在那天,他将吴镇介绍给了程先生。

小颜如何通过寒鸦来确定程家大院就在这片胡同区一事,主要是唐风和敬修己来讲述的。小颜却表现得就像个局外人似的,好像对此并不关心。相比较而言,他好像对四指手中那只铜葫芦更感兴趣,借了过来,把玩着。

而随着他们的讲述,在我们应物兄的意念中,杜塞尔多夫的那排骸骨又还原成了鸟,还原成了寒鸦。张可久和辛弃疾诗中的鸟,从词语的鸟变成了一只只活生生的鸟。它们在天上飞着,高过所有的树梢。它有翅膀,有羽毛,有爪子,有喙。它斜着飞。根据飞矢不动的观点,它在空中有如一个静止的剪影。后来,剪影中的翅膀突然收缩了,又迅速张开,扇动着。它在屋顶上盘旋,缓缓降落,落到了程先生曾经提到过的程家大院的那株梅树上。

梅花开着,寒鸦叫着。

唐风和敬修己认为,通过寒鸦来确定程家大院,是小颜的一大发明。小颜反对这个说法。小颜说,在生物学界,肯定寒鸦的记忆和思考能力,其实是一个常识。小颜说,他去德国游玩时,曾拜访过鸟类学家尼德尔教授[①]。尼德尔教授认为,虽然寒鸦、乌鸦、喜鹊这些鸦科动物和人类不存在共同的祖先,但是在某些决策行为上,它们与人类有着惊人的相似性,具有相当的智力。寒鸦与灵长类动物有着不同的大脑,但在某些细胞调节上,却有着相似特征。寒鸦可以记住它见过的图像,还可以使用工具取食,它们有自己的语言渠道,可以用语言充分交流,最重要的是,它有惊人的记忆力。它们不仅能够记住飞行的路线,可以躲避曾经经过的危险空域,还有一种深刻的种族记忆,在繁衍多代之后,还能够记住某个重大事件,比如记住祖先曾经在哪里生活。它们总是要回到那个地方去,即便那里已经面目全非。

"尼德尔教授甚至相信,作为恐龙的后裔,寒鸦甚至还记得恐龙时代。"小颜说,"所以,几十年的时间,对它们来说,不过是一个瞬间。"

他还是提出了他的疑问:"你怎么知道这群寒鸦待的地方,就是程家大院?"

---

① 安德里亚斯·尼德尔(Andreas Nieder),德国图宾根大学教授,鸟类学家,动物心理学家。

小颜对程先生直呼其名，说："程济世多次提到家中落有寒鸦。在济州，只有少数几个地方有寒鸦。你们的专家认为，只有这片地方，与历史相符。现在落在电线上那些寒鸦，只是进一步证明，它们飞来飞去的那片狭小的区域，就是程济世家，也就是你们说的怡红院。"

话里话外，他觉得小颜对程先生似乎有些不敬。

当然，他很快就想到，作为一个负责自然科学家与人文学者对话的学术主持人，拒绝客套，直呼其名，平等地参加对话，在对话中回到事物本身，这大概就是他在工作中养成的习惯。

在随后的交谈中，小颜不愿再谈自己，小颜甚至不愿意参加他们的谈话。每当唐风想让小颜"说几句"的时候，小颜甚至似乎都懒得搭理他。

唐风对小颜的耐心、尊重，让应物兄觉得有些不可思议。

直觉告诉他，唐风一定有什么事情有求于小颜。关于唐风与小颜的关系，他是在多天之后才知道的：自诩为《易经》专家的唐风，对《易经》其实也是半懂不懂，需要向小颜请教。这倒不是因为唐风天资不够。一个在八十年代能够考进清华大学的人，怎么会天资不够呢？接个吻就能从女人嘴里顺出一只金牙的人，怎么会天资不够呢？唐风之所以会被《易经》中的一些知识绊倒，是因为《易经》中涉及海量的自然科学知识，它首先是一部科学著作，描述的是物质运动及其规律。多年游走于江湖的唐风，对那些知识已经非常隔膜了，需要小颜的指点。

费边突然拉了应物兄一下，说："我有件事要告诉你。"

往门口走的时候，费边已经开始大发感慨了："德能兄死了快二十年了。"

应物兄心中咯噔一下。时间过得太快了。

费边说："我们网站成立了出版部，我负责此事，正好利用这个权力给文德能出本书。我给文德斯写了信，让他把哥哥的遗稿编一下。他回信说，哥哥没有遗稿。怎么可能呢？"

"文德斯倒没有说错。"

"开玩笑吧？我看他每天写个不停。"

"至少我没见过他的文章。"

"不对吧，临死前他还提到了一篇文章，说没有考虑成熟。可见他一直在写。"

哦，那是一个谜。文德能死前，提到了一个奇怪的单词，"Thirdxelf"。文德能将那串字母分别说出，而且说了两遍。芸娘似乎听懂了他的意思，说她听懂了，会帮他找到的。芸娘后来说，那是他很早以前写的一篇文章的题目。

根据芸娘的解释，那是文德能生造的一个单词：文德能将"第三"（Third）和"自我"（self）两个词组合了起来，形成一个新的单词：Thirdself，第三自我。但是文德能又将其中的"s"换成了"x"。他还记得，文德能说完这个单词之后，又清晰地说出了最后两个字：逗号。按芸娘的理解，他是说，那篇文章他没有写完呢。

他对费边说："他写的都是一些笔记。他好像谈过，无论是在八十年代还是九十年代，我们的经验都否定着理论，各种理论。它还没有成为一种话语。他说过，对我们来说，希望是个秘密，痛苦是个秘闻，但都没有形成文字。"

"那我就把他的那些笔记凑成一本书。这对他，也是个交代。哪怕是病假条，我也给他出了。你给他写个序吧。想借你的名声，我多卖几本书，少赔一点钱。"

我怎么能给文德能写序呢？能够梳理他的想法的人，不是我。每次和他交谈之前，我都得事先做准备。但是几句话之后，我就理屈词穷了。我是充电两小时，对话五分钟。

他摇着头。与其说是表示拒绝，不如说是表示愧疚。

费边说："你们不是知音吗？我看到你在书中多次提到了他。"

没错。我提到过多次，有时提到他的名字，有时则隐去了名字。隐去名字，并不是要将他的思想占为己有，而是因为想不起来他的原话了。他想起来，他曾经在解释"君子不器"的时候，提到文德能的一则笔记：个人必须在公共空间里发挥作用，自我应该敞开着，可以让风吹过自我。但对于文德能那些复杂、敏感的想法，我是无法把握的。

他的沉默引起了费边的不满。费边噘起嘴唇，吹了一下前额的头发。那里的一缕头发被染成了黄色。有人说，那是精心设计的，在北京的富人圈里，那是股东的标志。那缕头发缓缓落下去的时候，他对费边说："这个序，我没有资格写。有个人比我合适，那就是文德斯。"

费边说："那还不如我写呢。我总比他有名吧？"

当他们谈完话，回到庙里的时候，小颜正准备离开。小颜说，他和一个朋友有约。多天之后，他才知道，约小颜见面的人，就是陆空谷。

到了下午四点钟的时候，唐风和四指也出去了。他们似乎要去替别人指点迷津。人们都走了，只剩下了应物兄和敬修己。皂荚庙里突然恢复了空寂。

在问候过程先生之后，应物兄发现，他竟然找不出话来了。

敬修己显然也是如此。

出去走走，谈谈天气？后来，他们就走出皂荚庙，来到了外面的工地。

应物兄不能不感慨工程进展之快，快得似乎超出了人类的想象力。仅仅过去几个小时，远处的共济山就长高了许多，而且又多出了一个山峰，与他来时看到的那个已经形成了连绵之势。他不由得想到，几天之后这里甚至可能出现群山呢。远远看去，有推土机往原来的那架山上堆土，那是从开挖的济河古道运来的土。运着参天大树的车辆已经开进来了，同时开进来的还有长臂吊车。吊车把树从车上取下，直接送到山腰。取下来的时候，那树是躺着的,但它很快就直立起来。它生长,在空中生长,迅速地向天空生长,向缓缓飘荡的云朵生长。第二棵大树又将这个过程重复了一遍。有时候空中同时出现几株大树,就像空中的森林。那森林整体地向山腰移动,但又给人一种感觉,好像山在向森林移动。日暮苍山远,你远远地看着它们,觉得它们要撞到一起了,甚至会为它们担心。它们呢,好像也担心相撞,慢慢地错开了,但最后还是撞到了一起。随后云朵被晚霞染得绯红,染成紫红色,又被浓墨重彩地涂得黑红。几乎所有的民工,都挤到了那山上去,他们要把一株大树从山腰抬到山峰,让它成为共济山的最高峰。

那原始的劳动号子从废墟那里传来:杭育,杭育,杭育。

已经适应了机器声音的寒鸦、乌鸦、雨燕等各种鸟,以及瓦砾中的那些飞虫,包括地鼠,包括在破砖烂瓦之间假寐的野猫,此时听到那整齐划一的人声,似乎都有些惊讶。它们不约而同地飞,不约而同地跳,又在飞与跳的同时,找到食物,发现配偶,迎来天敌。在这片废墟上,集中地演绎着什么叫"食色,性也"。

还有一只狗,它本来倚着一个被砸坏的黑乎乎的门框卧着,看到他们过来,慢腾腾地站了起来。那是一条母狗,一条说不出品种的狗,眼珠子蜡黄。它似乎是沙皮狗与土狗的杂交。它太瘦了,似乎已经多天没有吃饭。它肚皮下垂,本来排列整齐的乳头现在胡乱地长在上面,乍看就像用黑塑料做成的劣质的扣子。如果不出意外,它应该是偷偷跑回来的,回来寻找自己的孩子。它挪动了几步,挪到一个同样黑乎乎的门板上,屁股下垂,开始拉屎了。它拉出来的屎,一点不结实,松松垮垮的,就像肉松。随后,它掉转屁股,看着那泡狗屎发着呆。它是出于自恋吗?显然不是。它呜呜咽咽的,似乎在哭。

那个门板与砖头的缝隙间,长出了几株绿苗,那是丝瓜苗还是豆苗?它的眼睛就在狗屎与豆苗之间来回看着,狗眼分泌出大坨的眵目糊,似乎快瞎了。因为它动作迟钝,所以它给人的感觉倒像是陷入了思考。它在思考什么问题呢？种瓜得瓜，种豆得豆，它是不是在想，它拉出的那泡狗屎，能否变出小狗？

一阵疼痛，突然在胸中涌起。

当那只狗再卧下去的时候，门板的一头突然翘了起来。狗和狗屎，迅速地滑了下来。那门板继续向前滑动。这时候，一个事件发生了。门板挪开的那个地方，有个物件，一半埋在砾石里，一半露在外面。

狗用嘴把它叼了出来。

原来是个钱包大小的影集。

那只狗就叼着那本影集，慢慢走开了。它是不是觉得，那就是主人的影集？

有两张照片从影集中掉了出来。这件事本来与他们没有关系，但此时他们却走了过去，将照片捡了起来。敬修己拿的那张上面是个穿开裆裤的孩子，在麻石路上走着，而在应物兄拿的这一张上，那孩子好像在郊游，站在河边，河边有芦苇，远处还有一道沟渠。照片很小，黑白的，像火柴盒那么大。他自己小时候的照片已经找不到了，所以对这个经过狗嘴的过渡偶然来到手中的照片，他突然产生了一种奇怪的亲切感。他想起自己也有过类似的照片，也是站在河边照的。现在，看着那照片，他似乎闻到了芦苇的清香。一个奇怪的想法在他脑子里盘旋：如果我能找到过去的照片，那么上面的那个我，还在我身上吗？我会不会觉得，那个遥远的孩子如同是另外一个人？

敬修己似乎也有些出神。

一辆卡车从他们身边驶过，上面装的是铁棍。那辆车在皂荚庙门前停下来了。

敬修己终于说话了："这皂荚庙外面，原来围着铁槛。要恢复原样了。"

听敬修己的口气，敬修己已对四周风物进行了多番考证。据

他说,这皂荚庙,最早只是一个大户人家的外宅,就是小老婆住的
地方。那个人后来看破红尘,到慈恩寺当了和尚,法号智能。虽说
做了和尚,但仍然迷恋女色,这次迷恋的是个道姑。被慈恩寺赶出
来之后,他就和那道姑住在这里。智能虽已还俗,但依然吃斋念
佛。明嘉靖二十六年(1547)七月,黄河泛滥,济河决堤。水退之
后,淹死鬼遍布田野,饿死鬼充塞街巷。凡死于此宅前后左右者,
智能必为其收尸,火化,安葬。后来,人们感于这个还俗和尚的善
举,助其在后花园建了个小庙。虽是小庙,时人却故意称其为智能
寺,而称慈恩寺为慈恩庙。寺比庙大。这当然是为了笑话慈恩寺,
因为大灾之年,瘟疫流行,慈恩寺竟紧闭山门,僧众皆不能来去。
因为院内院外有皂荚树,所以它就有了两个名字:智能寺和皂荚
庙。智能又陆续化缘,在此建起了禅堂、斋堂、客堂。到1664年,皂
荚庙已初具规模。从此,皂荚树俯看香客礼佛,静对缥缈烟火。

"修己兄,这倒是从哪里查阅的资料?"

"《济州地方志》上有,《济河志》上有,《明史·河渠志》上有。
且百姓代代相传,心中自有。"

"那它后来如何成了程家的家庙?"

敬修己接下来的讲述,依然环环相扣,由不得人不信。据他
说,皂荚庙的清静,保持到1911年。时局动乱,清军将此当作军粮
囤积之地。为了防盗,在庙外安扎了铁槛。与此相通的胡同,也装
了铁槛,那胡同也就改叫铁槛胡同了。清军南下武昌与革命军交
战前夕,革命军的线人在此放火,将军粮烧了个精光。从此,皂荚
庙就只剩下了门外的两道铁槛。后来,善男信女曾化缘重修此庙,
却断断续续弄不成个样子。程会贤将军的父亲程作庸,是城内有
名的郎中,也是吃斋念佛的人,曾救治过一个做药材生意的人,这
人有感于程作庸救命之恩,重修了这个小庙,将它送给了程家。

"程先生怎么没向我讲过此事?"

"他离开济州时,还是个孩子,如何知道这曲里拐弯的事?"

讲完皂荚庙，敬修己给小颜打电话，催小颜回来，说该去吃饭了。小颜一定是说自己吃过了，因为他听见敬修己说："别骗我，你真吃了还是假吃了？把菜名报给我听听。"小颜在那边报菜名的时候，敬修己掰着指头数着，突然说："你身上发痒，那是起疹子了。海鲜可以吃，但要少吃。"

随后，敬修己突然说："小颜到太和任教如何？"

"你是说——小颜想调入太和研究院？"

"说错了！不是他想调入太和，而是太和需要他。"

"你是不是也要到太和来？"

"又说错了！我来不来，取决于小颜。他来，我就来。"

"我和小颜虽是初次见面，但对他的印象很好。"

"北京虽是首善之区，但压力太大了。你看他累的。活活心疼死个人。我跟葛道宏讲了，葛道宏说，你跟董校长说吧，这事归他管。我跟董松龄只有一面之缘，那是在日本，他请我和程先生吃饭。话不投机，我们吵了起来。他竟敢欺骗程先生。"

"欺骗程先生什么了？"

"程先生问他，有人说他是胡汉三，胡汉三到底是什么人？他说，胡汉三是个叶落归根、荣归故里的人。"

"一个玩笑嘛。"

"怎么能说是玩笑呢？第二天，有几个中国留学生前来拜访程先生。程先生就说，自己是胡汉三，也要叶落归根，回到济州。我当即找到董松龄，说他居心不良。"

"你跟程先生解释了吗？"

"我只能委婉地告诉程先生，胡汉三后来死于非命，还是不提为好。好了，不谈这个了。你就去告诉董松龄，要请敬先生到太和，必须将小颜也调入太和。"

"你是程先生身边的人，何不直接向程先生提出？程先生推荐的人，这边肯定是接收的。"

"我不找他。"

"为什么?"

敬修已开始搔头皮了。头发搔乱之后,露出了白发楂,就像口袋翻过来露出了密密的针脚。与此同时,他听见敬修已倒吸着凉气,发着咝咝的声音,嘴巴也变歪了。它还要继续变歪,因为敬修已几乎要哭起来了。敬修已的话就是从那张歪嘴里吐出来的:"先生说,凡是我看上的人,热度只有三分钟。"

"你对人家只有三分钟热度?"

"是人家对我。"敬修已说,"这次,不会了。"

76. 回家

回家取换洗衣服的时候,应物兄意外地被人堵住了。他们就站在他的门口。那是华学明的前妻邵敏和儿子华纪。邵敏说:"想溜,还来得及。"他听见房间里的电话还在响着。显然,她认为他躲在房间里不愿见她。

她是一名律师,大名鼎鼎。她接手的案子大都是关于名人出轨的,既有钱赚,又可以出名。最近两年,她成了公益律师,或为妇女儿童的合法权益奔波,或为伤残民工提供法律援助。原来她只在国内有名,如今也常在西方次要媒体上出现。世界妇女大会在中国召开的时候,美国前国务卿曾召见她。她没能赴京觐见,是因为她又结了婚,蜜月期间又被第二任丈夫打了,破了相。她虽然常为那些受到家暴的妇女免费打官司,但对于自己被家暴,却一声不吭。

借破相的机会,她整容了,现在看上去很年轻。

在济州大学由苏联人援建的筒子楼里,他们两家曾做过几年邻居。在后来的日子里,他偶尔也会想起其间一些令人感动的时刻。华学明曾说过，他最早的理想，是当一个天体物理数学家，最崇拜的人是天文学家卡尔·萨根[①]。有一天停电了，他们在斗室之内燃起了蜡烛，听华学明讲述卡尔·萨根的故事。华学明说，1990年的情人节，"旅行者1号"在进入银河系中心后回首太阳系，拍下了六十张照片，其中一张照片上，刚好包含了地球：在黑暗的背景中，地球就像一粒尘埃。在那粒微尘上，生活着很多人。每个你爱的人，每个你认识的人，每个曾经存在过的人，都将在那里过完一生。那里集合了一切的欢乐与苦难，集合了数千个自信的宗教、意识形态以及形形色色的经济学观点。

华学明说这话的时候，邵敏就斜躺在华学明怀里，在烛光中凝望着华学明。她的目光因为烛光而闪烁，而华学明的声音则因为她的凝望而流畅。

他还记得一个细节，华学明当时不停地轻轻地挠着她的手背。地球是一粒尘埃，而这个细节，这个爱的细节，却大于尘埃。华学明说，每个猎人和搜寻者，每个英雄与狗熊，每个文明的创造者与毁灭者，每个国王与农夫，每对相恋中的情侣，每对望子成龙的父母，每个童贞的孩子，每个发明家，每个探险家，每个德高望重的教授，每个贪污的政客，每个超级明星，每个至高无上的领袖，人类历史上的每个圣人与罪人，都住在那里。但是，它，却只是一粒悬浮在光线中的微尘。

"旅行者1号"携带的一张金属唱片，收录了从最古老的苏美尔语到现在的五十五种语言的问候语，为的是向可能遇到的外星人表达地球人的问候。其中也收录了贝多芬的《命运交响曲》以及七十年代的摇滚歌曲。里面收录的中国音乐，是流传了两千五百年的古曲《流水》。《流水》这部作品是一个名叫安·德鲁彦[②]的女士向卡尔·萨根提供的。当时，他们通了一个电话。结束通话时，

---

① 　Carl Sagan，美国天文学家，曾参与"旅行者1号"实施计划。
② 　Ann Druyan，美国女作家，纪录片制作人。

卡尔·萨根就向安·德鲁彦求婚了。在那张金属唱片上,也录制了安·德鲁彦的声音,包括她的脑电波。她的声音、联合国秘书长的声音、美国总统卡特的声音,还有那些音乐、那些问候,至今仍在太空翱翔,将翱翔四万年。

说完这话,华学明指着妻子说:"你就是我的安·德鲁彦。哪天我的生物学研究取得了重大突破,我也要制作一张金属唱片,录入你的声音,让它永世长存。"

幸福的泪水从她的眼角蜿蜒而下,流到了华学明的膝盖上。

华学明说:"我先给你起个音乐名字吧,邵敏,你就叫'嗦发咪'吧。"

邵敏调皮地说:"干脆叫我543得了。"

就在那天晚上,应物兄与他俩散步的时候,华学明钻到学校的花圃里去偷花,将它献给了嗦发咪。这当然是不应该的,但他却觉得那个画面很美。他想起了一个日本儒学家送给他的条幅,那是一首俳句:

秋夜的月光
温柔地照耀着
偷花的贼

俳句通常写的都是静止的画面,这一首却写到了一个动作:偷。倒也符合事实。而当初那个被"偷花的贼"感动得泪流满面的邵敏,那个"嗦发咪",现在就站在应物兄面前。邵敏对儿子华纪说:"快叫干爸。"

华纪说:"干爸好,您可一点不见老。"

以前每次见到华纪,他都会摸一下华纪的头。这孩子转眼之间已经蹿到了一米八,比他还高,这就不能再摸了。他看到华纪脸上出现了青春痘。那或许是他的第一个痘子,长在腮边,里面的脓包正在形成,还没有探头。看到华纪,应物兄不仅感到自己老了,还直观地感受到二十一世纪已经过去了很多年。

华纪的"纪"是新世纪的意思。华纪的生日很好记，2000 年 1 月 1 日。

上个世纪九十年代的最后一年，各大媒体引用专家的话说，2000 年作为公元后第二个千年之始，又适逢中国的龙年，对于以龙为图腾的中国来说具有特殊意义。当时盛传，凡是在 2000 年 1 月 1 日 0 时 0 分出生的婴儿，都有一个共同的名字：千禧宝宝。国家将免费把他们抚养到十八岁。

应物兄记得，第一次听到这个传说的时候，自己也曾感慨不已。他想，国家如此慷慨，实因中国人对新世纪有太多的期待。对中国人来说，二十世纪是个屈辱的世纪，现在它终于要被甩在身后了。千禧宝宝们将轻装上阵，实现民族复兴的伟大梦想。当时不少企业家在媒体上放言，他们将赞助千禧宝宝，赞助项目可谓五花八门：奶粉、奶嘴、婴儿床、尿不湿、定型枕、抱被、电动摇椅、婴儿保湿面霜、游泳圈、拨浪鼓等等，应有尽有。其实都是广告。对于这些带有福利性质的广告，准备怀孕的父母们是欢迎的。只有一条广告引起了人们的怀疑。那是一所整容矫形医院的广告：千禧宝宝中有兔唇者，终身接受免费治疗。

莫非永远治不好，所以需要终身治疗？

邵敏就是在这些铺天盖地的广告中怀孕生子的。她有信心把孩子生在 1 月 1 日。她的信心建立在丈夫身上：丈夫从事的是生命科学研究，有理论有实践，有经验也有教训——婚前就让她堕了两次胎。他们精心计算着怀孕日期，精心保胎，她每天的食量、运动量也是经过周密安排的。其实孩子出生前一周，她就出现了宫缩。到了前两天，则是每过十分钟就来一次宫缩，孩子随时都可能夺门而出。但她就是憋着不生。为此她让华学明将床尾摇高，并且又是吸肚又是提肛。反正是横下一条心，憋着一口气，坚决不进产房。

华纪在子宫里又踢又打，搞了个脐带绕颈，差点把自己给勒死。

华学明也没闲着。除了照顾孕妇，还要侍候电视台和报社的各路记者。根据要求，生在"零时零分"必须有文字和录像为证，也就是说，需要拍下婴儿诞生的经过，而且必须确认那是顺产，出生时间不是人为操纵的。邵敏被推进产房的时候，华纪的脑袋其实已经湿漉漉地拱出来了，随时都要滑出产道。她呢，虽然已经处于半昏迷状态了，但脑子里的那根弦还紧绷着。她终于如愿以偿，在零时零分生下了眼下这个正在玩手机的孩子。

他们也确实收到了厂家寄来的奶粉、奶嘴、吸奶器、尿不湿，以及婴儿床、爽身粉、吸鼻器、肚兜、拨浪鼓。仅仅是拨浪鼓，他们就收到了几十个。如今在华学明的生命科学院基地，至少还可以找到十几个拨浪鼓，它们成了工人们招呼林蛙的工具：那些林蛙只要一听见那"拨郎登，拨郎登"的声音，就会产生条件反射，纷纷从池子里爬出来，扑向那些搅拌在一起的蛋黄、鱼粉、豆渣和鸭血。但是谁能想到呢？关于千禧年的说法很快就变了。不少专家出来辟谣，说新世纪其实是从2001年1月1日开始的。他们的算法是这样的：从公元元年算起，满一百年为一个世纪，所以人类第一个世纪的最后一年是公元100年，第二个世纪的第一年是101年。依此类推，21世纪的第一年就是2001年。闹了半天，华纪还是从旧世纪过来的人？

更让华学明窝心的是，有好事者还把"千禧宝宝"的"八字"列出来了：己卯、丙子、戊午、壬子。这个"八字"意味着什么呢？看似旺相，实则自身难保；身弱之命，常为不孝之徒；多有异母兄弟，手足关系不好。总之，属于弊多利少。当华学明在《济州晚报》上看到这篇文章的时候，真是气坏了，恨不得把华纪塞入子宫回炉。哎哟，怎么说呢，华学明可能到现在都不知道，那篇文章的作者就是伯庸。伯庸的长子没能坚持到2000年1月1日就来到了人世，生于1999年12月30日。

现在,邵敏要把从旧世纪过来的年轻人打发到另一个房间去。

邵敏说:"到那边玩去,我向你干爸请教点事情。"

她问的第一个问题是:"怎么没见到姗姗?出差了?"

对于他和乔姗姗的分居,她不可能不知道。但既然她这么问了,他也只能顺着她说:"是啊,又出差了嘛。"听上去,好像对乔姗姗的频频出差很有意见。

"我也是刚出差回来,去了一趟海南。"

"你还是老样子,没变化。"

"干我们这一行,看什么都是假的,只有身上的脂肪是真的,都是亲生的。所以我也懒得减肥。"

这话说的!你这个身材分明是减肥运动的结果嘛。他就换了个话题:"去海南办案?你们干的都是实事。"

"什么实事?干我们这一行的,每天处理的都是些乌七八糟的事。幸亏去得及时。晚去两天,不定闹出什么事呢。"

"是替民工说事,还是替妇女儿童说话?你现在可是个名人了。不过,我看你还是老样子,一点没有架子。"

"接地气嘛。只要接了地气,名人架子就端不起来了。不过,我这次处理的,可不是什么民工的案子。它差点成了自己的案子。"

"公益律师嘛,有时候会遇到压力的。"

她的声音突然放低了,说:"反正你是孩子的干爸,我也不瞒你。华纪和班上另一个男生,带着两个女孩去三亚玩了几天。直到女孩的家长打上门来,学明才知道此事。他抽不开身。他有时间忙蛤蟆,忙蝈蝈,可就是没时间管孩子。关键时刻还得我顶上去。幸亏我在那边人头熟,很快就找到了他们。他们在三亚住的是几十块钱的房间,连个厕所都没有。还被骗走了身份证。没被拐卖到山西的黑煤窑,已是万幸。我给他们安排了六星级宾馆。得让他们知道,好宾馆是什么样子的,有钱才能住好宾馆,但你必须好好学习,长大才会有钱。"

华纪戴着耳机,捧着手机,走了过来:"有话当面讲,背后议论不好。"

她愣了一下,说:"说谁呢?怎么说话呢?"

华纪把耳机摘了:"说谁谁知道。"

她拿起茶杯就要砸过去,当然最后还是轻轻放下了。她说:"你知道女生家长是怎么骂我的吗?我都不好意思说出口。"

华纪说:"说不出口,那就别说了。"

她说:"小小年纪,就敢和女人厮混。女人是怎么回事,你懂吗?"

华纪说:"话怎么那么难听啊。"

她说:"应物兄,你都看到了,你这干儿子,这是要活活气死我啊。你是知道的,当初生他,我差点把命都搭进去。"说着,她一下子站了起来,指着华纪,"你说,你对得起谁啊?"

华纪说:"额滴神啊!知足吧您。我没搞同性恋,已经对得起您了。"

她说:"滚!"

华纪说:"吓死宝宝了。"说着,又把两只耳机戴上了。

邵敏终于扔了个东西过去。不是茶杯,而是她的围巾。他示意华纪把围巾捡起来。但华纪没捡。他自己走了过去,捡起围巾,交到了华纪手上。华纪把围巾搭到她的肩上,然后又到另一个房间去了。

"其实,我可以理解孩子。孩子对我有怨气。'五一'小长假,我想带他出去玩几天。你去吗?再叫上几个朋友,一起热闹热闹。你和姗姗也带上应波。"

"我倒是想见应波。可她在美国。"

"哦,对了,华纪给我说过,应波妹妹去了美国。那就叫上姗姗。我也好久没见她了。听说你们现在不吵架了。好啊。"

“我们本来就很少吵。”

“那就好。她对我说过，你对世界要求太多了。”

什么意思？想搂着自己老婆睡一觉，就成了向世界要求太多？

他对她说：“你还是和那两个女生的家长一起去吧，也可借此恢复一下关系。孩子们在一起，以后总是会见到的。说不定，以后你们会成为亲家呢。”

她有点不高兴了，说：“你还有心思开玩笑？我真是吓坏了。女生家长领着孩子去做了处女膜检查，幸亏还完好无损。要是破了，还真不知道该如何收场呢。如果不是咱干的，咱到哪说理去？先不说这官司能不能打赢。就是打赢了，也身败名裂了。我骂他两句，他竟给我顶嘴，说这是遗传。我跟他爸可是上大学的时候才谈的恋爱，在未名湖畔、博雅塔下订的终身。我打听了一下，唉，其实也不能怪孩子。都是那些蝈蝈给闹的。一天到晚，华学明嘴里就两个字：交配，交配，交配。孩子让我看过照片，他爸一个个翻看着蝈蝈的生殖器，又是量大小，又是调角度，还吩咐女助手在旁边记录。那个女助手以前是干什么的，你知道吗？专门给母老鼠做阴道涂片检查的。想着就恶心。孩子好不容易过个星期天，他也要把孩子拉去帮忙，帮助蝈蝈交配。录音机里放的是交配，录像带里录的也是交配。您说说，青春期的男孩子怎么受得了这个？听说，那是你给学明吩咐的任务？还付了一笔钱给他？”

话题终于明朗了。她是从我这里打听，华学明从济哥研究中赚了多少。而且，听她的口气，华纪带女孩子出去开房，我也得负责任。

他说：“我向学明打听过济哥的相关知识。他告诉我，济哥已经灭绝了。”

“你到底给了他多少钱啊？”

“一分钱没给啊。”

“可我听华纪说，这个项目起码值一千万。是人民币还是美元?"

"我都不知道,华纪怎么会知道呢?"

"华纪是听学明的助手说的。学明的助手说,华教授是看在朋友的面子上才只要一千万的。如果这是国家课题,那么他至少可以拿到一个亿。济大附属医院申请的一个关于糖尿病研究的项目,项目资金就是八千万。历史系承担的一个狗屁项目,是关于怎么扮演皇帝的,就拿到了一千万。跟那些项目相比,这个项目意义更大,其意义可与克隆研究相比。华学明说了,即便把诺贝尔奖给他,他都当之无愧。"

"那我祝贺他早日获奖。"

莫非华学明真的培育出了济哥?他想起了在希尔顿那次谈话。当华学明看见那些死去的蝈蝈的时候,华学明说,那些蝈蝈已经完成了自己的历史使命,该退出历史舞台了,因为真正的济哥马上就要诞生了。在场的那个罐家听了,立即捂住胸口,说太激动了,心脏病都要犯了。他以为那是罐家对华学明的嘲讽。

"你知道,他还差我一笔钱呢。我算了算,连本带息,他至少还得给我六百万。这些年,华纪的抚养费、学费都是我掏的。吃喝玩乐的费用是他掏的,我认。但他住的房子是我们两个人的。当初,我可是净身出户。离婚协议书上,并没有谈到房子归谁。现在,他有了钱,得把钱还给我。我也不多要。以前,他不是矫情叫我嗦发咪吗?嗦发咪就是543,我只要543万。"

什么净身出户?哪有的事。你有那么好心吗?当初为了付钱给你,学明还从我这里借了几万块钱呢。学明就是不给你一分钱,也是应该的。因为是你先出的轨。他想起来了,当初她是跟自己的客户搞上了。那个男人是开4S店的,经常带她兜风。某种意义上,她是走在了汉语的前头:"车震"这个词还没有诞生呢,她就已经玩上车震了。学明起初还装傻充愣,只是对她旁敲侧击,提醒她别太当真了。再后来,华学明就觉得应该离掉了。按学明兄的说法,他每次吻她的时候,她都显得无动于衷,双手毫无反应地耷拉在裤缝上,眼睛睁着,眉头皱着,只是把嘴巴往前送,脸的上部却尽量躲得远远的。学明说,他想明白了,只有经常出轨的女人,没有只出轨一次的女人。猫儿偷腥,狗儿吃屎,能改吗? 女人一旦出轨,就像一张沾了屎的钞票,扔了可惜,捡起来恶心,但不扔又不行。他还记得华学明说:"他妈的,一想起她还是处女座,我就觉得星座学说完全是扯淡。"

她无非想知道,学明从我这里拿了多少钱,好拿走一半。这怎么可能呢? 别说我不会给他钱,就是给了,那也是项目资金,不能随便挪用的。

哦,等等,想起来了,邵敏和华学明离婚后,还又嫁了一次,就是嫁给了那个4S店老板。邵敏,隔着一次婚姻,你来向华学明要钱,你这是下象棋呢,隔山打炮啊?

她还在说个不停:"你都看到了,孩子大了,以后花钱的地方多着呢。上大学,谈恋爱,买房子,娶媳妇。我得把孩子抚养权弄到手。这件事给了我深刻的教训,我不能再让他管孩子了。"

"学明对孩子还是很尽心的,这些年又当爹又当妈,挺不容易的。"

"拉倒吧。孩子吃住都在学校,费他什么事了? 别夸他了,他耳根会发热的。你也别替他瞒着了。他到底拿了多少钱? 我这不是为了我,是为了你的干儿子。"

"好吧,那我就实话告诉你,他花的钱,我会给他报销的。但我不会另外给他钱。因为这钱不是我的,是GC集团给太和研究院的。再说了,我们跟GC集团还没有正式签约呢,钱还没到账呢。"

"GC集团? 他们的老板就是那个换肾换上瘾的家伙吗?"

"大律师也关心八卦? 八卦怎么能当真呢?"

"名流的八卦都是真的,都是他们自己放出来。你要是不关心,他们会失望的。谁的八卦最多,谁就最成功。我也听到过你的八卦。"

"我的八卦?"

"你跟朗月当空的八卦啊。"

"朗月当空?"

"朗月当空照,天涯共此时。我也做过她的节目。我们可是好姐妹呢。我是她的法律顾问。她有什么心事都会跟我说的。不过,请放心,我不会向姗姗透露半句的。律师最宝贵的个人品质是什么?口风紧。即便你亲眼看见你的当事人杀了人,你也得说没这回事。有理有据地说谎是律师的第一道德准则。如果我没有猜错,朗月当空照,也来过你这间屋子。难道不是吗?"

她竟然站了起来。她不光站了起来,还抬起了下巴。她的目光既像俯视又像逼视,给人的感觉好像是用下巴看人。华学明有句名言:"律师都是用下巴看世界的。"据华学明说,律师们喜欢声势夺人,鬼话连篇,那些鬼话没把别人吓住,倒先把他们自己的下巴给震掉了,所以他们经常下巴脱臼。

这就是威胁了。应物兄听见自己说。

我本来还把你看成大律师的,现在只能把你看成一个讼棍了。

她拉过一把椅子,以倒骑驴的架势坐在上面,下巴搁在椅背上,"你倒是说啊?"

他对讼棍说:"你的话我有点听不懂了。你到底想说什么呢?"

邵敏说:"只要你说出给了学明多少钱,我就告诉你朗月都跟我说了什么。"

他站起来,走到另一个房间,对趴在沙发上玩游戏的华纪说:"你妈妈好像身体不舒服,你是不是带她回去?"

华纪说:"应伯伯,求您了。您再应付一会,让我把这局打完。"他就站在华纪面前,耐心地等待着华纪打完那一局。华纪玩的游戏,似乎是在一座古老的寺庙里展开的:一些卡通和尚飞檐走壁,手持棍棒,在追打一群黑衣人;那群黑衣人像蝙蝠一样,在屋脊和屋脊之间飞翔；风吹起了黑衣，露出了一个人的脸，露出了另一个人的屁股；屁股和脸组合到一起，你就知道了，黑衣人原来是女人。应物兄突然想起华纪小时候曾问过一个问题：老和尚没有老婆，怎么生出了小和尚？

他也再次想起，华学明偷花献给邵敏的情景。邵敏把那花插在啤酒瓶里，摆了一圈，在地板上围成了心的形状。他们就盘腿坐在地板上交谈。哦，邵敏，我多么怀念那些曾经有过的交谈，乔姗姗当时也曾参与其中。我们相对而坐，直视着对方的眼睛。你讲述关于"法"的故事。你说，法，刑也，平之如水。故从水，触不直者去之，故从去。你说"法"字，原来写作"灋"，是一种独角神兽，会用它的角去顶犯了罪的人。我还记得，你讲出这番话的时候，目光勇敢而纯净。我记得你说话时的样子，更记得你倾听时的样子。在你倾听的时候，你的目光因为专注而美丽，因为认真而闪耀。你的提问不是为了探听别人的隐私，而是对世界的探寻。

但是现在，你以倒骑驴的姿势，坐在我的客厅里。你自己出丑，又巴不得别人出丑。你怎么变成了这个样子？他用眼睛的余光看着她，就像望着一代人。哦，我悲哀地望着一代人。这代人，经过化妆，经过整容，看上去更年轻了，但目光黯淡，不知羞耻，对善恶无动于衷。

后来，她终于走了。

她走的时候，似乎面有愧色。他捕捉到了那点愧色，并感觉到她步履踉跄，于是突然体谅到了她的不易，暗暗地原谅了她。

有几分钟时间，他脑子里一片空白。

后来，他发现自己的手指在寻找朗月的电话。它似乎是自动打出去的。还好，朗月并没有接。就在他和衣躺下，曲肱而枕，清理着脑子里杂乱的感受的时候，朗月把电话回过来了。大概是在电台洗手间打的电话，朗月声音压得很低，近乎喃喃自语："我跟那个邵律师只合作过一次，就在昨天。我请她来做节目，然后陪她吃了饭。她告诉我,你是她的朋友。她提到你与夫人关系紧张,我说这么好的男人,到哪里找去啊? 就这么一句。"

"你们谈的是什么话题?"

"名人的性丑闻啊。她说从生物学的角度看,人不过是两条腿的动物,只是比别的动物更复杂,更聪明而已。所谓的人性,不过是人身上所有的更复杂的动物性而已。关键是掌握好一个'度'。如果'度'掌握得好,就能使人生更丰富,更充实,更有意义。她说,这不是她的观点,是李泽楷的观点。"

"李泽厚吧?"他说,"你把李泽厚和李泽楷混为一谈了。"

"对,就是这个人。"

"李泽厚先生可不是这么说的。李泽厚说,灵与肉有多种多样不同的组合。"这话,他最早是听李泽厚先生说的,哦不,是姚鼐先生转述的。很多年之后,他又听程先生讲过一次。程先生和李泽厚先生聊天的时候,李泽厚先生问起程先生养生之道,程先生说:"不近女色。"李泽厚先生就问:"是禁止的'禁',还是接近的'近'?"程先生就和李泽厚先生开玩笑,说有时候是禁止的"禁",有时候是接近的"近"。然后,李先生就提到,灵与肉有不同的组合方式。

朗月突然问他:"你觉得,夫妇之爱与情人之爱,你更爱哪个?"

他觉得,他的回答是诚实的:"我已经忘掉了什么是夫妇之爱。"

电话里哐当一声。虽然那应该是关洗手间的门,但是一个细节突然闪现了。有一次吵架,当乔姗姗摔牙缸、摔牙刷、摔毛巾、摔遥控器的时候,他本来也应该陪着她摔的,但他没有。他把它们全都捡了起来,把那些四处迸溅的遥控器的零件归拢到了一起。他觉得,它们是无辜的。

"我准备请华学明教授也来做一次节目。"她说。她的声音抬高了。

"谈什么呢？"

"让他来谈谈济哥啊。邵律师说，通过研究济哥，华学明教授狠赚了一笔，而且还是从你手里赚的。邵律师说，济哥有齐人之福。何为齐人之福？"

77. 第二天

第二天吃早饭的时候，应物兄想联系一下李医生，跟子贡见个面。他已经有两天时间没有见到子贡了。电话没有打通。那个流过鼻血的保镖，已经吃过饭了，神色慵懒，剔着牙，玩着手机。没穿外套，穿的是毛衣。保镖这个样子，是他从来没有见过的。等他吃完了饭，保镖凑了过来，小心地问道，自己能不能回趟西安，看看父母。

"我明天早上肯定赶回。"保镖说。

"实在不行，我晚上十二点之前赶回。"保镖又说。

随后他才知道，子贡这两天竟然不在济州。来无影，去无踪！子贡这个习惯，他是知道的。子贡说过，如果不在加州，他很少在一个地方待二十四小时的。子贡是个双脚不着地的人，不是在飞机上，就是在汽车里。有时候早上在欧洲吃早餐，下午就到了日本，晚上又去了新加坡。不过，作为东道主，应物兄此时还是觉得，自己有些失礼。

他赶紧向陆空谷打电话询问。陆空谷说："他们在阿拉伯。"

至于是哪个阿拉伯国家，陆空谷不愿透露。

利用这突然多余出来的时间，他去了一趟生命科学院基地。他早该去看看华学明了，看看他的济哥是否真的羽化出来了。他也想告诉华学明，他见到了邵敏。

华学明的一个博士告诉他，华先生刚刚睡下。

712

他后来见到的是生命科学院基地的合伙人雷山巴。幸亏见到的是雷山巴,心直口快的雷山巴。不然,他还不知道,济州市胡同区的重建工程,可不仅仅局限于铁槛胡同、仁德路一带。那只是济州市旧城改造的第一步,接下来旧城改造将分期分批展开。用雷山巴的话说,济州要玩大的了,要放大招了。"放大招"俚语指的是拉大便,但在雷山巴这里,显然指的是济州有史以来最大的城建工程。雷山巴撸胳膊卷袖,说,他领会庭玉省长的意思,有钱的捧个钱场,没钱的回家拿钱捧个钱场。雷山巴认为,自己和铁梳子等人相比,虽然属于没钱的,属于需要回家拿钱前来捧场的,但也肯定不会落下的。雷山巴说,他跟庭玉省长讲了,一定要吸取北京市旧城改造的教训,要一步到位。雷山巴是这么说的:"作为旧城改造的失败典型,丫的简直太成功了。"这话从别人嘴里说出来,肯定很难听,但因为雷山巴是北京人,还是所谓的大院子弟,所以说出来不仅不难听,还格外好听,因为它透着一点很稀罕的自省意识。

雷山巴喜欢自称雷先生,别人当然也都叫他雷先生。雷先生出生于五十年代初,父亲曾参加过开国大典阅兵式,专门负责放礼炮的,后来又参加过抗美援朝。雷先生原名雷三八,父亲给他取这个名字,就是为了纪念志愿军曾经打到了三八线①。雷先生总觉得这个名字有问题,容易让人联想到"三八妇女节"。于是,他就"独立自主、自力更生",将"三八"改成了"山巴"。

与雷先生的每次接触,应物兄都会留下深刻印象,深感其粗中有细。雷先生毕业于中国人民大学,原来学的是哲学,毕业论文是关于《道德经》的。他曾留校任教,后来下海做生意了。雷先生之所以会从北京来到济州,是因为这里是他的外婆家。雷先生的父亲去朝鲜之前,攘外先安内,把雷山巴的母亲打发回了娘家,也就是生命科学院基地所在的雷家庄。当时雷山巴已经在母亲肚子里长成肉球了。雷先生的父亲从朝鲜回来之后,征尘未洗,就娶了一

① 位于朝鲜半岛上北纬38度附近的军事分界线。

个文工团员。或者说，那征尘是被文工团员洗掉的。不过，父亲并没有忘记雷山巴：七十年代末，父亲资助他上了中国人民大学。后来，下海做生意的雷山巴，也并没有忘记生他养他的雷家庄，除了在北京安家，也在这里安了个家。

这两个家，应物兄都去过，都是和华学明一起去的。不管从哪方面看，这两个家都一模一样：房子的式样，院子的大小，院子里的草坪和树木，甚至湖里的乌龟，都别无二致。雷先生称之为"京济一体化"。雷山巴曾对父亲非常叛逆，中年之后大变，对父亲格外敬重，提起父亲都称首长。因为首长很喜欢前苏联的一首歌曲，叫《苏丽珂》，雷先生家里就长年放着这首歌。他相信首长的英灵可以听见它，在歌声中重返沙场。那其实是一首格鲁吉亚民歌。据说，斯大林①在自己的婚礼上放的就是这首歌。这首歌，乔木先生会唱，姚鼐先生也会唱，说明它是五十年代的流行歌曲。人们当时之所以喜欢它，很可能是因为歌中有着那个年代少有的被允许歌咏的异国情调。

雷先生经常把这首歌献给房子的女主人。第一段很忧伤，说的是到处寻找爱人的坟墓。所以雷先生每次唱，都会直接从第二段唱起：

丛林中有一株蔷薇，朝雪般地放光辉。我激动地问那蔷薇，我的爱人可是你？我激动地问那蔷薇，我的爱人可是你？

夜莺站在树枝上歌唱，夜莺夜莺我问你，你这唱得动人的小鸟，我期望的可是你？你这唱得动人的小鸟，我期望的可是你？

既然有两个家，那么自然就会有两个女主人。雷先生在北京和济州的两个女主人也是一模一样的：她们是同卵双胞胎。什么是齐人之福呢？这就是了。当然，这也是雷先生"京济一体化"中

---

① 斯大林是格鲁吉亚人。

的点睛之笔。每当雷先生在北京唱起这首歌的时候,姐姐就会说,
到济州找妹妹去吧!反之亦然。当这对姊妹花待在一起的时候,
雷先生总是无法把她们区别开。当然,如果了解得仔细一点,她们
还是有区别的:姐姐眼睛畏光,在光线强烈的春天容易流泪,惹人
爱怜;妹妹则容易花粉过敏,鲜花盛开之际容易起疹子,招人疼爱。
有人曾跟雷先生开玩笑:看来雷先生喜欢重复,喜欢把同样一件事
干两遍。雷先生听出了其中的弦外之音,立即反唇相讥:"别以为
雷先生不知道,丫的,那些精英人士,没有几个老实的。精英人士
不出轨,几率等于出门右拐活见鬼。可以说,雷先生是个例外。她
们本来就是一个人嘛。这说明什么?正好说明雷先生对爱情忠贞
不二!"当然,在另外的场合,雷先生也会提到她们的一些不同。雷
先生是这么说的:"就是接吻有点不一样。一个舌头用得多,嘴唇
用得少;一个舌头用得少,嘴唇用得多。"

雷先生虽然研究老子,但最崇拜的人却不是老子,而是孙子。
这有两个原因,一个是首长喜欢通过研读《孙子兵法》以治军,二是
雷先生自己喜欢翻阅《孙子兵法》以经商。在一模一样的院子里,
在一模一样的草坪上,都摆着孙子的金色雕像。不过说是孙子,其
实模特是首长,只是穿衣打扮不同罢了。那雕像足有姚明那么高。
雕像左手背在身后,右手向前挥起。雷先生养的大狼狗,平时就拴
在雕像的手腕上。那是一条昆明犬。雷先生说,那是中国唯一具
有自主知识产权的军犬,呈草黄色,强项是扑咬。晚上,它就睡在
雷先生卧室的外面。雷先生把自己的卧室也搞得很大,床也很大,
一半用来睡觉,一半用来放书。雷先生在济州的那个院子,是改革
开放之后济州最早出现的私人宅院,虽然现在看来已经有点落伍
了,但雷先生却从来没有考虑过更换。这倒不是因为念旧,也不是
因为这边换了院子,北京那边也得换,太过于麻烦。雷先生这样
做,是因为他尊重历史,准确地说是尊重自己的历史。雷先生说:
"以后,这就是雷先生故居了。要是再换个地方,后人考证起来就

麻烦了。丫的,别给后人添乱了。"

　　对于雷先生的发家史,应物兄并不清楚。雷先生的自传虽然送到了应物兄手上,但应物兄并没有翻过。雷先生现在的主打产业,应物兄当然是知道的,那就是蛙油贸易。一般从事贸易的人都是买来卖去的,雷先生却不是这样。雷先生说,科学技术是第一生产力,核心技术是企业之重器,必须掌握在自己手里,不能让别人卡了脖子。那么,他的核心技术是什么? 就是林蛙的养殖技术。这个技术是谁提供的? 就是华学明。

　　林蛙本来产自东北密林,是华学明把它引进到济州,培育出了适合在关内大量繁殖的林蛙品种。林蛙形似青蛙,却不是青蛙。它的另一个名字家喻户晓:雪蛤。雪蛤全身皆宝。雌蛙怀卵成熟期的输卵管,就是所谓的蛙油,也叫雪蛤膏。华学明培育出的林蛙,输卵管更为粗大,一个比较可靠的数字是,比东北林蛙的输卵管的直径要大一又八分之一。华学明的目标是,在未来三年内,将这个数字提高到一又四分之一。应物兄曾经看到过华学明拍摄的照片,本来光滑的输卵管现在变得疙疙瘩瘩的,就像蛤蟆的皮。根据吃什么补什么的原理,蛙油深受女性消费者青睐。因为它的美颜效果,因为容貌对一个女人来说简直就是最高的道德准则,所以广告中提到雪蛤膏的时候,用到了一个词:道器并重。

　　雷先生说:"赚钱不是雷先生的目的,只是手段。"

　　那么,他的目的是什么呢? 当文化人,大文化人。

　　雷先生虽然毕业于人民大学,虽然自称雷先生,却没人把他当文化人。坦率地说,因为搞收藏,雷先生被看成文化人;又因为藏品来头很大,雷先生被看成了大文化人。那些藏品,来头确实很大:皇帝的朝服,也就是龙袍。迄今为止,雷先生已经收藏了三十位皇帝的龙袍。最早的一件据说是宋太祖赵匡胤穿过的,就是赵匡胤杯酒释兵权穿的那件。虽然这还有待于进一步考证,但已经有不少专家认为,如果没有另外一件龙袍冒出来,那就是它了。最晚近的一件龙袍是袁世凯穿过的,这已经得到了专家们的认可。不过,喜欢收集龙袍的雷山巴,自己最喜欢披的却是军大衣。

事实上,就在见到邵敏的那个晚上,应物兄还想到了雷先生。邵敏走后,他抓紧时间修改了一篇文章,那篇文章即将收入《从春秋到晚清:中国的艺术生产史》,作者是两个人,一个是葛道宏,另一个是乔引娣。文章附有几张清代朝服的图片,并注明"收藏家雷山巴先生提供"。他觉得,其中有一段话有些眼熟,好像在一篇关于李鸿章的文章中看到过,但一时想不起那篇文章的题目,就把那段话拍了下来,用微信发给了张明亮。正在希尔顿房顶上看护白马的张明亮,很快就告诉了他出处,并且把两段话中完全相同的句子标了出来,做了适当的改动。因为署了葛道宏的名字,他非常谨慎,在张明亮改动的基础上又做了一些修改①。

他想起来,葛道宏曾说过,太和研究院与黄兴的合作,可以参考生命科学院与蛙油公司的合作模式。关于这个模式,以及合作的细节,应物兄曾问过华学明,但华学明每次都说得很笼统:"模式嘛,我是略呈小慧,人家是略施小惠。一慧换一惠,互惠。"

这话基本上等于什么也没说。

这院子里有一丛丛的树林,有起伏的丘陵,有坟丘——那是村民们的祖坟。作为基地的合伙人,雷先生在基地里也有自己的房

---

① 应物兄改定后的文字,见于《从春秋到晚清:中国的艺术生产史》第108章,相关内容如下:"明帝朝服上取周汉,下取唐宋,为朱红色。清帝朝服则为明黄色,分为冬朝服、夏朝服。冬朝服是皇帝在秋冬季节朝、祭时穿的,上身形如柿蒂,圆领,马蹄袖披肩右衽;下身为裙式的礼袍。冬朝服上的纹饰极具象征意义:衣前衣后饰有日、月、星辰、火、山、龙、粉米、水藻、华虫、宗彝、黼、黻,称之为'十二章'。以'日月'饰之,有时不我待之意,'日月逝矣,岁不我与'。以'星辰'饰之,有众星环绕之意,'为政以德,譬如北辰,居其所而众星共之'。以'火'饰之,因'水曰润下,火曰炎上','民之于仁也,甚于水火',又有取暖之意。以'山'饰之,'仁者乐山',其仁,可仰也。以'龙'饰之,取其变化多端,能兴云作雨。以'粉米'饰之,取其养人之意,'食色,性也'。以'水藻'饰之,藻乃有花纹之水草,纹者文也,'郁郁乎文哉'。'华虫'取其'文采昭著'之意,与'水藻'之意相近。'宗彝'为宗庙尊者,表示不忘祖先。'黼'乃半黑半白构成斧形,意在宣示权威,'不重则不威'也。'黻'乃半青半黑,两弓相背,意为见善背恶,'尊五美,屏四恶',以从政矣。此'十二章'饰于朝服,以示帝德'如天地之大,万物涵覆载之中;如日月之明,八方圈照临之内'……揆诸清帝朝服,可知直至晚清,帝王尊孔之意未有减弱。"

子,那是在院子西北角。你得绕过一片树林才能看到。雷先生的房子虽然是钢筋水泥盖的,却很像窑洞。水泥墙面因为加入了黄颜料所以很像黄泥。墙上挂着世界地图。房顶堆着土,远看上去与丘陵合为一体。房顶上种着枣树。不巧的是,枣树疯了[①],再换一株还是要疯掉。用土坯围个小院子,当然是少不了的。院子里栽着柿树。雷先生喜欢披着军大衣在院子里踱步。冬天的时候,雷先生还会在窑洞里生个炭炉子。他喜欢围着炭炉子与人谈话,夹着木炭给自己点烟,也给别人点烟。这房间摆着一张床,四帷柱的,是雷先生刚收上来的龙床。具体是哪个皇帝作威作福的龙床,暂时还没有考证出来。雷先生说:“不是光绪的就行。光绪太惨了,命不好。”

在应物兄的记忆里,雷先生谈到老区就会流泪,也格外牵挂“亚非拉”。上次,应物兄在西北角的院子里见到雷先生的时候,雷先生正在听销售人员汇报蛙油在老区的销售情况。听说销路很差,雷先生火了:“雷先生认为,要急老区人民之所急。只要老区人民需要,可以打折嘛。先打他个八折。遇到残疾人和军烈属,可以打七点五折。”

那天正谈话的时候,华学明接到了一个电话,一时愁容满面。

雷先生问:“怎么了,天塌了?”

华学明愁眉苦脸,甩着手,说:“他们又来闹了。真是没办法。”

雷先生说道:“是雷家庄的吗?”

华学明说:“雷家庄的人已经打发过了,这次是郭家庄的。”

雷先生将雪茄的烟头吹亮了,说:“遇到这种事,不能太书生气。小华啊,你就是太书生气了。丫的,给他们来点厉害的,让他们长长记性。”

这个基地占的主要是雷家庄的地,但也占了郭家庄西边的一块地。郭家庄人闹事的理由是,林蛙太吵了,吵得人睡不着,孩子

---

① 枣疯病又称丛枝病,令果实无收或全株死亡。

们的考试成绩直线下降,讨说法来了。对方来势汹汹,约有七八十人。竟然还带来了信访局的女工作人员。华学明将工作人员和三个带头的请了进来。说是坐下来协商,其实是请他们就近听听蛙鸣。他们什么也没有听到,因院子里并没有蛙鸣。华学明随后向他们解释说,雌林蛙不会叫,雄林蛙除了求偶时叫,其他时间都不叫。"那么什么时候叫呢?"华学明问。

一个代表把脸扭到了一边。

因为接到了雷先生的指示,华学明这次真的来硬的了!他竟然动手了,把那人的脸扳过来,让对方看木桶里的一只林蛙。华学明说:"它听我的,我让它叫它才叫。你们等一会,我先请你们喝杯茶。"华学明开始用电水壶烧水。水烧开之后,华学明却并没有去泡茶,而是把水倒进了木桶。

吱吱——林蛙终于叫了。

"听到了吧,"华学明说,"烫死它的时候它才叫。有人好像没听到。没听到不怨你,怨林蛙。因为它只叫了两声,吱吱。你还没听见呢,它就已经死了。可惜啊,它不是为科学献身了,而是被愚昧害死了。"

这时候,雷先生披着军大衣出现了。

雷先生是不是要来个更厉害的?可是不像啊。雷先生走过来,一抖肩膀,基地一个工人就把大衣接住了。雷先生还戴着白手套呢。雷先生开始脱手套,不是一下子脱下来,而是一根指头一根指头地捯。这个过程中,雷先生围着华学明转着,盯着华学明看。华学明都被他弄傻了。正要问,雷先生大跨步走到村民代表跟前,热情地跟他们握手,又问信访局的工作人员,多大了?孩子上学了没有?几年级了?那个工作人员说:"我还没结婚呢。"

雷先生说:"别挑挑拣拣了。找对象,重要的是人品。别让父母太操心了。"

接下来的一幕,让应物兄简直反应不过来。雷先生对着华学明说："教授同志,该注意了,啊,有点脱离人民了! 与父老乡亲的感情有点淡了。不与人民站在一起,与谁站在一起? 该反思了,该改一改了。从思想到作风,都得改一改了。"

气氛顿时变得非常安静。

倒是能听见蛙鸣,不过那不是林蛙,也不是青蛙,而是癞蛤蟆。

雷先生说："教授的思想问题,作风问题,雷先生回头教育他。现在,雷先生宣布一个通知。本想早点宣布的。晚了几天,对不起父老乡亲们了。我宣布,为感谢村民朋友长期以来的支持,村里的电费,雷先生替大家缴了。村里的孩子,凡是考上北大、清华、人大的,雷先生一律奖十万。凡是从国外留学回来的,雷先生一律负责安排工作。育龄妇女,只要结了婚,持身份证、户口本,可以到这里领取一盒蛙油。听好了,不是一次性的,是每年都可以领取。"

一个代表说："村里孩子哪有考上北大清华的!"

雷先生说："人大呢?"

另一个代表说："人大,市人大? 省人大?"

信访局工作人员不准那位代表说下去了："别扯了,听雷先生的。"

雷先生说："还是要把教育搞好。村里的小学,雷先生已经捐过十万奖学金了,从今年起,丫的,翻一番。"

那些代表听了这消息,正要心满意足地离开,被雷先生叫住了："回来回来,都回来! 教授同志还没有道歉呢。"

华学明迟疑了一下,还是向村民代表弯下了腰。

村民们都走远了,那腰还弯着呢。

雷先生给泡了茶,说："行了,小华! 应物兄,你看这个小华,就是个死心眼。丫的,搞科学研究可以死心眼,做群众工作你也死心眼,那不是找死嘛。"

事实上,雷先生当天晚上还给村民们放了露天电影:《开国大典》。雷先生到场发表了讲话,曲里拐弯地透露自己的父亲就在剧中。村民们最喜欢的导演是冯小刚,所以后来两天,雷先生又放了两部,分别是《甲方乙方》和《天下无贼》。

前面说了,雷先生的窑洞在院子的西北角。华学明的博士带他朝窑洞走去的时候,他问那位博士:"济哥已经诞生了?"

那位博士说:"应先生,您注意脚下。"

脚下是新铺的麻石路,很平整,有什么好注意的?

他又问:"济哥是不是已经羽化了?"

博士委婉地说:"您知道的,如此重大的新闻,不该由我们来发布。"

他问:"那就是真的喽?"

博士说:"您看,谁来接您了。"

从那个院子里跑出来一个人,一条狗。他首先关注的是那条狗。是雷先生的那条狼狗吗?不像啊。那条狼狗是草黄色的,这条狗却是白色的。他本能地觉得,白狗要温顺一点,所以他不那么紧张了,得以把目光从狗身上转移到走过来的那个人的脸上。不是雷先生嘛。那就不用客气了。他就又把目光从那个人的脸上转移到了狗脸上。它的脸乍看像羊,慈眉善目的。耳朵很大,垂着,就像冬天人们戴的护耳。一般的狗眼通常又大又亮,这条狗的眼睛却是小的,呈暗褐色。最离奇的是它的尾巴。他从来没有见过那么长的狗尾巴,似乎比它的身体还要长,似乎可以随便将它自己五花大绑。

那狗一点声音都没有。

咬人的狗不叫!他突然感到脊背发凉。

随后他听见来人说:"应物兄,没见过这宝贝吧?"

哦,原来是畜牧局局长侯为贵。侯为贵体态肥胖,脸却是瘦削的,令人想到鹰隼,阴沉,尖刻。脚与脸或许存在着某种对应关系,所以他的脚又是小的。他之所以注意到侯为贵的脚,当然是因为那双脚就在狗的旁边,因为视线的关系,好像处在狗肚子下面,给人的感觉相当怪异。

他说："侯局，这狗，哈，这爱犬——"

他一时还真不知道该怎么说才好。

侯为贵手里拿着一只煮熟的兔头。他把那只兔头放到了地上。那狗先后退一步，前腿弯曲，向侯为贵施礼。与此同时，那尾巴竖起来了，旗杆似的，缓缓向前倾斜，放到了自己的背上。那尾梢先是抵达狗头，然后又慢慢缩了回去，就像一条白蛇要退回到洞中。侯为贵叫它哮天。侯为贵喘着气，说："哮天，说你呢，别光惦记着兔头！记住了，这是我的朋友应物兄。"

哮天点点头。哮天似乎很懂计划经济，一口下去，咬掉了四分之一兔头，然后，咔嚓，咔嚓，细嚼慢咽。另外的四分之三，在地上滚动了一下，似乎想跑，哮天用一只前爪按住了它。

侯为贵并没有立即把他领到窑洞所在的那个小院子。"我们先抽支烟。雷先生在里面谈事呢。"侯为贵说，"黄兴这一走，什么时候回来？"

侯为贵都知道子贡走了？

他问："你怎么知道他离开济州了？"

侯为贵笑了："天下人都知道，和尚都知道，我怎么会不知道呢？铁总、陈董的股票，今天开盘都降了。"

他说："他去那边，处理点事情，马上就回来了。"

侯为贵说："我说呢。刚才它又往上蹦了一下。"

随后他们谈的是哮天。那狗果然来头不小，是侯为贵亲自从蒙古带回来的。原来，侯为贵当初去蒙古，就是为了寻找优良的蒙古白狗，也即蒙古细犬。应物兄由此知道，那天随着子贡一起来到济州的，除了白马，还有三条白狗。这只哮天，就是侯为贵送给雷先生的。按侯为贵的说法，是雷先生给它起名哮天的。哦，这个事实说明，雷先生不仅喜欢养狗，而且对狗文化略有了解。哮天，作为狗的名字，最早出现在干宝的《搜神记》中。而在元杂剧中，它则

722

被称为白犬。当它在《封神演义》中出现的时候，它已经成了天狗，其特征是"形如白象"。"我是一只天狗啊，我把月来吞了，我把日来吞了"，郭沫若的《天狗》写的也是哮天犬。

"另外两条送给谁了？"

"一条给了慈恩寺，一条给了铁梳子。"

"慈恩寺的那条狗，莫非叫谛听？"

"你见过那条狗？"

不，他没有见过。他之所以这么说，是因为地藏菩萨经案下趴着的那条白狗，就叫谛听。谛听明辨是非，可以避恶驱邪；通晓天地，可以广开财路。哦，想起来，他其实是见过那条狗的。那天在慈恩寺的香泉茶社，站在半山腰向下眺望，他看见两条白狗一左一右，在麦田里跳跃，在白马身边跳跃，有如明月出没于清波。其中一条是卡尔文带来的，另一条就应该是侯为贵送给慈恩寺的。照此说来，铁梳子现在有两条白狗了。多天以前，在动物诊所，那只白狗他只闻其名，未见其形。

"送给铁梳子的那条狗叫什么名字？"

"就叫卡夫子，卡尔文给它起的。卡尔文愿意与狗分享自己的绰号。等你的太和建起来了，为贵也送你一条。狗是好狗，就是喂起来比较麻烦，必须少吃多餐，吃的还必须是煮熟的兔肉和羊肉。兔头更好，嚼起来咔嚓咔嚓的，自带音响效果，能让它心情愉快。最好给它当夜宵。冬天，狗掌容易冻裂，需要涂上蒜泥。把它们弄到这里，其实是委屈它们了，因为它们最喜欢捕捉狐狸。桃都山原来倒有狐狸，可现在连只野兔都没有了。英雄无用武之地啊。我亲眼见过它捕捉狐狸。狐狸进了洞，它也能跟着爬进去，咬着尾巴就把它拖出来了。它聪明得很，知道狐狸皮值钱，所以只咬脖子。"

"里面在谈什么事？"

"也谈事，也念经。"

"念经？"

"为贵进来的时候,释延安刚到,还带来了一个和尚,说是要给'小嫂子居士'念经。我对延安说了,家电终生保修,念经也要终生服务啊。释延安说,小嫂子居士相当于 VIP 会员。应物兄和为贵就别进去影响人家念经了。为贵是这么看的。你说呢？如果你一定要进去,我带你进去。"

一会儿第三人称,一会儿第一人称,这使得应物兄有一种错觉,好像同时在与两个人说话。这样一种说话习惯,芸娘曾经有过精彩的分析,但他一时想不起来芸娘是怎么说的。他的脑子跑到了另一个问题上:陆空谷说是要见芸娘,怎么又不提了？陆空谷这两天在干什么呢？

"认识小嫂子居士吗？"

"见过的。"他说。

他想起来,以前有人称她为"小嫂子同志"。其实不能叫"小嫂子"。雷先生跟她们两个都没有结婚。雷先生说过,离婚太麻烦了,能剥掉你一层皮。既然没有结婚,那就不能称嫂子,更不能称小嫂子。自古以来,"小嫂子"的意思都是妾。如果一定要叫嫂子,不妨叫"新嫂子"。"新嫂子居士"？"新嫂子同志"？也够别扭的。他对侯为贵说:"没听说她吃斋念佛啊。"

"上周开始的。"

"受什么委屈了？"

"跟着樊冰冰学的。演艺界人士,把美容、吃素、瑜伽、念佛统一到了一起。"

去年秋天,他曾在这里见过樊冰冰。实验基地成立三周年,雷山巴举行了一个小型的庆祝仪式,请了两个演员来助兴:一个是樊冰冰,另一个是樊冰冰的男友。最后,樊冰冰却没演,樊冰冰的男友一个人既演了《夜奔》,也演了《思凡》。樊冰冰先把男友送走,然后回来道歉了,把事先领取的演出费给退了回来。雷先生没接:"拿着吧,权当死了几只林蛙。"

724

樊冰冰说:"不好意思。不是故意的。"

雷先生说道:"违反协议,首先是道德问题。道德问题,还是要用做思想工作的方法来解决。先问一下,是不是刚从西方回来啊?受了资本主义影响,道德水平滑坡了?"

樊冰冰说哭就哭,抹着泪,说:"要是演了,对不起观众,才是道德问题呢。人家今天嗓子不好。"

雷先生说:"就这么巧?偏偏今天坏了?看不起我们文化人吧?"

樊冰冰说:"今天早上,大姨妈来了。"

怪了,雷先生拥有一对姊妹花,却不知道什么叫大姨妈。雷先生恼了,雪茄在烟缸里一拧,说:"谁没个七大姑八大姨的?明知今天有演出,看演出的还都是大文化人,你就不能少说两句话?非得把嗓子说哑?归根结蒂还是责任感不强。丫的,你还敢犟嘴?这不是道德问题是什么?"

这时候,那个妹妹凑到雷先生耳边悄悄解释了一下。雷先生皱着眉头,倒吸了一口凉气,似乎无法理解那玩意为什么叫大姨妈。随后,雷先生又把雪茄点上了,并且表现得格外怜香惜玉:"来人啊,上一碗红糖水,煮一碗姜茶。"当时铁梳子也在,她是作为本地企业家代表来的。铁梳子率先鼓起了掌,说:"雷先生对女性的尊重,令人敬佩啊。"这句话,又惹得樊冰冰流了泪。樊冰冰说:"也不是不能唱,要唱只能唱些原生态民歌。如果你们想听,冰冰可以唱一曲。说来都怨我,本来事先可以吃药,让它晚来一天的。"

雷先生说:"讲到这里了,我就说一句,先打发大姨妈走了再说吧。"

樊冰冰说:"雷先生越这么说,冰冰越是羞愧难当。冰冰知道,雷先生挂念老区人民。冰冰还知道,雷先生喜欢格鲁吉亚民歌《苏丽珂》。那相当于苏联老区人民的歌。冰冰就来一曲陕北民歌吧。这民歌平时还真是唱不好,来了大姨妈,嗓子充血了,反倒可以唱出味道来了。"

这话把刚刚赶到的栾庭玉都感动了。栾庭玉作为政府大员，不能够随意参加企业活动的，所以他是在庆祝活动结束之后以私人身份匆匆赶来，陪大家吃夜宵的。栾庭玉说："山巴同志，那咱们就接受一下老区人民的教育？"

雷先生打了一个响指："听栾省长的！"

于是，添酒回灯重开宴，一时言笑晏晏。樊冰冰接过铁梳子递过来的一杯水，抿了一口。在把杯子还给铁梳子的同时，她已经微微地晃动着脸，手抚胸口开始唱了。现场顿时安静下来。唱得可真好啊！多么质朴，多么清新，多么活泼！应物兄不由得浮想联翩：遥想当年，孔子编辑《诗经》，之所以把乡间民谣放在文人诗歌和宗庙歌词前面，不就是看中了民歌的质朴和清新吗？"风"不是士风，不是官风，而是直接与土地紧密相连的民风。应物兄确实认为，他听到了最纯正的民歌。是不是应该感谢那个大姨妈？

> 大雁雁回来就开了春，妹妹我心里想起个人。山坡坡长草黄又绿，又一年妹妹我在等你。牵牛花开在后半夜，哥哥哎妹妹有个小秘密。大日头升起来照大地，看得清我也看得清你。山丹丹开花羞红了脸，哥哥你让我咋跟你言？司马光砸缸就一下，妹妹豁出去说句心里话。黑夜里月牙牙藏起来，扑通通钻进哥哥的怀。云从了风儿影随了身，哥哥妹妹不离分。娘啊娘啊生了儿的身，哥啊哥啊全都给了你。花瓣瓣落下果子熟，生一堆娃娃遍地走。

给樊冰冰伴奏的是风声，是虫声。虫声唧唧，使基地的夜晚显得更加寂静，使樊冰冰的声音更加悦耳动听。有些虫声是羞怯的，有如雏莺初啼，樊冰冰的声音中有这个。有些虫声却是清越的，有如临窗吹笙，樊冰冰的声音也有这个。但是唱着唱着，孔子所批评的"郑声"就出来了。孔子说："放郑声，远佞人。郑声淫，佞人殆。"

726

本来唱得好好的,樊冰冰却奇怪地向"郑声"、向"郑卫之音"①的方向走了,声音也一点点"浪"起来了:

> 眼一闭呀眼一睁,河沟沟里起大风。树苗长高蹿上了天,哥哥你要进城挣大钱。树叶落光了只剩了干,你走后我夜里干瞪眼。水咕嘟嘟开了没有下锅的米,白马刨着蹄子没有人骑。晴天里打雷真真个怕,哥哥你在城里在弄啥?工地里干活你要吃三碗,小寡妇打饭你要扭过脸。妹妹知道有人裤带松,你可不要钻进那黑咕隆咚。娘啊娘啊,哥啊哥啊。一阵阵狂风一阵阵沙,妹妹的心里如刀扎。大河没水小河干,妹妹整天吃不下饭。大雁雁南飞一天天凉,哥哥你上了小×的炕。从此后我带着娃儿一个人过,你敢进门看我打断谁的腿。

浪归浪,樊冰冰还是动了感情,把自己都唱哭了。在唱完的那一刻,现场鸦雀无声。雏莺初啼似的虫声还在,临窗吹笙般的虫声也还在,现在又加入了一些粗声粗气的虫声,有如铜锤花脸在挥斧叫板。最先说话的是铁梳子。铁梳子站起来,说:"直抒胸臆啊!问题很尖锐啊。"然后问栾庭玉,"您说呢?"

栾庭玉说:"除了'生一堆娃娃遍地走'违反基本国策,别的都好。"

雷先生喊道:"来人啊!丫的,给双份,必须的。"

樊冰冰抹了泪,说:"冰冰不能拿。冰冰这是将功补过。"

雷先生说:"好!不拿,也不能亏了你。明天把你们团长给我叫过来,雷先生有话要说。团里给你发的,总可以拿吧?团里给你的提成,总可以领吧?"

栾庭玉率先鼓起了掌,说:"我这就代表京剧团,感谢雷先生了。"

---

① 即郑、卫两国的民间音乐。实际上是保留了商民族音乐传统的"前朝遗声"。孔子"恶郑声之乱雅乐也"(《论语·阳货》)。

据华学明说,雷先生捐给了济州京剧团一百万元人民币。

这会,侯为贵介绍说,上周末,就在这,樊冰冰给雷先生唱了《苏丽珂》。庭玉省长的夫人豆花女士也在。他们吃了烧烤。烤的可不是羊,是王八。"她们想吃烤王八蛋,这就难办了。也不是吃不到王八蛋,但那是人工饲养的,要吃野生的王八蛋,还得过段时间。"侯为贵问,"吃过王八蛋吗?过段时间,我请你吃。别笑。王八蛋像鹌鹑蛋那么大,高蛋白、高钙、低脂肪、低糖、低胆固醇。你大概不知道,王八之间会互相捣蛋。有意思吧?王八找到满意的沙地,正准备下蛋,小眼珠一溜,发现旁边已经有王八蛋了,它就会恶从胆边生,一定要把那些蛋全都捣烂。发现哪只王八在捣蛋,你就悄悄溜过去,把它翻过来。它正琢磨怎么回事呢,你已经把它的脑袋剁了。那时候,它的蛋是最嫩的!脑袋剁了,放在火上慢慢烤。烤着烤着,鳖裙下面,一会儿蹦出来一个王八蛋,一会儿蹦出来一个王八蛋。豆花夫人和小嫂子说,吃过两次就上瘾了,戒不掉。豆花夫人那天还带来了庭玉省长的小外甥。小家伙以前也吃过的。回忆起吃王八蛋的经历,小家伙竟然当场作了一首诗:王八吃木炭,黑心王八蛋;木炭烤王八,把我香死了。真是个小天才。"

程先生会喜欢吃吗?

侯为贵接下来问道:"豆花夫人好像情绪不对啊,以前见到我,从来都是很亲切的。这次,因为没让她吃到王八蛋,她竟然给我起了个外号,叫我朱贵。她说,朱贵失职。她不是喜欢用《金瓶梅》给别人起外号吗?《金瓶梅》里有朱贵吗?好像没有啊。这是怎么回事?"

莫非栾庭玉与金彧的事,让豆花知道了?

他当然不能提到此事,他对侯为贵说:"他们挺好的。"

"那就好。你是庭玉省长的朋友,方便的时候不妨提醒他一句,正是关键的时候,千万不要后院起火。"

"你的意思是,庭玉可能会往上走?"

"如果各方面不出差错,那便是指日可待。豆花要吃王八,我就赶紧送来王八,为什么?我们做下属的,得替他考虑啊,得替他把夫人的情绪稳住啊。这个时候,后方一定要稳定。我自认为我们跟他都是一条线上的。一家人不说两家话,为贵还想跟着庭玉省长进步呢。"

莫非这就是侯为贵手持兔头,主动跑来迎接我的原因?

侯为贵问道:"知道那匹白马是怎么来到济州的吗?不知道了吧?嘿!为了他,我的脸都不要了。"

白马与侯为贵的脸有什么关系?他看了一眼侯为贵。侯为贵的嘴唇油乎乎的。大概是跑来的路上,不经意地咬了一口兔头。

侯为贵说:"入境动物必须提前报检,必须经过现场查验,必须通过隔离检疫,必须领到体检合格证。可黄先生团队提交的报检单,压根都弄错了。你想,填的是一头驴,来的是一匹马。还有比这更离谱的吗?"

"这个我也没有想到。"

"要不是为贵,白马就来不了了。白马要来不了,黄兴可能就不来了。黄兴不来了,你的太和不就抓瞎了嘛。"

"侯局,真没想到——"

"幸好为贵的大学同学就是负责边境动物检疫的。是个女同学。不瞒你说,当年我们好过一阵的。毕业后她去了北京,把为贵给甩了。我发誓再不理她的。毕业三十年同学聚会,我之所以没去,就是不想见她。我从朋友圈里知道,她就在那个边境口岸挂职,就硬着头皮去找了她。唉,已经老得不成样子了。水蛇腰变成蟒蛇腰,鸭蛋脸变成了鹅蛋脸。栽到她手上了,怎么办?只能夸!为贵硬是把她夸成了水仙花。这还不算,为贵还不得不做出非常痛苦的样子,说她是我心中永远的痛。什么叫痛?痛就是爱的代名词。您说,我这张脸是不是丢尽了?然后我才告诉她,白马其实不是马,而是学术研究的对象和工具。她说,你现在研究白马啊?

我又得做出吃醋的样子,说,当不成某人的白马王子,研究研究白马也不行啊？没错,我充分利用了她的愧疚心理。这么说吧,为了那匹白马,我他妈的差点对不起老婆啊。我跟你说,要不是为贵,那匹白马可能已经销毁了。报检手续不全,体检不过关,要么退回,要么销毁。"

马匹怎么销毁？火化吗？一匹马的骨灰该有多大一堆？他越过脑子里的那堆骨灰,向侯为贵表示感谢。

"真是委屈侯局了。"

"能替应物兄做点事情,为贵受点委屈,不算什么。听说太和下周即可动工？"

"侯局也关心太和的一举一动,让人感动啊。"

"为贵也是关心文化建设的。为贵可不是今天才开始帮你的。学明兄把蝈蝈弄到希尔顿,严格说来都是不允许的。严格说来,它们都是野生动物,是不能私下贩运的。最后还是为贵派人给它们收的尸,下的葬。为贵这个人有个特点,就是做好事从来不留名。白马的检疫费谁掏的？侯为贵！我那个前女友要替我掏,我没让她掏。我倒是开了发票。为了向她证明,我除了当局长,还做研究,发票上写的是太和研究院。她问太和研究院是什么单位？我说,就是研究马匹的。我对她说,我是太和研究院的特聘教授。她立即说,这些年,她把学业都荒废了。"

这个侯为贵,不是想到太和研究院兼职吧？

"检疫费,我得给你报销了。"

"看不起为贵？为贵虽然两袖清风,这点钱还是掏得起的。"

"那我怎么报答您呢？"

"为贵不求报答。为贵只是想,你哪天有时间,我做东,咱们喝一场？如果你能把庭玉省长请上,那就更好了。"

"好的,这事我记下了。今天你怎么有空了？"

"这不是为了工作嘛。庭玉省长现在抓扶贫了,咱不能给庭玉省长拉后腿啊。我负责的是双沟小学的改建工作。改建工作早就完成了，就是个别硬件、软件，有些小问题需要解决。篮球漏气，校服掉色，羽毛球上的鸡毛不合格。主要是抽水马桶必须换成蹲式坐便。抽水马桶太高了，有些孩子发育不良，个子太小，必须由老师抱上去。因为屁股太小，屁股蛋子太尖，很容易掉下去。夏天还好，冬天呢？让孩子们湿着屁股上课吗？这些东西当初都是雷先生捐的，我想让雷先生再去一趟，亲自看看。他已经答应了。我想请他吃个饭。当然，我还要告诉他一件事。他把两个老人的生日记错了，差点闹出笑话。就为这个，他帮我把双沟中学建起来，也是值得的。"

"他父亲不是已经——"他担心自己也记错，不敢往下说了。

"不是，他把小工他老娘的生日，记到了庭玉省长母亲的头上，让我帮着筹备一下。这个错误太严重了。要不是邓林提醒我，我就栽了。邓林不是你的学生吗？为这事我也得感谢你。我没有别的东西好送你。太和肯定需要个能看门的，我给你也弄条白狗？"

研究院里养条白狗？

不合适吧？

不过，那白狗可真是漂亮。此时，它就走在他们前面，长长的尾巴垂着，晃着，像钟摆。在暖烘烘的阳光下，它给人一种不真实的感觉。它好像不是狗，而是匹微型的白马，一匹微型的白象。

78．窑洞

窑洞内，一个小和尚在说话。

释延安把他们领进去的时候，小和尚没说话。他们刚坐下来，小和尚开始说话了。这是因为"小嫂子居士"说："别理他们，咱们还说咱们的。"

　　小和尚名叫净心。那天在香泉茶社,应物兄曾见到过净心。净心当时拿着礼品正要送给子贡,突然掉到了地上。此时,他听净心说道:"下了种,浇了水,过了七七四十九天,墙头便爬满了葫芦、黄瓜、丝瓜、倭瓜秧子。有了秧子,雨就来了。"

　　小嫂子盘腿坐在净心对面。

　　小嫂子泪痕未干。她穿的是灰色的毛衣,胸前挂着佛珠。都是信佛的人了,还动不动哭鼻子。看来本性难移啊。她曾说过,她是个感性的人,是浪漫的双鱼座,心特别细,特别软。被推上手术台,她会数着头顶的无影灯有几个;抱着姐姐的儿子去看医生,孩子没哭,她倒哭了起来。关于她的多愁善感,应物兄曾有领教。有一次,她抱着西瓜,边看电视边用勺子挖,正笑得很开心,突然听到雷先生说起老区人民如何受了苦,泪水就下来了,沙瓤西瓜顿时稀释成了西瓜汁。作为一个怜香惜玉的人,雷先生不想让她伤心,赶紧换了一个话题,从老区跑到了中东。雷先生说,同志们,知道吗?中东完全是个大粪坑,库尔德人聚集地,也就是叙利亚、土耳其和两伊交界地带,是大粪坑的中央。有人说,美国人插手,是搬起石头砸自己的脚。他想砸,就让他砸呗。丫的,竟然还有人替美国操心,劝美国人悬崖勒马,别往粪坑里跳。劝他干吗? 让他跳! 雷先生还顺便提供了自己的方案:趁美国人跳的时候,咱往粪坑里扔个炮仗,崩他们一脸。

　　本来是逗她高兴的,她却突然吐了。

　　这会,看见他们进来,雷先生说:"应院长,中午我请您吃饭。"

　　净心说:"下雨的时候,你听到的是雨声,是叶子的声音,还是雨和叶子的声音? 没有雨,只有叶,没有雨声。只有叶,没有雨,也没有雨声。有了雨,有了叶,就有了雨声。'若言琴上有琴声,放在匣中何不鸣? 若言声在指头上,何不于君指上听?'① 故《楞严经》云:'譬如琴瑟、箜篌、琵琶,虽有妙音,若无妙指,终不能发。'"

　　―――――――――

　　① 苏轼《琴诗》。

732

小嫂子捻动着手指,似乎在感受手指上的琴声。

净心又讲道:"秧子爬上墙头,有白花,大白花,小白花。有黄花,大黄花,小黄花。蜂来蝶去,看不出是谁的花。结了果,眼看黄瓜秧结了丝瓜,丝瓜秧结了倭瓜,倭瓜秧结了葫芦,葫芦秧结了黄瓜。可顺藤摸去,葫芦还是葫芦,黄瓜还是黄瓜,倭瓜还是倭瓜,瓢里有丝的还是丝瓜。同是葫芦,开瓢的还是开瓢的,做蝈蝈笼子的还是做蝈蝈笼子的。万物皆是因缘,诸事皆有根由。"

净心脸上有喜悦,似乎也有悲戚。

本来是出于礼貌,应物兄才坐下来听的,却不知不觉听了进去。他为释延安高兴。释延安这个荤素不忌的花和尚,能带出这么一个弟子,也算是造化。

雷先生上了趟洗手间,回来说,里面的水管坏了。说着,甩着手,大概沾了尿水,说:"小和尚啊,你们谈,我跟应院长、侯局谈点事。"

小嫂子噘着嘴,说:"死去吧!"

有人端过来一盆水,雷山巴洗着手,说:"你看看,你看看。"

小嫂子对净心说:"快说说,快说说我画的葫芦怎么样?"然后瞥着雷先生,"某人说,不该在葫芦上画雪。我就是要画,就是画了,怎么着?"

净心停顿了片刻,说:"中国画,常有道家思想在里面。天地与我并生,万物与我为一。① 故天地造物随其裁剪,春花秋月可绘一卷,南北风物随意组合,四季花卉可成一图。王维作画,即有雪中芭蕉。雪中葫芦,自然也是可以的。"

小嫂子拍着自己的胸口,说:"听到了吧? 我的画里都有道家思想了。以前,我常说什么臭道士,牛鼻子老道,以后不这么说了。等于骂自己嘛。"

雷先生对应物兄和侯为贵说:"瞧瞧,小和尚这么一说,她就有

① 见《庄子·齐物论》。

理了。"

小嫂子问："豆花画的葫芦呢？"

净心说："你的画，还有伊华居士的画，画得都好。只是画中葫芦，皆为藤所缠，为须所绕，纠缠不休。这院子里的葫芦长大了，居士自然就看出来了，葫芦藤须虽多，却无一根一丝纠缠自己。不纠缠，即为解脱。"

释延安说："雷先生，听到了吧？这也是个重点。不纠缠即为解脱。说得好。"

雷先生说："小和尚，讲得太好了。讲到这里呢，我就说一句。这个葫芦呢，我以前确实不够重视。要说没玩过葫芦也不对。小时候腰上系着葫芦，在后海游过泳。真是没想到，葫芦里面还有这么多道道。我要发动员工，溜着墙根，在这基地里广种葫芦。"

净心说："僧问：如何是解脱？师曰：谁缚汝？又问：如何是净土？师曰：谁垢汝？问如何是涅槃？师曰：谁将生死与汝？① 阿弥陀佛！不纠缠，即为解脱。纠缠，纠缠的是自己。"

雷先生说："重要的话，说三遍，好！"

小嫂子对净心说："不理他。你说，葫芦上的蝈蝈该怎么画才好呢？"

净心说："你画得很好了。只是，蝈蝈肚子不要贴着葫芦。蝈蝈的须，也可再长一点。翅膀一宽一窄为好。若画的是济哥，颜色可深一点。自古皆是如此。"

小嫂子问出了他想问的话："济哥颜色为何要深一些？"

净心说："济哥入画，自素净和尚始。素净晚年，山河破碎，心事沉重，用墨稍多。后人也就沿袭下来了。"

看他们一时说不完，雷先生就带他们走出了窑洞，向东北角那个院子走去。那是华学明和他的团队待的地方。侯为贵说："小嫂子都是画家了。雷先生家里出人才啊。"雷先生说："她？哪会画画

_____

① 见〔宋〕释道原《景德传灯录》(卷第十四)。

啊。我跟她说,你要喜欢葫芦画,我给你买上几幅。她怎么说?她说,我自己挖鼻孔舒服,不代表别人替我挖鼻孔也舒服。"

侯为贵说:"只要她高兴就成。我看她今天就挺高兴的。"

雷先生摇摇头,说:"高兴?高兴个屁。她这两天一直在跟我怄气。女人啊,没她们不行,有她们也不行。"说着,雷先生突然说道,"应院长,讲到这里呢,我得说一句,你小嫂子生气,你是脱不开干系的。"

这话有点重了。我承受不了啊。从进窑洞到现在,我都没跟她说过话,怎么就惹她生气了?莫非是怪我没跟她打招呼?小姑奶奶,你在听人讲葫芦、讲经,跟你打招呼,那不是扰乱课堂秩序吗?

尽管他没错,尽管他知道自己没错,尽管他知道雷先生知道他没错,尽管他知道雷先生知道小姑奶奶知道而且净心、侯为贵、释延安都知道他没错,但他还是说:"雷先生,我错了。"话一出口,他就知道自己错了。真的错了,错在不该认错。不过,他旋即又想起了一个细节,他进门时,忍不住多看了她两眼,同时在意念中把她和她姐姐的容貌做了个对比。他再次发现她们真是一个模子里刻出来的,几乎分不出谁是谁。

莫非就是那个眼神让她感到了冒犯?

还有,她猩红的嘴唇,紫色的眼影,晃动的耳坠,胸前的佛珠,不就是给人看的吗?

随后,他听见雷先生说:"你没错。是她错了。"

他一时有些慌张:雷先生不会认为她对我有意吧?刚才我看她的时候,她好像启唇笑了一下,还闭了一下眼。粗中有细的雷先生,是不是觉得,她在对我暗送秋波?雷先生,你可别多想啊,既然要暗送秋波,又怎么会闭眼呢?

听了雷先生的解释,他终于放心了。

雷先生显然被她搞烦了,竟然以小×称之。雷先生是这么说的："小×啊,想在海南买房子,我没答应。海南已经有房子了嘛。上下三层的房子,姐姐住过,你就不能住了? 六个泳道的池子,姐姐游过,你就不能游了? 瞎鸡巴闹嘛。我不准她胡闹。像个文化人的样子好不好? 讲到这里呢,我就说一句。没错,半个月前,雷先生确实答应了,再他妈的买个一模一样的,面朝大海,春暖花开。丫的,这不是计划赶不上变化,刚好遇到旧城改造嘛。三千万,雷先生平时是不放在眼里的。可是,我操,一分钱难倒英雄汉啊。我正急着用钱,你就不能体谅一下? 妈拉个×的。"

没错,应物兄就是由此知道,雷先生也参与了胡同区的改造工程。

雷先生随即换了口气,说："应院长,讲到这里呢,我得说一句。我还得感谢你。太和呢,要是晚几天启动,我就把钱砸进去了。一买一卖,几百万就打水漂了。你说是不是? 所以,雷先生得感谢你。她呢,就闹,说看破红尘了,要信佛了。丫的,你信去啊。吓唬谁呢? 你就是把菩萨搬来,我也不能惯着你。当然了,我也就顺水推舟,让延安带了一个小和尚过来,每天陪她念经。"

哦——应物兄突然打了一个激灵! 雷先生要参加的不是仁德路的改造工程吧? 不会和陈董他们一样,具体参与程家大院的改造吧? 换句话说,他不会也往太和塞一个人吧?

人啊,你越是怕鬼,鬼越来敲门。

随后他就听见雷先生说道："道宏兄倒是说了,让雷先生往你的太和安插一个人。这事我还没有想法。应院长,这事我听你的。就你那两个嫂子,你觉得谁合适,你挑一个?"

这话顿时晃得他脚步不稳。

他眼前一黑。

这不是比喻,是真的变黑了。黑其实只是个布景,布景前面金星闪烁,麦芒摇曳,银针飞旋,碎石迸溅。脚下的麻石路也起伏如舢板。他同时还听见了自己的笑声。他听见自己一边笑,一边很有礼貌地回应着雷先生。

他听见自己说:"哈哈哈,雷先生说笑了。谁敢替你做主啊?"

随后麦芒复归田野,银针隐于匣盒。黑消失了,变成了灰,又变成了白。没错,他眼前确实是一片白,像一堵墙。哦,堵在眼前的是白狗,是狗肚子。原来,就在感到脚步不稳的那个瞬间,他下意识地蹲了下来。如果不蹲,我会不会摔他妈的一个狗啃泥?

鼻子离狗肚子太近了。一股子臊味。

他顺势系了系鞋带,以掩饰自己的失态。

雷先生还等着他回话呢。雷先生说:"雷先生向来说一不二。这个权力,雷先生交给你了。"

见他一时没有说话,侯为贵先接了一句:"雷先生,还是先让她们自己拿个意见。女同志嘛,不给她们发表意见的机会,以后没好果子吃。"

雷先生哈哈大笑:"她们?她们能有什么意见?她们除了对雷先生有意见,对任何人没意见。天上的事,除了对雾霾有意见,什么都没意见。地上的事,除了对交通拥堵有意见,什么都没意见。她们根本不知道意见为何物。去年夏天,她们毕业十年聚会,我去买单,算是开了眼了。那帮人,不管是班花还是校花,学霸还是学渣,也都是没意见的人。混得倒是人模狗样的。有人已混成部长秘书了。一个姓赵的,据说是个学渣,混得最好,已经是地级市掌门人了。她们只有牢骚,没有意见。最大的牢骚是什么?别的年级捐的铜像竖在了东门,她们捐的却被竖到了西门。传统上讲,东门是正门。就这点屁事,丫的,硬是吵了半夜,又哭又闹,还喊着要上街。饭店老板差点跪下,求姑奶奶们小点声,不然警察就要上门了。你说,让她们拿意见,她们拿得出来吗?"

雷先生又说:"所以,需要应院长拿个意见。"

他听见自己说:"我的意见嘛,姐妹俩都进去算了。"

话音没落,雷先生立即表扬了他:"够爷们!雷先生没看走眼！”

他又听见自己说道：“你也进去算了。”

还有一句话，他没有说出来：“这只白狗也进去算了。”

雷先生说：“我？我就不进了。不瞒你说，我对孔孟之道是不感兴趣的。我喜欢的是老子、孙子。我就是感兴趣，也不能进。首先呢，我家老爷子这一关就过不去。老爷子穿着开裆裤，就跟在大人屁股后面打倒孔家店。他要知道我弄起了这个，还不从八宝山下来，一枪崩了我？不过，我必须说一句，艺高人胆大，看来你比道宏兄有本事！是个爷们，纯爷们。”

他听见自己说：“过奖了。”

是啊，我怎么能跟姓葛的比呢？人家那才叫有本事呢。朱楼将起，就把地基给毁了。筵席刚开，老鼠屎就下锅了。我怎么能跟人家比呢？我只是一个做学问的，人家是什么？是历史学家，教育家，政治家。

雷先生说：“但你只能挑一个。我反对特殊化。别的哥们只安插一个，我安插两个，算怎么回事？”

一对姊妹花，两个妍头。一对神经病，两截朽木。一对女博士，两堆粪土。从她们当中挑一个进太和研究院？这是挑朽木来雕，还是糊粪土上墙？

一个寄托着程先生家国情怀的研究院，一个寄托着他的学术梦想的研究院，就这样被糟蹋了吗？此刻，两种相反的念头在他的脑子里肉搏、撕咬。一个念头是马上辞职，眼不见为净，所谓危邦不入，独善其身；另一个念头是，跟他们斗下去，大不了同归于尽，所谓杀身成仁，舍生取义。这两个念头，互相否定，互相吐痰；又互相肯定，互相献媚。

是侯为贵把他从那种互相吐痰、互相献媚的情景中拉出来的。

他觉得，善于察言观色的侯为贵，一定是捕捉到了他的情绪变化，听出了他的弦外之音，出于讨好他的目的，才说出那么一番话

738

的。没错,他觉得侯为贵在帮他。侯为贵是这么说的:"雷先生啊,智者千虑,必有一失啊。这个嫂子进去了,那个嫂子怎么办?何必让嫂子去吃那个苦呢?为贵听说,凡进太和的,要有博士学位,日后还得用英语授课。讲得不好,那些读书人当面不说什么,背后是要嘀咕的。咱放着好日子不过,去受那些读书人的白眼,何必呢?小嫂子同志在那里受了委屈,回来还不把你当成出气筒?"

雷先生说:"侯局的意思——就这么拉鸡巴倒了?"

侯为贵说:"我倒有个小建议。小嫂子同志如果在家闲得慌,也可以给她找个清静的地方待着。要我说,地方是现成的。哪里?皂荚庙!据我所知,胡同区的改造,不包括皂荚庙。为什么不包括?因为慈恩寺释延长小心眼,从中作梗,生怕抢走了香火。皂荚庙该不该修?该修。原来的皂荚庙,内有钟楼,外有铁槛,内有斋堂、外有马店①,现在就是几间破房。雷先生何不掏几个小钱,将皂荚庙修缮一番。然后呢,雷先生,有可能忠言逆耳啊,你就随便听听。我的意思是,举贤不避亲,应派小嫂子去管理。小嫂子同志既念经,又创收,岂不两全其美?她要对儒学感兴趣,太和就在隔壁,几步路,迈腿就到了。"

在应物兄听来,侯为贵这话简直是声声入耳。

侯为贵那张阴沉、尖刻的脸,应物兄也顿时觉得格外顺眼。

奇怪的倒是雷先生的表现有些不同寻常。雷先生突然后退几步,都退到麻石路的外面了。那里有个雨水冲出来的小沟,雷先生差点绊倒在沟里。随后雷先生一下子冲到侯为贵面前,压低声音问道:"你是不是听到什么风声了?"

侯为贵说:"雷先生,我可什么都不知道。"

雷先生不再自称雷先生了:"侯局若把兄弟当朋友,就如实告诉我。"

侯为贵说:"雷先生,我什么时候瞒过您啊!"

———

① 实指客堂。寺庙的管理中心。

　　雷先生说："好吧，既然你已经知道了，那我就明人不说暗话。应院长，你也听着。我已经答应了庭玉省长，将皂荚庙整修一新。庭玉省长已经答应，胡同改造工程分我一杯羹。当然是我求的庭玉省长。我跟庭玉省长说，铁梳子吃肉，小兄弟喝口汤呗。庭玉省长答应赏我一口汤。庭玉省长说，铁梳子把程家大院的地皮捐出来了，你呢？这些年你在慈恩寺赚了那么多，吐出来一点？就是这句话提醒了我。我立即提出，修皂荚庙的钱算我的。庭玉省长说，好，这就叫取之于民，用之于民。取之于寺，用之于寺。庭玉省长这句话又提醒了我，规格要上去，不能按小庙的规格来修，得修成大寺了。我就向庭玉省长表态，放心吧，斋堂、客堂，一个不落；钟楼、鼓楼，一个不缺。我问庭玉省长，后面是不是再弄个菜园子？再栽上几株垂杨柳？庭玉省长以为我是要趁机圈地呢，我说了，那菜园子也要取之于民，用之于民，各地香客来了，可以趁机体验一下田家乐。庭玉省长说，不是不可以考虑。情况就这么个情况。至于铁槛，我告诉你们，你们现在去看看，铁槛已经安上了。皂荚庙，包括菜园子，方圆一千米，已经全都装上了铁槛，就像士兵列队完毕，静候首长检阅。"

　　侯为贵说："这么说来，您让小嫂子同志学佛念经，就是提前为此做准备？"

　　雷先生表扬了侯为贵："侯局真是猴精啊，什么也瞒不了你。"

　　侯为贵说："过奖了。住持是谁？你可得安排个自己人啊。"

　　雷先生说："按才学，按资格，按辈分，得请释延源。但延源此人，向来看不起我。丫的，一个臭和尚，也敢在我面前摆老资格。所以，我的意思是，就让释延安在那里先待着。一来，延安脑子比较活络，会来事，而且延安与延长关系不错，两个人是穿一条裤子的，这有利于两大名寺和睦相处。二来，当然这也是最重要的，是邓林的意思。邓林的意思，当然就是庭玉省长的意思。"

　　侯为贵好像还在为雷先生的家庭生活操心："小嫂子同志手里

740

有个寺庙玩着,大嫂子同志没意见吧?"

雷先生说:"借她个胆! 丫的,她敢放个屁,明天我就把海南的别墅给卖了。"

侯为贵连忙说:"我相信,大嫂子同志一定有大局意识。"

雷先生说:"明天,我就派延安带上净心和你小嫂子,去皂荚庙种葫芦。葫芦爬上皂荚树,好啊,又是皂荚又是葫芦。对佛学,雷先生已略有研究。知道庙里为何要栽皂荚树吗? 意思是洗心革面,一心向佛。知道为何要种葫芦吗? 葫芦者福禄也,意思是功德圆满。净心讲经时,我在旁边胡乱听了几句,就有如此顿悟,说明什么? 说明我跟皂荚庙有缘。讲到这里,我要说一句。丫的,我之所以不让你们小嫂子进太和,还有一个原因,就是我担心首长不同意。首长小时候,就参加地下组织打倒孔家店,后来又批林批孔,忙了很多年。他要知道我让你们小嫂子进了太和,研究起了孔老二,还不从八宝山跑出来,一枪把我给崩了。首长是无神论者,当然不信佛。但他听我奶奶的。我奶奶呢,觉得他杀人太多,手上有血,天天为他烧香拜佛。他看到了,从来都装作没看见。"

这时候,他们已经走近华学明住的院子。

华学明的博士出来迎接他们,让他们等一会。

雷先生交代他们:"刚才的话,天知地知,你知我知。出了基地,不能说。"

与雷先生住的不同,华学明的房子是用原木搭起来的,四周扎着篱笆。篱笆内外,栽着毛竹。竹笋已经拱出来了。有的已经半人高了,裹着半绿半黄的皮,像刚出土的长了绿锈的长矛。长矛稀稀拉拉的,一直长到基地的围墙旁边。

那里堆着几个巨大的金属圈。

应物兄以为那是某种现代雕塑。雕塑全都搞成一个样子,倒也符合雷先生的思维:整齐划一。侯局也把它当成了雕塑,说那个雕塑不错,圆形,巨大的圆形,世间最好看的图形就是圆形啊。

　　"什么眼神！铁丝，施工用的。不过你要认为那是艺术，那就放着吧。龙袍本来也是用来蔽体御寒的，时间长了就成了艺术。"

　　"是给皂荚庙用的？"

　　"皂荚庙用的是铁槛，那是铁丝。倒是一起进的货。"

　　原来，雷先生正准备加固围墙。就在等待华学明召见的时候，雷先生再次广开言路，让他们对加固围墙的方案发表一下意见。一个是增加围墙的高度，另一个是在围墙上拉起铁丝网，通上电。雷先生介绍说，前者工程比较大，需要拆墙重建，但好处是死不了人。翻墙偷盗者，最多摔成个残疾罢了。后者倒是很快就可以落实，但坏处也是有的，要不了一个月，就可能会电死几个。雷先生说，虽说基地没有责任，但想到那些孤儿寡母，心中还是有些不忍。当然，如果考虑到生活质量问题，摔成残疾还不如电死来得痛快。

　　"你们的意见呢？"雷先生说，"刚才让你们拿意见，你们说，应该先让两个嫂子拿意见。现在是不是要让盗贼先拿个意见？"

　　不知道什么时候，释延安已经走过来了。他穿的僧鞋，走路没有一点声音。他们是先听到他说话，才注意到他的。他一来，就发表了意见。他考虑的倒不是残疾和死亡，而是墙根种的那些葫芦、黄瓜、倭瓜和丝瓜。他说："等到下霜，葫芦下了架，再施工不迟。"

　　"你怎么跑出来了？"雷先生问，"净心呢？"

　　"净心走了。"

　　"延安就是延安，一叶一花都放心上。菩萨心肠啊。问题是，他们现在要偷的不是林蛙，而是济哥。你们知道的，济哥可是价值连城。昨天已经有人进来了，被哮天发现了。哮天没有经验，以为那是狐狸呢，叫着冲了过去，把人吓跑了。我已经跟哮天说了，下次不准叫。"

　　"要不，我再想办法给你弄两条哮天过来？"侯为贵说。

　　"趁签证还没过期，赶紧去啊。"

　　突然，一道白光从树林那边一闪而过。起初，应物兄以为是哮天。它在树与树之间穿过,在起伏的丘陵上穿过,在坟头与坟头之间穿过。它无声无息,几乎是梦幻般的。他觉得奇怪,四处眺望,那影子已经不见了。他很快就在去往窑洞方向的麻石路上看到了哮天。眼下,它和小嫂子走在一起。当小嫂子弯腰去摘野花的时候,它看上去就跟她一样高了。于是应物兄就觉得自己可能看花眼了。此时,天空中正有白云飘动,近处的跑得很快,如洁白的羊群被驱赶向更远的地方。而更远处的,反倒是静止的,就像挂在那里。好像只有树梢的摆动,才能映衬出它的飘动。他想,可能是把树梢与树梢之间的白云看成了那道影子。

华学明的博士出来,请他们再等一会。

对于华学明,雷先生以前都是以"小华"称之,有时候还显得颇不耐烦,这会儿雷先生竟然改口了,称华先生了。

雷先生说:"再跟华先生通报一声?"

那个博士有点为难。

趁那个博士犹豫,雷先生已经大踏步走进了院子。他们三个人当然也跟了过来。他们刚走到华学明的门口,就听见华学明吼道:"当和尚?你以为和尚是好当的?"

靠着门框站着的是华纪。

华纪说:"不就是剃个头吗?"

华学明说:"剃个头?三下五除二剃个头,就当和尚了?连个游戏都戒不掉,还想断掉红尘。你别去当了,还是我去当吧。"

他们站在院子里,进也不是,退也不是。华纪看见了他们,微微地朝里面歪了歪头,意思是请他们进去,救自己于水火之中。而华学明则是微微仰着下巴,示意他们别进来。可怜天下父母心啊。华学明不想让他们看见儿子在挨训,想给儿子留个面子。

转过身来,应物兄又看到了那道白影,它在竹影之外。这次它消失得更快。他当然没想到,那就是白马。白马不是在希尔顿饭店的顶层吗?它怎么可能来到这里呢?所以,他压根都没有这样想。

他们退了几步，好让华学明训个够。

雷先生显然已经知道华学明训儿子的原因了，并且有感而发："子不教，父之过。必须给孩子讲清楚，在人生的道路上，什么错误都可以犯，就是生活错误不能犯。我跟我的大儿子就是这么说的。我那个大儿子，就喜欢跟女演员混在一起。你也不按着胸口想一想，那些女演员，哪个是吃素的？生活错误对她们来说不叫错误，叫聚人气。但我们不行。我们是文化人，精英阶层。犯了错误，就是道德问题。风风雨雨我见多了。别的错误，经济错误，甚至政治错误，都可能翻过来，只有生活错误翻不过来。那边怎么没声了？"

几分钟之后，华纪走了出来。华纪的发型很奇怪，当中竖了起来，还染成了红色。应该是刚染的，昨天还是黑的嘛。还有，这小子为何今天没去上学？看见他们还在外面候着，华纪很有礼貌地挨个问候一遍："雷先生好，侯伯伯好，性空大师好！大师，你带的那个小尼姑呢？"

和尚和尼姑都分不清楚呢，还想搞女人？

华纪说："干爸好！跟华先生说一声，一把年纪了，不要肝火太旺。他要是有个三长两短，谁跟我妈斗气啊？"

难怪华学明说，恨不得把他塞回子宫回炉。

突然，华纪张着嘴巴不说话了，似乎被什么东西吸引住了，先是踮着脚尖，后是弯下了腰，手搭凉棚，晃动着脑袋，朝远处张望着。他要看的，其实也是白马。但跟应物兄一样，华纪也没有看出那是白马。跟应物兄一样，华纪也把它看成了白狗，看成了飘动的云朵。或者，干脆就是一股气流，一团雾？

当然，随后他从华学明那里知道了，那就是白马。

华学明是这么说的："华先生让明亮帮着润色一个报告。他把白马也牵来了。早该牵来了。它都抑郁了。"

79. Illeism

Illeism！应物兄突然想到这个词。

这是因为他再一次听到华学明自称华先生，也是因为他听到华学明提到了释延安的师兄释延源。

他们进来之后，华学明首先把释延安骂了一通："华先生警告你，当着华纪的面，以后不要吃肉喝酒！华纪还以为当和尚是个美差事，都不想上学了，想当和尚了。你想让我们华家绝后啊？"

释延安连忙道歉："不敢了，不敢了。"

华学明又说："幸亏释延源把他送回来了。晚一步，你们是不是把他的头给剃了？华先生把话放到这儿，谁敢剃他的头，我就打烂谁的狗头。"

他雷山巴可以自称先生，你华学明不能啊。雷山巴是生意人，自称先生相当于自抬身价，相当于给自己做广告。你呢？你是学者，是生命科学家。世上有哪个学者称自己为先生的？

"Illeism"，说的就是这种以第三人称来谈论自己的方式。

他想起来，芸娘向他提到这个词的时候，释延源也在场。

子贡来到济州之前 有一天他陪着郑树森去了一趟芸娘家里。郑树森的一篇论文获得了高校人文社会科学优秀成果奖，是关于鲁迅与克尔凯郭尔关系的研究。郑树森认为，凭借这篇获奖论文，他完全有资格进入济州大学学术委员会。芸娘曾是学术委员会的成员，连任两届之后，芸娘以身体不适为由，写信要求退出。郑树森认为，越是主动退出的人，在学术委员会成员当中越有发言权。他其实是想接替芸娘。郑树森说，如果得到芸娘推荐，此事就十拿九稳了。

那天一见面，芸娘就拿郑树森的胡子开玩笑。

"你的胡子很像大先生。"芸娘说。

"真的吗？"郑树森摸着胡子说，"别人也有这么说的。"

"也有点像蔡先生，元培先生。"

"芸娘啊，这话可不敢让葛道宏听到。他会以为树森有什么想法呢。"

"好像也有点像李大钊。"

"芸娘，"郑树森吓坏了，"芸娘不会是咒树森早死吧？树森还有很多事没做呢。再说了，我要死了，你的学生怎么办？"

郑树森的第二任妻子是芸娘的研究生。在来的路上，郑树森说，他也想让芸娘调解一下他们的夫妻关系。郑树森说："她又出走了。"

这时候释延源到了。芸娘以前曾陪着姚鼐先生在慈恩寺藏经阁查找资料，他们以此相识，偶有来往。芸娘在校对自己的一篇旧文，是关于闻一多的。因为闻一多对佛学也多有涉猎，芸娘对有些知识没有把握，就约了释延源来谈。释延源大概知道芸娘的爱好，带了一束芸香。他说，那是植物学家双渐施主在慈恩寺的后山上种的。小保姆给释延源拿拖鞋的时候，释延源自己从一个黄包里取出鞋子，换上了，安静地坐下看书。

看到芸娘气色不好，我们的应物兄未免有些担心。芸娘说："脖子有点疼，肩膀也有点疼。其实也不知道是脖子疼，还是肩疼。总之是疼。医生诊断了一下，说多休息就好了。不让多看书，说要多看天。"接下来，芸娘又开玩笑说，"医生的话，延源可能不同意。在医生看来，人体是一个复杂系统，出了故障，医生就要先把它还原为单个的物件，器官、组织、神经、细胞，细胞核，一一过堂，再推断出一个结果。这个过程就叫诊断。只有这个时候，你才发现，自由意志、人格、主体性，这些概念跟身体没有关系。"

芸娘让保姆给释延源沏茶。看着那些茶叶在杯子里沉浮，释延源脸上似乎有一种忧思，那忧思慢慢地变成了微笑，于是更显得眉目疏淡。释延源的任何动作,都很慢:端茶杯的动作是慢的,放下茶杯的动作也是慢的。他向小保姆解释,自己不喝这绿茶。随后,他从黄包里取出了茶杯,里面泡的是柿子树叶。以虚诞而为高古,以缓慢而为澹泞,应物兄脑子里冒出了皎然的两句诗[1]。

郑树森把论文递给了芸娘,说:"请芸娘提提意见。"

芸娘说:"你是专家。七斤嫂怎么敢对九斤老太提意见呢。"

郑树森不知轻重,说:"九斤老太要能听进七斤嫂的意见,也会进步的。"

芸娘说:"大作我已经拜读过了。又改过了?"

郑树森说:"编辑说了,树森的文字,增一字嫌多,删一字嫌少。"

芸娘说:"注释很详细啊。"

郑树森说:"树森的文章历来以注释严谨著称。"

芸娘说:"好像缺了最重要的一条注释。克尔凯郭尔是现在的译名,鲁迅说的都是契开迦尔[2]。"

郑树森说:"一定是编辑给树森取掉了。这种错误,树森怎么能犯呢? 芸娘觉得,鲁迅先生的思想是不是比闻一多先生更接近克尔凯郭尔?"

芸娘说:"鲁迅的思想并不等于影响了鲁迅的那些思想。鲁迅受到了克尔凯郭尔的影响,也受到了进化论和阶级论的影响。但鲁迅的思想既不等于克尔凯郭尔,也不等于进化论和阶级论。"

郑树森把那篇文章要了回来,说:"树森回去再琢磨一下。想起来了,树森的内人最近是不是来过这里?"

芸娘笑了:"她也问我,外子是不是来过?"

郑树森立即说:"她不懂事啊。芸娘,你在我们的婚礼上说,夫

---

[1] 〔唐〕皎然《诗式·诗有六迷》:"以虚诞而为高古,以缓慢而为澹泞,以错用意而为独善,以诡怪而为新奇,以烂熟而为稳约,以气少力弱而为容易。"

[2] 鲁迅《坟·文化偏至论》:"至丹麦哲人契开迦尔(S. Kierkegaard)则愤发疾呼,谓惟发挥个性,为至高之道德,而顾瞻他事,胥无益焉。"

妻要互相尊重，谁说得对，就听谁的。看来芸娘的思想并没有成为她的思想。"

芸娘笑了，说："这次是因为一只鸡冠吵起来的？"

郑树森说："瞧瞧，树森没有猜错吧？她来你这儿告状了是不是？你应该劝她，如果不想跟树森过了，那就离了算了。树森不拖她的后腿。"

芸娘说："因为一只鸡冠，就要离婚？"

郑树森说："不是鸡冠的问题。树森的母亲喜食鸡冠，她每次炖鸡，却都要把鸡头剁掉。"

芸娘说："鸡头对身体不好嘛。"

郑树森说："那你可以把鸡头扔了，把鸡冠留下啊。"

芸娘说："前段时间还挺好的嘛。骑着双人自行车，铃铛响个不停。"

郑树森说："谁说不是呢？她喜欢浪漫嘛，要求骑着双人自行车，车后放着太阳伞、休闲桌、休闲椅。她要求一直骑，还说世上本没有路，骑着骑着就有了路。骑到凤凰岭，骑到桃都山，一直骑到没有手机信号的地方。树森都快累瘫了。她倒好，一路上靠在树森背上睡着了，像个小猫似的。还吟诗呢。你若晴空一鹤排云上，我就便引诗情到碧霄。到了水库旁边，她说捉田螺吧，摘野菜吧，挖笋吧，喝点红酒读读书吧。她是个学者，不喜欢搞研究，却喜欢看偷情小说。书包里要么放着《包法利夫人》，要么放着《安娜·卡列尼娜》，翻来覆去地看。她一边读着《包法利夫人》一边问树森：田螺捉到了吗？他妈的，哪里有田螺啊。野菜倒是有的，蒲公英嘛，可她又觉得苦。她把芦苇当成竹子，让树森去挖下面的笋。还说，世上最有意义的饭局，就是自己挖笋，和亲爱的人一起煮着吃。还给树森讲道理呢，说一千万是过日子，一百万也是过日子，十万也是过日子，一万也是过日子。只要内心生活丰富，就是没有钱，也是幸福的。"

748

　　芸娘说："这话她也跟我说过,我告诉她,当你说一千万也是过日子的时候,你脑子里已经有了一千万这个概念。"

　　郑树森说："搞得跟真的一样,搞得树森反倒觉得自己很庸俗。他妈的!"

　　芸娘说："听说还在山上住了一夜,吃了土鸡。那鸡冠就是土鸡的鸡冠?"

　　郑树森说："她愿意骑车去,却不愿骑车回来。她说她不愿意重复。不愿意重复为什么要反复地看《包法利夫人》?不愿意重复为什么要说世上本没有路,骑的人多了就有了路?山上叫不到出租。就是有出租,双人自行车也放不下啊。只好在山上住了一晚。她倒是挺高兴的,说自己最喜欢田家乐。她特别羡慕山民,说,养着鸡,养着狗,养着毛驴,多好啊。她说,世界上最好的闹钟就是公鸡。可是早上公鸡一叫,她就烦得不得了,说影响她睡眠了。她给人家掏钱,让人家把公鸡宰了。她是喜欢吃土鸡的,但是当人家把公鸡炖了给她吃的时候,她又觉得人家太残忍了,说这跟易子而食没什么差别。"

　　芸娘说："可她跟我说,那公鸡好吃得不得了。"

　　郑树森说："当时炖了半只,另外半只拿回来了。说好给老太太尝尝的,他妈的,她却吃得比老太太还多。还说,距离产生美。所谓土鸡进城,美味倍增。树森认为,这跟距离无关,而跟老太太抢着吃有关。他妈的,说好的减肥,也不作数了。后来老太太就说,你吃吧,你全吃吧,我只吃个鸡头。可是怎么也找不到鸡头。他妈的,她竟然把鸡头剁了,扔了,喂猫了。"

　　芸娘说："就因为一只鸡头,一只鸡冠?我送你们一筐鸡冠。"

　　郑树森抽的烟是鲁迅先生常抽的哈德门。这会他把哈德门的烟屁股捻碎了,说："是她提出离婚的。树森只是附议。一开始,她并没有说离婚,只说想出去躲几天。树森还去机场送她来着。她最后一句话是,老天,你的耳朵怎么长成这样?树森问怎么了?她说,你的耳朵把帽檐支起来了。这是什么话？她说的是兔耳朵还是驴耳朵？后来就接到她的短信,说要分居。当年二人读《伤逝》,记忆最深的,不是子君与涓生如何相爱,而是他们如何分手。子君走的时候,把仅剩的一点钱放在桌子上,让涓生还能活下去。她倒好,把所有的钱都一扫而空,半个子儿都没给树森留下。树森就想问一句,鲁迅的书,她是怎么读的？"

芸娘说："你用第三人称说话,我有点不习惯。"

郑树森说："就是个习惯嘛。鲁迅也自称'迅哥儿'的。"

芸娘说："我如果没有记错,'迅哥儿'是鲁迅小说里的人物,但不是生活中的鲁迅。"

郑树森说："'鲁研界'的人,喜欢这样说。"

芸娘说："连口头禅都是第三人称。你们'鲁研界',都喜欢这么说吗？"

郑树森知道芸娘说的是他挂在嘴上的"他妈的"三个字,一时有点不好意思了,低下了头,但随即又把头抬了起来："不瞒你说,鲁研界这么说的人,还真是不少。鲁迅本人也常这么说的。鲁迅不仅这么说,还考证了这三个字的历史。按鲁迅的说法,这个'他妈的',从晋代就有了。为什么从晋代开始呢？因为晋代有门阀制度,讲究出身。你出身名门,就一切 OK;你出身寒门,就一切 Out。那些出身寒门的人,又不好公开作对,又不敢公开反抗。那该怎么办呢？哼,你那么神气,不就是因为有个好妈吗？那就骂你妈！所谓迂回的反抗,曲线的反抗。当然了,也是卑劣的反抗。鲁迅由此得出一个结论,只要中国还有等级存在,这个'他妈的'就不会消失。"

芸娘说："家里就三个人,除了你,就是你妈妈,你儿子的妈妈。你反抗谁呢？'鲁研界'那些人,也一个比一个过得好。其实我挺佩服你们呢。都说一个人身处逆境的时候,才会和鲁迅相遇。你们呢,一个个身处顺境,顺得不得了,大都处在教授级别的上游,还这么爱鲁迅,所以只能让人更加佩服。我看'鲁研界'最近还特别喜欢谈'现代性',说它有五副面孔。这属于现代性的哪副面孔?"

郑树森终于说道:"芸娘,让你笑话了。树森一定改。"

芸娘示意郑树森吃一块蜜饯,然后扭过身子问释延源:"延源,僧人现在自称什么?"

释延源并没有像释延安那样,以"阿弥陀佛"开口,而是平平常常的,直接说道:"有的自称贫僧——"

郑树森立即说:"还贫僧呢,树森看他们过得都很舒服嘛。"

释延源慢慢放下自己的柿叶茶,说:"'贫僧'由'贫道'而来。'贫道',是说自己道德和智慧不足。近于儒家所谓'忧道不忧贫'之道。后因道士亦自称'贫道',僧人便自称'贫僧'了,也称'小僧'。我呢,老了,只好自称老衲了。"

芸娘说:"可见,用第三人称来谈论自己,是有很多说法的。鲁迅所讨厌的政客们最喜欢这样说。英文中,有个词叫'Illeism',说的就是用第三人称来谈自己的方式。这个词,源于拉丁语'ille',即英语中的第三人称'he'。最早这样谈自己的人,是恺撒。法国的戴高乐将军,也有这个毛病。戴高乐的口头禅是'戴高乐知道,国民求助于戴高乐的愿望日益强烈','除戴高乐之外无人可以胜任'。"

他突然想到了《山海经》中的"其鸣自詨":鸟兽的声音就像在呼唤自己的名字,所谓自呼其名。

郑树森说:"树森我,没别的意思,就是说顺口了。"

芸娘说:"你不是研究克尔凯郭尔吗?那你一定看过他的《论反讽概念》。他有一段话,就是专门讲这个的。他说,只有两种人会这么说话。一种人,是自大的人,他认为自己的所作所为就像恺撒,具有世界历史意义,以致他的生命不属于自己,而属于整个世界。这种人要通过不断地称呼自己的名字,来向自己表示敬意。另一种人,是自卑的人,他是因为感觉到这个世界过于沉重,使他忍受不了这个重压，想逃离自己，将自己从沉重的历史中抽出，或者将历史从自我中抛出。① 当然，延源师父说的是第三种人，即佛学中人。"

郑树森说："芸娘，这——树森我还真没想到这么多。"

芸娘说："我相信，不这么说，并不影响你的表达。你一个人的时候，可以这么说。"

郑树森说："我记住了。"

芸娘说："至于什么嫁鸡随鸡、嫁狗随狗，这样的话，最好不要再说了。"

郑树森又来劲了："不说可以，但你要告诉她，也不要在家里讲什么女权主义。那叫什么女权主义啊？一谈权利，就讲性别平等。一讲责任，就讲性别差异。树森真是受不了。树森不指望她像伯庸老婆那样嫁鸡随鸡、嫁狗随狗，她也别指望树森像应物那样娶鸡随鸡、娶狗随狗。"

郑树森！你就是这样看我的？我的问题比你复杂多了。我没跟乔姗姗离婚，不是要娶鸡随鸡，而是因为那鸡不是一般的鸡，是乔木先生养的鸡。当然，这话他没讲。他只是指着郑树森，哆嗦着手指，代表自己生气了。

芸娘这时候问释延源："延源，前些天收到你的信，发现你也以第三人称口气说话，并且自称'五一居士'？"

---

① 克尔凯郭尔《论反讽概念·费希特之后的反讽》："她就这样坐在她浮逸的屋子里，浑浑噩噩，大镜子从各个角度反射着她的形象，由此所产生的外在意识是她惟一还保存下来的意识。因此，谈到自己的时候，她也惯于称自己莉色特，常常讲她写下、她想写下自己的历史，就好像这是别人似的。总的来说，她最喜欢以第三人称来谈自己。不过，这不是因为她在世上的作为像恺撒的一生，具有世界历史性的意义，以致她的生命不属于她自己，而是属于整个世界，不，这是因为这个过去的生活过于沉重，以致她忍受不了它的重压。对这个过去进行反省，让它的令人惧怕的各种形态来评判她，这将会过于阴森，不太可能是诗意的。然而，让她的可悲可鄙的生活融入朦朦胧胧的大轮廓，把它当作与她自己毫无关联的东西瞧着，这是她所想干的事情。"莉色特，是德国浪漫派思想家弗里德里希·施莱格尔（Friedrich Von Schlegel）的著名小说《卢琴德》（Lucinde）中的人物。

释延源说:"前段日子,多次想到还俗,就给自己起了这么个名字。"

芸娘说:"又来了。以前不是还俗过吗,怎么又要还俗了?"

释延源似乎不愿多谈,只是解释了为何要给自己取个"五一居士"的名号。应物兄当时吃了一惊,他没想到释延源竟然对欧阳修很感兴趣。释延源说:"欧阳修自号'六一居士',所谓集录金石遗文一千卷,藏书一万卷,有琴一张,棋一局,置酒一壶,有一翁老于此五物之间。我呢,不会弹琴,不会下棋,也不喝酒。但我会画画,只是没有延安师弟画得好。会吹笛子,有笛子一管。哪天还俗了,也可自号'五一居士'。"

郑树森惊呼起来:"出家,还俗,再出家,再还俗?你们还可以这么搞?"

释延源说:"若自感不能精进,便可请乞舍戒还俗。若看到僧人丑恶而退失信心,也可还俗。脱下僧装,以另外一种方式修行,如何不可? 可以的。"

哦,释延源与其说是个和尚,不如说是个隐士。

对了,"居士"在《礼记》中,就含有隐士、高人、山人、奇人之意。①

释延源问:"应物先生,你这个名字是来自欧阳修吗?"

他当然知道,释延源指的是欧阳修那句话,"无常以应物为功,有常以执道为本"②。他没说是,也没说不是。

释延源说:"我正要请教于你,如今你是应物还是执道?"

他听见自己说,我是既应物又执道。但这句话,只有他自己能听到。他不好意思说出口。随后,他听见释延源说:"正可谓,有常

---

① 《礼记·玉藻》:"居士锦带,弟子缟带。"

② 欧阳修《道无常名说》:"道无常名,所以尊于万物。君有常道,所以尊于四海。然则无常以应物为功,有常以执道为本。达有无之至理,适用舍之深机。诘之难以言穷,推之不以迹见。"

无常，双树枯荣。南北西东，非假非空。"①他半懂不懂，想让释延源解释一下，但释延源却站起身来，向芸娘走去了。不知道什么时候，芸娘已经走开了。此时，芸娘正在另一扇窗前侍弄一盆花。他后来知道，那盆花是刚从院子里挖来的。

郑树森早已经不耐烦了。

郑树森说："我不懂佛学。这当然是受鲁迅先生的影响。鲁迅先生谈到佛教，向来没什么好话。我要不先走一步？"

这天的谈话，就以芸娘给郑树森送花结束。芸娘就把那盆花送给了郑树森。芸娘说："去把她接回来！你们两个，脑子里都有一根筋搭错了，但错的又不是同一根，各错各的，偏偏又凑到了一起。在一起养养花，弄弄草，可能就好了。鲁迅先生也是喜欢养花的，也养过这个花。这是什么花，你回去研究一下。花养好了，你们再给我送回来。以前，不都是拉着手来的吗？"

他和郑树森都没有认出那是什么花。

倒是释延源认出来了，说："这鸡冠花长得好。"

芸娘说："你看，鲁迅和延源也有相通之处，相通于鸡冠花。"

释延源说："藏经阁后面，多发鸡冠花。这鸡冠花，又名波罗奢花。民间有说这花是马可·波罗带到中国的。这花是印度传来，与佛经一起进入中国的。别忘了，我是扫地僧，这波罗奢花，有的高如扫帚，有的矮如鸡冠。"

郑树森问："佛经关于鸡冠花是怎么说的？"

释延源犹豫了片刻，说："佛经中，形容身毛皆竖，常说如波罗奢花。"

其实释延源故意少说了几个字。佛经中凡是提到波罗奢花

---

① 当年世尊释迦牟尼在拘尸那罗城娑罗双树之间入灭。东西南北，各有双树，皆一荣一枯。佛经中言：东方双树为"常与无常"，南方双树为"乐与无乐"，西方双树为"我与无我"，北方双树为"净与无净"。茂盛荣华之树意示涅槃本相：常、乐、我、净；凋残枯萎之树显示世相：无常、无乐、无我、无净。如来佛在这八境界之间入灭，意为非枯非荣，非假非空。

的,常说"遍体血现如波罗奢花"[1]。

这天,释延源顺便提到了一件事,就是从事植物学研究的人,常到藏经阁的后山上采集植物和花卉的种子,他曾帮助他们找到了几种植物的种子,其中就有鸡冠花。应物兄又如何能够想到,释延源说的那个人,就是双林院士的儿子双渐。

现在,当应物兄把思维的线头重新拽回到科学院基地的现场的时候,鸡冠花又变成了鸡冠,而且那鸡冠就长在华纪的头上。是的,他突然觉得,华纪刚才弄的那个发型就像鸡冠。

一时间,他的脑子有点乱。

华学明再次把释延安训了一通:"一个臭和尚,却每天吃香的喝辣的,过得比谁都滋润,华公子都跟你学坏了。"

哎哟喂,因为研究出来一个济哥,不得了了,都把儿子叫成华公子了?

释延安都结巴起来了:"阿,阿,阿,阿弥陀佛。"

华学明说:"屙,屙,屙,屙屎到外面屙去。"

释延安反应倒很快:"华先生说得好,佛是干屎橛,道在屎溺中。"

直到这个时候,应物兄还没有意识到,华学明的精神已经有点不正常了。那天中午,当他们从华学明那个小院子退出来的时候,他倒是听他们有过一番议论。侯为贵说:"有本事的人都有脾气,越有本事的人越有脾气啊。雷先生,您说呢?"雷山巴这时候又恢复了第三人称说话的习惯,说:"这正是雷先生要格外强调的。我们一定要配合华先生的工作,把事业推向前进。"释延安倒是提到了一个"疯"字,但他说的"疯",指的其实是敬业精神。释延安是这么说的:"阿弥陀佛,不疯不魔不成佛。"作为华纪的干爸,应物兄考虑问题的角度更多一些,其中不乏自责。他说:"学明兄可能是被

---

[1] 《大般涅槃经》(卷第一):"作是言已,举身毛竖。遍体血现如波罗奢花。涕泣盈目生大苦恼。"

我那干儿子给气的。"

雷山巴提醒释延安："在华公子面前，真的别吃肉了。"

释延安说："雷先生，您知道的，性空吃肉，是有选择的。性空不吃牛肉。牛耕田劳作，相当于农户家中成员，性空怎么忍心吃它？虽说现在的牛是肉牛，奶都不挤，且从不下田，但吃无妨；但性空还是不吃。性空也不吃鸡，实在忍不住了，也只吃公鸡。"

80．子贡

子贡、葛道宏、铁梳子、陈董，四个人在葛道宏的办公室谈话，其余诸人都在会议室里等着，计有：董松龄、陆空谷、李医生、应物兄、敬修己、汪居常、卡尔文、吴镇、费鸣。汪居常不愧是搞历史的，竟然联想到了分享"二战"蛋糕的开罗会议，把那四个人的见面，称为"四巨头会谈"。没搞错吧？开罗会议其实是"三巨头"会议，因为斯大林并没有参加。当然，这话他没说。

两个保镖则照例站在办公室门口。

谈话持续了很久，这期间小乔进去过一次，是送放大镜的。显然，在紧张谈话的间隙，他们抽空观赏了一番葛道宏养的那些蚁狮。

按照他对葛道宏谈话习惯的了解，结束的只是上半场。

陆空谷经常走出会议室，打电话或者接听电话。

董松龄和卡尔文坐在一起，两个人一直窃窃私语。他们谈的是桃都山集团刚刚向济大捐助的一些学生用具。GC集团不是在济大建立了实验室吗？就是那个观测男性生殖器发展变化数据的实验室。桃都山集团的科研团队，获悉了这个消息，立即联系自己，举一反三。还真让他们找出了问题，也找到了新的经济生长点。他们发现了一个重要事实：中国高校和中学目前使用的桌椅床铺,都亟须加宽加长加高,以适应青少年身体的变化。桃都山集团下属的家具厂,随即调整规格,赶制了一批桌椅和高低床,第一时间送到济大和济大附中,进行现场应用测试。董松龄和卡尔文现在谈的,就是学生们的反馈情况。

他后来了解到,根据他们搜集到的资料,中国确实正在变成一个加宽加长加高的国度。这跟美国上个世纪七十年代很相似。二十世纪七十年代,美国剧院的座位都加宽了,华盛顿所有剧院的座位一律加宽了两英寸,就是五厘米啊。棺材制造商把棺材的型号从二十四英寸加宽到了三十八英寸,就是三十五厘米啊。当然,中国人的棺材是不需要加宽了。死后都要火化的嘛。但座位、课桌和床铺则亟须调整。事实上,就在那些桌椅送到济大和济大附中的同时,桃都山影院的座位也加宽了,加宽了五厘米。观众少了吗?没有。影院里满当当的。按卡尔文的说法,上座率的提高可不是小事:电影发行公司认为,影院上座率提高的指数,与人民群众物质文化生活水平提高的指数,向来是同步的。

他们当然还谈到了别的事。

其中最重要的一件事是,铁梳子决定,把桃都山别墅捐给太和。

卡尔文当然也特意向董松龄说明:"就当我没说。还是等铁总告诉你。"

董松龄回应说:"就当你没告诉我。还是等铁总告诉葛校长。"

"四巨头"开会的时候,他和李医生和陆空谷之间,也有一次谈话。那时候,地点不是在会议室,而是在外面的过道上。李医生送给他一份礼物,强调那是他们这次去中东,卡塔尔王室送给子贡的礼物。李医生说:"他要送给你和夫人。"

那是一对纯金的孔雀,像鹌鹑那么大。它身上涂覆着蓝色及绿色珐琅,翅膀与尾羽镶着钻石。如果李医生不解释,他还以为那是从墓中挖出来的。李医生说,是卡塔尔王后收藏的纪念品的复制品,只送给最尊重的客人。

陆空谷接过来看了看,说:"比上次送我的那只好看。"

"那我送给你了。"

"应院长,这是一对孔雀。我怎忍心将它们分开呢。"陆空谷笑着说。

他当然听出话中有话。但他来不及细品,陆空谷就说:"你答应我看到济哥,济哥呢? 我可是听说了,那些死在希尔顿的蝈蝈,好像不是济哥。"

按照今天的安排,待会他就要向子贡和陆空谷讲一讲济哥的事。所以他对陆空谷说:"一会你就知道了。"

陆空谷突然低声说道:"你不该骗我。"

骗你? 怎么会呢? 他一时语塞。

陆空谷说:"朱颜告诉我,济州没有济哥了。没了就没了。给程先生解释一下就行了。他就是那么随口一说。老年人,可能扭脸就忘了。我听说,就为了这么一只虫子,你们下足了功夫。"

他说:"我答应过的,要让程先生看到济哥的。"

他们站在窗边,好长时间没有说话。起风了。从窗户看出去,地面上的人像蚕茧似的,被风吹来吹去。关于济哥,他本来觉得挺自豪的,为满足了程先生的一个愿望而自豪。待会我还要讲吗? 他突然觉得意兴阑珊。

陆空谷接下来的那句话,倒像是对他的安慰:"我主动联系了芸娘。这一点你倒是没有骗我。芸娘确实病了,不能见客。是她的医生告诉我的。"

他说:"空谷,我怎么会骗你呢。"

陆空谷说:"是啊,我也这么想。不过,这次来济州,我还是挺有收获的。"

他问:"我能分享一下吗?"

陆空谷说:"我是又伤心,又高兴。伤心也是一种收获,是吧?

就像放弃也是一种获得。"

她为什么伤心？是因为我吗？

旁边不断有人经过。有人会停下来，开玩笑地叫他应院长。这里不是一个讨论伤心、放弃、收获的地方。他对陆空谷说："看你方便，我想跟你聊聊。我还没能尽到地主之谊呢。太和马上要动工了，你是不是要留下来？"

陆空谷说："我又不是建筑师。"

说话间，他看到那两个保镖闪到了一边。门开了。是小乔把门打开的，她也闪到了一边。子贡和葛校长笑着并排走了出来。另外几个人跟在后面。

然后葛道宏就对大家说："到巴别去，我们到巴别去。"

于是大家纷纷起身，又秩序井然地坐电梯下到地面，前往逸夫楼。

这期间发生的一件小事，很有必要提一下。小乔本来跟在葛道宏后面，这时候故意落到了后面，和他并排走到了一起。他意识到小乔有话要说，就放慢了脚步。他发现，当他放慢脚步的时候，排在他后面的人就会停下来，等着他。显然，走路的次序无形中已经规定好了：子贡和葛道宏就应该在最前面，后面是李医生和两个保镖。然后是铁梳子、陈董、董松龄和敬修己。然后是他和汪居常。之后则是吴镇、卡尔文，落在最后的是陆空谷和费鸣。他提醒后面的人跟上去，但他们一定要他走在前面。他们看出小乔和他有话要说，只是稍微拉开了一点距离。

小乔悄悄地告诉他："敬，你的老朋友，已列入副院长。放心了吧？"

他事先确实没有想到。不过，从走路的次序上，他其实已经感觉到了。

他说："那我祝贺敬院长。"

小乔低声说："董，兼任执行院长。你是常务。还是你说了算。"

他笑着问:"以后,我该称董为校长呢,还是院长?"

小乔愣了一下,说:"您,您说呢?"

他说:"不知道嘛,所以问你嘛。"

小乔接下来的那句话就是玩笑了:"他喊你应常务,你就喊董院长。他喊你应院长,你就喊董校长。他喊你应物兄,你就喊他龟年先生。嗨,哪有那么复杂。明年他就退了。到时候就省事了,就两个字:老董。"

小乔说:"这其实对你好。他退了,你就成了执行①。照这个格局,到时候你可能还要升呢。"

升? 升到哪?

小乔说:"他是副校长嘛。所以应院长你,啊,懂了吧? 你肯定比我懂。"

他说:"说远了。我没有想过这事。"

小乔说:"想不想,都是这么回事。"

他问:"他们刚才就是讨论这个?"

小乔说:"还有就是钱已到账。铁槛胡同和仁德路改造的启动资金,已全部到账。别的嘛,你肯定已经知道了。"

乔引娣以为他已经知道的事,有的他其实并不知道。比如,从此以后,"太和"不仅指太和研究院,还指太和投资集团,它是子贡、铁梳子和陈董三方共同出资组建的投资集团,集团目前的任务是胡同区的改造,以后将参加旧城区的改造;从此以后,太和研究院将简称"太研",而太和投资集团将简称"太投"。

小乔说:"应院长,你可别记混了。"

小乔还告诉他一件事,那就是程先生对他表示感谢了。乔引娣是这么说的:"程院长说,连日来应物教授夙兴夜寐,靡有朝矣,功莫大焉。"

***

① 执行院长。

他问:"程先生什么时候说的?"

小乔说:"就在刚才。他们与程院长,还有庭玉省长,共同开了个视频会议。程院长还当场写了一幅字:太和投资。他的书法,可能比不上乔木先生,但也别有味道。我觉得吧,很像沈鹏先生送给葛校长的字。乍一看,就像塑料管子被开水烫过一样。有骨,有筋,有媚态,也飘逸。真好!等程院长来了,我请他吃饭,求他一幅字。到时候,您在旁边帮我说句话啊。"

这时候,人们已在逸夫楼前停下了。

楼前的台阶上,铺上了红地毯。

铁梳子和陈董在与子贡握手告别。他们说,关于太和投资集团的一些手续问题,他们必须马上去处理,就先走一步了。

其余的人,分乘两部电梯,直通巴别所在的顶楼。

此时,巴别外面的墙上,已经挂满了相框。那是曾在巴别做过演讲的各位名人的照片。看到那些人,应物兄一时浮想联翩。他们分别属于不同的学科,不同的知识领域。那些学科或有交叉,那些知识或相渗透,但他们的观点却常常大相径庭。即便同属于一个知识领域,同一个学科,他们也常常歧见丛生。也就是说,在现实生活层面,你是无法把这些人、这些大腕、这些学术大咖、这些泰斗,同时请到巴别,请到同一张桌子上的。他们会互相漠视,他们所操持的现代术语无法掩饰古老的敌意。举例来说,在何为教授演讲之前,一位研究奥斯曼帝国的历史学家刚在这里做过演讲,那个人也研究过柏拉图,对柏拉图推崇备至,但他对亚特兰蒂斯文明,却一点也不感兴趣,认为那是胡扯,是一种臆想。当他这么说的时候,他引用的是柏拉图关于知识的经典定义:一条陈述能称得上知识,它一定是被验证过、正确的,而且是被人们相信的,这也是科学与非科学的区分标准。何为教授关于柏拉图的所有观点,他都同意,并且赞赏有加,除了关于亚特兰蒂斯文明的研究。问题是,何为教授本人却把关于亚特兰蒂斯文明的研究,看成是自己晚年最重要的学术成果,别的倒可忽略不计。当何为教授这么说的时候,她引用的也是柏拉图关于知识的那个经典定义。这就难办了。他们都信奉柏拉图的名言:"美德来自知识,作恶来自无知。"所以,如果他们指责对方无知的时候,你就想吧,只来一辆救护车,显然是不行的。

这些照片,其实是第一次集中露面。

董松龄指着两边的墙,说:"看,这些大师们也在夹道欢迎黄兴先生。"作为日本问题研究专家,董松龄刻意保持着日本人的习惯,每说几个字,就要弯一下腰,都要笑一下。他现在觉得,董松龄的那张脸也有点东洋人的味道了。那张脸,是江户的,歌麿的?还是打进北京城的东洋人的脸?他觉得,每弯一次腰,董松龄都在告诉别人,自己是日本文化烘焙出来的。他觉得,每笑一下,董松龄都在告诉别人,自己令人厌恶。当然是我很厌恶。

在那面照片墙上,陆空谷认出了乔木先生。

她对子贡说:"这是应物兄先生的导师,上次程先生写的那幅字,就是送给这位先生的。"那其实是一张双人照,另一个人就是双林院士。乔木先生在近景,很清晰,连滋到外面的鼻毛都纤毫毕现。而双林院士则在远处。奇怪的是,子贡竟认出了那是双林院士。

子贡说:"这位先生我是知道的,造导弹的。"

葛道宏问:"黄先生认识双林院士?"

子贡说:"CIA、FBI、NSA① 皆有此类人物的档案,且定期更新,传于我们。商界若与他们联系,CIA 便要打上门来。他也在济大?"

葛道宏不知道那几个英文缩写的意思,以为都是美国的大公司或科研机构,以为双林院士受到了他们的重用,说了一句废话:

---

① 分别是美国中央情报局(Central Intelligence Agency)、联邦调查局(Federal Bureau of Investigation)及国家安全局(National Security Agency)的英文缩写。

"啊,双林院士就是双林院士。"小乔替葛道宏回答了:"双老先生已退休多年了,偶尔还在学校走动。"听上去好像是说,双林院士就是在济大退休的。

陆空谷又指着何为教授的照片,对子贡说:"这是敬院长的导师。"照片上的何为教授抱着一只黑猫。陆空谷对子贡说:"那只猫叫柏拉图。"

子贡说:"明明是只黑猫,却说自己姓白。"

可以把子贡的话理解为幽默。所以,所有人都笑了。

葛道宏说:"黄先生,这次能否挤出时间,给济大学生做次演讲?"

子贡说:"下马伊始,就哇啦哇啦,不好。"

陆空谷突然问道:"葛校长,怎么不见芸娘的照片?"

葛道宏说:"陆女士是——姚鼐先生的高足?"

陆空谷说:"我只知道,她是贵校最杰出的学者。"

葛道宏说:"谢谢!不夸张地说,济大达到她那个级别的学者,约有百人。"

董松龄对葛道宏说:"前段时间在日本,日本朋友也问起芸娘,我也是这么说的,吓了他们一跳。"

小乔赶紧补充了一句,说:"这是芸娘自己说的。"

芸娘会这么说吗?当然不会。但是小乔这话补得好啊。连费鸣都说,这话打死他也说不出来。

葛道宏当然讲到了巴别名字的由来,为何是三百个座位,等等。有一点是应物兄没有想到的,不知道什么时候,葛道宏就又在巴别外面的那个露台上搭了间房子。应物兄几乎天天来这里上班,从来没有听到一点动静啊?当他们从巴别出来,往露台走的时候,应物兄还以为,葛道宏是想让子贡来个登高望远呢。结果,在走廊尽头出现的却是一面灰白的墙。墙上挂的是历任校长的照片。

　　他立即明白了:这是为了让程会贤将军,哦不,是程会贤校长在此露个脸。

　　就是他赴美时送给程先生那套图册中的照片。照片上的程会贤先生,神态自若,正手搭凉棚,眺望湖面。那本是程会贤先生在济州最后的留影,但你从照片上是看不出来的。兵燹好像并不存在。他对自己的命运似乎并无感知,不知道自己一去不返,终将客死异乡。

　　葛道宏说:"济州人民怀念他,济大师生想念他。"

　　子贡说:"老先生跟你们打过仗的,你们还如此怀念他。如此不计前嫌,大仁大义,老先生地下有知,也会感激涕零的。"

　　葛道宏说:"老先生是抗日名将。老先生就像傅作义将军,将一座完整的济州城,一座完好的济大,交到了人民手里。乔引娣博士的导师汪居常教授就是研究这个的。"

　　小乔说:"恩师汪先生钩沉索隐,查到很多史料。刚才葛校长提到,老先生的作为很像傅作义将军。汪先生也提到,国民党部队中,跟八路军合作最好的,除了傅作义将军,就是程会贤将军。"

　　葛道宏说:"多么值得尊敬的老人啊。这边宣传得还是不够啊。老先生晚年,处境不会太好吧?听说他晚年信佛了?"

　　子贡说:"他中年已信佛。铁槛胡同的皂荚庙,就是他们的家庙嘛。老先生晚年号称苍雪大师。心境苍茫啊。"

　　错了!幸亏没人听出来。苍雪大师其实另有其人,那人远在明代。程老先生当年弃城南逃之后,多栖身于各地寺庙。离开大陆之前,他栖身的最后一座寺庙,是广西的明月寺。就是在那里,他看到了明代诗僧苍雪大师的一首诗①。手抄了这首诗,后来将它

---

①　苍雪,明代诗僧,画僧。五岁从父于昆明妙湛寺出家。十九岁后遍参名山大寺,在江苏吴县铁山承接一雨禅师衣钵,师从雪浪等。崇祯三年重建苏州中峰寺,历十年。后为中峰寺住持。传说崇祯年间,有人画了一幅松石图,石上摆一棋盘,除此之外,别无一物。苍雪大师为此画题诗:"松下无人一局残,空山松子落棋盘。神仙更有神仙着,毕竟输赢下不完。"

挂在自己的书房。看来,子贡去过程老先生的书房。

他们向新落成的小会议室走去时,葛道宏感慨道,幸亏程先生没有信佛,没有去当和尚,不然我们就少了一个儒学大师。

这时候,他们已经走到了会议室的门口。葛道宏说:"这个小会议室,只安排了七十二个座位。这是受到了程济世先生的启示。程济世先生在北大讲课时,只发了七十二张票。七十二这个数字好啊。孔子弟子三千,贤者七十二人。这会议室还没名字呢。刚才看了程老先生的照片,我就想,何不叫它会贤堂?"

所有人都鼓掌了。

葛道宏随即说道:"要不,请黄兴先生挥毫题写堂名?"

子贡说:"黄某怎敢不自量力。还是等我家先生来了再题。"

走进会贤堂,他们首先听到的是一阵窃窃私语。像蝉鸣,但声音要弱一点,节奏更快。像塑料布的抖动,但抖出来的却是金属的质感。又有点像高压锅的阀门在响,但更尖锐,更急促,也更清脆。随后,更多的声音加入进来。这就全乱套了,嘈嘈切切错杂弹的效果是有的,但大珠小珠落玉盘的效果却一点没有,更像是玉盘碎裂的声音,碎裂,再碎裂,全都碎裂,全都碎裂成了粉末。粉末是不可能有声音的,所以那声音减弱了,一点点减弱,听不见了,没了。

随后,程先生的声音浮现出来了。

81. 螽斯

螽斯羽,诜诜兮。宜尔子孙,振振兮。凡物有阴阳情欲者,无不妒忌,惟螽斯不耳。各得受气而生子,故能诜诜然众多。后妃之德能如是,则宜然。所以,螽斯之德,即为后妃之德。[1]

---

[1] 见《诗·周南·螽斯》郑玄笺。以"螽斯之德"指后妃妻妾之间不妒不嫉的妇德。

　　蠡斯即蝈蝈。蝈蝈在济州，叫济哥。我最喜欢听济哥的叫声。放下廊檐下的苇帘遮阳，躲在廊檐下，听济哥叫，真是好听。我喜欢的一只济哥，是父亲的一个朋友送我的。我是小心侍候着，用蛋黄、肉糜、肝粉喂养。

　　美国也有蝈蝈。他们叫它Katydid。这里的蠡斯跟济哥倒有几分相似，只是个头大一点，食性偏荤，喜欢吃瓢虫和蚂蚁，故叫声浑浊。济哥食性偏素，故叫声清亮。天底下没有比济哥更好的蝈蝈了。

　　有人说，这里的蝈蝈也好啊，叫得也好听啊。好听什么呀？没有经过《诗经》、唐诗、宋词处理过的蝈蝈，能叫蝈蝈吗？

　　凤凰岭的济哥，天下第一。多年没听济哥叫了。好听得不得了，闻之如饮清泉，胸中有清韵流出。世界各地的蝈蝈放到一起，我一眼就可看出，哪只是济哥，哪只不是。也不用看，听也听得出来。

程先生的声音，在会贤堂回荡。低沉，缓慢，苍老，令人动容。在程先生那里，济哥已经不仅仅是鸣虫了，而是他的乡愁。这是张明亮从录音带中剪辑出来的程先生关于济哥的言谈。不过，张明亮今天没来。他还要照看白马呢。帮他放录音的是费鸣。

　　他看着陆空谷，说："陆空谷女士已经知道，济哥曾经灭绝了。坦率地说，当我和葛校长向程先生保证，要让他看到济哥的时候，我们并不知道济哥灭绝了。我们也是后来才知道，最后一只济哥死于1994年5月19日。它是济州蝈蝈协会秘书长夏明翰先生养的济哥。夏先生称它为末代皇帝。它死于夏家祖传的一只葫芦。君子重然诺。既然答应了程先生，我们就要做到。经过济大科研团队的努力，我要告诉黄兴先生的是，济哥已经重返人间。"

　　PPT上展示的就是"末代皇帝"的照片。它趴在一只竹编的蝈蝈笼子上，正蚕食着一只蝴蝶。其头部呈褐黄色，腹背则是褐红色的，长脚长股，股上有玳瑁纹，翅膀为金黄色，但膀墙却是翠绿色的。

他说:"黄兴先生一定还记得,程先生说过,他那只葫芦,那只蝈蝈笼子,是素净和尚送给他的。程先生那只葫芦,与素净的葫芦,看上去是一模一样的。都是鸡心葫芦,都是高蒙心盖子。上面画的山水是一样的,山是茫山,水是济水。里面的蝈蝈也是一样的,都是济哥。释延安告诉我,素净喜欢济哥。素净说,济哥的叫声让人心中清净,心中光明。心中清净即是佛,心中光明即是法[①]。可是,瞧仔细了,你会看到,两只葫芦还是不一样。不一样的不是葫芦,不是山水,是葫芦上所绘山水之画风。

"程先生葫芦上的山水,苍凉萧散,有忧愤之情,虽有禅意,却近于北宗禅,步步为营,意为执着修炼,与儒学相通。素净葫芦上的山水,则清远幽静,有清净无为之意,近于南宗禅,走的是南宗顿悟一脉,有道家思想在里头。"

他省掉了释延安的一句话。释延安认为,程先生日后能成为一代儒学大师,就跟那只葫芦有关,还说,这才是大因缘。

"素净成为住持的时候,慈恩寺其实已经衰败了。这当然都是因为兵荒马乱,民不聊生。素净当时与各方周旋,小心护寺,虽然没有大功劳,但苦劳是有的。1949年冬天,素净身着破旧衲衣,圆寂于寺后长庆洞。就是那天我们去看过的山洞。当然,那时候它还不叫长庆洞,就一个字:洞。

"需要说明的是,素净圆寂的时候,手中就拿着葫芦,济哥于葫芦之中哀鸣不已,如为素净诵经超度。因为山河破碎,百废待兴,所以又如素净仍在宣讲佛祖之慈悲。当时慈恩寺内只剩下三位僧人。按慈恩寺监院释延源的说法,这三位僧人,对慈恩寺不离不弃,其中一个,就是那天接待我们的释延安的师父。为颂素净之德以继往,祈后人之福以开来,这三位僧人仿旧制造塔,以存素净肉

---

① 《五灯会元》卷第十一录义玄语:"佛者心清净是,法者心光明是,道者处处无碍净光是。三即一,皆是空名而无实有。"

身。数十年来，此塔历经风雨，完好无损。

"去年春天，传戒活动结束之后的第二天，突然雷电交加，寺内大钟亦于雷电中悲鸣嘶啸，动人肺腑。等到天亮巡寺，只见那佛塔已塌掉大半。众人正看时，另一半又颓然倒下，归于尘土。他们看到素净和尚的肉身早已朽烂，遗骨散了一地。腿骨细小发黑，颅骨浑圆发黄，手骨破碎如梳齿，而牙齿则完好如初。白骨露于野，自然是不行的，必须重新造塔。"

还有一段话他也省掉了。释延长觉得，应该趁机申请一笔经费，将历代高僧之佛塔重新加固。他们的申请及时递上了，却迟迟未能批复。之所以没有批复，是因为负责此事的庭玉省长不高兴了。庭玉省长之所以不高兴，自然还是对桃园里那起狗咬人事件的处理方式有意见。当然，现在看来，没有及时造塔，反而是对的。当时造了，可能就没有济哥了。

"你们大概不知道，葛校长很早就委托生物学家华学明教授，负责寻找济哥。华学明教授是济大生命科学院院长。济哥已经灭绝的结论，就是华学明教授和他的科研团队得出的结论。但就在去年秋天，他们意外听说了素净和尚与济哥的故事，并且得知当年操办法事的人，曾将蝈蝈笼子与素净一起放入了塔内。时间久了，随着塔基下陷，佛塔倒掉，葫芦也应与素净一起埋于地下。华学明教授果真在那里找到了那只葫芦。幸运的是，葫芦还完好无损，上面的山水画还清晰可见。取下玳瑁高蒙心盖子，华学明教授从中取出了三只蝈蝈，一只公的，两只母的，如同睡着了一般。你们看，它们只是体色有变，是土灰色的，体色如灯蛾。

"华学明教授在葫芦的内壁，找到了济哥的卵。仅凭肉眼是看不到的。因为正常情况下，蝈蝈的卵长约六毫米，宽约二毫米，呈淡褐色。如今，它们明显缩小了，呈黑色，如黑芝麻。我们现在看到的，是放大一千倍后的照片。

"在生命科学院的实验基地，华学明教授从中羽化出了五只济哥。具体的羽化过程,华学明教授随后会形成论文。我现在要说的是,有三只济哥,刚刚羽化就死了。而那两只活下来的,则刚好是一公一母。这或许是老天爷的意志。华学明教授将它们分别命名为亚当和夏娃。现在看到的就是亚当和夏娃的照片。很遗憾,我们已经看不到活体了。它们已经死了。这是华学明教授制作的标本。它们现在被保存在冰柜之内,由冰包着,就像安眠于水晶宫内。

"谢天谢地! 它们留下了子嗣。

"亚当和夏娃是如何留下子嗣的? 这个事情说起来就复杂了。起初,它们完全表现得事不关己,高高挂起,对交配毫无兴趣,完全意识不到自己肩负的历史重任。当然,这个难题,最终还是被华学明教授攻克了。"

"怎么攻克的?"李医生突然说。

"你们这个华先生,是济哥之父啊。"子贡对葛道宏说。

"是啊,这个人以后是会为济大增光的。其实呢,他应该叫它们伏羲和女娲。外文名字可以叫亚当和夏娃。应院长,你还是把学明兄科学攻坚的过程讲一下。"葛道宏说。

"好的。先说明一件事,那天运到希尔顿饭店的蝈蝈,确实不是最近捕捉的。它们当然并不是济哥,而是燕哥、晋哥、鲁哥,也就是北京蝈蝈、山西蝈蝈、山东蝈蝈。它们很早就被带到了济州,为的就是服务这项实验。华学明教授首先要做的,就是观察那些蝈蝈如何发情、如何调情、如何交配,并将那些场景录制下来,反复观摩。对于不喜欢交配的蝈蝈,他需要倾注更多精力。对它们的观察当然也更有意义:若能让它们完成交配,夏娃和亚当的交配也就可能实现。"

对不起,陆空谷,我说的可不是粗话。当时陆空谷就坐在他的旁边。他微微侧身,这样可以避免看到陆空谷的脸,免得她感到尴尬。

"为让它们完成交配，华学明教授达到了废寝忘食的地步。起初，因为轻重缓急的分寸难以把握，葬身于手下的蝈蝈何止千百。"

还有的话，他也省略掉了，那是华学明的博士说的：被弄成残废的蝈蝈，比如断须断腿的，肚皮摔破的，生殖器官被揪掉或被戳破的，因为错把肛门当成了生殖器官而被搞得脱肛的，加起来有三千多只。

"华学明教授告诉我，尽管对蝈蝈的交配和生殖问题已经研究得非常透彻，但是当他把目光投向亚当和夏娃的生殖系统的时候，他还是有些不知所措。开句玩笑，他说那比自己初入洞房还要紧张。借助高倍放大镜，华学明用针孔套弄亚当的生殖器，并不停地朝那个地方哈气，以保持适当的温度和湿度。他的博士则用针头按摩夏娃的生殖器。与此同时，一个高保真音响持续地播放着燕哥、鲁哥、晋哥交配时发出的声音。按照生物学的规律，这些声音可以刺激济哥的大脑皮层，提高它们的性趣。整个过程，持续半个小时左右。虽然只有半个小时，但华学明教授却觉得，自己由此经历了一部完整的生物进化史。

"这些经验，这些知识，最终起了作用。奇迹终于发生了。亚当首先排出了一个精包，乳白色的，直径约一厘米，就像吹了个泡泡糖。这个精包呢，紧紧黏附在夏娃的生殖器上。在这个重要的历史关头，夏娃的腹部开始向前弯曲。大家看，这是慢动作。再弯曲，脑袋勾着，看，它用嘴咬住了那个精包，把里面的精液挤进了自己的贮精囊中。夏娃刚刚完成这个动作，亚当就仰面倒下了，腿一跷，死了，捐躯了，为济哥事业牺牲了。补充一点，我们现在看到的并不是亚当和夏娃。这是后来的济哥扮演的。

"华学明教授吓坏了。万一这次交配没有成功，万一夏娃殉夫而去，这济哥可能就真的要灭绝了。还好，夏娃终于成功受孕了，而且坚强地活了下来。大家看，随后它的肚子就跟吹了气似的，越来越大，体重变得足有原来的三倍。四个星期之后，它终于开始产卵了。本来要三个月才能羽化出来的，可因为温度适宜，它们竟然提前羽化而生了，而且将近三百只。

"葛校长有一句话说得非常好，济哥的羽化是中国传统文化与现代科学的结晶，是生物学研究的重大突破。我们当然要感谢华学明教授，但我们首先要感谢的是程先生。正是因为程先生，我们才启动了这个研究项目。所以，华学明教授说了，他要挑一只最好的济哥送给程先生。"

"什么叫最好？"子贡突然问。

"简单地说，就是个头最大，膀墙最壮，大腿最粗，声音最亮！通常情况下，蝈蝈的发声频率在870赫到9000赫之间，而济哥的发声频率最多可达到10000赫，其摩擦前翅的次数，即其鸣叫的次数，可以达到7000万次。这就跟它的个头有关，跟它的个头、膀墙有关。"

"什么叫膀墙？"子贡已经彻底被吸引住了。

"膀，就是翅膀。膀墙，指的是济哥前翅的侧区。"

"各位都看到了，为了让程先生能听到济哥的鸣唱，应物兄也变成了一个生物学家。"葛道宏说。

"这都是应该的。"他说，"为了让你们有一个直观的概念，我们再回看一下那个'末代皇帝'的照片。看到了吧，它头部褐黄，腹背褐红，长脚长股，股上有玳瑁纹，翅膀金黄色的，但是膀墙却是翠绿色的。史料记载，这只济哥的叫声最为宽厚，苍劲有力。华学明教授说，他会选出这样的一只济哥献给程先生。我们看看，经过千辛万苦羽化出的这些精灵。它们用触须，小心地触碰着这个世界。你看，它们不停地晃着脑袋，好像跟我们打招呼。华学明教授开玩笑说，它们一出生，就思考着一个哲学问题：我们是谁？从哪里来？我们要到哪里去？华学明教授就对它们说，你们是济哥，你们因程先生而来，你们来自佛塔，你们将从这里走进科学史。"

后面几句话，当然是他临时想起来的。华学明当然没这么说过。

但他认为，他这么说，是符合事实的。

"黄某可以去实验室看看吗？"子贡问。

"华学明教授也想邀请你去。只是那个实验室，一般人进去都受不了的。"

接下来出现的就是华学明进入实验室的镜头。谁能想到那个人就是华学明呢？华学明以及两个博士生，都穿着绿色的外套，浑身布满绿色的触须。头顶上的触须更长，令人想到电视天线、避雷针，或者戏曲中武将头上的翎子。没错，他们就像被放大的蝈蝈。他们这样做，当然是为了不引起蝈蝈的骚动。总的来说，蝈蝈是配合的，看到他们就像看见了自己的王，乖得很，赶紧去忙自己的事：该吃的吃，该喝的喝，该交配的交配，该唱歌的唱歌，该死的掉头就死。

"这行头，都是特制的，根据的是仿生学原理。里面的温度是二十七度。因为穿的是密不透风的绿皮衣，在里面待一个小时，浑身就会长满痱子。李医生不会放你进去的。

"蝈蝈的出生率极高，死亡率也极高，实验室里的气味非常难闻，尽管二十四小时有人打扫。济哥个个食量惊人，又很挑食。它们最喜欢吃沙瓤西瓜，伊丽莎白甜瓜。西瓜和甜瓜的水分太大，所以它们很容易患上腹泻。但是不让它们吃西瓜，它们又会绝食。这是因为它们还是卵子的时候，长期处于干燥的环境，从而产生了一种先天性的记忆，这种记忆作用于它们的肠胃，使它们对含水量丰富的食物有着本能式的贪婪。

"每只羽化出来的济哥，都要编号，都要记录下它的出生时间、死亡时间。一只济哥，从羽化到长大，要蜕六次皮。按释延安的说法，相当于经过六道轮回，一道闯不过来都不行。死去的济哥，还得记下它与生前相比体重有什么变化，然后还要给它的遗体拍照，蜕掉的皮，断掉的翅、须、腿，也都要收集起来，以保证信息的完整性。再用纱布包裹，放进木盒，存于冰柜，等待解剖。光是存放遗体的冰柜，华学明教授就买了一百个。一只冰柜三千六百多，仅此一项，就花了三十多万。解剖用的仪器，当然也是现买的。好在死亡率已经降下来了。

"死的问题解决了，生的问题又来了。济哥在佛塔里待得太久了，似乎急着要把失去的时间夺回来。所以繁殖特别快，甚至有违生育规律。按华学明教授的说法，这里涉及一个重要概念。他说，这是济哥在自动释放生育势能。"

葛道宏插了一句："我说明一下，研究济哥的花费，与太和无关。对了，应该说与'太研'无关。这个词，我还用不习惯。这个经费是雷山巴先生赞助的。他也是我们的校董。雷山巴这次也将参加胡同区的改造。与铁梳子和陈董相比，他的资金没那么大，所以他没有参加'太投'。这个人，重在核心技术的开发。现在他手里就有两项重要的核心技术，一个是林蛙的人工养殖，另一个就是济哥的养殖了。这两项技术，都是济大和他共有的。关于济哥的研究，目前投进去了五百多万。他自己说，这也算是他向程先生致意吧。"

陆空谷突然说："葛校长，程先生若是知道，为了他的一个爱好，你们如此兴师动众，会生气的。"

葛道宏说："生气？大可不必！他不但不应该生气，还应该感到高兴。今天请黄兴先生看这个短片，就是想告诉黄兴先生，也想告诉刚加入'太研'的吴镇先生、卡尔文先生，学术问题从来不是单纯的理论问题，是可以产生巨大的经济利益的，是有巨大的社会效益的。程先生一定没有想到，他只是说了一句话，咣当一声，就开花结果了，就落地生根了，就长出了一株参天大树。不，不是一株，而是两株，三株，四株，无数株。好大一片。为什么这么说呢？因为它不仅会产生巨大的经济效益，而且还有力地促进了生物学的发展，对相关学科的发展也会产生重要影响。"

按照原来的安排,葛道宏是要放到最后发言的,现在不得不提前了。在应物兄的记忆中,葛道宏那天的发言,达到了他的最高水平。很简洁,没有"啊""这个""那个""嗯"等废话,没有加入莫名其妙的戏文,只是就事论事。还很有层次,竟然能做到"花开两朵,各表一枝",而不是东一榔头西一棒。可见是经过精心准备的。当然,小乔肯定没少下功夫。

葛道宏首先解释说,他比应物兄早一步知道济哥诞生了,重新填补了生物学的空白。之所以藏着掖着,除了庭玉省长,谁也没讲,是因为事关重大,知道的人越少越好。这些天来,济大动用了多方力量,想尽快拿到权威机构的证明。我们先证明济哥灭绝了。所有人都知道济哥灭绝了,但只有得到权威机构的证实,才能说它灭绝了,济哥的诞生在理论上才具有科学史意义。这些天来济大一直在与北京昆虫学会联系,与联合国环境规划署联系。关于动物灭绝的权威报告,必须由联合国环境规划署做出。昆虫学会告诉我们,最快的情况下,五年之后环境规划署那边才会有消息。我们总不能等到五年之后,再让程先生看到济哥吧?所以,我跟华学明教授商量,也跟雷山巴先生商量,别等了,还是尽早把这个消息告诉黄兴先生,告诉程院长吧。

接下来葛道宏提到了济哥带来的直接经济效益。济哥未来的发展前景,比林蛙要好多了。一只林蛙可以卖多少钱?卖不到五块钱!从林蛙到蛙油,还有一个复杂的生产过程,一个推销过程,而济哥呢?可以直接推向市场。不少喜欢蝈蝈的人都说,济哥在灭绝之前,市场价已经达到了二百元钱一只,相当于三十多美元。那还是在1994年之前的价格。1994年,一斤猪肉两块钱,现在是十五块钱,涨了七倍。大家可以算一下,一只济哥现在可以卖多少钱。华学明教授说了,正常情况下,基地一年可以羽化出十万只济哥。那么,大家可以算一下,一共有多少钱。当然,济哥多了之后,不可能卖那么贵了。就是除以二呢?除以三?那也是一个很可观的数字。

会贤堂里格外安静。

没有人提问，好像担心影响葛道宏的思路。

葛道宏接下来又讲道，最重要的是，济哥的研究具有方法论的意义。目前世界顶尖的生物学家，有一个梦想，就是将已经灭绝的生物重新复活，包括剑齿虎、猛犸象、大地懒、短面熊、恐龙，还有几种老虎，甚至包括尼安德特人。现在的科学家，主要是通过研究灭绝物种的基因组，探讨复原远古生物的可能性。现在，华学明教授的研究，有可能提供另一个途径。从最谦虚的角度说，它的重要性相当于克隆技术的出现。如果华学明教授哪天获得了诺贝尔奖，我们也不要吃惊。到目前为止，一只济哥也没有走出过生命科学院基地。雷山巴先生的意见是，可以拿出一部分先投入市场。但问题是，如果济哥在基地之外大量繁殖，那么，在得到权威机构的证实之前，你就无法证明它曾经灭绝了。后来大家想了个办法，就是在每只济哥身上装一个小的芯片，证明它来自济大生命科学院基地。同时，被带出基地的济哥，只能是雄性的，以杜绝其在基地之外繁殖的可能。就是所有买济哥的人，都必须写下保证书并交付一定的押金，保证不让济哥与别的蝈蝈交配，这样做的另一个目的是保障其血统的纯洁性。

葛道宏讲完了，已经过去半分钟了，还是没人说话。

葛道宏的最后一句话是："本来，我要把华学明教授请到现场的。但他病了，住院了。当然是累的。他献身科学的精神，甚至感动了他的前妻邵敏女士。今天早上，我得知邵敏女士已赶到医院，亲自照料华学明教授。这是济哥研究的另外一个意义，就是他们夫妇又破镜重圆了。"

是吗？华学明现在最不愿见的可能就是邵敏。

躲还来不及呢。

当然，这话他没说。

葛道宏说："让我们为华学明教授早日恢复健康,鼓掌!"

会贤堂里,立刻掌声四起。

随后,葛道宏示意应物兄接着往下讲。后面确实还有一段视频,是新闻系和学校电教室联合制作的一个短片,每个镜头都是从电影中剪辑下来的,但是打上字幕之后,短片中的蝈蝈就成了济哥,短片中的四合院就成了程家大院。于是他们看到,一只装着济哥的葫芦,悬挂在一株梅树上,济哥在鸣唱。一只济哥,出现在一尊青铜美人觚的旁边,它在鸣唱。济哥在佛塔之间的草地上跳跃,在智能寺的皂荚树上鸣唱。明月之下的共济山上,它在树丛中鸣唱。程家大院,树木丛生,百草丰茂,济哥在鸣唱。济河之上,秋风萧瑟,洪波涌起,它在一只小船上鸣唱。它的鸣唱,声声入耳,有着金属的质地。它声声鸣唱,仿佛在召唤自己的主人。随后,程先生的声音出现了。那是张明亮模仿出来的,简直与程先生的声音别无二致。程先生在吟诵一首诗。

那首诗,是程先生根据原来的一首旧诗修改的。几天前,董松龄派吴镇去了趟美国,将章学栋制作的程家大院的沙盘模型亲自交到了程先生手上,请程先生指正。程先生第二天就抄了这首诗,让吴镇带了回来。前面有个小序:

> 欣见旧居复原微缩实图(案:沙盘),睹物思情,如归童稚。时日如梭,岁云暮矣,能不感慨系之? 所谓指正云云,概不敢当。谨作小诗以记之,无甚胜意,凑韵而已,以感念济州乡党之盛情也。

> 圣贤美德传千古,金口三缄效尼父。
> 梦里依稀还旧城,雪中咿呀辞梓楼。
> 君子居易以俟命,小人行险常怨尤。
> 蠹简兔毫终不废,且看振衰而起儒。

应物兄记得,读了这首诗,他顿时手足无措。他觉得,自己对吴镇等人加入太和,心中难以平复的不满情绪,是不是被程先生想到了?他认为,这是程先生对他的提醒。《中庸》说:"上不怨天,下不尤人,故君子居易以俟命,小人行险以徼幸。"我做到了吗?我学儒多年,怎么还这么沉不住气?"俟"者,视时而动,伺机而动,谋定而后动。急,急,急,你急个什么呀?

此刻,听到这首诗,他再次告诉自己,要把心态放平。

但就在这时候,一件事情发生了。

会贤堂内,突然上演了一个动作片。

本来正襟危坐的两个保镖,突然跳将起来,而且是同时!他们腾空而起,朝窗子飞去。随后做出反应的是李医生。"Assassin①?"医生喊道。医生本来坐在黄兴身后,此时一个前扑,将黄兴扑倒在地,压在了身下,同时把自己的外套垫到了地上,以防黄兴的脸被地板挫伤。

原来,保镖发现窗外有人影晃动,本能地怀疑有人行刺。

当他反应过来的时候,那两个人已经破窗而出。玻璃破碎的声音格外刺耳:咔里咔嚓,呼啦哗啦。需要说明的是,这个瞬间同时还发生了另外一件事,这件事留给应物兄的记忆将是长远的:就在医生喊出那个英文单词的同时,他感到陆空谷抓紧了他的胳膊,并且把脸埋向了他的胸口。他闻到了她秀发的气息,清幽,馥郁,甘洌。他当然知道那是洗发水的味道,但他宁愿认为那就是她肉体的气息。不,那就是她的肉体的气息。他对自己说。因为他觉得,那气息更多是从她的领口散发出来的。他为此还深深地吸了一口气。因为来不及调整姿势,他的一只手挨着她的耳轮,另一只手挨着她的鼻子。

他知道那不可能是刺客。

但他宁愿真有刺客,好让那个瞬间延长。

随后,他更多地也更紧地抱住了她。他抱着她,就像拥抱着被

---

① 刺客。

省略掉的生活，被省略掉的另一种可能性。随后，他突然伤感起来。那伤感如此真实。他觉得，此时此刻的自己，就像困在一具中年人身体里的孩子，一个青春期的毛孩子。

但她已经开始挣脱了。她坐了起来，把秀发掖到了耳后。

她说："对不起。"

在后来的日子里，应物兄将不断地回忆他与陆空谷拥抱的这个瞬间。哦不，不是拥抱。她并没有抱我，是我抱着她。每当回忆起那一幕，他都会眼神迷离，但是渐渐地，他就会忧郁起来。

他不得不封闭起自己的万种柔情，退藏于密①。

当然，他的回忆中，也少不了当时那荒唐而杂乱的情形。

唉，那都叫什么事啊。

据吴镇后来说，葛道宏校长和乔秘书当时表现得很镇定，一动不动，真是临危不惧。应物兄当然不会这么想，他觉得那两个人是被吓傻了。他记得，葛道宏当时还爆了粗口，是结结巴巴爆出来的，是用土话的形式爆出来的："日日日他他他妈，搞搞搞什什什么么鬼？"在他的记忆中，这是葛道宏第一次爆粗口。他觉得，自己好像还把陆空谷的耳轮合上了，好像担心脏了她的耳朵。在葛道宏的地盘上，葛道宏说话怎么能没人响应呢？有的！不过那响应是从外面传过来的，也是粗话，粗得不能再粗了："妈×的！"

这时候葛道宏已经反应过来了。葛道宏正色说道："不能这么说，像什么话！"

那么董松龄呢？按卡尔文的说法，董松龄嘛，龟年嘛，龟缩嘛，缩到桌子底下，也算名副其实。

陆空谷重新坐好了。她把头发掖到耳轮后面，说："Sorry！"

隐隐约约的，可以听见有人在欢呼，很遥远。那是从地面传上

① 〔宋〕程颐论《中庸》乃孔门传授心法，"放之则弥六合，卷之则退藏于密。其味无穷，皆实学也"。另见《周易·系辞·上》第十一章："圣人以此洗心，退藏于密，吉凶与民同患。"

来的。

原来，被破窗而出的保镖扑倒的那个人，本是学校保卫科的人。那粗口，就是他在被扑倒之时爆出来的。刚才映上窗子的枪管似的东西，其实是浇花的水管。现在，那人就吊在栏杆之外，悬挂在高空。必须感谢那个保镖！保镖现在骑着栏杆，紧紧地抓着那人的手。另一个保镖则是蹲在地上，双手搂着那个保镖的腰。这三个人，任何人略一松手，后果都不堪设想。

那些欢呼声又是怎么回事呢？原来，某个学生在仰望天空之时，碰巧看到了这一幕。他的惊叫引来了更多的人，更多的惊呼，惊呼转眼间就变成了欢呼，而且带着强烈的节奏感："跳、跳、跳啊，跳、跳、跳啊。"

循环往复，伴之以掌声。

两个保镖联手，把那人拽了上来。

那人随后的反应，算是给济大长脸了。他显得极有礼貌。立步未稳，就双手抱拳，鞠了一躬，半文半白地说："厉害厉害！大师不松手之恩，小人没齿难忘！"此人装扮奇特，裹格子头巾，穿对襟布褂，系腰带，下面是波纹状的灯笼裤，脖子上挂着粗粗的佛珠，脚上穿的与其说是马靴，不如说是橡胶鞋子，那橡胶老化了，因为老化而龟裂。有趣的是，经过刚才的一番折腾，那家伙脸上的墨镜竟然还完好无损。这家伙随后又扑通一声跪下了，连磕了三个头，说："敢请大师收弟子为徒！"

董松龄显然认出了他，一语双关地说："先去照照镜子。"

那人没有听懂。小乔就说："董校长让你找个地方待着，给自己压压惊。"

葛道宏对子贡说："总归是我们考虑不周，让您受惊了。"

子贡却带着欣赏的口吻说："此人胆略过人。"

葛道宏当然也认出了他，说："这是保卫人员。为了不引起注意，所以他们扮成了花工、园丁。"

董松龄对那人说："还不快谢谢领导！"

那人扑通一声，又跪下了。

应物兄随后知道，这个家伙原来就是传说中的"鬼子六"：在保卫科的临时员工中，此人排行老六，喜欢值夜班，人称"鬼子六"。提起"鬼子六"，很多人恨得牙痒。一到后半夜，他就身着黑衣，骑上自行车，竖着耳朵，在校园里转啊转的。那双耳朵真好使啊，总能从虫鸣和鸟叫声中分离出人的低语。然后，他就把车停下，再拐回来，蹑手蹑脚，悄悄地摸入黑暗的角落，然后突然打开手电，厉声喊道："不准动！"接着就是查身份、对口供、留电话，通知家属。他为此赚了多少外快，就只有他自己知道了。

他再次听到"鬼子六"的消息，竟跟雷山巴有关。一天晚上，"鬼子六"翻墙进入了生命科学院的实验基地，手中拎着一只布袋。那时候是凌晨两点多钟。当他在唧唧虫声中试图辨别出济哥的叫声，确定实验室所在方位的时候，哮天到了。他翻墙逃跑的时候，一只脚却被哮天咬住了。那只龟裂的橡胶鞋子，被他留在了基地，鞋子里装着几个脚指头。

82．套五宝

套五宝，终于要吃上了。

这是应物兄陪子贡散步的时候，从吴镇那里得到的消息。吴镇说，都说慈禧太后最喜欢吃两样东西，一样是真狗奶子加蜂蜜的萨其玛，一样是套五宝。但套五宝是什么东西，他却不知道。没想到，到了济州，就吃上了。

这天，铁梳子在桃都山别墅设宴，为子贡饯行。应物兄先陪着子贡在别墅周围散步。别墅后墙的对面是悬崖。应物兄指着那悬崖告诉子贡，程老先生有一张照片，就是以它为背景的。因为那悬崖也是红色的,所以应物兄戏称它为赤壁。赤壁上长着野桃树,因为干燥,因为上面气温较低,所以那桃花刚刚盛开,看上去就像红被单上绣了浅色的花。程先生曾说过,桃树南北有别,在南方是花叶齐出,在北方是花先叶后。那几株野桃树果然只有花,没有叶子。别墅右边还有一段石墙,是当年遗留的营垒。他开玩笑地对子贡说:"故垒西边,人道是,民国程郎赤壁。"与当年的周郎不同,程郎败了。兵败之后,程郎差点跳崖,后来在部下劝说下退回了城内,苦撑危局多日,然后才弃城南逃。

他以为子贡要回美国,不料子贡说,这次要去的是"沙乌地"。

沙乌地?哦,对了,那是台湾对沙特阿拉伯的译称。

子贡说他不能不去。上次去了卡塔尔,没去沙乌地,让沙乌地的老朋友不高兴了。这次向他发出邀请的是沙乌地的一个王子——子贡说的是"王爷"。王爷不仅是他的老朋友,也是GC的股东。这位王爷得知他养了一匹白马,就决定将自己的私人飞机改装一下,好给白马留个舱位。子贡说,那不是飞机,而是一个飞行宫殿,有三个网球场那么大,里面有游泳池、电梯、音乐厅、车位、土耳其浴室。子贡上次应邀乘坐那架飞机的时候,与他同行的是驴子。他带的是驴子,王爷带的是骆驼。那是一匹母驼。王爷只喝新鲜的骆驼奶。骆驼已是那架飞机的常客了,非常安静,也非常好客,对驴子友好得不得了。驴子进来的时候,骆驼跪在地毯上欢迎驴子。到了睡觉的时候,那骆驼也要跪着,为的是驴子可以够着它的脖子,它们可以交颈而眠。

旁边的李医生说,他曾担心它们生出一只驼驴或驴驼,后来发现它们对彼此的屁股不感兴趣,才放下心来,同时又为生物界少了一个物种而略有遗憾。

驴子坐过了,白马也可以坐嘛,为什么还要另外设个马厩呢?子贡解释说,王爷知道,所有的马都是骄傲的,必须有单独的马厩。当然,还有一个问题,他也想跟王爷提出来。那架飞机上有一个电脑控制的祈祷区域，不管飞到哪里，膝盖下面的垫子都会自动转向麦加城。所以他想跟王爷说一下，若有可能，可以另设一个区域，也铺上那智能垫子，任何时候那垫子都可以转向济州，转向太和。"这不是为我考虑的，是为程先生考虑的。程先生也喜欢坐那架飞机。"

没那个必要吧？不过，这话他仍然没说。

他问的是："陆空谷会留下来吗？她想见一个人，我还没带她见呢。"

子贡说："修己兄留下就行了。陆空谷不去沙乌地，也不回美国。她要借此机会回老家。她说，她想看望家人。"

"她老家在哪里？"

"你问她呀。"

随后子贡提到，他感谢栾长官从谏如流。栾长官不是对硅谷感兴趣吗？他后来见到庭玉省长，就如实相告，硅谷项目最好别做。一个硅谷，不是三年五年能够建成的，不是盖几幢楼那么简单。GC 集团的几个主要董事，包括沙特的那个王爷，都对此表示反对。栾长官起初有点不高兴，但后来还是想通了。他们私下第二次见面的时候，他告诉栾长官，要送他一个礼物：除了投资改建铁槛胡同和仁德路，"太投"将在桃都山区建基地，开发宠物产品。

"栾长官啦，搞扶贫嘛，可以帮他啦。他很高兴。"

"宠物产品？你说的是宠物养殖？"

"宠物培育啊，养殖啊，只是一个方面。要紧的是，宠物穿戴物品的开发。到时候呢，栾长官家里的鹦鹉、乔木先生家的木瓜、雷山巴先生的哮天，还有葛校长大人的蚁狮，皆可来做模特。"

"子贡兄，你不是开玩笑吧？"

"开玩笑？我，可以拿女人开玩笑，却从不拿生意开玩笑。你以为我养驴、养马，只是因它好玩？你以为王爷在飞机上养骆驼，就是要喝那口奶？应物兄，你的脑子没有栾长官好使。栾长官听了，立即知道这是一个新兴市场。这个市场，我已考察多时了，美国、日本、德国、蒙古、南韩①、星加坡②，当然也包括大陆，都考察完毕。这次去沙乌地，也是要考察中东市场。"

应物兄这才想起，GC集团还有两个人，后来再没有露面。原来他们就是负责市场调研和开发的。应物兄上次见到他们，还是子贡大驾光临的那一天。当时，他们随着白马走向了一片林子。他们一个是白人，一个是黑人，年龄都在四十岁左右。要想记住他们的容貌是比较困难的。他们就像单位里的中层人员，他们的容貌总是因为相近的习性和气质而变得模糊，无论他们是胖子还是瘦子，是小矬个还是穿天杨。唯一能够透露他们身份的，其实是运动鞋的鞋舌上绣着的狗项圈的图案。但谁会去注意他们的鞋舌呢？他们行踪诡秘，既没有住在希尔顿，也没有住到陆空谷下榻的国际饭店，而是住在机场附近的航空港大酒店。在济州期间，他们走街串巷，跟访贫问苦似的。

李医生说，他们的行踪曾引起小区便衣③的注意。要不是铁总派人陪同，他们的工作还真是难以展开呢。

子贡谈起感兴趣的生意，就会兴致勃勃。按他的说法，中国宠物的穿戴产品，还处于初级阶段，尚未上升到智能层次。宠物，作为人类文明社会的成员，作为人化自然的象征，它们的吃喝已经进入发达社会，但它们的穿戴基本上还处于原始社会，因为它们基本上都还是裸体。"在家里可以裸体，出门还裸体，那就与文明社会不符了。"子贡说。

子贡提到一个细节：白马进海关时，海关官员将白马的行头全都没收了，将它当成了走私物品。他既不高兴，又高兴。高兴什么

---

① 韩国。
② 新加坡。
③ 志愿者。

呢？这说明海关官员很少看到那些产品，把它们当成了宝物。从边境口岸到济州，他们一直试图给白马配齐穿戴，但就是买不到。这说明相关的产品在大陆地区，稀缺得紧哪。

李医生也顺便提到一个细节：白马下车的时候，生殖器露在外面，很不雅观；若给它系上带肚兜的马鞍，它就不会暴露隐私了。李医生甚至提到，之所以让白马待在楼顶，其中一个重要原因，就是替白马着想，免得它再次暴露隐私。

"马，也有隐私权。"李医生说。

一说到白马，子贡竟有些伤感，因为他与白马分离了。子贡说，昨天晚上，他为白马写了一首诗，是写白马的，也是献给太和的：

> 大海啊，好多水。白马啊，四条腿。太和啊，最尊贵。

按子贡的说法，"太投"首先将开发智能项圈的市场，然后再逐步拓展宠物智能饮水机、喂食器、狗笼、鸟笼、鸣虫笼等产品，当然也包括宠物的玩具产品。产品的开发只是一个方面。同样重要的是，"太投"还将开发电信增值服务、宠物社区服务以及宠物交友平台。子贡伸出一根手指，随后那一根又变成了三根，说："一句话：智能硬体①生产、软体②服务、电商平台，三位一体。"

"我没想到，你们在济州做了这么多事。"

"我这是听我家先生的话啦，为他的故乡造福啦。"

吴镇从院子里跑出来，高声喊话：铁总请黄兴先生入席。子贡皱了一下眉头，低声说道："应物兄，跟他讲明白，以后讲到请饭，不能大声。喊叫花子才大声。他在我家先生那里可以大声，因先生耳背。"

黄兴似乎故意怠慢吴镇，站在那里没动，继续讲着他的新项

---

① 硬件。
② 软件。

目。子贡还把这个项目与程先生和儒学联系到一起。他说,他已经跟先生汇报了,先生对他的项目非常支持。程先生说,穿戴起初只是用来御寒和遮羞,但在发展过程中,增加了区别身份、表达信仰、遮蔽弱点、突出个性的社会需求。穿戴问题不是小问题,孔子对穿戴是极为看重的。说到这里,子贡问他:"我家先生说,《论语》里有段话,讲的就是颜色。"

这个啊,如果不出意料,程先生指的应是《乡党》里那段话,强调的是君子在不同场合,应该怎么穿戴。比如,不用深青透红或黑中透红的布镶边,在家里不穿红紫色的衣服;夏天穿葛布单衣,但要套在内衣外面;黑色的羔羊皮袍,配黑色的罩衣;白色的鹿皮袍,配白色的罩衣;黄色的狐皮袍,配黄色的罩衣;还有,右边的袖子要短一些;等等。①

"先生对这个项目,还有什么建议?"

"我家先生只是建议,穿戴要用青色做底调②。"

"青色?"

"我家先生说,青色,是东方色。青是大自然的朴拙之色,是优美和谐之色。他说的那两句诗,我倒是记住了:雨过天青云破处,者般颜色做将来。③ 就这么定了,以后所有宠物的穿戴,都以青色为主。"

敬修己走了过来,说:"子贡,陆空谷走了。"

子贡问:"不吃饭就走了?"

敬修己说:"她说,你同意她走的。是吗?"

子贡说:"我让她走的。她该享受自己的假期了。"

我们的应物兄立即有一种失重的感觉。她不辞而别,还会回

---

① 《论语·乡党》:"君子不以绀緅饰,红紫不以为亵服。当暑,袗絺绤,必表而出之。缁衣羔裘;素衣麑裘;黄衣狐裘。亵裘长,短右袂。必有寝衣,长一身有半。狐貉之厚以居。去丧,无所不佩。非帷裳,必杀之。羔裘玄冠不以吊。吉月,必朝服而朝。"

② 基调。

③ 相传为五代柴世宗(柴荣)对柴窑瓷器的赞语。五代战火频仍,世宗胸怀大志,希望山河一统,像雨过天晴。

来吗？这种感觉一直持续到费鸣打来电话。费鸣说,他已把陆空谷送到宾馆,因为她的行李都在宾馆。文德斯和朱颜在宾馆等她。费鸣说:"她说,听说芸娘出院了,她想等见过芸娘再走"。

铁梳子自己出来了。铁梳子走到子贡跟前,揽住了子贡的胳膊,说:"黄先生,这房子本来是程家的,我已想好了,把它还给程家。"

子贡说:"程家就是太和。"

铁梳子立即说:"谁说不是呢？所以,今天是借太和的地方,请大家小聚。"

子贡问:"栾长官真的不来参加?"

铁梳子说:"我们的栾长官,派人来了。"

应物兄还以为她说的是邓林。邓林确实来了,不过现在更能代表栾庭玉的,不是邓林,而是金彧。铁梳子对金彧的称呼也变了,称她为妹妹。

入了席,黄兴自然坐在首座。他一边坐的是铁梳子,一边坐的是金彧。其中最重要的一道菜,自然就是套五宝。铁梳子果然介绍说,套五宝是慈禧太后最喜欢的一道菜。乍看上去,它就像一只浮在瓷盆中的大鸟。那是一只大雁。铁梳子让大厨解释一下。大厨就站在他们身后。应物兄突然认出了这位大厨:多年前,梁招尘在一个胡同里,请他和乔木先生吃的五禽戏,就是这个大厨做的。套五宝莫非是五禽戏的另一种叫法？他还记得,那个师傅姓陈,梁招尘叫他老陈头。果然是他,因为铁梳子尊称他为陈先生。当年的老陈头穿的是大裤衩子,戴的是裂了一条缝的石头镜,一个人拎着勺子忙前忙后。如今的陈先生呢,穿白袍子,戴金丝边眼镜,镜腿上晃着金链子,由两个漂亮的女服务员搀着,手心还愉快地转动着两只文玩核桃。想起来了,五禽戏是用粗瓷砂锅端上来的,如今用的却是景德镇的青花细瓷。

铁梳子说:"陈先生,你讲讲?"

陈先生说:"看着只是一只鸿雁,其实不是。鸿雁吃完了,里面是一只麻鸭。麻鸭吃完了,里面是一只天鸡。天鸡吃完了,里面是一只乳鸽。乳鸽吃完了,里面是一只鹌鹑。它们是脸套脸、冠套冠、肚套肚、翅套翅、脚套脚,环环相套,血脉相连,所以叫套五宝。这道菜,有鸿雁之野香,麻鸭之浓香,天鸡之清香,乳鸽之嫩香,鹌鹑之醇香。"

金彧问:"怎么套得起来呢?"

陈先生说:"得把它们的骨头剔出来,一根不剩。脑袋上也没有骨头。没有骨头,却不散架,这就是功夫。这道菜,不学十年,拿不出手。难就难在剔骨。"

李医生问:"骨头如何剔的?"

搀扶陈先生的小姐,先接过陈先生手中的文玩核桃,然后把陈先生的手抬了起来,放到了自己的脖子上,同时把脸仰了起来。陈先生就摸着那小姐的脖子说:"比如说鸡,整鸡煺了毛,用清水洗净,在鸡脖子上沿着颈骨划开口子,七公分的口子。再用刀尖在鸡头处将颈骨折断,将颈骨一点点拉出来。再将鸡皮翻开,鸡头以下,连皮带肉往下翻。"那小姐好像有点怕痒,笑了一下,陈先生说:"别笑!剔骨的时候,最怕有人笑。一听人笑,手一抖,骨头就把皮戳破了。"

子贡说:"就是俄罗斯套娃嘛。"

铁梳子说:"黄先生说得对。俄罗斯套娃的灵感,可能就来自套五宝。"

铁梳子上去把大雁的眼睛剜了一只,放到子贡的碗里,说:"这是济州的规矩,叫高看一眼。"然后又给子贡盛了汤。

这天最先对套五宝表示赞美的,竟然是李医生。李医生其实没说话,只是嚼着一块肉,微微地闭上眼,又点点头。李医生这天都有些失职了,都忘记了需要保镖先品尝。不过,李医生没怎么吃肉,主要是喝汤。关于那汤,李医生竟然喝出了鱼翅的味道。李医生是环保主义者，多年不吃鱼翅了，但又很想吃。所以，他很快又盛了第二碗汤。他的碗里漂着一只鸡冠。他后来说，鸡冠很烂，有一种深海鱼肝的感觉。鬼知道他说的是什么鱼，什么肝。

突然，在桌边服待的小姐全都立正站住了。

随后一桌子的人全都站了起来。

原来是栾庭玉到了。

人们很自然地都簇拥到了栾庭玉身边。栾庭玉这天又穿上了唐装。他想将唐装领口的扣子解开，但一时却解不开。金彧走过去，撇着嘴，微笑着，只是探了一下手，就将它解开了。栾庭玉礼貌地向金彧表示了感谢。这时候，服务员已将另做的一份套五宝端上来了。大雁当然还是完整的。只要贴上毛，好像随时就可以翱翔。栾庭玉并没有立即入座。他显然已经知道，这别墅已送给程先生了，所以他开口的第一句话是："有幸到程先生家做客，庭玉不胜荣幸。"

第二句话是："你们的合作，不，是我们的合作，已经载入历史。并且来说，这个历史，是儒学史，是教育史，是文化史，也是我们每个人的历史。"

站在栾庭玉身后的是葛道宏，率先鼓掌。

栾庭玉跟每个人握手。握完之后，他自己鼓起了掌，所有人也就再次鼓掌。有趣的是，栾庭玉鼓掌的时候，转了个身，身体侧着，望向门口。因栾庭玉一直在鼓掌，所以人们也就不好意思停下来。慢慢地，那掌声就显得有些机械了，好像是为了鼓掌而鼓掌。栾庭玉的下一句话，使很多人一时没有醒过来。栾庭玉是这么说的："今天，程济世先生，特别委派、他的、私人、代表，来到了现场，并且来说，和我们一起、见证这个、历史时刻！"

栾庭玉抬起右臂，指向门口。门口并没有人。在突然的静寂中，映入他们眼帘的，是远处通红的山岗，夕阳的余晖把它染得更红了。因为院子在低处，在阴影之中，所以那院了此时实际上笼罩在一片青色之中,接近于灰色。此时,夕阳的余晖正快速地收敛,所以那青色也在迅速地放大,向山岗曼延,形成一个漫无边际的空间,一个超级的阴影,一个巨大的无。静寂在持续,随后有轻脆的声音打破那静寂,那声音听上去是这样的:嘚啵,嘚啵,嘚啵。

在那青色之中,在半空中,出现了灰白色的马头。

随后是马肚子。哦,一堵灰白的墙。

那自然就是子贡的白马。白马后退两步之后,他们终于可以看清它的全貌了。牵马的人是珍妮,珍妮旁边是举着相机拍摄的易艺艺。镜头对准之处,是马背上的那个人。那个人正皱着眉头接听电话,模样类似于沉思,又好像有点不耐烦,又好像因为突然暴露在众人面前而有点害羞。那个人就是程刚笃。李医生快速地走了过去,把程刚笃从马背上接了下来。这一上一下,使得程刚笃有点头晕似的,竟然在李医生怀里停了一会。李医生搂着他,动作极尽温柔,好像那不是一个大人,而是一个巨婴。程刚笃从李医生怀里探出头,望着大家,随后终于在珍妮和李医生两个人的扶持下站好了。

程刚笃说:"老爷子打电话了,说了仁德路了,说了太和了,说了你们了,说了一遍又一遍。功臣!都是功臣!上上下下都是功臣,都有功于社稷也。"

那一刻,应物兄觉得,必须感谢程刚笃,感谢他下马了。这番话,他要是骑在马背上说的,那就太煞风景了。隐隐约约地,可以听见唧唧虫鸣,怯怯的,有如啼声初试。那是从易艺艺的怀中传出来的。

是济哥在叫吗?

可不是嘛。易艺艺,你从哪里偷来的济哥?

83. 太和春煖

"太和春煖"四个字,被风吹起了一个角。它抖动着,似乎想站起来,还要带动整张宣纸站起来。可它太软了,很快就委身于地了。它似乎有些不甘心,又抖动了起来。不过这次它不是要迎风站起,而是想换个地方待着。借助空调的风力,它开始向藤椅下面移动。要不要过去,把它捡起来呢?几乎与此同时,乔木先生那只悬空的右脚放下了。最终,它被乔木先生的脚趾钩回了原地。很多年前,乔木先生站在梯子上从书橱顶端取书。他抽出了《词综》,旁边的《四部备要》却跟着跑了出来。落向地面的途中,它在乔木先生右脚二脚趾上逗留了一下。从此,那二脚趾的趾甲就变黑了。现在,应物兄虽然并没有看清是哪根脚趾把它钩住的,但他却直观地认定,就是那黑着趾甲的二脚趾干的。

这幅字,是程先生请乔木先生写的。

程先生说的是"太和春暖",乔木先生将它改成了"太和春煖"。

在程先生的记忆里,进了大院,迎面就是萧墙,萧墙的侧壁,在靠近月亮门的地方,原来挂有一个木匾,上书四个字:杏林春暖。他的祖父程作庸先生,当年是济州名医,悬壶济世,深受百姓爱戴。那个木匾自然是百姓送给程作庸先生的。时间久了,那个木匾就是能够找到,也必定是字迹漫漶,不可示人。如今它成了儒学研究院,再挂这样一个匾额,显然也是不合适的。程先生说,思来想去,可以另换一个匾额,上书"太和春暖"四个字。程先生特意提到,若乔木先生不弃,当请乔木先生题写,再找名家刻成匾额。

当他把程先生的话转达给乔木先生的时候,乔木先生问:"急吗?"

他只好说:"不急。"

乔木先生说:"那就等着吧。"

这一等,就从孟夏等到了仲夏。这期间,他被程刚笃搞得焦头烂额,竟把这事给忘了。什么事呢?哦,现在想起来,应物兄还感到后怕。珍妮因为怀孕,前脚刚返回了美国,程刚笃就和易艺艺住到了一块。"不就是滚个床单吗?以后不滚就是了。"董松龄说。这说法也不能说没有道理。问题是,他们滚床单的录像竟落到了别人手里。他们滚床单的地方,并不在别墅内部,而是半山腰的一个山洞里。别墅的地下一层,原来是地堡,后来被改建成了游泳池。游泳池旁边有一道门,通向一个地道。地道顺着山势缓缓向上,走上三百米,就到了半山脚的一个山洞。那个山洞原来就有。从洞内的石壁的缝隙间,可以看到螺蚌的壳。这说明它是从海底隆起的。铁梳子在装修这个山洞的时候,特意将它们保留了下来。为了突出它的原始洞穴性质,除了保留那些贝壳,铁梳子甚至找人在石壁上画上了壁画,它模仿的是古老的岩画:造型简单的牛和马,以及男根和女阴。岩画用的颜料通常是马血。为了追求那种惟妙惟肖的效果,她用的也是马血,然后又用砂纸、鼓风机、气焊,一点点去掉它的鲜艳,让它显得古朴,再古朴,直到原始,直到它能够直观地给人一种史前的感觉。在装上了空调、摄像头、Wifi之后,它成了最新事物与史前事物的巧妙混合。铁梳子曾与不同时期的男朋友在那里相会,后来它当然也成了她与卡尔文的睡房。珍妮在济州期间,它自然就属于珍妮和程刚笃。珍妮前脚刚走,易艺艺就跟程刚笃滚到了一起。如果仅仅是滚床单也就罢了,问题是,竟被完整地录像了。最先发现那些录像的,是卡尔文。卡尔文回洞内取自己的私人物品,发现了那些录像。这个卡尔文,竟把那些录像作为礼物送给了程刚笃。卡尔文承认,他看过其中几个片断,觉得其精彩程度完全可以与 Paris Hilton① 的性爱录像带相提并论。

---

① 美国希尔顿集团的女继承人、艳星帕丽斯·希尔顿。

这小子，竟然复制了一盘。

卡尔文说："能卖大价钱，但我不卖。"

卡尔文不知羞耻地告诉他，铁梳子也看到了，而且看得性趣大增。

奇怪的是，这些录像带，竟然很快流传了出去。他至今没有看到录像带，不是看不到，而是不想看。据费鸣描述，有时候竟然是三个人同床共枕：除了程刚笃和易艺艺，还有珍妮。有一个镜头，按费鸣的说法，程刚笃玩得实在太 High 了，就跟疯了一样：录像中的程刚笃，就像老鹰抓小鸡似的，把易艺艺翻过来翻过去，并且推拉着易艺艺，用她的屁股不停地拍打自己的脸，直到把自己拍晕过去，那股邪劲才过去。费鸣说，他怀疑他们嗑药了。果然里面不仅有三个人抽大麻的镜头，还有三个人吸食毒品的镜头。

卡尔文和铁梳子当然矢口否认是他们传出去的。

后来，事情终于弄明白了。原来别墅里有一台监视器，连接着几十个高清摄像头。监控室的工作人员都可以看到这些镜头。如果不出意料，就是他们流传出去的。目标最后锁定的那个人，倒是承认了。此人原来就在罗总的养鸡场工作，还是个头，负责的就是鸡场的电子监控。去年鸡场闹过鸡瘟，死了一千多只鸡，罗总责怪他没有及时发现异样，按规定将其免职不说，还扣掉了全年的奖金。此人将录像带分寄给了鸡场的几个股东。当然是匿名寄出的。随后，整个养鸡场差不多都知道了。养鸡场的人私下议论说，老罗不愧是养鸡的。罗总的现任妻子生的也是女孩，刚上小学，养鸡场的人还替罗总展望了一下未来："老罗不会让人失望的，肯定又养了一只鸡。"有人听说男方是美国人，但不知道他其实是中国人，就乱发议论，说罗总在鸡场养的是杂交鸡，在家里也孵上了杂交鸡。

多亏了邓林。邓林安排公安人员秘密查清了此事，将录像全部收缴销毁了。

应物兄找程刚笃谈过一次。程刚笃发誓,他们吸的不是毒,只是在模仿吸毒的样子,为的是告诉易艺艺吸毒是怎么回事,并告诫她千万不要沾上。程刚笃只承认自己吸过大麻。大麻怎么能算毒(品)呢？美国人、欧洲人,经常吸着玩的,他们的平均寿命比中国人还长呢。真是一派胡言。这事他没敢跟程先生说,应物兄此时已经完全清楚了,程刚笃的母亲原是旧相识。他从芸娘那里要来程刚笃的母亲谭淳女士的电话,让谭淳帮他戒毒。后来,他又亲自将他送到了日本京都,将程刚笃交到了谭淳女士手里。

他当然也找易艺艺谈过一次话。

其实是葛道宏催他找易艺艺谈话的。葛道宏说:"应院长啊,知道吗？英格兰有一首民谣,说的是帝国的成败,都是由不起眼的事件引起的。什么民谣呢？少了一枚铁钉,掉了一只马掌。掉了一只马掌,丢了一匹战马。丢了一匹战马,败了一场战役。败了一场战役,丢了一个帝国。跟你那个学生说一下,裤带给我系紧喽。我已经让董校长跟她说过一次了。据说,她还敢顶嘴,按下葫芦起来瓢。你给我按死了。"

易艺艺看上去很爱干净,跟他说话的时候,脱下皮鞋,朝鞋面哈着气,擦着上面的土。她擦得实在是太认真了,鞋带下面也不放过,穿鞋带的每个窟窿眼也都照顾到了。可是一开口,就脏得不得了。当他问她这些天住在别墅里是否习惯,她立即说道:"习惯又咋的,不习惯又咋的？都是为了工作嘛。那可不是闹着玩的,蚊子多得不得了。白天花蚊子上你,夜里黑蚊子继续上你。轮奸啊。"他怀疑易艺艺是不是又吸了,不然怎么会如此放肆。当他旁敲侧击谈起此事,易艺艺一口咬定:"没吸。谁吸谁是王八蛋。我吸的不是白面儿①,而是白糖。"

"吸白糖？"

"看着是白面儿,其实是白糖。我追求的是艺术真实。"

---

① 海洛因的俗称。

"还有一件事。年轻人嘛，在一起打打闹闹很正常。可是，怎么说呢，刚笃有女朋友的，跟他相处，还是要稍微注意一点分寸。"

"您说的是这个啊？董院长找我谈，吴副院长找我谈，你也找我谈。你们真的让我很有存在感啊。求你们了，别这样了，你们这样反而会让我有点太骄傲了。"

他感到自己的手在哆嗦。易艺艺啊，如果你是我女儿，我肯定要抽你几个耳刮子。他告诉自己要冷静，一遍遍地告诉自己要冷静。我必须把这事处理好。这可不仅仅是易艺艺的事。处理不好，会连累程先生的，会连累太和研究院的。这倒不是葛道宏说的"少一枚铁钉"的问题，而是马掌上多了一枚铁钉，钉得还很不是地方，马掌都要裂开了，都要马失前蹄了。拔，拔掉，拔掉它，必须拔掉它。可是，怎么拔呢？那得冷静地想一想。他听见自己说。但是，还没想出个门道，他就发火了。当他发现自己把杯子举起来的时候，那杯子已经从他的手里掉了下去，砸向了地面。

那一地的碎玻璃，把他自己都吓了一跳。

易艺艺突然哭了。

他从来都怕女人的泪水。从小，只要看见母亲流泪，他就感到天要塌了。结婚之前，乔姗姗在他面前也是流过泪的，因为那是考托福没有过关。他本来为此暗喜，但一看到她的眼泪，他就恨不得替她去考了。再后来，只要应波一哭，不管她提出什么要求，他都会满足。应波三岁的时候，有一天不好好吃饭，他说："不好好吃饭，想吃星星不成？"应波就吵着要吃星星。他就爬上树去给她摘星星，并万分遗憾地表示，今天的星星有点高，明天再摘。此刻，一看见易艺艺流泪，他的心就慌了。他告诉自己不要心慌，千万不要乱了分寸，要趁热打铁进行教育。可他没有想好怎么教育，易艺艺就开始哭诉了。当然了，多天之后，他才知道那是易艺艺的表演。易艺艺一边抹鼻子，一边说，自己现在已经后悔了，不该喜欢程刚笃。程刚笃也没有原来想象的那么好。她承认与程刚笃上了床。

他故作惊讶地喊道:"真有这么回事?你呀!"

她哭得更厉害了,好像还很生气,把穿好的鞋带又拽了出来,当成鞭子在自己腿上抽了一下。她是这么说的:"先生啊,上了床,我就后悔了。先生啊,你一定要相信我啊。他看上去很有礼貌,文质彬彬的,可上了床你就知道,他这个人挺霸道的,控制欲特别强,动作粗暴得不得了。我也不瞒你,我其实喜欢温柔的。可他呢,他给我的感觉就是发泄。他连问都没问,就把脚踩到了我嘴上。我很不舒服。虽然那脚是我给他洗的,洗得很干净,可我还是很难受。我想,他可能是心里不痛快,想发泄。我想,嗨,就这么着吧,就这么痛并快乐着吧。我对自己说,总体而言,他好像还是不错的。就当是替他解闷吧。我这都是为了我们的'太研'啊。我吃亏吃大了,找谁说理去?那天,服务员做了黄豆炖猪蹄。是我推荐给珍妮的。珍妮倒吃得挺香,可我一块也没动。看见那猪蹄,我就想到了他的臭脚丫子。"

"你看你,孩子呀,这这这——"

"先生,我再也不敢了。下次见他,我一定跟他做到男女授受不亲。"

有一个细节不能不提:子贡走的前一天,当程刚笃骑着白马来到桃都山别墅的时候,易艺艺怀中有济哥在叫,那是怎么回事?

听他问到这个细节,易艺艺知道谈话要结束了,破涕为笑,说:"你说那个呀?那是明亮送给刚笃的。刚笃觉得吵得慌,就让我替他养着。早就死了。"

总的来说,他认为这次谈话效果还不错。

有一件事是他没有想到的:两天之后,易艺艺的父亲,就是那个养鸡的罗总,抽着所谓的由古巴姑娘在大腿上搓出来的雪茄找上了门。罗总嘴上说,生米做成熟饭了,家长才知道,能不生气吗?都要气死了。脸上呢,却有些笑眯眯的,还拐弯抹角地打听,程先生对此事怎么看?听他说程先生还不知道此事,罗总竟有点生气,说："这么大的事，还是要给孩子父亲说一下。"罗总又提起了套五宝，说："程先生来了，我把最好的厨师请来，给他做真正的套五宝。我告诉你，陈师傅跟我说了，上次你们吃的那个套五宝，鸡是小母鸡，鸭是小母鸭，雁也是雌雁。那算是母系。这次咱们来个父系的。男人嘛，还是要吃父系的。"

罗总这是要把程先生当成易艺艺的公公了。

为了打消罗总这个幻想，他请罗总吃了两顿饭。

等这事处理完，孟夏已逝，仲夏已到。

他确实把取字的事给忘得一干二净了。这天，巫桃打电话让他来取字的时候，他半天才想起来这回事。

这天他一进门，乔木先生就说："怎么样？忙完了？心亡为忙啊。忙完了，心就该收回来了。"

他说："先生说得对。"

乔木先生说："那个不肖之子，拍屁股走了？"

他知道乔木先生说的是程刚笃，就说："把他还给他母亲了。"

乔木先生说："作孽啊。济世兄，家门不幸啊。好了，不说他了。"

乔木先生终于提到他写下的这幅字，解释为何要将"春暖"改为"春煖"："庄子说，'凄然似秋，煖然似春'①。'煖'者，无日而暖。做研究，也是如此吧？别人怎么看，都是闲扯淡。你说，应是'春暖'呢，还是'春煖'？"

"自然'春煖'更合适。"

"听你的意思，就用'春煖'？"

"那就用'春煖'吧。"

"你好大的胆！程大院长的字，你也敢改？他要说，他写的就是'暖'，不是'煖'，你怎么办？他要说，他的意思就是，儒学研究要

① 见《庄子·大宗师》："若然者，其心志，其容寂，其颡頯。凄然似秋，煖然似春，喜怒通四时，与物有宜而莫知其极。"

有好环境,大气候、小气候,都要跟得上,都得风调雨顺,你怎么办?"

乔木先生随后就把已经写好的"太和春煖"四个字扔到了地上,然后另外交给了他一幅字,那上面写的自然是"太和春暖"。也就是说,"太和春煖"那四个字被乔木先生废掉了。乔木先生本该直接把它揉了,扔进纸篓的,却没有这么做。我们的应物兄现在就想着,要不要把它也收起来?

最后把它收起来的是巫桃。巫桃过来,弯腰把它捡起来,叠了,装进了一个牛皮纸信封。巫桃顺便问乔木先生:"先生,药吃了吗?"

乔木先生说:"吃了,吃了。"

巫桃又问:"服前要摇晃的。摇了吗?"

乔木先生说:"摇了摇了。放心吧,摇了三下呢。"

巫桃走了,上楼了,楼梯在响,接着他听见巫桃在和别人说话。乔木先生从藤椅上站起来,把肚子晃了几下。这就是亡羊补牢了。刚才他肯定忘记摇了。乔木先生一边摇着,一边说:"吴镇向我求字,那幅字刚好送他。程大院长哪天看到了,问他为何要将'春暖'改为'春煖',看他怎么说。我这是替程大院长给吴镇出一道题。"

和巫桃在楼上说话的那个人,难道是吴镇?

楼梯又响了。脚步声一轻一重。

他无论如何也没有想到,下来的竟是双林院士的儿子双渐。

当乔木先生介绍他们的时候,他们互相辨认着对方。哦,他们其实早就见过面了,只是未曾交谈,是熟悉的陌生人。他们不仅从朋友和亲人的言谈中知道对方,而且还多次擦肩而过。

逸夫楼七楼,有一个专家阅览室,它只供有高级职称的专家和学者使用。非本校的人也可以进去,但必须持有身份证、高级职称证书和济大专家的介绍信。应物随后将知道,双渐持有的介绍信,竟然是姚鼐先生写的,姚鼐先生在桃都山考古的时候,与双渐认识了。当然,他们之所以能够成为忘年交,还是因为双林院士。在那个阅览室,你需要查什么书、什么资料,只需填写一张卡片,馆员就会尽力帮你找到。那里也可以复印和打印资料。应物兄曾在那里多次遇到过双渐。印象中,双渐总是匆匆地来,匆匆地走,就像一只飞来飞去的大鸟,一只苍劲但又疲惫的大鸟:脑后的羽毛总是有些凌乱,但鸟喙的坚硬以及目光的锐利却是显而易见的。每次遇到这个人,他都会觉得,这只大鸟只是一时没能准确地找到鸟巢,而暂时盘旋而下,落到了这间阅览室。他记得双渐待的地方,常常是西北角靠窗的位置,旁边书架上放的都是动植物方面的书刊。双渐常常拿起一份期刊,直接走到复印机前,付钱,复印,装订,然后匆匆离去。

双渐曾给馆员开了一个书单,其中有几本是英文书。女馆员为难了,不知道该从哪里找到那几本书。双渐于是给女馆员做了示范,如何登陆美国的一个学术网站,从那里购买或者下载资料。女馆员问他何不在家里下载? 双渐指着网页,说:"你看,它只对公共图书馆开放。"

还有一次,双渐要女馆员登陆俄罗斯的一个网站。女馆员说,俄语她可看不懂。双渐说,只需要她将网页打印出来。应物兄刚好在旁边填写卡片,听见女馆员问:"俄罗斯的植物,我们这边也可以引进吗?"

双渐好像没有找到相关的网页,失望之余,还是跟女馆员开了个玩笑:"俄罗斯姑娘可以嫁到这边来,植物为什么不可以?"

正是听了他们的对话,他知道这是一个从事植物学研究的人。但他不知道,他就是双渐。

这会,他问双渐:"你上次要找的资料,找到了吗?"如果乔木先生不在,他或许会问,那个像俄罗斯姑娘的植物的资料,你找到了吗?

双渐显然想不起这回事了。他就提醒说:"跟俄罗斯有关的。"

双渐立即想起来了，说："对，我要找的是俄罗斯野山参的资料。俄罗斯的阿诺钦克地区，有野山参自然保护区。那里的野山参与桃都山地区的野山参，都属于艼变野山参①。"

乔木先生问："桃都山也有野山参？"

双渐显然带着书生气，竟然解释得非常详细："明代以前，北纬三十三度以北，都有野山参。《桃都植物志》记载：'桃都山参，又名艼变山参。艼变山参即为艼变野山参。皮稍粗，少光泽，直而少曲，须条偏短。灵气不足，野韵略逊。'"

他顺便说："若你时间紧张，有些资料，我或可让学生帮你查找。"

双渐立即说："还是我自己来吧。"

乔木先生说："你想在桃都山种野山参？"

双渐说："也想种上野生牡丹。桃都山原有众多野生牡丹。牡丹分两种，一种是中原牡丹，一种是江南牡丹。最后一株中原牡丹，在上个世纪九十年代，养在嵩县一个退休教师的花盆里，已经死了。最后一株江南牡丹倒还活着，长在巢湖银屏山的悬崖上。"

乔木先生说："到处都有牡丹。找个野生的，很重要吗？"

双渐说："乔叔叔，太重要了。现在我们看到的牡丹，是由五个野生品种反复杂交之后形成的。传到现在，它很容易生病。如果能找到野生牡丹，再进行杂交，它就会健壮很多。乔叔叔，唯有牡丹真国色，花开时节动京城。唐诗里的牡丹，说的就是曾经在桃都山区生长的野生牡丹。"

乔木先生立即说："哦，那得找。讲了一辈子古诗，不知道那是野生牡丹。这些年，你就在桃都山找野生牡丹？"

双渐说："那倒不是。我的工作，还是研究植被恢复。"

---

① 艼变野山参，也称艼变山参，野山参的一个种类。是在遭到兽踩、火灾、病虫害之后，主根受损，不定根（艼）继续生长，代替了主根，长成了不典型的山参。这种现象，被称为山参艼变，这种山参，被称为艼变野山参。

　　他突然想起，芸娘说过，文德斯曾在山上寻找一种植物。人们以为它已经消失了，但一个科研人员找到了它的种子，还很饱满。文德斯看到它，竟然流泪了。那个科研人员指的一定就是双渐。

　　他就问双渐："文德斯你认识吧？他在山上找什么呢？也是野生牡丹吗？"

　　双渐说："他找的是野生兰花。桃都山的野生兰花有三种，我替他收集了几种兰花的种子。"

　　这时候，乔木先生问巫桃："打个电话，问师傅到哪了。也问问鸣儿。"

　　原来，乔木先生把刻匾的师傅叫来了，也叫了费鸣。好像有什么事情要发生。应物兄对自己说。今天确实有些不同寻常。最大的不同寻常，就是遇到了双渐。哦不，不是要发生什么事，而是一定发生了什么事。

　　乔木先生突然问双渐："都抄好了吗？"

　　双渐说："谢乔叔叔。我抄好了。个别看不明白的，巫老师讲给我听了。"

　　刚才在楼上，双渐其实是在抄写一篇序言，乔木先生为双林院士编辑的那部诗集写的序言。乔木先生的书房，外人是很少进去的。这是一份难得的优待。

　　乔木先生对双渐说道："那是我最好的书法作品。说起来，这些年，我写了多少幅作品，都已经记不清了。但是，写下的都是别人的话。写这个序的时候，我都忘记这是书法了。渐儿，你大概不知道，普天之下，也只有你们家老头子敢对我说，我比不上书法史上那些大家、名家。他说的倒有道理，他说那些人写的时候，没有当书法来写，情真意切，物我交融，见字如面；而我是当书法来写的，字写得再好，也少了点味道。他说得对。古人读书写字，写信写告示，开药方，记账本，原本都没当书法来写。这次，我借这篇序，回忆了我与你们家老头子一辈子的交往。往事历历在目，搞得我血压都高了。昨天写了一整天。你来之前,我又看了看,才想起这是书法。好啊,忘了这是书法,就回到了'书'的本义。'书,箸也。从聿,者声'①。'文者祖父,字者子孙'②。古人把写字说成生孩子。写这篇文字,就像生了个孩子。我走了十万八千里,又回来了,回到了'文、字、书'三者的真实关系当中。几十年来,这是我最好的一幅字。再写一遍、十遍,也写不了这么好。渐儿,你把抄好的信,给他看看。这篇文字就放在这儿,要他自己来取。"

他相信,乔木先生说的都是真的。他相信,那篇序言将是书法史上的名篇。他相信,昨天是当代书法史上最重要的一天。

他听见自己问道:"先生,我能先睹为快吗?"

乔木先生说:"它现在还是私信。收信人还没读到呢。"

巫桃说:"先生,你可以再抄一遍。你把个别字涂掉了,有几行还写歪了。"

出乎意料,乔木先生竟然对巫桃发火了:"歪就歪了。再写,行是不歪了,但心思多了。我只写这一幅。'导弹'要是不来,我也不留它了。揉了它,烧了它。到时候,你也别拦我。"

巫桃哪见过这个阵势,又窘迫,又无奈,又想笑,但最后发出来的却是叹息。巫桃叹息着,对双渐说:"先生从昨晚到今天,真是返老还童了,跟孩子似的,闹人。你快把你爸爸接来吧。"

双渐低着头,沉默不语。他坐在那里,身体前倾,把手插入了花白的头发,随后那双手又捂住了脸。多少年来,从乔木先生的言谈中,从乔木先生和双林院士交谈时偶尔透露出来的一言半语中,应物兄其实已经感觉到,久不见面的双氏父子之间,一定有过难以排遣的误解,一定有着难以解开的疙瘩。现在,他看到双渐的肩胛

---

① 许慎《说文解字》:"书,箸也。从聿,者声。"箸(著),即显明。聿,象形字,一只手握着笔的样子。表示用笔使文字显明。

② 〔唐〕张怀瓘《文字论》:"文字者,总而为言。若分而为义,则文者祖父,字者子孙。察其物形,得其文理,故谓之曰文;母子相生,孳乳浸多,因名之为字。题于竹帛,则目之曰书。"

骨耸了起来,而且微微颤抖。泪水从指缝中流出,在手臂上流淌。

那混浊的泪水啊。

乔木先生看见了双渐流泪,却并没有立即去安慰他。

随后,乔木先生好像突然想起了一件事,说:"我们的应院长,孔子说的那个敧器,就是那个'虚而敧'的敧器①。你没见过吧?"

他不知道乔木先生什么意思,以为乔木先生是在提醒他,"太研"人员渐多,说话要注意,要谦虚,再谦虚。他就点点头,说:"先生,我懂了。您放心。"

乔木先生说:"接话不要太快。你到底见过没有?"

他只好说:"没有。"

乔木先生说:"你啊,只是纸上谈兵。你大概不知道吧,双渐很小就知道敧器。渐儿,你还记得你父亲给你讲过敧器原理吧?"

双渐说:"叔叔,我记得。"

乔木先生说:"你说过的,长大了,要做个敧器给我们瞧瞧。"

双渐说:"叔叔,这个我不记得了。"

双渐此时情绪已经平复了,抬起脸,看着乔木先生。这时候巫桃将茶杯递了过来。应物兄接过茶杯,递给了双渐。双渐双手握着茶杯,听乔木先生讲着。在应物兄的记忆里,乔木先生这种语调,他好像从来没有听到过:诚恳,缓慢,接近于喃喃自语,像往事一样幽远。好像不是乔木先生在说话,而是往事自己在说话。那些往事,好像担心打扰忙碌的人,所以悄悄地来了,就在旁边站着,在乔木先生提到的春天里站着,在春天的薄雾中站着。有时候离你很近,有时候又离你稍远,但你能听到它的呼吸。

"春天来了,河已解冻,但还是很冷。我们两家人去看戏。不

———

① 《荀子·宥坐》:"孔子观于鲁桓公之庙,有敧器焉。孔子问于守庙者曰:'此为何器?'守庙者曰:'此盖为宥坐之器。'孔子曰:'吾闻宥坐之器者,虚则敧,中则正,满则覆。'孔子顾谓弟子曰:'注水焉!'弟子挹水而注之。中而正,满而覆,虚而敧。孔子喟然而叹曰:'吁!恶有满而不覆者哉?'子路曰:'敢问持满有道乎?'孔子曰:'聪明圣知,守之以愚;功被天下,守之以让;勇力抚世,守之以怯;富有四海,守之以谦。此所谓挹而损之之道也。'"

是两家人，还有一个老先生。你应该还记得，就是俞平伯先生。他是我和你父亲的前辈。他个子矮小，你叫他小伯伯。他跟我们不是一个农场，提前一天来找我们。他是想让我们带他一起去看戏。那天是兰梅菊的戏。他说是来看看你父亲养的猪，其实是想看兰梅菊的戏。他说，猪到了你父亲手下，要吃一起吃，要拉一起拉。吃完拉完，靠着墙根晒太阳，一动不动，念经似的，可以称为八戒。

"那个兰大师呢，要提前回城了，要离开桃花峪了。他向干校提出，为了感谢乡亲们，想给乡亲们唱一出戏。俞先生既想去看，又不好意思去看。因为他跟兰大师有些不快。有一天，干校集中开会，散会后兰大师悄悄地向俞先生请教《红楼梦》，被路过的农民朋友听到了。一个农民朋友问俞先生，《红楼梦》是你写的吧？你为什么要写书反对毛主席？俞先生说，不敢不敢，《红楼梦》不是我写的，我也写不出来。这个农民朋友恼了，说，你狗胆包天，还有你不敢的？都过来，都来看看他多么不老实，报纸上都说是他写的，他还敢抵赖。这时候兰大师说，别抵赖了，就说是你写的吧。俞先生认为，兰大师可以不为他说话，但不能这么说。从此俞先生就躲着兰大师了。但这次，听说兰大师要亮一嗓子，俞先生就犯了戏瘾。

"那天有雾。春雾风，夏雾晴，秋雾阴，冬雾雪。路过一个引黄灌溉渠，渠首有水车，水车上有翻斗，在雾中转啊转的。你小小年纪，就看出那翻斗用的是敧器原理，大喊大叫，敧器！敧器！你父亲给你讲过敧器的。应物应该知道的，就是孔子说的那个'虚而敧'。

"那天兰梅菊唱的，嗨，可真不怎么样。他男扮女装，演的是江水英。也没有从头演到尾，只出来唱了一段。'听惊涛拍堤岸心潮激荡。夜巡堤，披星光，但只见，工地上，人来车往，灯火辉煌'①。走在大堤上的江水英，扭扭捏捏的，捂着胸口，就像来到断桥头的

---

① 京剧《龙江颂》中江水英的唱段《望北京更使我增添力量》："听惊涛拍堤岸心潮激荡，夜巡堤，披星光，但只见，工地上，人来车往，灯火辉煌。同志们斗志昂扬，准备着奋战一场。九龙水奔腾急千年流淌，看今朝英雄们截流拦江……风浪要征服，暗礁尤须防，望北京更使我增添力量。"

白素贞,就像患了心绞痛。干部不满意,群众不满意,他自己倒挺满意。俞先生想说不满意又不敢说,想说满意又说不出口。正看戏呢,你父亲发现你不见了。

"我想呢,你呀,大概就在旁边玩呢。知子莫若父啊。他却突然说,你是看水车去了。哦,忘记说了。现在看戏都是晚上,那时候看戏都是白天。白天看戏,能看你是怎么看的,有没有边看戏边搞破坏活动。幸亏白天看戏。要是晚上,你就没命了。他是拔腿就跑。我也跟着往外跑。果不其然!到了水车旁边,只看到你的鞋子。鞋子摆得很整齐。你父亲立即跳了下去。

"那是什么河?那是黄河啊!自古吃人不吐骨头的。为了捞你,他差点陷到泥沙里淹死。你呢,捞上来一看,口、鼻、耳,都是泥。别人都说不行了。你父亲呢,不死心啊。他也真有办法,把你搭在牛背上。这用的是什么原理,我不知道,但真是管用。我在前面牵着牛,他在后面赶着牛,你母亲在旁边哭着叫魂:渐儿醒醒,渐儿醒醒。本是死马当成活马医,没想到,还真救过来了。这事,你还记得吗?"

"记得。活是活过来了,他又把我打了个半死。"

"你小子!别人是记吃不记打,你是记打不记吃?我叫他打的。我说,打,不打不长记性。他舍不得打。他说,先记着。刚把魂叫回来,别给打跑喽。又过了几天,专等你又犯了错,老账新账一起算,结结实实打了一次。

"有一天,你看见推土机前面的翻斗,又说,欹器欹器。你母亲以为你又去河边玩了。这次是她要打你,是你父亲拦住了她。这个你忘了吧?"

"叔叔,这个我真的忘了。"

"要不怎么说你记打不记吃呢?"

直到这个时候,我们的应物兄仍然不知道到底发生了什么事。有一点,他能够听得出来,乔木先生是在委婉地调解双氏父子的关系。为什么现在突然想起来调解了？巫桃刚才为什么会对双渐说，赶紧把双林院士接过来？就是为了让双林院士看到那幅书法作品吗？好像不是。

这时候，费鸣到了。费鸣和那个刻匾师傅几乎是同时到的。他们彼此并不认识。费鸣把刻匾师傅当成了司机，说："是你开车吗？"师傅被他问得一愣。然后费鸣又把双渐当成了司机，问："你们两个到底谁开车？"费鸣拿着车钥匙，好像不知道该给谁。"车在楼下。就是那辆奥迪 A8。你们可得小心点开，千万别剐蹭喽。这是一个大慈善家留给我们应院长的，一般人不让开的。"

他当然听出费鸣话中带刺。

前两天，费鸣向他提出想离开"太研"，问起原因，费鸣却不愿解释。再问，费鸣说了四个字："一说便俗。"除此之外，再也无话。

那车是子贡留给程先生的，不是留给我的。应物兄听见自己说。现在，应物兄开的还是自己那辆车，一辆曾被死猫砸碎了后窗玻璃的车。窦思齐说得没错，铁梳子后来倒是给他配了一辆宝马，但应物兄一天也没有开过。他觉得有点扎眼。送来的当天，它就被汪居常借去了。

费鸣这会又对乔木先生说："先生，有专业师傅开车，我就不去了吧？"

乔木先生说："怎么能不去呢？你们两个人轮替开。"

费鸣说："先生，桃花峪，我路不熟哎。"

怎么？双林院士此时就在桃花峪？

乔木先生这才对费鸣说："鸣儿，这是双渐老师。你陪他去一趟，把双林院士接到我这。我想他了。"

当着乔木先生的面，费鸣竟然有些油腔滑调的，说："我真是有眼不识泰山。原来是双老的公子。我以前接送过双老的。我不是不愿陪你去，只是中午喝了点小酒。酒驾，可不是闹着玩的。抓住了，丢人的可不是我，而是'太研'。应院长、双老都会受连累的。"

　　对于关门弟子费鸣，乔木先生历来宽容。因为这份宽容，费鸣也就习惯在乔木先生面前装孙子。装来装去，好像就成了真孙子。乔木先生这会对费鸣说："别闹。有去有回，去时他开，回来时你开。"

　　乔木先生说着，拿起了刻匾师傅送来的木板样品。师傅说那是香樟木。乔木先生说："应院长，好事做到家，我不光送字，连匾也送了。我问师傅，什么木头最好，师傅说香樟木。好啊，儒学正吃香，刚好用得上香樟木。"

　　双渐说："这不是香樟木，这是柚木。"

　　刻匾师傅急了，脑门上迅速跑出来一层汗珠，说："就是香樟木嘛。谁作假，把谁的脑袋割了。"

　　双渐说："没说你弄虚作假。柚木就挺好，不比香樟木便宜。"

　　刻匾师傅改了口，说："师傅说是香樟木。我也不知道怎么回事。"

　　费鸣说："你是说，可以把你师傅的脑袋割了？"

　　乔木先生则把"柚木"听成了"楢木"，说："楢木也行。孔子当年周游列国，车轱辘用的就是楢木。也算歪打正着。"

　　双渐却很认真地纠正了乔木先生："乔叔叔，这个柚木是柚子的柚，不是做车轮的楢木。做车轮的楢木，材质柔软，油性大，易燃。古人钻木取火，春取榆柳之火，秋取柞楢之火。[①] 这个柚木，木质坚硬，又有韧劲，不易变形翘裂，适合做木雕、浮雕。"

　　乔木先生说："那还是要换成香樟木。"

　　刻匾师傅说："换，一定换！"

　　应物兄把装着"太和春暖"四个字的信封递给了刻匾师傅。乔木先生让师傅把字取了出来，交代了几句："想起来了，萧墙的侧壁只能挂个木条子。字是从上往下排的。'和'字的'口'字边，往下

————————
　　① 《论语集解》引马融曰："《周书·月令》有更火之文。春取榆柳之火，夏取枣杏之火，季夏取桑柘之火，秋取柞楢之火，冬取槐檀之火。"

移一点。'和'后面没字,'口'可以高一点;后面有字,就不要撅那么高。跟谁抢食呢?往下移一点。"

等刻匾师傅走了,乔木先生对费鸣说:"记住,必须把双老给我接来。我就在这等他。接不来,我是要打屁股的。"又对双渐说:"接来了,你也住过来,我这还住得下。"

费鸣对巫桃说:"师母,我觉得吧,接到桃都山别墅比较好。安静,空气好,地方也大,您说呢?这么热的天,都挤到这,还不挤出一身汗。"

乔木先生说:"先把他接来再说。"

双渐说:"他要是不来呢?"

乔木先生说:"那就少跟他啰嗦。你就告诉他,乔木也病了,快不行了,要走到他前头了,想见他最后一面。"

巫桃让他们稍等一等。她是要让费鸣和双渐将两套换洗衣服带给双林院士。随后,我们的应物兄才从巫桃那里知道,双林院士病了。这个消息竟然是兰梅菊告诉乔木先生的。兰梅菊与乔木先生向来不和,这天乔木先生竟然接到了兰梅菊的电话。稍事寒暄之后,兰梅菊就说,他在北京医院体检的时候,从相熟的一个医生那里知道,双林院士也住在这个医院。他当然立即前去探望,但从值班医生那里知道,双林院士三天前已经不辞而别。

"老双患的是前列腺癌。"兰梅菊说。

按兰梅菊的说法,医生知道他与双林院士是老朋友了,就让他劝说双林院士,还是要"听话",回到医院来,至少要跟医院联系一下。

"他不是一般人。他这样做,医生也会受到处分的。"兰梅菊说。

兰梅菊猜测,双林院士有可能到济州来找乔木先生了。巫桃说,乔木先生当天晚上就没有吃饭。乔木先生是了解双林院士的,猜测他可能去了桃花峪。他们当年待过的那个五七干校,如今办有一个招待所，主要是用来接待当年下放劳动的那些名人和他们的后代的。电话打过去，他果然在那里。

"先生说，他一定是看老伴去了。"

"看老伴？他老伴不是早就去世了吗？"

"看老伴的坟。先生让他来济州。他也答应了，但没有来。"

这天，乔木先生亲自送双渐下楼。在电梯里，乔木先生一直握着双渐的手。双渐说了一句话，引得乔木先生又动了感情，喉咙响了一阵。双渐说："叔叔，我还以为，以后有的是机会侍奉他的。"乔木先生说："有，有机会。这不就是机会嘛。放心，他不要紧的，死不了的。我不准他死。"

就在双渐和费鸣准备上车的时候，乔木先生突然说："稍候。"

原来，乔木先生突然改主意了，他要让双渐把那个序直接捎给双林院士。在应物兄的记忆里，多少年了，乔木先生走路从来都是慢条斯理的。拄着手杖散步，牵着狗链子溜达，或握着烟斗伫立于微风之中，是乔木先生留在镜湖岸边的风景。但此刻，乔木先生却走得很快。

双渐的眼圈又红了，蹲了下去。他就像鸟收拢了翅膀，并且用翅膀挡住了脸。

他蹲的时间有点长了。

我该怎么安慰他呢？应物兄听见自己说。那种痛苦，似乎无法安慰。那种痛苦，只有经过自己的消化，才会转化为别的情感。门洞的门打开，他们以为是乔木先生来了，都纷纷朝那边看。原来不是乔木，而是一个扛着篮子的老太太走了出来。这时候，双渐把手从脸上拿开，按着自己的膝盖站了起来。站到一半的时候，发现那不是乔木先生，双渐就又蹲了下去。

他好像被地上的什么东西吸引住了。

哦，原来那里有一群蚂蚁，蚂蚁正在埋葬死者！它们用土盖在死者身上。有一只蚂蚁，是它们当中最大的，显然太动感情了，竟然不顾别的蚂蚁的阻拦,把死者又挖了出来,然后身体俯仰不息,似乎在行三跪九叩之礼。一只黄色的蚂蚁站在一块土坷垃上,就像主持葬礼的主教。或许是触景生情,让双渐想到了垂危的父亲?或许那自然界的微观世界,使他联想到了旷渺的人世?

这时候,乔木先生在巫桃的搀扶下,走了出来。

汗水把乔木先生的衬衣都打湿了。乔木先生手里拿着一个信封。似乎担心汗水把它濡湿,乔木先生在外面罩了一个塑料封套。

乔木先生对双渐说:"我没有盖章。我就是不给他盖章。他来了,我才给他盖章。我这就去给他刻个章,让他自己盖上。"

84. 声与意

声与意不相谐也。

应物兄听见自己说。这是他再次听到《苏丽珂》时,突然萌生的感受。

那歌词本身是忧伤的,但是唱出来的感觉却是欢快的。沈括在《梦溪笔谈》里说:"治世之音安以乐,则诗与志、声与曲,莫不安且乐;乱世之音怨以怒,则诗与志、声与曲,莫不怨且怒。"①而眼下这首歌呢?则是以乐声而歌怨词,声与意不相谐也。

奇怪的是,尽管声与意不相谐,他还是觉得好听。起码比雷先生唱的好听多了。同样奇怪的,他一时竟然听不出来,那是男声还是女声:

> 为了寻找爱人的坟墓,天涯海角我都走遍。但我只有伤

---

① 沈括《梦溪笔谈·乐律》:"古诗皆咏之,然后以声依咏以成曲,谓之协律。其志安和,则以安和之声咏之。其志怨思,则以怨思之声咏之。故治世之音安以乐,则诗与志、声与曲,莫不安且乐;乱世之音怨以怒,则诗与志、声与曲,莫不怨且怒。此所以审音而知政也。"

心地哭泣，我亲爱的你在哪里？但我只有伤心地哭泣。我亲
爱的你在哪里？

　　丛林中有一株蔷薇，朝雪般地放光辉。我激动地问那蔷
薇，我的爱人可是你？我激动地问那蔷薇，我的爱人可是你？

　　夜莺站在树枝上歌唱，夜莺夜莺我问你。你这唱得动人
的小鸟，我期望的可是你？你这唱得动人的小鸟，我期望的可
是你？

　　夜莺一面动人地歌唱，一面低头思量。好像是在温柔地
回答，你猜对了正是我。好像是在温柔地回答，你猜对了正是
我。

　　这是应物兄第一次完整地听完这首歌。现在，他和邓林要去
桃花峪。双林院士在桃花峪失踪的消息惊动了栾庭玉。所以，栾
庭玉现在派邓林去桃花峪坐镇，一定要查清楚双林院士的下落。
乔木先生当然更是格外关心，本来要亲自去的，但因为身心受到了
刺激，在巫桃的劝说和生拉硬拽之下，只好作罢。他现在，当然是
代表乔木先生去的。

　　邓林开的是白色巡洋舰。音响很好。邓林也喜欢这首歌，使
应物兄感到意外。在他的印象中，通常都是上了岁数的人才喜欢
的。邓林说，正是因为老年人喜欢，所以他才特意带上了这盘 CD。
等见了双林院士，就给他放一放这首歌。邓林顺便告诉他，老板也
喜欢这首歌，"听上去，是不是还有那么一点雄壮？既雄壮，又忧
郁。既坚硬，又柔软。"

　　他又一次想到了那个词：声与意，不相谐也。

　　那音乐还在响着，循环往复。

　　随后，邓林接了一个电话。电话是桃花峪的县长打来的。

　　那县长姓杨，名叫杨双长。杨县长向邓林保证，只要双林院士
还在桃花峪，就一定能够找到。杨县长有一句话，遭到了邓林的批
评。确实需要批评。什么叫"挖地三尺，也要找到"？什么叫"生要

见人,死要见尸"? 有这么说话的吗? 所以邓林说:"双长兄,你没喝多吧?"

放下电话,邓林说:"这鸟人! 用老板的话说,这个羊蛋啊,三天不打,上房揭瓦。双长与双肠谐音,羊双肠嘛,羊蛋嘛。老板私下就叫他羊蛋。"

这个杨县长,应物兄是认识的。乔木先生每次去桃花峪,他都要登门拜访。乔木先生抽的烟丝,就是他专门派人送来的。

按邓林的说法,杨县长马上就要升了,到南边一个地级市当副市长。那个地级市的市长将在两年后退休,所以如果不出意外,两年之后,羊蛋将百尺竿头更上一步,成为正厅。这个羊蛋呢,还真是个锐意进取的人,性格强悍,喜欢大刀阔斧,最喜欢说的一句话是"闯出一条路"。在桃花峪待了四年,他竟把县城拆了个遍,活生生地造了个新城。

"书记呢? 书记也听他的?"

"也真是怪了,来个新书记,不知不觉就成了二把手,都得听他的。前年新搭了个班子,一年不到,书记就被他打发走了。当然,那个书记也有问题。节俭得要命,过于精打细算,剪下脚指甲也要埋在花盆里沤肥。两个完全不同的人,当然免不了有些摩擦。那个人走了之后,才敢跟羊蛋斗。羊蛋很快就把他送进去喝粥了。也真是想不到,那么精打细算的人,那么谨小慎微的人,竟同时搞了两个女的。再一审,嘿,操他妈的,搞的女人可不是两个,而是一堆。还都是他自己说出来的。他能说出来的情妇数量,比他知道的党纪条规都多。按说,羊蛋这也是立功了。可是风气啊,风气不对啊。很多人因此也都对羊蛋有看法了。反正从那之后,再来的书记,谁到这里来,在羊蛋面前都是乖乖的。他想干什么,没人拦得住。"

"我听说,他在桃花峪砍了很多树?"

"谁说不是呢? 桃花峪的坡地上,本来有很多野桃树,他呢,一声令下,砍! 他竟然要在桃花峪广种竹子,声称要把野生大熊猫弄到桃花峪,说大熊猫生活的地方,不仅适合人类居住,而且适合野人居住,而且适合外星人居住。他要让别人看看,他治下的桃花峪生态环境发生了怎样的巨变。你自己想闯出一条路,你闯就是了,干吗要连累人家大熊猫?干吗逼着人家大熊猫也闯出一条路?胡闹嘛。恩师,您肯定知道。那些野桃树大都弄到了桃都山。"

"这么说,桃花峪的野桃树已经没了?"

"少了一多半。羊蛋说,桃花峪嘛,没有桃花不行,桃花太多了也不行。小工出事之前,暗地里是支持双长这么瞎搞的。不在桃花峪这么瞎搞一通,那么我们桃都山的野桃树就难以成林。不过,小工出事之前,又把羊蛋臭骂了一通,把这个项目给他叫停了。随后,羊蛋就又想出了一招,就是在桃花峪办个萤火虫节。萤火虫对生态环境比大熊猫还敏感。什么地方有萤火虫,就说明那个地方的生态搞得好。这事后来被人告了。因为那些萤火虫是高价买来的。华学明从别的地方买蝈蝈,花的是雷山巴的钱。羊蛋呢,花的可是公款。一个项目下来,就是两百万。两百万就为了看看萤火虫屁股?说是请人看萤火虫屁股,其实是为了让人看他的脸。老板刚才交代我,见了羊蛋,一定提醒他,路可以闯,但方向要对。步子可以大,但一定要稳。"

"这个杨县长,原来就是你们老板的部下?"

"恩师的记忆太好了。那年去深圳提溜郏象愚的时候,带了三个人过去,这个杨县长就是其中之一。他原来在公安口。还记得大虎二虎吗,会玩几句英语的那两只鹦鹉?就是羊蛋从南美弄来的。他原来跟小工走得很近。小工出事了,他迷途知返,又来投靠我们老板了。老板倒是既往不咎!有好长时间,老板都叫他双长同志。老板说,双长同志,都是为了进步嘛,想进步也是为了工作嘛。他都哭了,说,老板,求你了,别叫双长同志,还是叫我羊蛋吧,我一辈子都是你的羊蛋。老板这才给了他一个面子,改口又叫他羊蛋。羊蛋是叫了,但老板还是比较警惕的。小工出事之后,羊蛋急于将功补过,主动向纪委递交了很多材料。羊蛋认为,小工与双沟村的团支部书记有一腿,后来查清楚了,人家确实没有那种关系。小工私生活还是比较严肃的。这个羊蛋,现在跟豆花走得很近,豆花不是做杜鹃花生意嘛,桃花峪就从豆花那里大量购买杜鹃花。老板对豆花说了,那个双长同志啊,说不定哪天就捅出娄子了,还是小心点为好。"

事后想起,途中这次谈话,关于豆花的内容,才是真正值得留意的。

邓林说:"说到捅娄子,还没等别人捅呢,豆花自己就先捅了。老板气坏了。栾庭玉的母亲是个戏迷,豆花为了讨好老太太,最近又开始学戏了,想在老太太生日那天露一手。就在前几天,她去跟一个退休的老演员上课,那个老演员也真是的,认真得不得了,说她唱得不对,走得不对,手势也不对,把她弄烦了。上完课出来,她看到有辆车停在她的车前面,二话不说,掏出钥匙就把人家的车给划了。从后门划到前门,来回划,上下划,划得跟地震记录仪上的曲线似的。被人发现了,人家当然不放她走。人家刚拉住她,她就说人家要流氓。她的钥匙链上挂了个指甲刀,她竟然用指甲刀把人家的脸给划伤了。没办法,人家就报警了。好在她还有一点理智,没说她是老板的夫人。"

他说:"不可能吧?怎么会呢?"

邓林说:"是啊,说给谁听,谁都不会相信啊。警察是新来的,不认识她,向她要家人电话。她当然不给。没办法,只好关了她。到了后半夜,她被蚊子叮得受不了,才让警察联系家人。她给的是我的手机号。我就猜到是她闯祸了,果然是她。看到了吧,我整天就忙着给她擦屁股。我只能对警察说,这是我表妹,请高抬贵手。我能怎么办?只能要求严肃处理。人家看我的面子,象征性地罚了点款,把她放了。我本来没打算跟老板说,可后来那个警察知道她是谁了,主动跑来向老板道歉,说是负荆请罪。老板气坏了,逮住我就是一通训斥,说我多管闲事,知法犯法。老板说,关她两天又怎么了,让她长点记性啊。谁让你把她领出来的？事情到此还没有完。恩师,你说说,这屁股擦得恶心不恶心？按说,事情过去就算了,但接下来她却来劲了,声称自己怀孕了。她说,抓孕妇是犯法的,必须处理。"

"她真的怀孕了？"他立即想到了唐风在西山脚下的那番说辞。

"已经是第三次怀孕了。结婚的时候,她其实就怀孕两个月了。但她后来把它打掉了。因为医生说,她怀的是个女孩。在济民中医院的一位老中医和济大附属医院一位儿科医生的帮助下,她在四个月之后再度怀孕。这次她终于怀上了男孩,但同时还有两个女孩。也就是说,她怀的是三胞胎。医生在全面检查了她的身体状况之后,提出了一个方案,就是她最多只能生下两个,还有一个必须终止妊娠,否则所有胎儿都会受到影响。老板和豆花为此专门跑到北京,听取北医三院专家的意见。北医三院也是这个看法。老太太知道了,立即烧香拜佛。一炷香没有燃尽,就颁布了命令。带把儿的,不带把儿的,老娘全要。老板赶紧解释,说医生说了,只能要两个。老太太说,老天爷说了也没用,敢弄死一个,老娘就死给你们看。"

"孩子呢？后来怎么一个也没了？"他问。他同时又感到奇怪：邓林从来不说栾庭玉的家事的,今天这是怎么了？

"就在这期间,发生了一件事情。豆花的母亲赶来了,肩负着劝说老太太的使命。豆花的母亲比老板还小一岁,老板不叫妈,可以理解,但老太太不把人家当成亲家,就有些过了。人家行李箱放好,老太太就说,来就来了,还带这么大的箱子？豆花的母亲赶紧说,是出差路过,带了些换洗衣服。老太太说,都说母以子贵,这当姥姥的也跟着贵了起来。豆花的母亲终于忍不住了,说,女儿想吃酸的,给她带了自家酿的柿子醋,这醋放下我就走,还得赶火车呢。她还真的带了柿子醋。老板对这个岳母还是有礼貌的,请她在外面吃了饭。豆花的弟弟,小名叫猴头,就在豆花的公司上班。老板

814

把猴头也叫了过来,让他们一家人在宾馆里住了两天。老板劝说岳母不要把老太太的话放在心上,又交代猴头陪着母亲在济州多玩几天,有事情可以直接打他的电话。当然了,老板给他们留的,其实是我的电话。三天之后,我的电话响了。原来,猴头在送母亲回老家的高速公路上撞了人。好在责任并不在猴头一方。此前一天,那个地方刚出过一次车祸,一辆卡车将高速公路的栏杆撞断了,在那里留下了一个缺口。附近村庄里的一头毛驴,刚好从那个缺口走上了高速公路。那是一头公驴。它听到了公路另一侧一匹母马的嘶鸣。一种来自远古的杂交欲望支配着它,让它穿越高速公路,与那匹母马会合,赶驴人当然赶紧越过栏杆找驴。事情就这么巧,猴头驾驶的那辆越野车正好赶到。幸亏那里离收费站不远,猴头已经提前踩了刹车,不然猴头很可能也要来个车毁人亡了。"

"消息捂得挺紧啊。"

"您听我说。我当时就赶到了现场,然后又随着众人去了医院。赶驴人已经死了。在医院里,我看到医生正往那个人的天灵盖里塞纱布,塞了整整四大卷。人的脑壳怎么那么空啊。我的腿都吓软了。当时我并不知道,就在我赶往出事地点之前,豆花也出事了。豆花比我先接到猴头的电话,当场就瘫倒在地了。然后,在场的人就闻到了一股血腥气。她流产了。"

"豆花可真够倒霉的。"

当他这么说的时候,他脑子里想的其实是那个养驴人。那塞到脑壳里的纱布,被血洇红,变黑。他的眼前一片黑红色。

"现在,她是第三次怀孕。是她说的,怀没怀上,我不知道。反正,只要她坐我的车,我都提心吊胆的,好像怀孕的不是她,是我。按说怀孕了,应该少安毋躁,她倒好,整天骂骂咧咧的。她跟艾伦不是朋友吗?我曾劝艾伦多过来陪陪她。艾伦说,谁敢见她啊。人家是谁?人家是娘娘!动不动就要发娘娘脾气的。我问,什么叫娘娘脾气?艾伦说,你正跟她说话呢,她可能突然来一句,都退下吧。周围没别人，什么都不都的。她说顺嘴了，有一天竟然对老太太说，都退下吧。老太太气坏了，说，谁退啊？退哪啊？就少不了要跟我们老板唠叨，腿都夹不住，还有理了？"

"老太太还好吧？"

栾温氏从来都喊邓林为哪吒，那是夸他本事大。栾温氏说："娘胎里待够三年六个月，才能出来一个哪吒啊。"邓林则称栾温氏为奶奶。但这一天，邓林却一口一个"老太太"。他再次感到，邓林这天的谈话有点不正常。

"她？毕竟上了岁数，糊涂了。说是糊涂了，有时候又清醒得吓人。有那么几天，因为太忙了，我没去看她，您猜怎么着？她竟然以为我升官了，放道台了，出去闹海了，是闹海归来了，就拉着我说了好多闲话。当然了，那些话，也都是她以前跟别人说过的。"说着，邓林的声音就变成了栾温氏的声音，苍老，疲惫。太像了，庶几可以乱真。邓林模仿着栾温氏的声音说："小哪吒啊，编筐编篓，重在开头。开好了头，还要收好口。织衣织裤，难在收口。"

"老太太说得好。"

"我又能说什么呢。老板在旁边站着呢。我只好对老太太说，奶奶，哪吒舍不得离开您，所以没走。"

"还有一次，她把我当成了她那死去多年的丈夫。她上厕所，没纸了，拐杖捣着门，喊人给她送纸。我就去给她送纸。她劈头就给了我一棍。还喊呢，老不死的，又来偷看了。"

"也真是难为你了。"

"反正我就这样耗着。我总结了一句话：想做的事做不成，不想做的事做不完。最近，我的主要任务是辟谣。豆花负责造谣，我负责辟谣。辟什么谣？她说金彧跟老板肯定有一腿。我劝她，怎么可能呢？千万别胡思乱想。她跟很多人说过，艾伦啊，葛道宏啊，铁梳子啊。说来说去，还是我来擦屁股。有一次，老板去桃花峪考察，碰巧金彧也随着济民中医院的人去了桃花峪。忘了跟您说了,金彧已经到济民中医院上班了。桃花峪有济民中医院的药材基地,所以金彧有时候会到桃花峪。有一天我接到杨县长电话,曲里拐弯地问我,晚上要不要另外给他们两个安排个地方。我装作听不懂。杨县长说,你这就是不把我当亲人了,艾伦都跟我说了,你还给我装蒜。"

有一句话,到了嘴边,他没有说出来:"你给我交个底,栾庭玉和金彧是不是已经有一腿了?"

邓林真是聪明过人,随后就说:"我想,您可能也会怀疑他们两个有一腿。我以人格和党性担保,他们的关系是清白的。老板只是跟济民中医院打了个招呼,把金彧安排进去工作而已。这算什么,这算政府关心民营企业,积极向民营企业推荐人才。当然了,一进去就当上股东,步子迈得确实有点快了。"

他当然不相信邓林的说法,但他还是说:"没有就好。"

邓林说:"刚子前天对我说,都后半夜了,豆花还给他打电话,追查老板的行踪。刚子说,在车上睡着呢。豆花说,把车开来,让我看看。刚子说,他替老板喝了两杯酒,不能开车,正等代驾呢。豆花说,你们在哪里,我去替你们把车开回来。恩师,您说说,每天这样疑神疑鬼的,像什么话。"

"你说的刚子,是他的司机?"

"我正要对您说。我现在之所以比较清闲,就是因为刚子。这个刚子,会开车,会武术,会外语,还会修电脑。这样的人,黄兴竟然因为人家流过一次鼻血,就不用了?就打发人家去养马了?"

"你说的刚子是黄兴留在济州的那个保镖?"

"是啊,现在明亮不是在负责养马吗?明亮还请了个养马师傅,两个人轮替着养马。这样刚子就可以抽出身来了。老板现在负责的事情比较多,旧城区改造涉及太多人的利益,人身安全会受到一点影响。'老一'要求确保老板的安全,要给老板另配保安。老板谢绝了'老一'的美意,说他还是自己想办法吧。就临时把刚子叫过来了。当然这是经过董松龄同意的。有时候，他也会回去看看那匹白马。前两天他对我说，看到明亮那么会养马，他就放心了。我对他说，明亮是谁？明亮是应物兄先生的得意门生，'六经'注得，马养不得？就在昨天，陪老板在希尔顿接见客人的时候，我还和刚子上楼顶看了看。明亮给白马订购了苜蓿，是内蒙的苜蓿。明亮说起苜蓿，都头头是道的。他告诉我，苜蓿是公元前139年传入中国的，最早在长安种植，本来就是用来喂养从西域带回来的御马的。苜蓿的营养价值很高，粗蛋白质、维生素和氨基酸含量都很高。吃一口苜蓿，相当于吃半块豆饼。他还告诉我，他天性喜欢马，喜欢骑马。他说，'御'也是'六艺'之一嘛。他愿意一辈子在'太研'养马，为程先生养蝈蝈，在'太研'洒扫庭除。"

就在"太研"养马，养蝈蝈，洒扫庭除？

怎么可能呢？

他清楚地记得，有一年教师节，几个弟子凑钱请他吃饭，席间大家戏言，如果可以选择，自己最愿意生活在哪个朝代。有人说民国，有人说晚明，有人说南宋。轮到张明亮的时候，张明亮借着酒意把他们数落了一通。明亮说，你们喜欢的民国，一定不是兵荒马乱的那个民国，而是林徽因客厅里的那个民国。你们喜欢的晚明，一定是闲情逸致的小品中的晚明，而不是东厂西厂横行霸道的晚明。至于南宋，你们喜欢的那个南宋也是挑拣出来的，没有靖康之耻，没有崖山之殇，而是只有西湖十景，只是一个富贵温柔乡。易艺艺当时就问，你呢，亮子？张明亮倒是一点也不含糊，声称自己最愿意生活在战国时代，乱世出英豪嘛！可见张明亮的理想从来不是什么洒扫庭除，而是扫天下。不是养蝈蝈，也不是养马，而是金戈铁马，气吞万里如虎。明亮最崇拜的人物是齐桓公：九合诸侯，一匡天下。明亮给自己起的笔名是小白。这是齐桓公的名字。明亮住的是四人一间的集体宿舍，但文章落款却总是要标明"写于葵丘"①。

张明亮其实已经向他当面表明过心迹了。这会,他脑子里就想着张明亮的话:"恩师啊,'太研'一定要成立程先生著作编辑委员会啊。"

"你是说——"

"这个位置不能让别人占了,您一定要当这个主任。"

"等程先生回来了,再说吧。"

"到时候,您不方便说,我来替您说。"

"你的意思是,我来当主任,你来当副主任?"

"我?"张明亮说,"我听您的。您让我干什么,我就干什么。您让我做一根蜡,我就蜡炬成灰泪始干。您让我做一只鸟,我就青鸟殷勤为探看。您让我做桃树,我就多结桃子。您让我做桑树,我就多长叶子。"

张明亮本来是个老实人,是个不说客套话的人,那天竟然冒出了这么一堆话。

他很想对张明亮说,我倒愿意把你留下来。如果你真想留下来,我可以去跟程先生说,跟葛道宏说,跟董松龄说。我相信,他们会给我这个面子的。问题是,你是在职博士,读博士期间,你还领着原单位的工资呢。把你留下来,你对原单位怎么交代?你跟原单位是有协议的。人家要告你违反协议呢?

出于爱才心理,我倒是想过,如果他掏钱就可以解除与原单位的合同,那么我倒愿意帮他把这笔钱先垫出来。问题是,小荷怎么办?小荷是贵州遵义一所中学的英语老师。留下了张明亮,也就必须把小荷调过来。把小荷安排到附中教书?济大附中可不是轻

---

① 据《左传》《孟子》《谷梁传》《史记》记载,公元前651年,齐桓公会诸侯于葵丘,以周天子的名义给他们立规矩:不得擅自改立太子,不得以妾为妻,不得让女人参政,不得随意修坝垄断水利,不得阻止邻国来买粮食,等等。虽然最先违背这规矩的就是齐桓公本人,但葵丘之盟,毫无疑问是齐桓公一生中的高光时刻,相当于做了联合国秘书长。八年后,齐桓公死了,他的五个儿子互相攻打,想不起来为他殓尸,硬是把老爹给放臭了。《史记·齐太公世家》记载:"桓公尸在床上六十七日,尸虫出于户。"

易能够进去的。他还曾经想过，就让小荷做程先生身边的工作人员吧。还有，他的父母怎么办？张明亮是独生子，父母年事已高，这些年都是小荷在照顾。

一大家子人呢。是不是要先买房？市内商品房，一天一个价格，一个穷博士，你能买得起吗？哦，想起来，就让人头皮发麻。

正是因为考虑到这些，他劝张明亮，关于以后工作的事，要和小荷多商量。

张明亮说："男人嘛，事业为主。"

这话我可不爱听。丢下父母，抛妻别雏，有违人伦啊。

这会，他听见自己说："从桃花峪回来，我一定找张明亮好好谈谈。"

白色巡洋舰早已驶出了济州，在高速公路上奔驰。两边是麦地。麦子已经收割，光秃秃的，就像刚剃光的头。麦地里偶尔可以看到玉米秧子，那是麦子收割之前已经套种下去的。不时出现一些丘陵。丘陵上长着柿子树。过一个收费站的时候，邓林也非常守规矩地在后面排队。收费站一边的田地里，人们在种植水稻。稻田旁边的那片地，则是棉花地。棉花尚未吐絮。他的思绪一下子飘得很远，想到了小时候随母亲在地里拾棉花的情景。到了深秋，地里只剩下了棉花秆，一半倒伏，一半支棱，全是褐色的，接近于黑色，有如山水画中的枯笔。他和母亲会将那些没有来得及吐絮的棉铃也摘下来。那东西其实没用，摘它们纯粹是出于习惯。或者是出于对它们的爱怜，似乎担心它们受冻。

棉花地头，野花在静静地绽放，就像绽放在梦里。

他好像又看到了母亲，心中一阵绞痛。

去年没给母亲上坟，今年一定要去，再忙也要去。当然，首先得找到母亲的坟。母亲的坟在村西的土坡上面。村里的人死了都埋在那里，后人通常在坟前种一棵树，通常是柏树。柏树长得很慢，今年什么样，明年好像还是什么样。只要认出了那棵柏树，就认出了母亲的坟。前几年市场上崖柏突然吃香,人们到山上到处搜寻崖柏,做成木雕、手串。崖柏很快就砍完了,有人就打起了柏树的主意,将柏树烘干了冒充崖柏。一夜之间,坟地上的柏树就被偷完了。前年他去给父母上坟的时候,发现各家的坟头新栽了旱柳,是公安局为平息民愤栽上的。我又怎么能够通过那焕然一新的旱柳,确定哪座坟头才是父母的坟呢?那天我特意带了保温箱,里面装的是从本草镇上买来的油炸麻糖,是父母生前最爱吃的。小时候,只有过年过节的时候,母亲才炸上几根。

我带着保温箱,本来是想让父母趁热吃的。

他的喉咙咕咚一声。

他想起来,那天半夜醒来,他发现自己在睡梦中将枕头垫得很高。他在梦中寻找母亲的坟,因为一直朝一个方向看,他竟然落枕了。早上起来,他又去了一次坟地。他歪脖而登高,俯看着死去的芸芸众生,仍然没能确定,哪个才是母亲的坟。

车队缓缓向前,终于到了收费口。收费口没有收邓林的钱。显然,这个车牌号在收费站的电脑里是有记录的。横杆升了起来。

收费员说:"首长慢走。"

邓林随口哼了一句:"丛林中有一株蔷薇,朝雪般地放光辉。"

过了收费站,邓林突然说:"有件事,我想求恩师。能不能跟老板说一下,让我去桃花峪?"

一开始,我们的应物兄没有听懂:现在我们不就是往桃花峪走的吗?但随后,他明白了,邓林是说,自己想顶替杨县长。

"我的话管用吗?"

"您都看到了,在济州,我几乎什么事都能办成。刚才过收费口的时候,我其实想交钱来着,但人家不让交。您都看到了,前面的栏杆是自动升起来的。严格来讲,这就违反规定了。如果有人去告,一告一个准。所以说,在一个地方待久了,难免会犯错误。谨慎谨慎再谨慎,也没用。您不会眼看着我犯错误吧?现在您知道了吧，我为什么不要孩子？这是高危职业。我可不想连累孩子。"

"父母不催你要孩子啊？还是要考虑老人的心。"

"好吧，我也跟您说说，这次到桃花峪，除了双林院士的事，我还要干什么。老板当初去深圳领人的时候，带去了三个人。除了杨县长，还有一个人。那个人混得更惨，只混到桃花峪的商业局局长，副处级吧。他是杨县长带过去的。这哥们说起来还是个文人，琴棋书画都会一点，最喜欢画老虎，画武松打虎。前不久，出事了。他父亲死了，他大操大办，被人告了。没办法，书记就把他给撤了。书记点头了，杨县长也就不便再说什么。杨县长本来打算，等风头过去了，再给他安排个闲职，比如文化局局长什么的。他倒好，一点沉不住气，受了多大委屈似的，声称要告这个、告那个，严重影响了干部队伍的稳定。有人就要求查他。这一查，问题当然就来了。私设小金库啊，出差坐了头等舱啊，公款宴请超标啊。什么都出来了。你不是喊着要打虎吗？好啊。你是武松，就不怕老虎，但你不是武松。你是谁？你撒泡尿照照自己。你是武大啊。你说你，一个武大，一会斗西门，一会打老虎，不是找死吗？"

照这么说，还没有敬修已过得好呢。

"判了五年。谁都没想到，他竟然藏了那么多名人字画，足有上百幅。光是书法作品，启功的，欧阳中石的，沈鹏的，就有几十幅。虽然事后认定，大多数都是假的，甚至是根据假的复制的，但受贿的帽子已经戴牢了。当然也从院子里挖出了一些金条。因为他属于小鱼小虾，所以媒体懒得报道。没关在桃花峪。关在哪？其实就关在济州，就在茫山，就关在敬修已曾经住过的地方。这次去桃花峪，我还得去看看他的家属。为什么见他的家属？因为他的儿子是我的干儿子，已经上中学了。有一年他带着孩子来老板家拜年，老板不在家，他就在这儿等着。那孩子就跟我玩到一起了。孩子本来叫我叔叔。事后，他非要孩子叫我干爸。干爸就干爸吧。就在前几天,他老婆给我打电话,说儿子想见干爸。他老婆对他不离不弃,倒是让人感动……"

公路把前面的丘陵劈开了,车开过的时候,噪音很大,是那种唰唰唰的声音。邓林也暂停了讲述。驶出丘陵之后,《苏丽珂》的声音又浮现出来了:

> 你这唱得动人的小鸟,
>
> 我期望的可是你?

当邓林恢复讲述的时候,那声音就低下去了。邓林说:"我这个人心软啊。那孩子小时候我抱过的,给他擦过屁股的。这次去,除了看干儿子,我还得让他老婆转告他,为了儿子的前途,他还是要学乖一点,在里面该闭嘴就给我闭嘴。我也得告诉他老婆,他在里面没受什么苦,已经不错了。让她别在外面大呼小叫的,又是发帖子,又是发微信,以为全天下就数自己倒霉。那是你自作自受。有一天,狱长来找老板。老板没见,让我替他见了。我问有什么事,他拿出了一封信。我一看信封,就知道怎么回事了。里面什么也没写,只是用牙膏皮画了一窝小老虎。我说那就别寄了,撕了算了。我请狱长大人吃了顿便餐,随便聊了聊。狱长说,关的人太多了,不好管理。我就跟狱长提到了国外管理囚犯的一些经验。比如墨西哥,墨西哥也是囚犯太多,不好管理。怎么办呢?就从囚犯中选一些人去管理。狱长问,墨西哥很乱吧?我跟他说,千万不要小看墨西哥。首先,人家是人口大国,有一点三亿人呢。其次,因为紧邻美国,近水楼台先得月,所以人家的市场化程度、全球化程度,比我们都要高,人均收入达到一万美元了,牛得很呢。"

前面出了车祸。

一辆车撞弯了隔离带,后面一辆车紧跟着追尾了,车头瘪了,玻璃碎了一地。又一辆车追了上去,但撞得不要紧。消防车和清障车正从对面驶来,它们得过一会才能绕过来。邓林放慢了车速。有个司机站在隔离带外面打电话。打着打着,突然向后一躺,栽到外面的沟里了。随后,警笛响起来了。奇怪的是,警车是从对面的车道上驶过来的。显然,警察并不是奔着这场车祸来的。对面的车道上,显然也有一起车祸。

邓林嘴巴没停,接着往下讲:"我就跟狱长说,所以啊,墨西哥的一些经验,也很值得我们借鉴。您应该能听出来,我就差直接说了,就是将那哥们提拔成牢头狱霸。狱长当然听懂了,回去就找他谈话了。先安排他负责出黑板报,从文字到插图,都由他一个人负责。你不是喜欢画老虎吗?粉笔管够,水彩管够,画去吧。然后又安排他负责给犯人讲解政策。他呢,讲来讲去,就又讲到了武松打虎。意在向别人说明,他只是小老虎。您说气人不气人?这两天,听说他安静了,不喊冤了,不再给别人寄老虎了。听说血脂也不稠了。这就对了。再他妈的胡乱寄信,人品就败光了。估计过段时间,就可以放了。恩师,您觉得,我对朋友,已经够意思了吧?"

邓林说得非常动情。

《苏丽珂》一直在播放着,就像背景音乐,就像在给邓林的话伴奏。邓林突然笑了起来,笑得没有道理。那笑声初听上去是粗放的,但又戛然而止,随后又笑了起来。那笑意又在邓林脸上停留了一会儿,有点苦,还带着一点腼腆。《苏丽珂》还在低声回响。因为邓林的笑声,他觉得,乐词与怨词、哀声和乐声,突然间显得相悖又相谐,简直难分彼此。

他依然分不清那是男声还是女声。他脑子里倒是闪过樊冰冰的名字,但又觉得不像。樊冰冰的声音有一种夸张,而这个声音总的来说还是比较内敛。他想起自己曾在课堂上讲过一个故事。遥想当年,哟,这个"当年"有点远了,都远到春秋了。不过,虽然远到了春秋,但想起来仍然历历在目。说的是孔子跟师襄学琴的故事。有一首曲子,孔子虽然不知道谁作的,却很喜欢,觉得听上去有一种豁然开朗的感觉,就反复地弹奏那首曲子。后来,孔子竟能从曲子中感受到作曲者的模样:黑脸膛,高个子,目光明亮,视野宏阔,像个统治四方诸侯的王者。孔子就想,这人不是文王又是谁呢?他把这话告诉了师襄,师襄吃了一惊,恭恭敬敬地对孔子行礼,说:"夫子,您弹的正是《文王操》。"

与孔子相比,我就是个乐盲啊。

后来他才知道,演唱者跟樊冰冰还真有点关系:他是樊冰冰的男朋友。

这当然是小事。与这首歌有关系的另一件事,才算是大事。那件事是栾温氏八十大寿之后发生的:有一天,人们终于找到了多日未归的豆花,她躺在慈恩寺的长庆洞里,正拿着手机听着这首歌。那时候,她已经疯了。她的身边有两个扣在一起的瓦盆,瓦盆里盛着她的孩子。那孩子尚未成形,像剥了皮的兔子。

85. 九曲

九曲黄河,在这里拐了个弯。

但只有在万米高空,你才能看见这个弯。

缓慢,浑浊,寥廓,你看不见它的波涛,却能听见它的涛声。这是黄河,这是九曲黄河中下游的分界点。黄河自此汤汤东去,渐成地上悬河。如前所述,它的南边就是嵩岳,那是地球上最早从海水中露出的陆地,后来成了儒道释三教荟萃之处,香客麇集之所。这是黄河,它的涛声如此深沉,如大提琴在天地之间缓缓奏响,如巨石在梦境的最深处滚动。这是黄河,它从莽莽昆仑走来,从斑斓的《山海经》神话中走来,它穿过《诗经》的十五国风,向大海奔去。因为它穿越了乐府、汉赋、唐诗、宋词和元曲,所以如果侧耳细听,你就能在波浪翻身的声音中,听到宫商角徵羽的韵律。这是黄河,它比所有的时间都悠久,比所有的空间都寥廓。但那涌动着的浑厚和磅礴中,仿佛又有着无以言说的孤独和寂寞。

应物兄突然想哭。

这是午后，他再次来到了河边。从近处看，阳光下的河水像铁锈一般。有细微的声音从那浑厚和磅礴中跳出来，更生动，更活泼，更平易近人，如鸟儿啁啾，鱼儿喋喋，虫儿低吟。靠着河水的坡地上，野草像马鬃一般，猎猎飘动。

他脚步泥泞，思想潮涌。

而换一个时间，换一个时代，譬如回到乔木先生和双林院士在这里生活的那个年代，他们感受到的可能是另一种情形。被迫离开自己熟悉的知识生活，离开一种创造性的知识劳动，被抛入这荒天野地的时候，他们感受到的又是什么呢？同样的夏天，他们承受的是烈日的暴晒。秋天，收获的喜悦其实饱含着屈辱。当凛冽的寒风吹起，知识人咀嚼的或许是谎言的真相。冬天，当落日坠向大河，他们体会到的将是无尽的寒冷。他们躲进黄泥小屋，门窗紧闭，滚滚沙尘还是要渗进来，渗到他们的牙缝里。春天终于来了，行走在田野中，他们还要不时地背过身去，继续忍受煎熬。

三天之前，双林院士也曾在此徘徊。

那时候，在双林院士心头浮现的，是哪一种情形？

他想起了乔木先生和双林院士的争执。乔木先生对韶光易逝的感慨，双林院士向来不以为然。显然，对一个物理学家来说，有关过去、现在和将来的普通观念，其实是陈腐的。时间的每时每刻，都包含着过去和未来。现在只是一个瞬间，未来会在其中回溯到过去。在这种观念中，你感受到的不是伤感，而是谦逊。当双林院士面对着这浩荡的大河的时候，他是不会沉浸在个人的哀痛之中的。

后面这几句话，也是他对双渐说的。

双渐母亲的坟，就在河边不远的地方。双渐刚给母亲上过坟。坟前的香烛还没燃尽，采来的那束野花还没有枯萎，供品还静静地放在草地上。双渐祭奠之前，双林院士已经来过了。坟前倒伏的

826

青草告诉他们,双林院士曾在此站了很久。

我们的应物兄现在已经从双渐那里知道了事情的大概:双林院士从桃花峪回京之后,就去了甘肃玉门。那里有一个隐秘的核生产基地。双渐的母亲自然不知道,丈夫这一走,两个人再也无缘见面。我国第一颗原子弹试爆成功的第二年,双林院士来过一封信。当双渐看到那封信的时候,母亲已经去世两年了。双渐还记得,信上留的地址是"(玉门)西北矿山机械厂"[1]。

那年,双渐八岁。

母亲死后,双渐被小姨收养。双渐的小姨后来嫁到了桃都山。在后来的几年,双渐曾往"玉门西北矿山机械厂"写过两封信,但从来没有收到过回信。一九七七年,双渐考入北京林业大学。直到大学三年级,双渐才知道父亲还活着。

"他来看过我。我想跟他说话来着。话一出口,我就冒犯了他。我真是不该那么说。可是后悔又有什么用?我说,你怎么还活着?活得挺好的嘛。

"他问我能不能吃饱?塞给我二十斤粮票。北京粮票。班上还有两个同学,他们的父亲也与他们多年没了联系。等有了联系,发现父亲已经另有家庭了。我想,他肯定也是如此。我是在很多年之后,才从乔木先生那里知道,他依然孤身一人。

"毕业后,我在门头沟[2]一个植物研究院上班。也做了些研究。工作说不上好,也说不上坏。和别的地方一样,人浮于事的情况总是少不了的。再后来,我去西藏待了两年。做植物学研究的,不在

---

[1] 核工业基地之一。位于河西走廊玉门低窝铺地区,厂区范围2000平方公里。初期对外称西北矿山机械厂或国营工业器材公司,也叫甘肃矿区。由于涉核部队高度保密,部队的通联一直使用代号,除了"玉门西北矿山机械厂",使用的代号还有"兰州市跃进村100号""7169湘江部""乌鲁木齐市15号信箱""新疆马兰一支队""西宁莫家泉湾"等。1964年,也就是中国第一颗原子弹试爆成功第二年,参与核工业的专家和部队家属,才第一次知道这支部队名叫"中国人民解放军7985部队"。目前,"西北矿山机械厂"已经军转民,专门从事处理核废料业务。

[2] 北京门头沟区。

青藏高原上待两年,书就算白读了。青藏高原的种子资源是最丰富的。沿横断山脉一线,是全世界生物多样性的热点地区。前段时间,文德斯还对我说,他想跟我去横断山脉。

"从青藏高原回来,又过了几年,我就提前办了退休手续,回到了桃都山。姨母不愿去北京。因为我,姨母和姨父的关系一直不好。小时候,家里穷嘛,又多了一张嘴嘛。还不喜欢劳动,喜欢看书。我不怨他,也愿意为他养老。可他很早就去世了。有一个妹妹,妹妹出嫁后,就剩下了姨母一人。我回来,当然也是为了照顾姨母。三年前,她也去世了。人这一辈子啊。

"我听说父亲曾到桃都山找过我。也是后来听乔木先生说的。我本以为,以后有的是时间,坐下来与他好好说说话的。我好像都忘了,我都老了,他能不老?"

在河边,在招待所,在双渐母亲的坟前,在桃花峪县城的小巷,应物兄与双渐的谈话断断续续。他相信,还有更多的话,双渐没有说。更多的时候,双渐不说话,盯着窗外。偶尔路过一个老人,都会引起双渐的注意。有的老人看上去比双林院士年轻得多,双渐也会长久地看着,好像要在时间的长河中逆流而上,要与父亲再次相逢,从头再来。

这个下午,回到招待所的时候,天已经快黑了。"五七干校"招待所,其实并不在干校原址,而是向南移动了一千米左右,所以更接近黄河。当然,按照杨县长的说法,它也算还在"五七干校"之内:当年那批著名知识分子,曾经荷锄到此,种烟叶、刨红薯,也曾头戴草帽,在此拔草、施肥、掰玉米棒子。

杨县长特意指出,招待所东边那片韭菜地,就是兰梅菊大师负责的,这一点曾得到兰梅菊大师现场指认。

至于乔木先生和双林院士当年养猪的猪圈,当然已经无迹可寻。

招待所里,有双林院士留下的一本诗集。最终,双林院士还是

828

听取了乔木先生的建议，收录了李商隐的《天涯》。哦，他们两个见面就要抬杠，但却惺惺相惜。

春日在天涯，天涯日又斜。
莺啼如有泪，为湿最高花。

也就是说，乔木先生的序写晚了。它已经提前出版了。书中有双林院士对这首诗的解释。双林院士特意提到，这是诗人思念妻子儿女之作："父亲对妻子儿女的眷恋，是人世间最悠久最深沉也最美好的情感。"对诗中的一些字词，双林院士解释得很详细。你一看就知道，那是说给孩子们听的：

"天涯"：离家乡很远的地方。

"斜"：古音读"xiá"，今音读"xié"。至今在一些方言中，比如在黄河沿线，人们依然读"xiá"。这里可以读古音，也可按中小学语文教学通例读"xié"。

"莺啼"：黄莺在啼叫，啼出了泪。"啼"，既指啼叫，又指啼哭。

"湿"：这里读入声，打湿。这里可以指"洒向"。

"最高花"：最高处的花，开在树梢顶上的花。

在朗月家里，他曾看到过双林院士这首诗的墨迹。他当然也记得，在乔木先生家里，他们曾经讨论过这首诗。乔木先生认为，黄莺就是《诗经》中提到的仓庚。乔木先生同时认为，这首诗是儒道思想的结合。李商隐在《锦瑟》一诗中，因梦蝶而化身为庄生，在《天涯》中因啼泪而化为黄莺。乔木先生说，李商隐这个人，多愁善感，没个谱。他其实多次写到过黄莺，有时候叫它流莺，有时候叫它黄鹂；有时候叫它哭，有时候又叫它笑。

费鸣问："都要成道家了，还要哭鼻子？"

乔木先生拿起烟斗，做打人状，说："道家就不哭了吗？关尹子是怎么说的？观道者如观水，以观沼为未足，则之河之江之海，曰水至也。殊不知我之津液涎泪皆水。①　道家只是把泪当成水罢了。把泪当成了水,那么河水、江水、海水,也就成了泪。"

双渐告诉他,其实他很早以前就知道父亲在编辑这部诗集。父亲一直保持着读古诗的习惯,保持着用毛笔写字的习惯,保持着用算盘的习惯。父亲与同代人之间,也一直保持着用古体诗通信的习惯。应物兄想起来,乔木先生曾提到过双林院士的古体诗。在乔木先生看来,它写得并不地道,有时候也免不了要拿双林院士开玩笑。但等双林院士离开了,乔木先生又会说,那些古诗写得还是不错的,至于出律嘛,虽然有点多,但那也是难免的。乔木先生说,杜甫的诗,一方面"晚节渐于诗律细",另一方面也常有出律现象。杜甫也是逮着什么写什么,想怎么写就怎么写,而且怎么写怎么是。那些差一点的诗人,倒是合韵合辙,讲究章法,步步为营,但也只能是小诗人。黄庭坚写字,说"老夫之书本无法",就是这个道理。

这么好听的话,乔木先生为何不当着双林院士的面讲呢?是怕双林院士害羞吗?

他又想起了乔木先生写给双林院士的《浪淘沙·送友人》:

> 聚散竟匆匆,人去圈空。徒留断梦与残盅。从此江海余生寄,再无双影?无处觅萍踪,恨透西风。桃花谢时雨却冷。抵足卧谈到蓬莱,梦中有梦。

他觉得,他们文言古律式的交往,好像是要在现代的语法结构之外,用古代知识分子的语式和礼仪,重构一个超然而又传统的世界。他们的古诗,与其说是一种文类,不如说是一种道德理想,其中涌动着缅怀和仁慈。

双渐提到了一个细节,自己小时候睡觉不老实,父亲哄他睡觉

---

① 关尹子,名喜,曾为关令。周朝大夫,哲学家、教育家。道家始祖之一。〔汉〕刘向谓:"喜著书凡九篇,名《关尹子》。"传闻《道德经》系老子应关尹子之请而撰。

时,张口就是一句杜甫的《茅屋为秋风所破歌》:"娇儿恶卧踏里裂。"此时,提到"娇儿"二字,双渐喉结滚动了一下。

"我唯一欣慰的是,他和我的孙女相处得很好。他的一些情况,我是听我的孙女讲的。应物兄,我也是当了爷爷的人。孙女在上小学。他找到学校,把诗集给了她。他常到孙女读书的小学,义务给孩子们讲课。他教孩子们读古诗,给孩子们讲述有趣的算术知识。他也经常给他的重孙女发短信。去年暑假的时候,我把孩子接到桃都山住了几天。有一天,孩子收到他一条短信。他其实是看了我的一篇文章,觉得有话要说,想通过孩子转给我。孩子回信说,那段话她看不懂。他先说发错了,又说,可以给你爷爷看看。"

"多可爱的老头啊。"

"短信中说,在《德意志意识形态》一文中,马克思提出一门包含自然史和人类史的'历史科学',历史是自然界向人生成的历史,自然史是人类史的延伸。马克思批判了西方观念中自然和历史二元对立的传统。① '自然'的概念是理解马克思科学发展观的一把钥匙。孩子拿给我看的时候,我扭过了脸,流泪了。"

"双渐兄,双老他——"

"昨天我从儿子那里知道,父亲的两套房子,一套房子已过户到我儿子名下,一套房子卖了。杨县长告诉我,他给这里的小学捐了一笔钱。他们准备以他的名义设立奖学金。但父亲说,这笔钱是替失怙儿童交学费的,一直交到他们上完大学。

"我现在才知道,他与我儿子经常见面。我儿子在他的鼓动下入了党。他对我儿子,哦,我或许不该这么说,应该说,他对自己的孙子说,一个人啊,倘若没有坚定的信仰,早上清醒,并不能保证晚

---

① 马克思、恩格斯《德意志意识形态》:"我们仅仅知道一门唯一的科学,即历史科学。历史可以从两方面来考察,可以把它划分为自然史和人类史。但这两方面是不可分割的;只要有人存在,自然史和人类史就彼此相互制约。"

上不糊涂，所以你要入党。"

"双老是真正的共产党人。"

泪水，浑浊的泪水，在双渐的眼眶里打转。

双林院士之所以选择那所小学，是因为当年一同下放的一个老朋友，后来与那所学校的一个民办教师结了婚，没有再回北京。那人比他们更惨，是个右派。他想起来，乔木先生也曾开过这个右派朋友的玩笑。那个朋友原来是研究哲学的，有一天给农民朋友讲述马克思主义原理，内因是关键，外因是条件，外因是通过内因起作用的。看到农民朋友听得糊里糊涂的，那个女民办教师站了起来，说："马克思的意思是说，苍蝇不叮无缝的蛋。"乔木先生后来说："一只苍蝇一个蛋，成就一段好姻缘。"那个老朋友日后就致力于将西方的哲学概念，都用中国的民间谚语表达出来。关于"一分为二"，他的说法是：牛蹄子分两半。而关于虚无主义的观念，他的说法则是：死猪不怕开水烫。

如今，那段好姻缘中的两个人都已经去世了。双林院士给他们的孩子留了点钱。陪同前来的小学校长，听见双林院士吟诵了两句诗：

学道深山空自老，留名千载不干身。①

这天傍晚，杨县长带着县公安局局长来到了招待所。局长姓孙名金火，杨县长介绍说："孙局嘛，金火嘛，孙悟空火眼金睛嘛。能干得很。"孙局长说："老孙我是为杨县长伏魔捉妖的。"

按孙金火局长的说法，新城、旧城都查过了，火车站、汽车站也查过了，监控录像全都调出来看了，还是没有消息。倒是查出来双老曾在一个药店出现过，买的是常见的退烧药。还有一种药，叫比卡鲁胺片，药店说那是处方药，本来是替别人进的，但那个人已经去世了。药店的人说，那是治疗前列腺癌的药。

---

① 〔宋〕晏几道《临江仙·东野亡来无丽句》。

杨县长问:"双老买这个药——"

双渐说:"这说明,父亲对自己的病情很清楚。"

杨县长安慰双渐:"你不要担心。我问了医生。医生说,老年人新陈代谢很慢,病情发展也会很慢的。这病要是放在年轻人身上,今天脱了鞋,明天就可能穿不上了。我再次向你保证,我会全力以赴。咱们的名字里都有一个'双'字,我肯定会把这当成自己的事来办。"

双渐最担心的是,父亲的记忆出了问题。

招待所的服务员告诉双渐,双林院士本人说过,人老了,记不住事了,早上起来转了一圈,睡了一个回笼觉,就忘记吃过早餐了没有,也忘记洗漱了没有。为保险起见,他只好再次刷牙、洗脸。前天一上午,就刷了三回牙,洗了三次脸。他还开玩笑说,不敢向别人借钱了。借了钱,那就很可能要还两次钱、三次钱。

孙局长征求双渐的意见,要不要在网上发布寻人启事。他们以前用这个办法,效果还挺好,因为网民们的眼睛是雪亮的。公安局长只有四十来岁,却显得笨重、迟缓,当然也因此显得很有威势。他似乎很容易高兴或生气,接电话的时候一会朗声大笑,一会却又咆哮起来。当然,在双渐面前,他是很恭敬的。

但他的建议被双渐拒绝了。

双渐说:"父亲不会同意这么做的。"

孙局长说:"那我们就只好在这里死等喽。"

这话太难听了。杨县长拉下了脸,命令孙局长道歉。

孙局长拍了一下自己的脸,说:"这张臭嘴!其实呢,我说的死等,说的是要耐心。大队人马,这会儿还在外面搜呢。猪往前拱,鸡往后刨,都忙着呢。咱们就在这儿候着,该吃吃,该喝喝。"

院子里有一辆房车,与黄兴那辆运送白马的车有几分相似,看上去虎头虎脑的,浑身漆成了绿色。他刚进院子里的时候,正有五六个人从车上下来。他听出他们是北京人:舌头不愿伸直,像二郎腿那样懒洋洋地翘着；腔调油腻腻的，好像刚喝了一碗炒肝；发音黏糊糊的，好像喝完了炒肝又来了一碗豆汁。他们虽然或站着或溜达，给人的感觉却像是歪在炕上。应物兄后来知道，这些人其实是当年下放"五七"干校的学员的子弟。其中领头的，是清华大学法律系教授。此人算是子承父业，他的父亲曾参与制定婚姻法。此人的头发从额头梳起，一直往后梳，再用发胶固定，但脑后的部分却是散乱的。可能是因为到了外地，说话非常随意，满嘴的男女生殖器。给人的印象，好像是担心别人把他看成读书人似的。

他们大老远跑来，是为了寻根。

这天，杨县长要在招待所请那几个人吃饭。

杨县长试图把他们并到一桌，但他和双渐都拒绝了。杨县长低声说："好吧，其实我昨天已经陪过他们了，今天我陪你们。这也是邓大人的吩咐。"

他倒希望杨县长还是去陪那些人为好。

邓林确实来过一个电话，说自己必须连夜赶回济州，就不来招待所了。"该说的话，我已经对双长同志说了。双长同志会好好陪你们的。"邓林说。费鸣要随邓林一起回去。他交代费鸣，见了乔木先生，就说双林院士已经在桃花峪接受治疗了，待情况稳定，就带他回济州，不用担心。

杨县长建议他们点一道菜：空心兰。杨县长说，双老前几天就曾在这里点过这道菜。空心兰其实就是空心菜。原来，桃花峪种空心菜始自兰梅菊大师，是他从北京带来的种子。空心菜不需要多加照看，就像韭菜，割一茬长一茬，也不需要特殊的肥料，有尿喝就行。当年人们就把空心菜叫"空心兰"。

据杨县长说，兰梅菊大师最近又来过一次桃花峪，是带着徒弟来的，在这里看过韭园，也看过"空心兰"菜园，并且亲自担尿浇地。当然桶里不是尿，而是临时倒进了两瓶桃花峪牌生啤。当时孙局长也在，亲自负责兰大师的保卫工作。这会儿，杨县长就说："金火,你跟大家说说,兰大师当时的风采。"孙局长说自己不会说话,还是学一下吧。又说,因为每学一次,都会受到一次深刻的教育,所以不光自己学了,还在公安队伍里进行了普及。哦,孙局长不简单,一个五大三粗的汉子,模仿起兰梅菊大师,竟然也形神兼备。主要是那个女儿态,学得太像了。步子是小碎步,但屁股扭动的幅度却特别大;脚尖是翘着的,奇怪的是脚跟也踮了起来,好像是用脚心走路,很像奥运会上的竞走比赛。房间里虽然没有扁担,但局长的那根筷子就完全胜任了扁担的功能。孙局长把筷子放在肩头,颠了颠,用手扶着,另一只手叉着腰。又腰用的不是手指,而是手背,手指是用来向外翘的,翘出的当然还是兰花指。向地里泼"尿"的时候,他的一只脚向后伸出,抬起,抬得比屁股还高,上身却探向想象中的菜地,同时两只手臂张开,就像燕子展翅。

杨县长说:"好!像!真像!"

孙局长谦虚了,说:"再像,也没有兰大师本人做得好。兰大师当时就在这个包间吃的饭,在这个包间接受的采访。你们要不要看一下?"

服务员打开了闭路电视,调出了当时的新闻录像。记者的问题非常业余,确实是县级水平,但兰大师的回答却非常认真。

记者问:"大师当年为什么选择演花旦?"

兰梅菊说:"兰大师天生就是青衣花旦。老天赐我做了男人,却给了我一颗女儿的心。男人是泥做的,女人是水做的。我呢,身子是泥做的,魂儿是水做的。都说女人要温柔,要会撒娇,这些我却不会。我的魂儿是水做的,但不是一般的水,是雪碧,带气的,一晃,就喷出来了。"

记者又问:"这空心兰,可能是世界上对空心菜最美妙的称呼。是您起的名字吗?"

兰梅菊说:"因为兰大师姓兰嘛,他们就叫它空心兰。俞平伯先生,你们该知道的。不知道,就得挨板子。最初,那俞先生还真的以为，空心兰就是一种兰花。他是研究《红楼梦》的。他说，《红楼梦》写到过'茂兰'，这空心兰就是那'茂兰'吧？他还送我两句诗：桃李春风结子完，到头谁似一盆兰。① 谁似一盆兰？当然是说我兰大师。"

随后出现的镜头，是一大片绿油油的空心菜。哦，不，是空心兰。别说，那一片一片空心菜，因为有远处的黄土高坡作背景，有原始的沟壑，原始的塬啊，墚啊，峁啊，作背景，看上去还真像是最古老的兰花。

双渐放下筷子，说道："应物兄，'空心兰'确是个好名字。文德斯就曾把桃都山的空心菜当成兰花。我还取笑他。以后不能笑他了。你看，这世上确有空心兰，确有可以吃的兰花。"

杨县长还代表桃花峪人民向双渐道歉，说双老住在这里的时候，他们忘记给双老录像了。孙局长立即说，不是不录，而是双老本人不让录。杨县长说："双老那是谦虚，那是礼让，你们该录还是要录啊。"

孙局长说："我也是这么对电视台说的，但他们就是不听。"

杨县长说："其实我也可以理解。人嘛，都不愿触动伤心事。当年双老在桃花峪受苦了，喂猪、割草、翻地，什么活都干过。兰大师可以把伤心事变成艺术，双老是科学家，不需要承担这个任务。所以，我虽然批评了电视台，但我知道这其实不怨他们。在此呢，我也代表桃花峪人民，为当年没有照顾好双老，向双渐同志道歉。"

杨县长说得如此恳切，双渐也就不得不解释一番。

双渐那番话，应物兄其实在乔木先生那里听到过。事实上，那也是乔木先生和双林院士争执的内容之一。双林院士认为，当年下放劳动也有益处：他在劳动中发现了自己。给玉米锄草的时候，

---

① 《红楼梦》第五回《游幻境指迷十二钗　饮仙醪曲演红楼梦》："诗后又画一盆茂兰，旁有一位凤冠霞帔的美人。其判云：'桃李春风结子完，到头谁似一盆兰。如冰水好空相妒，枉与他人作笑谈。'"

他发现了自己的腿,发现了手,也发现了心脏的运动规律。腿不仅是用来散步的,腿、心、手必须保持一致,必须通过前腿弓、后腿蹬、心不慌、手不松来完成这项工作。挑水的时候,他发现了自己的肩,发现肩负使命不是一句空话。他还发现了草的意义。草不仅可以装点广场和街道,还可以喂猪,可以喂牛。他甚至发现了脚后跟的意义,以前谁会在意脚后跟啊?到了五七干校,才知道脚后跟可以坐。蹲下吃饭的时候,它就是你随身携带的小板凳。当然了,因为吃不饱,也发现了自己的胃。

双渐说:"父亲如果对桃花峪有怨恨,就不会来了。"

杨县长说:"双老大人大量啊。"

双渐说:"他这个人,一辈子不会客套。他说的都是真的。"

应物兄相信,这些天来,双渐一定是在回忆父亲说过的每句话。

他也顺便提到一件事:乔木先生曾说过,在北京,双老每天早上起来,常常看见桌子上覆盖着一层薄薄的细沙。当他拿起鸡毛掸子,拂去桌面、笔筒、砚台上的细沙的时候,他会感到一种难以形容的快乐,就会想到桃花峪上桃之夭夭,想到大漠深处孤烟直上云霄。

双渐的眼睛湿润了。

杨县长说:"你们的家风好啊。邓大人告诉我,你在西藏待过?"

双渐说:"很惭愧,我原想多待几年的,只待了三年就回来了。"

杨县长问:"去那里做什么?插队还是——"

出乎意料,双渐竟然提到了野桃树。他说:"你们桃花峪不是遍生野桃树吗?我在西藏也找过野桃树。"

杨县长说:"你要早点跟我说,我把野桃树直接送你家。你想要多少要多少。"

双渐说:"各地的野桃树也有一些差异。我在西藏做的就是收集不同植物的基因，也就是我们常说的种子。这些种子，有可能为我们提供食物、花卉、药品。获得这些种子，对人类，对地球都是必要的。有些种子，我们可能永远用不上。但有些种子，却可能很快就转化为一种食物，进入我们的胃。"

杨县长说："野桃太难吃了。"

双渐说："昨天，我在旧城东边看到一片猕猴桃林。你们这里种猕猴桃是对的，这里原来就是野猕猴桃的产地。"

杨县长说："不不不，桃花峪原来没有猕猴桃，那都是经我手引进的，是从新西兰引进的猕猴桃。"

双渐说："桃花峪的野桃，不单指野桃树，也指野猕猴桃。只是人们不认识那是野猕猴桃，有人叫它野桃，也有人叫它狐狸桃，因为它披着褐色的毛，跟狐狸毛相近。1842 年以前，桃花峪还有野猕猴桃，后来就不见记载了。新西兰的猕猴桃，就是根据从中国引进的野猕猴桃改良出来的。桃花峪就是猕猴桃的故乡。"

按双渐的说法，猕猴桃最早是英国传教士在湖北发现的，时间是在 1904 年。英国人发现它的味道很独特，维生素 C 的含量特别高，是一种特殊的水果，就剪了二十多根枝条带了回去。猕猴桃是雌雄异株。当时全世界的植物学家都不知道植物的雌雄异株机制。后来，这些猕猴桃就传到了新西兰。新西兰人根据这些源自中国的猕猴桃，培育出了一个新的品种。它们跟桃花峪的野猕猴桃是同一个基因。"也就是说，猕猴桃又回家了，它肯定会长得很好。"

杨县长立即说："妈的，这些事情都没人告诉我。它们的销路不好，我差点把它们砍了。算了，不砍了。孩子好不容易回家了，得好好待它。"

孙局长说："双同志，你们的工作太有意思了，太浪漫了。哪像我们，每天不是杀人，就是偷盗；不是打架，就是强奸。① 起得比公

_____

① 处理各种案件。

鸡早,睡得比母狗晚。"

双渐说:"我有两个同事死在了西藏。我自己也差点死在那。"

孙局长说:"看来,革命工作,干起来都不容易。"

双渐说:"桃花峪原来的种子资源是很丰富的。去年,中国林业大学的一个研究小组还来这里调研。他们如果再来,你们可以不提供方便,但不要随便扣他们。你们要知道,采集的种子资源,必须马上送进实验室,时间耽误不起。"

此话一出,杨县长和孙局长立即扭捏起来。原来,双渐的话是有所指的:那个研究小组来此调研的时候,竟被当地的公安给扣了起来,理由是他们未经允许,私自上山,采摘野果,践踏植物。当然,真正的原因是他们将砍伐野桃树的照片发到了网上,引起了摄影爱好者和野游爱好者的不满。

帮助杨县长和孙局长解除尴尬的,是从另一个房间传出来的阵阵酒令。随着服务员进进出出,猜拳行令声不时响起,偶尔能听见易拉罐在走廊上滚动,哗啦哗啦的。杨县长说:"那帮人当中,有个股神。我昨天接见了这个股神。股神只喝啤酒,而且不允许别人喝白酒。昨天请他们喝的就是啤酒,喝了三箱。我原以为,不喝名酒,是要替我省钱,后来才知道跟股市有关。他在中国炒股,也在美国炒股。那几个人当中,有三个人是美国籍,包括那个清华大学教授。他们对中国股市不愿发表意见,理由是很多股东都是他们的朋友,不能在背后嚼舌头。对美国股市,他们倒是有很多话说。清华教授的脑子最好使,对我说,如果你去年买了一千美元达美航空①,那么你今年只剩下五十一美元。如果买的是 AIG②,那就只剩下十七美元了。最惨的是,如果你买的是房利美③,那么一千美元就只剩下三块二了。但是,如果你一年前买了一千美元的啤酒,喝光了,把易拉罐卖到回收站,那么你能卖到二百一十九美元。他认为,目前最好的投资策略,就是大喝特喝,只要喝不死就是胜

---

①②③ 指该公司的股票。

利,然后回收易拉罐。他和那个股神目前的主要工作,就是在中国大量回收易拉罐。他们建议我在桃花峪建起世界上最大的易拉罐回收站,然后兵分两路,一条走高速,一条走水路,运到出海口,再装船运到美国。他们认为,这样可以大量套取美元,不失为兴国之路。"

难怪外面不断有易拉罐滚动。

杨县长说:"不能说没道理,但我已谢绝了。没有科技含量嘛。"

杨县长随即提出聘请双渐到桃花峪工作:"你能不能带几个人过来,弄几篇文章出来? 证明这些猕猴桃,就是从原来的野猕猴桃培育出来的,拥有我们自己的知识产权? 你别用这种眼神看着我。我认为这不能算是作假。它本来就是我们的嘛。黄河沿线,那么多沟沟坎坎当中,肯定还有野猕猴桃的。我这就派人去找找? 我认识你太晚了。要是早认识几年,桃花峪已经成为中国最有名的猕猴桃产区了。为官一任,造福一方。我是准备在这里再干几年的。当然,如果领导一定要调我走,我也只能服从组织。但我是想给桃花峪人民留点东西的。怎么样? 帮我这个忙? 你也是桃花峪人民的儿子嘛。我们都是桃花峪人民的儿子嘛。我们是兄弟。兄弟说话,不打马虎眼。能给你的条件,我全部给你。"

双渐没有当面拒绝:"见到父亲,我问问他的意见。"

杨县长说:"一言为定! 兄弟放心,上天入地我也要把咱家老爷子找出来。"

说完立即要求服务员上酒,要求服务员加菜,但被双渐拦住了。

不过,杨县长他们走后,双渐还是点了一瓶酒,就是当地产的小瓶装的二锅头。双渐只喝了一口,就知道那里面灌的其实是红星二锅头。后来,他们谈话的时候,双渐就不时地抿上一口。

他们的谈话伴随着涛声,持续到了深夜。那涛声仿佛是在大脑深处响起,给人一种耳鸣的感觉。只有在绝对安静的时候,你才能够听到自己的耳鸣,所以他们的谈话就像是在耳鸣所创造的寂静中进行的。双渐主动地提起,自己看过《孔子是条"丧家狗"》。双渐说:"我前后看了半个月。我虽然不是做这个专业的,但大致都看得懂。这当然是因为你写得深入浅出。"

双渐提到了"天人合一":"我对这个概念很感兴趣。"

他想起来,他在书中将"天人合一"与环境保护联系了起来,而双渐从事的植被恢复和种子收集工作,似乎与此有关。他突然觉得,某种意义上,他和双渐的工作是一致的。他由此感到与双渐又亲近了一层。但随后的谈话,却超出了他的预料。双渐是这么说的:"我与文德斯讨论过多次。文德斯对我说,你试图说服自己,自己是错的,应物兄是对的,但你没能说服自己。"

哦,我们的观点其实不同。

双渐说:"'天人合一'说,其实是一种以宇宙等级秩序来证明人间等级秩序的理论。它与环境保护没有关系。认为它们有关系,或者说,将生态保护意识附丽于它,来提醒人们,当然也不是不可取。文德斯说,这是作为符号的语言能指在历史中增添了新的所指,也就是所谓的托古改制,借古喻今。"

"你的意思是——"

"不是作为学问,而是作为宣传手段,它是有用的。"

"你是说,它不属于认识论范畴?"

"你是住过筒子楼的,那里的公共厕所和水房,为什么会污水横流?是因为它不需要搞干净吗?在我国古代,在儒家思想占主流的时代,我们的环境保护也做得实在不够好。徐霞客的游记里,浙江、江西、湖南、广西、贵州、云南,他一路走下来,多次写到严重的环境破坏,造纸业污染河流,烧石灰污染空气,乱砍滥伐使得'山皆童然无木'。永州、柳州等地名胜,因垃圾遍地而被他形容为'溷围'[1]。是啊,那时候确实没有 PM2.5,没有酸雨,没有臭氧层空洞,

---

[1] 厕所。

但这不是因为人们懂得'天人合一'，而是因为当时的技术还达不到。"

"那你认为，解决生态环境问题，主要靠什么呢？"

"只有三条路可走：全球合作，制度安排，技术创新。这是个系统工程。当然，全球合作，意味着讨价还价。不管他们是否听说过'天人合一'，他们都知道环境保护的重要性，但各国都想搭便车，都想让别人多掏钱。这又跟我前面提到的公共厕所问题一样，属于利益协调机制问题，而不是认识论问题。1984 年的时候，我回来接姨母去北京。那一年大旱，政府用运水车往山里送水。送水给谁吃呢？给在山上砍树的工人吃。他们难道不知道砍树会破坏植被吗？不知道山区大旱与植被破坏有关系吗？知道的。我还记得，乌鸦疯了似的绕着运水车飞，从溅水口抢水喝。那些树运到哪里去了？就我所知，大都运到了日本。日本人又是最注意自己的生态环境保护的。他们跟中国人一样，懂得什么叫'天人合一'。坦率地说，我曾给日本友人写信，告诉他们，我的家乡就是因为日本人大量使用中国的木头才变得童山濯濯的。日本友人除了道歉，还告诉我，这其实涉及技术革新问题。如果能找到替用木材的方案，就可以解决这个问题。后来，我们倒是引进了一些技术，开始大量生产合成材料，这些材料的生产又造成了大量的污染，而且直接对人体造成伤害。这是我们引进技术的同时，隐瞒了那些合成材料会对人体造成伤害的信息。就在桃都山区，就曾经有过十个家具厂，他们都是生产合成木材的。有十几个塑料厂，还有采石场、红砖厂、化肥厂。说来就跟笑话似的，我小时候的一个朋友，在家具厂打工，他被蛇咬了。他没死，蛇死掉了，因为他全身是毒。当然他后来也很快死掉了，不是死于蛇毒，而是死于癌症。在那个家具厂打工的人，五年内死了十七八个人。"

"那些家具厂还在吗？"

"其中最大的家具厂，就是铁梳子的。它还在，只是搬到了更

842

深的后山。我为此找过铁梳子，让她给一个死去的朋友掏出一点抚恤金。她说那不是她的，早就转手了。可有一天，她去厂里训话，让我给碰上了。她说，来，双同志，咱们出去走走。出了门，她说，你抬头往天上看，三百六十度，所有的天空都是我的。我想怎么就怎么。还有个硫黄厂，也是她的。"

"我怎么听说，她是在后山养猪？"

"养猪场就在家具厂旁边。"

为了解释此事，双渐画了一幅地图，标出了养猪场、家具厂、硫黄厂的方位，画出了桃都山区复杂的山脉，干涸的泉眼、砍伐的山林。那些地方，双渐都去过。双渐甚至知道那些村史，知道某个地方曾有过的考古发掘。他画出了山脉、地理和人文，也画出了自己的信念。

"难道铁梳子不知道天人合一的道理吗？知道的。她在双沟村旁边建了个度假村，度假村的广告牌上就写着：天人合一，桃都胜景。"双渐苦笑了一下，说，"说到这些，我不免心情复杂，不知该为自己感到可笑还是可耻还是可敬。"

"可耻？怎么会有这种想法呢？"

"我从不求人，竟然哀求她。这还不是主要的。主要的是那些工人并不理解我。老百姓也不理解我。不理解我也是对的，因为我没能给他们指出一条生路。你不让我干这个，你倒是给我找个能挣钱又不受污染的工作啊？我为什么说这是个系统工程？塑料厂停了，采石场停了，化肥厂停了，空气倒是干净了，你是不是想让大家就喝这西北风啊？"

黄河那边传来的声音突然加重了。应该是有大船通过。那浑厚的背景中，有尖啸的声音。它持续着。你一旦感觉到它，它好像就无法消失了。因为它消失的时候，你感觉到它还在那儿。

"昨天在县城里，杨县长说，这里的空气多么好，多么好。我说，我用鼻子一闻，就知道这里的空气好像也不达标。杨县长受刺激了,说,老百姓生活好了吧,车太多了嘛。他说他跟环保部门的同志说话,环保部门的同志也是一肚子苦水,说,老百姓已经开始闹了。老百姓说,我们开着检验合格的车,烧着达标的油,贴着排放合格的绿标,你却告诉我空气质量差,是汽车尾气造成的。这车不是国家造的? 油不是国家炼的? 合格证不是你们发的? 烧完了,你们说不合格,污染了。难道是开车的姿势不对吗? 我和杨县长,还真是无言以对。"

黄河边传来的声音又加重了。好像是个船队。那声音持续着,经久不散,好像要一直响到天亮。

"我们都只能尽力而为,你说是吧?"他对双渐说。

"是啊,我也告诉自己,问心无愧就好。"

"听说,你的想法就是让桃都山的植被先恢复到九十年代以前的样子,然后是八十年代,然后是七十年代?"

"其实很简单,就是该长树的地方长树,该长草的地方长草。我小时候,桃都山还到处是山泉。山上长着金银花。小姨喜欢用金银花泡茶。其实那山泉水才叫个甜呢。泡什么都比不上它自己。到山上采金银花,偷偷拿到市里卖钱,换些针头线脑。采金银花的时候,随便摔一跤,啃到嘴里的泥都是干净的。"

"双渐兄——"

"到了春天,我喜欢看树发芽。它像婴儿的第一颗乳牙。树枝从窗户伸进来,像孩子戳窗纸,伸进来的是小拇指。"

"双渐兄,我没想到,你还挺浪漫的。"

"不,我一点不浪漫。也非常欠缺想象力。做梦都很有条理,非常现实主义。以前,也去中学和大学讲课,讲课提纲都是一条条的。绝对不会现场发挥。现场发挥的东西,哪怕只是一个细节,如果没有经过验证,就可能是错误的。下了讲台,我就会焦虑。我真的不浪漫。"

有人敲门。双渐愣了一下,然后迅速扑了过去,把门拉开了。

在那一刻,他是不是以为,父亲回来了?

门口站的是一个女警察和两个男警察。他们向双渐敬礼。那个女警察显然是领导,非常正规地说道:"根据领导指示精神,根据党组的决定,我们向双林同志的家属双渐同志,通知如下情况:双林院士已于昨日下午一点零五分,在旧城东边新时代路和皇城路交叉口东一百三十米处的长途汽车站上了车,向东驶去,于两点三十五分驶出桃花峪地界——"

双渐急着问:"人呢?人在哪呢?"

女警察说:"经与济州方面联系,在汇总了相关情况之后,我们认为,双林同志当天晚上已经登上飞往兰州的国航班机。双林同志的家属双渐同志,如果想进一步了解情况,请随我们一起前往公安局值班大队。杨双长同志和孙金火同志正在那里等待着你。他们此时正与兰州方面联系。"

双渐松了一口气,但紧接着问道:"济州能直飞玉门吗?"

哦,显然,双渐已经意识到,双老要去的地方,其实是玉门的核工业基地,也就是那个西北矿山机械厂。就像他在桃花峪所做的那样,他要在那里祭奠英灵。

他送双渐出门。在最后这点时间里,双渐对他说:"我们下次再讨论。你有一个看法,我是认同的。就是将人类命运看成一个共同体。在儒家看来,这个命运共同体的建立,基于彼此的信赖和道德约束。我想,你说的共同体,其实是 Moral community,道德共同体。这个说法,我倒完全认同。但这也是问题的一个方面。人类为什么会犯错?只有两个原因,一个是无知,一个是无耻。好心办坏事,是无知。明知道不对,还要那么干,就是无耻。当然还有既无知又无耻的。在桃都山上广种杜鹃花,就是既无知,又无耻。下次,我们叫上文德斯,一起讨论。"

他说:"我们也听听双老的看法。"

双渐说:"但愿还有机会。"

他说:"我在济州等你们。"

车在院子外面停着。当双渐在夜色中匆匆向门口走去的时候,他有一种强烈的冲动,就是陪双渐一起去。车子在夜色中消失了。他想到了一个词:孤身长旅。但愿双老一切都好,但愿他们父子团聚。

因为知道了双老的下落,我们的应物兄感到宽慰了许多。临睡之前,他终于有心情去处理一些必不可少的公务了。那是两份用微信发来的请示报告。微信截屏显示,葛道宏和董松龄已经画过圈了。等他画圈之后,就可以传给吴镇画圈了。两份报告都是章学栋提交的。章学栋认为,程家大院的屋顶设计,应在原稿的基础上略加改动。这种改动当然是参考了故宫和孔庙的屋顶。故宫和孔庙的屋顶,虽然从来没有人打扫,但任何时候都很干净,既没有落叶,也没鸟兽的粪迹。原因是屋顶的建筑坡度很大,建筑材料很滑,鸟兽不容易在上面落足。还有一个原因,是房檐柱的通径很大,远远超过了鸟爪子能张开的程度。如此改动的另一个好处,是可以有效地防火防盗。

另一份报告其实是章学栋替唐风转交的建议,即将一个厕所放到其中的一个小院子的西南角。这有两个原因:一、按照风水学理论,西南为"五鬼之地",在八卦中为煞位(白虎星),不宜建卧室,只宜建厕所,也就是用秽物镇住那白虎星;二、济州的风向,要么是西北风,要么是东南风,厕所建在那里可防止味道向院中扩散。

唐风还有一个建议,以前大院里的厕所是不分男女厕所的,现在既然成了太和研究院,那还是要分开。考虑到程先生也关心生态环境问题,所以唐风建议在厕所的男女标志上做点文章,女厕所门楣上雕刻长颈鹿图案,男厕所门楣上则雕刻大象图案。他不解其意,给章学栋发了微信,问为什么用这两个动物?这两个动物为什么可以代表两种性别?章学栋说,其实他也不清楚,问了唐风才知道怎么回事。原来,唐风指的是,长颈鹿撒尿的时候两腿要分开,和女性上厕所有相似之处;而大象用鼻子喷水,所以可以用来代表男性。

他通过微信,对前两个建议画了圈,对最后一个打了叉。哦,我所能做的,就是尊重风向,让臭味、臊味飘向远方。我所能做的,就是在大象的鼻子上打个叉。董松龄不是要求在"太研"装上日本马桶吗?有了日本马桶,哪里还有臭气?

由他去吧!

这天晚上,到了后半夜,他似乎听见外面有匆匆的脚步声。那声音是从浑厚的涛声中浮现的,若有若无。有那么一会儿,他失神地望着窗外的月亮。那是黄河上的月亮。它不是升起于浩渺人世,而是在时间的长河中升起,在亘古的原野上升起。它在空中,在所有的屋顶、树木、山巅之上,在被黄莺的泪水打湿的"最高花"之上。它的颜色和黄河一样,也是黄的。它在浩瀚的天宇飘动,飞行,旋转,呈金黄色。他注视着月亮,月亮也注视着他。在他和月亮之间,浮动着如云似雾一般的幻觉。他同时想到,月光下的河面一定也是一片金黄。但随后,他否定了自己的想象。他知道,月光下的大河只能是黑沉沉的,如铁流一般。

此刻,双林院士也看着这月亮吗?

后来他又迷迷糊糊地睡着了。他赤条条地躺着。无论平躺,还是侧身,还是肚皮朝下,他都能感到月光照着他。在睡梦中,月亮,那荏苒的烟球,向西边飘去。黎明的微风吹着他,凌晨的霞光洒向他。在半梦半醒之间,他真想就这么躺下去,忘却"太研"的一切。

86.芸娘

芸娘!从芸娘那里打来的电话!电话虽然不是芸娘亲自打来

的,但接到芸娘保姆的电话,他还是满心喜悦。保姆说:"芸娘想见你,如果你有时间,就见一面。"这么说,芸娘身体好了?可以待客了?太好了。他几乎同时想到了陆空谷,想把这个喜讯与陆空谷分享。可惜,陆空谷不在济州。他甚至异想天开地想到,要不要打电话把陆空谷从美国叫来?哦,她现在到底在哪里呢?是回了美国,还是又去了别的地方?

他上次见到芸娘,就是为了安排她们见面。出乎他的意料,芸娘不仅知道陆空谷,还知道陆空谷是武汉人,还知道她的小名就叫六六。而且,芸娘还知道陆空谷对儒学并不太感兴趣。但说到见面,芸娘却推掉了。

"等我身体好些了,再见不迟。"芸娘说。

"下周呢?"

"你什么时候成了大夫?下周身体就好了?"

"肯定好了。"

"好了,也不见。"芸娘说,"谁让她那么年轻漂亮呢?我可不想在她面前显得太老。要不,干脆等我走不动了,坐上了轮椅,你再推着我去见她?"

随后芸娘就把这个话题放到了一边。芸娘说:"我还是从姚先生那里知道,你在筹备儒学研究院。我还有点不敢相信呢。"

"本该早点告诉您的。"

"听说在国际儒学界呼风唤雨的程济世,要在济州安营扎寨?"

"是啊,程先生也算是叶落归根。"

"这么说,我得到西安置办房产。不,不是西安,是西柏坡。我得到西柏坡挖两个窑洞。"

芸娘祖籍济州,祖父逃荒到了西柏坡,但她生在西安,上大学是在上海,她是为了读姚鼐先生的研究生才来到济州的。

"芸娘,我知道,您不喜欢他。"

"喜欢?不喜欢?我没有你感觉到的那种感觉。因为我对他没有感觉。"

"你是不是也不喜欢我研究儒学,去研究那些故纸堆?"

当他这么说的时候,他心中有凉意,就像下了雪。

"我可没这么说。听说你们的研究院,名叫太和?"

"你是不是不喜欢这名字?"

"我也不喜欢自己。医生说,你要再不好好注意身体,说不定哪天就倒下了。我倒没被吓住。一个哲学家,一天要死三次。为什么要死三次,因为他对自己有怀疑,他不喜欢自己。孔子也不喜欢自己,也有很多人不喜欢他,不然不会成为丧家狗。如果人人都喜欢耶稣,耶稣也不会被钉上十字架。"

"这么说,您没意见了?"

"对孔子,我是尊敬的。没有喜欢不喜欢。你知道,我有时候会怀疑存在着真正的思想史学科,因为思想本质上不是行为,它只能被充分思考,而无法像行为一样被记录。好像只有儒学史是个例外。所以,我对你的研究儒学是理解的,充分理解。"

"谢谢您的理解。"

"小应,我知道,你研究儒学、儒学史的时候,你认为你仿佛是在研究具有整体性的中国文化。它自然是极有意义的。但你知道,我知道你知道,我们今天所说的中国人,不是儒家意义上的传统的中国人。他,我说的是我们,虽然不是传统的士人、文人、文化人,但依旧处在传统内部的断裂和连续的历史韵律之中,包含了传统文化的种种因子。我们,我说的是你、我、他,每个具体的人,都以自身活动为中介,试图把它转化为一种新的价值,一种新的精神力量。"

他很想告诉芸娘,程先生也说过类似的话。

那是在北京大学。程先生说,我们今天所说的中国人,不是春秋战国时期的中国人,也不是儒家意义上的传统的中国人。孔子此时站在你面前,你也认不出他。传统一直在变化,每个变化都是一次断裂，都是一次暂时的终结。传统的变化、断裂，如同诗歌的换韵。任何一首长诗，都需要不断换韵，两句一换，四句一换，六句一换。换韵就是暂时断裂，然后重新开始。换韵之后，它还会再次转成原韵，回到它的连续性，然后再次换韵，并最终形成历史的韵律。正是因为不停地换韵、换韵、换韵，诗歌才有了错落有致的风韵。每个中国人，都处于这种断裂和连续的历史韵律之中。

芸娘，其实你们对历史的看法，有着相近之处。

为什么？这是因为孔子其实始终与我们相伴，亦远亦近，时远时近。

他又听见芸娘说："噫吁嚱，蜀道之难！这里面涉及的问题太多了，你要穿越各种历史范畴、文化范畴、地域范畴，或许还有阶级范畴。我是想告诉你，尽力而为，问心无愧即可。无常以应物为功，有常以执道为本。我有时候，难免要退一步。你看，这些年，我经常看的，都是那些故纸堆。我也不觉得这是消极。因为我有个积极的榜样啊。这个榜样就是闻一多先生。闻先生也研究故纸堆，而且还研究得津津有味。"

哦，世上唯一能理解我的，就是芸娘。

事实上，没等芸娘说完，他就觉得所有的阳光都扑向了雪。

如前所述，姚鼐先生的老师是闻一多。芸娘本人不仅研究故纸堆，而且研究闻先生怎么研究故纸堆，她的硕士论文《杀蠹的芸香》研究的就是闻先生与传统文化的关系。闻先生虽以诗人名世，以民主斗士名世，但首先是一个研究中国传统文化的学者。在一封写给友人的信中，闻先生曾以"杀蠹的芸香"来形容自己的传统文化研究：

你想不到我比任何人还恨那故纸堆，正因恨他，更不能不弄个明白。你诬枉了我，当我是一个蠹鱼，不晓得我是杀蠹的芸香。虽然二者都藏在书里,它们作用并不一样。①

芸娘认为,以"杀蠹的芸香"自喻,透露了闻一多先生对于传统文化的认知方法:通过一系列卓有成效的校勘、辨伪、辑佚和训释,闻一多先生对浩繁的中国古代典籍,进行了正本清源、去伪存真、汰劣选优的工作,在传统文化研究中引进了"五四"新文化运动所开启的思想成果。他虽然是在古代文献里游泳,但他不是作为鱼而游泳,而是作为鱼雷而游泳的。他虽然是夹在典籍中的一瓣芸香,但他不是来做香草书签的,而是来做杀虫剂的。芸娘这篇论文完成于 1985 年,它在相当大的程度上象征了一代学人在上个世纪八十年代的思想和情绪。而她之所以给自己取了"芸娘"这个笔名,就与闻先生这段话有关。

那么,她为什么不叫芸香而叫芸娘呢? 这好像是个谜。有一种说法认为,"芸香"虽是"杀蠹的芸香",但还是有些脂粉气,所以她不愿意用。另一种说法则与此完全相反。"芸香"这个名字太好了,她都舍不得用了,想给女儿留着。既然希望中的女儿名叫芸香,她自然就是芸娘了。她确实想生个女儿的。芸娘后来没有生育的原因很简单。她的丈夫患有 X 连锁隐性遗传病,他是红绿色盲。一想到女儿生下来就是隐性携带者,她就提前觉得亏欠了世界。

不过,对于"芸娘"二字,应物兄倒有另一种解释:芸者,芸芸也,芸芸众生也;芸娘,众生之母也。这种解释,并非矫情。他确实

---

① 见闻一多 1943 年 11 月 25 日致臧克家的信,转引自芸娘的硕士论文《杀蠹的芸香》。芸香,最早见于儒家经典著作《礼记·月令》:"(仲冬之月)芸始生。"郑玄注曰:"芸,香草也。"晋人成公绥著有《芸香赋》,其中有"美芸香之修洁,禀阴阳之淑精"之句。宋代沈括在《梦溪笔谈》中写道:"古人藏书辟蠹用芸。芸,香草也,今人谓之七里香者是也。叶类豌豆,作小丛生,其叶极芬香,秋后叶间微白如粉污。辟蠹殊验,南人采置席下,能去蚤虱。"宋代词人周邦彦在《应天长》(条风布暖)中写道:"乱花过,隔院芸香,满地狼藉。"芸香为多年生草本植物,但又常被误认为是木本植物,因为其下部为木质,故又称芸香树。民间又称之为"臭草""牛不吃"。芸香夏季开花,花为黄色,果实为蒴果。花叶皆可入药,性平,凉。味微苦,辛。有驱虫抗菌、平喘止咳、散寒祛湿、行气止痛之效。

觉得,在她的身上,似乎凝聚着一代人的情怀。芸娘曾兼任过他们的辅导员,所以外地的同学来到济州,常常会让应物兄陪同去见芸娘。有一次他陪着费边去见芸娘,听到费边的那句话,他才知道费边其实也是这么想的。费边对芸娘说:"对我们来说,您就像古代的圣母。"芸娘顿时像个女孩子似的,满脸羞红。

随后,芸娘拒绝了这个说法:"圣母,这是一个残酷的隐喻。女人通往神的路,是用肉体铺成的。从缪斯,到阿芙洛狄忒①,到圣母玛利亚。这个过程,无言而神秘。它隐藏着一个基本的事实:肉体的献祭!"

肉体的献祭! 这个早上,当他想到芸娘提到的这个词,他突然有些不祥的预感。所以,当芸娘保姆又给他打电话,通知他见面的具体时间和地点的时候,他就连忙追问芸娘的身体到底怎么样了。

保姆说:"这几天还好。"

在应物兄的记忆里,芸娘是最早雇用保姆的人。这个保姆她用了很多年了。她们待在一起,就像姐妹。保姆的生活习惯基本上与芸娘保持一致,只是对那个习惯的理解有点不一样。比如喝茶,芸娘除了喝绿茶还喝减肥茶,喝绿茶是因为爱喝绿茶,喝减肥茶则是因为她受制于美学暴力。她开玩笑地说,对女性而言,夫权和陪葬属于伦理暴力,镜子和人体秤属于美学暴力。保姆呢,喝减肥茶是因为它是用麦芽做的,喝下去肚子里踏实;喝绿茶呢,则是因为看着杯中的绿茶,就像看到了麦苗,喝下去心里踏实。芸娘开玩笑说,看到了吧,她也受制于美学,食物美学。

由于芸娘研究现象学,研究语言哲学,何为教授主编的《国际中国哲学》曾约他写一篇关于芸娘的印象记。何为教授在约稿电话里说:"就像闪电、风暴、暴雨是大气现象一样,哲学思考是芸娘与生俱来的能力。她说话,人们就会沉寂。嫉妒她的人,反对她的人,都会把头缩进肩膀,把手放在口袋里。人们看着闪电,等待着

---

① 阿芙洛狄忒,希腊神话中的爱与美的女神,与情人生下爱神厄洛斯。

大雨将至。空气颤抖了几秒,然后传来她的声音。"芸娘曾听过何为教授的课,并参加过何为教授在家里组织的研讨会。显然,这是年轻时候的芸娘留给何为教授的印象。

但这个印象记,他却没有写。

如果说她是"圣母",那么她肯定是另一种意义上的"圣母",一个具有完整心智的人,一个具有恶作剧般的讽刺能力的人,一个喜欢美食、华服和豪宅,又对穷困保持着足够清醒的记忆和关怀并且为此洒下热泪的人,一个喜欢独处又喜欢热闹的人,一个具有强烈怀疑主义倾向的理想主义者,一个哲学学生,一个诗人,一个女人,一个给女儿起名叫芸香却又终生未育的人。

他觉得,他没有能力去描述芸娘。

对于芸娘,他怀着终生的感激。他的第一本学术专著,是关于《诗经》与《诗篇》的比较研究,就是在芸娘的帮助下完成的。他还记得芸娘当时说过的话。当他对芸娘说,在《诗篇》中上帝无处不在,而在《诗经》中上帝是缺席的,所以他很难找到这项研究的基石的时候,芸娘说:"你是在二十世纪末写这本书的,这个上帝已经不仅仅是《圣经》中的那个上帝。你应该写出人类存在的勇气。存在的勇气植根于这样一个上帝之中:这个上帝之所以出现,是因为在对怀疑的焦虑中,上帝已经消失。"

按照济州大学当时的惯例,研究生出版一本书,就应该在阶梯教室举办一个学术讲座。多年之后,有一天芸娘整理书柜,翻出了当初他做讲座时的照片,那其实是芸娘悄悄为他拍下的。看到自己那时候的形象,他顿觉恍若隔世。芸娘开玩笑地对弟子们说,你们看,八十年代的应老师,分明是个帅哥嘛:头发一定要长,胡子要连着鬓角;通常不笑,笑了一定是在表达骄傲;腰杆笔直,托腮沉思的时候才会偶尔弯腰;目光好像很深邃,哪怕看的是窗口的臭袜子,也要装作极目远眺。芸娘对弟子们说:"八十年代,头发留长一点,就算是打扮了。"

他当时准备得很充分，口若悬河，妙语连珠。他虽然非常骄傲，但他也没有忘记公开感谢乔木先生和芸娘对他的指导，他把每位朋友都感谢到了，包括文德能、郏象愚、伯庸和小尼采。关于芸娘对他的指导，他还特意提到另外一个例子。《诗经》中有一首《匏有苦叶》①，是关于济河的，最后一句是"印须我友"。他说，芸娘说了，这首诗中出现了一个人称代词。

他在黑板上写下了那个字：印。

他说："这个字读作 áng，'印'就是'我'。我们济州人以前说'我'不说'我'，而说'印'。跟'我'的发音比起来，它更加昂扬。'印'通'昂'，是激励的意思。司马相如《长门赋》里说，'意慷慨而自印'。'印'又通'仰'，是仰望的意思，《国语》中说，'重耳之印君也，若黍苗之印阴雨也'②。所以，在《诗经》时代，人的主体意识，女人的主体意识，是非常强的。芸娘告诉我，一个词若有两种或两种以上的意义，那就必须把它们同时保持在视线之内，仿佛一个在向另一个眨眼睛，而这个词的真正意义，就在这眨眼之间呈现了。"

乔木先生虽然没听他的讲座，但听说了所谓的"盛况"。乔木先生表扬了他，说："看来，你天生该吃粉笔灰。"

两天之后，他收到了芸娘的一封信，其中有一段话他后来经常引用：

> 强悍的智慧是必要的，但或许不是最必要的。太丰富的想象、太充裕的智力、太流畅的雄辩，若不受到可靠的适度感的平衡，就可能忽略对于细微差别的思考。真正的学者谨慎地倾向于回避这些品质。你提到"重耳之印君也，若禾苗之印阴雨也"，这里的"印"含有"希望"之义，而美好的希望常常几

---

① 《诗经·邶风·匏有苦叶》："匏有苦叶，济有深涉。深则厉，浅则揭。有弥济盈，有鷕雉鸣。济盈不濡轨，雉鸣求其牡。雍雍鸣雁，旭日始旦。士如归妻，迨冰未泮。招招舟子，人涉印否。人涉印否，印须我友。"

② 《国语·晋语》："重耳之印君也，若黍苗之印阴雨也。若君实庇荫膏泽之，使能成嘉谷，荐在宗庙，君之力也。"

854

乎不能实现而又隐含在有可能实现的魅力当中,有如在无枝可栖的果实的反光中,隐约地映现出新枝的萌芽。

称之为耳提面命,似不为过吧?芸娘对于"或许""可能""倾向于""尽可能""而""却""几乎"这些词语的高频率的使用,尤其使他印象深刻:她排斥绝对性,而倾向于可能性;她尽可能地敞开各种可能性的空间。

如前所述,八十年代末、九十年代初,他虽然读的是古典文学专业,但他更大的兴趣是阅读西方的哲学和美学著作,每有所得,必亢奋不已;遇到啃不动的难点,则又沮丧颓唐。这些当然都没有逃过芸娘的眼睛。有一天芸娘找他谈话,劝他去读一些小说,劝他去翻阅史料。芸娘的话,直到现在他还记着呢:"神经若是处于高度亢奋的状态,对于身心是不利的。沮丧有时候就是亢奋的另一种形式,就像下蹲是为了蹦得更高。一个人应该花点时间去阅读一些二流、三流作品,去翻阅一些枯燥的史料和文献。它才华有限,你不需要全力以赴,你的认同和怀疑也都是有限的,它不会让你身心俱疲。半认真半敷衍地消磨于其中,有如休养生息。不要总在沸点,要学会用六十度水煮鸡蛋。"

他突然想到,筹备太和研究院,我是不是过于亢奋了?

因为亢奋,所以沮丧?因为蹦得太高,所以加速下坠?

当然,考虑到芸娘身体欠安,这些话还是不提为好。他对自己说。

这天,如果保姆不专门提醒他,他很可能就找到芸娘家去了。每次去芸娘家,他都得仔细想一想,芸娘这会搬到哪了。从上世纪九十年代开始,芸娘多次搬家。九十年代初的时候,济州城南北只有十五公里,市中心有一个人民广场,广场上正中心是毛泽东的汉白玉雕像。如果你拿一把尺子,从雕像头发的中分处画一条线,然后向身前身后延伸,那就是济州的中轴线了。芸娘最早的家,就在这条中轴线上,离广场只有几百米。但她很快就从市中心搬到市郊,因为她觉得太闹了。当市郊又变成了繁华地带,她就再向远处搬迁。她是为了求得一个"静"字,也为了接近田野和树林。应物兄和乔姗姗刚结婚那会,有时候会到芸娘这里过周末,然后在林间吃烧烤。有时候吃着吃着,乔姗姗就发火了,两个人就闹起了别扭。这时候,芸娘是两边都劝。她曾对他说:"小应,我给你们两个都支过招。因为我爱你们。给两个人支招是什么感觉？就像自己跟自己下棋。"她确实爱他们！他们结婚时佩戴的那对钻戒,就是芸娘送的。后来,当他们再闹别扭,去找芸娘说理的时候,却扑了个空,因为芸娘又搬到了市中心。芸娘开玩笑说,既然要闹,就闹个彻底,就算是闹中取静吧,相当于大隐隐于朝。

这天,奇怪的是,保姆通知他说,芸娘是在姚鼐先生家里等他。

姚鼐先生和乔木先生住的是同一幢楼,只是分属两个单元。两套房子的楼层和格局完全一样。它们的客厅,甚至共用了一堵承重墙。

保姆看了看表,悄声对他说:"芸娘一早起来送客人去机场,累了。再等半个小时,可以吗？"

保姆话音没落,芸娘就在里面说:"我这就起来。应院长来了,没有远迎,已经失礼了。"

他赶紧说:"您休息一会儿,我也刚好要处理一点事情。"

这话倒不全是客套。

他要回复吴镇的短信。吴镇说,铁槛胡同的住户还没有完全搬走。因为厕所已经填了,所以很多人随地大小便。有些妇女也会这么干。月光下,她们蹲在墙根,上衣撩起,撅着屁股,就像奶牛。吴镇急了,一急就冒出了个歪主意:赶紧给学校保安队队长打个招呼,带上警棍,来个大扫荡。吴镇还说,这事要放在天津,不是吹的,陈董把坦克都开过来了。当然是吹的！

他让吴镇直接去找董松龄。

吴镇说:"行,有你这句话,就行。你看到了,我从不越权。"

桌子上有一束芸香。它散乱地插在一个土黄色的汉代陶罐里，已经枯萎。几片花瓣落在桌面上，就像从木纹里开出的花。保姆把那几瓣花捏了起来。他问保姆，为何不往罐子里注水？保姆说，芸娘说了，让它变成干花再收起来。

客厅里，八个书柜一字排开，最左边那个书柜，放的是马恩全集以及不同国家不同流派的人撰写的关于马恩的研究专著。其余的则大都是线装的古书。有一个书柜上放着一只闹钟，书柜的一角挂着一只葫芦，是可以开瓢的大葫芦，上面有烙铁烙出的画。张光斗曾说，姚鼐先生的办公室里有一只葫芦，上面烙烫的是济河的古渡口。那只葫芦他没见过，这只葫芦他以前倒是见过，烙铁在上面烫出了济河入黄口的景象，入黄口的左边也有一个渡口。将军发白马，旌节渡黄河。明月黄河夜，寒沙似战场。有人说，那幅烙画是明代人的作品，姚鼐先生说，怎么会是明代呢？烙画虽然源于西汉，盛于东汉，但元代以前已经失传，是清代一个鸦片鬼无意中用烧红的烟扦烫出了烙画，才渐渐被重新发明出来的，所以那个葫芦只能出自晚清。不过，对于那个渡口，姚鼐先生是有深刻的历史记忆的。他说，从崇祯十五年到一九四八年，那里一直是兵戈相向之地、捉对厮杀之所。死的人太多了，你在岸边随便挖个坑，都能看到累累白骨。栾庭玉最早计划的硅谷，其实就是要从这里向东延伸，延伸一百零三公里，直到桃花峪。

窗外树枝摇曳。那是悬铃木的树枝，很粗壮。很难想象，一棵树能长九层楼那么高。这株树，与乔木先生客厅外的那株树，其实是同一株树。那株树是他们刚搬来的时候栽下的。只用了十几年时间，它就长成了参天大树，如同古木。每次看到那株树，那个古老的感慨就会在他的脑子里一闪：树犹如此，人何以堪？悬铃木的一只果球突然弹向了玻璃，咣的一声，变得粉碎。那是去年的果球。今年的果球已长大，去年的果球还挂着。它将在风中被时间分解，变成令人发痒的飞絮，变成粉末，变成无。

墙上挂着一幅油画，《错开的花》。上面画着夕阳中的泡桐，花椒树，麦秸垛，还有田野上的拾穗者。泡桐下的花椒树正开放着圆锥形的小花，但麦秸垛上面却覆盖着几片残雪。而那个拾穗者，正手搭凉棚眺望天上的流云。这幅画其实是芸娘早年的习作。芸娘认为它是半成品。她没有再画下去，是因为她觉得不管怎么画，都无法画出自己的感觉。芸娘也做过两年知青，那或许是她对知青生活的回忆。这幅画曾经挂在芸娘的书房，芸娘有一天说，画得太难看了，谁想要谁拿走。当然没有人拿。没想到，这幅画跑到这里来了。

姚鼐先生此时住在二里头。即便身在济州，他也很少住在校园里。镜湖边上的这套房子，姚鼐先生平时就交给芸娘照看。他现在知道了，双渐去桃花峪接双林院士的当天，芸娘就派人把这套房子收拾干净了。按保姆的说法，姚鼐先生打电话了，要求把双林院士接到这里。姚鼐先生说，双林院士住到这里，乔双二人若想见面，敲敲墙，就可以约到阳台上，想抬杠就抬杠，不想抬杠就做伴晒太阳。"他说，他最喜欢听两个聋子抬杠。"保姆说。

其实，乔木先生和双林院士只是耳背而已，并不太聋。

聋的是姚鼐先生自己，必须戴助听器。

双林院士没来济州，看来这房子是白收拾了。

芸娘出来了。可能是觉得空调开得太凉，芸娘围着纱巾。好在气色不错。芸娘前段时间非常消瘦，这会儿好像恢复了一些。

芸娘说："我在哄孩子睡觉。"

那是保姆的小孙女，五六岁的样子。这天是周末，没上幼儿园。

芸娘说："孩子身上的味道太好闻了。断奶这么久，还有一股奶香味。"

保姆有点不好意思，说："是奶腥味。"

他拿着遥控器要关空调，芸娘说："不用关。我的脖子涂了点药,才围了纱巾。"他当然不知道,这是善意的谎言。

芸娘说:"谭淳刚走。"

谭淳?程刚笃的母亲?她什么时候来了?哦,陶罐里的那束芸香原来是谭淳送的。芸娘又说:"她在此住了一天。我让她住家里,她不去。她也不愿住宾馆,想当天就走。那就只好安排她住这。我刚才去机场送她了。我有一种感觉,这是我最后一次见她了。"

"你是说,她不会回来了?"

"她就是回来,我们也不会再见面了。"芸娘说。

"她来了就走,是要办什么急事吗?"

"她回来给父亲扫墓。在坟前哭了一场,眼泡都哭肿了。她当然也想顺便看看先生①。但我听出来了,她这次回来,主要是为了见一个人。"

他觉得自己有点自作多情了:她想见的,难道是我?当然,这话他没说。接下来,他听见芸娘说:"她见了你的弟子小易。"哦,程刚笃,你真是不知羞耻。和易艺艺的那点丑事,你也敢跟你母亲说?

"小易写信告诉程刚笃,说她怀孕了。"

"什么时候怀孕了?"他着急地问道,"程先生知道吗?"

"谭淳没说,我也没问。"

但愿程先生还不知道。他听见自己问道:"她见易艺艺,是要劝她把孩子——"他没把"打掉"两个字说出来。

芸娘准确地理解了他的意思:"对,她要劝小易去做手术。"

"她们见过面了?"

"她是见过小易才跟我联系的。小易告诉她,手术已经做了。谭淳说,她为女人难过。我责备了她两句。动不动就把自己放到一个'类'里面。你为自己难过,我可以理解。为小易难过,我也可

---

① 姚萧。

以理解。但你要说你为女人难过，我好像就不敢苟同了。她说，小易表现得很镇定，这让她有点意外。我说，孩子很镇定，你慌什么，难过什么？"

"做了就好。"他听见自己说。

"话虽如此，我还是要提醒你，小易还小，她的镇定不是镇定，不是思考之后的结果。她告诉谭淳，她是无神论者，所以不要替她担心。谭淳说，正因为你是无神论者，所以我才替你担心。小易就说，那好，我明天就去信个教。这话很不真实。她的生活很不真实。你要留意。你不妨找她谈谈。"

"你是说，她说了谎，没打掉？"

"我说的不是这个。我是说，小易可能都不知道自己说了什么。一个不知道自己说了什么的人，她的话就是不真实的。她的生活也是不真实的。"这时候保姆过来，在芸娘的腿上盖了一条薄毯子。他再次要关空调，但被芸娘拦住了。"一切真实都是变成的。一个二十多岁的姑娘，她的无神论只是一种抽象的无神论，是不合实际的。无神论也是慢慢获得的。一些哲学家到了他的老年，才能最终成为一个无神论者。这个时候，他的无神论才是具体的真实的无神论。小易显然不是。不然她不会说，她明天就去信个教。"

他脑子里一闪：我呢？我是一个真实的儒家吗？当然，这话他没说。

"你尽快找小易谈谈。"

芸娘的话，他向来都是听的。但这件事，他觉得，芸娘可能想得复杂了。也就是说，他嘴上说会跟易艺艺谈谈，心里却知道自己不会去找她的。他想，芸娘对现在的年轻人，尤其是易艺艺，可能不够了解。易艺艺是不会太当回事的。要是当回事，反而好了。易艺艺是什么人？这个丫头，好像天生就是给别人当情妇的。道德感、羞耻感、贞操观念，在她那里都快成负数了。就在前些日子，巫桃还跟他说,有一天易艺艺来家里送了两只鸡,刚好有个学书法的官员在客厅里。乔木先生提到晋代书法家卫夫人的一句话:"多力丰筋者圣,无力无筋者病。"①乔木先生不便给那个官员多解释,就故意问易艺艺:"这话你懂吗?说说看。"易艺艺张口就来:"用力过猛牛×,肾虚手抖傻×。"

乔木先生惊得眉毛都要掉了。按巫桃的说法,这丫头,嘴得缝上了。

他想,芸娘一定是担心易艺艺会做出什么傻事。

怎么可能呢?他想起卡尔文说过,他以前在坦桑尼亚的女朋友,打胎第三天就要上床,说闲着也是闲着。易艺艺可能就是这样的人。

他对芸娘说:"她?没事的。出了事,我兜着。"

保姆把几片药给了芸娘。当着保姆的面,芸娘好像服下了药。当保姆去放杯子的时候,芸娘把手展开了,朝他亮了一下。那几片药还在她的手心。她说:"我告诉她没事,她就是不信。没办法,我只好骗骗她。"

此时的芸娘,就像个俏皮的孩子。

87. 1983年

1983年春天,一个晚上,正读二年级的应物兄,随着辅导员芸娘第一次来到姚鼐先生家里。姚鼐先生当时住在苏联专家当年援建的楼房。楼梯嘎吱作响,楼顶经常漏雨。从廊上能看到被分割成不同形状的天空。有时候能看到老鼠搬家。它们拖家带口,以小分队的形式溜着墙根疾速前进。

一个姑娘在楼梯口等着芸娘。

---

① 见〔晋〕卫铄《笔阵图》。

她就是谭淳,本来学的是外语,由于对历史感兴趣,她准备报考历史系的研究生。她也写诗,经常把自己的诗拿给芸娘看。芸娘自然鼓动她考到姚鼐先生门下。这也是她第一次来见姚鼐先生。她很漂亮。"漂亮"这个词用到女人身上,是最无力的,基本上等于什么也没说,但除了"漂亮",他还真的找不到别的词。也就是说,她的漂亮是那种规规矩矩的漂亮,眉眼、脸盘都没有什么特色,但组合到一起,却给人一种漂亮的感觉。她穿着讲究,比一般的大学女生要讲究得多,是那个年代少有的灰色风衣。她一头长发像溪流一般。她显然知道自己的漂亮,这从她那摆动头发的动作就看得出来:好像摆动的只是头,只是头的后半部分,颈部以下是不动的。她高傲得就像女王,哦不,是公主。

她对芸娘说:"我还没决定,考还是不考。"

芸娘说:"报考时间还早着呢,不急着定。"

她说:"我一直没告诉你,父亲想让我去香港。"

芸娘说:"你自己决定。"

她显然是个大胆的姑娘,因为她谈到了在内地还属于禁忌的名字:邓丽君。她说,她前段时间去香港探亲,发现在那里可以大大方方地听邓丽君的歌。这么说的时候,她随口哼了两句《何日君再来》:"好花不常开,好景不常在。"

芸娘说:"如果为了父亲去香港,我可以理解。但如果只是为了一首歌,那就没有太大的必要了。"

她说:"我离开香港时,父亲放了这首歌。"

芸娘没再接话。

现在看来,那天她来到姚鼐先生家里,其实是想找到一个理由:留在大陆的理由,或离开大陆去香港的理由。

姚鼐先生的客厅里已经围坐了七八个人。这些人都是姚鼐先生的弟子。有的弟子已经四十多岁了,是姚先生"文革"前的弟子。

姚鼐先生正在讲述闻一多先生。那是追忆,是深情的缅怀,但口气却是轻松活泼的。当然,如果仔细听下去,你就可以感觉到,作为历史学家和考古学家的姚鼐先生,其实辞约而义丰。前面是怎么讲的,他们不知道。他们听到的第一句话,是关于闻一多先生的胡子。

闻先生公开声明:抗战不胜,誓不剃须。他的胡子是山羊胡子,下巴上有,别的地方没有。不对,别的地方也有,即上髭,又浓又黑,像个"一"字。都看过闻先生那张木刻像吧?就是口衔烟斗的那张?他回头侧身看你,目光既冷且热,如同他的内心世界。

闻先生上课,总带着一个笔记本。笔记本很大,像小案板,像画夹,毛边纸做的。闻先生的字,是正楷,字体略长,一丝不苟。不是因为他是恩师,才说他的字一丝不苟。真的是一丝不苟。闻先生写字,用的是别人用秃的笔。秃笔写小楷,如纸上刻字,那字如铭文显于珠黄。

他夹着笔记本进来,点上烟斗,立即开讲:"痛饮酒,熟读《离骚》,乃可以为名士。"战国之后,最适合讲楚辞的,即是闻先生。这一点,乔木先生也是认的。乔木先生说,闻先生是不发牢骚的屈原。闻先生是太阳吟,屈原是月亮赋。太阳可以照亮月亮,月亮不能照亮太阳。这话讲得好。

闻先生讲《湘夫人》,缓缓吟诵道:"帝子降兮北渚,目眇眇兮愁予。袅袅兮秋风,洞庭波兮木叶下。登白薠兮骋望,与佳期兮夕张。"先是满面愁容,而后双目悲戚,随后举目四望,心驰神往。闻先生的视野,非一般人所能及也。讲晚唐的诗,闻先生能联系到西方印象派。闻先生说李贺的诗,最像印象派。闻先生曾在芝加哥美术学院学画,他的画也受印象派影响,用各种颜色代替阴影,用粗壮的笔调大勾大抹。闻先生之死,是现代中国最重要的文化事件:现代中国与中国传统和西方的对话,暂时搁浅了。

闻先生喜欢晚唐的诗。但说到最喜欢的唐诗,闻先生却首选初唐张若虚的《春江花月夜》。闻先生说，那是诗中的诗，顶峰上的顶峰。乔木先生说，张若虚就这一首诗，所以他是名诗人，不是大诗人。闻先生不这么看。闻先生说，只要有这一首名诗，就是大诗人。呜呼！孤篇压全唐！满天星斗多而不够，孤灯一盏少而足矣。然而，《春江花月夜》又是一首虚无的诗。闻先生如此喜欢，大有说头，但后人少有提及。人生代代无穷已，江月年年只相似。这虚无中，又有积极。一种积极的虚无主义。一轮孤月徘徊中天，大江急流，奔腾远去。一种相思，两地离愁。闻先生说，落月摇情满江树。"摇情"二字，情韵袅袅，最是摇曳生姿。

应物兄注意到，谭淳似乎被打动了。

谭淳把风衣脱下，叠好，放在膝上，对芸娘说："好，我不走了。"

姚鼐先生说，闻先生受他的老师梁启超影响甚巨。对梁启超先生，闻先生向来直呼其名：梁任公。闻先生讲，梁任公给弟子们讲乐府诗《公无渡河》①，先把那首古诗写在黑板上，微闭双目，摇头晃脑，吟道："公、无、渡、河——好！"然后又是"公、无、渡、河——好！"然后再吟："公、竟、渡、河——好！"然后又吟："堕河——而死——将奈——公何！好！真好！实在是好！"众人虽没见过梁任公，但经由闻先生，梁任公音容宛在。

姚鼐先生说，闻先生此时就是梁任公。梁任公就是闻先生。梁任公有多么陶醉，闻先生就有多么陶醉。梁任公有多少伤悲，闻先生就有多少伤悲。闻先生说，梁任公虽无半句解释，众人却无不身临其境。尔后，闻先生模仿梁任公先生喊道："谁上来？擦黑板！"众人愣神片刻，方知此时身在教室，而非大河之畔。大师授课，即是如此。只述本事，境界已出。不著一字，尽得风流矣。闻先生授课，如重写古文、重雕玉器、重烧彩陶。

---

① 《乐府诗集》引崔豹《古今注》："子高晨起刺船，有一白首狂夫，被发提壶，乱流而渡，其妻随而止之，不及，遂堕河而死。于是援箜篌而歌曰：'公无渡河，公竟渡河，堕河而死，将奈公何？'声甚凄怆，曲终亦投河而死。"唐代诗人李白、王建、李贺、温庭筠等，亦都以此题为诗，留下佳作。

谭淳把头靠着芸娘的肩膀,说:"谢谢你带我来,我真的不走了。"

芸娘说:"你也得能考上啊。"

谭淳立即说:"怀疑我考不上?"

芸娘说:"考的人多了,你得下大功夫。"

应物兄直到现在还记得,他完全被姚鼐先生吸引住了。在那一刻,姚先生即为闻先生,即为梁任公。他也由此知道,那么多学习考古学和历史学的青年学子,为什么会千里迢迢,投奔到姚鼐先生门下。

姚鼐先生那狭小的客厅,此时极为安静。在姚鼐先生讲完的那一刻,他听见人们长舒了一口气。刚才,因为全神贯注,听者无不屏声敛息。斯是陋室!那脱了漆的木地板,受过潮的木墙围,本来给人衰败的感觉,但此时却突然有了另外的含义:它们是为奏响这历史韵律而特意准备的。

他觉得,那盏老式吊灯也有了贵族气息。

那时候姚鼐先生的夫人还健在。她是姚鼐先生就读西南联大时的学姐,一个清清爽爽的老太太。她担心姚鼐先生过于激动,就端出一碟大白兔奶糖要发给每个人,也给姚鼐先生剥了一颗糖。如果不是有弟子在场,她肯定把奶糖塞到姚鼐先生嘴里了。姚鼐先生快速地把糖嚼了,咽了,说:"历史重新开始了。一切都耽误得太久,但为时未晚。历史从来不会浪费,历史从来是得失相偿。"

那时候的姚鼐先生,沉默时是老年人,一说话像中年人,吟起诗来就成了青年人。姚鼐先生随后吟诵了闻先生的《太阳吟》。哦不,想起来,吟诗的姚鼐先生既是老年人,又是中年人,又是青年人,或者还像个孩童:

太阳啊,也是我家乡的太阳!

此刻我回不了我往日的家乡,

便认你为家乡也还得失相偿。
太阳啊，慈光普照的太阳！
往后我看见你时，就当回家一次，
我的家乡不在地下乃在天上！

但是接下来，姚鼐先生又对弟子们说了一段话："公无渡河！这首乐府诗，我也送给诸位。乱流不渡，危邦不入。屈平沉湘不足慕，复生引颈诚为输。"

屈平自然是屈原，复生指的则是梁启超的同仁谭嗣同。

姚鼐先生这么说，当然是出于对学生的爱护。

这时候，一个细节发生了。谭淳突然站了起来。她侧着脸，冷冷地追问道："先生，那两句诗是梁任公说的，还是闻一多说的，还是你说的？"

姚鼐先生这才注意到她，问道："你是芸娘带来的吧？"

她说："我是慕名而来。"

姚鼐先生说："第一句诗是李贺的，第二句诗是我说的。"

她说："'复生引颈诚为输'，是你觉得他'输'了，还是你觉得他觉得他'输'了？"

姚鼐先生说："他没觉得自己赢了吧？"

她说："他唤醒了中国人，怎么能说输了呢？"

那个上了年纪的学生站起来说："谭嗣同要是不死，会怎么样呢？梁任公、康有为倒是没死，后来也没干出像样的事来。"随后，那个学生继续发表看法，"姚鼐先生是提醒我们，我们都只能生活在历史中。个人只能是历史的人质。你选择反抗，那是人质的反抗，你是反抗的人质。你选择合作，那是人质的合作，是合作的人质。对历史而言，我们是小姐的身子丫鬟的命。"

谭淳追问姚鼐先生："你说，他说得对吗？"

姚鼐先生看着她，说："孩子，我要对你说，人是历史的剧作者，又是历史的剧中人——"①

姚鼐先生话音没落,谭淳就抓起风衣,一抖,穿上了,然后就夺门而出了。姚鼐先生的夫人用埋怨的目光看着姚鼐先生。

芸娘追了出去。

那天,芸娘倒是在镜湖边追上了谭淳。1983 年的济大校园,镜湖比现在大得多。它不像个湖,倒像一片野地。湖岸杂花生树,湖里长着芦苇。枯死的树倒在水中,像一个又一个独木桥伸向湖心。因为树梢淹没于湖中,所以它们都像是断桥。镜湖岸边的几只路灯也大都闪掉了,只有微弱的光。她们挽着胳膊走着。应物兄没有靠近,只在后面跟着。后来,谭淳突然又跑开了。应物兄将永远记得她在昏暗的光线里奔跑的姿势:她的胳膊夹着,当一只脚落在身后的时候,脚往外撇,偶尔亮起来的灯光,有时候就照在那只脚上。如果他没有记错的话,她穿的是那个时代少见的靴子。

她就那样跑啊跑,从春天跑到了夏天,从济州跑到了香港,然后在一天晚上,与程先生相遇了。然后,她接着跑,跑到了日本。奔跑成了她的基本姿势,奔跑的影子成了她留在大地上的影子。而在这个夏天,她又从日本跑回了济州,跑到了姚鼐先生的客厅。然后呢,然后她又跑掉了。

关于谭淳与程先生的相遇,芸娘显然是知道的,但他从未听芸娘讲过。

芸娘似乎不屑一谈。

---

① 马克思《哲学的贫困》:"每个原理都有其出现的世纪。例如,与权威原理相适应的是 11 世纪,与个人主义原理相适应的是 18 世纪。因而不是原理属于世纪,而是世纪属于原理。换句话说,不是历史创造原理,而是原理创造历史。但是,如果为了顾全原理和历史我们再进一步自问一下,为什么该原理出现在 11 世纪或者 18 世纪,而不出现在其他某一世纪,我们就必然要仔细研究一下:11 世纪的人们是怎样的,18 世纪的人们是怎样的,在每个世纪中,人们的需求、生产力、生产方式以及生产中使用的原料是怎样的;最后,由这一切生存条件所产生的人与人之间的关系是怎样的。难道探讨这一切问题不就是研究每个世纪中人们的现实的、世俗的历史,不就是把这些人既当成剧作者又当成剧中人物吗? 但是,只要你们把人们当成他们本身历史的剧中人物和剧作者,你们就是迂回曲折地回到真正的出发点,因为你们抛弃了最初作为出发点的永恒的原理。"

那么，后来他是从哪里知道的呢？从他的朋友蒯子朋那里。蒯子朋这样做，倒不是搬弄是非。某种意义上讲，蒯子朋是替程先生辩解。他相信蒯子朋讲的都是真的。因为其中一些细节，与他在姚鼐先生家里看到的细节，惊人地相似：它只能属于谭淳，而不可能属于第二个人。

那是在1984年，即谭淳到香港之后的第二年。

这一年，程先生在香港出席新亚书院成立三十五周年纪念活动。新亚书院，是儒学大师钱穆、唐君毅等人创办的，其教学宗旨即为"上溯宋明书院讲学精神，旁采西欧大学导师制度，以人文主义之教育宗旨，沟通世界中西文化，为人类和平社会幸福谋前途"。对照这个宗旨，还有比程先生更合适的嘉宾吗？程先生当时应邀做了一场学术演讲，题为《和谐，作为一种方法论和世界观》。程先生是用英文演讲的，担任翻译的就是谭淳。程先生在香港停留了一周。离开香港之前，程先生在下榻的浅水湾饭店设宴，答谢了谭淳和蒯子朋。蒯子朋当时已经在香港中文大学任教，负责全程陪同程先生。

肌肤若冰雪，绰约若处子。这是蒯子朋当年对谭淳的印象。

谭淳告诉程先生，自己正在写的一篇论文是关于谭嗣同的《仁学》的。她问程先生对谭嗣同的看法。程先生其实当时就怀疑她跟谭嗣同有什么关系，但谭淳说，他们只是碰巧都姓谭，五百年前是一家而已。程先生就说，他认为谭嗣同是近代中国建构哲学体系的第一人，《仁学》一书集中体现了他的哲学思想：佛道为表，儒家为里。谭淳说，她不这么看。她说，变法失败以后，康有为、梁启超等人都逃跑了，跑得比兔子都快。康有为跑的时候还带着小妾，日后更是声色犬马。唯有谭嗣同谢绝了日本友人的安排，坚拒出走。这其实是佛陀式的割肉喂鹰，投身饲虎。谭淳说："谭嗣同不是佛道为表、儒家为里，而是外儒内佛。"

程先生让了一步，说："半儒半佛吧。"

868

谭淳说:"他若是儒,断不会走上断头台。儒家说,危邦不入,乱邦不居。① 儒家太爱惜自己了。他呢? 明知山有虎,偏向虎山行。他体现的是'有一小众生不得度者,我誓不成佛'的精神。"

程先生再次让步了:"待我重读了《仁学》,我们再讨论好不好?"

当时在场的还有几个外国朋友,他们也是应邀来参加纪念活动的,好客的程先生将他们一并请来了,其中就有应物兄多年后在感恩节那天见到的那个东方学教授。东方学教授关心的是男女问题,说,儒学好是好,就是只讲修身,不讲身体;只讲仁爱,不讲做爱。程先生说:"谭美人刚才还说,儒家因为爱惜自己的身体所以不能做到舍生取义,这会儿你又说儒家不讲身体。"

程先生说道:"夹板气不好受啊。"

"夹板气"一词,很难译成英文。谭淳在"suffer wrong from the boards"和"be bullied from two side"两种说法之间来选取,都觉得不满意,突然造出了一个生词:"squeezed middle"②。

程先生觉得,谭淳真是个天才。

讨论从饭店持续到海滩。程先生认为,因为身体发肤受之父母,儒家确实是爱惜身体的。但爱惜身体,不是爱自己,而是一种孝道。儒家并不排斥身体,儒家其实更愿意用身体语言来表达自己的观点。孔子讲"视思明、听思聪、色思温"③,这是不是身体? 六十而耳顺,讲的是不是身体? 孟子讲养气、讲正气、讲浩然之气,强调从自然转化为文化,是不是讲到了身体? 荀子讲教化,讲 Vir-

---

① 见《论语·泰伯》。
② 迟至 2011 年,时任英国能源与气候变化大臣的米利班德(Ed Miliband)才在公开场合首次使用这个词,这个词直译为"被挤压或者夹扁的中间部分",即中文所说的"受夹板气"。米利班德用这个词来形容陷入经济困境的中产阶级。这个词随后被《牛津大词典》评为 2011 年度新词、热词之首。
③ 《论语·季氏》:"孔子曰:'君子有九思。视思明,听思聪,色思温,貌思恭,言思忠,事思敬,疑思问,忿思难,见得思义。'"

tue①，讲化性起伪，强调以文化矫治自然，是不是涉及身体？儒家所说的身体，既是真理的感性显现，也是处世的礼仪之道。它沟通天人，承续族类。

东方学教授说："我说的是，儒学排斥肉体快感，所以影响了它在世界各地的传播。"

这话把程先生给惹急了。尽管谭淳在场，程先生还是讲了一下儒学与性爱的关系。因为它属于学术讨论，所以谭淳当时好像并没有感到难堪。在将程先生的话逐字逐句译成英文的过程中，由于海涛阵阵，谭淳还相应地提高了嗓门，像是在高声朗诵。

程先生当然是半开玩笑地说，儒学的核心观念是"仁义礼智信"，这五个字甚至都可以用在男根上面。中国有一本书，叫《素女经》，早就讲过，夫玉茎意欲施与者，仁也；中有空者，义也；端有节者，礼也；意欲即起，不欲即止者，信也；临事低仰者，智也②。程先生说："这是世界上最早论述人的道德观念与身体快感相同一的著作。"当然，谭淳的翻译再次让程先生大吃一惊。程先生认为，谭淳是他见过的最适合将中国典籍译成英文的人。当然了，程先生也由此怀疑，谭淳的性爱经验一定非常丰富。谭淳那朗诵般的语调，无疑也增加了程先生的错觉。程先生随后就悄悄地向蒯子朋打听谭淳的情况。他对蒯子朋说，看来谭淳不仅性爱经验丰富，而且就像一座自由的港口，像一个买票就可以进去的剧场。

随后，程先生邀请谭淳到房间喝茶。

谭淳说："喝茶的人喜欢谈过去，喝酒的人喜欢谈未来。"

程先生问："那你喜欢谈过去，还是谈未来？"

---

① 美德，德行。
② 《素女经》："黄帝曰：何谓五常？素女曰：玉茎实有五常之道，深居隐处，执节自守，内怀至德，施行无己。夫玉茎意欲施与者，仁也；中有空者，义也；端有节者，礼也；意欲即起，不欲即止者，信也；临事低仰者，智也。是故真人因五常而节之，仁虽欲施，精苦不固。义守其空者，明当禁，使无得多。实既禁之道矣，又当施与，故礼为之节矣。执诚持之，信既著矣，即当知交接之道。故能从五常，身乃寿也。"

谭淳说:"我喝咖啡。喝咖啡的人只谈现在。"

蒯子朋说,他是第一次听到这个说法,程先生显然也是。这个说法,好像有点道理。当然,它也进一步增加了程先生的误解。随后的事情,好像就水到渠成了。这天晚上,他们就住到了一起。程先生和谭淳都是单身,所以他们之间发生的事情,似乎也不应该受到道德的谴责。所有的问题只在于,程先生的身体太好了,谭淳当天也刚好排卵了。

只有这么一次,谭淳竟然就怀孕了。

程先生返回美国之后,谭淳曾寄去过一封信,说她可能会去美国留学,还说自己最近身体不适,大概跟香港常年潮湿有关。她其实是向程先生暗示,自己怀孕了。程先生不仅回信了,而且还写得很认真,完全是站在她的角度看问题。程先生说,你是研究历史的,应该知道,美国的历史比兔子尾巴都短,爷爷的烟斗就是文物,所以他们研究历史的时候,从来不善于把具体的历史事件放在一个历史长河中去考察,只考虑眼下。程先生建议她去英国留学。对于她所说的身体不适,程先生也是关心的,程先生劝她,不妨回内地看看中医。

谭淳好像被说服了,没有再写信。

七年之后,也就是1991年秋天,程先生再次来到香港讲学。程先生这次演讲的内容,某种意义就是上次谈话的延续,题目叫《谭嗣同的"仁学"思想与中国当代社会状况》。正如很多人所知道的,这次演讲后来引起了持续的反响,被认为是学术界对于中国的现代性进行反思的开端。程先生说,谭嗣同竟然认为,"两千年来之政,秦政也,皆大盗也。两千年来之学,荀学也,皆乡愿也。惟大盗利用乡愿,惟乡愿工媚大盗"。这完全是置中国文化于死地。这不是历史虚无主义又是什么?谭嗣同的激进主义,是另一种形式的虚无主义。谭嗣同又说,儒学所说的"五伦"当中,只有"朋友"一伦涉及自由平等,可以保留,其余"四伦"都应该扔进垃圾堆。这是什么话？你受了后娘虐待,便恨天下的母亲？你挨了父亲的棍棒,便恨天下的父亲？① 程先生的感慨是,谭嗣同以一己之私看天下,是一竿子打翻一船人;数典忘祖至此,却被后人视为英雄,岂不谬哉？谭嗣同这个人,就是孔子所批评的好直、好勇、好刚,却不好学之人。此人冒失急躁,引颈就义,成就了自己的一世英名,对二十世纪前半期的中国或有意义,对于二十一世纪的中国却无可取之处,我们必须对此进行反思。

程先生说:"这个谭复生! 非佛家,非儒家,非墨家。"

那么,到底是什么呢？

程先生说:"非驴非马,非僧非俗,不伦不类,不三不四。"

不少人扭头去看坐在后排的一位女士。那个人就是谭淳。他们都知道谭淳是研究谭嗣同的,想看看她的反应。谭淳身边坐着一个男孩。她正在给那个男孩翻书,那是一本卡通画册。程先生其实没有注意到她。而谭淳呢,发觉很多人回头看她,似乎在期待她的回应,她就站了起来。起初她还是轻言细语,但随后便激烈了起来,说,她以为先生身为海外名师,定有高论的,不承想竟是人云亦云。又说,她有一言献于先生。潜身缩首,苟图衣食,本是人之常情,倒也无可指责;舍生求义,剑胆琴心,却唯有英雄所为,岂是腐儒所能理解。说了这么一通之后,不等程先生说话,就坐了下去,像没事人一样,继续替孩子翻着那本卡通画册。那个孩子当然就是谭轻,也就是后来的程刚笃。

程先生的反应其实不失儒学大师的风度:"'腐儒'就'腐儒'吧。历史上很多鸿儒都被称为'腐儒'。'腐儒'也要有自信,要相信自己是'豆腐乳',有益于人。"然后又说,自己之所以讲到这个话题,只是因为我们刚刚经历的八十年代,是一个 process of radical-

---

① 《〈仁学〉自叙》:"吾自少至壮,偏遭纲伦之厄,涵泳其苦,殆非生人所能任受,濒死累矣,而卒不死。"

ization①，radicalism② 也需要 reflections③，就像人到中年，会反思自己年轻时做的荒唐事一样。

坐在程先生身边的蒯子朋，悄悄提醒道："那位女士名叫谭淳。"

但程先生没能想起谭淳是谁。

蒯子朋又提醒道："她是谭嗣同的族人。"

程先生朝谭淳所坐的方向微微鞠了一躬，说："知道维护先辈名声，说明这个人重视人伦，是个儒家——"

按蒯子朋的说法，程先生的记忆好像突然被唤醒了，突然不说话了。就在这时候，热心的听众拥了上来，要与程先生合影留念，或拿程先生的著作请他签名。程先生的目光从人缝中看过去，寻找着记忆中那个"肌肤若冰雪，绰约若处子"的美人。他只能看到她的背影了，因为她领着孩子正向门口走去。门口站着一个人，那个人就是黄兴。如前所述，黄兴当时还是那个海运大王的马仔。黄兴在等着程先生，要把他送往浅水湾。在那里，海运大王将宴请他。

就在程先生收拾完讲义要走的时候，一个人走了过来。

随后，这个人跪在了他面前。

这个人就是郏象愚。郏象愚当时刚被那个叫彩虹的女人赶出家门。他双手递上了在慈恩寺求来的那个卦签，祈望程先生为他指点迷津。

在随后的两天时间里，程先生曾通过蒯子朋联系过谭淳。谭淳曾经答应见面，但最终却没有来。程先生看到的是蒯子朋捎来的一封信，上面只有一句话：

————————

① 激进化的过程。
② 激进主义。
③ 反思。

采薪之忧①,不能赴宴,祈望谅解。

那么,程先生什么时候才知道有程刚笃这么一个人呢?

那已经是 1994 年 3 月了。当时,香港中文大学出版了程先生一本书,蒯子朋第一时间将样书寄了过去,书中夹着一张婴儿出生证明复印件:婴儿的名字填的是谭轻,父亲一栏填的是失踪,母亲的名字填的是谭淳。蒯子朋告诉程先生,谭淳已去日本京都大学留学。她现在的研究方向是"小野川秀美与日本的谭嗣同研究"②。几年前,她就收到了小野川秀美的邀请,但她没去。等她去了日本,却得知小野川秀美先生已经去世了。

蒯子朋没有想到,早在三十年前,程先生就与小野川秀美见过面。程先生告诉蒯子朋,小野川秀美最早研究王阳明,还是听了他的建议。

程先生当然也问到了那个孩子。

蒯子朋说,那孩子还在香港,由外公抚养。

随后,程先生就先飞往日本见了谭淳,又飞到香港将那孩子接到了美国,并给谭轻改名为程刚笃,英文名字就叫 Lighten Cheng。对于程刚笃,程先生是尽了父亲之责的。有一天,发现程刚笃在吸食毒品,程先生竟然老泪纵横。美国人遇到这种情况,通常会把孩子送到戒毒所了事,但程先生不。程先生二十四小时和程刚笃待在一起,外则延医以药石去其瘾,内则教诲以圣德感其心,终使程刚笃病去身健、修心向善,得以完成大学教育。

在应物兄的记忆中,程先生对程刚笃只发过两次火。第一次,

---

① 采薪之忧,有病不能上山采薪,意谓生病。见《孟子·公孙丑下》。
② 小野川秀美(1909—1989),奈良大学教授,京都大学名誉教授。著有《晚清政治思想研究》《梁漱溟的乡村建设论的形成》。谭淳认为,小野川秀美为谭嗣同的研究提供了另一种视角:在小野川秀美看来,谭嗣同深受王阳明"诚意正心,修身齐家,治国平天下"思想和实践的影响,至《仁学》形成,谭嗣同的变革思想已经完成升华,即,认为教人的根本是政治革新,必须从科学与政治上着手;革新的目的则是,既复兴中国,又赈济人类。

珍妮也在。如前所述,珍妮曾说,她最想看的是兵马俑,它们的表情看上去很沉醉,就像做爱,就像刚做完爱,就像在回忆做爱,看上去很性感。程刚笃附和道,是啊,它们一回忆就是几百年,可见做得棒极了。程先生发火了:"就按你们说的,那也不是几百年,而是两千年啊。"程先生勒令程刚笃多读中国历史,不然对不起列祖列宗。第二次发火则是因为程刚笃一周内换了三个发型。第三个发型是莫希干发型、美国大兵发型与清代男子发型的三合一:头顶竖着一撮毛,左右两边却刮得头皮乌青,脑后呢,竟然留着一条辫子。程先生说:"剃头三日丑,修身一世强。三天两头剃头,不知道丑吗?有那闲工夫,何不多读几本书?"

记忆中的一天,程刚笃终于理了个跟程先生一模一样的发型。他们的头型还真的很像。程先生看了,心中喜悦,一时又不好意思当面表扬,就以散步为名,跟了出去,好从背后多看几眼。应物兄记得,当时正有大风吹过,路上行人姿态各异,顶风而行的都是身体前倾,顺风走路的则尽量后仰。程先生是顶风而行,应物兄呢?因为要听程先生说话,所以他是背对着来风,脸向着程先生。大风灌进了程先生的口鼻,程先生几乎都要窒息了,但还是探着头,看着儿子的背影,一脸笑意。一直到程刚笃上了车,程先生才以身体后仰的方式往回走。

就在那一天,程先生提到与孔子、孔鲤、孔伋①祖孙三人有关的一个故事。程先生说,孔子的儿子孔鲤似乎是比较平庸的,最大的成就就是给孔子生出了孙子孔伋。孔鲤曾对孔子说:"你子不如我子。"又对孔伋说:"你父不如我父。"

程先生说:"哪一天,刚笃要是也说出了这样的话,我就可以含笑于九泉了。"

如果程先生知道易艺艺还把孩子打掉了,会有什么感想呢?

---

① 孔伋(前483—前402)。《史记·孔子世家》:"孔子生鲤,字伯鱼。伯鱼生伋,字子思";"尝困于宋,子思作《中庸》"。据传,孟子即孔伋再传弟子。

不，这事不能告诉程先生。

这天，他在姚鼐先生的客厅里待了很久。芸娘告诉他，她在等文德斯，她要把这房间的钥匙交到文德斯手上。在等待的时候，芸娘和保姆一起整理着姚鼐先生堆放在书案上的手稿、笔记和书信，将它们分门别类地装到书架下面的柜子里。他插不上手，在客厅里待着。

后来，他听见芸娘轻呼了一声："先生！"

先生？屋里还有人？姚鼐先生也在？

随后是保姆的声音："先生太细心了。"

原来，从一只用蓝布做成的小口袋里，跑出来几张散乱的纸头。纸头上的字，竟是弟子们在听课和讨论时随手记下的一些笔记。当年，他们走的时候，把它们当成废纸留下了。那不是一只口袋，而是一排口袋，像果实一样垂挂在那里。保姆在用鸡毛掸子拂扫上面的灰尘的时候，它自己掉了下来。芸娘在一张纸头上看到了自己的几句话：

> 这是时间的缝隙
> 填在里面的东西
> 需要起新的名字
> 在骨头上锉七孔
> 这不是在做手术
> 也不是为了透气
> 是要做一支骨笛

这首无题诗，若以首句为题，则可称为《时间的缝隙》。时间的缝隙！这是芸娘和文德能都喜欢的词语，将时间化为空间的概念。诗是用圆珠笔写的。上面有姚鼐先生修改的痕迹：将第五句和第六句的顺序调整了一下。调整之后，确实更押韵了，更符合闻一多先生所说的"音乐美"。姚鼐先生改动时用的也是圆珠笔，这给人一种印象，好像那是芸娘自己改的。之所以能确认那是姚鼐先生改的,是因为姚鼐先生特意在修改符号旁边写了一个字:鼐。此外,姚鼐先生还写了一句话:"只写了七句,还是有第八句?有了第八句,即为新七律。"

这是哪一天写的,是听了哪堂课之后写的,它到底要说什么?芸娘全都不记得了。上面字迹凌乱,甚至歪歪斜斜。那是一张带着横线的纸,右边豁豁牙牙的,这说明它是从本子上撕下来的。因为纸张发黄,蓝色的横线已经模糊了。芸娘又把它装进了那只口袋,把它挂上了墙。

在等待文德斯期间,保姆的小孙女出来了。小姑娘手里捧着一个纸盒子。她一边走一边和纸盒子说话,还歪着头,把耳朵贴向纸盒子。哦,原来里面养了几只蚕宝宝,她是要听蚕宝宝说话呢。

芸娘问她:"蚕宝宝说什么呢?"

小姑娘说:"它问我叫什么名字。我告诉她,我叫蚕姑娘。"

芸娘笑了,说:"昨天还叫荷花姑娘,今天又改名了。明天,是不是还要再换个名字?"

小姑娘说:"不许叫荷花姑娘!只许叫蚕姑娘。"

他跟"蚕姑娘"只见过一面,她竟然还记得他,问:"我叫你应爷爷好不好?"

童言无忌啊。上次她还叫我应叔叔呢。看来,我转眼间就老了。

保姆说:"叫叔叔。"

"蚕姑娘"歪着头,听着蚕宝宝吃桑叶的声音,说:"我是荷花姑娘,他是应叔叔。我是蚕姑娘,他就是应爷爷。"

芸娘说:"蚕宝宝会变成蝴蝶的。你要变成了蝴蝶姑娘,又该怎么称呼应爷爷呢?"

"蚕姑娘"看着他,说:"那我就叫你应姥爷。"

芸娘说:"孩子就是这样,每天都在给所有人、所有事物起名字。"

　　几只灰白色的蚕,已经快把桑叶吃光了,只剩下了一些脉络。那种有如春雨般的沙沙沙的声音,此时变弱了。有一只蚕,蹲在盒边,挺着胸,昂着头,一动不动。"蚕姑娘"指着那只蚕,问芸娘:"它吃饱了,想睡觉了?"

　　芸娘说:"都不是。它在想问题呢。"

　　"蚕姑娘"问:"想什么问题? 是不是在想,还有什么更好吃的?"

　　保姆立即说:"它最爱吃桑叶,别喂它吃别的。"

　　芸娘随即解释说:"我们蚕姑娘啊,每天变着法子给蚕宝宝做吃的。早上喂它吃榆树叶,中午喂它吃葡萄叶,下午喂它吃荷叶。昨天,偷偷跑去了湖边,把人给吓死了。"

　　他从"蚕姑娘"身上看到了应波小时候的影子,忍不住想抱一抱。但孩子却迅速跑开了。保姆赶紧打开了电视。那孩子一手拿着盒子,一手拉着芸娘的手,要芸娘陪她看电视。保姆要带她出去,她不愿出去。芸娘说:"我也不愿她出去。我就想抱着她。"芸娘牵着她的手,坐到沙发上,然后把她放到了膝上。

　　孩子喜欢看的动画片,名叫《鲸鱼入海》。

　　跨度太大了。刚才喜欢的是幼小的蚕宝宝,这会儿喜欢的是庞大的鲸鱼。

　　竟然是佛教题材。做保姆的奶奶,经常看这个动画片。

　　孩子看进去之后,芸娘突然低声向他讲述了一件事,竟然也跟鲸鱼有点关系。芸娘说:"其实年前我去过日本,在日本见过谭淳。两个女人,两个老朋友,见了面,一下子反而找不到话。我们跟这孩子一样,也只好看电视。电视里讲的是航母。竟然看进去了。航母远航时,后面会跟随大量的鲸鱼。航母的螺旋桨很大,转得很快,会将海里的鱼搅碎,形成一片血海肉林,这就正好吸引了鲸鱼。大快朵颐的鲸鱼不会料到,它也将被那螺旋桨打碎。鲨鱼也是如此。"

878

孩子拍着芸娘的腿,说:"不准说话。"

芸娘说:"好!不说话。"

孩子说:"又说话了。"说着,就从芸娘腿上滑了下来,推着芸娘走。

后来,芸娘和他就在离孩子几步远的地方,悄悄地说着话。芸娘说:"环保主义者常搭乘航母进行远洋考察,他们当然也看到了这些现象,但苦无良策。从日本回来之后,她倒给我打过一个电话。电话里,我们倒是聊得很愉快。她还谈到了我们那天相见无言的场景。她把自己比喻为一个仰泳者,躺在水面上,随波逐流。没有水花,没有涟漪。虽然身下是水,却好像躺在沙漠里。"

他不知道芸娘到底要表达什么,只能听着。

动画片里,出现了蝈蝈。孩子喊道:"蝈蝈,蝈蝈!爷爷的蝈蝈。"

芸娘就哄着孩子说:"爷爷养的蝈蝈都拍成电视了?太好看了。"

随后,芸娘突然问他:"听说学明为济世先生养出了济哥?"

他说:"是啊。也算是无心插柳柳成荫。学明认为,这是他的一大科研成就。"

孩子又喊:"快跑!蝈蝈!快跑!"

原来是一只老鹰从天上盘旋而下,在塔林里捕捉蝈蝈。

蝈蝈藏到一块巨石下面。老鹰站在巨石上,伸出舌尖舔着自己的嘴,然后那舌尖越伸越长,越伸越直,像蛇芯子,像食蚁兽的舌头,那舌头缓缓伸向巨石的底部。蝈蝈从巨石下面出来了,不过,它并没有被老鹰吃掉,因为蝈蝈用它的腿缠着那舌头,并发出轰鸣。老鹰受不了蝈蝈的声音,用翅膀遮住了耳朵。孩子又是鼓掌,又是跺脚,又是高兴,又是害怕。保姆过来,抱住了孩子。

芸娘说:"她说的爷爷,就是我父亲。他一辈子不喜欢中国老头玩的那些东西。老了老了,却喜欢上了提笼架鸟,喜欢上了蝈蝈。他不会养,在一只笼子里同时养了几只,蝈蝈打架,有的断了腿,有的断了翅膀。我观察了一下,发现蝈蝈如果掉了一条腿,它马上就会用另一条腿来代替这条腿的功能,只是走得不稳罢了。如果这条腿折了,还吊着,没有断掉,用细绳把它绑住,那么替代的现象就不会出现。这条腿走不了,别的腿也不会替代它。它斜倚栏杆,不走了。这说明了什么? 说明这种替代不是自发的,不是有意的,不能用'主—客'模式来认识它。否则你就无法解释,伤腿被绑住的蝈蝈,为何不靠主体意识来适应作为客体的环境。我们以前是否讨论过,'主—客'二分前的原结构? 讨论过什么叫'在世界之中存在'?"

"芸娘,我对现象学的概念已经很陌生了。"

"虚己应物,恕而后行,①说的就是面向事实本身。面向事实本身的时候,你的看、听、回忆、判断、希望、选择,就是现象学的要义。你有什么好陌生的? 现象学的'自知'与王阳明的'良知',就有极大的通约性,你有什么好陌生的?"

"芸娘,我从来没有这样想过。"

"我只是想说,我的朋友,那个虚己应物的谭淳,那个恕而后行的谭淳,她就是那只伤了一条腿、斜倚栏干的蝈蝈。"

这时候,孩子吵着要看第二集,保姆不准她看。保姆过来抱她的时候,有人敲门了。保姆抱着孩子去开门。原来是文德斯。孩子一下子扑到了文德斯怀里,喊着:"叔叔抱,叔叔陪我看电视。"

文德斯从怀里掏出一个小笼子,说:"你看,这是什么?"

是一只用麦秸秆扎的笼子。

里面还真的是一只蝈蝈。那是一只济哥。文德斯说,这是敬修己给他的。

文德斯同时带来了双林院士的消息,他跟双渐联系了,双渐说,半个月前,北京医院派专家赶到了玉门,双渐的儿子也去了玉

---

① 见《晋书·外戚传·王濛》。

门,还带去了双渐的孙女。"双渐老师说,老爷子病情稳定,已经被接回北京接受治疗。"

"我得赶紧跟先生说一下。"

"看来真的不要紧了。双渐老师说,知道孙子入党了,双老还跟孙子碰了杯。医生不让他喝酒,他就让人买了几个蛋筒冰淇淋,当成酒杯,一家人互相举杯、碰杯、庆祝。"

"还能吃冰淇淋?"

"是啊,所以双渐老师说,双老身体不像兰梅菊大师说的那么糟。哦,还有一件事,我差点忘了。双渐老师让您去跟乔木先生说,酒坛子里的巨蜥,还是趁早处理为好。"

"是不是对身体有害?"

"他说,那其实是五爪金龙。官员们喜欢泡那个。一万五千年前,桃都山上也有五爪金龙。龙袍上镶的就是五爪金龙。其实是四爪,是四个爪子上各有五指。官员们喝这个,喝的不是酒,喝的是潜意识,喝的是幻觉。有人说它大补。其实镜湖里的一条泥鳅,都抵得上一条五爪金龙的药用价值。"

他突然想起,葛道宏那篇关于龙袍的文章,也提到了五爪金龙,但又提到,有的龙是五爪,有的龙则是四爪,这表明各个朝代对于龙袍的规制有不同的理解。他想顺便问双渐,这是怎么回事?他没想到,这个问题文德斯已经替他问了。文德斯说,双渐告诉他,朝鲜的龙袍上都是四爪,日本的龙袍则是三爪。前者表明朝鲜当时对中国的臣属,后者则表明日本对中国文明的谦恭。

既然双渐还有心思考虑这些问题,他就想,双林院士的身体应无大碍。

他们都不知道,双渐说的并非实情。此前一周,双林院士的一半骨灰已经安葬于玉门烈士陵园。双渐此时其实是在桃花峪,因为他遵父亲之嘱,要将父亲的另一半骨灰埋到母亲身边。

88. 它

它的内部在摩擦,咯吱咯吱的,仿佛窃窃私语,仿佛梦中磨牙。它还会突然塌陷,嗯里嚓啦的,斜插在废墟上的那些木板会突然摇晃起来,又慢慢躺下。应物兄首先想到,那是在坍塌过程中散架的书柜。随后,在木板躺下去的某个地方,一把椅子会突然从废墟中拱出来,缓缓升起,在风中摇晃着,像被遗弃的摇椅,又像风中的秋千。椅子上虽然没有人,但它的突然下沉,却使应物兄顿时有一种失重感,好像他就坐在那把椅子上,正与它一起陷入废墟内部。

带大了文德斯的那个阿姨也来了。

记忆中,她还是个中年妇女,健壮,朴素,干净,善解人意。如今,她已年老,满头银丝,蓬乱着,如被风吹散的雪。她手中拿着一只压瘪的奶锅。她固执地认为,那就是她当年给文德能、文德斯兄弟煮奶的奶锅,理由是那锅底是她曾经换过的:有一次煮牛奶的时候,她忘记关火了,牛奶溢了出来,锅底烧坏了,她就给它换了个锅底。现在,她用一块砖擦着锅底,要把它擦亮。

那个阿姨认出了芸娘,却不认识应物兄了。

应物兄再次意识到,自己的容貌已经发生了根本性的变化。没错,他的抬头纹更深了。原来清晰的三条抬头纹,现在衍生出无数条皱纹,纵横交错,混乱不堪。那家族的徽记,渐渐失去了它的个人性,使他一步步地泯然于众人。

如果文德能还活着,他还能认出我来吗?

他现在已经想起来,这一天其实是文德能去世二十周年。眼前这堆庞大的、崭新的、活跃的废墟,就是二十年前文德能、文德斯兄弟住过的那幢楼。它是昨天深夜被爆破的。一队工作人员正围着废墟拍照,并记下数字。他们穿的背心上印着施工爆破单位的名字:济州建工集团爆破工程公司。还有更多的人在拍照留念。他们其中不乏原来的住户。从手机上已经能够看到早间发布的新闻:"爆破之前,墙体上钻孔2600个,安插导爆雷管4200余发,形成导爆网络,埋设乳化炸药465公斤;属于一次性起爆,原来预计4秒钟内同时起爆,而且必须精确到千万分之一秒;1分半钟内夷为平地,飞石却不能超出9米。"

新闻中说,根据监测结果,一切符合预先的测算。

新闻里还提到全国各地爆破拆楼的一些资料,意在说明,济州建工集团的爆破技术,已走在全国前列。其中最重要的一个数据是:飞石没超出五米。

往前推二十年,这幢位于济水河边的住宅楼,不仅是济州最高的住宅楼,还是济州唯一带电梯的住宅楼。文家住在七楼。在应物兄的记忆中,文家的客厅很大,像个小剧场。八十年代中期到九十年代初,这里是朋友们的聚会之所。爬墙虎将窗户都要挡住了,叶子是绿的,枝茎却是红的。撩开绿叶,能看到枝茎上栖息的土灰色的壁虎,它如同某种原始生物,总能把你的思绪带入万古长夜。从枝叶的缝隙望出去,可以看到济河的粼粼波光。到了深夜,总有人骑着嘉陵摩托呼啸而来,呼啸而去。那是最早的飙车族。按郑树森的话说,他们中的大部分人都已经撞死了。郑树森套用鲁迅的话说:"没有撞死的,或许还有?"

只需四秒钟,青春的记忆就被引爆了,就腾空而起了。

再用一分半钟,它们就归于尘土,仿佛一切从未有过。

文德斯将一张文德能的照片,放到了一块砖上。照片上的文德能微微蹙眉,目光中有探询,嘴半张着。他似乎向他们打听到底发生了什么。

死者比活人更关心现实。应物兄听见自己说。

墙边原来有几株高大的核桃树。它们之所以能长得那么高,而且不被损坏,是因为结的是夹皮核桃,吃起来非常麻烦。就在文德能的照片旁边有几根被砸断的树枝,勉强可以认出那就是核桃树的枝条,上面还挂着青皮核桃。有几个核桃被砸开了,露出白色的核桃仁,像微型的人脑。他闻到了核桃皮那酸涩的味道。他奇怪地觉得,其中有隐隐的血腥气。

"说是只用了一分半钟,其实他们在这儿忙了一周。"文德斯说。

"文儿,这几天你住在哪里?"芸娘问。

"刚好在医院替梅姨照顾老太太。梅姨病了。"

"老太太好点了吗?"

"她自己说,好就是不好,不好就是好。医生说,那就以她说的为准。她自己说,还有件事没有办完呢。办完了,就拜拜了。"

"就你一个人在医院照顾?"

"敬修己老师也去了。"文德斯说,"我现在知道了,他就是哥哥的朋友郑象愚。今天梅姨已经休息过来了。敬老师本来要过来的,我告诉他,楼已经拆了。还有几个人,他们都给我打了电话,表达对哥哥的思念。费边说他很不好意思,因为他早就说过,而且不止一次说过要做一个纪念活动。他说,他确实走不开。他说到三十年纪念的时候,他就退休了,就可以从头到尾参加了。还有一个叫蒋蓝的人。我不记得她,但她说她当年经常到这里来,也是哥哥最好的朋友。她说她在美国,没办法赶回来。"

费边其实就在济州。

这是费鸣告诉他的。费鸣说,费边这次回来,原本是要跟蒋蓝打官司的。费边委托蒋蓝在济州买了一套房子,蒋蓝填的业主竟是她的女儿。打官司总是耗时耗神,而且很伤感情,所以双方都先请老朋友郑树森帮助调解。费边退了一步,表示房子可以明年再卖,涨价的部分归蒋蓝。奇怪的是,蒋蓝竟然不同意:如果房子降价呢?蒋蓝说,她对中国的经济形势是看好的,但对房价继续上涨并不看好。费鸣显然站在哥哥一边:"臭娘们,花别人的钱,还他妈的有理了？"

关于费边和蒋蓝的事，他倒是从郑树森那里听到了几句。郑树森说，蒋蓝这么做，其实是抓住了费边的把柄：买房子的钱其实是公司的，属于公款私用，费边之所以让蒋蓝买房，并不是为了住，而是为了半年后出售，赚个差价。按郑树森的说法，如果把蒋蓝逼急了，蒋蓝就敢把这事抖出来。

"问题其实简单。蒋蓝要是再年轻几岁，就什么事也没有了。"郑树森说。

"此话怎讲？"

"费边说，蒋蓝一脱衣服，他就后悔了。费边说，以前她躺在那里，腰是腰，奶是奶，屁股是屁股。如今虽然取掉了几根肋骨，腰倒是说得过去。乳房填了硅胶之后，倒也马马虎虎。就是屁股完全不像个屁股。费边感慨啊，说以前那个屁股多好啊，多么饱满，像熟透的苹果。看到那个屁股，他就想变成一只鸟，上去啄一口。时光不饶人啊。简直不像屁股了，像铺陈烂套①。他本来对那个屁股倒不是很在意，可蒋蓝每天都要叫他在那屁股上抹这个，抹那个，用手心抹，用手背抹，还得画着圈，一圈一圈抹。一开始，他还挺有兴趣的。可是，抹着抹着就烦了。他说，他都没有这么认真地抹过脸。"

"你告诉他们，不要变成仇人。"

"蒋蓝有句话，让我不寒而栗。她说，对于那些拔了鸡巴就跑的臭男人，她肯定会念念不忘。能踩两脚的，岂能只踩一脚？"

"你告诉费边，能让一步，就再让一步。"

"费边已经被吓住了。"

当然，应物兄没把这事告诉文德斯。

文德斯说："费边也可能生我的气了。他要替哥哥出书，我告诉他，我已经替哥哥出版了。"现在，文德斯就从书包里掏出那本

---

① 铺陈烂套，济州方言，多指用过多年的被褥里絮的棉花。

书，并把它和那张照片放在了一起。《The thirdxelf》，这是它的书名。如前所述，这是一个你在任何词典中都查不到的词，一个生造的词。

89． The thirdxelf

"The thirdxelf"，是文德能留于人世的最后的声音。用它作书名，倒也合适。这其实是芸娘的建议。芸娘说，她后来终于想起来，文德能说过，他曾写过一篇短文，但没有完成，题目就是这个词，这个生造的词。

这本书厚达五百五十五页。这么厚的书，本该很重的，但由于选用了进口的六十克轻涂纸（LWC），所以显得并不重。它还有一种从沉重中逸出的轻盈的感觉。

这是文德能的最后一本书，也是他的第一本书。

文德能生前，甚至没有发表过单篇论文。文德能曾开玩笑地说，自己也是"述而不作"。文德能总是说，虽然自己看了很多书，但总觉得那些知识还没有内化为自己的经验，所以无法举笔成文。哦，有句话，我永远来不及对你说了：你之所以会被那些知识所吸引，你之所以会向我们讲述那些知识，不正是因为它们契合了你的内在经验吗？你的"述而不作"，其实就是"述而又作"。任何"述"中都有"作"。"述"即阐述，即阐幽，即开启幽隐之物。

他记得很清楚，同一本书，文德能总是买两本：一本自己读，一本借给朋友读。文德能总是会以批注的形式写下自己的阅读感受。哦，对于那些伟大的著作来说，我们都是迟到者，但是在个人经验和已被言说的传统之间，还是存在着一个阐释的空间，它召唤着你来"阐幽"，把它打开，再打开。

在他看来，文德能就是这样一个杰出的"阐幽"者。

此时,在临近正午的阳光下,应物兄仿佛突然置身于一个黑暗的房间——那个房间现在就埋葬在眼前的废墟中。他看见文德能举着灯盏朝他走来。灯盏在这里不是隐喻,而是事实本身。他们之所以秉烛夜谈,是因为那天又停电了。那段时间经常停电。他记得那是郑象愚带着乔姗姗逃走之后的某一天。他之所以又来到文德能家中,是因为他突然想起来,乔姗姗那天走的时候,将乔木先生家的钥匙留在这里了。他来到这里的时候,阿姨正陪着文德斯吃饭,文德能在房间里陪着费边看一部日本电影《罗生门》。当他也坐下的时候,突然停电了。事实上,那时候电影已经接近尾声:云开日出,樵夫在罗生门旁看到一个哭泣的女婴,正想着要不要把她抱起。

那部电影是根据芥川龙之介的小说《竹林中》改编的。文德能此前不仅搜集了导演黑泽明的所有资料,而且重读了芥川龙之介的小说。文德能点燃了灯盏,一盏交给了阿姨,一盏拿到了阳台上。两个灯盏在房间里遥相呼应,相互安慰。他们谈话的时候,微弱的灯光就在芥川龙之介的自传性小说《大导寺信辅的前半生》上闪耀。文德能推荐他和费边看看这本书。文德能说,我们很多人就像书中的信辅,依赖书本,尚无法从书本中跳出。

文德能已经在那本小说上,密密麻麻地写了很多。

他和费边都说,何不把它整理成文呢?

文德能侧脸看着一个瓦罐,瓦罐中盛的是沙子,他把手伸进了那些沙子。从黄河里采来的沙子,干净得就像豆粉。那是阿姨采来的,用它来清洗餐具、酒具,用它来炒豆子,也用它来做沙包供文德斯锻炼拳脚。文德能说,他一直想写书来着,他想写的书就像一部"沙之书"。沙子,它曾经是高山上的岩石,现在它却在你的指间流淌。这样一部"沙之书",既是在时间的缝隙中回忆,也是在空间的一隅流连;它包含着知识、故事和诗,同时又是弓手、箭和靶子;互相冲突又彼此和解,聚沙成塔又化渐无形;它是颂歌、挽歌与献词；里面的人既是过客又是香客；西学进不去，为何进不去？中学回不来，为何回不来？

哦，时间的缝隙！如前所述，这个词也曾在芸娘的诗中出现。

显然，在他们看来，正如空间有它的几何学，时间也有它的地理学，而地理也有它的历史学。这是文德能和芸娘共用的词汇。

"世上真有这样的书吗？"他问。

"至少可以试试。"文德能说，"或许到了老年，可以写出一章？"

谁又能想到，没有任何不良习惯的文德能，竟然没有自己的晚年。死是突然找上门的。在此之前，文德能只是发烧而已，有些气喘。皮肤上偶尔出现的绿色硬块，他还以为是郊游教文德斯爬树引起的。后来到了医院，竟然已是白血病晚期。应物兄还记得，最初的震惊过去，他立即想到，文德能完不成那本书了。

令人恸心的告别时刻到了，在生命的最后时刻，因为担心引起出血，医生不允许文德能刮胡子，文德能那清秀的脸上也因此杂草丛生。那个时候，文德斯坐在芸娘和阿姨中间，双眼噙泪，眼看着生如何成为死。文德能脸上的苦楚慢慢消失了，变成了微笑，很安详，就像睡着了一般，好像随时都能席地而坐，与朋友们聊天。就在这时候，文德能似乎又从昏迷中醒了过来，一个字母，一个字母，说出那个单词：Thirdxelf。

然后又清晰地说出了两个字：逗号。

正如芸娘后来所说，这个词其实是文德能生造的一个词：第三自我。那是文德能最早的一篇文章的题目。它的第一句话，就是："The thirdxelf，这是我生造的词，意为'第三自我'。"哦，这说明了什么？这说明垂危的文德能，又回到了最初的那个创造性的时刻，也说明他的思考一直清晰地持续到临终。

文德能的脸色随之变得微黄，又变得蜡黄。医生掐着表，记下了那个最后的时间。接下来的一个动作，是应物兄永生难忘的：芸娘抬起了文德能的手，将那只手抬向了文德能的胸部，然后继续缓缓移动着那只手,在它变得僵硬之前,用它合上了那双眼睛。芸娘后来解释说,这是文德能本人的要求。

哦,文德能,你用自己的手,合上了自己的眼帘。

文德能最后的泪水溢出了,慢慢消失于那片杂草。因为文德能说过,谁也不要哭,所以当护士给文德能剪去指甲、剃去胡子的时候,他们都没有哭。而文德能自己的眼泪,那曾经消失于野草中的眼泪,这时候再次出现了。剃刀挪开之后,文德能的脸有如黄绸,那泪水也就如同在黄绸上滑动,流得很慢,像蜜。

文德能的墓地就在凤凰岭,与他父母的墓地相邻。

朋友们手捧花环来给文德能送行。那白黄相间的花枝,开在被太阳晒得滚烫的金属圈上。麦子收割之后,大地光秃秃的。一群鸟儿正在低空盘旋,它们叽喳不停,跌宕起伏,仿佛在朗诵大地的语言。朋友们就在文德能的坟前约定,等一周年的时候,一定要相聚一次。这话当然是真诚的。在后来的日子里,文德能的名字确实也经常被朋友们提起,那当然也是真诚的。但是一周年过去了,三周年过去了,朋友们再也没能聚起来。如今,二十年过去了。

哦,死去的人是认真的,活着的人已经各奔东西。

这天中午,芸娘执意要去凤凰岭的墓地去看看文德能,但被他和文德斯阻止了。他们觉得,芸娘脸色很不好,点个头似乎就要晃倒。文德斯说,自己和阿姨去就行。

文德斯和阿姨走后,他和芸娘先在济河边的一个小饭店里坐了下来,然后又来到了小饭店旁边的一个旧书店。他们要在这里等待文德斯,然后一起再回到姚鼐先生家里吃饭。保姆已经来过电话了,问他们什么时候回去,共有几个人。

芸娘说:"让孩子先吃。"

随后,芸娘坐到了河边的空椅子上,面对着河水。他也坐了过去,轻轻地翻开了那本书。他觉得,自己仿佛回到了三十年前,就像一个学生在老师的监督下读书。他觉得这个时刻既神秘又美丽。在芸娘面前，我内心沉静。

他听见芸娘说："文儿让我写序。我想了想，摘了两句别人的诗，送他作题记。那是我的感受，不是文德能的。德能不会那么想。他涉及的领域太多了，哲学、美学、诗学、神学、经学、史学、文学、社会学、政治学，来不及孤芳自赏。"

那题记是芸娘手写的，笔迹略显凌乱，那是因为每个笔画都有些颤抖：

> 谁见幽人独往来，缥缈孤鸿影。拣尽寒枝不肯栖，寂寞沙洲冷。①

芸娘说："文儿说他不知道依什么顺序来编。我告诉他，你该问应物老师，《论语》各章节的编辑顺序是怎么形成的。我也提醒文儿，一部真正的书，常常是没有首页的。就像走进密林，听见树叶的声音。没有人知道那声音来自哪里。你听到了那声音，那声音瞬间又涌向树梢，涌向顶端。"

他现在看到的第一则笔记，是关于尼采的。文德能先是摘抄了尼采的话，然后写下了自己的话：

> 人们应尊重羞愧心！大自然就是因为这羞愧心才把自身掩藏在谜的背后，掩藏在斑驳陆离的不确定性背后。②

> 在尼采的晚年，他意识到自己时日无多，为《快乐的科学》重写了序言。这温情脉脉的言辞，似乎来自另一个尼采。尼采认为，不健康的现代哲学既是启蒙的代价，也是哲学本身的代价。尼采为何重提羞愧？因为现代哲学已经不知羞愧。羞

---

① 苏轼《卜算子·黄州定慧院寓居作》："缺月挂疏桐，漏断人初静。谁见幽人独往来，缥缈孤鸿影。　惊起却回头，有恨无人省。拣尽寒枝不肯栖，寂寞沙洲冷。"

② 尼采《快乐的科学·自序》："'亲爱的上帝无处不在，这是真的吗？'一个小女孩问妈妈。'我认为这么问，有失规矩。'这便是对哲人的提醒。人们应尊重羞愧心！大自然就是因为这羞愧心才把自身隐藏在谜的背后，隐藏在斑驳陆离的不确定性背后。"

愧的哲学,宛如和风细雨,它拥吻着未抽出新叶的枯枝。无数的人,只听到尼采说"上帝死了",并从这里为自己的虚无找到理由。但或许应该记住,羞愧的尼采在新年的钟声敲响之际,曾经写下了对自己的忠告:今天我也想说出自己的愿望和哪个思想会在今年首先流过我的心田,并应该成为我未来全部生命的根基、保障和甜美!我想学到更多,想把事物身上的必然看作美丽:我会成为一个把事物变美的人。

芸娘说:"如果德能活到现在,我不知道他的想法会不会变。可能会变。当然也可能不变。"

"您是说,现在看来,他有点乐观?"

"我们可能都是理智上悲观,意愿上乐观。你知道的,1888年春天的时候,尼采完成了最后一部书稿《权力意志》,他谈论的是今后两个世纪的历史。他描述的是即将到来,而且不可能以其他形式到来的事物:虚无主义的降临。我为什么会关注现象学?是因为又过了十二年,也就是二十世纪的第一年,胡塞尔开始用他的《逻辑研究》来抵御虚无主义。他的方法是回到'意义逻辑'和'生活世界'。这个过程极为艰难,持续了一个世纪。我看后来的那些西方哲学家,好像还没有人能够从根本上粉碎尼采的预言。似乎梦魇依旧。这也是我试图走出现象学的一个理由。"

"您是说,德能还是有点天真?"

"他也可能比我更早地意识到这一点。所以他说,想把事物身上的必然看成美丽,想成为一个把事物变美的人。"

芸娘说着,咳嗽起来。

他不便再问了,只好默默地翻书。

随着书页的翻动,我们的应物兄再次回到了很多年前的那个夜晚:两个灯盏遥相呼应,如微风中的蓝色火苗。这是因为他又看到了文德能提到的《大导寺信辅的前半生》。文德能显然非常喜欢这段文字,不然他不会一口气抄了那么多:

这样的信辅，一切都是从书本里学来的。不依赖书本的事，他一件不曾做过。他是先看到了书本中的行人，才去看街头的行人。他为了观察街头的行人，又去查看书本中的行人。而街头的行人，对他来说，也只是行人而已。这是不是就是他通晓人生的迂回之策？为了了解他们，了解他们的爱，他们的憎，他们的虚荣心，他读书。读书，特别是读世纪末欧洲产生的小说和戏剧。他在这冰冷的光辉中，发现了在他面前展开的人间喜剧。他发现了许多街道的自然美：靠了几本爱读的书，他观察自然的眼光变得尖锐了一些，发现了"京都郊外的山势""郁金香花丛中的秋风""海上风雨中的船帆""苍鹭在黑夜里飞过时的叫声"。他在自己的半生中，也曾对几个女性产生过爱，然而她们却没有一个使他懂得女性的美。至少没有使他懂得书本以外的女性美。"阳光中女性的耳朵"和"落在面颊上的睫毛的影子"，他都是从戈蒂耶①、巴尔扎克、托尔斯泰那里学来的。

这个夜晚，曲终人散，我再次蓦然从朋友的背影中读出了信辅。他们匆匆而来，匆匆而去。他们这是要去观察街头的行人？而我伫立窗前，如同信辅看着信辅，如同一个信辅看着另一个信辅从书中走向街垒。

"这个夜晚"是哪个夜晚？就是我取钥匙的那个夜晚吗？他们是谁？是我和费边吗？遗憾的是，这些笔记都没有注明时间。街垒？这个词没有用错吧？我记得，那天晚上，我回去得很晚，街道非常安静，哪里有什么街垒？哦，翻开下一页，他看到文德能对"街垒"这个词的解释。原来，文德能使用的"街垒"一词是有特指的。他也由此认定，文德能这段话，是在另一个晚上写的：

---

① 戈蒂耶(1811—1872)，法国唯美主义诗人、小说家。"为艺术而艺术"的倡导者。代表作为《死亡的喜剧》《珐琅与雕玉》。

在这个晚上，我怀着道德的重负，提到了兰波。1876 年 8 月 15 日，在印度尼西亚爪哇岛，一名华人在海边救起了一个濒死的士兵。这个人大口地吐着海水，自称是诗人兰波。他确实就是兰波，隶属荷兰外籍军团，是这年 5 月被派到爪哇岛的。三个月后，他就成了逃兵。我讲这些，是因为我的朋友，一个写伤痕小说的人，每次见面必谈兰波。我曾经喜欢兰波，但后来不喜欢了。我很想告诉他们，兰波的诗，在这个时代可能已是陈词滥调。

在二十世纪，"兰波族"成为专有名词，兰波的诗句"生活在别处"①成为很多人的口头禅。二战以后，美国作家亨利·米勒，兰波的崇拜者，一个真正的混子，一个流氓，一个瘾君子，宣称在未来世界里，"兰波型"的人将取代"哈姆雷特型"的人和"浮士德型"的人。他似乎说对了。于是在 1968 年，在法国巴黎，反叛的学生将兰波的诗句涂于街垒："我愿成为任何人；要么一切，要么全无。"我很想对朋友说：不要成为兰波，不要成为亨利·米勒笔下的兰波；不要相信兰波，因为兰波本人从未成为兰波。

文德能当然也摘抄了他喜欢的理查德·罗蒂。很多年前，文德能从竹编的书架上抽出了一本书，那本书就是《偶然、反讽与团结》。应物兄记得，文德斯曾经说过，哥哥走得太早了，没看到罗蒂的另一本书《托洛茨基与野兰花》，看到了，可能会更喜欢的。不过，现在他看到的不是文德能对那本书的摘抄，看到的是罗蒂关于海德格尔的一次发言：海德格尔是我们时代最伟大的欧洲思想家，而在真实世界里，海德格尔却是一个纳粹，一个怯懦的伪善者。文德能几乎全文翻译了罗蒂的那篇发言，然后简单地写下了几句话：

从逻辑上看，海德格尔没有活着的理由，因此他才将余生

---

① 见兰波《巴黎狂欢节》。

投入到比自我更伟大的目标中。我可以想象，海德格尔在他垂危之际，会祈求上帝给他力量，让他再度过一天，或是一小时，或是一分钟，让他继续投入到那个目标当中去。

他觉得，他触摸到了文德能那颗悲悯的心。

对文德能来说，仅仅悲悯是不够的。他不会停在那儿，他还要披荆斩棘继续往前走，继续"思"。哦，谁见幽人独往来，缥缈孤鸿影。

海德格尔说，在我们这个激发思的时代最激发思的东西恰恰是我们尚不会思。海德格尔后来对纳粹言行的缄默，是因为他在思。

海德格尔尊崇黑格尔，认为黑格尔是西方形而上学的完成，终结了两千年来无数的哲学家不断地给西方哲学打上形而上学印记的传统。海德格尔显然对黑格尔的那段名言耳熟能详："在我们这个富于思考和辩论的时代，假如一个人不能对于任何事物，即便是最坏的最无理的事物，说出一些好理由，那还不是一个高明的人。世界上一切腐败事物之所以腐败，无不有其好理由。"

海德格尔在他的思中，拒绝给自己找一个奇特的好理由。为坏事物找到好理由，已经耗尽了多少聪明才智。

书中影印了一些笔记。从影印的图片上看，文德能的那些文字，简直是叠床架屋：他甚至不断地继续给自己的笔记作注。比如，他将黑格尔的那段名言画下来，又在旁边写道：

马克思在《资本论》中驳斥资本家所谓的延长童工劳动时间的荒谬理由时，也引用了这段话。"好理由"何止存在于黑格尔、马克思、海德格尔所处的"富于思考和辩论的时代"？越是"最坏的最无理的事物"，越是会有一个最冠冕堂皇的"好理由"。

关于这则笔记,文德能要批注的内容还多着呢。就在这一页的页脚,文德能用批注的形式谈到了海德格尔对马克思的评价:

> 海德格尔也惊叹马克思的深刻:"因为马克思在体验异化时深入到历史的本质性维度中去了,因此马克思主义的历史观优越于其他的历史学。但胡塞尔没有。据我看来,萨特迄今也没有在存在中认识到历史事物的本质性。所以,无论是现象学还是存在主义,都没有达到可能与马克思主义进行建设性谈话这一维度。"[1]我已提醒芸娘这一点,并期待与她进一步讨论。

他问芸娘:"你们讨论了这个问题吗?"

芸娘说:"这段话,应该是他最后写下的。很可能是在医院写下的。他总是在不同时间重新翻阅自己的笔记,再给以前的笔记做批注。"

旧书店老板让服务员给他们送来了两杯茶。这个旧书店,三十年前就有了,他和芸娘都曾经是这里的常客。老板只有一条胳膊。当年还是个年轻人,现在已经老了。书店门上写着一个红色的"拆"字,笔画上的颜料往下滴,一直滴到地上,使那个字显得格外长,像三十年历史一样长。应物兄想起,九十年代初他再次来到这里的时候,八十年代那批启蒙主义理论的书籍,已经被论斤卖了。有一套书,曾经是他最喜欢的书,是李泽厚先生主编的,叫"美学译文丛书"。当年为了把它配齐,他曾不得不从图书馆偷书。当时,那套书就躺在书店里那间既作厨房,又作会计室,还兼作小便室的房间里。那些书摞了一层又一层。它们都还用红色的塑料绳捆着,还没有解开呢。老鼠曾用它来磨牙,在书脊上啃出了月牙似的豁口。蟑螂曾用它做婚床,在上面留下了黑色的斑点。那捆"走向未来丛书",他曾视若珍宝,可在这个旧书店里,老鼠竟在上面掏

---

① 海德格尔《人道主义的书信》。

了个窝,在里面留下了自己的形状。他记得很清楚,当他跪在地上,歪着脑袋朝窝里看时,一只土灰色的蜘蛛爬了出来。老板看见了他,在身后咳嗽了一声。

老板笑了:"帮个忙,拿出来,拿出来晒晒。"

于是他依着老板的意思,把它放到了窗台上,让它接受微风的吹拂。老板摸着书脊,指着那个洞,说:"就像拔了一颗牙,留了个洞。"

现在,这里的书大都已经搬走。老板之所以还留在这儿,是想拍下拆毁的镜头以作留念,还为了与老顾客告别。里里外外都打扫得很干净,跟顾客说话的时候,他不时抬起右手用袖管擦擦桌面。桌上还放着几本书,每本书上都夹着纸条,纸条上写着老顾客的名字。那是等待最后的顾客来取。

已经过了十二点了,文德斯还没有回来。

芸娘让他给文德斯打电话,告诉文德斯,直接到姚鼐先生家里去。

奇怪的是,文德斯竟然去了机场。他说,他要接的朋友飞机晚点了。

老板问芸娘:"文先生,走了二十年了吧?"

芸娘说:"你还记得文德能?"

老板说:"怎么不记得,当年你们两个经常来这里淘书。"

芸娘说:"大概也只有你还记得他。"

老板说:"他弟弟上周送来几本书。他说,整理哥哥的书架,发现有几本书是从这里借的,里面还夹着条①呢。当年我向外租书,一月五毛。他说,按这个价格算,那就是天价了。文先生定是忘了是租来的,在上面东画画,西画画,画了好多记号。他弟弟一定要付钱,我收了一百块。"

他赶紧问了一句:"那些书呢? 我都买下来。"

_____

① 借条。

老板说:"都被一个人买走了。"

芸娘也追问道:"是你的老顾客吧? 你一定认识他。他是谁?"

老板说:"这人呢,路过这儿,就会来坐坐。也不说话,阴着脸。他不是济州城的笑星吗? 自己却从来不笑。过年过节,他常在电视里露脸的。去年春节晚会他又出来了。'想死我了吧? 我才不想你们呢,我是路过。'他第一句话总这么说。他是学狗像狗,学猫像猫,学驴就打滚,学牛就哞哞。他肯定是文先生的老哥们。他把二十年的租金,一股脑全都掏了。他记性真好,扳着指头数,第二年租金就涨了,涨到了两块,第三年涨到了四块。我逗他,第四年涨到了五块! 他摇头摇得跟拨浪鼓似的。不不不,第四年你就只卖不租了。脑子多好使! 一共七本书,他付了两万块。是不是觉得老汉我丢了饭碗,该买个烧饼充饥? 他说,他手里也有几本,也忘了还了,算是一并结了。真知道顾全老汉的面子。不客气了,我收了他五千块。"

他听出来了,那人是小尼采。

哦,小尼采,我的朋友。

这时候,有个老顾客来了,五十来岁,问老板吃了吗? 老板分明没吃饭,却说:"吃了,不过了,老汉我只拣好的吃。吃了两只烤鸭。不过呢,这济州的北京烤鸭,跟北京的济州丸子,一样难吃。"

那老顾客径直去桌上拿书,然后拉开抽屉,把一百块钱丢了进去。

老板又说:"这事,我跟文先生的弟弟说了。就又往这里搬了一箱书。数了一下,五十本。说是送给哥哥的朋友。"没错,桌子旁边的板凳上,就放着一摞《The thirdxelf》。"可是,这一半天,店就要拆。你们要不都拿走? 再者说了,读书的人不少,可会读书的人不多。读这一本书,等于读了一屋子书。你们还是拿给会读书的人看吧。"

后来,他把那箱书搬到路边,招手拦车。

等车的时候，他问芸娘："这些书，要不先放到我那？"

芸娘问："乔木先生给太和写了一幅字：太和春煖？'春煖'这个词，含自我取暖、独自得暖之意。这本书，就是给学人看的。你发给你的学生吧。得告诉学生怎么读，要带着问题去读。这只是初步整理出来的笔记，就像线团。得有进入线团的能力，还要能跳出来。"

在人来人往、车水马龙的大街上讨论学术，是不是不合时宜？有那么一会，应物兄想到了这个问题。他想，如果对方是另一个人，那么不仅自己会觉得别扭，也会替对方感到别扭。但这是听芸娘谈，跟芸娘谈。芸娘在哪里，哪里就会形成一个学术的场域，就像在荒野里临时支起了一顶学术帐篷：一切都顺理成章，合乎时宜，水到渠成。线团就悄悄地等在那里，知趣地、静静地等在那里，等着芸娘把它解开，等着芸娘把它织成一块飞毯。

芸娘说："这是一代人生命的注脚。看这些笔记，既要回到写这些笔记的历史语境，也要上溯到笔记所摘引的原文的历史语境，还要联系现在的语境。你都看到了，这本书没有书号，没有出版社。它只能在有心人那里传阅。可是很多人都睡着了，要么在装睡。你无法叫醒装睡的人。怎么办？醒着的人，就得多干点活。需要再来一个人，来给这个注脚写注脚。这个工作，你本来可以做，但我指望不上你了。"

他认为自己说的是真话："倒不是因为忙。我是怕自己能力不够。"

芸娘说："你倒不需要责备自己。所有给《论语》作注的人，都比不上孔子，但他们的工作仍然值得尊重。等你有时间了，你可以帮文儿把这个工作做好。文儿的国学功底，哦，国学，权且用这个词吧，毕竟还不够扎实。你可以帮他。文儿说，小时候，他以为那些注啊，那些眉批啊，都是作者吩咐他哥哥写的。他有个说法，把我逗乐了。他说小时候看见通红的煤炭，觉得很神奇，以为它是小精灵拿着红刷子刷上的。他后来觉得哥哥的工作,就是用红刷子把煤炭刷红了。应物,现在那煤炭暗了下去,所以需要刷掉外面的灰烬,然后继续刷。一个刷子不够,那就用两把刷子,三把刷子。我想,你可以成为那第二把刷子。可你现在正忙着刷别的煤炭。我对文儿说,要是应物兄院长指望不上了,那我们就得另找一把刷子。"

他还不知道,文德斯此时在机场要接的那个人,就是"另一把刷子"。

他更不知道,那"另一把刷子"竟是陆空谷。

当然,还有更多的事情,他是无论如何也想不到的。哦,倒不是芸娘故意要隐瞒我。几天之后,当应物兄知道了事情的来龙去脉,他将对自己这么说,对芸娘,他唯有感佩。那个时候,他也才能知道,芸娘其实是在安排她的身后事。

90. 返回

返回的路上,芸娘提到了一个名字:海陆。

芸娘是这么说的:"刚才在旧书店,我又想起了海陆。海陆和那个老板见面就吵。他要把那些旧书全都烧了,换成新书。他说他可以掏钱给人家进书。老板说,书无新旧。他们就吵起来了。"

然后芸娘说:"我累了,得小睡一会。"

芸娘还是有点怕冷,从小包里取出纱巾,挡在了胸前。纱巾是淡灰色的,但上面有着靛青色的图案。他提醒司机,关掉空调。司机小声问:"你说去济大,是要去济大附属医院吗?"他对司机说:"是去济大的镜湖,要开进去。"

海陆?没错,这个时候他还不知道,芸娘的话看似无意,其实有意。

　　那是一个久远的名字，一个完全淹没在记忆中的名字。这两个字从刚才的废墟中升起，同时升起的还有废墟本身：它的一砖一石重新聚拢，楼道盘旋着向上延伸，门窗和阳台各就各位，核桃树再次挂上青果，爬墙虎重新在水泥墙面蔓延，土褐色的原始生物一般的壁虎又悄悄地栖息在爬墙虎那暗红的枝条上，并张开嘴巴等待着蚊子飞过。当然，与此同时，文德能重返青春，文德斯重返童年，用沙子擦拭奶锅的阿姨重新回到素净的中年，而所有的朋友突然间又风华正茂。

　　舞台搭好了，海陆就该登场了。

　　那是初春的午后。应物兄其实晚到了一会。文德能的客厅，气氛有些异样：竟然没有人吞云吐雾，抽烟的人都自动跑到了阳台上。有一个魔术师正在表演节目，他能够朝任何方向弯曲身体，仿佛是用橡皮泥做的。在表演的间隙，他蘸着口水去捻自己的胡子，好使胡子两边的尖头向上翘起。这个人其实是文德能的邻居，喜欢来这里凑热闹，然后混上两杯酒。若在过去，这套动作总能使人开怀大笑，但那天不管他做出怎样的怪动作，都没有多少人在意。文德能正一脸羞涩地与一个人说话。那个人，就是海陆。

　　海陆其实是他的绰号。他有多少个绰号？因为他研究胡塞尔，每每以胡塞尔的观点统摄一切，所以人们叫他陆塞尔，或者塞尔·陆；研究海德格尔的时候，他叫陆海德，也叫海德格尔·陆。当他第二次还是第三次出现的时候，人们就叫他海陆了。

　　现在，在返回的出租车上，他想到了海陆姓陆，但他没能想到海陆与陆空谷的关系。

　　海陆问文德能："她不是研究闻一多的吗？何时开始研究哲学了？"

　　海陆有些疑问，是因为文德能告诉他，芸娘待会要来。

　　文德能说："这并不矛盾。"

　　海陆说："女性哲学家？一个奇怪的词，一个矛盾修辞。就像方的圆,圆的方。就像白色的乌鸦,饶舌的哑巴。女人研究哲学,既糟蹋了女人,又糟蹋了哲学。她为什么要去研究哲学呢?哲学,让女人走开!"

对了,当时一个写先锋小说的人就站在他们旁边。小说家翻着一本杂志,杂志的封面是个女作家。小说家突然笑了起来。笑声引起了海陆的注意,他问文德能:"这位朋友是——"

文德能说:"他是小说家——"

海陆就说:"喂,小说家,问你呢?中国的小说为什么总写那些儿女情长?还他妈的特能狡辩,说中国是人情大国,不写儿女情长写什么。可是,儿女情长算什么呢?说说看,情感又算得了什么呢?有多少哲学意义?"

小说家把杂志从脸上移开,随口附和道:"我就不写。哥们,哥们只写花园迷宫。"这个小说家其实是个结巴,反问道,"阿、阿、阿兰,罗罗罗伯,格格格里耶,知道吗?豪、豪、豪尔赫,路路路易斯,博尔赫斯,知道吗?"

海陆说:"你喜欢的人还真不少呢。不过,这七八个人,我全无兴趣。"

小说家说:"没意思。"然后,把那个杂志扔到了沙发上。

海陆掏出过滤烟嘴,非常熟练地把香烟拧进去。他是唯一在客厅里抽烟的人。他对小说家说:"你的表情告诉我,你说的没意思,并不是没意思。是这个意思吧?我想,我没有说错。"

小说家说:"你说的意思,是什么意思?"

海陆吐了一口烟:"问得好啊!没意思就是另一种意思。"然后他歪着头,看着沙发上那本杂志,看着杂志上的女作家头像,说,"我喜欢和一流的女人谈论问题,读二流的小说思考问题,写三流的诗歌表达问题。"他到底要说什么呢?他要谈论、思考和表达的问题,属于一流、二流还是三流?

就在这时候,芸娘进来了。

芸娘是自己将那虚掩的门推开进来的,所以几乎不为人所知。应物兄之所以及时地看到她,是因为他的目光刚好落到门边。由于文德能不会拒绝人,所以客厅里常会出现一些莫名其妙的人。他觉得,海陆就是这样的人。他正想着,要不要离开呢。芸娘进来之后,坐在了门口左侧的一张沙发上。在她的面前,刚好是魔术师带来的一只鸟笼子,里面是一只鹦鹉。她俯下身子观察那只鹦鹉。她披着一条很大的披肩,黑地红点的披肩。在她俯下身子的同时,她轻轻地抬起了手腕,拦住了那条披肩,预先防止了它的滑落。她的打扮看上去是漫不经心的,但那是一种精心打扮之后的漫不经心。芸娘无疑是俏丽的,但俏丽出现在别的女人身上就只是俏丽,而芸娘略显丰满的脸颊以及略显苍白的脸色,在她的身上却发展出了一种混合了不幸的贵族气息的优雅。她无疑是敏感的,她的脸,她的嘴角与眼角,都透露着她的敏感,但她又用一种慵懒掩饰了自己的敏感。当她把目光投向文德能的时候,她看到了海陆。于是她又起身,走了过来。她没有伸手。此刻,她的披肩好像能够心领神会似的,恰到好处地滑落了下来,使她刚好需要用手把它拦住。她对海陆说:“德能告诉我,你到了济州。”

“久仰！久仰！”

“久仰我什么呢？我要写的书,还没有写出来呢。”

“你太美了。”

“谢谢！不过,我并没有你感觉到的那种感觉。”

芸娘无疑是尖锐的。同时,她好像又为自己的尖锐感到了不好意思,于是她伸出手来,示意海陆落座。海陆这次挑了一个最好的位置坐了下来,而她却暂时还留在原地。但她的目光,却已不在此处。她侧着脸,向应物兄打听一个人。

“小郏有消息吗？”她说的小郏,就是郏象愚。

“听说去了香港,听说拜在了一个儒学家的门下？”

“是吗？”她问。一道阴影出现在了她的嘴角,有如阳光下浮雕的纹路。

然后，她对海陆说："我在德能这里看到了你寄来的杂志，上面有你的照片。杂志上的照片，比你本人要大。女人总喜欢挑年轻的照片放在书上，男人却是相反。当然也不一定。男人老的时候，就喜欢年轻时的照片了。都说女人是本质主义的天敌，其实男人也是。"

与记忆中这些鲜活的细节比起来，那天谈论的话题好像就显得微不足道了。应物兄记得，芸娘拍拍沙发，让他坐到她的身边。她虽然曾是他的辅导员，但她却反对他叫她老师，他跟别人一样叫她芸娘。他说："芸娘，您应该坐到那边去。"他指着另一张沙发。那个沙发的位置更好，而且刚换了干净的沙发套。但她说："这里离门窗近，透气。"她无疑是极爱干净的女人，沙发上扬起来的微尘使她的鼻翼皱了起来，但随之而来的又是宽容的笑。

海陆问文德能："我可以讲话了吗？"

文德能一愣："可以，当然可以。"

奇怪得很，海陆竟然随身带了一个麦克风。他先是反复调试着麦克风，然后咬着麦克风说，他刚从德国回来。哦，其实他三年前就从德国回来了。他说，解构主义已经吃不开了。本来就是痞子当道，再解构下去，裤衩就要脱光了。脱光了也回不到伊甸园，回到伊甸园也吃不到树上的果子，非饿死不可。然后，他又提到了一大堆名词，一连串的英语单词、德语单词。

应物兄觉得，英语和德语反正听不懂，听着倒很悦耳。倒是已经译成汉语的那些名词，疙里疙瘩的，有如一个个绊脚石，让人很不舒服。陆塞尔又再次说到了情感。他说情感在哲学上没有意义，哲学家应该排除情感。黑格尔说，肉是氮氢碳，虽然我们吃的是肉，不是氮氢碳，但现在的哲学研究应该回到氮氢碳。他说，他希望把他的这个想法，传递给在场的每一个人，并通过在场的朋友传递给所有研究哲学的人。

芸娘用手遮住了前额。她为他感到羞愧。

她左手的无名指上，戴着一枚硕大的戒指，是祖母绿。

但大多数时候，芸娘只是静静地听着，偶尔蹙眉。应物兄听见她说："给我一支烟。"他递给她一支烟，但她只是闻着，并不点燃，或者用它在手上画来画去。每次看到这个动作，他都知道，芸娘这是在提醒自己不要说话。每次看到这个动作，他都会想起耶稣面对不贞的妇人，在沙地上写字的情形：它代表着宽恕。

海陆说了一通之后，似乎意识到了气氛的异样，突然停下来不讲了。他犹豫了一下，还是说："我想听听女性哲学家的看法。"海陆把麦克风递了过来。

似乎无可回避。

芸娘的嘴角又涌现了略带嘲讽的微笑。她说："我开会的时候是不说话的。我怕麦克风。有一种现象就叫麦克风现象：只要坐到麦克风前面，你说的就不是你想说的，再好的麦克风似乎都不能完全保真。"

海陆摸索着，把麦克风关掉了。

芸娘说："但你可以用麦克风。这个麦克风的保真效果很好。"

海陆似乎并没有听出其中的讥讽，又把麦克风打开了，并坚持让她说几句。那麦克风就伸在他和芸娘之间。

芸娘微微侧着身子，以躲开麦克风。芸娘说："听德能说，经常往济州寄杂志的朋友来了，就过来看看，以示谢意。我很后悔自己的英文不够好，读英文原著很吃力，需要看那些翻译，需要看那些根据翻译写成的文章。不过后来我不后悔了，因为除了英文原著，还有德文原著，还有古希腊原著。即便你是个语言天才，你也不可能全都掌握。"随后她又就近取譬，以眼前的鹦鹉为例，说，"我现在看到的大部分关于西方哲学的著作，大都是鹦鹉写出来的，说了很多问题，其实是没有问题，因为鹦鹉说出来的问题都是别人的问题。"

那只鹦鹉突然在笼子里跳了起来。

芸娘停下来,问那个魔术师:"它是不是饿了?"

魔术师橡皮泥似的身体朝芸娘弯去:"说得对!它饿了。"

芸娘说:"不能说饿了,只能说,在一定时间内,胃的排出量多于进食量。"

世上所有魔术师,都是机灵鬼。他听懂了芸娘的弦外之音,弯下腰,脑袋几乎挨着了地面,看着鹦鹉说:"我得给它吃点氮氢碳。"他从袖口掏出了一只精致的镶着铜钉的木匣子,打开后,里面蠕动着通体发红的小虫子。没错,他所看到的最好的鹦鹉食品,似乎都是那些小虫子。它们纠结在一起,上下翻滚,争先恐后地摇晃着小脑袋。

海陆的嘴巴咔嚓一声。他竟把塑料烟嘴咬劈了。

这天还发生了什么,我们的应物兄已经记不起来了。

他倒是记得芸娘对海陆的评价。那已经是几天之后的事了。地点是在芸娘的家中。芸娘当时刚搬到城郊,紧挨着一片麦田。小麦已经安全越冬,正在返青。他们谈话的时候,透过窗户可以看到麦田里的乌鸦时而惊飞而起,时而又栖落在某棵孤零零的柏树上。柏树下面是坟头。柏树在初春的阳光中是耀眼的,比柏树下面的残雪还要耀眼。耀眼的还有乌鸦的翅膀,它有如黑色的锦缎。

"海陆离开济州了吗?"

"听文德能说,第二天他就去了武汉。"

"又到武汉做报告去了吧?有人说,他做的是带功报告。做带功报告,听众必须放松,寂静无声,然后就会有哭的,有笑的,有跳的,有跪的,有耍猴拳的,有学驴打滚的。如果他的报告没有达到效果,他就会感到失望。"

"我也是第一次见到他。"

"他虽然是从德国回来的,但却是英国意义上的学者。"

"为什么说是英国意义上的?"

"这里面有一个好玩的典故。一个德国哲学家问一个英国哲学家，英国人的词汇里有没有和 Gelehrte① 相对应的词，那个英国哲学家说，有啊，我们管他们叫作沾沾自喜的人。"芸娘说着，笑了起来。

但随后，芸娘透露，海陆第二天其实并没有去武汉，而是来到了她的家中。她还请他吃了饭，并陪着他在麦地里散步。她的父亲和海陆喝了酒。海陆酒量很大，喝白酒就像喝啤酒。海陆说，要把她的诗译成英文和德文。

"那几首歪诗，不值得劳他大驾。不过，他可能真的是个好译者。本来就是歪诗，他要是再翻译歪了，那就刚好是负负得正。"

哦，有一点是他们不知道的，就在他们这么开玩笑的同时，海陆其实已经又到了济州。在后来长达两年的时间里，海陆还将无数次地在济州出现。最初，他住在文德能家里，后来有时候住在车站旁边的宾馆，有时候住在芸娘家附近的招待所。比他本人到达更勤的，是他的一封封情书。他觉得文德能对芸娘更为了解，所以经常向文德能请教，他该做些什么才能够打动芸娘的芳心。

那个时候，除了文德能家里的阿姨，没有人知道文德能也深爱着芸娘。

由于海陆对芸娘的疯狂追逐，文德能知难而退了。

芸娘难道就没有感觉到文德能的爱吗？当然会感觉到。那么，芸娘为何在此之前没有与文德能走到一起呢？除了文德能没有主动提出之外，是否还有别的原因呢？这真是个谜。但无论是芸娘还是文德能，都没有提起过此事。

说起来似乎有点残忍：海陆写给芸娘的情书，有时候就是在文德能的书房里完成的。关于那些情书，芸娘倒是提起过两次。芸娘说，海陆的汉语词汇量好像有限，最喜欢用的标点符号是惊叹号，最喜欢用的一个词叫"络绎不绝"，最喜欢说的一个句子是："芸娘啊！我对你的爱！！络绎不绝！！！"

---

① 德语：学者。

两年后,文德能在父亲去世之前,与一个姑娘结了婚。正逢出国大潮,那女人随后就去了澳大利亚。又过了两年还是三年,她回国与文德能办了离婚手续。

海陆来参加文德能婚礼的时候,对朋友宣布这次绝对不能空手而返,一定要让芸娘接受他那"络绎不绝"的爱。

芸娘再一次拒绝了他。

拒绝的理由,还是那句话:"我没有你感觉到的那种感觉。"

病急乱投医。求爱不得的人,总是会向别人诉苦,向别人讨教。应物兄现在想起,有一天他去文德能家里,文德能刚开门,对面的门也开了。原来,那些日子里,海陆白天就待在对面魔术师家里。他们已经混成朋友了,一三五打麻将,二四六看录像。听到这边门响,海陆麻将一推,就跑过来了,向他打听芸娘有什么动静。海陆是这么说的:"我今天运气特别好,做了个七对子,也做了个一条龙,刚才又来了个杠上开花。连鹦鹉都祝福我了。你是不是给我带来了好消息?"

文德斯问:"鹦鹉怎么说的?"

海陆说:"格尔高,格尔高。意思是海德格尔陆,高,实在是高。它其实是想说,我运气来了,挡都挡不住。"

文德斯说:"它那是虫子吃多了,打嗝呢。"

阿姨把文德斯拉到他自己的房间去了。海陆立即垂头丧气,向他和文德能复述了一遍自己和芸娘的谈话,然后让他们替他分析他到底哪里做得不好,芸娘的话到底是什么意思。海陆说:"我们已经谈到女儿问题了。她很喜欢我女儿。她说,如果她有女儿,就叫芸香。我已答应她,回去就把女儿的名字改了,改成芸香。"

他问:"芸娘原话是怎么说的?"

海陆说:"她的原话是,你有个漂亮女儿,是吧?我就说,她也会是我们的漂亮女儿。她跟你长得还真有点像哎。你们在一起,就像一对幸福的母女。"

他问："芸娘怎么说？"

海陆说："她说，'像'从来不是'是'。你'像'一棵树，和你'是'一棵树，从来不是一回事。她跟我不谈爱情，谈词性。她说，'是'是判断系词，是把谓词归结到主词的本质里去。我都被她弄晕了。"

他劝海陆，还是接受这个事实。

海陆立即说："我都准备为她离婚了，已经拉下脸，给老婆下了最后通告了。这通告不是白下了吗？"海陆看着沙发上的麦克风。那麦克风已经被他摔坏了，成了文德斯的玩具。文德斯喜欢拿它去逗魔术师家里的那只猫。

他记得，大概在两天之后，芸娘倒是主动跟他谈起了海陆和他的女儿。芸娘对海陆虽然没有什么好感，但也并不太反感。芸娘说，她劝海陆不要离婚。她甚至首次向别人讲述自己的童年。她七岁的时候，父母离了婚。父亲对她依然很好，甚至更好了。她吃药的时候，父亲总是一手端着水，一手拿着她爱吃的话梅。等她含了药，他就赶紧喂她喝水，然后把话梅塞到她嘴里。她小时候最喜欢吃话梅，但因为那是父亲喂的，她就告诉自己不去舔它。她想把它吐出来，但又担心伤了父亲的心。父亲呢，一会跑来按按她的腮帮子，发现它还在那，以为她舍不得吃呢。她小时候最喜欢的图形，不是圆形，而是椭圆形，因为它有两个焦点，它还像鸡蛋。小时候她喜欢吃鸡蛋羹。他总是用小勺把软黄的鸡蛋羹挖成椭圆形，然后喂她吃。尽管如此，她仍然对他不满，觉得他遗弃她和母亲。

她是不愿看到同样的故事，在那个女孩身上重演。

她说："别说我没有感觉到他的感觉。就是感觉到了，我也不会同意的。思想的本质就是警觉，就是不安。让我不安的事情，已经够多了。"

他说："那我去劝劝他？"

芸娘说："很快就过去了。"

他说:"看他的架势,他好像真的准备离婚。"

芸娘笑了:"一三五打麻将,二四六看录像。再换成一三五看录像,二四六打麻将,事情就过去了。"

这么多年过去了,他已经把这事忘得一干二净了。现在,想起此事,他却又觉得,它好像就发生在昨天。他甚至还能记得,他和芸娘说话的时候,外面下着雨。芸娘喜欢住一楼。她在一楼的小院子搭了个小的工具房。雨点在工具房的檐头顿一顿,拉长了,变成了芸娘喜欢的椭圆形,然后落下来,在地面上溅起细碎的水滴。哦,瞧啊,我们的应物兄记得多清楚。他的脑子真是太好了。

可是,这么好的脑子竟然没能想到,那个女孩就是陆空谷。

此时,在返回济大的路上,他从后视镜里看到,芸娘已从小睡中醒来。她一定是发烧了,因为她用两条纱巾裹着自己。光线照临到车内,树影在她的脸上滑过,不同形状的光斑在她的前额一闪而逝。她的嘴角依然带着惯常的微笑。而她微蹙着眉头,则表明她其实忍受着病痛。他想把外套脱下递给她,但又担心上面的烟味让她感到不适。

镜湖终于到了。

经过第一个减速带的时候,芸娘说,她想下去走走。

他也下了车。出租车先是缓慢地开着,与他们保持着相近的速度,然后和他们一样停了下来。靠近湖岸的地方,水面上摇动着荷叶。芸娘问:"那就是所谓的程荷吗?"

他向芸娘解释道,当初子贡带来了九颗莲子,取的是"九思"的意思。确实种到镜湖中去了。为了保证它不与别的荷花混到一起,就把它埋在了陶制的大缸里,里面放的是河泥。大缸下水的位置,并不是他们现在看的位置。那里长着一株野生的构树。而在这里,岸边的乱石丛中,长的却是一株无花果。他告诉芸娘,自己曾经去看过几次,发现那里并没有荷叶长出。"没什么动静,倒是有鱼草浮出来。"他说。他进一步解释:子贡带来的莲子,早已干透,硬得像子弹,需要先用水泡开,再撬出一条小缝,才有可能发芽。当然,他也告诉芸娘,说不定过上一两年,就可以看到那古莲,也就是所谓的程荷了。

有几片很小的荷叶浮在水面,与别的荷叶不同。

那是睡莲。

镜湖里到底种了多少种荷花?

芸娘似乎就是被睡莲吸引了,弯腰朝它看去。

哦,在那片睡莲上,有两只虫子。不是虫子,是蚕宝宝。原来"蚕姑娘"把蚕宝宝放到这里来了。还好,斜向湖面的无花果树刚好在那里洒下一片浓荫,不然它们非被晒死不可。有一只蚕,正在吐丝,它大概就是早上看到的那只旁若无人、挺着胸、昂着头、什么也不吃的蚕。丝从它的嘴里吐出来,同时吐出来两缕,离开了它的嘴才合成一缕。它的身体上已经缠了一些蚕丝。随着新的蚕丝吐出,缠在它身上的蚕丝明显变厚了。他开玩笑地对芸娘说:"它正一点点变成您喜欢的椭圆形。椭圆形的蚕茧。"

另一只蚕则在荷叶的边缘爬行。

芸娘说:"先生曾在殷商墓中发掘出一个玉器,荷叶用墨玉雕成,荷叶上的蚕宝宝则用白玉雕成。先生说,这只是宫廷艺人的想象。快把它拍下来。先生回来了,给他看看。"

他拍了照片,也拍了视频。

那只蚕宝宝在荷叶上蠕动着。荷叶为此而荡漾。它其实是找不到下嘴的地方,因为它必须从边缘下嘴,但荷叶的边缘却是水,而水正是它的天敌。也就是说,必须在荷叶上戳一个小洞,它才能够把荷叶吃到嘴里。但如果挖一个小洞,水又会冒出来。现在,它的尾巴朝向荷叶的中心,头则是朝向水面,它要小心地从翘起的那一点点荷叶的边缘下嘴。它的嘴巴处在水与叶的界面。

他摘了一片无花果树的叶子,把它捏了起来。他没有去惊扰那只正在吐丝的蚕。他怕影响它作茧，影响它化蝶，影响它做梦。手中的那只蚕，他本想放到无花果树上，但不知道它是否吃那叶子。芸娘又摘了两片叶子，把它包了起来，说待会把它还给"蚕姑娘"。一只蚂蚱从芸娘的脚下飞过，她猛地抬脚，给它放了生，并且目送它挺立在草茎的顶端。

就是那一抬脚，芸娘就累了，说她想坐一会。

他就陪着芸娘坐了下来。

芸娘又是有意无意地问到一件小事："八五年冬天，我们在湖面上办过一次冰上舞会。还记得吗？"

哦，当然记得，因为那是他第一次看到芸娘跳舞。那天是元旦前夜。一九八五年，风调雨顺的一年。它将在黎明到来之前离他们远去。那年冬天的寒冷其实是对温暖的春天、热烈的夏天以及果实累累的秋天的回应。所以，它的寒冷也就同时蕴含着温暖、热烈和喜悦。好像是为了提醒人们注意这一点，雪花及时地飘落了下来。哦，只有在未来的记忆中，你才能感受到当时未能体会到的无限惜别之意。

芸娘说："我这会想起来了，文儿在书里收了一首诗，写的就是那场舞会。他搞错了，那首诗不是文德能写的，是文德能的一个朋友写的。"

哦，那天他是第一次看到文德能。文德能还带了一个朋友，那个朋友是山东人，也是研究闻一多的，主要研究方向是闻一多和十四行诗的关系①。如果没有记错的话，那个诗人名叫华清，留着一

① 华清《闻一多的"商籁体"》："闻一多译介的十四行诗，力图重现原诗的格律形式，体现了他本人的'节奏就是格律'的诗观。闻一多对韵式、建行、意象等诗学元素的处理，同时借鉴了中国格律诗和意、英、俄十四行诗的经验。我本人在1985年冬天写下第一首十四行诗的时候，体会更深的是闻一多对十四行诗的一句论断：一首理想的商籁体，应该是个三百六十度的圆形，最忌的是一条直线。我写的是一对相恋甚深的人在冰上跳探戈的情景。探戈的旋转正好为三百六十度的圆提供了契机。闻一多曾写过十四行诗《爱的风波》，我模仿闻一多，将自己的第一首十四行诗起名为《爱的风度》。"注："商籁体"一词，是闻一多先生对Sonnet（十四行诗）的音译。

部络腮胡子,令人想到张飞,但说起话来却柔声细语的。华清刚和文德能一起走黄河回来。华清写了几首诗,是带有闻一多风格的诗,想让芸娘看看,就让文德能带他来到了济大,没想到刚好碰上他们在冰上举办舞会。几个女同学缠着文德能和那位诗人,让他们讲讲自己走黄河的壮举。想起来了,那天芸娘穿的是暗红的毛衣。华清说,她就像一只火鹤。

芸娘说:"你把这湖,当成海了。"

华清说:"你不是说过,从另一个星球上看,海就是湖。"

芸娘说:"那是很早以前的话了。"

华清说:"最近的,也看过啊。雪崩的时候,每片雪花都不是无辜的。"

芸娘说:"德能,未经允许,你就把那些句子拿给别人看了?"说这话的时候,芸娘佯装生气。

文德能说:"是他自己从本子里翻出来的?"

同学们依然缠着文德能,非让他说说走黄河的壮举。

文德能说:"好多人走黄河,是给自己定的任务,从头走到尾。我没走黄河。我只是去了几个想去的地方。很多人世世代代在那里生活,你认为是英雄壮举,人家认为你是来玩的。很多人就是为了玩。"

华清说:"这一路上,我陪着文德能,颠簸在穷乡僻壤、荒山野岭,驻足于荒寺古庙,考察危梁斗拱。骡子骑得,鸡毛小店住得。在风陵渡遇到下雪,过铁桥的时候,文德能差点被掀到河里喂鱼。同学们,你们肯定不知道什么叫风雪交加。城市里再大的风,都是扇子扇出来的,不叫风。城市里再大的雪,都只是撒胡椒面,都不叫雪。真正的风是从山上吹过来的,真正的雪是从天上砸下来。"

芸娘说:"德能啊,你这是逞能啊。弱不禁风,却敢走黄河? 你要有个闪失,德斯怎么办?"

文德能说:"那不还有你吗。"

芸娘说:"我?我连自己都照顾不好,还能照顾孩子?"

他们的对话自然又亲近。随着音乐响起,周围那些年轻的身体舞动了起来。不时有人滑倒并发出欢快的尖叫。后来,人们鼓动芸娘也跳上一曲。芸娘说,那种迪斯科她不会跳,华尔兹倒是会跳,但它太慢了,越跳越冷,会冻着的,她只会跳探戈,是跟着父亲学的,不知道这里有没有人会跳?华清立即说,文德能会跳。又说,他最想学的就是探戈,但文德能说,他只和最漂亮的女士跳。事后想来,善于观察的诗人之所以这么说,除了赞美芸娘,可能还在暗示,他知道文德能暗恋着芸娘。

文德能走向了芸娘。探戈史上最著名的舞曲《为了爱》响起来了。它的另一个译名更是致命的隐喻:《一步之遥》。那是一首三分多钟的曲子。多年之后,应物兄在电影《闻香识女人》中再次听到这首舞曲的时候,他眼前浮现的就是那个冰上舞蹈。

> 两双眼睛因羞涩而更加明亮
> 有如冬夜因大雪而变得热烈
> 多么优雅,力与速度的节奏
> 那孤独者的三分钟:为了爱
> 热流与冰,呼吸与风的交替
> 回旋出这个时代特殊的气息
> 火鹤将飞,掠过湖心的碎银
> 美慕的眼神是我祝福的诗句
> 欲拒还迎啊,瞬间即是永恒
> 那摩擦的热与能,迅速升华
> 但又后退,错过,无言闪开
> 仿佛是要独自滑向冰的背面
> 而波涛中又有着精确的方位
> 为凝视彼此保持必要的间距

没错,这首诗的作者就是华清。华清说,他虽然研究的是闻一多和十四行诗的关系,但这首诗却是他写下的第一首十四行诗。现在,我们的应物兄突然意识到,芸娘之所以提到这首诗,可能并不仅仅是为了说明文德斯搞错了,而是为了委婉地向他透露这样一个信息:这首诗里,其实隐含着她与文德能为何没能走到一起的原因:他们后退,错过,无言闪开,为了保持精确的方位,为凝视对方、为两颗心的相撞,拉开必要的距离。

哦,火鹤!那只火鹤,现在穿的是灰褐色的衣服,围着靛青色图案的纱巾。

据说,当华清把这首诗拿给芸娘看的时候,芸娘对这首诗本身未置一词。随后华清与芸娘有过简短的交谈。

"我看见有人传抄你的诗。你好像很少写到爱情?"华清问芸娘。

"我太注重爱了,因而无法在诗里写到它。"芸娘说。

"可我感觉到,你好像被爱所包围。"

"那么,你是说,我不写这个,是出于谦逊?"

在后来的日子里,镜湖岸边这个正午,也将多次走进应物兄的回忆。他甚至记得,身边的那株无花果树正散发着淡淡的乳香。在回忆中,芸娘纱巾上那令人愉悦的靛青图案,也不免带上悲剧的意味。也只有在回忆中,他才会知道,芸娘随后对他说的那几句话其实已经在暗示,她认为自己将不久于人世。

"那个华清,张飞的脸,黛玉的心。他真是心细,打过电话,说他今天要来。我没让他来。我说,等镜湖结冰的时候再来吧。我还跟他开玩笑,是不是看到德能的书中收录了你的诗,来打官司了。他说,不,那首诗其实是经过德能修改的。他说,改了那一句,才像是闻一多先生所说的三百六十度圆。"

那当然是最后一句。它们首尾呼应,仿佛可以循环往复,仿佛那三分钟时间可以不断重来,不断从羞涩到凝视。当文德能亲自动手修改这个句子的时候,他一定默认了一个事实:保持终生的朋友关系。

他对芸娘说:"我只见过他一面,记得他长着络腮胡子。"

芸娘说:"他再来的时候,如果我不在了,你替我接待他。"

正是因为芸娘直接提到了那首诗,他才突然意识到,芸娘是在向他委婉地解释自己与文德能为何没有走入婚姻。

虽然只有几步路了,但芸娘还是又上了出租车。有一件事,他是后来才知道的:就在他们乘坐的出租车开进校园,驶到镜湖边第一条减速带的时候,陆空谷刚好打开车门。她和文德斯走进了经五路的花卉市场。他们当然没能买到芸香,因为芸香并不是常见的花卉,必须提前预订。

陆空谷要想手持芸香来拜见芸娘,最早也得等到第二天。

这一天,应物兄把芸娘送上楼的时候,倒是问了一句:"那个海陆,后来好像没有消息了。他后来是不是不做研究了?"

芸娘说:"他又去了德国。两年前,去世了。"

他愣在那了。在那一瞬间,在那个"时间的缝隙",他原谅了海陆所有的疯狂、荒唐和冒失。

芸娘说:"一代人正在撤离现场。"

他不知道该怎么接话。接下来,他听见芸娘说:"我也是听朋友说的。他最后倒向了儒学研究。你看,我可能说错了。不该说'倒向',该说'转向'。他后来研究王阳明,有了个新绰号,他用它做了笔名。还真是好听:格竹①。"

保姆的小孙女从楼梯上跑了下来。

她穿着花衬衣,小短裤。她胖乎乎的下半身还像个蚕宝宝,上

---

① 王阳明《传习录》:"众人只说格物要依晦翁,何曾把他的说去用?我着实曾用来。初年与钱友同论做圣贤,要格天下之物,如今安得这等大的力量?因指亭前竹子,令去格看。钱子早夜去穷格竹子的道理,竭其心思,至于三日,便致劳神成疾。当初说他这是精力不足,某因自去穷格,早夜不得其理,到七日,亦以劳思致疾。遂相与叹圣贤是做不得的,无他大力量去格物了。及在夷中三年,颇见得此意思,乃知天下之物本无可格者。其格物之功,只在身心上做。决然以圣人为人人可到,便自有担当了。这里意思,却要说与诸公知道。""守仁格竹"一词,即由此来。

半身已经变成了蝴蝶。她噘着嘴，哭着。一只哭泣的蝴蝶。蝴蝶飞到了芸娘的怀里。在楼梯上，还站着两个人。那两个人与保姆站在一起。他们夸芸娘气色真好。

他们是济大附属医院的医生。

应物兄认识其中的一个，他是肿瘤科的医生。一种不祥的感觉，像最苦的药丸，迅速地卡在了应物兄的喉咙。

"芸娘，你让我们找得好苦啊。"那个医生说。

"可不是故意躲你们。"芸娘说，"我手头的事太多了，忙不完啊。"

"有个好消息要告诉你。"医生说，"检查结果出来了，情况比想象的好。但还得再做一项检查。"

"我今天可不能跟你们走。我等人呢。"

"不就是等文德斯吗？"

"你认识文德斯？文儿怎么了？"

"他没怎么。我认识他，是因为老太太是他照顾的。医院上上下下的人都认识他。我就是从他那里知道，你在这儿呢。跟我们走吧。"

"你们回去吧。明天早上我自己去。就是检查，不也得等到明天早上吗？"

"葛校长给我们下了命令，让我们必须把芸娘照顾好。"

"你们可真逗，葛大人那么一个大忙人怎么会管这么细！"

"葛校长是这么说的，"医生拿出一张纸，念道，"同志们，要充分引起重视了。GC集团的人都知道芸娘，可见此人还有国际影响哩。姚老也太低调了。举贤不避亲嘛。他怎么从来没有跟我说过？亡羊补牢，犹未晚也。总之，你们要好好制定一个医疗方案，有什么好药，有什么好办法，都给我上。必须让她在济大好好发光发热，好让她为济大美好的明天贡献力量。"

"快收起来吧。说得我好像是个文学人物似的。"芸娘抹去孩子脸上的泪,说,"我总得吃饭吧?"

"文德斯说了,您不屑做文学人物,您是人物。"医生说。

"这帽子,能把我压死。"芸娘说。

芸娘把无花果树的叶子打开,让"蚕姑娘"看那个蚕宝宝,还咬着"蚕姑娘"的耳朵,问:"告诉我,是不是你放在荷叶上的?"

"蚕姑娘"说不的。她感谢芸娘又给了她一个蚕宝宝。她说的肯定是真的。因为她立即接过那蚕宝宝,捧着它,然后像蝴蝶一样飞走了。她要把它放到那个纸盒子里。

第二天中午,十点多钟的时候,他想,芸娘的体检结果或许应该出来了。他立即下楼要赶往医院。他把车倒出车位,就接到了文德斯的电话。文德斯说:"芸娘担心你来医院,让我跟你联系。"他仔细地品评着文德斯的声音,觉得那声音中好像没有悲音。他有点放心了。接下来,他听见文德斯说:"胸部有个很小的肿块,它压迫了神经,使她感觉到双肩和颈部有些不适。幸亏发现得早。"

"肯定是良性的,是吧? 必须是良性的。"

"当然是良性的。"

"德斯!"他喊道,"我马上就到。"

"别来。你知道,芸娘是很注重隐私的。这事不能让任何人知道。医生和芸娘也签订了保密协议。"

"现在都有谁知道了?"

"你,我,陆空谷。"

"陆空谷? 她在济州?"

"她要亲自照顾芸娘。我当然也可以照顾她,但毕竟不太方便。"

91. 譬如

譬如我幼时住的济水边的那个院子。地势是高的,高于四方。所谓高门大户，门要高，地势要高。院子一律坐北朝南。《周易》讲，向明而治。向明即是向南。大院子套着小院子，多得数不过来，真是藏猫猫的好地方。有正院，有偏院，有前院，有后院，有跨院，还有书房院。有月亮门，有垂花门。看上去是乱的，却是一点不乱，有一条中轴线，把它们挨个儿串起来了。怎么能乱呢？乱不了的。譬如我们讲天圆地方。四合院即是天圆地方。不管从哪里看，那天都是圆的。最为逼仄的地方，也有个小天井。乾为天，为圆，为君为父。院子是方的，坤为地，为母，为方。西周时，我们看世界，看万物，都有一个秩序在里面。东有启明，西有长庚。维南有箕，维北有斗。先有东后有西，先讲南后讲北。中央为核心，众星拱北斗，四方环中国，规范而有序。

栾庭玉说："程先生的话，常看常新。"

这是在会贤堂，巴别旁边的会贤堂。他们每人手持一本小册子，围坐在沙盘的四周。小册子里的话，包括两部分，一部分是程先生的原话，另一部分是对程先生那些话的解释。它们当然都跟程家大院有关。小册子是汪居常组织人马辑录的。现在，他们正根据小册子的话，核对沙盘上的一山一石、一草一木。

如果芸娘在场，她会不会把他们的工作列入知识考古学的范畴？应物兄问自己。小册子涉及的知识，上下五千年。这个通了电的沙盘，与实物以一比五百的比例呈现。词与物的关系，似乎从来没有如此透明：词就是物，物就是词。而同时，在词与物的关系中，又涉及所有领域：人的，动物的；自然科学的，历史科学的；地球的，外太空的。所有这些知识，这些领域，从鸡毛蒜皮到浩瀚的星空，它们共同被纳入一种规范，一种秩序，一种气。呜呼！气者，天地冲和之气者，何哉？太和也。

应物兄觉得，自己就像站在词与物的交界，就像在一个界面上滑动。

他突然又想起了在睡莲的叶子上爬动的那只蚕，那只灰白色的蚕。随着它的蠕动，荷叶在荡漾。它的身体，主要是它的头，主要是它那个用来吐丝的嘴，在荷叶与水的界面上抬起，又俯下。

他们本该去程家大院的现场进行核对的，但铁槛胡同和仁德路再次开膛破肚了。前几天埋下的那些水泥管道，只是自来水和排水管道。根据陈董的建议，虽然是整旧如旧，但地下管道则必须是最新的，而且必须一次到位，需要将排水管道、自来水管道、燃气管道、热力管道、电信电缆一起埋入。刚下了两天雨，进去又帮不上什么忙，搞得两腿泥不说，还会影响工人施工，相当于添乱，何必呢？栾庭玉的话是这么说的："同志们要记住，添乱的事，我们一件也不能做。更何况，大家以前都去过了，已经有了直观的印象。"

在所有人当中，大概只有我还没有进去过。当然，这话他没说。他现在想，我之所以没进去，并不是因为我有什么情绪。不是的。我是把这事看得太重了。如果看到不满意的地方，我会受不了的。看到不满意的地方，我是说出来呢，还是咽到肚子里？说出来会讨嫌，不说出来又会在肚子里发酵。

现在，栾庭玉看着小册子，问道："太平花是什么花？"

应物兄听见自己说："桃都山上就有，老百姓叫它虎耳草。"

栾庭玉说："那还是太平花好听。你们说呢？"

葛道宏说："那肯定是喽。虎耳草再好，也只是一株草。太平花就不同了，说的是天下太平。"

他们现在看的那段话，是程先生和子贡的谈话。他现在想起来，谈话的地点是在加州。那天是感恩节，他们一起吃了火鸡。程先生的话其实是对子贡那个院子的评论：

> 这房子好是好，结实，也不怕火烛。独缺了情趣噢。院子里一定要有廊。廊是院子的魂。你们想啊，春天好光景，堂屋前若有两株太平花，桃花也开了，看那一庭花木，多好。济哥叫，夏天到。我最喜欢听济哥的叫声。放下廊檐下的苇帘遮

阳,躲在廊檐下,听济哥叫,真是好听。我喜欢的一只济哥,是父亲的一个朋友送我的。我是小心侍候着,用蛋黄、肉糜、肝粉喂养。我后来又见到过别的济哥,可都没有那一只好。听着济哥叫,很快就睡了过去。在廊下昼寝,粗使丫鬟和老妈子要垂手站在庭中,蝇子飞不过来的。秋天有小阳春,在廊下站站,也是好的。最有情趣的还是冬天,隆冬!鹅毛大雪,廊前的台阶叫雪给盖住了。扫了雪,雪是白的,地砖是黑的。到了夜间,你在屋里看书,能听见落雪。蜡烛有心还惜别,替人垂泪到天明。一年四季,春秋冬夏,风花雪月,有喜悦,有哀愁,想来都是好的。哪像你这院子,一览无余。要有月光花影,要有济哥鸣唱,要有闲笔,要有无用之用。

栾庭玉拿着小乔递过来的教鞭,指着堂屋前的那丛花,说:"不对嘛。这是什么花?狗尾巴花?"

章学栋说:"杜鹃花。"

栾庭玉脸一紧,说:"挖掉!是太平花,就种太平花。"又问,"伊华是不是来过济大?"

葛道宏说:"夫人来过济大,她很关心校园的绿化工作。"

栾庭玉把手中的教鞭一下扔了,扔到了沙盘上面,戳破了院墙上的窗子。众人没想到栾庭玉会发这么大的火。有人赔笑,有人低头,有人把目光投向了屋顶。栾庭玉说:"我再强调一遍,凡是打着我的旗号来做生意的,你们都必须第一时间告诉我。否则,别怪我翻脸不认人。"

章学栋说:"谢谢省长。我这就改过来。"

汪居常说:"我也马上通知工人,把那几株花铲掉。"

栾庭玉脸色好点了,咳嗽了一声,又接过小乔递过来的茶水,喝了两口,说:"道宏兄,看到了吧?只要你认真,准能发现问题。"

　　墙是虎皮墙。说是虎皮墙,就是烂石块垒的。砌得好,一石卡一石,结实得很。外人看了,会说这一家子会过日子。有

920

句老话讲,济州城里有三巧:烂石垒墙墙不倒,稻草拴牛牛不跑,姑娘偷嘴①娘不恼。门口是高台阶,门上有对子,刻在木头上。楹联嘛。忠厚传家久,诗书继世长。何意?讲的是后代子孙,一要人品好,二要有学问。门两边有门墩儿。门口还有一个拴马桩,离河边很近。上门的人,多是行伍出身嘛,骑着高头大马。进门,就是一溜房子,五间,叫南书房。有人来送信,送帖子,就放在南书房。帖子送进来,人就在南书房等。南书房里摆着烟袋、纸烟、茶、点心。靠里面的那两间,才真正是念书的地方。我就喜欢在最靠里面的那间房念书。里面都有什么摆设?有桌,八仙桌。有椅,太师椅。门口的墙边有一株桃树。"人面不知何处去,桃花依旧笑春风。""落花水流红,闲愁万种,无语怨东风。""不知命,无以为君子也。""知之为知之,不知为不知,是知也。"这些句子,我都是那时候记下的。大北房也是五间,三明两暗。靠北墙摆着大条案。条案上供有佛手、木瓜,还有一只美人觚、一只香炉。条案两边,是花架。条案前有八仙桌,重得很,四个壮小伙才抬得动。两边是椅子,太师椅,父亲喜欢坐右边的那只,左边那只留给客人。两边各放四椅两几,是给晚辈和下属备下的。大厅东边那间是父亲的卧房。正房的后头,有个哑巴院。何谓哑巴院?外人看不到嘛,它又不会说话,说我在这呢。后面有个小房子,叫老虎尾巴。萧墙后头摆着夹竹桃,前头摆着石榴树。天棚鱼缸石榴树,先生肥狗胖丫头嘛。萧墙的侧面,靠着月亮门的地方,挂有木匾,上书四个字:太和春暖。下面有鱼缸。鱼缸上贴着红纸,写着"招财进宝"。赶上过节,萧墙前还要放一棵摇钱树,就是砍一截松枝儿,上面挂上金纸。还要摆个盆子,盆子里装着沙子,沙子上插着柏枝,叫聚宝盆。越是大户人家,越是花钱如流水。不弄个聚宝盆摆着,过年过节的,心里头不踏

① 偷嘴,济州方言,指勾搭成奸。

实不是?

栾庭玉问:"基本上都落实了吧?"

汪居常答道:"都落实了。'太和春暖'四个字,程先生建议乔木先生来写,乔木先生已经写了,也已经刻好了,挂上去了。"

栾庭玉看着被教鞭戳破的墙,说:"这墙是不是也得换掉? 并且来说,这好像并不是什么虎皮墙嘛。"

章学栋说:"曾考虑用虎皮墙的。一来,与周围环境不符,二来程先生也不建议再用虎皮墙。程先生说,墙还是用青砖,白灰勾缝。"

栾庭玉说:"天棚鱼缸石榴树,先生肥狗胖丫头。我昨天对金彧女士说,'太研'的那个院子,万事俱备,只欠一个胖丫头,你来还是不来? 她说,不来。我说,应物兄请你去,你也不去? 她说,不去。有志气。你们看看,谁家有胖丫头,可以考虑一下。"

葛道宏说:"已经考虑好了。有个叫易艺艺的,说她就是胖丫头。"

卡尔文说:"过段时间就瘦了。"

栾庭玉说:"瘦了,还可以再胖嘛。"

随后,栾庭玉似乎突然想起易艺艺是谁了,脸上浮现出不易察觉的笑,问董松龄:"是养鸡的老罗家那个丫头吗? 跟她说一下,丫头就要有个丫头的样子,别疯疯癫癫的,跟吃药了似的。"

董松龄说:"我找她谈过了,应物兄也找她谈过了。她说,她将洗心革面,重新做人。"

　　父亲尽其所能,要营造出济州旧居的风度。旧居的室内,曾设置一张屏风,金漆螺钿工艺,上有牡丹富贵图案。屏风上裱贴着一幅画,是五代顾闳中的《韩熙载夜宴图》。《夜宴图》中也有一张屏风,此为屏中设屏,梦中做梦。在台湾,父亲也找来一张屏风,也买到这幅画裱于其上。闲来无事,闲来无事啊,他竟辨出《夜宴图》中屏风上的山水画,是宋代马远的风格，由此认定《韩熙载夜宴图》并非五代时期作品。

葛道宏说："这是居常兄从程先生的一本书中翻出来的文字。太好了。好就好在，他说得很明白，是张假画。他要说那是真画，我们从哪给他弄去？"

栾庭玉说："雷山巴有一张明代仿制的《夜宴图》。我对他说，山巴啊，老雷啊，雷先生啊，交出来吧。你要有一模一样两张画，我就不要了。只有一张，姊妹花知道了，还不都来抢？现在交出来，以后少生闲气。"

葛道宏说："我这就派人去取。"

栾庭玉说："我已经送到博物馆了，让专家修一下。有几个地方已经发霉了，长了绿毛。歌女们抱的好像不是琵琶，而是个绿枕头。修好了，就送过来。今天都是自己人，我也不瞒你们。山巴说了，我要感兴趣，我就留着。我不是没动心。但这事我不能干。把它献给'太研'，我心安！"

栾庭玉指着门槛上的一个洞，问："这是怎么回事？实物上没有这个洞吧？"

章学栋拿起教鞭，指着门前一个像老鼠那么大的动物，说："庭玉省长，看，这是一只猫。"

葛道宏说："这是一只泥塑，用泥捏成的猫咪。这一点，正是我要向庭玉省长汇报的。这个洞，是根据程先生的建议挖出来的。所谓猫有猫道，狗有狗洞。这个洞，就是猫道。程家有养猫传统，这个洞，就是给猫留下的。程先生说，程将军养过一只猫，叫将军挂印，也叫拖枪挂印。汪主任也喜欢养猫，说将军挂印，说的是白身黑尾，额上也有一团黑。程先生说，那只猫，打个哈欠，都有老虎下山的派头。往门槛上一蹲，竖着尾巴，拧着眉，耸着双肩，嘟着嘴，模样很像丘吉尔。这只猫咪，就是将军挂印，就是丘吉尔。"

"不仔细看，还真以为是一只老鼠呢。嗬，还有秋千？那是秋千吧？看着跟摇篮似的。程先生还玩秋千？"

"这是唐风先生的建议。"汪居常说。

"风水方面,唐先生是不是有什么说头? 并且来说,我好像也有些日子没见到他了。"

"唐先生满世界飞。此时在美国。前些日子他在清华大学有个演讲。我们也是刚知道,他毕业于清华大学。真是藏而不露啊。八十年代的清华大学毕业生,肯定是省里的理科状元,但他从来没有提起过。"汪居常说。

"不是演讲。他不喜欢演讲。教国学课的教授,是我和应物兄的朋友,就是他请唐风先生去的。"吴镇说。

应物兄吸了一口凉气,想起了那个因为吴镇而狂扇自己耳光的清华仁兄。他问吴镇:"你是说,是我们那个老朋友请他去的?"

"是啊,就是那个长江学者嘛。我们私下都叫他长江。我们在杜塞尔多夫不是见过他吗? 长江前段时间来过济州。我请他吃了杂碎。他和唐风聊了一次,佩服得不得了。唐风对他客气,因为他是母校的老师嘛。清华大学的学生历来认为,如果本科不是在清华上的,就不能算清华人。他说,唐风才算清华人。"

栾庭玉半天没说话,因为他完全看进去了。

哦不,栾庭玉看到半道的时候,还由衷地夸奖了一句:"这个老唐啊,这个卖杂碎的,我总觉得呢,是个大仙,游走江湖的。操,没想到啊,这鸟人啊,还是个学术大师哩。"

　　　母校请我回来,唐某不敢不来。于情于理,都得来。(抬腕看表)此时此刻,唐某本该出现在香港。香港的九龙填海造田,要修一个跑马场,一定要请我去相一下。不是相媳妇(众笑),也不是相马。我又不是伯乐。是相地! 待会下了课,我就得直奔机场。

　　　刚才上楼的时候,唐某看到了我当年的班主任的画像。听说他已经去世了,向他表示哀悼(下面有人喊,没死,没死,还活着呢)。那我向他表示祝福,祝他健康长寿,万寿无疆。

在他之前，我们还有一个班主任。那个班主任对我非常好。我昨天回到北京之后，第一时间就去看望了他。他现在住在北京西山脚下的院子里。他院子里那个湖，就是我建议挖的。风水之法，得水为上。湖边的秋千是我送给他的。有的朋友知道，我最近在济州参与了太和研究院的建设。我们都非常尊重的程济世先生，是这个研究院的院长。说实话，作为清华人，我为清华没能请到程先生而感到惋惜。这个就不说了。我要说的是，我已经建议太和研究院，院子里也要弄个秋千架。秋千者，千秋也。先有秋千之乐，后有千秋之寿。秋千者，千秋万岁之义也。

我给我那个老师建议弄秋千的时候，他说不行，不行。他奶奶说过，世上三般险，撑船、骑马、荡秋千。我跟他说，不是让您打秋千，是让您的小夫人打秋千。（众笑）宋代大儒欧阳修说了嘛，"泪眼问花花不语，乱红飞过秋千去"①。欧阳修就喜欢打秋千。后来他就在那里弄了个秋千架。他的小夫人荡得好看极了。长裙曳地，飘拂而起，煞是好看。（众笑）

长江先生给我出了个题目，叫《堪舆与当代生态学》。好多人，都认为风水是迷信啊。长江先生，其实题目中出现"风水"二字，也没什么。我不在乎。最早提到"风水"这个概念的是谁？是东晋的郭璞②。郭璞既是文学家，还是训诂学家。他曾经花了十八年时间，用来研究和注解《尔雅》。《尔雅》是儒家十三经之一。十三这个数字好啊。老外讨厌十三，中国人喜欢十三。有儒家十三经，也有佛教十三经。康熙皇帝的皇子胤祥干活不惜体力，就说他是拼命十三郎。说一个人为人

---

① 欧阳修《蝶恋花》："庭院深深深几许？杨柳堆烟，帘幕无重数。玉勒雕鞍游冶处，楼高不见章台路。　雨横风狂三月暮，门掩黄昏，无计留春住。泪眼问花花不语，乱红飞过秋千去。"

② 郭璞，两晋时期著名文学家，训诂学家。曾注释《尔雅》。著有《葬书》，为中国风水文化之宗。

忠义，就夸他是十三太保。这儒家十三经，都有哪些呢？让我们扳起指头来数一数。《诗经》肯定是有的。孔夫子编的嘛。孔夫子说，不学诗，无以言。这是普天之下最好的广告语。孔夫子是广告大师。（众笑）还有《尚书》《周礼》《仪礼》《礼记》《周易》《左传》《公羊传》《谷梁传》。还有什么经？《论语》嘛。这是国学之本啊。中国人要是不知道《论语》，那他肯定不是爹妈生的，是石头缝里蹦出来的。《论语》下面就是《尔雅》。接下来是《孝经》和《孟子》。诸位，你们说，给儒家经典《尔雅》作注的，是不是儒家？所以郭璞是个大儒。他要活在当今，肯定也是长江学者。

　　就是这个郭璞，最早提到了"风水"这个概念。他写了一本书，叫《葬书》，里面提到了这概念。有人说，《葬书》嘛，说的不就是埋人吗？埋人的学问可就大了去了。郭璞在书里说，"葬者，乘生气也。气乘风则散，界水则止。古人聚之使不散，行之使有止，故谓之风水"。这就是"风水"一词的来历。也就是说，风水是关于活着还是死去的学问，是关于 to be or not to be 的学问。但是，如果你以为，到了晋代，人们才有"风水"意识，那就大错特错喽。

　　现在确实有一个流行的看法，就是把郭璞看成是风水师的祖师爷。唐某总是对他们说，郭璞如果在世，这个帽子他是不敢戴的。不敢啊。为什么不敢？数典忘祖嘛。唐某提醒诸位，一定要注意《论语》里面的一段话。《论语》里面，孔夫子有个夫子自道。他说自己是"出则事公卿，入则事父兄，丧事不敢不勉"。在外面呢，他是跟当官的打交道，回到家里他要好好侍奉父亲和兄长。孔老二嘛，上面有兄长的。给别人办丧事呢，他会尽心尽力，把事情办利索喽。办得不利索，那就放臭了（众笑）。怎么办丧事？（有人喊：当吹鼓手）对，当吹鼓手。那么吹过之后呢？那就要埋人喽。埋到哪里？怎么埋？

还得听孔子的。孔子搞的是一条龙服务。诸位,唐某要郑重地告诉诸位,中国最早的风水师,就是孔夫子!

有人可能要问了,唐大师啊唐大师,这里没有提到"风水"二字呀?好,唐某告诉你们,那时候看风水不叫看风水,叫"相地"。刚才说,唐某这次去香港,就是"相地"。《礼记》里面有一段话,说的是有人死了,死的是个女的,请孔子的徒弟子张看风水。人家问他,这女人应该埋在男人的东边呢,还是应该埋在西边。女人比男人长寿嘛,男人先埋,女人后埋嘛。我们都来听听子张是怎么说的。子张说,情况是这么个情况,我师父,啊,曾经替人相地,他当时说过,男人应该埋在西边,女人应该埋在东边①。长江先生,唐某没说错吧?(长江插话:没错。)所以中国第二个风水师是谁呢?子张!孔子的徒弟子张!孔子死后,儒分八派。子张之儒,即为八分之一。② 有人说,唐某所奉即为子张之儒。对此,唐某本人不予评价。但是,我可以送你们一个博士论文题目:《"子张之儒"与风水学》。免费赠送,分文不取。那么,子张继承的是谁的风水学说?当然是孔夫子!那么,历史上的风水师的祖师爷是谁呢?那还用问,当然是孔夫子!你们说,这风水师的头把交椅,郭璞他敢坐吗?吓死他!

从孔子开始,自古以来的大儒,都是懂风水的。程济世先生就懂风水。当然,他的职业是教书育人,不是看风水的(众笑)。太和研究院的沙盘,曾送给程先生看过。举个例子,我以前跟他们说过,太和研究院的厕所应该建在西南角,章学栋教授开始还不同意。我跟他说,你要是不同意,以后就不要来

---

① 《礼记·檀弓》:"国昭子之母死,问于子张曰:'葬及墓,男子妇人安位?'子张曰:'司徒敬子之丧,夫子相,男子西乡,妇人东乡。'"
② 子张,即颛孙师,孔子晚年弟子。《论语》记其向孔子问学达二十次之多。子张秉性有点偏激,孔子说他"师也过""师也辟"。子张传下来的弟子后形成了"子张之儒",位列战国儒家八派之首。

找我。这个章学栋，原来就在清华大学教书。后来这个章教
授呢，拿着沙盘给程济世先生一看，程济世先生就问，你们是
不是请风水师看过？章学栋说看过。程济世先生说，这个风
水师不错，看得挺准。章学栋说，牛啊，唐大师！唐某说，怎么，
程先生要是不说好，你是不是就不知道好？

　　哪里栽什么树，哪里建个厕所，哪里竖个屏风，程先生都
内行得很。都符合风水学原理。程先生在《朝闻道》一书里，
提到风水的地方不止一处。所以，唐某要说，研究儒学的人不
懂风水，就像研究风水的人不懂儒学，只能是个半吊子。儒学
与风水学，本来就是一家子。或者说，风水学属于儒学的一个
分支。儒学现在是国学，一国之学，那么风水学，或者说堪舆
之学，当然也属于国学。

接下来，唐风除了进一步论证风水学属于国学，还要分别讲述
风水学与地球物理学、环境景观学、生态建筑学、地球磁场学、气象
学和人体信息学的关系。不愧是清华毕业的，知道得可真他妈多
啊。不愧是小偷出身，不管哪个学科，他都能偷一点过来。唐风还
郑重提议，在高校里设立风水学硕士学位，博士学位。唐风说："别
的专业面临分配难的问题，风水学的硕士和博士，那是全世界都要
抢的。"在随后的提问环节，唐风又着重讲述了他在韩国如何舌战
群儒，以一己之力粉碎了韩国人"风水申遗"梦想的壮举。

栾庭玉抖动着小册子，说："以后不能叫他唐大仙了。"

葛道宏说："我一直叫他唐大师。"

栾庭玉说："这个唐大师，好像话里有话啊。"

葛道宏说："我也听出来了。他其实是跑到清华呼吁我们在
'太研'开设风水学课程。不过，鉴于风水学几个字容易引起误解，
我们或许可以先请他在济大开设一门选修课。等条件成熟了，再
把这门课引进到'太研'。董校长，你说呢？"

董松龄说："可以先放到历史系。当然也可放到中文系。"

栾庭玉说:"龟年兄,日本人对风水学是什么态度?"

董松龄说:"日本人对风水学的研究相当深入,相当细致。风水与血型、星座的关系都研究到了。"

栾庭玉说:"这个问题,我觉得,还是应该引起重视。在这方面,我们还是要保持自己的优势。我们有的,他们可以有,但我们的优势必须保持。他们有的,我们也要用,并且来说,一定赶超他们。情况就是这么个情况。"

这话似乎是对葛道宏的批评。

葛道宏委婉地向栾庭玉解释道:"我们正在编辑太和研究院丛书。唐风先生的著作,可以放到这套丛书里再版一次。"

这是应物兄第一次知道,"太研"在编辑一套丛书。

栾庭玉说:"这个嘛,我就不能过问了。并且来说,我这个人呢,有时候可能会说些违心话,但骨子里我是提倡学术争鸣,百花齐放的。"这么说的时候,栾庭玉手指蘸着唾沫,继续翻着小册子。似乎想起了什么事,脸上稍微有点不耐烦,所以越翻越快。在座的人对此是满意的:他翻得越快,挑刺的机会越少。每当他从小册子上抬起脸,狐疑的目光投向沙盘,所有的人都会不由自主地紧张起来。

最紧张的当然是章学栋,衬衣早已湿透;因为长时间半皱眉、半微笑,那眉头好像被蚊子叮了个大包。

"咦——"栾庭玉说,"咦?应物兄躲在这呢。"

栾庭玉要是不说,我们的应物兄还真是没有注意到,小册子里竟然也收录了自己的一段话。和唐风那段话一样,这段话也是根据视频整理出来的。是他关于"觚不觚!觚哉!觚哉!"的解释。

栾庭玉说:"我是应物兄的忠实粉丝。粉丝文化我们也必须重视。前几天,宣传部一个年轻人,给我上了一课,说于丹的粉丝团叫鱼丸,易中天的粉丝团叫乙醚,我问他们,应物兄呢?应物兄的粉丝团呢?他说叫物流。我说,那我就是个物流啊。"

众人都表示自己是物流。栾庭玉笑着问："应物兄,你呢? 你是不是物流?"

应物兄只能笑而不答。此刻他想到的是易艺艺。易艺艺说,每次洗完澡照镜子,她都要来一句:"太他妈性感了,我真想把我自己干了。"易艺艺就是自己的粉丝。

汪居常接了一句话:"他是儒家。儒家是不会崇拜自己的。马克思说过:'我只知道我自己不是马克思主义者。'①"

还真是不能小看栾庭玉,栾庭玉竟然知道这句话:"那个,啊,那是恩格斯转述的。并且来说,马克思那是批评假马克思主义者的。"

汪居常同时跷起了两个大拇指,像牛角。由于指甲有点脏,所以可以看成犀牛的角。汪居常说:"庭玉省长的马克思主义水平,牛!"

　　两千多年来,对"觚不觚"三字,有无数的解释。

　　有两种解释,至今还在流行:一种解释,"觚"是"沽"的借字,即待价而沽。所以,孔子这句话可以译为:"老夫我要不要把自己卖了? 卖吧! 卖吧!"按照这种解释,孔子之所以周游列国,浪迹天涯,无非是想遇到好的买主,已经恨不得把自己降价处理了。另一种解释是,"觚"即是"孤",是孔子的弟子听错了,以讹传讹,一直传到二十一世纪。所以这句话可以解释为:"老夫我孤独不孤独啊? 孤独啊! 孤独啊!"按照这种解释,孔子就像个小资,动辄向人讲述自己的孤独。小资识尽愁

---

① 恩格斯《致保拉法格的信》(1890 年 8 月 27 日):"近两三年来,许多大学生、著作家和其他没落的年轻资产者纷纷拥入党内。他们来得正是时候,在种类繁多的新报纸的编辑部中占据了大部分位置,到处是他们的人;而他们习惯性地把资产阶级大学当作社会主义的圣西尔军校,以为从那里出来就有权带着军官军衔甚至将军军衔加入党的行列。所有这些先生们都在搞马克思主义,然而他们属于十年前你在法国就很熟悉的那一种马克思主义者,关于这种马克思主义者,马克思曾经说过:'我只知道我自己不是马克思主义者。'马克思大概会把海涅对自己的模仿者说的话转送给这些先生们:'我播下的是龙种,而收获的却是跳蚤。'"

滋味，爱上层楼，爱上层楼。

这两种解释，都是自作聪明，其实说的都是皮毛。

很多人崇拜比尔·盖茨。现在最赚钱的行业，一是娱乐业，一是IT业。你们知道吗？比尔·盖茨说过一句话："IT不是IT"。套用孔子的句式，那就是"IT不是IT！IT啊！IT啊！"有人会问，比尔·盖茨也看过《论语》吗？我告诉你，他对《论语》非常熟悉。

有问题要问？好，请讲。你说得没错。性产业也很赚钱。不过，性产业也可以划归到娱乐业里面，是不是？说到娱乐业，我们知道，从事娱乐业的人，倾向于把世界看成"terrestrial paradise"，就是"人间乐园"，或者干脆就叫"celestia paradise"，即"天堂乐园"。我以前讲过，这个"乐园"之"乐"，与孔子所说的"乐"是两个概念。"不亦乐乎"之乐，是具有道德感的快乐，是对友情的享受。用亚理士多德的话来说，就是"Eudaimonia"①，是一种"道德习惯"。现在所谓的娱乐，是花钱买乐。掏多少钱，享受多少快乐。虽然不能说那是一种"非道德习惯"，但它与纯正的"道德习惯"有所抵触。用康德的话说，要享受这样的快乐，你得暂时将自己的道德感放在引号里。

好，我们先来看什么叫"觚"。它是盛行于商代和西周早期的一种酒器。在座的人都喝过酒吧？如果你生活在春秋战国，你用的酒壶就是觚。也就是说，觚就是酒器。有个叫毛奇龄②的人，写过一本书，叫《〈论语〉稽求篇》，专门说到这种酒器。如果有人涉及《论语》考证，请不要漏掉这本书。毛奇龄这个名字很好记。中国历史上，有两个姓毛的人跟孔子关系

① 希腊语：幸福。
② 毛奇龄，清初经学家、文学家，与弟毛万龄并称"江东二毛"。著述极富。所著《西河合集》分经集、史集、文集、杂著，共四百余卷。

甚巨。第一个是毛亨①,第二个就是毛奇龄。毛奇龄在书里面
说,"觚,酒器名,量可容二升者。"就是说,觚中的酒,通常是二
升。汉代以前,一升酒相当于现在的0.53斤,二升差不多就是
现在的一斤。元代以前,酿酒用的发酵法,度数在5度到8度
之间。也就是说,当时喝上一觚酒,相当于现在喝多半瓶啤
酒。

那时候,主要的烹饪方法是什么? 对了,烧烤。吃烧烤,
喝啤酒,只喝半瓶,是不是有点少? 所以,总是有人想再多喝
上几口。问题是,喝上一觚,是合乎当时的礼制的,再来一觚,
那就违规了。那么,怎么才能做到,我虽然多喝了,但看上去
好像只喝了二升呢? 办法是有的:把觚的容量改大,但看上去
又像没改一样。

商周时期,一个标准的觚,其外形有严格的规定:它的表
面刻有动物图案,其中最多的是饕餮纹,肚子上还有扉棱。这
个扉棱是里外对称的,体积是一样的。古人就是通过这个扉
棱,来控制觚的容量。在觚的外部形体已经规定好的前提下,
里面的扉棱如果细一点,小一点,也就是缩小其体积,那么觚
的容量就会增加。当然了,如果你干脆把里面的扉棱取消,容
量就更大了。也就是说,通过改变内部的形状,本来装二升
的,现在装三升。喝了三升,却好像只喝了二升。

这里还得提到朱熹。今天不说朱熹之虚伪,只说朱熹之
卓见。具体到孔子这句话,你得承认,他的理解比毛奇龄深刻
得多。毛奇龄说来说去,就是喝酒。朱熹呢,却把这个形而下
问题上升到了形而上范畴。他发现,觚的容量的改变,其实就
是形制的改变。酒器的形制是不能随便改变的,它是用青铜
做成的,是礼器,是制度的化身。马克思说,什么是美? 美就

---

① 毛亨,西汉经学家,生卒年不详。现存的《诗经》是毛亨传下来的,故《诗经》又称《毛
诗》。

是人的本质力量的对象化。借用马克思的话，我们也就可以说，觚作为一种礼器，它就是"礼"的对象化。觚者，礼也。朱熹就此认为，觚的形制的改变，就是"礼"的丧失。

按朱熹的解释，惹得孔子大发感慨的觚，已经取掉了里面的扉棱。朱熹在《论语集注》中是这么说的："不觚者，盖当时失其制而不为棱也。"里面没棱了，肚子里光溜溜的。朱熹又说："觚哉觚哉，言不得为觚也。"别看它还叫觚，其实它已经不是觚了。那么按照朱熹的解释，"觚不觚！觚哉！觚哉！"就可以译为："作为'礼'的对象化的'觚'，由于形制的改变，已经不能再称为'觚'了！哎呀呀，'觚'啊！'觚'啊！"接下来，朱熹又引用了程子的话："程子曰：觚而失其形制，则非觚也。举一器，而天下之物莫不皆然。故君而失其君之道，则为不君；臣而失其臣之职，则为虚位。"什么意思？既然觚已经不是觚了，那么君也就不是君了，臣也就不是臣了。所以"觚不觚"不仅仅是酒壶的问题，"觚不觚"与"君不君，臣不臣，父不父，子不子"是相通的，是相同的。进一步说，看上去孔子说的是觚，其实说的是国家的法度。

我知道在座的朋友当中，有人对西方的文学理论很感兴趣，比如可能研究过符号学。我建议，你可以用符号学的理论来研究这只觚。比如，觚的名称，与作为其形象特征的扉棱，还有孔子通过这只"觚"要表达的意思，这三者之间构成了怎样复杂的关系。按照符号学的理论来解释，我们可以说，这三者构成了"能指—象征—所指"的关系，构成了"言—象—意"的关系。所以，如果你认为，孔子是公元前的符号学家，是世界上最早的符号学家，那我是不会反对的。与当代那些时髦的理论家不同，孔子的感叹，包含着对违背礼制、名实不符的现象的不满，表达的是对"正名"的诉求，而当代西方那些时髦的理论家，更不要说中国那些追随者了，只不过是在玩弄辞藻和概念而已。从这个意义上说，《论语》和《周易》都可以看作最早的符号学著作。

我在美国访学时，我的导师程济世先生多次在我面前提到觚。前段时间，程先生到北大讲学，我与栾庭玉省长和葛道宏校长到北大又拜见了程先生。当时程先生又向我们提起了觚。程先生说，他离开济州的时候，还是个孩子呢，不知深浅，以为很快就会回来。他没想到，一走就是一辈子。程先生说，他家里有一只觚。程先生喜欢养蝈蝈，蝈蝈笼子经常放在一只青铜美人觚的旁边。请注意，我这里提到的"觚"，已经变成了一只美人觚。那么，蝈蝈是怎么叫的？听上去就是：去、去、去！所以程先生说，蝈蝈好像在催他快走。他回首看到了那只觚，放在案几的一头，里面还插着一枝梅花。对那只觚，程先生有着深刻的记忆。他曾用八个字来描述：盈盈一握，春色满觚。

看过《红楼梦》的人都知道，黛玉初进贾府，还没有见到宝玉，先看到了王夫人屋里那只觚。王夫人屋里放着一只觚，一只鼎。鼎用来焚香，觚用来插花。鼎是文王鼎，觚是美人觚[①]。不过，这个"觚"，已不是青铜美人觚，是汝窑美人觚，是烧出来的瓷器。无论是青铜美人觚，还是汝窑美人觚，都已经不是酒器礼器了，都已经与"礼"、与国家法度，没有关系了。它变成了装饰品，变成了摆设，变成了花瓶。

在《朝闻道》一书中，程先生也提到他父亲程老先生与觚的关系。老先生到了台湾之后，也时常想起那只青铜美人觚。这个时候，觚又有了新的含义，所谓"四十年来家国，三千里地

[①]　《红楼梦》第三回《托内兄如海酬训教　接外孙贾母惜孤女》，写黛玉初入贾府，"于是老嬷嬷引黛玉进东房门来。临窗大炕上猩红洋罽，正面设着大红金钱蟒靠背，石青金钱蟒引枕，秋香色金钱蟒大条褥。两边设一对梅花式洋漆小几。左边几上文王鼎，匙箸香盒；右边几上汝窑美人觚内插着时鲜花卉，并茗碗唾壶等物。地下面西一溜四张椅子，都搭着银红撒花椅搭，底下四副脚踏。椅子两边也有一对高几，几上茗碗瓶花俱备。"

山河"，这只觚此时代表着什么？代表着游子的家国之思。所以，程先生写道："'觚不觚'一句，实为感时伤世之辞也，在整部《论语》中也最为沉痛！"程先生接下来又写到，他日后从事儒学研究，就与那只觚有着千丝万缕之关联。他的第一篇文章，就叫《觚棱何处》。写的是陆游，语出陆游诗《蒙恩奉祠桐柏》："回首觚棱渺何处，从今常寄梦魂间。"①

　　事实上，在我看来，这是孔子在亘古长夜中发出的最沉痛的浩叹。

栾庭玉说："我真想回到课堂上去，听应物兄讲课。讲得好啊。看来，放在博物馆的那只觚，必须物归原主了。我跟馆长讲了，放在你那里，是个死东西。放到太和研究院，它就活过来了。现在，应物兄的这个讲稿，更证明了我的这个判断。馆长说，只要你们能证明它是程家的，我们就可以还回去。我现在想知道，你们是不是有足够的证据，证明它就是程家的物件？这才是我今天来这里的主要目的。别的问题，都是小问题。道宏兄应该记得，在北大博雅国际酒店，我在程先生面前拍了胸脯的，说一定要帮他找到。我会不会食言，就看你们这篇文章怎么做了。"

葛道宏说："这个，也正是我们今天要向您汇报的。"

随后，汪居常把相关材料发了下去。

第一份材料，是济州博物馆对青铜美人觚陈列品的文字说明，它镌刻在一个铜牌子上。从照片上看，那铜牌已经生了绿锈，好像也成了文物：

　　1975年，此青铜美人觚于济州北郊大屯村的一个西周窖藏中出土，高25.9厘米，体重1488克，圈足径9.23厘米。造型庄重优美，器身饰以凸起的蕉叶、饕餮等纹饰。圈足内有铭

---

① 陆游《蒙恩奉祠桐柏》："少年曾缀紫宸班，晚落危途九折艰。罪大初闻收郡印，恩宽俄许领家山。羁鸿但自思烟渚，病骥宁容著帝闲。回首觚棱渺何处，从今常寄梦魂间。"程济世先生的论文《觚棱何处》，研究的是"靖康之难"对陆游的影响。

文二字：旅父。通过对原器的工艺分析，得知觚泥范仅为两块，属于对开分型，芯范为上下各一块。此觚的出土，为研究商周时期的历史文化，提供了重要的依据。"古《周礼》说，爵一升，觚二升，献以爵而酬以觚。"[①]"传语曰：文王饮酒千钟，孔子百觚。"[②]这说明觚在古代人们礼仪生活中占据着重要的地位，但只有身份高贵的人才能用觚。宋以后，逐渐演变为用于居室插花陈设之器，且多为瓷制，以汝窑觚最为有名。直至明清，在文阁雅舍中，觚仍是装点厅堂之重要器物。

关于这只觚最早的新闻报道，竟是栾庭玉的恩师麦荞先生写的，它见于1975年9月23日《济州日报》。汪居常提供了当天报纸的彩色影印件。报纸题头是红字印刷的《毛主席语录》：

《水浒》这部书，好就好在投降。做反面教材，使人民都知道投降派。《水浒》只反贪官，不反皇帝。摒晁盖于一百零八人之外。宋江投降，搞修正主义，把晁盖的聚义厅改为忠义堂，让人招安了。宋江同高俅的斗争，是地主阶级内部这一派反对那一派的斗争。宋江投降了，就去打方腊。

麦荞先生的新闻报道出现在第2版：

伟大的无产阶级文化大革命的强劲东风，吹遍了济河两岸，时刻鼓舞着革命群众"学大寨，战天斗地"的万丈雄心。在全国上下喜迎"国庆"的革命日子里，我市大屯村的革命群众深刻学习伟大领袖毛主席"深挖洞，广积粮"的光辉指示，热火朝天修建济河引水渠的同时，发现了一个商周时期封建地主的窖藏，从中出土了大量文物。专家在进一步发掘此处窖藏的同时，又意外地在附近发现了一个洞窟，其中竟有一只青铜美人觚。此青铜觚应为后人收藏，后又再次埋入地下。这个

---

① 〔东汉〕许慎《五经异义》。
② 《论衡·语增》。

发现再次证明了一个颠扑不破的真理：在长达几千年的封建社会中，封建地主阶级不顾人民群众的死活，一直过着腐化堕落的生活。这些文物的发现，给革命群众提供了批判万恶的封建社会的活生生的教材。

"好眼力！"栾庭玉说，"麦荞先生好眼力啊。火眼金睛啊。打眼一看，就看出那是个商周时代的酒器。不佩服不行。不过，正如应物兄文章里提到的，程先生说的那只觚，是细腰，所谓'盈盈一握'。这只觚虽然也是细腰，但好像还是有点粗了。虽然粗一点细一点，没什么不同，但馆长要这么问我，我还真不知道该如何回答。"

"庭玉省长说得对。"葛道宏说，"我也在想这个问题。不过，在历史研究中经常遇到这样的事情：当事人的记忆只能作为参考，不能当作唯一的依据。"

"道宏兄的意思是，程先生可能记错了？"

"完全有这种可能。人的记忆，多多少少总会出现偏差。孔子要恢复周礼，他所恢复的周礼，肯定也与最初的周礼不完全一样。那点不一样，其实就是改革。孔子也是改革家。反正我是这么看的。庭玉省长，关于记忆，这方面的材料，我们也准备了。喏，看，何为老太太的一个博士弄的。他是这么说的，传统哲学家把记忆看成灵魂的能力，当作灵魂的构成部分。近代哲学家倾向于把记忆看成心灵的能力，而不是理性的能力。当代哲学家把记忆看成意识的形态，或者干脆一点说，就是意识形态。然后，他又说——"

"行了行了。博士买驴，书券三张，未见驴字。对了，老太太近况如何？"

"她的生命力顽强得很。"董松龄说。

"要多去看看。临终前，一定通知我，我得赶过去。"

"当然。我们会代您去看望她，转告您对她的关心和爱护的。"

我们的应物兄后来根据时间推算，事实上就在他们提到何为先生的前几分钟,何为先生在文德斯、敬修己的陪伴下,离开了人世。在何为先生的临终时刻,芸娘也赶到了那间病房。此前半个小时,巫桃也代表乔木先生赶到了。何为先生去世的消息,最早是兰梅菊大师在微博上公布的。兰梅菊同时晒出了他与何为先生在桃花峪五七干校的合影。兰梅菊大师之所以那么早就知道了这个消息,是因为兰梅菊大师新收了个徒弟,这个徒弟就是樊冰冰。樊冰冰当时刚好在同一层病房探望病人。

而此时在会贤堂,他们正要开始研究第三份材料:

通过碳14检测,通过与出土的已有定论的春秋战国时期的青铜觚的比较分析,认定这只青铜觚铸造于春秋战国时代。

在春秋战国时代,郑国、晋国、韩国、魏国、齐国、鲁国先后逐鹿于济州,而郑国曾于公元前497年在济州郊外建都。孔子六十岁那年,即公元前492年,曾到过此地,其位置就在今天的大屯村附近。

也就在这里,曾经出土了大量的陶器和青铜器皿,其中既有青铜爵,也有青铜觚。根据《史记·孔子世家》《白虎通·寿命》《论衡·骨相》《孔子家语·困誓》记载,孔子就是在如今的大屯村附近与自己的弟子走散的,他独自站在城外等候弟子;有个郑人对子贡说,东门外有个人,脑门像尧,脖子像皋陶,肩膀像子产,腰以下比大禹短了三寸,上半身像个圣人,下半身却像丧家犬。

大屯村出土的原本具有国家法度和礼制意义的青铜觚,与西周时代的青铜觚在形制上已有较大的差异,如,觚的容量要么变大,成为纯粹的酒器;要么变小,更具有装饰意义。变大的标志是觚的腹部增大,变小的标志是觚的腹部缩小,成为美人觚。

栾庭玉说:"这个可能有点言过其实了。不要说过头话。照你们这么说,孔子喝啤酒的时候,很可能就用过那只觚。是这个意思吧？你们就没想想,果真如此,博物馆还会让给你们吗？那就不仅是国宝,而是世界最重要的文化遗产了。关于孔子那段话,务必删掉。"

汪居常对葛道宏说:"要不,我们就删掉它?"

葛道宏问:"这段话是谁写的？到底有没有谱？如果实在有谱,现在删了,以后再补上去。"

汪居常说:"这是历史系的傅全陵教授写的。您知道的,他曾经作为姚鼐先生的助手,参与过伟大的夏商周断代工程,把中华文明又向前推进了好多年。"

葛道宏说:"庭玉省长,这个人还是很靠谱的。"

栾庭玉说:"我当然知道他。他跟我同届,也是当年学生会的。前些天我见到他,发现他已经成了大秃瓢。他说,我们的文明史每向前推进一百年,他的头发就会掉下来一千根。我说,为中华文明计,应该马上派人将你现有的头发数量统计清楚,以便我们心中有数,知道我们的文明大致上还可以向前推进多少年。当然了,我也跟他开玩笑,为了数字的准确性,请你千万不要再用生发剂了。"

众人大笑。葛道宏趁机说道:"要不,那段话,就先留着?"

栾庭玉说:"还是删了好。东西拿到这了,你们再加上去不迟。"

葛道宏立即说:"删,删,马上删!"

汪居常很会做人,又替傅全陵教授开脱了一句:"那段话,其实是傅全陵教授的博士写的。傅全陵教授本人也是存疑的。但他的博士说,老师,你不要太天真,就应该这么干。唉,以前都是老师告诉弟子不要太天真,现在都是弟子告诉老师不要太天真。敢说老师天真？真是狂得没边了。"

栾庭玉说:"年轻人嘛,元气足,自然气盛,自然就狂。他多大了？三十岁之前,可以狂。三十岁以后还狂,就没人理了。"

汪居常看来要把好人做到底了,又说:"傅教授也是这么说的。

可学生呢,先说自己这不是狂,又说,就算是狂,又怎么了? 孔子到了晚年还狂着呢。傅教授只好对他说,孔子到了晚年还狂,那是因为孔子那个时代很年轻。”

本来是替傅全陵开脱的,不料最后一句话,却让栾庭玉有了意见。栾庭玉说:“孔子那个时代年轻,我们这个时代就老了吗? 这个问题还是要跟学生讲清楚。周虽旧邦,其命维新。好了,这个问题先不讨论了。等‘太研’正式开张了,这个问题可以拿来好好讨论一下。现在还有一个问题,我觉得你还没有解决。你们虽然证明,那只觚,啊,是后来又埋入地下的,但是,并没有能够说明,程先生也好,程先生的家人也好,用人也好,是他们埋进去的。”

葛道宏说:“董校长,你跟大家说说?”

董松龄说:“谢葛校长! 既然在座的人都已经签过保密协议,那么我也就直言相告。程先生的母亲,应该就埋在大屯。他的母亲具体死亡日期不知道,为什么没有埋入程家祖坟,我们也不得而知。这当然还有待于进一步考证。但也只有偷偷考证。因为这事宣扬出去,传到程先生耳朵里,他可能会接受不了。为什么呢? 根据我们掌握的情况,‘文革’期间,程先生母亲的坟被刨掉了。情况就是这么个情况。”

栾庭玉说:“都看看! 有点不像话。”

随后,葛道宏将一个铜牌子双手呈给了栾庭玉。那铜牌子虽是新作,却已生绿锈,似乎已成了文物。上面镌刻的字,当然是另外编写的。不过,一般的游客,不可能注意到文字已做了改动:

> 1975 年,此青铜美人觚于济州北郊大屯村的一个西周窖藏附近的洞窟中出土,高25.9 厘米,体重1488 克,圈足径9.23厘米。应为后人收藏后又再次埋入地下。此青铜美人觚造型优美,器身饰以凸起的蕉叶、饕餮等纹饰。圈足内有铭文二字:旅父。通过对原器的工艺分析,得知觚泥范仅为两块,属于对开分型,芯范为上下各一块。此觚的出土,为研究商周时

期的历史文化,提供了重要的依据。"古《周礼》说,爵一升,觚二升,献以爵而酬以觚。"传语曰:"文王饮酒千钟,孔子百觚。"这说明觚在古代人们礼仪生活中占据着重要的地位,但只有身份高贵的人才能用觚。宋以后,逐渐演变为用于居室插花陈设之器,且多为瓷制,以汝窑美人觚最为有名。直至明清及民国时期,在官僚家庭及文阁雅舍中,美人觚仍是装点厅堂之重要器物。

"我给馆长送去了,馆长不收。您看,这——"葛道宏说,"还劳庭玉省长,亲自转给他?"

"这个人啊,就是个书生。我的话,他也不一定听。试试看吧。"

"还有一件事,我们想跟庭玉省长汇报一下,就是我们想把程先生母亲的墓修一下,在那里立个碑。我们查了一下,现在有规定,农田里不准立碑。我们不知道该去找哪个部门。您能否给有关方面打个招呼,让他们通融一下?"

"这个事,找邓林就行了。"栾庭玉说。

葛道宏要留栾庭玉吃饭,说已在镜湖宾馆准备了便餐。栾庭玉强调,只能四菜一汤,想了想又说:"改天我请大家吃饭吧,待会我还是先去一趟医院。小工同志的夫人也住院了。老板今天早上问起此事,结果谁都不知道。老板倒没说什么,只是耸耸肩。唉,说起来,我与小工啊,与这个老梁同志啊,毕竟共事过一场的,还是有些于心不忍啊。"

说着,栾庭玉竟有些发怔。

把栾庭玉送出逸夫楼的时候,邓林到了。邓林凑到栾庭玉面前,告诉他何为教授已经去世了。邓林说,他已经在第一时间代表栾庭玉赶到了医院。几乎在同一时间,小乔把这个消息告诉了葛道宏。于是众人又再次上楼。小乔在给管理巴别的工作人员打电话,让他赶快把何为教授的照片找出来,挂到墙上。他们要第一时间对着那面墙默哀。邓林和小乔随后为栾庭玉和葛道宏准备好了悼词。在电梯里，他们经过了简单的排练。

栾庭玉先说："泰山其颓。"

然后葛道宏对曰："哲人其萎。"

巴别的工作人员及时地拍下了他们对着那面墙默哀的镜头。第二天的《济州日报》和《济州大学校报》用的就是这个照片，当然也用到了这两句话。照片上，所有人都在默哀，只有应物兄在打电话。那个电话他是打给文德斯的，他想安慰文德斯，但没有打通。他当然打不通。那个时候，文德斯已经到了太平间，那里是没有信号的。那个时候，文德斯正遵嘱把老太太的手表摘下，那是老太太留给张子房先生的。当文德斯从太平间出来，给他回电话的时候，他们已经再次进入了电梯。邓林正在说，他代表栾庭玉赶到医院向老太太告别的时候，老太太的手还是热乎的。邓林这么说的时候，及时地流出了泪水。

栾庭玉也动了感情，从小乔手中接过纸巾，递给了邓林。

邓林闭着眼，仰着脸，让泪水又流了一会儿。

等邓林擦过了眼泪，栾庭玉向大家宣布了一个消息："邓林同志，即将到桃花峪任职，任代县长。何为教授在桃花峪待过几年，所以邓林同志去看望何为教授，既是代表我去的，也是代表桃花峪人民去的。"

此时，我们的应物兄都有点替邓林发愁了：破涕而笑，放在一个丫头身上，可能比较容易做到，放到一个大老爷们身上好像有点困难。嗨，其实邓林根本不需要他操心。邓林做得相当自然。邓林先用一声深沉的叹息，过渡了一下。然后，用沾着泪水的纸巾擦了擦手，再将那三根刚擦过的手指伸出来，说："不瞒各位老师，我有三怕：一怕辜负老板的信任；二怕辜负桃花峪人民的期待；三怕辜负何为先生们。为什么这么说呢？如果自己干得不好，我又如何对得起那些与何为先生一起，曾在桃花峪战天斗地的前辈？"

92. 默哀

默哀三分钟。

脑袋整齐地低下去,然后又整齐地抬起来。

何为先生,或者说何为先生的遗体,并不在现场。她还在冰柜里放着呢。她的遗言是,让张子房先生来给她致悼词。谁也不知道张子房先生在哪,谁也不敢违背她的遗嘱,所以她只好还在太平间的冰柜里待着。济大附属医院的太平间,被一家名叫凤凰的殡仪公司承包了,遇到这种不愿及时火化的情况,他们自然喜不自胜。处理何为先生后事的董松龄,从济大附属医院获悉,济州有九家医院的太平间,都是凤凰殡仪公司承包的。公司已经派人来说,考虑到何为先生的名望,也考虑到与济大的关系,他们愿意将停尸的费用打八折,并去掉零头,取个吉利的数字,即每天只收 888 元。

已经过了“头七”了。

过了“头七”第二天,济大哲学系举行了一个小型的纪念仪式。

乔姗姗也来了。她前天从美国回来。当他们站在一起默哀的时候,他们就像一家人。几乎就在人们把头抬起来的同时,哲学系主任把何为先生的遗像从墙上取下来了。然后,人们纷纷从哲学系的会议室出来,互相握手告别。这个时候,应物兄和乔姗姗又成了路人。乔姗姗和巫桃分别挽着乔木先生的左右臂,走在前面,应物兄跟在后面。他跟在他们后面走出会议室,走下楼梯,走下楼前的台阶。因为他们是整体移动,所以在外人看来,他们其实还是一家人。

巫桃边走边回头问道:“中午回家吃饭?”

他说:“还有些小事要处理,可能回不去了。”

巫桃说:“我正有点事,要和你商量。”

　　说着，巫桃的手从乔木先生的右臂那里抽出来了，转过身，等着他。巫桃似笑非笑的眼神说明，她认定他是故意找借口，逃避与乔姗姗一起吃饭的。我不是故意的。只能说凑巧有个理由，可以不与乔姗姗一起吃饭。雷山巴此时就在离他不远的地方站着。雷山巴现在既然是以文化人自居，那就得经常出席文化人的追悼会、纪念会，并在个人网站上发布照片。进入会议室之前，雷山巴还和他谈了一下济哥文化的宣传问题。这个问题当然可以谈，但场合不对。他对雷山巴说："待会再议。"这句话，乔姗姗也应该听见了。刚才走下台阶的时候，雷山巴又凑过来，说："你那哥们，这里好像有点问题了。"雷山巴是指着自己的太阳穴说的。当然说的是华学明。关于华学明的不正常，他已经略有耳闻。据说华学明经常跑到慈恩寺的塔林，在那里一坐就是半天。有一天竟在塔林放火。幸亏塔林有监控，一群和尚及时赶到，将火扑灭了。

　　雷山巴说："雷先生有时候认为，得把他捆起来。"

　　他立即觉得，这个靠养林蛙发家的雷山巴，脑子里住着一个癞蛤蟆。

　　他对雷山巴说："学明兄的事，就是我的事。一会我们商量一下。"

　　这话，乔姗姗也应该听见了。都涉及捆人的问题，当然是大事。所以，乔姗姗也应该觉得，他不是在找借口。

　　还有，他们刚走下台阶，季宗慈就跑了过来，说："老太太的文集快出来了，准备开个发布会。老太太的追悼会到底还开不开了？最好是开完追悼会，接着就开发布会。治丧委员会到底是谁负责的？"

　　这话，不仅乔姗姗听见了，乔木先生也听见了。乔木先生仰脸看着天空，发出了一声长叹："唉，这人啊，从何说起呢。"

　　也就是说，如果他不回去吃饭，理由完全是说得过去的。

　　这会巫桃又说："没看见她不高兴了？"

944

"没有啊。她就那样。"

他本来还想说,不高兴对她来说是常态,高兴反而是不正常的。

"邓林昨天来了。"巫桃说,"他到桃花峪上任了,和杨双长搭班子。他说,他和杨双长都希望我和先生到桃花峪住几天。"

这时候易艺艺走了过来。易艺艺好像从当初的打击中恢复过来了,明显地胖了。巫桃顺便问易艺艺:"还好吧?交了男朋友带过来,我替你把把关。"本来就是这么顺口一说而已,不料易艺艺却一本正经地说:"不交了,再也不交了。我现在是性冷淡,冷淡了,淡了。"这孩子,到底会不会好好说话?

等易艺艺走了,他问巫桃:"哪天去?"

"明天就去。姗姗也去。你和我们一起去?"

乔姗姗这次从美国回来,他事先并不知道。也真是巧了,郑树森刚好去机场送人,就把她从机场捎了回来。乔姗姗先去了乔木先生那里。把乔姗姗放下之后,郑树森还打电话来邀功:"看你怎么感谢我!"

他差点脱口而出:"你把她领走算了。"

现在,他知道,巫桃想让他一起去桃花峪,其实是为了减少她和乔姗姗的摩擦系数。或者说,是为了将那摩擦系数,不管大小,全转移到他这里来。巫桃和乔姗姗是无法相处的。事实上,昨天他和乔姗姗通过电话之后,巫桃就把电话打过来了。巫桃显然是在院子里打的。巫桃上来就说,先生想让乔姗姗回国。"我也想让她回来。先生年纪大了,她回来可以多个帮手。当女儿的,平时就该多回来的。回不来,也该常打电话。她倒好,只管自己潇洒,哪管家里雨打风吹。什么养儿防老,哄自己空喜罢了。"他当然赶紧代乔姗姗向巫桃表示歉意。巫桃说:"她回来,看什么都不顺眼。阳台上的花都能惹她生气。说龟背竹叶子都黄了,也不知道上肥。不是没上肥,那是先生上肥上多了,烧的!也真是活见鬼了,书案上也不知道怎么回事,刚好爬了一条蜈蚣。她小题大做,又拍照又录像,发给很多人。莫非蜈蚣是孙悟空变的,知道她回来了,故意来吓她?"

那张照片,他也在第一时间看到了。

照片上的蜈蚣,腰已经断了。但它每只脚都还抓着一团东西,内容很丰富,有泥团,有苍蝇,有蚂蚁,或者是一截细细的树枝。看到那些东西的时候,他首先想到的是,它要把那些东西献给谁?献给蜈蚣王,还是送到孩子嘴边?哦,书案上那盆新买的文竹说明了一切:那蜈蚣是被花圃的园丁弄伤的。它虽然受了伤,但还是要爬行。它本想回到自己幸福的家庭,却不幸地在死亡之前介入了人类的家庭纷争。

"你们准备在桃花峪待多久?"

"待不了几天。兰梅菊大师快来济州了。先生说他要看兰大师的演出。"

"怎么回事?以前,兰大师亲自送票上门,他都不去看的。"

他示意雷山巴等他一会。雷山巴指了指镜湖,说:"我在湖边等你。"

巫桃说:"这次才知道,先生一直没有原谅兰大师。当年在五七干校,兰大师曾揭露过双老:学习《敦促杜聿明等投降书》的时候,双老不好好听讲,在沙地上写字,写的是鬼啊神啊的,大搞唯心主义。科学家怎么会唯心主义呢?双老写的其实是陶渊明的一句诗:'天道幽且远,鬼神茫昧然。'双老为此被批斗,为此被剃了阴阳头。都不让他喂猪了。先生只好替双老喂猪,一个人干两个人的活,差点累死。前两天,兰大师打来电话,跟先生谈起双老,说他们当年相处得多好,只差义结金兰啊。先生一时激动,竟把这陈年老账翻了出来。兰大师哭了。表演艺术家嘛。说哭就哭,说笑就笑——"

"所以,先生也不要太在意。"

"先生确实吓了一跳。兰大师说,从桃花峪回到北京,确实能吃饱了,但没过几天好日子'四人帮'就倒台了,他就被隔离审查了,说他追随江青的文艺路线。虽然没有给他剃阴阳头,但那比剃阴阳头还难受。说完又哭,边哭边唱,第一句是'乔木啊,听君言不由人珠泪满面',第二句就成了'叫一声公瑾弟细听根源',原来唱的是《卧龙吊孝》。先生说,你不是唱青衣的嘛,也会唱老生?兰大师这才住了口。"

"兰大师没有说漏嘴,跟先生说双老已经去世了?"

"先生早就知道了。一天早上,他起来后,不穿衣,不洗脸,不吃饭,一个人坐在楼上。你跟他说话,他也听不见。他手里拿着早报,早报上有这个消息。"

"这些天,他情绪肯定不好,你也只好多担待了。"

他得先送巫桃回家。他们虽然朝家里走去,但巫桃却没有上楼。巫桃后来在那株高大的悬铃木下面站住了。巫桃在那里种了几棵丝瓜,秧子上开着黄花。跟他说话的时候,她偶尔会仰起脸,看向自家的阳台。

一只流浪狗在离他们不远的地方,围着垃圾桶转圈,那个垃圾桶没有盖子,垃圾堆得冒出来了。那只流浪狗猛地一跳,从上面取下一个东西。那是个婴儿的尿不湿。它用嘴一点点撕开它,然后去吃里面的东西。在它看来,那一定形同点心!相当于慈禧太后爱吃的豌豆黄。它吃得慢条斯理的,还不时伸出舌尖把嘴唇周围舔上一遍,一点屎星子都舍不得浪费。它吃得很销魂。

同是流浪狗,木瓜过的是什么生活?

除了没有爱情,木瓜什么都有。

巫桃抬头看看自家的窗子,目光最后落到了一朵黄花上。丝瓜的黄花开在悬铃木最低的那截树枝上,花后已经长出来拇指大的丝瓜。

"先生倒没有太伤感。"巫桃说,"先生说,这么些年,他从来没有梦见过双老。这些日子,他天天和双老在梦中见面,一起喂猪,一起锄地,一起挖红薯尾巴。天天见面,高兴还来不及呢。"

"这就好。人嘛,花开花谢——"

"好什么好!那天午睡,他梦见了何为先生。到了晚上,就听说何为先生走了。今天一大早,他就跟我讲何为先生的事。姗姗呢,当女儿的,陪着爸爸出去走走啊。她不,就钻在家里,哪也不去,除了挑毛病,就是让她爸爸给她讲五七干校那些破事。还说,她以后就研究这个了,题目就叫《五七干校里的女性》。她还说,她最关心的,除了兰梅菊大师,就是何为先生。这句话倒把她爸爸逗乐了。她爸爸说,兰梅菊是男的。她连这个都要争辩。还摸着她爸爸的头:没发烧吧?没糊涂吧?怎么会是男的呢?"巫桃冷笑着,说,"就这水平,还要在美国申请学术专项基金呢。"

他真正感兴趣的,是巫桃转述的关于何为先生的一件小事。

是关于猫的,关于一只黑猫。

按乔木先生的说法,何为教授下放的时候,跟当地农妇无异,也是青布衫裤,蓝围裙,到了冬天就裹上头巾,像个农民起义军中的女兵。大家都饿得要命,几个月不见荤腥,何为先生当年是负责喂鸡的。都以为她能吃饱的,可她饿得比谁都瘦。她连老鼠运到鼠洞里的鸡蛋,都要挖出来,如数登记。闲下来的时候,她就像农妇一样坐着晒太阳。不同的是,农妇喜欢坐在墙根,何为先生喜欢坐在河边,靠着土崖,面对黄河。她既是免费吸收钙,也是观水。

想起来了,她有一篇文章,提到自己曾在黄河边观水。她一边观水,一边思考问题:东西方哲学都以水的流动性来揭示万物的变易。不同的是,中国历史上有大禹治水,对中国人来说,没有治好的水是灾难,治好的水是喜悦。但西方哲学中,面对洪水,首先想到的是逃亡,是想获得上帝的救赎。

有一天,她在河边晒太阳的时候,看到一只黄狗与一只黑猫打起架来,为了争一只死去的山雀。猫把麻雀吃了,但却被狗咬伤了，还掉了一只耳朵，动不了啦。看猫和狗打架的，可不止她一个。一个农民拎着镰刀走了过来，就像弯腰提鞋子似的，神不知鬼不觉，就砍掉了猫头，剁去了猫爪，把猫皮给剥了。黑猫转眼间变成一团白肉。那只狗又踅摸了过来，把剁下来的猫爪挨个儿吃了，血也舔得一干二净。

就像什么也没有发生过。

然后呢，农民就拎着猫去黄河冲洗。都说猫有九条命，看来是真的。那只猫突然从农民手里溜走了，跑掉了，顺流而下。农民气得直跺脚。那只狗呢，也沿着河岸跑着。它倒不是要与猫打架。此时，那猫在它眼里，与在人眼里，具有同一性：都是食物。何为先生看见那只猫，好像很有灵性似的，藏身于岸边的树根里了，藏得严严实实的。按乔木先生的说法，何为先生暗中为猫高兴。谁说哲学家都是一根筋？何为先生就聪明得很。她不说话，装作没看见，在河边转悠，好像在思考严肃的哲学问题。等农民垂头丧气地走了，何为先生就下去了，把猫给抱了起来。猫已经被冲洗得干干净净，只是嘴里有沙子。哦，对了，没头了，没嘴了。反正看不出是只猫了，只是一个肉团。

接下来的事情，是别人想不到的。

何为先生把它煮了。

这事本来没人知道，是何为先生自己讲出来的。她就病了一场，说胡话，总认为是猫在向她索命。再后来，何为先生见到猫，就觉得欠它们的。

巫桃说，乔木先生承认，他和双老都喝了一碗猫汤。

乔木先生还提到一个细节：他们喝猫汤的时候，连何为先生养的鸡都为他们高兴。鸡在外面散步，好像知道他们在吃肉喝汤，主动为他们站岗放哨，一个个抖擞着翅膀。看到有人过来，公鸡母鸡一起叫。乔木先生说，连鸡都能理解，我们难道不能理解吗？所以，没必要觉得欠猫什么。

按巫桃的说法,乔姗姗听了这故事,认为她爸爸与何为先生后来对猫的不同态度,正说明东西方哲学不同之处:中国哲学不知忏悔,西方哲学则以忏悔为先导。"这句话,惹得先生不高兴了。"巫桃说,"我和你双伯伯都快饿死了,喝口猫汤又怎么了?就得忏悔?你知道什么叫忏悔吗?你在美国都待傻了,忏悔是佛教的概念。忏者,忏其前愆。从前所有恶业,愚迷骄诳嫉妒等罪,悉皆尽忏,永不复起,是名为忏。悔者,悔其后过。从今以后,所有恶业,愚迷骄诳嫉妒等罪,今已觉悟,悉皆永断,更不复作,是名为悔。故称忏悔。我后来又喝猫汤了吗?一句话,说得她哑口无言,只好又拿那只断掉的蜈蚣来给我找碴。"

哦,与其说那是忏悔,不如说那是感激。何为先生曾说过,因恩惠而产生的感激,与因礼物而产生的谢意相比,在情感上要深入得多。礼物可以回报,恩惠无法补偿。何为先生曾在文章里写到,感激让你意识到,你和恩惠之间的关系,有一种无限性,它不但不会枯竭,而且还在不断地涌现,你不能够通过有限的赠礼来穷尽。

当然,这些话,他没有说出口。

巫桃说:"看,姗姗这会儿在换窗纱呢。她是真不把自己当外人啊。昨天她就要换,我没让她换。你知道的,原来的窗纱,上面有蝴蝶,有花,挺好的。还是先生自己选的。她却要换成纯白的,什么图案也不要。有什么好?挂在窗前,就像患上了白内障。不行,你得跟我上去。"

他只好上去了。

晚了一步,乔姗姗已经把客厅的窗纱换过来了。旧窗纱摊在客厅里,在无风的空间里颤动。窗纱上的蝴蝶好像振翅欲飞,窗纱上的花也好像在缓缓开放。这都是因为木瓜。那小东西从这头钻进去,从那头钻出来。如果钻不出来,它就急,哼哼唧唧的,给人的感觉好像旧窗纱在申诉,为什么把它换下来。木瓜终于钻了出来,得意地看一眼乔木先生,又用前爪撩起窗纱,要再次钻进去。乔木先生说话了。乔木先生说的是狗,但他觉得那其实是对乔姗姗的委婉批评:"你呀,木瓜啊木瓜,一会儿抓蝴蝶,一会儿采花,跳来跳去,全凭兴趣,什么也抓不到。"

乔姗姗用舌头顶着腮帮子,看着狗。

这会,听了乔木先生的话,她目光突然警觉起来。

巫桃和小保姆把饭端上来了。

他当然走不开了。只好跟雷山巴打电话,说回头再去基地找他。

当着乔木先生的面,他们客客气气地吃了一顿饭。那个酒坛子里还泡着五爪金龙。双渐的话,还没有告诉乔木先生呢。乔木先生亲自给他斟酒。乔姗姗一句话,倒没把他当外人。细品一下,好像有几分亲昵。乔姗姗说:"爸爸,别惯他,他又不是没长手。"

乔木先生笑着说:"我给我们家姑爷倒杯酒,不行啊?"

记忆中,乔木先生这是第一次在他面前提到"姑爷"二字。其中的家常气息,本该让他放松的,但却让他紧张起来了。

乔姗姗吃饭的时候,似乎躲避着他的目光,虽然他并没特意去看她。她穿着棕褐色的衣服,那是画眉的颜色。她的头发也有些发灰了。岁月也在乔姗姗身上留下了影子。一时间,他真想和她好好地共度余生。但随即,她的一个动作又引起了他的不满:喝水的时候,她不是把杯子端向嘴巴,而是把嘴巴探向杯子。这是在美国学来的吗?这可不好。要以食就口,不要以口就食。只有动物才以口就食,那是因为它们不会使用工具。当然,这话是万万不能说的。哪怕以开玩笑的方式说出来,乔姗姗也敢把桌子掀了。

于是,那共度余生的念头,转眼间就又打了一个折扣。

乔木先生说:"待会,你们回你们家去。跟以前一样,周末再过来。我这暂时不需要人。"

他当然听得出来,乔木先生是要他把乔姗姗带走。

乔姗姗似乎变了,变得懂事多了,吃完饭竟然主动帮着巫桃和小保姆把碗筷收到了厨房。收拾完之后,乔姗姗对小保姆说:"你跟我走一趟,帮我把应院长的狗窝收拾一下。"简直是太阳从西边出来了。当然,他快速回忆了一下,上次与朗月见面之后,战场是否打扫干净了。应该是干净了。哦,那已经是很久以前的事了。他听见乔姗姗说:"我听见了,有人等你是吧? 我忙我的,你忙你的。我的门锁没换吧?"

哦,"我的"! 门锁也是"我的门锁"。

他说:"没换。那你先回去?"

乔姗姗有个大箱子。他要帮她拿下去,但乔姗姗说:"我有手,我自己会拿。"但转脸就把箱子交给了保姆,"帮我一下。"

巫桃笑着说:"女学者办事,就是不一样,凡事都有板有眼。"

乔姗姗立即怼了过来:"学者就是学者,还分男学者、女学者?"

巫桃说:"看到了吧先生? 我又说错了。"

乔木先生和起了稀泥:"学者嘛,确实不分男学者、女学者。何为先生也常这么说。可姗姗你是研究女性问题的,说你是女学者,是夸你呢,近水楼台先得月,向阳花木易为春。"

乔姗姗说:"爸爸是批评我好辩?"

乔木先生说:"好辩不是缺点。孟子就好辩。你说他好辩,他还要跟你辩论一番呢,'予岂好辩哉? 予不得已也'!"

乔姗姗说:"知女莫若父。予亦不得已也。"

乔木先生笑笑,说:"应物,你留下,我也正好有话对你说。"

然后,乔木先生就带他上了楼梯,在书房里坐下了。

乔木先生笑着说:"姗姗好辩,但好辩之士,其实都是单纯的人。孟子就比孔子单纯。有人说,孔子说话如春风沂水,你自然也就如沐春风。孟子呢,那是吹风机,如秋风扫于舞雩。孔子善对话,孟子好辩论。对话是我听你说,你听我说。辩论是我说你听,你还得听懂。你装作听懂,不就得了?"

哦,先生还是来和稀泥的。

他正想着如何答话,乔木先生却好像只是要点到为止,并不求他回应,已经顺势提到了另外一个人。乔木先生是这么说的:"姗姗好辩,但不是最好辩的。最好辩的是谁?校园之内,张子房要算一个。我以为,子房今天会露面的。我今天去那里三鞠躬,当然是为了跟何为先生打个招呼。其实人都死了,去不去,她也不知道。她就是知道,也不会在乎。这位大姐的脾气,我是知道的。我知道她不在乎。我是奔着子房去的。我以为他会去的。这个张子房,就是天下最好辩之士。七八、七九年的时候,济大公厕还多是旱厕,每日早起,一排人蹲坑。蹲着坑,他也不忘辩论。那真是舌辩滔滔。辩论什么呢?看不见的手。手当然看不见,都夹在膝窝下面呢。不不不,也不是夹在膝窝下面,你得提着裤子,随着换坑,否则那些摞成宝塔的粪便就顶着屁股了。你拎着裤子,半蹲着,就像空投。这时他也要跟别人辩论。辩论什么呢?市场经济好,还是计划经济好?来一拨,他辩走一拨。时间一长,难免双腿发麻,脑部缺血,有一次他差点栽入粪坑。他这次该露面的,却没有露面,要我看,这也是一种辩论。你们都以为我会来,可我就是不来。"

哦,原来是要谈张子房。

应物兄一时有点感动。

乔木先生显然知道,何为先生曾说过,须由张子房先生来致悼词。乔木先生现在提起张子房,其实还是因为关心何为先生的后事。

何为先生的后事该如何处理,身为治丧委员会主任的葛道宏,并没有发表过意见。具体负责此事的,是新上任的哲学系主任,此人就是那个著名的"风衣男"。如前所述,这个人长得有点像电影演员陈道明,说话阴阳怪气的,除了夏天,任何时候都穿着风衣。"风衣男"评职称时,拿出来的著作竟是自己的写真集,只是在每张照片旁边都写上一段话而已。那些话大都摘自经典作家的著作,但他却声称那就是他的"哲思"。这天，"风衣男"虽然没穿风衣，但衫衣下摆过膝，也基本上穿出了风衣的感觉。对于何为先生的后事，"风衣男"拿不出一个主意。他把何为先生的遗像从墙上取下来的时候，别人问他，追悼会还开吗？这么简单的问题，他都不知道如何回答了。

"风衣男"平时说话从来不用口语的，都是书面语。但这天，"风衣男"慌乱之中竟来了句济州土话："我被老太太骑驴了。"济州方言中，"骑驴"是被骗的意思。他说他去看过老太太，委婉地问过老太太还有什么要交代的，老太太说她都安排好了，不会让系里为难的。大概觉得，这种场合声称自己被骗实属不宜，就又补充了一句："我说的是，骑驴看唱本，只能走着瞧了。"

下台阶的时候，有人嘀咕道："这哥们还是会说人话的嘛。"

不到万不得已，"风衣男"怎么会说人话呢？

这只能进一步说明，事情非常棘手。

这会，乔木先生问道："那只黑猫，还给子房先生了吗？"

乔木先生看来也已听说，何为先生还有一句遗言，她死后，把柏拉图还给张子房。如前所述，张子房先生重译了亚当·斯密的《国富论》，其译后记《再论"看不见的手"》，在八十年代曾经风靡经济学界，所以何为先生习惯以亚当称之。何为先生的原话是这么说的："柏拉图还给亚当。它本就是亚当的。"

他说："应该没还吧。我听说，哲学系的人去找经济系的人，要他们带着去找张子房，经济系的人说，张子房先生早就离开经济系了，不属于他们的人。所以，直到今天，好像还没和张子房先生联系上。"

乔木先生说："你知道吗？当年张子房先生与双林院士也吵过架的。后来双林院士每次来济州，除了想见双渐，就是想见子房。"

这些天来，他留意了一下双林院士的相关资料。他了解得越多，越觉得双林院士和他的同伴们，都是这个民族的功臣。他们在荒漠中,在无边的旷野中,在凛冽的天宇下,为了那蘑菇云升腾于天地之间而奋不顾身。他觉得,他们是意志的完美无缺的化身。与他们当年的付出相比,用语言对他们表示赞美,你甚至会觉得语言本身有一种失重感。

最难能可贵的是,双林院士拒绝将自己和同伴们的生活神圣化。与北京木樨地一所中学的孩子们对话的时候,他提到,那时候他的梦大都是关于吃的。"空中成群地飞着脆皮烤鸭,扑棱棱地飞向你的嘴边。"双林院士说。

双林院士随后提到了一件小事。

关于当年全国人民勒紧裤腰,举全国之力去造原子弹,确有一些专家反对。一直到八十年代,还有人对此持有异议。当时,他和同伴们可能有些不理解,有些人还觉得有些委屈。但是,过了这么多年,他也理解了他们:

> 有个朋友是经济学家,友人都叫他亚当。他既单纯又善良。举个例子,他很少去参加告别仪式。他不能去。只要一听见哀乐,他就会哭,哭得止不住。哪怕那哀乐是为一个与他不相干的人播放的。他就当面对我说过,他反对造原子弹。他说,这个代价太大了。要是考虑到这期间,还有大跃进,还有三年自然灾害,中国人饭都吃不饱,代价太大了。从感情上,我接受不了他的观点。我们足足吵了两天。后来,我听说他为自己说过的这番话付出了不小的代价。那是几年之后的事了。有人把他当时私下说的话写了出来,引来了批评,说他污蔑核科学家的劳动。那篇文章也引用了我的话。我为此而感到惭愧,因为他的不幸也有我的原因。其实他只是说出了事实,说明自己的观点不该受到责备的。因为科学家首先是要面对事实,要找到事物之间的因果关系。当然,去年我听他一个哲学家朋友说,他的想法变了。他现在研究经济史,已经意识到,现实生活中的任何一点、任何一件事,都是历史演变

的结果，背景有着无限的牵连。①

这样的话，不是每个科学家都能说出来的。他再次为双林院士而感动。

这会儿，他向乔木先生提到了双林院士这个谈话。他问乔木先生："双老所说的哲学家，应该就是何为先生。听双老转述的意思，张子房先生好像并没有疯掉。疯子怎么能研究经济史呢？"

乔木先生的说法，让他吃了一惊："我从不认为子房疯了。"

"你是说，他只是装疯？"

"他这个人，怎么会装呢？"

"我记得曾在街上见过他。见他在垃圾箱里翻啊翻的。"

"谁知道呢，他或许认为，垃圾里面也有经济学。"

"不会吧，我记得他的嘴唇都变厚了——"

"或许是摔倒了，在什么地方碰伤了呢？"

"那您知道他住在哪吗？"

"我不知道。还是上次办书法展的时候，看到过很像他的身影。"

当时，乔木先生曾吟诵了一首诗。这会，乔木先生又将它吟诵了一遍："州亦难添，诗亦难改，然闲云野鹤，何天而不可飞'？"和上次一样，乔木先生好像还是在赞颂子房先生，有着闲云野鹤般的自由。

乔木先生又说："上次我路过皂荚庙，看到一个人，有点像张子房。我还想，子房信佛了？再一看，不是。当然不可能是。他这种人，是不可能信佛的。巫桃说，子房先生若信佛，倒是可能成佛。这就是妇人之见了。自古以来，杀人如麻、如砍瓜切菜者，佛家倒是鼓励他们放下屠刀，立地成佛。连一只猴子，都能成为斗战胜佛。那些行善的人，那些吃斋念佛的善男信女，成佛的机会反倒很

———

① 见《中原人物周刊》（2011 年第 15 期）载《与中学生谈谈当代科学史》一文。

小。这就像老师带学生。坏学生经常不交作业,偶尔完成一次,老师赶紧发个奖状给他。那些规规矩矩的好学生,老师顶多口头夸上两句。"

乔木先生的话,是不宜细品的。

稍微一品,也就知道,那好像也与程先生归来伊始,便尽享荣华有关。

乔木先生又顺便问道:"风闻释延安要去皂荚庙做住持?怎么样,德行高远的释延源只能苦苦念经,调皮捣蛋的释延安倒是什么也没耽误。"

接下来,乔木先生又提到了乔姗姗。他本以为乔木先生又要再和一遍稀泥的,不料,乔木先生突然说道:"姗姗这次回来,说她也开始研究儒学了。好啊,她可能是受了你的影响。这就是志同道合了。我不想放她走了。就让她去太和?"

如果说,他对此没有一点预感,那显然是不确切的。从巫桃告诉他乔木先生想让乔姗姗回来那一刻起,他就担心会有这么一出。他只是不愿承认,这会变成真的。哦,其实相当于另一只鞋子掉了下来。

跟乔姗姗一起工作?

不,不,不!他立即有一种窒息之感。当然,他尽量不让乔木先生看出他的情绪变化。他认为自己已经做得足够好了:坐姿不变,手势也不变。当然,和乔木先生说话,他其实是没有手势的,因为他的两只手通常平放于膝盖,就像在给自己的膝盖按摩。但乔木先生似乎还是捕捉到了他的内心变化。乔木先生的眼睛突然变冷了,有如义眼。乔木先生说了三个字:"怎么样?"

他小心地问道:"姗姗也有这个想法?"

那双义眼好像有点温度了:"先别管她。先说你。"

他说:"她说过她不愿在国内待的。她每次回来嗓子都要发炎。她说过,只要想到要回来,嗓子就会提前发炎。"

乔木先生拿起了通条。那银色的、有如缩发的簪子似的通条，透着寒意。乔木先生把它捅进了斗柄。乔木先生说："我知道，你们以前常闹别扭。不闹别扭的夫妻，我还没见过。关于夫妻关系的论述，比世上所有的经文都多。但谁都没有我们那个女道士说得好：至亲至疏夫妻。①'至亲至疏'四字，道尽了婚姻的甘苦。别在意。年龄大一点就好了。夫妻嘛，就是个有限责任公司。"

"先生，我是想和她把日子过好的。"他听见自己说。

"婚姻幸福的关键是什么？我送你四个字：记性要差。记住了？"

"我一定记住，记住记性要差。"他尽量保持郑重的语调，重复说道。

"你那个太和，尽心即可，不要想那么多。听说你们盖的那个院子，外面看上去稀松平常，但里面用的水泥钢筋，都可以建个太和殿了。那个章学栋说，他求的是永恒。哎哟喂，你们这些年轻人啊。处理好你们现在的生活就行了。永恒这个东西，是老天爷说了算，不是你能说了算的。以前的高门大户，哪家门前没有两株歪脖树，哪家屋后没有一株蟠龙槐？现在都在哪呢？树犹如此，人何以堪？麦荠先生的情况，你知道吗？编一套没人看的文集，也声称要藏之名山、传之后世。这倒好，文集还没出版，人却不行了。起落架和发动机都失灵了。我明天还得去看他。"

乔木先生也引用起小工的话了。

"您代我问个好？"

"当然会代你问好。人生无常啊。"

"先生，双老和何为先生的死，可能让您伤心了。别想那么多。"

"我才不想那么多呢。我只想着，让闺女回来。怎么样？就让姗姗进去？"

---

① 〔唐〕李冶《八至》："至近至远东西，至深至浅清溪。至高至明日月，至亲至疏夫妻。"

"我没意见。只是,为什么要进太和呢?"

"你还不知道她?自以为讲课很受欢迎,其实人家恨不得把她轰下讲台。坏就坏在她那脾气!竟会和学生在课堂上吵起来。进了太和,她就安心做她的研究,能做到哪一步是哪一步。她不焦虑了,不发火了,你也就不必再当烟囱了。"

"这事——程先生知道吗?"

"就是程先生建议的嘛。程先生提到姗姗,说了四个字:秀外慧中。"

"那姗姗的意思呢?她若不同意呢?牛不喝水不能强按头啊。"

"你出面请他,她扭捏一阵,就答应了。"

"她能来当然是好的。我只是担心,有人会说,太和怎么成了夫妻店。"

"我的姑爷啊。你又不是院长,开什么夫妻店?姗姗得回来。我想闺女了。我知道,她那个臭脾气,可能让你受了伤。"

"没有,没有。"他听见自己说,"没有受伤。就是有,伤口也结了痂。"

"结了痂,就要脱皮了。不管在家里受了什么委屈,都不要出去说。如今网络发达,小保姆每日也用手机上网,又哭又笑。要我看,每日上网者,都有嗜痂之癖,都是拿别人的苦,当自己的乐。太和大事已定,波儿不在家,你们夫妻二人,每日静坐读书,少管闲事,敦伦理,屏嗜欲,必有所成。我哪天就是走了,跟双林这个老伙计抬杠磨嘴去了,这边也没有要担心的了。回去吧。"

哦,敦伦,敦伦理!

乔木先生用语极雅。这其实是委婉地提醒,乔姗姗在家等着他呢。

这天,乔木先生还戴上贝雷帽,挂着手杖,罕见地送他下了楼。出了电梯,乔木先生又陪他走了几步。乔木先生突然说:"我们这代人，终于要走完了，要给你们挪地方了。"

　　不用说，双林院士和何为先生的死，还是让乔木先生感受到了死亡的阴影。他当然立即劝乔木先生要保重身体。"以后，我会多来看您的。"他说。

　　乔木先生动了动贝雷帽，让它好看地歪着，说："死嘛，我有九个字：不想死，不等死，不怕死。不想死，是因为活着挺好。不等死，就是该说什么，还说什么。不怕死呢？人人如此，怕有何用。"

93． 敦伦

　　"敦伦"一词，就他所见，出自董仲舒《春秋繁露·必仁且智》，意思是敦睦人伦①。后来，"敦伦"就成了夫妻生活的代名词。它的另一个说法是"周公之礼"。"周公之礼"当然不仅仅是指"敦伦"，但提起"周公之礼"，人们首先想到的就是"敦伦"。在开车回家的路上，我们的应物兄想起来，自己最早看到"敦伦"一词，是在鲁迅的《且介亭杂文·病后杂谈》一文里："我想，这和时而'敦伦'者不失为圣贤，连白天也在想女人的就要被称为'登徒子'的道理，大概是一样的。"他不解其意，急忙去看文后的注释：

　　　　"敦伦"意即性交。清代袁枚在《答杨笠湖书》中说："李刚主自负不欺之学，日记云：昨夜与老妻'敦伦'一次。至今传为笑谈。"

　　他看得心里扑通扑通的。他的目光在阅览室扫过。遇到女同学的脸、背影、腿，目光就悄悄躲开。但同时，他又忍不住想："以后，和谁'敦伦'呢？"那天，乔姗姗在图书馆吗？好像不在。想起

---

　　①　董仲舒《春秋繁露·必仁且智》："何谓仁？仁者，憯怛爱人，谨翕不争，好恶敦伦，无伤恶之心，无隐忌之志，无嫉妒之气，无感愁之欲，无险诐之事，无辟违之行，故其心舒，其志平，其气和，其欲节，其事易，其行道，故能平易和理而无争也。如此者，谓之仁。"

来了,那天郏象愚倒是在。郏象愚路过他身边的时候,还问他看的是什么。郏象愚对鲁迅不感兴趣,手中拿的是黑格尔的书。想起来了,就是在那一天,郏象愚对他说:"瞧,黑格尔讲得多好。人是死的神,神是不死的人。对于前者,死就是生,生就是死。"①

在一家药店门口,他把车停下了。

他需要买盒避孕套。也就是说,这个时候,他心里已经准备好要与乔姗姗"敦伦"一次。他已经想不起来,上次买避孕套是什么时候了。好像已经是上个世纪的事了。这倒不能怨他。因为每次他做好准备,要和乔姗姗"敦伦"的时候,乔姗姗都会说她刚来例假。他曾经感慨,她的例假应该是全世界来得最勤的,都可以申请吉尼斯世界纪录了。再后来,当他提出这项要求的时候,她甚至会说,他对世界要求太多了。想搂着老婆睡一觉,就成了对世界要求太多?

他突然想起以前讨论过的"温而厉"。费鸣说过,"温而厉"已经上市了,只是名字不叫"温而厉",而叫"威而厉"。

哦,还真有卖"威而厉"的。

盒子的封面上印着一个半裸的女港星。那女港星牵着一匹白马,背景是辽阔的草原。那白马在此显然有另外的寓意:白马王子。应该还处于促销阶段,因为买一盒"威而厉",可以赠送一盒伟哥。

子贡够狡猾的。

子贡当初可是说过,名字一旦采用,即付一百万 dollar。子贡的原话好像是这么说的:"我是想把这一百万 dollar 留在济州的。"如今他只是稍加变动,将"温而厉"改成"威而厉",就把那一百万 dollar 省下了。当然了,这个时候,我们的应物兄完全不可能知道,

---

① 黑格尔《哲学史讲演录》(第 1 卷):"人是死的神,神是不死的人;对于前者,死亡就是生,而生活就是死","神圣是那种通过思想而超越了单纯的自然性的提高:单纯自然性是属于死亡的。"

那一百万 dollar 其实并没有省下，它已经进入了济民中医院的账户。如前所述，金彧就在济民中医院工作。

当他带着"威而厉"和"伟哥"离开药店的时候，接到了雷山巴的电话。电话中的雷山巴，一点不像将军的后代，也不像他自称的文化人，倒像是草寇托生的。就他妈的像个流寇。雷山巴是这么说的："你要不管，出了事，那可不赖我。雷先生可是要溜了。明天，雷先生可就要带着几个先进分子，去慰问老区人民了。"

"到底什么事？"

"大事倒不是大事。雷先生眼里，能有什么大事啊？但是，得让你知道。"

他怎么能想到，雷山巴所说的事情，与华学明有关呢？他当时说了谎，说："我太太有病，在医院呢。要不，咱们明天见？"

"反正我已经跟你说了。"雷山巴说。

保姆一定在窗前看见他停车了，因为他上楼的时候，保姆刚好下来。保姆走得太急，袖套都忘记取下了。当然也可以理解为，看到他回来，她连袖套都顾不上摘，就逃出来了。保姆把袖套给他，低声说道："我可什么也没说。"他由此知道，保姆刚才过堂了，受审了。

他进门的时候，乔姗姗正在打电话。

房间里并没有怎么整理，所有物件还原样放着。被子还是乱成一团，还像个狗窝。书房里，地板上的书倒是归拢了，但只是把它们胡乱地归拢到了一起。甚至茶几上那盆半死不活的吊兰，枯死的叶子还耷拉在盆边。地板倒是擦了。乔姗姗的箱子倒是打开了，但什么东西也没有取出来。哦不，还是取出点东西，那是一双人字拖。看来，刚才只记得升堂了。洗手间好像用过了。因为手纸原来放在一本书上，现在放在另一本书上。她总算和家里发生了一点关系，虽然用的是屁股。

乔姗姗甚至没用家里的水杯。她喝的是瓶装水。

"Mr Ying has come home[①]，"但这话不是跟他说的，而是跟电话那头的人说的，"OK，I'll talk to him[②]．"

她的英语很生硬，但声音很好听。

只要说话的对象不是我，她的声音就是好听的。既然她现在研究儒学了，那么她就应该知道，儒家对世界的爱，是从自己家人开始的。有一个说法，好像是费孝通先生说的，西方人的社会关系，好比是一捆一捆扎得很清楚的柴，人们属于若干人组成的团体。我们最重视的则是亲属关系，以自己为中心，像石子投入水中，形成同心圆式的波纹，那波纹一圈圈推出去，愈推愈远，也愈推愈薄。她呢？对陌生人，对远方的人，对那些八竿子打不着的人，是和风细雨的，对待自己最亲近的人，则像一条狗。

她还要再打电话。按了几个数字之后，她停下来，说："你一进门，味道就不对了。"这么说的时候，她的手还在鼻子跟前扇了一下。

什么意思？难道我是个屁？

当然，从最美好的意义上理解，她应该是催我去洗澡，准备"敦伦"。

在洗澡的时候，出于惯性，他把衣服扔进了浴缸。于是，他像往常一样，一边冲澡，一边原地踏步，一边思考问题。现在，他脑子里有两种观念在搏斗。一种是，待会到了床上，必须做好。敦伦者，敦睦人伦也。做不好，则有违敦伦之义。但另一种观念也具有同样的强度，它是对前一种的否定。如果做得好，如果让她感受到了敦伦之妙，那么她可能就真的不走了，要回来了。这两种观念，就像一场球赛，一攻一守，我攻你守，防守反击，全攻全守。他的步子不由得加快了，激起阵阵水花。如果她回来了，她能和同事们和睦相处吗？如果她不会回来呢？她不回来，就这样待在美国，她和

---

① 应先生回家了。
② 我会跟他讲的。

应波能够长期相处吗？为了应波少受气，我是不是应该让她回来？

怎么说呢，作为一个电视球迷，应物兄的脑子里其实同时举行着两场，不，应该是三场，不，很可能是四场球赛。就像世界杯小组赛的最后一轮，几场比赛同时开球。首先要考虑自己能不能出线，还得考虑出线之后会碰上什么对手。

他简直有点想不过来了。

当然，最关键的问题是，自己必须能够及时地硬起来。

那就有必要吃点药。他从未吃过伟哥。不仅没吃过，如前所述，他还曾在书中对此大加嘲讽，认为这有违"乐而不淫"之精神。但现在，为了"敦伦"，我只能把这个问题暂时放到一边了。当然，这个时候他也想起来，他忘记把伟哥掏出来了，它还装在口袋里，此刻就在他的脚下。

裤子因为浸水而变得很沉重。

那板药一共有五片，它们组成一个心形。洗发水的泡沫在上面不断地聚合，闪烁，破灭。他抠出一颗，就着水龙头，将它喝了下去。

他最后冲了一遍水，出来了。再用脸盆盛上衣服。家里虽然有两个浴室，但万一乔姗姗要用这个浴室呢？乔姗姗出国之前，用的就是这个浴室。

通常情况下，洗完了澡，他都要尿上一泡。水虽然是浇在身体外部，却好像渗入了他的尿脬。每到这个时候，他都会想到一个词：水到渠成。当然，具体到这一天，这泡尿还具有另外的意义，相当于清扫外围："敦伦"时刻，身体的冲撞难免对尿脬构成挤压，若是突然想撒尿，是暂停还是继续？

突然，有人敲门。当然是乔姗姗。因为她敲的是卧室的门，而不是直接敲浴室的门，所以他最初的感觉是，好像敲的是邻居家的门。当然，接踵而至的敲门声很快就让他意识到，站在两道门之外的就是乔姗姗。

他差点尿到鞋子上。

乔姗姗说："Mr Ying,出来,有话对你说。"

幸好他把换洗衣服拿进来了,否则还真是无法出去。虽然这是他自己的家,是他的思想生产基地,某种意义上也是当代儒学的一个小小的中心,而他是这里的主人。他嘟囔了一句,算是对她的回应:"Mr Ying这就出来。"哦,如果没有记错,在这个家,这是第一次有人叫我Mr Ying;如果没有记错,这也是我第一次称自己为Mr Ying。当他穿好外套,梳好头,穿上袜子,来到客厅的时候,却不见了乔姗姗。

"在这儿呢。"乔姗姗说。

那是从应波的房间传出来的。这里倒是被保姆打扫得很干净。干净得不像人住的,床上什么也没有,只有一张席梦思床垫,床垫上的塑料封套还没有取掉。乔姗姗对镜梳头。哦,那其实是乔姗姗的标准动作之一:她常常只梳一半头发,也就是抓住一绺,一直梳,反复梳,而对另一半头发置之不理,就让它披在那里,遮着自己的脸,遮着自己的嘴。这时候,如果有声音从头发下面的嘴巴里传出来,那就通常是冷笑了。听到那声音,他有时候会起鸡皮疙瘩。

不过,这次乔姗姗没有冷笑。

这时候乔姗姗终于开始梳另一边的头发了,而且开始说话了。

乔姗姗说:"回国前,我陪着程先生去了一趟茶园。"

他一时没有反应过来:"茶园?哪个茶园?哦,你是说子贡的茶园吗?"

乔姗姗说:"我刚才就是跟他通电话。"

他问:"他在哪?"

乔姗姗说:"又去了中东,现在除了叙利亚,别的国家都有他的生意。当美国人或者俄国人撤走了,他在中东就玩成全垒打了。"她随口吐出的棒球术语,说明这段时间她在美国过得挺好。

　　乔姗姗又说："你要不要跟他通个电话？程先生应该还在那里。"

　　还没等他说话，乔姗姗又说："不打也行，听不清楚。他要么在直升机上，要么在直升机下面，轰隆隆的。当然，打不打，由你。"

　　没错，有一次他给黄兴打电话，听到的就是那巨大的轰鸣声。乔姗姗显然话里有话，但她不讲，他不好问。乔姗姗去那里干什么？休闲吗？

　　打还是不打呢？

　　乔姗姗说："你该打一个，向他表示感谢。应波也去了，玩得很high。"

　　他眼前立即出现了一片又一片葱绿的山冈，阴影在山冈上快速移动，那些茶树正在风中摇摆，而乔姗姗就在那茶园里走动。那几片茶园离硅谷不远，位于圣塔克拉拉县府圣何塞的101公路两侧。公路深陷于山谷之中。他曾多次从那条山谷走过，透过车窗仰望山冈上方的茶园。那是北美大陆仅有的几片茶园，它的主人就是子贡。十多年前，子贡的一个朋友从台湾来到了美国，他们开车穿越山谷前往圣何塞。因为山脉挡住了来自太平洋的热浪，所以那时候虽是炎炎盛夏，但山谷中却非常凉爽。朋友是个茶商，会看风水，对黄兴说，大山能够挡住热浪，自然就能够挡住寒流，所以这里应该四季如春，藏风聚气，很适合种茶。朋友鼓动子贡弄一片山坡种茶。朋友说，茶文化就是中国文化，如果在这里种上茶树，那么茶文化就会在美国落地生根，在北美发扬光大。这个意义可是非同小可，相当于把玉米和红薯从中美洲引种到了亚洲，史书上应该大书特书的。子贡一听就动心了，先后从阿里山、武夷山引进了多种茶树。为了把那些茶树苗弄到美国，子贡可是费老鼻子劲了，这是因为它们必须通过美国海关严格的植物检疫。生物安全部门的负责人虽然喜欢喝茶，对此外来物种却是警惕百倍，担心它们危及本地物种。他们被泛滥成灾的中国鲤鱼弄怕了。在北美的那些沟沟汊汊,中国鲤鱼逢佛杀佛,逢祖杀祖。

那些树苗后来是通过墨西哥边境弄进美国的。

时间拖得太久了,三千株树苗还没有运进山谷已经死去了大半,后来成活的只有百余株。但经过无性繁殖,茶树在几年之后就发展到了一千多株。为了那些树苗能够健康成长,子贡从福建和台湾弄来了多名茶农,帮助他们办了绿卡,并安排他们住在那山清水秀、四季如春、空气新鲜的山谷之中。只有从热爱中国文化的角度去看,你才能够理解子贡为什么会在那些中国茶树上倾注那么多心血。那些在茶园上空盘旋的直升机,就代表着黄兴的心血:每年茶树吐出新芽之时,黄兴都要调动五六架直升机,让它们从薄暮到凌晨在茶园上空盘旋,通过改变气流来防止霜冻;而在别的季节,子贡则喜欢让客人登上飞机,一边喝茶,一边俯看茶园,据说直升机形成的气流同时可以防止虫害滋生。

不过,出于安全原因,子贡本人是不上直升机的。

他问乔姗姗:"你和应波坐直升机了吗?"

乔姗姗说:"我没坐。波儿坐了。"

他的心立刻揪紧了,好像随着应波登上了颠簸的直升机。

那时候乔姗姗一定坐在木屋里,看着应波乘坐的直升机在天空盘旋。茶园里有一片木屋,它们在高处,从那里也可以眺望茶园风光。那片木屋其实就像个度假村,游泳池、电影院、会议室一应俱全。主屋是黄兴自己住的,内设电梯,可以通向地下三十米的山洞。即便核战爆发,即便外星人入侵,也能在里面安然无恙地度过半年。房顶是粉红色的金字塔,与映在山岗上的落日余晖交相辉映。说白了,它就是子贡的行宫。他陪程先生去的那次,子贡还请了硅谷的几个朋友。那些朋友对子贡的毛驴很感兴趣。毛驴被拴在一个石柱上,石柱来自雅典卫城,是子贡用船运回来的。有个朋友看中了那个石柱,先报了个价,然后又请子贡出价。子贡说:"卖给你,驴子拴到哪去呢?"

乔姗姗这会说："比尔·盖茨也去了茶园。"

哦,是吗?乔姗姗这么说,是要炫耀自己,还是在向我暗示什么?乔姗姗接下来要说什么呢?

他知道子贡与比尔·盖茨关系很好。1994年的第一天,子贡还曾应邀参加了比尔·盖茨的婚礼。子贡很喜欢说比尔·盖茨的段子:比尔·盖茨很想从政,曾打电话给希拉里,试图成为希拉里的幕僚,但那个女人一口回绝了他。后来比尔·盖茨又把电话打给了奥巴马。奥巴马就装糊涂,说:"比尔?哪个比尔?是比尔·克林顿吗?"子贡说:"如果程先生把电话打给奥巴马,奥巴马肯定会说,程先生,我马上派空军一号去接您。"这些玩笑虽然并不好笑,但所有人都还是笑得前仰后合。子贡对比尔·盖茨的夫人梅琳达的评价很高。他说,如果能遇到梅琳达那样的女人,他会马上结婚。据他说,梅琳达能够忍受比尔·盖茨与老情人安·温布莱德的关系,又能够容忍比尔·盖茨与小情人斯特凡妮的关系,真是让人感动啊。他还说,比尔·盖茨比自己的老情人小了九岁,所以他一直担心——没错,子贡用的就是"担心"这个词——比尔·盖茨有恋母倾向。知道比尔·盖茨后来又跟小情人斯特凡妮搞到一起的时候,他才把心放回肚子。

兴之所至,子贡还给比尔·盖茨起了个外号:狗洞。

程先生解释说,这是因为盖茨(Gates)的前面部分(gate)包含着"篱笆的门"的意思,"篱笆的门"当然可以看成"狗洞"。

他现在想起来,他们那天谈论这事的时候,子贡身边其实坐着一个香港女演员,那女演员穿着旗袍,露着嘹亮的大腿。子贡曾给她出演的一部描述日军侵华的电影投资,她在里面演的是慰安妇。她也唱歌,不断地向他们讲述唱歌的意义:歌曲会潜移默化地塑造我们对世界的认识,进而规范我们的行为。程先生对这话当然会表示赞赏。但这个女演员随后举的例子,却有些不伦不类:周杰伦的《双截棍》最火的时候,他爸爸揍他的拖鞋,就换成了双截棍。

程先生不愿理她了。

但是子贡的兴致却上来了。子贡讲起了比尔·盖茨勾引斯特凡妮的趣闻。子贡摸着那个香港女演员的膝盖说:"'狗洞'在咖啡馆里,就是这样把手伸在桌子下面抚摸人家的。摸一下,又摸一下。"

这个动作有点突然了,也有点过分了。他正担心女演员会生气,女演员却主动把两只膝盖微微地分开了,当然她同时也笑着解释,说她模仿的是斯特凡妮。

那一摸的代价是很高的:子贡随后就赞助女演员出演了另一部电影。这次,她扮演的是上海二马路上妓院的头牌姑娘。这笔钱,子贡当场就答应了。

程先生事后批评子贡,这是拿钱不当回事。子贡说,他这个人的毛病,就是无法拒绝朋友,尤其无法拒绝朋友的女朋友。哦,原来那个女演员是子贡当年在香港混码头时的一个朋友的女友。子贡是这么说的:"幸好我的朋友中间没有不法之徒,没有 running man①,不然我最容易成为 Concealer②。"

现在,他很想提醒乔姗姗,还是不要把应波往这种地方带。

不过他没说。一旦说出来,乔姗姗可能就发火了。

好在他接下来又听乔姗姗说道:"黄兴让波儿带同学去玩,我谢绝了。我也告诉波儿,学业为主,玩耍为辅。只要学好了,进了大公司,这样的好日子,以后多着呢。"

这个时候,他感到吃下去的药起了效果。它仿佛有了自己的意志,在裤裆里一点点胀大,充血,发烫,跃跃欲试,不知羞耻地想要露一手,想要登上历史舞台,他的个人历史的舞台。因为他是靠着门框站着,这就更使得它有着一种旁逸斜出的效果,有着别树一帜的愿望。诗学上的旁逸斜出本是一种意外之美,但对它而言,却透着一股子浑不吝的邪乎劲。他站直了,站到了她的身后。与此

---

① 逃犯。
② 窝藏犯。

同时,他插在口袋里的手摸住了它。它依然发烫。但发烫是他的感觉,而不是它的。它好像没有感觉,他用指甲掐它,它是麻木的,就像掐的是别人,别物。它虽然发烫,却像一条冻僵的蛇。

这个时候,她已经把头发盘了起来,露出了整张脸。当她往头上别发卡的时候,她的唇齿间咬着另一只发卡。透过镜子,他能看见她的脸了,能看见她的脸的正面了。那是他不喜欢的正面。那张脸,曾带给他一个家。"家"这个概念,让他突然产生一种眩晕感。那眩晕感从记忆中涌出,但又被记忆抽空。现在,这张脸被镜子放大,在他空洞的眩晕感中被再次放大,大出了镜框,然后继续被放大,像毯子在飘,像海水漫延。他呢,我们的应物兄呢,他突然感觉自己乘桴浮于海,海水无涯,回头无岸。

有个声音飘了过来。那声音把他带回到了日常伦理之中。

乔姗姗问:"我爸爸是不是跟你说什么了?"

片刻之后,又说:"说啊,我爸爸是不是告诉你,他想让我去'太研'?"

他问:"你的想法呢?"

乔姗姗说:"笑话!我怎么可能去'太研'呢?"

他问:"那你的想法是?"

乔姗姗没有正面回答这个问题:"那个陆空谷,那个六六,在这里做得怎么样啊?你们合作得如何?"

她是不是听到了什么风声?那就是名不副实了。我倒真的想与陆空谷发展出一种新的感情呢。可是,襄王有意,神女无心啊。当然,这也跟襄王本人的不主动有关。我觉得,我好像无法爱了。我觉得,我无法带给人家什么。我觉得,我在她面前,似乎天生理亏。

他说:"我很少见到她。"

乔姗姗下面一句话,他没有听懂。乔姗姗说:"这就是问题所在。"

他说:"什么意思?"

她说:"我回来两天了,她也不来见我。你知道她住在哪里吗?"

他说:"不知道。她好像在陪伴芸娘。"

她说:"公私要分开。陪芸娘是私谊。GC、太和是公事。我也想去陪陪芸娘。我知道她在陪芸娘。她跟我说了,说她抽不出身。Bullshit!① 她这是拿架子吧。"

哦,在俚语的使用方面,她倒是做到了入乡随俗。此处就是一例:她已经非常自然地将中国人的"放狗屁",改成了美国人的"放牛屁"。

不过,乔姗姗! 你是不是管得太宽了? 陆空谷做什么,用得着你来管吗?

他不想在这个问题上纠缠,就追问了一句:"先生的话,你是怎么考虑的?"

乔姗姗笑了,说:"我刚才的话,你是不是又没有听懂? 我怎么可能进'太研'呢? 开夫妻店,那不是等着让人说闲话吗? 那是'太研',不是私塾。我进去,不是给你添麻烦吗? 我何时给你添过麻烦? 我是谁? 我是乔姗姗。"

事后想起,我们的应物兄不由得直拍脑袋,骂自己太笨了,竟然一点没能想到乔姗姗其实是要告诉他,她回济州,其实是接陆空谷的班。她现在要负责 GC 集团在济州的业务了。她之所以没有直接告诉他这一点,用她后来的话说,这是 GC 集团的秘密,在 GC 集团正式公布之前,她是不能跟别人说的,包括自己的父亲,自己的女儿,还有那个啥那个 Mr Ying。

乔姗姗的最后一句话是:"那辆奥迪 A8 呢? 让费鸣给我开过来。箱子给我提下去。有事可以去找我。我下榻于希尔顿。"

在等待费鸣开车过来的时候,乔姗姗跟他谈起了郑树森。"郑树森约我们晚上吃饭,你要去吗?"

哦,雷山巴还等着我呢。当然,这话他没说。

他说的是:"你们是不是已经约好了?"

---

① 瞎扯! 屁话!

乔姗姗说："那天不是他把我接回来的吗？其实有车接我，不需要他接。但他不由分说，就把箱子抢走了。在路上，他跟我说，一定要请我们一起吃饭。我是很讨厌吃饭的。"

他问："你们约在哪里吃饭啊？"

"他说有个餐馆，就在共济山上。济州还有个共济山？他说那里的羊杂碎是天底下最好吃的。他不是研究鲁迅的吗？我记得，他以前请我们吃饭，菜谱都是从鲁迅日记中抄来的。鲁迅吃羊杂碎吗？我问他。他说，他现在也研究孔子了，还说是受了你的影响。孔子也吃羊杂碎？"

色恶不食！臭恶不食！割不正不食！① 颜色难看的，味道怪的，切得不方正的，孔子就不吃了。大肠啊，毛肚啊，白花花的羊脑啊，心啊，肺啊，难看不难看？味道怪不怪？刀功再好的人也切不出个样子，孔子当然不可能吃。

他终于可以理直气壮地告诉乔姗姗："孔子不吃杂碎！"

乔姗姗说："所以我不去。你去。"

94. 共济山

共济山提前进入了深秋。深秋的感觉，是树叶传递给你的。除了四季常青的松柏，别的树木的叶子都已发黄，预示着季节的转换即将来临。黄得最好看的自然是银杏，其叶子有如黄金。这当然是因为那些树木是刚刚移栽的，虽然来的时候都带着巨大的土球，但毕竟伤筋动骨了。

袅袅兮秋风，共济山兮木叶下。

---

① 《论语·乡党》："齐必变食，居必迁坐。食不厌精，脍不厌细。食馈而餲，鱼馁而肉败，不食。色恶，不食。臭恶，不食。失饪，不食。不时，不食。割不正，不食。不得其酱，不食。肉虽多，不使胜食气。唯酒无量，不及乱。沽酒市脯不食。不撤姜食，不多食。"

他提前到了。我要不要到仁德路上走一走呢？下车的时候，我们的应物兄问自己。没有人知道，他从未走近过这个新修的仁德路，甚至连费鸣都不知道。费鸣只是知道，他还没有去过程家大院。

他从未对人说过：直到今天，我还怀疑它是不是原来的仁德路。

这个念头如此顽固，他本人都拿它没有办法。

葛道宏前来视察"太研"进展的那天，董松龄、汪居常都陪着来了，他当然也应该来的，但他却推掉了。他说了谎："我和程先生约好了，待会要谈一本书的删节问题，需要对着书稿逐字逐句核对。"一个谎言总是需要另一个谎言来掩盖，他知道这一点，觉得这样不好，但接下来他还是听见自己说："程先生说了，他第一次去'太研'，一定要和我一起去，一起感受。先生说，这就是师徒同心。"他的真实想法，当然是不能说出来的。我想等它全部修好了再去，到了那个时候，我就不会再怀疑它不是仁德路了。

这天的饭局，本来是郑树森与乔姗姗约好的，但听说乔姗姗不来了，郑树森就又约了吴镇，吴镇又约了章学栋和卡尔文。

差不多同时到达的，就是章学栋。

章学栋似乎不知道这是郑树森请客，见到他就说："应院长，今天我来买单。"

在穿衣打扮方面，章学栋是个比较讲究的人。章学栋曾说过，衣着就是人脸。脸都不干净，别人怎么会相信你的建筑设计？所以，再邋遢的建筑设计师，也邋遢不到哪里去。但是这一天，章学栋却是蓬头垢面，脸上甚至还有泥点。

章学栋说："刚才，我把马槽升高了十公分。这是我最后的工作。"

"马槽都安好了？"

"这里拆迁的时候，从土堆里刨出来一个马槽。旧马槽比新马槽要好。马槽用久了,马脖子会在马槽上磨出一道凹槽,马吃草的时候,脖子刚好放到里面。"

"那为什么又要升高呢?"

"白马又长高了,比一般的军马都高。"

"学栋兄去看过白马?"

"开句玩笑,我比黄兴先生还懂得那匹白马,也比张明亮要懂。"

"学栋兄小时候养过马?"

"替张明亮喂马的那个人,最早是学明兄找来的,但人家很快就不干了,说是晕高。现在喂马的老头,是我替你们找来的。他是我表哥。见到他,你就叫他老刘。他闲着没事,在家带孙子,我叫他过来帮帮忙。"

"老刘以前养过马?"

"我舅舅早年在生产队就是养牲口的。我这个表哥就算是门里出身了。"

随后,章学栋告诉他一件事:"应物兄,我们虽然没什么来往,但我对您很尊重的。济大成立建筑系的申请报告,再次被驳回了。'太研'的建筑工作也已经结束,没我什么事了。我要回清华了。"

章学栋拍拍自己的书包,说:"我先上去换套衣服。脏得像个泥猴似的,怎么见人?咱们是自己人,无所谓,这不有个老外在场吗?"

所谓"老外",指的是卡尔文。

话音没落,卡尔文到了。卡尔文西装革履,白衬衣,绿领带,手中还拎着一个箱子,似乎是从机场过来的。卡尔文好像意识到他们在看那条领带,立即说:"这领带好啊,往头上一系,就是个绿帽子。"

或许在中国生活时间长了,卡尔文的容貌都发生了变化。肤色好像变白了,准确地说是有点变黄了,更准确地说是变浅了。头发也不那么卷曲了。关键是口音变了,就像个胡同串子。卡尔文说:"听说是'三先生'请客?我替'三先生'买单就是了。"三先生?哦,是这么来的:鲁迅是大先生,周作人是二先生,郑树森是三先生。卡尔文说:"大先生、二先生、三先生,都爱吃韶兴①菜。三先生也请鄙人在知味观吃过韶兴菜。甜不丝丝、白不呲咧、黄不拉叽、黑不溜秋的。还是唐先生的杂碎好吃。"知味观离这里不远。他曾陪着乔木先生在那里宴请过麦荞先生。它本是一家新开的绍兴菜馆,却弄得很有历史感。从装修到桌椅板凳,处处都往旧处做,清爽中带着适当的油腻。那天,他们吃的都是"糟货":糟鸡、糟肚、糟猪舌、糟鸡爪。

他和卡尔文说话的时候,郑树森到了。

郑树森留的还是鲁迅式的胡子,像鞋刷,但已黑白参半。头发也不再根根直立了,而是整齐地向后梳着,乍一看像电影里的日军翻译官。

郑树森和卡尔文说话的时候,随着那脖子一扭,他看见郑树森颈后贴着膏药。郑树森说:"改天,我另在知味观请你们。"又说,本来要预订的是知味观,不料知味观已经拆了。附近的餐馆都关了,听说要重新装修。只是不知道,是要咸与维新呢,还是要咸与维旧?当然了,旧就是新,新就是旧,干净就好。

他们顺着青石铺就的小路,走向山腰。

站在山腰往下看,仁德路一带已经初具规模,就像明清古城的一部分。可以看到一片片白墙,一片片黑色的屋脊。有些房子还没有封顶,所以那黑色的屋脊也就还没能连到一起,整体上缺了点气势。很难分清哪个是程家大院。当然,稍为仔细一点,还是能分出来的。它比别的房子要高,要大,或者说那屋脊的黑色比别的黑色要醒目。绿地把它与别的院子隔开了,使它成为相对独立的存在。那绿地已栽上了树,当然是大树。或许是刚刚移栽过来的,叶

① 即绍兴。

子还是绿的。

他想起了董松龄的话："除了妓院不能恢复，别的都要恢复。"

葛道宏说："龟年说得对。要整旧如旧，不能整旧如脏。"

也可以看到皂荚庙。原来的皂荚庙，只是一个小院子，现在它顺着济河向后延伸，后面的院子里正建着佛塔。那些正在脚手架上忙活的人，远看就像一只只鸟落在树上，或者挂在树上。这个皂荚庙建下来，花钱不会少吧？他不由得替雷山巴担忧起来。哎哟，我操的这是哪门子心啊。雷山巴只需要把他在慈恩寺赚的香火钱拿出来一点，就绰绰有余了。

就这么巧，他刚想到雷山巴，雷山巴的电话就过来了。

"你们要吃杂碎？"

"是啊，你在哪？"他怀疑雷山巴就在附近，看见他上了山。

"旁边有人吗？"

"都是朋友。"

"我五分钟后打过去。"雷山巴说。

杂碎馆左右两侧，各有一个亭子。右边的亭子里，有几个人在说话，既像游客，又不像游客。在等待电话的时候，应物兄走向了左边的亭子。亭子旁边栽着竹子，竹叶发黄，干枯，垂挂着，有些臊眉耷眼的。竹子外面种着槐树。一个戴白帽子的厨师正和吴镇说话。厨师句句不离本行："这槐树，你看它只有鸡蛋粗，是不是？等着吧，赶明儿就有碗口粗了。"

应物兄主动把电话打了过去。

电话响着，但雷山巴一直没接。

吴镇说："应院长！济州的效率太高了。这才几天时间啊，就完全变了个样。在天津，还不磨叽个三年五载？火车跑得快，全凭车头带。这话不是我说的。这话是陈董对庭玉省长说的。"哦，上次你还说，拆迁太慢了，要在天津，陈董一个电话就把坦克调过来了。你说，那才叫摧枯拉朽。

隐约能听到虫子的鸣叫。

那是什么虫子？蛐蛐？蝈蝈？好像既有蛐蛐,又有蝈蝈。哦,这当然是不可能的。这座山,看上去好像来自远古的造山运动,其实它是全世界最新的一座山。它或许来自蚂蚱翅膀的扇动,或许是小鸟的呢喃。他突然间走神了,想到了很多年前住过的那个院子里的燕子,想到了雏鸟那嫩黄色的喙。鸟喙张开,翘出小小的雀舌。它们虽然在乌黑糟烂的檐头鸣叫,但听到那声音,一瞬间你会产生一种幻觉:万物初始,所有的生命都回到了它的童年。

雷山巴把电话回过来了:"我在机场,正风雨兼程,奔赴革命老区。"

风在哪?雨在哪?没影的事。但这是雷山巴说话的风格:雄壮。雷山巴不仅对人"雄壮",对林蛙也很"雄壮"。雷山巴每次看林蛙都要说:"列队! 站好! 雷先生这是来检阅你们了。"前几天,雷山巴通过微信给他转来公众号上一篇文章,主人公当然就是雷山巴。雷山巴向记者提到了,小学时代,他曾在上学途中遭遇暴雨。苍茫大地,空无一人。他全身湿透,感受着滚滚雷声和金色闪电之壮美。最终到达学校的时候,他心头狂喜:我战胜了狂风暴雨,而且是独自一人。他相信,自己从此将战无不胜。

他问雷山巴:"不是说明天才走吗? 提前了?"

雷山巴说:"老天爷不等人嘛。雷先生要给老区人民送些秋衣秋裤。"

他说:"雷先生,好人啊。"

雷山巴说:"应该的,应该的。吃水不忘挖井人嘛。"

莫非雷山巴去了瑞金? 吃水不忘挖井人的故事是小学课文,就发生在瑞金。他就问雷山巴:"雷先生,您要去的是瑞金?"

雷山巴说:"瑞金? 你倒提醒我了,应该去。以前曾陪家父去过,深受教育。"

他说:"那祝你玩得好。"

雷山巴迅速纠正道："玩,玩,玩? 不是玩! 是工作。要把走访老区常态化,当成工作的一部分。"随后,雷山巴又提到了华学明,"见到华先生了吗?"

他说："实在太忙了。你哪天回来?"

雷山巴说："你刚才不是说,还应该去瑞金吗?"

我没说你应该去瑞金,我只是怀疑你是不是去了瑞金。

一个挂拐的人从餐馆出来,向左边走去。原来左边亭子后面,还有一个茶馆。挂拐人还没有走到茶馆,服务员就把门打开了。好像有人在那里吊嗓子。门关上之后,那声音就没有了。唐风出来,就是为了送客。四指代表师父唐风一直将挂拐人送到茶馆门前才折回来。应物兄突然想到,当初拿敬香权的时候,他们曾在一个挂拐人的茶馆里等候。他觉得,从身材上看,从走路的姿势上看,他们很像。他还记得,那个人挂的也是单拐,脚上缠着绷带。缠绷带的那只脚悬空着,偶尔在地面上轻点一下,动作协调,很优雅,令人想到蜻蜓点水。

应物兄的记性很好:他们确实是同一个人。

有些事,应物兄后来才知道:这个挂拐人,其实就是电台主持人清风的前男友。当然,清风和他谈恋爱的时候,他还没有挂拐。他的挂拐,当然是拜陈董所赐。他听说了清风和陈董的事,就打上门去了。进去的时候,他的腿还是好的。出来的时候,就已经挂上拐了。他认命了。作为对他的补偿,陈董给他开了几家茶楼。这个茶馆,就是陈董交给他的。

唐风热情地跟他们打招呼。唐大师这天的行头很有说头:灰色的棉麻上衣,斜襟襻扣,斜襟处披着一块白手绢,瓜皮小帽,黑色圆口布鞋。

他们正要进去,那个挂拐人又过来了。

挂拐人显然认出了应物兄,说："应先生,待会,我请各位喝茶。"

唐风对拄拐人说:"要不,你过来一起吃?"

拄拐人说:"谢唐总。我晚上不吃饭。咱们说定了啊。也可以听戏。"

说完,扭身走了。多天不见,那单拐被他玩得更熟了,都玩出艺术感了,挥拐前行的时候,动作很轻巧,很写意。又因为走得很快,所以应物兄又想到了一个词:如虎添翼。那边的门又开了,有声音传了过来:

> 我也曾赴过琼林宴
>
> 我也曾打马御街前
>
> 人人夸我潘安貌
>
> 原来纱帽罩哇罩婵娟。

他们正要进去,卡尔文接了一个电话。电话显然是铁梳子打来的。他们听见卡尔文说:"过安检的时候,你的卡卡差点过不去。他们说卡卡心里装着一个你。"片刻之后,他们又听卡尔文说道,"知道什么地方最冷吗? 南极? NO! 北极? NO! 是没有你的地方。"

等卡尔文挂断了电话,应物兄说:"你这张嘴啊。"

卡尔文说:"女人嘛,怕胖,不吃糖,但又想吃糖。跟她们说话,就是喂她们吃糖。"

餐馆尚未开业。按唐风的说法,他们是第二拨人。第一拨人是谁呢? 应物兄想到了敬修己。其实不是,是栾庭玉。准确地说,还不是栾庭玉,而是"老一"。也就是说,栾庭玉是陪着"老一"前来微服私访的。当然,微服私访也要有人陪同,陪同者主要是纪委和信访局的人。

唐风介绍说,"老一"说了,本以为只能吃到羊杂碎,没想到还能吃到鱼杂碎。两种杂碎既可分开吃,亦可炖在一起吃。炖在一起的,"老一"起了个名字:鲜杂。一个"鱼"字,一个"羊"字,放在一起可不就是"鲜"嘛。"老一"说了,还要不断开辟新的发展空间,寻找新的经济增长点。这当然需要在品种的多样化方面继续做出努力。比如，还可以发展出驴杂碎、马杂碎。"老一"说了，驴杂碎和马杂碎一起炖了，名字也是现成的：骡杂。

吴镇说："这个'老一'，是个文化人啊。"

唐风显然把吴镇当成了"理想读者"，所以唐风接下来的话，主要是面对吴镇说的。唐风说，稍加回想就能发现，"老一"的文化太深了。动物学、文字学、进化论、生育理论，都涉及了。"老一"走后又打来电话，不是秘书打的，是亲自打的，这就更显得语重心长了。说什么呢？切莫涨价！要让老百姓吃得起，要让老百姓感受到传统饮食的魅力，要让老百姓都能享受到旧城改造的红利。

卡尔文问："唐大师有没有跟他讲讲，这羊肠好在哪里、妙在何处？"

唐风对四指说："去，去把那东西捧出来。"

然后唐风说道："我简单讲了讲，此处所用羊肠，接近于魄门。信访局的同志竟不知道何为魄门。我只好多说了一句。大肠为肺之表，肺藏魄，肛门为大肠之末端，即为气魄之门，故美其名曰：魄门。人呢，气魄若足，则行动力强而少反悔，进而大肠通达，身体健康。若气魄不够，必然耽误大事，事后追责，悔之晚矣。有反悔之心，又必伤大肠，继而再伤其魄。[1]'老一'听了，说了三个字：好！好！好！好就好在，我们的传统文化历来是强调执行力、行动力的。'老一'品尝之后，又说了八个字：推陈出新，饶有别致。"

这时候，四指把一幅卷轴拿了过来。

唐风说："'老一'就是'老一'，站得高，看得远。移步案前，当场挥毫，写了一幅字。"

　　　　舟不覆于龙门而覆于沟渠，马不蹶于羊肠而蹶于平地。

---

[1] 张介宾《类经四卷·藏象类》："魄门，肛门也。大肠与肺为表里，肺藏魄而主气，肛门失守则气陷而神去，故曰魄门。不独是也，虽诸府糟粕固由其泻，而藏气升降亦赖以调，故亦为五藏使。"

　　落款处有四个字:深秋省识。此书先行后草,到了落款,又变成了正楷。这说明什么?这说明"老一"在写字的过程中,情绪是有波动的,那颗心好像在经历过山车。有一点,是我们的应物兄不能不佩服的,那就是章学栋竟然从中看出了岳飞书法的味道。

　　章学栋说:"这幅字,有岳将军之神韵。"

　　唐风说:"这么说来,'老一'定然临过岳飞的字。"

　　这倒不一定。岳飞的字,不是你想临摹就临摹得了的。就书法艺术本身而言,秦桧的书法对后世的影响可能更大。如今人们使用的"宋体字",就有秦桧的贡献。但只要略懂书法,看到岳飞的字,你就会肃然起敬。乔木先生曾说,岳将军的字,常是挥涕走笔,不计工拙。先行后草,如快马入阵,纵横莫当。而后人的字,工则工矣,但常常只是巧妇绣花而已。

　　唐风说:"刚裱好的。明天将挂于大堂之内。我顺势向'老一'建议,何不将这里作为反腐基地?'老一'没有吭声,相当于默认了。"

　　卡尔文还是很好学的,将这几个字拍了下来,说回去再好好琢磨。然后卡尔文又说:"我倒没想那么多。我以前是从不吃内脏的。自从跟着铁梳子喝了羊杂汤,我就发现,吃了之后肚子里舒服。两个字:得劲。"

　　唐风说:"那是你的胃舒服了。没来中国之前,你甚至不知道自己有胃。这不是种族歧视。我在香港待了多年,太明白了,英国人就不知道自己有胃。他们从来不会谈到胃。杂碎汤,一是服务嘴,二是服务胃。外国朋友,只要他跟你提到胃,你就可以说,他已经进入了中国文化的核心。食色,性也。食的问题,胃的问题,是排在第一位的。"

　　接下来,唐风又介绍了这里的鱼杂。这里的鱼分两种,一种是鲤鱼,一种是鲶鱼,都是黄河野生鱼。黄河鲤鱼是黄的,是我们皮肤的颜色。需要多讲一句的是黄河鲶鱼的胡子。野生的黄河鲶鱼,有四根胡子。多一根胡子少一根胡子,都不是野生的黄河鲶鱼。黄河鲶鱼捕来后,用网箱兜住,放在济河里,可以随吃随取。但是,它在网箱里不能超过两天。超过两天,胡子就会少一根,也可能少两根。"知道原因吗?"唐风问。

"莫非时代加速了,物种变异也加速了?"吴镇说。

"被别的鱼吃掉了?"卡尔文问。

"应院长,您说呢?"唐风问。

"我吃过黄河鲶鱼,但从未数过它有几根胡须。"应物兄说。

"应物兄有所不知。举目四望,世界各地的鲶鱼,只要有水都可以活。下水道里都可以活,而且可以活得更好! 只有黄河鲶鱼,它只愿意畅游于那滔滔大河。别的池子再大,都太小了。它离不开我们的母亲河。离开了母亲河,它会生气。它是有气节的鱼。你把它捞出来,放入清水中,两天后它就会咬掉自己的胡子。这叫什么? 这叫去须明志。有人说,那是饿急了,把自己的胡子给吃了。不能这么说。你在池子里放入小鱼小虾,它也不吃的。这叫什么? 这叫义不食周粟。所以说,吃黄河鲶鱼,不是吃鱼,那是重温做人的道理。"唐风说。

吴镇说:"人啊,贵在有气节。"

唐风又说,他问了"老一",要不要喝酒?"老一"不愿喝酒,但为了给纪委和信访部门的同志们鼓劲,"老一"建议喝上三杯。什么酒? 牛二,也就是牛栏山二锅头。

四指站在旁边,说:"大师也给诸位备下了牛二。"

当初,在北京西山脚下那个院子里,他们说是去吃杂碎,其实还吃了别的。只是事后想来,只想起杂碎罢了。这天也是这样,也吃了别的,但印象最深刻的,还是杂碎。杂碎是最早端上来的。"老一"没有说错,鱼杂碎和羊杂碎炖出来的鲜杂,味道果然不一般:它的腥不是腥,而是鲜;它的膻不是膻,也是鲜。它的鲜不同于一般的鲜,其特点是综合,那味道来自五脏六腑,但又超出了具体的五脏六腑。比如羊肠,如果唐风不说那是羊肠,你真的不知道那就是羊肠;比如羊心,它切成了薄片,漂在那里,像暗红色的花瓣;比如肺,你吃起来像冻豆腐。

碗里看不到鱼肉,因为它已化为浓汁。

每人只盛了一小碗,相当于暖胃汤。

卡尔文咧开大嘴,直接倒了进去,像鸡那样抖擞着身子,用胡同串子的口音说:"奶奶个尿,得劲!再弄一碗。"那厚厚的嘴唇上,泛着油星。

95. 晶体

"晶体出院了。德斯在开车,他让我告诉你。"

晶体就是芸娘。那是弟子们私下对芸娘的另一个称谓。芸娘对这个称谓很感兴趣。芸娘曾说:"这也算我一个绰号吧。我倒喜欢这个绰号。他们是说我有不同的切面。笛卡儿说过,人是一个思想的存在,而思想就是呈现。所以人是一个呈现的晶体,是以显现作为其本质的存在。"[1]

芸娘做完了手术?效果一定不错,不然不会这么快就出院。

他当然不知道,此时的芸娘正躺在陆空谷怀里。她没做手术,只是接受了化疗。化疗之后,她极度虚弱,并且已经开始脱发。现在,她头上戴着陆空谷的黑色礼帽。他甚至不知道,陆空谷新换了手机,那短信就是陆空谷发来的。

多天之后,他才会知道,芸娘拒绝做手术,也拒绝再化疗。

文德斯后来告诉他,芸娘问医生,如果不做手术,还有多长时

---

[1] 转引自芸娘的未刊随笔《存在何以隶属于显现》:"米歇·昂利(Michel Henry)认为,使存在论隶属于现象学,也就是'使存在隶属于显现',这本来早在西方思想史的一个关键时刻中就已经被笛卡儿所发现。对笛卡儿来说,人是一个思想的存在,而思想就是呈现。所以,人是一个呈现的晶体。他是以显现作为其本质的存在。"

间。医生顾左右而言他。芸娘又问,如果做了手术,还有多长时间?请告诉我实情。医生说,两者其实差不多。差不多,为什么要做手术呢?芸娘问。

医生说:"基本上都是这样的。"

看她态度坚决,医生就又倒过来劝她:"也有不做手术,生存期更长的病例。医疗标准是一样的,但患者个体有差异。您这么坚强,这样做或许是对的。我其实既想说服您,又不愿说服您。"

芸娘说:"有人说,哲学就是研究死亡。我研究了一辈子,还没有死过呢。这次我要自己死一次。"

几天之后,当他见到芸娘,发现芸娘比住院前的情况好多了。他想,芸娘拒绝做手术和化疗,或许是对的。他进而觉得,芸娘甚至是欢乐的。她膝盖上放着两顶绒线帽,那是她小时候戴过的绒线帽。她说,她发现人长大了,头好像还那么大,正好戴着玩。

他们说话的时候,保姆把一台缝纫机挪了出来。很多年来,那台缝纫机一直被用来码放书籍。那还是芸娘结婚的时候,丈夫家里送的,但她从未用过。她当然不是要重新学习缝纫,她是要保姆给孩子做几件她自己设计的衣服。

他以为她说的是保姆的孩子呢。

那台缝纫机被抬到了保姆的房间里。因为担心影响她休息,保姆干脆又把它抬到那间房的阳台上。芸娘自己反倒忍不住要去看个究竟,并在保姆指导下踩了一趟线。保姆做好一件,她就看一下,仔细检查着,剪掉上面的线头。在随后的一段时间里,尿布和襁褓,鞋袜和小帽,竟然就这样被她备齐了。从衣服尺寸的变化上,可以看到一个孩子在成长。那些衣服,四季分明,但看不出是男孩穿的还是女孩穿的。

芸娘说:"也不多做,只做到三岁。"

为什么只做到三岁呢?因为三岁的孩子就上幼儿园了。芸娘记得,她三岁的时候,就绝对不穿哥哥留下的衣服了,要自己选衣服,她已经可以顽强地表达自己的意志了。"大人不同意,还不行。那时候怎么那么能闹人。"芸娘说。

那些衣服其实是给文德斯的孩子准备的。

有一天,她把那些衣服拿给了陆空谷。她还什么都没说,陆空谷已经流泪了。陆空谷说:"芸娘,我听您的。"

就在那一天,我们的应物兄又再次接到了这个手机发来的短信。

陆空谷说:"我和德斯要结婚了。我知道你会祝贺我们。因为芸娘要参加我们的婚礼,所以此事还要早办为好。周六你有空吗?我们周五领证,周六上午,如果你在济州,我们五个人小聚一次如何?"

他当然要表示祝贺。

他只是问,能不能换个时间?

她说,最好别换,因为那天是芸娘的生日。

他从来不知道芸娘是哪天生日。在他的记忆中,芸娘也从不过生日。芸娘说,当你突然想明白了一个问题,你就会觉得那一天就是你的一个生日。这样算下来,你的生日会有很多。一个研究哲学的人,有时候一天要死三次。死了三次,也就意味你又出生了三次。这样算下来,你的生日就太多了。

接到那个短信的时候,他已经快到本草镇了。

他是奉程先生之命,前往本草镇程楼村的,他要在那里等待一个孩子降生。

那天下着雪。先是小雪,下着下着,就变成了大雪。他拧开收音机,听见天气预报说,整个中部地区以及太行山沿线都在下雪。后来文德斯打来了电话。文德斯没提结婚的事,只是告诉他,芸娘的状况不是很好,芸娘的丈夫已从国外赶回,姚鼐先生也从二里头回来了。

他把车停在路边,在车内抽烟。

窗外，雪花飞舞、陨落、消融。路边的麦地里，最后的绿色正被白色覆盖。鸦群散落在麦秸垛上，背是白的，翅膀是黑的。他想，此时此刻，那雪花也应该飘落在程家大院，飘落在那片黑色的屋脊之上。那屋脊，先变成灰色，再变成白色。雪花当然也在镜湖上空飘落，就像从湖面升起的浓雾。它飘落在凤凰岭、茫山、桃都山，以及整个太行山地区。那雪花当然也飘落在桃花峪，飘向九曲黄河。雪落黄河寂无声，风抛雪浪向天际。

第三天午后，他接到了文德斯的电话。

文德斯说不成句子，无论如何说不出一个完整的句子。

随后，他听到了陆空谷的声音："我是六六。德斯和我感谢你派人送来的鲜花。你送给芸娘的芸香，她也看到了。芸娘昨晚走了，今日上午火化。"

陆空谷转告了芸娘的遗言："若有来生，来来生，我们还会相逢 。"

哦，芸娘，有一天我会到你那去的，你却再也不能到我这来了。

96. 鱼咬羊

鱼咬羊，是第一道热菜。

看上去就是一条鲤鱼。它就像刚从黄河里跳上来，还在拍打着鱼鳍，嘴巴还在一张一合，好像要跟他们打个招呼。唐风说，鱼咬羊，本是安徽菜，这里的厨师因地制宜地做了些改革，吃过的人都说好。倒不全是手艺好，主要是食材好。徽菜里的鱼咬羊用的是鳜鱼，这里用的是野生鲤鱼。黄河鲤鱼日日搏击风浪，相当于天天锻炼身体，所以身上没有一块死肉。肉，又紧又嫩。

吴镇在接电话，低声问对方到哪了，说："快点快点！"

唐风介绍说，这鱼身上没有刀口，好像只是上岸休息片刻，待会还要下水。内脏当然已经取出。从哪里取出的？鱼嘴。一双筷子从鱼嘴两侧伸入鱼腹,借助它的弹跳,也就是借力发力,将其内脏和鳃一并绞出。如果是死鱼,肯定绞不干净。人、鱼、筷子,三者要在动态中紧密配合。既然叫鱼咬羊,那么必定用到羊肉,不然就名不副实。羊肉必须是腰窝肉。何谓羊腰窝肉?就是后腹部上后腿前的那块肉,肥瘦相间,适于炖、酱、烧。那块肉膻味较小。再小,也得搞,搞起来也得有技巧。先速冻排酸,再解冻烫洗,撇去血沫,所谓冰火两重天!此时,羊肉已有八成熟了。再用筷子把羊肉一点点塞入鱼腹。这个时候,因为没了内脏,鲤鱼会觉得肚子里空落落的,它会配合你,咬着羊肉,囫囵吞枣,全都咽进去,一直咽到尾巴梢。好啊。它是主观为自己,客观为别人。鞠躬尽瘁,死而后已。我们当然也不能辜负它这份善意。好啊,那就下油锅吧。

应物兄突然觉得腮帮子疼,像患了化脓性腮腺炎。胃也疼了起来,像患了糜烂性胃炎。肠子也有点不舒服,像患了肠梗阻。

不由自主地,他一手卡着腮帮,一手按向了肚子。

卡尔文这时候已经开始敬酒了。

如果卡尔文还是他的弟子,他当然可以不喝,但现在卡尔文是他的同事,他就不能不喝了。他喝了一大口酒,从嗓子到肠胃,一阵发热。

一直没有说话的郑树森说:"我陪着应院长喝一杯。"

卡尔文的手机也响了。卡尔文似乎不愿接,但它一直在响。卡尔文看着手机,一脸狐疑。上面直接显示了一句话:未显示号码。卡尔文说:"好不怪哉!瘸子的魄门,够邪(斜)的。"这小子活学活用,真是聪明。

吴镇说:"从国外打来的电话,常这样显示。是电信部门的程序设置。"

卡尔文说:"这是不行的,侵犯了知情权。"

话是这么说,卡尔文还是接了。能够隐约听出来,对方是个女人。卡尔文说:"我已上飞机。刚才在过安检。我差点没过去,安检人员说,我心里装着一个人。那个人是谁? 就是你啊。亲爱的小傻×。"

吴镇说:"卡先生,生活很丰富嘛。"

卡尔文说:"刚认识的。手都没拉过,就要和我睡觉。她对我说,你已弄乱了我的心,什么时候弄乱我的床? 我是那种人吗? 她看走眼了。"

说完,卡尔文开始给大家分鱼。卡尔文接下来的话,在济州的酒宴上其实比较流行,但从卡尔文嘴里说出来,就显得有些不一般了。卡尔文先干了三杯酒,先夹出了一块鱼骨头,放到应物兄的盘子里,说:"应夫子,应院长,您是中流砥柱,这根骨头必须给您。"

应物兄说:"谢卡夫子。"

鱼唇给了吴镇。卡尔文随后又捣啊捣的,夹出了一个鱼的牙齿,说:"这叫唇齿相依。我们以后,就是唇齿相依了。"

吴镇喝了一杯酒,说:"谢卡总!"

卡尔文把鱼尾巴给了章学栋,说:"这叫委以重任。"

章学栋喝了一杯酒,说:"谢谢了。"

仿佛还在拍打着的鱼鳍,被夹给了郑树森。卡尔文说:"祝你展翅高飞。"

郑树森喝了一杯酒,说:"尔文兄,谢谢了。"

在卡尔文布菜这个过程中,唐风一直看着他,石斧般的脸上浮现着笑意。卡尔文当然也没有忘记唐风。卡文尔的筷子在接近鱼尾巴的地方夹了一块肉,放到唐风的盘子里,说:"屁股嘛,腚嘛,定有后福嘛。"又问唐风,"弟子可有说错的地方?"原来,这一套都是唐风手把手教出来的。

唐风说:"鱼眼! 忘记说鱼眼了。"

卡尔文夹住了鱼眼,放到了自己盘子里。

唐风问:"此话怎讲?"

卡尔文说:"弟子学得这么好,你们还不高看一眼?"

　　唐风笑了,站起来,从斜襟处掏出手绢,一抖,擦了嘴,说:"《周易》有言:穷则变,变则通,通则久。卡尔文,你出师了。"

　　这话把卡尔文都惊住了。一只鱼眼已经送到了嘴边,此刻停在了那里,又被放到了盘子里。那鱼眼翻了个身,露出鱼眼背后复杂的成分,那是一些软乎乎的胶状物质。卡尔文将信将疑地问:"Really?我靠!Is it true?"

　　唐风说:"为师何曾有半句戏言?来,我敬卡尔文一杯。"

　　卡尔文很郑重地接过那杯酒,放下,又倒了一杯酒,端给唐风。然后再端起唐风递过来的酒,一仰脖,干了。又倒了一杯,又干了。然后第三次倒满,与唐风碰杯。这个过程中,两个人都没有说话。仰脖喝酒的时候,卡尔文学着唐风的样子,用袖口稍微挡了一下脸,显得颇有古风。

　　四指凑到唐风耳边说了句话。

　　唐风说:"请他们进来,各赏一碗杂碎。"

　　四指正要出去,唐风让他等一下,又对众人说道:"什么叫闻香下马?这就是了。警察同志什么没吃过?可是闻到这香味,还是来了,警犬都带来了。人犬情深,人犬一体,好!"唐风扭脸对四指说,"也赏警犬一碗。"

　　四指正要走,唐风又说:"告诉他们,我改天专请他们喝酒。这些人啊,能喝得很。我还不知道?他们家里的麻雀都能喝上二两。"

　　早年多次出入警局的唐风,好像对此深有体会。

　　又一条鲤鱼上来了。

　　这道菜倒没什么稀奇:鲤鱼焙面。卡尔文应该是第一次看到这道菜,连忙让唐风讲讲。唐风一开口就跑到了二十世纪初:1900年,光绪皇帝和慈禧太后为躲避八国联军,曾在开封停留。开封府衙的名厨,当时贡奉的就是糖醋鲤鱼。史书记载,二人"膳后忘返"。陪同的地方领导,就向厨师暗暗下了指示,既要公开守成,又要偷偷维新。维新?谈何容易!就这样拖到民国,还是没能改过来。历史很快进入了1930年。这年冬天，一个厨师将油炸龙须面，盖到了糖醋鲤鱼的背上。客人既可吃鱼，又可吃面。前者软糯如汤圆，后者焦脆有麦香。此时离维新变法失败，已有三十年之久。历史常常是三十年之后，才可露出真容，所以这道鲤鱼焙面可以看作是对历史的纪念。

卡尔文说："龙须面盖在鱼背上，很像裸女盖着毛巾被。"

又说，他在日本吃过"女体盛"："儒家文化中的'食色，性也'，在日本就表现为'女体盛'。"

又问："先吃鱼，还是先吃面？"

四指过来了，低声对唐风说道："他们说，巡逻就是巡逻，吃饭就是吃饭，不可混为一谈。"

唐风说："好！反正我们礼数到了。"

一个光头出现在了门口。哦？释延安。延安怎么来了？延安先把随身带的一个黄色布兜交给四指，双手合十，嘴里唱喏，等着别人请他入席。

唐风说："坐啊，延安住持。"

没错，释延安如今已是皂荚庙的住持了，只是尚未上任。

只要离开慈恩寺，延安便荤腥不忌。这天当然也是如此。章学栋笑着对延安说："延安住持，听说常州天宁寺住持早年写过一首诗，说的是和尚为何可以吃鸡蛋①。你这不忌荤腥，可也有说头？"

延安此时已经吃上了，筷子在鲤鱼焙面和嘴巴之间来去自如，其间还拿起勺子，舀了口汤汁，耐心地分两次喝完。

章学栋又问："延安师父，莫非你这刚做住持，就要还俗？"

延安从嘴巴里拽出一根鱼刺，说："有此疑问，并不奇怪。延安正要告诉诸位，这段日子，延安跟延源师兄学习佛法，了解皂荚庙

---

① 相传乾隆下江南时，在常州天宁寺，曾把鸡蛋赏给和尚，试探和尚是听旨还是遵守戒规。《大藏经》有云："一切出卵不可食，皆有子也。"天宁寺住持遂吟诗一首："混沌乾坤一壳包，也无皮骨也无毛。老僧带你西天去，免在人间挨一刀。"巧妙化解之。

的历史。这皂荚庙与慈恩寺，虽然同在济州，却一个信奉大乘佛教，一个信奉小乘佛教。皂荚庙最早的住持，那个叫智能和尚的，信的就是小乘佛教。中土佛教并非全部直接传自印度，也有传自西域的。传自西域的小乘佛教，并不反对佛门弟子吃'三净肉'。"

说过这话，延安夹着焙面，蘸了汤汁，塞到了嘴里，然后又说："延安的话，你们可以不信。延源的话，你们也不信吗？"

没有人敢说不信。

因为谁都知道，延源的学问，深不可测。

应物兄后来倒有机会向释延源求证此事，但终于没问。那时候已经进入冬天。芸娘的身体已经越来越差了，延源想亲自挖些莲藕，做成藕粉，送给芸娘。慈恩寺外面的荷塘干了，正是挖莲藕的时候。延源挖莲藕不用工具，用的是脚。延源说，莲藕若被铁锹划伤或者弄断，进了泥水，味道就变了。只见延源把裤子高高挽起，两手卡在腰间，赤脚在泥地里踩着。踩一会，弯下身子，从泥巴里拎出一根莲藕。它头尾完整，根须俱在，泥中见白。他觉得延源的动作很像踏歌。

就在那田埂上，他向延源打听过延安后来的下落。

早年，延安曾把毛笔绑在"那话儿"上，写诗作画。这些视频，在延安正式就任皂荚庙住持的前几天，被人翻了出来，重新发到了网上，更是在微信朋友圈快速传播。僧俗两界的惊诧和愤怒，是可以想象到的。迫于舆论压力，延安不得不在上任前一天，写下一封辞职信。

延源说："他回了老家，听说成了杀猪匠。"

这会儿，猛吃了一阵的延安，指着那个黄色布兜，对四指说："打开它。"

原来，延安是奉吴镇之命，前来送字的。那是程先生新写的一首诗，吴镇对延安的书法推崇有加，就让延安将那首诗抄写了一遍。吴镇要将它送给即将离开济州的章学栋，以作留念。程先生在序中提到了章学栋制作的沙盘：

> 又见新作之沙盘，感慨万端。
>
> 门槛上所设之猫道，梅树上的济哥笼子，与记忆中无毫厘之差。泥捏之猫咪，与昔日那只名为将军挂印之猫咪，亦庶几相近。呜呼！白云苍狗，世情多变，唯乡党情谊，万古长存。
>
> 谨作小诗以记之。

> 梦里也知身是客，仁德巷口夕阳斜。
> 危墙扶正谋虎皮，老房维新扫旧瓦。
> 济哥问花花不语，美人走过秋千架。
> 先父当识将军印，慈母有灵泪溅花。

吴镇、四指、延安三人，相互配合着将它徐徐展开了。那是一幅书法长卷，可以贴着这包间的墙转上一圈。章学栋说了一声感谢，然后又说："延安师父模仿的是杨凝式的字？杨凝式的字，我倒是喜欢。只是我家里哪有那么大的地方。吴镇兄的心意我领了，我就把它捐给'太研'吧。"

延安立即说："那我给先生再写一幅。"

章学栋说："我跟葛校长说了，我是赤条条来的，我也要赤条条走，不带走一张纸片。"

延安说："既做了住持，延安以后就免不得要常去北京开会，到时候我赶到清华园中，为你写上一幅。"

章学栋没说话，给延安端了一杯酒。

延安喝了酒，抹了抹嘴，问："你既然看出我学的是杨凝式，那你有没有看出，我对杨凝式的发展？"

章学栋说："杨凝式写字，字若分左右，左必大于右；若分上下，上必大于下。是谓左欺右，上欺下，头重脚轻。住持的字刚好相反，你是右欺左，下欺上，头轻脚重。说起来，你这是反弹琵琶啊。"

释延安说："你说得太对了。"

992

应物兄眼前浮现出杨凝式的书法。哦，三言两语，能将杨凝式的字体说得如此清楚的，章学栋应该是第一个人。

他不由得有些遗憾，以前与章学栋接触得太少了。

他对章学栋说："你这一走，那院子若遇到什么问题，我们该找谁呢？"

章学栋说："能有什么事？没什么事了。剩下的事，傻瓜都能应付了。中国建筑，不论亭台楼榭，都是同构的。一个亭子加上四个面，就是阁。阁放大了，就是厅堂。院子放到最大，就是太和。连屋顶上张牙舞爪的脊兽，从程家大院到太和殿，从皂荚庙到雍和宫，都是一样的。昌明隆盛之邦、花柳繁华之地、温柔富贵之乡，所有建筑的构造都是一样的。以后要在院子里加盖什么东西，照葫芦画瓢就是了。"

他问："能否再晚走几天？听说还有一些细节，需要推敲。"

章学栋说："那就是您的事了。中国园林与西方园林相比，最大的不同，就是我们的一草一木、一砖一石都有文字。匾额、对联、碑刻，文字才是主体。比如苏州的拙政园，有一个亭子叫'与谁同坐轩'，字是清代人写的，写的却是苏轼的话：与谁同坐？明月清风我。[1] 看到那轩名，你就想到了苏轼。时间拉开了，你立马到了宋朝。亭子边有副对联，出自杜甫的《后游》：江山如有待，花柳自无私[2]。杜甫写这首诗是在四川。空间拉开了，你到了巴蜀。这时间空间，你想拉多宽就有多宽，想拉多长就有多长。你在院内小溪旁写一句话：逝者如斯夫！那你就到了春秋。你既在此地又在他乡，既在此时又在过往。"

他接着追问："学栋兄，我还是想知道，这里里外外，哪里还需要改进呢？"

---

[1] 〔宋〕苏轼《点绛唇》（闲倚胡床）："闲倚胡床，庾公楼外峰千朵。与谁同坐？明月清风我。　别乘一来，有唱应须和。还知么，自从添个，风月平分破。"

[2] 〔唐〕杜甫《后游》："寺忆曾游处，桥怜再渡时。江山如有待，花柳自无私。野润烟光薄，沙暄日色迟。客愁全为减，舍此复何之？"

　　章学栋似乎不愿再说什么。

　　他对章学栋说："学栋兄,但说无妨。"

　　章学栋说："已经做到最好了。别的,我们就无能为力了。这是因为,我们虽然兴师动众,做了大面积拆迁,甚至引来民怨无数,但大的空间并没有改变。"

　　他说："请学栋兄明言。"

　　章学栋说："我的恩师做过几个古都的旧城改造。他已尽力,但仍有遗憾。他是累死的。死前,他对我说:'空间病了。'我不解其意,附在他耳边,小声问:'空间如何能够痊愈?'他呻吟道:'无法痊愈,因为它患的是时间的病症。'"

　　什么意思? 坦率地说,他没有听懂。

　　他想继续追问,但章学栋说："不要问我了,我至今也不懂。"

　　他对章学栋说："章先生,我们相见恨晚啊。"

　　章学栋说："若路过济州,我会来看您。"

　　这时候,四指陪着两个警察进来了。哦不,是三个。还有一个女的,穿着便服。她其实是翻译。四指对唐风说："他们想跟卡先生说句话。"

　　警察给唐风敬礼,说："唐先生,我们向这位外国朋友打听一件小事。可能需要几分钟。这样做,也是对这位外国朋友负责。"

　　卡尔文说："靠,这是我遇到的第二批大盖帽了。刚才我来的时候,他们就查过我的护照,还问我在哪里学的汉语。我对他们说,应物兄知道吗? 那是我的恩师。铁梳子知道吗? 那是我的情侣。栾庭玉知道吗? 他是领导,却是我的哥们。喂,说你们呢,应物兄就在这,我没蒙你们吧?"

　　年龄稍大也稍胖的警察重复说道："对,所以我们更要对你负责。"

　　卡尔文要给警察敬酒,警察手掌一竖,说："工作时间,我们不能饮酒。"

卡尔文似乎意识到了什么,嘀咕了一句:"莫非我的哪位黑哥们出事了?他妈的,Fuck you!"

在座的都没想到,卡尔文随着警察出去后就再也没有回来。

席上继续上菜:焦熘肠圈,干锅鱼泡,洋葱炒羊肝。

出面请客的郑树森起来敬酒了:"在座诸位都是'太研'的,只有我,是'鲁研界'的。早年,我与吴院长是同行。吴院长来到济州,我请了几次,都没有请到。今天我跟吴院长说,晚上我要请应物兄和夫人吃饭,不知道能不能拨冗作陪。吴院长这次的反应快透了。好!我先喝一杯,再敬吴院长赏脸。"

吴镇当然赶紧解释,前面两次未能赴宴,确实有事:"改天我另外请你。"

郑树森说:"树森也很想效仿吴院长,从'鲁研界'转到儒学界。在'鲁研界'待久了,常以为自己看透了世界的虚假,知道自己所面对的,就是一个无物之阵。无物之阵里的每个头衔,都是多么美好啊:慈善家,学者,文士,长者,青年,雅人,君子,学问,道德,国粹,逻辑,公义,民意,等等等等,真假难辨。鲁迅说了,幻灭之来,多不在假中见真,而在真中见假。连真中都能看出假来,你还敢相信什么?正是因为看了太多的鲁迅,内心不由得荒凉得很,这荒凉又一天一天长大起来,如大毒蛇,缠住了我的心。但我不愿意再跟无物之阵缠斗了。一句话,树森也想告别鲁迅了,想撤出来了,也想投奔孔子了。'鲁研界'不少朋友都信了基督。但是,与其信基督,不如信孔子。我看,那些信基督的人,前后好像也没什么变化。时间永是流逝,心里并不太平。既有前车之鉴,我也就别瞎费工夫了。还是信了孔子吧。算是耸身一摇,从泥土中挖一个小孔,好苟延残喘。我看你们都过得挺好。我是不喜欢吃杂碎的,但听说你们喜欢吃杂碎,我赶紧订到这里。我得见贤思齐啊。"

树森兄到底要说什么?

接下来,他又听郑树森说道:"不过,你们不要担心。我喜欢孔子,自己喜欢就行了,不需要进'太研'。我说这些,只是因为一件小事。你们知道的,凡事不论大小,只要和自己有些相干,便不免格外警觉。与我自己有些什么相干呢?我听说,吴院长在外面说了,他在'太研'是管事的人,只要和他说一声,就可以进'太研'。别人问吴院长,树森呢?树森只要开口,也可以进去吗?吴院长说,那要看我高兴不高兴。我今天来,就是想哄吴院长高兴。"

吴镇说:"树森兄,谁在你面前乱嚼舌头?"

郑树森说:"先生说了,这些流言和听说,当然都只配当作狗屁!你怎么能跟狗屁计较呢?所以树森并不计较。"

他听出来了,郑树森之所以在这里请客,就是为了羞辱吴镇。本来嘛,当他告诉郑树森,乔姗姗因为时差没有倒过来,晚上无法赴宴的时候,郑树森大可以临时取消的,但郑树森却执意要请。

郑树森给吴镇端了一杯酒,说:"吴院长,把酒杯端起来。"

吴镇说:"树森兄,你怎么搞得像鸿门宴似的?"

郑树森说:"鸿门宴,须有项庄舞剑。项庄在哪?再说了,这是共济山,不是鸿门。共济山,这个名字好啊。先生在《肥皂》里提到过一个词:恶特拂罗斯(Oddfellows),就是共济社①。先生说,听上去就像'恶毒妇'。你们不要怪我胡乱联想,因为又有皂荚庙,你当然会想到《肥皂》。"

吴镇说:"好,这酒我喝了。改天我请你喝三十年茅台。"

郑树森说:"孔子没有喝过茅台,鲁迅也没有喝过茅台。所以,你请我喝茅台,我是不敢去的。"

吴镇把酒杯放下了,说:"树森兄,你有话直说啊。"

郑树森说:"我说了呀,我是来向诸位致敬的,也是来哄吴院长高兴的。你不喝,是不是?你不喝,我喝了。"郑树森给自己倒上

---

① 鲁迅《彷徨·肥皂》后的注释是:"共济讲社(Oddfellows)又译共济社,十八世纪在英国出现的一种以互济为目的的秘密结社。"在这个短篇小说中,人物将此听成了"恶毒妇"。

酒,很夸张地昂起脖子,张开嘴,直接倒了进去。

然后,郑树森又端起了一杯酒,对唐风说:"唐大师,我也要向你表示感谢。你在清华大学的演讲,我已经看到了。受益匪浅,我在'鲁研界'公众号上发了一下,转发者甚众。你说孔子是世界上第一个风水师,让人茅塞顿开。我研究孔子,就从这里开始?"

唐风说:"郑先生,未经授权,随意转发,是要负责任的。"

郑树森说:"欢迎你来告我。"

应物兄担心郑树森喝醉,醉了不定闹出什么事呢,就对郑树森说:"树森兄,有话咱们回去再说。"

郑树森笑了,慢慢地倒上酒,端给应物兄,说:"夫人今天答应我了,我把别的活动都推了,专门请夫人吃饭。夫人为什么没来啊?莫非在夫人眼里,树森的话就是流言,只配当作狗屁?"

外面突然响起一阵噼里啪啦的声音,类似于爆竹。窗玻璃上迅速闪过零碎的光。郑树森说:"烟花?鲁迅先生是很爱放烟花的。"

应物兄赶紧接过话头:"好,好,我们一起出去看看烟花。"

确实有人在放烟花。

一束焰火正在空中盛开,有如巨大的菊花。

这焰火其实已经放了三天了,都是晚上十点以后放的。那是已经在仁德路和铁槛胡同抢购到房号的人,在庆祝自己的好运气。济州城区,即便是在春节期间,也是禁止燃放烟花爆竹的。所以他们是偷偷放的。他们其实得到了太和集团的暗中支持:这焰火就是最好的广告,促使更多的人前来竞价购买。

空气中,隐隐有着硫黄气味。

有一朵火苗,或者说一个花瓣,脱离了那朵花的整体。它没有向下坠落,而是向上飞去,带着一个优美的弧度。虽有弧度,但它依然上升,仿佛要直上云霄,与遥远的星辰相逢。它越来越亮,又红又亮,像一颗烧红的炭,或者干脆就像一颗陨石。突然,它又再次绽放了,瓦解了,崩裂了,变成无数的火星,在空中飘浮着,慢慢熄灭了。刚才变得黯淡的星光,再次亮了起来。

郑树森摇摇晃晃地下了山。

章学栋说:"账单我已经结了。应物兄放心,我送树森老师到家。"说完,章学栋就迅速地追了过去,这是章学栋留在他记忆中的最后形象。

随后,一切都安静了下来。

实在太安静了,他的四周又浮起了蛐蛐和蝈蝈的叫声。先是怯怯的,然后胆子大了起来。这次,他真切地听到了。没错,就是它们的声音,那不是鸟叫。它们的个头比鸟小,声音却比鸟大,节奏更快,持续时间更长,而且此起彼伏,有如举行赛歌会。这些鸣虫,无疑是最敏感的昆虫:刚才焰火升起之时,它们因为受到惊动而敛声屏息。现在,它们要把失去的时间补回来,于是叫得更加起劲,都称得上热烈了。

事实上,他不仅听到了,而且准确地区分出它们的不同。正如它们的名字所示,蛐蛐的叫声是"去、去、去",蝈蝈的叫声是"国、国、国"。

那个疑问再次萦绕在他心头:这山是刚造的山,是全世界最新的山,哪里来的蛐蛐和蝈蝈? 唐风就是喜欢蛐蛐和蝈蝈,也不可能买这么多啊。

是啊,他无论如何也想不到,那些蝈蝈其实就是济哥,野生的济哥。

97. 它们

它们的欢唱多么热烈。

它们在塔林欢唱,在凤凰岭欢唱,在桃都山欢唱,在共济山上欢唱,在新挖的济河古道两岸的草坡上欢唱。它们当然也在生命科学院基地欢唱。应物兄感到自己被这声音包围着,无处藏身。程先生曾说,济哥的叫声好听得不得了,闻之如饮清泉,胸中有清韵流出。但此时此刻,他想到的却是欧阳修《秋声赋》里的句子:"但闻四壁虫声唧唧,如助予之叹息。"他甚至觉得那些虫子突然变大了,变成了巨虫,变成了庞然大物,张牙舞爪,狂呼乱叫,声嘶力竭。

济哥啊,你们能不能消停一会?

因为这些突然冒出来的济哥,我们的应物兄终于理解雷山巴为何对华学明有些不耐烦了。

哦不,岂止是不耐烦。

应物兄来到生命科学院基地的时候,小颜正在向华学明的学生讲述如何制作野生济哥标本。他每讲上几句,都要问一下华学明:"这样说,对吗?讲得不对,你就指出来。"那是华学明新招的博士生。一个男生,一个女生。他觉得,男生长得很像年轻时候的华学明,女生则长得有点像年轻时候的邵敏。类似的情形他多次遇到过:导师好像不是在招收弟子,而是要通过这种方式唤回青春。

那两个学生站在小颜两侧,华学明则坐在他们对面。华学明好像在听,也好像没听。不过,每当小颜问他的时候,他都很配合地点点头。华学明现在无法说话。他舌头上缠着纱布,嘴巴无法闭合。基地做饭的阿姨每过几分钟就用棉签蘸水,往他嘴唇上涂抹。

小颜说:"对于虫体较大的标本,要用针插式固定保存。对于虫体较小的标本,则用加拿大树胶粘在三角纸上,再用昆虫针固定。"

女生问:"几号针?"

小颜说:"建议使用3号或者4号。"

女生看一眼华学明,悄悄问小颜:"朱先生,还要放入冰柜吗?"

小颜说："叫我小颜即可。不需要放入冰柜。须写上采集标签，放置在有防虫药品的标本盒、标本柜中干燥保存。你们的标本盒、标本柜都是现成的。"

男生问："雄性外生殖器的处理，华先生说应该多请教您。"

小颜说："外生殖器构造的解剖，他本人做得最好，至少做过一千例。我只能简单讲一下方法。具体操作，他以后会带你们做。通常用水蒸气将标本末端还软，在显微镜下用手术剪将腹部右侧剪开2—3节，再用镊子夹出或用解剖针拨出。将外生殖器置于5%的氢氧化钠溶液①中浸泡，把其上的肌肉组织和结缔组织清理干净，用蒸馏水清洗，置于事先滴好甘油的单凹玻片上，在显微镜下用解剖针轻轻地将生殖器的结构，比如阳茎基背片、阳茎基侧突、骨化端部等拉出，然后进行观察并绘图。华老师已经绘有一千张图了。再对比查阅晋哥、鲁哥等相关资料，进行物种鉴定。"

"然后呢？"女生问。

"观察完成后，将其保存在装有甘油的 PCR 小管中，置于原标本下方，以备后续研究。"

"华先生制作标本，后续似乎还有程序？"女生问。

"你观察得很仔细。确实如此。若长期保存，还须整姿、脱水，滴加拿大树胶，用盖玻片封盖，贴上标签，永久保存。外生殖器结构图的绘制在 Olympus CX41 显微镜下进行。草图绘好后，全彩扫描，将其导入 Adobe lllustrator CS6 绘图软件，进行数字覆墨，然后拼版成合适大小的图版，再添加结构编号，最后导出目的格式图片，并设定分辨率大小。华老师，我这么说，对吗？"

华学明将头伸过来，看着小颜随手画下的一张张草图。

小颜又说："制作标本时，务必对它保持爱心。要对它说，感谢你让我将你用于实验。"

---

① 氢氧化钠溶液，化学式为 NaOH。其固体又被称为烧碱、火碱、片碱等，是一种白色固体，有吸水性，可用作干燥剂。其液体无色、滑腻、有涩味。

这边正说着话，华学明突然躺到了地板上。原来是一只蜜蜂飞了过来。华学明虽然神经受到了刺激，反应有点迟钝，但此刻他的表现却极为敏捷。他的手指往标本盒蘸了一下，然后轻轻一弹，就将那只蜜蜂击中了。那只蜜蜂顿时落到了小颜前面的桌子上，并且已经身首分离。

小颜看着那只蜜蜂，脸上浮现出笑意。他对那两个学生说："华老师这个功夫，我是没有的。我手生了。"

被斩首的蜜蜂，突然扑向了自己的头。

它扑得太猛了，身体跑到了前面，脑袋却从它的腿间溜了出去。失望不能够写在它的脸上，但能够表现在它的形体动作上。只见它的身体俯仰不息，似乎是在捶胸顿足。然后，它定了定神，慢慢地扭身，徐徐走向自己的头，伸出前腿，搂住了那个头。其动作之温柔，之缠绵，令人心有戚戚焉。应物兄觉得自己的后脖颈有些冷。就在这时，那蜜蜂怀抱着自己的头摇摇晃晃地起飞了，越过室外的花朵，蝴蝶，草丛，不见了。

女生问道："难道它没死？"

华学明指了指小颜。小颜就替华学明解释说："任何动物，首身分离并不意味着死亡。当然了，它最终还是会死的，因为没有了脑袋会影响它进食。"

他想起来，他们曾在这个基地吃过烤全羊。对于烤肉本身，他已经没有更多的记忆了，他记得的是那个羊头。他们蘸着孜然吃烤肉的时候，那个穿着蒙古长袍的烤肉师傅一直在剥弄那只羊头。羊头没有架在火上烤，它被割了下来，刀口齐整，就像锯出来的。它被放在一只盘子里，银色的胡子迎风飘舞，眼睛闭着，像在做梦，梦见的还是好玩的事，因为那张脸仿佛在微笑。师傅亲切地拍了拍它，然后开始剥它的皮，乍看上去就像在给它修面理发。很快，一个完整的头盖骨就呈现出来了，很干净，就像用砂纸打磨过一样。羊头之所以要单独处理，是因为雷山巴喜欢喝羊头汤。"补气,养肝！骗你们是这个。"披着军大衣的雷山巴,右手握成乌龟的形状,中指跷着,代表龟头。那乌龟在他自己的大腿上爬了几步,然后又恢复成手的样子,从胸前推出,不着四六地说:"同志们,气可鼓,不可泄。"

羊头需要先丢到沸腾的铁锅里去腥,然后再放入另一只稍小的不锈钢锅里慢慢地熬。在那个大铁锅里,沸水与羊头相激荡,形成了漩涡,那只羊头也就溜着锅沿开始转圈。华学明说,羊头这是在寻找自己的躯干。从生物学角度讲,首身分离,并不意味着它们已经相互隔绝,它们在意念中仍然在寻找一个整体感。

当时,华学明也是就地取材,用牙签击中了一只黄蜂。

那只黄蜂的表现,与这只蜜蜂的表现,别无二致。

阿姨提醒华学明,该出去散散心了。

那两个学生将标本盒收了起来,随着华学明走了出去。济哥的叫声突然又大了起来。嘈嘈切切错杂弹,叽叽喳喳乱成团。华学明似乎无法忍受它们的嘈杂,用手捂住了耳朵。看着华学明缓缓移动的背影,泪水从小颜的眼中涌出了,像半融的冰。

就在这天,我们的应物兄从小颜这里,知道了事情的来龙去脉。

十天前,章学栋的表哥老刘将白马牵到了慈恩寺。

塔林旁边和缓的山坡很适合遛马。老刘说,必须让白马在山地行走,在乱石中行走,不然它就成了病马,只能杀了吃肉了。马蹄角质跟人的指甲是一样的,需要磨掉。如果没有磨掉,那么每过六个星期就得修剪一次。白马以前在草原上活动,在沙地里奔忙,角质自然可以磨损,现在,它活动量有限,必须替它修剪。

但是白马拒绝修剪,它嘶鸣着,又是蹬腿又尥蹶子,使你近身不得。它的蹄子已经受伤了,已经成了瘸子了。它已经不能奔跑了,一旦跑起来,必将马失前蹄,轻则摔伤,重则残疾。老刘之所以把它牵到那里去,就是要让它在塔林山坡上乱石堆里行走,以磨去它的角质。

"我从老刘那里学到了很多。"小颜说。

高傲如小颜者,说出这样的话,不容易啊。

小颜接下来又说,他想拜老刘为师,但老刘不收他,他只好退而求其次,以冰淇淋为"束脩",拜老刘的孙子板儿为师。他还真从板儿那里学到了不少知识。比如,马儿吃草的时候会闭着眼,为的避免草尖刺伤眼睛。他由此发现,在所有油画作品里,马儿吃草的时候都睁着眼,睁得还很大,为的表现它吃草时的愉悦。画家显然认为,那才是美。他曾主持过一个画家与一个科学家的对话,那画家送他一幅画,画的是人骑着白马,在月光下散步。月光如水,马儿如银。马儿低头吃草,好不惬意。画家认为,那是他画得最美的一幅画。他后来问了老刘,老刘说,睁眼吃草的马都是瞎马。草尖扎着它的眼,它疼啊,疼得屁股乱颤。

小颜说:"我想起了一句话,盲人骑瞎马,夜半临深池①。我问了我的同学,当中有院士,有二级教授,有长江学者,说起来都是搞这一行的,竟然都不知道。学明也不知道。你说,板儿收我为徒,我只送了个冰淇淋,是不是太轻了?"

按小颜的说法,板儿就是在塔林那里发现了济哥,野生的济哥。

慈恩寺重修了素净大和尚的墓塔。同时整修一新的,还有素净以上三任大住持的墓塔。说来奇怪,明代以前的墓塔都很牢固,越是晚近的墓塔越是东倒西歪,早晚都得重修。随着一个个塔基被挖出,原来被死死封闭在塔基下面的济哥的卵,也就被带到地表,它们遂应运而生,有如春风化雨,在完全自然的环境下纷纷羽化。小颜借用了华学明提到的那个词:生育势能。小颜说,受生育

① 《世说新语·排调》:"桓南郡与殷荆州语次,因共作了语……次复作危语。桓曰:'矛头淅米剑头炊。'殷曰:'百岁老翁攀枯枝。'顾曰:'井上辘轳卧婴儿。'殷有一参军在坐,云:'盲人骑瞎马,夜半临深池。'殷曰:'咄咄逼人!'仲堪眇目故也。"

势能的支配,它们一旦羽化,就疯狂交配,疯狂繁殖,好像发誓要把错过的时间全都找回来。其实,正如你已经知道的,共济山也出现了济哥。它们是随着旧房拆迁而出现的。这种情况,不仅出现在济州。重现人间的,也不仅仅是那些鸣虫,很可能还有消失多年的病菌。那些虫卵,那些病菌,数十年间只是在沉睡。看上去很漫长,但在生物学史上,那只是短短的一瞬。它潜伏在那里,伺机重返人间,挑战我们的生态系统,也可能挑战我们的免疫系统。遇到合适的机会,它就会被唤醒。济哥迎合的是人的癖好,病菌却可能会给人带来不幸。

小颜说得很平静,他却感到头皮发麻,嗖嗖作响,通电了一般。他好像看到,那些病菌,密密麻麻的,蠕动着脊背,摇晃着脑袋。

他的肩胛骨耸了起来。

小颜说:"在老刘眼里,那只是一些害虫。"

"害虫?蝈蝈怎么会是害虫呢。"

"老刘说,他小时候,这东西多得很。越是天旱越多,它们吃庄稼的叶子。有人在田间地头收这个,一个馒头能换十个。在庄稼人眼里,它们跟蝗虫类似,当然都是害虫。老刘说,他小时候,饿急了,会抓来烧着吃。我说,你可真会享受,因为它的营养成分与虾相近。"

"华学明是什么时候知道出现了野生济哥的?"

"板儿带着野生济哥回来了嘛,让他看到了。他一时发疯,打了板儿几个耳光。他认为是板儿从他的实验室偷的。"

"老刘和板儿就是因为这个走的?"

"当然与此有关。得知是在塔林抓到的,学明立即奔赴塔林。是我陪他去的。我开着车。我不能让他开车,因为他已经抓狂了。在塔林里,我看到密密麻麻的济哥,塔林里的草已经快被济哥吃光了。你走过去,会踩上它们,咯吱作响。他当场就跪下了。这些天来,他一直在整理材料,要向联合国环境规划署递交报告,以证明济哥已经灭绝。正如你知道的,他将济哥的羽化再生,看成他迄今最大的成就,并为此洋洋自得。其实我来到济州的第一天就告诉他,济哥不可能灭绝。对于蝈蝈这个物种来说,即便在世界各地一只也见不到了,也并不意味着它已经灭绝了。当今世界任何地方,都已经没有该种成员存在,仍然不能认为它已经灭绝了。根据世界自然保护联盟的规定,灭绝是指在过去五十年中,未在野外找到其物种。即便在五十年之内,在中国看不到一只蝈蝈了,也只能算是局部灭绝。这些常识问题,学明兄本该知道的。"

"你是说,他的研究毫无意义?"

"我当然极力向他说明,他的研究还是很有意义的。比如,他提供了一些研究方法,也从生物学角度证明济哥与鲁哥、晋哥、南哥之间存在一些细微的差异,可能也提供了一些生物学的数据。"

"他能听进去吗?"

"他虽然备受打击,但还是接受了这个事实。但那个雷山巴,却对他大加痛斥,认为被他欺骗了,认为他非常无知。对一个学者来说,你可以说他无能,但不能说他骗人,更不能说他无知,那是对他最大的污辱。学明兄本来能言会道,却被雷山巴搞得百口难辩,一着急,竟把舌尖咬碎了。他后来写条子与雷山巴对话。他提出,可以把雷山巴投进去的钱如数奉还。他哪有钱啊。他连房子都没有了。你知道,邵敏是个律师。律师是什么人,律师是最能钻法律空子的人。邵敏早已经背着他把他的房子卖了。"

学明兄,对不起!都怪我。我们的应物兄听见了自己的呻吟。过了一会,他听见自己问道:"你觉得,学明兄还能恢复吗?"

"你尽量多来陪陪他。我陪了他一周,得走了。"

"我能做些什么呢?"

"雷山巴说,他可以不再索赔,但华学明必须从基地搬走,在蛙油公司所占的技术股份也必须退出。雷山巴说,他不想再见到华学明。你可以在济州给他找个住处吗?"

"雷山巴呢？我去跟他解释。"

"他去了延安，去了瑞金，又去了井冈山。他说了，华学明从蛙油公司吐出来那些利润，他不会装到个人腰包，会捐给老区人民。鬼知道他下面还去哪里。"

"我先帮他租个房子，然后再替他想办法。"

"铁梳子倒是说她可以向华学明提供一套房子。铁梳子准备建一个动物医院。只要华学明辞去教职，她就任命他为动物医院的院长。您是他最好的朋友，您说，这样做，可行吗？"

这个时候，他们已经走到了白马跟前。在那个远看像个现代雕塑的金属圈上，站着一只猫。它就是何为先生那只名叫柏拉图的黑猫。

它已经被制成了标本。小颜说，它是在何为先生去世一周后死去的。

"这标本是谁做的？"

"我做的。修己兄把它抱回来的时候，它已经快死了。"

"没想到你还会做动物标本。"

"与刚才的济哥标本比起来，这太容易了。当然，方法有所不同。我其实是想给华学明演示一下制作方法。如果他以后没有了工作，可以靠这个手艺养家糊口。先把它整体皮毛烘干，然后开剥。像写论文一样，开口要小，挖掘要深。内脏要全部取出，皮上的脂肪要刮干净。最困难的部分是猫嘴，须将猫嘴与骨头小心地分开。有些人认为这很残忍，但也有人认为这是给它第二次生命。消毒液、防腐液，学明兄这里都是现成的，而且是最好的。需要将它们仔细涂抹到它的体内，不能有任何死角。头部比较困难，鼻腔、耳郭、眼窝，处理起来就需要动用消毒针了。好在这里也有现成的。皮可剥，发型不能乱，所以头皮上涂了少量毛发蓬松剂，使它显得朝气蓬勃，虎虎有生气。"

它蹲着后腿，前腿直立，尾巴绕出来，伸展在锈迹斑斑的铁圈的顶端。它的头微微上仰,同时又侧着脸,仿佛在侧耳倾听他们的谈话。小颜的话,好像惹它不高兴了,所以它有些吹胡子瞪眼睛的。

"听说,敬修已就是因为这事与你吵架了?"

"他说入土为安,应该埋了。"

白马在他们身边咳咳地叫着。在深秋的艳阳下,白马依然给人一种梦幻般的感觉。它脚下是一个挖好的沙坑,沙坑里铺着石子,石子上有苜蓿。沙坑四周,竖着四个低矮马桩,马桩之间扯着粗大的绳子。对一匹奔腾的马而言,那就相当于五花大绑了。白马低头吃草的时候,要么屈膝,要么把两条腿岔开,不然它就什么也吃不着。章学栋说得对,它长高了。显然,它被子贡带到济州的时候,还只是一匹马驹。

小颜摸着马鬃,然后顺着它的前腿摸下去,一直摸到蹄子与腿交界处的那撮白毛。他揪了揪那撮白毛,说:"老刘临走交代我,马其实也是顺毛驴,要让它听你的话,你得会摸,得摸到家。我现在也把这话告诉你。"

"张明亮呢?这话你应该直接告诉张明亮。"

"他正在奋笔疾书,据说已经写了五万字了,是替雷山巴捉刀,书名也是雷山巴起的:《济哥振翅兴中华》。"

"他是不是不知道这些事情?"

"怎么可能不知道呢。他认为,他可以在济哥的历史文化、野生济哥与华学明的济哥研究之间建立起关联。他给我讲了他的主要观点:济哥,不仅是负载着中华文明信息的昆虫,而且济哥文化能为生态学、遗传学、地方生物资源开发、生物多样性保护带来启示。"

"你告诉他马上停止。"

"他说了,已经领了钱,就必须把任务完成。而且,他认为,这确实是一个值得投入时间和精力的研究项目。"

从雷山巴那个窑洞式的院子里，走出来两个女人。她们就是雷山巴那对姊妹花。应物兄突然想到，她们其实也是标本，是雷山巴"京济一体化"的标本。她们挽着手，各提着一只篮子，沿着院墙根走着。她们是要去摘瓜。你真的分不清她们谁是谁。

一个厨师模样的人跟在后面。

摘瓜的时候，她们不让厨师动手。她们要的是摘瓜的动作、摘瓜的美感。她们摘了丝瓜、南瓜，没摘葫芦。很快篮子就满了。一只弯曲的南瓜被厨师放在肩头，乍一看就像扛着一条腿。

又有一个人从那个院子里走了出来。那人走路的动作似乎很快，但效果却并不明显。也就是说，只闻匆忙的脚步声，难见快速的形和影。这不是因为别的，只因为他不是一般人。他是谁？应物兄几乎不敢相信自己的眼睛：那个胖子，那个穿着黑色长袍的胖子，竟然是宗仁府。

他也是来帮助姊妹花抱南瓜的。

小颜说："这对姊妹花信教了。宗仁府是来给她们传教的。那个叫净心的小和尚，前天来了，对她们说，他要去北京龙泉寺进修了。她们说，这也好，她们正要改宗呢。信了佛，这也不能吃，那也不能吃。这也不能穿，那也不能穿。骂个人都不方便。算了，还是信别的吧。昨日擦黑，宗仁府就来了。今天，天刚麻麻亮，他就又来了。他比哮天都起得早。"

那只名叫哮天的蒙古细犬，此时也跟在那对姊妹花旁边。宗仁府过来的时候，它的尾巴高高竖起，然后又缓缓放下了。

98. 兰大师

兰大师来了。

媒体上说，兰大师这次来，是要收济州京剧团当家花旦樊冰冰为徒。收徒仪式结束之后，兰大师没在京剧团停留，很快就来到济大，然后由乔木先生陪同，到何为先生遗像前敬了三炷香。

中午，乔木先生在镜湖宾馆设宴，请兰大师吃饭。席间谈到去世的双林院士和何为先生，兰大师顿时泪水涟涟。有一句话，兰大师说得至为动情："两位走了，再也听不到我的戏了。您说，您说，我唱着还有什么劲啊？不唱了。"说完，伏到乔木先生肩头，痛哭失声。虽然乔木先生说过，兰大师的眼泪就像小孩子的尿，总是说来就来，但此时此刻，乔木先生也忍不住双眼噙泪。

有一道菜是兰大师自己点的：酸萝卜老鸭汤。兰大师说："有一次我来济大，姚鼐先生请我喝了酸萝卜老鸭汤，好喝极了，开胃。我回去就对老双说，下次你去济州，一定要喝。"满满一桌菜，兰大师几乎没怎么动，只喝了两碗老鸭汤。兰大师说，那第二碗汤，算是他替双林院士喝的。

乔木先生问："梅菊兄接下来如何安排？"

兰大师说："下午，就不劳乔木兄了。有几句话，我还得交代徒儿。"

乔木先生问："我听人说，你这次来，还要给栾庭玉母亲祝寿？"

兰大师说："刚好碰上。他们请不动你，只好请我去。"

乔木先生说："梅菊兄也要唱上两句？你要唱，我就去。"

兰大师说："别去！你做寿的时候，我专门唱给你听。"

乔木先生说："姚鼐先生知道了，可是要吃醋的。"

兰大师说："好好好！他做寿，我也来，总行了吧？"

陪他们吃饭的，还有应物兄的博士孟昭华。兰大师就是孟昭华开车送来的。这倒不是应物兄的安排。孟昭华现在应聘到了济民中医院，负责中医院的广告策划。栾温氏的八十大寿，就是济民中医院操办的。中医院院长王中民是栾温氏的干儿子。干儿子也是儿子。儿子为母亲做寿，当然是应该的。

孟昭华这天开的是王院长的加长林肯。

下午四点钟左右,应物兄也赶到了王中民院长的别墅。它与季宗慈的别墅,同属于一个小区,但面积要大很多。董松龄和吴镇也来了,还比他先到。窦思齐也在。窦思齐正和董松龄讨论减肥问题。董松龄拍着肚子说,吃得很少,为什么还会发胖呢? 还查出了一个脂肪肝。窦思齐的解释别具新意。他说,因为我们小时候都挨过饿嘛,现在虽然不饿了,脑子已经忘了,可是各个脏器都还记得呢,记得还很牢。比如你的肝,它会自作主张地把营养都收藏起来,就像松鼠藏东西似,时刻准备着过冬呢,时间长了,血脂就稠了,脂肪肝就来了。

吴镇说:"这就叫积淀。"

窦思齐说:"下辈人,那肝啊,血管啊,就不会再自说自话,替人做主了。"

吴镇说:"我儿子,二十岁不到,就已经是脂肪肝了。"

窦思齐说:"那就再下一辈。"

大厅的装修风格是中西合璧式的,一个最简单的例子就是,墙上虽然悬挂着一幅幅中国山水画,但最大的那幅山水画下面却装着一个壁炉,眼下里面正是炉火熊熊。不过,那些通红的木炭以及微蓝色的火焰其实都是灯具:有炉火的形状,有炉火的噼啪声,却没有炉火的热度。有个穿着灰色襻扣袍子的老头,走进了大厅,这老头是拉二胡的。据栾庭玉说,他曾想把这个老头和他母亲撮合到一起。有一次,栾温氏说,以前跟那个"老不死的"在一起,天天吵架,可那个"老不死的"一死,连个吵架的人也没有了。听上去,她好像很怀念那种吵架的日子。栾庭玉就说:"那就给您找个吵架的人?"栾温氏听明白了,立即给了他一拐杖。

在这个老头指挥下,这里很快就成了一个小小的戏园子:椅子呈弧形摆放在一个木台子前面,前排正当中的位置自然属于栾温氏,那里摆的是一把老式的太师椅,靠背上有蝙蝠的图案,有寿桃的图案,还有变形的如意,取的是"福寿如意"的意思。

这时候,礼仪小姐把铁梳子领进来了。

铁梳子跟他们打了招呼,说:"我跟老寿星说过话了,我还有事,先走了。做好的套五宝我已经送来了。厨师就留在这,听候使唤。"又说,"窦大夫,你全权代表我,待会记着给兰大师献花。"

窦思齐用埋怨的口气对铁梳子说:"跟你说别来了,你还非要跑一趟。"

他和窦思齐出来送铁梳子的时候,孟昭华走了过来。

孟昭华说:"您是不是还生我的气?"

他说:"当初确实生你的气。培养一个博士容易吗?没想到,你不去做研究,不去教书,却来给一个卖狗皮膏药的人写讲话稿。不过,我已经想开了。"

孟昭华说:"您不是说过,自古医儒不分家嘛。"

他说:"只要你满意就行。你忙你的去吧。"

这个院子很大,几乎像个小型的高尔夫球场,设置了路灯和路牌。路牌很有意思,有忠孝东路,还有忠孝西路。通往别墅正门的那条路叫罗马路,但当罗马路穿过别墅,从屁股后面出去的时候,它的名称又变了,变成了旧金山路。院子里有小桥流水,有水榭亭台。天气晴暖的日子,可以看到水中的乌龟,其中绝大多数是中华龟。不是你要看到乌龟,而是那些乌龟一定要闯入你的眼帘。那些乌龟都是王院长费了大工夫才搞到的,据说有的来自寺庙,有的来自道观,还有一只来自山东曲阜的洙水河。那些龟看上去都很有些年头了,龟甲很大。如果把那些龟甲收集起来,将传留至今的甲骨文全都 Copy 上去,似乎也绰绰有余。一般的乌龟叫起来声音是咝咝的,它们呢,却是叫声粗嘎,都有点像鹅了。

孟昭华走后,窦思齐说:"你这个学生,是个人才啊。"

他问:"如何见得?"

窦思齐说,他曾在这里住过几晚,为的是与王院长配合,中西医兼治,治疗省里的一个重要人物。有一天晚上,听见外面的声音,听起来很瘆人,扑扑通通的,就像有人翻墙进来了。由于这里发生过盗窃杀人案,所以他不能不有所防备。正想打电话报警呢,突然听到有人说话,原来是孟昭华带人来录像了。录什么呢,录的就是乌龟交配的情景。一共有四只乌龟在交配。它们闹出的动静实在太大了。因为夜深人静,所以听上去都有些四海翻腾云水怒的气势。在强光照耀下,他发现乌龟的生殖器竟然那么大,"如椽巨笔"用到这里是合适的。那支"如椽巨笔"正在龟甲上泼墨挥毫。摄制组的一个小伙子问孟昭华,乌龟不交配的时候,阴茎也会勃起吗?孟昭华说,当然会了,有时候你摸摸它的龟甲,它就硬了。防御敌人的时候它硬,着急的时候它也硬。闲着没事,它也会硬一个玩玩。摄制组的小伙又问,灯光照着,它们也不受影响吗?孟昭华说,它们那是把那灯光当成月光了,把人影当成树影了。而远处的树影,它们却当成了神女峰,所谓神女雾掩,巫峡云遮。还有比这更好的交配环境吗?江水浩瀚,星沉平野,日月出入其中,隔岸但见山影。而我们说话的声音呢,在它们听来就像大浪淘沙,石崩岸裂,刚好为它们的交配助兴。当然,它们交配也不全是为了自己快乐,也是为了传宗接代。这是天给了它们这个命。

窦思齐说:"你这个学生,出口成章。"

可惜啊,好钢没有用到刀刃上。他听见自己说。

窦思齐说:"龙生九子,各不相同。那个卡尔文也是你的学生吧?"

这一下他知道窦思齐为什么要陪他散步了。原来是要打听卡尔文的。自从卡尔文在共济山上被警察带走之后,他再没有见过卡尔文。关于卡尔文的消息,他都是听费鸣说的。费鸣说,有多名女性因为卡尔文被查出了艾滋病。卡尔文更是被查出来,已经是艾滋病四期患者,差不多已经病入膏肓了。警方让他交代出了与他发生过性关系的女性名单的第二天,就买了一张机票,把他遣送回了坦桑尼亚。费鸣说:"真是他妈的杂种!"

他对窦思齐说:"他只是旁听过我的课而已。"

窦思齐说:"你肯定知道,他又从坦桑尼亚溜回了美国。如果你能联系上他,一定让他闭嘴。他在美国恶毒攻击中国,是可忍孰不可忍!"

有一句话他很想问,但不知道如何开口:铁梳子是否也传上了艾滋病?窦思齐似乎明白了他的意思,立即说道:"外面有传言说,铁总与卡尔文有什么关系。胡扯,全是胡扯。我以人格担保,他们没有那种关系。铁总怎么能看上他呢?没错,铁总确实叫他卡卡。这又能说明什么问题呢?铁总还叫我齐齐呢。"

孟昭华过来说,兰大师到了,庭玉省长也到了。

当孟昭华带他走进王院长的客厅,兰大师正在讲酸萝卜老鸭汤。与中午的说法不同,鸭子在此又有了新的含义,成了能否成为京剧大师的标志。兰大师说,京剧大师都和鸭子有着不解之缘。梅兰芳、俞振飞、马连良都喜欢吃鸭子。梅兰芳喜欢吃北京全聚德的烤鸭,俞振飞喜欢吃上海燕云楼的烤鸭,而马连良则是自己做鸭子,菜名就叫马连良鸭子①。马连良鸭子好吃哎,皮酥肉烂,香味透骨。蘸着小料,就着荷叶饼,好哎。用济州话讲,就是两个字:得劲!

兰大师对侍立在旁边的樊冰冰说:"所以,你也得吃鸭子。"

樊冰冰说:"弟子听您的,以后多吃鸭子。"

兰大师接下来又提到,不久前他去了江苏。那边有个剧团正在排练《西厢记》,邀请他当顾问。他可不像某些人,说是当顾问,其实不顾不问,只知道伸手要钱。他呢,是又顾又问,忙得来,像个陀螺。他提到了《西厢记》里红娘的一段唱词,说,虽然鸭子人人爱吃,可是在中国经典戏曲里,鸭子却很少出现,红娘这段唱词里出现的鸭子,算是少有的一次:

---

① 马连良,著名京剧表演艺术家,代表作有《借东风》《甘露寺》等。马派艺术创始人。马连良喜欢吃鸭子,但"马连良鸭子"却不是马连良本人做的,而是两益轩的厨子专门做给马连良吃的,与烤鸭不同,是一种香酥鸭。

嫩绿池塘藏睡鸭

淡黄杨柳待栖鸦

仔细着夜凉苔径滑

绣鞋儿踩坏了牡丹芽

兰大师竖起食指，问："听清楚了？出现了几只鸭？"

樊冰冰说："两个。"

兰大师浅浅一笑，说："No也！No也！第一句说的是水鸭，第二句说的是乌鸦。此鸭非彼鸦也。记住了？"

樊冰冰说："恩师，记住了。"

兰大师又对栾庭玉说："这《西厢记》，昆曲是一个味，京剧是一个味。一个是糯米年糕，一个是小米黄金糕。北方人还是喜欢吃黄金糕。若是用京剧来演，不叫座，就取我项上人——头——"兰大师的话形如京剧道白，又拱手对栾庭玉说，"还请栾大人多多支持我们的国粹啊。"

栾庭玉说："兰大师这是批评我，对国粹关心不够啊。"

樊冰冰立即摇着兰大师的胳膊，说："恩师，栾省长很关心国粹的。"

兰大师说："你看这小妮子，多么知道替父母官说话。"又对樊冰冰说，"那你以后可得好好学，好好练，不能给父母官丢脸。"

樊冰冰拼命点头："嗯、嗯、嗯。"

这天的礼仪小姐，都是济民中医院的护士客串的。她们穿着旗袍，脖子上系着红丝巾，不管是走还是站，都保持着一个姿势：左手捏着右手，手放在肚脐位置。这会，两个礼仪小姐走过来，对栾庭玉说："首长，老寿星问，什么时候开始？"

栾庭玉说："别问我，问老寿星的干儿子。我忙昏头了，今天才想起来是我们家老太太的生日。都是王院长操办的，我事先一点不知道。王院长呢？怎么没有看到他？院长夫人怎么也没见到？"

礼仪小姐说："院长夫人在老寿星身边侍候着呢。"

栾庭玉又问:"中民呢?王院长呢?"

礼仪小姐看着孟昭华。孟昭华犹豫了一下,说:"听院长夫人说,王院长昨天去了北京,按说中午就该赶回来的,可到现在还没有回来。刚才打电话问了他的助理。他的助理说,王院长是故意不来的。王院长说,一切都由夫人操持。王院长也说了,他虽是悬壶济世,但在有些人眼里,还是个商人。他要露面的话,担心外面有人议论。他本人倒无所谓,只是担心对您不好。"

栾庭玉说:"中民是个细心人啊。"

礼仪小姐说:"老寿星说,早该开始了。"

栾庭玉说:"这个老太太啊,一辈子都是急脾气。"

兰大师抓紧时间对樊冰冰说:"我给老寿星备下的宝贝呢?"

樊冰冰赶紧将一个烟盒大小的布包送到兰大师手上。兰大师说:"隔着布袋买猫,猜猜是个什么猫?"当然没人猜得出来。兰大师对樊冰冰说:"你猜。"

樊冰冰说:"恩师,我可猜不出来。"

兰大师说:"这是赵皇帝送给佘太君的那个玉牌。我从北京带来,送给老寿星的。"说着,就像给小孩子脱裤子似的,一点点把那个布包从玉牌上脱了下来。玉牌是黄的,上面刻有字,一笔一画里都有些黑泥似的东西。兰大师似乎要咬它一下,但牙齿并没有挨着那玉牌。他把那玉牌交给了栾庭玉:"替老寿星收了。"

栾庭玉往后躲了一下,说:"玉牌?真是皇帝老儿送的?"

兰大师说:"送您真的,您也不敢要。是清人仿制的。"

栾庭玉这才接住了:"兰大师对我太好了,怕我犯错误。"

兰大师笑了,说:"栾大人,您的手一摸,假的也成真的了。当年乾隆爷啊,那些贵妃娘娘啊,手里的宝贝也并不都是真的,可您猜怎么着?那些假玩意儿,如今个顶个都成真宝贝了。"

栾庭玉把它交给了身后的礼仪小姐。

这天,董松龄带来的是一幅书法作品。董松龄说,这是他在日本讲学时,一个日本汉学家送给他的。董松龄的话,一半是真的,一半是假的。两周前,也就是卡尔文从共济山上被带走后的第二天,董松龄打来电话,说,有个日本朋友来济大讲学,这个朋友很喜欢书法,想见乔木先生一面,不知乔木先生哪天方便待客。现在看来,那幅字或许就是那个日本朋友用乔木先生的纸和笔写下的:

芝兰玉树
植于阶庭①
柱上曲木
结以相承②

应物兄后来知道,同样的内容,日本朋友写了多幅。当然不是专门为栾庭玉的母亲写的。它其实是写给太和研究院的。写得不能算好,也不能算不好。一笔一画,一撇一捺,都有板有眼,有童趣,像童体字。

栾庭玉说:"龟年兄,让你费心了。替我谢谢那位日本朋友。"

应物兄这天来,没带礼物。看到人们纷纷献礼,不免有些困窘。这会儿,听了栾庭玉的话,他终于找到了说话的机会,把自己从那种困窘中解脱出来了。他对栾庭玉说:"这幅字,用作寿礼,真是再恰当不过了。"

栾庭玉本来要把它卷起来,这会儿又把它摊开了。

吴镇说:"我看出来了,这里面有个'庭'字,也有个'玉'字。"

应物兄说:"还有个'栾'字。也真是巧了,这幅字若讲给老寿星听,老寿星定会很高兴的。'柱上曲木,结以相承',说的就是'栾'字。盖房子要有立木,要有横梁,把立木和横梁连接起来的那块曲木,就叫'栾'。房子结实不结实,跟它关系甚巨。世人都拿

---

① 《世说新语·言语》:"谢太傅问诸子侄:'子弟亦何豫人事,而正欲使其佳?'诸人莫有言者。车骑答曰:'譬如芝兰玉树,欲使其生于庭阶耳。'"
② 出自张衡《西京赋》:"结重栾以相承"。其中的"栾"指的就是"柱上曲木,两头受栌者",曲者为栾,直者为栌。

'栋梁'来比喻人才,但若没有那块曲木,再结实的栋梁也没用。"

栾庭玉说:"长学问了。姓'栾'姓了几十年,竟不知'栾'字还有这么多讲究。意好!字也好!并且来说,有些字画我转手就送给了朋友。但这幅字,我要当成传家宝,代代相传。"

这边还说着话,那边已经拉响了京胡。

这天,最先出场的就是樊冰冰。虽然她没穿戏装,但仅凭手势、眼神和体态的变化,仍然可以表现出那个神韵。她唱的是《霸王别姬》那个著名唱段:

> 看大王在帐中和衣睡稳
> 我这里出帐外且散愁情
> 轻移步走向前荒郊站定
> 猛抬头见碧落月色清明
> 适听得众兵丁闲散议论
> 口声声露出了离散之情
> ……

众叛亲离,四面楚歌,虞姬拔刀自刎于垓下,是谓霸王别姬。那个抹脖子的动作优雅极了。应物兄想,幸亏乔姗姗不在这里,她若在肯定会提出异议:哪里是霸王别虞姬,分明是虞姬别霸王。是啊,在任何情况下,她都愿意较这个真。在她那里,女性是不存在被动语态的。如果你对她说:"请给我打电话。"她肯定会说:"不,你给我打电话。"哦,打电话与接电话的动作,在她那里也有公母之分。

兰大师对栾庭玉说:"这小妮子,底子不错。这中国几千年的好东西啊,都保存在戏曲里面。一招一式,一唱一叹,一声笑两行泪,都讲究着呢。"

随后出场的,是市京剧团的三个小演员,她们表演的是翎子功。

她们身高还没有翎子长。从扮相看,一个演的是吕布,一个演的是孙悟空，一个演的是白骨精。演吕布的那个小演员稍高一点，她在伴奏声中疾步扬鞭上场，右手举起鞭子，左手勒住缰绳，头上的双翎如杨柳舞于狂风，但她那张小脸却是骄矜的，表现的正是吕布骑在赤兔马上摇头晃脑的得意。随后，她绕到蹦蹦跳跳的白骨精旁边，用翎子在白骨精脖子上抹了一下，又把翎尖弯到自己鼻子下面闻了闻。这时候，孙悟空跑上前来，朝着白骨精就是一棒，然后又弯过翎尖，用翎尖挠起痒来。众人不由得拍手叫好。掌声中，孙悟空跑下台来，变戏法似的从身上摸出一个蟠桃，跪献给了栾温氏。栾温氏拿着那蟠桃，在孩子头上敲了一下。众人再次拍手叫好。

豆花是在翎子功表演之后出场的。

因为唐风说过，栾庭玉夫人又怀上了，连栾庭玉自己都说"已经取得了阶段性成果"，所以应物兄的目光忍不住落到了她的小腹位置。好像变化不大。现在他可以肯定的是，她不会唱，压根儿不会唱。虽然她这里拜师，那里拜师，但连皮毛也没有学到。当然了，如果考虑到她到处拜师，只是为了博得栾温氏的欢心，那么从孝心角度考虑，你还必须对她表示敬意。

她唱的不是京戏，而是豫剧。

这当然也是为博得老太太喜欢。老太太最喜欢听的就是豫剧。

全场最为难的人就是那个老琴师。他还在调试琴弦呢，她就已经亮开了嗓门。老头脸一紧，迎头赶上了。刚才，老头在伴奏的时候，眼睛是半闭着的，现在却是双眼圆睁，紧紧盯着豆花的嘴巴。豆花唱的是《花木兰》的著名唱段《谁说女子不如男》：

　　　刘大哥说话理太偏
　　　谁说女子享清闲
　　　男子打仗到边关
　　　女人纺织在家园

　　白天去种地

　　夜晚来纺棉

　　……

　　她唱完之后，人们竟然忘记了鼓掌，直到大师叫了好，人们才想起来应该报以掌声。掌声过后，兰大师对栾庭玉说："夫人的发展空间很大啊。"豆花刚走出台子，转眼间又回来了。倒不是为了谢幕，而是因为栾温氏已经走出来了，她得赶紧上去搀扶婆婆。栾温氏拄着一根拐杖，还带着一个道具，那是一个用黄绸子包裹的纸盒子，代表着帅印。此外还有一个道具，出乎意料，那个道具就是金彧。金彧现在扮演的是丫鬟，当然应该算作一个道具。她搀着栾温氏另一条胳膊。哦，老太太的嗓子，已经不能用糠心萝卜来形容了，只能用萝卜干来形容了。她唱的是豫剧《穆桂英挂帅》选段。她那身行头是穆桂英的祖母佘太君的，包括与行头相配的拐杖和丫鬟，但一开口，唱的却是穆桂英：

　　猛听得金鼓响画角声震

　　唤起我破天门壮志凌云

　　想当年桃花马上威风凛凛

　　敌血飞溅石榴裙

　　有生之日责当尽

　　寸土怎能够属于他人

　　番王小丑何足论

　　我一剑能挡百万的兵

　　我不挂帅谁挂帅

　　我不领兵叫谁领兵

　　叫侍儿快与我把戎装端整

　　抱帅印到校场指挥三军

　　豆花躬下身来，将栾温氏的衣襟整理了一下，然后迈着小碎步围绕着栾温氏转了一圈。肯定是事先商量好的,兰大师要现场辅导一下。据说,王中民后来交代,那个辅导费是十万元人民币。此时,只见兰大师走上台子,双手合十,向老太太表达着敬意。他还把嘴巴凑向栾温氏,说:"唱得比我好!"好像担心栾温氏耳聋,他的嗓门提得很高,吓得栾温氏侧身躲了一下。其实,严格地说来,他并没有指导栾温氏,他指导的是豆花。他捏住豆花的手,指导她怎么围绕着老太太转圈。他把豆花的一只手弯到胸前,胳膊肘抬平,又让她另一条胳膊平伸出去,然后推了她一把,让她转圈。在他的辅导下,豆花转圈的动作活像是公鸡支棱着翅膀围绕着母鸡飞奔。兰大师自己率先鼓起了掌,并且连声说道:"好,好,好!"大师还示意众人,掌声应该更响一点,并且问他们:"你们说,好不好欸?"

大家的喊声整齐划一:"好! 好! 好!"

然后,他又指导金彧,只有一句话:"下巴尖要收,不要抬起来。"

金彧收了一下,兰大师说:"好! 收得多了,再稍抬一点。好!"

然后,兰大师搀着老太太退场了。

因为兰大师还要赶飞机,所以老太太退场之后,栾庭玉陪着兰大师直接去了餐厅。"应物兄同志,你也过来。"兰大师说。到了餐厅,发现桌子上已经摆上了一碗粥,还有几样小菜。兰大师说,他晚上只喝粥。这天,他喝的是用乌鸡汤熬出来的粥。兰大师用勺子舀着粥,慢悠悠地说,他率团去美国演出时,程济世先生曾到现场观看。

"中午我没讲,怕老乔生气。"兰大师说。

"不,不会的。他们现在挺好的。"他赶紧解释。

"那就好。"兰大师说,"程先生给我题了五个字。"

"哦,是吗? 哪五个字?"

兰大师想了一会,好像没能想起来。兰大师是这么说的:"别人说你好,你不要放在心上。说你不好,你要记着,好好改进。"

说着,兰大师用毛巾沾了沾嘴,掏出手机,让栾庭玉和他看手机里的照片:果然是兰大师与程济世先生的合影。兰大师当时演的是《贵妃醉酒》。照片应该是在后台照的,兰大师还没有卸装,其扮相实在是太美了,都近妖了。兰大师把手机收了起来,换了另一条毛巾擦了擦手,又喝了几口粥。

兰大师说:"程先生说了,太和挂牌的时候,要我来一趟。"

应物兄还没说话,栾庭玉就说:"到时候,我亲自去北京请您。"

兰大师说:"到时候,只要我还能动弹,我一定来。"

接下来,兰大师问到一个人:"程先生说,有个叫灯儿的,是个二胡大师,可惜死得太早了。如果不死,让她给你伴奏,那才是珠联璧合。我想问一下,灯儿是谁?我没听说过这个人。你们帮我打听一下,她的弟子是谁。到时候,就让她的弟子来给我伴奏。"

他正想着如何回答,栾庭玉说:"济州确有几个琴师,都是灯儿的弟子。到时候,我们优中选优,先带给大师看看,能不能用。"

这当然就是哄兰大师高兴了。

这天,由孟昭华开车,应物兄和栾庭玉亲自送兰大师去了机场。樊冰冰自己开车在后面跟着。应物兄后来知道,后面跟着的可不仅是樊冰冰的车。还有中纪委进驻济州的专案组的车,挂的是济州牌照。他们当然是担心栾庭玉跑掉。栾庭玉和兰大师寒暄的时候,应物兄在手机上搜到了兰大师在美国演出的相关报道。演出地点是纽约大学史克博拉艺术中心,兰大师当时演出的是《贵妃醉酒》《霸王别姬》片断。程济世先生确实曾到现场观看,并对这位兰梅菊大为赞赏,并题写了五个字:翩然云间鹤。

他疑心这是程先生对兰大师的讽刺。"翩然云间鹤"一语,出自清代戏剧家蒋士铨的杂剧《临川梦》:

妆点山林大架子,附庸风雅小名家。

终南捷径无心走,处士虚声尽力夸。

獭祭诗书充著作,蝇营钟鼎润烟霞。

翩然一只云间鹤,飞来飞去宰相衙。

本来是讽刺那些装模作样的伪隐士的。

当然了,他对他的怀疑也有怀疑:兰大师无论如何是跟"隐士"不沾边的,既非"隐士",也非"伪隐士"。程先生称兰大师为"云间鹤",有可能真的是在表达自己的直观感受。也就是说,在程先生眼里,兰大师就是一只热心于传播中国传统戏曲文化的仙鹤。

从机场回来的路上,栾庭玉问他:"听说乔总又去了美国? 哪天回来?"

他知道他问的是乔姗姗。乔姗姗如今已是 GC 集团在济州的总负责人。这个消息,他还是听巫桃说的。当他打电话向陆空谷求证的时候,陆空谷说:"这是旧闻了。我已辞去 GC 的工作,所以你不要问我。"

这会,他对栾庭玉说:"听我女儿说,她昨天刚到。"

栾庭玉说:"听说象愚兄已经走了?"

他说:"小颜走了,他追小颜去了。"

这是他和栾庭玉最后一次谈话。栾庭玉在三天后被双规了。他得知这个消息,已经是十天之后的事了。那天早上,多天没有露面的费鸣突然来了。外面下着雨。费鸣虽然带着雨伞,但进来的时候,后脑勺、肩膀却都是湿的。从窗户看出去,雨下得并不大,甚至听不到雨声。所以他只能猜测,费鸣是因为心事重重,都没有注意到雨伞早就被风吹歪了。

莫非费鸣又是来辞职的?

当初劝说费鸣加入太和研究院的情景,仿佛就在昨天。费鸣大概是在吴镇被任命为副院长之后不久,第一次提出辞职的。他问起原因,费鸣说了四个字:一说便俗。除此之外,不愿再多说半句。他当然极力挽留,劝说费鸣再等一等,等到太和研究院正式挂牌之后再作考虑。当然,他也委婉地提醒费鸣,董松龄明年就要退休,到时候太和研究院的人事安排肯定会做调整。他觉得,费鸣听懂了他的意思。

这天,费鸣不开口,他也就打定主意,不主动提起此事。

他正在审读范郁夫博士论文的开题报告:《〈国语〉中孔子言论与孔子形象》。与《左传》相比,《国语》偏于记言,记录的大都是贵族之间讽谏、辩说以及应对之辞,主要通过对话来刻画人物。《国语》中,有孔子八条未出现在《论语》和其他典籍中的言论,在范郁夫看来,这几条言论极为重要,是对孔子形象的补充。

费鸣说:"应老师,可以耽误您几分钟吗? 那件事,您可能已经知道了。"

哪件事? 他有点放松了。看来费鸣还是来谈工作的,并不是来辞职的。

他在范郁夫的开题报告的首页上写了一段话:"《国语》中,孔子讲夔、讲蝄蜽、罔象以及神兽龙,与《论语·述而》中的'子不语怪、力、乱、神'显然相悖。柳宗元《非国语》有云:'君子于所不知,盖阙如也。孔氏恶能穷物怪之象形也,是必诬圣人矣'。"

然后,他抬起头来,问:"哪件事?"

他以为费鸣要说卡尔文。

从昨天到今天,微信群里都在讨论卡尔文。卡尔文在推特上连载了回忆录《How happy we are》,这个题目其实是卡尔文对"不亦乐乎"的翻译。他写到了他在济州的生活,其中提到了栾庭玉、葛道宏、铁梳子。关于栾庭玉,他提到铁梳子曾送给栾庭玉的俄罗斯套娃。他特别提到,那是用金子做的。关于葛道宏,他提到葛道宏曾多次邀请福山来济大做讲演,并请他去找过福山,因他没能请到福山,葛道宏对他态度大变。关于铁梳子,他的用语极为下流,说铁梳子虽已绝经,但性趣不减。他当然也写到了别的女性。那个胸脯上被他画过怀表的女孩也出现了。

当然也没有放过应物兄。卡尔文写道:"应物兄还是比较忠厚的,请我吃过鸳鸯火锅。但是,三先生说了,大先生说过,忠厚是无用的别名。"

是谁把它译成中文，并发到朋友圈的？

它很快就被删掉了，但随后，它又以截屏的形式继续传播。

卡尔文尚未写完就自杀了，并对此进行了直播。

他自杀的方式倒是中国式的：上吊。最后一句话说的是中文："吾日三省吾身，快乐吗？不快乐！不快乐吗？也快乐！怎么办呢？悲欣交集，死了去屎！"

这会，应物兄对费鸣说："我不愿再谈这个人。他真是个杂种。"

费鸣说："哦，是啊，不过，我们说的不是同一件事。"

他这才警惕起来，问："又有什么事？"

费鸣说："豆花死了。"

接下来他又听费鸣说："栾温氏生日第二天，豆花失踪了。现在已经在长庆洞找到了。她应该是去长庆洞敬佛去了。因为她是庭玉省长的夫人，所以她不愿让人们看到，就去了长庆洞。她应该是在洞里流产的。应院长，你听着呢吗？"

"听着呢。你说。"

"栾庭玉已被控制。"

"你是说，他们怀疑是他干的？"

"不，豆花死前，举报了栾庭玉。"

"这消息可靠吗？"

"我是听侯为贵说的，应该不会有错。侯为贵说，有关方面甚至把栾庭玉家里的两只鹦鹉都带走了。栾庭玉的外甥说，那鹦鹉是他和姥姥养的，能留下吗？"

"你去忙你的吧，我想一个人待会。"

"我知道您最担心的是'太研'会不会受到影响。您不用担心，'太研'还会存在下去的。明天上午，学校将召开处级以上干部会，宣布葛道宏调离。葛道宏将到省教委出任副主任，但保留原来的级别。董松龄将代理校长。"

他想起来了,他已经收到微信通知,明天上午到巴别开会。

原来是宣布这项内容?

"董校长对'太研'是不会放手的,不然他不会让吴镇出任常务副院长。您的工作不会有变化,您以后将专门负责'太研'的学术研究。"

"我们得好好想想,这事如何去跟程先生说。"

"最好还是等一段时间再说,因为程先生最近可能比较——"

"比较什么?不会是身体有什么问题吧?"

"那倒不是。是珍妮那边有点情况。珍妮生孩子了,那孩子是三条腿。"

"哦,男孩?好啊。终于有个好消息了。"

"确实是三条腿。从大腿根又长出了一条腿。要是再短小一点,可以认为那是鸡鸡。要是长得靠后一点,可以认为那是尾巴。但它不长也不短,不前也不后,末梢还有一只脚。其实这也是旧闻了。珍妮把那孩子掐死了。珍妮说,中国人就是这样做的。妈的,有屎盆子就往我们中国人头上扣。她已经被拘留了。"

"这怎么可能呢?怎么会生出这么一个……"他把"怪物"两个字咽了回去。

"窦思齐说,这是因为大人吸毒所致。这种情况很常见的,医生早就见怪不怪了。一个月不遇上几起,医生还会觉得奇怪。老窦说了,那孩子就是活下来,也是天生的瘾君子,活不长的。与其活不长,不如早死早托生。"

费鸣虽然没提辞职,但他知道费鸣其实是来告别的。他第一次将费鸣送到了楼下,然后把雨伞递给了费鸣。

费鸣说:"我哥哥与蒋蓝的官司打输了。"

他说:"不就是一套房子嘛。"

费鸣说:"我也是这么劝他的。还有一件小事,我想了想,还是应该告诉你。易艺艺并没有堕胎。她可能很快就要临产了。"

99．灯儿

灯儿还活着？

起初,应物兄以为文德斯说的是另一个人。

入冬后,芸娘的身体似乎稳定了下来。芸娘自己开玩笑说,那些肿瘤细胞似乎也进入了冬眠。因为不再化疗,芸娘又长出了新发。芸娘说,她死之后,当天就要火化。一会儿冰冻,一会儿烧热,何必多一道工序呢？最好直接火化。

芸娘也提到了那句话:早死早托生。

这是他和芸娘最后一次见面。"最后"这个词,总是会给人带来伤感,不过在当时,因为没有意识到这是"最后"一次,所以他并没有伤感。相反,看到芸娘精神头不错,他还暗暗期盼,或许会有奇迹发生。

这天,陆空谷不在。

文德斯提了一句,说她感冒了,担心传染芸娘,所以有两天没来了。

话题随后转向了何为先生。何为先生至今还在医院地下室里躺着呢。他们现在讨论的是,何为先生坚持要张子房先生来致悼词,用意何在？

应物兄的看法是,何为先生要以此向学校证明,张子房先生并没有疯掉,学校应该请他回来,让他重新上课,带研究生。何为先生这样做,或许是替张子房先生晚年的生活考虑。

芸娘认为,这种理解可能失之于简单。

文德斯仍然称何为先生为奶奶。他说:"我也试图在奶奶的日记中找到答案。"

据文德斯说,何为先生的日记,一直写到她走进巴别的前一天。她的日记很简单,记的都是日常琐事。写得最多的,都是关于那只猫的。那只黑猫是张子房先生送给她的,而张子房先生则是从一个叫曲灯的老人那里抱来的。每当猫生病的时候,她就去找曲灯。黑猫曾经误食过中毒的老鼠,也是曲灯把它救过来的,灌了肥皂水,又喂了生鸡蛋清。

芸娘说:"这老太太,就是个猫奴啊。"

文德斯说:"那倒不是。看了日记,我才有点明白,奶奶为何爱猫如命。奶奶说,猫和狗是两种动物,爱猫人和爱狗人也是两种人。猫是生活在人和神之间的动物,它以中间人的身份在活动。说猫是奸臣、说猫忘恩负义的人,都没有意识到一个问题:猫是遵照神的旨意,用离家出走的方式指出了人的弱点。而狗呢,则把人当成了自己的上帝。说狗是忠臣的人,需要的就是这种毫无原则的忠诚。"

芸娘笑了:"幸亏我不养狗,也不养猫。"

文德斯说:"奶奶说,只要稍加观察就会发现,狗与主人在相貌方面总是存在着某种相似性,狗就像人类的镜子,它们属于同一种文化范畴。猫与主人却没有这种相似性,因为猫属于另一种文化,就像外星人。"

芸娘又笑了:"这话,乔木先生定然不同意的。"

文德斯说:"奶奶也写到了她和乔木先生的争论。她说,爱狗的人爱的都是自己,爱猫的人爱的都是别人。乔木先生说,胡扯!武则天也爱猫,还有比武则天更爱自己的人吗?奶奶说,她那是把猫当狗养了。或者说,武则天是在差异性中看到了相似性。真正喜欢猫的人,既要在差异性中看到相似性,也要在相似性中看到差异性。她说,这是人和猫关系的辩证法。"

芸娘说:"你最近又见到子房先生了吗?"

文德斯说:"见到了。他说,他在心里给何为先生致过悼词了。

第二天再去，他就不见了。倒是见到了曲灯老人。曲灯老人也不知道他去了哪里。”

直到这个时候，他仍然没有把那个叫曲灯的老人，与程先生多次提到的灯儿联系起来。

芸娘说："你有没有告诉他，何为先生还在冰柜里躺着呢。"

文德斯说："他当然知道。曲灯老人也知道。曲灯还到医院看过奶奶，只是我不知道她就是曲灯。有一次下雨，我曾开车送她回去。她无论如何要留我吃饭，她的老伴，人称马老爷子，会做丸子。那丸子太好吃了。我还在那院子里遇到过章学栋。章学栋看中了曲灯老人家里的老虎窗、木地板和扶手，还看中了老式的铸铜门把手。他要买，曲灯老人不卖。章学栋以为我跟老人很熟，还让我劝她。"

事实上，这天他之所以陪着文德斯来到那个大杂院，并不是为了见曲灯老人，而是为了见张子房。在他前往那个大杂院的途中，他压根都没有往那方面想。是啊，程先生多次说过，灯儿早就去世了。

说来可笑，张子房先生现在住的院子，就在济河旁边。

当初，寻找程家大院的时候，他曾经多次从这里经过。那里有一个花鸟虫鱼市场，他曾经盯着一只笼子里的蝈蝈，在想象中比较着它与济哥的差异。河边有个茶楼，茶楼前有两株枣树，一株枣树疯了，另一株枣树也疯了。茶楼前面的那片空地，则是大妈们跳广场舞的地方。她们最喜欢唱"小呀小苹果，怎么爱你都不嫌多"。应物兄记得，有一天晚上，他和费鸣、张明亮从那里走过，张明亮认为她们跳得很好。他对张明亮说，她们当中跳得最好的，其实都是八十年代的大学生。那时候，她们最常用的伴奏舞曲是《年轻的朋友来相会》：

　　　再过二十年，我们重相会。伟大的祖国该有多么美。天也新，地也新，春光更明媚。城市乡村处处增光辉。啊，亲爱的朋友们,创造这奇迹要靠谁?要靠我,要靠你,要靠我们八十年代的新一辈。

二十多年过去了,她们成了广场大妈。

旁边就是胡同区。那是济州残留的几个胡同区之一。应物兄想起来,站在筹备处外面露台上看到的那片胡同区就在这里。

它与济州大学的直线距离不会超过五百米。

文德斯带着他,从一个胡同出来,经过金融街,走进交通银行和工商银行之间的一条缝隙。说它是一条缝隙,绝对不是夸张。很难相信,两幢高耸入云的大楼之间的距离还不到一米,一次只能通过一个人,而且还得侧着身子。如果你是个胖子,那么仅仅侧身还不够,你还得吸着肚子。哦,金融或者说资本所追求的利益最大化,在此直观地呈现了出来。两家银行临街的那面,装饰都极尽奢华,但它们的山墙却露着砖缝。侧身走过去的时候,能听到衣服跟墙的摩擦声。他甚至觉得,高鼻梁的老外是不可能从这里穿过的,他们的鼻子会卡在这里。

穿过那个缝隙,又是一条胡同。两边依然是砖墙,很有年头了,接近地面的部分已经粉化,与土坯没有什么差别。走出十几米远,墙上有一个半人高的豁口,跳过那个豁口,是一片丛生的树林,有槐树,有榆树,有柳树,还有些低矮的灌木。林间被人踩出了一条小路,路边有人粪,也有狗屎。

怎么会有一片空地呢?

应物兄后来知道,这其实就是他们曾经寻找的军马场,后来它变成了棚户区。几十年来,因为私搭乱建,这里火灾频仍。中国女排首次夺得世界冠军那年,和全国各地一样,这里也是鞭炮齐鸣,最终酿成了一场大火,首次被夷为平地。只过了半年,它就又一次变成了棚户区。最近一次大火,发生在中国足球队首次进入世界杯的时候。再后来,这里就成了济州首批应急避难场所之一。

但它看上去,就像一片野地。

突然听到一阵唰唰唰的声音,草丛在起伏,树枝在摇晃。原来有两只猫踩着柔软的步子在林子里走动。哦不,还有两只。另外两只从树上出溜下来。它们刚刚配合着掏过鸟蛋吗? 奇怪得很,随着它们下滑,一串清脆的铃声响起。它们并不是野猫,因为它们脖子上戴着铃铛呢。它们下来得太猛了,先是猫头着地,然后又叠起了罗汉。其中一只是黑猫,与他们刚才看到的那只黑猫非常相似,只是体型更大,威风凛凛,像一只黑豹。在后来的日子里,应物兄将知道,这只黑猫与何为教授那只黑猫其实是亲兄弟。

伴随着铃铛的响声,黑猫朝他们走了过来,在路边站住了。另外几只猫也跟着围拢了过来,虎视眈眈地看着他们。它们其实全都是曲灯老人养的。

文德斯说:"猜猜它们在说什么? 它们或许会说,哥几个,要不要一起扑上去,吓唬他们一下子?"

野地外面,正在拆房子。一个高高的吊车上悬挂着一个闪闪发亮的钢球,那钢球就像荡秋千似的,朝一幢五层小楼荡了过去,穿过了水泥墙壁。当它荡回来,应物兄恍惚觉得,它就像来自外层空间的飞船。它晃动,它产生风。就在风吹净它的同时,楼顶突然塌下一角,掀起一片浓雾。接着,它又荡了过去,这次它撞的就是从楼顶上挂下来的水泥板。浓雾使天色变暗了,而突然飘来的乌云使它更暗。接着,他看到了火花。那是钢球与水泥中的钢筋剧烈撞击的产物。随后,那钢球再次荡了回来,它跑得那么快,似乎越来越快。

跳过一堵院墙上的豁口,他们走进了一个大杂院。

应物兄觉得,与他当年住过的那个院子相比,它更是乱得不能再乱。说是院子,其实它已被各种简易的房子填满了。房顶铺的东西也是五花八门,有黑瓦,有油毡,有石棉瓦,还有塑料布。砌墙的材料也是名目繁多,有青砖,有红砖,有卵石,也有土坯。红砖大多数是半截的,显然是捡来的。有的砖头很厚,颜色乌黑,阴森森的,令人疑心它是从墓中挖出的。还有的砖头很长,像人一样躺在那里,仔细一看原来不是砖头,而是木头。

墙边堆放着各种垃圾。看得出来,垃圾经过了大致的分类:这一堆是废纸,那一堆是易拉罐,另一堆则是矿泉水瓶子之类的塑料品。所以,他由此判断,这里住的主要是拾垃圾者。有个不到一岁的孩子穿着开裆裤,正向着一间房子爬去,露出粉红色的屁眼,一只苍蝇围着屁眼飞着,但你分不清那是男孩还是女孩。听到他们的脚步声,那孩子熟练地掉了个头,朝他们爬了过来,露出粉红色的牙床,绕着孩子头顶飞的则是一只马蜂。

一只笤帚疙瘩不知道从哪里飞了出来。

张子房先生就住在这里?

有那么一会,文德斯怀疑自己走错了地方。按文德斯的说法,他上次来的时候,院子里虽然有些拥挤,但空地还是有的,过道也是宽的,院子里还栽着几株高大的槐树呢。怎么转眼之间,就凭空多出了这么多间房子?

他低声告诉文德斯,这里显然要拆迁了,拆迁补助是按建筑面积来算的。也就是说,很多房子都是临时加盖的。

盖,不是为了住,而是为了拆。

文德斯说,他甚至在这里遇到过当年给文德能看病的医生。那医生就在刚才路过的空地里,偷偷地种了西红柿、黄瓜和辣椒。得知他是文德能的弟弟,医生还请他在房间里坐了一会,医生的房间相当整洁,书架上摆满了书。墙壁也用白石灰刷过了,墙上挂着一幅字:

凿破苍苔地
偷他一片天

按文德斯的说法,字是碑体行书。没有题赠,没有落款,没有装裱。六只图钉把它固定在了墙上。医生说,那幅字就是张子房先生写的。哦,那是唐代诗人杜牧的诗,题目叫《盆池》。所谓的盆池，就是以瓦盆贮水，用来植荷、养鱼。唐代诗人韩愈也以"盆池"为题写过多首诗歌，杜牧这首诗就是从韩愈的"汲水埋盆作小池"生发而来。杜牧自幼熟读儒家经典，关心时事，积极进取，忧国忧民，所以首先是个儒家。同时，杜牧又染指于道，寄情山水。所以，这首诗既有儒家之情怀，又有道家之神韵。凿破苍苔，挖掘小池，白云倒映于水中，就像从镜中生出来的。

难道这是张子房先生的自我抒怀？

文德斯说："医生自己攒粪，给菜地施肥。他说，庄稼一枝花，全凭粪当家。他把粪便晒干，压成饼，一年下来，能攒上两个罐头瓶。用的时候，拿出一小块，按一比七百五十的比例稀释一下。这里住了不少怪人。"

这天，他们首先见到的，不是张子房，而是曲灯老人。

曲灯老人的房子，在院子的最北端，那当然也是院子的最深处。

那是一座瓦房。它是整个院子里最宽敞的房子了，房门上挂着帘子。当中是客厅，两边还各有一间。客厅放着一个屏风。房顶是看不到的，木板将房子隔成了一个阁楼式的楼层，挨着墙有一架木头梯子。房子的窗户还是老式的木格花窗，上面糊的是发黄的纸。客厅里坐了几个人，因为灯光昏暗，那些人的面孔显得影影绰绰。屏风后面有一个门，门上又挂着帘子。一个人掀开帘子去了后面。原来，那间房子又通向了一个小院子。

曲灯老人就坐在那里。

应物兄此时仍然没有把她与灯儿联系在一起。

老人认出了文德斯，说："你也来了？何先生的后事办完了？"

从房间里出来一个人。那个人正是当年给文德能看病的医生。应物兄认出了他，但他没有认出应物兄。医生把文德斯叫到了一边，说："老太太已经几天没说话了。你既然来了，就陪老太太说会话。"

原来，这天是曲灯老人的老伴马老爷子的"头七"。

文德斯陪老人说话的时候，应物兄跟着医生回到了房子里。

客厅里的人已经把一张桌子挪到了中间。一个人把电灯关了，关了之后才说："我可要关灯了。开始了啊。"随后就响起一阵窸窸窣窣的声音。过了一会，那人又问："我可要开灯了。好了吗？"几个人参差不齐地回答："好了，好了。"灯还是那个灯，但好像比刚才亮了很多，都能看清桌子上的东西了。那是一堆钱。有一百元的，也有五十元的，还有十块、五块的。应物兄立即想到，那是在为曲灯老人捐款。灯泡越来越亮。突然，亮光减弱了，光晕消退了，灯泡内部卷曲的钨丝都清晰可见。那钨丝由白变红，像吹灭之后的火柴头还在发出微弱的光，支持着他们完成这个最后的仪式。

他不由自主地说："我也捐一点吧。"

医生把他的手按住了。医生后来解释说，他们之所以关灯，就是不愿让人看见，谁捐了多少。你现在拿出来，他们会说你是受他们影响才捐的，不是真心捐的，他们会认为你亵渎了他们的主。医生说得没错。他记得，当他回过头的时候，那些人已经把桌子抬开了。没有人再提捐款的事，好像这事压根就没有发生过。桌子上的钱已经看不到了。然后，那些人已经祷告起来了：

> 他没有俊美的容貌，华丽的衣饰，可使我们恋慕。他受尽了侮辱，被人遗弃。然而他所背负的，是我们的疾苦。他所担负的，是我们的疼痛。

有人哭出了声。另有人立即说："都别哭。"一个人带头又说了一句，众人就又跟着说道：

> 他被打伤，是因了我们的罪恶。因他受了惩罚，我们便得了安全。因他受了创伤，我们便得了痊愈。我们都像迷途的羔羊，各走各的路。他受虐待，仍然谦逊忍受，如同被牵去待宰的羊羔。他像母羊在剪毛人前，总不出声。他受了不义的

审判而被除掉，有谁怀念他的命运。他受尽了苦痛，却看见光明。阿门。

怎么，马老爷子死前受了很多苦？被打死的？像母羊一样被剪了毛？当然不可能。他想，这就是《圣经》的修辞方式，它跟《论语》完全是两码事！《论语》是就事论事，《圣经》却是顺风扯旗。有人把门口的帘子掀开了，这个时候，他看见领着祷告的人，竟然是宗仁府教授的博士。没错，就是他，我曾看见他开车接送宗仁府。此人好像姓郝？想起来了，宗仁府叫他小郝，宗仁府的第三任妻子则叫他建华。郝建华是宗仁府最得意的门生，研究济州佛耶交往史。他曾向汪居常提供了一份材料，证明皂荚庙离程家大院并不远。郝建华说，要用程先生的话说，就是一袋烟的工夫。

刚才桌子上那些钱，其实就是给郝建华的出场费。

灯泡里的钨丝突然变亮了，亮得刺眼，然后一闪，灭了。

郝建华从屋里走出来的时候，已经戴上了墨镜。医生把装钱的信封拍到了郝建华的掌心。郝建华捏了捏，收了起来，说："相信我，马老先生已经去了天国。"

医生说："是吗？那就好。"

郝建华说："信也罢，不信也罢，反正他是去了天国。"

送走了郝建华，医生问："这位朋友，我们是不是见过？"

他对医生说："我是文德能的朋友。"

医生说："你也认识马老爷子？吃过马老爷子的丸子？"

他虽然不认识，更没有尝过马老爷子的手艺，但还是说："是啊。"

医生说："走的时候，没受什么苦。毕竟已是高龄了。他平时很注意锻炼身体的。他说过，锻炼身体，不是图长寿，就是图个走得嘎嘣脆。吧唧一声，倒地就死。人啊，心肌血管越正常，死得就越痛快。他自己说，千万别躺床上几年，熬得油尽灯枯的，那就没意思了，还得让灯儿跟着受罪。他是脑溢血，在床上躺了半个月。

1034

所以,我们也没什么好伤心的。"

他问:"老爷子信教?"

医生说:"我也是刚知道的。他年轻的时候就信,偷偷地信。不过,我没见他去过教堂。本来没想过要弄这么一出。我也不懂嘛。可是有个老街坊说了,说还是要弄一下。那就弄一下吧。反正清汤寡水的,又花不了几个钱。那个念经的郝师父,就是老街坊推荐来的。"

这边正说着话,郝建华又拐回来了。郝建华脸色有点不大好看,对医生说:"说好的,出场费三千,而且是税后。不到嘛。我倒无所谓。只是想提醒一下,别的钱,你们怎么克扣,我管不着,也不想管。但是这个钱,是不能克扣的。"

医生听了一愣,说:"不够?我还以为多了呢。我没数,全给了你。"

郝建华似笑非笑地说道:"我只想提醒一句,这是老爷子去天国的买路钱。"

医生长喘了一口气,抬眼看着天,手也指向了天,说:"谁贪了一分钱,就让他跟着马老爷子一起上天。"医生那条长长的胳膊一直向上举着。

郝建华说:"My God!又没说是你克扣了。诚信最重要,我只是好心提个醒。"

宗仁府的弟子就是这副德行?

有人发怒了,这个人就是子房先生。没错,他一下子就认出那是子房先生。子房先生这天的衣着,与他在乔木先生书法展上露面时一模一样。此时,子房先生同时站在门槛内外:右脚在门外,左脚在门内;右手在门内,左手在门外;前额在门外,后脑勺在门内。他也不可避免地衰老了。

子房先生说:"宗门弟子听着,你已经多拿了。"

郝建华说:"开什么玩笑?明明不够,却说我多拿了。"

　　子房先生说："币值是三千八百四,实际上却是五千三。别以为我不知道,宗门弟子每做一次法事,就要给宗仁府提成三分之一。"

　　郝建华笑了,那是下流的笑:"老哥,你是说,这里面有美元?"

　　子房先生说:"宗仁府不知道你拿了五千三。给他一千块,你留了四千三。你赚大了。快走吧,上你的天堂去吧。"

　　郝建华说:"话可不能这么说。不够三千块,我也得给他一千块。"

　　子房先生说:"Go away!"

　　郝建华终于滚了。后来,子房先生把他们领进了后面那个小院子,也就是曲灯老人坐的地方。天有点冷,文德斯正要在火盆里生火。那还是很早以前的生铁火盆,沉得很,应物兄还是很多年前用过。小时候,当他挨着火盆烤火的时候,他常常拿起火钳子在盆沿写字。母亲担心他玩火,总是在旁边盯着。母亲说:"玩火尿床。"

　　想到了母亲,他就听见了自己的呻吟。母亲,我们再也回不到那个时候了。

　　文德斯不会生火,火盆里冒出阵阵浓烟。

　　他走过去,将里面的干树枝挑空,火苗就蹿起来了。

　　当他们围到火盆跟前的时候,曲灯老人站起来了,说:"你们谈你们的。"

　　老人口齿清晰,神态自然,脸上甚至有微笑。

　　文德斯把老人搀进房间,又拐了回来。刚才,子房先生对郝建华说的话,文德斯显然也听到了。文德斯问:"先生,您怎么知道那里面是五千三?"

　　他现在注意到,何为先生那块手表,就戴在子房先生的手腕上。

　　据乔木先生说,那块手表是何为先生的结婚礼物,是何为先生的导师送给她的。何为先生的导师曾留学英国，那是他的英国导师送给他的。那其实是现在比较常见的瑞士手表，但在几十年前，那却是个稀罕之物。稀罕之处还不是它来自瑞士，而是因为它是一块方表。巫桃问乔木先生："手表都是圆的，怎么会有方表呢？"乔木先生比画了一下："说是方的，其实还是圆的。表盘外面是圆的，里面是方的，外圆内方。我告诉何为，最早买表的那个人，肯定受到了中国文化影响。她查了查，说那个导师并没有来过中国。没有来过中国，就不受中国文化影响了？"巫桃问："莫非，西方文化是外方内圆？"

乔木先生说："这话可不能让何为听到。'外方内圆'是骂人的。外方内圆，朋党构奸，罔上害人。① 装作很正直，每天说大话，私下蝇营狗苟，就叫外方内圆。"

现在，子房先生没有回答文德斯。他或许觉得，这个问题太简单了，不需要回答。子房先生抬腕看了看那块外圆内方的手表，问："你们要待多久？"

文德斯说："你不会是攒我吧？"

子房先生说："我可以给你们半个钟头。"

文德斯说："这是应物兄。他第一次来，你不能不给他一点面子。"

子房先生说："应院长，是程济世让你来的还是乔木兄让你来的？"

100．子房先生

子房先生后来倒是解释了，为什么币值是三千八百四，实际上

---

① 〔南朝·宋〕范晔《后汉书·郅恽传》："案延资性贪邪，外方内圆，朋党构奸，罔上害人。"

却是五千三。子房先生是以嘲讽的口吻谈起的：“应院长，你是研究儒学的。孔子说，礼失求诸野。老百姓的礼数，你肯定知道喽？你应该知道，它为什么首先会从三千变成三千八百四。”

他老老实实地回答：“我真的不知道，请先生教我。”

子房先生说：“那些人里，有一个是马老爷子的徒弟，我们都叫他老更头。老更头是跟着马老爷子做丸子的。他一个人多掏了八百四十块钱。‘八百四’的谐音，就是‘爸死了’。一日为师，终身为父。他这是为了表达他与马老爷子的师徒情。”

文德斯说：“可那些钱，都被郝建华拿走了。”

子房先生说：“这就跟老更头无关了。老更头只是要表达自己的心意。”这么说着，子房先生自己笑了起来，“你们觉得，牵强吧？没错，很牵强。所以，这只是我的解释，老更头不会这么想的。任何一个数字的出现，都不是偶然的。你使用的各种数字，都是各种因素综合的结果。如果我没有说错，老更头当年给马老爷子的拜师费，应该是‘四百二’。为什么是‘四百二’呢？这个数字的分解质因数是‘2、3、5、7’，是不是？当中的每个数字就又有说头了。2是指师徒二人，3是指举一反三，5是指仁、义、礼、智、信之‘五常’，7则指北斗七星。别的地方，拜师费是怎么收的，我不知道，反正在济州就是么收的。那么，‘八百四’刚好是‘四百二’的两倍。据我所知，马老爷子当年分文未取。老更头现在掏了‘八百四’，无非是想说，师父的恩情，做弟子的要加倍报答。所谓‘踵其事而增华，变其本而加厉’①。”

文德斯说：“改天，我一定问一下老更头。”

“你现在就可以问他。”张子房先生随即叫了一声，“老更头师傅！”

应物兄一眼认出，这个老更头就是他在皂荚庙里见过的那个做丸子、做杂碎的秦师傅。当时，他是由四指搀出来的，没有胡子，

---

① 〔南朝·梁〕萧统《文选序》：“盖踵其事而增华，变其本而加厉，物既有之，文亦宜然。”

但眉毛很长,白眉毛飘着,像蒲公英,头顶全秃,发光发亮。老人不让四指搀扶,自己站着,给人一种严谨安详之感。在老人中,他的个子算是高的,所以又给人一种浑朴和凝重之感。如果不是他嘴唇皱瘪,别人或许会认为他只不过七十来岁。他还记得,唐风当时高声问道:"老人家,他们都夸你的杂碎做得好。"老人耳聋了,听不见,说:"甜了,放芫荽。"

哦,这一天他才知道,老更头其实一点也不聋。他也并没有九十岁。

老更头笑着说:"子房老弟,又来查账了?"

子房先生问:"老哥,您告诉我,你是不是多交了八百四?"

老更头说:"忘了,不说这个。"

子房先生说:"你坐下,我跟你说说为何是八百四?这个月,你的小饭馆赚了两万五千元。你把那两万五千元全都拿出来了。这些天,你花了不少钱。租车、买花圈、买盒饭、买骨灰盒,凡是需要掏钱的地方,你都没有二话。几天下来,也就只剩下了一千元不到。是不是剩下了八百四十元,其实我也不清楚。我只知道,你一个子儿都没留下。是吧,老更头?您花了多少,我都看在眼里,记在心里啊。"

老更头连连点头,说:"那我就告诉你,事先我还真数了一下,是八百四十五块。本想凑够一千块的,可口袋里一个子儿都没了。"

子房先生皱着眉头,问道:"那五块钱是从哪里省下来的?"

老更头搔着头,说:"真的记不起来了。"

子房先生却穷追不舍:"是买花圈省下来的?"

老更头说:"忘了。一点也想不起来了。"

子房先生问:"租车省下来的?肯定是的。少去了一个人,省了五块钱。"

老更头说:"好像是。您说是就是。"

子房先生说："你好好想想。我回头送你几包好烟抽。"

应物兄当然赶紧给老更头递上烟。老更头说："想起来了，租大巴车去火葬场，租车是按时间算的，没按人头算。你有一点没有说错，确实有一个人临时有事没有去。"

子房先生立即掏出一个小本子，将原来的"5×35×2 = 350（元）"画掉之后，子房先生盯着看了一会，突然又说道："八百四十五这个数字从哪来的？"

老更头说："给司机买了一瓶矿泉水，花了五块钱。"

子房先生追问："什么牌子的？"

老更头说："别问了，真的想不起来了。"

子房先生说："好吧，明儿我送你半包烟。谁让你想不起来了。"

老更头也终于长舒了一口气。

此时的子房先生，脸上依然若有所思，给人一种雾蒙蒙的感觉。而在那张雾蒙蒙的脸上，一双眼睛却分外有神。但仔细看去，它却是一系列矛盾的综合：矍铄而又浑浊，天真而又苍老，疲惫而又热忱。刚才一连串的追问，使他的唇角泛起了白沫。有意思的是，他似乎还意识到了这一点，伸出舌尖将它没收了。最有看头的其实是他的发型：从头顶到前额，他的头发贴着头皮，但是脑后的头发却高高地蓬起了，仿佛有某种力量来自上天，将它们拽了出去。

关于数字的讨论，本来可以告一个段落了，不料文德斯追问了一句："那五千三这个数字是怎么来的呢？"

子房先生说："因为何为先生也出了一份，出的是欧元。何为教授写了一篇关于猫的文章，被译成了德语，对方给的是欧元。何为先生认为，那钱应该给曲灯老人。因为她之所以会写那篇文章，是因为柏拉图。而柏拉图，本来是曲灯老人的猫。当然是我替她给的。"

子房先生大概也没有想到,郝建华会把所有的钱拿走。

恍惚之间,何为先生好像还活着。他后来知道,其实何为教授那笔钱很早以前就交给了子房先生,让子房先生转给曲灯。那其实是何为先生为柏拉图付的学费:柏拉图吃喝拉撒的规矩,就是曲灯老人教会的。曲灯老人当然不愿意收。这次,子房先生趁机替何为教授把钱付了。

有住户下班回来了。回来的是一个姑娘,膘肥体壮,但打扮得很时髦,圆滚滚的脸上涂着厚厚的脂粉。除了嘴唇、睫毛和细长的眉毛,整张脸都白得过分,就像用炉甘石水浸泡过一样。那姑娘托着腮往这边看了一会,一扭腰进了一个石棉瓦搭起的房子。

后来,当应物兄熟悉了这个院子,知道那姑娘做的就是皮肉生意的时候,他才理解子房先生当时的话。子房先生对老更头说:"你赚个钱,烟熏火燎的,还得缴税。你瞧人家。"

老更头说:"生意不一样嘛。"

子房先生说:"怎么不一样?你们做的都是实体经济。"

不愧是杰出的经济学家,竟然把皮肉生意归为"实体经济"。虽然多年不上讲台了,但子房先生似乎还保留着上课的习惯,保留着板书的习惯。比如,子房先生这会就顺手捡起一截树枝,在地上写下了"实体经济"这个词,还在后面加上了括号,标上了英语:The Real Economy。有趣的是,当文德斯接到陆空谷的电话,告诉对方,他这会正忙着,一会打过去的时候,子房先生的反应与授课老师没什么两样。子房先生盯着文德斯,说:"不想听吗?不想听可以离开。"接下来,子房先生又说,"出去的时候,别忘了把门带上。"

哦,那一刻,子房先生是把大杂院当成教室了。

文德斯吐了一下舌头,赶紧把手机装了起来。

"实体经济"又出来了,出来晒衣服了,同时接听着电话。听得出来,她要求对方通过微信把钱转过来。子房先生又说了一句:"你们看,这里要解决的就是实体经济与虚拟经济的关系问题。"

曲灯老人出来了，怀里抱着一只猫。

老更头给曲灯老人搬过一把椅子。

曲灯老人靠着房门坐着。那小房子是从后墙上接出来，也就是所谓的老虎尾巴。老虎尾巴上面的瓦是黑的，瓦楞间不仅长了草，竟然还长了一株榆树。而在老虎尾巴旁边，只隔几步远，又另外接了两间。它的年代就没那么久了，瓦楞间虽然也长了草，但瓦片是深灰色的。它其实就是子房先生的住处。

怀中那只猫，用前爪愉快地洗着脸，用后爪掏着耳朵。曲灯老人脚下，还卧着三只猫。曲灯老人突然问老更头：“小家伙呢？过两天抱来，我想他了。”

曲灯老人说的是老更头的重孙子。

老更头说：“好，哪天我偷偷给您抱过来。”

曲灯老人说：“小家伙，牙不疼了吧？”

老更头说：“托您老的福，不疼了。”

曲灯老人说：“出新牙了。小家伙，妖气。”

“妖气”说的是可爱，包含有调皮的意思。这是地道的济州老话了，已经很少能听到了。他们说话的声音并没有影响到地上那三只猫。它们依然鼾声阵阵。现在，他突然觉得，曲灯老人身上有一种不凡的气质。衬衣领子是挺括的，银白色的头发几乎是耀眼的，有些卷曲，绾了一个发髻。

她更像一个退休的知识女性。

曲灯老人接下来对文德斯说了一句话。文德斯说，他在何为先生的日记里也看到了这句话。曲灯老人说：“何先生走了，没人向我要黑猫了。她说，她的猫老了，要我再给她留一只黑猫。我跟她说，没了，没黑猫了。我那只黑猫，下着下着，肚子里就没墨了，先是深灰的，浅灰的，后来是花的，再后来就只能下出白猫了，一点墨色都没有了。”

当曲灯老人这么说的时候，正有一只黑猫领着几只小猫走过来,其中有小黑猫、小花猫。猫怕冷,黑猫妈妈是把它们领到火盆旁边来。

多天之后,应物兄再想起这个情景,他首先想到的,就是火苗映在猫眼中的样子:它们在猫眼中变成无数的火苗,静静地燃烧。

他们这天的谈话,持续到了晚上。

我们的应物兄此时已经知道,曲灯老人就是程先生经常提到的灯儿,而他现在所待的地方,就是真正的程家大院。他们来时走过的那条只能侧身通过的小路,那条缝隙,就是原来的仁德路。

他内心的平静,让他自己也感到惊讶。

他和文德斯离开那个大杂院的时候,子房先生抱住了文德斯。

子房先生说:"何先生的事,我已经办完了。"

他和文德斯无论如何也想不到,子房先生已经将何为先生的遗体从医院领出来了。一周之前,刚好是何为先生的生日。那天早上,子房先生在殡仪馆人员的陪同下,亲自将何为先生送入了火化炉。

"骨灰呢?"

"你看了她的日记就该知道,她想葬在母亲身边。"

广场大妈们已经跳起来了:"你是我的小呀小苹果,怎么爱你都不嫌多。"那嘈杂的声音淹没了文德斯的哭声。

101. 仁德丸子

仁德丸子,曾经多次出现在程济世先生的谈话中。

应物兄记得很清楚,程先生认为,仁德丸子,天下第一。北京的四喜丸子,别人都说好,他却吃不出个好来。首先名字他就不喜欢。四喜者,一喜金榜题名;二喜成家完婚;三喜做了乘龙快婿;四喜阖家团圆。全是沾沾自喜。儒家、儒学家,何时何地,都不得沾沾自喜。何为沾沾自喜？见贤不思齐,见不贤则讥之,是谓沾沾自喜。五十步笑百步,是谓沾沾自喜。还是仁德丸子好。名字好,味道也好。仁德丸子要放在荷叶上,清香可口。食不厌精,脍不厌细,精细莫过仁德丸子。

程先生说："奔着仁德丸子,老夫也要回到济州。"

在后来的一段日子里,应物兄多次来过曲灯老人住的这个院子,并吃到了曲灯老人亲手做的仁德丸子。

冬至那天中午,应物兄请子房先生和老更头吃饭。到了晚上,老更头做了饺子和仁德丸子送到了大院里。老更头问曲灯老人,这丸子跟马老爷子做的丸子比起来,味道总是欠一点,到底是怎么回事？

曲灯说："你师父的手艺,还是我教的。他这个人,要面子,不让说。他死了,听不见了,我可以告诉你。"

哦,那是他第一次听到仁德丸子的做法。

曲灯老人说,做丸子,用的不是前腿肉,不是后腿肉,也不是臀尖。是槽头肉。槽头肉,有肥有瘦。先把瘦肉一点点剥出来,一点肥星都不见的,细细剁成肉泥,都是绿豆大小,大了不成,小了也不成。再是肥肉,一丝瘦肉都不见的,也剁成肉泥,也是绿豆大小,大了不成,小了也不成。再找几枚鹌鹑蛋,蛋清和蛋黄分开,用蛋清还是用蛋黄,倒是忘了。只能用一种。别的丸子味道跟它不一样,就是这蛋清蛋黄没有分开。哦,想起来了,用的是蛋清。蛋黄取出来,可以再喂鹌鹑。用蛋黄喂出来的鹌鹑,跟用别的喂出来的鹌鹑,那鹌鹑蛋的味道是不一样的。这以后呢,就是把蛋清搅入瘦肉馅,搅,搅,搅。从左往右搅,不能搅反了。搅好了,放一边,醒着。再搅肥肉馅,搅,搅,搅,也是从左往右搅。搅好,放一边,醒着。这以后呢,把发好的冬菇啊,冬笋啊,黄花菜啊,切碎,再搅入肉馅,先搅入瘦肉馅,再搅入肥肉馅,也是从左往右搅,搅,搅,搅。搅好了,都放到一边,醒着。别急,可以先去忙别的。弹个曲子,翻翻书,逗逗孩子。曲子弹完了,书也读了几回,孩子哭了给他妈,再来做这丸子。把瘦肉馅和肥肉馅放到一起,搅,搅,搅。这以后呢,就是捏成团了。丸子上沾一点菜末,沾了菜末,就要上笼了。笼屉里要铺个东西。要沾了菜末,就不铺了。最好铺上瓠瓜的叶子,可瓠瓜叶子夏天才有。蒸熟了,盖揭了,上桌!

曲灯老人说得很平静,就像拉家常。

说话的时候,曲灯老人轻拍着怀中的猫。

老更头问:"何不把槽头肉一起剁了,一起搅了?"

曲灯老人眼皮抖动着,似乎有些动了感情,但说出来的话却是平静的。就是那句话,让应物兄对眼前这位老人再次刮目相看。曲灯老人说:"做一件事,才能忘了另一件事。"

老更头问:"是您师父教您的?"

曲灯老人说:"师父?我就是自个的师父。是我自个寻思着做的。"

老更头问:"听说程将军最喜欢您做的丸子?"

曲灯老人说:"他只吃过一次,就再也忘不了。那是我来到程家的第一天。晚上,他们告诉我,将军要回来了。他以前常听我拉二胡的。我忙着换床单,铺被子。听见有人敲门,我便去开门。只见门口站着一个胡子拉碴、又黑又瘦的人,叫花子一般。我还是认为,他就是将军。他又打了败仗回来了。我就开始替那张床担心,这么干净的床,怎么能睡这么脏的人。他还没吃东西呢。我就把白天做的丸子给他吃。我做了十几份丸子,这会已经没剩下几个了,都被济世偷吃了。就那一次,将军跟我说,这丸子天下第一。"

这些天来,曲灯老人已经知道,我们的应物兄所做的一切,都是为了程济世先生。所以曲灯老人这会就对应物说:"这个济世,一直把我当姐姐。我听说他要回来了。没想到,有生之年还能见到他。"

那是应物兄唯一一次听曲灯老人谈到程济世先生。

　　那天晚上，曲灯老人睡下之后，他们转移到子房先生的房间里，围着火盆继续说话、喝酒。老更头的酒，可不是什么好酒，是他从街上打来的散酒。老更头本人，很快就喝晕了，和衣躺到了子房先生的床上。他和子房先生都觉得那酒太难喝，也就喝得少了一点，脑子也就还算清醒。那是他和子房先生最后一次谈话。

　　子房先生说，他正在写一本书，但愿死前能够写完。

　　那本书与他早年翻译的亚当·斯密的名著同名，也叫《国富论》。子房先生说："只有住在这里，我才能够写出中国版的《国富论》。只有在这里，你才能够体会到原汁原味的经济、哲学、政治和社会实践。只有在这里，你才能够看见那些'看不见的手'。"

　　这天晚上，应物兄就和子房先生、老更头挤在一起。

　　第二天早上，应物兄接到了程济世先生的电话。

　　他翻身起来，披衣走出老虎尾巴，来到外面的小院子。这么多天来，他是第一次接到程先生亲自打来的电话。有那么一会，应物兄有一种冲动，就是告诉程先生，他现在就待在他童年时代生活的那个院子里。他也想告诉程先生，他见到了灯儿。

　　但这些话他都没有说。

　　程先生急切地向他打听一件事："你的学生易艺艺与我联系了。她怀上了刚笃的孩子。这自然是好事，毕竟是程家的后代。只是，那胎儿正常吗？"

　　一时间，他不知道如何回答。

　　这事，他和董松龄谈过。董松龄比他还要紧张。这当然可以理解。他已经从酒后的吴镇那里得知，易艺艺其实是董松龄的孩子。董松龄说，他和罗总商量了，既然已经错过了打胎的时间，那就生下来吧。

　　董松龄认为，虽然怀孕前后易艺艺和程刚笃都曾吸食过白面儿，但易艺艺后来再没有吸过，胎儿应该没什么大问题。如果有问题，现在医学这么发达，应该有办法处理。董松龄也知道珍妮生了个三条腿的婴儿,但董松龄认为,这事绝对不可能发生在易艺艺身上。

这会,他对程先生说:"应该正常。"

程先生说:"我也问了医生,最坏的可能是生个眉目不清的孩子,一个肉团,一个浑沌。若是个浑沌,你知道该怎么办。"

对易艺艺的情况,程先生似乎比他还清楚。程先生甚至知道,易艺艺和她的父亲罗总,此时住在本草镇程楼村,他们准备在那里生下孩子。程先生说,这其实是他的建议,他小时候,就出生在那个老家的房子里,那里依山傍水,风水是最好的。程先生接下来提到,自己从不烧香的,但此时正在烧香,祈祷神灵,保佑母子平安。

他没吃早饭,匆匆上路了。

如前所述,在奔赴程楼村的途中,天开始下雪。先是小雪,下着下着,就变成了大雪。他拧开收音机,听见天气预报说,整个中部地区以及太行山沿线都在下雪。到了傍晚时分,他终于赶到了本草镇程楼村。

进村之前,他心情紧张,把车停在路边,在车内抽烟。

车窗之外,雪花飞舞、陨落、消融。路边的麦地,已被白雪覆盖。远远看去,村子已经深深地陷在雪地里。他缓缓地开着车,想找到一个人问路。后来,他看到有人冒雪到井边打水。当他赶到程先生说的那个院子的时候,他发现那个院子其实已经修葺一新。领路的人告诉他,那是镇上拨款,为他们老程家新盖的房子。原来的房子早就没影了。

罗总把济大附属医院最好的妇产科医生,都请到了程楼。

应物兄在那里待了三天,等待着一个健康孩子的降生。到了第四天的早上,当他起来的时候,发现院子里已经空无一人。他立即跟罗总联系,但无论如何联系不上。后来,他与董松龄联系上了。董松龄告诉他,罗总带着易艺艺,已经连夜赶回了济州。董松龄说,大人没什么事,小孩有点问题。

究竟什么问题,董松龄说,他也不知道,应该不是什么大问题。

应物兄于是再次匆匆上路。

他告诉自己一定要冷静。后来,他就发现自己先去了本草镇。在镇政府旁边的一个餐馆里,他吃到了小时候最喜欢吃的麻糖。他吃了一根,另一根拿在手上,边吃边赶路。从本草到济州这条路,他开车走过多少次,已经记不清了。他不知道,这将是他最后一次开车行走在这条路上。

他最后出事的地点,与那个挂单拐者最初开设的茶馆不远。他曾坐在那里,透过半卷的窗帘,看着那些运煤车如何乖乖地停到路边,接受盘查。此时,超载的运煤车还在源源不断地从对面车道驶来,它要给千家万户送去温暖。道路被运煤车染黑了,但运煤车却是白的。那白色在晃荡,颠簸,颤动。他身后也是运煤车,一辆接着一辆。它们已经卸货了,正急着原路返回。事实上,当对面车道上的一辆运煤车突然撞向隔离带,朝他开过来的时候,他已经躲开了。他其实是被后面的车辆掀起来的。他感觉到整个车身都被掀了起来,缓缓飘向路边的沟渠。

监控录像显示,这起事故他不需要承担任何责任。

起初,他没有一点疼痛感。他现在是以半倒立的姿势躺在那里,头朝向大地,脚踩向天空。他的脑子曾经出现过短暂的迷糊,并渐渐感到脑袋发涨。他意识到那是血在涌向头部。他听见一个人说:"我还活着。"

那声音非常遥远,好像是从天上飘过来的,只是勉强抵达了他的耳膜。

他再次问道:"你是应物兄吗?"

这次,他清晰地听到了回答:"他是应物兄。"

后 记

2005 年春天,经过两年多的准备,我动手写这部小说。

当时我在北大西门的畅春园,每天写作八个小时,进展非常顺利。我清楚地记得,2006 年 4 月 29 日,小说已完成了前两章,计有十八万字。我原来的设想是写到二十五万字。我觉得,这是一部长篇小说合适的篇幅——这也是《花腔》删节之前的字数。偶尔会有朋友来聊天,看到贴在墙上的那幅字,他们都会笑起来。那幅字写的是:写长篇,迎奥运。我不喜欢运动,却是个体育迷。我想,2008 年到来之前,我肯定会完成这部小说,然后就可以专心看北京奥运会了。

那天晚上九点钟左右,我完成当天的工作回家,突然被一辆奥迪轿车掀翻在地。昏迷中,我模模糊糊听到了围观者的议论:"这个人刚才还喊了一声完了。"那声音非常遥远,仿佛来自另一个星球。稍为清醒之后,我意识到自己还活着。后来,从车上下来两个人。他们一句话也不说,硬要把我塞上车。那辆车没有牌照,后排还坐着两个人。我拒绝上车。我的直觉是,上了车可能就没命了。

第二天上午,我接到弟弟的电话,说母亲在医院检查身体,能否回来一趟? 一种不祥的预感紧紧地攫住了我。我立即回到郑州。母亲见到我的第一句话是:"你的腿怎么了?"此后的两年半时间里,我陪着父母无数次来往于济源、郑州、北京三地,辗转于多家医院,心中的哀痛无以言表。母亲住院期间,我偶尔也会打开电脑,写上几页。我做了很多笔记,写下了很多片段。电脑中的字数越来越多,但结尾却似乎遥遥无期。

母亲病重期间,有一次委婉提到,你还是应该有个孩子。如今想来,我对病痛中的母亲最大的安慰,就是让母亲看到了她的孙子。在随后一年多时间里,我真切地体会到了,什么是生,什么叫死。世界彻底改变了。

母亲去世后,这部小说又从头写起。几十万字的笔记和片段躺在那里,故事的起承转合长在心里,写起来却极不顺手。我曾多次想过放弃,开始另一部小说的创作,但它却命定般地紧抓着我,使我难以逃脱。母亲三周年祭奠活动结束后,在返回北京的火车上,我打开电脑,再次从头写起。这一次,我似乎得到了母亲的护佑,写得意外顺畅。

在后来的几年时间里,我常常以为很快就要写完了,但它却仿佛有着自己的意志,不断地生长着,顽强地生长着。电脑显示出的字数,一度竟达到了二百万字之多,让人惶惑。这期间,我写坏了三部电脑。但是,当朋友们问起小说的进展,除了深感自己的无能,我只能沉默。

事实上,我每天都与书中人物生活在一起,如影随形。我有时候想,这部书大概永远完成不了。我甚至想过,是否就此经历写一部小说,题目就叫《我为什么写不完一部小说》。也有的时候,我会这样安慰自己,完不成也挺好:它只在我这儿成长,只属于我本人,这仿佛也是一件美妙的事。

如果没有朋友们的催促,如果不是意识到它也需要见到它的读者,这部小说可能真的无法完成。今天,当我终于把它带到读者面前的时候,我心中有安慰,也有感激。

母亲也一定想知道它是否完成了。在此,我也把它献给母亲。

十三年过去了。我想,我尽了力。

2018 年 11 月 27 日 北京